JOHANN WOLFGANG GOETHE

Sämtliche Werke
nach Epochen seines Schaffens
Münchner Ausgabe

Herausgegeben von Karl Richter
in Zusammenarbeit mit Herbert G. Göpfert,
Norbert Miller und Gerhard Sauder

Band 8.1
Text

BRIEFWECHSEL ZWISCHEN SCHILLER UND GOETHE IN DEN JAHREN 1794 BIS 1805

Herausgegeben von Manfred Beetz

Carl Hanser Verlag München

Textredaktion: Anne Rademacher

ISBN 3-446-14017-4 (Leinen)
ISBN 3-446-14458-7 (Leder)

Einbandgestaltung: Christian Diener München
Satz: Kösel Kempten
Druck und Bindung: Friedrich Pustet Regensburg
Printed in Germany

Inhaltsübersicht

An
Seine Majestät
den
König von Bayern.

Allerdurchlauchtigster
Allergnädigst regierender
König und Herr,

In Bezug auf die von Ew. Königl. Majestät zu meinem unvergeßlichen Freunde gnädigst gefaßte Neigung mußte mir gar oft, bei abschließlicher Durchsicht des mit ihm vieljährig gepflogenen Briefwechsels, die Überzeugung beigehen: wie sehr demselben das Glück, Ew. Majestät anzugehören, wäre zu wünschen gewesen. Jetzt da ich nach beendigter Arbeit von ihm abermals zu scheiden genötigt bin, beschäftigen mich ganz eigene, jedoch dieser Lage nicht ungemäße Gedanken.

In Zeiten wenn uns eine wichtige, auf unser Leben einflußreiche Person verläßt, pflegen wir auf unser eigenes Selbst zurückzukehren, gewohnt nur dasjenige schmerzlich zu empfinden, was wir persönlich für die Folge zu entbehren haben. In meiner Lage war dies von der größten Bedeutung: denn mir fehlte nunmehr eine innig vertraute Teilnahme, ich vermißte eine geistreiche Anregung und was nur einen löblichen Wetteifer befördern konnte. Dies empfand ich damals aufs schmerzlichste; aber der Gedanke, wie viel auch Er von Glück und Genuß verloren, drang sich mir erst lebhaft auf, seit ich Ew. Majestät höchster Gunst und Gnade, Teilnahme und Mitteilung, Auszeichnung und Bereicherung, wodurch ich frische Anmut über meine hohen Jahre verbreitet sah, mich zu erfreuen hatte.

Nun ward ich zu dem Gedanken und der Vorstellung geführt, daß auf Ew. Majestät ausgesprochene Gesinnungen dieses alles dem Freunde in hohem Maße wiederfahren wäre; um so erwünschter und förderlicher, als er das Glück in frischen vermögsamen Jahren hätte genießen können. Durch allerhöchste Gunst wäre sein Dasein durchaus erleichtert, häusliche Sorgen entfernt, seine Umgebung erweitert, derselbe auch wohl in ein heilsameres besseres Klima versetzt worden, seine Arbeiten hätte man dadurch belebt und beschleunigt gesehen, dem höchsten Gönner selbst zu fortwährender Freude, und der Welt zu dauernder Erbauung.

Wäre nun das Leben des Dichters auf diese Weise Ew. Majestät gewidmet gewesen, so dürfen wohl auch diese Briefe, die einen wichtigen Teil des strebsamsten Daseins darstellen, Allerhöchstdenenselben bescheiden vorgelegt werden. Sie geben ein treues unmittelbares Bild, und lassen erfreulich sehen: wie in Freundschaft und Einigkeit mit manchen untereinander Wohlgesinnten, besonders auch mit mir, er unablässig gestrebt und gewirkt, und, wenn auch körperlich leidend, im Geistigen doch immer sich gleich und über alles Gemeine und Mittlere stets erhaben gewesen.

Seien also diese sorgfältig erhaltenen Erinnerungen hiemit zur rechten Stelle gebracht, in der Überzeugung, Ew. Majestät werden gegen den Überbliebenen, sowohl aus eigner höchster Bewegung, als auch um des abgeschiedenen Freundes willen, die bisher zugewandte Gnade fernerhin bewahren, damit, wenn es mir auch nicht verliehen war, in jene ausgebreitete königliche Tätigkeit eingeordnet mitzuwirken, mir doch das erhebende Gefühl fortdaure, mit dankbarem Herzen die großen Unternehmungen segnend, dem Geleisteten und dessen weitausgreifendem Einfluß nicht fremd geblieben zu sein.

In reinster Verehrung mit unverbrüchlicher Dankbarkeit lebenswierig verharrend

Weimar den 18. Oktober 1829.

Ew. Königl. Majestät
alleruntertänigster Diener
Johann Wolfgang von Goethe.

1794

1. Schiller

⟨Jena, 13. Juni 1794⟩

Hochwohlgeborner Herr,
hochzuverehrender Herr Geheimer Rat.

Beiliegendes Blatt enthält den Wunsch einer, Sie unbegrenzt hochschätzenden, Gesellschaft, die Zeitschrift von der die Rede ist, mit Ihren Beiträgen zu beehren, über deren Rang und Wert nur Eine Stimme unter uns sein kann. Der Entschluß Euer Hochwohlgeboren, diese Unternehmung durch Ihren Beitritt zu unterstützen, wird für den glücklichen Erfolg derselben entscheidend sein, und mit größter Bereitwilligkeit unterwerfen wir uns allen Bedingungen unter welchen Sie uns denselben zusagen wollen.

Hier in Jena haben sich die H. H. Fichte, Woltmann und von Humboldt zur Herausgabe dieser Zeitschrift mit mir vereinigt, und da, einer notwendigen Einrichtung gemäß, über alle einlaufenden Mskrpte die Urteile eines engern Ausschußes eingeholt werden sollen, so würden Ew. Hochwohlgeboren uns unendlich verpflichten, wenn Sie erlauben wollten, daß Ihnen zu Zeiten eins der eingesandten Mskrpte dürfte zur Beurteilung vorgelegt werden. Je größer und näher der Anteil ist, dessen Sie unsre Unternehmung würdigen, desto mehr wird der Wert derselben bei demjenigen Publikum steigen, dessen Beifall uns der wichtigste ist. Hochachtungsvoll verharre ich

Euer Hochwohlgeboren
gehorsamster Diener und aufrichtigster
Verehrer

Jena. 13. Jun. 94. F. Schiller.

2. Goethe

⟨Weimar, 24. Juni 1794⟩

Ew. Wohlgeb.

eröffnen mir eine doppelt angenehme Aussicht, sowohl auf die Zeitschrift welche Sie herauszugeben gedenken, als auf die Teilnahme zu der Sie mich einladen. Ich werde mit Freuden und von ganzem Herzen von der Gesellschaft sein.

Sollte unter meinen ungedruckten Sachen sich etwas finden das zu einer solchen Sammlung zweckmäßig wäre, so teile ich es gerne mit; gewiß aber wird eine nähere Verbindung mit so wackern Männern, als die Unternehmer sind, manches, das bei mir ins Stocken geraten ist, wieder in einen lebhaften Gang bringen.

Schon eine sehr interessante Unterhaltung wird es werden sich über die Grundsätze zu vereinigen nach welchen man die eingesendeten Schriften zu prüfen hat, wie über Gehalt und Form zu wachen um diese Zeitschrift vor andern auszuzeichnen und sie bei ihren Vorzügen wenigstens eine Reihe von Jahren zu erhalten.

Ich hoffe bald mündlich hierüber zu sprechen und empfehle mich Ihnen und Ihren geschätzten Mitarbeitern aufs beste.

W. d. 24 Jun. 1794. Goethe

3. Goethe

⟨Weimar, 25. Juli 1794⟩

Sie erhalten hierbei die Schocherische Abhandlung mit Danke zurück, das was ich davon verstehe gefällt mir recht wohl, das übrige wird er mit der Zeit ja wohl aufklären.

Zugleich sende Diderot und Moriz und hoffe dadurch meine Sendung nützlich und angenehm zu machen.

Erhalten Sie mir ein freundschaftliches Andenken und sein Sie versichert daß ich mich auf eine öftere Auswechslung der Ideen mit Ihnen recht lebhaft freue. Empfehlen Sie mich in Ihrem Zirkel. Unvermutet wird es mir zur Pflicht mit nach Dessau zu gehen und ich entbehre dadurch ein baldiges Wiedersehen meiner jenaischen Freunde.

W. d. 25 Jul 1794

Goethe

4. Schiller

Jena den 23. Aug. 94.

Man brachte mir gestern die angenehme Nachricht, daß Sie von Ihrer Reise wieder zurückgekommen seien. Wir haben also wieder Hoffnung, Sie vielleicht bald einmal bei uns zu sehen, welches ich an meinem Teil herzlich wünsche. Die neulichen Unterhaltungen mit Ihnen haben meine ganze Ideen Masse in Bewegung gebracht, denn sie betrafen einen Gegenstand, der mich seit etlichen Jahren lebhaft beschäftigt. Über so manches, worüber ich mit mir selbst nicht recht einig werden konnte, hat die Anschauung Ihres Geistes (denn so muß ich den TotalEindruck Ihrer Ideen auf mich nennen) ein unerwartetes Licht in mir angesteckt. Mir fehlte das Objekt, der Körper, zu mehreren spekulativischen Ideen, und Sie brachten mich auf die Spur davon. Ihr beobachtender Blick, der so still und rein auf den Dingen ruht, setzt Sie nie in Gefahr, auf den Abweg zu geraten, in den sowohl die Spekulation als die willkürliche und bloß sich selbst gehorchende Einbildungskraft sich so leicht verirrt. In Ihrer richtigen Intuition liegt alles und weit vollständiger, was die Analysis mühsam sucht, und nur weil es als ein Ganzes in Ihnen liegt, ist Ihnen Ihr eigener Reichtum verborgen; denn leider wissen wir nur das, was wir scheiden. Geister Ihrer Art wissen daher selten, wie weit sie gedrungen sind, und wie wenig Ursache sie haben, von der Philosophie zu borgen, die nur von Ihnen lernen kann. Diese kann bloß zergliedern, was ihr gegeben wird, aber das Geben selbst ist nicht die Sache des Analytikers sondern des Genies, welches unter dem dunkeln aber sichern Einfluß reiner Vernunft nach objektiven Gesetzen verbindet.

Lange schon habe ich, obgleich aus ziemlicher Ferne, dem Gang Ihres Geistes zugesehen, und den Weg, den Sie Sich vorgezeichnet haben, mit immer erneuerter Bewunderung bemerkt. Sie suchen das Notwendige der Natur, aber Sie suchen es auf dem schweresten Wege, vor welchem jede schwächere Kraft sich wohl hüten wird. Sie nehmen die ganze Natur zusammen, um über das Einzelne Licht zu bekommen, in der Allheit ihrer Erscheinungsarten suchen Sie den Erklärungsgrund für das Individuum auf. Von der einfachen Organisation steigen Sie, Schritt vor Schritt, zu den mehr verwickelten hinauf, um endlich die verwickeltste von allen, den Menschen, genetisch aus den Materialien des ganzen Naturgebäudes zu erbauen. Dadurch, daß Sie ihn der Natur gleichsam nacherschaffen, suchen Sie in seine verborgene Technik einzudringen. Eine große und wahrhaft heldenmäßige Idee, die zur Genüge zeigt, wie sehr Ihr Geist das reiche Ganze seiner Vorstellungen in einer schönen Einheit zusammenhält. Sie können niemals gehofft haben, daß Ihr Leben zu einem solchen Ziele zureichen werde, aber einen solchen Weg auch nur einzuschlagen, ist mehr wert, als jeden andern zu endigen – und Sie haben gewählt, wie Achill in der Ilias zwischen Phtia und der Unsterblichkeit. Wären Sie als ein Grieche, ja nur als ein Italiener geboren worden, und hätte schon von der Wiege an eine auserlesene Natur und eine idealisierende Kunst Sie umgeben, so wäre Ihr Weg unendlich verkürzt, vielleicht ganz überflüssig gemacht worden. Schon in die erste Anschauung der Dinge hätten Sie dann die Form des Notwendigen aufgenommen, und mit Ihren ersten Erfahrungen hätte sich der große Styl in Ihnen entwickelt. Nun da Sie ein Deutscher geboren sind, da Ihr griechischer Geist in diese nordische Schöpfung geworfen wurde, so blieb Ihnen keine andere Wahl, als entweder selbst zum nordischen Künstler zu werden, oder Ihrer Imagination das, was ihr die Wirklichkeit vorenthielt, durch Nachhülfe der Denkkraft zu ersetzen, und so gleichsam von innen heraus und auf einem rationalen Wege ein Griechenland zu gebären. In derjenigen LebensEpoche, wo die Seele sich aus der äußern Welt ihre innere bildet, von mangelhaften Gestalten umringt, hatten Sie schon eine wilde und nordische Natur in sich aufgenommen, als Ihr siegendes, seinem Material überlegenes Genie diesen Mangel von innen entdeckte, und von außen her durch die Bekanntschaft mit der Griechischen Natur davon vergewissert wurde. Jetzt mußten Sie die alte, Ihrer Einbildungskraft schon aufgedrungene schlechtere Natur nach dem besseren Muster, das Ihr bildender Geist sich erschuf, korrigieren, und das kann nun freilich nicht anders als nach leitenden Begriffen von Statten gehen. Aber diese logische Richtung, welche der Geist bei der Reflexion zu nehmen genötiget ist, verträgt sich nicht wohl mit der ästhetischen, durch welche allein er bildet. Sie hatten also eine Arbeit mehr, denn so wie Sie von der Anschauung zur Abstraktion übergingen, so mußten Sie nun rückwärts Begriffe wieder in

Intuitionen umsetzen, und Gedanken in Gefühle verwandeln, weil nur durch diese das Genie hervorbringen kann.

So ungefähr beurteile ich den Gang Ihres Geistes, und ob ich recht habe, werden Sie Selbst am besten wissen. Was Sie aber schwerlich wissen können (weil das Genie sich immer selbst das größte Geheimnis ist) ist die schöne Übereinstimmung Ihres philosophischen Instinktes mit den reinsten Resultaten der spekulierenden Vernunft. Beim ersten Anblicke zwar scheint es, als könnte es keine größern Opposita geben, als den spekulativen Geist, der von der Einheit, und den intuitiven, der von der Mannichfaltigkeit ausgeht. Sucht aber der erste mit keuschem und treuem Sinn die Erfahrung, und sucht der letzte mit selbsttätiger freier Denkkraft das Gesetz, so kann es gar nicht fehlen, daß nicht beide einander auf halbem Wege begegnen werden. Zwar hat der intuitive Geist nur mit Individuen, und der spekulative nur mit Gattungen zu tun. Ist aber der intuitive genialisch und sucht er in dem empirischen den Charakter der Notwendigkeit auf, so wird er zwar immer Individuen aber mit dem Charakter der Gattung erzeugen; und ist der spekulative Geist genialisch, und verliert er, indem er sich darüber erhebt, die Erfahrung nicht, so wird er zwar immer nur Gattungen aber mit der Möglichkeit des Lebens und mit gegründeter Beziehung auf wirkliche Objekte erzeugen.

Aber ich bemerke, daß ich anstatt eines Briefes eine Abhandlung zu schreiben im Begriff bin – verzeihen Sie es dem lebhaften Interesse, womit dieser Gegenstand mich erfüllt hat; und sollten Sie Ihr Bild in diesem Spiegel nicht erkennen, so bitte ich sehr, fliehen Sie ihn darum nicht.

Die kleine Schrift von Moritz, die H. von Humboldt sich noch auf einige Tage ausbittet, habe ich mit großem Interesse gelesen, und danke derselben einige sehr wichtige Belehrungen. Es ist eine wahre Freude sich von einem instinktartigen Verfahren, welches auch gar leicht irre führen kann, eine deutliche Rechenschaft zu geben, und so Gefühle durch Gesetze zu berichtigen. Wenn man die Moritzische Ideen verfolgt, so sieht man nach und nach in die Anarchie der Sprache eine gar schöne Ordnung kommen, und entdeckt sich bei dieser Gelegenheit gleich der Mangel und die Grenze unserer Sprache sehr, so erfährt man doch auch ihre Stärke, und weiß nun, wie und wozu man sie zu brauchen hat.

Das Produkt von Diderot, besonders der erste Teil, ist sehr unterhaltend, und für einen solchen Gegenstand auch mit einer recht erbaulichen Dezenz behandelt. Auch diese Schrift bitte ich noch einige Tage hier behalten zu dürfen.

Es wäre nun doch gut, wenn man das neue Journal bald in Gang bringen könnte, und da es Ihnen vielleicht gefällt, gleich das erste Stück desselben zu eröffnen, so nehme ich mir die Freiheit, bei Ihnen anzufragen, ob Sie Ihren Roman nicht nach und nach darin erscheinen lassen wollen? Ob und wiebald Sie ihn aber auch für unser Journal bestimmen, so würden Sie mir durch Mitteilung desselben eine sehr große Gunst erzeigen. Meine Freunde, so wie meine Frau empfehlen sich Ihrem gütigen Andenken, und ich verharre hochachtungsvoll

Ihr
gehorsamster D⟨iene⟩r
FSchiller.

5. *Goethe*

⟨Ettersburg, 27. August 1794⟩

Zu meinem Geburtstage, der mir diese Woche erscheint, hätte mir kein angenehmer Geschenk werden können als Ihr Brief, in welchem Sie, mit freundschaftlicher Hand, die Summe meiner Existenz ziehen und mich, durch Ihre Teilnahme, zu einem emsigern und lebhafteren Gebrauch meiner Kräfte aufmuntern.

Reiner Genuß und wahrer Nutzen kann nur wechselseitig sein und ich freue mich Ihnen gelegentlich zu entwikkeln: was mir Ihre Unterhaltung gewährt hat, wie ich von jenen Tagen an auch eine Epoche rechne und wie zufrieden ich bin, ohne sonderliche Aufmunterung, auf meinem Wege fortgegangen zu sein, da es nun scheint als wenn wir, nach einem so unvermuteten Begegnen, mit einander fortwandern müßten. Ich habe den redlichen und so seltenen Ernst der in allem erscheint was Sie geschrieben und getan haben immer zu schätzen gewußt und ich darf nunmehr Anspruch machen durch Sie Selbst mit dem Gange Ihres Geistes, besonders in den letzten Jahren, bekannt zu werden. Haben wir uns wechselseitig die Punkte klar gemacht wohin wir gegenwärtig gelangt sind; so werden wir desto ununterbrochner gemeinschaftlich arbeiten können.

Alles was an und in mir ist werde ich mit Freuden mitteilen. Denn da ich sehr lebhaft fühle daß mein Unternehmen das Maß der menschlichen Kräfte und ihre⟨r⟩ irdischen Dauer weit übersteigt, so möchte ich manches bei Ihnen deponieren und dadurch nicht allein erhalten, sondern auch beleben.

Wie groß der Vorteil Ihrer Teilnehmung für mich sein wird werden Sie bald selbst sehen, wenn Sie, bei näherer Bekanntschaft, eine Art Dunkelheit und Zaudern bei mir entdecken werden, über die ich nicht Herr werden kann, wenn ich mich ihrer gleich sehr deutlich bewußt bin. Doch dergleichen Phänomene finden sich mehr in unsrer Natur, von der wir uns denn doch gerne regieren lassen, wenn sie nur nicht gar zu tyrannisch ist.

Ich hoffe bald einige Zeit bei Ihnen zuzubringen und dann wollen wir manches durchsprechen.

Leider habe ich meinen Roman, wenige Wochen vor Ihrer Einladung, an *Unger* gegeben und die ersten gedruckten Bogen sind schon in meinen Händen. Mehr als einmal habe ich diese Zeit gedacht daß er für die Zeitschrift recht schicklich gewesen wäre; es ist das einzige was ich noch habe das Masse macht und das eine Art von problematischer Komposition ist, wie sie die guten Deutschen lieben.

Das erste Buch schicke ich, sobald die Aushängebogen beisammen sind. Die Schrift ist schon solange geschrieben daß ich im eigentlichsten Sinne jetzt nur der Herausgeber bin.

Wäre sonst unter meinen Ideen etwas das zu jenem Zweck aufgestellt werden könnte; so würden wir uns leicht über die schicklichste Form vereinigen und die Ausführung sollte uns nicht aufhalten.

Leben Sie recht wohl und gedenken mein in Ihrem Kreise.

Ettersburg d. 27 Aug 1794.

Goethe

6. Goethe

⟨Weimar, 30. August 1794⟩

Beiliegende Blätter darf ich nur einem Freunde schicken von dem ich hoffen kann daß er mir entgegen kommt. Indem ich sie wieder durchlese erschein ich mir wie jener Knabe der den Ozean in das Grübchen zu schöpfen unternahm. Indessen erlauben Sie mir künftig mehr solche Impromptus, sie werden die Unterhaltung anreizen, beleben und ihr eine Richtung geben. Leben Sie recht wohl.

W. d.

30 Aug. 1794

Goethe

7. Schiller

Jena den 31. Aug. 94.

Bei meiner Zurückkunft aus Weißenfels, wo ich mit meinem Freunde Körner aus Dresden eine Zusammenkunft gehabt, erhielt ich Ihren vorletzten Brief, dessen Inhalt mir doppelt erfreulich war. Denn ich ersehe daraus, daß ich in meiner Ansicht Ihres Wesens Ihrem eigenen Gefühl begegnete, und daß Ihnen die Aufrichtigkeit, mit der ich mein Herz darin sprechen ließ, nicht mißfiel. Unsre späte, aber mir manche schöne Hoffnung erweckende, Bekanntschaft, ist mir abermals ein Beweis, wie viel besser man oft tut, den Zufall machen zu lassen, als ihm durch zu viele Geschäftigkeit vorzugreifen. Wie lebhaft auch immer mein Verlangen war, in ein näheres Verhältnis zu Ihnen zu treten, als zwischen dem Geist des Schriftstellers und seinem aufmerksamsten Leser möglich ist, so begreife ich doch nunmehr vollkommen, daß die so sehr verschiedenen Bahnen, auf denen Sie und ich wandelten, uns nicht wohl früher, als gerade jetzt, mit Nutzen zusammenführen konnten. Nun kann ich aber hoffen, daß wir, soviel von dem Wege noch übrig sein mag, in Gemeinschaft durchwandeln werden, und mit um so größerm Gewinn, da die letzten Gefährten auf einer langen Reise sich immer am meisten zu sagen haben.

Erwarten Sie bei mir keinen großen materialen Reichtum von Ideen; dies ist es, was ich bei Ihnen finden werde. Mein

Bedürfnis und Streben ist, aus Wenigem Viel zu machen, und wenn Sie meine Armut an allem was man erworbene Erkenntnis nennt, einmal näher kennen sollten, so finden Sie vielleicht, daß es mir in manchen Stücken damit mag gelungen sein. Weil mein Gedankenkreis kleiner ist, so durchlaufe ich ihn eben darum schneller und öfter, und kann eben darum meine kleine Barschaft besser nutzen, und eine Mannichfaltigkeit, die dem Inhalte fehlt, durch die Form erzeugen. Sie bestreben Sich, Ihre große Ideenwelt zu simplifizieren, ich suche Varietät für meine kleine Besitzungen. Sie haben ein Königreich zu regieren, ich nur eine etwas zahlreiche Familie von Begriffen, die ich herzlich gern zu einer kleinen Welt erweitern möchte.

Ihr Geist wirkt in einem außerordentlichen Grade intuitiv, und alle Ihre denkenden Kräfte scheinen auf die Imagination, als ihre gemeinschaftliche Repräsentantin gleichsam kompromittiert zu haben. Im Grund ist dies das höchste, was der Mensch aus sich machen kann, sobald es ihm gelingt, seine Anschauung zu generalisieren und seine Empfindung gesetzgebend zu machen. Darnach streben Sie, und in wie hohem Grade haben Sie es schon erreicht! *Mein* Verstand wirkt eigentlich mehr symbolisierend, und so schwebe ich als eine ZwitterArt, zwischen dem Begriff und der Anschauung, zwischen der Regel und der Empfindung, zwischen dem technischen Kopf und dem Genie. Dies ist es, was mir, besonders in frühern Jahren, sowohl auf dem Felde der Spekulation als der Dichtkunst ein ziemlich linkisches Ansehen gegeben; denn gewöhnlich übereilte mich der Poet, wo ich philosophieren sollte, und der philosophische Geist, wo ich dichten wollte. Noch jetzt begegnet es mir häufig genug, daß die Einbildungskraft meine Abstraktionen, und der kalte Verstand meine Dichtung stört. Kann ich dieser beiden Kräfte in so weit Meister werden, daß ich einer jeden durch meine Freiheit ihre Grenzen bestimmen kann, so erwartet mich noch ein schönes Los; leider aber, nachdem ich meine moralischen Kräfte recht zu kennen und zu gebrauchen angefangen, droht eine Krankheit, meine physischen zu untergraben. Eine große und allgemeine Geistesrevolution werde ich schwerlich Zeit haben, in mir zu vollenden aber ich werde tun was ich kann, und wenn endlich das Gebäude zusammenfällt, so habe ich doch vielleicht das Erhaltungswerte aus dem Brande geflüchtet.

Sie wollten, daß ich von mir selbst reden sollte, und ich machte von dieser Erlaubnis Gebrauch. Mit Vertrauen lege ich Ihnen diese Geständnisse hin, und ich darf hoffen, daß Sie sie mit Liebe aufnehmen.

Ich enthalte mich heute ins Detail Ihres Aufsatzes zu gehen, der unsre Unterhaltungen über diesen Gegenstand gleich auf die fruchtbarste Spur einleitet. Meine eigenen, auf einem verschiedenen Wege angestellten Recherchen haben mich auf ein ziemlich damit übereinstimmendes Resultat geführt, und in beifolgenden Papieren finden Sie vielleicht Ideen, die den Ihrigen begegnen. Sie sind vor anderthalb Jahren hingeworfen worden, und sowohl in dieser Rücksicht, als ihrer lokalen Veranlassung wegen (denn sie waren für einen nachsichtigen Freund bestimmt) kann ihre rohe Gestalt auf Entschuldigung Anspruch machen. Seitdem haben sie allerdings ein besseres Fundament, und eine größere Bestimmtheit in mir erhalten, die sie den Ihrigen ungleich näher bringen dürfte.

Daß Wilh⟨elm⟩ Meister für unser Journal verloren sein soll, kann ich nicht genug beklagen. Indessen hoffe ich von Ihrem fruchtbaren Geiste und Ihrem freundschaftlichen Eifer für unsre Unternehmung einen Ersatz dieses Verlustes, wobei die Freunde Ihres Genius alsdann doppelt gewinnen. In dem Stück der Thalia, die ich hier beilege, finden Sie einige Ideen von Körner über Deklamation, die Ihnen nicht mißfallen werden. Alles bei uns empfiehlt sich Ihrem freundschaftlichen Andenken und ich bin mit der herzlichsten Verehrung

der Ihrige

Schiller.

8. Goethe

⟨Weimar, 4. September 1794⟩

Die mir übersendeten Manuskripte sowohl, als das Bruchstück der Entwicklung des Erhabnen habe mit viel Vergnügen gelesen und mich daraus aufs neue überzeugt daß uns nicht allein dieselben Gegenstände interessieren, sondern daß wir auch in der Art sie anzusehen meistens übereinkommen. Über alle Hauptpunkte, sehe ich, sind wir einig und was die Abweichung der Standpunkte, der Verbindungsart, des Ausdrucks betrifft, so zeugen diese von dem Reichtum des Objekts und der ihm korrespondierenden Mannigfaltigkeit der Subjekte. Ich würde Sie nun ersuchen: mir nach und nach alles, was Sie über diese Materie schon geschrieben und drucken lassen, mitzuteilen; damit man ohne Zeitverlust das vergangene nachholte.

Dabei hätte ich Ihnen einen Vorschlag zu tun: Nächste Woche geht der Hof nach Eisenach, und ich werde vierzehn Tage so allein und unabhängig sein, als ich sobald nicht wieder vor mir sehe. Wollten Sie mich nicht in dieser Zeit besuchen? bei mir wohnen und bleiben? Sie würden jede Art von Arbeit ruhig vornehmen können. Wir besprächen uns in bequemen Stunden, sähen Freunde die uns am ähnlichsten gesinnt wären und würden nicht ohne Nutzen scheiden. Sie sollten ganz nach Ihrer Art und Weise leben und Sich wie zu Hause möglichst einrichten. Dadurch würde ich in den Stand gesetzt Ihnen von meinen Sammlungen das wichtigste zu zeigen und mehrere Fäden würden sich zwischen uns anknüpfen. Vom vierzehnten an würden Sie mich zu Ihrer Aufnahme bereit und ledig finden. Bis dahin verspare ich so manches das ich zu sagen habe und wünsche indessen recht wohl zu leben.

Haben Sie wohl *Charis* von Ramdohr gesehen? Ich habe mit allen natürlichen und künstlichen Organen meines Individuums das Buch anzufassen gesucht, aber noch keine Seite daran gefunden von der ich mir den Inhalt zueignen könnte.

Leben Sie recht wohl und grüßen die Ihrigen.

W. d. 4 Sept 1794

Goethe

9. Schiller

Jena den 7. Sept. 94.

Mit Freuden nehme ich Ihre gütige Einladung nach W⟨eimar⟩ an, doch mit der ernstlichen Bitte, daß Sie in keinem einzigen Stück Ihrer häuslichen Ordnung auf mich rechnen mögen, denn leider nötigen mich meine Krämpfe gewöhnlich, den ganzen Morgen dem Schlaf zu widmen, weil sie mir des Nachts keine Ruhe lassen, und überhaupt wird es mir nie so gut, auch den Tag über auf eine *bestimmte* Stunde sicher zählen zu dürfen. Sie werden mir also erlauben, mich in Ihrem Hause als einen völlig Fremden zu betrachten, auf den nicht geachtet wird, und dadurch, daß ich mich ganz isoliere, der Verlegenheit zu entgehen, jemand andres von meinem Befinden abhängen zu lassen. Die Ordnung, die jedem andern Menschen wohl macht, ist mein gefährlichster Feind, denn ich darf nur in einer bestimmten Zeit etwas bestimmtes vornehmen *müssen*, so bin ich sicher, daß es mir nicht möglich sein wird.

Entschuldigen Sie diese Präliminarien, die ich notwendiger weise vorher gehen lassen mußte, um meine Existenz bei Ihnen auch nur möglich zu machen. Ich bitte bloß um die leidige Freiheit, bei Ihnen krank sein zu dürfen.

Schon ging ich damit um, ihnen einen Aufenthalt in meinem Hause anzubieten, als ich Ihre Einladung erhielt. Meine Frau ist mit dem Kinde auf 3 Wochen nach Rudolstadt, um den Blattern auszuweichen, die H. v. Humboldt seinem Kleinen inokulieren ließ. Ich bin ganz allein und könnte Ihnen eine bequeme Wohnung einräumen. Außer Humbold sehe ich selten jemand, und seit langer Zeit kommt keine Metaphysik über meine Schwelle.

Mit Ramdohrs Charis ist es mir sonderbar ergangen. Beim ersten Durchblättern hat mir vor seiner närrischen Schreibart und vor seiner horribeln Philosophie gegraut, und ich schickte ihn über Hals und Kopf dem Buchhändler wieder. Als ich nahher in einer gelehrten Zeitung einige Stellen aus seiner Schrift über die niederländische Schule angeführt fand, gewann ich ein besseres Vertrauen zu ihm, und nahm seine Charis wieder vor, welche mir nicht ganz unnütz gewesen ist. Was er im Allgemeinen über die Empfindungen, den Geschmack und die Schönheit sagt, ist freilich höchst unbefriedigend, und, um nicht etwas schlimmeres zu sagen, eine wahre Reichsfreiherrliche Philosophie; aber den empirischen Teil seines Buchs, wo er von dem Charakteristischen der verschiedenen Künste redet und einer jeden ihre Sphäre und ihre Grenzen bestimmt, habe ich sehr brauchbar gefunden. Man sieht, daß er hier in seiner Sphäre ist, und durch einen langen Aufenthalt unter Kunstwerken sich eine, gewiß nicht gemeine, Fertigkeit des Geschmacks erworben hat. Hier in diesem Teile spricht der unterrichtete Mann, der, wo nicht eine entscheidende doch eine mitzählende Stimme hat. Aber es kann wohl sein, daß er den Wert, den er hier für mich notwendig haben mußte, für Sie völlig verliert, weil die Erfahrungen, auf die er sich stützt, Ihnen etwas bekanntes sind, und Sie also schlechterdings nichts neues bei ihm vorfinden konnten. Gerade das, was Sie eigentlich suchten, ist ihm im höchsten Grade verunglückt, und was ihm geglückt ist, brauchen Sie nicht. Es sollte mich wundern, wenn ihn die Kantianer ruhig abziehen ließen, und die Gegner dieser Philosophie nicht ihre Partei durch ihn zu verstärken suchten.

Da Sie doch einmal jenes Bruchstück von mir über das Erhabene gelesen haben, so lege ich hier den Anfang bei, wo Sie vielleicht einige Ideen finden, die über den ästhetischen Ausdruck der Leidenschaft etwas bestimmen können. Einige frühere Aufsätze von mir über ästhetische Gegenstände befriedigen mich nicht genug, um sie Ihnen vorzulegen, und einige spätere, die noch ungedruckt sind, werde ich mitbringen. Vielleicht interessiert Sie eine Rezension von mir über Matthisons Gedichte in der A⟨llgemeinen⟩ L⟨iteratur⟩ Z⟨eitung⟩ die in dieser Woche wird ausgegeben werden. Bei der Anarchie, welche noch immer in der poetischen Kritik herrscht und bei dem gänzlichen Mangel objektiver Geschmacksgesetze befindet sich der Kunstrichter immer in großer Verlegenheit, wenn er seine Behauptung durch Gründe unterstützen will; denn kein Gesetzbuch ist da, worauf er sich berufen könnte. Will er ehrlich sein, so muß er entweder gar schweigen, oder er muß (was man auch nicht immer gerne hat) zugleich der Gesetzgeber und der Richter sein. Ich habe in jener Rezension die letzte Partei ergriffen, und mit welchem Rechte oder Glück, das möchte ich am liebsten von Ihnen hören.

Ich erhalte so eben die Rezension und lege sie bei.

Fr. Schiller.

10. Goethe

⟨Weimar, 10. September 1794⟩

Haben Sie Dank für die Zusage kommen zu wollen. Eine völlige Freiheit nach Ihrer Weise zu leben werden Sie finden. Haben Sie die Güte mir den Tag anzuzeigen wenn Sie kommen, damit ich mich einrichte.

Vielleicht besucht uns H. v. Humboldt einmal, vielleicht gehe ich mit Ihnen zurück. Doch wollen wir auch alles dies dem Genio des Tags überlassen. Haben Sie *Charis* so bringen Sie das Buch mit.

Einige schöne Landschaften, die eben aus Neapel kommen, werden uns beim Gespräch über diese Materie zur Seite stehen.

Leben Sie recht wohl und empfehlen mich den Ihrigen. W. d. 10 Sept. 1794

Goethe

So eben erhalte einige Exemplare der englischen Iphigenie und lege eines bei.

11. Schiller

Jena den 12. Sept. 94.

Sie haben mir, vom 14ten an, einen Tag zu bestimmen überlassen. Ich werde also, mit Ihrer Erlaubnis, Sonntag Nach-Mittag bei Ihnen eintreffen, weil ich so wenig als möglich von dem Vergnügen, das Sie mir bereiten, verlieren möchte. H. v. Humboldt, den Ihre Einladung sehr erfreut, wird mich begleiten, um einige Stunden mit Ihnen zu verleben.

Ramdohr war vor einigen Tagen hier, und hat sich wahrscheinlich auch bei Ihnen gemeldet. Wie er mir sagt, so schreibt er jetzt an einem Buch über die *Liebe,* worin bewiesen sein wird, daß reine Liebe nur bei den Griechen statt gefunden habe. Seine Ideen über Schönheit holt er ziemlich tief von unten herauf, denn er ruft dabei den Geschlechtstrieb zu Hülfe.

Die englische Iphigenia erfreute mich sehr. Soviel ich davon urteilen kann, paßt diese fremde Kleidung ihr gut an, und man wird lebhaft an die große Verwandtschaft beider Sprachen erinnert.

Fridrich Jacobi will mit an den Horen arbeiten, welches unsern Kreis auf eine angenehme Art erweitert. Mir ist er ein sehr interessantes Individuum, obgleich ich gestehen muß, daß ich mir seine Produkte nicht assimilieren kann.

Charis ist hier nirgends zu bekommen, aber eine Abhandlung von Maimon über den Schönheitsbegriff, die lesenswert ist, will ich mitbringen.

Meine Frau trägt mir auf, Ihnen recht viel freundschaftliches zu sagen. Ich sende ihr die englische Iphigenia, was ihr große Freude machen wird.

Schiller.

12. Schiller

Jena den 29. Sept. 94.

Ich sehe mich wieder hier, aber mit meinem Sinn bin ich noch immer in Weimar. Es wird mir Zeit kosten, alle die Ideen zu entwirren, die Sie in mir aufgeregt haben, aber keine einzige, hoffe ich, soll verloren sein. Es war meine Absicht, diese vierzehn Tage bloß dazu anzuwenden, soviel von Ihnen zu empfangen, als meine Rezeptivität erlaubt; die Zeit wird es nun lehren, ob diese Aussaat bei mir aufgehen wird.

Bei meiner Zurückkunft fand ich einen Brief von unserm Horenverleger, der voll Eifer und Entschlossenheit ist, das große Werk bald zu beginnen. Ich hatte ihm absichtlich noch einmal alle Schwürigkeiten und alle möglichen Gefahren dieses Unternehmens vorgestellt, um ihm Gelegenheit zu geben, mit möglichster Überlegung diesen Schritt zu tun. Er findet aber, nach Erwägung aller Umstände, daß keine Unternehmung versprechender sein kann, und hat eine genaue Abrechnung mit seinen Kräften gehalten. Auf seine unermüdete Tätigkeit in Verbreitung des Journals, sowie auf seine Pünktlichkeit im Bezahlen können wir zählen.

Er äußert den Wunsch, daß wir seinem Associé, einen jungen Gelehrten, in unserm Ausschuß eine konsultative Stimme geben möchten. Ich kann es ihm nicht verargen, daß er in dem Senat, der über seinen Geldbeutel disponieren soll, gern einen guten Freund haben möchte. Dazu kommt, daß dieser junge Mann, der sich Zahn nennt, zu der Handels-Compagnie in Calb gehört, die das Cottaische Unternehmen deckt, und die so beträchtlich ist, daß man schon bei mehrern Extremitäten in Wirtemberg auf ihren Kredit gerechnet hat. Ich glaube daher, daß man wohl tut, diesen Mann so sehr als möglich in das Interesse unsrer Unternehmung zu ziehen, und ihm also wohl eine ratgebende Stimme in unserm Ausschuß zugestehen kann. Weil dies ein Geschäft betrifft, das ad Acta kommt, so bitte ich Sie, beifolgendes Blatt, wenn Sie mit dem Inhalt einverstanden sind, zu unterschreiben.

Da ich nächster Tage an H. Arends schreiben will, so ersuche ich Sie, mir seine Adresse gütigst mitzuteilen. Sie sprachen neulich davon, daß Sie Herrn Hirt in Rom veranlassen wollten, uns das neueste, was im artistischen Fach in Italien vorgeht, zu kommunizieren. Dies würde gewiß nützlich sein, und ich bitte, gelegentlich daran zu denken.

Die Luft ist heute so drückend, daß ich es bei diesem Redaktionsgeschäfte bewenden lassen muß. H. v. Ramdohr hat hier, wie ich höre, über den Empfang, den er in Dresden bei Ihnen fand, nicht zum besten gesprochen. Er ist hier so sehr für einen Kunstkenner bekannt, daß ihn Loder mit sich zum Tischler führte, um eine ganz gewöhnliche Kommode, die er da machen läßt, in Augenschein zu nehmen.

Schiller.

13. Goethe

〈Weimar, 1. Oktober 1794〉

Wir wissen nun, mein wertester, aus unsrer vierzehntägigen Konferenz: daß wir in Prinzipien einig sind und daß die Kreise unsers Empfindens, Denkens und Wirkens teils koinzidieren, teils sich berühren, daraus wird sich für beide gar mancherlei Gutes ergeben. Für die Horen habe fortgefahren zu denken und angefangen zu arbeiten, besonders sinne ich auf Vehikel und Masken wodurch und unter welchen wir dem Publico manches zuschieben können. Gegen die Aufnahme des H. Zahns habe nichts zu erinnern, gebe aber, da ich wünschte daß Sie alle Expeditionen allein unterschrieben, meine Beistimmung auf einem besondern Blatt zu den Akten.

Leben Sie recht wohl und vergessen nicht ganz meines diätetischen Rates. Ich hoffe bald etwas schicken zu können und erwarte Ihre Anregung über diese oder jene Gegenstände zu schreiben. W. d. 1 Oktbr. 1794

G.

v⟨erte⟩

H. Arens wird Ihr Brief nicht verfehlen wenn Sie nur *Baumeister* auf die Adresse setzen, er ist in Hamb⟨urg⟩ bekannt genug.

Hirt und Albrecht vergesse ich nicht. Danken Sie H. v. Humbolt für die Rezension des Woldemars, ich habe sie so eben mit dem größten Anteil gelesen.

⟨*Beilage:*⟩

Daß die Herausgeber der Horen H Zahn aus Tübingen in ihre Sozietät aufnehmen und demselben ein konsultatives Votum, in den Angelegenheiten welche diese Monatschrift betreffen, bewilligen, finde ich den Umständen ganz angemessen. Es versteht sich daß dieses Verhältnis nur solange dauern kann als H. Cotta Verleger ist. W. d. 1 Oktbr 1794

Goethe

14. Goethe

⟨Weimar, 8. Oktober 1794⟩

Da das gerettete Venedig nicht nächsten Sonnabend, sondern erst Dienstag gegeben wird; auch nicht eben von dem Gewicht ist daß es Sie herüberziehen sollte; so wollte ich Ihnen überlassen: ob Sie nicht, mit Ihrer lieben Gattin, Sonnabend d. 18ten herüberkommen wollten? wo wir Don Carlos geben. Wenn Sie auch nicht ganz von der Aufführung erbaut werden sollten; so wäre doch das Talent unsrer Schauspieler, zu dem bekannten Zwecke, bei dieser Gelegenheit, am sichersten zu prüfen. Leben Sie recht wohl und gedenken mein. W. d. 8 Oktbr. 1794

Goethe

15. Schiller

Jena den 8. 8br.⟨Oktober⟩ 94.

Entschuldigen Sie das lange Ausbleiben dieses Briefes, der unsre Korrespondenz eröffnen soll. Einige dringende Geschäfte für die Lit⟨eratur⟩Zeitung und die Thalia, die vorher abgetan sein mußten, haben ihn gegen meinen Wunsch und Willen verzögert.

Es wird nun auf Sie ankommen, ob der Pfad, den ich hier einschlage, ferner verfolgt werden soll. Mir schien es nötig, da wir uns in der Folge so oft darauf geführt sehen könnten, unsre Begriffe über das Wesen des Schönen vor der Hand ins Klare zu setzen.

Mit Hof⟨rat⟩ Schütz habe ich unsere Angelegenheit ziemlich in Ordnung gebracht. Der HauptAnstoß, und eigentlich der einzige, ist die große KostenVermehrung für die H. H. Redacteurs, wenn sie von dem nämlichen Buche jährlich 12 Rezensionen liefern solle⟨n⟩, da sie nur zu einer einzigen eigentlich verpflichtet sind. Es wird aber wahrscheinlich arrangiert werden können, daß der Verleger der Horen die Hälfte der Unkosten ihnen abnimmt. Durch diese Auskunft hoffen sie auch d⟨en⟩ übrigen Herausgebern von Journalen, die sonst eine gleiche Begünstigung fodern könnten, den Mund zu stopfen.

Nach Ihrem Roman, den Sie mir kommunizieren wollten, verlangt mich sehr. Schütz hat mir angetragen, diesen Teil zu rezensieren, und ich bin sehr geneigt, ihm zu willfahren; besonders, da ich ihn ungern in andre Hände kommen sehe.

Humboldts und meine Frau begrüßen Sie freundschaftlich, und ich bin Ihnen nahe mit allem, was in mir lebt und denkt.

Sch.

16. Goethe

⟨Weimar, zwischen 8. und 19. Oktober 1794⟩

Ihr Brief hat mich noch mehr an der Überzeugung bestärkt, die mir unsre Unterredung hinterlassen hatte, daß wir eben an wichtigen Gegenständen ein gleiches Intresse haben und daß wir, indem wir von ganz verschiedenen Seiten auf die selben losgehen, doch bei denselben im Grad der Richtung zusammentreffen, und uns darüber, zu unsrer wechselseitigen Zufriedenheit darüber unterhalten können.

Der größte Teil dieses Briefes, enthält nicht allein meine Gedanken und Gesinnungen sondern er entwickelt sie auch auf eine Weise wie ich es selbst kaum getan hätte. Die Bezeichnung der beiden Wege die unsre Untersuchung genommen, die Warnung vor der doppelten Gefahr, das von einem Portrait genommene Beispiel, und was zu nächst darauf folgt, ist von der Art daß sich auch selbst Wort und Ausdruck unterscheiden können, der Gedanke daß eine Idealische Gestalt an nichts erinnern müsse, scheint mir sehr fruchtbar, und der Versuch aufzufinden, was sowohl am Gegenstand die Schönheit mindern oder aufheben, als was den Beobachter hindern könne, scheint mir sehr weislich angestellt; wenn Sie nun aber die anscheinende Ketzereien vorlegen; daß Bestimmtheit sich nicht mit der Schönheit vertrage, ferner daß Wahrheit und Bestimmtheit nicht notwendige Bedingungen der Schönheit; sondern notwendige Bedingungen unsers Wohlgefallens an der Schönheit sei, so muß ich erst abwarten, bis Sie mir diese Rätsel auflösen ob ich gleich aus denen was zwischen beide⟨n⟩ Sätzen inne steht, ohngefähr den Weg erraten kann, den Sie nehmen möchten.

Lassen Sie mich dagegen auf meiner Seite in der Region bleibe⟨n⟩ die ich durchsuche und durchforsche, lassen Sie mich wie ich immer getan von Skulpturen und Malereien besonders ausgehen, und fragen; was denn der Künstler zu tun habe, damit nach seinem vielfältigen einzelnen Bemühungen, der Zuschauer endlich noch das Ganze sehe, und Ausrufe es ist Schön!

Da wir beide bekennen daß wir dasjenige noch nicht wissen, wenigstens noch nicht deutlich und bestimmt wissen, wovon wir uns so eben unterhalten; sondern vielmehr suchen, da wir einander nicht belehren wollen, sondern einer dem andern nachzuhelfen, und ihn zu warnen denkt, wenn er wie es nur leider gewöhnlich geschieht zu einseitig werden sollte so lassen Sie mich vollkommene Kunstwerke gänzlich aus den Augen setzen, lassen Sie uns erst versuchen wie wir gute Künstler bilden, erwarten daß sich unter diesem ein Genie finde, das sich selbst vollende; lassen Sie uns i⟨h⟩m Nachspüren, wie er sich selbst unbewußt dabei zu Werke gehe, und wie das schönste Kunstprodukt eben wie ein schönes Naturprodukt, zuletzt nur gleichsam durch ein unaussprechliches Wunder zu entstehen scheine.

Lassen Sie mich bei meinen Erklärungen, das Wort Kunst brauchen wenn ich immer gleich nur bildende Kunst besonders Skulpture und Malerei hierunter verstehe, daß ma⟨n⟩ches auf andere Künste passe, daß manches gemein sein werde versteht sich von selbst. Noch eins lassen Sie mich erinnern, was ⟨s⟩ich gewissermaßen von selbst verstehet; daß hier nicht die Rede sei neue und unbekannte oder unerhörte Dinge zu sagen, sondern das Bekannte das längst ausgeübte, so darzustellen wie es sich in unsrer Gemüts art sammle.

Indem wir nur vorerst gute Künstler bilden wollen setzen wir in unsern Schülern ein mäßiges naturell voraus, ein Auge das die Gegenstände rein sieht, ein Gemüt das geneigt sei sie zu lieben einen mechanischen trieb der Hand, dasjenige das das Auge empfängt gleichsam unmittelbar in irgend eine Materie wieder hinzugeben, und so fragen wir denn: wie wir diese bilden wollten? damit sie im stand gesetzt würden, sich über unsre Erwartung in der Folge selbst auszubilden.

Leonardi da Vinzi fängt seine Schrift über die bildende Kunst, mit denen sonderbaren Worten an: wenn ein Schüler in der perspektiv und Anatomie, sich perfektioniert hat, so mag er einem Meister aufsuchen.

Lassen Sie mich auf gleiche weise annehmen, daß unsre Schüler was sie sehen schon das auf eine leidliche weise nach zu bilden wissen, lassen Sie uns sodann unsre Schulen in verschiedene Klassen einteilen, und sehen was wir sie darinnen zu lehren haben, lassen Sie uns streng verfahren, und keinen eine stufe weiterrücken bis er es verdient und sich diese Stufe selbst er⟨o⟩bert hat. Künstler die zu schnell und ohne Vorbereitung in das höhere der Kunst gerückt werden, gleichen den Menschen die vom Glücke zu schnell erhoben werden sie wissen sich in ihren Zustand nicht zu finden können von dem was ihnen zugeeignet wird selten mehr als einem mehr als oberflächlichen Gebrauch machen.

17. Schiller

Jena den 17. 8br.⟨Oktober⟩ 94.

Wenn ich meiner Gesundheit trauen darf, welche durch das schlechte Wetter wieder beunruhigt worden ist, so komme ich Morgen nach Mittag mit meiner Frau nach Weimar; doch bitte ich Sie, mich nicht eigentlich zu erwarten, weil jetzt noch wenig Wahrscheinlichkeit dazu vorhanden ist.

Ich gebe jetzt meinen Briefen an den Pr⟨inzen⟩ v⟨on⟩ Aug⟨ustenburg⟩ die letzte Hand, weil ich den Anfang derselben für das erste Stück der Horen bestimmt habe. Künftigen Dienstag hoffe ich, sie Ihnen zusenden zu können. Mein erstes wird alsdann sein, die neulich berührte Materie fortzusetzen, die ich an einer gefährlichen Stelle fallen ließ. Den Elegien und der Epistel sehen wir mit großem Verlangen entgegen.

Alles empfiehlt sich Ihnen hier aufs beste.

Schiller.

18. Goethe

⟨Weimar, 19. Oktober 1794⟩

Wahrscheinlich wären Sie mit der Aufführung des Carlos nicht ganz unzufrieden gewesen, wenn wir das Vergnügen gehabt hätten, Sie hier zu sehen; wenden Sie nur manchmal Ihre Gedanken den Maltheser Rittern zu.

Zu Ende dieser Woche sende ich wahrscheinlich die Elegien, sie sind zum Teil schon abgeschrieben, nur halten mich noch einige widerspenstige Verse hier und da auf.

Gegen Ihren ersten Brief erhalten Sie auch einige Blätter, schon habe ich sie diktiert, muß aber einiges umschreiben. Ich komme mir gar wunderlich vor wenn ich theoretisieren soll.

Gedenken Sie mein mit den Ihrigen.

H. Gerning, der diesen Brief überbringt gönnen Sie ja wohl eine Viertelstunde. Leben Sie recht wohl

W. d. 16. Oktbr 1794

Goethe

19. Schiller

Jena den 20. 8br.⟨Oktober⟩ 94.

Hier mache ich denn also den Anfang, den Tanz der Horen zu beginnen, und sende Ihnen, was von meinen Briefen an den Pr⟨inzen⟩ für das erste Stück bestimmt ist. Ohne Zweifel wird es durch Ihre und meine Beiträge bis auf wenige Blätter voll werden. Vielleicht könnten wir einen kleinen Beitrag von Herdern gleich für das erste Stück erhalten, welches mir gar angenehm wäre. Übrigens ist, wenn gleich keine Mannichfaltigkeit der Autoren, doch Mannichfaltigkeit der Materien genug in dem ersten Stücke, wie Sie finden werden.

Mein Debüt in den Horen ist zum wenigsten keine Captatio benevolentiae bei dem Publikum. Ich konnte es aber nicht schonender behandeln, und ich bin gewiß, daß Sie in diesem Stücke meiner Meinung sind. Ich wünschte, Sie wären es auch in den übrigen, denn ich muß gestehen, daß meine wahre ernstliche Meinung in diesen Briefen spricht. Ich habe über den politischen Jammer noch nie eine Feder angesetzt, und was ich in diesen Briefen davon sagte, geschah bloß um in alle Ewigkeit nichts mehr davon zu sagen; aber ich glaube, daß das Bekenntnis, das ich darin ablege, nicht ganz überflüssig ist. So verschieden die Werkzeuge auch sind, mit denen Sie und ich die Welt anfassen, und so verschieden die offensive und defensive Waffen, die wir führen, so glaube ich doch, daß wir auf Einen Hauptpunkt zielen. Sie werden in diesen Briefen Ihr Portrait finden, worunter ich gern Ihren Namen geschrieben hätte, wenn ich es nicht haßte, dem Gefühl denkender Leser vorzugreifen. Keiner, dessen Urteil für Sie Wert haben kann, wird es verkennen, denn ich weiß, daß ich es gut gefaßt und treffend genug gezeichnet habe.

Es würde mir lieb sein, wenn Sie Zeit fänden, das Mskrpt bald zu lesen, und es dann Herdern schickten, den ich prevenieren werde; denn es soll ja, nach unsern Statuten, noch in mehrere Hände, ehe es abgeschickt werden kann, und wir wollen doch bald Anstalten zum Abdruck der Horen machen.

Wissen Sie vielleicht schon, daß Engel in Berlin seine Theater Direktion niedergelegt hat, und jetzt in Schwerin, ganz außer Diensten, lebt? Er hat von jährlichen 1500. Rtl. die er als Besoldung zog, ganz und gar nichts behalten. Wie ich höre ist er jetzt sehr fleißig mit seiner Feder, und mir hat er nächstens einen Aufsatz zu schicken versprochen.

Ich habe jetzt wegen des Musen Almanachs von dem ich Ihnen neulich in W⟨eimar⟩ schon erzählte, mit dem Juden Buchhändler ordentlich kontrahiert, und er wird künftige Michaelis Messe erscheinen. Auf Ihre Güte, die mich nicht im Stich lassen wird, zähle ich dabei sehr. Mir ist diese Entreprise, dem Geschäfte nach, eine sehr unbedeutende Vermehrung der Last, aber für meine ökonomischen Zwecke desto glücklicher, weil ich sie auch bei einer schwachen Gesundheit fortführen, und dadurch meine Unabhängigkeit sichern kann.

Mit großem Verlangen sehe ich allem entgegen was Ihr letzter Brief mir verspricht.

Wir alle empfehlen uns Ihrem Andenken bestens.

Schiller.

20. *Goethe*

⟨Weimar, 26. Oktober 1794⟩

Das mir übersandte Manuskript habe sogleich mit großem Vergnügen gelesen, ich schlurfte es auf Einen Zug hinunter. Wie uns ein köstlicher, unsrer Natur analoger Trank willig hinunter schleicht und auf der Zunge schon durch gute Stimmung des Nervensystems seine heilsame Wirkung zeigt, so waren mir diese Briefe angenehm und wohltätig, und wie sollte es anders sein? da ich das was ich für recht seit langer Zeit erkannte, was ich teils lebte, teils zu leben wünschte auf eine so zusammenhängende und edle Weise vorgetragen fand. Auch Meyer hat seine große Freude daran, und sein reiner, unbestechlicher Blick war mir eine gute Gewähr. In diesem behaglichen Zustande hätte mich Herders beiliegendes Billet beinahe gestört, der uns, die wir an dieser Vorstellungs Art Freude haben, einer Einseitigkeit beschuldigen möchte. Da man aber im Reiche der Erscheinungen es überhaupt nicht so genau nehmen darf und es immer schon tröstlich genug ist mit einer Anzahl geprüfter Menschen, eher zum Nutzen als Schaden seiner selbst und seiner Zeitgenossen, zu irren, so wollen wir getrost und unverruckt so fort leben und wirken und uns in unserm Sein und Wollen ein Ganzes denken, um unser Stückwerk nur einigermaßen vollständig zu machen. Die Briefe behalte ich noch einige Tage, um sie nochmals mit Meyern zu genießen.

Hier folgen die Elegien. Ich wünschte daß Sie sie nicht aus Händen gäben, sondern sie denen, die noch über ihre Admissibilität zu urteilen haben vorläsen. Alsdann erbitte ich mir sie zurück, um vielleicht noch einiges zu retuschieren. Finden Sie etwas zu erinnern; so bitte ich es anzuzeigen.

Die Epistel wird abgeschrieben und folgt mit einigen Kleinigkeiten bald, dann muß ich eine Pause machen, denn das dritte Buch des Romans fordert meine Aufmerksamkeit. Noch habe ich die Aushängebogen des ersten nicht, sobald sie anlangen sind sie bei Ihnen.

Wegen des Almanachs werde ich Ihnen den Vorschlag tun: ein Büchelchen Epigrammen ein oder anzurücken. Getrennt bedeuten sie nichts, wir würden aber wohl aus einigen Hunderten, die mitunter nicht producibel sind, doch eine Anzahl auswählen können die sich auf einander beziehen und ein Ganzes bilden. Das nächstemal daß wir zusammenkommen, sollen Sie die leichtfertige Brut im Neste beisammen sehen.

Leben Sie recht wohl und lassen mich unter den Ihrigen gegenwärtig sein.

W. d. 26ten Oktbr 94

Goethe

Schreiben Sie mir doch was Sie noch etwa zu den Horen von mir wünschen und *wann* Sie es brauchten. Die zweite Epistel wird in der ersten Stunde guten Humors auch fertig.

21. Schiller

Jena den 28. 8br.⟨Oktober⟩ 94.

Daß Sie mit meinen Ideen einstimmig und mit der Ausführung derselben zufrieden sind, erfreut mich nicht wenig, und dient mir auf dem Wege, den ich betreten habe, zu einer sehr nötigen Ermunterung. Zwar sollten Dinge, die sich im

Felde der bloßen Vernunft ausmachen lassen, oder sich doch dafür ausgeben, fest genug auf innern und objektiven Gründen ruhen, und das Kriterium der Wahrheit in sich selber tragen; aber eine solche philosophie gibt es noch nicht, und die meinige ist noch weit davon entfernt. Endlich beruht doch die Hauptsache auf dem Zeugnisse der Empfindung, und bedarf also einer subjektiven Sanktion, die nur die Beistimmung unbefangener Gemüter ihr verschaffen kann. Meyers Stimme ist mir hier bedeutend und schätzbar, und tröstet mich über den Widerspruch Herders, der mir meinen Kantischen Glauben, wie es scheint nicht verzeihen kann. Ich erwarte auch von den Gegnern der neuen Philosophie die Duldung nicht, die man einem jeden andern System, von dem man sich nicht besser überzeugt hätte, sonst widerfahren lassen möchte; denn die Kantische Philosophie übt in den Hauptpunkten selbst keine Duldung aus, und trägt einen viel zu rigoristischen Charakter, als daß eine Akkomodation mit ihr möglich wäre. Aber dies macht ihr in meinen Augen Ehre, denn es beweist, wie wenig sie die Willkür vertragen kann. Eine solche Philosophie will daher auch nicht mit bloßem Kopfschütteln abgefertigt sein. Im offenen, hellen und zugänglichen Feld der Untersuchung erbaut sie ihr System, sucht nie den Schatten und reserviert dem Privatgefühl nichts; aber so, wie sie ihre Nachbarn behandelt, will sie wieder behandelt sein, und es ist ihr zu verzeihen, wenn sie nichts als Beweisgründe achtet. Es erschreckt mich gar nicht, zu denken, daß das Gesetz der Veränderung, vor welchem kein menschliches und kein göttliches Werk Gnade findet, auch die Form dieser Philosophie, so wie jede andere, zerstören wird, aber die Fundamente derselben werden dies Schicksal nicht zu fürchten haben, denn so alt das MenschenGeschlecht ist, und solange es eine Vernunft gibt, hat man sie stillschweigend anerkannt, und im Ganzen darnach gehandelt.

Mit der Philosophie unsers Freundes Fichte dürfte es nicht diese Bewandtnis haben. Schon regen sich starke Gegner in seiner eignen Gemeinde, die es nächstens laut sagen werden, daß alles auf einen subjektiven Spinozismus hinausläuft. Er hat einen seiner alten Akademischen Freunde, einen gewissen Weisshuhn, veranlaßt hieher zu ziehen, wahrscheinlich in der Meinung, sein eigenes Reich durch ihn auszubreiten. Dieser aber, nach allem was ich von ihm höre ein trefflicher philosophischer Kopf, glaubt schon ein Loch in sein System gemacht zu haben, und wird gegen ihn schreiben. Nach den mündlichen Äußerungen Fichtes, denn in seinem Buch war noch nicht davon die Rede, ist das Ich auch durch seine Vorstellungen erschaffend, und alle Realität ist nur in dem Ich. Die Welt ist ihm nur ein Ball, den das Ich geworfen hat, und den es bei der Reflexion wieder fängt!! Sonach hätte er seine Gottheit wirklich deklariert, wie wir neulich erwarteten.

Für die Elegien danken wir Ihnen alle sehr. Es herrscht darin eine Wärme, eine Zartheit und ein echter körnigter Dichtergeist, der einem herrlich wohl tut unter den Geburten der jetzigen Dichterwelt. Es ist eine wahre GeisterErscheinung des guten poetischen Genius. Einige kleine Züge habe ich ungern darin vermißt, doch begreife ich, daß sie aufgeopfert werden mußten. Über einige Stellen bin ich im Zweifel, den ich bei der Zurücksendung bemerken will.

Da Sie mich auffordern, Ihnen zu sagen, was ich für die ersten Stücke noch von Ihrer Hand wünsche, so erinnere ich Sie an Ihre Idee, die Geschichte des ehrlichen Prokurators aus dem Boccaz zubearbeiten. Wie ich schon an sich selbst der Darstellung vor der Untersuchung den Vorzug gebe, so bin ich hier um so mehr der Meinung, weil in den 3 ersten Stücken der Horen schon etwas zuviel philosophiert werden dürfte, und an poetischen Aufsätzen Mangel ist. Wäre dieser Umstand nicht, so würde ich Sie an den Aufsatz über Landschaftmalerei erinnern. Nach den jetzigen Arrangements würde zu Anfang des Januars das dritte Stück der Horen abgeschickt werden müssen. Rechne ich nun daß in dem Ersten Stück Ihre Elegien und die erste Epistel, in dem Zweiten die zweite Epistel und was Sie etwa diese Woche noch schicken, und in dem dritten wieder eine Epistel und die Geschichte aus dem Boccaz von Ihnen erscheint, so ist jedem dieser 3 Stücke sein Wert schon gewiß.

Ihr gütiges Anerbieten, die Epigramme betreffend, ist das vorteilhafteste für den Almanach. Auf welche Art man es anzufangen hat, um sie nicht zu trennen, darüber wird sich noch sprechen lassen. Vielleicht ginge es doch an, mehrere

Lieferungen daraus zu machen, davon jede doch unabhängig von der andern bestehen könnte.

Daß Prof. Meyer wieder in Weimar ist, erfreut mich zu hören, und ich bitte Sie, uns recht bald miteinander in Bekanntschaft zu bringen. Vielleicht entschließt er sich zu einer kleinen Exkursion hieher, und damit diese auch für den *Künstler* nicht ganz zwecklos sei, so habe ich ihm eine Büste von einem deutschen Bildhauer aufzuweisen, die, wie ich sagen zu können glaube, das Auge des echten Kunstrichters nicht zu fürchten hat. Vielleicht entschließt sich H. Meyer, gleich diesen Winter etwas für die Horen aufzusetzen.

An die Maltheser gehe ich gewiß, sobald ich meine Briefe von denen Sie nur den 3ten Teil gelesen und noch einen kleinen Versuch über das Naive vollendet haben werde; dies dürfte aber den Rest dieses Jahrs noch hinwegnehmen. Für den Geburtstag der Herzogin kann ich also dieses Stück nicht versprechen, aber mit Ende des Winters denke ich wohl damit fertig zu sein. Ich spreche hier wie ein gesunder und rüstiger Mensch, der über seine Zeit zu gebieten hat; aber bei der Ausführung wird mich das NichtIch schon erinnern.

Erhalten Sie uns Ihr gütiges Andenken. Sie leben in dem unsrigen.

Schiller.

22. Goethe

〈Weimar, 28. Oktober 1794〉

Hierbei folgen Ihre Briefe mit Dank zurück. Hatte ich das erstemal sie bloß als Betrachtender Mensch gelesen und dabei *viel,* ich darf fast sagen *völlige,* Übereinstimmung mit meiner Denkensweise gefunden, so las ich sie das zweitemal im praktischen Sinne und beobachtete genau: ob ich etwas fände das mich als handelnden Menschen von seinem Wege ableiten könnte; aber auch da fand ich mich nur gestärkt und gefördert und wir wollen uns also mit freiem Zutrauen dieser Harmonie erfreuen.

Meine erste Epistel liegt bei, mit einigen Kleinigkeiten. Die zweite mache ich fertig, die Erzählung soll zu Ende des Jahrs bereit sein und hoffentlich eine dritte Epistel.

Beiliegender Brief von Maimon nebst dem Aufsatze wird

Sie interessieren. Geben Sie ihn nicht aus der Hand. Vielleicht besuche ich Sie bald mit Meyer. Leben Sie recht wohl. W. d. 28 Oktbr 94

Goethe

23. Goethe

〈Weimar, 1. November 1794〉

Morgen frühe gegen 10 Uhr hoffe ich mit Meyern in Jena einzutreffen und einige vergnügte Tage in Ihrer Nähe zuzubringen. Ich wünsche daß ich Sie recht wohl antreffen möge. W. d. 1 Nov 94

G

24. Schiller

Jena den 16. Nov. 94.

Dieses unholde Wetter, das alle EmpfindungsWerkzeuge zuschließt, hat mich in voriger Woche für alles was Leben heißt vernichtet, und mir ist, da ich aus diesem Geistes Schlummer wieder zu mir selbst komme, als ob ich Sie nach einem langen Zwischenraum wieder fände. Herzlich verlangt mich nach einer freundlichen Spur von Ihnen. Damit etwas bei Ihnen sei, was mich Ihnen zuweilen vergegenwärtigt, so gönnen Sie beifolgendem Bilde irgend einen Platz in Ihrem Hause, welchen Sie wollen, nur nicht *den*, wo Sie das Rheinholdische Portrait begraben haben.

Hier folgen auch auf Verlangen die Elegien nebst den Stolbergen mit meinem verbindlichsten Dank zurück. Das erste Mskrpt der Horen ist vorgestern an den Buchhändler abgegangen. Ich habe ihm geschrieben, daß er den Rest des ersten Stücks in 14 Tagen zu erwarten habe.

Das Lustspiel, die Witwe, das Sie neulich mit nahmen, erbitte ich mir auf 14 Tage zurück. Es soll in der Thalia abgedruckt werden, mit welcher Sie es alsdann zurück erhalten, wenn Sie Lust haben, Gebrauch davon zu machen.

Auf ein Mskrpt von Meyern habe ich diese Woche mit Verlangen gewartet. Wollen Sie mich in sein Andenken zurückrufen? H. v. Humboldt wird auf den nächsten Sonnabend seine Reise nach Erf〈urt〉 antreten.

Wir alle empfehlen uns Ihrer freundschaftlichen Erinnerung.

Schiller.

25. Goethe

⟨Weimar, 27. November 1794⟩

Hier schicke ich das Manuskript und wünsche daß ich das rechte Maß und den gehörigen Ton möge getroffen haben. Ich erbitte mir es bald wieder zurück, weil hier und da noch einige Pinselstriche nötig sind um gewisse Stellen in ihr Licht zu setzen. Kann ich die zweite Epistel und die erste Erzählung zum zweiten Stücke stellen; so wollen wir sie folgen lassen und die Elegien zum dritten aufheben, wo nicht so mögen diese Voraus. Zu den kleinen Erzählungen habe ich große Lust, nach der Last die einem so ein pseudo epos als der Roman ist auflegt.

Unger /:der mitunter zu strudeln scheint:/ schickt mir den Schluß des ersten Buches und vergißt die Mitte. Sobald die fehlenden sechs Bogen ankommen, sende ich diesen Prologum.

H. v. Humbold ist neulich zu einer ästhetisch kritischen Session gekommen, ich weiß nicht wie sie ihn unterhalten hat.

Mich verlangt sehr zu hören wie Sie mit Ihren Arbeiten stehen? noch mehr etwas ausgeführt zu lesen.

Sie erhalten jawohl die Aushängebogen der Monatschrift, daß wir ihre Phisiognomie früher als das Publikum kennen lernen.

Leben Sie recht wohl. Ich habe wieder eine Menge Sachen von denen ich mich mit Ihnen unterhalten möchte.

W. d. 27. Nov. 94

Abends. G.

26. Schiller

Jena den 29. Nov. 94.

Sie haben mich mit der unerwartet schnellen Lieferung des Eingangs zu Ihren Erzählungen sehr angenehm überrascht, und ich bin Ihnen doppelt dankbar dafür. Nach meinem

Urteil ist das Ganze sehr zweckmäßig eingeleitet, und besonders finde ich den strittigen Punkt sehr glücklich ins Reine gebracht. Nur ist es Schade, daß der Leser zu wenig auf einmal zu übersehen bekommt, und daher nicht so im Stande ist, die notwendigen Beziehungen des Gesagten auf das Ganze gehörig zu beurteilen. Es wäre daher zu wünschen gewesen, daß gleich die erste Erzählung hätte können mitgegeben werden. Aber ich möchte nicht gerne in meinen Wünschen unbescheiden sein, und Sie veranlassen, Ihre Teilnahme an den Horen als ein Onus zu betrachten. Ich unterdrücke also diesen Wunsch, und versichere Ihnen bloß, daß wenn Sie ihn, ohne Sich zu belästigen, realisieren können, Sie mir ein großes Geschenk machen würden.

Nach dem Überschlag den ich gemacht, (und ich habe einige Blätter durch die Worte gezählt) kann das Mskrpt nicht mehr als 2 und ½ Bogen betragen, daß also noch immer ein ganzer Bogen zu füllen übrig bleibt. Wenn es auf keine andere Art zu machen ist, so will ich zu diesem siebenten Bogen Rat schaffen, und ein Morceau aus der Niederländischen Geschichte, das für sich interessieren kann, die Belagerung von Antwerpen unter Philipp II. die viel Merkwürdiges hat, kurz beschreiben. Diese Arbeit macht mir weniger Mühe, und es würde der kleine Neben-Zweck dabei erreicht, daß schon im ersten Stück das historische Feld besetzt wäre. Es versteht sich aber, daß dieses Expediens, wenigstens für das 1ste Stück, unterbleibt, sobald Hoffnung da ist, noch mehr von Ihren Erzählungen zu erhalten. Daß die Erscheinung dieses ersten Stücks nun um eine Woche verzögert wird, kann freilich nicht vermieden werden, indessen ist das Übel so groß nicht, und vielleicht können wir es dadurch gut machen, daß das zweite Stück gleich eine Woche nachher erscheint.

Weil ich mich in meiner Annonce an das Publikum auf unsere Keuschheit in politischen Urteilen berufen werde, so gebe ich Ihnen zu bedenken, ob an dem, was Sie dem Geh.rat in den Mund legen, eine Partei des Publikums, und nicht die am wenigsten zahlreiche, nicht vielleicht Anstoß nehmen dürfte? Ob gleich hier nicht der Autor sondern ein Interlocutor spricht, so ist das Gewicht doch auf seiner

Seite, und wir haben uns mehr vor dem was *scheint* als was *ist* in Acht zu nehmen. Diese Anmerkung kommt von dem Redakteur. Als bloßer Leser würde ich ein Vorwort für den Geh.rat einlegen, daß Sie ihn doch durch den hitzigen Karl, wenn er sein Unrecht eingesehen, möchten zurückholen und in unserer Gesellschaft bleiben lassen. Auch würde ich mich des Alten Geistlichen gegen seine unbarmherzige Gegnerin annehmen, die es ihm fast zu arg macht.

Ich glaubte aus einigen Zügen, besonders aus einer größern Umständlichkeit der Erzählung am Anfange schließen zu können, daß Sie die Absicht haben, die Vermutung bei dem Leser zu erwecken, daß etwas wirklich vorgefallenes im Spiele sei. Da Sie im Verlauf der Erzählungen ohnehin mit der AuslegungsSucht oft Ihr Spiel treiben werden, so wäre es wenigstens nicht übel, gleich damit anzufangen, und das Vehikel selbst in dieser Rücksicht problematisch zu machen. Sie werden mir meine eigene AuslegungsSucht zu Gute halten.

Die Aushängebogen der Horen werden mir von Woche zu Woche geschickt werden; ich zweifle indes ob wir vor 14 Tagen den ersten zu erwarten haben. Die Sottise von Herrn Unger ist mir sehr verdrüßlich, denn ich harre mit einer wahren Sehnsucht auf diese Schrift. Aber mit nicht weniger Verlangen würde ich die Bruchstücke von Ihrem Faust, die noch nicht gedruckt sind, lesen, denn ich gestehe Ihnen, daß mir das, was ich von diesem Stücke gelesen, der Torso des Herkules ist. Es herrscht in diesen Szenen eine Kraft und eine Fülle des Genies, die den besten Meister unverkennbar zeigt, und ich möchte diese große und kühne Natur, die darin atmet, so weit als möglich verfolgen.

H. v. Humboldt, der sich Ihnen aufs beste empfiehlt, ist noch ganz voll von dem Eindruck, den Ihre Art, den Homer vorzutragen auf ihn gemacht hat, und er hat in uns allen ein solches Verlangen darnach erweckt, daß wir Ihnen, wenn Sie wieder auf einige Tage hieher kommen, keine Ruhe lassen werden, bis Sie auch eine solche Sitzung mit uns halten.

Mit meinen ästhet⟨ischen⟩ Briefen ist es bisher sehr langsam gegangen, aber die Sache erfoderte es, und ich kann nur hoffen, daß das Gebäude in den Fundamenten gut beschaffen ist. Wenn nicht diese kleine historische Arbeit dazwischen käme, so könnte ich Ihnen vielleicht in 8–10 Tagen eine Lieferung zuschicken.

Alles bei uns empfiehlt sich Ihrem freundschaftlichen Andenken.

Ganz der Ihrige
Schiller.

27. Goethe

⟨Weimar, 2. Dezember 1794⟩

Mir ist sehr erfreulich daß Sie mit meinem Prologus im Ganzen und im Hauptpunkte nicht unzufrieden sind; mehr als diesen kann ich aber fürs erste Stück nicht liefern. Ich will ihn noch einmal durchgehen, dem Geh.Rat und Louisen Sordinen auflegen und Carlen vielleicht noch ein Forte geben, so wirds ja wohl ins gleiche kommen. Ihr historischer Aufsatz wird dem Stücke gewiß wohltun es gewinnt an erwünschter Mannigfaltigkeit. Ins zweite Stück hoffe ich die Erzählung zu bringen, überhaupt gedenke ich aber wie die Erzählerin in der tausend und Einen Nacht zu verfahren. Ich freue mich Ihre Anmerkungen sogleich zu nutzen und dadurch neues Leben in diese Komposition zu bringen. Die gleiche Wohltat hoffe ich für den Roman. Lassen Sie mich nur nicht lange auf die Fortsetzung Ihrer Briefe warten.

Von Faust kann ich jetzt nichts mitteilen, ich wage nicht das Paket aufzuschnüren das ihn gefangen hält. Ich könnte nicht abschreiben ohne auszuarbeiten und dazu fühle ich mir keinen Mut. Kann mich künftig etwas dazu vermögen; so ist es gewiß Ihre Teilnahme.

Daß H. v. Humbold mit unsern homerischen Unterhaltungen zufrieden ist, beruhigt mich sehr, denn ich habe mich nicht ohne Sorge dazu entschlossen. Ein gemeinsamer Genuß hat so große Reize und doch wird er so oft durch die Verschiedenheit der Teilnehmer gestört. Bis jetzt hat noch immer ein guter Genius über unsere Stunden gewacht. Es wäre recht schön wenn wir auch einmal einige Bücher zusammen genössen

Leben Sie recht wohl und lassen mich nicht ferne von Sich und den Ihrigen sein.

W. d. 2 Dez 1794

Goethe

28. Schiller

Jena den 3. Dez 94.

Da ich eben einen Brief von Cotta erhalte, worin er wünscht und verspricht, noch vor Ende dieses Monats das erste Horenstück zu versenden, wenn es nicht an Mskrpte fehle, so bitte ich Sie, mir die Erzählungen wo möglich Freitags zu übersenden, wo ich sie abschicken kann. Sieben Tage lang bleiben die Briefe unterwegs, und noch 2mal soviele Zeit wird ohngefähr nötig sein, den Rest des Stücks abzudrukken und es zu broschieren. Leider seh ich voraus, daß mein historischer Beitrag zu diesem Stück nicht wird fertig werden können, besonders da meine Unpäßlichkeit mir 2 Tage weggenommen hat, und die Ankündigung des Journals für das Publikum wohl auch mehrere Tage kosten dürfte. Indessen hoffe ich daß diese Ankündigung selbst, welche dem ersten Stücke soll beigedruckt werden, einiger maßen zur Ergänzung dienen soll.

Da die Post sogleich abgeht, so habe ich nur soviel Zeit, um Ihnen für die Güte, mit der Sie meine Bemerkungen aufnahmen, und für den übrigen Inhalt Ihres Briefs von ganzem Herzen zu danken.

Schiller.

29. Goethe

⟨Weimar, 5. Dezember 1794⟩

Hierbei das Manuskript, ich habe daran getan was die Zeit erlaubte, Sie oder Herr v. Humbold sehn es ja vielleicht noch einmal durch.

Ich habe den Schlußstrich weggestrichen weil mir eingefallen ist daß ich wohl noch auf eine schickliche Weise etwas anhängen könnte. Wird es eher fertig als Ihre Anzeige; so könnte es zugleich mit abgehen. Schreiben Sie mir nur durch den ruckkehrenden Boten: ob Ihnen etwas von einer Ge-

spenstermäßigen Mystifikations Geschichte bekannt sei welche vor vielen Jahren Mdlle *Clairon* begegnet sein soll? und ob vielleicht in irgend einem Journal das Märchen schon gedruckt ist? wäre das nicht so lieferte ich sie noch und wir fingen so recht vom *unglaublichen* an, welches uns sogleich ein unendliches Zutrauen erwerben würde. Ich wünschte doch daß das erste Stück mit voller Ladung erschiene. Sie fragen ja wohl bei einigen fleißigen Journal lesern wegen der Claironischen Geschichte nach, oder stellen die Anfrage an den Bücherverleiher Voigt der doch so etwas wissen sollte.

Leben Sie recht wohl und halten Sie Sich frisch. Mögten Sie doch durch körperliche Zufälle nicht so oft in Ihrer schönen Geistestätigkeit gestört werden.

W. d. 5 Dez. 1794

Goethe

30. Schiller

Jena den 6. ⟨5.⟩ Dez. 94.

Indem ich eben aus dem Bette steige, erhalte ich Ihr paquet zu meiner großen Freude und Beruhigung. Nach der Gespenstermäßigen Geschichte will ich mich mit dem heutigen Tage sogleich sorgfältig umtun. Ich habe nichts davon weder gelesen noch gehört.

Fichte hat noch einen Vierten Aufsatz zu diesem ersten Stücke, binnen heut und 8 Tagen, zu liefern versprochen, da er unter seinen Papieren Materialien dazu vorrätig hat. Die Ladung wird also voll sein, und da das Avertissement noch extra vorgedruckt wird, werden wir sogar über komplett haben. Wenn Sie indessen, während daß das erste Stück gedruckt wird, mit der Kontinuation der Unterhaltungen fertig werden sollten, so ist der Setzer sogleich für das 2te Stück beschäftigt. Für dieses denke ich wird Ihre 2te Epistel, die Fortsetzung der Unterhaltungen, die Fortsetzung meiner Briefe, und die BelagerungsGeschichte von Antwerpen hinreichend sein.

Cotta wünscht gar zu sehr, daß zu den einzelnen Aufsätzen die Namen gedruckt werden möchten. Man könnte ihm, deucht mir, unter *der* Restriktion willfahren, daß er bei denjenigen Aufsätzen wegbliebe, wo der Verfasser nicht gleich genannt sein will. Bei Ihren Elegien, die ohnehin kein Leser, dem es nicht ganz an Indicium gebricht, verkennen kann, wird gar kein Name nötig sein. Sollten Sie bei den Unterhaltungen entweder gar nicht genannt, oder nur mit einem simpeln G bezeichnet zu werden wünschen, so werden Sie die Güte haben, mich in ihrem nächsten Briefe davon zu benachrichtigen. Ohnehin kämen die Namen nicht unter die Aufsätze zu stehen, sondern würden bloß auf dem Inhalts Verzeichnis erwähnt.

In Ansehung der Rezensionen des Journals in der Lit⟨eratur⟩ Zeitung ist nunmehr arrangiert, daß alle 3 Monate eine ausführliche Rezension davon gemacht wird. Das erste Stück wird jedoch gleich in der ersten Woche des Januar weitläuftig angezeigt. Cotta wird die Kosten der Rezensionen tragen, und die Rezensenten werden Mitglieder unsrer Sozietät sein. Wir können also so weitläuftig sein, als wir wollen, und loben wollen wir uns nicht für die Langeweile; da man dem Publikum doch alles vormachen muß.

Mit meiner Gesundheit geht es heute wieder recht brav, und ich werde mich sogleich an das Avertissement machen.

Ganz d⟨er⟩ Ihrige

Schiller.

31. Goethe

⟨Weimar, 6. Dezember 1794⟩

Endlich kommt das erste Buch von Wilhelm Schüler, der, ich weiß nicht wie, den Namen Meister erwischt hat. Leider werden Sie die Beiden ersten Bücher nur sehen wenn das Erz ihnen schon die bleibende Form gegeben, demohngeachtet sagen Sie mir Ihr⟨e⟩ offne Meinung, sagen Sie mir was man wünscht und erwartet. Die folgenden werden Sie noch im biegsamen Manuskript sehen und mir Ihren freundschaftlichen Rat nicht versagen.

An den Unterhaltungen will ich sachte fortarbeiten, vorallem andern aber die zweite Epistel endigen. Ich hoffe es soll alles gut und leicht gehen wenn wir nur erst im Gange sind.

Cotta mag recht haben daß er *Namen* verlangt er kennt das Publikum das mehr auf den Stempel als den Gehalt sieht. Ich will daher den übrigen Mitarbeitern die Entscheidung wegen ihrer Beiträge völlig überlassen haben, nur was die meinigen betrifft muß ich bitten daß sie *sämtlich* anonym erscheinen, dadurch wird mir ganz allein möglich mit Freiheit und Laune, bei meinen übrigen Verhältnissen, an Ihrem Journale teilnehmen zu können.

Wollten Sie, wenn Sie Druckfehler oder sonst etwas im Romane bemerken, die Güte haben die Stelle mit Bleistift anzustreichen?

Ich freue mich bald wieder etwas von Ihnen zu lesen und besonders Sie vielleicht nach dem neuen Jahre auf einige Zeit zu sehen.

Meyer grüßt vielmals und ich empfehle mich Ihrem Andenken. W. d. 6 Dez. 1794

G.

32. Schiller

Jena den 9. Dez. 94.

Mit wahrer Herzenslust habe ich das erste Buch W⟨ilhelm⟩ Meisters durchlesen und verschlungen, und ich danke demselben einen Genuß, wie ich lange nicht, und nie als durch Sie gehabt habe. Es könnte mich ordentlich verdrüßen, wenn ich das Mißtrauen, mit dem Sie von diesem trefflichen Produkt Ihres Genius sprechen, einer andern Ursache zuschreiben müßte, als der Größe der Foderungen, die Ihr Geist jederzeit an sich selbst machen muß. Denn ich finde auch nicht Etwas darin, was nicht in der schönsten Harmonie mit dem lieblichen Ganzen stünde. Erwarten Sie heute kein nähers Detail meines Urteils. Die Horen und deren Ankündigung, nebst dem Posttag, zerstreuen mich zu sehr, als daß ich mein Gemüt zu einem solchen Zweck gehörig sammeln könnte. Wenn ich die Bogen noch einige Zeit hier behalten darf, so will ich mir mehr Zeit dazu nehmen und versuchen, ob ich etwas von dem fernern Gang der Geschichte und der Entwicklung der Charaktere divinieren kann. H. v. Humb⟨oldt⟩ hat sich auch recht daran gelabt, und findet, wie ich, Ihren Geist in seiner ganzen Männlichen Jugend, stillen Kraft und schöpferischen Fülle. Gewiß wird diese Wirkung allgemein sein. Alles hält sich darin so einfach und schön in sich selbst zusammen, und mit wenigem ist soviel ausgerichtet. Ich gestehe, ich fürchtete mich anfangs, daß wegen der langen ZwischenZeit, die zwischen dem ersten Wurfe und der letzten Hand verstrichen sein muß, eine kleine Ungleichheit, wenn auch nur des Alters, sichtbar sein möchte. Aber davon ist auch nicht eine Spur zu sehen. Die kühnen poetischen Stellen, die aus der stillen Flut des Ganzen wie einzelne Blitze vorschlagen, machen eine treffliche Wirkung, erheben und füllen das Gemüt. Über die schöne Charakteristik will ich heute noch nichts sagen. Eben so wenig von der lebendigen, und bis zum Greifen treffenden Natur, die in allen Schilderungen herrscht, und die Ihnen überhaupt in keinem Produkte versagen kann. Von der Treue des Gemäldes einer *Theatralischen Wirtschaft* und *Liebschaft* kann ich mit vieler Kompetenz urteilen, indem ich mit beidem besser bekannt bin, als ich zu wünschen Ursache habe. Die apologie des Handels ist herrlich und in einem großen Sinn. Aber daß Sie neben dieser die Neigung des Haupthelden noch mit einem gewissen Ruhm behaupten konnten, ist gewiß keiner der geringsten Siege, welche die Form über die Materie errang. Doch ich sollte mich gar nicht in das Innere einlassen, weil ich es in diesem Augenblicke nicht weiter durchführen kann.

Auf Ihren und unser aller Namen habe ich bei Cotta Arrest gelegt, und er mag sich, wenn auch murrend, darein ergeben. Das Avertissement habe ich heute zu meiner großen Erleichterung geendigt, und es wird dem Intelligenzblatt der Lit⟨eratur⟩ Zeitung beigeschlossen werden. Ihr Versprechen, nach Weihnachten auf eine Zeitlang hieher zu kommen, ist mir sehr tröstlich, und läßt mich mit etwas heitererm Gemüt in diesen traurigen Winter blicken, der nie mein Freund gewesen ist.

Von der Geschichte, Mlle Clairon betreffend, habe ich nichts in Erfahrung bringen können. Doch erwarte ich noch einige Nachrichten darüber. Meiner Frau ist es noch erinnerlich davon gehört zu haben, daß in Bayreuth bei Öffnung eines alten Gebäudes die alte Markgrafen sich hätten sehen lassen und geweissagt hätten. Hufeland der Jurist, der sonst wie jener gute Freund de rebus omnibus et de quibusdam aliis zu sprechen weiß, wußte mir nichts davon zu sagen.

Alles empfiehlt sich Ihnen aufs beste und freut sich über Ihre versprochene Hieherkunft sehr.

Schiller.

33. Goethe

⟨Weimar, 10. Dezember 1794⟩

Sie haben mir durch das gute Zeugnis das Sie dem ersten Buche meines Romans geben sehr wohlgetan. Nach den sonderbaren Schicksalen welche diese Produktion von innen und außen gehabt hat wäre es kein Wunder wenn ich ganz und gar konfus darüber würde. Ich habe mich zuletzt bloß an meine Idee gehalten und will mich freuen wenn sie mich aus diesem Labyrinthe herausleitet.

Behalten Sie das erste Buch solange Sie wollen, indes kommt das zweite und das dritte lesen Sie im Manuskripte, so finden Sie mehr Standpunkte zum Urteil. Ich wünsche daß Ihr Genuß sich mit den folgenden Büchern nicht mindere sondern mehre. Da ich nebst der Ihrigen auch H. v. Humbolds Stimme habe, werde ich desto fleißiger und unverdrossner fortarbeiten.

Das Verschweigen der Namen, die ja doch in der Annonce genannt werden sollten, im einzelnen vermehrt gewiß das Interesse, nur müssen die Aufsätze interessant sein.

Wegen der Claironischen Geschichte bin ich nun beruhigt und nun bitte ich nichts weiter davon zu sagen. Bis wir sie produzieren.

Leben Sie recht wohl. Ich hoffe daß es mir so wohl werden soll das neue Jahr mit Ihnen anzufangen.

W. d. 10 Dez 1794

G

34. Schiller

Jena den 22. Dez. 94.

Hier erhalten Sie endlich eine Anschauung der Horen, von der ich wünsche, daß sie Ihnen gefallen möchte. Etwas eng ist der Druck ausgefallen, wobei das Publikum mehr profitiert als wir. Doch kann man in der Folge, besonders in den poetischen Stücken eine Änderung treffen und sich etwas breiter machen. Für den ganz ersten Anfang ist es mir nicht unlieb, daß die großen Aufsätze scheinbar zusammen gehen. Auch werde ich dafür sorgen, daß Cotta diejenige von uns welche *viel* kontribuieren, und bei denen also die Verengerung des Druckes im Ganzen ein Objekt macht, auf irgend eine Art entschädigt. Ohnehin ist es in unserm Kontrakt, daß nach Absatz von 2000 Exemplarien an uns mehr bezahlt werden muß, aber außer diesem muß er noch mehr tun.

Ich hoffe, daß Sie keine Druckfehler finden sollen. Mir wenigstens ist keiner aufgefallen. Lettern und Format geben dem Buch ein solides und dauerhaftes Ansehen, und unter scheiden es sehr vorteilhaft von dem Haufen der Journale. Auch das Papier ist derb, und scheint es ordentlich auf die Dauer anzulegen.

Cotta liegt mir sehr um Mskrpt für das Zweite Stück an; ich sollicitiere daher um die Zweite Epistel.

Diese Bogen bitte ich mir zurück⟨zu⟩schicken, weil Hof⟨rat⟩ Schütz, der das Erste Stück rezensieren wird, sich Bogenweise gern damit bekannt machen möchte. Eine Probe des Umschlags habe ich auch bestellt, und werde solche über 8 Tage erhalten.

Herzlich freue ich mich auf Ihre baldige Zurückkunft nach Jena. Frau von Kalb ist seit einigen Tagen hier.

Schiller

35. Goethe

⟨Weimar, 23. Dezember 1794⟩

Die Bogen kehren sogleich zurück. Druck und Papier nehmen sich gut aus, besonders die Prosa. Die Hexameter verlieren durch die bald einzelnen bald doppelten Zeilen den Rhythmus fürs Auge.

Unsre Erklärung über das Honorar dächte ich versparten wir bis das erste Stück da ist und dann machte man seinen Calcul und seine Bedingungen, denn freilich unsere Feldfrüchte über H. Cottas beliebigen Scheffel messen zu lassen möchte in der Kontinuation nicht dienlich sein.

Hier die zweite Epistel. Ihre zweite Hälfte mag die dritte Epistel werden und das dritte Stück anfangen.

Ich will nun auch an die Gespenster Geschichten gehen. Vor Ende des Jahrs bring ich noch manches bei Seite um Sie mit desto freirem Mute im neuen begrüßen zu können.

Lassen Sie doch die Manuskripte von Cotta zurückkommen, es ist in manchem Betracht gut.

Leben Sie recht wohl und grüßen Frau v. Kalb, die diesmal leider nur in der Ferne an mir vorbeigegangen ist.

W. d. 23. Dez. 1794

Goethe

36. Goethe

⟨Weimar, 25. Dezember 1794⟩

Wegen des alten Oberreits schreibe ich Ihnen heute noch ein Wort. Er scheint in großen Nöten zu sein, ich habe 20 rt. für ihn, die ich Ihnen Sonnabend schicke. Wollten Sie ihm wohl indes etwas reichen? und überhaupt das Geld bei Sich behalten und ihm nach und nach etwas geben, denn er wird nie mit diesem Werkzeuge umzugehen lernen. Leben Sie recht wohl. Mein drittes Buch ist fertig und alles scheint sich so zu legen daß ich mit Heiterkeit Sie nach dem neuen Jahre sehen kann. W. d. 25 Dez 94.

G.

1795

37. Schiller

Jena den 2. Jenner 95.

Meine besten Wünsche zu dem neuen Jahre, und noch einen herzlichen Dank für das verflossene, das mir durch Ihre Freundschaft vor allen übrigen ausgezeichnet und unvergeßlich ist.

Ich habe es mit vielem Fleiße beschlossen, und um etwas vollendet zu haben, wann Sie kommen, habe ich mir in diesen letzten Tagen etwas zugemutet. Nun bin ich mit dieser Arbeit zu Ende, und sie kann Ihnen, wenn Sie kommen, vorgelegt werden.

Die Epistel, für die ich Ihnen bestens danke, liegt noch bei mir, denn da das andre, was zunächst darauf folgen sollte, noch nicht fertig war, so konnte ich sie allein nicht abschicken. Auch pressierte es weniger, weil mir noch mehr Mskrpt zum 1sten Stück der Horen abgefodert wurde, da selbst die Fichtische Abhandlung nicht reichte, und also die Erscheinung dieses Stücks um 14 Tage verzögert wird.

H. Prof. Meyer wird mich entschuldigen, daß ich einen Teil seines Aufsatzes ohne seine spezielle Erlaubnis noch für dieses Erste Stück abgeschickt habe. Es war nicht möglich, ihm solchen nach meiner Bearbeitung wieder vorzulegen, weil ich ihn noch an demselben Posttag mußte abgehn lassen. Indessen glaube ich ihn im Voraus versichern zu können, daß er damit zufrieden sein werde, weil meine Änderungen sich schlechterdings nur auf das äußere beschränkten. Dieser Aufsatz hat mir sehr viel Freude gemacht, und er wird ein sehr schätzbares Stück für die Horen sein. Es ist etwas so äußerst seltenes, daß ein Mann wie Meyer Gelegenheit hat, die Kunst in Italien zu studieren, oder daß einer der diese Gelegenheit hat, gerade ein Meyer ist.

Die Klopstockische Ode von der Sie schreiben hab ich nicht gelesen, und wenn Sie solche noch haben, bitte ich sie mitzubringen. Der Titel läßt schon eine solche Geburt erwarten.

Auf die Fortsetzung Meisters, die Sie doch auch mitbringen werden, freue ich mich gar sehr, und ich kann sie jetzt recht genießen, da ich nach einer individuellen Darstellung ordentlich lechze.

Möchten Sie uns doch einige Szenen aus dem Faust noch zu hören geben. Frau von Kalb, die etwas davon wußte, hat mich neuerdings äußerst begierig darnach gemacht, und ich wüßte nicht, was mir in der ganzen dichterischen Welt jetzt mehr Freude machen könnte.

Ihre Aufträge wegen Obereit werden besorgt. Gegenwärtig hat er noch zu leben, weil ihm von Meiningen Geld geschickt worden ist. Etwas von den 4 Ldors wird man notwendig auf seine Bekleidung wenden müssen, besonders, da man ihm dadurch die Möglichkeit verschafft, fremde Tische zu besuchen, von denen ihn bis jetzt sein philosophischer Zynismus ausgeschlossen hat.

Ich hoffe in wenigen Tagen entweder Sie Selbst zu sehn, oder doch von der Zeit Ihrer Ankunft Nachricht zu erhalten.

Alles empfiehlt sich Ihnen aufs beste.

Schiller.

38. Goethe

⟨Weimar, 3. Januar 1795⟩

Viel Glück zum neuen Jahre. Lassen Sie uns dieses zubringen, wie wir das vorige geendigt haben, mit wechselseitiger Teilnahme an dem was wir lieben und treiben. Wenn sich die gleichgesinnten nicht anfassen was soll aus der Gesellschaft und der Geselligkeit werden. Ich freue mich in der Hoffnung daß Einwirkung und Vertrauen sich zwischen uns immer vermehren werden.

Hier der erste Band des Romans. Das zweite Exemplar für Humboldts. Möge das zweite Buch Ihnen wie das erste Freude machen. Das dritte bringe ich im Manuskript mit.

Die Gespenstergeschichten denke ich zur rechten Zeit zu liefern.

Auf Ihre Arbeit bin ich voller Verlangen. Meyer grüßt. Wir kommen wahrscheinl⟨ich⟩ Sonntags d. 11ten. In der Zwischenzeit hören Sie noch von mir. Leben Sie recht wohl.

W. d. 3 Jan 1795 G

39. Goethe

⟨Weimar, 7. Januar 1795⟩

Hier erscheint auch das dritte Buch, dem ich eine gute Aufnahme wünsche.

Sonnabends erhalten Sie meine Märchen für die Horen, ich wünsche daß ich meines großen Vorfahren in Beschreibung der Ahndungen und Visionen nicht ganz unwürdig möge geblieben sein.

Sonntag Nachmittage sehe ich Sie. Abends habe ich mich mit Hofr. Loder in den Club engagiert.

Meyer kommt mit und grüßt Sie bestens. Ich freue mich sehr auf Ihre neue Arbeit und habe mir schon manchmal gedacht welchen Weg Sie wohl möchten genommen haben?, werde mirs aber wohl nicht erdenken.

Leben Sie recht wohl und empfehlen mich den Ihrigen.

W. d. 7 Jan. 1795.

G

40. Schiller

Jena den 7. Jenn⟨er⟩ 95.

Für das überschickte Exemplar des Romans empfangen Sie meinen besten Dank. Ich kann das Gefühl, das mich beim Lesen dieser Schrift, und zwar in zunehmendem Grade je weiter ich darin komme, durchdringt und besitzt, nicht besser als durch eine süße und innige Behaglichkeit, durch ein Gefühl geistiger und leiblicher Gesundheit ausdrücken, und ich wollte dafür bürgen, daß es dasselbe bei allen Lesern im Ganzen sein muß.

Ich erkläre mir dieses Wohlsein von der durchgängig darin herrschenden ruhigen Klarheit, Glätte und Durchsichtigkeit, die auch nicht das geringste zurückläßt, was das Gemüt unbefriedigt und unruhig läßt, und die Bewegung desselben nicht weiter treibt, als nötig ist, um ein fröhliches Leben in dem Menschen anzufachen und zu erhalten. Über das einzelne sage ich Ihnen nichts, bis ich das dritte Buch gelesen habe, dem ich mit Sehnsucht entgegen sehe.

Ich kann Ihnen nicht ausdrücken, wie peinlich mir das Gefühl oft ist, von einem Produkt dieser Art in das philoso phische Wesen hinein zu sehen. Dort ist alles so heiter, so lebendig, so harmonisch aufgelöst und so menschlich wahr, hier alles so strenge, so rigid und abstrakt, und so höchst unnatürlich, weil alle Natur nur Synthesis und alle Philosophie Antithesis ist. Zwar darf ich mir das Zeugnis geben, in meinen Spekulationen der Natur so treu geblieben zu sein, als sich mit dem Begriff der Analysis verträgt; ja vielleicht bin ich ihr treuer geblieben, als unsre Kantianer für erlaubt und für möglich hielten. Aber dennoch fühle ich nicht weniger lebhaft den unendlichen Abstand zwischen dem Leben und dem Raisonnement – und kann mich nicht enthalten in einem solchen melancholischen Augenblick für einen Mangel in meiner Natur auszulegen, was ich in einer heitern Stunde bloß für eine natürliche Eigenschaft der Sache ansehen muß. Soviel ist indes gewiß, der Dichter ist der einzige wahre *Mensch*, und der beste Philosoph ist nur eine Karikatur gegen ihn.

Daß ich voll Erwartung bin zu wissen, was Sie zu meiner Metaphysik des Schönen sagen, darf ich Ihnen nicht erst versichern. Wie das Schöne selbst aus dem ganzen Menschen genommen ist, so ist diese meine Analysis desselben aus *meiner* ganzen Menschheit heraus genommen, und es muß mir allzuviel daran liegen, zu wissen, wie diese mit der Ihrigen zusammen stimmt.

Ihr Hiersein wird eine Quelle von Geistes- und HerzensNahrung für mich sein. Besonders sehne ich mich auch darnach, gewisse DichterWerke in Gemeinschaft mit Ihnen zu genießen.

Sie versprachen mir, mich bei Gelegenheit Ihre Epigramme hören zu lassen. Es wäre eine große Freude mehr für mich, wenn dieses bei Ihrem jetzigen Aufenthalt in Jena anginge, da es doch problematisch ist, wie bald ich nach W⟨eimar⟩ kommen kann.

Meyern bitte ich mich recht freundschaftlich zu empfehlen. Alles bei uns freut sich auf Ihre beiderseitig⟨e⟩ Ankunft herzlich und niemand mehr als Ihr

aufrichtigster Verehrer und Freund

Schiller.

Eben da ich schließen will erhalte ich die willkommene Fortsetzung Meisters. Tausend Dank dafür.

41. Goethe

⟨Weimar, 10. Januar 1795⟩

Dem Vorsatze Sie Morgen zu sehen und einige Zeit in Ihrer Nähe zu bleiben hat sich nichts entgegen gestellt, ich wünsche Sie wohl und munter anzutreffen.

Beikommendes Manuskript habe ich nach der Abschrift nicht wieder durchsehen können. Es sollte mir lieb sein wenn Ihnen meine Bemühung mit dem großen Hennings zu wetteifern nicht mißfiele.

Leben Sie recht wohl und grüßen Frau und Freunde

W. d. 10 Jan. 1795.

G.

42. Schiller

Jena den 25. Jan. 95.

Wären Sie einen Tag länger bei uns geblieben, so hätten wir den Advent der Horen zusammen feiern können. Gestern kamen sie, und hier übersende ich Ihnen die gebührenden Exempl⟨arien⟩ nebst einem für unsern Freund Meyer. Es stehen Ihnen mehrere zu Dienst, sobald Sie deren benötigt sein sollten. Ich wünschte nur, daß die äußre Gestalt Ihrer beider Beifall haben möchte.

Cotta schreibt sehr zufrieden. Es sind bereits soviele Bestellungen gemacht worden, daß er sich einen recht großen Absatz verspricht; welches im Mund eines Verlegers eine glaubwürdige Versicherung ist.

Da ich diese Tage ein Paquet an Jacobi zu schicken habe, so bitte ich Sie, mir den bewußten Brief an ihn zum Einschluß zu senden, weil ich Sie mit meinem Paquet nicht belästigen mag. Auch wünschte ich zu wissen, ob Sie etwa schon eins von Ihren Exemplarien dem Herzog zugedacht haben, in welchem Fall ich es unterlassen würde, ihm eins zu präsentieren.

Aus den überschickten Göttinnen habe ich mit Vergnügen ersehen, daß Sie und unser großer *Ofenfreund* die kalte

Region glücklich passiert sind. Die Kolossalische Frau freut mich sehr, und ich werde ihr oft gegenüber stehen, und auch der göttlichen Jungfrau, welche, den Kummer über die Sterblichkeit abgerechnet, ganz vortrefflich ist.

Alles empfiehlt sich Ihrem Andenken bestens. Ganz der Ihrige

Sch.

43. Goethe

⟨Weimar, 27. Januar 1795⟩

Für die übersendeten Exemplare Horen danke ich, sie nehmen sich noch ganz artig aus. Eins der kleinen Exemplare hab ich in Ihrem Namen dem Herzog überreicht und wünschte daß Sie ihm bei dieser Gelegenheit ein Wort schrieben.

Ich zweifle nicht daß das Journal gut gehen wird.

Mein drittes Buch ist fort, ich habe es nochmals durchgesehen und Ihre Bemerkungen dabei vor Augen gehabt.

Diese Woche vergeht unter anhaltender Theater qual, dann soll es wieder frisch an die vorgesetzten Arbeiten gehen. Ich wünsche Gesundheit und Lust zu den Ihrigen.

Meyer grüßt. Nehmen Sie wiederholten Dank für alles Gute das Sie uns in Jena gegönnt.

W. d. 27 Jan. 1795.

G

Noch etwas: da ich wünschte daß der Aufsatz des H. v Humbold, wie alle andern, im Zweifel wegen des Verfassers ließe; so wäre vielleicht gut das Zitat wo der Bruder angeführt ist wegzulassen, besonders da es fast das einzige ist und Mutmaßungen erregen und bestärken könnte. Zwar weiß ich wohl daß wir sehr offenbar Versteckens spielen, doch halte ich es für sehr ersprießlich: daß der Leser wenigstens erst urteilen muß eh er erfährt wer sein Autor sei.

Bitte um das Paket an Jakobi das ich sogleich absenden werde.

G

44. Schiller

Jena den 28. Jan. 95.

Ich danke Ihnen sehr dafür, daß Sie so gütig waren, dem Herzog in meinem Namen ein Exemplar der Horen zu überreichen. Es folgt solches hier zurück, und da ich auf den nächsten Sonnabend noch einige neue Exempl⟨arien⟩ von Cotta zu erwarten habe, so lege ich zu Ihrem Gebrauche noch einige, nebst dem Paquet an Jacobi, bei.

An den Herzog habe ich heute geschrieben. Was er zu unsern Horen sagt, werde ich wohl einmal von Ihnen hören.

Endlich habe ich die merkwürdige Rezens⟨ion⟩ der Horen von Schütz in mskrpt gelesen. Für unser⟨n⟩ Zweck ist sie ganz gut, und um vieles besser als für unsern Geschmack. Die Bilder aus Utopien mochten seine Imagination noch nicht ganz verlassen haben, als er sie niederschrieb; denn vom Essen ist reichlich die Rede darin.

Es ist zu loben, daß er aus der Epistel viele Stellen angeführt hat. Gegen mich hat er einiges auf dem Herzen, was er mir aber nicht zeigen wollte, um keiner Kollusion sich schuldig zu machen. Es soll mir lieb sein, wenn er dadurch auf eine geschickte Art den Ruf der Unparteilichkeit behauptet.

An Herdern schrieb ich dieser Tage, und bitte Sie sehr, wenn Sie Gelegenheit finden, mein Gesuch bei ihm zu unterstutzen.

Mich haben seit Ihrer Abreise von hier die Musen nicht viel besuchen wollen, und es muß besser gehen, wenn ich dem Centaur des IVten Stücks Ehre machen soll.

Die Kinder haben die Blattern bekommen und auf eine sehr glückliche Art, ohne alle übeln Zufälle. Alles empfiehlt sich Ihnen aufs beste.

Sch.

45. Goethe

⟨Weimar, 11. Februar 1795⟩

Wie sehr wünsche ich daß Sie mein viertes Buch bei guter Gesundheit und Stimmung antreffen und Sie einige Stunden unterhalten möge. Darf ich bitten anzustreichen was Ihnen bedenklich vorkommt. H. v. Humbold und den Damen empfehle ich gleichfalls meinen Helden und seine Gesellschaft.

Komme ich Sonnabend nicht, wie ich doch hoffen kann, so hören Sie mehr von mir. Meyer grüßt vielmals.

W. d. 11. Febr 1795.

G.

46. Goethe

⟨Weimar, 18. Februar 1795⟩

Sie sagten mir neulich daß Sie bald zu uns herüber zu kommen gedächten. Ob nun schon, wie ich fürchte, das abermals eingefallne kalte Wetter Sie abhalten wird, so wollte ich doch auf jeden Fall einen Vorschlag tun.

Sie könnten beide bei mir einkehren, oder wenn auch das Frauchen sich lieber wo anders einquartierte, so wünschte ich doch daß Sie wieder das alte Quartier bezögen. Machen Sie es ganz nach Ihrem Sinne, Sie sind mir beide herzlich willkommen.

Durch den guten Mut, den mir die neuliche Unterredung eingeflößt, belebt, habe ich schon das Schema zum 5ten und 6ten Buche ausgearbeitet. Wie viel vorteilhafter ist es sich in andern als in sich selbst zu bespiegeln.

Kennen Sie die Kantischen Beobachtungen über das Gefühl des Schönen und Erhabenen von 1771? Es wäre eine recht artige Schrift wenn die Worte *schön* und *erhaben* auf dem Titel gar nicht stünden und im Büchelchen selbst seltner vorkämen. Es ist voll allerliebster Bemerkungen über die Menschen und man sieht seine Grundsätze schon keimen. Gewiß kennen Sie es schon.

Ist denn von dem abwesenden H. v. Humbold noch keine Nachricht eingegangen? Empfehlen Sie mich in Ihrem Kreise und fahren Sie fort mich durch Ihre Liebe und Ihr Vertrauen zu erquicken und zu erheben. W. d. 18 Febr. 1795.

G

47. Schiller

Jena den 19. Febr. 95.

Das elende Wetter hat wieder allen meinen Mut mit fortgenommen und meine Türschwelle ist wieder die alte Grenze meiner Wünsche und meiner Wanderschaft. Wie gern will ich von Ihrer Einladung Gebrauch machen, sobald ich meiner Gesundheit ein wenig trauen kann, sollte ich Sie auch nur auf etliche Stunden sehen. Mich verlangt herzlich darnach, und meine Frau, die sich sehr auf diesen Besuch bei Ihnen freut, wird mir keine Ruhe lassen, ihn auszuführen.

Ich gab Ihnen neulich treu den Eindruck zurück, den W⟨ilhelm⟩ Meister auf mich machte, und es ist also, wie billig, Ihr eigenes Feuer an dem Sie Sich wärmen. Körner schrieb mir vor einigen Tagen mit unendlicher Zufriedenheit davon, und auf sein Urteil ist zu bauen. Nie habe ich einen Kunstrichter gefunden, der sich durch die Neben Werke an einem poetischen Produkt so wenig von dem Hauptwerke abziehen ließe. Er findet in W⟨ilhelm⟩ Meister alle Kraft aus Werthers Leiden, nur gebändigt durch einen männlichen Geist, und zu der ruhigen Anmut eines vollendeten Kunstwerks geläutert.

Was Sie von der kleinen Schrift Kants schreiben erinnere ich mich bei Lesung derselben auch empfunden zu haben. Die Ausführung ist bloß anthropologisch und über die letzten Gründe des Schönen lernt man darin nichts. Aber als Physik und Naturgeschichte des Erhabenen und Schönen enthält es manchen fruchtbaren Stoff. Für die ernsthafte Materie schien mir der Styl etwas zu spielend und blumenreich; ein sonderbarer Fehler an einem Kant, der aber wieder sehr begreiflich ist.

Herder hat uns mit einem gar glücklich gewählten und ausgeführten Aufsatz beschenkt, worin der so gangbare Begriff *vom eigenen Schicksal* beleuchtet wird. Materien dieser Art sind für unsern Gebrauch vorzüglich passend, weil sie etwas mystisches an sich haben, und durch die Behandlung doch an irgend eine allgemeine Wahrheit ange knüpft werden.

Weil doch eben vom Schicksal die Rede ist, so muß ich Ihnen sagen, daß ich dieser Tage auch über *mein* Schicksal etwas entschieden habe. Meine Landsleute haben mir die Ehre angetan, mich nach Tübingen zu vocieren, wo man sich jetzt sehr mit Reformen zu beschäftigen scheint. Aber da ich doch einmal zum akademischen Lehrer unbrauchbar gemacht bin, so will ich lieber hier in Jena, wo ich gern bin und wo möglich leben und sterben will, als irgend anderswo müßig gehen. Ich hab es also ausgeschlagen, und mache mir daraus kein Verdienst, denn meine Neigung entschied schon allein die ganze Sache, so daß ich gar nicht nötig hatte, mich der Verbindlichkeiten zu erinnern, die ich unserm guten Herzog schuldig bin, und die ich ihm am liebsten vor allen andern schuldig sein mag. Für meine Existenz glaube ich nichts besorgen zu dürfen, solang ich noch einigermaßen die Feder führen kann, und so lasse ich den Himmel walten, der mich noch nie verlassen hat.

H. von Humboldt aus Bayreuth ist noch nicht hier, und hat über seine Ankunft auch noch nichts bestimmtes geschrieben.

Hier folgen auch die Weißhuhnischen Blätter, von denen ich Ihnen neulich sagte. Ich bitte mir sie bald zurück.

Herzlich empfehlen wir uns alle Ihrem Andenken.

Sch.

48. Goethe

⟨Weimar, 21. Februar 1795⟩

Wie sehr freue ich mich daß Sie in Jena bleiben mögen und daß Ihr Vaterland Sie nicht hat wieder anziehen können. Ich hoffe wir wollen noch manches zusammen treiben und ausarbeiten.

Ich bitte um das Manuskript des vierten Buches und werde die Synonymen balde zurückschicken. So wird ja der Stundentanz immer reger werden.

Leben Sie recht wohl. Nächstens mehr.

W. d. 21 Febr 95.

G.

49. Schiller

Jena den 22. Febr. 95.

Ihrem Verlangen gemäß folgt hier das 4te Buch des W⟨ilhelm⟩ Meister. Wo ich einigen Anstoß fand, habe ich ein Strich am Rande gemacht, dessen Bedeutung Sie bald finden werden. Wo Sie sie nicht finden, da wird auch nichts verloren sein.

Eine etwas wichtigere Bemerkung muß ich bei Gelegenheit des Geld-Geschenkes machen, das Wilhelm von der Gräfin durch die Hände des Barons erhält und annimmt. Mir deucht – und so schien es auch Humboldten – daß nach dem zarten Verhältnisse zwischen ihm und der Gräfin, diese ihm ein solches Geschenk und durch eine fremde Hand nicht anbieten, und er nicht annehmen dürfe. Ich suchte im Kontext nach etwas, was ihre und seine Delikatesse retten könnte, und glaube, daß diese dadurch geschont werden würde, wenn ihm dieses Geschenk als Remboursement für gehabte Unkosten gegeben und unter diesem Titel von ihm angenommen würde. Entscheiden Sie nun selbst. So wie es dasteht, *stutzt* der Leser und wird verlegen, wie er das Zartgefühl des Helden retten soll.

Übrigens habe ich beim zweiten Durchlesen wieder neues Vergnügen über die unendliche Wahrheit der Schilderungen und über die treffliche Entwicklung des Hamlet empfunden. Was die letztere betrifft, so wünschte ich, bloß in Rücksicht auf die Verkettung des ganzen, und der Mannichfaltigkeit wegen, die sonst in einem so hohen Grade behauptet worden ist, daß diese Materie nicht so unmittelbar hinter einander vorgetragen sondern wenn es anginge durch einige bedeutende ZwischenUmstände hätte unterbrochen werden können. Bei der ersten Zusammenkunft mit Serlo kommt sie zu schnell wieder aufs Tapet, und nachher im Zimmer Aureliens gleich wieder. Indes sind dies Kleinigkeiten, die dem Leser gar nicht auffallen würden, wenn Sie ihm nicht selbst durch alles vorhergehende die Erwartung der höchsten Varietät beigebracht hätten.

Körner, der mir gestern schrieb, hat mir ausdrücklich anbefohlen, Ihnen für das hohe Vergnügen zu danken, das ihm W⟨ilhelm⟩ Meister verschafft. Er hat sich nicht versagen können etwas daraus in Musik zu setzen, welches er

Ihnen durch mich vorlegt. Eins ist auf die Mandoline und das andre auf das Klavier. Die erstere findet sich wohl irgendwo in Weimar.

Noch muß ich Sie ernstlich bitten, sich unsers dritten Stücks der Horen zu erinnern. Cotta bittet mich dringend ihm die Mskrpte früher zu schicken, und meint, daß der 10te des Monats der späteste Termin sein müsse, an welchem er das Mskrpt beisammen haben müsse. Es müsse also am 3ten von hier abgehen können. Glauben Sie wohl, um diese Zeit mit dem Prokurator fertig zu sein? Meine Mahnung darf Sie aber keineswegs belästigen, denn Sie haben völlig freie Wahl, ihn entweder für das dritte oder vierte Stück zu bestimmen, weil doch eines von diesen beiden Stücken von Ihnen übergangen werden soll.

Herzlich empfehlen wir uns Ihnen alle, und Meyern bitte ich von meiner Seite bestens zu grüßen.

Schiller.

50. Goethe

⟨Weimar, 25. Februar 1795⟩

Ihre gütige kritische Sorgfalt für mein Werk hat mir aufs neue Lust und Mut gemacht das vierte Buch nochmals durchzugehen. Ihre Obelos habe ich wohl verstanden und die Winke benutzt, auch den übrigen desideriis hoffe ich abhelfen zu können und bei dieser Gelegenheit noch manches Gute im Ganzen zu wirken. Da ich aber gleich daran gehen muß; so werden Sie mich vom dritten Stück entschuldigen, dagegen soll der Prokurator, in völliger Zierlichkeit, zum vierten aufwarten.

Die Synonymen die hier zurückkommen haben sehr meinen Beifall, die Ausarbeitung ist sehr geistreich und an manchen Stellen überraschend artig. Der Eingang dagegen scheint mir weniger *lesbar*, obgleich gut gedacht und zweckmäßig.

Des Verfassers Grille nicht unter der Akademie stehen zu wollen ist nun mit Bericht herüb⟨er⟩gekommen. Die Akad⟨emie⟩ verlangt Satisfaktion weil er den Prorektor *unverschämt* gescholten hat u.s.w. – Da Sie Sich seiner annehmen; so sagen Sie mir nur: was man einigermaßen plausibles für ihn anführen kann. Denn ein Forum privilegiatum gegen ein gemeines zu vertauschen ist doch gar zu transzendent. Der Stadtrat kann ihn nicht einmal aufnehmen ohne daß er sich den gewöhnlichen Konditionen unterwirft. Man kann von ihm Beweis verlangen: daß er 200 rt. einbringt, er muß Bürger werden und was des Zeugs mehr ist. Wäre es möglich ihn zu disponieren daß er mit der Akademie Friede machte, so ließ sich durch Voigt der jetzt Prorektor ist wohl alles in Güte abtun.

Ich hoffe Sie bald wieder und wär es nur auf einige Stunden zu besuchen. Lassen Sie mich auch abwesend nicht ferne sein.

Körnern versichern Sie daß mich seine Teilnahme unendlich freut. Die Romanze denke ich bald auf dem Theater zu hören.

Leben Sie recht wohl. W. d. 25 Febr 95.

G

51. Schiller

Jena den 27. Febr. 95.

Wenn die freundlichen Tage, die wir hier haben, auch von Ihnen genossen werden, so wünsche ich dem Vierten Buch von W⟨ilhelm⟩ Meister dazu Glück. Mich hat diese Ankündigung des Frühlings recht erquickt, und über mein Geschäft, das dessen sehr bedurfte, ein neues Leben ausgegossen. Wie sind wir doch mit aller unsrer geprahlten Selbstständigkeit an die Kräfte der Natur angebunden, und was ist unser Wille, wenn die Natur versagt! Worüber ich schon 5 Wochen fruchtlos brütete, das hat ein milder Sonnenblick binnen 3 Tagen in mir gelöst; freilich mag meine bisherige Beharrlichkeit diese Entwicklung vorbereitet haben, aber die Entwicklung selbst brachte mir doch die erwärmende Sonne mit.

Ich bemächtige mich meines Stoffes immer mehr und entdecke mit jedem Schritt den ich vorwärts tue, wie fest und sicher der Grund ist, auf welchem ich baute. Einen Einwurf, der das ganze umstürzen könnte, habe ich von nun an nicht mehr zu fürchten, und gegen einzelne Irrtümer in der Anwendung wird die strenge Verbindung des Ganzen selbst mich sicher stellen, wie den Mathematiker die Rechnung selbst vor jedem Rechnungsfehler warnt.

Mit unserm Transzendentalphilosophen, der die akademische Freiheit so wenig zu schätzen weiß, habe ich – da er selbst nicht sichtbar ist – durch Niethammers mediation es dahin geleitet, daß er sich mit dem zeitigen Prorektor friedlich setzen will, und also wahrscheinlich auch wird in Frieden gelassen werden. Ich habe keine Ursache zu glauben, daß er Facta verdreht hat; wenn er aber die Wahrheit sagt, so hat sich H. Prof. Schmidt das Prädikat, das er ihm gegeben, selbst zuzuschreiben; denn, wie Weißhuhn versichert, so hat ihm derselbe mit ausdrücklichen Worten versichert, daß er bis auf Ostern in Ruhe gelassen, und ihm keine Erklärung, seines Hierbleibens wegen abgefodert werden solle; nachher aber hat er sein gegebenes Wort abgeleugnet u. d. gl. Da Weißhuhn meinte, daß ein solches Betragen nicht von dem Prorektor Schmidt sondern von dem Professor Schmidt herrühren könne, so hat er, bei allem Respekt gegen den ersten, den andern impertinent gefunden.

Die neuen Horen sind fertig und ein Exemplar davon ist mir schon mit der Briefpost zugeschickt worden. Morgen erwarte ich das Paquet. Wir haben in dem 2ten Heft die Schuld völlig getilgt, die wir in dem 1sten machten, denn es enthält anstatt 7 Bogen 8 und ¼ Bogen.

Ihrem Versprechen gemäß können wir mit jedem Tag einen Besuch von Ihnen erwarten, worauf ich mich herzlich freue. Alles ist wohl und empfiehlt sich Ihnen aufs beste.

Schiller

N.S. Die Synonymen haben Sie letzthin beizulegen vergessen.

52. Goethe

⟨Weimar, 28. Februar 1795⟩

Hierbei die vergessnen Synonymen. Ich las ein Stückchen davon in meiner gestrigen Gesellschaft vor, ohne zu sagen woher es komme noch wohin es gehe. Man gab ihm vielen Beifall.

Überhaupt wird es nicht übel sein wenn ich manchmal etwas von unsern Manuskripten voraus lese. Es sind doch immer wieder ein dutzend Menschen die dem Produkt dadurch geneigter und aufs nächste Stück aufmerksam werden.

Die Weish⟨uhnische⟩ Sache will ich aufhalten bis ich von Ihnen Nachricht einer amicalen Beendigung habe.

Zu der glücklichen Annährung an Ihren Zweck geb ich meinen Segen. Wir können nichts tun als den Holzstoß erbauen und recht trocknen, er fängt alsdann Feuer zur rechten Zeit und wir verwundern uns selbst darüber.

Hierbei auch ein Brief von Jakobi. Sie werden sehen daß es ihm ganz gut geht. Sein Anteil an Ihren Briefen ist mir sehr lieb. Sein Urteil über meinen ersten Band sei Ihnen zur Revision übergeben.

Leben Sie recht wohl, ich sehe Sie bald möglichst.

W. d. 28 Febr 95

G

53. Schiller

Jena den 1. März. 95.

Hier übersende ich Ihnen einstweilen 4 Exemplarien der Horen, wovon ich eins an den Herzog zu überreichen bitte. Die übrigen werden nachfolgen.

Die Jacobische Kritik hat mich nicht im geringsten gewundert; denn ein Individuum wie Er muß eben so notwendig durch die schonungslose Wahrheit Ihrer Naturgemälde beleidigt werden, als Ihr Individuum ihm dazu Anlaß geben muß. Jacobi ist einer von denen, die in den Darstellungen des Dichters nur ihre Ideen suchen, und das was *sein soll* höher halten als das *was ist;* der Grund des Streits liegt also hier schon in den ersten Prinzipien, und es ist völlig unmöglich, daß man einander versteht.

Sobald mir einer merken läßt, daß ihm in poetischen Darstellungen irgend etwas näher anliegt als die innre Notwendigkeit und Wahrheit so gebe ich ihn auf. Könnte er Ihnen zeigen, daß die Unsittlichkeit Ihrer Gemälde nicht aus der Natur des Objekts fließt und daß die Art, wie Sie dasselbe behandeln, nur von Ihrem Subjekt sich herschreibt, so würden Sie allerdings dafür verantwortlich sein, aber nicht deswegen weil sie vor dem moralischen, sondern weil Sie vor dem ästhetischen Forum fehlten. Aber ich möchte sehen, wie er das zeigen wollte.

Ein Besuch stört mich, und ich will das Paquet nicht aufhalten.

Weißhuhn war eben bei mir. Er will sich morgen inskribieren lassen.

Leben Sie recht wohl.

Sch.

54. Schiller

⟨Jena.⟩ Den 8. März. 95.

Meine Hoffnung, Sie diese Woche hier zu sehen war vergebens; doch hoffe ich, daß sie mir bloß durch Ihren Eifer zu arbeiten vereitelt worden ist. Aber weder von Ihnen zu hören noch zu sehen ist etwas, wozu ich mich kaum mehr gewöhnen kann.

Ich bin sehr erwartend, von Ihrer gegenwärtigen Beschäftigung zu hören. Mir ist gesagt worden, daß Sie den dritten Band von Meister schon auf Johannis würden drukken lassen. Das ginge schneller als ich dachte; aber so sehr es mich für den Meister freut, so leid sollte es mir tun, daß Sie dadurch auf eine so lange Zeit den Horen entführt werden.

Über das Schicksal des 2ten Stücks habe ich noch kein Urteil einziehen können; vielleicht haben Sie in Weimar etwas lustiges gehört.

Ist unser Freund Meyer mit seinem Aufsatze zufrieden? Ich wünschte, er wäre es. Dieser Aufsatz, schreibt mir Cotta, hat vielen sehr gefallen, und ich zweifle gar nicht, daß wir Ehre damit einlegen.

Hier sende ich Ihnen noch 4 HorenStücke, worunter eins für H. Meyer ist. Sollten Sie anstatt der Schreibp⟨apier⟩ Exempl⟨arien⟩ noch eins oder zwei auf Postpapier brauchen, so sind Sie so gütig es zu bemerken, und mir die auf Schreibp⟨apier⟩ zurück zu senden. Alles empfiehlt sich Ihnen bestens.

Sch.

55. Goethe

⟨Weimar, 11. März 1795⟩

Ohngeachtet einer lebhaften Sehnsucht Sie wiederzusehen und zu sprechen konnte ich diese Woche doch nicht vom Platze kommen. Einige Schauspieler die ich in Gastrollen beurteilen wollte, das üble Wetter und ein Rh⟨e⟩umatism, den ich mir durch Verkältung zugezogen hatte, haben mich stufenweise gehindert und noch seh ich nicht wann und wie ich abkommen werde.

Lassen Sie mich indessen sagen daß ich fleißig war, daß der größte Teil des vierten Buchs abgegangen ist und daß der Prokurator auch durchgearbeitet ist. Ich wünsche daß die Art wie ich die Geschichte gefaßt und ausgeführt Ihnen nicht mißfallen möge.

Wenn mein Roman in seinen bestimmten Epochen erscheinen kann will ich zufrieden sein, an eine Beschleunigung ist nicht zu denken. An den Horen den Teil zu nehmen den Sie wünschen wird mich nichts abhalten. Wenn ich Zeit und Stunde zusammennehme und abteile: so kann ich dies Jahr vieles bei Seite bringen.

Vom zweiten Stücke der Horen habe noch nichts gehört, das erste spukt aber schon genug in Deutschland.

Meyer dankt für die Redaktion seiner Ideen, es ist nur weniges was anders gestellt sein könnte, doch das wird uns niemand herausfinden. Er arbeitet jetzt an einer Darstellung Perugins, Bellins und Mantegnas.

Aus der Beilage sehen Sie welche Monatsschriften künftig in unser Haus kommen. Ich lasse die Inhaltstafel jedes Stücks abschreiben und füge eine kleine Rezension dazu. Wenn wirs nur einmal ein halb Jahr haben, so können wir unsre Kollegen schon übersehen.

Wenn wir uns streng und mannigfaltig erhalten, so stehen wir bald oben an, denn alle übrigen Journale tragen mehr Ballast als Ware; und da uns daran gelegen ist unsre Arbeit zu weiterer eigner Ausbildung zu benutzen; so kann nur gutes dadurch entstehen und gewirkt werden.

Für die übersendeten Horen Exempl⟨are⟩ danke ich vielmals. Die zweite Sendung ist mit der ersten übereinstimmend. Vier auf Schreib- und ebensoviel Postpapier.

Jakobi entschuldigt sich daß er noch nichts geschickt hat.

Ich wünsche daß gutes Wetter mir einen schnellen Ritt zu Ihnen erlauben möge, denn ich verlange sehr nach einer Unterredung und nach Ihren bisherigen Arbeiten. Empfehlen Sie mich den Ihrigen.

W. d. 11 März 1795.

G

56. Goethe

⟨Weimar, 18. März 1795⟩

Vorige Woche bin ich von einem sonderbaren Instinkte befallen worden, der glücklicherweise noch fortdauert. Ich bekam Lust das religiose Buch meines Romans auszuarbeiten und da das Ganze auf den edelsten Täuschungen und auf der zartesten Verwechslung des subjektiven und objektiven beruht; so gehörte mehr Stimmung und Sammlung dazu als vielleicht zu einem andern Teile. Und doch wäre, wie Sie seiner Zeit sehen werden, eine solche Darstellung unmöglich gewesen wenn ich nicht früher die Studien nach der Natur dazu gesammelt hätte. Durch dieses Buch das ich vor Palmarum zu endigen denke bin ich ganz unvermutet in meiner Arbeit sehr gefördert, indem es vor und rückwärts weist und indem es begrenzt zugleich leitet und führt. Der Prokurator ist auch geschrieben und darf nur durchgesehen werden. Sie können ihn also zur rechten Zeit haben.

Ich hoffe es soll mich nichts abhalten Palmarum zu Ihnen zu kommen und einige Wochen bei Ihnen zu bleiben, da wollen wir uns einmal wieder etwas zu Gute tun.

Mich verlangt nach Ihren letzten Arbeiten, Ihre ersten haben wir gedruckt mit Vergnügen wiedergelesen.

Im Weimarischen Publico rumoren die Horen gewaltig, mir ist aber weder ein reines pro noch contra vorgekommen, man ist eigentlich nur *dahinter her,* man reißt sich die Stücke aus den Händen, und mehr wollen wir nicht für den Anfang.

H. v. Humbold wird recht fleißig gewesen sein, ich hoffe auch mit ihm mich über anatomica wieder zu unterhalten. Ich habe ihm einige, zwar sehr natürliche, doch interessante Präparate zurecht gelegt. Grüßen Sie ihn herzlich und die

Damen. Der Prokurator ist vor der Türe. Leben Sie wohl und lieben mich, es ist nicht einseitig.

W. d. 18 März 1795

G.

57. Goethe

⟨Weimar, 19. März 1795⟩

Dem Prokurator, der hier erscheint, wünsche ich gute Aufnahme.

Haben Sie die Güte mir ihn bald zurückzuschicken, weil ich ihn des Styls wegen gern noch einigemal durchgehen möchte.

Ich arbeite alles weg was mich hindern könnte mich bald in Ihrer Nähe zu freuen und zu erbauen.

W. d. 19 März 1795.

G

58. Schiller

J⟨ena,⟩ den 19. ⟨und 20.⟩ März. 95.

Auf das Gemälde, das Sie jetzt entworfen haben, bin ich nicht wenig neugierig. Es kann weniger als irgend ein andres aus Ihrer Individualität fließen, denn gerade dies scheint mir eine Saite zu sein, die bei Ihnen, und schwerlich zu Ihrem Unglück, am seltensten anschlägt. Um so erwartender bin ich, wie Sie das heterogene Ding mit Ihrem Wesen gemischt haben werden. Religiöse Schwärmerei ist und kann nur Gemütern eigen sein, die beschauend und müßig in sich selbst versinken, und nichts scheint mir weniger Ihr Casus zu sein als dieses. Ich zweifle keinen Augenblick, daß Ihre Darstellung wahr sein wird – aber das ist sie alsdann lediglich durch die Macht Ihres Genies und nicht durch die Hülfe Ihres Subjekts.

Ich bin seit einiger Zeit meinen philosophischen Arbeiten untreu geworden, um in der Geschwindigkeit etwas für das 4te Stück der Horen zu schaffen. Das Los traf die bewußte Belagerung von Antwerpen, welche auch schon ganz erträglich vorwärts gerückt ist. Die Stadt soll übergegangen sein, wenn Sie kommen. Erst an dieser Arbeit sehe ich, wie anstrengend meine vorige gewesen; denn ohne mich gerade zu vernachlässigen kommt sie mir bloß wie ein Spiel vor, und nur die Menge elenden Zeugs, die ich nachlesen muß, und die mein Gedächtnis anstrengt, erinnert mich, daß ich arbeite. Freilich gibt sie mir auch nur einen magern Genuß; ich hoffe aber, es geht mir wie den Köchen, die selbst wenig Appetit haben, aber ihn bei andern erregen.

Sie würden mir einen großen Dienst erweisen, wenn Sie mir den sehnlich erwarteten Prokurator bis Montag gewiß schicken könnten. Ich würde alsdann nicht genötigt sein, den Anfang meiner Geschichte in den Druck zu geben, ehe das Ende fertig ist. Sollten Sie aber verhindert sein, so bitte ich mir es noch Sonnabends zu wissen zu tun. Doch hoffe ich das Beste.

Mich freut herzlich, daß Sie die Ostern mit uns zubringen wollen, und ich bedarf auch wieder einer lebhafte⟨rn⟩ Anregung von außen von einer freundschaftlichen Hand.

Meyern bitte ich herzlich zu grüßen. Ich wünschte, daß er uns bald wieder etwas liefern möchte. Das Siegel für die Horen habe ich noch nicht erhalten.

Alles empfiehlt sich Ihnen, und erwartet Sie mit Verlangen.

Sch.

d⟨en⟩ 20.) Diesen Morgen erhalte ich Ihr Paquet welches mich in jeder Rücksicht froh überraschte. Die Erzählung liest sich mit ungemeinem Interesse; was mich besonders erfreute, war die Entwicklung. Ich gestehe daß ich diese erwartete, und ich hätte mich nicht zufrieden geben können, wenn Sie hier das Original nicht verlassen hätten. Wenn ich mich nehmlich anders recht erinnere, so entscheidet beim Boccaz bloß die zeitig erfolgte Rückkehr des Alten das Glück der Kur.

Könnten Sie das Mskrpt mir Montags früh zurücksenden, so geschähe mir dadurch eine große Gefälligkeit. Sie werden wenig mehr dabei zu tun finden.

59. Goethe

⟨Weimar, 21. März 1795⟩

Das Manuskript schicke ich morgen Abend mit der reitenden Post an Sie ab.

Montags geht der Schluß des vierten Buches an Unger.

Nächste Woche hoffe ich alles was mir noch obliegt abzutun und recht frei zu Ihnen zu kommen.

Zur Eroberung von Antw⟨erpen⟩ wünsche ich Glück, sie wird in den Horen guten Effekt machen.

Empfehlen Sie mich Ihren nächsten. Meyer grüßt, er ist auf alle Weise fleißig. Ich wünsche ihnen die beste Wirkung des langsam eintretenden Frühjahrs und hoffe daß wir bis zur Jahresfeier unsrer Bekanntschaft noch manches zusammen werden gearbeitet haben. W. d. 21 März 1795.

G

60. Schiller

J⟨ena,⟩ den 25. März 95.

Ich erhielt heute wieder einen Brief, worin mir der alte Antrag von Tübingen mit dem Zusatz erneuert wurde, daß ich von allen öffentlichen Funktionen dispensiert sein, und völlige Freiheit haben solle, ganz nach meinem Sinn auf die Studierenden zu wirken u. s. f. Ob ich nun gleich meine erste Entschließung nicht geändert habe und auch nicht leicht ändern werde, so haben sich mir doch bei dieser Gelegenheit einige ernsthafte Überlegungen in Rücksicht auf die Zukunft aufgedrungen, welche mich von der Notwendigkeit überzeugen, mir einige Sicherheit auf den Fall zu verschaffen, daß zunehmende Kränklichkeit an schriftstellerischen Arbeiten mich verhindern sollte. Ich schrieb deshalb an d. G. R. Voigt, und bat ihn, mir von unserm Herrn eine Versicherung auszuwirken, daß mir in jenem äußersten Fall mein Gehalt verdoppelt werden solle. Wird mir dieses zugesichert, so hoffe ich es so spät als möglich oder nie zu gebrauchen; ich bin aber doch wegen der Zukunft beruhigt, und das ist alles, was ich vor der Hand verlangen kann.

Da Sie vielleicht davon sprechen hören, und sich nicht gleich darein zu finden gewußt haben möchten, so wollte ich Ihnen in zwei Worten davon Nachricht geben.

Nächsten Sonntag erwarten wir Sie mit Verlangen. Alles begrüßt Sie.

Sch.

61. Goethe

⟨Weimar, 3. Mai 1795⟩

Gestern konnte ich mich, ohngeachtet einiger sehr leeren Stunden, nicht überwinden nochmals zu Ihnen zu gehen und förmlich Abschied zu nehmen, ich verließ Jena sehr ungern und danke Ihnen nochmals herzlich für Ihre Teilnehmung und Mitteilung. Hier vor allen Dingen die Elegien, die ich mir bald möglichst zurück erbitte, sie sollen dann, auf die gehörige Seitenzahl eingeteilt, abgeschrieben erscheinen.

Für den Kalender habe ich einiges, besonders für die H⟨erren⟩ X.Y.Z. gefunden, das nächstens mit dem übrigen folgt. Erinnern Sie mich manchmal an die Desiderata, damit mein guter Wille zur Tat werde.

Leben Sie recht wohl und grüßen die Ihrigen und die Freunde.

W. d. 3 Mai 95.

G

62. Schiller

Jena den 4. Mai. 95.

Eben erhalte ich die Elegien mit Ihren freundschaftlichen Zeilen. Ich habe Sie seit Ihrer Abreise jeden Abend vermißt; man gewöhnt sich so gern an das Gute. Mit meiner Gesundheit geht es langsam besser, und in einigen Tagen hoffe ich wieder im Gange zu sein.

Mit rechter Ungeduld erwarte ich, was Sie mir für den Almanach schicken wollen. Eher kann ich meine poetische Barschaft zu diesem Werkchen nicht übersehen.

Die Elegien werde ich gleich vor die Hand nehmen, und hoffe Ihnen solche Freitags zurück zu schicken.

Huber schreibt mir, daß er Ihren Meister ins Französische zu übersetzen Lust habe. Soll ich Ihn aufmuntern oder davon abzuraten suchen?

Verlassen Sie Sich darauf, daß ich Ihrem Gedächtnis zu Hülfe kommen werde. Ich schenke Ihnen kein Versprechen. Der Chronologie der Horen nach würden Sie jetzt bald wieder auf die Unterhaltungen zu denken haben. Vielleicht schlägt auch unterdessen eine gute Stunde für die Epistel.

Meine Frau empfiehlt sich Ihnen recht freundlich. An Meyern bitte meinen herzlichen Gruß zu machen.

Schiller.

63. Goethe

Weimar, den 12. ⟨und 14.⟩ Mai 1795.

Die Sendung der Elegieen hat mich in elegischen Umständen nach dem gewöhnlichen Sinne, das heißt in erbärmlichen angetroffen. Nach dem guten Leben in Jena, wo ich nebst so mancher Seelenspeise auch der warmen freien Luft genoß, hat mich hier die kalte Witterung sehr unfreundlich empfangen und einige Stunden, in denen ich dem Zug ausgesetzt war, brachten mir ein Flußfieber zuwege, das mir die rechte Hälfte des Kopfs sehr schmerzlich angriff und zugleich die linke unbrauchbar machte. Nun bin ich so weit wieder hergestellt, daß ich ohne Schmerzen ziemlich zufrieden in meiner Stube an die rückständigen Arbeiten gehen kann.

Mit den Elegieen wird nicht viel zu tun sein, als daß man die 2te und die 16te wegläßt: denn ihr zerstümmeltes Ansehn wird auffallend sein, wenn man statt der anstößigen Stellen nicht etwas kurrenteres hinein restaurierte, wozu ich mich aber ganz und gar ungeschickt fühle. Auch wird man sie hinter einander wegdrucken müssen, wie es eben trifft: denn jede auf einer andern Seite anzufangen scheint, ich mag auch zählen und rechnen wie ich will, nicht tunlich. Bei der Menge Zeilen unsrer Seite würden mehr als einmal unschickliche Räume übrigbleiben. Doch überlasse ich Ihnen das, und schicke nächstens das Manuskript. Der zweite Band des Romans stockt irgend bei einem Spediteur; ich sollte ihn schon lange haben, und wünschte ihn mitschicken zu können. Ich bin nun am fünften Buche und hoffe vor Pfingsten nicht viel mehr übrig zu lassen.

Meyer ist sehr fleißig. Er hat bisher vortreffliche Sachen gemacht; mir ist, als wenn ihm mit jedem Tage Gedanke und Ausführung besser gelängen.

Haben Sie die Güte mir bald Nachricht von Ihrem Befinden zu geben, und ob nichts Neues eingelaufen ist. Jacobi hat abermals durch Friz von Stein sein Versprechen prorogiert.

den 14 Mai 1795.

Dieses Blatt, das einige Tage liegen geblieben, will ich wenigstens der heutigen Post nicht vorenthalten.

Haben Sie die Abhandlung über den Styl in den bildenden Künsten im Aprilmonat des Merkurs gesehen? Das worüber wir alle einig sind ist recht gut und brav gesagt; aber daß doch der Genius, der dem Philosophen vor aller Erfahrung beiwohnt, ihn nicht auch zupft und warnt, wenn er sich bei unvollständiger Erfahrung zu prostituieren Anstalt macht. Wahrlich in diesem Aufsatz sind Stellen, die des Herrn von Rochows nicht unwürdig wären.

Lassen Sie mich bald hören, wie Sie sich befinden.

G

64. Schiller

Jena den 15. Mai. 95.

Daß Sie Sich nicht wohl befanden, erfuhr ich erst vorgestern, und beklagte Sie aufrichtig. Wer so wenig gewöhnt ist, krank zu sein, wie Sie, dem muß es gar unleidlich vorkommen. Daß die jetzige Witterung auf mich keinen guten Einfluß hatte, ist etwas so gewöhnliches, daß ich nicht davon reden mag.

Freilich verliere ich die ganze zweite Elegie sehr ungern. Ich hätte geglaubt, daß selbst die sichtbare Unvollständigkeit derselben keinen Schaden bei dem Leser tun würde, weil man leicht darauf verfallen kann, eine absichtliche Reticenz darunter zu mutmaßen. Übrigens kann man ja der Schamhaftigkeit, die von einem Journal gefodert wird, dieses Opfer bringen, da Sie in einigen Jahren, wenn Sie die Elegien besonders sammeln, alles was jetzt gestrichen wird, wieder herstellen können. Gerne wünschte ich Montag früh die Elegien oder doch einen Bogen derselben zu haben, um sie abschicken zu können. Mit meinem Aufsatz hoffe ich endlich noch fertig zu werden, wenn kein besonderer Unfall dazwischen kommt.

An andern Beiträgen ist nichts eingelaufen und das Siebente Stück steht noch ganz in Gottes allmächtiger Hand.

Cotta ist mit der Messe ziemlich zufrieden. Es sind ihm zwar von den Exemplarien die er in Kommission gegeben manche remittiert, aber auch eben soviele wieder neu bestellt worden, so daß der Calcul im Ganzen dadurch nichts gelitten hat. Nur bittet er sehr um größere Mannichfaltigkeit der Aufsätze. Viele klagen über die abstrakte Materien, viele sind auch an Ihren Unterhaltungen irre, weil sie, wie sie sich ausdrücken, noch nicht absehen können, was damit werden soll. Sie sehen, unsre deutschen Gäste verleugnen sich nicht, sie müssen immer wissen, *was* sie essen, wenn es ihnen recht schmecken soll. Sie müssen einen *Begriff* davon haben.

Ich sprach noch kürzlich mit Humboldt darüber; es ist jetzt platterdings unmöglich mit irgend einer Schrift, sie mag noch so gut oder noch so schlecht sein, in Deutschland ein *allgemeines* Glück zu machen. Das Publikum hat nicht mehr die Einheit des Kinder-Geschmacks, und noch weniger die Einheit einer vollendeten Bildung. Es ist in der Mitte zwischen beiden, und das ist für schlechte Autoren eine herrliche Zeit, aber für solche, die nicht bloß Geld verdienen wollen, desto schlechter. Ich bin jetzt sehr neugierig zu hören, wie von Ihrem Meister wird geurteilt werden, was nämlich die öffentlichen Sprecher sagen, denn daß das Publikum darüber geteilt ist, versteht sich ja von selbst.

Von hiesigen Novitäten weiß ich Ihnen nichts zu melden, denn mit Freund Fichte ist die reichste Quelle von Absurditäten versiegt. Freund Woltmann hat wieder eine sehr unglückliche Geburt und in einem sehr anmaßenden Ton von sich ausgehen lassen. Es ist ein gedruckter Plan zu seinen historischen Vorlesungen: ein warnender Küchen Zettel, der auch den hungrigsten Gast verscheuchen müßte.

Daß Schütz wieder sehr krank war, sich aber wieder besser befindet, wissen Sie ohne Zweifel.

Ihre Beiträge zu dem M⟨usen⟩Almanach erwarte ich mit rechter Begierde. Herder wird auch etwas dafür tun.

Reichardt hat sich durch Hufeland zu einem Mitarbeiter an den Horen anbieten lassen.

Haben Sie die Luise von Voß schon gelesen, die jetz⟨t⟩ heraus ist? Ich kann Sie Ihnen schicken. Den Aufsatz im D⟨eutschen⟩ Merkur werde ich mir geben lassen.

Meyern wünsche viel Glück zu seiner Arbeit. Grüßen Sie ihn herzlich von mir. Alles empfiehlt sich Ihnen herzlich.

Sch.

N.S. Cotta schickte mir nicht mehr als diese 2 Horen. Ich glaube, daß ich Ihnen deren 3 zu schicken hatte.

65. Goethe

⟨Weimar, 16. Mai 1795⟩

Ehe mein Paquet abgeht erhalt' ich das Ihrige und nun noch einige Worte.

Von den Elegien soll morgen Abend mit der reitenden Post etwas abgehen; ich wünsche, daß ja kein Unfall Ihren Aufsatz unterbrechen möge. Zum siebenten Stück kann ich Ihnen nahe an zwei Bogen versprechen.

Lassen Sie uns nur unsern Gang unverrückt fortgehen; wir wissen was wir geben *können* und *wen* wir vor uns haben. Ich kenne das Possenspiel des deutschen Autorwesens schon zwanzig Jahre in und auswendig; es muß nur *fortgespielt* werden, weiter ist dabei nichts zu sagen.

R⟨eichardt⟩ ist nicht abzuweisen, aber seine Zudringlichkeit werden Sie sehr in Schranken halten müssen.

Louise habe ich noch nicht gesehen; Sie werden mir eine Gefälligkeit erzeigen sie zu schicken. Ich lege Ihnen einen Band von Herders *Terpsichore* bei, den ich mir bald zurück erbitte und der Ihnen viel Freude machen wird.

Mein Übel ist wieder ziemlich vorüber. Ich hatte mich schon eingerichtet, Sie wenigstens auf einen halben Tag zu besuchen, nun muß ich es bis auf Trinitatis anstehen lassen. Die nächsten vierzehn Tage halten mich die Proben von Claudine fest.

Leben Sie recht wohl, und grüßen Sie unsre Freunde.

Im Moniteur steht, daß Deutschland hauptsächlich wegen der Philosophie berühmt sei, und daß ein Mr. Kant und sein Schüler Mr. Fichte den Deutschen eigentlich die Lichter aufsteckten.

Weimar d. 16. Mai 1795.

G

Mit den Exemplaren der Horen sind wir nicht ganz in Ordnung. Es hat indes so viel nicht zu sagen; Hr. Cotta ist ja wohl so artig, am Ende des halben Jahres zu komplettieren.

66. Goethe

⟨Weimar, 16. Mai 1795⟩

Hier erhalten Sie, mein Wertester, endlich den zweiten Band Wilhelms. Ich wünsche ihm auch bei seiner öffentlichen Erscheinung die Fortdauer Ihrer Neigung. Ich suche nun das fünfte Buch in Ordnung zu bringen, und da das sechste schon fertig ist; so hoffe ich vor Ende dieses Monats mich für diesen Sommer frei gearbeitet zu haben. Ich wünsche bald zu hören, wie es Ihnen gelingt.

Beiliegende Exemplare bitte ich nach der Aufschrift völlig zu verteilen.

Leben Sie recht wohl.

Weimar.
den 16 Mai
1795.

G

67. Goethe

⟨Weimar, 17. Mai 1795⟩

Hier, mein wertester die Elegien. Die zwei sind ausgelassen. Die angezeignete Stelle in der sechsten habe ich stehen lassen. Man versteht sie nicht das ist wohl wahr; aber man braucht ja auch Noten, zu einem alten nicht allein, sondern auch zu einem benachbarten Schriftsteller.

Wolfs Vorrede zur Ilias habe ich gelesen, sie ist interessant genug, hat mich aber schlecht erbaut. Die Idee mag gut sein und die Bemühung ist respektabel, wenn nur nicht diese Herrn, um ihre schwachen Flanken zu decken, gelegentlich die fruchtbarsten Gärten des ästhetischen Reichs verwüsten und in leidige Verschanzungen verwandeln müßten. Und am Ende ist mehr subjektives als man denkt in diesem ganzen Krame. Ich freue mich bald mit Ihnen darüber zu sprechen. Eine tüchtige Epistel habe ich diesen Freunden dereinst zugedacht.

H. v. Humbold hat uns durch seinen Besuch gestern aufs angenehmste überrascht. Grüßen Sie ihn aufs beste.

Leben Sie recht wohl. Die übrigen Elegien folgen, und ich, wills Gott, bald auch.

W. d. 17. Mai 1795

G

Die Einrichtung des Drucks überlasse ich Ihnen ganz. Vielleicht lassen Sie sich noch schicklich rücken.

68. Schiller

Jena d. 17. ⟨oder 18.⟩ Mai. 95.

Nur zwei Worte, um Ihnen den Empfang der Elegien zu melden, und für den II Teil Meisters meinen und meiner Frau herzlichen Dank zu sagen. Was ich in der Geschwindigkeit (denn ich wollte ihn gleich binden lassen) von Serlos Geschichte las, ist äußerst unterhaltend, und ich freue mich nun schon auf den Eindruck, den dieser Teil im Zusammenhang auf mich machen wird.

Zu den Elegien wollten Sie Anmerkungen geben, welches gewiß nicht überflüssig wäre. Da solche am Ende derselben, wie man es jetzt gewöhnlich zu halten pflegt, folgen könnten, so wäre dazu noch bis Montag Zeit. Das Publikum läßt sich gern alles erklären.

Daß Sie wieder besser sind hat mir H. v. Humboldt zu meiner herzlichen Freude versichert. Ich habe ihm auf Ihre Erlaubnis die Terpsichore gegeben, die mir Herder unterdessen geschickt hat. So weit ich darin las, ist es eine sehr glückliche Arbeit, und ein solcher Dichter war es in jedem Betrachte wert, in einer so schönen Form aus der Vergessenheit aufzustehen.

Wenn wir zu den Überschriften der einzelnen Elegien recht viel Raum übrig lassen, so können wir jede auf einer eigenen Seite anfangen, ohne daß sie zu hoch oben aufhört.

Ich werde denselben Druck wie bei den Episteln dazu nehmen lassen. Und so wandre denn der Centaur in einer guten Stunde in die Welt.

Mich erfreut sehr, Sie in einigen Wochen zu sehen. Wenn ich darauf rechnen kann, daß Sie am letzten des Monats gewiß hier sind, so hoffe ich Ihnen meine Briefe noch vorher lesen zu können, ehe sie abgehen, welches mir sehr lieb sein sollte.

Daß Sie für das Siebente Stück so freundlich sorgen, dafür sei Ihnen tausend Dank gesagt. Unterdessen haben sich wieder 3 Mitarbeiter gemeldet, deren Arbeiten ich alle nicht brauchen kann.

Leben Sie recht wohl.

Sch.

69. Goethe

〈Weimar, 18. Mai 1795〉

Die letzten Elegien folgen denn auch und mögen mit gutem Omen abgehen.

Nun sollen Liedchen folgen und was dem Almanach frommen könnte.

Ich bin fleißig und nachdenklich und möchte Sie über vieles sprechen. Vielleicht komm ich bald.

Leben Sie recht wohl und grüßen die liebe Frau.

W. d. 18. Mai 1795

G

70. Schiller

〈Jena.〉 Den 21. Mai. 95.

Der Überbringer dieses, H. Michaelis aus Strelitz ist der Verleger meines MusenAlmanachs. Wenn Sie ihm einige Augenblicke widmen wollten, so würde ich Sie bitten, mit ihm und unserm Freund Meyer zu deliberieren, ob aus den Beiträgen, die Sie zu dem Almanach bestimmt haben (die Epigramme mit eingeschlossen) nicht einige Stoff zu Vignetten geben, die vielleicht Meyer skizzieren würde. Die Gewohnheit fodert dergleichen Verzierungen, und hier weiß ich noch keinen Stoff dazu. Hätten Sie unter Ihren kleinen Gedichten einige Romanzen oder dergleichen, so würde sich daraus am besten etwas machen lassen. Der Almanach wird bei H. Unger gedruckt und soll elegant werden.

Ich ließ Sie durch H. Gerning bitten mich den Tag wissen zu lassen, wo Claudine gespielt wird, um wenn es mir etwa möglich wäre die Vorstellung mit anzusehen oder doch meiner Frau das Vergnügen zu machen. Aber diese wird wahrscheinlich die Masern bekommen, und so hebt sich denn das ganze Plänchen.

Herzlich verlangt mich, Sie bald wieder hier zu sehen.

Michaelis wird Ihnen auch sagen, daß in seinen Gegenden starke Nachfrage nach Ihrem Meister ist.

Dieser Brief möge Sie bei der besten Gesundheit finden.

Sch.

71. Goethe

⟨Weimar, 10. Juni 1795⟩

Ich danke Ihnen recht sehr daß ⟨Sie⟩ mir die Sorge über Ihren Fieber Anfall durch die liebe Frau, die ich bestens grüße so bald benommen haben, möge doch Karl auch die Masern glücklich überstehen.

Mir ist es gleich bei meiner Rückkunft übel ergangen, ein Recidiv des Backengeschwulstes überfiel mich und da ich die Sache leicht nahm ward sie Stufenweise so arg daß ich von Humbold nicht einmal Abschied nehmen konnte. *Jetzt* ist das Übel im Fallen. Ich habe indessen am Roman abschreiben lassen und schicke vielleicht die erste Hälfte des fünften Buches, die auch Epoche macht, nächsten Sonnabend.

Die Horen habe erhalten.

Hierbei ein Tragelaph von der ersten Sorte.

Meyer grüßt und ist sehr fleißig.

Leben Sie wohl und lassen mich bald wissen wie es Ihnen und den Ihrigen geht und was Sie arbeiten. W. d. 10 Jun. 1795.

G

72. Goethe

⟨Weimar, 11. Juni 1795⟩

Hier die Hälfte des fünften Buches, sie macht Epoche drum durft ich sie senden. Ich wünsche ihr gute Aufnahme. Mein Übel hat meine Plane geändert, so mußt ich mit dieser Arbeit vorrucken. Verzeihen Sie die Schreibfehler und vergessen des Bleistifts nicht. Wenn Sie und Humb⟨old⟩ es gelesen haben bitte ich es bald zurück. Da ich ungeduldig bin körperlich zu leiden, werde ich wohl nach Carlsbad gehen, das mich ehmals auf lange Zeit von gleichen Übeln befreite. Leben Sie wohl. Für den Kalender nächstens etwas, auch für die Horen. Ich bin erwartend wie Ihnen ein Einfall gefällt den ich habe die *Jurisdiktion* der Horen und der Journale überhaupt zu erweitern. Sie erhalten einen *Brief eines Mitarbeiters*.

Mögen Sie doch recht wohl sein und in Ihren Arbeiten nicht gehindert. W. d. 11 Jun 1795. Was macht Carl?

G

73. Schiller

Jena den 12. Jun. 95.

Daß Sie aufs neue krank geworden habe ich von H. v. Humboldt mit herzlichem Bedauern gehört, und daß Sie uns, einer solchen Ursache wegen, auf eine Zeit lang verlassen, beklage ich noch mehr. Sie waren in einer so frischen und heitern Tätigkeit, und der Sprudel ist eine schlechte Hippokrene, wenigstens solang er getrunken wird. Möchten Sie indes nur bald im Stande sein, abzureisen, um desto zeitiger wieder bei uns zu sein.

Mein Fieber hat mich seit 4 oder 5 Tagen verlassen, und ich bin gegenwärtig mit meinem Befinden ganz wohl zufrieden. Könnte ich es eben so mit meiner Tätigkeit sein! Aber der Übergang von einem Geschäft zum andern war mir von jeher ein harter Stand, und jetzt vollends, wo ich von Metaphysik zu Gedichten hinüberspringen soll. Indessen habe ich mir so gut es angeht eine Brücke gebaut, und mache den Anfang mit einer gereimten Epistel, welche *Poesie des Lebens* überschrieben ist, und also, wie Sie sehen, an die Materie, die ich verlassen habe, grenzt. Könnten Sie kommen, und Ihren Geist auch nur sechs Wochen lang und nur soviel ich davon in mich aufnehmen kann, in mich hauchen, so würde mir geholfen sein.

Der Centaur ist nun glücklich ausgerüstet und mit ihm die erste Semestre der Horen. Für die andern ist mir ein klein wenig bang, wenn ich an den kleinen Vorrat gedenke. Sind Sie indessen nur gesund und frei und geht es mir selbst nicht schlechter als es in diesem Jahre gegangen ist, so ist nicht zu verzagen. Sehr neugierig bin ich auf den versprochenen *Brief.* Kann ich aber auch noch auf die Fortsetzung der *Unterhaltungen* für das 7te Stück zählen?

Das Vte Buch Meisters, das ich vor einigen Augenblicken erhielt, wird in instanti vorgenommen. Ich freue mich nicht wenig darauf, und wünschte nur gleich auch den Rest des Buchs zu haben.

Das ist ein prächtiger Patron der Hesperus, den Sie mir neulich schickten. Er gehört ganz zum Tragelaphen-Geschlecht, ist aber dabei gar nicht ohne Imagination und Laune, und hat manchmal einen recht tollen Einfall, so daß er eine lustige Lektüre für die langen Nächte ist. Er gefällt mir noch besser als die *Lebensläufe.*

Meine Frau ist wieder besser und mit Karln geht es recht gut. Wenn Sie durchreisen, welches wohl bald sein wird, finden Sie uns wie ich hoffe auf besserem Weg.

Meyern bitte recht schön zu grüßen. Leben Sie recht wohl, und werden Sie bald möglichst gesund.

Sch.

74. Goethe

⟨Weimar, 13. Juni 1795⟩

Hierbei die Konzepte von den bewußten Briefen, an denen sich noch manches wird retouchieren lassen, wenn Sie mit den Hauptideen zufrieden sind. Dergleichen Aufsätze sind wie Würfel im Brettspiele; es entsteht meist etwas daraus was man nicht denkt, aber es muß doch etwas daraus entstehen. Vor Ende dieses Monats geh ich von hier nicht weg, und lasse Ihnen noch für das siebente Stück eine gewöhnliche Portion *Unterhaltungen* zurück. Bis dahin ist auch die 2te Hälfte des fünften Buchs abgeschrieben, und so hätten wir uns der Widerwärtigkeit so gut als möglich zu unsern Arbeiten bedient. Leben Sie recht wohl, tun Sie desgleichen; möge Ihnen die Epistel recht gut geraten.

Weimar den 13 Juni 1795

75. Schiller

Jena den 15. Jun. 95.

Dieses fünfte Buch Meisters habe ich mit einer ordentlichen Trunkenheit, und mit einer einzigen ungeteilten Empfindung durchlesen. Selbst im Meister ist nichts, was mich so Schlag auf Schlag ergriffen und in seinem Wirbel unfreiwillig mit fortgenommen hätte. Erst am Ende kam ich zu einer ruhigen Besinnung. Wenn ich bedenke, durch wie einfache Mittel Sie ein so hinreißendes Interesse zu bewirken wußten, so muß ich mich noch mehr verwundern. Auch was das Einzelne betrifft, so fand ich darin treffliche Stellen. Meisters Rechtfertigung gegen Werner seines Übertritts zum Theater wegen, dieser Übertritt selbst, Serlo, der Souffleur, Philine, die wilde Nacht auf dem Theater u. dgl. sind ausnehmend glücklich behandelt. Aus der Erscheinung des anonymen Geistes haben Sie soviel Partie zu ziehen gewußt, daß ich darüber nichts mehr zu sagen weiß. Die ganze Idee gehört zu den glücklichsten die ich kenne, und Sie wußten das Interesse, das darin lag, bis auf den letzten Tropfen auszuschöpfen. Am Ende freilich erwartet jedermann den Geist bei der Tafel zu sehen, aber da Sie selbst an diesen Umstand erinnern, so begreift man wohl, daß die NichtErscheinung ihre guten Ursachen haben müsse. Über die Person des Gespenstes werden soviele Hypothesen gemacht werden, als mögliche Subjekte dazu in dem Romane vorhanden sind. Die Majoritat bei uns will schlechterdings daß Mariane der Geist sei, oder doch damit in Verbindung stehe. Auch sind wir geneigt, den weiblichen Kobold, der Meistern in seinem Schlafzimmer in die Arme zu packen kriegt, für Eine Person mit dem Geist zu halten. Bei der letztern Erscheinung habe ich aber doch auch an Mignon gedacht, die an dem heutigen Abend sehr viele Offenbarungen über ihr Geschlecht scheint erhalten zu haben. Sie sehen aus dieser kleinen hermineutischen Probe, wie gut Sie Ihr Geheimnis zu bewahren gewußt.

Das Einzige, was ich gegen dieses Vte Buch zu erinnern habe, ist, daß es mir zuweilen vorkam, als ob Sie demjenigen Teile, der das Schauspielwesen ausschließend angeht, mehr Raum gegeben hätten, als sich mit der freien und weiten Idee des Ganzen verträgt. Es sieht zuweilen aus, als schrieben Sie *für* den Schauspieler, da Sie doch nur *von* dem Schauspieler schreiben wollen. Die Sorgfalt, welche Sie gewissen kleinen Details in dieser Gattung widmen, und die Aufmerksamkeit auf einzelne kleine Kunstvorteile, die zwar dem Schauspieler und Direktor aber nicht dem Publikum wichtig sind, bringen den falschen Schein eines *besondern Zweckes* in die Darstellung, und wer einen solchen Zweck auch nicht vermutet, der möchte Ihnen gar Schuld geben, daß eine PrivatVorliebe für diese Gegenstände Ihnen zu mächtig geworden sei. Könnten Sie diesen Teil des Werks füglich in engere Grenzen einschließen, so würde dies gewiß gut für das Ganze sein.

Jetzt noch ein Wort über Ihre Briefe an den Redakteur der Horen. Ich habe schon ehemals daran gedacht, daß wir wohl daran tun würden, einen kritischen Fechtplatz in den Horen zu eröffnen. Aufsätze dieses Inhalts bringen ein augenblickliches Leben in das Journal, und erregen ein sicheres Interesse beim Publikum. Nur dürften wir, glaube ich, das Heft nicht aus den Händen geben, welches geschehen würde, wenn wir dem Publikum und den Autoren ein gewisses Recht durch unsre förmliche Einladung einräumten. Von dem Publikum hätten wir sicherlich nur die elendesten Stimmen zu erwarten, und die Autoren würden sich, wie man Beispiele hat, sehr beschwerlich machen. Mein Vorschlag wäre, daß wir die Angriffe aus unserm eigenen Mittel machen müßten: wollten dann die Autoren sich in den Horen verteidigen, so müßten sie sich den Bedingungen unterwerfen, die wir ihnen vorschreiben wollen. Auch wäre deshalb mein Rat, sogleich mit der Tat und nicht mit der Proposition anzufangen. Es schadet uns nichts, wenn man uns für unbändig und ungezogen hält.

Was würden Sie dazu sagen, wenn ich mich, im Namen eines Herrn von X, gegen den Verfasser des Wilh⟨elm⟩

Meister beschwerte, daß er sich so gern bei dem SchauspielerVolk aufhält, und die *gute Sozietät* in seinem Roman vermeidet? (Sicherlich ist dies der allgemeine Stein des Anstoßes, den die feine Welt an dem Meister nimmt, und es wäre nicht überflüssig, auch nicht uninteressant, die Köpfe darüber zu recht zu stellen. Wenn Sie antworten wollen, so will ich Ihnen einen solchen Brief fabrizieren.)

Ich hoffe, daß es mit Ihrer Gesundheit jetzt wieder besser geht. Der Himmel segne Ihre Geschäfte und hebe Ihnen noch recht viele so schöne Stunden auf, wie die waren, in denen Sie den Meister schrieben.

Auf die Beiträge zu dem Almanach und auf die Unterhaltungen, wozu Sie mir Hoffnung gemacht haben, harre ich mit großem Verlangen. In meinem Haus geht es besser. Alles grüßt Sie.

Sch.

76. Goethe

〈Weimar, 18. Juni 1795〉

Ihre Zufriedenheit mit dem fünften Buche des Romans war mir höchst erfreulich und hat mich zur Arbeit, die mir noch bevor steht, gestärkt. Es ist mir sehr angenehm, daß die wunderlichen und spaßhaften Geheimnisse ihre Wirkung tun und daß mir, nach Ihrem Zeugnisse, die Ausführung der angelegten Situationen geglückt ist. Um so lieber habe ich Ihre Erinnerungen, wegen des theoretisch-praktischen Gewäsches genutzt und bei einigen Stellen die Schere wirken lassen. Dergleichen Reste der frühern Behandlung wird man nie ganz los, ob ich gleich das erste Manuskript fast um ein Drittel verkürzt habe.

Über das was mit dem Briefe an den Herausgeber, oder bei Gelegenheit desselben anzufangen ist, werden wir bei einer Unterredung leicht einig werden. Ich werde etwa zu Ende der andern Woche bei Ihnen sein und wo möglich die versprochene Erzählung mitbringen.

Auf den Sonnabend schicke ich Meyers Aufsatz über *Johann Bellin;* er ist sehr schön, nur leider zu kurz. Haben Sie die Güte uns die Einleitung, die Sie schon in Händen haben, wieder zurück zu schicken, weil noch einiges darin zu supplieren ist. Wenn er den *Mantegna* noch dazu fügen könnte, so wär' es ein Gewinn für das siebente Stück.

Es ist mir angenehm, daß Ihnen der neue Tragelaph nicht ganz zuwider ist; es ist wirklich schade für den Menschen, er scheint sehr isoliert zu leben und kann deswegen bei manchen guten Partieen seiner Individualität nicht zu Reinigung seines Geschmacks kommen. Es scheint leider, daß er selbst die beste Gesellschaft ist, mit der er umgeht. Sie erhalten noch zwei Bände dieses wunderlichen Werks.

Die vier Wochen in Carlsbad denke ich einer Revision meiner naturwissenschaftlichen Bemühungen zu widmen; ich will sehen, daß ich ein Schema dessen, was ich schon getan habe und wohin ich mich zunächst wenden muß, aufsetze, um nur erst ein Fachwerk für die vielen zerstreuten Erfahrungen und Betrachtungen bereit zu haben.

Was sagen Sie zu einer Schrift, aus der ich Ihnen beiliegende Stelle abschreiben lasse?

Leben Sie recht wohl mit den Ihrigen und grüßen Humbolds.

W. d. 18 Jun 1795.

Goethe

77. Schiller

Jena den 19. Juni 95.

Hier folgt das Mskrpt von Meyern, nebst meinem besten Gruß. Daß ich sobald etwas von ihm zu erwarten habe ist mir sehr tröstlich. Wenn es ihm indessen bloß an Zeit fehlt um noch den Mantagna folgen zu lassen, so kann ich ihm diese vielleicht geben, da ich von Freund Fichte einen Aufsatz erwarte, und nun auf die Unterhaltungen sicher rechnen darf. Nächsten Montag kann ich bestimmter wissen, wie ich daran bin.

Daß Sie meine Erinnerungen das Vte Buch d⟨es⟩ Romans betreffend Ihrer Aufmerksamkeit wert achten, freut mich und gibt mir neuen Mut. Ich fühle indessen mit der Liebe, die ich für dieses Werk Ihres Geistes hege, auch alle Eifersucht wegen des Eindrucks den es auf andere macht, und ich möchte mit dem nicht gut Freund sein, der es nicht zu schätzen wüßte.

Aus welchem Tollhause Sie das vortreffliche Fragment mögen aufgegriffen haben, weiß ich nicht, aber nur ein Verrückter kann so schreiben. Freund Obereit könnte es wohl geschrieben haben, doch zweifle ich daran. Es hat mir vielen Spaß gemacht.

Gleich geht die Post. Ich freue mich sehr darauf, Sie bald wieder zu sehen.

Sch.

78. Goethe

⟨Weimar, 27. Juni 1795⟩

Eine Erzählung für die Horen und ein Blättchen für den Almanach mögen meine Vorläufer sein. Montags bin ich bei Ihnen und es wird sich manches bereden lassen. Voß grüßt und bietet eine antiquarische Abhandlung über die *Hähne* der Götter und allenfalls ein Stück alte Geographie an.

Herder verspricht baldigst etwas über den Homer. Wenn noch was von Jakobi käme; so wäre es recht gut.

Ich verlange zu sehen was Sie gearbeitet haben.

Empfehlen Sie mich Ihrer lieben Frauen und Humbolds, ich freue mich Sie wieder zu sehen. W. d. 27. Jun. 1795.

Goethe

79. Schiller

Jena den 6. Jul. 1795.

Eine große Expedition der Horen, die ich heute habe, läßt mir nur einige Augenblicke frei, um Sie zu Ihrer Ankunft im Karlsbad, welche wie ich hoffe, glücklich gewesen ist zu begrüßen. Ich freue mich, daß ich von den 30 Tagen Ihrer Abwesenheit viere wegstreichen darf.

Von Fichte habe ich einen Brief erhalten, worin er mir zwar das Unrecht, das ich ihm getan, sehr lebhaft demonstriert, dabei aber sehr bemüht ist, nicht mit mir zu brechen. Bei aller nicht unterdrückten Empfindlichkeit hat er sich sehr zu mäßigen gewußt, und ist bemüht, den raisonablen zu spielen. Daß er mir Schuld gibt, seine Schrift ganz mißverstanden zu haben, ist eine Sache die sich von selbst versteht. Daß ich ihm aber Verworrenheit der Begriffe über seinen Gegenstand Schuld gab, das hat er mir kaum verzeihen können. Er will mir seinen Aufsatz, wenn er ganz fertig ist, zum Lesen schicken, und erwartet, daß ich alsdann mein übereiltes Urteil widerrufen werde. So stehen die Sachen, und ich muß ihm das Zeugnis geben, daß er sich in dieser kritischen Situation noch ganz gut benommen hat. Sie sollen seine Epistel lesen, wenn Sie zurück kommen.

Von hiesigen Novitäten weiß ich Ihnen nichts zu schreiben, als daß die Tochter vom Hofr. Schütz wirklich gestorben ist, er selbst aber sich erträglich befindet.

Woltmann der mich vor einigen Tagen besuchte, versicherte mir, daß nicht *Fichte* sondern ein gewisser *Fernow* (ein junger Maler der hier studierte, auch Gedichte macht und mit Baggesen eine Zeit lang reiste) Verfasser des Aufsatzes im Merkur über den Styl in den bildenden Künsten sei. Baggesen selbst erzählte dieses, und erklärte dabei, daß jener Aufsatz das sublimste sei, was je über diesen Gegenstand geschrieben worden. Ich hoffe also Sie werden dem großen Ich in Oßmanstädt im Herzen Abbitte tun, und wenigstens diese Sünde von seinem schuldigen Haupte nehmen.

Woltmann sagt mir, daß er angefangen habe, an einem Roman zu arbeiten, welches ich freilich mit seiner übrigen historischen Aktivität nicht recht reimen kann.

Von Humboldt habe noch keine Nachricht. Daß Ihr Aufenthalt im Karlsbad recht fruchtbar für Ihre Gesundheit und für die mitgenommenen Beschäftigungen sein möchte, wünsche ich von Herzen. Sollte sich eine Gelegenheit finden, mir den Rest des Vten Buchs zu schicken, so würden Sie mir eine große Freude damit machen.

Von den Horen habe ich 2 Exemplarien nach Ihrer Vorschrift verschickt.

Meine Frau empfiehlt sich Ihnen bestens. Leben Sie recht wohl und behalten uns in freundschaftlichem Angedenken.

Sch.

80. Goethe

⟨Karlsbad, 8. Juli 1795⟩

Die Gelegenheit Ihnen durch Frl. von Göchhausen diesen Brief zu übersenden versäume ich nicht. Nach überstandnen leidlichen und bösen Wegen bin ich am 4ten Abends angelangt, das Wetter war bis heute äußerst schlecht, und der erste Sonnenblick scheint nur vorübergehend zu sein. Die Gesellschaft ist zahlreich und gut, man beklagt sich, wie immer, über den Mangel an Harmonie und jeder lebt auf seine Weise. Ich habe nur gesehen und geschwätzt, was sonst werden und gedeihen wird muß abgewartet werden. Auf alle Fälle habe ich gleich einen kleinen Roman aus dem Stegreife angeknüpft, der höchst nötig ist um einen morgens um 5 Uhr aus dem Bette zu locken. Hoffentlich werden wir die *Gesinnungen* dergestalt mäßigen und die *Begebenheiten* so zu leiten wissen daß er vierzehn Tage aushalten kann.

Als berühmter Schriftsteller bin ich übrigens recht gut aufgenommen worden, wobei es doch nicht an Demütigungen gefehlt hat. Z. B. sagte mir ein allerliebstes Weibchen: sie habe meine letzten Schriften mit dem größten Vergnügen gelesen, besonders habe sie *Giaffar der Barmecide* über alle Maßen interessiert. Sie können denken daß ich mit der größten Bescheidenheit mich in Freund Klingers hinterlaßne arabische Garderobe einhüllte und so meiner Gönnerin in dem vorteilhaftesten Lichte erschien. Und ich darf nicht fürchten daß sie in diesen drei Wochen aus ihrem Irrtume gerissen wird.

Die vielen Menschen, unter denen sehr interessante sind, lerne ich nach und nach kennen und werde Ihnen manches zu erzählen haben.

Indem ich auf meiner Herreise einige alte Märchen durchdachte ist mir verschiednes über die Behandlungs Art derselben durch den Kopf gegangen. Ich will ehstens eins schreiben damit wir einen Text vor uns haben. Leben Sie recht wohl mit den Ihrigen und denken mein.

Carlsbad d. 8 Jul 1795.

G

81. Goethe

Carlsb⟨ad⟩ d. 19 Jul. 1795.

Ihren lieben Brief vom 6ten habe ich erst den 17ten erhalten, wie danke ich Ihnen daß Sie mir in den Strudel einer ganz fremden Welt eine freundliche Stimme erschallen lassen. Gegenwärtiges nimmt Frl. v. Beulwiz mit, ich hoffe es soll balde bei Ihnen anlangen.

Die Kur schlägt sehr gut an, ich halte mich aber auch wie ein echter Kurgast und bringe meine Tage in einem absoluten Nichtstun zu, bin beständig unter den Menschen, da es denn nicht an Unterhaltung und an kleinen Abenteuern fehlt. Ich werde mancherlei zu erzählen haben.

Dagegen ist aber auch weder das fünfte Buch des Romans abgeschrieben, noch irgend ein Epigramm gelungen, und wenn die andre Hälfte meines hiesigen Aufenthaltes der ersten gleich ist; so werde ich an guten Werken arm zurückkehren.

Mir war sehr lieb zu hören daß das Osmanstädter Ich sich zusammengenommen hat und daß auf Ihre Erklärung kein Bruch erfolgt ist, vielleicht lernt er nach und nach Widerspruch ertragen.

Auch mir ist durch Mad. Brun die sublime Abhandlung Fernows im Merkur angepriesen und also der Name des Autors entdeckt worden. Leider spukt also dieser Geist anmaßlicher Halbheit auch in Rom, und unsre Freundin wird wahrscheinlicher Weise dort mit den drei Stylen näher bekannt werden. Welch eine sonderbare Mischung von Selbstbetrug und Klarheit diese Frau zu ihrer Existenz braucht ist kaum denkbar und was sie und ihr Zirkel sich für eine Terminologie gemacht haben um das zu *beseitigen* was ihnen nicht ansteht und das was sie besitzen als die Schlange Mosis aufzustellen, ist höchst merkwürdig

Doch ausführlich von allem diesem und anderm wenn ich zurückkomme. Die Finger erstarren mir für Kälte, das Wetter ist entsetzlich und die Unbehaglichkeit allgemein.

Leben Sie desto wohler und wärmer und gedenken mein.

G.

82. Schiller

Jena den 20. Jul. 95.

Daß ich seit den letzten 12 Tagen mich schlimm befunden, und dadurch abgehalten worden, Ihnen Nachricht von mir zu geben, hat meine Frau Ihnen geschrieben. Hoffentlich haben Sie diesen und einen Brief von mir, der 4 Tage nach Ihnen von hier abging richtig erhalten.

Der Ihrige hat mich sehr erfreut, und ich wünsche herzlich, daß Ihnen die Klingerische Maske recht viele freundliche Abenteuer zuwenden möge. Ich halte es für gar nichts schlechtes, sich unter einem *solchen* Namen bei Damen wohl aufgenommen zu sehen, denn das schwierigste ist alsdann schon abgetan.

Ich bin gleich ungeduldig zu hören, wie Sie mit Ihrer Gesundheit und mit Ihren Beschäftigungen vorwärts gerückt sind. Auf den Rest des V Buchs freue ich mich sehr. Was ich unterdessen von dem Centaur erfahren, klang noch ganz gut. Über die Elegien freut sich alles, und niemand denkt daran, sich daran zu skandalisieren. Die eigentlich gefürchteten Gerichtshöfe haben freilich noch nicht gesprochen. Auch ich habe über meinen Anteil an dem Centaur mein Teil Lob weg, ja ich bin noch glücklicher sogar als Sie, denn kaum 8 Tage nach Erscheinung dieses Stücks erhielt ich von einem Leipziger Schriftsteller ein förmliches Gedicht zu meinem Lobe.

Es sind unterdessen zwei neue Aufsätze von Orten, wo ich nichts erwartete, für die Horen eingelaufen. Der eine darunter handelt von griechischer und gotischer Baukunst und enthält in einem ziemlich vernachlässigten Styl und bei vielem unbedeutenden manchen sinnreichen Einfall. Nach langen Deliberationen ob ich ihn aufnehmen solle, bestimmte mich die Zweckmäßigkeit und Neuheit des Gegenstandes für die Horen, besonders da er nicht groß ist, ihn aufzunehmen. Der Zweite, auch nicht einmal einen Bogen stark, untersucht die Ideen der Alten vom Schicksal. Er ist von einem vortrefflichen Kopf und scharfen Denker, ich werde ihn daher ohne Anstand brauchen können. Erst vor einer Stunde erhielt ich ihn.

Jacobi hat nun seine Abhandlung geschickt. Sie enthält viel Vortreffliches, besonders über die Billigkeit in Beurteilung fremder VorstellungsArten, und atmet durchaus eine liberale Philosophie. Den Gegenstand kann ich Ihnen nicht wohl bestimmen. Unter der Aufschrift: Zufällige Ergießungen eines einsamen Denkers (in Briefen an Ernestine) wird von mancherlei Dingen gehandelt.

Von Herdern habe ich weder Mskrpt noch Nachricht seit vielen Wochen. Humboldt ist glücklich angelangt, hat aber seine Mutter sehr krank angetroffen.

Meine Poesien rücken sehr langsam vorwärts, da ich ganze Wochen lang zu jeder Arbeit untüchtig war. Etwas sollen Sie aber doch finden, wenn Sie kommen. Von hiesigen Novitäten weiß ich Ihnen gar nichts zu schreiben.

Leben Sie recht wohl, und der Himmel bring Sie gesund und heiter zurück.

Sch.

83. Goethe

⟨Karlsbad, 29. Juli 1795⟩

Ein Brief kann doch noch früher als ich selbst ankommen, darum will ich Ihnen für Ihr letztes danken. Ihr erster Brief war 11 Tage unterwegs, der zweite 5 und der letzte 7. So ungleich gehen die Posten hierher.

Es tut mir leid daß Sie inzwischen aus Not gefeiert haben, indes meine Tagedieberei willkürlich genug war. Ich habe mein einmal angefangnes Leben fort gesetzt, nur mit der Gesellschaft existiert und mich dabei ganz wohl gefunden. Man könnte 100 Meilen reisen und würde nicht so viel Menschen und so nah sehn. Niemand ist zu Hause deswegen ist jeder zugänglicher, und zeigt sich doch auch eher von seiner günstigen Seite. Das fünfte Buch ist abgeschrieben und das sechste kann in einigen Tagen fertig sein. An den Epigrammen ist wenig geschehen und sonst gar nichts.

Ich wünsche Glück zu den neuen Beiträgen und bin neugierig sie zu lesen.

Nach Ihnen ist viel Nachfrage und ich antworte jenachdem die Menschen sind. Überhaupt hat das Publikum nur den dunkelsten Begriff vom Schriftsteller. Man hört nur uralte Reminiszenzen; von seinem Gange und Fortschritte nehmen die wenigsten Notiz. Doch muß ich billig sein und sagen daß ich einige gefunden habe die hierin eine merkwürdige Ausnahme machen.

Das sechste Stück der Horen ist noch nicht in diese Gebirge gedrungen ich habe bei *Kalve* von Prag schon Beschlag darauf gelegt.

Leben Sie wohl grüßen Sie die liebe Frau. C. b. d. 29 Jul. 95

G

84. Schiller

⟨Jena, 11. August 1795⟩

Die Erwartung steigt noch immer aber man sieht doch schon von ferne, daß der Wald anfängt lichter zu werden. Die Erinnerung an Marianen tut viel Wirkung und Mignon wächst mit jedem Buch mehr heran. Der düstre Harfenspieler wird immer düsterer und geisterhafter und Philine gefällt mir noch immer trefflich wohl. Man freut sich, wie Sie in diesem Buch vorhergegangene Personen und Szenen wieder ins Gedächtnis bringen.

Der vielen Schreibfehler wegen auch wegen einiger Ungleichheiten in der Schreibart (bald des Publi*kums*, bald des Publi*ci* u.s.w.) ist noch viel Aufmerksamkeit zu empfehlen. In dem Gedicht am Schluß haben Sie ein Wort lang gebraucht das durch die Stellung notwendig kurz wird, und ein Zeitwort kurz, das lang bleiben muß.

Verzeihen Sie mein Geschmiere. Ich muß eilen um das Mskrpt nicht länger aufzuhalten.

Bald hoffe ich wieder von Ihnen zu hören und wünsche Glück zur Ankunft in Weimar. Meyern meinen freundlichen Gruß.

Sch.

85. Goethe

⟨Weimar, 17. August 1795⟩

Hier schicke ich Ihnen endlich die Sammlung Epigrammen, auf einzelnen Blättern, numeriert, und der bessern Ordnung willen noch ein Register dabei, meinen Namen wünschte ich aus mehreren Ursachen nicht auf den Titel.

Mit den Mottos halte ich vor ratsam auf die Antiquität hinzudeuten.

Bei der Zusammenstellung habe ich zwar die Zusammengehörigen hintereinander rangiert, auch eine gewisse Gradation und Mannigfaltigkeit zu bewürken gesucht, dabei aber um alle Steifheit zu vermeiden vorn herein, unter das venetianische Local, Vorläufer der übrigen Arten gemischt. Einige die Sie durchstrichen hatten habe ich durch Modifikation annehmlich zu machen gesucht. Nro. 78. wünsche ich, so unbedeutend es ist, an diesem Platze, um die Schule zu reizen und zu ärgern, die, wie ich höre, über mein Stillschweigen triumphiert und ausstreut: ich würde die Sache fallen lassen. Haben Sie sonst noch ein Bedenken, so teilen Sie mir es mit, wenn es die Zeit erlaubt, wo nicht; so helfen Sie ihm selbst ohne Anstand ab.

Ich wünschte einige Exemplare von diesem Büchlein besonders zu erhalten, um sie zum Gebrauch bei einer künftigen neuen Ausgabe bei Seite zu legen.

Wollten Sie wegen der Druckfehler noch besondere Warnung ergehen lassen; in den Elegien sind einige sehr unangenehme eingeschlichen.

Sobald der Almanach heraus ist könnte man zu den Elegien und Epigrammen kurze Noten machen, dabei der Druckfehler erwähnen und den Aufsatz in die Horen einrucken, welches von mancherlei Nutzen sein würde, wie leicht könnte man dieser wirklich unentbehrlichen Noten am Ende des Büchleins mit einigen Worten gedenken.

Ich schicke dieses Paquet durch einen Boten damit es Ihnen so früh als möglich zukomme und damit ich den Roman wieder zurück erhalte, mit welchem ich auch nicht länger zaudern darf.

Ich sehe voraus, daß ich Anfangs September nach Ilmenau muß und daß ich unter zehn bis vierzehn Tagen dort nicht loskomme, bis dahin liegt noch vielerlei auf mir und ich wünschte noch von Ihnen zu wissen, was Sie zu den Horen bedürfen. So viel ich übersehe könnte ich folgendes leisten:

August.	Unterhaltungen, Schluß der letzten Geschichte.
	Hymnus, den ich mir zu diesem Ende zuruck erbitte.
Septbr.	Drama und Roman
	Das Märchen. Ich würde die Unterhaltungen damit schließen, und es würde vielleicht nicht übel sein, wenn sie durch ein Produkt der Einbildungskraft gleichsam ins Unendliche ausliefen.
Oktbr.	Fortsetzung des Märchens.
	Noten zu den Elegien und Epigrammen
Novembr und Dezembr.	Ankündigung von Cellini, und wenn es möglich wäre etwas von Faust.

Mit diesem letzten geht mirs wie mit einem Pulver, das sich aus seiner Auflösung nun einmal niedergesetzt hat; so lange Sie dran rütteln, scheint es sich wieder zu vereinigen, so bald ich wieder für mich bin setzt es sich nach und nach zu Boden.

Schreiben Sie mir vor allen wie Sie sich befinden und wie Ihre Arbeiten gehn, und leben recht wohl. Weimar d. 17 Aug 95.

G

86. Schiller

⟨Jena.⟩ Den 17. Aug. 95.

Ich nahm Ihre neuliche Zusage nach dem Buchstaben und rechnete darauf, Sie Morgen als den Dienstag gewiß hier zu sehen: dies ist Ursache, daß ich den Meister solange behielt und Ihnen auch nichts darüber schrieb. Sehr hätte ich gewünscht, mit Ihnen über dieses VIte Buch mündlich zu sprechen, weil man sich in einem Brief nicht auf alles besinnt und zu solchen Sachen der Dialog unentbehrlich ist. Mir deucht, daß Sie den Gegenstand von keiner glücklichern Seite hätten fassen können, als die Art ist, wie Sie den stillen Verkehr der Person mit dem heiligen in sich eröffnen. Dieses Verhältnis ist zart und fein, und der Gang, den Sie es nehmen lassen, äußerst übereinstimmend mit der Natur.

Der Übergang von der Religion überhaupt zu der christlichen durch die Erfahrung der Sünde ist meisterhaft gedacht. Überhaupt sind die leitenden Ideen des Ganzen trefflich, nur, fürchte ich, etwas zu leise angedeutet. Auch will ich Ihnen nicht dafür stehen, daß nicht manchen Lesern vorkommen wird, als wenn die Geschichte stille stünde. Hätte sich manches näher zusammenrücken, anderes kürzer fassen, hingegen einige Hauptideen mehr ausbreiten lassen, so würde es vielleicht nicht übel gewesen sein. Ihr Bestreben, durch Vermeidung der trivialen Terminologie der Andacht ihren Gegenstand zu purifizieren und gleichsam wieder ehrlich zu machen, ist mir nicht entgangen; aber einige Stellen habe ich doch angestrichen, an denen, wie ich fürchte, ein christliches Gemüt eine zu »leichtsinnige« Behandlung tadeln könnte.

Dies wenige über das, was Sie gesagt und angedeutet. Dieser Gegenstand ist aber von einer solchen Art, daß man auch über das, was nicht gesagt ist, zu sprechen versucht wird. Zwar ist dieses Buch noch nicht geschlossen, und ich weiß also nicht, was etwa noch nachkommen kann, aber die Erscheinung des Oheims und seiner gesunden Vernunft scheint mir doch eine Krise herbei zu führen. Ist dieses, so scheint mir die Materie doch zu schnell abgetan, denn mir deucht, daß über das *Eigentümliche* christlicher Religion und christlicher Rel⟨igions⟩Schwärmerei noch zu wenig gesagt sei; daß dasjenige, was diese Religion einer schönen Seele sein kann, oder vielmehr was eine schöne Seele daraus machen kann, noch nicht genug angedeutet sei. Ich finde in der christlichen Religion virtualiter die Anlage zu dem höchsten und edelsten, und die verschiedenen Erscheinungen derselben im Leben scheinen mir bloß deswegen so widrig und abgeschmackt, weil sie verfehlte Darstellungen dieses höchsten sind. Hält man sich an den eigentümlichen Charakterzug des Christentums, der es von allen monotheistischen Religionen unterscheidet, so liegt er in nichts anderm als in der *Aufhebung des Gesetzes* oder des Kantischen Imperativs, an dessen Stelle das Christentum eine freie Neigung gesetzt haben will. Es ist also in seiner reinen Form

Darstellung *schöner* Sittlichkeit oder der Menschwerdung des heiligen, und in diesem Sinn die einzige *ästhetische* Religion; daher ich es mir auch erkläre, warum diese Religion bei der weiblichen Natur soviel Glück macht, und nur in Weibern noch in einer gewissen erträglichen Form angetroffen wird. Doch ich mag in einem Brief über diese kitzlichte Materie nichts weiter vorbringen, und bemerke bloß noch, daß ich diese Saite ein wenig hätte mögen klingen hören.

Ihre Wünsche, die Epigramme betreffend, sollen pünktlich erfüllet werden. Die Druckfehler in den Elegien haben mich auch sehr verdrossen, und ich habe den wichtigsten im Intelligenzblatt der Lit⟨eratur⟩Z⟨eitung⟩ sogleich anzeigen lassen: es sind aber Fehler des Kopisten, nicht des Setzers, und lassen sich also künftig um so eher verhüten.

Mit der Ausführung dessen, was Sie für die restierenden Monate in die Horen versprechen werden Sie mir große Freude machen, und noch einmal wiederhole ich meine Fürbitte wegen Faust. Lassen Sie es auch nur eine Szene von 2 oder 3 Seiten sein. Das Märchen wird mich recht herzlich erfreuen und die Unterhaltungen für dieses Jahr schön schließen.

Ich habe in dieser Woche mich zwar körperlich nicht besser befunden, aber doch Lust und Laune zu einigen Gedichten gehabt, die meine Sammlung vermehren werden.

Meine Frau wünscht zu erfahren, ob die Nadeln in welche Sie das sechste Buch neulich gepackt haben, Symbole von Gewissensbissen vorstellen sollen.

Leben Sie recht wohl. Ich sehne mich Sie bald zu sehen, und unsern Freund Meyer.

Schiller.

87. Goethe

⟨Weimar, 17. August 1795⟩

Hierbei schicke ich einige Stücke Horen, die ich überflüssig habe. Können Sie mir dagegen gelegentlich Nro I und II auf Schreibpapier und Nro IV auf holländisch Papier verschaffen, so wären meine übrigen Exemplare komplett.

Da Meyer nun sich zur Abreise anschickt, werden wir Sie

bald möglichst besuchen um uns Ihren Rat und Segen zu erbitten.

Grüßen Sie die liebe Frau und leben recht wohl.

d. 17 Aug 95. G

88. Goethe

⟨Weimar, 18. August 1795⟩

An dem Hymnus, der hierbei folgt, habe ich soviel getan als die Kürze der Zeit und die Zerstreuung in der ich mich befinde, erlauben wollen. Den Beschluß der Geschichte und den Übergang zum Märchen übersende ich bald möglichst, ich glaube aber nicht, daß es einen gedruckten Bogen ausfüllen wird. Zu dem Märchen selbst habe ich guten Mut; es unterhält mich und wird also doch wohl auch einigermaßen für andere unterhaltend sein.

Ihr Zeugnis, daß ich mit meinem siebenten Buche wenigstens glücklich vor der Klippe vorbeigeschifft bin, ist mir von großem Werte, und Ihre weitere Bemerkungen über diese Materie haben mich sehr erfreut und ermuntert. Da die Freundin des sechsten Buchs aus der Erscheinung des Oheims sich nur so viel zueignet, als in ihren Kram taugt und ich die christliche Religion in ihrem reinsten Sinne erst im achten Buche in einer folgenden Generation erscheinen lasse auch ganz mit dem was Sie darüber schreiben einverstanden bin, so werden Sie wohl am Ende nichts Wesentliches vermissen, besonders wenn wir die Materie noch einmal durchsprechen.

Freilich bin ich sehr leise aufgetreten und habe vielleicht dadurch, daß ich jede Art von Dogmatisieren vermeiden und meine Absichten völlig verbergen wollte, den Effekt aufs große Publikum etwas geschwächt; es ist schwer in solchen Fällen den Mittelweg zu halten.

Leben Sie recht wohl; Meyer grüßt vielmals. Sagen Sie der lieben Frau, daß sie meine symbolischen Nadeln gesund brauchen und verlieren möge. Nächstens mehr.

Weimar
den 18t. August G
1795.

89. Goethe

⟨Weimar, 21. August 1795⟩

Mehr ein Übersprung als ein Übergang vom bürgerlichen Leben zum Märchen, ist mein diesmaliger Beitrag geworden. Nehmen Sie damit vorlieb.

Herders *Homer*, den ich so eben mit Meyern gelesen, ist fürtrefflich geraten und wird den Horen zu großem Schmucke gereichen, ich will treiben daß Sie den Aufsatz morgen mit den Botenweibern erhalten. Die erste Portion des Märchens erhalten Sie vor Ende des Monats. Leben Sie recht wohl. W. d. 21 Aug 1795.

G

90. Schiller

⟨Jena.⟩ Freitag Abends 22 ⟨21.⟩ Aug. 1795.

Ich erinnre mich, wie ich einmal vor 7 Jahren in Weimar saß und mir alles Geld bis etwa auf 2 groschen Porto ausgegangen war, ohne daß ich wußte woher neues zu bekommen. In dieser Extremität denken Sie Sich meine angenehme Bestürzung als mir eine längst vergessene Schuld der Literatur Zeitung an demselben Tage übersendet wurde. Das war in der Tat Gottes Finger, und das ist auch Ihre heutige Mission. Ich wußte in der Tat nicht, was ich Cottaen, der Mskrpt für das 9te Stück nötig hat, heute senden sollte; und Sie als ein wahrer Himmelsbote senden mir zwar nur etwa ½ Bogen, aber doch genug um mit dem Apollo einen ganzen auszumachen. Ich werde kaum Zeit haben dieses Mskrpt noch zu lesen, ob ich es gleich in orthographischer Rücksicht sorgfältig durchlaufen will.

Auf Ihr Märchen freue ich mich sehr, denn es scheint unter sehr guten Auspizien zur Welt zu kommen.

Herders Abhandlung soll mir auch eine recht angenehme apparition sein.

Humboldt begrüßt Sie. Ich werde Ihnen allerlei Curiosa die Horen und auch etwas den Meister betreffend zu erzählen haben, wenn Sie hieher kommen, welches ich bald zu tun herzlich bitte.

Leben Sie recht wohl.

Sch.

91. Goethe

⟨Weimar, 22. August 1795⟩

Es freut mich daß meine kleine Gabe zur rechten Zeit kam. Die erste Hälfte des Märchens sollte nach meiner Rechnung auch ins neunte Stück kommen, inwiefern es nötig oder tulich sei wollen wir Montags bereden, da ich Sie mit Meyern zu besuchen gedenke. Abends gehe ich zurück, denn Mittwochs muß ich endlich nach Ilmenau, von da ich etwa in acht Tagen zurückkomme.

Nur soviel zur Nachricht. Die Botenweiber packen ein.

W. d. 22 Aug 1795

G

92. Goethe

⟨Weimar, 24. oder 25. August 1795⟩

Morgen frühe gehe ich mit Geh. R. Voigt nach Ilmenau und würde bei meinen Streifereien noch heitrer sein wenn ich Sie zu Hause wohl und nicht so oft durch Krankheit an so manchem Guten gehindert wüßte. Meyer grüßt. Ich wünsche zu vernehmen daß der gute Effekt des Märchens nachgekommen ist und die Folge den anfänglichen bösen Eindruck wieder ausgelöscht hat. Wenn ich Ihnen lebe wohl sage, so heißt das immer: gebrauchen Sie wie bisher der guten Stunden zu unsrer Freude.

W. d. 24. Aug 1795. G

93. Goethe

⟨Ilmenau, 29. August 1795⟩

Aus dem gesellig müßigen Carlsbad hätte ich in keine entgegen gesetztere Existenz kommen können als in das einsam tätige Ilmenau, die wenigen Tage die ich hier bin sind mir sehr schnell verstrichen und ich muß noch acht Tage hier bleiben, wenn ich in den Geschäften nach Wunsch klar werden will. Ich war immer gerne hier und bin es noch, ich glaube es kommt von der Harmonie in der hier alles steht. Gegend, Menschen, Klima, Tun und Lassen. Ein stilles, mäßiges ökonomisches Streben, und überall den Übergang vom *Hand*werk zum *Maschinen*werk, und bei der Abgeschnittenheit einen größern Verkehr mit der Welt als manches Städtchen im flachen zugänglichen Lande. Noch habe ich auch keine Idee gehabt als die hierher paßte, es war aber sehr notwendig daß ich das Pensum vor Winters absolvierte. Leben Sie recht wohl in andern Regionen und gedenken mein mit der Ihrigen.

Ilmenau d. 29 Aug 1795.

G

94. Schiller

Jena den 29. Aug. 95.

Das Märchen ist bunt und lustig genug, und ich finde die Idee, deren Sie einmal erwähnten »das gegenseitige Hülfleisten der Kräfte und das Zurückweisen aufeinander« recht artig ausgeführt. Meiner Frau hat es viel Vergnügen gemacht; sie findet es im Voltairischen Geschmack, und ich muß ihr Recht geben. Übrigens haben Sie durch diese Behandlungsweise sich die Verbindlichkeit aufgelegt, daß alles Symbol sei. Man kann sich nicht enthalten, in allem eine Bedeutung zu suchen. Die vier Könige präsentieren sich gar prächtig, und die Schlange als Brücke ist eine charmante Figur. Sehr charakteristisch ist die schöne Lilie mit ihrem Mops. Das Ganze zeigt sich überhaupt als die Produktion einer sehr fröhlichen Stimmung. Doch hätte ich gewünscht, das Ende wäre nicht vom Anfang getrennt, weil doch beide Hälften einander zu sehr bedürfen, und der Leser nicht immer behält, was er gelesen. Liegt Ihnen also nichts daran, ob es getrennt oder ganz erscheint, so will ich das nächste Stück damit anfangen; ich weiß zum Glück für das Neunte Rat und kommt dann das Märchen im X Stück auf einmal ganz, so ist es um so willkommener.

An dem Epigramm das ich beilege, fehlt der Schluß.

Seien Sie so gütig, es mir mit ehester Gelegenheit zurück zu schicken.

Mit meiner Gesundheit geht es noch nicht viel besser. Ich fürchte, ich muß die lebhafte Bewegungen büßen, in die mein Poetisieren mich versetzte. Zum Philosophieren ist schon der halbe Mensch genug und die andere Hälfte kann ausruhen; aber die Musen saugen einen aus.

Seien Sie herzlich gegrüßt zu Ihrem Geburtstag.

Sch.

N. S.

An den Herzog habe ich noch kein Exemplar des VIII Stücks gesendet. Sie sind wohl so gütig es zu besorgen.

Wenn Sie H. v. Humboldt zu schreiben haben, so kann ich den Brief einschließen.

95. Schiller

Jena den 31. Aug. 95.

Nur zwei Worte heute, Ihnen für Ihr Andenken aus Ilmenau zu danken. Es ist heute der ExpeditionsTag der Horen, wo ich immer viel zu schreiben habe, da ich die Pakete benutze, um Briefe einzuschließen.

Zu einem kleinen »prosaischen« Amüsement lege ich Ihnen den Extrakt der Subskriptionsliste für die Horen bei, den mir Cotta heute gesendet hat.

Meinen und H. v. Humboldts Brief, den ich Ihnen nebst den Horen Paketen vorgestern nach Weimar gesendet, haben Sie, weil es ein großes Paket ist, wohl nicht erhalten. Es ist mir aber daran gelegen, auf einige Punkte daraus schnell Ihre Resolution zu erfahren

1) schlug ich Ihnen vor, ob wir das Märchen nicht lieber auf einmal im X Stück geben wollen. Das Publikum ist immer mit dem Abbrechen unzufrieden, und jetzt müssen wir es bei guter Laune erhalten. Für das Neunte Stück weiß ich Rat; dies darf Sie also nicht bestimmen, wenn Sie sonst nicht wünschen, daß es getrennt erscheint.

2) fehlt zu dem 101. Epigramm der letzte halbe Pentameter ______ Es deutet die fallende Blüte dem Gärtner
Daß die liebliche Frucht

Wollen Sie mir diese 2 Punkte mit dem schnellesten beantworten?

Mögen Sie in dem stillen geschäftigen Kreis, wo Sie jetzt sind, recht zufrieden sein und sich unserer mit Liebe erinnern. Frau von Kalb ist seit einigen Tagen hier und bleibt noch einige Tage. Meine Frau grüßt Sie schönstens.

Sch.

N. S.

In nro 28 steht unterständig, wovon ich nicht weiß, ob es Schreibfehler ist. Es gerade zu dafür zu nehmen und *unverständig* dafür zu setzen, wäre in dem Kontexte, worin es steht, eine zu große Kommentators Freiheit. Übrigens kenne ich kein solches Wort, wenn es wirklich unterständig heißen soll. Resolvieren Sie bald möglichst darauf.

96. Goethe

⟨Ilmenau, 3. September 1795⟩

Eben da ich Ihren Brief erhalte geht eine Gelegenheit nach Weimar. Also einen schönen Gruß aus diesen stillen Gebürgen, in denen ich das schönste Wetter erlebt habe.

Das Epigramm kommt zurück und *ter* ist in *bc* verwandelt, so mags wohl noch hingehen.

Der letzte Pentameter des 101 Epigramms mag heißen:

Daß die liebliche Frucht schwellend im Herbste gedeiht.

Das Märchen wünscht ich getrennt, weil eben bei so einer Produktion eine Haupt Absicht ist die Neugierde zu erregen. Es wird zwar immer auch am Ende noch Rätsel genug bleiben.

Zu dem Zug der Horen wünsche ich Glück möge sich die Lust und Liebe des Publikums verdoppeln.

Frau von Kalb und Ihrer lieben Frauen empfehlen Sie mich.

Sonntag Abend bin ich in Weimar und hoffe Sie bald zu sehen. Leben Sie recht wohl.

Ilmenau d. 3 Sept. 1795. G

97. Goethe

⟨Weimar, 7. September 1795⟩

Das Paket der Horen mit Ihrem und H. v Humbolds Brief hat mich freundlich empfangen, als ich von Ilmenau zurückkam und ich schreibe zum ersten Gruße nur einige Worte.

Hier das Epigramm, weil Sie wohl keine Abschrift davon haben.

Jakobis Aufsatz ist wunderlich genug. Seinem Ludwig,

Lear und Ödipus habe ich, als ein Profaner, nichts abgewinnen können; das zweite aber hat sehr viel Gutes und wenn man von *seiner* Erklärung über Vorstellungsarten nun auch *seine* Vorstellungsart abzieht; so wird man sie sich leicht übersetzen können.

Die gute Aufnahme meines Märchens erfreut mich und muntert mich auf. Wenn nur Einer von den hundert Kobolden des Alten von Ferney drinne spukt; so bin ich schon zufrieden. Wenn es zusammen ist wünsche ich über die Intention und das Gelingen Ihre Gedanken zu hören.

Die zweite Hälfte des Märchens und der Schluß des sechsten Buches des Romans sind nun meine nächsten Arbeiten. Wann müssen Sie das Märchen haben?

Möchte Ihnen doch Ihr erster Ausritt ins Gebiet der Dichtkunst nach einer so langen Pause besser bekommen sein. Könnten Sie doch einige Zeit sich Ruhe lassen!

Grüßen Sie die liebe Frau und behalten mich lieb.

W. d. 7 Sept. 1795.

G

98. Schiller

Jena den 9. Sept. 95.

Zur Zurückkunft nach W⟨eimar⟩ wünschen wir Ihnen Glück. Warum kann ich nicht diese kleinen Veränderungen mit Ihnen teilen, die Leib und Seele stärken!

Das Märchen kann nun erst im X Stück der Horen erscheinen, da ich in der Zeit, daß ich Ihre Resolution erwartete, das nächste beste aus meinen Abhandlungen zum IXten Stück habe absenden müssen. Auch ist es im Xten Stück noch nötiger, weil ich zu diesem sonst noch keine glänzende Aussichten habe. Wollen Sie es alsdann noch getrennt, so kann der Schluß im Eilften Stücke nachfolgen. Ich bin aber nie für das Trennen, wo dieses irgend zu verhindern ist, weil man das Publikum nicht genug dazu anhalten kann, das Ganze an einer Sache zu übersehen und darnach zu urteilen.

Wenn das VIte Buch des Meisters fertig ist, so denken Sie doch wohl noch auf etwas zu den Horen, was in eins der letzten Stücke kann eingerückt werden. Wir müssen jetzt mit allen Segeln zu fahren suchen, denn ich weiß von mehrern Orten, auch aus Cottas Briefen, daß wir gar nicht sicher sind, unsere dermaligen Subskribenten auch fürs nächste Jahr zu behalten.

Für das 9te Stück habe ich noch redlich getan, was ich konnte. Ich habe alle die größeren und kleineren Gedichte von mir, welche für den Almanach nicht schlechterdings nötig waren, darin eingerückt, so daß dieses Stück nun 17 Artikel enthält, worüber man gewaltige Augen machen wird. Das InhaltsVerzeichnis will ich Ihnen beilegen.

Diese Zeit über, daß Sie weg sind, habe ich zwischen prosaischen und poetischen Arbeiten abgewechselt. Eine über das Naive angefangene Abhandlung scheint gelingen zu wollen; die Materie wenigstens entwickelt sich und ich sehe mich auf einigen sehr glücklichen Spuren.

Ich hoffe wir sehen Sie bald wieder. Meine Frau begrüßt Sie.

Sch.

⟨*Beilage:*⟩

Neuntes Stück.

1. Reich der Schatten.
2. Beiträge zur Geschichte der neuern bildenden Kunst.
3. Unterhaltungen. Fortsetzung.
4. Hymne auf Apollo.
5. Schwarzburg. Gedicht von Mad. Mereau.
6. Herders Homer.
7. Natur und Schule von mir.
8. Verschleiertes Bild item.
9. Über die notwendigen Grenzen des Schönen, besonders im Vortrag philosoph⟨ischer⟩ Wahrheiten. Abhandlung von mir.
10. Deutsche Treue
11. An einen Weltverbesserer
12. Antike an einen Wanderer.
13. Der philosophische Egoist
14. Das Höchste
15. Weisheit und Klugheit.
16. Ilias.
17. Unsterblichkeit

(10.–17.) Gedichte von mir

99. Schiller

Jena den 13. Sept. 95

Nur ein kleines LebensZeichen. Ich kann mich gar nicht daran gewöhnen, Ihnen 8 Tage nichts zu sagen und nichts von Ihnen zu hören.

Sonst ist hier bei mir alles in altem guten und schlechten Stand. Aus dem Zimmer kann ich noch immer nicht, aber die Arbeiten gehen darum doch ihren Gang. *Sie* denke ich mir jetzt sehr mit Meyers Instruktion beschäftigt, der wahrscheinlich bald abreiset. Grüßen Sie ihn aufs beste von mir.

Ich wünschte zu wissen, ob es bei Vicenza ist, wo die schöne Brücke mit Einem Bogen (über die Etsch wie ich denke) geführt ist. Schreiben Sie mir doch ein Wort darüber. Ich brauche diese Brücke zu einem Hexameter.

Wenn Sie Sich nur entschließen wollten für die 3 letzten Horenstücke noch ein Almosen von einem Dutzend Epigramme oder ähnlicher poetischen kleinen Sachen beizusteuren. Ich will auch Herdern darum ersuchen, und selbst einige Gedanken dafür zu ertappen suchen. Solche kleine Sachen vermehren auf eine wohlfeile Art die Zahl, erfreuen dabei jeden Leser, und prangen auf dem InhaltsVerzeichnis der Stücke so gut als die größten Sachen. Dadurch habe ich es gezwungen daß das 9te Stück 17 Artikel enthält.

In dem neuesten Stück des Archivs der Zeit findet sich eine Replique auf Ihren Aufsatz: Lit⟨erarischer⟩ SansCulottism. Ich habe sie aber noch nicht gelesen, nur bloß die Anzeige davon in der HamburgerZeitung. Sollten Sie das Stück in Weimar bald erhalten, so seien Sie doch so gütig es mir mitzuteilen.

Der Almanach kommt noch zu Stande, und wird gerade jetzt unter dem Druck sein. Humboldt wird nun in 3 Wochen wieder hier sein, wenn nichts dazwischen kommt.

Meine Frau grüßt Sie bestens. Seien Sie nicht zu fleißig, und bleiben Sie auch nicht zu lang von Jena weg.

Sch.

100. Goethe

⟨Weimar, 14. September 1795⟩

Diese Tage habe ich Ihnen nicht geschrieben, weil ich einen Besuch zu Ihnen vorhatte, der mir aber nicht gelungen ist. Meyer bereitet sich zur Abreise und arbeitet noch eine kolorierte Zeichnung von den drei Parzen aus, die Sie sehen sollen. Ich wünsche ihm nur Gesundheit, sonst geht er ausgestattet mit allen guten Gaben. Es ist ein herrlicher Mensch. Was mich betrifft so habe ich, wie Sie wohl fühlen, auch nur diese Zeit auf Einem Fuß gestanden und mit dem andern mich schon nach den Alpen bewegt. Die Mineralogie und Geologische Base, die anfängliche und fortschreitende und gestörte Kultur des Landes habe ich von unten herauf teils zu gründen, teils zu überblicken gesucht und mich auch von oben herein, von der Kunstseite, noch mit Meyern auf alle Weise verständiget. Und doch sind das alles nur Schul Vorübungen. Ein Guter Geist helfe uns zum Schauen zum rechten Begriff und zum fröhligen Wiedersehen.

An die Horen denke ich täglich und hoffe auch noch etwas zu leisten. Möchten Sie doch des schönen Wetters unter freiem Himmel genossen haben!

Der gezüchtigte Tersit krümmt sich, wie ich höre, erbärmlich, bittet ab und fleht nur daß man ihn leben lasse. Noch hab ich das Stück nicht gesehen.

Leben Sie recht wohl und glauben Sie meiner Weissagung daß mit dem neuen Jahre die Subskribenten der Horen eher vermehren als vermindern werden.

W. d. 14 Sept. 1795

G

101. Goethe

⟨Weimar, 16. September 1795⟩

Über Ihre Anfrage wegen der Brücke habe ich etwas zu sagen unterlassen, das ich jetzt nachhole. Bei Vicenz ist keine merkwürdige einbogigte Brücke. Die zwei daselbst, von Palladio erbaut, sind dreibogigt. Auch ist mir außer dem Rialto zu Venedig keine der Art in jenen Gegenden erinnerlich.

Außer dem Pater peccavi des literarischen Sanskulotten ist noch für die Horen ein günstiger Stern erschienen, indem Gentsch vor den Briefen über ästhetische Erziehung große Reverenzen in seiner Monatschrift macht. Das kommt alles zur rechten Zeit und zu überlegen wäre es ob man nicht vor Ende des Jahrs sich über einiges erklärte und unter die Autoren und Rezensenten Hoffnung und Furcht verbreitete.

Nächstens besuchen wir Sie. Haben Sie die Güte mir das Märchen zurück zu schicken es soll vollendet zurück kehren. Leben Sie recht wohl. W. d. 16 Sept. 1795

G

102. Schiller

J⟨ena⟩ den 18. Sept 95.

Nach Verlangen folgt hier das Märchen. Wenn ich es nur in 8 Tagen zurück erhalte, so kommt es noch recht zum Druck.

Für die tröstlichen Nachrichten, die Sie mir von den Horen geben, danke ich herzlich. Auch ich hoffe, daß uns die letzten Stücke wieder Glück bringen sollen. Sie enthalten gerade von demjenigen, was man an den vorhergehenden vermißte, viel: nämlich Poesie und Erzählung. Vor einigen Tagen schickte mir auch Engel wieder einen, über 3 gedruckte Bogen starken, Aufsatz von einem für das Publikum sehr passenden Inhalt; teils Dialog teils Erzählung; kein Wunderwerk des Genies freilich, aber gerade so, wie unsre werten Leser es lieben. Daß aber auch diejenigen etwas erhalten, welche für dergleichen Oblationen zu gut sind, werden *Sie* noch sorgen, wie ich fröhlich und festiglich glaube.

Für das Xte Stück wäre durch das Märchen gesorgt. Es ist also nur noch das Eilfte, worauf es ankommt, und worin wir unsre Stärke konzentrieren müssen. Besonders ist es auch um Mannichfaltigkeit zu tun.

Wenn Sie doch auch Herdern bewegen wollten, kleine Sachen wie Epigramme im Geschmack der Anthologie pp in die letzten Stücke zu stiften.

Humboldt schreibt mir aus Berlin, daß man von den 3 letztherausgekommenen Horenstücken sehr gut spreche.

Wenn Sie das Archiv d⟨er⟩ Zeit und die Genzische Monatschrift früher als ich erhalten, so sind Sie wohl so gütig, mir die prächtigen Sachen auch mitzuteilen.

Ich freue mich Sie bald hier zu sehen. Wir beide grüßen Sie bestens.

Sch.

103. Goethe

⟨Weimar, 23. September 1795⟩

Das Märchen ist fertig und wird in neuer Abschrift Sonnabends aufwarten. Es war recht gut daß Sie es zurückhielten, teils weil noch manches zurecht geruckt werden konnte, teils weil es doch nicht übermäßig groß geworden ist. Ich bitte besonders die liebe Frau es nochmals von vorne zu lesen.

In der Mitte der andern Woche hoffe ich zu kommen mit Meyern, seine Abwesenheit wird mir sehr fühlbar werden. Wenn ich nur im Winter einige Zeit bei Ihnen sein kann!

Ich habe viel zu sagen und zu fragen und hoffe Sie wohl zu finden und manches gearbeitete. Grüßen Sie doch Humboldts vielmals.

W. d. 23 Sept. 1795

Goethe

104. Goethe

⟨Weimar, 26. September 1795⟩

Wie ich in dieser letzten unruhigen Zeit meine Tonne gewälzt habe wird Ihnen, werter Mann, aus beiliegendem bekannt werden. Selig sind die da Märchen schreiben, denn Märchen sind a l'ordre du jour. Der Landgraf von Darmstadt ist mit 200 Pferden in Eisenach angelangt und die dortigen Emigrierten drohen sich auf uns zu repliieren, der Churfürst von Aschaffenburg wird in Erfurt erwartet.

Ach! warum steht der Tempel nicht am Flusse!
Ach! warum ist die Brücke nicht gebaut!

Ich wünsche indessen, weil wir doch immer Menschen und Autoren bleiben, daß Ihnen meine Produktion nicht mißfallen möge, wie ernsthaft jede Kleinigkeit wird sobald man sie Kunstmäßig behandelt hab ich auch diesmal wieder erfahren. Ich hoffe die 18 Figuren dieses Dramatis sollen, als soviel Rätsel, dem Rätselliebenden willkommen sein.

Meyer packt und wir erscheinen bald, hoffentlich haben Sie uns mit mancherlei zu regalieren. Leben Sie recht wohl. W. d. 26 Sept. 95

G

105. Schiller

⟨Jena, 2. Oktober 1795⟩

Ich höre von unserm Freunde, der sich Ihnen noch bestens empfiehlt, daß Sie Sich ganz in Ihr Zimmer vergraben hätten, um Ihren Roman zu expedieren, weil Unger pressiert. Meine besten Wünsche zu diesem Geschäft. Ich bin voll Erwartung, diesen 3ten Teil beisammen zu sehen.

Übermorgen werden wir Sie also wieder sehen, worauf ich mich herzlich freue, und lange gehofft habe.

Humboldt kommt diesen Winter nicht mehr hieher, welches mir sehr unangenehm ist.

Seien Sie doch so gütig, mir das Archiv der Zeit, welches die berühmte Antwort auf Ihren Angriff enthält, so wie auch das Stück der Neuen MonatsSchrift, worin *mein Lob* stehen soll mitzubringen. Ich kann beides hier nicht zu Gesicht bekommen.

Ein Rudel Gedichte erwartet Sie hier.

Ich höre mit Vergnügen, daß Sie damit umgehen, uns eine neue Akquisition für die Horen zu verschaffen, von der ich im Voraus eine sehr gute Meinung habe.

Das Märchen hat uns recht unterhalten, und es gefällt gewiß allgemein. Mündlich ein Mehrers.

Jena den 2 Oktobr 95.

Leben Sie recht wohl.

Sch.

106. Goethe

⟨Weimar, 3. Oktober 1795⟩

Der Wunsch Sie wieder zu sehen ist mir diese Zeit her immer vereitelt worden, Morgen hoffe ich bei Ihnen zu sein und zu vernehmen was Sie in dem Zwischenraume gearbeitet haben.

Daß mir, nach Ihrem Urteil, das Märchen geglückt ist macht mir viel Freude und ich wünsche über das ganze Genre nunmehr mit Ihnen zu sprechen und noch einige Versuche zu machen.

Der Schluß des 6ten Buches meines Romans geht Montags ab und dieser Band wird gedruckt bald aufwarten. Im folgenden rollt der Stein den Berg hinab und das meiste ist schon geschrieben und fertig.

Die verlangten Monatschriften lasse ich aufsuchen, sie wo möglich mitzubringen.

Die Knebelischen Elegien sind recht gefunden und in mehr als Einem Sinne gut und heilsam. Vielleicht bringe ich einige mit. Vielmals Adieu

d. 3 Oktbr 95. G

107. Goethe

⟨Weimar, 6. und 10. Oktober 1795⟩

Anstatt gestern von Ihnen fortzueilen, wäre ich lieber geblieben und die Unbehaglichkeit eines unbefriedigten Zustandes hat mich auf dem ganzen Wege begleitet. In so kurzer Zeit gibt man vielerlei Themata an und führt keins aus und so vielerlei man auch rege macht, kommt doch wenig zur Runde und Reife.

Ihren Gedichten hab' ich auf meiner Rückkehr hauptsächlich nachgedacht, sie haben besondere Vorzüge und ich möchte sagen, sie sind nun wie ich sie vormals von Ihnen hoffte. Diese sonderbare Mischung von Anschauen und Abstraktionen die in Ihrer Natur ist, zeigt sich nun in vollkommenem Gleichgewicht und alle übrigen poetischen Tugenden treten in schöner Ordnung auf. Mit Vergnügen werde ich sie gedruckt wiederfinden, sie selbst wiederholt genießen und den Genuß mit andern teilen. Das kleine Gedicht in Stanzen an das Publikum, würde den diesjährigen Jahrgang der Horen sehr schicklich und anmutig schließen.

Ich habe mich sogleich mit der Frau von Stael beschäftigt und finde mehr Arbeit dabei als ich dachte; indessen will ich sie durchsetzen, denn es ist nicht viel, das Ganze gibt höchstens 55 Blätter meines Manuskripts. Die erste Abteilung von 21 Blättern sollen Sie bald haben. Ich werde mich in einer kleinen Vorrede an den Herausgeber über die Art erklären, wie ich bei der Übersetzung verfahren bin. Um Ihnen kleine Zurechtweisungen zu ersparen hab' ich ihre Worte unserm Sinne genähert, und zugleich die französische Unbestimmtheit nach unserer deutschen Art etwas genauer zu deuten gesucht. Im einzelnen werden Sie sehr viel Gutes finden, da sie aber einseitig und doch wieder gescheut und ehrlich ist, so kann sie mit sich selbst auf keine Weise einig werden; als Text aber können Sie es gewiß fürtrefflich brauchen. Ich wünschte, daß Sie sich die Mühe gäben in Ihrer Arbeit so klar und galant als möglich zu sein, damit man es ihr in der Folge zuschicken und dadurch einen Anfang machen könnte den Tanz der Horen auch in das umgeschaffne Frankreich hinüber zu leiten.

W. d. 10 Oktbr 95.

Soweit hatte ich vor einigen Tagen diktiert, nun sage ich Ihnen nochmals Adieu, ich gehe erst morgen frühe weg. Das Staelische Werk erhalten Sie bald, halb oder ganz, was die gute Frau mit sich selbst eins und uneins ist!

Von Franckfurt schreibe ich bald, leben Sie recht wohl mit den Ihrigen. Grüßen Sie Humbold, von Franckfurt schreibe ich auch ihm. Wenn mein Roman ankommt erhalten Sie 4 Exemplare wovon Humb⟨oldt⟩, Loder, Prof. Hufeland die 3 erhalten. Wenn Humb⟨oldt⟩ nicht, wie ich hoffe, das seinige schon in Berlin weggenommen hat.

G

»Welch ein erhabner Gedanke! uns lehrt der unsterbliche Meister

Künstlich zu spalten den Strahl, den wir nur einfach gekannt.« Das ist ein pfäffischer Einfall! den⟨n⟩ lange spaltet die Kirche

Ihren Gott sich in drei, wie ihr in sieben das Licht.

108. Goethe

Eisenach d. 13. Oktbr. ⟨1795⟩

Noch bin ich hier und werde wohl noch erst abwarten was aus den Dingen werden will eh ich meine Reise weiter fortsetze.

Die Österreicher sind wieder über den Mayn herüber und umgeben Franckfurt und vielleicht ist es zwischen ihnen und den Franzosen schon zur Schlacht gekommen. In ein solches Gewirre möchte ich von heiler Haut mich nicht hineinbegeben, da ich dergleichen anmutige Situationen schon kenne. Meinen hiesigen, stillen Aufenthalt habe ich gleich benutzt um Mad de Stael völlig zu *über*setzen und mit unter zu *ver*setzen. Eine weibliche Methode und die französische Sprache machten mir viel zu schaffen und besonders auch die Annäherung ihrer Meinungen an die unsrigen und die Abstände und die ewigen *Abers.* Nun bin ich fertig lasse das Werk abschreiben und gleich sollen Sie es haben.

Vielleicht lassen Sie es gleich im Ganzen drucken und bringen Ihre Noten auch in ein Ganzes. Doch darüber wird der Genius und der Augenblick entscheiden. Schreiben Sie mir doch! Wenn ihr Brief mich nicht antreffen sollte, wie ich doch vermute; so wird er mir nachgeschickt. Nun denke ich mich gleich an den Roman zu machen denn wenn ich mich hier nicht vorsätzlich zerstreuen will, so bin ich einsamer und ruhiger als zu Hause.

Leben Sie recht wohl. Vielleicht seh ich Sie eher wieder als wir glaubten.

G.

109. Goethe

⟨Eisenach, 16. Oktober 1795⟩

Bald werde ich Sie wieder sehen, denn meine Reise nach Franckfurt hat nicht statt. Die Frau von Stael wird wohl noch vor mir aufwarten die Abschrift ist bald fertig. Haben Sie denn etwa Humbold ein Wort wegen des Quartiers gesagt? Es wäre gar artig wenn ich sein Stübchen beziehen könnte, da im Schlosse die Fußtapfen des Militars sobald nicht auszulöschen sind. Ich bin mit Herz, Sinn und Gedanken nur an dem Roman und will nicht wanken bis ich ihn überwunden habe. Leben Sie recht wohl und denken mein bei Ihren Arbeiten und grüßen die liebe Frau.

Eisenach d. 16. O. 95.

G

110. Schiller

⟨Jena,⟩ den 16. Oktobr. 95.

Hätte ich vermuten können, daß Sie länger in Eisenach bleiben würden, so würde ich es nicht so lange haben anstehen lassen, Ihnen zu schreiben. Es ist mir in der Tat lieb, Sie noch fern von den Händeln am Mayn zu wissen. Der Schatten des Riesen könnte Sie leicht etwas unsanft anfassen. Es kommt mir oft wunderlich vor, mir Sie so in die Welt hinein geworfen zu denken, indem ich zwischen meinen Papiernen Fensterscheiben sitze, und auch nur Papier vor mir habe; und daß wir uns doch nahe sein und einander verstehen können.

Ihr Brief von Weimar hat mir große Freude gemacht. Es gibt gegen Eine Stunde des Muts und Vertrauens immer zehen, wo ich kleinmütig bin und nicht weiß, was ich von mir denken soll. Da kommt mir eine solche Anschauung meiner selbst außer mir recht zum Troste. Auch Herder hat mir über meine Gedichte kürzlich viel erfreuendes geschrieben.

Soviel habe ich nun aus gewisser Erfahrung, daß nur strenge Bestimmtheit der Gedanken zu einer Leichtigkeit verhilft. Sonst glaubte ich das Gegenteil und fürchtete Härte und Steifigkeit. Ich bin jetzt in der Tat froh, daß ich es mir nicht habe verdrießen lassen einen sauren Weg einzuschlagen, den ich oft für die poetisierende Einbildungskraft verderblich hielt. Aber freilich spannt diese Tätigkeit sehr an, denn wenn der Philosoph seine Einbildungskraft und der Dichter seine Abstraktionskraft ruhen lassen darf, so muß ich, bei dieser Art von Produktionen, diese beiden Kräfte immer in gleicher Anspannung erhalten, und nur durch eine ewige Bewegung in mir kann ich die 2 heterogenen Elemente in einer Art von Solution erhalten.

Den Staelischen Bogen sehe ich mit vieler Erwartung entgegen. Wenn es irgend der Raum erlaubt, so bin ich auch dafür, sogleich das Ganze in Ein Stück zu setzen. Meine Bemerkungen darüber bringe ich alsdann in dem nächsten Stücke nach. Der Leser hat unterdessen die seinigen darüber angestellt, und hört mir mit mehr Interesse zu. Auch würde ich schwerlich in der kurzen Frist die zu dem XI Stücke noch übrig ist, damit fertig werden können, wenn ich auch die Übersetzung auf den nächsten Montag erhalte. Herder hat für das Eilfte Stück auch einen Aufsatz über die Grazien geschickt, in welchem er diese mißbrauchten Gestalten in ihre alten Rechte zu restituieren sucht. Er verspricht noch einen Aufsatz für das Zwölfte Stück. Ich hoffe mit der Abhandlung über das Naive, die nur etliche Bogen stark wird, und wie ich denke sehr popular geschrieben ist, noch für das Eilfte Stück fertig zu werden. An kleinen poetischen Zugaben fehlt es auch nicht. Hier erhalten Sie einige Schnurren von mir. Die *Teilung der Erde* hätten Sie billig in Frankfurt auf der Zeile vom Fenster aus lesen sollen, wo eigentlich das Terrain dazu ist. Wenn sie Ihnen Spaß macht, so lesen Sie sie dem Herzog vor.

Bei dem andern Stück habe ich mich über den Satz des Widerspruchs lustig gemacht; die Philosophie erscheint immer lächerlich, wenn sie aus eigenem Mittel, ohne ihre Abhängigkeit von der Erfahrung zu gestehen, das Wissen erweitern und der Welt Gesetze geben will.

Daß Sie den Meister bald vornehmen wollen, ist mir sehr lieb. Ich werde dann nicht säumen, mich des Ganzen zu bemächtigen, und wenn es mir möglich ist, so will ich eine neue Art von Kritik, nach einer genetischen Methode, dabei versuchen, wenn diese anders, wie ich jetzt noch nicht präzis zu sagen weiß, etwas Mögliches ist.

Meine Frau und meine Schwiegermutter, die gegenwärtig hier ist, empfehlen sich Ihnen aufs beste. Es ist hier bei mir angefragt worden, wo Sie gegenwärtig wären, ich habe aber unnötig gefunden, es zu sagen. Erhalten Sie Nachrichten von unserem italienischen Wanderer, so bitte ich, sie mir auch mit zu teilen. Leben Sie recht wohl.

Sch.

111. Goethe

⟨Eisenach, 17. Oktober 1795⟩

Ob ich gleich schon Mittwoch wieder hoffe in Weimar zu sein, so schicke ich Ihnen doch die Abhandlung voraus, ich habe sie nicht einmal in der Abschrift durchsehen können. Hie und da läßt sich noch einiges retuschieren. Vielleicht besuche ich Sie zu Ende der Woche und wir sehen uns früher wieder als ich dachte. Wie ist das zerstreute Leben doch ein leeres Leben man erfährt nur gerade das was man nicht wissen mag. Ich freue mich recht Sie wieder zu sehen.

Eisenach d. 17 Oktbr 1795.

G

112. Schiller

Jena den 19. 8br. ⟨Oktober⟩ 95

Seien Sie mir willkommen in Weimar. Ich bin recht froh Sie wieder in der Nähe zu wissen. Daß Sie die letzten 8 Tage nicht haben hier sein können, tat mir sehr leid. Ich befand mich bei dem schönen Wetter merklich leichter, und bin auch heute wieder spazieren gefahren, welches mir ganz wohl bekam. Freilich ist auch dafür mehrere Tage nichts gearbeitet worden.

Die Frau Stael erwarte mit Begierde.

Meinen Brief, den ich Ihnen vorigen Freitag nach Eisenach schrieb, haben Sie vermutlich noch nicht erhalten, und waren abgereist, eh er dort ankam.

Von Humboldt erwarte ich des Quartiers wegen Antwort. Ich habe es, weil ich noch nicht weiß, ob sein Logis in abtretbarem Stand ist, nur so sachte berührt, daß er nicht geniert ist, es auch mit Stillschweigen zu übergehen. Es wäre mir gar lieb, wenn Ihnen eine rechte Bequemlichkeit hier könnte verschafft werden.

Zu dem Roman wünsche ich alles Glück und Segen. Ich zweifle gar nicht, daß es jetzt das vorteilhafteste für das ganze ist, wenn Sie ununterbrochen darin leben. Dann halte ich es auch für keinen unbedeutenden Gewinn, wenn Sie den letzten Band einige Monate früher fertig haben, als er in Druck gegeben werden muß. Sie haben eine große Rechnung abzuschließen. Wie leicht vergißt sich da eine Kleinigkeit.

Finden Sie unter Ihren Papieren den Brief den ich Ihnen im vorigen Jahre nach meiner Zurückkunft von Jena zur Eröffnung einer ästhetischen Korrespondenz schrieb, so haben Sie die Güte ihn mir zu schicken. Ich denke jetzt etwas daraus zu machen. Meine Frau und Schwiegermutter die auf einige Wochen hier ist empfehlen sich. S.

113. Schiller

⟨Jena, 24. Oktober 1795⟩

Ich habe mit dem Expressen, der Ihnen diesen Brief bringt ein Intelligenzblatt der Lit⟨eratur⟩ Zeitung in Korrektur an Herdern geschickt, worin ein höchst grober und beleidigender Ausfall Wolfs in Halle auf den Herderischen Aufsatz im IXten Horenstück abgedruckt ist. Ich finde es schlechterdings nötig, wie Sie gewiß auch finden werden, daß Herder irgendwo darauf repliziert. Sie werden aber finden, daß nicht wohl etwas anders geschehen kann, als den Philister zu persiflieren.

Mir wäre es sehr lieb, wenn Sie den Ausfall lesen, und mit Herdern darüber kommunizieren könnten, ehe Sie hieher kommen, so könnten wir vielleicht gemeinschaftlich etwas beschließen.

Vielleicht sehe ich Sie morgen, welches mir recht angenehm sein würde, denn wir haben uns wieder vielerlei zu sagen.

Ich habe meine Abhandlung über das Naive einen Posttag zurück behalten, um sie Ihnen, wenn Sie morgen oder übermorgen kämen, noch vorlesen zu können.

Meine Frau und SchwiegerMutter empfehlen sich.

Sch.

114. Goethe

⟨Weimar, 25. Oktober 1795⟩

Ich bin neugierig zu vernehmen was uns das Intelligenzblatt bringt, schon gestern in der Komödie hört ich davon summen.

Heute komme ich nicht, mein lieber, aber ich hoffe bald. Jeden Tag erwarte ich einen neuen Weltbürger in meinem

Hause, den ich doch gern freundlich empfangen möchte. Indessen ist das Schloß von den militarischen Effluvien gereinigt und ich kann einige Tage bei Ihnen bleiben.

Leben Sie recht wohl empfehlen mich den Damen und behalten mich lieb.

In diesen letzten zerstreuten Tagen habe ich meine Italiänischen Kollektaneen vorgenommen und zu ordnen angefangen und mit viel Freude gesehen: daß, mit einiger Beharrlichkeit, ein wundersames Werk wird zusammengestellt werden können.

Haben Sie keine Abschrift vom Aufsatz übers Naive?

W. d. 25. 10. 95.

G

Jene Blätter nach denen Sie fragten habe ich noch nicht gefunden, sie liegen aber gewiß nicht weit.

115. Schiller

Jena den 26. 8br.⟨Oktober⟩ 95.

Zu dem neuen Hausgenossen gratuliere ich im Voraus. Lassen Sie ihn immer ein Mädchen sein, so können wir uns noch am Ende miteinander verschwägern.

Ich habe Ihnen vorgestern von der Mad. Stael zu schreiben vergessen. Das Produkt ist mit vielem Geist geschrieben, und da es darin mehr wetterleuchtet als ordentlicher Tag ist, so qualifiziert es sich gar nicht übel zum Kommentieren. Eine eigentliche Harmonie hinein zu bringen, möchte schwer sein und auch die Mühe nicht genug lohnen. Im einzelnen aber läßt es sich versuchen, auch habe ich mir schon etliche Materien daraus gewählt, die auch sonst nicht außer der Zeit sein werden.

Sie haben einige mal den Ausdruck: *verführen* von der Poesie gebraucht. Ich wünschte zu wissen, wie dies im Original heißt, ob es bloß *täuschen* überhaupt bedeutet, weil verführen auch in ästhetischer Bedeutung einen Nebenbegriff hat.

Es freut mich, daß Sie in Ihren italienischen Papieren soviel Ausbeute finden. Ich war immer auf diese Papiere sehr begierig, nach dem wenigen zu urteilen, was Sie davon haben laut werden lassen. Erinnern Sie Sich bei diesen Nachforschungen auch der Horen, und leiten Sie einen Arm dieses Paktolus hinein.

Ich bin begierig, was Sie zu dem Wolfischen Ausfall sagen werden, wenn Sie ihn gelesen. Herder wünscht, daß ich bloß als Redakteur etwas darüber sagen möchte, insofern auch die Horen mit getroffen werden sollten; und da ich es nicht für ratsam halte, ganz zu schweigen und dem Philister gleich anfangs das letzte Wort zu lassen, so will ich es lieber tun, als daß ganz geschwiegen wird.

Ich habe die zwei neuen MusenAlmanache gelesen, die über die Maßen dürftig und elend sind. Voß hat 29 Stücke in den seinigen geliefert, worunter Sie vergeblich ein einziges gutes suchen, und die meisten abominable sind. Ich habe sie Herdern mitgegeben.

Leben Sie recht wohl. Ich hoffe bald wieder von Ihnen zu hören.

Die Meinigen grüßen.

Sch.

116. Goethe

⟨Weimar, 28. Oktober 1795⟩

Seit meiner Rückkunft habe ich mich noch nicht wiederfinden können, hier also nur indessen das verlangte Manuskript.

Ich habe, glaub ich, auch noch nichts über die Gedichte gesagt die Sie mir nach Eisenach schickten, sie sind sehr artig, besonders *das Teil des Dichters* ganz allerliebst, wahr, treffend und tröstlich.

Sollten Sie Sich nicht nunmehr überall umsehn? und sammeln was gegen die Horen im allgemeinen und besondern gesagt ist und hielten am Schluß des Jahrs darüber ein kurzes Gericht, bei welcher Gelegenheit der Günstling der Zeit auch vorkommen könnte. Das hällische philosophische Journal soll sich auch ungebührlich betragen haben. Wenn man dergleichen Dinge in Bündlein bindet brennen sie besser.

Leben Sie recht wohl. Lieben Sie mich. Empfehlen Sie

mich der lieben Frauen und Ihrer Frau Mutter. Das Schwiegertöchterchen säumt noch. W. d. 28 Oktbr 1795

Goethe

117. Schiller

〈Jena, 1. November 1795〉 Sonntag abends.

Ich bin ungeduldig wieder ein LebensZeichen von Ihnen zu erhalten. Mir ist als wenn ich gar lang nichts von Ihnen erfahren hätte. Das Evenement im Hause ist, wie ich hoffe, glücklich vorbei gegangen.

Wir leben jetzt recht in Zeiten der Fehde. Es ist eine wahre Ecclesia militans – die Horen meine ich. Außer den Völkern, die Herr Jacob in Halle kommandiert und die Herr Manso in der Biblioth〈ek〉 d〈er〉 S〈chönen〉 W〈issenschaften〉 hat ausrücken lassen, und außer Wolfs schwerer Kavallerie haben wir auch nächstens vom Berliner Nicolai einen derben Angriff zu erwarten. Im Xten Teil seiner Reisen soll er fast von nichts als von den Horen handeln und über die Anwendungen Kantischer Philosophie herfallen, wobei er alles unbesehen, das Gute wie das Horrible, was diese Philosophie ausgeheckt, in einen Topf werfen soll. Es läßt sich wohl noch davon reden, ob man überall nur auf diese Platitüden antworten soll. Ich möchte noch lieber etwas ausdenken, wie man seine Gleichgültigkeit dagegen recht anschaulich zu erkennen geben kann. Nicolain sollten wir aber doch von nun an, in Text und Noten, und wo Gelegenheit sich zeigt mit einer recht insignen Geringschätzung behandeln.

Haben Sie die neuen MusenAlmanache angesehen? Sie sind horribel.

Leben Sie recht wohl.

Sch.

118. Goethe

〈Weimar, 1. November 1795〉

Statt eines artigen Mädchens ist endlich ein zarter Knabe angekommen und so läge denn eine von meinen Sorgen in der Wiege. Nun wäre es an Ihnen, zu Bildung der Schwägerschaft und zu Vermehrung der dichtrischen Familie für ein Mädchen zu sorgen. Ich komme nun bald und bedarf wirklich eines Gesprächs wie ich es mit Ihnen führen kann, ich habe Ihnen viel zu sagen. Noch immer bin ich nicht auf den Pfaden der Dichtung. Durch äußre Veranlassung habe ich in der Baukunst mich wieder umgesehen und habe einiges bei dieser Gelegenheit zusammengestellt, das Urteil über solche Kunstwerke zu erleichtern und zu fixieren.

Von Meyern habe ich einen Brief von München mit sehr schönen Nachrichten von diesem Orte, auch von Nürnberg. Ich bringe sie mit. sagen Sie mir wie Sie Sich befinden und gedenken mein. W. d. 1 Nov 1795

G

119. Schiller

Jena den 4. Nov. 95.

Zum neuen Ankömmling meinen herzlichen Glückwunsch. Ich hätte Ihnen wohl ein Pärchen gönnen mögen, aber dazu kann ja Rat werden. Nunmehr hoffe ich auch, Sie bald hier zu sehen, und freue mich recht darauf. Humboldten ist es sehr angenehm, wenn Sie sein Logis ganz als das Ihrige ansehen wollen. Das einzige Bedenken dabei war, daß Hellfeld, der sich im Kontrakt ausbedungen daß keine After Miete statt finden dürfte, vielleicht eine Einwendung machen möchte. Weil aber hier ja von keiner Miete die Rede ist, so wird er nicht so albern sein, sich auf den Kontrakt zu berufen. Ich habe zum Überfluß einen Brief von Humboldt an ihn in Händen, den ich, sobald Sie ihn bloß mit einem kleinen Billet an Hellfeld begleiten wollen, worin Sie um Übergabe des Schlüssels bitten, an ihn abliefern will. Er wird, wenn Sie ihm diese Ehre antun, sehr bereitwillig sein. Sie werden Sich gewiß in dieser Wohnung besser als im Schlosse gefallen.

Ihre Elegien haben, wie Ihnen der eingeschlossene Brief des D. Gros an H. v Humboldt zeigen wird, auch in der lateinischen Welt einen großen und gar keinen unwichtigen Bewunderer gefunden. Ich lege den Brief in Natura bei; vielleicht gefällt es Ihnen zu Realisierung des Wunsches, den der Verfasser desselben äußert, etwas beizutragen. Mir deucht, daß ich Ihnen schon von demselben etwas erzählt habe; soviel kann ich mit Gewißheit versichern, daß unsere Akademie an diesem Manne keine unwichtige Akquisition machen würde. Ich kenne wenige aus der neuen Generation, die einen so gesunden Kopf, soviel gründlichen Verstand und eine so solide Beurteilungskraft haben. Im juristischen Fach hat man ihn in Göttingen sehr geachtet.

Auf den Meister warte ich mit rechter Ungeduld. Eilfertigkeit ist, wie es scheint, Ungers Sache nicht.

Leben Sie recht wohl. Meine Frau empfiehlt sich aufs beste.

Sch.

Die Horen sind Ihnen doch letzten Montag richtig zugekommen? Das achte Exemplar für Meyer habe ich an Fräulein von Imhof abgeben lassen, wie unser Freund verordnet hat. Die Exemplare sind schlecht konditioniert, und ich habe die Ihrigen noch dazu ausgesucht. Cotta entschuldigt sich mit dem Krieg, der die Papierlieferung gestört habe.

120. Schiller

〈Jena.〉 Den 20. Nov. 95.

Den Verlust, den Sie erlitten, haben wir herzlich beklagt. Sie können Sich aber damit trösten, daß er so früh erfolgt ist, und mehr Ihre Hoffnung trifft. Ich könnte mich schwer darein finden, wenn mir mit meinem Kleinen jetzt noch ein Unglück begegnete.

Seit etwa 6 Tagen habe ich mich ganz leidlich befunden, und die gute Zeit auch brav benutzt, um in meiner Abhandlung vorzurücken.

Schlegel schrieb mir kürzlich und schickte etwas für die Horen. Er ist sehr entzückt über das Märchen; auch Humboldts haben große Freude daran. Werden Sie vielleicht Muße finden das neue noch für den Januar fertig zu bringen? Wenn ich es in den ersten Tagen des Januars *spätestens* hätte, so könnte es noch in das erste Stück kommen. Mir wäre dies ungemein lieb, da wir doch gut anfangen müssen, und ich noch nichts im Fach der Darstellung habe.

Über den neuen Teil des Meisters, wofür wir Ihnen schönstens danken, habe ich schon allerlei Urteile eingezogen. Jedermann findet das Sechste Buch an sich selbst sehr interessant, wahr und schön, aber man fühlt sich dadurch im Fortschritt aufgehalten. Freilich ist dieses Urteil kein ästhetisches, denn beim ersten Lesen, besonders einer Erzählung, dringt mehr die Neugierde auf den Erfolg und das Ende, als der Geschmack auf das Ganze.

Sind Sie noch Willens den letzten Teil ein Jahr lang zurück zu halten?

H. von Soden schickt mir heute eine schreckliche Produktion: Aurora oder das Kind der Hölle, die eine elende Nachahmung der Biondetta ist. Prächtig ist der Gedanke, daß er die ganze Zauberei zuletzt als eine bloße Machinerie einer Liebhaberin des Helden entwikkelt, die ihn dadurch erobern will. So verpufft endlich das ganze Pathos. Auch das übrige ist dieses weisen Einfalls würdig.

Leben Sie recht wohl und alle Musen seien mit Ihnen. Meine Frau grüßt.

Sch.

121. Goethe

⟨Weimar, 21. November 1795⟩

Heute habe ich 21 properzische Elegien von Knebeln erhalten ich werde sie sorgfältig durchgehen und was ich dabei bemerke dem Übersetzer mitteilen, denn da er sich so viel Mühe gegeben so möchte wohl ohne seine Beistimmung nichts zu verändern sein. Ich wünschte, daß Sie Cottaen ansönnen dieses Manuskript, dessen künftiger Bogenbetrag sich leicht ausrechnen läßt, sogleich zu bezahlen. Ich habe zwar hierzu keinen unmittelbaren Anlaß aber es sieht doch gleich viel artiger aus, muntert zu fleißiger Mitarbeit auf und dient zur Verbreitung des guten Rufs der Horen. Da ein Buchhändler so oft Vorschüsse geben muß, so kann er auch wohl einmal ein Manuskript beim Empfang bezahlen. Knebel wünscht daß sie auf dreimal gedruckt werden ich glaube auch daß das die rechte Proportion ist und so würden dadurch die drei ersten Horenstücke des künftigen Jahrs dekoriert. Ich will sorgen daß sie zur rechten Zeit in Ihren Händen sind.

Haben Sie schon die abscheuliche Vorrede Stolbergs zu seinen platonischen Gesprächen gelesen? Die Blößen, die er darinne gibt sind so abgeschmackt und unleidlich, daß ich große Lust habe drein zu fahren und ihn zu züchtigen. Es ist sehr leicht die unsinnige Unbilligkeit dieses bornierten Volks anschaulich zu machen, man hat dabei das vernünftige Publikum auf seiner Seite und es gibt eine Art Kriegserklärung gegen die Halbheit, die wir nun in allen Fächern beunruhigen müssen. Durch die geheime Fehde des Verschweigens, Verruckens und Verdruckens, die sie gegen uns führt, hat sie lange verdient daß ihrer nun auch in Ehren und zwar in der Continuation gedacht werde.

Bei meinen wissenschaftlichen Arbeiten die ich nach und nach zusammenstelle, finde ich es doppelt nötig, und nicht zu umgehen. Ich denke gegen Rezensenten, Journalisten, Magazinsammler und Kompendienschreiber sehr frank zu werke zu gehen und mich darüber, in einer Vor- oder Nachrede, gegen das Publikum unbewunden zu erklären und besonders in diesem Falle keinem seine Renitenz und Retizenz passieren ⟨zu⟩ lassen.

Was sagen Sie zB. dazu, daß Lichtenberg mit dem ich in Briefwechsel über die bekannten optischen Dinge, und übrigens in einem ganz leidlichen Verhältnis stehe, in seiner neuen Ausgabe von Erxlebens Compendio, meiner Versuche auch nicht einmal erwähnt, da man doch grade nur um des neuesten willen ein Compendium wieder auflegt und die Herrn, in ihre durchschoßnen Bücher, sich sonst alles geschwind genug zu notieren pflegen. Wie viel Arten gibt es nicht so eine Schrift auch nur im Vorbeigehen abzufertigen, aber auf keine derselben konnte sich der witzige Kopf in diesem Augenblicke besinnen.

Die ästhetische und sentimentale Stimmung ist in diesem Augenblick ferne von mir, was denken Sie wie es dem armen Roman gehen werde? Ich brauche die Zeit indessen wie ich kann und es ist bei der Ebbe zu hoffen daß die Flut wiederkehren werde.

Ich erhalte Ihren lieben Brief und danke für den Anteil dessen ich schon versichert war. Man weiß in solchen Fällen nicht ob man besser tut sich dem Schmerz natürlich zu überlassen, oder sich durch die Beihülfen die uns die Kultur anbietet zusammen zu nehmen. Entschließt man sich zu dem letzten, wie ich es immer tue, so ist man dadurch nur für einen Augenblick gebessert und ich habe bemerkt daß die Natur durch andere Krisen immer wieder ihr Recht behauptet.

Das sechste Buch meines Romans hat auch hier guten Effekt gemacht; freilich weiß der arme Leser bei solchen Produktionen niemals wie er dran ist, denn er bedenkt nicht, daß er diese Bücher gar nicht in die Hand nehmen würde, wenn man nicht verstünde seine Denkkraft, seine Empfindung und seine Wißbegierde zum besten zu haben.

Die Zeugnisse für mein Märchen sind mir sehr viel wert und ich werde künftig auch in dieser Gattung mit mehr Zuversicht zu Werke gehen.

Der letzte Band des Romans kann auf alle Fälle vor Michaeli nicht erscheinen, es wäre sehr artig wenn wir die Plane, von denen Sie neulich sprachen darauf richteten.

Das neue Märchen kann wohl schwerlich im Dezember fertig werden, selbst darf ich nicht wohl ohne etwas auf eine oder andere Weise über die Auslegung des ersten gesagt zu haben zu jenem übergehen. Kann ich etwas zierliches dieser Art noch im Dezember leisten, so soll es mir lieb sein auch auf diese Weise an den ersten Eintritt ins Jahr teil zu nehmen.

Leben Sie recht wohl! Mögen wir recht lange uns der unsrigen und unserer Freundschaft erfreuen. Zum neuen Jahre hoffe ich Sie wieder auf einige Zeit zu besuchen.

W. d. 21 Nov. 1795. G

122. Schiller

⟨Jena.⟩ Den 23. Nov. 95.

Auf die Knebelsche Arbeit bin ich sehr neugierig, und zweifle nicht, daß die bessre Gattung unsrer Leser uns dafür danken wird. Dem größern Teil freilich werden wir nicht damit gefallen, das weiß ich vorher: den kann man nur durch Aufsätze von dem Schlage, wie Lorenz Stark ist, gewinnen. Sie glauben nicht, wie allgemein man sich an diesem Aufsatz erlustigt. Noch von keinem ist soviel Redens gewesen.

Was den Vorschuß für die Kn⟨ebelschen⟩ Elegien betrifft, so glaube ich nur, wir werden Cottaen gerade jetzt, wo sein Mut in Ansehung der Horen durch das häufige Aufkündigen der Subskription etwas Ebbe ist, nicht sehr damit erbauen. Indes, bezahlen wird er gewiß, wenn darauf bestanden wird; aber ich möchte es ihm gerne jetzt ersparen. Ich weiß nicht, wie hoch die Summe sich etwa belaufen wird: ist sie mäßig, so will ich als Redakteur statt Cotta sie bezahlen. Vielleicht wird der Zweck auch schon erreicht, wenn man etwa sogleich die Hälfte abträgt, und den Rest in der Messe. Die Bezahlung würde dann immer noch vor dem Abdruck des *Ganzen* Mskrpts erfolgen, denn ich wäre nicht dafür, die 3 Lieferungen ununterbrochen in den 3 ersten Monaten zu machen, sondern immer einen Monat ausfallen zu lassen. Sechs oder acht Bogen von Einerlei Autor, unter Einerlei Titel und noch außerdem Übersetzung würden, zu schnell hintereinander, zu einförmig gefunden werden.

Wenn Sie also glauben daß ein Vorschuß von etwa 20 Ldors *jetzt* gleich bezahlt von Wirkung sein würde, so liegt die Summe parat, und wir brauchen Cotta gar nicht dazu. Ich weiß er steht schon mit 60 Ldors bei Fichte im Vorschuß, und Gott weiß! – wann er da zu seinem Geld kommen wird. Mehrere kleine Aufsätze wie z. B. Weißhuhns etc sind auch schon von ihm bezahlt.

Doch genug von diesem Artikel. Ihr Unwille über die Stolberge, Lichtenberge und Konsorten hat sich auch mir mitgeteilt, und ich bins herzlich zufrieden wenn Sie ihnen eins anhängen wollen. Indes, das ist die histoire du jour. Es war nie anders und wird nie anders werden. Seien Sie versichert, wenn Sie einen Roman, eine Komödie geschrieben haben, so müssen Sie ewig einen Roman eine Komödie schreiben. Weiter wird von Ihnen nichts erwartet, nichts anerkannt – und hätte der berühmte H Newton mit einer Komödie debütiert, so würde man ihm nicht nur seine Optik sondern seine Astronomie selbst lange verkümmert haben. Hätten Sie den Spaß sich gemacht, Ihre optischen Entdeckungen unter dem Namen unsers Professor Voigts oder eines ähnlichen KathederHelden in die Welt zu bringen, Sie würden Wunder daran erlebt haben. Es liegt gewiß weniger an der Neuerung selbst, als an der Person, von der sie herrührt, daß diese Philister sich so dagegen verhärten.

Stolbergs Delictum wünschte ich in Augenschein nehmen zu können. Können Sie mirs auf einen Posttag verschaffen, so wird es mir sehr lieb sein. Bei diesem Menschen ist Dünkel mit Unvermögen in so hohem Grade gepaart, daß ich kein Mitleid mit ihm haben kann. Der närrische Mensch, der Jenisch in Berlin, der sich in alles mischen muß, hat auch die Rezensionen der Horen gelesen, und in dem ersten Feuer einen Aufsatz über mich und meinen schriftstellerischen Charakter geschrieben, der eine Apologie gegen jene Anklagen vorstellen soll. Humboldt hat ihn zum Glück von Genz, in dessen Monatschrift derselbe bestimmt war, in Mskrpt erhalten, und den Abdruck noch hintertrieben. Doch bin ich nicht davor sicher, daß er ihn nicht anderswo drucken läßt. Es ist ein ganz eigenes Unglück, daß ich, bei so heftigen und zahlreichen Feinden, doch noch am meisten von dem Unverstand eines Freundes zu fürchten haben, und die wenigen Stimmen, die für mich sprechen wollen, über Hals und Kopf zum Schweigen bringen muß.

Eine Beurteilung Ihres Meisters werde ich im August oder September künftigen Jahrs sehr ausführlich liefern können, und dann soll es, denke ich, recht a propos sein; der letzte Teil mag nun auf Michaelis 96 oder Ostern 97 herauskommen. Vielleicht findet sich ein Morceau im 4ten Teil, das Sie auf Ostern 96, wo das Publikum das ganze erwartet, ihm zur einstweiligen Befriedigung hingeben können.

Von Archenholz habe ich endlich gestern einen braven historischen Aufsatz, betitelt: *Sobiesky,* erhalten der noch im letzten Stück der Horen erscheinen muß. Freilich hätte ich viel darum gegeben, wenn Sie für das erste Stück im zweiten Jahrgang etwas hätten tun können. Vielleicht haben Sie auch Lust, in diesem Stück den *Krieg* zu eröffnen?

Sie werden von Herdern meine Abhandlung über die Sentimentalischen Dichter erhalten, davon Sie bis jetzt noch den wenigsten Teil gehört, und die ich noch einmal ganz durchzulesen bitte. Ich hoffe, Sie sollen damit zufrieden sein, es ist mir in dieser Art nicht leicht etwas besser gelungen. Ich glaube, dieses jüngste Gericht über den größten Teil der deutschen Dichter wird am Schluß des Jahrgangs eine gute Wirkung tun, und unsern Herren Kritikern besonders viel zu denken geben. Mein Ton ist freimütig und fest, obgleich wie ich hoffe überall mit der gehörigen Schonung. Unterwegs habe ich freilich soviel als möglich *effleuriert*, und es sind wenige, die unverwundet aus dem Treffen kommen.

Auch über die Naturalität und ihre Rechte (in Rücksicht auf die Elegien) habe ich mich weitläuftig herausgelassen, bei welcher Gelegenheit Wieland einen kleinen Streifschuß bekommt. Aber ich kann nicht dafür, und da man sich nie bedacht hat (auch Wieland nicht) die Meinung über *meine* Fehler zu unterdrücken, im Gegenteil sie mich öfters derb genug hören ließ, so habe ich jetzt, da ich zufälliger Weise das gute Spiel in die Hände bekam, auch meine Meinung nicht verschwiegen.

Leben Sie recht wohl. Ich freue mich wenn wir nach Neujahr wieder eine Strecke lang miteinander leben können.

Sch.

123. Goethe

⟨Weimar, 25. November 1795⟩

Hier schicke ich Ihnen sogleich die neueste Sudelei des gräflichen Salbaders. Die angestrichene Stelle der Vorrede ist es eigentlich worauf man einmal, wenn man nichts bessers zu tun hat losschlagen muß. Wie unwissend überhaupt diese Menschen sind ist unglaublich, denn wem ist unbekannt? daß die Christen von je her alles was vernünftig und gut war sich dadurch zueigneten, daß sie es dem λογος zuschrieben, und meine liebe Christin tut pag⟨ina⟩ 304 eben das und man wird dem guten Wesen darüber nicht feind werden

Ein Brief von Prinz August, den ich Ihnen beilege, wird Ihnen Vergnügen machen, es ist keine der schlimmsten Produktionen seiner ganz eignen Laune.

Das Exemplar von Humbold erbitte ich mir wieder zurück, er hat das seine schon in Berlin weggenommen.

Hederichs Lexikon wünschte ich auch wieder und das 7te Stück der Horen im kleinen Format.

Auf Ihren Aufsatz verlange ich sehr das was ich von Ihren Ideen kenne hat mir in dieser letzten Zeit im praktischen manchen Vorteil gebracht so wenig man mit Bewußtsein erfindet so sehr bedarf man des Bewußtseins besonders bei längern Arbeiten. Übrigens kann ich niemand übel nehmen wenn er lange gepaßt hat und nun einmal Trümpfe in die Hände kriegt daß er sie auch ausspielt.

Wegen des Honorars der neuen Elegien läßt's sich noch überlegen. Der Vorschlag 20 Luis d'or zu zahlen und das übrige alsdann bis zum Abdruck bewenden zu lassen, hat meinen Beifall. Es ist doch so etwas zum Anbiß und wird guten Effekt tun, auf alle Fälle hat es Zeit bis aufs Neuejahr.

Der Weißhunische Aufsatz im 6ten Hefte des Niethammerischen Journals hat mir sehr wohl gefallen. Diese Art zu philosophieren liegt mir viel näher als die fichtische, wir wollen den Aufsatz doch einmal mit einander lesen, ich wünschte über einiges Ihre Gedanken zu hören. Bei Zusammenstellung meiner phisikalischen Erfahrungen ist es mir schon, wie ich finde, von großen Nutzen daß ich etwas mehr als sonst in den philosophischen Kampfplatz hinunter sehe. Eben erhalte ich Ihren Aufsatz und freue mich ihn in der nächsten ruhigen Stunde zu lesen. Sobald Sie etwas gewisseres wegen der Subskription der Horen erfahren, so schreiben Sie mir es doch.

Leben Sie recht wohl. W. d. 25. Nov. 95 G

124. Goethe

⟨Weimar, 29. November 1795⟩

Ihre Abhandlung schicke ich hier mit vielem Danke zurück. Da diese Theorie mich selbst so gut behandelt, so ist nichts natürlicher als daß ich den Prinzipien Beifall gebe und daß mir die Folgerungen richtig scheinen. Ich würde aber mehr Mißtrauen darein setzen, wenn ich mich nicht anfangs selbst in einem polemischen Zustand gegen Ihre Meinung befunden hätte. Denn es ist Ihnen nicht unbekannt daß ich, aus einer allzugroßen Vorliebe für die alte Dichtung, gegen die neuere oft ungerecht war. Nach Ihrer Lehre kann ich erst selbst mit mir einig werden, da ich das nicht mehr zu schelten brauche was ein unwiderstehlicher Trieb mich doch, unter gewissen Bedingungen, hervor zu bringen nötigte, und es ist eine sehr angenehme Empfindung mit sich selbst und seinen Zeitgenossen nicht ganz unzufrieden zu sein.

Ich bin diese Tage wieder an den Roman gegangen und habe alle Ursache mich daran zu halten. Die Forderungen wozu der Leser durch die ersten Teile berechtigt wird, sind wirklich, der Materie und Form nach, ungeheuer. Man sieht selten eher wie viel man schuldig ist, als bis man wirklich einmal reine Wirtschaft machen und bezahlen will. Doch habe ich guten Mut. Es kommt alles darauf an daß man die Zeit wohl braucht und keine Stimmung versäumt. Leben Sie recht wohl

Weimar den 29ten November 1795.

G

125. Schiller

Jena den 29. Nov. 95.

Der Brief des Prinzen August hat mich unterhalten. Er hat, für einen Prinzen besonders, viel guten Humor.

Könnten wir nicht durch diesen Prinzen Vergünstigung erhalten, die Diderotische Erzählung La religieuse, die sich in dem geschriebenen Journale befindet, und, soviel ich weiß, noch nicht übersetzt ist, für die Horen zu übersetzen? Aus demselben Journal ist auch Jaques le Fataliste gezogen und in Berlin bei Unger übersetzt herausgekommen. Ich kanns nicht lassen. Bei einem Prinzen fällt mir immer zuerst ein, ob er nicht *zu* etwas gut sei?

Hier das verlangte 7te Stück. Ich erwarte in dieser Woche Exemplarien von dem MusenAlmanach.

Wenn es angeht, so will auch ich zu der Weimarischen JournalGesellschaft förmlich treten, und kann drei Journale dazu stiften, entweder

Clio, oder
Posselts Europæische Annalen oder
Flora.

Hätte man diese Journale schon und wollte sie nicht abbestellen, so will ich den gewöhnlichen Anteil an Geld bezahlen.

Bei dieser Gelegenheit fällt mir ein, daß ich an den Herrn –us (ich weiß die Anfangs Silben nicht) der mir das Siegel zu den Horen gestochen noch ½ Carolin zu bezahlen habe. Mögen Sie wohl so gütig sein und diese Zahlung einstweilen an ihn leisten?

Die Stolbergische Vorrede ist wieder etwas horribles. So eine vornehme Seichtigkeit, eine anmaßungsvolle Impotenz, und die gesuchte offenbar nur gesuchte Frömmelei – auch in einer Vorrede zum Plato Jesum Christum zu loben.

Von Jacobi hab ich eine Ewigkeit lang nichts gehört, da er mir doch, Höflichkeits halber über einige Gedichte die ich ihm geschickt, und auf Verlangen geschickt, etwas hätte sagen sollen.

Wenn Sie meinen Aufsatz etwa mit der heutigen Post nicht hätten abgehen lassen, so sind Sie wohl so gütig ihn Dienstags auf die Post zu geben, es sei denn daß Sie ihn länger brauchen könnten. Ich wollte ihn Humboldten senden. Sehr erwartend bin ich auf Ihre Meinung darüber. Wenn ich jetzt zurücksehe, wie weit ich mich hier, ohne Führer, bloß mit Hülfe der Prinzipien, die aus dem Ganzen meines Systems fließen, gewagt, so freut mich die Fruchtbarkeit dieser Prinzipien gar sehr, und ich verspreche mir noch mehr davon für die Zukunft.

Der Rest des Aufsatzes, der jetzt erst fertig geworden, und die *Idylle* abhandelt, ist noch nicht kopiert. Sie erhalten ihn morgen oder übermorgen. Ein Nachtrag zu dem Aufsatz kommt unter der Aufschrift: über *Platitüde* und *Überspannung* (die zwei Klippen des Naiven und Sentimentalen) im Januar. Hier habe ich Lust, eine kleine Hasenjagd in unserer Literatur anzustellen und besonders etliche gute Freunde, wie Nicolai und Konsorten zu regalieren.

Leben Sie recht herzlich wohl Sch.

126. Schiller

⟨Jena, 8. Dezember 1795⟩

Die Horen, die mir diesmal die Zeit sehr lang gemacht haben erfolgen hier. Zwei Exemplare haben Sie von diesem

Stücke noch gut. Cotta, dem der Kopf etwas unrecht stehen muß, hat mir nicht weniger als 7 Exemplare weniger eingepackt, und die er schickt, die auf Postpapier nämlich, sind alle schlecht konditioniert. Es ist mein Trost, daß mit dem neuen Jahrgang auch besser Papier genommen wird.

Ich hörte lange nichts von Ihnen, und habe auch selbst lange geschwiegen. Das üble Wetter hat mich sehr gedrückt, so daß ich aus Nacht Tag und aus Tag Nacht machen mußte. Es ist auch jetzt noch nicht besser und die Arbeit geht langsam. Aber sie ist mir unter den Händen wichtiger geworden, und ich hoffe das neue Jahr meinerseits mit einem ziemlich interessanten Aufsatz zu eröffnen, wenn ich ihn bis dahin vollenden kann.

Möchten Sie doch auch Einen Ihrer Geister in dem neuen-Jahrstück erscheinen lassen. Den Staelischen Aufsatz muß ich, der Varietät wegen zum IIten Stück liegen lassen, da alles von Dichtern und Dichtungstheorien handelt.

Hier sendet der MusenAlmanach ein kleines epigrammatisches Honorar. Es wird nicht hinreichen die Zecchinen zu ersetzen, die über den Epigrammen darauf gegangen sind. Aber das übrige rechnen Sie auf die schönen Bettinen und Lacerten! Exemplarien hat mir der dumme Mensch, der Michaelis, noch keine gesendet.

Man sagt hier, daß Ifland nächste Woche in Weimar sein werde. Da wird ja Thalia und Melpomene recht frohlocken. Vielleicht bringen Sie ihn einmal auch hieher. Es würde mich freuen, einen alten Bekannten wieder zu sehen.

Meine Frau grüßt aufs beste. Leben Sie heiter und tätig.

Den 8. Dez. 95.

Sch.

Verte

Nur zwei Worte erbitte mir auf einem besondern Blatt über den Empfang, für Michaelis.

Die reitende Post sendet mir mein Paquet zurück, und will es, des Geldes wegen, nicht nehmen. Weil die fahrende Post erst Montags abgeht, so sende ich einstweilen die Horen. Was für klägliche Postanstalten!

127. Goethe

⟨Weimar, 9. Dezember 1795⟩

Auf beiliegenden Blättchen erhalten Sie Nachricht wegen der Journale wollten Sie nun desfalls das nötige mit den Botenweibern arrangieren so könnten Sie die Stücke ordentlich erhalten.

Hier kommen auch meine Elegien, ich wünsche daß Sie damit zufrieden sein mögen es ist noch zuletzt allerlei daran getan worden doch wie man mit eigenen Sachen selten fertig wird so wird man es mit Übersetzungen niemals. Haben Sie noch etwas zu erinnern so teilen Sie es mir gefällig mit es wäre gut, wenn diese neuen Stücke zusammen erscheinen könnten. Sie machen zusammen nicht über anderthalb Bogen die übrigen sollen nach und nach eintreffen.

Wie sieht es übrigens mit dem Vorrat aufs nächste Vierteljahr aus und was hören Sie von der neuen Subskription.

Wenn Sie die Abhandlung über die sentimentalischen Dichter wieder zurück haben, wünschte ich sie noch einmal zu lesen wegen des Schlusses habe ich noch einige Skrupel und wenn einem der Geist warnt so soll man es wenigstens nicht verschweigen. Da das Ganze so weit und breit ist so scheint ⟨es⟩ mir bei näherer Überlegung zu enge und zu spitz auszulaufen und da diese Spitze grade zwischen mir und einem alten Freunde hineinfällt, so machts mir wirklich ein wenig bange. Doch davon mündlich. Heute nur ein Lebewohl Weimar den 9ter Dezembr. 1795.

G

128. Schiller

Jena d 13. Dez 95.

Mein Aufsatz über die Sent⟨imentalischen⟩ Dichter, den ich doppelt kopieren ließ, ist schon seit 3 Wochen zum Druck abgeschickt, aber Sie können des Schlusses wegen außer Sorgen sein. Sie haben nur gelesen, was damals fertig war; zu diesem aber sind noch 8 Seiten, die Idylle betreffend, gekommen, womit der Aufsatz für das XII Horenstück schließt. Der eigentliche Schluß aber erfolgt erst im Ersten Stücke des neuen Jahrs. Sie und W⟨ieland⟩ fallen also noch in die *Breite*, und ich denke wenn der Aufsatz ordentlich geendigt sein wird, soll der Totaleindruck und das Sachinteresse jeder PrivatBeziehung vorbeugen.

Die Elegien sende ich hier nebst meinen Anmerkungen darüber zurück. Ich habe es mit diesen mit Fleiß etwas genau genommen, weil man bei einer Übersetzung und zwar nicht mit Unrecht eine größere Strenge in Kleinigkeiten fodert, als bei einem Originalwerk, und wir auch die Voßischen – Rigoristen auf dem Nacken haben. Da ich diese Lieferung erst in 8 Tagen abzuschicken brauche, so ist noch Zeit, jenen Kleinigkeiten abzuhelfen, wenn Sie von meinen Anmerkungen Gebrauch machen wollen.

Sonst bin ich mit der Übersetzung in hohem Grade zufrieden. Sie ist ganz in den Geist des Autors eingegangen, und jene kleinen Härten abgerechnet, ungemein fließend und ungezwungen.

Hier das Geld, so ich neulich nicht habe mit schicken können. Auf Neujahr werde ich 20 Ldors für den Properz senden. Leben Sie recht wohl. Sch.

129. Goethe

⟨Weimar, 15. Dezember 1795⟩

Für das übersendete, über welches hier eine Quittung beiliegt, danke ich zum schönsten. Es scheint, da wir Dichter bei der Teilung der Erde zu kurz gekommen sind, uns ein wichtiges Privilegium geschenkt zu sein, daß uns nämlich unsere Torheiten bezahlt werden.

Das Gedicht, worauf ich hier anspiele, findet großen Beifall, und die Leute sind höchst neugierig wer es wohl gemacht habe?

Übrigens sind gegenwärtig die *Hundsposttage* das Werk, worauf unser feineres Publikum seinen Überfluß von Beifall ergießt, ich wünschte daß der arme Teufel im Hof bei diesen traurigen Wintertagen etwas angenehmes davon empfände.

Wenn *jener Aufsatz* sich nicht grade mit der bedenklichen Note schließt so wird dadurch Ihre Wirkung geringer werden und wir müssen abwarten was daraus erfolgt.

Haben Sie beiliegenden Hymnus schon gesehen mit dem man Sie beehrt hat? Ich habe ihn auf alle Fälle abschreiben lassen.

Man sieht auch hieraus daß man im literarischen jenen Sämann, der nur säete ohne viel zu fragen wo es hinfiel, nachahmen soll.

Von den Anmerkungen zu den Elegien wollen wir, so viel die Zeit erlaubt, Gebrauch machen. In so einer wunderlichen Sprache wie die deutsche ist, bleibt freilich immer etwas zu wünschen übrig.

Zum Jennerstücke arbeitete ich gerne etwas, aber der Roman nimmt mir jetzt, zu meinem Glücke, alle Zeit weg. Dieser letzte Band mußte sich notwendig selbst machen oder er konnte gar nicht fertig werden und die Ausarbeitung drängt sich mir jetzt recht auf und der lange zusammengetragene und gestellte Holzstoß fängt endlich an zu brennen.

Länger als Februar rat ich den Stahlischen Aufsatz nicht zurück zu schieben; weil Ostern derselbe nebst den Erzählungen wahrscheinlich übersetzt erscheinen wird. Die französischen Exemplare fangen an sich in Deutschland auszubreiten.

Vielleicht kann ich zum März wenn jenes zweite Märchen, von dem ich eine Skizze vorgetragen, fertig schreiben und dabei mit einem kleinen Eingang über die Auslegung des ersten wegschlüpfen. Daß dieses seine Wirkung nicht verfehlt sehen Sie aus beiliegendem Briefe des Prinzen.

Es wäre sehr gut wenn man von der religieuse für die Horen Gebrauch machen könnte. Sie könnten dazu die Erlaubnis durch Herdern am besten erhalten, ich mag nicht gerne darüber anfragen, weil mir bei dieser Gelegenheit die Travestierung der Claironischen Geschichte könnte zu Gemüte geführt werden.

Ifland kommt sobald nicht, sie sind von den Überwindern in Manheim zu spielen gezwungen. Gegen Ostern oder nach Ostern hofft er zu kommen

Ich bereite mich Sie aufs Neuejahr besuchen zu können, denn mich verlangt sehr den ganzen Kreis Ihrer theoretischen Arbeiten nun einmal mit Ihnen zu durchlaufen und mich dadurch zu den Arbeiten die vor mir liegen zu stärken. Ich habe Ihre Prinzipien und Deduktionen desto lieber, da sie mir unser Verhältnis sichern und mir eine wachsende Übereinstimmung versprechen, denn leider sind es öfter die Meinungen über die Dinge als die Dinge selbst wodurch die

Menschen getrennt werden, wovon wir in Weimar die betrübtesten Beispiele Täglich erfahren

Leben Sie recht wohl und grüßen die liebe Frau. Wird denn ein wenig gezeichnet?

W. d. 15 Dez 1795

G

130. Schiller

Jena den 17. Dez. 95.

Wie beneide ich Sie um Ihre jetzige poetische Stimmung, die Ihnen erlaubt recht in Ihrem Roman zu leben. Ich habe mich lange nicht so prosaisch gefühlt, als in diesen Tagen und es ist hohe Zeit, daß ich für eine Weile die philosophische Bude schließe. Das Herz schmachtet nach einem betastlichen Objekt.

Es ist prächtig daß der scharfsinnige Prinz sich in den mystischen Sinn des Märchens so recht verbissen hat. Hoffentlich lassen Sie ihn eine Weile zappeln: ja wenn Sie es auch nicht täten er glaubte Ihnen auf Ihr eigenes Wort nicht, daß er keine gute Nase gehabt habe.

Daß in Weimar jetzt die Hundsposttage grassieren ist mir ordentlich psychologisch merkwürdig, denn man sollte sich nicht träumen lassen, daß derselbe Geschmack *so* ganz heterogene Massen vertragen könnte, als diese Produktion und Clara du Plessis ist. Nicht leicht ist mir ein solches Beispiel von Charakterlosigkeit bei einer ganzen Sozietät vorgekommen.

Das Gedicht, welches Sie mir so gütig waren, kopieren zu lassen, hat der Verfasser vorigen Sommer in Mskrpt an mich gesendet. Es freut mich, daß man doch hie und da etwas wachsen und blühen sieht, und lieb ist mir die öffentliche Erscheinung gerade jetzt, da es die Widersacher gewaltig verdrießen wird.

Cotta der mir vor einigen Tagen schrieb, weiß von der neuen Subskription noch nichts zu sagen. Daraus, daß jetzt noch nicht schon abbestellt wird, schließe ich doch etwas gutes.

Herdern will ich zu disponieren suchen, daß er die Religieuse übersetzt. Den Staelischen Aufsatz bringe ich nicht später als im Februar. Eine Übersetzung gleich im ersten Stück, wo schon eine poetische sich findet, würden uns die Herren auch aufgemutzt haben.

Leben Sie recht wohl. Meine Frau dankt schönstens für Ihr Andenken. Gezeichnet ist nicht viel worden.

Sch.

131. Goethe

⟨Weimar, 17. Dezember 1795⟩

Von Ihren gütigen und gegründeten Anmerkungen haben wir bei den Elegien die hier zurück kommen, so viel als möglich Gebrauch gemacht, es ist freilich möglich auf einem solchen Wege diese Art Arbeiten immer der Vollkommenheit näher zu bringen.

Ich habe diese Tage, in Hoffnung von meinen Herrn Kollegen was zu lernen, den vortrefflichen *Herrn Stark* gelesen und studiert. Ich könnte nicht sagen daß ich sehr auferbauet worden wäre. Vorn herein hat es wirklich einigen Schein der uns bestechen kann, in der Folge aber leistet es doch gar zu wenig.

Dagegen habe ich an den Novellen des Cervantes einen wahren Schatz gefunden, sowohl der Unterhaltung als der Belehrung. Wie sehr freut man sich wenn man das anerkannte Gute auch anerkennen kann und wie sehr wird man auf seinem Wege gefördert, wenn man Arbeiten sieht die nach eben den Grundsätzen gebildet sind nach denen wir nach unserm Maße und in unserm Kreise selbst verfahren.

Leben Sie recht wohl. Bald mehr.

W. d 17 Dez. 95. G

132. Schiller

Jena den 23. Dez. 95.

Für die Elegien danke ich schönstens. Ich denke nicht, daß jetzt noch etwas darin sein sollte, was den Krittlern Gelegenheit geben könnte, über kleinen Versehen gegen den schönen Geist des Ganzen sich zu verhärten.

Lorenz Stark ist wie mir Humboldt schrieb ehmals zu einer Komödie bestimmt gewesen, und nun zufälliger Weise in die erzählende Form gegossen worden. Ein ziemlich leichter Ton empfiehlt es, aber es ist mehr die Leichtigkeit des Leeren als die Leichtigkeit des Schönen. Solchen Geistern wie Herr E⟨ngel⟩ ist das Platte so gefährlich wenn sie wahr und naiv sein wollen. Aber die göttliche Platitüde: das ist eben der Empfehlungsbrief.

Haben Sie denn auch die schönen Abbildungen vom Seifersdorfer Tal mit H. Beckers (in Dresden) Beschreibungen gesehen? Als einem so großen Liebhaber von Kunstgärten und sentimentalischen Produktionen empfehle ich Ihnen dieses Werk. Es verdient, neben Rackenitz Schrift, eine gelegentliche würdige Erwähnung in den Horen.

Mit der Religieuse von Diderot weist mich Herder an Sie zurück: auch meint er, daß sie entweder schon übersetzt sei, oder mit andern Erzählungen von Diderot künftige Ostern erscheinen werde. Es scheint demnach für uns keine sichere Entreprise zu sein.

Der Himmel verlängere Ihnen jetzt nur die gute Laune, um den Roman zu endigen. Ich bin unglaublich gespannt auf die Entwicklung und freue mich recht auf ein ordentliches Studium des Ganzen.

Das Glück, welches das kleine Gedicht die *Teilung der Erde* zu machen scheint, kommt mit auf Ihre Rechnung, denn schon von vielen hörte ich, daß man es Ihnen zuschreibt. Hingegen ist *mir* von andern der *Literarische Sansculottism* zugeschrieben worden.

Von der zu erwartenden Rezension der Horen durch Schütz hörte ich gestern, daß es Ernst damit sei, und daß wir sie in wenigen Wochen zu Gesicht bekommen werden. Ob ich sie noch in Mskrpt zu lesen bekomme, zweifle ich, da ich mit Schützen seit einiger Zeit weniger Verkehr habe. Er hat aber doch dem jungen Schlegel den poetischen Teil derselben zu rezensieren aufgetragen, so wie auch die Unterhaltungen pp und dieser hat die Rezension, wie er mir heute schrieb, schon an Schütz gesendet. Wenn er nichts in diese Arbeit hinein pfuscht, so erwarte ich etwas gutes davon.

Von Cotta habe nichts wieder gehört, und der Almanach ist auch noch nicht angelangt.

Zum heiligen Christ wünschen wir alles Gutes. Möchten Sie ihn hier bei uns zubringen! Leben Sie recht wohl.

Sch.

133. Goethe

⟨Weimar, 23. Dezember 1795⟩

Mit Verlangen warte ich aufs neue Jahr und suche mancherlei kleine Geschäfte abzutun, um Sie wieder mit Freiheit auf einige Zeit besuchen zu können. Ich wünsche nur daß ich Sie wohl und poetisch tätig antreffen möge, denn es ist das nun einmal der beste Zustand den Gott den Menschen hat gönnen wollen. Mein Roman ruht nun nicht bis er sich fertig macht, worüber ich sehr vergnügt bin, denn mitten unter allen Zerstreuungen treibt er sein Wesen immer fort.

Ich habe sonst noch manches mitzuteilen. Hier liegt z. B. eine Erklärung der dramatischen Personen des Märchens bei, von Freundin Charlotte. Schicken Sie mir doch geschwind eine andere Erklärung dagegen die ich ihr mitteilen könnte.

Den Einfall auf alle Zeitschriften Epigramme, jedes in einem einzigen Disticho, zu machen, wie die Xenia des Martials sind, der mir dieser Tagen gekommen ist, müssen wir kultivieren und eine solche Sammlung in Ihren Musenalmanach des nächsten Jahres bringen. Wir müssen nur viele machen und die besten aussuchen. Hier ein Paar zur Probe.

Daß Cotta über die Subskription der Horen nicht heraus will gefällt mir nicht ganz, wo ich hinhöre spricht man von vermehrter Subskription.

Wird sich denn dieser edle Sosias mit seinem Gold und Silber auf das Fest *Epiphaniae* einfinden? Weihrauch und Myrrhen wollen wir ihm erlassen.

Des P. Castels Schrift Optique des Couleurs. 1740. habe ich in diesen Tagen erhalten, der lebhafte Franzos macht mich recht glücklich. Ich kann künftig ganze Stellen daraus abdrucken lassen und der Herde zeigen daß das wahre Verhältnis der Sache schon 1739 in Franckreich öffentlich bekannt gewesen aber auch damals unterdruckt worden ist.

Ich habe noch geschwind einige Varianten zur Erklärung gesetzt, wenn Sie auch noch die Summe vermehren, so wird eine Verwirrung ohne Ende aus diesen Aufklärungen zu hoffen sein.

Die Xenia nächstens

d. 23 Dez. 95 G

NB Die rot unterstrichnen sind meine Varianten.

134. Schiller

⟨Jena,⟩ 25. Dez. 95.

Hier einen kleinen Beitrag zu der Interpretation des Märchens. Er ist mager genug, da Sie mir mit dem besten schon zuvorgekommen sind. In dergleichen Dingen erfindet die Phantasie selbst nicht soviel, als die Tollheit der Menschen wirklich ausheckt, und ich bin überzeugt, die schon vorhandenen Auslegungen werden alles Denken übersteigen.

Was Sie von der vermehrten Subskription auf die Horen schreiben überraschte mich, und es möchte wohl nur sehr partikulär sein, denn daß die Summe im Ganzen abnehmen muß, ist nach dem erstaunlichen Geschrei, nach den Klagen sovieler Buchhändler selbst wie z. B. Ungers in Berlin und andrer keine Frage. Auf Cottas Aufrichtigkeit dürfen wir uns, bis auf einen gewissen Punkt wenigstens, ganz sicher verlassen. Er hat mehr Eitelkeit als Eigennutz und er fürchtet zu sehr, daß mein Eifer erkalten möchte, als daß er dasjenige verschweigen könnte, was ihn beleben kann.

Was die Goldlieferung anbetrifft, so vergaßen Sie, daß die Zahlung von einer OsterMesse zur andern ist ausgemacht worden. Etliche Tage vor Jubilate erscheint Cotta mit einer Geldkatze um den Leib, und zwar pünktlich wie »eine wohlberechnete Sonnenfinsternis« um das Honorar für das ganze Jahr abzutragen. Früher wollte ich ihm nicht gern eine starke Zahlung zumuten, da er sich einmal auf die Abrede verläßt; ob er gleich, sobald man es fodert, damit parat sein wird.

Eben sendet mir Woltmann ein selbstverfertigtes Trauerspiel nebst einer Operette. Ich hab es noch nicht angesehen, werde Ihnen aber, wenn Sie hier sind, hoffentlich allerlei davon zu erzählen haben.

In 10–12 Tagen werden Sie die Horen in der L⟨iteratur⟩ Z⟨eitung⟩ rezensiert lesen. Den poetischen Teil hat glücklicherweise Schlegel und nicht Schütz rezensiert. Dieser hat sich bloß das philosophische und historische vorbehalten.

Leben Sie recht wohl. Schiller.

135. Goethe

⟨Weimar, 26. Dezember 1795⟩

Ein paar Produkte, wie die hierbei kommenden Schriften sind, dürfen Ihnen nicht unbekannt bleiben, vielleicht sind sie noch nicht zu Ihnen gelangt. Den Theater Kalender bitte mir bald wieder zurück.

Mit 100 Xenien, wie hier ein Dutzend beiliegen, könnte man sich sowohl dem Publiko als seinen Kollegen aufs angenehmste empfehlen.

Es ist recht gut, daß die Rezensionen des poetischen Teils der Horen in die Hände eines Mannes aus der neuen Generation gefallen ist, mit der alten werden wir wohl niemals einig werden. Vielleicht lese ich sie bei Ihnen, denn wenn es mir möglich ist, geh ich den dritten Januar von hier ab.

Daß man uns in unsern Arbeiten verwechselt, ist mir sehr angenehm; es zeigt daß wir immer mehr die Manier los werden und ins allgemeine Gute übergehen. Und dann ist zu bedenken daß wir eine schöne Breite einnehmen können, wenn wir mit Einer Hand zusammenhalten und mit der andern so weit ausreichen als die Natur uns erlaubt hat.

Ich danke für den Beitrag zur Auslegung des Märchens, wir würden freilich noch ein bißchen zusehen. Ich hoffe aber doch noch auf eine günstige Wendung in den Unterhaltungen meinen beliebigen Spaß darüber machen zu können.

Wollte doch Gott, daß Woltmanns Trauerspiel produzibel wäre! ich würde es gleich aufführen lassen. Alles will schreiben und schreibt und wir leiden auf dem Theater die bitterste Not.

Die Abbildung des Seifersdorfer Unwesens kenn ich, Sie kennen ja wohl auch die Trude die es bewohnt und die es so ausgeschmückt hat. Wielands Empfang und Bewirtung daselbst im Sommer 1794 gäbe eine vortreffliche Geschichte wenn er sie aufsetzen wollte wie er sie erzählt.

Cotta wollen wir also auf Jubilate erwarten ich hatte wirklich vergessen daß dieser Termin festgesetzt worden.

Leben Sie recht wohl ich suche mich von allem was mich halten und zerstreuen könnte los zu machen, um in Ihrer Nähe wieder einige gute Zeit zuzubringen

W. d. 26 Dez. 95. G

136. Schiller

⟨Jena.⟩ Den 29. Dez 95

Der Gedanke mit den Xenien ist prächtig und muß ausgeführt werden. Die Sie mir heute schickten haben uns sehr ergötzt, besonders die Götter und Göttinnen darunter. Solche Titel begünstigen einen guten Einfall gleich besser. Ich denke aber, wenn wir das hundert voll machen wollen, werden wir auch über einzelne Werke herfallen müssen, und welcher reichliche Stoff findet sich da! Sobald wir uns nur selbst nicht ganz schonen, können wir heiliges und profanes angreifen. Welchen Stoff bietet uns nicht die Stolbergische Sippschaft, Rackenitz, Ramdohr, die metaphysische Welt, mit ihren Ichs und NichtIchs, Freund Nicolai unser geschworener Feind, die Leipziger GeschmacksHerberge, Thümmel, Göschen als sein Stallmeister, u. d. gl dar!

Gestern empfing ich die abgedruckten Bogen von den Sentim⟨entalischen⟩ Dichtern, welche also auch noch in der großen Rezension in der Lit⟨eratur⟩ Zeitung mit begriffen werden können. Ich habe Schützen schon gesprochen seitdem er sie gelesen, und ob er sie gleich erbärmlich schlecht versteht, so ist er doch nicht so sehr dadurch erschreckt worden, als ich glaubte; ich ließ ihn merken, daß ich sein Urteil darüber zwar nicht genieren wolle, aber jeder determinierte Widerspruch gegen meine Urteile würde mich schlechterdings zu einer Replique nötigen, bei welcher, da ich sie mit Beweisen belegen müßte, die Autoren, deren er sich annehmen wollte, leicht ins Gedränge kommen könnten. Er wird sie also wohl sehr leise anrühren.

Die Rezension wird sehr groß werden, da allein der poetische Teil mehr als ein ganzes Zeitungsblatt füllen soll. Auch ich arbeite einiges daran; so z. B. ist mir der Archenholz⟨ische⟩ Aufsatz im letzten Stück zur Rezension übergeben, weil Schütz sonst nicht fertig wird. Diese Rezension wird also eine rechte HarlekinsJacke werden. Vor dem 6ten erscheint aber nichts davon.

Woltmanns Trauerspiel ist erbärmlich und in keiner Rücksicht brauchbar. Ein Ding ohne Charakter, ohne Wahrscheinlichkeit, ohne alle menschliche Natur. Erträglicher noch ist die Operette, obgleich nur gegen das Trauerspiel erträglich.

Haben Sie eine Zoonomie, die ein gewisser Hofrat Brandis herausgegeben, gelesen? Ihre Schrift über die Metamorphosen ist darin mit großer Achtung behandelt. Aber lächerlich ists, daß weil Ihr Name vor dem Buche steht und Sie Romane und Trauerspiele geschrieben, man schlechterdings auch daran erinnert werden muß. »Ein neuer Beweis«, meint der gute Freund, bei dieser Gelegenheit, wie »günstig der Dichtergeist auch für wissenschaftliche Wahrheit sei«.

Auf Ihre baldige Hieherkunft freue ich mich nicht wenig. Wir wollen wieder einmal alles recht durcheinander bewegen. Sie bringen wohl Ihren jetzigen »Strickstrumpf« den Roman auch mit? Und dann soll es auch heißen nulla dies sine Epigrammate.

Sie sprechen von einer so großen Teurung in der Theater-Welt. Ist Ihnen nicht schon der Gedanke gekommen ein Stück vom Terenz für die neue Bühne zu versuchen. Die Adelphi hat ein gewisser Romanus schon vor 30 Jahren gut bearbeitet, wenigstens nach Leßings Zeugnis. Es wäre doch in der Tat des Versuches wert. Seit einiger Zeit lese ich wieder mehr in den alten Lateinern und der Terenz ist mir zuerst in die Hände gefallen. Ich übersetzte meiner Frau die Adelphi aus dem Stegreif, und das große Interesse, das wir daran genommen, läßt mich eine allgemein gute Wirkung erwarten. Gerade dieses Stück hat eine herrliche Wahrheit und Natur, viel Leben im Gange, schnell dezidierte und scharf bestimmte Charaktere und durchaus einen angenehmen Humor.

Der TheaterKalender enthält gewaltig viel Namen und blutwenig Sachen. Ich für mein Teil bin ich übrigens gut weggekommen: aber in welcher Gesellschaft erblickt man sich da. Ihnen wird ja ein Julius Cæsar großmütig zugeschrieben, den Sie dem Publikum wohl schuldig bleiben werden.

Worin schreibt aber Freund Böttiger nicht!

Leben Sie recht wohl. Meine Frau grüßt bestens.

Sch.

137. Goethe

⟨Weimar, 30. Dezember 1795⟩

Ich freue mich sehr, daß die Xenien bei Ihnen Eingang und Beifall gefunden haben und ich bin völlig der Meinung, daß wir weiter um uns greifen müssen. Wie werden sich *Charis* und *Johann* prächtig neben einander ausnehmen! wir müssen diese Kleinigkeiten nur ins Gelag hineinschreiben und zuletzt sorgfältig auswählen. Über uns selbst dürfen wir nur das was die albernen Pursche sagen, in Verse bringen und so verstecken wir uns noch gar hinter die Form der Ironie.

Die Rezension der Horen wird also ein rechtes Wunderding, auch passen unsere Konkurrenten mit Heißhunger darauf und sie falle aus wie sie will so gibts gewiß wieder Händel.

Was Brandes in seinem Werke über *die Lebenskraft* über meine Metamorphose sagt, erinnere ich mich; aber nicht der Stelle die Sie anführen, wahrscheinlich hat er derselben, in seiner Übersetzung der *Darwinischen Zoonomie,* nochmals gedacht, da Darwin auch das Unglück hat vorher als Dichter (im englischen Sinne dieses Worts) bekannt zu sein.

Nur die höchste Dürftigkeit ließ mich von jener Tragödie etwas gutes hoffen. Gestern ist wieder ein detestables Stück von Ziegler aufgeführt worden: *Barbarei und Größe,* wobei sie so barbarisch zugehauen haben, daß ein Schauspieler fast um seine Nase gekommen ist. Wie heißt doch der Titel der Bearbeitung der Adelphen? ich erinnere mich ihrer aus den frühesten Zeiten her.

Ich verlange recht Sie wieder zu sehen und in dem stillen Schlosse zu arbeiten, mein Leben ist, diese 4 Wochen her, ein solches Quodlibet in welchem sich hunderterlei Arten von Geschäftigkeiten mit hunderterlei Arten von Müßiggang kreuzen, mein Roman gleicht indessen einem Strickstrumpf der bei langsamer Arbeit schmutzig wird. Indessen wird er im Kopfe überreif und das ist das Beste.

Von Meyern habe ich einen Brief aus Rom er ist glücklich daselbst angelangt und sitzt nun freilich im Rohre; aber er beschwert sich bitterlich über die andern Gesellen die auch da sitzen, Pfeifen schneiden und ihm die Ohren voll dudeln. Deutschland kann sich nicht entlaufen und wenn es nach Rom liefe, überall wird es von der Platitüde begleitet, wie der Engländer von seinem Teekessel. Er hofft bald von sich und Hirt etwas für die Horen zu schicken

Hierbei ein Brief von Oberreit der in seiner Art wieder recht merkwürdig ist, ich will sehen daß ich den armen alten Mann etwas von unsern Herrschaften heraus bettle.

Leben Sie recht wohl und behalten mich lieb.

G

138. Schiller

〈Jena, 30. Dezember 1795〉

Hier ein Exemplar des Almanachs für den ersten Hunger. Humboldt sendet mir heute deren 3 aus Berlin, von dem Buchhändler selbst ist noch nichts gekommen; um uns schöne Exemplare zu geben läßt er uns vielleicht noch Wochen lang darauf warten.

Salve zum neuen Jahr

Mittw〈och〉 Abends Sch.

1796

139. Goethe

⟨Weimar, 2. Januar 1796⟩

Nur soviel will ich in der Kürze melden: daß endlich die Möglichkeit erscheint mich von hier los zu machen, und daß ich morgen, zwischen drei und vier, bei Ihnen einzutreffen hoffe. Ich freue mich sehr Sie wieder zu sehen.

W. d. 2 Jan 96.

G

140. Schiller

⟨Jena, 17. Januar 1796⟩

Hier folgen 4 Almanache und 66 Xenien. Ehe Sie Weimar erreichen, werden mit denen die Sie schon fertig haben nah an 80 daraus werden. Reisen Sie glücklich, unsre guten Wünsche sind mit Ihnen

Sch.

141. Schiller

⟨Jena.⟩ Den 18. Jenner ⟨1796⟩

Wir haben dem armen Tiere, dem Michaelis, doch Unrecht getan. Die neulich überschickten 10 Exempl. waren nur für die Mitarbeiter ad extra bestimmt: heute ist erst das eigentliche Paquet, welches die Exemplarien für Sie, Herdern und mich enthält angelangt, und dieses ist 12 Tage über die Zeit unterwegs geblieben. Ich sende Ihnen daher hier noch 3 Exemplare auf Atlas.* Die noch restierenden Bogen von den Epigrammen verschreibe ich mit der heutigen Post. Sollten Sie eins von den schlechtern Exemplarien überflüssig haben, so kann ich es bei dem Buchhändler wieder anbringen.

Leben Sie recht wohl.

Sch.

* 2 Kalender bringt das BotenMädchen. Die Post nahm sie nicht an.

Die Gesundbrunnen zu N. N.
Seltsames Land! Hier haben die Bäche Geschmack und die Quellen,
Bei den Bewohnern allein hab ich noch keinen verspürt.

142. Goethe

⟨Weimar, 20. Januar 1796⟩

Vielen Dank für die schönen Exemplare, hier kommt ein geringeres zurück. Jedermann spricht gut von dem Almanach. Es ist eine allgemeine Nachfrage danach.

Die Epigramme sind noch nicht abgeschrieben, auch fürchte ich Sie werden mir so vorauslaufen daß ich Sie nicht einholen kann. Die nächsten vierzehn Tage seh ich wie schon verschwunden an. Die neue Oper wird uns noch viel zu schaffen machen, es wird aber auch ein lustiges und erbauliches Werk. Leben Sie recht wohl und haben noch tausend Dank für alles Gute und Liebe. Sobald als möglich besuche ich Sie wieder. W. d. 20 Jan 96

G

143. Schiller

⟨Jena.⟩ Den 22. Jenn. 96

Hier eine kleine Lieferung von Epigrammen. Was Ihnen darunter nicht gefällt, lassen Sie nur gar nicht abschreiben. Es geht mit diesen kleinen Späßen doch nicht so rasch als man glauben sollte, da man keine *Suite* von Gedanken und Gefühlen dazu benutzen kann, wie bei einer längeren Arbeit. Sie wollen sich ihr ursprüngliches Recht als *Glückliche Einfälle* nicht nehmen lassen. Ich zweifle deswegen, ob ich, bei meinem Müßiggange, Ihnen soweit vorkommen werde als Sie denken, denn in die Länge geht es doch nicht, ich muß mich zu größern Sachen entschließen, und die Epigramme auf den Augenblick ankommen lassen. Doch soll kein Posttag leer sein, und so rücken wir doch in 4, 5 Monaten weit genug vor.

Ihre Epigramme im Almanach machen großes Glück, wie ich immer aufs neu in Erfahrung bringe, und bei Leuten, von deren Urteil man keine Schande hat. Daß der Almanach in Weimar neben den Emigrierten und den Hundsposttagen noch aufkommen kann, ist mir sehr tröstlich zu vernehmen.

Darf ich Sie mit einem kleinen Auftrage belästigen? Ich wünschte 63 Ellen Tapeten von schöner grüner Farbe und 62 E⟨llen⟩ Einfassung, welche ich ganz Ihrem Geschmack und Ihrer Farbentheorie überlasse. Wollten Sie Herrn Gerning darnach schicken, und allenfalls ordre geben, daß ich sie in 6 bis 8 Tagen haben kann?

Leben Sie recht wohl. Meine Frau grüßt

Sch.

An einen gewissen moralischen Dichter

Ja, der Mensch ist ein elender Wicht, ich weiß – doch das wollt ich
Eben vergessen und kam, ach wie gereut michs! zu dir.

Jakob der Kantianer

Kantische Worte sollte der hohle Schädel nicht fassen?
Sieht man in hohler Nuß doch den Kalender versteckt.

⟨*Von Goethes Hand:*⟩

Freiheit

Freiheit ist ein herrlicher Schmuck. Doch steht er, wir sehen's,
Jeglicher Menge so schlecht, als nur das Halsband dem Schwein.

144. Goethe

⟨Weimar, 23. Januar 1796⟩

Die nächsten acht Tage werde ich ein sehr buntes Leben führen. Heute kommt die Darmstädter Herrschaft, morgen ist Cour, Diné, Konzert, Soupé und Redoute. Montag Don Jóuan. Die übrige Woche geht auf Proben hin, denn den 30ten sind die *Advokaten* von Iffland und den 2ten die *neue Oper.* Dann will ich aber auch mich wieder sobald als möglich sammlen und sehen was ich leisten kann. Das achte Buch erscheint mir indessen oft zwischen allen diesen fremden Gestalten durch und ich hoffe, es soll sich nun bei der ersten Gelegenheit auch fertig machen.

In den letzten Epigrammen die Sie mir senden ist ein

herrlicher Humor, und ich werde sie deshalb alle abschreiben lassen, was am Ende nicht in der Gesellschaft bleiben kann wird sich wie ein fremder Körper schon separieren. Die verlangten Papiertapeten, so wie die Bordüren sind hier, fertig, nicht zu haben, ich schicke hier Muster von beiden.* Das Stück Tapete ist eine Elle breit und halt zwanzig Ellen Sie müßten also zu 63 Ellen 4 Stücke nehmen und behielten so viel übrig das Stück kostete vor einem Jahre 1 Gulden 20 Kreutzer. Von der beikommenden Bordüre halt das Stück 40 Ellen und kostet 3½ Gulden, Sie brauchten also davon 2 Stück, sie steht auf grün sehr gut, wollte man sie lebhafter haben, so gibt es auch schöne Rosenbordüren von derselben Breite. Wenn Sie mir die Muster geschwind zurück schicken, so könnte ich Montag Abends nach Frankfurth schreiben, und Sie würden das verlangte doch ziemlich bald erhalten, mehr Umstände macht es wenn man hier die Papiere wollte färben lassen, besonders da Eckebrecht gegenwärtig sehr mit den Dekorationen beschäftigt ist.

Leben Sie recht wohl und genießen des schönen Wetters. d. 23. Jan 96

G

* aus Franckfurt.

145. Schiller

Jena den 24. Jenner 96

Für einen Schriftsteller, der mit der Katastrophe eines Romans, mit 1000 Epigrammen und zwei weitläuftigen Erzählungen aus Italien und China beschäftigt ist, haben Sie diese nächsten 10 Tage ganz leidliche Zerstreuungen. Aber was Ihnen die Zeit nimmt gibt s⟨ie⟩ Ihnen dafür wieder an Stoff, und am Ende sind Sie weiter gekommen als ich, der seine Gegenstände aus den Nägeln saugen muß. Heute indessen habe ich auch eine Zerstreuung, denn Charlotte Kalb wird hier sein.

Es tut mir leid, daß meine Tapeten Angelegenheit Ihnen mehr als ein paar Worte kosten soll. Da Sie indessen so gütig sein wollen, diese Verzierung an meinem Horizonte zu besorgen, so bitte ich Sie mir 4 Stücke von der grünen

Tapete und 2 von *Rosa*-Bordüren (wenn diese auch 40 Ellen halten) aus Frankfurth kommen zu lassen. Ich ziehe die Rosa Bordüren der Lebhaftigkeit wegen dem beiliegenden Muster vor.

Woltmann war gestern 3 Stunden lang allein bei mir, und ich habe es glücklich durchgesetzt, daß von den zwei Theaterstücken keine Silbe gesprochen wurde. Er war übrigens sehr artig, und sehr freigebig an Lob über Ihre und meine Arbeiten – ohne doch ein Fünkchen Barmherzigkeit bei mir, seines Stücks wegen, zu erwecken.

Leben Sie recht wohl. Hier wieder einige Xenien, daß die Observanz nicht verletzt wird.

Schiller.

146. Goethe

⟨Weimar, 27. Januar 1796⟩

Mit der ganzen Sammlung unserer kleinen Gedichte bin ich noch nicht zu stande, hier kommt einstweilen mein Beitrag von dieser Woche. Wenn wir unsere vorgesetzte Zahl ausfüllen wollen, so werden wir noch einige unserer nächsten Angelegenheiten behandeln müssen, denn wo das Herz voll ist geht der Mund über und dann ist es eine herrliche Gelegenheit die Sachen aus der Studierstube und Rezensentenwelt in das weitere Publikum hinaus zu spielen, wo dann einer oder der andere gewiß Feuer fängt der sonst die Sache hätte vor sich vorbei streichen lassen.

Mir fangen diese Tage nun an recht bunt zu werden, man übernimmt immer mehr als man ausführen kann. Leben Sie wohl und grüßen Sie Ihre liebe Frau. Weimar den 27ten Januar 1796.

G

147. Schiller

⟨Jena, 27. Januar 1796⟩

Sie haben mich mit dem reichen Vorrat von Xenien, den Sie geschickt haben, recht angenehm überrascht. Die den Newton betreffen, werden Sie zwar, auch durch den Stoff, kenntlich machen, aber bei dieser gelehrten Streitsache, die niemand Lebenden namentlich betrifft, hat dieses auch nichts zu sagen. Die angestrichenen haben uns am meisten erfreut.

Denken Sie darauf Reichardten unsern soi disant Freund mit einigen Xenien zu beehren. Ich lese eben eine Rezension der Horen in s⟨einem⟩ Journal Deutschland, welches Unger ediert, wo er sich über die Unterhaltungen und auch noch andre Aufsätze schrecklich emanzipiert hat. Der Aufsatz von Fichte und Woltmann sind beide in einem weitläuftigen Auszug mitgeteilt, und als musterhaft aufgestellt. Das 5te Stück (das schlechteste von allen) ist als das *interessanteste* vorgestellt, Voßens Gedichte, der Rhodische Genius von Humboldt sehr herausgestrichen, und was des Zeuges mehr ist. Es ist durchaus mit einem nicht genug verhehlten Ingrimm geschrieben. Als das wichtigste Werk der neuern deutschen Literatur wird Heinses musikalischer Roman weitläuftig, doch hab ich nicht gelesen wie?, beurteilt.

Wir müssen Reichardt, der uns so ohne allen Grund und Schonung angreift, auch in den Horen, bitter verfolgen.

Hier wieder einige Pfähle ins Fleisch unserer Kollegen. Wählen Sie darunter was Ihnen ansteht.

Leben Sie recht wohl. Meine Frau empfiehlt sich aufs beste

Sch.

148. Goethe

⟨Weimar, 30. Januar 1796⟩

Der erste Akt wäre überstanden! ein Aufzug, den ich zur gestrigen Redoute arrangieren half, es ging alles gut ab, obgleich der Saal übermäßig voll war. Da man jetzt bloß in Distichen spricht, so mußte der Türkische Hof selbst sein Kompliment an die Herzogin in dieser Versart darbringen, wie Sie aus der Beilage sehen werden. Eine andere Gesellschaft hatte einen Zug von gemischten Masken aufgeführt, unter welchen sich ein paar Irrlichter sehr zu ihrem Vorteil ausnahmen, sie waren sehr artig gemacht und streuten, indem sie sich drehten und schüttelten Goldblättchen und Gedichte aus.

Die Disticha nehmen täglich zu sie steigen nunmehr gegen zweihundert. Ich lege das neuste Modenjournal bei wegen der Abhandlung pag⟨ina⟩ 18 über die *Xenien*. Der Verfasser denkt wohl nicht daß ihm auch eins fürs nächste Jahr zubereitet werde, wie arm und ungeschickt doch im Grund diese Menschen sind! nur zwei solcher Gedichtchen, und noch dazu so schlecht übersetzt, zur Probe zu geben! Es ist aber als wenn alles geistreiche diesen feuerfarbenen Einband flöhe

Ich habe die Abhandlung Cellinis über die Goldschmieds- und Bildhauerarbeit von Göttingen erhalten. Da ich ihn nun doch geschwind lesen und ausziehen muß; so wird dadurch die kleine Biographie wahrscheinlich befördert werden. Leben Sie recht wohl und grüßen Sie Ihre liebe Frau.

Fast hätte ich das beste vergessen. Ich habe einen gar schönen und guten Brief von Meyer erhalten der seinen Zustand recht deutlich darstellt seine unwiderstehliche Neigung gründlich zu sein und etwas ausführliches zu arbeiten kommt bei der ungeheuern Menge von Gegenständen die er beschreibt und beurteilt und bei dem Reize anderer die er nachbilden möchte sehr ins Gedränge. Er fragt mich um Rat und ich werde ihn an seinen Genius zurückweisen

In einem Brief an die Herzogin Mutter steht eine lustige Stelle über die Künstler, welche jetzt Kantische Ideen, in allegorischen Bildern darstellen, wenn es nicht bloß Persiflage ist, so haben wir da die tollste Erscheinung die vor dem jüngsten Tage der Kunst vorhergehen kann.

Aus Ihrem Briefe seh ich erst daß die Monatschriften Deutschland und Frankreich Einen Verfasser haben. Hat er sich emanzipieret, so soll er dagegen mit Karnevals Gips-Drageen auf seinen Büffelrock begrüßt werden daß man ihn für einen Perückenmacher halten soll. Wir kennen diesen falschen Freund schon lange und haben ihm bloß seine allgemeinen Unarten nachgesehen weil er seinen besondern Tribut regelmäßig abtrug, sobald er aber Miene macht diesen zu versagen, so wollen wir ihm gleich einen Bassa von 3 brennenden Fuchsschwänzen zuschicken. Ein Dutzend Disticha sind ihm schon gewidmet, welche künftigen Mittewoch, geliebt es Gott, anlangen werden. Indessen nochmals ein Lebe wohl. Weimar den 30ten Januar 1796.

G

149. Schiller

⟨Jena.⟩ Den 31. Jenn. 96.

Ich wünsche Glück zu dem erwünschten Ausgang der Festivität, die sich ganz artig und lieblich mag ausgenommen haben. Die Irrlichter haben mich besonders gefreut.

Meyers Briefe bringen Sie wohl mit, wenn Sie herkommen. Ich bin sehr erwartend, wie es sich nach und nach in ihm klären und präzipitieren wird. Da die Nachricht von den Kantischen Konfigurationen nur in dem Briefe an die Herzogin vorkommt, so ist sie hoffentlich ein Spaß: eine so köstliche Neuigkeit würde er wohl Ihnen bestimmter gemeldet haben.

Daß Reichardt der Herausgeber des J⟨ournals⟩ *Deutschland* ist, darauf können Sie Sich verlassen; so wie auch darauf, daß er sich (oder doch der Rezensent, welches uns hier ganz Eins ist) gegen die Unterhaltungen sehr viel herausnimmt, obgleich er Sie bei andern Veranlassungen in der nämlichen Rezension mit vollen Backen lobt. Das Produkt ist unendlich miserabel. Heinses Buch, davon ich die Rezension und näher angesehen, ist sehr getadelt, welches mich ordentlich verdrießt, da eine Dummheit weniger zu rügen ist.

Für unsere Xenien haben sich indessen allerlei Ideen, die aber noch nicht ganz reif sind, bei mir entwickelt. Ich denke auch, daß wenn Sie etwa zu Ende dieser Woche kommen, Sie ein hundert und darüber bei mir finden sollen. Wir müssen die guten Freunde in allen erdenklichen Formen verfolgen, und selbst das poetische Interesse fodert eine solche Varietät innerhalb unsers strengen Gesetzes, bei einem Monodistichon zu bleiben. Ich habe dieser Tage den Homer zur Hand genommen, und in dem Gericht das er über die Freier ergehen läßt eine prächtige Quelle von Parodien entdeckt, die auch schon zum Teil ausgeführt sind; eben so auch in der Nekyomantie, um die verstorbenen Autoren und hie und da auch die lebenden zu plagen.

Denken Sie auf eine Introduktion Newtons in der Unterwelt – Wir müssen auch hierin unsere Arbeiten ineinander verschränken.

Beim Schlusse denke ich geben wir noch eine Komödie in Epigrammen. Was meinen Sie?

Meine Frau grüßt Sie schönstens. Kommen Sie nur recht bald.

Sch.

150. Goethe

⟨Weimar, 4. Februar 1796⟩

Die erste Abschrift der Xenien ist endlich fertig geworden und ich schicke sie sogleich um so mehr, da ich vor den 14ten dieses nicht nach Jena kommen kann. Sie sehen zusammen schon ganz lustig aus, nur wird es ganz gut sein, wenn wieder einmal eine poetische Ader durch die Sammlung durchfließt, meine letzten sind, wie Sie finden werden, ganz prosaisch, welches, da ihnen keine Anschauung zum Grunde liegt, bei meiner Art wohl nicht anders sein kann.

Vielleicht schicke ich Ihnen das 7te Buch meines Romans in kurzer Zeit, ich arbeite es jetzt nur aus dem Gusse des Diktierens ins Reine, was weiter daran zu tun ist wird sich finden wenn das 8te Buch eben so weit ist und wir das ganze recht lebhaft und ernsthaft durchgesprochen haben. Ich habe diese Tage das Werk des Cellini über das mechanische verschiedener Künste von Göttingen erhalten. Es ist trefflich geschrieben und sowohl die Vorrede als das Werk selbst gibt über den wunderbaren Mann schöne Aufschlüsse. Ich habe mich daher gleich wieder an sein Leben gemacht, allein die Schwierigkeiten der Behandlung bleiben immer dieselben. Ich will nur anfangen einige interessante Stellen zu übersetzen und erwarten was sich weiter macht. An einem Leben ist ohnedem weiter nichts, nach meiner realistischen Vorstellungsart, als das Detail, besonders nun gar bei einem Partikulier, wo keine Resultate zu denken sind deren Weite und Breite uns allenfalls imponieren könnten, und bei einem Künstler, dessen Werke, die bleibenden Wirkungen seines Daseins nicht vor unsern Augen stehn. Vielleicht bringe ich noch, ehe ich zu Ihnen komme ein hübsches

Pensum zusammen und es wird sich alsdenn näher ergeben was zu tun ist.

Wie kommt es, daß das neue Stück der Horen so lange außen bleibt?

Die erste Repräsentation der neuen Oper ist glücklich vorbei und wir haben den Beifall der Masse; sie nimmt sich auch wirklich zusammen recht artig aus. Die Musik ist nicht tief aber angenehm die Kleider und Dekorationen taten gute Wirkung. Ich werde Ihnen ehestertags das Buch schicken, damit Sie doch sehen was das deutsche Theater für einen wunderlichen und erzdeutschen Gang nimmt. Leben Sie recht wohl, und grüßen Ihre liebe Frau, ich hoffe bald aus meiner, für den stärksten Realisten zu starken, Lebensart zu Ihnen in den Hafen zu gelangen. W. d. 4 Febr 96

G

151. Schiller

Jena den 5. Febr. 96

Die Sammlung wächst uns unter den Händen, daß es eine Lust ist. Es hat mich gefreut auch mehrere politische unter den neuen anzutreffen; denn da wir doch zuverlässig an den unsichern Orten konfisziert werden, so sähe ich nicht, warum wir es nicht auch von dieser Seite verdienen sollten. Sie finden 40–42 neue von mir; gegen 80 andre, die zusammen gehören und in Kleinigkeiten noch nicht ganz fertig sind, behalte ich noch zurück. Reichardt ist gut rekommandiert, aber er muß es noch mehr werden. Man muß ihn auch als Musiker angreifen, weil es doch auch da nicht so ganz richtig ist, und es ist billig, daß er auch bis in seine letzte Festung hinein verfolgt wird, da er uns auf unserem legitimen Boden den Krieg machte.

Daß Sie mit einzelnen Partien aus dem Cellini anfangen wollen, ist mir sehr lieb zu hören. Das wird Sie am besten hinein bringen, denn wo es die Sache leidet, halte ich es immer für besser, nicht mit dem Anfang anzufangen, der immer das schwerste und das leerste ist. Sie schreiben mir nichts, ob ich von Ihnen etwas für das III Horenstück zu hoffen habe. Dies müßte ich aber freilich binnen 3, 4 Wochen spätestens haben. Jetzt lebe ich noch von dem abscheulichen Tourville. Von dem Properz wünschte ich binnen 8 Tagen die zweite Lieferung. Herder hat sich auf unbestimmte Zeit von den Horen dispensiert. Ich weiß nicht, wo diese Kälte herkommt, oder ob er wirklich durch eine andere Arbeit abgehalten wird.

Daß die Horen von diesem 1. Monat noch nicht hier sind ist eigentlich meine Schuld, weil mein Aufsatz, der, den Sie hier lasen, erst vor 4 Wochen abging. 3 Wochen gehen auf die Hin und HerReise und 1 Woche auf den Druck auf. Morgen kommen die Exempl. gewiß, denn das p⟨er⟩ Briefpost übermachte habe ich schon seit dem Montag in Händen. Der neue Druck nimmt sich besser aus, auch das Papier wird mehr Beifall haben.

Auf das neue aus dem Meister freue ich mich, wie auf ein Fest. Auch ich werde, ehe wir über das Ganze sprechen, mich mit dem bisherigen noch mehr familiarisieren.

Körner schreibt mir, daß er zu Ende Mais hieher zu kommen und 14 Tage hier zuzubringen hoffe, worauf ich mich sehr freue. Gewiß wird sein Hiersein auch Ihnen Vergnügen machen. Da auch Schlegel dieses Frühjahr kommt, und vermutlich auch Funk einen Monat hier zubringt, so wird es ziemlich lebhaft bei mir werden.

An Knebeln will ich mit dem HorenExemplare, das ich an Sie beilegen werde abschläglich 15 Ldors senden. Da der Properz nicht soviel Bogen füllt, als ich anfangs dachte, so wird diese Summe, die über die Hälfte des ganzen Honorars beträgt, schon anständig genug sein.

Leben Sie recht wohl. Meine Frau grüßt schönstens

Sch.

152. Schiller

⟨Jena, 7. Februar 1796⟩

Hier endlich die neuverjüngte Hore des 1796sten Jahrs. Sie nimmt sich munterer und ungleich moderner aus als die alte, und mich verdrüßt, daß wir nicht gleich Anfangs so klug gewesen sind.

Für dieses erste Jahr werden die Autoren bei dem weiten Druck noch nichts gewinnen, weil Cotta bei Abschaffung der alten Schrift, bei dem neuen Papier und dem Umschlag neue Kosten gehabt. Es wird also für dieses Jahr, wie er sich ausgebeten, soviel von dem Honorar abgezogen, als das Verhältnis zu dem alten Drucke beträgt.

Daß die Abbestellungen beträchtlich sein mochten, ersehe ich sowohl aus dem *kleineren* Paquet, welches an die hiesigen Buchhandlungen an mich eingeschlossen worden, als auch daraus, daß die hiesige Sächs⟨ische⟩ Post von 4 Exemplarien zwei abbestellte. Wir wollen hoffen, daß dieses Verhältnis nicht durch ganz Deutschland geht. Cottas Klagen sind sehr mäßig und man spürt ihm noch gute Hoffnung an.

Hiebei an Knebeln 1 Hore nebst 15 Ldors, 1 Exemplar an den Herzog und 6 für Sie. Beilage an Herdern bitte besorgen zu lassen.

Kennen Sie einen Medailleur Abramsen in Berlin und haben Sie etwas von seinen Arbeiten gesehen? Er schreibt an mich, meiner Zeichnung wegen, um eine Medaille zu machen. Ich möchte aber doch wissen, was an ihm ist.

Hier einige Dutzend neue Xenien, die seit heut und gestern in Einem Raptus entstanden. Lassen Sie das wandernde Exemplar bald reich ausgestattet wieder zu mir gelangen.

Leben Sie recht wohl

7. Febr. Sch.

153. Goethe

⟨Weimar, 10. Februar 1796⟩

Nachdem uns die Redoute eine Nacht weggenommen, und wir ziemlich spät aufgestanden sind, will ich, um das angekommene Paket nicht aufzuhalten, nur mit wenig Worten anzeigen: daß die Horen in ihrem neuen Gewande und etwas modernerm Putze, der sie recht gut kleidet, nebst dem beiliegenden Gelde bei mir angekommen sind. Die Elegien hoff ich auf den Sonnabend wenn gleich nicht abgeschrieben zu schicken und denke den Montag darauf selbst zu kommen wo wir denn unsere Zustände und Plane durchdenken und durchsprechen werden. Leben Sie recht wohl. Den Beschluß der Abhandlung über die naiven und sentimentalischen Dichter und Menschen habe ich mit großem Vergnügen wieder gelesen, auch höre ich von auswärts daß die ersten Abschnitte sehr gut aufgenommen sind, es kommt nur jetzt darauf an, immer dieselbe Stelle zu treffen und die Wirkung wird wohl nicht ausbleiben.

Weimar den 10ten Febr. 1796. G

Die Bordüren, hoff ich, werden Ihnen gefallen, nur muß man acht haben, daß sie nicht falsch aufgeklebt werden; sie haben zweierlei Lichtseiten, um sie rechts und links gegen die Fenster wenden zu können, auch ist zu bemerken daß die Boukets *fallen*. Die Leute geben nicht immer acht auf diese Hauptpunkte, sie haben mir in meinem Hause eine solche Bordüre ganz falsch aufgeklebt, deswegen ich dieses zur Warnung melde. Ich will das Paket auch von hier frankieren und den Betrag zusammennotieren.

154. Goethe

⟨Weimar, 12. Februar 1796⟩

Wenn Sie nur die versprochene Elegien nicht so notwendig brauchen! denn ich weiß nicht wie ich damit einhalten soll. Schon seit 8 Tagen bin ich darüber und mit Knebel in Konferenz, dadurch ist die Abschrift wieder unrein geworden und muß noch einmal gemacht werden. Wenn es möglich wäre noch 8 Tage Aufschub zu geben, so sollte alles in der Ordnung sein. Ich leide noch immer unsäglich am Karneval und durch die abermalige Ankunft von fremden Prinzen werden unsere Theater und Tanzlustbarkeiten verruckt und gehäuft.

Da ich zum dritten Stücke noch nichts zu liefern weiß; habe ich meine alten Papiere durchgesehen, und darinne wunderliches Zeug, aber meist individuelles und momentanes gefunden, daß es nicht zu brauchen ist. Um wenigstens meinen guten Willen zu zeigen, schicke ich hier eine sehr subjektive Schweitzerreise. Urteilen Sie in wie fern etwas zu brauchen ist, vielleicht wenn man noch irgend ein leidenschäftliches Märchen dazu erfände, so könnte es gehen. Die Gegenden sind hundertmal betreten und beschrieben doch betritt man sie wieder und liest die Beschreibungen noch einmal. Sagen Sie mir Ihre Gedanken darüber, es versteht sich von selbst, daß alles was die Personen bezeichnet müßte vertilget werden.

Leben Sie recht wohl! Mit großer Sehnsucht hoff ich auf den Augenblick Sie wieder zu sehen.

Meyer hat wieder geschrieben er negotiiert die aldobrandinische Hochzeit kopieren zu dürfen wie sehr wünsche ich dieses herrliche Werk in unsern Besitz zu sehen. Die Nachricht von den kantischen Gemälden ist wahr, es steht auch schon eine Nachricht im Merkur, die ich aber leider übersehen habe.

Weimar den 12ten Febr. 1796.

G

155. Schiller

Jena den 12 Febr. 96.

Den schönsten Dank für die Mühe, die Sie mit den Tapeten p übernommen haben. Die Borduren werden sehr gut aussehen. Ich freue mich auf die schönern Wände, die mich nun umgeben werden.

Diese Woche habe ich wieder viel schlaflose Nächte gehabt, und sehr an Krämpfen gelitten. Es ist noch nicht besser, daher ich auch mit meinen Arbeiten nicht vorwärts gekommen bin und wahrscheinlich haben Sie mich jetzt in den Xenien überholt.

Hätte ich meine Zeit nur wenigstens auf eine lustigere Art verloren.

Humboldt wird Ihnen morgen wahrscheinlich selbst schreiben. Mir schrieb er kürzlich, daß jetzt kein Kaviar zu schicken sei.

Haben Sie doch die Güte, wenn Sie hieher kommen, 1) einige MondLandschaften und 2) die Komödiensammlung der letztern Jahre mit zu bringen.

Ich habe vorige Messe ein Buch herausgegeben, das ich gestern angefangen habe, zu lesen. Es ist ein neuer Teil der Memoires, Brantomes Charakteristiken enthaltend, die manchmal recht naiv sind, und die zwar den Gegenstand sehr schlecht, ihn selbst aber desto besser charakterisieren. Diese Sammlung läuft noch immer unter meinem Namen, obgleich ich mich öffentlich davon losgesagt. Dies gehört auch zu den Germanismen.

Leben Sie recht wohl. Ich freue mich von Herzen auf Ihre Ankunft.

Sch.

156. Goethe

⟨Weimar, 13. Februar 1796⟩

Da ich doch nicht wissen kann, ob Sie nicht die Elegien nötig brauchen; so will ich sie lieber heute schicken obgleich nur drei davon abgeschrieben sind. Die übrigen sind lesbar und Sie würden nicht gehindert sein. Können und wollen Sie solche aufheben bis ich hinüber komme, so läßt sich vielleicht über eins und das andere noch sprechen.

Für die überschickten 15 Louis dor dankt der Autor aufs beste.

Der Medailleur Abramson in Berlin ist geschickt, wenn Sie ihm gönnen wollen daß er Ihre Medaille macht, so würde ich raten sich von unserm Klauer en Medaillon erst bossieren zu lassen und einen Gipsabguß nach Berlin zu schicken, hiernach kann er besser arbeiten als nach irgend einer Zeichnung und wer sollte die bei uns auch machen? Schade daß Meyer nicht da ist so könnte man auch gleich etwas vernünftiges zur Gegenseite erfinden. Der Medailleur müßte Klauern bezahlen.

Bei dem Briefe vom 7ten Febr⟨uar⟩ sollen ein Dutzend Xenien liegen, ich habe sie aber nicht gefunden, ob ich gleich die beiliegenden Horenexemplare auf das sorgfältigste durchgeblättert habe. Leider hat mich auch in diesen Tagen weder etwas Xenialisches noch Genialisches angewandelt, ich hoffe mehr als jemals auf eine Ortveränderung, um zu mir selbst zu kommen, leider weiß ich noch nicht ob ich Montags kommen kann.

Es ist mir herzlich leid daß Sie wieder so viel gelitten haben und daß Ihre Einsamkeit Ihnen nicht zu gute kommt, indes mich die Zerstreuung von einer wünschenswerten Tätigkeit abhält. Ich freue mich auch wieder einmal einige Worte von Humbold zu hören er hat wohl getan bei diesem weichen Wetter keinen Kaviar zu schicken.

Vielleicht könnte man aus der Schweitzerreise, die ich Ihnen gestern schickte, die einzelnen ausführlichen Tableaus, zum Beispiel das Münstertal, die Aussicht vom Jura pp herausziehen und ohne Zusammenhang hinstellen. Doch das werden Sie am besten beurteilen, ich hatte nicht Zeit die Hefte, die ich Ihnen schickte durchzulesen und kann über ihren Wert und Unwert nicht urteilen.

Meyer hat wieder geschrieben wahrscheinlich ist er jetzt über der Aldobrandinischen Hochzeit. Er hat die Art, die Antiquen zu beobachten, die er in Dresden angefangen hatte, fortgesetzt; er schreibt: Nun kommt es auf zarte Bemerkungen an der Zeichnung der Augen, der Art, wie die Linien sich schwingen und sich begegnen, wie der Mund gezeichnet und gearbeitet ist, wie die Haare angesetzt sind was für Kenntnisse der Künstler gehabt welcher Theorie er gefolgt sei.

Er hofft auch dem Raphael noch eine neue Seite abzugewinnen.

W. d. 13 Febr. 96 G

157. Schiller

⟨Jena, Anfang März 1796 oder März 1797⟩

Ich sende Ihnen zum Dessert allerlei literarische Curiosa die Horen und unsern Almanach betreffend. Man sieht doch bei diesen Leuten einen weniger schlechten Willen, obgleich das Vermögen schwach ist. Haben Sie die Schnurren gelesen, so seien Sie so gütig, sie mir gleich wieder zurückzuschicken.

Heute Abend bleiben Sie doch bei uns? Sch.

158. Schiller

⟨Jena, nach 6. (8.?) März 1796⟩

Daß Sie den Abend nicht kommen können, beklag ich. Ich befinde mich ganz erträglich, und wir hätten allerlei durchschwatzen können.

Eben ist Niethammer da; wir debattieren über den Begriff des Rechts, und da wird zuweilen ordentlich vernünftig gesprochen.

Auch die kleine Tänzerin vom letzten Ball ist da.

Leben Sie recht wohl. Morgen Abend kommen Sie doch desto zeitiger

Sch.

159. Schiller

Jena den 18. März 96.

Seit Ihrer Abwesenheit ist es mit mir noch immer ganz erträglich gegangen und ich will recht wohl zufrieden sein, wenn es in Weimar nur so kontinuiert. Ich habe an meinen Wallenstein gedacht, sonst aber nichts gearbeitet. Einige Xenien hoffe ich vor der merkwürdigen Konstellation noch zu Stande zu bringen.

Die Zurüstungen zu einem so verwickelten Ganzen, wie ein Drama ist, setzen das Gemüt doch in eine gar sonderbare Bewegung. Schon die allererste Operation, eine gewisse Methode für das Geschäft zu suchen, um nicht zwecklos herumzutappen, ist keine Kleinigkeit. Jetzt bin ich erst an dem Knochengebäude, und ich finde, daß von diesem, eben so wie in der Menschlichen Struktur, auch in dieser dramatischen alles abhängt. Ich möchte wissen, wie Sie in solchen Fällen zu Werk gegangen sind. Bei mir ist die Empfindung anfangs ohne bestimmten und klaren Gegenstand; dieser bildet sich erst später. Eine gewisse musikalische Gemütsstimmung geht vorher, und auf diese folgt bei mir erst die poetische Idee.

Nach einem Brief von Charlotte Kalb hatten wir heute Herdern hier zu erwarten. Ich habe aber nichts von ihm gesehen.

Leben Sie recht wohl. Hier Cellini der vorgestern vergessen wurde. Meine Frau grüßt bestens

Sch.

160. Goethe

⟨Weimar, 21. April 1796⟩

Cellini wartet hier auf, ehe Sie zurück kommen hoffe ich einen guten Anfang zu der folgenden Lieferung gemacht zu haben.

Auch liegt die Anzeige zu Egmont bei, wozu ich, nach Standes Gebühr, die Titulaturen zu setzen bitte. Ich wünsche das Blatt durch den Boten wieder zurück zu erhalten.

Die guten Wirkungen unserer vierwochentlichen Abenteuer werden wir erst nach einiger Zeit der Ruhe und Sammlung empfinden.

Leben Sie recht wohl und haben Sie nochmals Dank für den treuen Beistand. Weimar den 21ten April 1796.

G

161. Schiller

Jena den 21. April 96.

Den schönsten Dank für die prompte Übersendung des Cellini. Das Personen Verzeichnis vom Egmont folgt hier spezifiziert und tituliert zurück.

Wir sind gestern recht wohl hier angelangt, aber mit der halben Seele bin ich noch immer in Weimar. Wie gut der dortige Aufenthalt im physischen und moralischen auf mich gewirkt, fühlte ich schon unmittelbar und es wird sich gewiß in Tat und Wirkung beweisen. Leben Sie recht wohl. Meine Frau empfiehlt sich aufs beste. Montag Abends, noch voll und trunken von der Repräsentation des Egmont sehen wir uns wieder.

Sch.

Der Überbringer bringt zugleich einige Coffre Stränge, die wir von Ihnen mitgenommen.

162. Goethe

⟨Jena, Anfang Mai 1796⟩

Ich will mich heute Abend, und vielleicht morgen den ganzen Tag in der künstlichen Wüste halten, um zu sehen wie es geht und ob ich vielleicht in Ihrer Nähe bleiben kann, welches ich so sehr wünschte. Grüßen Sie die Freunde schönstens. Könnte Körner nicht bald nach Dresden schreiben und die Victoria kommen lassen? er könnte den Besitzer ersuchen den genauesten Preis anzuzeigen und zusichern, daß er entweder die Statue oder das Geld selbst mit zurück bringen wolle. Nur wäre zu bitten, daß sie recht gut eingepackt würde. Leben Sie recht wohl. G.

163. Goethe

⟨Jena, 20. Mai 1796⟩

Ich werde durch einen Boten nach Weimar berufen und gehe sogleich dahin ab. Heute Abend bin ich wieder da und sehe Sie Morgen. Diese Fahrt mache ich gern nach unsrer gestrigen Lektüre, denn wie sehr diese mich vorwärts gebracht hat ist nicht auszudrücken. Schicken Sie doch das Manusk⟨ript⟩ mit diesem Billet an die kleine Frau; wir wollen hoffen daß diese Erweiterung des Publici uns auch etwas fördern werde. Hier einige Xenien und tausend Dank für alles gute. Viel Grüße der Frauen. August freut sich auf Carlen.

G

164. Goethe

⟨Jena, Ende Mai oder Anfang Juni 1796⟩

Eine nicht hält mich zurück, gar zwei sind's die mir gebieten.

Die schöne Übung in Distichen wird uns, wie ich hoffe, endlich dahin führen daß wir uns in einzelnen Hexametern bedeutend ausdrücken. Lassen Sie mich fragen: wann Sie Ihre Villegiatur antreten? Und ob ich Sie heute nach Tische zu Hause antreffe? Ich bitte um den Glas Kubus und das große hohle Prisma.

Der Roman rückt gut von der Stelle. Ich befinde mich in einer wahrhaft poetischen Stimmung denn ich weiß in mehr als Einem Sinne nicht recht was ich will noch soll.

So geht es auch mit meiner Rückkehr nach Weimar. Zur nächsten Lieferung Cellini habe ich einen Stammbaum der Medicis aufgesetzt, insofern sie in dieser Lebensbeschreibung genannt werden.

Was macht das Frauchen. Leben Sie recht wohl und lieben mich?

Auf Hero und Leander habe ich große Hoffnung, wenn mir nur der Schatz nicht wieder versinkt.

G

165. Schiller

Jena 10. Jun 96.

Mögen Sie jetzt wieder in Ruhe sein und die Arbeit gut von statten gehen. Ich bin recht verlangend nach der Ausführung Ihrer vielfachen Ideen, und erwarte recht bald etwas davon. Um die Abschrift der 2 fertigen Stücke bitte ich nochmals. Auch erinnere ich Sie an den Brief den Sie Seltern in Berlin schreiben wollen und worin ich nur in zwei Worten unsers Almanachs zu gedenken bitte. Ich werde, wenn Sie es vorbereitet, alsdann auch an ihn schreiben und ihm etwas zu komponieren schicken.

Hier sende ich Ihnen einige Schriftproben für den Druck des Almanachs. Ich habe dazu mein neuestes Gedicht gewählt, dem ich eine gute Aufnahme wünsche.

Die Proben sehen noch nach nichts aus, weil sie nur roh sind abgezogen worden, aber ich wünschte zu wissen, welche Schrift Sie vorziehen.*

Hier folgen auch die Zeichnungen von Hirt, nebst dem Mskrpt des Meisters.

Meine Frau grüßt aufs schönste.

Zwieback soll nach Verlangen geliefert werden.

Leben Sie recht wohl! Sch.

* Die Proben folgen auf den Montag. Göpferdt ist nicht ganz fertig worden.

166. Goethe

⟨Weimar, 10. Juni 1796⟩

Nachdem ich glücklich in Weimar angekommen bin, habe ich mich sogleich dem strengsten Fleiß ergeben, Cellini, und ich hoffe der Roman, sollen bald davon zeugen. Haben Sie die Güte und mir das siebente Buch nächstens zurück zu schicken. Hier folgen die versprochenen Epigramme, es sind doch dreißig an der Zahl! leider ist auch hier der Haß doppelt so stark als die Liebe. Sobald Sie mit der Zusammenstellung fertig sind so schicken Sie mir das Ganze ja gleich. Dadurch wird manches Xenion, das noch unvollendet da liegt, gewiß völlig fertig, und zu neuen gibt es wieder Anlaß.

Das eine, *der Gefährliche* habe ich nach Ihrer Idee gemacht, vielleicht nehmen Sie die Veränderung auf. Überhaupt wird mich beim Durchgehen der übrigen, im allgemeinen, der Gedanke leiten, daß wir bei aller Bitterkeit uns vor kriminellen Inkulpationen hüten

Die Idylle und noch sonst irgend ein Gedicht, sollen bald auch kommen. Ich genieße nun in meinem Hause den völligsten Urlaub, und erfreue mich über die ungeheuern Pensa die ich vor mir sehe. Haben Sie nochmals Dank für alles gute. Leben Sie recht wohl und lassen mir ja von Sich und von den Ihrigen bald etwas hören. Weimar den 10ten Junius 1796.

G

Der Roman ist heute früh angekommen in wenig Tagen hören Sie und erhalten Sie mehr. Die Zeichnungen zu Hirts Manuskript lagen nicht bei es war wie es scheint eine Göpfertsche Papierprobe.

167. Schiller

Jena den 11. ⟨12.⟩ Jun. 96.

Die gestern überschickten Xenien haben uns viel Freude gemacht, und so überwiegend auch der Haß daran Teil hat, so lieblich ist das Kontingent der Liebe dazu ausgefallen. Ich will die Musen recht dringend bitten, mir auch einen Beitrag dazu zu bescheren. Einstweilen nehmen Sie meine Ceres, als die erste poetische Gabe in diesem Jahre, freundlich auf und fänden Sie einen Anstoß darin, so machen Sie mich doch darauf aufmerksam.

Die Xenien hoffe ich Ihnen auf den nächsten Freitag in Abschrift schicken zu können. Ich bin auch sehr dafür, daß wir nichts kriminelles berühren, und überhaupt das Gebiet des frohen Humors so wenig als möglich verlassen. Sind doch die Musen keine Scharfrichter! Aber schenken wollen wir den Herren auch nichts.

Körner schreibt, daß die Victorie für 8 Ldors erhandelt und also Ihre sei. Er grüßt Sie mit s⟨einem⟩ ganzen Hause aufs schönste.

verte Leben Sie recht wohl.

S.

Herder schrieb mir gestern, und sehr freundschaftlich, schickte mir auch die Humanität. Er verspricht Beiträge sowohl zu den Horen als zum Almanach.

168. Goethe

〈Weimar, 14. Juni 1796〉

Hier kommt, mein Bester! eine ziemliche Sendung. Das Stück Cellini ist um fünf geschriebene Bogen kürzer geworden, die ich überhaupt auslassen will, sie enthalten die weitere Reise nach Frankreich und, weil er diesmal keine Arbeit findet, seine Rückkehr nach Rom. Ich werde davon nur einen kleinen Auszug geben und so kann das nächste Stück seine Gefangenschaft in der Engelsburg enthalten, deren umständliche Erzählung ich auch abkürzen und etwa wieder 14 bis 15 geschriebene Bogen liefern will.

Zugleich kommt auch die *Idylle* und die Parodie. Nicht weniger die Schriftprobe zurück.

Das Gedicht ist gar schön geraten, die Gegenwart und die Allegorie, die Einbildungskraft und Empfindung, das Bedeutende und die Deutung schlingen sich gar schön in einander, ich wünschte es bald zu besitzen.

Die große Schrift gefällt mir ganz wohl, wenn Sie einen Korrektor finden, der vor dem Abdruck nicht allein die falschen, sondern auch die schlechten, Ausgedruckten, ungleichen Buchstaben ausmerzt, und man sich beim Druck mit der Schwärze und sonst alle Mühe gibt, so wird kein großer Unterschied gegen den vorigen Almanach bemerklich werden. Es wäre recht gut wenn Sie sich auch wegen dem Papiere und sonst bald entschieden und sodann anfangen ließen zu drucken. Ich will meine kleinen Beiträge aufs möglichste beschleunigen. Das Gedicht des Cellini auf seine Gefangenschaft werden Sie und Herr Schlegel beurteilen ob es der Mühe einer Übersetzung wert ist. Das Sonnet habe ich schon neulich geschickt, Sie werden es allenfalls an dem bezeichneten Orte einrücken, so wie ich bitte die beikommende Sendung Cellini mit der Feder in der Hand zu lesen, ich habe es nur ein einzigmal durchgehen können.

Die Kupfer will ich sogleich besorgen. Wenn ich erst weiß wer sie macht und was sie kosten sollen, schreibe ich das weitere.

Das siebente Buch des Romans geh ich nochmals durch und hoffe es Donnerstag abzuschicken. Es fehlt nur ein äußeres Compelle so ist das achte Buch fertig und dann können wir uns doch auf manche Weise extendieren. Ich habe einen Brief von Meyer der die gegenwärtige Angst und Konfusion in Rom nicht genug beschreiben kann, er selbst wird nun wohl nach Neapel sein.

Körnern danken Sie recht sehr für die Bemühung wegen der Victorie. Das Kunstwerk wird mir immer werter, es ist wirklich unschätzbar.

Herders zwei neue Bände habe ich auch mit großem Anteil gelesen. Der siebente besonders scheint mir vortrefflich gesehen, gedacht und geschrieben, der achte so viel treffliches er enthält macht einem nicht wohl und es ist dem Verfasser auch nicht wohl gewesen, da er ihn schrieb. Eine gewisse Zurückhaltung, eine gewisse Vorsicht, ein Drehen und Wenden, ein Ignorieren, ein kärgliches Verteilen von Lob und Tadel macht besonders das was er von deutscher Literatur sagt äußerst mager. Es kann auch an meiner augenblicklichen Stimmung liegen, mir kommt aber immer vor, wenn man von Schriften, wie von Handlungen, nicht mit einer liebevollen Teilnahme, nicht mit einem gewissen parteiischen Enthusiasmus spricht, so bleibt so wenig daran das der Rede gar nicht wert ist. Lust, Freude, Teilnahme an den Dingen ist das einzige reelle, und was wieder Realität hervorbringt, alles andere ist eitel und vereitelt nur. Weimar den 14ten Junius 96.

G

169. Schiller

Jena den 17. Jun. 96.

Die Antwort auf Ihren lieben Brief verschieb ich bis Montag und melde Ihnen hiermit bloß, daß wir heut Abend – Voß erwarten, der sich schon durch ein Brieflein angekündigt hat. Er kann nur Einen Tag bleiben, reist Sonntag mit dem frühesten wieder fort und kommt nicht nach Weimar.

Sie hätte er sehr gewünscht, hier zu treffen. Es steht also bei Ihnen ob Sie ihm dieses Vergnügen machen wollen, wozu wir Sie freundlichst einladen. Er kommt von Giebichenstein und bringt hoffentlich auch noch Reichardten mit – eine Szene, worauf ich mich beinahe freute. Leben Sie recht wohl.

verte Sch.

Es ist jetzt gleich 10 Uhr abends und Voß ist noch nicht hier – doch zweifle ich gar nicht, daß er kommt.

170. Goethe

〈Weimar, 18. Juni 1796〉

Es tut mir recht leid, daß ich Voß nicht sehe; gute persönliche Verhältnisse sollte man ja nicht versäumen von Zeit zu Zeit durch die Gegenwart wieder zu erneuern. Leider darf ich mich gegenwärtig nicht einen Augenblick zerstreuen, der Roman ist so gut und glücklich im Gange, daß Sie, wenn es so fort geht, heute über acht Tage das achte Buch erhalten können, und da hätten wir denn doch eine sonderbare Epoche unter sonderbaren Aspekten geschlossen.

Grüßen Sie Voßen recht sehr und erneuern auch in meinen Namen ein Verhältnis, das seiner Natur nach immer besser werden kann.

Sollten noch andere Gäste, wie ich nicht hoffe, gegenwärtig sein, so will ich für dieselben gleich ein Gastgeschenk eingelegt haben

Komm nur von Giebichenstein, von Malepartus! Du bist doch
Reineke nicht, du bist doch nur halb Bär und halb Wolf.

Leben Sie recht wohl, grüßen Sie Ihre liebe Frau und Schlegeln. Ich habe Ihnen viel zu sagen und werde es, wenn das Glück gut ist, gleich in solche Formen bringen daß Sie es zu den Horen und Almanach brauchen können. Adieu. Weimar den 18ten Jun. 96. G

Fast hätte ich vergessen zu sagen daß *Richter* hier ist. Er wird Sie mit Knebeln besuchen und Ihnen gewiß recht wohl gefallen.

171. Schiller

J⟨ena⟩ 18. Jun. 96.

Voß ist noch nicht hier, wenigstens hab ich noch nichts von ihm gesehen. Da ich sehr zweifle, ob Sie kommen werden, so lasse ich diesen Brief, zu dem sich eine schöne Gelegenheit darbietet, immer abgehen.

Die Idylle hat mich beim zweiten Lesen so innig, ja noch inniger als beim ersten bewegt. Gewiß gehört sie unter das schönste, was Sie gemacht haben, so voll Einfalt ist sie, bei einer unergründlichen Tiefe der Empfindung. Durch die Eilfertigkeit, welche das wartende Schiffsvolk in die Handlung bringt, wird der Schauplatz für die zwei Liebenden so enge, so drangvoll und so bedeutend der Zustand, daß dieser Moment wirklich den Gehalt eines ganzen Lebens bekommt. Es würde schwer sein, einen zweiten Fall zu erdenken, wo die Blume des Dichterischen von einem Gegenstande so rein und so glücklich abgebrochen wird. Daß Sie die Eifersucht so dicht daneben stellen, und das Glück so schnell durch die Furcht wieder verschlingen lassen weiß ich vor meinem Gefühl noch nicht ganz zu rechtfertigen, obgleich ich nichts befriedigendes dagegen einwenden kann. Dieses fühle ich nur, daß ich die glückliche Trunkenheit, mit der Alexis das Mädchen verläßt und sich einschifft, gerne immer festhalten möchte.

Herders Buch machte mir ziemlich dieselbe Empfindung wie Ihnen, nur daß ich auch hier, wie gewöhnlich bei seinen Schriften, immer mehr von dem was ich zu besitzen glaubte verliere, als ich an neuen Realitäten dabei gewinne. Er wirkt dadurch, daß er immer aufs Verbinden ausgeht und zusammenfaßt, was andere trennen, immer mehr zerstörend als ordnend auf mich. Seine unversöhnliche Feindschaft gegen den Reim ist mir auch viel zu weit getrieben, und was er dagegen aufbringt, halte ich bei weitem nicht für bedeutend genug. Der Ursprung des Reims mag noch so gemein und unpoetisch sein, man muß sich an den Eindruck halten, den er macht, und dieser läßt sich durch kein Raisonnement wegdisputieren.

An seinen Konfessionen über die deutsche Literatur verdrießt mich, noch außer der Kälte für das Gute, auch die sonderbare Art von Toleranz gegen das elende; es kostet ihm eben so wenig mit Achtung von einem Nicolai, Eschenburg u. a. zu reden, als von dem bedeutendsten, und auf eine seltsame Art wirft er die Stolberge und mich, Kosegarten und wie viel andere noch in Einen Brei zusammen. Seine Verehrung gegen Kleist Gerstenberg und Geßner – und überhaupt gegen alles verstorbene und vermoderte hält gleichen Schritt mit seiner Kälte gegen das Lebendige.

Sie haben unterdessen Richtern kennen lernen. Ich bin sehr begierig, wie Sie ihn gefunden haben. Charlotte Kalb ist hier um die Fr. v. Stein zu pflegen. Sie sagt mir daß es sich mit Iffland so gut als zerschlagen habe und spricht überhaupt mit großer Kälte von dieser Akquisition für das Weimarische Theater. Der Enthusiasmus für Iffland scheint sich noch einige Monate früher, als wir dachten, verloren zu haben.

Humboldt wird Ihnen nun wohl schon selbst geschrieben haben. Er ist von der Idylle ganz außerordentlich befriedigt. Auch schreibt er daß der Cellini allgemein gefalle.

Die Xenien erhalten Sie auf den Montag. Zur Verknüpfung der verschiedenartigen Materien sind noch manche neue nötig, wobei ich auf Ihren guten Genius meine Hoffnung setze. Die Homerischen Parodien habe ich, weil sie sich an das Ganze nicht anschließen wollen, herauswerfen müssen, und ich weiß noch nicht recht, wie ich die Totenerscheinungen werde unterbringen können. Gar zu gern hätte ich die lieblichen und gefälligen Xenien an das Ende gesetzt, denn auf den Sturm muß die Klarheit folgen. Auch mir sind einige in dieser Gattung gelungen, und wenn jeder von uns nur noch ein Dutzend in dieser Art liefert, so werden die Xenien sehr gefällig endigen.

Leben Sie recht wohl. Meine Frau grüßt Sie aufs schönste. Mit ihrer Gesundheit ist es noch das alte.

Sch.

172. Schiller

Jena den 20. Jun 96.

Voß ist doch nicht gekommen; er schrieb nur kurz, daß unangenehme Störer die Reise rückgängig machten. Es tut mir wirklich leid, seine persönliche Bekanntschaft nicht gemacht zu haben, indessen wäre sie mit einem sehr unangenehmen Auftritt erkauft worden, weil Reichardt, wie ich heute von Hallischen Fremden erfuhr, ihn wirklich hat begleiten wollen. Die unvermeidliche Grobheit, die ich gegen diesen Gast hätte beweisen müssen, würde Voßen in große Verlegenheit gesetzt, und wahrscheinlich ganz und gar verstimmt haben.

Zu den Progressen die der Roman macht wünsche ich von Herzen Glück. Der Tag der mir den Rest bringt, soll auch mir ein Fest sein.

Die neue Lieferung Cellini hat mich wieder sehr unterhalten. Die Krankheitsgeschichte ist ganz prächtig; auch die Begebenheiten in Florenz interessieren sehr und schließen sich schön an die Geschichte dieses Hauses. Die närrische Mixtur von Galanterie und Grobheit in dem Freund Benvenuto ist gar amüsant.

Die Xenien kann ich heute noch nicht mitschicken. Mein Abschreiber ist ausgeblieben.

Leben Sie recht wohl. Alle Neune seien mit Ihnen!

Meine Frau grüßt schön. Den Zwieback haben Sie wohl, nebst meinem Brief vom Sonnabend erhalten?

Sch.

173. Goethe

⟨Weimar, 21. und 22. Juni 1796⟩

Ihre zwei lieben und werten Briefe, nebst dem Zwieback, habe ich erhalten und da heute früh das Pensum am Romane geschrieben ist, will ich dieses Blatt für morgen voraus diktieren.

Noch rückt das achte Buch ununterbrochen fort, und wenn ich die zusammentreffenden Umstände bedenke, wodurch etwas beinahe unmögliches, auf einem ganz natürlichen Wege, noch endlich wirklich wird so möchte man beinahe abergläubisch werden, so viel ist gewiß, daß mir gegenwärtig die lange Gewohnheit, Kräfte, zufällige Ereignisse, Stimmungen und wie sich uns angenehmes und unangenehmes aufdringen mag, im Augenblicke zu nutzen, sehr zu statten kommt; doch scheint meine Hoffnung es schon künftigen Sonnabend zu schicken voreilig gewesen zu sein.

Ihr Gedicht, die *Klage der Ceres* hat mich wieder an verschiedene Versuche erinnert, die ich mir vorgenommen hatte um jene Idee, die Sie so freundlich aufgenommen und behandelt haben, noch weiter zu begründen. Einige sind mir auch ganz unvermutet geglückt und da ich eben voraussehen kann in diesen schönen Sommermonaten einige Zeit zu Hause zu bleiben, so habe ich gleich Anstalt gemacht eine Anzahl Pflanzen im Finstern zu erziehen um als dann meine Erfahrungen mit denen, die schon bekannt sind, zu vergleichen.

Daß Voß nicht gekommen ist, gefällt mir nicht an ihm, besonders da Sie sich, wie ich erst aus Ihrem Briefe sehe, noch einander nicht persönlich kennen. Es ist das eine Art von Schluderei und Unattention, deren man sich wohl in jüngern Jahren leider schuldig macht, vor der man sich aber, wenn man einmal Menschen schätzen lernt, so sehr als möglich hüten sollte. am Ende hat ihn doch Reichardt abgehalten, denn daß diesem bei seinem Halbverhältnis zu uns nicht wohl sein kann ist nur zu deutlich.

Zelter in Berlin ist präpariert. Es wäre gut, wenn Sie nun auch gleich an ihn schrieben. Ich habe ein Lied Mignons das ich gerne in Ihren Almanach setzen möchte, im Roman wird es nur erwähnt. Es wäre die Frage ob man Ungern selbst darüber nicht ein vertraulich Wort sagen sollte, wenn auch eine solche Erklärung auskäme, so wäre doch die Kriegs Erklärung geschehen, zu der wir je eher, je lieber schreiten sollten.

Xenien habe ich wieder einige Dutzend, nur gerade nicht von der notwendigsten Gattung.

Daß die Idylle bei näherer Betrachtung Stand und Stich hält, freut mich sehr. Für die Eifersucht am Ende habe ich zwei Gründe. Einen aus der Natur: weil wirklich jedes unerwartete und unverdiente Liebesglück die Furcht des Verlustes unmittelbar auf der Ferse nach sich führt, und einen aus der Kunst weil die Idylle durchaus einen pathetischen Gang hat und also das leidenschaftliche bis gegen das Ende gesteigert werden mußte, da sie denn durch die Abschiedsverbeugung des Dichters wieder ins leidliche und heitere zurückgeführt wird. So viel zur Rechtfertigung des unerklärlichen Instinktes, durch welchen solche Dinge hervorgebracht werden

Richter ist ein so kompliziertes Wesen, daß ich mir die Zeit nicht nehmen kann Ihnen meine Meinung über ihn zu sagen, Sie müssen und werden ihn sehen und wir werden uns gern über ihn unterhalten. Hier scheint es ihm übrigens wie seinen Schriften zu gehn, man schätzt ihn bald zu hoch, bald zu tief und niemand weiß das wunderliche Wesen recht anzufassen.

Mit Cellini glückt es uns durchaus und da es auch unsere Konvenienz ist, so lassen Sie uns das Eisen schmieden, so lange es warm bleibt. Sagen Sie mir wann Sie wieder eine Lieferung brauchen.

Hier lege ich Ihnen ein Pasquill bei, das Sie in eine ganz eigene Welt führen wird, und das, ob es schon sehr ungleich ist, doch einige Kapitalspäße enthält und gewisse Hasenfüße, Heuchler, Philister und Pedanten toll genug durchnimmt, lassen Sie es niemand sehen und schicken es gleich wieder zurück.

abgesch⟨ickt⟩ d. 22. Juni 96

G

174. Schiller

⟨Jena,⟩ 24. Jun. ⟨1796⟩

Sie haben wohl recht, daß die Broschüre mich in eine eigene Welt führen werde. Mein Lebenlang hätte ich in mir selbst so eine Fratzensammlung nicht zusammen bringen können, und jeder Strich trägt den Stempel daß man aus der Natur geschöpft hat. Es ist wirklich kein unmerkwürdiges Machwerk, so grob und plump es auch ist und hat mich recht divertiert. Auch das gefällt mir, daß die politischen Feindschaften doch auch einen humoristischen Ausdruck zu nehmen anfangen. Es sollte wirklich Nachahmer finden.

Meyers Lebhaftigkeit hat mich recht belustigt, und daß er mitten in seinem Italien die deutschen Affen und Esel sich so herzlich angelegen sein läßt. Schreiben Sie ihm nur, daß es ganz von ihm abhänge, wann er sich in dieses Gefecht der Trojer und Achäer mischen wolle. Er kann es gleich in dem ersten Brief tun, den er an Sie schreibt, und den wir drucken lassen können.

Humboldt schrieb mir vorigen Mittwoch nur zwei Zeilen, um sein Nichtschreiben zu entschuldigen, auch bei Ihnen. Er wird Ihnen Morgen die Idylle zurücksenden, auf die er gerne ausführlich antworten wollte. Seine Mutter wird bald sterben, und das hält ihn dann wahrscheinlich länger in B⟨erlin⟩ fest.

An Zelter schreibe ich, sobald ich ihm etwas zu senden weiß. Rieten Sie mir, meine Ceres komponieren zu lassen? Für den Gesang wär sie wohl ein gutes Thema, wenn sie nicht zu groß ist. Indes haben wir, außer dem was von Ihnen ist, wenig anderes für die Musik zu hoffen.

Daß Sie ein Lied aus dem Meister in den Almanach geben können, ist köstlich. Nun wahrhaftig, wir wollen auf den diesjährigen Almanach uns etwas einbilden.

Die Xenien erhalten Sie Montag früh ganz gewiß. Es sind, nach Abzug der weggebliebenen, noch 630–40, und ich denke nicht, daß mehr als 15 oder 20 von diesen werden ausgemustert werden. Da der Zusammenhang und die Vollständigkeit wohl noch 80 neu nötig machen, so wird die Zahl wohl auf 700 bleiben.

Montag ein mehreres. Leben Sie recht wohl. Sch.

175. Goethe

⟨Weimar, 25. Juni 1796⟩

Es ist mir sehr lieb, daß Ihnen das Fastnachtsspiel aus der andern Welt den gehörigen Spaß gemacht hat, ich will doch nach den neuesten Reichstagssachen fragen, und besonders nach einigen Broschüren, die in dieser angeführt sind, es wäre lustig wenn wir auch ein Dutzend Xenien in jene Weltgegend werfen könnten.

Schicken Sie mir diese lustigen Brüder nicht eher, als bis Sie den Roman haben, er kommt zu Anfang künftiger Woche, durch einen eigenen Boten, der die Xenien, wenn Sie solche parat halten alsdann mit zurück nehmen kann.

Lesen Sie das Manuskript erst mit freundschaftlichem Genuß und dann mit Prüfung und sprechen Sie mich los, wenn Sie können. Manche Stellen verlangen noch mehr Ausführung, manche fordern sie, und doch weiß ich kaum was zu tun ist, denn die Ansprüche, die dieses Buch an mich macht, sind unendlich und dürfen, der Natur der Sache nach, nicht ganz befriedigt werden, obgleich alles gewissermaßen, aufgelöst werden muß. Meine ganze Zuversicht ruht auf Ihren Forderungen und Ihrer Absolution. Das Manuskript ist mir unter den Händen gewachsen und überhaupt hätte ich, wenn ich in der Darstellung hätte wollen weitläufiger sein, und mehr Wasser des Raisonnements hätte zugießen wollen, ganz bequem aus dem letzten Bande zwei Bände machen können; so mag er denn aber doch in seiner konzentrierten Gestalt besser und nachhaltiger würken.

Grüßen Sie Humbold wenn Sie ihm schreiben. An Zelter wollen wir ehestens etwas zusammenmachen, als dann können Sie ja auch die Ceres immer zum Versuche mitschicken. Leben Sie recht wohl, grüßen Sie die liebe Frau, und schreiben Sie mir bald etwas von Ihrem beiderseitigen Befinden. Weimar den 25$^{\underline{ten}}$ Jun: 1796. G

176. Goethe

⟨Weimar, 26. Juni 1796⟩

Hier schicke ich endlich das große Werk und kann mich kaum freuen daß es so weit ist, denn von einem so langen Wege kommt man immer ermüdet an. Ich habe es auch nur einmal durchsehen können und Sie werden also manches nach der Intention zu supplieren haben. Es muß auf alle Fälle noch einmal durchgearbeitet und abgeschrieben werden.

Wenn Sie dem Boten die Xenien mit zurückgeben können, so soll es mir angenehm sein.

Ich habe in den nächsten 10 bis 12 Tagen manches in allerlei Geschäften nachzuholen, mit denen ich wenigstens in Konnexion bleiben muß, alsdann hoffe ich die Horen und den Almanach am besten zu bedenken.

Das Lied von Mignon habe ich, wie Sie sehen werden, des

Effekts wegen, doch einschalten müssen. es gibt aber vielleicht ein anderes das im Almanach nachzubringen ist.

Leben Sie recht wohl möge Sie diese Sendung recht gesund antreffen. Ich wünsche dieses Buch nicht eher zurück als bis ich ganz bei mir aufgeräumt habe. Ich hoffe bald von Ihnen zu hören. Weimar den 26ten Jun. 96.

G

177. Schiller

⟨Jena,⟩ 27. Jun. ⟨1796⟩

Herzlichen Dank für die Sendung. Sie trifft mich bei heiterm Sinne, und ich hoffe, sie mit ganzer Seele zu genießen.

Der Abschied von einer langen und wichtigen Arbeit ist immer mehr traurig als erfreulich. Das ausgespannte Gemüt sinkt zu schnell zusammen und die Kraft kann sich nicht sogleich zu einem neuen Gegenstand wenden. Eigentlich sollten Sie jetzt etwas zu *handeln* bekommen, und einen lebendigen Stoff bearbeiten.

Von den Xenien sende ich durch den Boten was fertig ist. Noch 80 sind ohngefähr zurück, die das BotenMädchen bringen soll. Ich bin eben daran, diese, es sind gerade die freundlichen, mit einigen neuen zu vermehren, die eine glückliche Stimmung mir dargeboten hat. Überhaupt hoffe ich, daß der Schluß sehr gut ausfallen soll. Sie werden unter den hier folgenden gegen 100 neue Bekannte finden, und einige ältere vermissen. Warum ich diese wegließ, läßt sich mündlich sagen. Streichen Sie nun ohne Schonung alles, was Ihnen aus irgend einer Rücksicht anstößig ist, weg. Unser Vorrat leidet eine strenge Wahl.

In das Mskrpt lassen Sie Ihren Spiritus nichts schreiben. Ich schickte dasselbe gern an Humboldt, der durch die Verschiedenheit der Handschrift dem Verfasser nicht auf die Spur geführt werden soll. Fallen Ihnen Überschriften ein, so bitte ich sie mit dem Bleistift zu bemerken.

Um die Zahl der poetischen und gefälligen Xenien zu vermehren, wünschte ich Sie zu veranlassen, daß Sie durch die wichtigsten Antiken und die schönern italienischen MalerWerke eine Wanderung anstellten. Diese Gestalten leben in Ihrer Seele, und eine gute Stimmung wird Ihnen über jede einen schönen Einfall darbieten. Sie sind um so passendere Stoffe, da es lauter Individua sind.

Leben Sie recht wohl, freuen Sie Sich des Lebens und Ihres Werks. Wer hätte denn in der Welt sonst Ursache zur Freude?

Meine Frau grüßt Sie herzlich und schmachtet recht nach dem achten Buche.

Sch.

178. Schiller

⟨Jena, 28. Juni 1796⟩

Erwarten Sie heute noch nichts Bestimmtes von mir über den Eindruck den das 8te Buch auf mich gemacht. Ich bin beunruhigt und bin befriedigt, Verlangen und Ruhe sind wunderbar vermischt. Aus der Masse der Eindrücke, die ich empfangen, ragt mir in diesem Augenblick Mignons Bild am stärksten hervor. Ob die so stark interessierte Empfindung hier noch mehr fodert, als ihr gegeben worden weiß ich jetzt noch nicht zu sagen. Es könnte auch zufällig sein, denn beim Aufschlagen des Mskrpts fiel mein Blick zuerst auf das Lied, und dies bewegte mich so tief, daß ich den Eindruck nachher nicht mehr auslöschen konnte.

Das Merkwürdigste an dem TotalEindruck scheint mir dieses zu sein, daß Ernst und Schmerz durchaus wie ein Schattenspiel versinken und der leichte Humor vollkommen darüber Meister wird. Zum Teil ist mir dieses aus der leisen und leichten Behandlung erklärlich; ich glaube aber noch einen andern Grund davon in der theatralischen und romantischen Herbeiführung und Stellung der Begebenheiten zu entdecken. Das Pathetische erinnert an den Roman, alles übrige an die Wahrheit des Lebens. Die schmerzhaftesten Schläge, die das Herz bekommt, verlieren sich schnell wieder, so stark sie auch gefühlt werden, weil sie durch etwas wunderbares herbeigeführt wurden, und deswegen schneller als alles andere an die Kunst erinnern. Wie es auch sei, soviel ist gewiß, daß der Ernst in dem Roman nur Spiel, und das Spiel in demselben der wahre und eigentliche Ernst ist, daß der Schmerz der Schein und die Ruhe die einzige Realität ist.

Der so weise aufgesparte Friedrich, der durch seine Turbulenz am Ende die reife Frucht vom Baume schüttelt und zusammen weht was zusammen gehört, erscheint bei der Katastrophe gerade so, wie einer, der uns aus einem bänglichen Traum durch Lachen aufweckt. Der Traum flieht zu den andern Schatten, aber sein Bild bleibt übrig, um in die Gegenwart einen höheren Geist, in die Ruhe und Heiterkeit einen poetischen Gehalt eine unendliche Tiefe zu legen. Diese Tiefe bei einer ruhigen Fläche, die überhaupt genommen Ihnen so eigentümlich ist, ist ein vorzüglicher Charakterzug des gegenwärtigen Romans.

Aber ich will mir heute nichts mehr darüber zu sagen erlauben, so sehr es mich auch drängt; ich könnte Ihnen doch jetzt nichts reifes geben. Könnten Sie mir vielleicht das Konzept vom siebenten Buche, wovon die Abschrift für Ungern gemacht worden ist, schicken, so wäre mirs sehr dienlich, das Ganze durch alle seine Details zu begleiten. Obgleich ich es noch in frischem Gedächtnis habe, so könnte mir doch manches kleinere Glied der Verbindung entschlüpft sein.

Wie trefflich sich dieses achte Buch an das sechste anschließt und wieviel überhaupt durch die anticipation des letztern gewonnen worden ist, sehe ich klar ein. Ich möchte durchaus keine andere Stellung der Geschichte als gerade diese. Man kennt die Familie schon so lange ehe sie eigentlich kommt, man glaubt in eine ganz anfanglose Bekanntschaft zu blicken; es ist eine Art von optischem Kunstgriff der eine treffliche Wirkung macht.

Einen köstlichen Gebrauch haben Sie von des Großvaters Sammlung zu machen gewußt; sie ist ordentlich eine mitspielende Person, und rückt selbst an das lebendige.

Doch genug für heute. Auf den Sonnabend hoffe ich Ihnen mehr zu sagen.

Hier der Rest der Xenien. Was heute folgt, ist wie Sie sehen noch nicht in dem gehörigen Zusammenhang, und alle meine Versuche, die verschiedenen Gruppen zusammen zu bringen, sind mir mißglückt. Vielleicht helfen

Sie mir aus der Not. Es wäre gar zu schön, wenn wir diese letzte Partie recht reich ausstatten könnten.

Wenn ich den neuen Cellini in 3 Wochen erhalte, so ist es gerade noch Zeit.

Leben Sie recht wohl. Herzliche Grüße von meiner Frau, die eben im Roman vertieft ist.

Von Hesperus habe ich Ihnen noch nichts geschrieben. Ich habe ihn ziemlich gefunden, wie ich ihn erwartete; fremd wie einer der aus dem Mond gefallen ist, voll guten Willens und herzlich geneigt, die Dinge außer sich zu sehen, nur nicht mit dem Organ, womit man sieht. Doch sprach ich ihn nur einmal und kann also noch wenig von ihm sagen.

Sch.

Jena den 28. Jun. 96.

179. Goethe

⟨Weimar, 29. Juni 1796⟩

Herzlich froh bin ich daß wir auch endlich diese Epoche erreicht haben und daß ich Ihre ersten Laute über das achte Buch vernehme. Unendlich viel ist mir das Zeugnis wert daß ich, im Ganzen, das was meiner Natur gemäß ist, auch hier, der Natur des Werks gemäß hervorgebracht habe. Ich schicke hier das siebente Buch und werde, wenn ich Ihre Gesinnungen erst umständlicher weiß mich mit Lust nochmals ans achte begeben.

Etwa 8 Tage wird meine Zeit durch äußere Geschäfte aufgezehrt werden, welches auch recht gut ist, denn man würde zuletzt über die Märchen selbst zur Fabel. Alsdann sollen die Xenien, Cellini und der Roman den übrigen Juli in sich teilen. Ich habe beinah Ihre Lebensart erwählt und geh auch kaum aus dem Hause.

Die neuen Xenien von der würdigen, ernsten und zarten Art sind Ihnen sehr glücklich geraten, ich habe zu Completierung dieser Sammlung, auch von meiner Seite, allerlei Aussichten wenn sich nur die Stimmung dazu findet.

Es ist mir doch lieb daß Sie Richtern gesehen haben, seine Wahrheitsliebe und sein Wunsch etwas in sich aufzunehmen hat mich auch für ⟨ihn⟩ eingenommen. Doch der gesellige Mensch ist eine Art von Theoretischen Menschen und wenn ich es recht bedenke, so zweifle ich ob Richter im praktischen Sinne sich jemals uns nähern wird, ob er gleich im Theoretischen viele Anmutung zu uns zu haben scheint.

Leben Sie recht wohl und lassen uns diesen Monat viel aneinander schreiben, denn das, was geschehen soll verlangt viel Aufmunterung. Weimar den 29ten Juni. 1796.

G

180. Goethe

⟨Weimar, 1. Juli 1796⟩

Da ich nicht weiß, ob ich morgen früh Ihnen werde etwas sagen können, indem ich von allerlei äußeren Dingen gedrängt bin; so schicke ich einstweilen das *Belobungsschreiben,* welches ich von Humbold erhalten habe. Sowohl das viele Gute, was er sagt als auch die kleinen Erinnerungen nötigen mich auf dem schmalen Wege auf dem ich wandle desto vorsichtiger zu sein; ich hoffe von Ihren Bemerkungen über das achte Buch eine gleiche Wohltat. Leben Sie recht wohl, nächstens mehr.

Weimar den 1ten Julius. 1796.

G

181. Schiller

Jena den 2 Jul. 96.

Ich habe nun alle 8 Bücher des Romans aufs neue, obgleich nur sehr flüchtig durchlaufen, und schon allein die Masse ist so stark, daß ich in 2 Tagen kaum damit fertig worden bin. Billig sollte ich also heute noch nichts schreiben, denn die erstaunliche und unerhörte Mannichfaltigkeit, die darin, im eigentlichsten Sinne, *versteckt* ist, überwältigt mich. Ich gestehe daß ich bis jetzt zwar die *Stetigkeit,* aber noch nicht die *Einheit* recht gefaßt habe, obwohl ich keinen Augenblick zweifle, daß ich auch über diese noch völlige Klarheit erhalten werde, wenn bei Produkten dieser Art die Stetigkeit nicht schon mehr als die halbe Einheit ist.

Da Sie, unter diesen Umständen, nicht wohl etwas ganz genugtuendes von mir erwarten können, und doch etwas zu hören wünschen, so nehmen Sie mit einzelnen Bemerkungen vorlieb, die auch nicht ganz ohne Wert sind, da sie ein unmittelbares Gefühl aussprechen werden. Dafür verspreche ich Ihnen, daß diesen ganzen Monat über die Unterhaltung über den Roman nie versiegen soll. Eine würdige und wahrhaft ästhetische Schätzung des ganzen Kunstwerks ist eine große Unternehmung. Ich werde ihr die nächsten 4 Monate ganz widmen und mit Freuden. Ohnehin gehört es zu dem schönsten Glück meines Daseins, daß ich die Vollendung dieses Produkts erlebte, daß sie noch in die Periode meiner strebenden Kräfte fällt, daß ich aus dieser reinen Quelle noch schöpfen kann; und das schöne Verhältnis, das unter uns ist, macht es mir zu einer gewissen Religion, Ihre Sache hierin zu der meinigen zu machen, alles was in mir Realität ist, zu dem reinsten Spiegel des Geistes auszubilden, der in dieser Hülle lebt, und so, in einem höheren Sinne des Worts, den Namen Ihres Freundes zu verdienen. Wie lebhaft habe ich bei dieser Gelegenheit erfahren, daß das Vortreffliche eine Macht ist, daß es auf selbstsüchtige Gemüter auch nur als eine Macht wirken kann, daß es, dem Vortrefflichen gegenüber keine Freiheit gibt als die Liebe.

Ich kann Ihnen nicht beschreiben, wie sehr mich die Wahrheit, das schöne Leben, die einfache Fülle dieses Werks bewegte. Die Bewegung ist zwar noch unruhiger als sie sein wird, wenn ich mich desselben ganz bemächtigt habe, und das wird dann eine wichtige Krise meines Geistes sein; sie ist aber doch der Effekt des Schönen, nur des Schönen, und die Unruhe rührt bloß davon her, weil der Verstand die Empfindung noch nicht hat einholen können. Ich verstehe Sie nun ganz, wenn Sie sagten, daß es eigentlich das Schöne, das Wahre sei, was Sie, oft bis zu Tränen, rühren könne. Ruhig und tief, klar und doch unbegreiflich wie die Natur so wirkt es und so steht es da, und alles, auch das kleinste Nebenwerk, zeigt die schöne Gleichheit des Gemüts, aus welchem alles geflossen ist.

Aber ich kann diesen Eindrücken noch keine Sprache geben, auch will ich jetzt nur bei dem achten Buche stehen bleiben. Wie ist es Ihnen gelungen, den großen so weit auseinander geworfenen Kreis und Schauplatz von Personen und Begebenheiten wieder so eng zusammen zu rücken. Es steht da wie ein schönes Planetensystem, alles gehört zusammen, und nur die italienischen Figuren knüpfen, wie Kometen-Gestalten und auch so schauerlich wie diese, das System an ein entferntes und größeres an. Auch laufen alle diese Gestalten, so wie auch Mariane und Aurelie, völlig wieder aus dem Systeme heraus, und lösen sich als fremdartige Wesen davon ab, nachdem sie bloß dazu gedient haben, eine poetische Bewegung darin hervorzubringen. Wie schön gedacht ist es, daß Sie das praktisch ungeheure, das furchtbar pathetische im Schicksal Mignons und des Harfenspielers von dem theoretisch ungeheuren, von den Mißgeburten des Verstandes ableiten, so daß der reinen und gesunden Natur nichts dadurch aufgebürdet wird. Nur im Schoß des dummen Aberglaubens werden diese monstrosen Schicksale ausgeheckt, die Mignon und den Harfenspieler verfolgen. Selbst Aurelia wird nur durch ihre Unnatur, durch ihre Mannweiblichkeit zerstört. Gegen Marianen allein möchte ich Sie eines poetischen Eigennutzes beschuldigen. Fast möchte ich sagen, daß sie dem Roman zum Opfer geworden, da sie der Natur nach zu retten war. Um *sie* werden daher immer noch bittere Tränen fließen, wenn man sich bei den drei andern gern von dem Individuum ab zu der Idee des Ganzen wendet.

Wilhelms Verirrung zu Theresen ist trefflich gedacht, motiviert, behandelt und noch trefflicher benutzt. Manchen Leser wird sie anfangs recht erschrecken, denn Theresen verspreche ich wenig Gönner; desto schöner reißen Sie ihn aber aus seiner Unruhe. Ich wüßte nicht, wie dieses falsche Verhältnis zärter, feiner, edler hätte gelöst werden können! Wie würden sich die Richardsohns und alle andern gefallen haben, eine Szene daraus zu machen, und über dem Auskramen von delikaten Sentiments recht undelikat gewesen sein! Nur Ein kleines Bedenken hab ich dabei. Theresens mutige und entschlossene Widersetzlichkeit gegen die Partei, welche ihr ihren Bräutigam rauben will, selbst bei der erneuerten Möglichkeit Lotharn zu besitzen, ist ganz in der Natur, und trefflich; auch daß Wilhelm einen tiefen Unwillen und einen gewissen Schmerz über die Neckerei der Menschen und des Schicksals zeigt, finde ich sehr gegründet – nur, deucht mir, sollte er den Verlust eines Glücks weniger tief beklagen, das schon angefangen hatte, keines mehr für ihn zu sein. In Nataliens Nähe müßte ihm, scheint mir, seine wieder erlangte Freiheit ein höheres Gut sein, als er zeigt. Ich fühle wohl, die Komplikation dieses Zustands und was die Delikatesse foderte, aber auf der andern Seite beleidigt es einigermaßen die Delikatesse gegen Natalien, daß er noch im Stand ist, ihr gegenüber den Verlust einer Therese zu beklagen!

Eins, was ich in der Verknüpfung der Begebenheiten auch besonders bewundre, ist der große Vorteil, den Sie von jenem falschen Verhältnis Wilhelms zu Theresen zu ziehen gewußt haben, um das wahre und gewünschte Ziel, Nataliens und Wilhelms Verbindung, zu beschleunigen. Auf keinem andern Weg hätte dieses so schön und natürlich geschehen können, als gerade auf dem eingeschlagenen, der davon zu entfernen drohte. Jetzt kann es mit höchster Unschuld und Reinheit ausgesprochen werden, daß W⟨ilhelm⟩ und Natalie für einander gehören, und die Briefe Theresens an Natalien leiten es auf das schönste ein. Solche Erfindungen sind von der ersten Schönheit, denn sie vereinigen alles, was nur gewünscht werden kann, ja was ganz unvereinbar scheinet, sie verwickeln und enthalten schon die Auflösung in sich, sie beunruhigen und führen zur Ruhe, sie erreichen das Ziel, indem sie davon mit Gewalt zu entfernen scheinen.

Mignons Tod, so vorbereitet er ist, wirkt sehr gewaltig und tief, ja so tief, daß es manchen vorkommen wird, Sie verlassen denselben zu schnell. Dies war beim ersten Lesen meine sehr stark markierte Empfindung; beim zweiten, wo die Überraschung nicht mehr war, empfand ich es weniger, fürchte aber doch, daß Sie hier um eines Haares Breite zu weit gegangen sein möchten. Mignon hat gerade vor dieser Katastrophe angefangen weiblicher, weicher zu erscheinen und dadurch mehr durch sich selbst zu interessieren; die abstoßende Fremdartigkeit dieser Natur hatte nachgelassen, mit der nachlassenden Kraft hatte sich jene Heftigkeit in etwas verloren, die von ihr zurückschreckte. Besonders schmelzte das letzte Lied das Herz zu der tiefsten Rührung. Es fällt daher auf, wenn unmittelbar nach dem angreifenden

Auftritt ihres Todes der Arzt eine Spekulation auf ihren Leichnam macht, und das lebendige Wesen, die Person so schnell vergessen kann, um sie nur als das Werkzeug eines artistischen Versuches zu betrachten; eben so fällt es auf, daß Wilhelm, der doch die Ursache ihres Todes ist und es auch weiß, in diesem Augenblick für jene Instrumententasche Augen hat, und in Erinnerungen vergangener Szenen sich verlieren kann, da die Gegenwart ihn doch so ganz besitzen sollte.

Sollten Sie in diesem Falle auch vor der Natur ganz Recht behalten, so zweifle ich, ob Sie auch gegen die »sentimentalischen« Foderungen der Leser es behalten werden, und deswegen möchte ich Ihnen raten – um die Aufnahme einer an sich so herrlich vorbereiteten und durchgeführten Szene bei dem Leser durch nichts zu stören – einige Rücksicht darauf zu nehmen.

Sonst finde ich alles, was Sie mit Mignon, lebend und tot, vornehmen, ganz außerordentlich schön. Besonders qualifiziert sich dieses reine und poetische Wesen so trefflich zu diesem poetischen Leichenbegängnis. In seiner isolierten Gestalt, seiner geheimnisvollen Existenz, seiner Reinheit und Unschuld repräsentiert es die Stufe des Alters auf der es steht so rein, es kann zu der reinsten Wehmut und zu einer wahr menschlichen Trauer bewegen, weil sich nichts als die Menschheit in ihm darstellte. Was bei jedem andern Individuum unstatthaft – ja in gewissem Sinn empörend sein würde, wird hier erhaben und edel.

Gerne hätte ich die Erscheinung des Markese in der Familie noch durch etwas anders als durch seine Kunstliebhaberei motiviert gesehen. Er ist gar zu unentbehrlich zur Entwicklung, und die *Notdurft* seiner Dazwischenkunft könnte leicht stärker als die innere Notwendigkeit derselben in die Augen fallen. Sie haben durch die Organisation des übrigen Ganzen den Leser selbst verwöhnt, und ihn zu strengeren Foderungen berechtigt, als man bei Romanen gewöhnlich mitbringen darf. Wäre nicht aus diesem Markese eine alte Bekanntschaft des Lothario oder des Oheims zu machen und seine Herreise selbst mehr ins Ganze zu verflechten?

Die Katastrophe so wie die ganze Geschichte des Harfenspielers erregt das höchste Interesse, wie vortrefflich ich es finde, daß Sie diese ungeheuren Schicksale von frommen Fratzen ableiten, habe ich oben schon erwähnt. Der Einfall des Beichtvaters, eine leichte Schuld ins ungeheure zu malen, um ein schweres Verbrechen, das er aus Menschlichkeit verschweigt, dadurch abbüßen zu lassen, ist himmlisch in seiner Art, und ein würdiger Repräsentant dieser ganzen Denkungsweise. Vielleicht werden Sie Speratens Geschichte noch ein klein wenig ins kürzere ziehen, da sie in den Schluß fällt, wo man ungeduldiger zum Ziele eilt.

Daß der Harfner der Vater Mignons ist, und daß Sie selbst dieses eigentlich nicht aussprechen, es dem Leser gar nicht hinschieben, macht nur desto mehr Effekt. Man macht diese Betrachtung nun selbst, erinnert sich, wie nahe sich diese zwei geheimnisvollen Naturen lebten und blickt in eine unergründliche Tiefe des Schicksals hinab.

Aber nichts mehr für heute. Meine Frau legt noch ein Brieflein bei und sagt Ihnen ihre Empfindungen bei dem achten Buche.

Leben Sie jetzt wohl, mein geliebter mein verehrter Freund. Wie rührt es mich, wenn ich denke, was wir sonst nur in der weiten Ferne eines begünstigten Altertums suchen und kaum finden, mir in Ihnen so nahe ist. Wundern Sie Sich nicht mehr, wenn es so wenige gibt, die Sie zu verstehen fähig und würdig sind. Die bewundernswürdige Natur, Wahrheit und Leichtigkeit Ihrer Schilderungen entfernt bei dem gemeinen Volk der Beurteiler allen Gedanken an die Schwierigkeit, an die Größe der Kunst, und bei denen, die dem Künstler zu folgen im Stande sein könnten, die auf die Mittel, wodurch er wirkt, aufmerksam sind wirkt die genialische Kraft welche sie hier handeln sehen, so feindlich und vernichtend, bringt ihr bedürftiges Selbst so sehr ins Gedränge, daß sie es mit Gewalt von sich stoßen, aber im Herzen und nur de mauvaise grace Ihnen gewiß am lebhaftesten huldigen

Sch.

182. Schiller

Jena den 3. Jul. 1796.

Ich habe nun Wilhelms Betragen bei dem Verlust seiner Therese im ganzen Zusammenhang reiflich erwogen, und nehme alle meine vorige Bedenklichkeiten zurück. So wie es ist, muß es sein. Sie haben darin die höchste Delikatesse bewiesen, ohne im geringsten gegen die Wahrheit der Empfindung zu verstoßen.

Es ist zu bewundern, wie schön und wahr die drei Charaktere der *Stiftsdame, Nataliens* und *Theresens* nuanciert sind. Die zwei ersten sind heilige, die zwei andern sind wahre und menschliche Naturen; aber eben darum weil Natalie heilig und menschlich zugleich ist, so erscheint sie wie ein Engel, da die Stiftsdame nur eine Heilige, Therese nur eine vollkommene Irdische ist. Natalie und Therese sind beide Realistinnen; aber bei Theresen zeigt sich auch die Beschränkung des Realism, bei Natalien nur der Gehalt desselben. Ich wünschte, daß die Stiftsdame ihr das Prädikat einer schönen Seele nicht weggenommen hätte, denn nur Natalie ist eigentlich eine rein ästhetische Natur. Wie schön daß sie die Liebe, als einen Affekt als etwas ausschließendes und besonderes gar nicht kennt, weil die Liebe ihre Natur, ihr permanenter Charakter ist. Auch die Stiftsdame kennt eigentlich die Liebe nicht – aber aus einem unendlich verschiedenen Grunde.

Wenn ich Sie recht verstanden habe, so ist es gar nicht ohne Absicht geschehen, daß Sie Natalien unmittelbar von dem Gespräch über die Liebe und über ihre Unbekanntschaft mit dieser Leidenschaft den Übergang zu dem Saal der Vergangenheit nehmen lassen. Gerade die Gemütsstimmung, in welche man durch diesen Saal versetzt wird erhebt über alle Leidenschaft, die Ruhe der Schönheit bemächtiget sich der Seele, und diese gibt den besten Aufschluß über Nataliens liebefreie und doch so liebevolle Natur.

Dieser Saal der Vergangenheit vermischt die ästhetische Welt, das Reich der Schatten im idealen Sinn, auf eine herrliche Weise mit dem lebendigen und wirklichen, so wie überhaupt aller Gebrauch, den Sie von den Kunstwerken gemacht, solche gar trefflich mit dem Ganzen verbindet. Es ist ein so froher freier Schritt aus der gebundenen engen

Gegenwart heraus, und führt doch immer so schön zu ihr zurücke. Auch der Übergang von dem mittlern Sarkophag zu Mignon und zu der Wirklichen Geschichte ist von der höchsten Wirkung. Die Inschrift: *gedenke zu leben* ist trefflich, und wird es noch vielmehr, da sie an das verwünschte Memento mori erinnert, und so schön darüber triumphiert.

Der Oheim mit seinen sonderbaren Idiosynkrasien für gewisse Naturkörper ist gar interessant. Gerade solche Naturen haben eine so bestimmte Individualität und so ein starkes Maß von Empfänglichkeit, als der Oheim besitzen muß, um das zu sein, was er ist. Seine Bemerkung über die Musik und daß sie ganz rein zu dem Ohre sprechen solle ist auch voll Wahrheit. Es ist unverkennbar, daß Sie in diesen Charakter am meisten von Ihrer eigenen Natur gelegt haben.

Lothario hebt sich unter allen Hauptcharakteren am wenigsten heraus, aber aus ganz objektiven Gründen. Ein Charakter wie dieser kann in dem Medium, durch welches der Dichter wirkt, nie ganz erscheinen. Keine einzelne Handlung oder Rede stellt ihn dar; man muß ihn sehen, man muß ihn selbst hören, man muß mit ihm leben. Deswegen ist es genug, daß die, welche mit ihm leben, in dem Vertrauen und in der Hochschätzung gegen ihn so ganz einig sind, daß alle Weiber ihn lieben, die immer nach dem TotalEindruck richten, und daß wir auf die Quellen seiner Bildung aufmerksam gemacht werden. Es ist bei diesem Charakter der Imagination des Lesers weit mehr überlassen als bei den andern, und mit dem vollkommensten Rechte; denn er ist ästhetisch, er muß also von dem Leser selbst produziert werden, aber nicht willkürlich sondern nach Gesetzen, die Sie auch bestimmt genug gegeben haben. Nur seine Annäherung an das Ideal macht, daß diese Bestimmtheit der Züge nie zur Schärfe werden kann.

Jarno bleibt sich bis ans Ende gleich, und seine Wahl, in Rücksicht auf Lidien, setzt seinem Charakter die Krone auf. Wie gut haben Sie doch Ihre Weiber unterzubringen gewußt! – Charaktere wie Wilhelm, wie Lothario können nur glücklich sein durch Verbindung mit einem harmonierenden Wesen, ein Mensch wie Jarno kann es nur mit einem kontrastierenden werden; dieser muß immer etwas zu tun und zu denken und zu unterscheiden haben.

Die gute Gräfin fährt bei der poetischen Wirtsrechnung nicht zum besten; aber auch hier haben Sie völlig der Natur gemäß gehandelt. Ein Charakter wie dieser kann nie auf sich selbst gestellt werden, es gibt keine Entwicklung für ihn, die ihm seine Ruhe und sein Wohlbefinden garantieren könnte, immer bleibt er in der Gewalt der Umstände, und daher ist eine Art negativen Zustandes alles, was für ihn geschehen kann. Das ist freilich für den Betrachter nicht erfreulich, aber es ist so, und der Künstler spricht hier bloß das Naturgesetz aus. Bei Gelegenheit der Gräfin muß ich bemerken, daß mir ihre Erscheinung im achten Buche nicht gehörig motiviert zu sein scheint. Sie kommt *zu* der Entwicklung, aber nicht *aus* derselben.

Der Graf souteniert seinen Charakter trefflich, und auch dieses muß ich loben, daß Sie ihn durch seine so gut getroffenen Einrichtungen im Hause an dem Unglück des Harfenspielers schuld sein lassen. Mit aller Liebe zur Ordnung müssen solche Pedanten immer nur Unordnung stiften.

Die Unart des kleinen Felix, aus der Flasche zu trinken, die nachher einen so wichtigen Erfolg herbeiführt, gehört auch zu den glücklichsten Ideen des Plans. Es gibt mehrere dieser Art im Roman, die insgesamt sehr schön erfunden sind. Sie knüpfen auf eine so simple und Naturgemäße Art das Gleichgültige an das Bedeutende und umgekehrt, und verschmelzen die Notwendigkeit mit dem Zufall.

Gar sehr habe ich mich über Werners traurige Verwandlung gefreut. Ein solcher Philister konnte allenfalls durch die Jugend und durch seinen Umgang mit Wilhelm eine Zeitlang emporgetragen werden; sobald diese zwei Engel von ihm weichen, fällt er wie recht und billig, der Materie anheim, und muß endlich selber darüber erstaunen, wie weit er hinter seinem Freunde zurückgeblieben ist. Diese Figur ist auch deswegen so wohltätig für das Ganze, weil sie den Realism zu welchem Sie den Helden des Romans zurückführen erklärt und veredelt. Jetzt steht er in einer schönen menschlichen Mitte da, gleich weit von der *Phantasterei* und der *Philisterhaftigkeit,* und indem Sie ihn von dem Hange zur ersten so glücklich heilen, haben Sie vor der letztern nicht weniger gewarnt.

Werner erinnert mich an einen wichtigen chronologischen Verstoß, den ich in dem Roman zu bemerken glaube. Ohne Zweifel ist es Ihre Meinung nicht, daß Mignon wenn sie stirbt 21 Jahre und Felix zu derselben Zeit 10 oder 11 Jahre alt sein soll. Auch der blonde Fridrich sollte wohl bei seiner letzten Erscheinung noch nicht etliche und zwanzig Jahr alt sein u. s f. Dennoch ist es wirklich so, denn von Wilhelms Engagement bei Serlo bis zu seiner Zurückkunft auf Lotharios Schloß sind wenigstens sechs Jahre verflossen. Werner der im fünften Buche noch unverheuratet war, hat am Anfang des achten schon mehrere Jungens, die »schreiben und rechnen, handeln und trödeln, und deren jedem er schon ein eigenes Gewerb eingerichtet hat.« Ich denke mir also den ersten zwischen dem 5ten und 6ten, den zweiten zwischen dem 4ten und 5ten Jahr, und da er sich doch auch nicht gleich nach des Vaters Tode hat trauen lassen und die Kinder auch nicht gleich da waren, so kommen zwischen 6 und 7 Jahren heraus, die zwischen dem 5ten und 8 Buch verflossen sein müssen.

Humboldts Brief folgt hier zurücke. Er sagt sehr viel wahres über die Idylle, einiges scheint er mir nicht ganz so empfunden zu haben, wie ichs empfinde. So ist mir die treffliche Stelle:

»Ewig, sagte sie leise«

nicht sowohl ihres *Ernstes* wegen schön, der sich von selbst versteht, sondern weil das Geheimnis des Herzens in diesem einzigen Worte auf einmal und ganz, mit seinem unendlichen Gefolge, heraus stürzt. Dieses einzige Wort, an dieser Stelle, ist statt einer ganzen langen Liebesgeschichte, und nun stehen die zwei Liebenden so gegeneinander, als wenn das Verhältnis schon Jahre lang existiert hätte.

Die Kleinigkeiten, die er tadelt, verlieren sich in dem schönen Ganzen; indessen möchte doch einige Rücksicht darauf zu nehmen sein, und seine Gründe sind nicht zu verwerfen. Zwei Trochäen in dem vordern Hemipentameter haben freilich zuviel schleppendes, und so ist es auch mit den übrigen Stellen. Der Gegensatz mit dem *für* einander und *an* einander ist freilich etwas spielend, wenn man es strenge nehmen will – und strenge nimmt man es immer gern mit Ihnen.

Leben Sie recht wohl. Ich habe eine ziemliche Epistel geschrieben, möchten Sie so gerne lesen, als ich schrieb.

Sch.

183. Schiller

Jena. 5. Jul. 96.

Jetzt da ich das Ganze des Romans mehr im Auge habe, kann ich nicht genug sagen, wie glücklich der Charakter des Helden von Ihnen gewählt worden ist, wenn sich so etwas wählen ließe. Kein anderer hätte sich so gut zu einem *Träger* der Begebenheiten geschickt, und wenn ich auch ganz davon abstrahiere, daß nur an einem solchen Charakter das Problem aufgeworfen und aufgelöst werden konnte, so hätte schon zur bloßen *Darstellung* des Ganzen kein anderer so gut gepaßt. Nicht nur der *Gegenstand* verlangte ihn, auch der *Leser* brauchte ihn. Sein Hang zum reflektieren hält den Leser im raschesten Laufe der Handlung still, und nötigt ihn immer vor- und rückwärts zu sehen und über alles was sich ereignet zu denken. Er sammelt so zu sagen den Geist, den Sinn, den *innern* Gehalt von allem ein, was um ihn herum vorgeht, verwandelt jedes dunkle Gefühl in einen Begriff und Gedanken, spricht jedes einzelne in einer allgemeineren Formel aus, legt uns von allem die Bedeutung näher, und indem er dadurch seinen eigenen Charakter erfüllt, erfüllt er zugleich aufs vollkommenste den Zweck des ganzen.

Der Stand und die äußre Lage, aus der Sie ihn wählten, macht ihn dazu besonders geschickt. Eine gewisse Welt ist ihm nun ganz neu, er wird lebhafter davon frappiert und während daß er beschäftigt ist, sich dieselbe zu assimilieren, führt er auch uns in das innere derselben und zeigt uns, was darin reales für den Menschen enthalten ist. In ihm wohnt ein reines und moralisches Bild der Menschheit, an diesem prüft er jede äußere Erscheinung derselben, und indem von der einen Seite die Erfahrung seine schwankenden Ideen mehr bestimmen hilft, rektifiziert eben diese Idee, diese innere Empfindung gegenseitig wieder die Erfahrung. Auf diese Art hilft Ihnen dieser Charakter wunderbar, in allen vorkommenden Fällen und Verhältnissen, das rein menschliche aufzufinden und zusammen zu lesen. Sein Gemüt ist zwar ein treuer aber doch kein bloß passiver Spiegel der Welt, und obgleich seine Phantasie auf sein Sehen Einfluß hat, so ist dieses doch nur idealistisch, nicht phantastisch, poetisch aber nicht schwärmerisch; es liegt dabei keine Willkür der spielenden Einbildungskraft sondern eine schöne moralische Freiheit zum Grunde.

Überaus wahr und treffend schildert ihn seine Unzufriedenheit mit sich selbst, wenn er Theresen seine Lebensgeschichte aufsetzt. Sein Wert liegt in seinem Gemüt, nicht in seinen Wirkungen, in seinem Streben nicht in seinem Handeln; daher muß ihm sein Leben, sobald er einem andern davon Rechenschaft geben will, so gehaltleer vorkommen. Dagegen kann eine Therese und ähnliche Charaktere ihren Wert immer in barer Münze aufzählen, immer durch ein äußers Objekt dokumentieren. Daß Sie aber Theresen einen Sinn, eine Gerechtigkeit für jene höhere Natur geben ist wieder ein sehr schöner und zarter Charakterzug; in ihrer klaren Seele muß sich auch das, was sie nicht in sich hat, abspiegeln können, dadurch erheben Sie sie auf einmal über alle jene bornierte Naturen, die über ihr dürftiges Selbst auch in der Vorstellung nicht hinaus können. Daß endlich ein Gemüt wie Theresens an eine, ihr selbst so fremde, Vorstellungs- und EmpfindungsWeise glaubt, daß sie das Herz, welches derselben fähig ist, liebt und achtet, ist zugleich ein schöner Beweis für die objektive Realität derselben, der jeden Leser dieser Stelle erfreuen muß.

Es hat mich auch in dem 8ten Buche sehr gefreut, daß Wilhelm anfängt, sich jenen imposanten Autoritäten, Jarno und dem Abbe, gegenüber, mehr zu fühlen. Auch dies ist ein Beweis, daß er seine Lehrjahre ziemlich zurückgelegt hat, und Jarno antwortet bei dieser Gelegenheit ganz aus meiner Seele »Sie sind bitter, das ist recht schön und gut, wenn Sie nur erst einmal recht böse werden, so wird es noch besser sein« – Ich gestehe, daß es mir ohne diesen Beweis von Selbstgefühl bei unserm Helden peinlich sein würde, ihn mir mit dieser Klasse so eng verbunden zu denken, wie nachher durch die Verbindung mit Natalien geschieht. Bei dem lebhaften Gefühl für die Vorzüge des Adels und bei dem ehrlichen Mißtrauen gegen sich selbst und seinen Stand, das er bei so vielen Gelegenheiten an den Tag legt, scheint er nicht ganz qualifiziert zu sein, in diesen Verhältnissen eine vollkommene Freiheit behaupten zu können, und selbst noch jetzt, da Sie ihn mutiger und selbstständiger zeigen, kann man sich einer gewissen Sorge um ihn nicht erwehren. Wird er den Bürger je vergessen können, und muß er das nicht, wenn sich sein Schicksal vollkommen schön entwickeln soll? Ich fürchte, er wird ihn nie ganz vergessen, er hat mir zuviel darüber reflektiert, er wird, was er einmal so bestimmt außer sich sah, nie vollkommen in sich hinein bringen können. Lotharios Vornehmes Wesen wird ihn, so wie Nataliens doppelte Würde des Standes und des Herzens, immer in einer gewissen Inferiorität erhalten. Denke ich mir ihn zugleich als den Schwager des Grafen, der das Vornehme seines Standes auch durch gar nichts ästhetisches mildert, vielmehr durch Pedanterie noch recht heraussetzt, so kann mir zuweilen bange für ihn werden.

Es ist übrigens sehr schön, daß Sie, bei aller gebührenden Achtung für gewisse äußere positive Formen, sobald es auf etwas rein menschliches ankommt, Geburt und Stand in ihre völlige Nullität zurückweisen und zwar, wie billig, ohne auch nur ein Wort darüber zu verlieren. Aber was ich für eine offenbare Schönheit halte, werden Sie schwerlich allgemein gebilliget sehen. Manchem wird es wunderbar vorkommen, daß ein Roman, der so gar nichts *»sansküllottisches«* hat, vielmehr an manchen Stellen der Aristokratie das Wort zu reden scheint, mit drei Heuraten endigt, die alle drei Mißheuraten sind. Da ich an der Entwicklung selbst nichts anders wünsche als es ist, und doch den wahren Geist des Werkes auch in Kleinigkeiten und Zufälligkeiten nicht gerne verkannt sehe, so gebe ich Ihnen zu bedenken, ob der falschen Beurteilung nicht noch durch ein paar Worte »in Lotharios Munde« zu begegnen wäre. Ich sage in Lotharios Munde, denn dieser ist der aristokratischste Charakter, Er findet bei den Lesern aus seiner Klasse am meisten Glauben, bei ihm fällt die Mesalliance auch am stärksten auf; zugleich gäbe dieses eine Gelegenheit, die nicht so oft vorkommt,

Lotharios vollendeten Charakter zu zeigen. Ich meine auch nicht, daß dieses bei der Gelegenheit selbst geschehen sollte, auf welche der Leser es anzuwenden hat; desto besser vielmehr, wenn es unabhängig von jeder Anwendung und nicht als Regel für einen einzelnen Fall, aus seiner Natur heraus gesprochen wird.

Was Lothario betrifft, so könnte zwar gesagt werden, daß Theresens illegitime und bürgerliche Abkunft ein Familiengeheimnis sei, aber desto schlimmer, dürften alsdann manche sagen, so muß er die Welt hintergehen, um seinen Kindern die Vorteile seines Standes zuzuwenden. Sie werden selbst am besten wissen, wieviel oder wie wenig Rücksicht auf diese Armseligkeiten zu nehmen sein möchte.

Für heute nichts weiter. Sie haben nun allerlei Durcheinander von mir gehört und werden noch manches hören, wie ich voraus sehe; möchte etwas darunter sein, was Ihnen dienlich ist.

Leben Sie wohl und heiter.

Sch.

Sollten Sie den Vieilleville in den nächsten 8 Tagen entbehren können, so bittet meine Frau darum und auch ich wünschte eine Nacht Lecture darin zu finden.

Haben Sie auch die Güte mir die Auslage zu nennen die Sie für meine Tapeten gehabt haben und zugleich 2 Laubtaler dazu zu setzen, die ich Sie an H. Facius für das Horen Petschaft auszulegen bat. Der Kaviar, den Humboldt Ihnen schickte und worüber ich mich mit ihm berechne beträgt 8 Rtl., welches ich für eine *genossene* Speise ziemlich viel finde.

184. Goethe

⟨Weimar, 5. Juli 1796⟩

Gleich, nachdem ich Ihren ersten Brief erhalten hatte, fing ich an Ihnen etwas drauf zu sagen, nun über⟨r⟩aschen mich, in meinen wahrhaft irdischen Geschäften, Ihre zwei folgenden Briefe, wahrhaft als Stimmen aus einer andern Welt, auf die ich nur horchen kann. Fahren Sie fort mich zu erquicken und aufzumuntern! Durch Ihre Bedenken setzen Sie mich in den Stand das achte Buch, sobald ich es wieder angreife zu vollenden. Ich habe schon fast für alle Ihrer Desideria eine Auskunft, durch die sich, selbst in meinem Geiste, das Ganze auch an diesen Punkten mehr verbindet, wahr und lieblicher wird. Werden Sie nicht müde mir durchaus Ihre Meinung zu sagen und behalten Sie das Buch noch diese acht Tage bei sich. Was Sie von Cellini bedürfen bringe ich indes vorwärts, ich schreibe Ihnen nur summarisch was ich am achten Buche noch zu arbeiten denke und alsdann soll die letzte Abschrift Anfang August aus unsern Händen sein.

Ihre Briefe sind jetzt meine Einzige Unterhaltung und wie dankbar ich Ihnen sei daß Sie mir so auf einmal über so vieles weghelfen, werden Sie fühlen. Leben Sie recht wohl und grüßen Sie die liebe Frau. Weimar den 5ten Juli 1796.

G

185. Schiller

⟨Jena, 6. Juli 1796⟩

Ich wollte mich diesen Nachmittag mit Ihnen und dem Meister beschäftigen, aber ich habe keinen freien Augenblick gehabt und mein Zimmer wurde nicht leer von Besuchen. Jetzt da ich schreibe ist die Kalbische und Steinische Familie da, man spricht sehr viel von der Idylle, und meint, daß »sie Sachen enthalte, die noch gar nicht seien von einem Sterblichen ausgesprochen worden« – Trotz aller Entzükkung darüber skandalisierte sich doch die Familie Kalb an dem Päckchen, das dem Helden nachgetragen würde, welches sie für einen großen Fleck an dem schönen Werke hält. Das Produkt sei so *reich*, und der Held führe sich doch wie ein armer Mann auf.

Sie können denken, daß ich bei dieser Kritik aus den Wolken fiel. Es war mir so neu, daß ich glaubte, sie spräche von einem andern Produkte. Ich versicherte ihr aber, daß ich mich an einer solchen Art von Armut nicht stieße, wenn nur der andere Reichtum da sei.

Leben Sie recht wohl. Auf den Freitag mehr.

Sch.

186. Goethe

⟨Weimar, 2. und 7. Juli 1796⟩

Herzlich danke ich Ihnen für Ihren erquickenden Brief und für die Mitteilung dessen, was Sie bei dem Roman, besonders bei dem achten Buche, empfunden und gedacht. Wenn dieses nach Ihrem Sinne ist so werden Sie auch Ihren eigenen Einfluß darauf nicht verkennen, denn gewiß ohne unser Verhältnis hätte ich das Ganze kaum, wenigstens nicht auf diese Weise, zu Stande bringen können. Hundertmal, wenn ich mich mit Ihnen über Theorie und Beispiel unterhielt, hatte ich die Situationen im Sinne die jetzt vor Ihnen liegen, und beurteilte sie im Stillen nach den Grundsätzen über die wir uns vereinigten. Auch nun schützt mich Ihre warnende Freundschaft vor ein Paar in die Augen fallenden Mängeln, bei einigen Ihrer Bemerkungen habe ich das sogleich gefunden wie zu helfen sei und werde bei der neuen Abschrift davon Gebrauch machen.

Wie selten findet man bei den Geschäften und Handlungen des gemeinen Lebens die gewünschte Teilnahme, und in diesem hohen ästhetischen Falle ist sie kaum zu hoffen, denn wie viele Menschen sehen das Kunstwerk an sich selbst, wie viele können es übersehen, und dann ist doch nur die Neigung die alles sehen kann was es enthält und die reine Neigung, die dabei noch sehen kann was ihm mangelt. Und was wäre nicht noch alles hinzu zu setzen um den einzigen Fall auszudrucken, in dem ich mich nur mit Ihnen befinde.

So weit war ich gleich nach Ihrem ersten Briefe gekommen, äußere und innere Hindernisse hielten mich ab fortzufahren, auch fühle ich wohl, daß ich, selbst wenn ich ganz ruhig wäre, Ihnen gegen Ihre Betrachtungen keine Betrachtungen zurückgeben könnte, was Sie mir sagen muß, im Ganzen und Einzelnen, in mir praktisch werden, damit das achte Buch sich Ihrer Teilnahme recht zu erfreuen habe. Fahren Sie fort mich mit meinem eigenen Werke bekannt zu machen, schon habe ich in Gedanken Ihren Erinnerungen entgegen gearbeitet, etwa künftigen Mittewoch will ich die Art und Weise von dem was ich zu tun gedenke, nur summarisch anzeigen, Sonnabend den 16$^{\underline{\text{ten}}}$ wünschte ich das Manuskript zurück und am gleichen Tage soll Cellini aufwarten.

Sobald die Xenien abgeschrieben sind schicke ich Ihr Exemplar zurück und arbeite indessen in meins hinein.

Ich hatte die Idylle Knebeln gegeben, um sie in Umlauf zu setzen, einige Bemerkungen, die er mir ins Haus brachte, so wie die, welche Sie mir mitteilen überzeugen mich wieder aufs neue, daß es unsern Hörern und Lesern eigentlich an der *Aufmerksamkeit* fehlt, die ein so obligates Werk verlangt. Was ihnen gleich einleuchtet das nehmen sie wohl willig auf, über alles, woran sie sich nach ihrer Art *stoßen* urteilen sie auch schnell ab, ohne vor noch rückwärts, ohne auf den Sinn und Zusammenhang zu sehen, ohne zu bedenken daß sie eigentlich den Dichter zu fragen haben, warum er dieses und jenes so und nicht anders machte?

Ist doch deutlich genug ausgedruckt:

Sorglich reichte die Mutter ein *nachbereitetes* Bündel.

Es ist also keinesweges die ganze Equipage, die schon lange auf dem Schiff ist und dort sein muß, die Alte erscheint nur, in ihrer Mutter- und Frauenart, tätig im einzelnen, der Vater umfaßt die ganze Idee der Reise in seinem Segen. Der Sohn nimmt das Päckchen selbst, da der Knabe schon wieder weg ist, und um der Pietät gegen die Mutter willen und um das einfache goldne Alter anzuzeigen, wo man sich auch wohl selbst einen Dienst leistete. Nun erscheint, in der Gradation, auch das Mädchen gebend, liebend und mehr als segnend, der Knabe kommt wieder zurück, drängt, und ist zum *Tragen* bei der Hand, da Alexis sich selbst kaum nach dem Schiffe tragen kann. Doch warum sag ich das? und warum Ihnen? – Von der andern Seite betrachtet sollte man vielleicht die Menschen, sobald sie nur einen guten Willen gegen etwas zeigen, auch mit gutem Willen mit seinen ästhetischen Gründen bekannt machen. – Nun sieht man aber daß man nie ins Ganze wirken kann, und daß die Leser immer am einzelnen hängen, da vergeht einem denn Lust und Mut und man überläßt sie in Gottes Namen sich selbst. Leben Sie recht wohl, grüßen Sie die liebe Frau und danken ihr für das Briefchen ich wünsche bald wieder von Ihnen zu hören.

Donnerstag G

187. Schiller

Jena den 8. Jul. 96.

Da Sie mir das 8te Buch noch eine Woche lassen können, so will ich mich in meinen Bemerkungen vor der Hand besonders auf dieses Buch einschränken; ist dann das Ganze einmal aus Ihren Händen in die weite Welt, so können wir uns mehr über die Form des Ganzen unterhalten, und Sie erweisen mir dann den Gegendienst, mein Urteil zu rektifizieren.

Vorzüglich sind es zwei Punkte, die ich Ihnen, vor der gänzlichen Abschließung des Buches, noch empfehlen möchte.

Der Roman, so wie er da ist, nähert sich in mehrern Stücken der Epopee, unter andern auch darin, daß er Maschinen hat, die in gewissem Sinne die Götter oder das regierende Schicksal darin vorstellen. Der Gegenstand foderte dieses. Meisters Lehrjahre sind keine bloß blinde Wirkung der Natur, sie sind eine Art von Experiment. Ein verborgen wirkender höherer Verstand, die Mächte des Turms, begleiten ihn mit ihrer Aufmerksamkeit, und ohne die Natur in ihrem freien Gange zu stören, beobachten, leiten sie ihn von ferne, und zu einem Zwecke, davon er selbst keine Ahnung hat, noch haben darf. So leise und locker auch dieser Einfluß von außen ist, so ist er doch wirklich da, und zu Erreichung des poetischen Zwecks war er unentbehrlich. *Lehrjahre* sind ein Verhältnisbegriff, sie fodern ihr Korrelatum, die *Meisterschaft*, und zwar muß die Idee von dieser letzten jene erst erklären und begründen. Nun kann aber diese Idee der Meisterschaft, die nur das Werk der gereiften und Vollendeten Erfahrung ist den Helden des Romans nicht selbst leiten, sie kann und darf nicht, als sein Zweck und sein Ziel *vor* ihm stehen, denn sobald er das Ziel sich dächte, so hätte er es eo ipso auch erreicht; sie muß also als Führerin *hinter* ihm stehen. Auf diese Art erhält das Ganze eine schöne Zweckmäßigkeit, ohne daß der Held einen Zweck hätte, der Verstand findet also ein Geschäft ausgeführt, indes die Einbildungskraft völlig ihre Freiheit behauptet.

Daß Sie aber auch selbst bei diesem Geschäfte diesem Zweck – dem einzigen in dem ganzen Roman, der wirklich ausgesprochen wird, selbst bei dieser geheimen Führung Wilhelms durch Jarno und den Abbe, alles Schwere und Strenge vermieden, und die Motive dazu eher aus einer Grille einer Menschlichkeit als aus moralischen Quellen hergenommen haben, ist eine von denen Ihnen eigensten Schönheiten. Der *Begriff* einer Maschinerie wird dadurch wieder aufgehoben, indem doch die *Wirkung* davon bleibt, und alles bleibt, was die Form betrifft, in den Grenzen der Natur, nur das Resultat ist mehr, als die bloße sich selbst überlassene Natur hätte leisten können.

Bei dem allen aber hätte ich doch gewünscht, daß Sie das Bedeutende dieser Maschinerie, die notwendige Beziehung derselben auf das Innere Wesen, dem Leser ein wenig näher gelegt hätten. Dieser sollte doch immer klar in die Ökonomie des Ganzen blicken, wenn diese gleich den handelnden Personen verborgen bleiben muß. Viele Leser, fürchte ich, werden in jenem geheimen Einfluß bloß ein theatralisches Spiel und einen Kunstgriff zu finden glauben, um die Verwicklung zu vermehren, Überraschungen zu erregen u. dgl. Das achte Buch gibt nun zwar einen *historischen* Aufschluß über alle einzelnen Ereignisse, die durch jene Maschinerie gewirkt wurden, aber den *ästhetischen* Aufschluß über den innern Geist, über die poetische Notwendigkeit jener Anstalten gibt es nicht befriedigend genug: auch ich selbst habe mich erst bei dem zweiten und dritten Lesen davon überzeugen können.

Wenn ich überhaupt an dem Ganzen noch etwas auszustellen hätte, so wäre es dieses, »daß bei dem großen und tiefen Ernste, der in allem einzelnen herrscht, und durch den es so mächtig wirkt, die Einbildungskraft zu frei mit dem Ganzen zu spielen scheint« – Mir deucht, daß Sie hier die freie Grazie der Bewegung etwas weiter getrieben haben, als sich mit dem poetischen Ernste verträgt, daß Sie über dem gerechten Abscheu vor allem schwerfälligen, methodischen und steifen sich dem andern Extrem genähert haben. Ich glaube zu bemerken, daß eine gewisse Condescendenz gegen die schwache Seite des Publikums Sie verleitet hat, einen mehr theatralischen Zweck und durch mehr theatralische Mittel, als bei einem Roman nötig und billig ist, zu verfolgen.

Wenn je eine poetische Erzählung der Hülfe des wunderbaren und überraschenden entbehren konnte, so ist es Ihr Roman; und gar leicht kann einem solchen Werke schaden, was ihm nicht nützt. Es kann geschehen, daß die Aufmerksamkeit mehr auf das Zufällige geheftet wird, und daß das Interesse des Lesers sich konsumiert, Rätsel aufzulösen, da es auf den innern Geist konzentriert bleiben sollte. Es kann geschehen, sage ich, und wissen wir nicht beide, daß es wirklich schon geschehen ist?

Es wäre also die Frage, ob jenem Fehler, wenn es einer ist, nicht noch im 8ten Buche zu begegnen wäre. Ohnehin träfe er nur die Darstellung der Idee, an der Idee selbst bleibt gar nichts zu wünschen übrig. Es wäre also bloß nötig, dem Leser dasjenige etwas bedeutender zu machen, was er bis jetzt zu frivol behandelte, und jene theatralischen Vorfälle, die er nur als ein Spiel der Imagination ansehen mochte, durch eine deutlicher ausgesprochene Beziehung auf den höchsten Ernst des Gedichtes, auch vor der Vernunft zu legitimieren, wie es wohl implizite aber nicht explizite geschehen ist. Der Abbe scheint mir diesen Auftrag recht gut besorgen zu können, und er wird dadurch auch sich selbst mehr zu empfehlen Gelegenheit haben. Vielleicht wäre es auch nicht überflüssig, wenn noch im achten Buch der nähern Veranlassung erwähnt würde, die Wilhelmen zu einem Gegenstand von des Abbe pädagogischen Planen machte. Diese Plane bekämen dadurch eine speziellere Beziehung, und Wilhelms Individuum würde für die Gesellschaft auch bedeutender erscheinen.

Sie haben in dem 8ten Buch verschiedene Winke hingeworfen, was Sie unter den Lehrjahren und der Meisterschaft gedacht wissen wollen. Da der *Ideen*Inhalt eines Dichterwerks, vollends bei einem Publikum wie das unsrige, so vorzüglich in Betrachtung kommt und oft das einzige ist, dessen man sich nachher noch erinnert, so ist es von Bedeutung, daß Sie hier völlig begriffen werden. Die Winke sind sehr schön, nur nicht hinreichend scheinen sie mir. Sie wollten freilich den Leser mehr selbst finden lassen, als ihn geradezu belehren; aber eben, weil Sie doch etwas heraus sagen, so glaubt man, dieses sei nun auch alles, und so haben Sie Ihre Idee enger beschränkt, als wenn Sie es dem Leser ganz und gar überlassen hätten, sie heraus zu suchen.

Wenn ich das Ziel, bei welchem Wilhelm nach einer langen Reihe von Verirrungen endlich anlangt, mit dürren Worten auszusprechen hätte, so würde ich sagen, »er tritt von einem leeren und unbestimmten Ideal in ein bestimmtes tätiges Leben, aber ohne die idealisierende Kraft dabei einzubüßen.« Die zwei entgegengesetzten Abwege von diesem glücklichen Zustand sind in dem Roman dargestellt und zwar in allen möglichen Nuancen und Stufen. Von jener unglücklichen Expedition an, wo er ein Schauspiel aufführen will, ohne an den Inhalt gedacht zu haben, bis auf den Augenblick, wo er – Theresen zu seiner Gattin wählt, hat er gleichsam den ganzen Kreis der Menschheit *einseitig* durchlaufen; jene zwei Extreme sind die beiden höchsten Gegensätze, deren ein Charakter wie der seinige nur fähig ist, und daraus muß nun die Harmonie entspringen. Daß er nun, unter der schönen und heitern Führung der Natur (durch Felix) von dem idealischen zum reellen, von einem vagen Streben zum Handeln und zur Erkenntnis des wirklichen übergeht, ohne doch dasjenige dabei einzubüßen, was in jenem ersten strebenden Zustand reales war, daß er Bestimmtheit erlangt, ohne die schöne Bestimmbarkeit zu verlieren, daß er sich begrenzen lernt, aber in dieser Begrenzung selbst, durch die Form, wieder den Durchgang zum unendlichen findet u. s. f. dieses nenne ich die Krise seines Lebens, das Ende seiner Lehrjahre, und dazu scheinen sich mir alle Anstalten in dem Werk auf das vollkommenste zu vereinigen. Das schöne Naturverhältnis zu seinem Kinde, und die Verbindung mit Nataliens edler Weiblichkeit garantieren diesen Zustand der geistigen Gesundheit und wir sehen ihn, wir scheiden von ihm auf einem Wege, der zu einer endlosen Vollkommenheit führet.

Die Art nun, wie *Sie* Sich über den Begriff der *Lehrjahre* und der *Meisterschaft* erklären, scheint beiden eine engere Grenze zu setzen. Sie verstehen unter den ersten bloß den Irrtum, dasjenige außer sich zu suchen, was der innere Mensch selbst hervorbringen muß; unter der zweiten, die Überzeugung von der Irrigkeit jenes Suchens, von der

Notwendigkeit des eignen Hervorbringens u. s. w. Aber läßt sich das ganze Leben Wilhelms, so wie es in dem Romane vor uns liegt, wirklich auch vollkommen unter diesem Begriffe fassen und erschöpfen? Wird durch diese Formel alles verständlich? Und kann er nun bloß dadurch, daß sich das Vaterherz bei ihm erklärt, wie am Schluß des VIIten Buchs geschieht, losgesprochen werden? Was ich also hier wünschte, wäre dieses, daß die Beziehung aller einzelnen Glieder des Romans auf jenen philosophischen Begriff noch etwas klärer gemacht würde. Ich möchte sagen, die Fabel ist vollkommen wahr, auch die Moral der Fabel ist vollkommen wahr, aber das Verhältnis der einen zu der andern springt noch nicht deutlich genug in die Augen.

Ich weiß nicht, ob ich mich, bei diesen beiden Erinnerungen recht habe verständlich machen können; die Frage greift ins Ganze, und so ist es schwer, sie am einzelnen gehörig darzulegen. Ein Wink ist aber hier auch schon genug.

Ehe Sie mir das Exemplar der Xenien senden, so haben Sie doch die Güte, darin gerade auszustreichen, was Sie heraus wünschen, und zu unterstreichen, was Sie geändert wünschen. Ich kann dann eher meine Maßregeln nehmen, was noch zu tun ist.

Möchte doch für die kleinen lieblichen Gedichte, die Sie noch zum Almanach geben wollten und zu dem in petto habenden Gedicht von Mignon noch Stimmung und Zeit sich finden! Der Glanz des Almanachs beruht eigentlich ganz auf Ihren Beiträgen. Ich lebe und webe jetzt wieder in der Kritik, um mir den Meister recht klar zu machen und kann nicht viel mehr für den Almanach tun. Dann kommen die Wochen meiner Frau, die der poetischen Stimmung nicht günstig sein werden.

Sie empfiehlt sich Ihnen herzlich.

Leben Sie recht wohl. Sonntag Abends hoffe ich Ihnen wieder etwas zu sagen.

Sch.

Wollten Sie wohl so gütig sein und mir den Fünften Band der großen Muratorischen Sammlung aus der Bibliothek in W⟨eimar⟩ verschaffen?

Noch ein kleines Anliegen.

Ich möchte gern Ihren Kopf vor den neuen MusenAlmanach setzen, und habe heute an Bolt in Berlin geschrieben, ob er diese Arbeit noch übernehmen kann. Nun wünschte ich ihn aber lieber nach einem Gemälde, als nach Lipsens Kupferstich, und frage an, ob Sie Sich entschließen könnten, das Portrait von Meier dazu herzugeben?

Wollten Sie dieses nicht gern aus der Hand lassen, so erlaubten Sie mir doch, daß ich es kopieren ließe, wenn sich in Weimar ein erträglicher Maler dazu findet?

188. Goethe

〈Weimar, 9. Juli 1796〉

Indem ich Ihnen, auf einem besondern Blatt, die einzelnen Stellen verzeichne, die ich, nach Ihren Bemerkungen, zu ändern und zu supplieren gedenke, so habe ich Ihnen für Ihren heutigen Brief den höchsten Dank zu sagen, indem Sie mich, durch die in demselben enthaltnen Erinnerungen, nötigen auf die eigentliche Vollendung des Ganzen aufmerksam zu sein. Ich bitte Sie nicht abzulassen, um, ich möchte wohl sagen, mich aus meinen eignen Grenzen hinauszutreiben. Der Fehler, den Sie mit Recht bemerken, kommt aus meiner innersten Natur, aus einem gewissen realistischen Tic, durch den ich meine Existenz, meine Handlungen, meine Schriften den Menschen aus den Augen zu rücken behaglich finde. So werde ich immer gerne incognito reisen, das geringere Kleid vor dem bessern wählen, und, in der Unterredung mit Fremden oder Halbbekannten, den unbedeutendern Gegenstand, oder doch den weniger bedeutenden Ausdruck vorziehen, mich leichtsinniger betragen als ich bin und mich so, ich möchte sagen, zwischen mich selbst und zwischen meine eigne Erscheinung stellen. Sie wissen recht gut, teils wie es ist, teils wie es zusammenhängt.

Nach dieser allgemeinen Beichte will ich gern zur besondern übergehn: daß ich ohne Ihren Antrieb und Anstoß, wider besser Wissen und Gewissen, mich auch dieser Eigenheit bei diesem Roman hätte hingehen lassen, welches denn doch, bei dem ungeheuern Aufwand, der darauf gemacht ist, unverzeihlich gewesen wäre, da alles das, was gefordert werden kann teils so leicht zu erkennen, teils so bequem zu machen ist.

So läßt sich, wenn die frühe Aufmerksamkeit des Abbés auf Wilhelmen rein ausgesprochen wird, ein ganz eigenes Licht und geistiger Schein über das Ganze werfen und doch habe ich es versäumt; kaum daß ich mich entschließen konnte, durch Wernern, etwas zu Gunsten seines Äußerlichen zu sagen.

Ich hatte den Lehrbrief im siebenten Buch abgebrochen, in dem man bis jetzt nur wenige Denksprüche über Kunst und Kunstsinn liest. Die zweite Hälfte sollte bedeutende Worte über Leben und Lebenssinn enthalten und ich hatte die schönste Gelegenheit, durch einen mündlichen Kommentar des Abbés, die Ereignisse überhaupt, besonders aber die durch die Mächte des Turms herbeigeführten Ereignisse zu erklären und zu legitimieren, und so jene Maschinerie von dem Verdacht eines kalten Romanbedürfnisses zu retten und ihr einen ästhetischen Wert zu geben, oder vielmehr ihren ästhetischen Wert ins Licht zu stellen. — Sie sehen daß ich mit Ihren Bemerkungen völlig einstimmig bin.

Es ist keine Frage daß die scheinbaren, von mir ausgesprochenen Resultate viel beschränkter sind als der Inhalt des Werks und ich komme mir vor wie einer, der, nachdem er viele und große Zahlen über einander gestellt, endlich mutwillig selbst Additionsfehler machte um die letzte Summe, aus, Gott weiß, was für einer Grille, zu verringern.

Ich bin Ihnen, wie für so vieles, auch dafür den lebhaftesten Dank schuldig, daß Sie, noch zur rechten Zeit, auf so eine entschiedene Art, diese perverse Manier zur Sprache bringen und ich werde gewiß, in so fern es mir möglich ist, Ihren gerechten Wünschen entgegen gehn. Ich darf den Inhalt Ihres Briefes nur selbst an die schicklichen Orte verteilen, so ist der Sache schon geholfen. Und sollte mirs ja begegnen, wie denn die menschlichen Verkehrtheiten unüberwindliche Hindernisse sind, daß mir doch die letzten bedeutenden Worte nicht aus der Brust wollten, so werde ich Sie bitten zuletzt, mit einigen kecken Pinselstrichen, das noch selbst hinzu zu fügen, was ich, durch die sonderbarste Natur-Notwendigkeit gebunden, nicht auszusprechen vermag. Fahren Sie diese Woche noch fort mich zu erinnern und zu beleben, ich will indes für Cellini und wo möglich für den Almanach sorgen.

Weimar den 9ten Juli 1796. G

⟨*Beilage:*⟩

Zum achten Buche.

1.) Die sentimentale Forderung bei Mignons Tod zu befriedigen.
2.) Der Vorschlag des balsamierens und die Reflexion über das Band zurück zu rücken.
3.) Lothario kann bei Gelegenheit, da er von Aufhebung des Feudal Systems spricht, etwas äußern was auf die Heiraten am Schlusse eine freiere Aussicht gibt.
4.) Der Markese wird früher erwähnt, als Freund des Oheims.
5.) Das Prädikat der schönen Seele wird auf Natalien abgeleitet.
6.) Die Erscheinung der Gräfin wird motiviert.
7.) Werners Kindern wird etwas von ihren Jahren abgenommen.

189. Goethe

⟨Weimar, 9. Juli 1796⟩

Die Xenien erhalten Sie mit meinem Gutachten zurück, die ernsthaften und wohlmeinenden sind gegenwärtig so mächtig, daß man denen Lumpenhunden, die angegriffen sind, mißgönnt daß ihrer in so guter Gesellschaft erwähnt wird.

Wegen des Portraits sehe ich nicht, wie wir es machen wollen. Es ist niemand hier der es zu diesem Endzweck kopieren könnte, das Original selbst wegzugeben ist allzugefährlich, auch ist Bolt ein gefälliger aber, wie mir's scheint, kein gründlicher Künstler, wie wär es? Sie versparten Ihre freundschaftliche Absicht bis auf Meyers Zurückkunft, da wir denn in jedem Sinne etwas gutes erwarten können.

Grüßen Sie Ihre liebe Frau: Wollten Sie uns in dem Falle daß sich die Familie vermehrt, für die erste Zeit, Carln herüber schicken, so würde er Augusten sehr willkommen sein und in Gesellschaft der vielen Kinder, die sich in meinem Hause und Garten versammeln, sich recht wohl befinden. Leben Sie wohl.

Weimar den 9ten Juli 96. G

Muratori folgt. Vielleville werden Sie erhalten haben.

Die Rechnung nächstens.

Durch verschiedne Einschränkungen wird die nächste Sendung Cellini auch nur drei gedruckte Bogen und einige Blätter.

190. Schiller

Jena den 9. ⟨–11.⟩ Jul. 96.

Es ist mir sehr lieb zu hören, daß ich Ihnen meine Gedanken über jene zwei Punkte habe klar machen können und daß Sie Rücksicht darauf nehmen wollen. Das, was Sie Ihren realistischen Tic nennen, sollen Sie dabei gar nicht verleugnen. Auch das gehört zu Ihrer poetischen Individualität, und in den Grenzen von dieser müssen Sie ja bleiben; alle Schönheit in dem Werk muß *Ihre* Schönheit sein. Es kommt also bloß darauf an, aus dieser subjektiven Eigenheit einen objektiven Gewinn für das Werk zu ziehen, welches gewiß gelingt, sobald Sie wollen. Dem Inhalte nach, muß in dem Werk *alles* liegen, was zu seiner Erklärung nötig ist, und, der Form nach, muß es *notwendig* darin liegen, der innere Zusammenhang muß es mit sich bringen – aber wie fest oder locker es zusammenhängen soll, darüber muß Ihre eigenste Natur entscheiden. Dem Leser würde es freilich bequemer sein, wenn Sie selbst ihm die Momente worauf es ankommt blank und bar zuzählten, daß er sie nur in Empfang zu nehmen brauchte; sicherlich aber hält es ihn bei dem Buche fester, und führt ihn öfter zu demselben zurück, wenn er sich selber helfen muß. Haben Sie also nur dafür gesorgt, daß er gewiß findet, wenn er mit gutem Willen und hellen Augen sucht, so ersparen Sie ihm ja das Suchen nicht. Das Resultat eines solchen Ganzen muß immer die eigene, freie, nur nicht willkürliche Produktion des Lesers sein, es muß eine Art von Belohnung bleiben, die nur dem würdigen zu Teil wird, indem sie dem unwürdigen sich entziehet.

Ich will, um es nicht zu vergessen, noch einige Erinnerungen hersetzen, worauf ich, in Rücksicht auf jene geheime Maschinerie zu achten bitte. 1) Man wird wissen wollen, zu welchem Ende der Abbe oder sein Helfershelfer den Geist des alten Hamlet spielt. 2) Daß der Schleier mit dem Zettelchen »flieh, flieh« etc zweimal erwähnt wird, erregt Erwartungen, daß diese Erfindung zu keinem unbedeutenden Zwecke diene. Warum, möchte man fragen, treibt man Wilhelmen, von der Einen Seite, von dem Theater, da man ihm doch von der andern, zur Aufführung seines Lieblingsstücks und zu seinem Debüt behülflich ist? Man erwartet auf diese 2 Fragen eine mehr spezielle Antwort, als Jarno bis jetzt gegeben hat. 3) möchte man wohl auch gerne wissen, ob der Abbe und seine Freunde, vor der Erscheinung Werners im Schlosse, schon gewußt, daß sie es bei dem GutsKauf mit einem so genauen Freund und Verwandten zu tun haben? ihrem Benehmen nach scheint es fast so, und so wundert man sich wieder über das Geheimnis, das sie Wilhelmen daraus gemacht haben. 4) wäre doch zu wünschen, daß man die Quelle erführe, aus welcher der Abbe die Nachrichten von Theresens Abkunft schöpfte, besonders da es doch etwas befremdet, daß dieser wichtige Umstand so genau dabei interessierten Personen und die sonst so gut bedient sind, bis auf den Moment, wo der Dichter ihn braucht, hat ein Geheimnis bleiben können.

Es ist wohl ein bloßer Zufall, daß die zweite Hälfte des Lehrbriefs weggeblieben ist, aber ein geschickter Gebrauch des Zufalls, bringt in der Kunst wie im Leben, oft das trefflichste hervor. Mir deucht, diese zweite Hälfte des Lehrbriefs könnte im achten Buch an einer weitbedeutenderen Stelle und mit ganz andern Vorteilen nach gebracht werden. Die Ereignisse sind unterdessen vorwärts gerückt, Wilhelm selbst hat sich mehr entwickelt, er sowohl als der Leser sind auf jene praktischen Resultate über das Leben und den Lebensgebrauch weit besser vorbereitet, auch der Saal der Vergangenheit und Nataliens nähere Bekanntschaft können eine günstigere Stimmung dazu herbeigeführt haben. Ich riete deswegen sehr, jene Hälfte des Lehrbriefs ja nicht wegzulassen, sondern wo möglich den philosophischen Gehalt des Werkes – deutlicher oder versteckter – darin nieder zu legen. Ohnehin kann, bei einem Publikum wie nun einmal das deutsche ist, zu Rechtfertigung einer Absicht, und hier namentlich noch zu Rechtfertigung des Titels der vor dem Buche steht, und jene Absicht deutlich ausspricht, nie zuviel geschehen.

Zu meiner nicht geringen Zufriedenheit habe ich in dem 8ten Buche auch ein paar Zeilen gefunden, die gegen die Metaphysik Fronte machen, und auf das spekulative Bedürfnis im Menschen Beziehung haben. Nur etwas schmal und klein ist das Almosen ausgefallen, das Sie der armen Göttin reichen, und ich weiß nicht, ob man Sie mit dieser kargen Gabe quittieren kann. Sie werden wohl wissen, von welcher Stelle ich hier rede, denn ich glaube es ihr anzusehen, daß sie mit vielem Bedacht darein gekommen ist.

Ich gestehe es, es ist etwas stark, in unserm spekulativischen Zeitalter einen Roman von diesem Inhalt und von diesem weiten Umfang zu schreiben, worin »das einzige was Not ist« so leise abgeführt wird – einen so sentimentalischen Charakter, wie Wilhelm doch immer bleibt, seine Lehrjahre ohne Hülfe jener würdigen Führerin vollenden zu lassen. Das schlimmste ist, daß er sie wirklich in allem Ernste vollendet, welches von der Wichtigkeit jener Führerin eben nicht die beste Meinung erweckt.

Aber im Ernste – woher mag es kommen, daß Sie einen Menschen haben erziehen und fertig machen können, ohne auf Bedürfnisse zu stoßen, denen die Philosophie nur begegnen kann? Ich bin überzeugt, daß dieses bloß der *ästhetischen Richtung* zuzuschreiben ist, die Sie in dem ganzen Roman genommen. Innerhalb der ästhetischen Geistesstimmung regt sich kein Bedürfnis nach jenen Trostgründen, die aus der Spekulation geschöpft werden müssen; sie hat Selbstständigkeit, Unendlichkeit in sich; nur wenn sich das Sinnliche und das Moralische im Menschen feindlich entgegen streben, muß bei der reinen Vernunft Hülfe gesucht werden. Die gesunde und schöne Natur braucht, wie Sie selbst sagen, keine Moral, kein Naturrecht, keine politische Metaphysik: Sie hätten eben so gut auch hinzusetzen können, sie braucht keine Gottheit, keine Unsterblichkeit um sich zu stützen und zu halten. Jene 3 Punkte, um die zuletzt alle Spekulation sich dreht, geben einem sinnlich ausgebildeten Gemüt zwar Stoff zu einem poetischen Spiel, aber sie können nie zu ernstlichen Angelegenheiten und Bedürfnissen werden.

Das einzige könnte man vielleicht noch dagegen erinnern, daß unser Freund jene ästhetische Freiheit noch nicht so ganz besitzt, die ihm vollkommen sicher stellte, in gewisse Verlegenheiten nie zu geraten, gewisser Hilfsmittel (der Spekulation) nie zu bedürfen. Ihm fehlt es nicht an einem gewissen philosophischen Hange, der allen sentimentalen Naturen eigen ist, und käme er also einmal ins Spekulative hinein, so möchte es, bei diesem Mangel eines philosophischen Fundaments, bedenklich um ihn stehen; denn nur die Philosophie kann das Philosophieren unschädlich machen; ohne sie führt es unausbleiblich zum Mystizism. (Die Stiftsdame selbst ist ein Beweis dafür. Ein gewisser ästhetischer Mangel machte ihr die Spekulation zum Bedürfnis, und sie verirrte zur Herrenhuterei, weil ihr die Philosophie nicht zu Hülfe kam; als Mann hätte sie vielleicht alle Irrgänge der Metaphysik durchwandert)

Nun ergeht aber die Foderung an Sie (der Sie auch sonst überall ein so hohes Genüge getan) Ihren Zögling mit vollkommener Selbstständigkeit, Sicherheit, Freiheit und gleichsam architektonischer Festigkeit so hinzustellen, wie er ewig stehen kann, ohne einer äußern Stütze zu bedürfen, man will ihn also durch eine ästhetische Reife auch selbst über das Bedürfnis einer philosophischen Bildung, die er sich nicht gegeben hat, vollkommen hinweggesetzt sehen. Es fragt sich jetzt: ist er Realist genug, um nie nötig zu haben, sich an der reinen Vernunft zu halten? Ist er es aber nicht – sollte für die Bedürfnisse des Idealisten nicht etwas mehr gesorgt sein?

Sie werden vielleicht denken, daß ich bloß einen künstlichen Umweg nehme, um Sie doch in die Philosophie hinein zu treiben, aber was ich noch etwa vermisse, kann sicherlich auch in Ihrer Form vollkommen gut abgetan werden. Mein Wunsch geht bloß dahin, daß Sie die Materien quæstionis nicht *umgehen*, sondern ganz auf Ihre Weise lösen möchten. Was bei Ihnen selbst alles Spekulative Wissen ersetzt, und alle Bedürfnisse dazu Ihnen fremd macht, wird auch bei Meistern vollkommen genug sein. Sie haben den Oheim schon sehr vieles sagen lassen und auch Meister berührt den Punkt einigemal sehr glücklich; es wäre also nicht so gar viel mehr zu tun. Könnte ich nur in Ihre Denkweise dasjenige einkleiden, was ich im Reich der Schatten und in den ästhetischen Briefen, der meinigen gemäß, ausgesprochen habe, so wollten wir sehr bald einig sein.

Was Sie über Wilhelms Äußerliches Wernern in den Mund gelegt, ist von ungemein guter Wirkung für das Ganze. Es ist mir eingefallen, ob Sie den Grafen, der am Ende des achten Buches erscheint, nicht auch dazu nutzen könnten, Wilhelmen zu völligen Ehren zu bringen. Wie, wenn der Graf, der ZeremonienMeister des Romans, ihn durch sein achtungsvolles Betragen, und durch eine gewisse Art der Behandlung, die ich Ihnen nicht näher zu bezeichnen brauche, ihn auf einmal aus seinem Stande heraus in einen höheren stellte, und ihm dadurch auf gewisse Art den noch fehlenden Adel erteilte. Gewiß, wenn selbst der Graf ihn distinguierte, so wäre das Werk getan.

Über Wilhelms Benehmen im Saal der Vergangenheit, wenn er diesen zum erstenmal mit Natalien betritt, habe ich noch eine Erinnerung zu machen. Er ist mir hier noch zu sehr der alte Wilhelm, der im Hause des Großvaters am liebsten bei dem kranken Königsohn verweilte, und den der Fremde, im ersten Buch, auf einem so unrechten Wege findet. Auch noch jetzt bleibt er fast ausschließend bei dem bloßen *Stoff* der Kunstwerke stehen und poetisiert mir zu sehr damit. Wäre hier nicht der Ort gewesen, den Anfang einer glücklicheren Krise bei ihm zu zeigen, ihn zwar nicht als Kenner, denn das ist unmöglich, aber doch als einen mehr objektiven Betrachter darzustellen, so daß etwa ein Freund, wie unser Meier, Hoffnung von ihm fassen könnte?

Sie haben Jarno schon im siebenten Buche so glücklich dazu gebraucht, durch seine harte und trockene Manier eine Wahrheit heraus zu sagen, die den Helden so wie den Leser auf einmal um einen großen Schritt weiter bringt: ich meine die Stelle, wo er Wilhelmen das Talent zum Schauspieler rund weg abspricht. Nun ist mir beigefallen, ob er ihm nicht, in Rücksicht auf Theresen und

Natalien, einen ähnlichen Dienst, mit gleich gutem Erfolg für das Ganze, leisten könnte. Jarno scheint mir der rechte Mann zu sein, Wilhelmen zu sagen, daß Therese ihn nicht glücklich machen könne, und ihm einen Wink zu geben, welcher weibliche Charakter für ihn tauge. Solche einzelne dürr gesprochene Worte, im rechten Moment gesagt, entbinden auf einmal den Leser von einer schweren Last, und wirken wie ein Blitz, der die ganze Szene erleuchtet.

Montag früh.

Ein Besuch hinderte mich gestern diesen Brief abzusenden. Heute kann ich nichts mehr hinzusetzen, da es zu unruhig bei mir zugeht. Meine Frau ist ihrer Niederkunft nahe und Stark vermutet sie schon heute. Für Ihr freundschaftliches Anerbieten, den Karl zu sich zu nehmen, danken wir Ihnen herzlich. Er ist uns nicht zur Last, da wir einige Personen mehr zur Bedienung angenommen, und die Disposition mit den Zimmern gemacht haben, daß er nicht stört. Für Vieil-leVille und Muratori danke ich Ihnen bestens. Schlegel ist mit seiner Frau wieder hier angekommen, die kleine Paulus ist eilig nach Schwaben abgereist, ihre kranke Mutter zu besuchen. Leben Sie recht wohl. Auf den Mittwoch hoffe ich Ihnen mit erleichtertem Herzen weitere Nachricht zu geben.

Sch.

191. Schiller

〈Jena, 11. Juli 1796〉

Vor 2 Stunden erfolgte die Niederkunft der kleinen Frau über Erwarten geschwind und ging unter Starkes Beistand leicht und glücklich vorüber. Meine Wünsche sind in jeder Rücksicht erfüllt, denn es ist ein Junge, frisch und stark wie das Ansehen es gibt. Sie können wohl denken, wie leicht mirs ums Herz ist, um so mehr, da ich dieser Epoche nicht ohne Sorge, die Krämpfe möchten die Geburt übereilen, entgegen sah.

Jetzt also kann ich meine kleine Familie anfangen zu zählen. Es ist eine eigene Empfindung, und der Schritt von Eins zu Zwei ist viel größer als ich dachte.

Leben Sie wohl. Die Frau grüßt; sie ist, die Schwäche abgerechnet, recht wohl auf.

Sch.

192. Goethe

⟨Weimar, 12. Juli 1796⟩

Zu dem neuen Ankömmling wünsche ich von Herzen Glück, mögen Sie recht viel Freude an dem Knabenpaar erleben. Grüßen Sie Ihre liebe Frau auf das beste und schönste von mir.

Künftigen Sonnabend, wenn mir es möglich ist, komme ich Sie zu besuchen. Über den Roman müssen wir nun notwendig mündlich konferieren, auch wegen der Xenien und mancher anderer Dinge, die ich auf dem Herzen habe, bei jenem wird die Hauptfrage sein: wo sich die *Lehrjahre* schließen die eigentlich gegeben werden sollen und in wie fern man Absicht hat künftig die Figuren etwa noch einmal auftreten zu lassen. Ihr heutiger Brief deutet mir eigentlich auf eine Fortsetzung des Werks, wozu ich denn auch wohl Idee und Lust habe, doch davon eben mündlich. Was rückwärts notwendig ist muß *getan* werden, so wie man vorwärts *deuten* muß, aber es müssen Verzahnungen stehen bleiben, die, so gut wie der Plan selbst, auf eine weitere Fortsetzung deuten, hierüber wünsche ich mich recht mit Ihnen auszusprechen. Schicken Sie mir nichts mit den Botenweibern und behalten das Manuskript. Die Xenien, Cellini und sonst noch was vielleicht bringe ich mit. Grüßen Sie Schlegeln und seine Frau, ich freue mich beide diesmal zu finden.

Daß die kleine Freundin, bei so einen unangenehmen Anlaß, und in so einer kritischen Zeit, die Reise macht ist mir nicht halb recht, es sieht in Schwaben wie am Ober und Unterrheine höchst mißlich aus.

Leben Sie recht wohl in Ihrem friedlichen Tal und genießen der schönen Jahrszeit wenigstens aus dem Fenster. Weimar den 12ten Juni. 1796. G

193. Schiller

⟨Jena.⟩ Dienstag Abend. 12 Jul. ⟨1796⟩

Noch steht es um die kleine Gesellschaft so gut, als man's nur wünschen kann. Meine Frau getraut sich, selbst zu stillen, welches mir auch sehr erwünscht ist.

Donnerstag wird die Taufe sein. Wenn die Umstände so ruhig bleiben, wie sie jetzt sind, so wird mein Gemüt heiter genug sein, das achte Buch des Romans noch einmal mit Besonnenheit zu durchgehen, ehe ich es Ihnen zurücksende.

Es hat nichts zu sagen, wenn die nächste Lieferung des Cellini auch kleiner ausfällt. Ich habe allerlei, nicht unbrauchbares, das Monatstück zu füllen.

Sie haben mir noch nicht geschrieben, wie es mit der Zeichnung und dem Kupferstich zu Hirts Aufsatze steht.

Daß ich Ihren Kopf nicht zu dem diesjährigen Almanach bekommen kann tut mir sehr leid. Eine Verzierung müssen wir einmal haben und das wäre doch die vernünftigste gewesen. Da ich unter den lebendigen keinen andern Kopf mag, so werde ich das Portrait von *Uz,* der kürzlich verstorben ist, zu bekommen suchen. Es gibt uns so ein Ansehen von Billigkeit und Honneteté, wenn wir einem aus der alten Zeit diese Ehre erweisen. Vielleicht können Sie mir durch *Knebeln* dazu verhelfen. Ich bezahle gern was ein Gemälde oder eine Zeichnung kosten kann.

Leben Sie aufs beste wohl. Meine Frau grüßt schön. Frau Charlotte wird das Kind heben; es ist ihr eine große Angelegenheit, und sie verwunderte sich, daß sie es nicht in Ihrer Gesellschaft sollte, besonders da der Junge auch einen Wilhelm unter seinen Namen hat.

Leben Sie recht wohl.

Sch.

194. Goethe

⟨Weimar, 13. oder 14. Juli 1796⟩

Viel Glück! zum guten Fortgang alles dessen was sich aufs neue lebendige bezieht. Grüßen Sie die liebe Frau und Frau Gevatterin. Zur Taufe hätte ich mich ohngebeten eingestellt, wenn mich diese Zeremonien nicht gar zu sehr verstimmten. Ich komme dafür Sonnabends und wir wollen ein Paar frohe Tage genießen. Leben Sie wohl. Heute erlebe ich auch eine eigne Epoche, mein Ehstand ist eben 8 Jahre und die franzö⟨si⟩sche Revolution 7 Jahre alt.

G

Die Kupferstiche zu Hirts Abhandlung sind in der Arbeit und sollen gut werden. Den einen wollte man nicht unter vier Carolin machen, der andere soll etwas wohlfeiler kommen. Es ist freilich viel und genaue Arbeit daran.

Knebel werde ich um *Uz* angehen.

195. Goethe

⟨Weimar, 20. Juli 1796⟩

In Hofrat Loders Gesellschaft bin ich gestern recht geschwinde herüber gekommen. Am Roman wird eifrig abgeschrieben. Heute früh beim Pyrmonter habe ich mir einen kleinen Aufsatz ausgedacht, durch den ich zuerst mir und Ihnen Rechenschaft, von meiner Methode die Natur zu beobachten zu geben gedenke, woraus künftig ein Vorbericht zu meinen Arbeiten dieser Art formiert werden kann. Hier ein Naturprodukt das in dieser Jahrszeit geschwind verzehrt werden muß. Ich wünsche daß es wohl schmecken und bekommen möge.

Weimar den 20ten Juli. 96. G

196. Schiller

⟨Jena, 22. Juli 1796⟩

Nur zwei Zeilen zum Gruß nebst unserm schönsten Dank für den Fisch, der uns, nämlich meiner Schwiegermutter und mir und Schlegels die wir dazu geladen ganz vortrefflich geschmeckt hat.

Ich bin von einer Depesche an Cotta und allerlei kleinen Notdürftigkeiten so erschöpft und ermüdet, daß ich heute nichts mehr schreiben kann noch will. Die Frankfurther Begebenheiten sollen Sie und Ihre Mutter, wie ich hoffe, nicht so schwer betroffen haben noch betreffen. Erfahren Sie etwas, was man in Zeitungen nicht lesen kann, über diese Vorfälle, so lassen Sie es mir doch auch zukommen. Leben Sie recht wohl.

Abends um 10 Uhr.

Hier sagte man heute, der Koadjutor sei gefangen. Sch.

197. Goethe

⟨Weimar, 22. und 23. Juli 1796⟩

Ich habe zwei Briefe von Meyer erhalten die mich sehr beruhigen er hat sich mit einem Landsmanne nach Florenz zurückgezogen und ist lustig und guter Dinge rezensiert schon die Arbeiten des Cellini und ist unglaublich erbaut von den Arbeiten der ältern Florentiner.

Hierbei ein Briefchen das ich niemand zu zeigen bitte, wenn ich etwas weiter erfahre so teile ich es mit. Frankfurth hat doch mehr gelitten als wahrscheinlich war.

Am Roman wird fleißig abgeschrieben. Künftigen Mittwoch hoffe ich die größte Hälfte zu überschicken. Es ist recht gut, daß ich so weit bin und köstlich daß Sie mir in der Beurteilung beistehn. In den jetzigen Augenblicken möchte die nötige Sammlung und Konzentration kaum möglich sein. Leben Sie recht wohl. Weimar d. 22 Jul 96.

G

Den 23ten Juli.

Hier noch einige Nachrichten:

Chursachsen macht Anstalten zu einem Kordon.

Die Franzosen haben die Österreicher bei Gemünden repousiert und waren also nur noch 5 Meilen von Würzburg. Wahrscheinlich sind sie dort schon angelangt und finden erstaunliche Magazine und gerettete Schätze.

Nach allen Nachrichten gehen die Sächsischen Kontingenter zurück. Die Österreicher gehen hinter die Donau, Würzburg muß 12000 Pferde stellen um sie retro zu spedieren.

Würtenberg macht Friede und hat schon Waffenstillstand Manheim soll so gut wie verloren sein. Der Kaiserl⟨iche⟩ Hof läßt 30.000 Mann aus Böhmen und Galizien kommen.

Frankfurth hat 174 Häuser verloren zahlt 8 Millionen

Livers Geld 1½ Million Tuch und Zeug und eine Menge Vivres davor soll kein Einwohner ohne Urteil und Recht modifiziert werden.

So lauten ohngefähr die tröstlichen Nachrichten von verschiedenen Orten und Enden. Das Schicksal unsrer Gegenden beruht bloß darauf: ob es möglich sein wird Zeit zu gewinnen? Einem ersten Anlauf und einer Streiferei wird man allenfalls widerstehen können. Daß der König von Preußen in Pyrmont und also doch die letzte Instanz bei der Hand ist, daß ihm und den Landgrafen von Hessen selbst viel daran gelegen sein muß einen Frieden für Chursachsen zu vermitteln, daß die Franzosen genug zu tun haben den Österreichern durch Franken, Schwaben und Baiern nach Böhmen zu folgen und sie auf ihrem eignen Grund und Boden zu bezwingen, das zusammen läßt uns einige Hoffnung schöpfen wenn nicht diese, wie so viele andere, zu nichte wird.

Von meiner Mutter habe ich noch keine Nachricht, sie wohnt auf dem großen Platz wo die Hauptwache steht und sieht gerade die Zeil hinauf, sie hat also den ganzen Halbkreis der Stadt der bombardiert wurde vor ihren Augen gehabt.

Ich habe indessen fortgefahren meine Tonne zu wälzen. Wie die Abschrift des Romans vorrückt habe ich die verschiedenen Desiderata zu erledigen gesucht, mit welchem Glück werden Sie beurteilen. Leben Sie recht wohl. Die Nachricht vom Koadjutor ist nicht wahrscheinlich, er hatte Raum und Zeit genug sich nach Ulm zurück zu ziehen sogar das Condeische Corps, das in Freyburg stand scheint sich gerettet zu haben. Was ich weiter vernehme erfahren Sie auch.

G

198. Schiller

Jena den 23. ⟨25.?⟩ Jul. 96.

In diesen letzten Tagen habe ich mich nicht wohl genug gefühlt, um über etwas, was uns interessiert, zu reden; auch heute enthalt ich mich, denn der Kopf ist mir von einer schlaflosen Nacht zerstört.

Die politischen Dinge, denen ich so gern immer auswich, rücken einem doch nachgerade sehr zu Leibe. Die Franzosen sind in Stuttgardt, wohin die Kaiserlichen sich anfangs geworfen haben sollen, so daß jene die Stadt beschießen mußten. Ich kann das aber nicht glauben, da Stuttgardt kaum Mauern hat, und es keinem Menschen der bei Sinnen ist, einfallen kann, sich auch nur 3 Stunden darin halten zu wollen. Von meiner Familie habe ich seit mehrern Wochen keine Nachricht; die gegenwärtige ist aus einem Briefe der kleinen Paulus. Der Zusammenhang zwischen Stuttgardt und Schorndorf war damals wie die Kleine schrieb gehemmt, und so sind also auch die Posten von daher abgeschnitten gewesen.

Hier in meinem Hause geht es noch ganz gut, nur daß aus dem Stillen meiner Frau nichts zu werden scheint, weil nichts mehr kommt.

Neulich erfuhr ich, daß Stolberg und wer sonst noch bei ihm war den Meister feierlich verbrannt habe, bis auf das VIte Buch, welches er wie Ahrnts Paradiesgärtlein rettete und besonders binden ließ. Er hält es in allem Ernste für eine Anempfehlung der Herrenhuterei, und hat sich sehr daran erbaut.

Von Baggesen spukt ein Epigramm auf meinen MusenAlmanach, worin die Epigramme übel wegkommen sollen. Die Pointe ist, daß »nachdem man erst idealische Figuren an dem Leser vorübergehen lassen, endlich ein venetianischer Nachttopf über ihn ausgeleert werde« – Das Urteil wenigstens sieht einem begossenen Hunde sehr ähnlich. Ich empfehle Ihnen diese beiden Avis zu bestem Gebrauche. Haben Sie die Güte mir, was Sie noch von Xenien haben, zu senden, weil es jetzt mit dem Drucke sehr ernst ist.

Mein voriger MusenAlmanach ist in Wien verboten, wir haben also in Rücksicht auf den neuen um so weniger zu schonen.

Folgendes Epigramm ist das neueste aus Berlin, wie Sie sehn werden.

Unger
über seine beiden VerlagsSchriften: Wilhelm
Meister und das Journal Deutschland.

Der Lettern neuen Schnitt dem Leser zu empfehlen
Mußt' ich des Meisters Werk zur *Ersten* Probe wählen,

Die Zweite ist, und dann ist alles abgetan,
Wenn selbst des Pfuschers Werk sie nicht verrufen kann.

Leben Sie recht wohl. Das abgeschriebene 8te Buch soll mich wieder aufs neue in Bewegung setzen. Über die Naturhistorischen Dinge mündlich. Herder hat zum Almanach mancherlei geschickt; auch einiges wovon geschrieben steht

facit indignatio versum
qualemcunque potest.

Die Frau grüßt bestens. Sch

199. Goethe

⟨Weimar, 26. Juli 1796⟩

Ich schicke hier einen guten Brief von Meyer, es ist der zweite den ich von Florenz erhalte, wo er sich ganz wohl befindet, ich wünsche nur daß er sich mit recht breiter Ruhe daselbst fest setzen möge.

Auf den Sonnabend schicke ich wohl noch ein paar Dutzend Xenien. Könnten Sie mir nicht, wie Sie beim Almanach vorwärts rucken, das Manuskript erst herüber schicken, ich habe in den Xenien manche Stellen verändert, auch hie und da noch Überschriften gefunden, vielleicht wäre etwas davon zu brauchen.

Die Abschrift des Romans geht vorwärts und ich finde noch mancherlei darinne zu tun, ich hoffe ihn den $3^{\underline{ten}}$ oder den $6^{\underline{ten}}$ August zu schicken den $10^{\underline{ten}}$ besuche ich Sie und da hoff ich wollen wir bald zum Schluß kommen.

Bis dahin wird sich auch wohl das politische Unheil mehr aufgeklärt haben Thüringen und Sachsen hat so scheint es, Frist sich zu besinnen und das ist schon viel Glück.

Kants Aufsatz über die *vornehme* Art zu philosophieren,

hat mir viel Freude gemacht, auch durch diese Schrift wird die Scheidung dessen was nicht zusammen gehört immer lebhafter befördert.

Die Auto da Fe der Stolberge und die Epigramme der Baggesen sollen ihn⟨en⟩ übel bekommen, sie haben ja so nur einen Kredit weil man sie toleriert hat und es wird keine große Mühe kosten sie in den Kreis zu bannen wohin sie gehören. Leben Sie recht wohl; ich wünsche Ihrer Frau bei der Veränderung gute Gesundheit und dem Kleinen, bei seiner neuen Nahrung, Gedeihen. Ich werde indessen so fleißig als möglich sein um einige Zeit in Ruhe bei Ihnen bleiben und mich über manche neue Unternehmung mit Ihnen unterhalten zu können. Weimar den 26.ten Jul. 1796.

G

200. Goethe

⟨Weimar, 28. Juli 1796⟩

Sie haben so oft, nebst andern Freunden gewünscht, daß unsere Schauspieler manchmal in Jena spielen möchten, so eben tritt eine Epoche ein, wo wir sie von Lauchstädt aus zu Ihnen schicken können, ist alsdann das Theater einmal eingerichtet, so versteht sich daß die Sache im Gang bleiben kann. Schreiben Sie mir doch ein wenig die Disposition der Gemüter, bringen Sie besonders die Frauens in Bewegung.

Der Herzog hat, /: unter uns gesagt :/ mir die Sache ganz überlassen, an Gotha hat man ein Kompliment hierüber gemacht, und sie haben auch nichts dagegen, doch soll und mag ich die Sache nicht ohne Beistimmung der Akademie vornehmen. Ich werde sie aber nicht eher durch den Prorektor an den Senat bringen, als bis ich gewiß Majora vor mir habe. Lassen Sie also durch Ihre Bekannte und Freunde das wünschenswerte einer solchen neuen Erscheinung recht ausbreiten und sagen mir bald Nachricht wie es aussieht?

Ich wünschte die Mere coupable auf kurze Zeit zu haben, ist sie noch in Ihren Händen oder können Sie solche geschwind haben, so kann Herr Hofkammerrat Kirms, der dieses bringt sie abends mitnehmen.

Hier ein Brief von meiner Mutter.

Schreiben Sie mir wie die Ihrigen sich befinden?

Übrigens ist alles in solcher Konfusion und Bewegung daß die ästhetische Stimmung die erforderlich wäre den Roman nach unsern Wünschen zu vollenden nur als eine Wundergabe erwartet werden kann. Indessen ist auch daran nicht ganz zu verzweifeln. Leben Sie recht wohl.

Weimar den 28ten Juli. 1796.

G

201. Schiller

⟨Jena, 28. Juli 1796⟩

Hier die Xenien, welche mir bald möglichst zurückzusenden bitte. Was ausgestrichen ist, bleibt teils weg, teils ist es schon gedruckt oder für den Druck herausgeschrieben. Änderungen in dem ausgestrichenen sind also entweder unnötig oder auch schon zu spät. Die Namen unter den einzelnen Versen bedeuten nichts, und es ist auch nicht dabei geblieben.

Für die Komödie will ich Stimmen zu werben suchen und gleich bei dem Hausherrn anfangen, der sonst dazu geneigt gewesen ist. Für meine Frau besonders wird es mir sehr lieb sein, wenn es zur Ausführung kommt. Diese befindet sich recht erträglich, der Kleine leidet viel von Säure und Krämpfen, doch scheint er sich nach und nach an die neue Nahrung zu gewöhnen. Man sollte nicht denken, daß man bei soviel Sorgen von innen und außen einen leidlichen Humor behalten oder gar Verse machen könnte. Aber die Verse sind vielleicht auch darnach.

Für den Roman fürchte ich übrigens gar nichts. Das wenige was noch zu tun ist hängt von ein paar glücklichen Aperçus ab, und im äußern Gedränge pflegt man oft die wunderbarsten Offenbarungen zu erhalten.

Meyers Stimme aus Florenz hat mich recht erquickt und erfreut. Es ist eine Lust ihn zu hören, mit welcher zarten Empfänglichkeit er das Schöne aufnimmt, und bei einem so denkenden und analysierenden Geist, wie der seinige, ist diese Rührungsfähigkeit, diese offene Hingebung eine unendlich schätzbare Eigenschaft.

Seine Idee zu einem Bilde scheint mir überaus glücklich

und malerisch zu sein. Schreiben Sie ihm, so bitte ich, ihm recht viel freundschaftliches von mir zu sagen.

Die Idylle ist abgedruckt und ich werde den Probebogen nächstens schicken. Die zur Eisbahn gehörigen Xenien (Mittelalter und Individualität abgerechnet) habe ich in Ein Gedicht zusammen geruckt und die einzelnen Überschriften weggelassen. Dasselbe läßt sich im Kleinen auch noch bei einigen andern tun und wird die Mannichfaltigkeit der Formen vermehren. Vielleicht haben Sie auch Lust die Newtoniana so zu ordnen.

Für den Brief Ihrer Mutter danken wir schönstens. Außer dem, was er historisches enthält, interessierte uns die Naivetät ihrer eigenen Art und Weise.

Der Himmel weiß, wie es uns noch ergehen wird. Unter diesen Umständen werden Sie Meiers tröstliche Nachrichten über die Hinreise nach Italien schwerlich benutzen können.

Leben Sie recht wohl. Meine Frau grüßt schön.

Sch.

202. Goethe

⟨Weimar, 30. Juli 1796⟩

Die Xenien kommen sogleich wieder zurück, ich habe nur wenige Anmerkungen gemacht und erinnere nur noch daß wir in *Eudämonia* das i lang gebraucht haben, welches wohl nach dem Akzent, nicht aber nach der Quantität richtig ist. Wahrscheinlich brauchen Sie diese paar Epigramme nicht.

Überhaupt will ich Ihnen nicht leugnen, daß es mir einen Augenblick recht wehe getan hat unser schönes Karten und Luftgebäude, mit den Augen des Leibes, so zerstört, zerrissen, zerstrichen und zerstreut zu sehen. Die Idee war zu schön, zu eigen und einzig als daß ich mich nicht, besonders da sich bei mir eine Idee, ein Wunsch leicht fixiert, darüber betrüben sollte für immer darauf renunziieren zu müssen. Doch mag es denn auch an dem Spaße genug sein den uns der Gedanke indessen gemacht hat, es mag genug sein daß nun so viel Stoff da ist, der zu einem andern Körper nun wieder verarbeitet werden kann. Die Zusammenstellung in Ihrem Almanach wird mich schon wieder trösten, nur bitte ich meinen Namen so wenig als möglich unter die Gedichte zu setzen. Die wenigen welche ich die Zeit hervorgebracht habe muß ich für den Augenblick liegen lassen, ich bringe sie mit, wenn ich komme, und bis dahin wird der neue Körper des Almanachs schon so lebendig und mächtig sein um sie sich zu assimilieren.

Noch eins ich wünschte daß alles wegbliebe, was in unserm Kreise und unsern Verhältnissen unangenehm wirken könnte in der ersten Form forderte, trug, entschuldigte eins das andere jetzt wird jedes Gedicht nur aus freiem Vorsatz und Willen eingeschaltet und wirkt auch nur einzeln für sich.

Vom Roman ist gar nichts zu sagen, er hält einen Mittagsschlaf und ich hoffe er soll gegen Abend desto frischer wieder aufstehn.

In meinen Beobachtungen über Pflanzen und Insekten habe ich fortgefahren und bin ganz glücklich darinne gewesen. Ich finde, daß wenn man den Grundsatz der Stetigkeit recht gefaßt hat und sich dessen mit Leichtigkeit zu bedienen weiß, man weder zum Entdecken noch zum Vortrag bei organischen Naturen etwas weiter braucht. Ich werde ihn jetzt auch an elementarischen und geistigen Naturen probieren und er mag mir eine Zeit lang zum Hebel und zur Handhabe bei meinen schweren Unternehmungen dienen.

Das französische Ungewitter streift noch immer jenseit des Thüringer Waldes hin, wir wollen das Gebürge, das uns sonst die kalten Winde schickt, künftig als eine Gottheit verehren, wenn es diesmal die Eigenschaften einer Wetterscheidung hat.

Da in Rudolstadt Vogelschießen ist, so geht unsere Schauspielergesellschaft den 11ten dahin und die Wünsche des Jenaischen Publikums nach einer anmutigen Unterhaltung im September können indessen laut werden.

Schreiben Sie mir wenn Sie wieder eine Lieferung vom Cellini brauchen.

Ich wünsche zu hören daß Sie mit den Ihrigen sich recht wohl befinden. Was haben Sie vor Nachricht aus Schwaben? Die Sächsischen Kontingenter sollen bei Cranach sein. Ob man sie brauchen wird das Voigtland und den Saalgrund vor Streifereien zu decken? ob man an der Werra noch einen andern Kordon ziehen wird? ob man Neutralität und Waffenstillstand durch Preußen vermitteln wird? überhaupt welche Art von Gewitterableiter man brauchen kann und will? muß sich in Kurzem aufklären. Leben Sie recht wohl. Ich wünsche eine ruhige und beruhigte Zeit bald in Ihrer Nähe zuzubringen. Weimar den 30ten Jul. 1796.

G

203. Schiller

Jena 31. Jul. 96.

Sie können Sich von den Xenien nicht ungern⟨er⟩ trennen, als ich selbst. Außer der Neuheit und interessanten Eigentümlichkeit der Idee ist der Gedanke, ein gewisses Ganzes in Gemeinschaft mit Ihnen auszuführen, so reizend für mich gewesen. Aber seien Sie versichert, daß ich die Idee nicht meiner Konvenienz aufgeopfert habe. Zu einem Ganzen, so wie es auch von dem liberalsten Leser gefodert werden konnte, fehlte noch unübersehlich viel; eine mühsame Redaktion hat mich mit diesem Mangel gar sehr bekannt gemacht. Selbst wenn wir die zwei letzten Monate ausschließend dazu hätten widmen können, würde weder der satyrische noch der andere Teil die nötige Vollständigkeit erlangt haben. Das ganze Werk ein Jahr länger liegen zu lassen erlaubte weder das Bedürfnis des Almanachs, noch wäre es der vielen Anspielungen auf das neueste in der *Literatur*, welches nach einem Jahre sein Interesse verliert, zu wagen gewesen: und was dieser Rücksichten mehr sind, die ich Ihnen mündlich anführen will. Übrigens ist uns diese Idee und Form noch gar nicht verloren, denn es ist noch so erstaunlich viel Stoff zurück, daß dasjenige, was wir aus dem alten noch etwa dazu nehmen, darin verschwinden wird.

Ihren Namen nenne ich sparsam. Selbst bei denjenigen politischen, welche niemanden angreifen, und vor welchen man sich gefreut haben würde, ihn zu finden, habe ich ihn weggelassen, weil man diese mit den andern, auf Reichardt gehenden, in Verbindung vermuten könnte. Stolberg kann nicht geschont werden, und das wollen Sie wohl selbst nicht, und Schlosser wird nie genauer bezeichnet, als eine allgemeine Satyre auf die Frommen erfodert. Außerdem kommen diese Hiebe auf die Stolbergische Sekte in einer solchen Verbindung vor, daß jeder *mich* als den Urheber sogleich erkennen muß; ich bin mit Stolberg in einer gerechten Fehde und habe keine Schonung nötig. Wieland soll mit der zierlichen Jungfrau in Weimar wegkommen, worüber er sich nicht beklagen kann. Übrigens erscheinen diese Odiosa erst in der zweiten Hälfte des Almanachs, so daß Sie bei Ihrem Hiersein noch herauswerfen können, was Ihnen gut dünkt. Um Ifland nicht weh zu tun, will ich in dem Dialog mit Shakespear lauter Schröderische und Kotzebuische Stücke bezeichnen. Sie sind wohl so gütig und lassen mir vom Spiritus das Personal aus 5 oder 6 Kotzebuischen und Schröderischen Stücken abschreiben, daß ich darauf anspielen kann.

Der Cellini pressiert diesmal nicht, denn leider kann ich schon mehrere Posttage nichts mehr an Cotta bringen, die Post nimmt nichts nach Stuttgardt und Tübingen an. Auch die letzte Lieferung des Cellini liegt noch da, die für das 8te Stück bestimmt ist, und Cotta kann das Mskrpt zu dem siebenten, welches bei der Einnahme von Stuttgardt noch unterwegs war, nicht empfangen haben.

Aus Schwaben sind seit 8 Tagen keine Nachrichten mehr angelangt, ich weiß nicht wie es um meine Familie steht, noch wo sie sich jetzt aufhält.

Aus Coburg wird heute geschrieben, daß die Franzosen in wenig Tagen darin einrücken würden, daß aber niemand etwas fürchte. Der allerfurchtsamste Hypochondrist von der Welt Herr Hess schreibt dieses an seine Frau, die hier ist; es muß also wohl wahr sein.

Es ist gut, wenn man den Jenensern Zeit läßt, ihre Furcht vor den Franzosen los zu werden, ehe man ihnen die Komödie zeigt. Es gibt gar gewissenhafte Leute hier, die bei einer so großen öffentlichen Kalamität ein Vergnügen für unschicklich halten

Da wie ich höre das Mannheimer Theater auf ein Jahr suspendiert ist, so werden Sie Ifland wohl wieder in Weimar haben können. Es wäre zu wünschen, daß sich das Weim⟨arische⟩ Theater bei dieser Gelegenheit mit einer Schauspielerin recroutieren könnte. Mlle. Witthöft oder wie sie jetzt heißt, würde wohl eine sehr gute Eroberung sein.

Bei mir ist alles wohl auf, und der kleine gewöhnt sich nach und nach. Meine Frau grüßt Sie bestens.

Leben Sie recht wohl. Ich freue mich, wenn Sie wieder hier sind, auch von den naturhistorischen Sachen wieder zu hören.

Sch.

204. Schiller

⟨Jena, 1. August 1796⟩

Nach langem Hin und Herüberschwanken kommt jedes Ding doch endlich in seine ordentliche waagrechte Lage. Die erste Idee der Xenien war eigentlich eine fröhliche Posse, ein Schabernack auf den Moment berechnet und war auch so ganz recht. Nachher regte sich ein gewisser Überfluß und der Trieb zersprengte das Gefäß. Nun habe ich aber, nach nochmaligem Beschlafen der Sache, die natürlichste Auskunft von der Welt gefunden, Ihre Wünsche und die Konvenienz des Almanachs zugleich zu befriedigen.

Was eigentlich den Anspruch auf eine gewisse Universalität erregte und mich bei der Redaktion in die große Verlegenheit brachte, waren die philosophischen und rein poetischen, kurz die unschuldigen Xenien; also eben die, welche in der ersten Idee auch nicht gewesen waren. Wenn wir diese in dem vordern, und gesetzten Teile des Almanachs, unter den andern Gedichten bringen, die lustigen hingegen unter dem Namen *Xenien* und als ein eigenes Ganze, wie voriges Jahr die Epigramme dem ersten Teile anschließen, so ist geholfen. Auf Einem Haufen beisammen und mit keinen ernsthaften untermischt, verlieren sie sehr vieles von ihrer Bitterkeit, der allgemein herrschende Humor entschuldigt jedes einzelne, so wie Sie neulich schon bemerkten und zugleich stellen sie wirklich ein gewisses Ganzes vor. Auch die Hiebe auf Reichardt wollen wir unter dem Haufen zerstreuen und nicht, wie erst geschehen war an die Spitze stellen. Von der einen Seite war die *Ehre* und von der andern die *Beleidigung* zu groß, die wir ihm durch diese Auszeichnung antaten. Und so wären also die Xenien (wenn Sie meinen Gedanken gut heißen, wie ich denke) zu ihrer ersten Natur zurückgekehrt, und wir hätten doch auch zugleich nicht Ursache, die Abweichung von jener zu bereuen, weil sie uns manches gute und schöne hat finden lassen.

Und da nach dem neuen Plane diejenigen politischen Xenien von Ihnen, welche bloß Lehren enthalten und gar niemand treffen, von den satyrischen ganz getrennt sind, so habe ich unter jene Ihren Namen gesetzt. Er gehört davor, weil sich diese Konfessionen an die Epigramme vom vorigen Jahr und selbst an den Meister anschließen, und, in Form und Inhalt, unverkennbar Ihren Stempel tragen.

Ich habe heute wieder keine Nachricht aus Schwaben erhalten; es scheint, daß wir ganz abgeschnitten sind. H. v. Funk der mir heute schrieb hat aus Artern seinem gewöhnlichen Quartier in die Gegend von Langensalz⟨a⟩ vorrücken müssen. Doch muß man dort nicht viel fürchten, denn er hält diese Stellung für unnütz. Leben Sie recht wohl

Jena 1. August. 96 Sch.

205. Goethe

⟨Weimar, 2. August 1796⟩

Sie werden, mein Lieber, noch manchmal in diesen Tagen zur Geduld gegen mich aufgefordert werden, denn jetzt, da die Zeit herbei kommt in welcher ich abreisen sollte, fühle ich nur zu sehr was ich verliere indem mir eine so nahe Hoffnung aufgeschoben wird, welches in meinem Alter so gut als vernichtet heißt. Was ich noch von Kultur bedarf konnte ich nur auf jenem Wege finden, was ich vermag konnte ich nur auf jene Weise nützen und anwenden, und ich war sicher in unsern engen Bezirk einen großen Schatz zurück zu bringen, bei welchem wir uns der Zeit, die ich entfernt von Ihnen zugebracht hätte, künftig doppelt erfreut haben würden. Des guten Meyers Beobachtungen schmerzen mich, er hat selbst nur den halben Genuß davon, wenn sie für mich nur Worte bleiben sollen und daß ich jetzt keine Arbeit vor mir sehe die mich beleben und erheben könnte, macht mich auch verdrießlich. Eine große Reise und viele von allen Seiten zudringende Gegenstände waren mir nötiger als jemals; ich mag es indessen nehmen wie ich will, so wäre es töricht gegenwärtig aufzubrechen und wir müssen uns also drin finden.

Ich hoffe Sie bald zu besuchen und es freut mich, daß Sie sich einen Weg ausgedacht haben wie wir den Spaß mit den Xenien nicht verlieren. Ich glaube es ist der ganz richtige und der Kalender behält seine vorige Form und zeichnet sich vor allen andern durch Vorspiel und Nachspiel aus, er wird nicht bunt durch Vermischung heterogener Dichtungsarten, und wird doch so mannigfaltig als möglich. Wer weiß was uns einfällt um übers Jahr wieder auf eine ähnliche Weise zu interessieren. Von allem übrigen sage ich heute nichts. Leben Sie recht wohl. Grüßen Sie Ihre liebe Frau ich wünsche Sie mit den Ihrigen wohl und vergnügt anzutreffen. Weimar den 2ten August 1796.

G

206. Schiller

Jena 5. Aug. 96

Matthison ist heute hier durchgereist, er kommt unmittelbar aus Italien über Triest und Wien. Seinen Versicherungen nach soll die Reise nach Italien nicht so bedenklich sein. Er glaubt der Weg von Triest nach Rom über Ancona sollte keine Schwierigkeit haben. Es ist ihm selbst auf der Reise keine Unannehmlichkeit begegnet, und aufgehalten wurde er bloß in Nürnberg, wo es an Pferden fehlte. Wenn es also binnen 3, 4 Wochen entschieden würde, ob Sie für Haus und Herd nichts zu fürchten haben, so wäre die Reise doch noch nicht aufzugeben. Auch Hirt hat Italien verlassen, Matthison hat sich in Wien von demselben getrennt, doch sagt er Hirt würde auch hieher kommen. Von Meyern wußte er nicht mehr zu erzählen, als wir wissen, und überhaupt hat er nicht viel neues über die neuesten Ereignisse zu erzählen gehabt.

Ich sende Ihnen hier eine Anzahl ernsthafter Xenien die ich, aus den Ihrigen und den Meinigen gemischt, in Einen Strauß zusammen gebunden habe, damit doch auch, in Absicht auf die ernsthaften Stücke, die Idee einiger beiderseitigen Vereinigung in etwas erfüllet werde. Haben Sie die

Güte, das Mskrpt anzusehen und zu bemerken, wo Sie etwas anders wünschen. Fänden Sie keine Erinnerung zu machen, so erbitte ich mir das Mskrpt mit retournierendem BotenMädchen zurück, um es gleich an Göpferdt zu geben.

Von andern Sachen das nächstemal. Ich bin nicht allein. Möge Sie dieser Brief heiter und beruhigt finden! Bei mir ist alles wohl und meine Frau läßt Sie herzlich grüßen.

Sch.

207. Goethe

⟨Weimar, 6. August 1796⟩

Die ci devant Xenien nehmen sich, in ihrer jetzigen Zusammenstellung sehr gut aus, und wird diese ernste Gesellschaft gewiß auch gut aufgenommen werden. Könnten Sie noch die paar fehlenden Überschriften finden, so würde es sehr schön sein, mir hat der Geist, in diesen kurzen Stunden, nichts eingeben wollen. Die nächste Woche bin ich bei Ihnen, und ich hoffe unser Zusammensein soll nicht unfruchtbar bleiben, wir werden manches vollenden und uns zu manchem entschließen können. Von naturhistorischen Dingen habe ich manches Gute zu erzählen.

Ich habe in diesen Tagen das schönste Phänomen, das ich in der organischen Natur kenne, (welches viel gesagt ist) entdeckt und schicke Ihnen geschwind die Beschreibung davon. Ich weiß nicht ob es bekannt ist, ist es aber; so verdienen die Naturforscher Tadel daß sie so ein wichtig Phänomen nicht auf allen Straßen predigen, an statt die Wißbegierigen mit so vielen matten Details zu quälen. Sagen Sie niemand nichts davon. Ich habe zwar die Beobachtung nur an Einer Art machen können, wahrscheinlich aber ist es bei allen so, welches sich noch diesen Herbst entscheiden muß. Da die Veränderung so schnell vorgeht, und man nur wegen der Kleine des Raums die Bewegung nicht sehen kann, so ist es wie ein Märchen wenn man den Geschöpfen zusieht, denn es will was heißen in 12 Minuten um $\frac{1}{2}$ Zoll in der Länge und proportionierlich in der Breite zu wachsen und also gleichsam im Quadrate zuzunehmen! und die 4 Flügel auf einmal! Ich will sehen ob es nicht möglich ist Ihnen dieses Phänomen unter die Augen zu bringen. Leben

Sie recht wohl! unter uns gesagt ich hoffe Ihnen Friede und Ruhe für Thüringen und Obersachsen mitbringen zu können. Weimar den 6ten August 1796.

Nachschrift.

Es versteht sich von selbst, daß man sich dieses Wachstum nicht vorzustellen hat als wenn die festen Teile der Flügel in so kurzer Zeit um so vieles zunähmen, sondern ich denke mir die Flügel aus der feinsten tela cellulosa schon völlig fertig, die nun durch das Einstreben irgend einer elastischen Flüssigkeit, sie sei nun Luft- Dunst- oder Feuchtartig, in so großer Schnelle, ausgedehnt wird. Ich bin überzeugt daß man bei Entwickelung der Blumen eben so etwas wird bemerken können.

208. Schiller

Jena 8. Aug. 96

Ihre neue Entdeckung ist in der Tat wunderbar, sie scheint bedeutend und auf eine wichtige Spur zu führen. Sie erinnerte mich an die schnelle und gewaltsame Entwicklung welche in dem Herzen und den Lungen des Neugeborenen Tiers vorgeht. Daß der Schmetterling die Lichtseite so sehr vermeidet, ist auch etwas merkwürdiges, und muß abermals auf den Einfluß des Lichts auf organische Naturen aufmerksam machen.

Ich wünschte sehr, das Phänomen selbst zu sehen. Sie setzen diese Tage wahrscheinlich Ihre Versuche fort, und werden mir, wenn Sie hieher kommen, mehrers davon zu erzählen haben.

Hier wird allgemein erzählt, daß in Weißenfels eine Zusammenkunft zwischen dem Kurfürsten von Sachsen, einigen Herzogen von Sachsen ja selbst dem König von Preußen im Werke sei. Die Sachsen würden die Stadt Erfurt besetzen und was des Gerüchtes mehr ist. Aus Schwaben ist noch immer keine Nachricht gekommen, und ich kann keine dort hin bringen.

Schlegels Bruder ist hier, er macht einen recht guten Eindruck und verspricht viel. Humboldt hat eine große Reise nach dem nördlichen Deutschland bis auf die Insel

Rügen angetreten, wird die Freunde und Feinde in Eutin und Wandsbeck besuchen und uns allerlei kurzweiliges zu melden haben. Ich konnte nicht recht begreifen, was ihm auf einmal ankam, sich dorthin in Bewegung zu setzen.

Das 8te Buch ruht wohl noch?

Haben Sie nicht eine Schrift über die *Herkulanischen* Entdeckungen? Ich bin gerade jetzt einiger Details darüber bedürftig und bitte Sie darum. Schon in Volkmanns Geschichte findet man glaube ich mehreres davon.

In meinem Hause stehts gut. Wir freuen uns alle (denn Karl gehört auch dazu) auf Ihre Hieherkunft. Kommen Sie ja recht bald.

Sch

209. Goethe

⟨Weimar, 10. August 1796⟩

Mein Paket war gemacht, ich hoffte wieder einige gute Zeit mit Ihnen zuzubringen. Leider halten mich verschiedene Umstände zurück, und ich weiß nicht wenn ich Sie sehen werde.

Was Sie eigentlich von den Herkulanischen Entdeckungen zu wissen wünschen möchte ich näher wissen, um Ihnen zweckmäßig aus helfen zu können. Ich schicke Ihnen hierbei den Volkmann, auch ist in der Büttnerischen Bibliothek ein Buch:

Beschreibung von Heracleia, aus dem Italiänischen des Don Marcello Venuti. Frankfurth und Leipzig 1749.

Schicken Sie mir doch mein Blatt über die Schmetterlinge zurück.

Das Phänomen scheint allgemein zu sein, ich habe es indessen bei andern Schmetterlingen und auch bei Schlupfwespen bemerkt. Ich bin mehr als jemals überzeugt daß man durch den Begriff der *Stetigkeit* den organischen Naturen trefflich beikommen kann, ich bin jetzt daran mir einen Plan zur Beobachtung aufzusetzen wodurch ich im Stande sein werde jede einzelne Bemerkung an ihre Stelle zu setzen, es mag dazwischen fehlen was will, habe ich das einmal gezwungen, so ist alles was jetzt verwirrt, erfreulich und willkommen. Denn wenn ich meine vielen, ungeschickten

Kollektaneen ansehe; so möchte sich wohl schwerlich Zeit und Stimmung finden sie zu sondern und zu nutzen.

Der Roman gibt auch wieder Lebenszeichen von sich. Ich habe zu Ihren Ideen Körper nach meiner Art gefunden, ob Sie jene geistigen Wesen in ihrer irdischen Gestalt wieder kennen werden, weiß ich nicht. Fast möchte ich das Werk zum Drucke schicken, ohne es Ihnen weiter zu zeigen. Es liegt in der Verschiedenheit unserer Naturen daß es Ihre Forderungen niemals ganz befriedigen kann, und selbst das gibt, wenn Sie dereinst sich über das Ganze erklären, gewiß wieder zu mancher schönen Bemerkung Anlaß.

Lassen Sie mich von Zeit zu Zeit etwas vom Almanach hören. Hier ein kleiner Beitrag, ich habe nichts dagegen, wenn Sie ihn brauchen können, daß mein Name darunter stehe. Eigentlich hat eine arrogante Äußerung des Herrn Richters, in einem Briefe an Knebel, mich in diese Disposition gesetzt.

Lassen Sie mich ja wissen was Humbold schreibt.

In einigen Tagen wird Herr Legationsrat *Mattei* sich bei Ihnen melden, nehmen sie ihn freundlich auf, er war Hofmeister bei dem Grafen Forstenburg* und zugleich an dessen Mutter Frau von Brankoni attachiert und hat mit beiden ein ziemliches Stück Welt gesehen. Leben Sie recht wohl.

Weimar den 10ten Aug: 1796.

* natürlichen Sohn des Herzogs v. Braunschweig.

210. Schiller

⟨Jena, 10. August 1796⟩

Eben erhalte ich Ihren Brief, und will nur das Mskrpt geschwind fortschicken das Sie begehren. Für den Volkmann und die übrige Notizen danke ich Ihnen aufs beste. Der Chinese soll warm in die Druckerei kommen; das ist die wahre Abfertigung für dieses Volk.

Daß Sie nicht sogleich kommen können ist mir recht verdrüßlich. Ich hätte jetzt sogern mein Lämpchen bei Ihnen angezündet. In Absicht auf den Roman tun Sie sehr wohl, fremden Vorstellungen, die sich Ihrer Natur nicht leicht assimilieren lassen, keinen Raum zu geben. Hier ist alles aus Einem Stück, und selbst wenn eine kleine Lücke wäre, was noch immer nicht erwiesen ist, so ist es besser, sie bleibt *auf Ihre Art*, als daß sie durch eine fremde Art ausgefüllt wird. Doch davon nächstens mehr.

Auf den Freitag sende ich Ihnen auch AlmanachsBogen.

Leben Sie recht wohl.

Sch.

211. Schiller

⟨Jena, 12. August 1796⟩

Ich bin heute in ein Gedicht hinein geraten, worüber ich den Botentag rein vergessen habe. Eben mahnt mich meine Frau, die Ihnen Zwieback schickt, und ich habe nur noch zu ein paar Worten Zeit.

Hier Proben von bessern und schlechtern Abdrücken der ersten AlmanachsBogen. Der Vierte ist jetzt unter der Presse, und es läßt sich an, als ob wir in der ersten Woche Septembers damit zu Stande sein könnten. Er wird erstaunlich reich werden, und von dem vorjährigen völlig verschieden. Wenn ich Ihre Idylle gegen die Epigramme im vorigen Jahr abrechne, so wird der diesjährige wohl den Preis davon tragen. Mit meinen Arbeiten darin bin ich viel besser zufrieden, als ich es mit denen im vorigen Jahr bin, ich empfinde es ganz erstaunlich, was Ihr näheres Einwirken auf mich in mir verändert hat, und obgleich an der *Art* und an dem *Vermögen* selbst nichts anders gemacht werden kann, so ist doch eine große Läuterung mit mir vorgegangen. Einige Sachen, die ich jetzt unter Händen habe, dringen mir diese Bemerkung auf.

H. Mattei habe ich noch nicht gesehen, er soll mir willkommen sein, wenn er erscheint. Mein Schwager, der Legationsrat vWolzogen mit seiner Frau ist gegenwärtig hier; er hat sich mehrere Jahre mit der Architektur abgegeben, und da es ihm gar nicht an Kopf fehlt, er auch gereist ist, so werden Sie ihn nicht leer finden.

Leben Sie recht wohl, und bleiben Sie nicht zu lange mehr

aus. Ich wünschte jetzt gar sehr, das 8te Buch wieder zu haben, kann ich es nicht bald erhalten?

Sch.

212. Goethe

〈Weimar, 13. August 1796〉

Ihre freundliche Zuschrift, begleitet von den ersten Bogen des Almanachs und den guten Zwiebäcken, waren mir sehr erfreulich sie trafen mich mitten im Fleiße von allerlei Art. Der Almanach macht wirklich ein staatliches Gesicht und das Ganze kann nicht anders als reich und mannigfaltig werden. Könnten Sie nicht, da Sie doch einige Blätter umdrucken lassen, auch gleich die *Eisbahn* mitnehmen? Wie sie jetzt steht, verspricht sie ein Ganzes zu sein, das sie nicht leistet, und die zwei einzelnen Distichen am Ende machen den Begriff daran noch schwankender. Ich schicke Ihnen hierbei wie ich wünschte daß sie abgedruckt würden. Die Distichen würden durch einen kleinen Strich getrennt und da ich noch einige hinzugetan habe, so machten sie eine Art von Folge und leiteten die künftigen ein, die auf eben diese Weise stehen werden. Sophie Mereau hat sich recht gut gehalten. Der Imperativ nimmt sich recht lustig aus. Man sieht recht bei diesem Falle wie die Poesie einen falschen Gedanken wahr machen kann, weil der Appell ans Gefühl sie gut kleidet. Mir ist aufgefallen wie das Gedicht von Conz doch eigentlich nur gute Prosa ist, und wie wunderlich die Kobolde sich in der übrigen hellen Gesellschaft ausnehmen. Es ist aber recht gut daß Sie von allen diesen beliebten Arten etwas aufnehmen. Haben Sie nicht auch noch eine leidliche Romanze? Bei der Redaktion der Xenien hoffe ich gegenwärtig zu sein und meine neusten noch unterzubringen. Bis künftigen Mittwoch hoffe ich manches überstanden zu haben, bis dahin werde ich mir auch die Frage ob ich Ihnen das Achte Buch nochmals schicke? beantworten können. Ich müßte mich sehr irren oder ich muß künftig diesen letzten Band zu 2 Bänden erweitern, um etwas mehr Proportion in die Ausführung der verschiedenen Gegenstände zu bringen.

Was sagen Sie zu beiliegender Wundergeschichte? sie ist

aus der florentiner Zeitung genommen. lassen Sie es doch abschreiben und teilen es einigen Freunden mit. Merkwürdig ist das Mandat das man zu gleicher Zeit, zur Sicherstellung der Französischen Kommissarien, die man erwartet, vom Quirinal publiziert hat, es werden darin die unmittelbarsten, strengsten Strafen demjenigen, der sie nur im mindesten beleidigte, oder sich bei allem was geschehen könnte (wahrscheinlich ist der Transport der Kunstsachen gemeint) nur im mindesten regte und rührte, ohne prozessualische Form, angedroht.

Meyer hat geschrieben und ist recht gutes Muts, er hat schon angefangen die Madonna della Seggiola zu kopieren und wird sich nachher wahrscheinlich an einen Teil eines trefflichen Bildes von Michelange machen, er hofft immer noch auf mein nächstes kommen.

Die nächste Woche werde ich auch mehr sagen können wie unsere Politica stehen. Das Sächsische Kontingent bleibt im Voigtlande, die übrigen Truppen sind denn doch so verteilt daß der Kordon eine Gestalt hat demohngeachtet wird wohl das beste was zu hoffen ist nicht von Macht und Gewalt sondern von höhern Verhältnissen und höhern Konstellationen abhängen.

Grüßen Sie alles was Sie umgibt, ich freue mich Sie bald wieder zu sehen, wie ich denn von unserer Wechselwirkung noch Folgen hoffe die wir jetzt gar noch nicht ahnden können. Leben Sie recht wohl. Weimar den 13ten August 1796.

G

213. Schiller

⟨Jena, 15. August 1796⟩

Endlich habe ich Briefe aus Schwaben, die mich zwar nicht viel unterrichten, aber im Ganzen doch beruhigen. Cottas Briefe lege ich bei. Meine Familie hat wenig von den Kriegsunruhen desto mehr aber von den KrankheitsUmständen meines Vaters gelitten, der einem langsamen Tod auf einem sehr schmerzhaften Krankenlager entgegen schmachtet. Meine jüngste Schwester, von der ich Ihnen im vorigen März erzählt, ist schon im April gestorben, und meine zweite dem Tode mit Mühe entgangen.

Weil ich vor der Hand nur über Frankfurt Briefe nach Schwaben bringen kann und mir an der gegenwärtigen Bestellung an Cotta alles liegt, so ersuche ich Sie, eingeschlossenes an Ihre Frau Mutter nach Frankfurth einzuschließen, und die schnellste Absendung nach Stuttgardt zu empfehlen.

Zugleich haben Sie die Güte, mich wissen zu lassen, an wen in Weimar ich mich der Decke z⟨um⟩ Almanach wegen, von welcher Cotta schreibt zu wenden habe?

Morgen mit dem BotenMädchen ein mehreres, heute habe ich alle Hände voll zu tun.

Leben Sie aufs beste wohl.

Eben erfahr ich, daß man auf hiesiger Post Briefe nach Stuttgardt über Frankfurt annimmt. Ich brauche Sie also nicht zu belästigen.

Jena 15. Aug. 96 Sch.

Die Eisbahn kann noch recht gut umgedruckt werden, da ohnehin auf demselben Bogen 2 Blätter umgedruckt werden.

214. Goethe

⟨Weimar, 16. August 1796⟩

Künftigen Donnerstag Abend hoffe ich bei Ihnen zu sein, indessen schicke ich hier ein Paket Allerlei voraus.

1.) Die Ätzdrücke zu der Hirtischen Abhandlung; die durch den Grabstichel ausgearbeiteten sind zu nochmaliger Korrektur in meiner Hand.

2.) Die Cottaischen Briefe. Eine Kupferblatte zum Deckel des Musenalmanachs kann in 14 Tagen fertig sein, nur die Zeichnung wird einige Schwierigkeit machen. Meyer hat einige, die trefflich sind, ich weiß nicht zu was für Kalendern erfunden und stechen lassen, ich bringe sie mit. Am Ende komponieren wir selbst eine schickliche Bordüre, lassen das Mittelfeld frei, setzen vorne ein ernsthaftes und hinten ein lustiges Xenion drauf, so ist die Sache abgetan und doch wieder was neues.

3.) La Mère Coupable.

4.) Ein *Publikum,* welches die Situation von Rom, verbunden mit jenen Wundergeschichten, gar wohl erkennen läßt.

5.) Ein nagelneues Märchen, dessen Verfasser Sie wohl erkennen werden. Sollte man nicht aus diesem Produkt, wenn man es übersetzte und ihm etwas gäbe und nähme einen interessanten Beitrag zu den Horen machen können? Wenigstens ist die demokratische Tendenz eines so rein aristokratischen Quellwassers einzig in ihrer Art, und man könnte, wie ich mir's imaginiere, aus der Produktion, mit wenigem Aufwand noch manchen Vorteil ziehen.

Das Achte Buch des Romans soll noch von hier abgehen, damit, was mir gelungen sein möchte Sie im Druck überrasche, und was daran ermangeln mag uns Unterhaltung für künftige Stunden gewähre, denn was den Augenblick betrifft so bin ich, wie von einer großen Debauche, recht ermüdet daran, und wünsche Sinn und Gedanken wo anders hinzulenken.

Es tut mir sehr leid daß Ihre Familiennachrichten so traurig sind. Da es im allgemeinen so übel geht, sollte man billig im einzelnen erfreut werden. Es soll mir sehr angenehm sein Ihre Frau Schwägerin wieder zu sehen, und Ihren Herrn Schwager kennen zu lernen. Leben Sie recht wohl.

Am 16ten. Aug 1796 G

215. Goethe

〈Weimar, 17. August 1796〉

Ob wir gleich mehr als jemals vom Augenblick abhängen so hoffe ich doch es soll mich nichts hindern Morgen Abend bei Ihnen zu sein die tabulas votivas bringe ich morgen wieder mit. Ihre Distichen sind außerordentlich schön und sie werden gewiß einen trefflichen Effekt machen. Wenn es möglich ist daß die Deutschen begreifen daß man ein guter tüchtiger Kerl sein kann ohne grade ein Philister und ein Matz zu sein so müssen Ihre schönen Sprüche das gute Werk vollbringen indem die große Verhältnisse der menschlichen Natur mit so viel Adel, Freiheit und Kühnheit dargestellt sind.

Weit entfernt daß ich die Aufnahme gewisser Arbeiten in

den Almanach tadle, denn man sucht dort gesellige Mannigfaltigkeit Abwechslung des Tons und der Vorstellungsart man will Masse und Menge haben der gute Geschmack freut sich zu unterscheiden und der schlechte hat Gelegenheit sich zu bestärken indem man ihn zum besten hat.

Von so vielem andern mündlich. Ich hoffe wir wollen diesmal wieder zusammen eine gute Strecke vorwärts kommen. Da ich den Roman los bin so habe ich schon wieder zu tausend andern Dingen Lust. Leben Sie recht wohl. Weimar den 17ten August. 1796.

G

216. Schiller

Jena 5. 8br. ⟨Oktober⟩ 96.

Möchten Sie glücklich angelangt sein und alles bei Sich wohl gefunden haben!

Endlich habe ich ein anderthalb 1000 Titelkupfer erhalten, wovon ich hier vor der Hand 200 sende. Soviel Exemplare denk ich soll der Buchbinder auf den Freitag Nachmittag fertig kriegen, welche mir dann durch einen Expressen zu senden bitte. Die Musik Noten sind nicht gekommen, diese können also nicht mehr mit versendet werden.

Ich sende hier auch 150 Titelblätter. Weil eine der 3 Sendungen an den Buchbinder unmittelbar aus Ihrem Hause erfolgt ist, so vermute ich, daß auch schon eine Quantität Titelbogen mit nach Weimar abgegangen sein wird. Sollte dies nicht sein, so bitte, mich davon zu benachrichtigen.

Humboldt schreibt mir, daß man in Berlin über Ihre Idylle, davon aus Carlsbad und Teplitz Exemplare dahin gekommen, ganz entzückt sei.

Leben Sie recht wohl. Hier ist alles wohl und grüßt Sie aufs schönste.

Sollte der Buchbinder Freitag gegen 3 oder 4 weniger als 100 Exemplare fertig kriegen, so ist es ⟨nicht⟩ nötig einen Expressen zu senden, und das BotenMädchen kann alsdann Sonnabends alles, was fertig ist, mitbringen.

Sch.

217. Goethe

⟨Weimar, 8. Oktober 1796⟩

Aus dem ruhigen Zustande, den ich in Ihrer Nähe zugebracht habe, bin ich gleich auf ganz andere Schauplätze gerufen worden, gestern und vorgestern war ich auf Ettersburg und in Schwansee und heute früh hat uns ein Brand in der Jacobsvorstadt in Bewegung gesetzt. Von Bertuchs Hause sieht man gerade hinüber in die Lücke.

Indessen haben unsere mordbrennerischen Füchse auch schon angefangen ihre Wirkung zu tun. Des Verwunderns und Ratens ist kein Ende. Ich bitte Sie um alles ja kein zweifelhaftes zu gestehen, denn der Sinn der Rätsel wird wie ich sehe tausendfach.

An dem Buchbinder will ich treiben was ich kann, Dienstag erhalten Sie eine Ladung, schicken Sie aber nur wieder Titelblätter und Kupfer ich schreibe bald möglichst wie wir überhaupt stehen.

Wenn es Ihnen recht ist, so will ich das eine incomplete Exemplar dazu benutzen um die Druckfehler zu notieren, machen Sie sich auf die zweite Ausgabe bereit und veranstalten Sie solche in klein 8 wie Sie neulich sagten.

Hier folgt ein reiner Abdruck der Hirtischen Platte, sie soll Montags nach Frankfurth wenn ich die Fortsetzung des Manuskripts erhalte korrigiere ich auch die andere. Schreiben Sie mir nur bei Zeiten, worin ich Ihnen beistehen kann, denn ich sehe viel Zerstreuung voraus. Sagen Sie doch Ihrem Herrn Schwager, nebst vielen Empfehlungen, er möge den Scheffhaurischen Antrag nicht gerade zu ablehnen, ich habe einen Gedanken darüber den ich Ihnen nächstens mitteilen will. Leben Sie recht wohl und grüßen die Frauenzimmer schönstens.

Weimar den 8ten Oktober 1796.

G

218. Schiller

Jena 9. 8br. ⟨Oktober⟩ 96

Ich habe durch meinen Schwager diesen Morgen
100 Terpsichore und
100 Titelblätter gesendet, aber nach meiner Rechnung ist

beides schon längst nach W⟨eimar⟩ geliefert gewesen, und diese heut überschickten Abdrücke von Titel und Kupfer mußte ich von den rohen Exemplarien des Almanachs nehmen. Beide sind also verloren gegangen, wenn sie nicht entweder bei Ihnen oder bei dem Buchbinder liegen. In meinem Brief vom 5ten müßte es glaube ich stehen, wieviel Terpsichores ich Mittwoch Abends geschickt habe.

Mit den Titelblättern ist es eben so. Ich muß 100 von diesen neu drucken lassen, es ist Schade um das Geld. So sehe ich mich frühe für das Böse gestraft, das wir den schlechten Autoren erzeigt haben. Ich kann Ihnen nicht beschreiben, mit wievielen kleinen fatalen Details mich die Besorgung des Almanachs in diesen Tagen plagt, und die zu späte Sendung der Melodien macht mir schon allein 63 neue Paquete notwendig. Es ist weder die Zeit noch die Gelegenheit die Melodien noch zu binden, sie mögen so mit laufen, ohnehin dankt niemand den Aufwand und die Mühe.

Auf neue *Decken* wartet der hiesige Buchbinder mit Schmerzen. Sollte mein Schwager mir heute nichts mitbringen, so bitte ich Sie inständig, mir Morgen mit dem frühesten zu schicken, was bis dahin fertig werden kann. Ich begreife nicht warum uns der Abdrucker 6 Tage gar nichts mehr geschickt hat.

Hier wird noch immer nach Almanachs gefragt, aber nach lauter guten Exempl. womit mir gar kein Dienst geschieht. Ich fürchte wir setzen die schlechteren nicht ab, und da der guten nur 500 sind, so wird es zugleich an Almanachen für die Käufer und an Käufern für die Almanache fehlen.

Wie sind Sie mit der Musik zufrieden? Was ich, in einem sehr unvollkommenen Vortrag davon gehört, hat mir sehr gefallen. *Mignon* ist rührend und lieblich, auch der *Besuch* von mir hat einen sehr angenehmen Ausdruck. Wollen Sie so gütig sein von beiliegenden 7 Exempl. der Melodien 6 an Herder und 1 an Geh. Rat Voigt abgeben zu lassen?

Einen Brief von Körner lege ich bei, weil er einiges über den Almanach enthält. Wir sollten ordentlich Acta über alle schriftliche und gedruckte Urteile vom Almanach halten, um einmal, wenn es der Mühe wert ist, daraus referieren zu können.

Ich habe nicht aufgeschrieben, wieviel Exempl. des Almanachs der Buchbinder in W⟨eimar⟩ hat. Nach dem Bestand der Auflage, die bei mir liegt und bei dem hiesigen Buchbinder noch restiert müßten noch etwa 180. in Weimar sein. Wollen Sie durch Geist nachsehen lassen?

Alles befindet sich hier leidlich wohl und grüßt Sie aufs beste.

Sch.

219. Goethe

⟨Weimar, 9. Oktober 1796⟩

Ihr Herr Schwager bringt mir, zu meiner großen Zufriedenheit, die Titelblätter und Kupfer wie auch die Melodieen wäre alles nur 14 Tage früher beisammen gewesen, so hätten wir uns der ganzen Expedition erfreuen können.

Die Hofmannische Buchhandlung prätendiert mit Cotta in Verhältnis zu stehen und verlangt 15 bis 20 Exemplare auf Rechnung. Soll ich sie ihr geben? oder bar Geld, versteht sich mit einem Viertel Rabatt verlangen? Leben Sie recht wohl nächstens mehr.

Weimar den 9ten Oktobr 1796.

G.

220. Goethe

⟨Weimar, 10. Oktober 1796⟩

Leider häufen und verdoppeln sich die Unannehmlichkeiten eines Geschäfts wie das ist das Sie übernommen haben, und ich fürchte Sie werden noch manches Unheil des Selbstverlags dabei erleben.

Wir erinnern uns keiner Titelkupfer und Titelblätter als derer die wir abgeliefert haben. Geist hat alle Exemplare, die nach Jena in unser Quartier kamen, gezählt und gepackt und keine Titelblätter dabei gefunden.

Ihr Brief vom 5ten Oktober spricht von 200 Titelkupfern, die Sie auch geschickt haben, durch Ihren Herrn Schwager erhielt ich noch 100 und die wären also complet nun brauche ich noch 50 Titelblätter und 72 Exemplare und so hat der Buchbinder alles was zu 300 gehört; complet. Abgeliefert sind

	50
Hierbei kommen	124
	174

Übergeben Sie ja, wenn es zur zweiten Auflage kommen sollte, das Ganze irgend jemand zur Besorgung. Man verdirbt sich durch dergleichen mechanische Bemühungen, auf die man nicht eingerichtet ist und die man nicht mit der gehörigen Präzision treibt, den ganzen Spaß und hat erst am Ende, wo alles zusammen treffen soll den Verdruß weil es an allen Enden fehlt.

Über die Musik kann ich noch nichts sagen. Ich habe sie gehört, aber das ist bei den Zelterischen Kompositionen noch nicht genug, er hat viel Eigenheit die man ihm erst abgewinnen muß.

Leben Sie recht wohl. Ich schicke den Körnerschen Brief hier zurück da wir das Publikum kennen, so wird uns schwerlich auch bei dieser Gelegenheit eine neue Erscheinung entgegen kommen. Wenn ich Starken und den Buchbinder bezahlt habe, so schicke ich die Rechnung.

Weimar den 10ten Oktobr 96. G

Hier noch zu besserer Übersicht ein Auszug wie wir mit dem Buchbinder stehen.

Er erhielt Exemplare:

1te Sendung	——	50
2te ———	——	100
3te ———	——	50
4te ———	——	28
		228

Titelkupfer.	– – – –	200
2te Sendung	– – – –	100
		300.

Titelblätter	– – –	150
2te Sendung	· · ·	100
		250

Umschläge auf einmal 300.

221. Schiller

Jena. 10. 8br. ⟨Oktober⟩ 96

Hoffmann in Weimar steht bereits auf dem Cottaischen SpeditionsZettel, Sie können ihm also, auch dem Industrie Comtoir wenn es welche haben will, Exempl. des Almanachs auf Rechnung abliefern lassen. Sie sind so gütig und bemerken auf beiliegenden PreisZetteln wieviel Exemplarien an beide Handlungen abzugeben sind, und lassen einen Empfangschein für mich geben. Sollten Velin- oder holl⟨ändische⟩ Exemplarien gewünscht werden so müßte ich das Mittwoch frühe spätestens erfahren.

Zugleich sende ich einen Vorrat von Melodien; was zuviel ist werden Sie so gütig sein mir auf den Sonnabend zurück zu senden.

Von hiesigen Buchhandlungen sind nunmehr 72 Exempl. verlangt und abgegeben worden. Gehen in Weimar 28 ab, so sind wir in diesen 2 Orten die etwa 12000 Menschen enthalten 100 Ex⟨empl.⟩ los geworden. Es wird interessant sein, den aktuellen Zustand der poetischen Lecture in deutschen Städten aus diesen Beispielen zu ersehen. Ich bin überzeugt, daß in Thüringen und im Brandenburgischen, vielleicht noch in Hamburg und umliegenden Orten der dritte Teil unserer Leser und Kauffer sich finden wird.

Ich bitte sehr um den Rest der *Decken.* Hirts Aufsatz sende ich Morgen. Den Abdruck des Kupfers will ich an Cotta vor der Kupferplatte voran laufen lassen.

Heute geht das 2te Dritteil der ganzen Auflage des Almanachs nach Leipzig ab.

Leben Sie recht wohl und schreiben mir bald wieder, mich zu erquicken und zu stärken.

S.

222. Schiller

Jena den 11. 8br. ⟨Oktober⟩ 96.

Aus der Berechnung des nach Weimar gesandten ersehe ich nun, daß mir gerade 100 DruckPap⟨ier⟩Exemplare fehlen, die mir wahrscheinlich Göpferdt nicht gesandt hat, denn aus meinem Hause können sie nicht weggekommen sein, da von da aus nie etwas als nach Weimar exportieret wurde. So fehlen mir gleichfalls Titelblätter und Titelkupfer, welche freilich leichter zu ersetzen sind. Es ist fatal, daß Göpferdt just auf der Messe ist, wo er noch 10 Tage bleibt.

Ich habe die Paketierung und Emballage der gestrigen Leipziger Lieferung an den hiesigen Buchhändler Gabler übergeben, aber das nahm mir nur einen Teil der Arbeit: denn die Bestimmung dessen, was in jedes Paquet kommen sollte, bei der 4fachen Verschiedenheit der Exemplare, das Überschreiben der SpeditionsZettel etc blieb mir noch immer und so noch eine Menge Kleinigkeiten.

Das letzte Paket geht auf den Sonnabend und dann ist die Last mir vom Halse.

Unterdessen habe ich nichts mehr vom Almanach gehört, als daß unsere gute Freundin Sxx hier die auf Manso gerichteten Xenien abgeschrieben und an Gottern geschickt hat, welcher sehr davon soll erschreckt worden sein.

Eben diese erzählt auch schon vom 7ten und Anfang des 8ten Buchs Ihres W⟨ilhelm⟩ Meisters, den sie gedruckt will gelesen haben. Es ist doch sonderbar, daß die Sxx früher die gedruckten Bogen Ihres Romans erhält, als Sie Selbst.

Leben Sie recht wohl.

Die 72 Exemplare des Almanachs welche noch zu 300 fehlen kann ich nicht mehr senden, weil ich zu denjenigen, die der hiesige Buchhändler schon angefangen zu heften die in Weimar überflüssigen 72 Titelkupfer haben muß. Haben Sie also die Güte, mir diese 72 Kupfer nebst den Decken die dazu gehören so wie auch die noch übrigen 22 Titelblätter senden zu lassen. Der Weimarische Buchbinder hat noch keine Arbeit dabei gehabt, ich muß also den hiesigen vorgehen lassen, der alles schon gefalzt und geheftet und dem nur diese Kupfer und Titel noch fehlen.

Leben Sie recht wohl.

Sch.

223. Goethe

⟨Weimar, 12. Oktober 1796⟩

Nun hoffe ich bald zu hören, daß Sie von der Sorge und Qual, die Ihnen der Almanach gemacht hat, befreit sind, wenn man nur auch der lieben Ruhe zu genießen recht fähig wäre, denn man lädt sich, wie die entbundenen Weiber, doch bald wieder eine neue Last auf.

Die 2000 Exemplare der Decken sind nun abgeliefert.

Hier folgen

Titelblätter 26.
Decken – 71.
Titelkupfer. 81.

Das ist nun alles teils zu viel, teils zu wenig, die 100 Exemplare, die Ihnen fehlen, müssen sich aber auf alle Fälle finden.

Morgen früh liefert mir der Buchbinder seine letzten Exemplare, ich will gleich 20 davon an Hofmanns geben, und die übrigen liegen lassen bis das Industrie-Comptoir von Leipzig zurückkommt. Die Berechnung von den Exemplaren die durch meine Hand gegangen sind schicke ich Sonnabends es wird alles so leidlich zutreffen.

Alsdann soll auch die Geldrechnung folgen. Eine Abschrift von Starkes Rechnung, die ich bezahlt habe, liegt hierbei, Sie erhalten alsdenn alles auf Einem Blatte.

Heute nichts weiter. Heil unserer Freundin S. daß Sie unsere Gedichte abschriftlich verbreiten und sich um unsere Aushängebogen mehr als wir selbst bekümmern will! solchen Glauben habe ich in Israel selten funden.

Die guten Exemplare für Hofmann schicken Sie mir ja wohl.

27 Melodien habe ich im letzten Pack erhalten. Leben Sie recht wohl, nächstens mehr

Weimar den 12ten Oktobr 1796.

G

224. Schiller

Jena 12. 8br. ⟨Oktober⟩ 96.

Nach und nach kommen wir zur Ordnung und Ruhe. Das vermißte 100 Exempl. hat sich gefunden und Titelkupfer sind bestellt, soviel noch zu dem zwanzigsten 100 fehlen. Titelblätter hat Göpferdt zum Glück über die Zahl drucken lassen, so daß sich noch ein Vorrat beim Buchbinder fand. Gebunden ist jetzt alles, was gebunden werden sollte, zwei große Lieferungen 4 Zentner schwer sind nach Leipzig, wegen des an Cotta ins Reich bestimmten Quantums habe ich schon mit dem Fuhrmann kontrahiert, der es in etlichen Tagen nach Francfurt mit nimmt. Mit dem Sonnabend fällt mir die ganze Last vom Halse.

Die Nachfrage nach Exemplarien ist hier noch immer stark, aber alles will Schreibpapierne, die uns gerade fehlen, und Postpapierne habe ich keine mehr vorrätig. Hier erhalten Sie das letzte für Hoffmann. Können Sie das überkomplette in Gelb Papier gebundene, das Sie von mir in Händen haben schonen, so ist mirs lieb, weil wir jetzt alle gute Ex⟨empl.⟩ zu Rat halten müssen. Ich habe einzelne Bogen defekter Exemplare auf Velin und Postpapier, woraus wir zu dem Behuf der Korrektur noch ein vollständig Exemplar zusammen bringen können.

Hier allein sind 7 Velin und 8 Holländische Exemplarien aufgebraucht worden, und beinahe noch einmal soviel wäre gegangen, wenn ich noch vorrätig gehabt hätte. Auch habe ich mirs für alle künftige Fälle zur Regel gemacht, alles was ich drucken lasse gut und kostbar drucken zu lassen: so geht es am gewissesten ab, denn auch der elendeste Lump will nicht mehr mit Lumpen vorlieb nehmen.

Die erste Lieferung, soviel nämlich davon in Ein Heft kommt, habe, nebst dem Abdruck des Kupfers heute abgesendet. Der Rest ist noch nicht ganz abgeschrieben. Unterdessen erinnern Sie Sich doch auch wieder des Cellini. Wie froh wäre ich, wenn wir noch etwas neues und lustiges zu lesen zum Schluß des IIten Horen-Jahrgangs auftreiben könnten!

Wenn Sie doch gelegentlich Herdern bedeuten wollten, daß er noch keine HorenStücke haben kann. Er hat davon gehört, daß einzelne Stücke (die mir Cotta p⟨er⟩ Briefpost geschickt) in Weimar spuken und glaubt, man hätte ihn vergessen.

Für den Hecht danken wir schönstens und wünschten sehr, daß Sie ihn mit uns verzehren möchten.

Alles grüßt.

Sch.

225. Schiller

Jena 14. 8br. ⟨Oktober⟩ 96.

Endlich habe ich alle SpeditionsArbeit mir vom Halse geschafft, um eine neue, wiewohl lustigere zu beginnen. Ohne kleine Konfusionen ist es freilich nicht abgegangen, doch sind sie zum Glück von keiner Bedeutung, und das Ganze ist doch glücklich beendigt. Möchte nun nicht ganz weggeworfene Arbeit sein, was wir körperlich und geistig daran gewendet haben. Doch so was belohnt sich zum Glück, wie das Kindermachen, von selbst.

Gestern war Blumenbach hier und auch bei mir. Nach dem, was neulich von ihm gesprochen worden, wunderte ich mich nicht wenig, die Äußerung von ihm zu hören »er preise sich glücklich, daß er die Wissenschaft, an der er mit ganzer Seele hänge, als Beruf treiben dürfe«. Auch Lavater ist hier, ich hab ihn aber nicht gesehen. An Paulus, den er kürzlich etwas gröblich behandelte, schrieb er ein Billet, und bittet um eine Zusammenkunft. Machen Sie Sich in Weimar auf ihn gefaßt. Die Mereau ist wieder hier. Von ihr hab ich Ihnen was zu erzählen.

Leben Sie recht wohl. Lassen Sie mich bald wieder etwas von Ihnen hören. Alles grüßt.

Sch.

226. Goethe

⟨Weimar, 15. Oktober 1796⟩

Sie erhalten hierbei auch die Rechnung, mit der Abschrift der einzelnen Quittungen, und so wäre auch das berichtigt. Die 95 rt. 9 gr. Überschuß wünschte ich für Rechnung Herrn Cottas inne zu behalten, indem er uns doch zu unserer Italiänischen Expedition Zwischenzahlungen auf das Honorar der Horen versprochen hat. Wegen der hiergebundenen Exemplarien liegt eine Berechnung bei. Können Sie mir beiliegenden, nur halbgedruckten Bogen, gegen einen vollkommenen auswechseln, so wird noch eins gebunden und wir sind vollkommen richtig. Ich schicke Ihnen das erste *Holländische* zurück und eins von meinen *Velin*, dagegen ich mir zwei geringe genommen habe. Eben so folgt auch eine Lage die zuviel war.

Auch hat man mir noch Abdrücke der Decke geschickt, die sich, ich weiß nicht wo, versteckt hatten. Ich hoffe Sie sollen nun genug haben, auf alle Fälle läßt sich dieser Mangel am leichtesten ersetzen ich werde die Platte zu mir nehmen.

Weiter wüßte ich nun nichts, und wünsche diesem Werke gut zu fahren, im Ganzen finde ich nur einerlei Wirkung: jedermann findet sich vom Phänomen frappiert und jedermann nimmt sich zusammen um mit anscheinender Liberalität und mehr oder weniger erzwungenem Behagen darüber zu sprechen und geben Sie einmal acht ob das nicht meist der Fall sein wird.

Für die sonderbare Nachricht, daß der *Prophet* in Jena sei, danke ich aufs beste. Ich werde mich seiner zu enthalten suchen und bin sehr neugierig auf das was Sie von ihm sagen werden. Blumenbach war auch bei mir er hatte einen sehr interessanten Mumienkopf bei sich.

Wenn die Konferenz zwischen dem Propheten und Paulus zu Stande kommt, so zieht der letzte wahrscheinlich den Kürzern und muß sich noch bedanken daß er beleidigt worden ist. Es kostet dem Propheten nichts sich bis zur niederträchtigsten Schmeichelei erst zu assimilieren, um seine herrschsüchtigen Klauen nachher desto sichrer einschlagen zu können.

Sagen Sie mir doch etwas von der Geschichte der kleinen Schönheit.

Ein Heft Cellini ohngefähr 12 Bogen Manuskript kommt bald alsdenn gibt es noch zwei Abteilungen die ich gleich hinter einander vornehmen will, da ich mich völlig unfähig fühle etwas anders zu tun. Die zwei armen letzten Gesänge werden noch eine Zeit lang im Limbo verweilen müssen, es ist wirklich eine Art der fürchterlichsten Prosa hier in Weimar, wo von man außerdem nicht wohl einen Begriff hätte.

Ich lege auch das letzte Buch meines Romans bei, da mir die letzten Bogen des siebenten Buchs fehlen. Wahrscheinlich hat Unger sie, nach seiner löblichen Gewohnheit, durch Einschlag geschickt und sie liegen, ich weiß nicht wo. Sobald die guten Exemplare kommen, erhalten Sie eins davon.

Gestern ist meine Freitagsgesellschaft wieder angegangen, ich werde sie aber wohl nur alle 14 Tage halten und dazu einladen lassen.

Leben Sie recht wohl und grüßen Sie alles.

Weimar den 15ten Oktobr. 1796.

G

Noch etwas: können Sie mir nicht über einen gewissen Hauptmann Rösch aus Stuttgard einige Nachricht geben? vielleicht haben Sie ihn persönlich gekannt. Von seinen guten Kenntnissen sind wir informiert, es wäre jetzt hauptsächlich von seiner Person seinem Charakter und übrigem Wesen die Rede.

227. Schiller

Jena 16. ⟨und 17.⟩ 8br. ⟨Oktober⟩ 96

Hier erfolgen endlich Zwei Monatstücke Horen, gestern wurden sie mir von Leipzig geschickt. Der B⟨uch⟩h⟨än⟩dl⟨e⟩r Böhme, an den ich die Almanache geliefert, schreibt mir zugleich den Empfang der zwei ersten Ballen, und daß alle Exemplarien die ich vorrätig bei ihm niedergelegt, (es sind etwa 44, ohne die rohen Exempl.) schon vergriffen seien. Dies ist wirklich viel, denn es ging zugleich eine ansehnliche Partie E⟨xemplare⟩ für mehr als 15 Leipziger B⟨uch⟩h⟨än⟩dl⟨e⟩r mit, die also nicht zugereicht hat. Es muß ein fürchterliches Reißen darum sein und wir werden wohl auf eine zweite Auflage denken müssen.

Böhme hat nun in einem Dritten Ballen 225 broschierte und wieder eine Anzahl roher Exempl. erhalten. Sobald er mir schreibt, daß diese über 2 Dritteile abgesetzt sei, so will ich zur neuen Auflage Anstalten machen lassen. Die Post ist so schlecht mit dem Zweiten Ballen umgegangen, daß die Nässe einige Dutzend Ex⟨emplare⟩ verdorben haben soll. Es ist dies der Ballen, den Gabler gepackt hat, der meinige ist wohl behalten angelangt.

Sie müssen doch das neue Stück vom Journal Deutschland lesen. Das Insekt hat das Stechen wieder nicht lassen können. Wirklich, wir sollten es noch zu Tode hetzen, sonst ist keine Ruhe vor ihm. Gegen den Cellini hat er seinen bösen Willen ausgeübt, und um Sie zu chicanieren die Stellen angepriesen, auch zum Teil extrahiert, die Sie ausgelassen haben pp. Von dem Aufsatz der Stahl spricht er mit größter Verachtung.

Mit Lavatern habe ich Sie vorgestern unnützerweise fürchten gemacht. Es ist sein Bruder gewesen, der hier war.

Reichardt soll auch in Leipzig sein, Niethammer und Paulus aber haben ihn nicht gesehen. Schlegel ist noch in Leipzig, wo sich die Herzen vermutlich gegen einander ergießen werden.

Leben Sie recht wohl.

verte S.

Eben erhalte ich einen recht schönen Brief von Körner über den Almanach. Sie sollen ihn Morgen erhalten, wo ich auch noch 6 Horen zu senden habe.

228. Goethe

⟨Weimar, 17. oder 18. Oktober 1796⟩

Beiliegendes Paket war schon vorgestern Abend beisammen, ich lege noch das Heft Cellini bei, welches indessen fertig geworden. Sie sehen es ja wohl noch einmal durch und lassen es abschreiben.

Aus dem Propheten ist ein Prophetenkind geworden, das ich aber auch nicht zu sehen wünsche, da ich, nach dem erhabenen Beispiel des Judengottes, meinen Zorn bis in die 4te Generation behalte.

Die drei ersten Gesänge des neuen Gedichtes sind nun so ziemlich durchgearbeitet, ich werde nunmehr an den 4ten gehen. Alle vier zusammen werden etwa 1400 Hexameter haben, so daß, mit den zwei letzten Gesängen, das Gedicht wohl auf 2000 anwachsen kann.

Auch werden Fisch und Vögel anatomiert, und geht alles neben einander seinen alten Gang. Leben Sie recht wohl und lassen Sie mich bald hören daß Sie leidlich gesund und fleißig sind.

W. d. 17 Oktbr 96 G

229. Schiller

⟨Jena, 18. Oktober 1796⟩

Hier sende ich Ihnen Körners Brief, der bei der Unbedeutenheit und Flachheit des gewöhnlichen Urteils ein recht tröstlicher Laut ist. Senden Sie ihn mir, sobald Sie ihn gelesen, zurück.

Ich habe mir nicht gemerkt wieviel Ex⟨empl.⟩ der Horen von jedem Monat und jeder Sorte ich Ihnen gestern gesendet, und kann darum heute den Rest nicht nachsenden.

Humboldts schrieben neulich, daß sie mit Ende dieser Woche von Berlin abreisen, sich unterwegs 10 Tage aufhalten und etwa den 1 Nov. hier eintreffen würden.

Von den Xenien habe weiter nichts erfahren. Schlegel, der wieder angekommen, war zu kurze Zeit in Leipzig, da er auch einen Abstecher nach Dessau gemacht, um viel erfahren zu können. Bei seiner Zurückkunft von Dessau, sagt er, hätten sie schon sehr in L⟨eipzig⟩ rumort.

Ich höre, daß man unter andern auch die Herzogin in W⟨eimar⟩ unter der zierlichen Jungfrau versteht.

Das Xenion »Wieland! Wie reich ist dein Geist« etc halten einige für eine Satyre auf Wieland und auf die neue Ausgabe! u. s. f.

Leben Sie wohl. Man unterbricht mich.

18. Oktobr. Sch.

230. Goethe

⟨Weimar, 19. Oktober 1796⟩

Recht vielen Dank für den überschickten Körnerschen Brief. Eine so wahrhaft freundschaftliche und doch so kritisch motivierte Teilnahme ist eine seltne Erscheinung. Ich will gedachte Blätter noch einige Tage behalten um verschiedne Gedichte, die ich noch nicht einmal gelesen habe, bei dieser Gelegenheit anzusehen. Grüßen Sie den Freund recht vielmals und danken ihm auch von mir, sagen Sie ihm etwas von meinem neuen Gedichte und versichern Sie ihn daß ich mich freue es dereinst in seinen Händen zu sehen.

Den Spitz von Gibichenstein müssen wir nun eine Weile bellen lassen bis wir ihn einmal wieder tüchtig treffen. Überhaupt aber sind alle OppositionsMänner die sich aufs negieren legen und gern dem was ist etwas abrupfen möchten, wie jene Bewegungsleugner zu behandeln: man muß nur unablässig vor ihren Augen gelassen auf und abgehen.

Hinter seinem Anpreisen der ausgelassenen Stellen des Cellini, fürchte ich, steckt was anders. Da er das Original hat, fürchte ich übersetzt er die fehlenden Stellen und läßt das Ganze nachdrucken. Denn er ist zu allen fähig. Ich will daher die zwei letzten Lieferungen, die ohnedem zusammen gehören, erst ins künftige Jahr geben, mein Manuskript indessen completieren und eine vollständige Ausgabe ankündigen denn das Gefrage darnach ist sehr stark und die zerstreute Lektüre im Journal macht schon jedermann ungeduldig.

Wenn Sie an Boie schreiben so fragen Sie ihn doch ob er mir die englische Übersetzung, die ich von ihm durch Eschenberg habe überlassen will ich will gern bezahlen was sie kostet und noch ein Exemplar meiner Übersetzung wenn sie einmal ganz herauskommt, versprechen.

Auf Humboldts Ankunft freue ich mich recht sehr sobald er da ist, besuche ich Sie wohl einmal, wenn es auch nur ein Tag ist.

Vom siebenten und achten Stück haben Sie mir von jedem zwei Exemplare eins auf blauligem eins auf gelblichem Papier geschickt. Ich bitte bald um die übrigen denn man quält mich gewaltig darum.

Leben Sie recht wohl grüßen Sie alles und sagen Sie mir bald daß Sie eine neue Arbeit angefangen haben. Weimar den 19ten Oktobr 1796.

G

Könnten Sie mir nicht ein fünftes Stück der Horen von diesem Jahr von welcher Papiersorte es auch sei, noch überlassen?

Mein Pack Dienstag mit der fahrenden Post ist doch angekommen?

231. Schiller

Jena 19. 8br. ⟨Oktober⟩ 96.

Mit dem heutigen Paket haben Sie mir eine recht unverhoffte Freude gemacht. Ich fiel auch gleich über das 8te Buch des M⟨eisters⟩ her und empfing aufs neue die ganze volle Ladung desselben. Es ist zum Erstaunen, wie sich der epische und philosophische Gehalt in demselben drängt. Was innerhalb der Form liegt macht ein so schönes Ganze, und nach außen berührt sie das unendliche, die Kunst und das Leben. In der Tat kann man von diesem Romane sagen, er ist nirgends beschränkt als durch die rein ästhetische Form, und wo die Form darin aufhört, da hängt er mit dem unendlichen zusammen. Ich möchte ihn einer schönen Insel vergleichen, die zwischen zwei Meeren liegt.

Ihre Veränderungen finde ich zureichend und vollkommen in dem Geiste und Sinne des Ganzen. Vielleicht, wenn das neue gleich mit dem alten entstanden wäre, möchten Sie hie und da mit Einem Strich geleistet haben, was jetzt mit mehrern geschieht, aber das kann wohl keinem fühlbar werden, der es zum erstenmal in seiner jetzigen Gestalt liest. Meine Grille mit etwas deutlicherer Pronunciation der HauptIdee abgerechnet wüßte ich nun in der Tat nichts mehr, was vermißt werden könnte. Stünde indessen nicht Lehrjahre auf dem Titel, so würde ich den didaktischen Teil in diesem achten Buch für fast zu überwiegend halten. Mehrere philosophische Gedanken haben jetzt offenbar an Klarheit und Faßlichkeit gewonnen.

In der unmittelbaren Szene nach Mignons Tod fehlt nun auch nichts mehr, was das Herz in diesem Augenblick fodern kann; nur hätte ich gewünscht, daß der Übergang zu einem neuen Interesse mit einem neuen Kapitel möchte bezeichnet worden sein.

Der Markese ist jetzt recht befriedigend eingeführt. Der Graf macht sich vortrefflich. Jarno und Lothario haben bei Gelegenheit der neuen Zusätze auch an Interesse gewonnen.

Nehmen Sie nun zu der glücklichen Beendigung dieser großen Krise meinen Glückwunsch an, und lassen Sie uns nun bei diesem Anlaß horchen, was für ein Publikum wir haben.

Für die überschickten Rechnungen danke ich. Mit dem Geld werde ichs nach Ihrem Sinn arrangieren; ohnehin haben Sie für Ihren Anteil an dem Almanach ja 24 Ldors gut, und noch mehr, wenn wir eine zweite Auflage erleben. Auch für den Cellini danke ich bestens. Das Schiff kann nun wieder flott gemacht werden. Vor einem Augenblick ist auch ein historischer Aufsatz von Funk angelangt.

Den Major Rösch kenne ich, und noch spezieller kennt ihn mein Schwager. Außer seinen mathematischen, taktischen und architektonischen Kenntnissen, worin er aber sehr vorzüglich ist, ist er freilich sehr beschränkt und ungebildet. Er hat viel gemeines und pedantisches und so wacker er als Lehrer ist, so wenig kann ihn sein übriger Anstand und sein Geschmack in einem Kreise, worin man Welt verlangt empfehlen. Übrigens ist er ein braver und sanfter Mann mit dem gut zu leben ist, und seine Schwachheiten belustigen mehr als daß sie drücken.

232. Schiller

⟨Jena, 18. oder 19. Oktober 1796⟩

Unsre Dichterin hat vor ein paar Tagen an mich geschrieben und mir ihre Geschichte mit ihrem Mann und Liebhaber gebeichtet. Sie gesteht, das Leben mit jenem sei ihr fast unerträglich geworden und sie habe ihn vor einiger Zeit verlassen wollen. Doch habe sie sich zusammengenommen, und sich zur Pflicht gemacht, ferner und verträglich mit ihm zu leben. Doch hätte sie notwendig noch vorher von ihrem Liebhaber Abschied nehmen müssen, dies sei die Veranlassung ihrer letzten Reise gewesen, und diesen Vorsatz habe sie wirklich, obgleich nicht ohne großen Kampf, vollführt. Von jetzt an hoffe sie alles zu ertragen und endlich noch mit ihrer Lage zufrieden zu werden.

Soweit ihr Geständnis, das sie mir ablegen zu müssen glaubte, wie sie schreibt, um doch von jemand richtig beurteilt zu werden. Ich habe Ursache zu glauben, daß es nicht so ganz aufrichtig war; unterdessen schrieb ich ihr, weil sich so etwas nicht wohl schriftlich verhandeln ließe, zu mir zu kommen. Jetzt soll ihr Mann mit ihr nach Gotha gereist sein.

Ich weiß nicht, wie ihr zu raten und zu helfen ist, denn sie schlägt, wie es scheint, zu ihren realistischen Zwecken gar zu sentimentalische Mittel ein. Fällt Ihnen etwas ein, so teilen Sie mirs mit, oder soll ich sie nach W⟨eimar⟩ zu Ihnen schicken?

Gearbeitet hab ich noch nicht viel. Das Wetter hat mir in diesen Tagen sehr hart zugesetzt und dann war eine große Briefschuld abzutragen. Alles grüßt Sie.

Leben Sie recht wohl. Sch.

233. Goethe

⟨Weimar, 22. Oktober 1796⟩

Die Exemplare des letzten Bandes sind endlich angekommen und ich schicke gleich hier ein halb Dutzend

für Sie
Loder
JustizR. Hufeland
HofR. Hufeland
Griesbach und
Humboldt.

Auch folgt der Körnerische Brief, den ich mit vielem Vergnügen mit den Gedichten verglichen habe. Ich wünsche bald zu erfahren, was er über den Roman sagt. Leben Sie recht wohl. Ich arbeite jetzt nur um diese paar Monate zu überstehen und die ungünstige Zeit der kurzen Tage und des traurigen Wetters nicht ganz unnütz zu verleben. Weimar den 22ten Oktobr 1796. G

234. Schiller

Jena 23. 8br. ⟨Oktober⟩ 96.

Herzlichen Dank für den Meister, der mich noch oft erquicken und beleben soll. Die 4 andern Exempl. habe ich abgeliefert; aber Sie schreiben von sechsen, und ich habe deren nur 5 erhalten. Das Humboldtische fehlte noch.

Dieser ist von unserm Almanach nicht wenig überrascht worden und hat recht darin geschwelgt; auch die Xenien haben den heitern Eindruck auf ihn gemacht, den wir wünschen. Es ist mir wieder eine angenehme Entdeckung, daß der Eindruck des Ganzen doch jedem liberaleren Gemüt gefällig und ergötzlich ist. In Berlin, schreibt er, sei zwar großes Reißen darnach, aber doch habe er nichts, weder interessantes noch kurzweiliges darüber erfahren. Die Meisten kämen entweder mit moralischen Gemeinplätzen angestochen, oder sie belachen alles ohne Unterschied wie eine literarische Hatze. Unter den vordern Stücken die er noch nicht kannte hat die Eisbahn von Ihnen und die Musen in der Mark ihn vorzüglich erfreut; von mir die Geschlechter, der Besuch und vor den Tabulis votivis hat er, wie auch Genz, einen großen Respekt; aber eine Auseinandersetzung unsers beiderseitigen Eigentums an diesen gemeinschaftlichen Produktionen findet er sehr schwer. Von den Xenien schreibt er, daß sie sämtlich Ihnen in die Schuhe geschoben würden, worin man in Berlin noch mehr durch Hufeland bestärkt worden sei, der behauptet habe, alle von Ihrer Hand gelesen zu haben.

Sonst habe ich neuerdings nichts von dem Almanach gehört, und denke, wir werden auch nur zu bald inne werden, wie wenig jetzt auf einen allgemeinen Sinn bei dem Publikum zu rechnen ist.

Humboldt hofft in 8 Tagen hier sein zu können. Ich freue mich darauf, wieder eine Weile mit ihm zu leben. Stolbergen, schreibt er, habe er in Eutin nicht gefunden, weil er grade in Coppenhagen gewesen sei, und von Claudius wisse er durchaus nichts zu sagen, er sei eine völlige Null.

Ihre SchweitzerBriefe interessieren jeden, der sie liest, und ich bin ordentlich froh, daß ich Ihnen diese habe abjagen können. Es ist auch wahr, sie geben ein ungemein lebendiges Bild der Gegenwart, aus der sie flossen, und, ohne ein kunstmäßiges Entstehen, stellen sie sich recht natürlich und geschickt in ein Ganzes zusammen.

Der Beschluß Meisters hat meine Schwägerin sehr gerührt, und ich finde auch hier meine Erwartung von dem, was den Haupteffekt macht bestätigt. Immer ist es doch das Pathetische, was die Seele zuerst in Anspruch nimmt; erst späterhin reinigt sich das Gefühl zum Genuß des ruhigen Schönen. Mignon wird wahrscheinlich bei jedem ersten und auch zweiten Lesen die tiefste Furche zurücklassen, aber ich glaube doch, daß es Ihnen gelungen sein wird, wornach Sie strebten – diese pathetische Rührung in eine schöne aufzulösen.

Wie lieb ist mirs, daß Sie bald wieder auf einige Tage kommen wollen. Jetzt, nachdem ich die Arbeit mit dem Almanach abgeworfen, bedarf ich eines neuen lebendigen Interesse so sehr. Zwar habe ich den Wallenstein vorgenommen, aber ich gehe noch immer darum herum, und warte auf eine mächtige Hand, die mich ganz hinein wirft. Die Jahrszeit drückt mich wie Sie und ich meine oft, mit einem heitern Sonnenblick müßte es gehen.

Leben Sie aufs beste wohl. Ich muß Sie noch bitten, mir sowohl von dem Kupferstecher als von dem Buchbinder die AlmanachsRechnung besonders aufsetzen zu lassen; ich sende Mittwoch die ganze Rechnung an Cotta, und wünschte deswegen jeden Beleg besonders zu haben. Das, was für den Hirtischen Aufsatz ist, ist er ja wohl so gut, noch besonders aufzusetzen, und beides, so wie auch der Buchbinder, zu quittieren.

Leben Sie recht wohl. Alles grüßt.

Sch.

235. Schiller

Jena 25. 8br. ‹Oktober› 96.

Nur einen Gruß für heute, zur Begleitung dieser Zwiebacke, welche Ihnen meine Frau schickt. Wir hoffen, Sie sind, so wie wir, durch das heutige freundliche Wetter wieder aufgeheitert worden.

Ich sende hier den Rest des Hirtischen Aufsatzes, wenn Sie etwa einen leeren Augenblick dazu anwenden wollten. Sie senden ihn wohl Sonnabend durch das BotenMädchen wieder.

Nun mahnt es mich doch, für etwas zu sorgen, wodurch der Zweite Jahrgang der Horen brillant beschlossen würde: denn von dem Erfolg des nächsten Abbonnement scheint das fernere Schicksal der Horen abzuhängen. Noch seh ich nichts vor mir und von dem Himmel ist in diesen 2 Jahren so wenig gefallen, daß ich kein sonderliches Vertrauen zu diesen zufälligen Gaben habe. In der Tat müssen wir der schrecklichen Schwere des Hirtischen Aufsatzes etwas entgegen setzen.

Wenn Sie doch noch so ein Paquet Briefe fänden, wie die aus der Schweitz; alle RedaktionsArbeit nähme ich Ihnen mit Freuden ab.

Von Neuigkeiten weiß ich nichts zu berichten. Schlegel erzählt, daß der Herzog von Gotha über die Xenien sehr ungehalten sei und zwar wegen Schlichtegrolls, den er sehr hoch halte. Auch hör ich, daß sich Schütz, der Rezension unsers Almanachs wegen, nicht zu raten und zu helfen wisse. Ich glaub es wohl.

Leben Sie recht wohl.

Sch.

236. Goethe

⟨Weimar, 26. Oktober 1796⟩

Die Schachtel der Zwiebacke kommt hier mit vielem Danke zurück. Ich habe statt dieser Speise ein paar Stück des philosophischen Journals hineingelegt, die ich doppelt habe und die ich Niethammern wieder zu geben bitte.

Den Hirtischen Aufsatz finde ich nicht, er wird wohl nachkommen.

An das letzte Stück der Horen dieses Jahres wie an die ersten des folgenden habe ich auch schon gedacht, es ist mir aber leider noch kein Rat erschienen. Was ich von alten Sachen habe, hat keine rechte Gestalt und ist eigentlich verlegene Ware. Das Tagebuch meiner Reise von Weimar bis Rom, meine Briefe von dort her, und was sonst allenfalls davon unter meinen Papieren liegt könnte nur durch mich redigiert werden und dann hat alles, was ich in dieser Epoche aufgeschrieben mehr den Charakter eines Menschen der einem Druck entgeht als der in Freiheit lebt, eines Strebenden, der erst nach und nach gewahr wird daß er den Gegenständen die er sich zuzueignen denkt, nicht gewachsen ist und der am Ende seiner Laufbahn erst fühlt, daß er erst jetzt fähig wäre von vorn anzufangen. Zu einer absichtlichen Komposition umgearbeitet würden solche Aktenstücke wohl einigen Wert erlangen, aber so in ihrer lieben Natur sind sie gar zu *naiv.*

Mit dem Weimarischen Publiko bin ich im Ganzen wegen des Almanachs ziemlich zufrieden, doch ist der Gang immer eben derselbe, die Xenien verkaufen die Tabulas votivas und was sonst gutes und ernsthaftes in dem Büchlein stehen mag. Daß man nicht überall mit uns zufrieden sein sollte, war ja die Absicht und daß man in Gotha ungehalten ist, ist recht gut, man hat dort mit der größten Gemütsruhe zugesehen, wenn man mir und meinen Freunden höchst unartig begegnete und da das literarische Faustrecht noch nicht abgeschafft ist, so bedienen wir uns der reinen Befugnis uns selbst Recht zu verschaffen und den nekrologischen Schnabel zu verrufen, der unserm armen Moritz, gleich nach dem Tode, die Augen aushackte; Ich erwarte nur daß mir jemand was merken läßt da ich mich denn so lustig und artig als möglich expektorieren werde.

Ich wünsche sehr zu hören daß der Wallenstein Sie ergriffe, es würde Ihnen und dem deutschen Theater recht wohl bekommen.

Ich habe diese Tage angefangen die Eingeweide der Tiere näher zu betrachten und wenn ich hübsch fleißig fortfahre, so hoff ich diesen Winter diesen Teil der organischen Natur recht gut durchzuarbeiten. Leben Sie recht wohl. Ich wünsche gar sehr Sie bald wieder zu sehen.

Weimar den 26ten Oktobr. 1796. G

237. Schiller

Jena 28. 8br. ⟨Oktober⟩ 96.

Sie erhalten hier das IXte Horenstück, 6 Exempl. für Sie, 1 für den Herzog, 1 für Meyern. Inlage an Herdern und Knebeln bitte abgeben zu lassen.

Heute Vormittag ist Fr. von Humboldt mit ihren Kindern hier angekommen. Er ist noch in Halle bei Wolfen, und wird in 3 Tagen hier sein.

Humboldts waren noch in den letzten Tagen, als unser Almanach dahin kam, in Berlin. Er soll gewaltiges Aufsehen da gemacht haben. Nicolai nennt ihn den Furien-Almanach. Zöllner und Biester sollen ganz entzückt darüber sein (Sie sehen, daß es uns mit Biestern gelungen ist) Dieser findet die Xenien noch viel zu mäßig geschrieben.

Ein anderer meinte, jetzt wäre noch eine Landplage mehr in der Welt, weil man sich jedes Jahr vor dem Almanach zu fürchten habe. Meyer, der Poet, meinte, wir beide hätten einander in den Xenien selbst heruntergerissen, und ich habe das Distichon: *Wohlfeile Achtung* pag. 221 auf Sie gemacht!!

Woltmann war gestern bei mir und wollte wissen, daß Wieland von den Xenien gesagt habe: Er bedaure nur, daß Voß darin gelobt sei, weil soviel andere ehrliche Leute mißhandelt wären. Woltmann glaubt steif und fest, daß mit dem Nekrologischen Raben, der hinter Wieland krächze, niemand als Bötticher gemeint sei.

Endlich ist denn der erste gedruckte Angriff auf die Xenien geschehen, und wenn alle dem gleich sind, so haben wir freilich nichts dabei zu tun. Dieser Angriff steht in – dem Reichsanzeiger. Schütz hat ihn mir kommuniziert, er besteht aus einem Distichon, wo aber der Pentameter – vor dem Hexameter steht. Sie können sich nichts erbärmlichers denken. Die Xenien werden hämisch gescholten.

Die junge Nepoten hat Schlegel noch nicht heraus. Er fragte uns heute wieder darnach.

Was Sie aber belustigen wird ist ein Artikel in dem neuen Leipziger Intelligenz Blatt, welches in Folio herauskommt. Hier hat ein ehrlicher Anonymus sich der Horen gegen Reichardt angenommen. Zwar sind beide nicht genannt, aber unverkennbar bezeichnet. Er rügt es sehr scharf, daß dieser Herausgeber von 2 Journalen das erste in dem andern unverschämt lobe, und gegen ein andres Journal einen schändlichen Neid blicken lasse. Vor jetzt wolle er es bei diesem Winke bewenden lassen, aber er droht ihm hart zu Leib zu rücken, wenn dieser Wink nichts fruchte.

Für heute sei es mit diesen Novitäten genug. Wir sind hier ganz wohl auf, ich rücke langsam in meiner Arbeit fort.

Leben Sie recht wohl.

Den Voßischen Almanach hab ich gesehen. Er ist miserable.

Sch.

238. Goethe

〈Weimar, 29. Oktober 1796〉

Ich bin genötigt auf einige Tage nach Ilmenau zu gehen und danke nur noch geschwind für die übersendeten Horen. Es ist lustig daß wir durch Humboldt den Rumor erfahren, den der Almanach in Berlin macht, er wird nun auch erzählen können wie es in Halle aussieht. Sobald ich wieder komme, besuche ich Sie. Gotha ist auch in großer Bewegung über unsere Verwegenheit. Hierbei ein Blättchen Distichen vom Prinzen August, der die Sache noch artig genug nimmt. Der Hirtische Aufsatz kommt hier zurück. So füge ich auch die Kupferplatte bei. Ein schönes Glück wärs wenn mir in Ilmenau noch ein Stück des epischen Gedichts gelänge, die große Einsamkeit scheint etwas zu versprechen.

Meyer hat wieder geschrieben seine Kopie ist fertig, er geht nun an fernere Beschreibung der Altertümer. Leben Sie recht wohl und schreiben mir nur immer hierher, man schickt mir die Briefe nach. Grüßen Sie Humboldts vielmal und Ihre liebe Frau. Mich verlangt recht Sie bald wieder zu sehen.

Weimar den 29ten Oktobr 96. G

239. Schiller

Jena 31. 8br. 〈Oktober〉 96

Ich begrüße Sie in Ihrem einsamen Tal und wünsche daß Ihnen die holdeste aller Musen da begegnen möge. Wenigstens können Sie dort das Städtchen Ihres Hermanns finden, und einen Apotheker oder ein grünes Haus mit Stuccator-Arbeit gibt es dort wohl auch.

Körner hat mir heute über Ihren Meister geschrieben. Ich lege seinen Brief bei, er wird Sie in Ihrer Einsamkeit nicht übel stimmen.

Von Leipzig habe ich auch wieder einen Brief, worin man meldet, daß die sämtlichen Exemplarien, welche ich vorrätig hingesandt, vergriffen seien, und dringend um neue schreibt. Es sind nämlich außer denen für Cotta und seinen Distrikt 900–1000 Ex. in Paketen an bestimmte Buchhandlungen verpackt worden, und außer diesen habe ich nach und nach 435 an den Commissionair geschickt, wenn etwa nachgefodert würden. Diese letztern sind also weg, und so ist es wahrscheinlich genug, daß jene, die in Paqueten verschickt worden, nicht retour kommen werden. Selbst die schadhaften sind bis auf ein einziges Ex. verkauft. Ich habe deswegen alles, was ich noch hier habe, zusammen gesucht und auch an Mlle. Vulpius geschrieben, mir, wenn sie dazu kommen kann, die bei Ihnen noch vorrätig liegenden auf Druckpapier zu senden. Alles zusammen möchte kaum 73 Exempl. betragen, und also schwerlich zureichen, weil mir der Commissionair schreibt, daß noch sehr viel bestellt sei. Deswegen habe ich heute an Cotta geschrieben und ihn zu einer neuen Auflage ermuntert, die ich hier, sowohl des Risiko als der lästigen Besorgung wegen, nicht gern veranstalten mag. Es ist *seine* Sache, er mag sich also raten, und der Zeitgewinn von 12, bis 14 Tagen ist so beträchtlich nicht.

Die Gothaischen Epigramme sind zwar noch ganz liberal ausgefallen, aber ich gestehe doch, daß mir diese Art, unsre Sache zu nehmen, gerade die allerfatalste ist. Es blickt nichts daraus hervor, als eine Schonung der Leerheit und Flachheit, und ich weiß nichts impertinenteres, als von einer Seite dem erbärmlichen nachzulaufen, und dann, wenn jemand demselben zu Leibe geht, zu tun, als ob man es bloß geduldet hätte – erst es dem Guten entgegen zu setzen, und dann sich zu stellen, als ob es grausam wäre, es mit demselben vergleichen zu wollen. Der Pentameter:

Unser Wasser erfrischt etc

ist merkwürdig, und ganz erstaunlich expressiv für diese ganze Klasse.

Leben Sie recht wohl und denken Sie unserer mit Liebe. Humboldt ist noch nicht hier. Alles grüßt Sie aufs beste.

Sch.

240. Schiller

Jena den 2. Nov. 96.

Nur einen kleinen Gruß für heute. Humboldt ist gestern angekommen, er empfiehlt sich Ihnen aufs beste und freut sich gar sehr auf Sie. Er ist wohl und heiter, seine Frau aber, die schwanger ist, befindet sich nicht zum besten. Wenig hätte gefehlt, so wäre er mit Reichardt hier angekommen; er hat ihm nur durch List entgehen können. Reichardt wird in 14 Tagen hier sein; wie er sagt um Friderich Schlegeln von hier weg nach Giebichenstein zu nehmen. Das heiß ich recht vom Teufel geholt werden. Er soll sich bei den Xenien sehr sentimentalisch benehmen und weil ihm Schlegel versichert, *Sie* hätten keinen Anteil an denen, die auf ihn gehen, so soll er sehr getröstet sein, und Humboldt meint, Sie wären vor seinem Besuch keineswegs sicher. Er glaube, bei Ihnen noch immer was zu gelten. Auch hat er Ihre Stücke im Almanach sehr gelobt gegen Humboldt. Sie haben also Ihre Absicht mit ihm vor der Hand noch nicht erreicht, wie es scheint; er ist und bleibt vor der Welt Ihr Freund, wenigstens in seinen Augen, und wird sich auch wahrscheinlich jetzt mehr als je dafür auszugeben suchen.

In Halle soll Wolf und besonders Eberhard mit den Xenien sehr zufrieden sein, selbst Klein, der Verwandte Nicolais. Mehrere Partikularitäten mündlich, weil ich heute einen starken Posttag habe. 30 Stücke des Almanachs hat man mir von Ihrem Hause heute richtig gesendet.

Leben Sie wohl, wir alle grüßen Sie.

Sch.

241. Goethe

⟨Weimar, 12. November 1796⟩

Ihre beiden Briefe, wertester Freund, habe ich erst spät in Ilmenau erhalten, wohin, wie nach Cimmerien, die Boten langsam gehen, die Sonne selten in dieser Jahrszeit dringt, der Almanach aber doch früh genug den Weg gefunden hat. Ich stehe vorerst dabei stille, daß wir mit beiden Werklein im Ganzen den gehörigen Effekt getan haben, einzelne Äußerungen können dem Autor selten wohltun. Man steht denn doch am Ziel, es mag nahe oder fern gesteckt sein, wenn einen der Leser gewahr wird. Nun kommen sie, gehen, rennen und trippeln auch wohl herbei, andere bleiben unterweges stehen, andere kehren gar um, andere winken und verlangen man solle wieder zu ihnen zurückkehren, ins platte Land, aus dem man sich mit so vieler Mühe heraus gearbeitet hat. So muß man die allgemeine

Aufmerksamkeit für das Resultat nehmen und sich ganz im Stillen mit denjenigen freuen die uns Neigung und Einsicht endlich am reinsten nähert; so habe ich Ihnen das nähere Verhältnis zu Körnern und Humbold zu verdanken, welches mir in meiner Lage höchst erquicklich ist.

Durch die unmittelbare Berührung mit den Gebürgen und durch das Voigtische Mineraliencabinet, bin ich diese Zeit her wieder in das Steinreich geführt worden. Es ist mir sehr lieb, daß ich so zufälligerweise diese Betrachtungen erneuert habe, ohne welche denn doch die berühmte *Morphologie* nicht vollständig werden würde. Ich habe diesmal diesen Naturen einige gute Ansichten abgewonnen, die ich gelegentlich mitteilen werde.

Sonst habe ich aber auch nicht den Saum des Kleides einer Muse erblickt, ja selbst zur Prosa habe ich mich untüchtig gefunden, und weder Produktion noch Reproduktion ließ sich im geringsten spüren. Das weitere müssen wir nun geduldig erwarten. Wann ich Sie sehen kann, weiß ich noch nicht, in der ersten Zeit darf ich von hier nicht weg, vielleicht komme ich nur einmal auf einen Tag, um Humbolds zu begrüßen und manches zu besprechen. Leben Sie recht wohl und grüßen alles was Sie umgibt das Exemplar für Humbold liegt hier bei.

Weimar den 12ten Nov. 1796

G

242. Schiller

Jena 13. Nov. 96

Es ist mir ein rechter Trost, Sie wieder in unserer Nähe zu wissen; noch nie ist mir eine Trennung von Ihnen solang vorgekommen wie die jetzige, obgleich ich weniger als sonst mich allein befunden habe. Ich freue mich, wenn Sie mir Ihre neuen Entdeckungen für die Morphologie mitteilen; die poetische Stunde wird schon schlagen.

Hier ist in Ihrer Abwesenheit nichts neues vorgefallen, auch aus der literarischen Welt habe ich nichts in Erfahrung gebracht. Hier des Koadjutors Brief, die Xenien betreffend; Sie sehen daraus, daß man viel sündigen kann, wenn man sich nur erst in einen recht moralischen Ruf gesetzt hat.

An der neuen Auflage des Almanachs wird eben jetzt hier in Jena gedruckt; denn eine reifere Überlegung hat mich doch veranlaßt, dieses Geschäft lieber hier gleich vornehmen zu lassen, als in Tübingen; Göpferdt hat sich verbindlich gemacht, mit Anfang Dezembers damit fertig zu sein. Ich werde Ihnen nächste Woche Papier zu der Decke senden, davon wir jetzt, außer den vorrätigen Abdrücken, noch 425. neue brauchen. Auch habe ich die Boltische Kupferplatte der Terpsichore hier, wovon doch wohl auch in Weimar die nötigen Abdrücke noch gemacht werden können.

Ich habe in dieser Zeit die Quellen zu meinem Wallenstein fleißig studiert, und in der Ökonomie des Stücks einige nicht unbedeutende Fortschritte gewonnen. Je mehr ich meine Ideen über die Form des Stücks rektifiziere, desto ungeheurer erscheint mir die Masse, die zu beherrschen ist, und wahrlich, ohne einen gewissen kühnen Glauben an mich selbst würde ich schwerlich fortfahren können.

Haben Sie Böttichers Schrift über Ifland, so bitte ich Sie, sie uns zu schicken. Man erzählt soviel närrisches davon, besonders soll ein Brief von der Frau Scharlotte darin zu finden sein.

Noch lege ich Ihnen ein Blättchen Hexameter (!) bei, welche in Breslau von einem Champion des Herrn Manso, gegen Sie oder mich, gemacht worden sind. Es ist doch sonderbar, daß unsere bisherigen Angreifer im SilbenMaße schon verunglücken.

Alexander vHumboldt soll über die Xenien recht entzückt sein, sagt mir sein Bruder. Das ist doch wieder eine neue Natur, die sich diesen Stoff assimilieren kann.

Leben Sie recht wohl. Es grüßt Sie alles aufs beste, Humboldts, die für den Meister herzlich danken, sehnen sich, Sie zu sehen. Alles ist wohl bei mir.

Sch.

243. Goethe

〈Weimar, 14. November 1796〉

Die Aktenstücke, die ich heute von Ihnen erhalte, kommen sogleich zurück. Bei dem einen ist es wirklich merkwürdig daß unsere Gegner bis jetzt das Element nicht finden können, worin wir uns bewegen; bei dem andern zeigt sich eine gewisse höhere Vorstellungsart, die denn auch ganz gut ist; sähe nur nicht die Neigung zu dem *erquicklichen Wasser* auch hier so klar mit durch.

Die oberdeutsche Literatur-Zeitung lege ich bei und bitte mir sie bald zurück. Eine solche leichte, oberflächliche, aber wohlmeinende Behandlung des Ganzen ist nicht unerwünscht. Der Rezensent ist wenigstens von vorn bis hinten a son aise, ein Fall, in dem nicht jeder sein möchte. Die Druckfehler in den angeführten Gedichten sind lustig genug.

Das verlangte Buch folgt auch. Ein solches Flick- und Lappenwerk ist nicht leicht erschienen. Wenn Künstler und Kunstwerke sich nicht immer, wie die Bleimännchen, wieder von selbst auf die Beine stellten, so müßten sie durch solche Freunde für ewig mit dem Kopf in den Quark gepflanzt werden. Bei der Ohnmacht des Verfassers ist es auffallend wie er sich durch gewisse Stiche selbst seinem eignen Helden formidabel machen will. Sein böser Wille gegen *Sie* leuchtet aus mehrern Stellen hervor. Ich habe einen boshaften Einfall wie man ihn, durch eine sophistische Wendung, in Tort setzen und ihn auf seinem eignen Grund und Boden schlagen könnte. Wenn der Spaß Ihren Beifall hat, so führe ich ihn aus, er ist, wie mich dünkt, Sans replique, wie jener vom *literarischen Sanskülottismus.* Doch davon mündlich.

Meyer grüßt schönstens er hält sich sehr wacker in Florenz sowohl arbeitend als betrachtend, nur wird ihm freilich die Einsamkeit mitunter sehr lästig. Leben Sie recht wohl. und grüßen alles was Ihnen nah ist.

Weimar den 13ten Nov. 1796. G

244. Goethe

⟨Weimar, 15. November 1796⟩

Einige Dinge, die ich gestern zurück ließ, will ich doch gleich nachbringen. Erstlich gratuliere ich zu der zweiten Auflage; es war wohl nicht anders zu tun als daß Sie solche in Jena drucken ließen. Schicken Sie mir das Papier bald denn man wird hier nicht gleich gefördert. Einige Buchstabenbemerkungen, sonst Druckfehler genannt, schicke ich Ihnen ehestens. Wie stark gedenken Sie diese Auflage zu machen? wir können noch die dritte erleben.

Voßens Almanach ist über die Maßen schlecht, es tut mir leid für ihn und unser Verhältnis zu ihm, denn man muß seinen Nebenbuhlern doch einigermaßen gleich sein wenn man sie nicht hassen soll. Die Mattherzigkeit der sämtlichen Compagnie ist unglaublich und ohne die Paar Übersetzungen wäre beinah das Bändchen völlig leer. Doch leugne ich nicht, daß wir den Creator Spiritus wohl zum Freunde haben müssen, wenn wir das nächste Jahr nicht zurück, sondern vorwärts treten wollen.

Das Angenehmste, was Sie mir aber melden können, ist Ihre Beharrlichkeit an Wallenstein und Ihr Glaube an die Möglichkeit einer Vollendung; denn nach dem tollen Wagestück mit den Xenien müssen wir uns bloß großer und würdiger Kunstwerke befleißigen und unsere proteische Natur, zu Beschämung aller Gegner, in die Gestalten des Edlen und Guten umwandeln.

Die drei ersten Gesänge meines epischen Gedichts sind fleißig durchgearbeitet, und abermals abgeschrieben. Ich freue mich darauf sie Humboldts gelegentlich vorzulesen.

Die englische Übersetzung von Cellini, die ich durch Eschenburg erhalten habe, gehört *Boie*, wie sein eingeschriebner Name zeigt. Wenn Sie ihm gelegentlich schreiben, so fragen Sie ihn doch, ob er mir sie überlassen will, ich will ihm gerne dafür zahlen, was er verlangt, und ihm noch außerdem, wenn meine Arbeit künftig besonders gedruckt erscheint, ein Exemplar davon versprechen. Am englischen ist mir in mehr als Einem Betracht gelegen, besonders hat es ein sehr wohlgestochenes *Portrait*, das ich ausschneiden müßte um es dereinst kopieren zu lassen. Diese ganze Arbeit zu vollenden und auch nur ohne Noten zu ajüstieren brauche ich noch das Restchen vom Jahre.

Die Naturbetrachtungen freuen mich sehr. Es scheint eigen und doch ist es natürlich daß zuletzt eine Art von subjektivem Ganzen herauskommen muß. Es wird wenn Sie wollen eigentlich *die Welt des Auges* die durch Gestalt und Farbe erschöpft wird. Denn wenn ich recht acht gebe, so brauche ich die Hülfsmittel anderer Sinne nur sparsam und alles Raisonnement verwandelt sich in eine Art von Darstellung. So viel vor heute mit einem herzlichen Lebe wohl. Weimar den 15ten Nov 1796. G

245. Schiller

Jena 18. Nov. 96.

In Coppenhagen ist man auf die Xenien ganz grimmig, wie mir die Schimmelmann heute schreibt, die zwar eine liberalere Sentimentalität hat, und – wenn sie nur könnte, gerne gerecht gegen uns wäre. Daran dürfen wir überhaupt gar nicht denken, daß man unser Produkt seiner Natur nach würdigt; die es am besten mit uns meinen, bringen es nur zur Toleranz.

Mir wird bei allen Urteilen dieser Art, die ich noch gehört, die miserable Rolle des Verführten zu Teil, Sie haben doch noch den Trost des Verführers.

Es ist zwar sehr gut, und für mich besonders, jetzt etwas Bedeutendes und Ernsthaftes ins Publikum zu bringen, aber wenn ich bedenke, daß das Größeste und Höchste, selbst für sentimentalische Leser von Ihnen geleistet, noch ganz neuerdings im Meister und selbst im Almanach von Ihnen geleistet worden ist, ohne daß das Publikum seiner Empfindlichkeit über kleine Angriffe Herr werden könnte, so hoffe ich in der Tat kaum, es jemals, durch etwas in meiner Art Gutes und Vollendetes, zu einem bessern Willen zu bringen. Ihnen wird man Ihre Wahrheit, Ihre tiefe Natur nie verzeihen, und mir, wenn ich hier von mir reden darf, wird der starke Gegensatz meiner Natur gegen die Zeit und gegen die Masse, das Publikum nie zum Freund machen können. Es ist nur gut, daß dies auch so gar notwendig nicht ist, um mich in Tätigkeit zu setzen und zu erhalten. Ihnen kann es vollends gleichgültig sein, und jetzt besonders, da trotz alles Geschwätzes, der Geschmack der Bessern ganz offenbar eine solche Richtung nimmt, die zu der vollkommensten Anerkennung Ihres Verdienstes führen muß.

Hier lege ich Ihnen einen weitläuftigen Brief von Körner über Meister bei, der sehr viel Schönes und Gutes enthält.

Sie senden ihn mir wohl gleich durch das BotenMädchen wieder, da ich ihn gerne kopieren lassen und für das XIIte Stück der Horen brauchen möchte, wenn Sie nichts dagegen haben.

Von dem Almanach lasse ich nur 500 Exemplar, aber auf lauter gutem Papier, auflegen. Größer durfte ich die Auflage nicht wohl machen da die Gründe für dieselbe nur von dem Absatz in Leipzig hergenommen worden, der Absatz im übrigen Deutschland aber noch problematisch ist, weil wir nicht wissen, ob von den versendeten Exemplarien nicht viele retournieren. Werden indessen von der neuen Auflage nur 200 Exempl. verkauft, so ist sie bezahlt, welches ich jetzt, da alles durch meine Hände gegangen, bei Heller und Pfenning berechnen kann.

An den Almanach für das nächste Jahr wage ich jetzt noch gar nicht zu denken, und alle meine Hoffnung ist nach Ihnen gewendet. Denn das sehe ich nun ein, daß der Wallenstein mir den ganzen Winter und wohl fast den ganzen Sommer kosten kann, weil ich den widerspenstigsten Stoff zu behandeln habe, dem ich nur durch ein heroisches Ausharren etwas abgewinnen kann. Da mir außerdem noch so manche selbst der gemeinsten Mittel fehlen, wodurch man sich das Leben und die Menschen näher bringt, aus seinem engen Dasein heraus und auf eine größere Bühne tritt, so muß ich, wie ein Tier dem gewisse Organe fehlen, mit denen die ich habe mehr tun lernen, und die Hände gleichsam mit den Füßen ersetzen. In der Tat verliere ich darüber eine unsägliche Kraft und Zeit, daß ich die Schranken meiner zufälligen Lage überwinde, und mir eigene Werkzeuge zubereite, um einen so fremden Gegenstand als mir die lebendige und besonders die politische Welt ist, zu ergreifen. Recht ungeduldig bin ich, mit meiner tragischen Fabel vom Wallenstein nur erst soweit zu kommen, daß ich ihrer Qualifikation zur *Tragödie* vollkommen gewiß bin; denn wenn ich es anders fände, so würde ich zwar die Arbeit nicht ganz aufgeben, weil ich immer schon soviel daran gebildet habe, um ein würdiges dramatisches Tableau daraus zu machen, aber ich würde doch die Maltheser noch vorher ausarbeiten, die bei einer viel einfacheren Organisation entschieden zur Tragödie qualifiziert sind.

Leben Sie aufs beste wohl, wir sehnen uns alle recht herzlich, Sie zu sehen.

Mein Schwager hat, wie ich höre, wegen Henderichs Stelle an den Herzog von Weimar geschrieben, ich wünschte es herzlich, daß er seinen Wunsch erreichte, zweifle aber sehr daran, ob ich gleich überzeugt bin, daß er in Weimar auf manche Art brauchbar sein würde.

Anbei erhalten Sie die Kupferplatte von Bolt, nebst Papier zu Abdrücken. Leben Sie wohl. S.

⟨*Beilage:*⟩

Anbei folgen

1) Eine Kupferplatte
2) Sechszehn Bogen Velin Pap⟨ier⟩ zu 144 Abdrücken des Titelkupfers
3) Vier und dreißig Bogen ord⟨inaires⟩P⟨ost⟩ Papier hellgrau, hellgelb und hellbraun zu färben, zu 136. Decken.

Beides, Decke und Titelkupfer, erbitten wir uns in spätestens 12 Tagen abgedruckt zurück.

Jena den 18. Nov. 96

S.

246. Goethe

⟨Weimar, 19. November 1796⟩

Der Körnerische Brief hat mir sehr viel Freude gemacht, um so mehr als er mich in einer entschiedenen ästhetischen Einsamkeit antraf. Die Klarheit und Freiheit, womit er seinen Gegenstand übersieht ist wirklich bewundernswert, er schwebt über dem Ganzen, übersieht die Teile mit Eigenheit und Freiheit, nimmt bald da bald dort einen Beleg zu seinem Urteil heraus, dekomponiert das Werk um es nach seiner Art wieder zusammen zu stellen und bringt lieber das was die Einheit stört, die er sucht oder findet, für diesmal bei Seite, als daß er, wie gewöhnlich die Leser tun sich erst dabei aufhalten, oder gar recht darauf lehnen sollte; die unterstrichene Stelle hat mir besonders wohlgetan, da ich besonders auf diesen Punkt eine ununterbrochene Aufmerksamkeit gerichtet habe und nach meinem Gefühl dieses der Hauptfaden sein mußte, der im Stillen alles zusammenhält und ohne den kein Roman etwas wert sein kann. Bei diesem Aufsatz ist es aber auch überhaupt sehr auffallend, daß sich der Leser produktiv Verhalten muß wenn er an irgend einer Produktion Teil nehmen will. Von den passiven Teilnahmen habe ich leider schon die betrübtesten Beispiele wieder erlebt und es ist nur immer eine Wiederholung des Refrains: *ich kanns zu Kopf nicht bringen!* freilich faßt der Kopf kein Kunstprodukt als nur in Gesellschaft mit dem Herzen.

So hat mir neulich jemand geschrieben, daß er die Stelle im zweiten Bande, Seite 138 »Nein! rief er aus, du bildest dir ein, du abgestorbener Weltmann, daß du ein Freund sein könnest. alles was du mir anbieten magst ist der Empfindung nicht wert die mich an diese Unglücklichen bindet!« Zum Mittelpunkt des Ganzen gemacht und seinen Umkreis daraus gezogen habe, dazu passe aber der letzte Teil nicht und er wisse nichts damit zu machen.

So versicherte mir ein andrer, meine Idylle sei ein fürtrefflich Gedicht, nur sei ihm noch nicht klar ob man nicht besser täte es in zwei oder drei Gedichte zu separieren.

Möchte bei solchen Äußerungen nicht die Hippokrene zu Eis erstarren und Pegasus sich mausen. Doch das war vor 25 Jahren als ich anfing, eben so und wird so sein wenn ich lange geendigt habe. Indessen ist nicht zu leugnen, daß es doch aussieht als wenn gewisse Einsichten und Grundsätze, ohne die man sich eigentlich keinem Kunstwerk nähern sollte, nach und nach allgemeiner werden müßten.

Meyer grüßt herzlich von Florenz, er hat endlich auch die Idylle erhalten, es wäre doch gut wenn wir ihm durch Cotta und Escher einen ganzen Almanach zuspedieren könnten.

Ich hoffe daß die Coppenhagner und alle gebildete Anwohner der Ostsee aus unsern Xenien ein neues Argument für die wirkliche und unwiderlegliche Existenz des Teufels nehmen werden, wodurch wir ihnen denn doch einen sehr wesentlichen Dienst geleistet haben. Freilich ist es von der andern Seite sehr schmerzlich daß ihnen die unschätzbare Freiheit leer und abgeschmackt zu sein auf eine so unfreundliche Art verkümmert wird.

Körners Aufsatz qualifiziert sich, wie mich dünkt, recht gut zu den Horen, bei der leichten und doch so guten Art wie das Ganze behandelt ist, werden sich die Kontorsionen, die sich von andern Beurteilern erwarten lassen desto wunderlicher ausnehmen.

Übrigens wird es höchst notwendig daß ich Sie bald sehe, es ist doch gar manches zu besprechen. Ich verlange sehr Ihre Fortschritte an Wallenstein zu erfahren.

Von dem Dienstgesuch habe ich etwas gehört aber keine Gesinnung oder Meinung darüber, doch zweifle ich auch am Gelingen. Leben Sie recht wohl und grüßen die Freunde. Weimar den 19ten Nov. 1796.

G

247. Schiller

Jena 22. Nov. 96

Wahrscheinlich werden Sie Humboldten morgen sehen, der auf einige Tage nach Erfurt verreist. Er wünscht sehr, den Abend mit Ihnen zubringen zu können. Er bringt auch das Xte Horenstück mit, wobei ich Sie auf eine Erzählung Agnes von Lilien aufmerksam mache.

Sie haben vielleicht das neueste Stück vom Archiv der Zeit schon gesehen, wo ein Ausfall auf Sie vom alten Klopstock sich befindet. Es hat ihn verdrossen, daß Sie in Ihren Epigrammen vom vorigen Jahr sich beklagen, *Deutsch* schreiben zu müssen, und er macht daher seinem Unwillen in einem Epigramme Luft, das freilich sehr kläglich ist. Dieses steht in einer Fortsetzung seiner grammatischen Gespäche, und das *Urteil*!! spricht:

»Göthe! du dauerst dich, daß du mich schreibest? Wenn du mich kenntest,
Wäre dies dir nicht Gram. Göthe du dauerst mich auch!«

Humboldt wird Ihnen auch von einer Rezension des jungen Schlegels über Woldemar und von einem fulminanten grünen Brief Jacobis über diese Rezension erzählen; was Sie sehr belustigen wird. Es steht auch schon etwas über unsere Xenien in diesem Briefe.

Wann werden wir Sie aber wieder einmal hier sehen? Ich sehne mich herzlich darnach, es ist mir als wenn mir etwas an dem Element fehlte, worin ich leben soll.

Cotta beklagt sich, daß ihm Escher auf die an ihn abgeschickte GeldAnweisung und auf drei Briefe noch nicht geantwortet. Er mußte ihm das Geld anweisen, weil damals keine fahrende Post in jene Gegend ging.

Sobald der neue Almanach fertig ist, sende ich ein Exemplar davon durch Eschern an Meyer ab. Grüßen Sie diesen recht herzlich von uns.

Ich habe Besuch und muß schließen. Leben Sie recht wohl. Sch.

248. Goethe

⟨Weimar, 26. November 1796⟩

Auf einem Kartenblatt finden Sie hier beiliegend einige Bemerkungen zu den Xenien, vielleicht können Sie noch Gebrauch davon machen.

Humboldts werden erst Dienstag wieder von Erfurth hierher kommen und zu Mittag mit mir essen, ich wünschte Sie könnten sich entschließen an gedachtem Tage mit Ihrer lieben Frau herüber zu kommen. Sie blieben die Nacht hier und führen Mittwoch wieder mit Humboldts zurück. Die gegenwärtige Witterung fordert fast ein so heroisches Unternehmen.

Da ich nicht sehe daß ich so bald einige Zeit bei Ihnen zubringen kann, so komme ich vielleicht nur auf einen Tag, denn es sind gar viele Dinge bei denen ich den Mangel Ihrer Teilnahme spüre.

Ich lege einen Brief von Humboldt bei, der Ihnen Freude machen wird. Es ist doch sehr Tröstlich solche Teilnehmende Freunde und Nachbarn zu haben, aus meinem eignen Kreise ist mir noch nichts dergleichen zugekommen. Leben Sie recht wohl und nehmen meine Einladung zu Herzen. Weimar den 26ten Nov. 1796. G

249. Schiller

Jena 28. Nov. 96.

Von Ihrer freundlichen Einladung werde ich schwerlich Gebrauch machen können, da ich die miserable JahrZeit und Witterung in allen Nerven spüre und mich nur so eben hinhalte. Dafür hoffe ich, wenn auch nur für Einen Tag, Sie bald zu sehen, von Ihren neuesten Entdeckungen und Bemerkungen zu hören, und Sie zugleich von meinem eigenen Zustand zu unterhalten.

Mit dem Wallenstein geht es zwar jetzt noch sehr langsam, weil ich noch immer das meiste mit dem rohen Stoff zu tun habe, der noch nicht ganz beisammen ist, aber ich fühle mich ihm noch immer gewachsen, und in die Form habe ich manchen hellen bestimmten Blick getan. Was ich *will* und *soll,* auch was ich *habe,* ist mir jetzt ziemlich klar; es kommt nun noch bloß darauf an, mit dem was ich in mir und vor mir habe, das auszurichten, was ich will und was ich soll. In Rücksicht auf den *Geist,* in welchem ich arbeite, werden Sie wahrscheinlich mit mir zufrieden sein. Es will mir ganz gut gelingen, meinen Stoff außer mir zu halten und nur den Gegenstand zu geben. Beinahe möchte ich sagen, das Sujet interessiert mich gar nicht, und ich habe nie eine solche Kälte für meinen Gegenstand mit einer solchen Wärme für die Arbeit in mir vereinigt. Den Hauptcharakter so wie die meisten Nebencharaktere traktiere ich wirklich bis jetzt mit der reinen Liebe des Künstlers; bloß für den nächsten nach dem Hauptcharakter den jungen Picolomini bin ich durch meine eigene Zuneigung interessiert, wobei das Ganze übrigens eher gewinnen als verlieren soll.

Was die dramatische Handlung, als die Hauptsache, anbetrifft, so will mir der wahrhaft undankbare und unpoetische Stoff freilich noch nicht ganz parieren, es sind noch Lücken im Gange, und manches will sich gar nicht in die enge Grenzen einer Tragödien Ökonomie herein begeben. Auch ist das Proton-Pseudos in der Katastrophe, wodurch sie für eine tragische Entwicklung so ungeschickt ist, noch nicht ganz überwunden. Das eigentliche Schicksal tut noch zu wenig, und der eigne Fehler des Helden noch zuviel zu seinem Unglück. Mich tröstet hier aber einigermaßen das Beispiel des Macbeth, wo das Schicksal ebenfalls weit weniger Schuld hat als der Mensch, daß er zu Grunde geht.

Doch von diesen und andern Haken mündlich.

Humboldts Erinnerungen gegen den Körnerischen Brief scheinen mir nicht unbedeutend, obgleich er, was den

Charakter des Meister betrifft, auf der entgegengesetzten Seite zu weit zu gehen scheint. Körner hat diesen Charakter zu sehr als den eigentlichen Held des Romans betrachtet; der Titel und das alte Herkommen, in jedem Roman pp einen Helden haben zu müssen, hat ihn verführt. Wilhelm Meister ist zwar die notwendigste aber nicht die wichtigste Person; eben das gehört zu den Eigentümlichkeiten Ihres Romans, daß er keine solche wichtigste Person hat und braucht. *An* ihm und *um* ihn geschieht alles, aber nicht eigentlich *seinet*wegen; eben weil die Dinge um ihn her die Energien, er aber die Bildsamkeit darstellt und ausdrückt, so muß er ein ganz ander Verhältnis zu den Mitcharakteren haben, als der Held in andern Romanen hat.

Hingegen finde ich Humboldt gegen diesen Charakter auch viel zu ungerecht, und ich begreife nicht recht, wie er das Geschäft, das der Dichter sich in dem Romane aufgab, wirklich für geendet halten kann, wenn der Meister das bestimmungslose und gehaltlose Geschöpf wäre, wofür er ihn erklärt. Wenn nicht wirklich die Menschheit, nach ihrem ganzen Gehalt, in dem Meister hervorgerufen und ins Spiel gesetzt ist, so ist der Roman nicht fertig, und wenn Meister dazu überhaupt nicht fähig ist, so hätten Sie diesen Charakter nicht wählen dürfen. Freilich ist es für den Roman ein zarter und heikeligter Umstand, daß er, in der Person des Meister, weder mit einer entschiednen Individualität noch mit einer durchgeführten Idealität schließt, sondern mit einem Mitteldinge zwischen beiden. Der Charakter ist individual, aber nur den Schranken und nicht dem Gehalt nach, und er ist ideal aber nur dem Vermögen nach. Er versagt uns sonach die nächste Befriedigung die wir fodern (die Bestimmtheit) und verspricht uns eine Höhere und höchste, die wir ihm aber auf eine ferne Zukunft kreditieren müssen.

Komisch genug ists, wie bei einem solchen Produkte soviel Streit in d⟨en⟩ Urteilen noch möglich ist.

Leben Sie recht wohl und grüßen Sie Humboldts von uns.

Sch.

250. Goethe

⟨Weimar, 30. November 1796⟩

Mit Humboldts habe ich gestern einen sehr vergnügten Tag zugebracht, wobei ich bis gegen Mittag die Hoffnung unterhielt Sie hier zu sehen. Wenn übrigens diese Stunden auch für Sie nützlich und angenehm verflossen sind, so freut es mich recht sehr, möge es immer so fortgehen bis Sie Ihren Zweck erreichen.

Starke verspricht mir noch auf heute Abdrücke und ich hoffe sie mit gegenwärtigen zu senden.

Burgsdorf hat mir in seinem Betragen und in dem wenigen was er sprach, recht wohl gefallen.

Ein neues Werk der Frau von Stael de L'influence des Passions pp ist sehr interessant, es ist im beständigen Anschauen einer sehr weiten und großen Welt geschrieben in der sie gelebt hat und voll geistreichen, zarten und kühnen Bemerkungen. Weimar am 30ten Nov. 1796.

251. Goethe

⟨Weimar, 5. Dezember 1796⟩

Eine sehr schöne Eisbahn bei dem herrlichen Wetter hat mich abgehalten Ihnen diese Tage zu schreiben und ich sage Ihnen noch am Abend eines sehr heitern Tages einige Worte.

Das Werk der Frau von Stael, wovon Ihnen Herr von Humboldt wird gesagt haben, kommt in einigen Tagen es ist äußerst interessant zu sehen wie eine so höchst passionierte Natur durch das grimmige Läuterfeuer einer solchen Revolution, an der sie so viel Anteil nehmen mußte, durchgeht und, ich möchte sagen nur das geistreich menschliche an ihr übrig bleibt, vielleicht ließ sich eine Art von Auszug der höchsten Sprüche in einer Folge machen und für die Horen gebrauchen vielleicht nähme man nur ein einzeln Kapitel aber bald, denn zu Ostern ist die Übersetzung gewiß da; hierüber überlasse ich Ihnen das Urteil.

Ob ich gleich vermute daß der böse Wille unserer *Gäste* auch Exemplare nach Jena geschafft haben wird so schicke ich doch hier das meinige. Es ist lustig zu sehen, was diese Menschenart eigentlich geärgert hat was sie glauben daß einen ärgert wie schal, leer und gemein sie eine fremde Existenz anzusehen wie sie ihre Pfeile gegen das Außenwerk der Erscheinung richten wie wenig sie auch nur ahnden in welcher unzugänglichen Burg der Mensch wohnt, dem es nur immer Ernst um sich und um die Sachen ist.

So manche Umstände und Verhältnisse fesseln mich noch hier da ich jetzt nicht zu Ihnen kommen möchte ohne wenigstens einige Tage bei Ihnen zu bleiben das Theater kommt kaum durch einige gute Stücke und Repräsentationen in den Gang wobei eine neue Einrichtung bei der Regie meine Gegenwart erfordert.

Auch erwarte ich den jungen Jacobi in diesen Tagen und werde also noch eine Zeit lang Ihrer persönlichen Aufmunterung entbehren müssen.

Übrigens geht alles seinen Gang und ich habe in manchen Kapiteln meiner Studien gute Hoffnung. Grüßen Sie Humboldt recht vielmals und sagen mir bald ein Wort wie Sie sich befinden und wie Ihre Arbeit gelingt. Weimar den 5ten Dez. 1796.

G

252. Schiller

Jena 6. Dez. 96.

Ich habe einige Tage wieder durch schlechtes Schlafen beinahe ganz verloren und mich dadurch in meiner Arbeit, die sonst ganz gut vorrückt, sehr unangenehm unterbrochen gesehn. Freilich reizt eine solche Beschäftigung, wie meine gegenwärtige, die empfindliche kränkliche Natur stärker, eben weil sie den ganzen Menschen mehr und anhaltender bewegt.

Vorgestern hatte ich eine halbe Hoffnung, Sie vielleicht hier zu sehen. Die neue Verzögerung tut mir sehr leid. Wenn Sie alsdann nur auch länger bleiben können.

Das schmutzige Produkt gegen uns, dessen Verfasser M⟨agister⟩ Dyk in Leipzig sein soll, ist mir schon vor einigen Tagen in die Hand gekommen. Ich hoffte, es sollte Ihnen unbekannt bleiben. Die Empfindlichkeit gewisser Leute kann freilich keinen nobleren Ausbruch nehmen, aber es ist doch bloß in Deutschland möglich, daß böser Wille und Roheit darauf rechnen dürfen, durch eine solche Behandlung geachteter Namen, nicht alle Leser zu verscherzen. Man sollte doch da, wo keine Scham ist, auf eine Furcht rechnen können, die diese Sünder im Zügel hielte, aber die Polizei ist so schlecht bestellt, wie der Geschmack.

Das unangenehme an der Sache ist dieses, daß die wohlweisen Herrn Moderatisten, so wenig sie auch ein solches Produkt in Schutz nehmen können, doch triumphieren und sagen werden, daß unser Angriff darauf geführt habe, und daß das Skandal durch uns gegeben sei.

Sonst sind übrigens diese Distichen die glänzendste Rechtfertigung der unsrigen, und wer es jetzt noch nicht merkt, daß die Xenien ein poetisches Produkt sind, dem ist nicht zu helfen; reinlicher konnte die Grobheit und die Beleidigung von dem Geist und dem Humor nicht abdestilliert werden als hier geschehen ist, und die ganze Dykische Partei sieht sich nun in dem Nachteil, daß sie gerade in dem einzigen, was sie uns allenfalls hätte vorwerfen können, unendlich weiter gegangen ist. Ich bin doch begierig, ob sich nicht von selbst einige Stimmen auch für die Xenien erheben werden; denn wir können freilich auf so etwas nichts erwiedern.

Die Schrift der M. Stael erwarte ich mit Begierde. Den Horen würde es eine vorteilhafte Veränderung geben, wenn wir das piquanteste und gehaltreichste daraus aufnähmen.

Mit der Agnes von Lilien werden wir, scheint es, viel Glück machen; denn alle Stimmen, die ich hier darüber hören konnte, haben sich dafür erklärt. Sollten Sie es aber denken, daß unsre großen hiesigen Kritiker, die Schlegels, nicht einen Augenblick daran gezweifelt, daß das Produkt von Ihnen sei? Ja die Madame Schlegel meinte, daß Sie noch keinen so reinen und vollkommenen weiblichen Charakter erschaffen hätten, und sie gesteht, daß ihr Begriff von Ihnen sich durch dieses Produkt noch mehr erweitert habe. Einige scheinen ganz anders davon erbaut zu sein, als von dem Vierten Bande des Meister. Ich habe mich bis jetzt nicht entschließen können, diese selige Illusion zu zerstören.

Leben Sie recht wohl, und lassen Sie Sich weder durch dieses unerwartete Geschenk noch durch jene Insolenz in

Ihrer Ruhe stören. Was ist, ist doch und was werden soll, wird nicht ausbleiben.

Herzlich grüßen wir Sie alle.

Sch

253. Goethe

⟨Weimar, 7. Dezember 1796⟩

Das Werk der Madam Stael liegt hiebei, es wird Sie gewiß erfreuen. Den Gedanken es für die Horen zu nutzen habe ich auch schon gehabt, es ließ sich vielleicht machen daß man aus dem ganzen die eminentesten Stellen aushübe und sie in einer Folge hinstellte. Lesen Sie deshalb das Werk mit dem Bleistift in der Hand und streichen an, und bitten Sie Herrn von Humboldt um ein gleiches, dadurch erhält meine Wahl eine schnellere Bestimmung; sobald ich es zurück erhalte, kann ich anfangen; eine Sendung Cellini ist fertig, wenn Sie derselben bedürfen.

Sie finden auch wieder eine Elegie, der ich Ihren Beifall wünsche. Indem ich darin mein neues Gedicht ankündige, gedenke ich damit auch ein neues Buch Elegien anzufangen. Die zweite wird wahrscheinlich die Sehnsucht ein drittes mal über die Alpen zu gehen enthalten, und so werde ich weiter, entweder zu Hause, oder auf der Reise fortfahren. Mit dieser wünschte ich eröffneten Sie das neue Jahr der Horen, damit die Menschen durchaus sehen daß man auf alle Weise fest steht und auf alle Fälle gerüstet ist.

Den Dückischen Ausfall habe ich, da ich die Deutschen so lange kenne, nicht besonders gefunden, wir haben dergleichen noch mehr zu erwarten. Der Deutsche sieht nur Stoff und glaubt wenn er gegen ein Gedicht Stoff zurückgäbe, so hätte er sich gleichgestellt, über das Sylbenmaß hinaus erstreckt sich ihr Begriff von Form nicht.

Wenn ich aber aufrichtig sein soll, so ist das Betragen des Volks ganz nach meinem Wunsche, denn es ist eine nicht genug gekannte und geübte Politik daß jeder, der auf einigen Nachruhm Anspruch macht seine Zeitgenossen zwingen soll alles was sie gegen ihn in Petto haben, von sich zu geben, den Eindruck davon vertilgt er durch Gegenwart, Leben und Wirken jederzeit wieder. Was halfs manchem bescheidnen, verdienstvollen und klugen Mann, den ich überlebt habe, daß er durch unglaubliche Nachgiebigkeit, Untätigkeit, Schmeichelei und Rücken und Zurechtlegen, einen leidlichen Ruf zeitlebens erhielt? gleich nach dem Tode sitzt der Advokat des Teufels neben dem Leichnam und der Engel der ihm Widerpart halten soll, macht gewöhnlich eine klägliche Gebärde.

Ich hoffe daß die Xenien auf eine ganze Weile wirken und den bösen Geist gegen uns in Tätigkeit erhalten sollen, wir wollen indessen unsere positiven Arbeiten fortsetzen und ihm die Qual der Negation überlassen. Nicht eher als bis sie wieder ganz ruhig sind und sicher zu sein glauben, müssen wir, wenn der Humor frisch bleibt sie noch einmal recht aus dem Fundament ärgern.

Lassen Sie mir so lange als möglich die Ehre als Verfasser der Agnes zu gelten, es ist recht schade, daß wir nicht in dunklern Zeiten leben, denn da würde die Nachwelt eine schöne Bibliothek unter meinem Namen aufzustellen haben, neulich versicherte mich jemand er habe eine ansehnliche Wette verloren, weil er mich hartnäckig für den Verfasser des Herrn Starke gehalten.

Auch mir geht ein Tag nach dem andern zwar nicht unbeschäftigt doch leider beinah unbenutzt herum, ich muß Anstalt machen meine Schlafstelle zu verändern damit ich morgens vor Tage einige Stunden im Bette diktieren kann. Mögten Sie doch auch eine Art und Weise finden die Zeit, die nur eigentlich höher organisierten Naturen kostbar ist, besser zu nutzen. Leben Sie recht wohl, und grüßen alles, was Sie umgibt. Weimar den 7ten Dez. 96.

G

254. Goethe

⟨Weimar, 9. Dezember 1796⟩

Der Wunsch Ihres Schwagers der anfangs abgelehnt worden war, kommt wieder, und zwar durch den Herz⟨og⟩ von Mein⟨ingen⟩ zur Sprache die Erklärung daß Wollzogen mit einer mäßigen Besoldung und dem letzten Platz in der Kammer zufrieden sein wolle, macht die Gewährung eher möglich, da man ihm überhaupt nicht abgeneigt ist.

Da nun die Sache wieder an mich kommt so finde ich in allen Rücksichten Ursache sie zu begünstigen, ich habe unter andern den Auftrag mich bei Ihnen näher um seinen moralischen Charakter zu erkundigen. Nun muß ich aber gestehen, es ist mit dem, was man moralischen Charakter nennt, eine eigene Sache, wer kann sagen wie sich jemand in einem neuen Verhältnis benehmen werde? Mir ist hierin genug daß Sie mit ihm in einem guten Verhältnisse stehen und daß Sie seine Nähe wünschen, beides beweist mir daß Sie gut von ihm denken und daß Sie glauben, daß man, indem man ihn anstellt, gut mit ihm fahren werde. Indessen haben Sie die Güte mir etwas über ihn zu schreiben, das ihn und sein Wesen näher bezeichnet und das ich vorlegen kann, lassen Sie aber in jedem Sinne ein Geheimnis bleiben daß hierüber etwas unter uns verhandelt worden ist. Leben Sie recht wohl es sollte mich sehr freuen wenn auch Ihnen durch diese Annäherung eines Verwandten ein neues Gute zuwüchse.

Weimar den 9ten Dezembr. 1796.

G

Man schreibt Catharina sei endlich auch vom Throne ins Grab gestiegen.

255. Schiller

Jena, 9. Dez. 96.

Dank Ihnen für das vorgestern überschickte. Die Elegie macht einen eigenen tiefen rührenden Eindruck, der keines Lesers Herz, wenn er eins hat, verfehlen kann. Ihre nahe Beziehung auf eine bestimmte Existenz gibt ihr noch einen Nachdruck mehr, und die hohe schöne Ruhe mischt sich darin so schön mit der leidenschaftlichen Farbe des Augenblicks. Es ist mir eine neue trostreiche Erfahrung, wie der poetische Geist alles Gemeine der Wirklichkeit so schnell und so glücklich unter sich bringt, und durch einen einzigen Schwung den er sich selbst gibt, aus diesen Banden heraus ist, so daß die gemeinen Seelen ihm nur mit hoffnungsloser Verzweiflung nachsehen können.

Das Einzige gebe ich Ihnen zu bedenken, ob der gegenwärtige Moment zur Bekanntmachung des Gedichts auch ganz günstig ist? In den nächsten 2, 3 Monaten, fürchte ich, kann bei dem Publikum noch keine Stimmung erwartet werden gerecht gegen die Xenien zu sein. Die vermeintliche Beleidigung ist noch zu frisch wir scheinen im Tort zu sein, und diese Gesinnung der Leser wird sie verhärten. Es kann aber nicht fehlen, daß unsere Gegner, durch die Heftigkeit und Plumpheit der Gegenwehr sich noch mehr in Nachteil setzen und die Bessergesinnten gegen sich aufbringen. Alsdann denke ich würde die Elegie den Triumph erst vollkommen machen.

Wie wenig man seinen Köcher gegen uns noch erschöpft habe, werden Sie aus beiliegendem Zeitungsblatt, das der Hamburgischen Neuen Zeitung angehängt und mir von Hamburg überschickt worden ist abermals ersehen. Die Verfahrungsart in dieser Repartie wäre nicht unklug ausgedacht, wenn sie nicht so ungeschickt wäre ausgeführt worden. Ob vielleicht Reichardt – oder Baggesen? – dahinter steckt? Was Sie in Ihrem letzten Brief über die höhern und entfernteren Vorteile solcher Zänkereien mit den Zeitgenossen sagen, mag wohl war sein: aber die Ruhe muß man freilich und die Aufmunterung von außen dabei missen können. Bei Ihnen übrigens ist dies bloß ein inneres, aber gewiß kein äußeres Bedürfnis. Ihre so einzige, isoliert dastehende und energische Individualität fodert gleichsam diese Übung, sonst aber wüßte ich wahrlich niemand, der seine Existenz in der Nachwelt weniger zu assekurieren brauchte.

Die Staelische Schrift habe ich erst heute zur Hand nehmen können, sie hat mich aber auch gleich durch einige treffliche Ideen angezogen. Ob für die Horen etwas damit zu machen sein wird, zweifle ich wieder, weil ich vor einigen Tagen eine Übersetzung davon, die durch die Verfasserin selbst soll veranlaßt worden sein, als ganz nah erscheinend habe ankündigen hören.

Hier lege ich auch ein Exemplar der neuen Ausgabe des Almanachs bei, nebst einem Brieflein von Voß.

Möge die Muse mit ihren schönsten Gaben bei Ihnen sein und ihrem herrlichen Freund seine Jugend recht lange bewahren! Ich bin noch immer in der Elegie – jedem, der nur irgend eine Affinität zu Ihnen hat, wird Ihre Existenz, Ihr Individuum darin so nahe gebracht.

Ich umarme Sie von ganzem Herzen.

Sch.

256. Goethe

⟨Weimar, 10. Dezember 1796⟩

Für das übersendete Exemplar zweiter Ausgabe danke ich schönstens, sie nimmt sich gut aus und wird wahrscheinlich nicht liegen bleiben.

Daß Sie sich der Elegie erfreuen tut mir sehr wohl ich vermute daß einige Gesellen bald nachfolgen werden was das Drucken betrifft darüber bleibt Ihnen das Urteil ganz anheim gestellt, ich bin auch zufrieden daß sie noch ruht. Ich werde sie indes in der Handschrift Freunden und Wohlwollenden mitteilen denn ich habe aus der Erfahrung daß man zwar bei entstandenem Streit und Gährung seine Feinde nicht bekehren kann aber seine Freunde zu stärken Ursache hat.

Man hat mir wissen lassen daß nächstens etwas *für* den Almanach erscheinen werde, in welcher Form und in welchem Gehalt ist mir unbekannt. Überhaupt merke ich wird es schon Buchhändlerspekulation pro oder contra etwas drucken zu lassen, das wird eine schöne Sammlung geben! Von dem edlen Hamburger dessen Exercitium ich hier zurückschicke wird es künftig heißen:

Auch erscheint ein Herr F* rhetorisch, grimmig-ironisch,
Seltsam gebärdet er sich, platt deutsch, im Zeitungsformat.

Eine schnelle Übersetzung des Staelischen Werkes ist zu vermuten und ich weiß nicht ob man daher einen Auszug wagen soll? Nutzt doch am Ende jeder eine solche Erscheinung auf seine Weise. Vielleicht nähme man nur wenig heraus wodurch man dem Publiko und jenem Verleger den

Dienst täte, daß jedermann schnell darauf aufmerksam würde.

Die Art, wie Voß sich beim Almanach benimmt, gefällt mir sehr wohl auf seine Ankunft freue ich mich recht sehr.

Auf meinen gestrigen Brief erwarte ich eine baldige Antwort. Diderots Werk wird Sie gewiß unterhalten. Leben Sie recht wohl, grüßen alles und erhalten mir Ihre so wohlgegründete Freundschaft und Ihre so schön gefühlte Liebe und sein Sie das gleiche von mir überzeugt. W. d. 10 Dez. 1796

G

257. Schiller

〈Jena, 10. Dezember 1796〉

Es sollte mich recht freuen, meinen Schwager in Weimar angestellt zu wissen, besonders seiner eigenen Ausbildung wegen. Er hat Kopf und hat Charakter, und das Einzige woran es ihm bis jetzt noch fehlte, war ein bildender Einfluß von außen und eine feste Bestimmung für seine Fähigkeit. Beides findet er in Weimar, und Sie selbst werden, wenn Sie ihn näher kennen, nicht ungern auf ihn wirken.

In Stuttgardt fehlte es ihm seit dem Tod des Herzogs Karl, der viel auf ihn gehalten, an einer bestimmten und würdigen Beschäftigung, da er nur eine leere Hofstelle bekleidet und doch Kraft und Willen zu etwas besserm in sich fühlt. Wenn ihm in Weimar nur der Punkt gezeigt wird, worauf er seine Fähigkeit richten soll, so wird er es mit Ernst tun und gewiß nichts gemeines leisten. Er liebt unsern Herzog persönlich und wird sich darum doppelte Mühe geben, seine Achtung zu verdienen. Es ist nicht unbedeutend zu erwähnen, daß er sich für die Welt und für die Kunst zugleich gebildet hat, also à deux mains zu gebrauchen ist: für die Kunst ist er freilich noch lange nicht ausgebildet, aber er 〈hat〉 gewiß einen guten Grund darin gelegt.

Für seinen übrigen Charakter stehe ich, wie man überhaupt für jemand stehen kann. Ich habe ziemlich lange und in einer gewissen Suite mit ihm gelebt, und bin, je länger ich ihn kenne, immer zufriedener mit ihm gewesen, denn er ist wirklich mehr als er scheint. Seine Bescheidenheit und gründliche Rechtschaffenheit wird ihn dem Herzog gewiß empfehlen.

Leben Sie wohl für Heute. Diderots Schrift wird uns manchen Stoff zum Gespräch geben, wie ich merke; einiges was ich zufällig aufgeschlagen, ist doch trefflich.

Jena den 10. Dez.

Sch.

258. Schiller

Jena 12. Dez. 96

Hier kommt das Eilfte HorenStück. Mit dem BotenMädchen sende ich Morgen den Rest. Ich bitte Sie nun, von dem Titelkupfer des Almanachs noch so geschwind als möglich 150 Abdrücke machen zu lassen, wozu ich Papier sende. Gar sehr wünschte ich, daß ich Freitag früh entweder alles oder doch die Hälfte davon erhalten könnte.

Leider habe ich durch Schlaflosigkeit und fatales Befinden wieder etliche schöne Tage für meine Geschäfte verloren. Dafür bin ich gestern über Diderot geraten, der mich recht entzückt und meine innersten Gedanken bewegt hat. Fast jedes Diktum ist ein Lichtfunken, der die Geheimnisse der Kunst beleuchtet, und seine Bemerkungen sind so sehr aus dem Höchsten und aus dem Innersten der Kunst, daß sie auch alles was nur damit verwandt ist beherrschen und eben sowohl FingerZeige für den Dichter als für d⟨en⟩ Maler sind. Gehört die Schrift nicht Ihnen selbst zu, daß ich sie länger behalten und wieder bekommen kann, so werde ich sie mir verschreiben.

Da ich zufällig an den Diderot zuerst geraten, so bin ich noch nicht weiter an der Staelischen Schrift, beide Werke sind mir aber jetzt ein rechtes Geistesbedürfnis, weil meine eigene Arbeit, in der ich ganz lebe und leben muß, meinen Kreis so sehr beschränkt.

Hier etwas von dem Neuesten über die Xenien. Ich werde, wenn der Streit vorbei ist, Cotta vermögen, alles was gegen die Xenien geschrieben worden, auf Zeitungspapier gesammelt drucken zu lassen, daß es in der Geschichte des deutschen Geschmacks ad Acta kann gelegt werden.

Auf die Neue Auflage sind jetzt soviele Bestellungen gemacht, daß sie bezahlt ist. Selbst hier herum, wo soviel Exemplare zerstreut worden, werden noch nachgekauft.

Agnes von Lilien macht allgemeines Glück, und mein ehemaliger Schwager Beulwitz nebst seiner Frau haben es mit einem ganz erstaunlichen Interesse und Bewundrung zusammen gelesen, welches sie herzlich verdrießen wird, wenn sie das wahre erfahren sollten.

Leben Sie recht wohl, alle Freunde grüßen und umarmen Sie aufs herzlichste

Stellen Sie Sich vor, daß Cotta die 1 Kupferplatte, die Sie über Frankfurt an ihn geschickt den 4 Dez. noch nicht gehabt und vielleicht auch jetzt noch nicht hat. Die Zweite späterabgegangene ist bei ihm angelangt.

Sch.

259. Goethe

⟨Weimar, 14. Dezember 1796⟩

Nur zwei Worte für heute, da meine Optika mir den ganzen Morgen weggenommen haben. Mein Vortrag reinigt sich immer mehr und das Ganze simpliziert sich unglaublich, wie es natürlich ist da eigentlich Elementarerscheinungen abgehandelt werden.

Den Sonntägigen Brief habe erhalten und Gebrauch davon gemacht, ich vermute daß er die Sache entscheiden wird, wozu ich zum voraus Glück wünsche. Leben Sie recht wohl. Hier sende ich noch Titelkupfer, mag die flinke Terpsichore zum Verdruß ihrer Widersacher noch weiter in die Welt hineinspringen. Weimar am 14ten Dez. 96

G

260. Schiller

⟨Jena, 14. Dezember 1796⟩

Ich habe gestern und heute am Wallenstein so emsig gearbeitet, daß ich den gestrigen Botentag ganz aus der Acht ließ, und mich auch heute nur im letzten Augenblick an die Post erinnerte.

Meinen besten Dank für Ihre freundschaftliche Verwendung in der bewußten Sache, die mich recht froh für die Zukunft macht. Ich lebe sehr gern mit meiner Schwägerin, und mein Schwager bringt durch seine mir heterogene Art zu sein, die doch wieder ein Ganzes für sich ist, eine interessante Verschiedenheit in meinen Zirkel.

Auch für die Terpsichores danke schönstens.

Seien Sie herzlich von uns allen gegrüßt.

Jena 14. Dez 96. Sch.

261. Schiller

⟨Jena, 16. Dezember 1796⟩

Der Dezember geht nach und nach vorbei und Sie kommen nicht. Ich fürchte bald, daß wir einander vor dem 97 Jahr nicht wieder sehen werden. Mich freut übrigens zu hören, daß Sie die Optica ernstlich vorgenommen, denn mir deucht, man kann diesen Triumph über die Widersacher nicht frühe genug beschleunigen. Für mich selbst ist es mir angenehm, durch Ihre Ausführung in dieser Materie klar zu werden.

Meine Arbeit rückt mit lebhaftem Schritt weiter. Es ist mir nicht möglich gewesen, so lange wie ich anfangs wollte, die Vorbereitung und den Plan von der Ausführung zu trennen. Sobald die festen Punkte einmal gegeben waren, und ich überhaupt nur einen sichern Blick durch das Ganze bekommen, habe ich mich gehen lassen, und so wurden, ohne daß ich es eigentlich zu Absicht hatte, viele Szenen im ersten Akt gleich ausgeführt. Meine Anschauung wird mit jedem Tage lebendiger und eins bringt das andere herbei.

Gegen den Dreikönig Tag denke ich soll der erste Akt, der auch bei weiten d⟨er⟩ längste wird, soweit fertig sein, daß Sie ihn lesen können. Denn ehe ich mich weiter hinein wage, möchte ich gerne wissen, ob es der gute Geist ist, der mich leitet. Ein böser ist es nicht, das weiß ich wohl gewiß, aber es gibt so viele Stufen zwischen beiden.

Ich bin, nach reifer Überlegung, bei der lieben Prosa geblieben, die diesem Stoff auch viel mehr zusagt.

Hier die noch restierenden HorenStücke, das bezeichnete bitte an H. von Knebel abgeben zu lassen.

Leben Sie aufs beste wohl. Bei uns ist alles ziemlich gesund.

Sch.

262. Goethe

⟨Weimar, 17. Dezember 1796⟩

Daß es mit Wallenstein so geht, wie Sie schreiben, ist in der Regel, und ich habe desto mehr Hoffnung darauf als er sich nun selbst zu produzieren anfängt, und ich freue mich den ersten Akt nach dem Neuen Jahre anzutreffen. Eher werde ich aber auch nicht kommen, da mir noch eine Reise bevorsteht, von der ich das weitere melde, sobald sie gewiß ist.

Die Optica gehen vorwärts, ob ich sie gleich jetzt mehr als Geschäft als Liebhaberei treibe, doch sind die Akten dergestalt instruiert daß es nicht schwer wird daraus zu referieren. Knebel nimmt Anteil daran, welches mir von großem Vorteil ist, damit ich nicht allein mir selbst sondern auch andern schreibe. Übrigens ist und bleibt es vorzüglich eine Übung des Geistes, eine Beruhigung der Leidenschaften und ein Ersatz für die Leidenschaften, wie uns Frau von Stael umständlich dargetan hat.

Schicken Sie mir doch dieses Buch bald zurück jedermann verlangt darnach. Im Merkur ist schon Gebrauch davon gemacht. Diderot können Sie länger behalten, es ist ein herrliches Buch und spricht fast noch mehr an den Dichter als an den bildenden Künstler, ob es gleich auch diesem oft mit gewaltiger Fackel vorleuchtet.

Leben Sie wohl, grüßen Sie alles; unsere Eisbahn ist sehr lustig. Jakobi ist bei mir, er hat sich recht wacker ausgebildet. Nächstens mehr. Weimar am 17ten Dez. 1796. G

263. Schiller

Jena 18. ⟨19.⟩ Dez. 96

Boje hat geantwortet, ich lege seinen Brief bei; da er für das Original des Cellini nichts scheint annehmen zu wollen, so werden Sie Sich wohl selbst auf irgend eine Art mit ihm erklären müssen.

Madame Stael habe ich noch nicht zu Ende lesen können, da ich in den wenigen Stunden, wo ich an solch ein Buch kommen kann, allemal gestört worden. Um aber die andern Freunde nicht warten zu lassen, sende ichs Ihnen Morgen mit d⟨em⟩ BotenMädchen, Sie teilen mir die Schrift dann wohl wieder mit, wenn sie die Tour gemacht hat.

Körnern und seine Familie hat Ihre Elegie sehr lebhaft interessiert. Sie wissen nicht genug davon zu erzählen, und Ihrem epischen Gedichte sehen sie mit unbeschreiblicher Sehnsucht entgegen.

Leben Sie recht wohl. Ich schreibe in der Eile.

Sch.

264. Goethe

⟨Weimar, 21. Dezember 1796⟩

Das Werk der Frau von Stael ist angekommen und soll wieder zurückkehren, sobald die Neugierde der Freunde befriedigt ist. Sie werden Knebeln bei sich sehen und ihn ganz munter finden, er hilft mir, auf eine sehr freundschaftliche Weise, gegenwärtig an meinem optischen Wesen fort. Ich zeichne jetzt die Tafeln dazu und sehe daran daß sich alles verengt eine mehrere Reife. Einen flüchtigen Entwurf zur Vorrede habe ich gemacht, ich kommuniziere ihn nächstens um zu hören ob die Art, wie ichs genommen habe, Ihren Beifall hat.

Boies Brief kommt zurück, es ist mir sehr angenehm daß er mir den Cellini abtritt, ich will ihm etwa ein gutes Exemplar meines Romans dagegen geben und einen freundlichen Brief dazu schreiben.

Es freut mich sehr daß die Elegie bei Körner gut gewirkt hat. Im Ganzen bin ich aber überzeugt, daß Ihre Bemerkung richtig ist, daß sie nämlich öffentlich noch zu früh käme, ich bin auch privatim sehr sparsam damit umgegangen.

Den dritten Feiertag gehe ich mit dem Herzog nach Leipzig. Sagen Sie es außer Humboldten niemand und fragen Sie diesen Freund, ob er mir außer Professor Ludwig und Magister Fischer noch jemand zu sehen empfiehlt? Da wir wahrscheinlich auch auf Dessau gehen, so kommen wir unter 12 bis 14 Tagen nicht zurück, wünschten Sie also vor meiner Abreise noch etwas von mir, so haben Sie die Güte mir es bald zu sagen.

Da mein armes Subjekt auf dieser Tour, besonders physisch, manches zu leiden haben wird, so hoffe ich, durch mancherlei neue Objekte bereichert zu werden.

Meine Fisch und Wurmanatomie hat mir in diesen Tagen auch wieder einige sehr fruchtbare Ideen erregt.

Leben Sie recht wohl und tätig ins neue Jahr hinein und fahren Sie fort in dem dramatischen Felde Platz zu gewinnen, wenn nur nicht auch der Januar hingeht ohne daß wir uns sehen. Leben Sie indessen recht wohl.

Schlegels werden wahrscheinlich von einem großen, völlig Literarischen Gastmahl erzählen, dem sie beigewohnt haben. Weimar den 21ten Dez. 1796.

265. Schiller

〈Jena, 25. Dezember 1796〉

Das heutige Paquet ist schon vorgestern dem Botenmädchen zugestellt worden, und heute erhalte ich es zurück, weil sie des Wassers wegen nicht fort konnte. Dieser Aufschub ist mir doppelt unangenehm, wie Sie aus dem Inhalt abnehmen werden.

Reichard hat sich nun geregt, und gerade so wie ich erwartet hatte, er will es bloß mit mir zu tun haben und Sie zwingen, sein Freund zu scheinen. Da er sich auf dieses Trennungssystem ganz verläßt, so scheint mirs nötig, ihn gerade durch die unzertrennlichste Vereinigung zu Boden zu schlagen. Ignorieren darf ich seinen insolenten Angriff nicht, wie Sie selber sehen werden; die Replique muß schnell und entscheidend sein. Ich sende Ihnen hier das Konzept, ob es Ihnen so recht ist. Sowohl Ihre Abreise als die Notwendigkeit, bald mit der Gegenantwort aufzutreten, macht die Resolution dringend, daher bitte ich Sie um recht baldige Antwort. Wollen Sie selbst noch etwas tun, so wird es mir desto lieber sein, und ihm desto sicherer den Mund stopfen.

Wegen der Besuche in Leipzig schreibt Ihnen Humboldt selbst.

Ihr längeres Ausbleiben ist mir sehr unangenehm: möchte es nur Ihre jetzige schöne Tätigkeit nicht zu lang unterbrechen.

Boie wird durch Ihr Geschenk sich in reichem Maße geehrt und belohnt finden.

Knebel war bei mir und hat mir auch die Schottländer gebracht, die ganz gute Leute scheinen. Knebel erzählte mir auch viel von den optischen Unterhaltungen mit Ihnen, es freut mich, daß Ihre Mitteilung gegen ihn die Sache mehr in Bewegung brachte. Seine Idee, daß Sie das Ganze in einige HauptMaßen ordnen möchten, scheint mir nicht übel; man würde so schneller zu bestimmten Resultaten geführt, da man bei einer künstlichern Technik des Werks die Befriedigung erst am Ende findet. Auf Ihre Vorrede bin ich jetzt sehr begierig und hoffe sie noch vor Ihrer Abreise zu erhalten.

Leben Sie recht wohl. Alles grüßt herzlich und wünscht Ihnen viel Unterhaltung auf dieser Reise.

25. Dez. 96 Sch.

266. Goethe

〈Weimar, 27. Dezember 1796〉

Durch Zufall ist diese erste Seite leer geblieben.

Ihr Paket erhalte ich zu einer Zeit, da ich so äußerst zerstreut bin daß ich weder die Sache, wie sie verdient, überdenken, noch darüber etwas beschließen kann. Lassen Sie mich also nur vorläufig eine ohngefähre Meinung sagen und übereilen Sie nichts. Der Gegner hat sich zu seiner Replik alle Zeit genommen, lassen Sie uns ja, da uns kein Termin zwingt, den Vorteil der reifsten Überlegung nicht leidenschaftlich aus der Hand geben. Sie ist nun desto nötiger als die Sache prosaisch verhandelt werden soll und das erste Wort ist von der größten Bedeutung. Meo voto müßte unsere Prosa so ästhetisch als möglich sein, ein rednerischer, juristischer, sophistischer Spaß, der durch seine Freiheit und Übersicht der Sache wieder an die Xenien selbst erinnerte. Ihr Aufsatz scheint mir zu ernsthaft und zu gutmütig. Sie steigen freiwillig auf den Kampfplatz der dem Gegner bequem ist, Sie kontestieren litem und lassen Sich ein, ohne von den Exzeptionen Gebrauch zu machen, die so schön bei der Hand liegen. Flüchtig betrachtet sehe ich die Sache so an:

Ein ungenannter Herausgeber von zwei Journalen greift einen genannten Herausgeber von einem Journal und einem Almanach deshalb an daß er in einigen Gedichten verleumdet und als Mensch angegriffen worden sei.

Nach meiner Meinung muß man ihn bei dieser Gelegenheit aus seinem bequemen Halbinkognito heraustreiben und zuerst von ihm verlangen, daß er sich auf seinen Journalen nenne, damit man doch auch seinen Gegner kennen lerne, zweitens daß er die Gedichte wieder abdrukken lasse, die er auf sich zieht, damit man wisse wovon die Rede sei und worüber gestritten wird. Diese beiden Prälimina⟨r⟩fragen müssen erst erörtert sein, ehe man sich einläßt, sie inkommodieren den Gegner aufs äußerste und er mag sich benehmen wie er will, so hat man Gelegenheit ihn zu persiflieren, die Sache wird lustig, die Zeit wird gewonnen, es erscheinen gelegentlich noch mehrere Gegner denen man immer beiher etwas abgeben kann, das Publikum wird gleichgültig und wir sind in jedem Sinne im Vorteil.

Ich finde auf der Reise gewiß so viel Humor und Zeit um einen solchen Aufsatz zu versuchen da wir Freunde haben die sich für uns interessieren so lassen Sie uns nicht unberaten zu Werke gehen. Seitdem ich Ihnen jene Bemerkungen über die Elegie danke, habe ich manches erfahren und gedacht, und ich wünsche Ihnen bei der gegenwärtigen

1797

267. Goethe

Leipzig den 1$^{\underline{\text{ten}}}$ Jan: 1797.

Ehe ich von hier weggehe muß ich noch ein Lebenszeichen von mir geben und kürzlich meine Geschichte melden. Nachdem wir am 28ten Dez⟨ember⟩ uns durch die Windweben auf dem Ettersberge durchgewürgt hatten und auf Buttelstädt gekommen waren, fanden wir recht leidliche Bahn und übernachteten in Rippach, am 29ten früh um 11 Uhr waren wir in Leipzig und haben der Zeit eine Menge Menschen gesehen, waren meist Mittag und Abends zu Tische geladen und ich entwich mit Not der einen Hälfte dieser Wohltat, einige recht interessante Menschen haben sich unter der Menge gefunden, alte Freunde und Bekannte habe ich auch wieder gesehen, so wie einige vorzügliche Kunstwerke, die mir die Augen wieder ausgewaschen haben.

Nun ist noch heute ein saurer NeujahrsTag zu überstehen, indem frühmorgens ein Cabinet besehen wird, Mittags ein großes Gastmahl genossen, Abends das Konzert besucht wird, und ein langes Abendessen darauf gleichfalls unvermeidlich ist. Wenn wir nun so um 1 Uhr nach Hause kommen steht uns, nach einem kurzen Schlaf, die Reise nach Dessau bevor, die wegen des eingefallenen starken Tauwetters einigermaßen bedenklich ist, doch wird auch das glücklich vorübergehen.

So sehr ich mich freue nach dieser Zerstreuung bald zu Ihnen in die Jenaische Einsamkeit zurückzukehren, so lieb ist mirs daß ich einmal wieder so eine große Menschenmasse sehe, zu der ich eigentlich gar kein Verhältnis habe. Ich konnte über die Wirkung der literarischen positiven und polemischen Schriften manche gute Bemerkung machen und das versprochene Gegenmanifest wird nicht um desto schlimmer werden.

Leben Sie recht wohl. Da wir schon Morgen nach Dessau gehen, so scheint es daß die Reise überhaupt nicht gar zu lange dauern wird.

Sagen Sie Herrn von Humboldt daß ich Doktor Fischern gesehen habe, und daß er mir recht wohl gefallen hat. Die Kürze der Tage und das äußerst böse Tauwetter hindern mich übrigens meinen Aufenthalt so zu nutzen wie ich wohl wünschte, doch findet man zufällig manches was man sonst vergebens sucht. Leben Sie nochmals wohl vergnügt und fleißig.

G

268. Goethe

⟨Weimar, 11. Januar 1797⟩

Nach einer 14tägigen Abwesenheit bin ich glücklich wieder zurückgekommen, von meiner Reise sehr wohl zufrieden, auf der mir manches Angenehme und nichts unangenehmes begegnet ist. Ich habe viel davon zu erzählen und werde, sobald ich nur wieder hier ein wenig Ordnung gemacht, wenn es auch nur auf einen Tag ist, zu Ihnen hinüber kommen. Leider kann ich nicht sogleich so sehr ich auch wünschte Herrn Ober-Bergrat Humboldt noch zu sprechen. Grüßen Sie beide Brüder aufs beste und schönste und sagen Sie daß ich sogleich Anstalt machen werde die verzeichneten Bücher Herrn Gentsch zu verschaffen.

Ich verlange sehr Sie wieder zu sehen denn ich bin bald in dem Zustande daß ich für lauter Materie nicht mehr schreiben kann bis wir uns wieder gesehen und recht ausgeschwätzt haben.

Poetisches hat mir die Reise nichts eingetragen als daß ich den Schluß meines epischen Gedichts vollkommen schematisiert habe. Schreiben Sie mir was Ihnen indessen die Muse gegönnt hat. Grüßen Sie Ihre liebe Frau und sagen mir wie die kleinen sich befinden. Weimar am 11ten Januar 97.

Mit dem Buche, das mir Rat Schlegel mitbrachte, geht es mir wunderlich. Notwendig muß es einer der damals gegenwärtigen Freunde eingesteckt haben, denn ich habe es nicht wieder gesehen und deshalb auch vergessen ich will sogleich herumschicken um zu erfahren wo es steckt. Wenn Sie Schlegeln sehen so sagen Sie ihm daß ich ihm ein Kompliment von einer recht schönen Frau zu bringen habe, die sich sehr lebhaft für ihn zu interessieren schien.

G

269. Schiller

⟨Jena, 11. Januar 1797⟩

Eben bekomme ich Ihren lieben Brief, der mich mit der Nachricht von Ihrer Zurückkunft herzlich erfreut. Diese Zeit ihrer Abwesenheit von Jena währt mir unbeschreiblich lang, wiewohl es mir gar nicht an Umgang fehlte, so hat es mir doch gerad an der nötigsten Stärkung bei meinem Geschäft gemangelt. Kommen Sie ja, sobald Sie können. Ich zwar habe nicht viel gesammelt was ich mitteilen könnte, desto begieriger aber und bedürftiger werde ich alles aufnehmen, was ich von Ihnen hören kann.

Wir sind alle so wohl, wie wir zu sein pflegen, untätig bin ich gar nicht gewesen, wiewohl in diesen düstern drückenden Wintertagen alles später reift, und die rechte Gestalt sich schwerer findet. Indessen ich sehe doch ins Helle und mein Stoff unterwirft sich mir immer mehr. Die erste Bedingung eines glücklichen Fortgangs meiner Arbeit ist eine leichtere Luft, und Bewegung, ich bin daher entschlossen, mit den ersten Regungen des Frühjahrs den Ort zu verändern und mir, womöglich in Weimar, ein Gartenhaus, wo heizbare Zimmer sind auszusuchen. Das ist mir jetzt ein dringendes Bedürfnis, und kann ich diesen Zweck zugleich mit einer größern und leichtern Kommunikation mit Ihnen vereinigen, so sind vor der Hand meine Wünsche erfüllt. Ich denke wohl, daß es gehen wird.

Die Reichardtische Sache habe ich mir diese Zeit über aus dem Sinne geschlagen, weil ich mich darin mit Freuden in Ihren Rat ergeben will. Sie überfiel mich in einer zu engen Zimmerluft, und alles was zu mir kommt, muß noch dazu beitragen, mir diese Widrigkeiten noch lastender zu machen.

Aber Wieland wird nun auch gegen die Xenien auftreten, wie Sie aus dem 1. Stück des Merkur ersehen werden. Es wäre doch unangenehm, wenn er uns zwänge, auch mit ihm anzubinden, und es frägt sich, ob man nicht wohl täte, ihm die Folgen zu bedenken zu geben. Ihre Aufträge sollen besorgt werden. Ich lege hier das XIIte Horenstück bei, die übrigen Exemplare kommen übermorgen.

Wir umarmen Sie alle herzlich.

Jena 11. Januar 97. Sch.

270. Schiller

Jena 17. Jan. 97.

Ich mache eben Feierabend mit meinem Geschäft und sage Ihnen noch einen guten Abend, eh ich die Feder weglege. Ihr letzter Besuch, so kurz er auch war, hat eine gewisse Stagnation bei mir gehoben, und meinen Mut erhöht. Sie haben mich durch Ihre Beschreibungen wieder in die Welt geführt, von der ich mich ganz abgetrennt fühlte.

Besonders aber erfreut mich Ihre lebhafte Neigung zu einer fortgesetzten poetischen Tätigkeit. Ein neues schöneres Leben tut sich dadurch vor Ihnen auf, es wird sich auch mir nicht nur in dem Werke, es wird sich mir auch durch die Stimmung, in die es Sie versetzt, mitteilen, und mich erquicken. Ich wünschte besonders jetzt die Chronologie Ihrer Werke zu wissen, es sollte mich wundern, wenn sich an den Entwicklungen Ihres Wesens nicht ein gewisser notwendiger Gang der Natur im Menschen überhaupt nachweisen ließe. Sie müssen eine gewisse, nicht sehr kurze, Epoche gehabt haben, die ich Ihre analytische Periode nennen möchte, wo Sie durch die Teilung und Trennung zu einem Ganzen strebten, wo Ihre Natur gleichsam mit sich selbst zerfallen war und sich durch Kunst und Wissenschaft wieder herzustellen suchte. Jetzt deucht mir kehren Sie, ausgebildet und reif, zu Ihrer Jugend zurück, und werden die Frucht mit der Blüte verbinden. Diese zweite Jugend ist die Jugend der Götter und unsterblich wie diese.

Ihre kleine und große Idylle und noch neuerlich Ihre Elegie zeigen dieses, so wie die alten Elegien und Epigramme. Ich möchte aber von den früheren Werken, von Meister selber, die Geschichte wissen. Es ist keine verlorene Arbeit, dasjenige aufzuschreiben was Sie davon wissen. Man kann Sie ohne das nicht ganz kennen lernen. Tun Sie es also ja, und legen auch bei mir eine Kopie davon nieder.

Fällt Ihnen etwas von der Lenzischen Verlassenschaft in die Hände, so erinnern Sie Sich meiner. Wir müssen alles was wir finden, für die Horen zusammenraffen. Bei Ihrem veränderten Plan für die Zukunft können Sie vielleicht auch die italienischen Papiere den Horen zu gut kommen lassen.

An den Cellini bitte ich auch zu denken, daß ich ihn etwa in 3 Wochen habe.

Freund Reichardts Abfertigung bitte auch nicht ganz zu vergessen. Leben Sie recht wohl.

S

271. Goethe

⟨Weimar, 18. Januar 1797⟩

Die wenigen Stunden, die ich neulich mit Ihnen zugebracht habe, haben mich auf eine Reihe von Zeit nach unserer alten Art wieder recht lüstern gemacht; sobald ich nur einigermaßen hier verschiedenes ausgeführt und manches eingerichtet habe bringe ich wieder eine Zeit mit Ihnen zu, die, wie ich hoffe, in mehr als Einem Sinn für uns beide fruchtbar sein wird. Benutzen Sie ja Ihre besten Stunden um die Tragödie weiter zu bringen damit wir anfangen können uns zusammen darüber zu unterhalten.

Ich empfange so eben Ihren lieben Brief und leugne nicht daß mir die wunderbare Epoche in die ich eintrete, selbst sehr merkwürdig ist, ich bin darüber leider noch nicht ganz beruhigt, denn ich schleppe von der analitischen Zeit noch so vieles mit das ich nicht *los werden* und kaum *verarbeiten* kann. Indessen bleibt mir nichts übrig als auf diesem Strom mein Fahrzeug so gut zu lenken als es nur gehen will. Was bei dieser Disposition eine Reise für Wirkung tut habe ich schon die letzten 14 Tage gesehen, indessen läßt sich ins Ferne und Ganze nichts voraussagen, da diese regulierte Naturkraft so wie alle unregulierten durch nichts in der Welt geleitet werden kann, sondern wie sie sich selbst bilden muß auch aus sich selbst und auf ihre eigne Weise wirkt. Es wird uns dieses Phänomen zu manchen Betrachtungen Anlaß geben.

Der versprochene Aufsatz ist so reif daß ich ihn in einer Stunde diktieren könnte, ich muß aber notwendig vorher mit Ihnen noch über die Sache sprechen und ich werde um so mehr eilen bald wieder bei Ihnen zu sein. Sollte sich ein längerer Aufenthalt in Jena noch nicht möglich machen so komme ich bald wieder auf einen Tag; solch ein kurzes Zusammensein ist immer sehr fruchtbar.

Eine Abteilung Cellini korrigiere ich gegenwärtig, haben Sie eine Abschrift von derjenigen die im nächsten Stück erwartet wird so schicken Sie mir solche doch.

Ich schließe für diesmal und wünsche recht wohl zu leben. Weimar am 18ten Jan. 1797.

G

272. Schiller

Jena 24. Jan. 97.

Nur zwei Worte für heute. Ich hoffte, nach Ihrem letztern Brief, Sie schon seit etlichen Tagen hier zu sehen. Die paar heitern Tage haben mich auch wieder in die Luft gelockt und mir wohl getan. Mit der Arbeit gehts aber jetzt langsam, weil ich gerade in der schwersten Krise bin. Das seh ich jetzt klar, daß ich Ihnen nicht eher etwas zeigen kann, als bis ich über alles *mit mir selbst* im reinen bin. Mit mir selbst können Sie mich nicht einig machen, aber mein Selbst sollen Sie mir helfen, mit dem Objekte übereinstimmend zu machen. Was ich Ihnen also vorlege, muß schon mein Ganzes sein, ich meine just nicht mein ganzes Stück, sondern meine ganze Idee davon. Der radikale Unterschied unserer Naturen, in Rücksicht auf die Art, läßt überhaupt keine andere, recht wohltätige Mitteilung zu, als wenn das Ganze sich dem Ganzen gegenüber stellt; im einzelnen werde ich *Sie* zwar nicht irre machen können, weil Sie fester auf Sich selbst ruhen als ich, aber Sie würden mich leicht über den Haufen rennen können. Doch davon mündlich weiter.

Kommen Sie ja recht bald. Ich lege hier das neueste von Cellini bei, das neulich vergessen wurde.

Alles grüßt Sie. Die Humboldtin leidet doch viel bei ihren Wochen und es wird langwierig werden.

Leben Sie recht wohl.

S.

273. Schiller

⟨Jena, 27. Januar 1797⟩

Da Sie jetzt mit Farben beschäftigt sind, so will ich Ihnen doch eine Beobachtung mitteilen die ich heute, mit einem gelben Glase, gemacht. Ich betrachtete damit die Gegenstände vor meinem Fenster, und hielt es soweit horizontal vor das Auge, daß es mir zu gleicher Zeit die Gegenstände unter demselben zeigte, und auf seiner Fläche den blauen Himmel abspiegelte, und so erschienen mir an den hochgelb gefärbten Gegenständen alle die Stellen hell purpurfarbig, auf welche zugleich das Bild des blauen Himmels fiel, so daß es schien, als wenn die hochgelbe Farbe mit der blauen des Himmels vermischt, jene Purpurfarbe hervorgebracht hätte. Nach der gewöhnlichen Erfahrung hätte aus dieser Mischung grün entstehen sollen, und so sah auch der Himmel aus, sobald ich ihn *durch* das Glas betrachtete, und nicht bloß darin abspiegelte. Daß aber in dem letztern Fall purpur erschien, erklärte ich mir daraus, daß ich bei der horizontalen Lage des Glases durch die Breite desselben also den dickern Teil sah, der schon ins rötliche fiel. Denn ich durfte bloß das Glas von der einen Seite zuhalten und die Gegenstände als wie in einen Spiegel hinein fallen lassen, so war da ein reines rot, wo vorher gelb gewesen.

Ich sage Ihnen mit meiner Bemerkung schwerlich etwas neues, indessen wünschte ich zu wissen, ob ich mir das Phänomen recht erklärte. Hinge es wirklich nur von der größern oder geringern Verdichtung des Gelben ab, um mit dem Blauen bald Purpur bald Grün hervorzubringen, so wäre die Reziprozität dieser zwei letztern Farben noch interessanter.

Haben Sie gelesen, was Campe auf die Xenien erwiedert hat. Es geht eigentlich nur Sie an, und er hat sich auch höflich benommen, aber den *Pedanten* und die *Waschfrau* nur aufs neue bestätigt. Was das Archiv des Geschmacks und der Genius der Zeit zu Markte gebracht, haben Sie wohl schon gelesen, auch des WandsbeckerBoten klägliche Verse.

Leben Sie recht wohl. Ich wünschte, daß Sie bald von allen lästigen Amtsgeschäften frei zur Muse zurückkehren möchten.

S.

274. Goethe

〈Weimar.〉 Sonntag den 29ten Jan. 1797.

Wenigstens soll heute Abend Ihnen ein eilfertiges Blatt gewidmet sein, damit Sie doch im allgemeinen erfahren wie es mit mir steht.

Ich habe diese Woche einige bedeutende Kontrakte zu Stande gebracht. Erstlich habe ich Dem. *Jagemann* für den hiesigen Hof und das Theater gewonnen, sie ist als Hofsängerin angenommen und wird in den Opern manchmal singen, wodurch denn unsere Bühne ein ganz neues Leben erhält. Ferner habe ich auch mein episches Gedicht verhandelt, wobei sich einige artige Begebenheiten ereignet haben.

Daß bei solchen Umständen an keine ästhetische Stimmung zu denken ist läßt sich leicht begreifen, indessen schließen sich die Farbentafeln immer besser aneinander, und in Betrachtung organischer Naturen bin ich auch nicht müßig gewesen, es leuchten mir in diesen langen Nächten ganz sonderbare Lichter, ich hoffe es sollen keine Irrwische sein.

Ihre Farbenbeobachtung mit dem gelben Glase ist sehr artig, ich glaube, daß ich diesen Fall unter ein mir schon bekanntes Phänomen subsumieren kann, doch bin ich neugierig bei Ihnen gerade den Punkt zu sehen auf welchem es beobachtet worden.

Grüßen Sie doch Humboldt vielmals, und bitten um Vergebung daß ich die auf Italien sich beziehende Bücher noch nicht geschickt, Mittwoch soll etwas kommen.

Von Xenialischen Dingen habe ich die Zeit nichts gehört, in der Welt in der ich lebe klingt nichts literarisches weder *vor* noch *nach,* der Moment des Anschlagens ist der einzige der bemerkt wird. In Kurzem wird sich zeigen ob ich auf längere Zeit zu Ihnen kommen kann, oder ob ich nochmals nur eine augenblickliche Visite machen werde.

Leben Sie recht wohl grüßen Sie was Sie umgibt und halten sich zum Wallenstein soviel nur immer möglich ist.

G

275. Schiller

Jena 31. Jan. 97.

Zu der guten Akquisition für die Oper wünsche ich Glück, und was das epische Werk betrifft, so hoffe ich, Sie sind in gute Hände gefallen. Das Werk wird einen glänzenden Absatz haben, und bei solchen Schriften sollte der Verleger billig keinen Profit zu machen suchen, sondern sich mit der

Ehre begnügen. Mit schlechten Büchern mag er reich werden.

Weil doch von merkantilischen Dingen die Rede ist, so lassen Sie mich Ihnen eine Idee mitteilen, die mir jetzt sehr am Herzen liegt. Ich bin jetzt genötigt, mich in der Wahl einer Wohnung zu beeilen, da ein Gartenhaus hier zu verkaufen ist, welches mir konvenient wäre, wenn ich hier wohnen bleiben wollte. Da ich notwendig auf einen Garten sehen muß, und die Gelegenheit so leicht nicht wieder kommen könnte, so müßte ich zugreifen.

Nun sind aber verschiedene überwiegende Gründe da, warum ich doch lieber in Weimar wohnen möchte, und könnte ich dort eine Wohnung von derselben Art finden, so möchte ich es wohl vorziehen. Nach den Erkundigungen, die ich habe anstellen lassen, wird dieses aber schwer halten. Da Sie neulich von Ihrem Gartenhause sprachen und meinten, es habe Raum genug, so wünschte ich zu wissen, ob Sie es vielleicht für eine längere Zeit entbehren und es mir ordentlich vermieten könnten. Es ist ja ohnehin Schade, daß es dasteht, ohne sich zu verinteressieren, und mir wäre sehr damit geholfen.

Wären Sie dazu nicht ungeneigt, und qualifizierte sich das Haus in den wesentlichen Dingen dazu, Sommers und Winters bewohnt zu werden, so würden wir über die Veränderungen, die noch nötig wären, leicht miteinander einig werden können.

Was den Garten betrifft, so stünde ich Ihnen für meine Leute, daß nichts verdorben werden sollte.

Die Entfernung würde mich wenig abschrecken. Meiner Frau ist eine äußere Notwendigkeit sich in Bewegung zu setzen sehr gesund, und was mich betrifft, so hoffe ich nach einigen Versuchen in freier Luft, mir auch mehr zutrauen zu können.

Vor der Hand wünschte ich nun bloß zu wissen, ob Sie überhaupt nur zu einer solchen Disposition geneigt wären, das übrige würde dann auf eine nähere Besichtigung ankommen.

Leben Sie recht wohl. Alles grüßt.

S.

Körner wünscht zu erfahren, ob Sie die bestellten Musikalien und den Katalog der Wackerischen Auktion bekommen?

276. Goethe

⟨Weimar, 1. Februar 1797⟩

Sie erhalten auch endlich wieder einmal einen Beitrag von mir und zwar einen ziemlich starken Heft Cellini, nun steht noch der letzte bevor, und ich wünsche daß wir alsdann wieder einen solchen Fund tun mögen. Auch einige *Lenziana* liegen bei. Ob und wie etwas davon zu brauchen ist werden Sie beurteilen. Auf alle Fälle lassen Sie diese wunderlichen Hefte liegen bis wir uns nochmals darüber besprochen haben.

Mein Gartenhaus stünde Ihnen recht sehr zu Diensten, es ist aber nur ein Sommeraufenthalt für wenig Personen. Da ich selbst so lange Zeit darinne gewohnt habe und auch Ihre Lebensweise kenne, so darf ich mit Gewißheit sagen daß Sie darin nicht hausen können, um so mehr als ich Waschküche und Holzstall wegbrechen lassen, die einer etwas größeren Haushaltung völlig unentbehrlich sind. Es kommen noch mehr Umstände dazu, die ich mündlich erzählen will.

Der zu verkaufende Garten in Jena ist wohl der *Schmidtische?* Wenn er wohnbar ist, sollten Sie ihn nehmen. Wäre denn einmal Ihr Herr Schwager hier eingerichtet, so könnte man auf ein freiwerdendes Quartier aufpassen und den Garten werden Sie, da die Grundstücke immer steigen, ohne Schaden wieder los. Jetzt ist ein Quartier, wie Sie es wünschen, hier auf keine Weise zu finden.

Von Rom habe ich einen wunderlichen Aufsatz erhalten, der vielleicht für die Horen brauchbar ist. Er hat den ehemals so genannten Maler Müller zum Verfasser, und ist gegen Ferno gerichtet. In den Grundsätzen die er aufstellt hat er sehr recht, er sagt viel gründliches, wahres und gutes, so ist der Aufsatz auch stellenweise gut geschrieben, hat aber im Ganzen doch etwas unbehülfliches und in einzelnen Stellen ist der Punkt nicht recht getroffen. Ich lasse das Werkchen abschreiben und teile es alsdenn mit. Da er genannt sein will, so könnte man es wohl mit seinem

Namen abdrucken lassen und am Schlusse eine Note hinzufügen, wodurch man sich in die Mitte stellte und eine Art von pro und contra eröffnete. Herr Ferno möchte alsdenn im Merkur, Herr Müller in den Horen seine rechtliche Notdurft anbringen und man hätte dabei Gelegenheit die mancherlei Albernheiten die Herr Ferno mit großer Freiheit im Merkur debitiert, mit wenig Worten herauszuheben.

Körnern danken Sie recht vielmals für das überschickte Duett und den Catalogus, ersteres ist schon übersetzt und auf dem Theater. Leben Sie recht wohl! mein Winterhimmel klärt sich auf und ich hoffe bald bei Ihnen zu sein, alles geht mir gut von statten und ich wünsche Ihnen das gleiche.

Weimar am 1ten Febr. 97.

G

277. Schiller

J⟨ena,⟩ 2. Febr. 97.

Mit der gestrigen Sendung haben Sie mich recht erquickt, denn ich bin noch nie so in der Not gewesen, die Horen flott zu erhalten als jetzt. Die Arbeit von Maler Müller soll mir sehr lieb sein, er ist sicher eine unerwartete und neue Figur und es wird uns auch sehr helfen, wenn ein Streit in den Horen eröffnet wird. Die Lenziana, soweit ich bis jetzt hinein gesehen, enthalten sehr tolles Zeug, aber die Wiedererscheinung dieser Empfindungsweise zu jetzigen Zeiten wird sicherlich nicht ohne Interesse sein, besonders da der Tod und das unglückliche Leben des Verfassers allen Neid ausgelöscht hat, und diese Fragmente immer einen biographischen und pathologischen Wert haben müssen.

Zu einem Nachfolger des Cellini wäre Vieilleville wohl sehr brauchbar, nur müßte er freilich nicht sowohl übersetzt als ausgezogen werden. Wenn Sie Selbst sich nicht daran machen wollen und auch nichts anders Maße gebendes wissen, so will ich mich an den Vieilleville machen und bitte mir ihn zu dem Ende zu senden.

Niethammer, der diesen Brief mitnimmt, ist in der Angelegenheit nach Weimar gereist, sich beim *Geh.*rat Voigt wegen einer außerordentlichen Professur in der Theologie zu melden; es ist nämlich ein anderer philosophischer

Professor Namens Lange darum eingekommen und Niethammers ganzer Lebensplan ist davon abhängig, daß dieser Lange der viel neuer ist als er, ihm nicht zuvorkomme. Niethammer wird Sie bitten, Ihnen seine Angelegenheit vortragen zu dürfen, und Sie werden diese arme Philosophie nicht stecken lassen. Er ist nicht so unbescheiden, Ihnen zur Last fallen zu wollen, er wünscht bloß daß Sie dem Geh.rat Voigt, und wenn es Gelegenheit dazu gäbe, dem Herzog selbst davon sagen möchten, daß Sie ihn kennen und einer solchen Beförderung nicht für unwürdig halten.

Daß mein Plänchen auf Ihr Gartenhaus unausführbar ist, beklag ich sehr. Ich entschließe mich ungern, hier sitzen zu bleiben, denn wenn Humboldt erst fort ist, so bin ich schlechterdings ganz allein, und auch meine Frau ist ohne Gesellschaft. Ich will mich doch noch erkundigen, ob das Gartenhaus des Geh.rat Schmidt nicht verkäuflich ist, denn wäre es gleich in seinem jetzigen Zustand nicht bewohnbar, so könnte ich es doch, wenn es mein eigen wäre, in Stand richten lassen, welches ich auch bei dem Professor Schmidtischen hier tun müßte.

Leben Sie aufs beste wohl und kommen Sie ja, sobald Sie können.

S.

278. Goethe

⟨Weimar, 4. Februar 1797⟩

Nach einer sehr staubigen und gedrängten Redoute kann ich Ihnen nur wenige Worte sagen.

Erstlich sende ich hier das Opus des Maler Müllers abgeschrieben, ich habe es nicht wieder durchsehen können und lege daher auch das Original bei. Da Sie es wohl nicht sogleich brauchen, so konferieren wir vorher nochmals drüber und Sie überlegen ja wohl ob am Style irgend etwas zu tun ist. Leider vergleicht er sich selbst ganz richtig mit einem Geist der notgedrungen spricht, nur äußert er sich nicht so leicht und lustig wie Ariel. Vieles werden Sie finden ist ganz aus unserm Sinne geschrieben und, auch unvollkommen wie sie ist, bleibt eine solche öffentliche, ungesuchte und unvorbereitete Beistimmung schätzbar am Ende ists und bleibts denn doch ein Stein, den wir in des Nachbars Garten werfen, wenn er auch ein bißchen aufpatscht, was hats zu bedeuten. Selbst wenn wirklich etwas an Ferno ist muß es durch Opposition ausgebildet werden, denn seine deutsche Subjektivität spricht nur immer entscheidender und alberner von Rom her.

Zweitens sende ich Ihnen einen Gesang eines wunderlichen Gedichtes. Da ich den Verfasser kenne, so macht mich das im Urteil irre. Was sagen Sie? glauben Sie daß er poetisch Talent hat? Es ist eine gewisse anmutige freie Weltansicht drinne und eine hübsche Jugend; aber freilich alles nur Stoff, und wie mich dünkt keine Spur von einer zusammenfassenden Form. Gesetzt man hätte eine poetische Schule, wo man die Hauptvorteile und Erfordernisse der Dichtkunst, wenigstens dem Verstande eines solchen jungen Mannes klar machen könnte, was glaubten Sie, daß aus einem solchen Naturell gezogen werden könnte? Jetzt weiß ich ihm keinen Rat zu geben als daß er kleinere Sachen machen soll.

Meine Aussicht auf längere Zeit bei Ihnen zu bleiben, verschiebt sich abermals weiter hinaus. Die Anstellung der Jagemann und ihre Einleitung aufs Theater macht meine Gegenwart höchst nötig, doch soll mich nicht leicht etwas abhalten Sonntag den 12ten zu Ihnen zu kommen, wir haben Vollmond und brauchen bei der Rückkehr das zerrissene Mühltal nicht zu fürchten.

Den Vieilleville will ich schicken, denn ich darf nichts neues unternehmen. Vielleicht bildet sich die Idee zu einem Märchen, die mir gekommen ist, weiter aus. Es ist nur gar zu verständig und verständlich, drum will mirs nicht recht behagen, kann ich aber das Schiffchen auf dem Ozean der Imagination recht herumjagen, so gibt es doch vielleicht eine leidliche Komposition die den Leuten besser gefällt als wenn sie besser wäre. Das Märchen mit dem Weibchen im Kasten lacht mich manchmal auch wieder an, es will aber noch nicht recht reif werden.

Übrigens sind jetzt alle meine Wünsche auf die Vollendung des Gedichtes gerichtet und ich muß meine Gedanken mit Gewalt davon zurückhalten damit mir das Detail nicht in Augenblicken zu deutlich werde wo ich es nicht ausführen kann. Leben Sie recht wohl und lassen mich etwas von Ihrer Stimmung und Ihren Arbeiten wissen. Weimar d. 4 Febr 97.

G

279. Schiller

⟨Jena,⟩ 7. Febr. 97.

Sie haben mir in diesen letzten Botentagen einen solchen Reichtum von Sachen zugeschickt, daß ich mit dem Besichtigen noch gar nicht habe fertig werden können, besonders da mir von der einen Seite ein Garten, den ich im Handel habe, und von der andern eine Liebesszene in meinem zweiten Akt den Kopf nach sehr verschiedenen Richtungen bewegen.

Indessen habe ich mich gleich an das Maler-Müllerische Skriptum gemacht, welches, zwar in einer schwerfälligen und herben Sprache, sehr viel vortreffliches enthält, und nach den gehörigen Abänderungen im Stil einen vorzüglich guten Beitrag zu den Horen abgeben wird.

In dem neuen Stück Cellini habe ich mich über den Guß des Perseus recht von Herzen erlustigt. Die Belagerung von Troja oder von Mantua kann keine größere Begebenheit sein, und nicht pathetischer erzählt werden, als diese Geschichte.

Über das Epos, welches Sie mir mitgeteilt, werde ich Ihnen mehr sagen können, wenn Sie kommen. Was ich bis jetzt darin gelesen, bestätigt mir sehr Ihr Urteil. Es ist das Produkt einer lebhaften und vielbeweglichen Phantasie, aber diese Beweglichkeit geht auch so sehr bis zur Unart, daß schlechterdings alles schwimmt und davonfließt, ohne daß man etwas von bleibender Gestalt darin fassen könnte. Bei diesem durchaus herrschenden Charakter der bloßen gefälligen Mannichfaltigkeit und des anmutigen Spiels würde ich auf einen weiblichen Verfasser verfallen sein, wenn es mir zufällig in die Hände geraten wäre. Es ist reich an Stoff, und scheint doch äußerst wenig Gehalt zu haben. Nun glaube ich aber, daß das was ich Gehalt nenne, allein der Form fähig werden kann; was ich hier Stoff nenne, scheint mir schwer oder niemals damit verträglich zu sein.

Ohne Zweifel haben Sie jetzt auch die Wielandische Oration gegen die Xenien gelesen. Was sagen Sie dazu? Es fehlt nichts, als daß sie im Reichsanzeiger stünde.

Von meiner Arbeit und Stimmung dazu kann ich jetzt gerade wenig sagen, da ich in der Krise bin, und mein bestes feinstes Wesen zusammen nehme, um sie gut zu überstehen. Insofern ist mirs lieb, daß die Ursache die Sie abhält hieher zu kommen, gerade diesen Monat trifft, wo ich mich am meisten nötig habe zu isolieren.

Soll ich Ihre Elegie nun etwa zum Druck abschicken, daß sie am Anfang Aprils ins Publikum kommt?

Zu dem Märchen wünsche ich bald eine recht günstige Stimmung. Leben Sie recht wohl. Wir freuen uns, Sie auf den Sonntag zu sehen.

S.

280. Goethe

⟨Weimar, 8. Februar 1797⟩

Ich freue mich daß Sie in Ihrem abgesonderten Wesen die ästhetischen Krisen abwarten können ich bin wie ein Ball den eine Stunde der andern zuwirft in den Frühstunden suche ich die letzte Lieferung Cellini zu bearbeiten. Der Guß des Perseus ist fürwahr einer von den lichten Punkten so wie bei der ganzen Arbeit an der Statue bis zuletzt Naturell, Kunst, Handwerk, Leidenschaft und Zufall alles durcheinander wirkt und dadurch das Kunstwerk gleichsam zum Naturprodukt machen.

Über die Metamorphose der Insekten gelingen mir auch gegenwärtig gute Bemerkungen, die Raupen, die sich letzten September in Jena verpuppten, erscheinen, weil ich sie den Winter in der warmen Stube hielt, nun schon nach und nach als Schmetterlinge und ich suche sie auf dem Wege zu dieser neuen Verwandlung zu ertappen wenn ich meine Beobachtungen nur noch ein Jahr fortsetze, so werde ich einen ziemlichen Raum durchlaufen haben, denn ich komme nun schon oft wieder auf ganz bekannte Plätze.

Ich wünsche daß der Handel mit dem Gartenhaus gelingen möge wenn Sie etwas daran zu bauen haben, so steht Ihnen mein Gutachten zu Diensten.

Die Wielandische Äußerung habe ich nicht gesehen noch nichts davon gehört es läßt sich vermuten daß er in der heilsamen Mittelstraße geblieben ist. Leben Sie recht wohl noch hoffe ich Sonntags zu kommen, Sonnabend Abend erfahren Sie die Gewißheit. Weimar den 8ten Febr 1797.

G

281. Schiller

⟨Jena,⟩ 9. ⟨10.⟩ Febr. 97.

Es ist mir dieser Tage der Brief von Meiern wieder in die Hände gefallen, worin er den ersten Teil seiner Reise bis Nürnberg beschreibt. Dieser Brief gefällt mir gar wohl, und wenn sich noch 3, 4 andere daran anschließen ließen, so wäre es ein angenehmer Beitrag für die Horen und die paar Louisdors könnte Meier auch mit nehmen. Ich lege Ihnen die Copia hier bei.

Von Nicolai in Berlin ist ein Buch gegen die Xenien erschienen, ich hab es aber noch nicht zu Gesichte bekommen.

Ich habe jetzt ein zweites Gebot auf meinen Schmidtischen Garten getan 1150 rt. und hoffe ihn um 1200 zu bekommen. Es ist vor der Hand zwar nur ein leichtes Sommerhaus, und wird auch wohl noch ein Hundert Taler kosten, um nur im Sommer bewohnbar zu sein, aber diese Verbesserung meiner Existenz ist mir alles wert. Wenn ich erst im Besitz bin, und Sie hier sind, dann wollen wir Sie bitten, uns zu raten und zu helfen.

Alles weitere mündlich. Ich hoffe, Sie übermorgen gewiß zu sehen, schicke aber doch auf jeden Fall die Horen heute mit. Inlage an Herdern bitte abgeben zu lassen.

Der Auftrag an meinen Schwager ist besorgt.

Leben Sie recht wohl. Sch.

282. Goethe

⟨Weimar, 11. Februar 1797⟩

Die Horen habe ich erhalten und danke für deren schnelle Sendung; morgen bin ich bei Ihnen und wir können uns über manches ausreden, morgen Abend gehe ich zwar weg hoffe aber über 8 Tage auf längere Zeit wieder zu kommen

Dem verwünschten Nikolai konnte nichts erwünschter sein als daß er nur wieder einmal angegriffen wurde, bei ihm ist immer *bonus odor ex re qualibet*, und das Geld das ihm der Band einbringt ist ihm gar nicht zuwider. Überhaupt können die Herrn uns sämtlich Dank wissen daß wir ihnen Gelegenheit geben einige Bogen zu füllen und sich bezahlen zu lassen, ohne großen Aufwand von produktiver Kraft. Lassen Sie ja den Garten nicht weg, ich bin dem Lokal sehr günstig es ist außer der Anmut auch noch eine sehr gesunde Stelle. Leben Sie recht wohl ich freue mich auf morgen. Ich esse mit Ihnen, aber allein, Geh.R. Voigt, der mit mir kommt, wird bei Hufelands einkehren und nachmittags verschränken wir unsere Besuche. W. d. 11 Febr. 97.

G

283. Schiller

Jena den 17. Febr. 97.

Ich wünsche, daß Sie neulich wohl mögen angekommen sein. Ihre Erscheinung war so kurz, ich habe mein Herz gar nicht ausleeren können. Aber es ist wirklich notwendig, daß man einander, wenn es nicht auf länger sein kann, manchmal nur auf einige Stunden sieht, um sich nicht fremder zu werden.

Jetzt wird meine Sehnsucht, Luft und Lebensart zu verändern, so laut und so dringend, daß ich es kaum mehr aushalten kann. Wenn ich mein Gartenhaus einmal besitze und keine große Kälte mehr nachkommt, so mache ich mich in vier Wochen hinaus. Eher komme ich auch mit meiner Arbeit nicht recht vorwärts, denn es ist mir, als könnte ich in diesen verwünschten 4 Wänden gar nichts hervorbringen.

Mein Schwager denkt mit Anfang des März zu kommen. Er befindet sich aber wegen seiner Wohnung in einiger Verlegenheit, weil diese erst nach Ostern frei wird, und wünschte doch gleich mit seiner Frau und dem Kinde zu kommen. Dürfte ich ihm, in dem äußersten Fall, daß er kein Logis bis dahin finden könnte, wo das von ihm gemietete Stitzerische frei wird, Hoffnung machen, daß Sie ihm Ihr Gartenhaus auf die paar Wochen überlassen wollen? Ich würde ihm raten, meine Schwägerin solange hieher ziehen zu lassen, aber da kommt unglücklicherweise die Blatterninokulation in meinem und Humboldts Hause dazwischen, welche in 3, 4 Wochen vor sich gehen soll, und meine Schwägerin will ihr Kind jetzt nicht inokulieren lassen. Ich weiß also keinen andern Rat, und nehme darum meine Zuflucht zu Ihnen.

Wünschten Sie Ihren Almanach nicht auf dem Papier gedruckt zu sehen, worauf ich hier schreibe. Es ist viel wohlfeiler als Velin und mir kommt es wirklich eben so schön vor. Das Buch kommt ohngefähr auf 13 gr. da das Velin 18 gr. kostet. Hermann und Dorothea müßten sich prächtig darauf ausnehmen.

Leben Sie recht wohl. Suchen Sie, daß Sie Sich sobald möglich von Ihren Geschäften losmachen und Ihr Werk vollenden

Sch.

284. Goethe

〈Weimar, 18. Februar 1797〉

Ich wage es endlich Ihnen die drei ersten Gesänge des epischen Gedichtes zu schicken haben Sie die Güte es mit Aufmerksamkeit durchzusehen und teilen Sie mir Ihre Bemerkungen mit, Herrn von Humboldt bitte ich gleichfalls um diesen Freundschaftsdienst. Geben Sie beide das Manuskript nicht aus der Hand und lassen Sie mich es bald wieder haben. Ich bin jetzt an dem vierten Gesang und hoffe mit diesem wenigstens auch bald im Reinen zu sein.

Ihrem Herrn Schwager wollte ich mein Gartenhaus bis Ostern, aber freilich nur bis dahin, gern überlassen, doch würde es nur als die letzte Ausflucht zu empfehlen sein, denn es würde doch viel Umstände machen es für die jetzige Jahrszeit in Stand zu setzen, denn es ist kein Ofen darin und Meubles könnte ich auch nicht geben. Allein das ganze Germarische Haus ist leer und die Fräulein, die ich so eben fragen lasse, will es im Ganzen oder zum Teil auf 6 Wochen vermieten, auch wohl Meubles dazugeben.

Bei dem großen Drange aber, der hier nach Quartieren ist, stehe ich nicht dafür daß diese Gelegenheit nur eine Woche offen bleibt, Sie müßten mir daher durch einen

Boten anzeigen wie viel Raum man verlangt, und mir etwa zugleich melden wer bisher Ihres Herrn Schwagers Angelegenheiten besorgt hat, damit man sich mit ihm bereden könne.

Meyer grüßt aufs beste und hat beiliegendes sehr artiges Titelkupfer geschickt, das aber freilich in die Hände eines sehr guten Kupferstechers fallen sollte, worüber wir uns noch bereden wollen.

Der heutige Oberon fordert mich zur Probe das nächstemal mehr. Weimar am 18ten Febr 97.

G

285. Goethe

⟨Jena, 27. Februar 1797⟩

Aus meinen betrübten Umständen muß ich Ihnen noch einen guten Abend wünschen. Ich bin wirklich mit Hausarrest belegt, sitze am warmen Ofen und friere von innen heraus der Kopf ist mir eingenommen und meine arme Intelligenz wäre nicht im Stande, durch einen freien Denkactus, den einfachsten Wurm zu produzieren, vielmehr muß sie dem Salmiak und dem Liquiriziensaft, als Dingen, die an sich den häßlichsten Geschmack haben, wider ihren Willen die Existenz zugestehn. Wir wollen hoffen daß wir, aus der Erniedrigung dieser realen Bedrängnisse, zur Herrlichkeit poetischer Darstellungen nächstens gelangen werden, und glauben dies um so sichrer als uns die Wunder der stetigen Naturwirkungen bekannt sind. Leben Sie recht wohl Hofrat Loder vertröstet mich auf einige Tage Geduld. d. 27ten Febr 97.

G

286. Schiller

⟨Jena, 27. Februar 1797⟩

Wir beklagen Sie herzlich, daß Sie etwas so ganz andres hier gefunden haben als Sie suchten. In solchen Umständen wünschte ich Ihnen *meine* Fertigkeit im Übelbefinden, so würde Ihnen dieser Zustand weniger unerträglich sein. Es ist übrigens kein groß Kompliment für die Elementarphilosophie, daß nur der Katarrh Sie zu einem so gründlichen Metaphysicus macht. Vielleicht kommen Sie in diesem Zustand der Erniedrigung und Zerknirschung dazu, Fichtens Aufsatz im Niethammerischen Journal zu durchlesen, ich hab ihn heute angesehen und mit vielem Interesse gelesen.

Können wir Ihnen eine Bequemlichkeit verschaffen, so sagen Sie es uns ja. Schlafen Sie recht wohl, ich hoffe, wenn Sie Sich Morgen noch ruhig halten und das Wetter gut bleibt, so sehen wir Sie übermorgen.

Sch.

287. Goethe

⟨Jena, 1. März 1797⟩

Der Katarrh ist zwar auf dem Abmarsche, doch soll ich noch die Stube hüten und die Gewohnheit fängt an mir diesen Aufenthalt erträglich zu machen.

Nachdem die Insekten mich an den vergangenen Tagen beschäftigt, so habe ich heute Mut gefaßt den vierten Gesang völlig in Ordnung zu bringen, und es ist mir gelungen ich schöpfe daraus einige Hoffnung für die Folge. Leben Sie recht wohl und sein Sie von Ihrer Seite fleißig und sagen Sie der lieben Frau: daß ich für meine Teescheue durch den abscheulichsten Kräutertee bestraft werde. Jena am 1ten März. 1797.

G

288. Schiller

⟨Jena, 1. März 1797⟩

Es freut mich herzlich, daß Loders Kräutertee, so übel er auch schmeckt, einen poetischen Humor und Lust zum Heldengedicht bei Ihnen geweckt hat. Ich bin, obgleich von keinem Katarrh gehindert, seit gestern nicht viel avanciert, weil mein Schlaf wieder sehr in Unordnung gewesen. Doch hoffe ich meine zwei Piccolominis heute noch eine Strecke vorwärts zu bringen.

Haben Sie doch die Güte beiliegendes anzusehen, und zu überlegen, ob wir die Sache quaestionis nicht in Weimar beschleunigen, und allenfallsigen Obstakeln vorbeugen können. Es liegt mir gar zu viel an der Sache, und daß sie auch bald entschieden werde. Vielleicht hat Voigt dabei zu sagen, und da sind Sie wohl so gut, und schreiben ihm ein Wörtchen.

Erholen Sie Sich sobald möglich, daß wir morgen wieder zusammen sein können.

Sch.

289. Goethe

⟨Jena, 1. März 1797⟩

Ich habe gleich an Geh.Rat Voigt geschrieben und schicke Ihnen den Brief um ihn nach Belieben absenden zu können. Zugleich erhalten Sie ein monstroses Manuskript, welches zu beurteilen keines aller meiner Organe geschickt ist. Möchten Sie es diese Nacht nicht brauchen!

Mein Katarrh ist zwar merklich besser, doch fange ich an die Stube lieb zu gewinnen und da es ohnedem scheint daß die Musen mir günstig werden wollen, so könnte ich wohl selbst meinen Hausarrest auf einige Tage verlängern, denn der Gewinnst wäre zu groß wenn man so unversehens ans Ziel gelangte.

Könnten Sie mir nicht einige Blätter von dem schönen glatten Papier zukommen lassen? und mir zugleich sagen wie groß die Bogen sind und was das Buch kostet? Leben Sie wohl und führen Sie nur auch, wachend oder träumend, Ihre Piccolominis auf dem guten Wege weiter

Den 1ten März 1797. G

290. Goethe

⟨Jena, 3. März 1797⟩

Ich kann glücklicherweise vermelden daß das Gedicht im Gange ist und, wenn der Faden nicht abreißt, wahrscheinlich glücklich vollbracht werden wird. So verschmähen also die Musen den asthenischen Zustand nicht in welchen ich mich durch das Übel versetzt fühle, vielleicht ist er gar ihren Einflüssen günstig, wir wollen nun einige Tage so abwarten.

Daß wir an Voigt wegen der Gartensache schrieben, war

sehr gut, bei der Pupillen-Deputation ist bis dato noch nichts eingegangen, die Sache muß also bei dem akademischen Syndikat betrieben werden. Ich dächte Sie schrieben Faselius was Sie hier von mir erfahren und ersuchten ihn bei dem Syndikus Asverus auszuwirken daß die Sache hinüber komme, drüben soll sie keinen Aufschub leiden. Ich wünsche sehr, daß die Sache zu Stande komme, auch darum damit ich Ihnen bei meinen Hiersein noch einigen Rat zu künftiger Einrichtung geben könne. Leben Sie recht wohl und grüßen Ihre liebe Frau.

Jena am 3ten März 1797. G

291. Goethe

⟨Jena, 4. März 1797⟩

Die Arbeit rückt zu und fängt schon an Masse zu machen, worüber ich denn sehr erfreut bin und Ihnen als einem treuen Freunde und Nachbar diese Freude sogleich mitteile. Es kommt nur noch auf zwei Tage an, so ist der Schatz gehoben, und ist er nur erst einmal über der Erde, so findet sich alsdenn das Polieren von selbst. Merkwürdig ists wie das Gedicht gegen sein Ende sich ganz zu seinem Idyllischen Ursprung hinneigt

Jena am 4ten März. 1797.

Wie geht es Ihnen? G

292. Schiller

⟨Jena, 4. März 1797⟩

Ich wünsche Ihnen einen fröhlichen Abend zu einem schönen und, wie ich nicht zweifle, fruchtbaren Tag. Der heitre Himmel an diesem Morgen hat Sie wahrscheinlich auch belebt und erfreut, aber Sie haben recht wohl getan, noch nicht auszugehen.

Es konnte gar nicht fehlen, daß Ihr Gedicht idyllisch endigte, sobald man dieses Wort in seinem höchsten Gehalte nimmt. Die ganze Handlung war so unmittelbar an die einfache ländliche Natur angebaut, und die enge Beschränkung konnte, wie ich mirs denke, nur durch die Idylle ganz poetisch werden. Das was man die Peripetie darin nennen muß, wird schon von weitem so vorbereitet, daß es die ruhige Einheit des Tons am Ende durch keine starke Passion mehr stören kann.

Vielleicht sehen wir Sie morgen? Es ist mir, ob wir gleich nicht zusammengekommen, doch eine freundliche Idee, Sie uns so nah und jetzt in so guten Händen zu wissen. Schlafen Sie recht wohl. S.

293. Schiller

⟨Jena, 4. April 1797⟩

Aus der bisherigen Abwechslung und Geselligkeit bin ich auf einmal in die größte Einsamkeit versetzt und auf mich selbst zurückgeführt. Außer Ihnen und Humboldt hat mich auch alle weibliche Gesellschaft verlassen, und ich wende diese Stille dazu an, über meine tragisch-dramatische Pflichten nachzudenken. Nebenher entwerfe ich ein detailliertes Szenarium des ganzen Wallensteins, um mir die Übersicht der Momente und des Zusammenhangs auch durch die Augen mechanisch zu erleichtern.

Ich finde, je mehr ich über mein eigenes Geschäft und über die BehandlungsArt der Tragödie bei den Griechen nachdenke, daß der ganze Cardo rei in der Kunst liegt, eine poetische Fabel zu erfinden. Der Neuere schlägt sich mühselig und ängstlich mit Zufälligkeiten und Nebendingen herum, und über dem Bestreben, der Wirklichkeit recht nahe zu kommen, beladet er sich mit dem Leeren und Unbedeutenden, und darüber läuft er Gefahr, die tiefliegende Wahrheit zu verlieren, worin eigentlich alles Poetische liegt. Er möchte gern einen wirklichen Fall vollkommen nachahmen, und bedenkt nicht, daß eine poetische Darstellung mit der Wirklichkeit eben darum, weil sie absolut wahr ist, niemals koinzidieren kann.

Ich habe dieser Tage den Philoctet und die Trachinierinnen gelesen, und die letztern mit besonders großem Wohlgefallen. Wie trefflich ist der ganze Zustand, das Empfinden, die Existenz der Dejanira gefaßt. Wie ganz ist sie die Hausfrau des Herkules, wie individuell, wie nur für diesen einzigen Fall passend ist dies Gemälde, und doch wie tief menschlich, wie ewig wahr und allgemein. Auch im Philoctet ist alles aus der Lage geschöpft, was sich nur daraus schöpfen ließ, und bei dieser Eigentümlichkeit des Falles ruht doch alles wieder auf dem ewigen Grund der menschlichen Natur.

Es ist mir aufgefallen, daß die Charaktere des Griechischen Trauerspiels, mehr oder weniger, idealische Masken und keine eigentliche Individuen sind, wie ich sie in Schakespear und auch in Ihren Stücken finde. So ist zB. Ulyßes im Ajax und im Philoctet offenbar nur das Ideal der listigen, über ihre Mittel nie verlegenen, engherzigen Klugheit; so ist Creon im Oedip und in der Antigone bloß die kalte Königswürde. Man kommt mit solchen Charakteren in der Tragödie offenbar viel besser aus, sie exponieren sich geschwinder, und ihre Züge sind permanenter und fester. Die Wahrheit leidet dadurch nichts, weil sie bloßen logischen Wesen eben so entgegengesetzt sind als bloßen Individuen.

Ich sende Ihnen hier, pour la bonne bouche ein allerliebstes Fragment aus dem Aristophanes, welches mir Humboldt da gelassen hat. Es ist köstlich, ich wünschte den Rest auch zu haben.

Dieser Tage bin ich mit einem großen prächtigen PergamentBogen aus Stockholm überrascht worden. Ich glaubte, wie ich das Diplom mit dem großen wächsernen Siegel aufschlug, es müßte wenigstens eine Pension herausspringen, am Ende wars aber bloß ein Diplom der Akademie der Wissenschaften.

Indessen freut es immer, wenn man seine Wurzeln weiter ausdehnt und seine Existenz in andere eingreifen sieht.

Ich hoffe bald ein neues Stück Cellini von Ihnen zu erhalten.

Leben Sie recht wohl, mein teurer mir immer teurerer Freund. Mich umgeben noch immer die schönen Geister, die Sie mir hier gelassen haben, und ich hoffe immer vertrauter damit zu werden. Leben Sie recht wohl. Sch.

Jena 4. April 97.

294. Goethe

⟨Weimar, 5. April 1797⟩

Mir ergeht es gerade umgekehrt. Auf die Sammlung unserer Zustände in Jena bin ich in die lebhafte Zerstreuung vielerlei kleiner Geschäfte geraten, die mich eine Zeit lang hin und her ziehen werden, indessen werde ich allerlei tun, wozu ich nicht die reinste Stimmung brauche.

Sie haben ganz recht daß in den Gestalten der alten Dichtkunst, wie in der Bildhauer kunst, ein Abstractum erscheint, das seine Höhe, nur durch das was man Styl nennt, erreichen kann. Es gibt auch Abstracta durch Manier wie bei den Franzosen. Auf dem Glück der Fabel beruht freilich alles, man ist wegen des Haupt aufwandes sicher, die meisten Leser und Zuschauer nehmen denn doch nichts weiter mit davon, und dem Dichter bleibt doch das ganze Verdienst einer lebendigen Ausführung, die desto stetiger sein kann je besser die Fabel ist. Wir wollen auch deshalb künftig sorgfältiger als bisher das was zu unternehmen ist, prüfen.

Hier kommt Vieilleville 1ter Teil, die übrigen kann ich nach und nach schicken.

Grüßen Sie Ihre liebe Frau ich habe sie leider bei ihrem hiesigen Aufenthalte nicht gesehen.

Zu dem Diplom gratuliere ich dergleichen Erscheinungen sind, als barometrische Anzeigen der öffentlichen Meinung, nicht zu verachten.

Leben Sie recht ⟨wohl⟩ und schreiben Sie mir öfter, ob ich gleich in der ersten Zeit ein schlechter Korrespondent sein werde.

Weimar am 5ten April 1797.

G

295. Schiller

Jena 7. April. 97.

Unter einigen kabbalistischen und astrologischen Werken, die ich mir aus der hiesigen Bibliothek habe geben lassen, habe ich auch einen Dialogen über die Liebe, aus dem Hebräischen ins lateinische übersetzt, gefunden, das mich nicht nur sehr belustigt, sondern auch in meinen astrologischen Kenntnissen viel weiter gefördert hat. Die Vermischung der chemischen, mythologischen und astronomischen Dinge ist hier recht ins Große getrieben und liegt wirklich zum poetischen Gebrauche da. Einige verwundersam sinnreiche Vergleichungen der Planeten mit menschlichen Gliedmaßen lasse ich Ihnen heraus schreiben. Man hat von dieser barocken VorstellungsArt keinen Begriff, bis man die Leute selbst hört. Indessen bin ich nicht ohne Hoffnung diesem astrologischen Stoff eine poetische Dignität zu geben.

Über die letzthin berührte Materie von Behandlung der Charaktere freue ich mich, wenn wir wieder zusammen kommen, meine Begriffe mit Ihrer Hülfe noch recht ins klare zu bringen. Die Sache ruht auf dem innersten Grunde der Kunst und sicherlich können die Wahrnehmungen, welche man von den bildenden Künsten hernimmt auch in der Poesie viel aufklären. Auch bei Shakespear ist es mir heute, wie ich den Julius Caesar mit Schlegeln durchging, recht merkwürdig gewesen, wie er das gemeine Volk mit einer so ungemeinen Großheit behandelt. Hier, bei der Darstellung des Volkscharakters, zwang ihn schon der Stoff, mehr ein poetisches Abstractum als Individuen im Auge zu haben, und darum finde ich ihn hier den Griechen äußerst nah. Wenn man einen zu ängstlichen Begriff von Nachahmung des Wirklichen zu einer solchen Szene mitbringt, so muß einen die Masse und Menge mit ihrer Bedeutungslosigkeit nicht wenig embarrassieren, aber mit einem kühnen Griff nimmt Shakespear ein paar Figuren, ich möchte sagen, nur ein paar Stimmen aus der Masse heraus, läßt sie für das ganze Volk gelten, und sie gelten das wirklich, so glücklich hat er gewählt.

Es geschähe den Poeten und Künstlern schon dadurch ein großer Dienst, wenn man nur erst ins Klare gebracht hätte, was die Kunst von der Wirklichkeit wegnehmen oder fallen lassen muß. Das Terrain würde lichter und reiner, das Kleine und Unbedeutende verschwände und für das Große würde Platz. Schon in der Behandlung der Geschichte ist dieser Punkt von der größten Wichtigkeit, und ich weiß, wieviel der unbestimmte Begriff darüber mir schon zu schaffen gemacht hat.

Vom Cellini sehne ich mich bald was zu bekommen, wo möglich für das Aprilstück noch, wozu ich es freilich zwischen heut und Mittwoch Abend in Händen haben müßte.

Leben Sie recht wohl. Die Frau grüßt aufs beste. Ich habe heute einen großen Posttag, sonst würde mehreres schreiben.

Sch.

296. Goethe

⟨Weimar, 8. April 1797⟩

Herr von Humboldt, der erst morgen früh abgeht, läßt Sie schönstens grüßen und ersucht Sie beiliegenden Brief sogleich bestellen zu lassen.

Wir haben über die letzten Gesänge ein genaues prosodisches Gericht gehalten und sie so viel es möglich war gereinigt. Die ersten sind nun bald ins reine geschrieben und nehmen sich, mit ihren doppelten Inschriften, gar artig aus. Ich hoffe sie die nächste Woche abzusenden.

Auch sollen Sie vor Mittwoch noch ein Stück Cellini zu zwölf geschriebnen Bogen erhalten. Es bleiben alsdenn etwa noch sechs für den Schluß

Ubrigens geht es etwas bunt zu und ich werde in den nächsten 14 Tagen zu wenigen kommen.

Die astrologischen Verbindungen, die Sie mir mitteilen, sind wunderlich genug, ich verlange zu sehen was Sie für einen Gebrauch von diesem Material machen werden.

Ich wünsche die Materie, die uns beide so sehr interessiert, bald weiter mit Ihnen durchzusprechen. Diejenigen Vorteile, deren ich mich in meinem letzten Gedicht bediente, habe ich alle von der bildenden Kunst gelernt. Denn bei einem gleichzeitigen, sinnlich vor Augen stehenden Werke ist das überflüssige weit auffallender als bei einem das in der Sukzession vor den Augen des Geistes vorbeigeht. Auf dem Theater würde man große Vorteile davon spüren. So fiel mir neulich auf daß man auf unserm Theater, wenn man an Gruppen denkt immer nur sentimentale oder pathetische hervorbringt, da doch noch hundert andere denkbar sind. So erschienen mir diese Tage einige Szenen im Aristophanes völlig wie antike Ba⟨s⟩reliefen und sind gewiß auch in diesem Sinne vorgestellt worden. Es kommt im Ganzen und im Einzelnen alles darauf an: daß alles von einander abgesondert daß kein Moment dem andern gleich sei, so wie bei den Charakteren daß sie zwar bedeutend von einander abstehen aber doch immer unter Ein Geschlecht gehören.

Leben Sie recht wohl und arbeiten Sie fleißig sobald ich ein wenig Luft habe denke ich an den Almanach. Weimar den 8ten April 97

G

297. Schiller

Jena 12 ⟨11.?⟩ April. 97.

Ich sage Ihnen nur zwei Worte zum Gruß. Unser kleiner Ernst hat das Blatternfieber sehr stark, und uns heute mit öftern epileptischen Krämpfen sehr erschreckt, wir erwarten eine sehr unruhige Nacht und ich bin nicht ohne Furcht.

Vielleicht kann ich Morgen mit erleichtertem Herzen mehr schreiben. Leben Sie recht wohl. Meine Frau grüßt Sie aufs beste. Den Cellini bitte ja zu schicken.

Sch.

298. Goethe

⟨Weimar, 12. April 1797⟩

Möge doch der kleine Ernst bald die gefährliche Krise überstehen und Sie wieder beruhigen!

Hier folgt Cellini, der nun bald mit einer kleinen Sendung völlig seinen Abschied nehmen wird. Ich bin, indem ich den patriarchalischen Überresten nachspürte, in das alte Testament geraten und habe mich aufs neue nicht genug über die Konfusion und die Widersprüche der fünf Bücher Mosis verwundern können, die denn freilich wie bekannt aus hunderterlei schriftlichen und mündlichen Traditionen zusammengestellt sein mögen. Über den Zug der Kinder Israel, durch die Wüsten, habe ich einige artige Bemerkungen gemacht, und es ist der verwegne Gedanke in mir aufgestanden: ob nicht die große Zeit welche sie darinne zugebracht haben sollen, erst eine spätere Erfindung sei?

Ich will gelegentlich, in einem kleinen Aufsatze, mitteilen was mich auf diesen Gedanken gebracht hat.

Leben Sie recht wohl und grüßen Humboldts mit Überreichung beiliegender Berlinischen Monatschrift, und geben mir bald von sich und den Ihrigen gute Nachricht. Weimar am 12 Ap: 97.

G

299. Schiller

⟨Jena, 14. April 1797⟩

Ernstgen befindet sich wieder besser und scheint die Gefahr überstanden zu haben. Die Blattern sind heraus, die Krämpfe haben sich auch verloren. Die schlimmsten Zufälle hat der Zahntrieb gemacht, denn ein Zahn kam gleich mit dem ersten Fieber heraus und ein zweiter ist eben im Ausbrechen. Sie werden mir wohl glauben, daß ich in diesen Tagen, anfangs bei der Gefahr und jetzt, da es besser geht, bei dem Schreien des lieben Kindes nicht viel habe tun können. In den Garten kann ich auch nicht eher, als bis es mit dem Kinde wieder in Ordnung ist.

Ihre Entdeckungen in den 5 Büchern Mosis belustigen mich sehr. Schreiben Sie ja ihre Gedanken auf, sie möchten des Weges so bald nicht wieder kommen. Soviel ich mich erinnre haben Sie schon vor etlichen und zwanzig Jahren mit dem neuen Testament Krieg gehabt. Ich muß gestehen, daß ich in allem was historisch ist, den Unglauben zu jenen Urkunden gleich so entschieden mitbringe, daß mir Ihre Zweifel an einem einzelnen Faktum noch sehr raisonable vorkommen. Mir ist die Bibel nur wahr, wo sie naiv ist; in allem andern, was mit einem eigentlichen Bewußtsein geschrieben ist, fürchte ich einen Zweck und einen späteren Ursprung.

Haben Sie schon von einer mechanischen Nachbildung von Malereien etwas gesehen? Mir ist ein solches Werk kürzlich aus Duisburg zugeschickt worden, eine Clio, nicht gar halb Lebensgröße, steingrau mit Ölfarbe auf hellblauem Grunde. Das Stück macht einen überaus gefälligen Effekt und zu ZimmerDekorationen würde eine solche Sammlung sehr taugen. Wenn das Stück mir geschenkt sein sollte, was nicht ausdrücklich in dem Briefe steht, so wäre ich ganz wohl damit zufrieden. Ich kann mir aber von der Verfertigung keinen rechten Begriff machen.

Den Cellini erhielt ich vorgestern nicht frühe genug, um ihn vor dem Absenden noch ganz durchlesen zu können, nur bis zur Hälfte bin ich gekommen, habe mich aber wieder recht daran ergötzt, besonders über die Wallfahrt, die er in seiner Freude über das gelungene und besungene Werk anstellt.

Humboldt sagt mir von einem Chor aus Ihrem Prometheus, den er mitgebracht habe, hat mir ihn aber noch nicht geschickt. Er hat wieder einen Anfall von seinem kalten Fieber, das er vor 2 Jahren gehabt; auch das zweite Kind hat das kalte Fieber, so daß jetzt von der Humboldtischen Familie alles, bis auf das Mädchen, krank ist. Und doch spricht man noch immer von nahen großen Reisen.

Leben Sie recht wohl, und machen Sie Sich bald von Ihren zerstreuenden Geschäften frei.

Jena 14. April. 1797. Schiller

300. Goethe

⟨Weimar, 15. April 1797⟩

Schon durch Humboldt habe ich vernommen, daß Ihr Ernst wieder außer Gefahr sei und mich im stillen darüber gefreut, nun wünsche ich Ihnen herzlich zu dessen Genesung Glück.

Das Oratorium ist gestern recht gut aufgeführt worden und ich habe manche Betrachtung über Historische Kunst machen können. Es ist recht schade daß wir dergleichen Erfahrungen nicht gemeinschaftlich erleben, denn wir würden uns doch viel geschwinder in dem Einen, was not ist bestärken.

Montags gehen die vier Ersten *Musen* ab, indes ich mich mit den fünf letztern fleißig beschäftige, und nun besonders die prosodischen Bemerkungen Freund Humboldts benutze.

Zugleich habe ich noch immer die Kinder Israel in der Wüste begleitet, und kann, bei Ihren Grundsätzen, hoffen, daß dereinst mein Versuch über *Mose*, Gnade vor Ihren

Augen finden soll. Meine kritisch historisch-poetische Arbeit geht davon aus: daß die vorhandenen Bücher sich selbst widersprechen und sich selbst verraten und der ganze Spaß den ich mir mache, läuft dahinaus, das menschlich wahrscheinliche von dem absichtlichen und bloß imaginierten zu sondern und doch für meine Meinung überall Belege aufzufinden. Alle Hypothesen dieser Art bestechen bloß durch das Natürliche des Gedankens und durch die Mannigfaltigkeit der Phänomene auf die er sich gründet. Es ist mir recht wohl wieder einmal etwas, auf kurze Zeit, zu haben bei dem ich, mit Interesse, im eigentlichen Sinne, spielen kann. Die Poesie, wie wir sie seit einiger Zeit treiben, ist eine gar zu ernsthafte Beschäftigung. Leben Sie recht wohl und erfreuen sich der schönen Jahrszeit. Weimar d. 15 Ap. 1797.

G

301. Schiller

Jena 18. April 97.

Ich echappiere so eben aus der bleiernen Gegenwart des Herrn Bautterweck, der mir einige Stunden lang schwer aufgelegen hat. Ich erwartete zum wenigsten einen kurzweiligen Gecken in ihm zu finden, statt dessen aber wars der seichteste lamentabelste Tropf, der mir lange vorgekommen ist. Er war auch in Weimar, sagte mir aber, daß er Sie nicht gesehen, welches mir sehr begreiflich war. Es ist schrecklich, diese Herren in der Nähe zu sehen, die bei dem Publikum doch auch was gelten, und ihre frühzeitige Impotenz und Nullität unter einer KennerMiene zu verstecken suchen.

Da ist unser Woltmann, dem nichts recht ist, was andre schreiben, dems kein Mensch zu Danke machen kann. Jetzt habe ich seine Menschengeschichte, die eben heraus ist, durchblättert. Nein, das ist ein Greuel von einem Geschichtbuch, eine solche Impudenz und Niaiserie zugleich und Tollheit können Sie Sich nicht denken. Das Buch macht Fronte gegen Philosophie und Geschichte zugleich, und es ist schwer zu sagen, welcher von beiden es am meisten widerspricht. Ich gäbe aber wirklich etwas drum, wenn dieses Buch nicht geschrieben wäre, denn wenn es einem unrechten in die Hände fällt, so haben wir alle den Spott davon.

In meinen Arbeiten bin ich noch immer nicht viel vorwärts gekommen, die Unruhe bei mir, da wir einander auch nicht ausweichen können, zerstreute mich zu sehr. Indessen geht die Suppuration bei dem Kleinen gut von statten und ohne alle Zufälle, obgleich er sehr viele Blattern hat. Den Garten hoffe ich in 4 Tagen beziehen zu können, und dann wird mein erstes Geschäft sein, ehe ich weiter fortfahre, die poetische Fabel meines Wallensteins mit völliger Ausführlichkeit niederzuschreiben. Nur auf diese Art kann ich mich versichern, daß sie ein stetiges Ganzes ist, daß alles durchgängig bestimmt ist. Solang ich sie bloß im Kopfe herumtrage muß ich fürchten, daß Lücken übrig bleiben; die ordentliche Erzählung zwingt zur Rechenschaft. Diese detaillierte Erzählung lege ich Ihnen alsdann vor, so können wir darüber kommunizieren. Zur Absendung der vier ersten Musen wünsche ich Glück. Es ist in der Tat merkwürdig, wie rasch die Natur dieses Werk geboren, und wie sorgfältig und bedächtlich die Kunst es ausgebildet hat.

Leben Sie recht wohl, in diesen heitern Tagen. Wie freue ich ⟨mich,⟩ ins künftige jeden schönen Sonnenblick auch gleich im Freien genießen zu können. Vor einigen Tagen wagte ich mich zu Fuß und durch einen ziemlich großen Umweg in meinen Garten.

Meine Frau grüßt Sie aufs beste.

Sch.

302. Goethe

⟨Weimar, 19. April 1797⟩

Ich erfreue mich besonders daß Sie von der Sorge wegen des Kindes befreit sind und hoffe daß seine Genesung so fortschreiten wird. Grüßen Sie mir Ihre liebe Frau aufs beste.

Herrn Bautherweck habe ich nicht gesehen und bin nicht übel zufrieden daß diese Herrn mich vermeiden.

Ich studiere jetzt in großer Eile das alte Testament und Homer, lese zugleich Eichhorns Einleitung ins erste und Wolfs Prolegomena zu dem letzten. Es gehen mir dabei die wunderbarsten Lichter auf, worüber wir künftig gar manches werden zu sprechen haben.

Schreiben Sie ja sobald als möglich Ihr Schema zum Wallenstein und teilen Sie mirs mit. Bei meinen jetzigen Studien wird mir eine solche Überlegung sehr interessant und auch für Sie zum Nutzen sein.

Einen Gedanken über das epische Gedicht will ich doch gleich mitteilen. Da es in der größten Ruhe und Behaglichkeit angehört werden soll, so macht der *Verstand* vielleicht mehr als an andere Dichtarten seine Forderungen, und mich wunderte diesmal bei Durchlesung der Odyssee grade diese Verstandesforderungen so vollständig befriedigt zu sehen. Betrachtet man nun genau was von den Bemühungen der alten Grammatiker und Kritiker, so wie von ihrem Talent und Charakter erzählt wird, so sieht man deutlich daß es Verstands menschen waren, die nicht eher ruhten bis jene große Darstellungen mit ihrer Vorstellungsart überein kamen. Und so sind wir, wie denn auch Wolf sich zu zeigen bemüht, unsern gegenwärtigen Homer den *Alexandrinern* schuldig das denn freilich diesen Gedichten ein ganz anderes Ansehen gibt.

Noch eine spezielle Bemerkung. Einige Verse im Homer die für völlig falsch und ganz neu ausgegeben werden, sind von der Art wie ich einige selbst in mein Gedicht, nachdem es fertig war, eingeschoben habe um das Ganze klarer und faßlicher zu machen und künftige Ereignisse bei zeiten vorzubereiten. Ich bin sehr neugierig was ich an meinem Gedicht wenn ich mit meinen jetzigen Studien durch bin, zu mehren oder zu mindern werde geneigt sein, indessen mag die erste Rezension in die Welt gehen.

Eine Haupteigenschaft des epischen Gedichts ist daß es immer vor und zurück geht, daher sind alle retardierende Motive episch. Es dürfen aber keine eigentliche *Hindernisse* sein welche eigentlich ins Drama gehören.

Sollte dieses Erfordernis des Retardierens, welches durch die beiden Homerischen Gedichte überschwenklich erfüllt wird, und welches auch in dem Plan des Meinigen lag, wirklich wesentlich und nicht zu erlassen sein, so würden alle Plane die grade hin nach dem Ende zu schreiten völlig zu verwerfen oder als eine subordinierte historische Gattung anzusehen sein. Der Plan meines zweiten Gedichts hat diesen Fehler, wenn es einer ist, und ich werde mich hüten bis wir hierüber ganz im klaren sind auch nur einen Vers davon niederzuschreiben. Mir scheint die Idee außerordentlich fruchtbar. Wenn sie richtig ist, muß sie uns viel weiter bringen und ich will ihr gern alles aufopfern.

Mit dem Drama scheint mirs umgekehrt zu sein, doch hievon nächstens mehr. Leben Sie recht wohl.

Weimar am 19ten April 1797.

G

303. Schiller

⟨Jena, 21. April 1797⟩

Ich wollte Ihnen über Ihren letzten Brief, der mir sehr vieles zu denken gegeben, manches schreiben, aber ein Geschäft, das mir diesen Abend unvermutet wegnimmt, hindert mich daran. Also nur ein paar Worte für heute.

Es wird mir aus allem, was Sie sagen, immer klarer, daß die Selbstständigkeit seiner Teile einen Hauptcharakter des epischen Gedichtes ausmacht. Die bloße, aus dem Innersten herausgeholte, *Wahrheit* ist der Zweck des epischen Dichters: er schildert uns bloß das ruhige Dasein und Wirken der Dinge nach ihren Naturen, sein Zweck liegt schon in jedem Punkt seiner Bewegung, darum eilen wir nicht ungeduldig zu einem Ziele sondern verweilen uns mit Liebe bei jedem Schritte. Er erhält uns die höchste Freiheit des Gemüts, und da er *uns* in einen so großen Vorteil setzt, so macht er dadurch sich selbst das Geschäft desto schwerer, denn wir machen nun alle Anfoderungen an ihn, die in der Integrität und in der allseitigen vereinigten Tätigkeit unserer Kräfte gegründet sind. Ganz im Gegenteil raubt uns der tragische Dichter unsre Gemütsfreiheit, und indem er unsre Tätigkeit nach einer einzigen Seite richtet und konzentriert, so vereinfacht er sich sein Geschäft um vieles, und setzt sich in Vorteil, indem er uns in Nachteil setzt.

Ihre Idee von dem retardierenden Gange des epischen Gedichts leuchtet mir ganz ein. Doch begreife ich noch nicht ganz, nach dem was ich von Ihrer neuen Epopee weiß, daß jene Eigenschaft bei dieser fehlen soll.

Ihre weitern Resultate, besonders für das Drama erwarte ich mit großer Begierde. Unterdessen werde ich dem Gesagten reiflicher nachdenken.

Leben Sie recht wohl. Mein kleiner Patient hält sich noch immer recht brav, trotz des schlimmen Wetters. Meine Frau grüßt herzlich. Sch.

Jena 21. April. 97.

304. Goethe

⟨Weimar, 22. April 1797⟩

Ich danke Ihnen für Ihre fortgesetzten Betrachtungen über das epische Gedicht, ich hoffe Sie werden bald nach Ihrer Art, in einer schönen Folge, die Natur und Wesen desselben entwickeln, hier indessen einige meiner Vermutungen.

Ich suchte das Gesetz der Retardation unter ein höheres unterzuordnen, und da scheint es unter dem zu stehen welches gebietet: daß man von einem guten Gedicht den Ausgang wissen könne, ja wissen müsse und daß eigentlich das *Wie* bloß das Interesse machen dürfe. Dadurch erhält die Neugierde gar keinen Anteil an einem solchen Werke und sein Zweck kann, wie Sie sagen, in jedem Punkte seiner Bewegung liegen.

Die Odysse ist in ihren kleinsten Teilen beinah retardierend, dafür wird aber auch vielleicht funfzigmal versichert und beteuert daß die Sache einen glücklichen Ausgang haben werde. So viele den Ausgang antizipierenden Vorbedeutungen und Weissagungen stellen, wie mich dünkt das Gleichgewicht gegen die ewige Retardation wieder her. In meinem Herrmann bringt die Eigenschaft des Plans den besondern Reiz hervor daß alles ausgemacht und fertig scheint und durch die retrograde Bewegung gleichsam wieder ein neues Gedicht angeht.

So hat auch das epische Gedicht den großen Vorteil daß seine Exposition, sie mag noch so lang sein, den Dichter gar nicht geniert, ja daß er sie in die Mitte des Werks bringen kann, wie in der Odisse sehr künstlich geschehen ist. Denn auch diese retrograde Bewegung ist wohltätig; aber eben deshalb dünkt mich macht die Exposition dem Dramatiker viel zu schaffen, weil man von ihm ein ewiges Fortschreiten fordert und ich würde das den besten dramatischen Stoff nennen wo die Exposition schon ein Teil der Entwicklung ist.

Daß ich aber nunmehr dahin zurückkehre wo ich angefangen habe, so wollte ich Ihnen folgendes zur Prüfung unterwerfen:

Mein neuer Stoff hat keinen einzigen retardierenden Moment, es schreitet alles von Anfang bis zu Ende in einer graden Reihe fort, allein er hat die Eigenschaft daß große Anstalten gemacht werden, daß man viele Kräfte mit Verstand und Klugheit in Bewegung setzt, daß aber die Entwicklung auf eine Weise geschieht, die den Anstalten ganz entgegen ist und auf einem ganz unerwarteten jedoch natürlichen Wege. Nun fragt sich ob sich ein solcher Plan auch für einen *epischen* ausgeben könne, da er unter dem allgemeinen Gesetz begriffen ist: daß das eigentliche *Wie* und nicht das *Was* das Interesse macht, oder ob man ein solches Gedicht nicht zu einer subordinierten Klasse historischer Gedichte rechnen müsse. Sehen Sie nun mein Werter, wie sich etwa diese zerstreute und flüchtige Gedanken besser ausarbeiten und verknüpfen. Ich habe jetzt keine interessantere Betrachtung als über die Eigenschaften der Stoffe in wie fern sie diese oder jene Behandlung fordern. Ich habe mich darinnen so oft in meinem Leben vergriffen, daß ich endlich einmal ins Klare kommen möge um wenigstens künftig von diesem Irrtum nicht mehr zu leiden. Zu mehrerer Deutlichkeit schicke ich nächstens meinen neuen Plan.

Noch über einige Punkte Ihrer vorigen Briefe.

Woltmanns Menschengeschichte ist freilich ein seltsames Werk. Der Vorbericht liegt ganz außer meinem Gesichtskreise, das ägyptische Wesen kann ich nicht beurteilen, aber wie er bei Behandlung der Israelitischen Geschichte das alte Testament, so wie es liegt, ohne die mindeste Kritik, als eine reine Quelle der Begebenheiten annehmen konnte, ist mir unbegreiflich. Die ganze Arbeit ist auf Sand gebaut, und ein wahres Wunderwerk, wenn man bedenkt daß Eichhorns Einleitung schon zehen Jahre alt ist und die Herderischen Arbeiten schon viel länger wirken. Von den unbilligen Widersachern dieser alten Schriften will ich gar nicht einmal reden.

Die Duisburger Fabrik, von der ich auch ein Musterbild erhalten habe ist ein kurioses Unternehmen das durch unsere Freunde im Modejournal verdient gelobt zu werden. Es ist ein Kunstgriff diese Arbeiten für mechanisch auszugeben den die Engländer auch schon einmal mit ihrer poligraphischen Gesellschaft versucht haben. Es ist eigentlich nichts mechanisches daran, als daß alles was dazu gehört mit der größten Reinlichkeit und in Menge durch einige mechanische Hülfsmittel gemacht wird und so gehört freilich eine große Anstalt dazu, aber die Figuren sind nichts desto weniger gemalt. An statt daß sonst Ein Mensch alles tut, so konkurrieren hier viele. Das Wachstuch des Figur Grundes wird erst mit großer Sorgfalt bereitet und alsdann die Figur wahrscheinlich von Blech ausgeschnitten draufgelegt. nun streicht man den Raum umher sorgfältig mit einer andern Farbe über, und nun werden subalterne Künstler angestellt um die Figur auszumalen das denn auch in großen Partien geschieht, bis zuletzt der Geschickteste die Contoure rektifiziert und das Ganze vollendet. Sie haben artige Kunstgriffe um den Pinsel zu verbergen und machen allerlei Späße damit man glauben solle das Werk könne gedruckt sein. *Lange,* ein Inspektor von der Düsseldorfer Galerie, ein guter und geschickter Mann, ist dabei interessiert und sie mögen immer auch in ihrer Art dem Publiko das Geld abnehmen. Nur weiß ich nicht recht wie die Sachen gebraucht werden sollen, sie sind nicht gut genug um in Rahmen aufgehängt zu werden, und dergleichen schon fertige Bilder in die Wände einzupassen hat große Schwierigkeiten. Zu Türstücken möchte es noch am ersten gehen. Zu loben ist daran die wahrhaft englische Akkuratesse man muß das weitere abwarten.

Ich wünsche daß Sie bald in Ihren Garten ziehen und von allen Seiten beruhigt sein mögen. Grüßen Sie mir Ihre liebe Frau aufs beste, sowie auch Humboldt dem ich eine baldige Wiederherstellung wünsche. W. d. 22 Apr. 97

G

305. Schiller

Jena 25 April 97.

Daß die Foderung des Retardierens aus einem höhern epischen Gesetze folgt, dem auch noch wohl auf einem andern Wege Genüge geschehen kann, scheint mir außer Zweifel zu sein. Auch glaube ich, es gibt zweierlei Arten zu retardieren, die eine liegt in der Art des Wegs, die andre in der Art des Gehens, und diese deucht mir kann auch bei dem geradesten Weg und folglich auch bei einem Plan, wie der Ihrige ist, sehr gut statt finden.

Indessen möchte ich jenes höhere epische Gesetz doch nicht ganz so aussprechen, wie Sie getan haben. In *der* Formel: daß eigentlich nur das *Wie* und nicht das *Was* in Betrachtung komme pp dünkt es mir viel zu allgemein und auf alle pragmatische DichtungsArten ohne Unterschied anwendbar zu sein. Wenn ich meinen Gedanken darüber kurz heraus sagen soll, so ist er dieser. Beide der Epiker und d⟨er⟩ Dramatiker stellen uns eine Handlung dar, nur daß diese bei dem Letztern der Zweck, bei Ersterem bloßes Mittel zu einem absolutern ästhetischen Zwecke ist. Aus diesem Grundsatz kann ich mir vollständig erklären, warum der tragische Dichter rascher und direkter fortschreiten muß, warum der epische bei einem zögernden Gange seine Rechnung besser findet. Es folgt auch, wie mir deucht, daraus, daß der Epische sich solcher Stoffe wohl tut zu enthalten, die den Affekt sei es der Neugierde oder der Teilnahme schon für sich selbst stark erregen, wobei also die *Handlung* zu sehr als Zweck interessiert, um sich in den Grenzen eines bloßen Mittels zu halten. Ich gestehe, daß ich dieses letztere bei Ihrem neuen Gedicht einigermaßen fürchte, obgleich ich Ihrer poetischen Übermacht über den Stoff das Mögliche zutrauen darf.

Die Art wie Sie Ihre Handlung *entwickeln* wollen, scheint mir mehr der Komödie als dem Epos eigen zu sein. Wenigstens werden Sie viel zu tun haben, ihr das Überraschende, Verwunderung erregende zu nehmen, weil dieses nicht so recht episch ist.

Ich erwarte Ihren Plan mit großer Begierde. Etwas bedenklich kommt es mir vor, daß es Humboldten damit auf dieselbe Art ergangen ist wie mir, ungeachtet wir vorher nicht darüber kommuniziert haben. Er meint nämlich, daß es dem Plan an individueller epischer Handlung fehle. Wie Sie mir zuerst davon sprachen, so wartete auch ich immer auf die eigentliche Handlung, alles was Sie mir erzählten schien mir nur der Eingang und das Feld zu einer solchen Handlung zwischen einzelnen Hauptfiguren zu sein, und wie ich nun glaubte, daß diese Handlung angehen sollte, waren Sie fertig. Freilich begreife ich wohl, daß die Gattung, zu welcher der Stoff gehört, das Individuum mehr verläßt und mehr in die Masse und ein Ganzes zu gehen zwingt, da doch einmal der Verstand der Held darin ist, der weit mehr unter sich als in sich faßt.

Übrigens mag es mit der epischen Qualität Ihres neuen Gedichts bewandt sein, wie es will, so wird es gegen Ihren Herrmann gehalten immer eine andere Gattung sein, und wäre also der Herrmann ein reiner Ausdruck der epischen *Gattung* und nicht bloß einer epischen *Species*, so würde daraus folgen, daß das neue Gedicht um soviel weniger *episch* wäre. Aber das wollten Sie ja eben wissen, ob der Herrmann nur eine epische Art oder die ganze Gattung darstelle, und wir stehen also wieder bei der Frage.

Ich würde Ihr neues Gedicht geradezu ein komisch episches nennen, wenn nämlich von dem gemeinen eingeschränkten und empirischen Begriff der Komödie und des komischen Heldengedichts ganz abstrahiert wird. Ihr neues Gedicht, kommt mir vor, verhält sich ungefähr eben so zu der Komödie, wie der Hermann zu dem Trauerspiel: mit dem Unterschied nämlich, daß dieser es mehr durch seinen Stoff tut, jenes mehr durch die Behandlung.

Aber ich will erst Ihren Plan erwarten, um mehr darüber zu sagen.

Was sagen Sie zu der Regenspurger FriedensNachricht? Wissen Sie etwas bestimmtes, so teilen Sie es uns ja mit. Leben Sie bestens wohl

Sch.

Was Sie den besten dramatischen Stoff nennen, (wo nämlich die Exposition schon ein Teil der *Entwicklung* ist) das ist z. B. in den Zwillingen des Shakespear geleistet. Ein ähnliches Beispiel von der Tragödie ist mir nicht bekannt, obgleich der Oedipus rex sich diesem Ideal ganz erstaunlich nähert. Aber ich kann mir solche dramatische Stoffe recht wohl denken, wo die Exposition gleich auch Fortschritt der Handlung ist. Gleich der Macbeth gehört darunter, ich kann auch die Räuber nennen.

Dem Epiker möchte ich eine Exposition gar nicht einmal zugeben; wenigstens nicht in dem Sinne, wie die des Dramatikers ist. Da er uns nicht so auf das Ende zutreibt, wie dieser, so rücken Anfang und Ende in ihrer Dignität und Bedeutung weit näher an einander, und nicht, weil sie zu etwas führt, sondern weil sie selber etwas ist, muß die Exposition uns interessieren. Ich glaube, daß man dem dramatischen Dichter hierin weit mehr nachsehen muß; eben weil er seinen Zweck in die Folge und an das Ende setzt, so darf man ihm erlauben, den Anfang mehr als Mittel zu behandeln. Er steht unter der Kategorie der Kausalität, der Epiker unter der Substantialität; dort kann und darf etwas als Ursache von was anderm dasein, hier muß alles sich selbst um seiner selbst willen geltend machen.

Ich danke Ihnen sehr für die Nachricht, die Sie mir von dem Duisburger Unternehmen gegeben haben, die ganze Erscheinung war mir so rätselhaft. Wenn es sonst tunlich wäre, so würde es mich sehr reizen, ein Zimmer mit solchen Figuren zu dekorieren.

Morgen endlich hoffe ich meinen Garten zu beziehen. Der Kleine hat sich wieder ganz erholt, und die Krankheit scheint es, hat seine Gesundheit noch mehr befestigt. Humboldt ist heute fort, ich sehe ihn mehrere Jahre nicht wieder, und überhaupt läßt sich nicht erwarten, daß wir einander noch einmal so wiedersehen, wie wir uns jetzt verlassen. Das ist also wieder ein Verhältnis das als beschlossen zu betrachten ist und nicht mehr wiederkommen kann, denn zwei Jahre, so ungleich verlebt, werden gar viel *an* uns und also auch *zwischen* uns verändern.

306. Goethe

〈Weimar, 26. April 1797〉

Mit dem Frieden hat es seine Richtigkeit. Eben als die Franzosen wieder in Frankfurth einrückten und noch mit den Österreichern im Handgemenge waren, kam ein Courier der die Friedensnachricht brachte, die Feindseligkeiten wurden sogleich eingestellt und die beiderseitigen Generale speisten mit dem Bürgermeister, im roten Hause; die Frankfurther haben doch also für ihr Geld und ihr Leiden einen Theater Coup erlebt, dergleichen wohl nicht viel in der Geschichte vorkommen und wir hätten denn auch diese wichtige Epoche erlebt. Wir wollen sehen was dem Einzelnen und dem Ganzen durch diese Veränderung zuwächst.

Mit dem was Sie in Ihrem heutigen Briefe über Drama und Epos sagen bin ich sehr einverstanden; so wie ich immer gewohnt bin daß Sie mir meine Träume erzählen und auslegen. Ich kann nun nichts weiter hinzufügen, sondern ich muß Ihnen meinen Plan schicken oder selbst bringen. Es werden dabei sehr feine Punkte zur Sprache kommen, von denen ich jetzt im allgemeinen nichts erwähnen mag. Wird der Stoff nicht für rein episch erkannt, ob er gleich in mehr als Einem Sinne bedeutend und interessant ist, so muß sich dartun lassen in welcher andern Form er eigentlich behandelt werden müßte. Leben Sie recht wohl, genießen Sie Ihres Gartens und der Wiedergenesung Ihres Kleinen.

Mit Humboldt habe ich die Zeit sehr angenehm und nützlich zugebracht, meine naturhistorischen Arbeiten sind durch seine Gegenwart wieder aus ihrem Winterschlafe geweckt worden, Wenn sie nur nicht bald wieder in einen Frühlingsschlaf verfallen! Weimar am 26ten April 1797.

G

Ich kann mich doch nicht enthalten noch eine Frage über unsere dramatisch epische Angelegenheit zu tun. Was sagen Sie zu folgenden Sätzen:

Im Trauerspiel kann und soll das Schicksal, oder welches einerlei ist, die entschiedne Natur des Menschen, die ihn blind da oder dort hin führt, walten und herrschen, sie muß ihn niemals zu seinem Zweck, sondern immer von seinem Zweck abführen, der Held darf seines Verstandes nicht mächtig sein, der Verstand darf gar nicht in die Tragödie entrieren als bei Nebenpersonen zur Desavantage des Hauptheldeln. u.s.w.

Im Epos ist es grade umgekehrt, bloß der Verstand, wie

in der Odyssee, oder eine zweckmäßige Leidenschaft, wie in der Ilias, sind epische Agentien. Der Zug der Argonauten als ein Abenteuer ist nicht episch.

307. Goethe

⟨Weimar, 28. April 1797⟩

Gestern, als ich der Fabel meines neuen Gedichtes nachdachte, um sie für Sie aufzusetzen, ergriff mich, aufs neue, eine ganz besondere Liebe zu diesem Werke, welche nach allem was indes zwischen uns verhandelt worden ist, ein gutes Vorurteil für dasselbe gibt. Da ich nun weiß daß ich nie etwas fertig mache, wenn ich den Plan zur Arbeit nur irgend vertraut, oder jemanden off⟨en⟩bart habe, so will ich lieber mit dieser Mitteilung noch zurückhalten, wir wollen uns im allgemeinen über die Materie besprechen, und ich kann nach den Resultaten im Stillen meinen Gegenstand prüfen. Sollte ich dabei noch Mut und Lust behalten, so würde ich es ausarbeiten und fertig, gäbe es immer mehr Stoff zum Nachdenken, als in der Anlage, sollte ich daran verzweifeln so ist es immer noch Zeit auch nur mit der Idee hervorzutreten.

Haben Sie Schlegels Abhandlung über das epische Gedicht, im 11ten Stück Deutschlands, vom vorigen Jahr, gesehen? lesen Sie es ja! Es ist sonderbar wie er, als ein guter Kopf, auf dem rechten Wege ist und sich ihn doch gleich wieder selbst verrennt. Weil das epische Gedicht nicht die *dramatische Einheit* haben kann, weil man eine solche absolute Einheit in der Ilias und Odyssee nicht gerade nachweisen kann, vielmehr nach der neuern Idee sie noch für zerstückelter angibt als sie sind; so soll das epische Gedicht keine Einheit haben, noch fordern, das heißt, nach meiner Vorstellung: es soll aufhören ein Gedicht zu sein. Und das sollen reine Begriffe sein, denen doch selbst die Erfahrung, wenn man genau aufmerkt, widerspricht. Denn die Ilias und Odyssee, und wenn sie durch die Hände von tausend Dichtern und Redacteurs gegangen wären, zeigen die gewaltsame Tendenz der poetischen und kritischen Natur nach Einheit. Und am Ende ist diese neue Schlegelsche Ausführung doch nur zu Gunsten der Wolfischen

Meinung, die eines solchen Beistandes gar nicht einmal bedarf. Denn daraus daß jene großen Gedichte erst nach und nach entstanden sind, und zu keiner vollständigen und vollkommenen Einheit haben gebracht werden können, (obgleich beide vielleicht weit vollkommner organisiert sind als man denkt) folgt noch nicht: daß ein solches Gedicht auf keine Weise vollständig, vollkommen und Eins werden könne noch solle.

Ich habe indessen über unsere bisherigen Verhandlungen einen kleinen Aufsatz aus Ihren Briefen gemacht; arbeiten Sie doch die Sache weiter aus, sie ist uns beiden in theoretischer und praktischer Hinsicht jetzt die wichtigste.

Ich habe die Dichtkunst des Aristoteles wieder, mit dem größten Vergnügen durchgelesen, es ist eine schöne Sache um den Verstand in seiner höchsten Erscheinung: Es ist sehr merkwürdig wie sich Aristoteles bloß an die Erfahrung hält und dadurch, wenn man will, ein wenig zu materiell wird, dafür aber auch meistens desto solider auftritt. So war es mir auch sehr erquickend zu lesen mit welcher Liberalität er die Dichter gegen Grübler und Krittler in Schutz nimmt, immer nur aufs wesentliche dringt und in allem andern so lax ist, daß ich mich an mehr als Einer Stelle verwundert habe. Dafür ist aber auch seine ganze Ansicht der Dichtkunst und der besonders von ihm begünstigten Teile so belebend, daß ich ihn nächstens wieder vornehmen werde, besonders wegen einiger bedeutenden Stellen, die nicht ganz klar sind und deren Sinn ich wohl erforschen möchte. Freilich über das epische Gedicht findet man gar keinen Aufschluß in dem Sinne wie wir ihn wünschen.

Hier schicke ich die zwei letzten Verse eines Gedichts *die empfindsame Gärtnerin*. Es sollte ein Pendant zu den Musen und Grazien in der Mark geben, vielleicht wird es nicht so gut eben weil es ein Pendant ist.

Ich erhole mich in diesen Stunden erst wieder von der Zerstreuung des vergangenen Monats, bringe verschiedene Geschäftssachen in Ordnung und bei Seite, damit mir der Mai frei werde. Wenn es mir möglich wird so besuche ich Sie. Leben Sie indessen recht wohl.

W. d. 28 April 1797. G

308. Schiller

⟨Jena, 28. April 1797⟩

Eben als ich mich den Abend hinsetzte um Ihre beiden lieben Briefe zu beantworten, stört mich der Besuch des Rudolst⟨ädter⟩ Fürsten, der wegen der Inokulation s⟨einer⟩ Kinder hier ist, und wie ich von diesem befreit bin, erhalte ich eine Humboldtische Visite. Es ist Nachts um 10 Uhr und ich kann Ihnen bloß einen freundlichen Gruß schicken. Sonntag Abends ein Mehreres.

Leben Sie recht wohl.

Jena 28. April. 97. Sch.

309. Schiller

Jena 2 Mai. 97.

Ich begrüße Sie aus meinem Garten, in den ich heute eingezogen bin. Eine schöne Landschaft umgibt mich, die Sonne geht freundlich unter und die Nachtigallen schlagen. Alles um mich herum erheitert mich und mein erster Abend auf dem eigenen Grund und Boden ist von der fröhlichsten Vorbedeutung.

Dies ist aber auch alles, was ich Ihnen heute schreiben kann, denn über den Arrangements ist mir der Kopf ganz wüste geworden. Morgen hoffe ich endlich mit rechter Lust wieder an die Arbeit zu gehen und dabei zu beharren.

Wenn Sie mir den Text vom Don Juan auf einige Tage schicken wollten, würden Sie mir einen Gefallen erweisen. Ich habe die Idee, eine Ballade draus zu machen, und da ich das Märchen nur von Hörensagen kenne, so möchte ich doch wissen, wie es behandelt ist.

Leben Sie recht wohl. Herzlich freue ich mich darauf, bald wieder eine Zeit lang mit Ihnen zu verleben.

Sch.

310. Goethe

⟨Weimar, 3. Mai 1797⟩

Gestern habe ich angefangen an meinem Moses zu diktieren. Güßefeld verlangt für eine Karte in klein Folio zu zeichnen 4 Louisdor und will den Stich derselben für etwa

2 Carolin in Nürnberg besorgen. Glauben Sie daß der Spaß die Auslage wert sei, so will ich gleich Anstalt machen, es gehen doch immer ein paar Monate hin bis die Karte fertig wird. Mein Aufsatz kann recht artig werden, um so mehr als in der neuern Zeit die Theologen selbst die Bibelchronologie öffentlich verdächtig machen und überall eingeschobene Jahre zu Ausgleichung gewisser Zyklen vermuten.

Hier schicke ich den Aristoteles, wünsche viel Freude daran und sage für heute nichts weiter.

Weimar am 3ten Mai 97

G

Auch schicke ich den zweiten Teil des Vieilleville und den verlangten Don Jouan. Der Gedanke, eine Romanze aus diesem zu machen, ist sehr glücklich. Die allgemein bekannte Fabel, durch eine poetische Behandlung, wie sie Ihnen zu Gebote steht, in ein neues Licht gestellt wird guten Effekt tun.

Ich wünsche Glück zur neuen Wohnung und werde eilen Sie sobald als möglich darin zu besuchen.

G

311. Schiller

⟨Jena, 5. Mai 1797⟩

Ich bin mit dem Aristoteles sehr zufrieden, und nicht bloß mit ihm, auch mit mir selbst; es begegnet einem nicht oft, daß man nach Lesung eines solchen nüchternen Kopfs und kalten Gesetzgebers den innern Frieden nicht verliert. Der Aristoteles ist ein wahrer Höllenrichter für alle, die entweder an der äußern Form sklavisch hängen, oder die über alle Form sich hinweg setzen. Jene muß er durch seine Liberalität und seinen Geist in beständige Widersprüche stürzen, denn es ist sichtbar, wieviel mehr ihm um das Wesen als um alle äußere Form zu tun ist, und diesen muß die Strenge fürchterlich sein, womit er aus der Natur des Gedichts und des Trauerspiels ins besondere seine unverrückbare Form ableitet. Jetzt begreife ich erst den schlechten Zustand in den er die französischen Ausleger und Poeten und Kritiker versetzt hat: auch haben sie sich immer vor ihm gefürchtet, wie die Jungen vor dem Stecken. Schakespeer, soviel er gegen ihn wirklich sündigt, würde weit besser mit ihm ausgekommen sein, als die ganze französische Tragödie.

Indessen bin ich sehr froh, daß ich ihn nicht früher gelesen: ich hätte mich um ein großes Vergnügen, und um alle Vorteile gebracht, die er mir jetzt leistet. Man muß über die Grundbegriffe schon recht klar sein, wenn man ihn mit Nutzen lesen will: kennt man die Sache die er abhandelt nicht schon vorläufig gut, so muß es gefährlich sein, bei ihm Rat zu holen.

Ganz kann er aber sicherlich nie verstanden oder gewürdiget werden. Seine ganze Ansicht des Trauerspiels beruht auf empirischen Gründen: er hat eine Masse vorgestellter Tragödien vor Augen, die wir nicht mehr vor Augen haben, aus dieser Erfahrung heraus räsoniert er, uns fehlt größtenteils die ganze Basis seines Urteils. Nirgends beinahe geht er von dem Begriff, immer nur von dem Faktum der Kunst und des Dichters und der Repräsentation aus, und wenn seine Urteile, dem HauptWesen nach, echte Kunstgesetze sind, so haben wir dieses dem glücklichen Zufall zu danken, daß es damals Kunstwerke gab, die durch das Faktum eine Idee realisierten, oder ihre Gattung in einem individuellen Falle vorstellig machten.

Wenn man eine Philosophie über die Dichtkunst so wie sie jetzt einem neuern Ästhetiker mit Recht zugemutet werden kann, bei ihm sucht, so wird man nicht nur getäuscht werden, sondern man wird auch über seine rhapsodistische Manier und über die seltsame DurcheinanderWerfung der allgemeinen und der allerpartikularsten Regeln, der logischen, prosodischen, rhetorischen und poetischen Sätze etc lachen müssen, wie z. B. wenn er bis zu den Vokalen und Konsonanten zurückgeht. Denkt man sich aber, daß er eine individuelle Tragödie vor sich hatte, und sich um alle Momente befragte, die an ihr in Betrachtung kamen, so erklärt sich alles leicht, und man ist sehr zufrieden, daß man bei dieser Gelegenheit alle Elemente, aus welchen ein Dichterwerk zusammengesetzt wird rekapituliert.

Ich wundre mich gar nicht darüber, daß er der Tragödie den Vorzug vor dem epischen Gedicht gibt, denn so wie er es meint, obgleich er sich nicht ganz unzweideutig ausdrückt, wird der eigentliche und objektive poetische Wert der Epopee nicht beeinträchtiget. Als Urteiler und Ästhetiker muß er von derjenigen Kunstgattung am meisten satisfaciert sein, welche in einer bleibenden Form ruht und über welche ein Urteil kann abgeschlossen werden. Nun ist dies offenbar der Fall bei dem Trauerspiel, so wie er es in Mustern vor sich hatte, indem das einfachere und bestimmtere Geschäft des dramatischen Dichters sich weit leichter begreifen und angeben läßt, und eine vollkommenere Technik dem Verstande weist, eben des kürzern Stadiums und der geringeren Breite wegen. Überdem sieht man deutlich, daß seine Vorliebe für die Tragödie von einer klāreren Einsicht in dieselbe herrührt, daß er von der Epopee eigentlich nur die *generisch* poetischen Gesetze kennt, die sie mit der Tragödie gemein hat und nicht die spezifizischen, wodurch sie sich ihr entgegensetzt; deswegen konnte er auch sagen, daß die Epopee in der Tragödie *enthalten* sei, und daß einer, der diese zu beurteilen wisse, auch über jene absprechen könne: denn das allgemein pragmatisch-poetische der Epopee ist freilich in der Tragödie enthalten.

Es sind viele scheinbare Widersprüche in dieser Abhandlung, die ihr aber in meinen Augen nur einen höhern Wert geben; denn sie bestätigen mir, daß das Ganze nur aus einzelnen Aperçus besteht, und daß keine theoretische vorgefaßte Begriffe dabei im Spiele sind; manches mag freilich auch d⟨em⟩ Übersetzer zuzuschreiben sein.

Ich freue mich, wenn Sie hier sind, diese Schrift mit Ihnen mehr im einzelnen durchzusprechen.

Daß er bei der Tragödie das Hauptgewicht in die Verknüpfung der Begebenheiten legt, heißt recht den Nagel auf den Kopf getroffen.

Wie er die Poesie und die Geschichte miteinander vergleicht und jener eine größere Wahrheit als dieser zugesteht, das hat mich auch sehr von einem solchen VerstandesMenschen erfreut.

Es ist auch sehr artig wie er bemerkt, bei Gelegenheit dessen was er von den *Meinungen* sagt, daß die Alten ihre Personen mit mehr *Politik*, die Neuern mit mehr *Rhetorik* haben sprechen lassen.

Es ist gleichfalls recht gescheit, was er zum Vorteil wahrer historischer Namen bei dramatischen Personen sagt.

Daß er den Euripides so sehr begünstigte, wie man ihm sonst schuld gibt, habe ich ganz und gar nicht gefunden. Überhaupt finde ich, nachdem ich diese Poetik nun selbst gelesen, wie ungeheuer man ihn mißverstanden hat.

Ich lege Ihnen hier einen Brief von Voß bei, der eben an mich in Einschluß gekommen ist. Er sendet mir auch eine hexametrische Übersetzung von Ovids Phaethon, für die Horen, die mir bei meiner großen Detresse sehr gelegen kommt. Er selbst wird auf seiner Reise Weimar und Jena nicht besuchen.

Was die Karte zum Moses betrifft, so wollen wir, wenn es Ihnen recht ist, den Lenzischen Aufsatz den ich in das 5te Horenstück einrücken lasse, dazu bestimmen, daß die Ausgabe für jene Karte davon bestritten wird. Ich habe Cotta versprochen, daß ihn kein Bogen mehr als 4 Ldors kosten solle; sonst hätte er die Horen nicht gut fortsetzen können. Auf diese Art aber macht es sich sehr gut. Sorgen Sie nur, daß wir den Moses und auch das Kupfer bald können abdrucken lassen.

Gehört der Aristoteles Ihnen selbst? Wenn das nicht ist, so will ich ihn mir gleich kommen lassen, denn ich möchte mich nicht gern sobald davon trennen.

Hier neue Horen. Auch folgt der Don Juan mit Dank zurück. Ich glaube wohl, das Sujet wird sich ganz gut zu einer Ballade qualifizieren.

Leben Sie recht wohl. Ich habe mich an die neue Lebens-Art schon ganz gewöhnt und bringe, in Wind und Regen, manche Stunde mit Spazierengehn im Garten zu, und befinde mich sehr wohl dabei.

Jena 5. Mai. 97. Sch.

312. Goethe

⟨Weimar, 6. Mai 1797⟩

Ich bin sehr erfreut daß wir grade zur rechten Stunde den Aristoteles aufgeschlagen haben. Ein Buch wird doch immer erst gefunden, wenn es verstanden wird. Ich erinnere mich recht gut daß ich vor dreißig Jahren diese Übersetzung gelesen und doch auch von dem Sinne des Werks gar nichts begriffen habe. Ich hoffe mich bald mit Ihnen darüber weiter zu unterhalten. Das Exemplar ist nicht mein.

Voß hat mir einen sehr artigen Brief geschrieben und kündigt mir seine Arbeiten über die alte Geographie an, auf die ich sehr verlange.

Sowohl der Brief als das Kuvert versprechen ein paar Homerische Karten, die ich aber nicht finde, vielleicht kommen sie mit den ovidischen Verwandlungen.

In diesen Tagen da ich mich seiner Homerischen Übersetzung wieder viel bediente, habe ich den großen Wert derselben wieder aufs neue bewundern und verehren müssen. Es ist mir eine Tournüre eingefallen wie man ihm, auf eine liberale Art, könnte Gerechtigkeit widerfahren lassen, wobei es nicht ohne Ärgernis seiner salbaderischen Widersacher abgehen sollte. Wir sprechen mündlich hierüber.

Daß wir den Ertrag von Lenzens Mumie auf die Karte von Palästina anwenden wollen, ist mir ganz recht. Doch will ich noch einen Augenblick innehalten, bis ich sehe ob auch mein Moses wirklich fertig wird. bisher hatte ich mich von der Idee Italiens fast ganz los gemacht, jetzt, da die Hoffnung wieder lebendig wird, so sehe ich wie nötig es ist meine Kollektaneen wieder vorzunehmen, zu ordnen und zu schematisieren.

Den 15ten dieses denke ich wieder bei Ihnen zu sein und eine Zeit lang zu bleiben, heute bin ich von einer zerstreuten Woche noch ganz verstimmt. Leben Sie recht wohl und erfreuen sich der freien Luft und der Einsamkeit. Weimar am 6ten Mai 1797.

G

313. Schiller

Jena 10. Mai. 97.

Ich wurde gestern verhindert, Ihnen ein Wort zu sagen und hole es heute nach.

Auch mir hat Voß von Welttafeln geschrieben die er Ihnen schicke, ich habe aber keine erhalten. Die Übersetzung aus Ovid, die er mit geschickt, ist sehr vortrefflich, mit der Bestimmtheit und auch mit der Leichtigkeit des Meisters.

Schade nur, daß er sich durch die elenden St⟨r⟩eitigkeiten abhalten läßt, hieher zu kommen. Daß er lieber bei seinem Reichardt in Giebichenstein liegt, als zu uns kommt, kann ich ihm doch kaum vergeben.

Ich bin neugierig, auf welche Art Sie seine Übersetzungsweise verteidigen wollen; da hier der schlimme Fall ist, daß gerade das Vortreffliche daran studiert werden muß, und das Anstößige gleich auffällt.

Es sollte mir leid tun, wenn Sie Ihren Moses zurücklegten. Freilich ist es eine sonderbare Kollision, in die er mit den italienischen Dingen kommt: aber nach dem, was Sie mir schon davon sagten, hätten Sie deucht mir wenig mehr zu tun, als ihn zu diktieren.

Ich freue mich auf Ihre Ankunft. Hier im freien werden wir noch einmal so gut unsre Angelegenheiten durchsprechen können. Leben Sie recht wohl. Alles grüßt Sie aufs beste

Schiller.

314. Goethe

⟨Weimar, 13. Mai 1797⟩

Noch etwa acht Tage habe ich hier zu tun, indem sich bis dahin manches entscheiden muß. Ich wünsche sehr wieder einige Zeit bei Ihnen zuzubringen, besonders bin ich jetzt leider wieder in einem Zustande von Unentschiedenheit in welchem ich nichts rechtes tun kann und mag.

Von Humboldt habe ich einen weitläufigen und freundschaftlichen Brief, mit einigen guten Anmerkungen über die ersten Gesänge, die er in Berlin nochmals gelesen hat. Auf den Montag schicke ich abermals viere fort und komme nach Jena um den letzten zu endigen. Auch mir kommt der Friede zu statten und mein Gedicht gewinnt dadurch eine reinere Einheit.

Ich wünsche Sie in Ihrem Garten recht vergnügt und tätig zu finden. Leben Sie recht wohl ich kann in meiner heutigen Zerstreuung von dem vielen was ich zu sagen habe, nichts zu Papiere bringen. Weimar am 13ten Mai 1797.

G

315. Schiller

〈Jena, 16. Mai 1797〉

Es ist recht schön, daß Sie Ihr Gedicht, das hier angefangen wurde auch hier vollenden. Die Judenstadt darf sich was darauf einbilden. Ich freue mich schon in voraus, nicht auf das Gedicht allein, auch auf die schöne Stimmung, in welche die Dichtung und die Vollendung Sie versetzen wird.

Dadurch daß Sie eine Woche später kommen entgehen Sie einem großen Schmutz in meinem Hause, denn ich habe mich doch entschließen müssen, die GartenSeite des Hauses zu unterschwellen, welches heute angefangen worden. Bis jetzt hat mir eigentlich bloß die Neuheit dieser Existenz den Aufenthalt im Garten reizend machen können, denn entweder war das Wetter nicht freundlich oder das Bauwesen raubte mir die Ruhe. Es bekommt mir aber übrigens sehr wohl hier, und an die Arbeit gewöhn ich mich auch wieder.

Haben Sie nun die Schlegelische Kritik von Schloßern gelesen? Sie ist zwar in ihrem Grundbegriff nicht unwahr, aber man sieht ihr doch die böse Absicht und die Partei viel zu stark an. Es wird doch zu arg mit diesem Herrn Frid. Schlegel. So hat er kürzlich dem Alexander Humboldt erzählt, daß er die Agnes, im Journal Deutschland, rezensiert habe und zwar sehr hart. Jetzt aber da er höre, sie sei *nicht* von Ihnen, so bedaure er, daß er sie so streng behandelt habe. Der Laffe meinte also, er müsse dafür sorgen, daß Ihr Geschmack sich nicht verschlimmere. Und diese Unverschämtheit kann er mit einer solchen Unwissenheit und Oberflächlichkeit paaren, daß er die Agnes wirklich für Ihr Werk hielt.

Das Geschwätz über die Xenien dauert noch immer fort; ich finde immer noch einen neuen Büchertitel, worin ein Aufsatz oder so was gegen die Xenien angekündigt wird. Neulich fand ich in einem Journal: Annalen der *leidenden Menschheit* einen Aufsatz gegen die Xenien.

Den Schluß des Cellini bitte ich nicht zu vergessen, und vielleicht fällt Ihnen beim Kramen in Ihren Papieren noch irgend etwas für die Horen oder für d〈en〉 Almanach in die Hände.

Leben Sie recht wohl. Meine Frau empfiehlt sich aufs beste.

Jena 16. Mai 1797. Sch.

316. Goethe

⟨Weimar, 17. Mai 1797⟩

Es tut mir leid daß Sie vom nahen Bauwesen so viel dulden! es ist ein böses Leiden und dabei ein reizender Zeitverderb, in seiner Nähe arbeitende Handwerker zu haben, ich wünsche daß auch diese Ereignisse Sie nicht allzusehr zerstreuen mögen.

Ich suche so viel als möglich aufzuräumen, um mir ein paar ganz freie Wochen zu verdienen, und wo möglich die Stimmung vom Schluß meines Gedichts zu finden; Von der übrigen lieben deutschen Literatur habe ich rein Abschied genommen. fast bei allen Urteilen waltet nur der gute oder der böse Wille gegen die Person, und die Fratze des Parteigeists ist mir mehr zuwider als irgend eine andere Karikatur.

Seitdem die Hoffnung das gelobte, obgleich jetzt sehr mißhandelte, Land zu sehen bei mir wieder auflebt, bin ich mit aller Welt Freund und mehr als jemals überzeugt: daß man in theoretischen und praktischen und besonders in unserm Falle in wissenschaftlichen und dichterischen, immer mehr mit sich selbst eins zu werden und eins zu bleiben suchen müsse. Übrigens mag alles gehen wie es kann.

Lassen Sie uns, so lange wir beisammen bleiben, auch unsere Zweiheit immer mehr in Einklang bringen, damit selbst eine längere Entfernung unserm Verhältnis nichts anhaben könne.

Den Schluß des Cellini will ich in Jena gleich zum Anfange vornehmen, vielleicht findet sich auch sonst noch etwas und vielleicht wird Moses durch die Unterhaltung wieder lebendig. Leben Sie recht wohl, grüßen Ihre liebe Frau und genießen der freien Luft, die Ihnen doch früh oder spät gute Stimmungen gewähren wird.

Weimar am 17ten Mai 97.

G

317. Goethe

⟨Jena, 23. Mai 1797⟩

Ich fange nun schon an mich dergestalt an mein einsames Schloß- und Bibliothekwesen zu gewöhnen, daß ich mich kaum herausreisen kann und meine Tage neben den Büttnerischen Laren, zwar unbemerkt, aber doch nicht ungenutzt vorbeistreichen. Um 7 Uhr geh ich ins Konzert und dann zu Loder, ich werde also Sie und den freundlichen Himmel heute nicht sehen. Das Wetter verspricht gute Dauer denn das Barometer ist gestiegen.

Über die Einleitung unseres Blumenmädchens hab ich auch gedacht. Der Sache ist, glaub ich durch einen doppelten Titel und ein doppeltes Titelblatt geholfen, wo auf dem äußern, sonst der SchmutzTitel genannt, die Stelle des Plinius dem Leser gleich entgegen kommt. Ich lasse in diesem Sinne gegenwärtig eine Abschrift für Sie machen.

Hierbei erhalten Sie zugleich noch ein kleines Gedicht, mit dem Wunsch daß es Ihnen wohl und vergnüglich sein möge. Mir geht es übrigens so gut daß die Vernunft des Petrarchs alle Ursache hätte mir einen großen Sermon zu halten. D. 23 Mai 1797.

G

318. Schiller

⟨Jena,⟩ 23 Mai 97.

Dank Ihnen für Ihr liebes Billet und das Gedicht. Dies ist so musterhaft schön und rund und vollendet, daß ich recht dabei gefühlt habe, wie auch ein kleines Ganze, eine einfache Idee durch die vollkommene Darstellung einem den Genuß des höchsten geben kann. Auch bis auf die kleinsten Foderungen des Metrums ist es vollendet. Übrigens belustigte es mich, diesem kleinen Stücke die Geistesatmosphäre anzumerken, in der Sie gerade leben mochten, denn es ist ordentlich recht sentimentalisch schön!

Ich wünsche Ihnen eine recht gute Nacht zu einem lustigen Abend, und möchte die schöne Muse, die bei Tage und wachend Sie begleitet, sich gefallen lassen, Ihnen Nachts in der nämlichen, aber körperlichen Schönheit sich zuzugesellen.

Sch.

319. Goethe

⟨Jena, 27. Mai 1797⟩

Hier schicke ich eine Kopie der Quittung und lege auch die Berechnung bei die ich mir aber zurück erbitte. Können Sie mir sagen wie viel ich erhalte so wird es mir angenehm sein.

Die beiden handfesten Pursche Moses und Cellini haben sich heute zusammen eingestellt wenn man sie neben einander sieht so haben sie eine wundersame Ähnlichkeit. Sie werden doch gestehen daß dies eine Parallele ist, die selbst Plutarchen nicht eingefallen wäre. Leben Sie recht wohl bei diesem leidlichern Tage. J. d. 27 Mai 1797.

G

320. Schiller

⟨Jena, 27. Mai 1797⟩

Der heutige Tag ist recht hübsch, sein Gemüt zu sammeln, und ladet zur Arbeit ein. Moses sowie Sie ihn genommen ist dem Cellini wirklich gar nicht so unähnlich, aber man wird die Parallele greulich finden.

Hier die Rechnung. Das Geld will ich Ihnen lieber selbst geben, die Summe ist zu groß.

Leben Sie recht wohl Sch.

⟨*Beilage:*⟩

Sie erhalten	d	rt	gr
1. Für 31. Bogen in den Horen nämlich vom Mai 1796 inklus⟨ive⟩ bis zum April 97. (NB. Der Bogen vom vorigen Jahr wird zu 5, der von diesem zu 4 Ldors berechnet)	128		
2. Für den MusenAlmanach	30.		
3. Für Meiers ZimmerVerzierung	1.	4.	
	159.	4.	
Davon gehen ab 90 rt. 4 gr. hiesiger Courant, macht in Ldors	15.	4.	4
Behalten Sie gut	143.	4.	12.

Jena 27. Mai 1797.

Schiller

321. Goethe

⟨Jena, 28. Mai 1797⟩

Ich sende hiermit Ihren reellen Theaterbeutel, mit Dank zurück, es hat wohl selten ein dramatischer Schriftsteller einen solchen ausgespendet.

Ich habe auch nunmehr die Rechnung ajoustieren lassen, die Ihrige in Copia beigefügt und das Ganze unterschrieben, wodurch denn also das Jahr saldiert wäre. Nur wünschte ich die *Escherische Quittung* oder eine beglaubte Abschrift derselben, wegen der gezahlten 200 St. Lbdlr zu haben, weil ich sie bei meiner Meyerischen Rechnung bedarf.

Gerning scheint Ernst zu machen, er meldet daß er Pfingsten nach Italien gehen will.

Böttiger wird morgen ankommen und einige Tage bleiben, es wird nun von Ihnen abhängen wann er Ihren Grund und Boden einmal betreten darf.

Heute werde ich nicht das Vergnügen haben Sie zu sehen, bei Tage wage ich mich nicht vor die Türe und Abends bin ich zu einigen Feierlichkeiten geladen.

Der Eindruck von dem wiederholten Lesen des Prologs ist mir sehr gut und gehörig geblieben, allein der Aufwand wäre für ein einziges Drama zu groß. Da Sie einmal durch einen sonderbaren Zusammenfluß von Umständen diese Zeitepoche historisch und dichterisch bearbeitet haben; so liegt Ihnen *individuell* in der Hand wornach man sich im allgemeinen so weit umsieht: ein eigner Zyklus, in den Sie, wenn Sie Lust haben, auch Privatgegenstände hineinwerfen und sich für Ihre ganze dichterische Laufbahn alle Exposition ersparen können.

Sie äußerten neulich schon eine solche Idee und sie dringt sich mir jetzt erst recht auf.

Sie erhalten zugleich ein Gedicht das sich auch an einen gewissen Kreis anschließt. Leben Sie recht wohl und erfreuen sich des Abends der schön zu werden verspricht.
Jena, am 28 Mai 97.

G

322. Schiller

⟨Jena, 29. Mai 1797⟩

Ich wünsche daß Sie auf die gestrige Partie recht wohl geschlafen haben mögen. Der Besuch von Mignon war mir sehr erfreulich, bleiben Sie ja bei diesem Individuum, es läßt sich in dieser eigenen Seele so vieles empfinden und aussprechen, was in keiner andern geschehen kann. Böttigern hätte meine Frau Morgen Abend am liebsten. Wenn Gerning sobald geht, so würde die Reise Sie doch früher überraschen als Sie gedacht haben – und wie ste⟨h⟩ts dann um die Urania? und um die übrigen poetischen und biblischen Plane?

Leben Sie recht wohl. Wir sehen Sie doch heut Abend? Sch.

323. Goethe

⟨Jena, 3. Juni 1797⟩

Hierbei Urania. Möchten uns doch die neune, die uns bisher beigestanden haben, bald noch zum epischen Schweife verhelfen.

Meine Schriften, artig geheftet, liegen nunmehr für Boie da, ich will einen Brief dazu schreiben und sie, wohlgepackt, fortschicken. Sie haben wohl die Güte mir die Adresse anzuzeigen.

Ich lege auch die Zeichnung für die Decke des Musenalmanachs bei, die Absicht ist freilich daß das Kupfer auf bunt Papier gedruckt und die Lichter mit Gold gehöht werden sollten. Es ist zu wünschen daß ein geschickter Kupferstecher mit Beurteilung bei der Arbeit verfahre, damit sie auch ohne jene Aufhöhung guten Effekt tue.

Ich bitte mir den Gesang, sobald Sie ihn gelesen haben wieder zurückzuschicken, indem ich ihn gleich abzusenden denke. Leben Sie recht wohl und lassen den heutigen schönen Tag fruchtbar sein.

D. 3 Juni 1797. G

324. Goethe

⟨Jena, 10. Juni 1797⟩

Hier schicke ich den Schlegelschen Aufsatz, er scheint mir im Ganzen gut gedacht und gut geschrieben, einige Stellen habe ich angezeichnet, die mit wenigen verbessert werden könnten, Sie tun ja wohl das Gleiche und wenn ich den Aufsatz diesen Abend mit nach Hause nehmen kann, so berichtige ich alles morgen mit ihm, so daß Sie Montag den hungrigen Stunden dieses Frühstück nebst einem Bissen Cellini vorsetzen können. Leben Sie recht wohl und lassen Ihren Taucher je eher je lieber ersaufen. Es ist nicht übel da ich meine Paare in das Feuer und aus dem Feuer bringe, daß Ihr Held sich das entgegengesetzte Element aussucht.

Den 10ten Juni 1797. G

325. Goethe

⟨Jena, 13. Juni 1797⟩

Dem Herren in der Wüste bracht'
Der Satan einen Stein,
Und sagte: Herr, durch deine Macht,
Laß es ein Brötchen sein!

Von vielen Steinen sendet dir
Der Freund ein Musterstück,
Ideen gibst du bald dafür
Ihm tausendfach zurück.

Jena am 13ten Juni 1797. G

326. Goethe

⟨Jena, 13. Juni 1797⟩

Ich schicke das Restchen Cellini und das Blumenmädchen und erbitte mir dagegen die Dame des belles cousines, zu der ich unbekannter Weise eine besondere Neigung hege. Sodann auch den Almanach der die *Würde der Frauen* enthält, zu einem schwer zu erratenden Zwecke.

Das Barometer steht noch immer tief und nötigt uns zu häuslicher, innerlicher Behaglichkeit. Ich komme diesen

Nachmittag nur ein wenig, weil ich diesen Abend leider das *helle Nachtmahl* nicht mit einnehmen kann.

Jena d. 13 Jun. 97. G

327. Goethe

⟨Jena, 14. Juni 1797⟩

Ich werde Sie leider heute nicht sehen, der Regen und die Notwendigkeit heute Abend in dem Club einigermaßen angezogen zu sein, hindern mich an meiner gewöhnlichen Wallfahrt.

Ich schicke den veränderten Schlegelschen Aufsatz, zu beliebigem Gebrauche und wünsche daß der Taucher möge glücklich absolviert sein.

Ich habe mich heute früh an *Amlet* des Saxo Grammaticus gemacht, es ist leider die Erzählung, ohne daß sie stark durchs Läuterfeuer geht, nicht zu brauchen, kann man aber Herr darüber werden, so wird es immer artig und wegen der Vergleichung merkwürdig.

Das Barometer will noch immer nicht weiter steigen und der Himmel scheint ohne dasselbe, aus eigner Macht und Gewalt, kein gut Wetter machen zu wollen. Leben Sie recht wohl.

Den 14ten Juni 1797. G

328. Goethe

⟨Jena, 16. Juni 1797⟩

Leider muß ich mit meiner mineralogischen Gabe zugleich anzeigen daß ich abgerufen werde und heute Abend wegreise ich komme auf alle Fälle noch einen Augenblick und bitte durch Überbringern um die beiden Fischbücher.

Den 16 Juni 1797. G

329. Schiller

Jena, 18. ⟨19.?⟩ Jun. 97.

Seit Ihrer Entfernung habe ich schon einen Vorschmack der großen Einsamkeit, in die mich Ihre völlige Abreise versetzen wird. Glücklicherweise ist mir das Wetter jetzt günstig und ich kann viel im Freien leben. Unterdessen beschäftigte mich der Vieilleville, denn die *Stunden* drängen sehr; doch habe ich auch etwas weniges poetisiert: ein kleines Nachstück zum *Taucher,* wozu ich durch eine Anekdote in S⟨aint⟩ Foix Essay sur Paris aufgemuntert wurde.

Ich sehe einer poetischen Tätigkeit jetzt mit rechter Lust entgegen und hoffe in den zwei nächsten Monaten auch etwas zu Stande zu bringen.

Die Entscheidung, ob Sie weiter gehen werden als nach der Schweiz, ist auch mir wichtig und ich erwarte sie mit Ungeduld. Je mehr Verhältnissen ich jetzt abgestorben bin, einen desto größern Einfluß haben die wenigen auf meinen Zustand, und den entscheidendsten hat Ihre lebendige Gegenwart. Die letzten 4 Wochen haben wieder Vieles in mir bauen und gründen helfen. Sie gewöhnen mir immer mehr die Tendenz ab (die in allem praktischen, besonders poetischen eine Unart ist) vom allgemeinen zum individuellen zu gehen, und führen mich umgekehrt von einzelnen Fällen zu großen Gesetzen fort. Der Punkt ist immer klein und eng, von dem Sie auszugehen pflegen, aber er führt mich ins Weite, und macht mir dadurch, in meiner Natur, wohl, anstatt daß ich auf dem andern Weg, dem ich, mir selbst überlassen, so gerne folge, immer vom weiten ins enge komme, und das unangenehme Gefühl habe, mich am Ende ärmer zu sehen als am Anfang.

Von Humboldt habe ich noch immer keine Nachricht, er scheint noch nicht in Dresden angekommen zu sein, weil mir auch Körner nichts von ihm zu schreiben wußte. Jener Herr von Senf, den Ihnen Körner angemeldet, wird nicht in unsre Gegend kommen, er hat kürzlich eine Verhinderung erhalten.

Heute Abend ging meine Frau mit Wolzogen der hier war auf etliche Tage nach Weimar. Mich läßt der Vieilleville diese Woche nicht vom Platz.

Vergessen Sie doch nicht, mir den Chor aus Prometheus zu schicken. Leben Sie recht wohl. Ich sehne mich bald wieder von Ihnen zu hören.

Jena 18 Jun. 97. Schiller

330. Goethe

⟨Weimar, 21. Juni 1797⟩

Bei dem heutigen Regenwetter mag es auf Ihrer Burg sehr einsam aussehen doch ist eine weite Aussicht wo Erde und Himmel so vielerlei Ansichten geben mehr wert als man glaubt wenn man sie Täglich genießt ich wünsche bei dieser äußern Einschränkung guten Fortgang der Geschäfte.

Der Handschuh ist ein sehr glücklicher Gegenstand und die Ausführung gut geraten wir wollen ja dergleichen Gegenstände die uns auffallen künftig gleich benutzen. Hier ist die ganz *reine Tat*, ohne Zweck oder vielmehr im umgekehrten Zweck was so sonderbar wohl gefallt.

Ich habe diese Tage mancherlei angegriffen und nichts getan die Geschichte der Peterskirche habe ich besser und vollständiger Schematisiert und sowohl diese Arbeit als der Moses und andere werden schon nach und nach reif werden ich muß die jetzige Zeit, die nur ein zerstreutes Interesse bei der Ungewißheit, in der ich schwebe hervorbringt, so gut als es gehen will, benutzen, bis ich wieder auf eine Einheit hingeführt werde.

Den Chor aus Prometheus finde ich nicht, auch kann ich mich nicht erinnern daß ich ihn von Humboldt wiedererhalten habe, deswegen ich auch glaubte das Gedicht sei schon in Ihren Händen. Auf alle Fälle hat ihn Frau von Humboldt abgeschrieben und er wird also leicht von Dresden zu haben sein.

Vorgestern habe ich Wieland besucht, der in einem sehr artigen, geräumigen und wohnhaft eingerichteten Hause, in der traurigsten Gegend von der Welt, lebt, der Weg dahin ist noch dazu meistenteils sehr schlimm. Ein Glück ists daß jedem nur sein eigner Zustand zu behagen braucht, ich wünsche daß dem guten Alten der seinige nie verleiden möge! Das Schlimmste ist wirklich, nach meiner Vorstellung, daß bei Regenwetter und kurzen Tagen an gar keine Kommunikation mit andern Menschen zu denken ist.

Mein Zustand, der zwischen Nähe und Ferne, zwischen einer großen und kleinen Expedition sich hin und wieder wiegt, hat in dem Augenblicke wenig erfreuliches, und ich werde mich noch einige Wochen so hinhalten müssen. Bringe ich den guten Meyer auf Michael wieder zurück, so soll unser Winterleben eine gute Wendung nehmen. Wir haben in den letzten 4 Wochen theoretisch und praktisch wirklich wieder schöne Fortschritte getan, und wenn meine Natur die Wirkung hat die Ihrige ins begrenzte zu ziehen, so habe ich durch Sie den Vorteil daß ich auch wohl manchmal über meine Grenzen hinausgezogen werde, wenigstens daß ich nicht so lange mich auf einem so engen Fleck herumtreibe. Kommt der alte Meister noch dazu der die Reichtümer einer fremden Kunst mit zum besten gibt, so soll es wohl an guten Wirkungen nicht fehlen. Ich lege den *Handschuh* wieder bei der zum *Taucher* wirklich ein artiges Nach- und Gegenstück macht, und durch sein eignes Verdienst das Verdienst jener Dichtung um so mehr erhöht. Leben Sie recht wohl und lassen Sie bald von Sich hören. Weimar d. 21 Juni 1797.

G

331. Goethe

⟨Weimar, 22. Juni 1797⟩

Da es höchst nötig ist daß ich mir, in meinem jetzigen unruhigen Zustande, etwas zu tun gebe, so habe ich mich entschlossen an meinen Faust zu gehen und ihn, wo nicht zu vollenden, doch wenigstens um ein gutes Teil weiter zu bringen, indem ich das was gedruckt ist, wieder auflöse und, mit dem was schon fertig oder erfunden ist, in große Massen disponiere, und so die Ausführung des Plans, der eigentlich nur eine Idee ist, näher vorbereite. Nun habe ich eben diese Idee und deren Darstellung wieder vorgenommen und bin mit mir selbst ziemlich einig. Nun wünschte ich aber daß Sie die Güte hätten die Sache einmal, in schlafloser Nacht, durchzudenken, mir die Forderungen, die Sie an das Ganze machen würden, vorzulegen, und so mir meine eignen Träume, als ein wahrer Prophet, zu erzählen und zu deuten.

Da die verschiednen Teile dieses Gedichts, in Absicht auf die Stimmung, verschieden behandelt werden können, wenn sie sich nur dem Geist und Ton des Ganzen subordinieren, da übrigens die ganze Arbeit subjektiv ist, so kann ich in einzelnen Momenten daran arbeiten und so bin ich auch jetzt etwas zu leisten im Stande.

Unser Balladenstudium hat mich wieder auf diesen Dunst und Nebelweg gebracht, und die Umstände raten mir, in mehr als in Einem Sinne, eine Zeit lang darauf herum zu irren.

Das interessante meines neuen epischen Plans geht vielleicht auch in einen solchen Reim- und Strophendunst in die Luft, wir wollen es noch ein wenig cohobieren lassen. Für heute leben Sie recht wohl! Karl war gestern in meinem Garten, ohngeachtet des übeln Wetters, recht vergnügt. Ich hätte gern Ihre liebe Frau, wenn sie hier geblieben wäre, mit den ihrigen, heute Abend bei mir gesehen. Wenn Sie sich nur auch einmal wieder entschließen könnten die jenaische Chaussee zu messen. Freilich wünschte ich Ihnen bessere Tage zu so einer Expedition. Weimar d. 22 Juni 1797.

G

332. Schiller

Jena 23. Jun. 97.

Ihr Entschluß an den Faust zu gehen ist mir in der Tat überraschend, besonders jetzt, da Sie Sich zu einer Reise nach Italien gürten. Aber ich hab es einmal für immer aufgegeben, Sie mit der gewöhnlichen Logik zu messen, und bin also im Voraus überzeugt, daß Ihr Genius sich vollkommen gut aus der Sache ziehen wird.

Ihre Aufforderung an mich, Ihnen meine Erwartungen und Desideria mitzuteilen ist nicht leicht zu erfüllen; aber soviel ich kann, will ich Ihren Faden aufzufinden suchen, und wenn das auch nicht geht, so will ich mir einbilden, als ob ich die Fragmente von Faust zufällig fände, und solche auszuführen hätte. Soviel bemerke ich hier nur, daß der Faust, das Stück nämlich, bei aller seiner dichterischen Individualität die Foderung an eine Symbolische Bedeutsamkeit nicht ganz von sich weisen kann, wie auch wahrscheinlich Ihre eigene Idee ist. Die Duplizität der menschlichen Natur und das verunglückte Bestreben das Göttliche und das Physische im Menschen zu vereinigen verliert man nicht aus den Augen, und weil die Fabel ins Grelle und

Formlose geht und gehen muß, so will man nicht bei dem Gegenstand stille stehen, sondern von ihm zu Ideen geleitet werden. Kurz, die Anfoderungen an den Faust sind zugleich philosophisch und poetisch, und Sie mögen sich wenden wie Sie wollen, so wird Ihnen die Natur des Gegenstandes eine philosophische Behandlung auflegen, und die Einbildungskraft wird sich zum Dienst einer Vernunftidee bequemen müssen.

Aber ich sage Ihnen damit schwerlich etwas neues, denn Sie haben diese Foderung in dem, was bereits da ist, schon in hohem Grad zu befriedigen angefangen.

Wenn Sie jetzt wirklich an d⟨en⟩ Faust gehen, so zweifle ich auch nicht mehr an seiner völligen Ausführung, welches mich sehr erfreut.

Meine Frau, die mir Ihren Brief bringt, und eben von ihrer kleinen Reise mit dem Herrn Karl zurückkommt, verhindert mich heute mehr zu schreiben. Montag denke ich Ihnen eine neue Ballade zu senden, es ist jetzt eine ergiebige Zeit zur Darstellung von Ideen. Leben Sie recht wohl. Sch.

333. Goethe

⟨Weimar, 24. Juni 1797⟩

Dank für Ihre ersten Worte über den wieder auflebenden Faust. Wir werden wohl in der Ansicht dieses Werkes nicht variieren, doch gibts gleich einen ganz andern Mut zur Arbeit wenn man seine Gedanken und Vorsätze auch von außen bezeichnet sieht, und Ihre Teilnahme ist in mehr als Einem Sinne fruchtbar.

Daß ich jetzt dieses Werk angegriffen habe ist eigentlich eine Klugheitssache, denn da ich bei Meyers Gesundheitsumständen noch immer erwarten muß einen nordischen Winter zuzubringen, so mag ich, durch Unmut über fehlgeschlagene Hoffnung, weder mir noch meinen Freunden lästig sein und bereite mir einen Rückzug in diese Symbol- Ideen- und Nebelwelt mit Lust und Liebe vor.

Ich werde nur vorerst die großen erfundenen und halb bearbeiteten Massen zu enden und mit dem was gedruckt ist zusammen zu stellen suchen, und das so lange treiben bis sich der Kreis selbst erschöpft.

Leben Sie recht wohl fahren Sie fort mir etwas über Gegenstand und Behandlung zu sagen und schicken Sie mir die Ballade ja. Weimar d. 24 Juni 1797.

G

334. Schiller

Jena 26. Jun. 97.

Wenn ich Sie neulich recht verstanden habe, so haben Sie die Idee, Ihr neues episches Gedicht, die Jagd, in Reimen und Strophen zu behandeln. Ich vergaß neulich, ein Wort darüber zu sagen, aber diese Idee leuchtet mir ein, und ich glaube sogar, daß dies die Bedingung sein wird, unter welcher allein dieses neue Gedicht neben Ihrem Hermann bestehen kann. Außerdem, daß selbst der Gedanke des Gedichts zur modernen Dichtkunst geeignet ist und also auch die beliebte Strophenform begünstigt, so schließt die neue metrische Form schon die Konkurrenz und Vergleichung aus, sie gibt dem Leser eben sowohl als dem Dichter eine ganz andere Stimmung, es ist ein Konzert auf einem ganz andern Instrument. Zugleich partizipiert es alsdann von gewissen Rechten des romantischen Gedichts, ohne daß es eigentlich eines wäre, es darf sich wo nicht des wunderbaren doch des Seltsamen und überraschenden mehr bedienen, und die Löwen und Tiger-Geschichte, die mir immer außerordentlich vorkam, erweckt dann gar kein Befremden mehr. Auch ist von den Fürstlichen Personen und Jägern nur ein leichter Schritt zu den Ritterfiguren, und überhaupt knüpft sich der vornehme Stand, mit dem Sie es in diesem Gedicht zu tun haben, an etwas Nordisches und Feudalisches an; die griechische Welt, an die der Hexameter unausbleiblich erinnert, nimmt diesen Stoff daher weniger an, und die mittlere und neue Welt, also auch die moderne Poesie, kann ihn mit Recht reklamieren.

Den Faust habe ich nun wieder gelesen und mir schwindelt ordentlich vor der Auflösung. Dies ist indes sehr natürlich, denn die Sache beruht auf einer Anschauung und solang man die nicht hat, muß ein selbst nicht so reicher Stoff den Verstand in Verlegenheit setzen. Was mich daran ängstigt ist, daß mir der Faust seiner Anlage nach auch eine

Totalität der Materie nach zu erfodern scheint, wenn am Ende die Idee ausgeführt erscheinen soll, und für eine so hoch aufquellende Masse finde ich keinen poetischen Reif, der sie zusammenhält. Nun, Sie werden sich schon zu helfen wissen.

Zum Beispiel, es gehörte sich meines Bedünkens, daß der Faust in das handelnde Leben geführt würde, und welches Stück Sie auch aus dieser Masse erwählen, so scheint es mir immer durch seine Natur eine zu große Umständlichkeit und Breite zu erfodern.

In Rücksicht auf die Behandlung finde ich die große Schwierigkeit zwischen dem Spaß und dem Ernst glücklich durchzukommen, Verstand und Vernunft scheinen mir in diesem Stoff auf Tod und Leben miteinander zu ringen. Bei der jetzigen fragmentarischen Gestalt des Fausts fühlt man dieses sehr aber man verweist die Erwartung auf das entwikkelte Ganze. Der Teufel behält durch seinen Realism vor dem Verstand, und der Faust vor dem Herzen recht. Zuweilen aber scheinen sie ihre Rollen zu tauschen und der Teufel nimmt die Vernunft gegen den Faust in Schutz.

Eine Schwierigkeit finde ich auch darin, daß der Teufel durch seinen Charakter, der realistisch ist, seine Existenz, die idealistisch ist aufhebt. Die Vernunft nur kann ihn glauben, und der Verstand nur kann ihn so wie er da ist, gelten lassen und begreifen.

Ich bin überhaupt sehr erwartend, wie die Volksfabel sich dem philosophischen Teil des Ganzen anschmiegen wird.

Hier sende ich meine Ballade. Es ist ein Gegenstück zu Ihren Kranichen. Schreiben Sie mir doch, wie es ums Barometer steht, ich wünschte zu wissen, ob wir endlich dauerhaftes Wetter hoffen können. Leben Sie recht wohl

S.

335. Goethe

⟨Weimar, 27. Juni 1797⟩

Der Ring des Polycrates ist sehr gut dargestellt. Der königliche Freund, vor dessen, wie vor des Zuhörers, Augen alles geschieht und der Schluß, der die Erfüllung in Suspenso läßt, alles ist sehr gut. Ich wünsche daß mir mein Gegenstück eben so geraten möge! Ihre Bemerkungen zu Faust waren mir sehr erfreulich. Sie treffen, wie es natürlich war, mit meinen Vorsätzen und Planen recht gut zusammen, nur daß ich mirs bei dieser barbarischen Komposition bequemer mache und die höchsten Forderungen mehr zu berühren als zu erfüllen denke. So werden wohl Verstand und Vernunft, wie zwei Klopffechter, sich grimmig herumschlagen, um abends zusammen freundschaftlich auszuruhen. Ich werde sorgen daß die Teile anmutig und unterhaltend sind und etwas denken lassen, bei dem Ganzen, das immer ein Fragment bleiben wird, mag mir die neue Theorie des epischen Gedichts zu statten kommen.

Das Barometer ist in steter Bewegung, wir können uns in dieser Jahrszeit keine beständige Wittrung versprechen. Man empfindet diese Unbequemlichkeit nicht eher als bis man Anforderungen an eine reine Existenz in freier Luft macht, der Herbst ist immer unsere beste Zeit.

Leben Sie recht wohl und fahren Sie fleißig fort Ihren Almanach auszustatten. Da ich durch meinen Faust bei dem Reimwesen gehalten werde, so werde ich gewiß auch noch einiges liefern; es scheint mir jetzt auch ausgemacht daß meine Tiger und Löwen in diese Form gehören, ich fürchte nur fast daß das eigentliche Interessante des Sujetes sich zuletzt gar in eine Ballade auflösen möchte. Wir wollen abwarten an welches Ufer der Genius das Schifflein treibt.

Den *Ring* schicke ich Mittwochs mit den Botenweibern. Weimar am 27. Juni 1797.

G

336. Schiller

Jena 27. Jun. 97.

Ich lege hier 2 Gedichte bei, die gestern für den Almanach eingeschickt worden sind. Sehen Sie sie doch an, und sagen mir in ein paar Worten, wie Ihnen die Arbeit vorkommt, und was Sie sich von dem Verfasser versprechen. Über die Produkte in dieser Manier habe ich kein reines Urteil, und ich wünschte gerade in diesem Fall recht klar zu sehen, weil mein Rat und Wink auf den Verfasser Einfluß haben wird.

Leben Sie recht wohl. Es ist hier unfreundlich und regnet, auch hat der heutige Tag nicht viel geboren S.

337. Goethe

⟨Weimar, 28. Juni 1797⟩

Denen beiden mir überschickten Gedichten, die hier zurück kommen, bin ich nicht ganz ungünstig und sie werden im Publiko gewiß Freunde finden. Freilich ist die Africanische Wüste und der Nordpol weder durch sinnliches noch durch inneres Anschauen gemalt, vielmehr sind sie beide durch Negationen dargestellt, da sie denn nicht, wie die Absicht doch ist, mit dem hinteren deutsch-lieblichen Bilde genugsam kontrastieren. So sieht auch das andere Gedicht mehr naturhistorisch als poetisch aus, und erinnert einen an die Gemälde wo sich die Tiere alle um Adam im Paradiese versammeln. Beide Gedichte drücken ein sanftes, in Genügsamkeit sich auflösendes Streben aus. Der Dichter hat einen heitern Blick über die Natur, mit der er doch nur durch Überlieferung bekannt zu sein scheint. Einige lebhafte Bilder überraschen, ob ich gleich den quellenden Wald, als negierendes Bild gegen die Wüste, nicht gern stehen sehe. In einzelnen Ausdrücken wie in Versmaß wäre noch hie und da einiges zu tun.

Ehe man mehreres von dem Verfasser gesehen hätte, daß man wüßte ob er noch andere Moiens und Talent in andern Versarten hat, wüßte ich nicht was ihm zu raten wäre. Ich möchte sagen in beiden Gedichten sind gute Ingredienzchen zu einem Dichter, die aber allein keinen Dichter machen. Vielleicht täte er am besten wenn er einmal ein ganz einfaches Idyllisches Faktum wählte und es darstellte, so könnte man eher sehen wie es ihm mit der Menschenmalerei gelänge, worauf doch am Ende alles ankommt. Ich sollte denken der *Äther* würde nicht übel im Almanach und der *Wanderer* gelegentlich ganz gut in den Horen stehen.

Der *Ring*, den ich hier wieder zurückschicke, hält sich bei wiederholtem Lesen sehr gut, er wird vielmehr besser, wie es jedes Gedicht von Wert tun muß, indem es uns in die Stimmung nötigt die wir beim ersten Hören und Lesen nicht gleich mitbringen.

Leben Sie wohl bei diesen regnerischen nicht allein den Gartenbewohnern sondern auch der Heuernte feindseligen Wetter. Weimar d. 28 Juni 1797.

G

Für die Schwämme danke schönstens.

338. Schiller

Jena 30. Jun. 97.

Es freut mich, daß Sie meinem Freunde und Schutzbefohlenen nicht ganz ungünstig sind. Das Tadelnswürdige an seiner Arbeit ist mir sehr lebhaft aufgefallen, aber ich wußte nicht recht, ob das Gute auch Stich halten würde, das ich darin zu bemerken glaubte. Aufrichtig, ich fand in diesen Gedichten viel von meiner eigenen sonstigen Gestalt, und es ist nicht das erstemal, daß mich der Verfasser an mich mahnte. Er hat eine heftige Subjektivität, und verbindet damit einen gewissen philosophischen Geist und Tiefsinn. Sein Zustand ist gefährlich, da solchen Naturen so gar schwer beizukommen ist. Indessen finde ich in diesen neuern Stücken doch den Anfang einer gewissen Verbesserung, wenn ich sie gegen seine vormaligen Arbeiten halte; denn kurz es ist Hölderlin, den Sie vor etlichen Jahren bei mir gesehen haben. Ich würde ihn nicht aufgeben, wenn ich nur eine Möglichkeit wüßte, ihn aus seiner eignen Gesellschaft zu bringen, und einen wohltätigen und fortdauernden Einfluß von außen zu öffnen. Er lebt jetzt als Hofmeister in einem KaufmannsHause zu Frankfurth, und ist also in Sachen des Geschmacks und der Poesie bloß auf sich selber eingeschränkt und wird in dieser Lage immer mehr in sich selbst hineingetrieben.

Für die Horen hat mir unsere Dichterin Mereau jetzt ein sehr angenehmes Geschenk gemacht, und das mich wirklich überraschte. Es ist der Anfang eines Romans in Briefen, die mit weit mehr Klarheit Leichtigkeit und Simplizität geschrieben sind, als ich je von ihr erwartet hätte. Sie fängt darin an, sich von Fehlern frei zu machen, die ich an ihr für ganz unheilbar hielt, und wenn sie auf diesem guten Wege weiter fortgeht, so erleben wir noch was an ihr. Ich muß mich doch wirklich drüber wundern, wie unsere Weiber jetzt, auf bloß dilettantischem Wege, eine gewisse Schreibgeschicklichkeit sich zu verschaffen wissen, die der Kunst nahe kommt.

Kennen Sie etwa einen gewissen *Ahlwarth* Rektor in Anclam, durch Übersetzungen des Kallimachos? Er hat sich zu d⟨en⟩ Horen angeboten und beruft sich auf Voß, der ihn an mich gewiesen. Er übersetzt aus alten und neuen Sprachen, und auch im Merkur 95 soll mehreres aus Euripides, Ovid und auch aus Camoens von ihm stehen. Wenn Sie Böttiger sehen, so seien Sie doch so gütig, ihn nach diesem Subjekt zu fragen, und uns jene MerkurStücke durch ihn zu verschaffen. Er bietet mir Hero und Leander und einige Übersetzungen aus d⟨em⟩ Englischen an, und es wäre mir lieb wenn ich ihn brauchen könnte.

Ich wünschte daß die zwei leidlich heiteren Tage, die wir wieder genossen haben, bei Ihnen fruchtbarer gewesen sein möchten als bei mir. Meine Krämpfe regten sich seit einigen Tagen wieder stärker, und ließen mich nicht schlafen. Ich wollte an den Faust denken, aber der Teufel in Natura wollte den poetischen nicht aufkommen lassen.

Leben Sie recht wohl. S.

Ich habe einige Reminiszenzen aus einer Reise durch Nordamerika von Thomas Carver, und mir ist, als wenn sich diese Völkernatur in einem Lied artig darstellen ließe. Dazu müßte ich aber jenen Carver noch einmal ansehen. Ich hatte ihn von Knebeln, der aber wie ich höre fort ist. Vielleicht hat ihn Voigt, der mit Reisebeschreibungen reichlich versehn ist, und mir ihn wohl auf einen Botentag leiht.

339. Goethe

⟨Weimar, 1. Juli 1797⟩

Ich will Ihnen nur auch gestehen daß mir etwas von Ihrer Art und Weise aus den Gedichten entgegensprach, eine ähnliche Richtung ist wohl nicht zu verkennen, allein sie haben weder die Fülle, noch die Stärke noch die Tiefe Ihrer Arbeiten, indessen rekommandiert diese Gedichte wie ich schon gesagt habe, eine gewisse Lieblichkeit, Innigkeit und

Mäßigkeit und der Verfasser verdient wohl, besonders da Sie frühere Verhältnisse zu ihm haben, daß Sie das mögliche tun um ihn zu lenken und zu leiten.

Unsere Frauen sollen gelobt werden, wenn sie so fortfahren, durch Betrachtung und Übung, sich auszubilden. Am Ende haben die neuern Künstler sämtlich keinen andern Weg. Keine Theorie gibts, wenigstens keine allgemein verständliche, keine entschiedne Muster sind da, welche ganze Genres repräsentierten und so muß denn jeder durch Teilnahme und Anähnlichung und viele Übung sein armes Subjekt ausbilden.

Hofrat Hirt ist hier, er ist mir auf manche Weise eine fremde Erscheinung, die Monumente der alten und neuen Kunst des herrlichen Landes, die er noch unverrückt verließ, sind ihm sehr lebhaft gegenwärtig und er weiß, als ein Mann von Verstande, eine vollständige Empirie recht gut zu ordnen und zu schätzen, wie er z. E. in der Baukunst, die eigentlich sein Fach ist, recht gut urteilt; die bekannte Idee der gleichsam symbolischen Übertragung der vollendeten Holzbau Konstruktion auf den Bau mit Steinen, weiß er sehr gut durchzuführen und die Zweckmäßigkeit der Teile sowohl zum Gebrauch als zur Schönheit herzuleiten. In den übrigen Künsten hat er auch eine ausgebreitete Erfahrung; aber freilich bei eigentlich ästhetischen Urteilen steht er noch auf dem Punkte wo wir ihn ehemals verließen und in Absicht auf antiquarische Kenntnisse kann er neben Böttiger nicht bestehn, weil er weder die Breite noch die Gewandtheit hat; im Ganzen ist mir seine Gegenwart sehr angenehm, weil sein Streben zugleich lebhaft und behaglich und ernsthaft ist ohne lästig zu sein, er hat zu seinen architektonischen Demonstrationen sehr viel Blätter zeichnen lassen, wo das Gute und fehlerhafte recht verständig neben einander gestellt ist.

Nach dem neuen Mitarbeiter so wie nach Carber will ich mich erkundigen.

Hier liegt ein Blatt wegen der andern Bücher bei das ich zu unterzeichnen und die paar andern mir zurückzuschikken bitte.

Meinen Faust habe ich, in Absicht auf Schema und Übersicht, in der Geschwindigkeit recht vorgeschoben, doch hat die deutliche Baukunst die Luftphantome bald wieder verscheucht. Es käme jetzt nur auf einen ruhigen Monat an, so sollte das Werk zu männiglicher Verwunderung und Entsetzen, wie eine große Schwammfamilie, aus der Erde wachsen. Sollte aus meiner Reise nichts werden, so habe ich auf diese Possen mein einziges Vertrauen gesetzt. Ich lasse jetzt das Gedruckte wieder abschreiben, und zwar in seine Teile getrennt, da denn das neue desto besser mit dem alten zusammen wachsen kann.

Von Meyer habe ich die Zeit nichts wieder gehört. Von meinem Gedichte sind 7 Bogen angekommen, welche 5 Gesänge und die Hälfte des 6ten enthalten. Leben Sie recht wohl und gedenken Sie mein. Weimar den 1ten Juli 1797.

G

340. *Schiller*

⟨Jena, 4. Jul. 97⟩

Hirt hat mich in diesen drei Tagen recht interessant beschäftigt und mir manches zurückgelassen, worüber ich noch lange zu denken haben werde. Seine Urteile, wenn sie auch etwas befangen sind, ruhen auf einer vielfältigen und fortgesetzten Anschauung, und sprechen in wenig Worten fruchtbare Resultate einer lebendigen Beobachtung und eines gründlichen Studiums aus. Mir deucht, daß er in der Hauptsache mit Ihnen und Meiern ziemlich einig ist, wenigstens kann man lange mit ihm über das tiefste und innerste sprechen, ohne auf eine Dissonanz zu stoßen oder sich unverständlich zu sein. Ich hätte gewünscht, der dritte Mann zu sein, wenn Sie Sich mit ihm über diese Gegenstände unterhalten, weil ich ein Gespräch über bildende Kunst aus eigenem Mittel nicht lange unterhalten, wohl aber mit Nutzen zuhören kann.

Gegen MichelAnge ist er sehr eingenommen, und mir deucht, daß er ihn viel zu tief herab setzt, wenn er ihm bloß einen Zeitwert zugesteht. Indessen habe ich auch bei dem harten Urteil über M⟨ichel⟩ Ange sein Raisonnement sehr verständig gefunden, und zweifle bloß an der richtigen Angabe des Faktums worauf er es gründet.

Übrigens weiß ich noch nicht recht, was ich von Hirten eigentlich denken soll und ob er bei einer längern Bekanntschaft die Probe halten würde. Vielleicht ist ihm manches nicht eigen, wodurch er jetzt in der Tat imponiert, wenigstens scheint mir die Wärme und Lebhaftigkeit, mit der er manches darzustellen wußte, nicht so eigentlich in seiner Natur zu liegen.

Lassen Sie Sich doch von ihm etwas vom Maler Müller erzählen, wenn es noch nicht geschehen ist. Es ist kurzweilig genug, wie der Aufsatz in den Horen gegen Fernow entstanden ist.

Ich wünsche morgen von Ihnen zu hören, daß der Faust vorgerückt ist. Mir hat Hirts Anwesenheit in diesen Tagen eine kleine Zerstreuung gemacht, nur der Einfall mit dem Nordamerikanischen Lied ist ausgeführt worden, ich lege das Liedchen bei, das der Veränderung wegen mit passieren mag.

Hier folgt der Bücherzettel, nebst einem Brief von Humboldt. Die Bücher werden Sie durch meinen Schwager erhalten, dem ich heut ein Paquet sende.

Leben Sie recht wohl. Sch.

341. Goethe

⟨Weimar, 5. Juli 1797⟩

Faust ist die Zeit zurückgelegt worden die nordischen Phantome sind durch die südlichen Reminiszenzen auf einige Zeit zurückgedrängt worden, doch habe ich das Ganze als Schema und Übersicht sehr umständlich durchgeführt.

Es ist mir sehr lieb daß Sie unsern alten römischen Freund haben persönlich kennen lernen, Sie werden ihn und seine Arbeiten künftig besser verstehen. Man sieht auch bei ihm was bei einem verständigen Menschen eine reiche, beinahe vollständige, Empirie für Gutes hervorbringt. Darin urteilen Sie über ihn ganz recht: daß seine logischen Operationen sehr gut von statten gehen, wenn die Prämissen richtig sind; er kommt aber oft in den Fall daß er, wo nicht falsche, doch beschränkte und einseitige Prämissen als allgemeine voraussetzt, da es denn mit dem Schließen nur eine Zeit lang gut geht. So entspringt seine Abneigung gegen Michel Agnolo auch aus einer fixen unhal⟨t⟩baren Idee, so hat er in dem

Aufsatz über Laokoon, den ich hier beilege, gar vielfach recht und doch fällt er im Ganzen zu kurz, da er nicht einsieht daß Lessings, Winkelmanns und seine, ja noch mehrere Enunciationen zusammen, erst die Kunst begrenzen. Indessen ist es recht gut wie er aufs charakteristische und pathetische auch in den bildenden Künsten dringt.

Ich habe bei dieser Gelegenheit mich eines Aufsatzes erinnert, den ich vor mehrern Jahren schrieb, und habe, da ich ihn nicht finden konnte, das Material, dessen ich noch wohl eingedenk bin, nach meiner (und ich darf wohl sagen, *unserer*) jetzigen Überzeugung zusammengestellt. Vielleicht kann ich es Sonnabend überschicken. Der Hirtische Aufsatz ist eine gute Vorbereitung dazu, da er die neuste Veranlassung gegeben hat. Vielleicht gibt dieses, besonders wenn Meyer mit seinen Schätzen zurückkommt, Anlaß zu mehrerem, so wie ich doch auch gelegentlich wieder an die Peterskirche gehen werde, weil auch diese Abhandlung als Base von so manchem andern betrachtet werden kann.

Das Totenlied, das hier zurückkommt, hat seinen echten realistisch humoristischen Charakter der wilden Naturen, in solchen Fällen, so wohl ansteht. Es ist ein großes Verdienst der Poesie uns auch in diese Stimmungen zu versetzen, so wie es verdienstlich ist den Kreis der poetischen Gegenstände immer zu erweitern. Leben Sie recht wohl grüßen Ihre liebe Frau und gebrauchen und genießen der Zeit so viel und so gut als möglich ist.

Von Meyer habe ich noch nichts vernommen. Weimar am 5ten Juli 1797.

G

Wollten Sie mir doch eine Abschrift der Wallensteiner schicken? ich habe sie unsrer Herzogin versprochen, die sich schon mehrmal mit Interesse nach Ihrer Arbeit erkundigt hat.

342. Schiller

Jena 7. Jul. 97.

Es wäre, deucht mir, jetzt gerade der rechte Moment, daß die griechischen Kunstwerke von Seiten des Charakteristischen beleuchtet und durchgegangen würden, denn allgemein herrscht noch immer der Winkelmannische und Leßingische Begriff und unsre allerneuesten Ästhetiker, sowohl über Poesie als Plastik, lassen sichs recht sauer werden, das Schöne der Griechen von allem Charakteristischen zu befreien und dieses zum Merkzeichen des Modernen zu machen. Mir deucht, daß die neuern Analytiker durch ihre Bemühungen, den Begriff des Schönen abzusondern und in einer gewissen Reinheit aufzustellen, ihn beinah ausgehöhlt und in einen leeren Schall verwandelt haben, daß man in der Entgegensetzung des Schönen gegen das Richtige und Treffende viel zu weit gegangen ist, und eine Absonderung die bloß der Philosoph macht und die bloß von einer Seite statthaft ist, viel zu grob genommen hat.

Viele finde ich fehlen wieder auf eine andere Art, daß sie den Begriff der Schönheit viel zu sehr auf den Inhalt der Kunstwerke als auf die Behandlung beziehen, und so müssen sie freilich verlegen sein, wenn sie den vaticanischen Apoll und ähnliche, durch ihren Inhalt schon schöne Gestalten, mit dem Laokoon, mit einem Faun oder andern peinlichen oder ignobeln Repräsentationen unter Einer Idee von Schönheit begreifen sollen.

Es ist, wie Sie wissen, mit der Poesie derselbe Fall. Wie hat man sich von jeher gequält und quält sich noch, die derbe, oft niedrige und häßliche Natur im Homer und in den Tragikern bei den Begriffen durchzubringen, die man sich von dem Griechischen Schönen gebildet hat. Möchte es doch einmal einer wagen, den Begriff und selbst das Wort Schönheit, an welches einmal alle jene falsche Begriffe unzertrennlich geknüpft sind, aus dem Umlauf zu bringen, und, wie billig, die Wahrheit in ihrem vollständigsten Sinn, an seine Stelle zu setzen.

Den Hirtischen Aufsatz hätte ich recht gern in den Horen. Sie und Meier würden dann, wenn der Weg einmal offen ist, den Faden um so bequemer aufnehmen können und das Publikum auch schon mehr vorbereitet finden. Auch ich fände meine Rechnung dabei, wenn diese Materie über das Charakteristische und Leidenschaftliche in den griechischen Kunstwerken, recht zur Sprache käme, denn ich sehe voraus daß mich die Untersuchungen über das

Griechische Trauerspiel, die ich mir vorbehalten habe, auf den nämlichen Punkt führen werden. Ihren Aufsatz erwarte ich mit Begierde.

Ich habe jetzt überlegt, daß der musikalische Teil des Almanachs vor allen Dingen fertig sein muß, weil der Komponist sonst nicht fertig wird. Deswegen bin ich jetzt an mein Glockengießerlied gegangen, und studiere seit gestern in Krünitz Enzyklopädie, wo ich sehr viel profitiere. Dieses Gedicht liegt mir sehr am Herzen, es wird mir aber mehrere Wochen kosten, weil ich so vielerlei verschiedene Stimmungen dazu brauche und eine große Masse zu verarbeiten ist. Ich hätte auch nicht übel Lust, wenn Sie mir dazu raten, noch 4 oder 5 kleine Nadoweßische Lieder nachfolgen zu lassen, um diese Natur, in die ich einmal hineingegangen, durch mehrere Zustände durchzuführen.

Aus meiner projektierten Reise nach Weimar hat diese Woche nichts werden wollen, doch denke ich sie in der nächsten auszuführen. Der Prolog ist jetzt noch auf Reisen, sobald er zurückkommt schicke ich oder bringe ich ihn selbst.

Leben Sie recht wohl. Meine Frau grüßt Sie schönstens.

Sch.

343. Goethe

⟨Weimar, 7. Juli 1797⟩

Ich versäume nicht Ihnen sogleich das Briefchen zu schikken das ich so eben von Meyer erhalte, es war mein sehnlichster und ich darf wohl sagen, in diesem Augenblicke einziger Wunsch: ihn wieder in der Schweitz zu wissen, wo er sich das vorige mal so schön erholt hat und sich diesmal gewiß auch wieder erholen wird.

Ich bereite mich nun zu meiner Abreise vor, damit ich nach der Ankunft des Herzogs gleich hinweggehen kann. Es wäre in hundert Betrachtungen sehr schön und gut, wenn Sie auf einige Tage herüberkommen könnten, ich würde Sie zwar auf alle Fälle noch einmal besuchen, aber das könnte doch nur auf einige Stunden sein und wir hätten denn doch noch manches zu bereden. Morgen früh ein mehreres. Leben Sie recht wohl. Weimar d. 7 Juli 97.

G

344. Goethe

⟨Weimar, 8. Juli 1797⟩

Der Hirtische Aufsatz hat das große Verdienst daß er das charakteristische so lebhaft einschärft, und bei seiner Erscheinung die Sache mit Gewalt zur Sprache bringen muß. Ich will ihn für die Horen zu erhalten suchen. Hier kommt auch der meinige, den ich Ihnen im Ganzen und im Einzelnen als einen flüchtigen Aufsatz zur Nachsicht empfehle. Ich verlange zu hören wie Sie mit der Methode und dem Sinne zufrieden sind, so wie ich Meyers Urteile über die eigentliche Darstellung des Kunstwerks begierig zu hören bin. Man könnte über die vornehmsten Statuen des Altertums und andere Kunstwerke diese Abhandlung ausbreiten und ich bin mit Ihnen überzeugt daß man dem der im Felde der Tragödie arbeitet sehr erwünscht entgegen kommen würde.

Da unser Freund Meyer wieder auf nordischen Grund und Boden gerettet ist, so seh ich manches Gute voraus. Heute sage ich nicht mehr. Leben Sie recht wohl und bringen Sie die Glocke glücklich zu Stande, so wie ich auch noch zu einigen nadowesischen Liedern rate. Wenn es möglich ist so kommen Sie doch nächste Woche es wäre doch auch hübsch wenn Sie mit Hirt in ein näheres Verhältnis kämen und von ihm selbst seine Architektonischen Deduktionen hören könnten. Weimar d. 8 Juli 97. G

345. Schiller

Jena 10. Jul. 97.

Sie haben mit wenig Worten und in einer kunstlosen Einkleidung herrliche Dinge in diesem Aufsatz ausgesprochen, und eine wirklich bewundernswürdige Klarheit über die schwere Materie verbreitet. In der Tat, der Aufsatz ist ein Muster, wie man Kunstwerke ansehen und beurteilen soll, er ist aber auch ein Muster, wie man Grundsätze anwenden soll. In Rücksicht auf beides habe ich sehr viel draus gelernt.

Mündlich mehr darüber, denn ich denke ihn Morgen selbst mit zu bringen, wo ich, wenn nichts dazwischen kommt nach 3 Uhr bei Ihnen sein werde. Im Fall ich nicht wohl bei Ihnen logieren könnte, bitte ich mirs am Tor durch ein Zettelchen wissen zu lassen, daß ich bei meinem Schwager anfahre. Meine Frau kommt mit und wir denken bis Donnerstag zu bleiben.

Meiers glückliche Ankunft in seiner Vaterstadt und die schnelle Verbesserung seiner Gesundheit haben mich herzlich gefreut. Auch die Gewißheit, für diesen Herbst und Winter wenigstens nicht so gar weit von Ihnen getrennt zu sein, ist mir sehr tröstlich.

Leben Sie recht wohl.

Sch.

Humboldt ersucht Sie, ihm seinen Aeschylus, den er notwendig brauche, bald möglichst nach Dresden zu schicken.

346. Goethe

⟨Weimar, 19. Juli 1797⟩

Sie hätten mir zum Abschiede nichts Erfreulicheres und Heilsameres geben können als Ihren Aufenthalt der letzten acht Tage, ich glaube mich nicht zu täuschen wenn ich diesmal unser Zusammensein wieder für sehr fruchtbar halte, es hat sich so manches für die Gegenwart entwickelt und für die Zukunft vorbereitet, daß ich mit mehr Zufriedenheit abreise, indem ich unterweges recht tätig zu sein hoffe und bei meiner Rückkunft Ihrer Teilnehmung wieder entgegen sehe. Wenn wir so fortfahren verschiedene Arbeiten gleichzeitig durchzuführen, und, indem wir die größeren sachte fortleiten, uns durch kleinere immer aufmuntern und unterhalten, so kann noch manches zu Stande kommen.

Hier ist der Polycrates zurück, ich wünsche daß die Kraniche mir bald nachziehen mögen, auf den Sonnabend erfahren Sie das Nähere von meiner Abreise. Leben Sie recht wohl und grüßen Ihre liebe Frau. An Schlegel habe ich heute geschrieben.

Weimar G

den 19 Juli 1797.

347. Schiller

Jena 21. Jul. 97.

Ich kann nie von Ihnen gehen, ohne daß etwas in mir gepflanzt worden wäre, und es freut mich, wenn ich für das Viele was Sie mir geben, Sie und Ihren innern Reichtum in Bewegung setzen kann. Ein solches auf wechselseitige Perfektibilität gebautes Verhältnis muß immer frisch und lebendig bleiben, und gerade desto mehr an Mannichfaltigkeit gewinnen, je harmonischer es wird und jemehr die Entgegensetzung sich verliert, welche bei so vielen andern allein die Einförmigkeit verhindert. Ich darf hoffen, daß wir uns nach und nach in allem verstehen werden, wovon sich Rechenschaft geben läßt, und in demjenigen, was seiner Natur nach nicht begriffen werden kann, werden wir uns durch die Empfindung nahe bleiben.

Die schönste und die fruchtbarste Art, wie ich unsre wechselseitige Mitteilungen benutze und mir zu eigen mache ist immer diese, daß ich sie unmittelbar auf die gegenwärtige Beschäftigung anwende, und gleich produktiv gebrauche. Und wie Sie in der Einleitung zum Laocoon sagen, daß in einem einzelnen Kunstwerk die Kunst ganz liege, so glaube ich muß man alles Allgemeine in der Kunst wieder in den besondersten Fall verwandeln, wenn die Realität der Idee sich bewähren soll. Und so, hoffe ich, soll mein Wallenstein und was ich künftig von Bedeutung hervorbringen mag das ganze System desjenigen, was bei unserm Commercio in meine Natur hat übergehen können, in Concreto zeigen und enthalten.

Das Verlangen nach dieser Arbeit regt sich wieder stark in mir, denn es ist hier schon ein bestimmteres Objekt, was den Kräften ihre Tätigkeit anweist und jeder Schritt ist hier schon bedeutender, statt daß ich bei neuen rohen Stoffen so oft leer greifen muß. Ich werde jetzt die Lieder zum Almanach zuerst fertig zu bringen suchen, weil mich die Komponisten so sehr mahnen, dann mein Glück an den Kranichen versuchen und mit dem September zu der Tragödie zurückkehren.

Die Nachrichten von Ihnen werden in die einfache Existenz, auf die ich jetzt eingeschränkt bin, einen fruchtbaren Wechsel bringen, und außer dem neuen was sie mir zuführen, auch das alte, was unter uns verhandelt worden, wieder in mir lebendig machen. Und so leben Sie wohl und denken meiner bei unserm Freunde, so wie Sie uns immer gegenwärtig sein werden. Meine Frau sagt Ihnen ein herzliches Lebewohl.

Sch.

Den Chor aus Prometheus bitte, nicht zu vergessen.

348. Goethe

⟨Weimar, 22. Juli 1797⟩

Heute sage ich nichts als meinen besten Dank für Ihren beiderseitigen Abschiedsgruß und für die überschickten Horen.

Je länger ich hier bleibe je mehr Kleinigkeiten gibts zu tun, und die Zeit vergeht ohne daß ich etwas empfange noch hervorbringe, und ich muß mich nun in acht nehmen daß ich nicht ungeduldig werde.

Rat Schlegel verläßt mich eben, es schien bloß daß sein Wunsch Ihnen wieder näher zu werden, ihn diesmal hierher geführt habe.

Wollten Sie mir Ihren *Taucher, Polykrates* und *Handschuh* wohl nochmals abschreiben lassen, meine Abschriften habe ich an Meyer geschickt, vielleicht fänden sich aber doch unterwegs einige gute Christen- oder Heidenseelen, denen man so etwas vorlesen möchte. Ehe ich weggehe schreibe ich auf alle Fälle noch. Weimar am 22 Juli 1797.

G

349. Schiller

Jena 23. Jul. 97.

Das Warten, bei schon geschnürtem Bündel, ist ein höchst fataler Zustand, von dem ich Sie recht bald erlöst wünsche. Es ist gut, daß Sie gerade jetzt kleinere Beschäftigungen und Spiele vor sich sehen, wozu eine unterbrochene und halbe Stimmung allenfalls hinreicht.

Humboldt schreibt mir, daß seine Frau wieder das Fieber habe. Das wird eine schöne Reise werden, denn sie müssen jetzt schon in Dresden über die Zeit liegen bleiben. Ich sage Ihnen das zum Troste, wie jener Jude zum Schylock: Andre Leute haben auch Unglück.

Die drei Stücke, die mir Humboldt eben zurückschickt, lege ich hier bei. An dem nadoweßischen Liede findet Humboldt ein Grauen und was er dagegen vorbringt ist bloß von der Roheit des Stoffs hergenommen. Es ist doch sonderbar, daß man in poetischen Dingen und bei einer großen Annäherung auf Einer Seite doch wieder in so direkten Oppositionen sein kann.

Den Zauberlehrling habe ich an meinen Stuttgardter Komponisten geschickt, mir deucht daß er sich vortrefflich zu einer heitern Melodie qualifiziert, da er in unaufhörlicher leidenschaftlicher Bewegung ist.

Leben Sie recht wohl. Ich schreibe Übermorgen noch, wenn sich indes nichts ereignet.

Sch.

an Böttichern schicke ich heut
die Klopstockiana, und hab
auch ein paar Zeilen dazu geschrieben.

350. Schiller

⟨Jena, 25. Juli 1797⟩

Die Nachricht von Ihrem Übelbefinden hat mich heute früh nach einer schlaflos zugebrachten Nacht sehr unangenehm empfangen, ich hoffe dieser Brief findet Sie schon in der Besserung, wozu vielleicht die Ankunft des Herzogs das ihrige beiträgt. Doch werden Sie unter diesen Umständen erst eine festere Gesundheit abwarten müssen.

Ich sende Ihnen hier zu Ihrer Rekreation ein ganz neues Opus zu, welches die deutsche Industrie auf eine ganz neue Weise dokumentiert. Solch eine Erscheinung der Nullität, Absurdität und Frechheit ist doch wirklich nur in den neuesten Zeiten unsrer Literatur möglich, wo der schnelle Wechsel von Ideen und Formen das Mein und Dein nicht mehr zu bestimmen Zeit läßt. Ich habe unter anderm ganze halbe Seiten lange Stellen aus meinen ästhetischen Abhandlungen, ohne Citation, hier abgedruckt gefunden, und mich nicht wenig verwundert, meine ipsissima verba mir aus dem königlichen Munde entgegen schallen zu hören.

Dafür hat sich aber auch in diesen Tagen ein neuer Poet gemeldet, der endlich einmal etwas besseres verspricht. Er sitzt zu Friedberg bei Francfurt, heißt *Schmidt* und wie ich aus seinem ganzen Habitus schließe, muß er recht in der wilden Einsamkeit und vielleicht in einer niedern Condition leben. Aus einigen Proben die ich beilege werden Sie sehen, daß an dem Menschen etwas ist, und daß aus einer rauhen harten Sprache echte tiefe Empfindung und ein gewisser Schwung des Geistes herausblickt. Wenn dieser Halbwilde seine Sprache und den Vers recht in der Gewalt haben und sich eine äußre Anmut zu einem innern Gehalte verschafft haben wird, so hoffe ich für die künftigen Almanache eine Akquisition an ihm zu machen. Wenn er Ihnen auch gefällt, so wäre die Frage, ob Sie ihm nicht, so wie unserm Hauptmann v. Steigentesch, in Frankfurt etwas ans Herz legen könnten.

Ich breche für heute ab, denn die Feder fällt mir für Müdigkeit fast aus den Händen. Lassen Sie uns ja morgen erfahren, wie es um Sie steht, meine Frau läßt Ihnen auch von Herzen gute Besserung wünschen. Leben Sie recht wohl

Jena 24. Jul. 97. Sch.

351. Goethe

⟨Weimar, 26. Juli 1797⟩

Herzlichen Dank für den Anteil an meinem Befinden! Die Folgen einer Erkältung hatten mich 24 Stunden sehr übel geplagt, nun bin ich aber völlig wieder hergestellt und hoffe noch zu Ende dieser Woche zu reisen. Hier kommt der abermals ermordete, oder vielmehr in Fäulnis übergegangene Gustav der Dritte, es ist so recht eigentlich eine Bettelsuppe, wie sie das deutsche Publikum liebt, diese Art Schriften sind an die Stelle der Gespräche im Reiche der Toten getreten, die auf unsere *Wahrheit* liebende Nation immer großen Eindruck gemacht haben. Der neue Dichter ist recht brav und es wäre mir angenehm ihn kennen zu lernen, Sie verbessern vielleicht hie und da noch eine Kleinigkeit, nur um der Klarheit willen, seine Einsamkeit und Enge sieht man ihm freilich an.

Der Herzog ist gestern angekommen und sieht recht wohl aus, auch ist die berühmte Mariane Meyer hier, es ist Schade daß sie nicht einige Tage früher kam, ich hätte doch gewünscht daß Sie dieses sonderbare Wesen hätten kennen lernen. Leben Sie recht wohl und grüßen Sie Ihre liebe Frau. Da ich Gedichte von der Hand Ihres Schreibers sah glaubte ich schon die Kraniche fliegen zu sehen. Ich bin so außer Stimmung daß ich heute sogar meine Prosa bald schließen muß.

Weimar am 26 Juli 1797. G

352. Schiller

Jena 28. Jul. 97.

In der Ungewißheit ob dieser Brief Sie noch in Weimar findet, schreibe ich Ihnen nur ein paar Worte zum Abschied, es freut uns herzlich Sie sobald wieder hergestellt und endlich im Besitz Ihres Wunsches zu sehen. Möge nun auch die Reise einen guten Fortgang haben und Ihnen, wenn es an interessanten Bekanntschaften ja fehlte, durch die Musen verkürzt werden. Vielleicht fliegt aus Ihrem Reiseschiff eine schöne poetische Taube aus, wo nicht gar die Kraniche ihren Flug von Süden nach Norden nehmen. Diese ruhen noch immer bei mir ganz und ich vermeide selbst, daran zu denken, um einiges andre voraus zu schikken. Auch machen mir jetzt die Gedichte der Freunde und Freundinnen, die Ausgabe der Agnes v. Lilien und die Ausrüstung der Horen viele und gar nicht erfreuliche Diversionen.

Schlegeln habe ich einige Anmerkungen über seinen Prometheus gemacht, worüber er sich in der Antwort die ich beilege weitläuftig aber nicht sehr befriedigend erklärt hat. Indessen ich habe das meinige getan, und zu helfen war überhaupt nicht.

Ich habe meinem neuen Friedberger Poeten Schmidt und auch Hölderlin von Ihrer nahen Ankunft in Francfurt

Nachricht gegeben, es kommt nun darauf an, ob die Leutchen sich Mut fassen werden, vor Sie zu kommen. Es wäre mir sehr lieb und auch Ihnen würden diese poetischen Gestalten in dem prosaischen Frankfurt vielleicht nicht unwillkommen sein. Sie werden dort auch wohl den kaiserlichen Hauptmann v. Steigentesch finden und sehen was an ihm ist. Noch einmal empfangen Sie unsern Segen zur Reise, und leben Sie recht wohl Sch.

353. Goethe

⟨Weimar, 29. Juli 1797⟩

Morgen werde ich denn endlich im Ernste hier abgehen gerade abermals 4 Wochen später als ich mir vorgenommen hatte bei der Schwierigkeit loszukommen sollte von rechtswegen meine Reise recht bedeutend werden ich fürchte aber daß sie den übrigen menschlichen Dingen gleichen wird. Von Frankfurth hören Sie bald wenigstens einige Worte.

Unsere Balladen-Versuche habe ich in diesen Tagen vorgelesen und guten Effekt davon gesehen. Bei Ihrem Handschuh hat man den Zweifel erregt ob man sagen könne *ein Tier lecke sich die Zunge* ich habe wirklich darauf nicht bestimmt zu antworten gewußt.

Schlegels Aufsatz kommt hier zurück es ist freilich mit den Gedichten wie mit den Handlungen man ist übel dran wenn man sie erst rechtfertigen soll.

Leben Sie recht wohl. Sie sagten neulich daß zur Poesie nur die Poesie Stimmung gäbe und da das sehr wahr ist, so sieht man wie viel Zeit der Dichter verliert wenn er sich mit der Welt abgibt besonders wenn es ihm an Stoff nicht fehlt. Es graut mir schon vor der empirischen Weltbreite doch wollen wir das Beste hoffen und wenn wir wieder zusammen kommen uns in manchen Erzählungen und Betrachtungen wieder erholen. Leben Sie recht wohl mit Ihrer lieben Frau und den Ihrigen. Weimar am 29 Juli 97.

G

Da Boie noch nichts hat von sich hören lassen so schicke ich den Postschein wenigstens als Zeugnis meines guten Willens und allenfalls zu irgend einem Gebrauch wenn das Paket sollte verloren sein Sie haben ja wohl Gelegenheit sich bei Boie darnach zu erkundigen.

354. Schiller

Jena 7. August 97.

Wir sind recht verlangend zu erfahren, teurer Freund, wie Ihre Reise abgelaufen ist. Die drückende Hitze am Tage und die fast unaufhörlichen Gewitter des Nachts haben uns viel Sorge um Sie gemacht, denn es war hier kaum zum Aushalten, und ich habe mich seitdem noch nicht erholt, so heftig hat es meine Nerven angegriffen.

Ich kann Ihnen darum auch heute wenig sagen, denn ich fange kaum an, mich von starken Fieberbewegungen frei zu fühlen, die ich schon seit 8 Tagen spüre, und fürchtete wirklich schon in eine ernstliche Krankheit zu fallen.

Zelter schickte mir dieser Tage die Melodien zu Ihrer Bajadere und zum Lied an Mignon. Das letztere gefällt mir besonders. Die Melodie zur Ballade paßt freilich nicht gleich gut zu allen Strophen, aber bei einigen wie bei der drittletzten macht sich der Chor »wir tragen die Jugend« etc sehr gut. Ich lege die Melodien bei, wenn Sie in Frankfurt ein paar schöne Stimmen fänden, die sie Ihnen vortragen können.

Herder hat mir nun auch unsre Balladen, die ich ihm kommuniziert hatte, zurückgeschickt, was für Eindruck sie aber gemacht haben, kann ich aus seinem Briefe nicht erfahren. Dagegen erfahre ich daraus, daß ich in dem Taucher bloß einen gewissen Nicolaus Pesce der dieselbe Geschichte entweder erzählt oder besungen haben muß, veredelnd umgearbeitet habe. Kennen Sie etwa diesen Nic. Pesce, mit dem ich da so unvermutet in Konkurrenz gesetzt werde? Übrigens haben wir von Herdern wirklich nichts für den diesjährigen Almanach zu hoffen, er klagt über seine Armut, versichert aber, daß er anderer Reichtum nur desto mehr schätze.

Ich habe in diesen Tagen Diderot sur la peinture wieder vorgehabt, um mich in der belebenden Gesellschaft dieses Geistes wieder zu stärken. Mir kommt vor, daß es Diderot ergeht, wie vielen andern, die das Wahre mit ihrer Empfindung treffen, aber es durch das Raisonnement manchmal wieder verlieren. Er sieht mir bei ästhetischen Werken noch viel zu sehr auf fremde und moralische Zwecke, er sucht diese nicht genug in dem Gegenstande und in seiner Darstellung. Immer muß ihm das schöne Kunstwerk zu etwas anderm dienen. Und da das wahrhaftig Schöne und Vollkommene in der Kunst den Menschen notwendig verbessert, so sucht er diesen Effekt der Kunst in ihrem Inhalt und in einem bestimmten Resultat für den Verstand oder für die moralische Empfindung. Ich glaube es ist einer von den Vorteilen unserer neueren Philosophie, daß wir eine reine Formel haben, um die subjektive Wirkung des Ästhetischen auszusprechen, ohne seinen Charakter zu zerstören.

Leben Sie recht wohl. Erfreuen Sie uns bald mit guten Nachrichten. Von meiner Frau die herzlichsten Grüße, die Kleinen sind wohl auf, neues kann ich aus meinem kleinen Kreise nichts melden.

Sch

355. Goethe

⟨Frankfurt, 9. August 1797⟩

Ohne den mindesten Anstoß bin ich vergnügt und gesund nach Frankfurth gelangt und überlege in einer ruhigen und heitern Wohnung nun erst: was es heiße in meinen Jahren in die Welt zu gehen. In früherer Zeit imponieren und verwirren uns die Gegenstände mehr, weil wir sie nicht beurteilen noch zusammenfassen können, aber wir werden doch mit ihnen leichter fertig, weil wir nur aufnehmen was in unserm Wege liegt und rechts und links wenig achten. Später kennen wir die Dinge mehr, es interessiert uns deren eine größere Anzahl und wir würden uns gar übel befinden, wenn uns nicht Gemütsruhe und Methode in diesen Fällen zu Hülfe käme. Ich will nun alles was mir in diesen acht Tagen vorgekommen ist so gut als möglich zurecht stellen, an Frankfurth selbst als einer vielumfassenden Stadt meine Schemata probieren und mich dann zu einer weitern Reise vorbereiten.

Sehr merkwürdig ist mir aufgefallen wie es eigentlich mit

dem Publiko einer großen Stadt beschaffen ist. Es lebt in einem beständigen Taumel von Erwerben und Verzehren, und das was wir Stimmung nennen, läßt sich weder hervorbringen noch mitteilen, alle Vergnügungen, selbst das Theater, sollen nur zerstreuen und die große Neigung des lesenden Publikums zu Journalen und Romanen entsteht eben daher, weil jene immer und diese meist Zerstreuung in die Zerstreuung bringen.

Ich glaube sogar eine Art von Scheu gegen poetische Produktionen, oder wenigstens in so fern sie poetisch sind, bemerkt zu haben, die mir aus eben diesen Ursachen ganz natürlich vorkommt. Die Poesie verlangt, ja sie gebietet Sammlung, sie isoliert den Menschen wider seinen Willen, sie drängt sich wiederholt auf und ist in der breiten Welt (um nicht zu sagen in der großen) so unbequem wie eine treue Liebhaberin.

Ich gewöhne mich nun alles wie mir die Gegenstände vorkommen und was ich über sie denke aufzuschreiben, ohne die genauste Beobachtung und das reifste Urteil von mir zu fordern, oder auch an einen künftigen Gebrauch zu denken. Wenn man den Weg einmal ganz zurückgelegt hat so kann man mit besserer Übersicht das vorrätige immer wieder als Stoff gebrauchen.

Das Theater habe ich einigemal besucht und zu dessen Beurteilung mir auch einen methodischen Entwurf gemacht. Indem ich ihn nun nach und nach auszufüllen suche so ist mir erst recht aufgefallen: daß man eigentlich nur von fremden Ländern, wo man mit niemand in Verhältnis steht, eine leidliche Reisebeschreibung schreiben könnte. Über den Ort, wo man gewöhnlich sich aufhält wird niemand wagen etwas zu schreiben, es müßte denn von bloßer Aufzählung der vorhandenen Gegenstände die Rede sein, eben so geht es mit allem was uns noch einigermaßen nah' ist, man fühlt erst daß es eine Impietät wäre wenn man auch sein gerechtestes, mäßigstes Urteil über die Dinge öffentlich aussprechen wollte. Diese Betrachtungen führen auf artige Resultate und zeigen mir den Weg, der zu gehen ist. So vergleiche ich z. B. jetzt das hiesige Theater mit dem Weimarischen, habe ich noch das Studtgarter gesehen, so läßt sich vielleicht über die drei etwas allgemeines sagen das bedeutend ist und das sich auch allenfalls öffentlich produzieren läßt.

Leben Sie recht wohl und halten Sie sich ja gesund und vergnügt in Ihrem Gartenhause. Grüßen Sie mir Ihre liebe Frau. Wenn ich nur einmal wieder ins jenaische Schloß gelangen kann, soll mich sobald niemand heraus treiben, es ist nur gut, daß ich zum Musenalmanach das meinige schon beigetragen habe, denn auf der Reise kann ich so wenig hoffen einem Gedichte als dem Phönix zu begegnen. Nochmal das schönste Lebe wohl.

Frankfurth am Main d. 9ten Aug. 1797. G

Schmidt von Friedberg ist bei mir gewesen, es war keine unangenehme aber auch keine wohltätige Erscheinung. Im ganzen ein hübscher junger Mensch, ein kleiner Kopf auf mäßigen Schultern, treffliche Schenkel und Füße, knapp, reinlich, anständig nach hiesiger Art gekleidet. Die Gesichtszüge klein und eng beisammen, kleine, schwarze Augen, schwarze Haare nahe am Kopf sanskülottisch abgeschnitten. Aber um die Stirne schmiedete ihm ein ehernes Band der Vater der Götter. Mit dem Munde machte er wunderliche Verzerrungen als wenn er dem, was er sagte noch einen gewissen eigentümlichen Ausdruck geben wollte. Er ist der Sohn eines wohlhabenden Kaufmanns, der ihn zum Prediger bestimmte, dadurch ist der Mensch ganz aus seinem Wege gerückt worden, ich glaube daß er zu einem beschränkten Handel und Lebenswandel angeführt recht gut gewesen wäre, da er Energie und eine gewisse Innigkeit zu haben scheint; unter einer Nationalgarde sähe ich ihn am allerliebsten. Die Folge mag es zeigen aber ich fürchte es ist nicht viel Freude an ihm zu erleben. Voraus also gesetzt daß es kein gedrückter Mensch ist, sondern einer der, nach seiner Aussage, seiner Gestalt, seiner Kleidung in mäßigem Wohlbehagen lebt, so ist es ein böses Zeichen daß sich keine Spur von Streben, Liberalität, Liebe Zutrauen an ihm offenbart. Er stellte sich mir in dem philisterhaften Egoismus eines Exstudenten dar. Dabei aber auch keine Spur von Roheit, nichts schiefes in seinem Betragen außer der Mundverzerrung.

Ich nahm zur Base meiner Behandlung daß *Sie* ihn an

mich schicken, und setzte also in diesem Sinne vieles voraus, aber es hat doch auch gar nichts allgemeines noch besonderes angeklungen auch nichts über Reinholdt und Fichte, die er doch beide gehört hat. Überhaupt konnte ich nichts bedeutendes von ihm herauslocken als daß er, seit einem Jahre, gewisse besondere Ansichten der Welt gewonnen habe, wodurch er sich zur Poesie geneigt fühle, (das denn ganz gut sein möchte) daß er aber auch überzeugt sei nur in einer gewissen Verbindung der Philosophie und Poesie bestehe die wahre Bildung. Wogegen ich nichts zu sagen habe, wenn ich es nur nicht von einem jungen Menschen hören müßte. Übrigens ging er weg wie er gekommen war, ehe doch auch nur irgend ein Gespräch sich eingeleitet hatte und war mir für diesen kurzen Moment bedeutend genug. Der zurückgezognen Art nach erinnerte er mich an Hölderlin, ob er gleich größer und besser gebildet ist; sobald ich diesen gesehen habe werde ich mit einer nähern Parallele aufwarten. Da auf meinem Lebensgange besonders in früheren Zeiten mir mehrere Naturen dieser Art begegnet sind und ich erfahren habe wo es eigentlich mit ihnen hinausgeht, so will ich noch ein allgemeines Wort hinzufügen: Menschen, die aus dem Kaufmannsstamm zur Literatur und besonders zur Poesie übergehen, haben und behalten eine eigne Tournüre, es läßt sich an einigen ein gewisser Ernst und Innigkeit bemerken, ein gewisses Haften und Festhalten bei andern ein lebhaftes tätiges Bemühen, allein sie scheinen mir keiner Erhebung fähig, so wenig als des Begriffs, worauf es eigentlich ankommt; Vielleicht tue ich dieser Kaste unrecht und es sind viele aus andern Stämmen, denen es nicht besser geht. Denken Sie einmal Ihre Erfahrung durch, es finden sich wahrscheinlich auch Ausnahmen.

〈Auf einem Brief Siegfried Schmids an Goethe vom 7. August 1797:〉

Dieser Brief sollte mir Herrn Schmidt anmelden ich erhielt ihn aber zwei Tage zu spät und lege ihn hierbei, damit Sie einen Blick weiter in das Innere jener Natur tun deren äußere Erscheinung ich Ihnen beschrieben habe.

G

356. Goethe

⟨Frankfurt, 12. und 14. August 1797⟩

Es pflegt meist so zu gehen daß man für diejenigen die in Bewegung sind besorgt ist, und es sollte öfters umgekehrt sein. So sagt mir ihr lieber Brief, vom 7ten, daß Sie sich nicht zum besten befunden haben, indes ich von der Witterung wenig oder gar nicht litt, die Gewitter kühlten, Nachts und Morgens, die Atmosphäre aus, wir fuhren sehr früh, die heißesten Stunden des Tages fütterten wir, und wenn denn auch einige Stunden des Wegs bei warmer Tagszeit zurückgelegt wurden, so ist doch meist auf den Höhen und in den Tälern, wo Bäche fließen, ein Luftzug. Genug ich bin mit geringer Unbequemlichkeit nach Frankfurth gekommen. Hier möchte ich nun mich an ein großes Stadtleben wieder gewöhnen, mich gewöhnen nicht nur zu reisen sondern auch auf der Reise zu leben; wenn mir nur dieses vom Schicksal nicht ganz versagt ist, denn ich fühle recht gut daß meine Natur nur nach Sammlung und Stimmung strebt, und an allen keinen Genuß hat was diese hindert. Hätte ich nicht an meinem Herrmann und Dorothea ein Beispiel daß die modernen Gegenstände, in einem gewissen Sinne genommen, sich zum epischen bequemten, so möchte ich von aller dieser empirischen Breite nichts mehr wissen. Auf dem Theater, so wie ich auch wieder hier sehe, wäre in dem gegenwärtigen Augenblick manches zu tun, aber man müßte es leicht nehmen und in der Gotzischen Manier traktieren, doch ist es in keinem Sinne der Mühe wert.

Meyer hat unsere Balladen sehr gut aufgenommen. Ich habe nun, weil ich von Weimar aus nach Stäfa wöchentlich Briefe an ihn schrieb, schon mehrere Briefe von ihm hier erhalten, es ist eine reine und treufortschreitende Natur, unschätzbar in jedem Sinne. Ich will nur eilen ihn wieder persönlich habhaft zu werden und ihn dann nicht wieder von mir lassen.

Den Alten auf dem Topfberge bedaure ich herzlich, daß er verdammt ist durch, Gott weiß, welche wunderliche Gemütsart, sich und andern auf eigenem Felde den Weg zu verkümmern. Da gefallen mir die Frankfurther Bankiers, Handelsleute, Agioteurs, Krämer, Juden, Spieler und Unternehmer tausendmal besser, die doch wenigstens selbst was vor sich bringen, wenn sie auch andern ein Bein stellen. – Der *Nikolaus Pesce* ist, so viel ich mich erinnere, der Held des Märchens das Sie behandelt haben, ein Taucher von Handwerk. Wenn aber unser alter Freund bei einer solchen Bearbeitung, sich noch der Chronik erinnern kann die das Geschichtchen erzählt, wie soll man's dem übrigen Publiko verdenken wenn es sich bei Romanen erkundigt: ob das denn alles fein wahr sei? Eben so ein merkwürdiges Beispiel gibt Diderot, der bei einem so hohen Genie, bei so tiefem Gefühl und klärem Verstand, doch nicht auf den Punkt kommen konnte zu sehen: daß die Kultur durch Kunst ihren eignen Gang gehen muß, daß sie keiner andern subordiniert sein kann, daß sie sich an alle übrige so bequem anschließt, u.s.w. was doch so leicht zu begreifen wäre; weil das Faktum so klar am Tage liegt.

Äußerst fratzenhaft erscheint der arme Kosegarten, der, nachdem er nun zeitlebens gesungen und gezwitschert hat, wie ihm von der lieben Natur die Kehle gebildet, und der Schnabel gewachsen war, seine Individualität durch die Folterschrauben der neuen philosophischen Forderungen selbst auszurecken bemüht ist, und seine Bettlerjacke auf der Erde nachschleift, um zu versichern, daß er doch auch ohngefähr so einen Königsmantel in der Garderobe führe. Ich werde das Exhibitum sogleich an Meyern absenden. Indessen sind diese Menschen, die sich noch denken können daß das Nichts unserer Kunst alles sei, noch besser dran als wir andern, die wir doch mehr oder weniger überzeugt sind: daß das Alles unserer Kunst nichts ist.

Für einen Reisenden geziemt sich ein skeptischer Realism' was noch idealistisch an mir ist wird in einem Schatullchen, wohlverschlossen, mitgeführt wie jenes undenische Pygmeenweibchen, Sie werden also von dieser Seite Geduld mit mir haben. Wahrscheinlich werde ich Ihnen jenes Reisegeschichtchen auf der Reise zusammenschreiben können. Übrigens will ich erst ein paar Monate abwarten. Denn obgleich in der Empirie fast alles einzeln unangenehm auf mich wirkt, so tut doch das Ganze sehr wohl wenn man endlich zum Bewußtsein seiner eignen Besonnenheit kommt. Leben Sie recht wohl und interpretieren Sie sich, da Sie mich kennen, meine oft wunderlichen Worte, denn es wäre mir unmöglich mich selbst zu rektifizieren und diese rhapsodischen Grillen in einen Zusammenhang und Bestand zu bringen.

Grüßen Sie mir Ihre liebe Frau und halten Sie unsere Agnes und Amalie ja recht wert. Man weiß nicht eher was man an solchen Naturen hat als bis man sich in der breiten Welt nach ähnlichen umsieht. Sie, mein Freund, haben die Gabe auch lehrend wirksam zu sein, die mir ganz versagt ist, diese beiden Schülerinnen werden gewiß noch manches Gute hervorbringen, wenn sie nur ihre Apercus mitteilen und in Absicht auf Disposition des Ganzen etwas mehr von den Grundforderungen der Kunst einsehen lernen.

Frankfurth d. 14. Aug. 1797.

Gestern habe ich die Oper Palmira aufführen sehen, die im Ganzen genommen sehr gut und anständig gegeben ward. Ich habe auch dabei vorzüglich die Freude gehabt einen Teil ganz vollkommen zu sehen, nämlich die Dekorationen, sie sind von einem Mailänder , der sich gegenwärtig hier befindet. Bei der Theaterarchitektur ist die große Schwierigkeit, daß man die Grundsätze der echten Baukunst einsehen, und von ihnen doch wieder zweckmäßig abweichen soll. Die Baukunst im höhern Sinne soll ein ernstes hohes festes Dasein ausdrucken, sie kann sich, ohne schwach zu werden, kaum aufs Anmutige einlassen, auf dem Theater aber soll alles eine anmutige Erscheinung sein. Die Theatralische Baukunst muß leicht, geputzt, mannigfaltig sein, und sie soll doch zugleich das Prächtige, Hohe, Edle darstellen. Die Dekorationen sollen überhaupt, besonders die Hintergründe, Tableaus machen, der Dekorateur muß noch einen Schritt weiter tun als der Landschaftsmaler, der auch die Architektur nach seinem Bedürfnis zu modifizieren weiß. Die Dekorationen zu Palmira geben Beispiele woraus man die Lehre der Theatermalerei abstrahieren könnte, es sind 6 Dekorationen die auf einander in zwei Akten folgen, ohne daß eine wiederkommt, sie sind mit sehr kluger Abwechslung und Gradation erfunden. Man sieht ihnen an daß der Meister alle Moiens der ernsthaften Baukunst kennt, selbst da, wo er baut wie man nicht bauen soll und würde, behält doch alles den Schein der

Möglichkeit bei und alle seine Konstruktionen gründen sich auf den Begriff dessen was im wirklichen gefordert wird, seine Zierraten sind sehr reich aber mit reinem Geschmack angebracht und verteilt, diesen sieht man die große Stukkaturschule an, die sich in Mailand befindet und die man aus den Kupferstich⟨en⟩ und Werken des Albertolli kann kennen lernen. Alle Proportione⟨n⟩ gehen ins schlanke, alle Figuren, Statuen, Ba⟨s⟩reliefs, gemalte Zuschauer gleichfalls, aber die übermäßige Länge und gewaltsamen Gebärden mancher Figuren sind nicht Manier, sondern die Notwendigkeit und der Geschmack haben sie so gefordert, das Kolorit ist untadelhaft und die Art zu malen äußerst frei und bestimmt alle die perspektivischen Kunststücke alle die Reize der nach Direktionspunkten gerichteten Massen, zeigen sich in diesen Werken. Die Teile sind völlig deutlich und klar ohne hart zu sein, und das ganze hat die lobenswürdigste Haltung. Man sieht die Studien einer großen Schule und die Überlieferungen mehrerer Menschenleben in dem unendlichen Detail und man darf wohl sagen daß diese Kunst hier auf dem höchsten Grade steht nur Schade daß der Mann so kränklich ist, daß man an seinem Leben verzweifelt. Ich will sehen daß ich das was ich hier nur flüchtig hingeworfen habe besser zusammenstelle und ausführe.

Und so leben Sie wohl und lassen mich bald von Sich hören. Ich bin oft auf Ihrer stillen Höhe bei Ihnen und wenns recht regnet erinnre ich mich des Rauschens der Leutra und ihrer Gossen.

Nicht ehr will ich wieder kommen als bis ich wenigstens eine Sattheit der Empirie empfinde, da wir an eine Totalität nicht denken dürfen. Leben Sie recht wohl und grüßen alles

G

357. Goethe

Frankfurt am 16 ⟨und 17.⟩ August 1797.

Ich bin auf einen Gedanken gekommen, den ich Ihnen, weil er für meine übrige Reise bedeutend werden kann, sogleich mitteilen will, um Ihre Meinung zu vernehmen in wie fern er richtig sein möchte? und in wie fern ich wohl tue mich seiner Leitung zu überlassen? Ich habe indem ich meinen ruhigen und kalten Weg des Beobachtens, ja des bloßen Sehens ging, sehr bald bemerkt daß die Rechenschaft, die ich mir von gewissen Gegenständen gab, eine Art von Sentimentalität hatte, die mir dergestalt auffiel daß ich den Grunde nachzudenken sogleich gereizt wurde und ich habe folgendes gefunden: das was ich im allgemeinen sehe und erfahre schließt sich recht gut an alles übrige an, was mir sonst bekannt ist und ist mir nicht unangenehm, weil es in der ganzen Masse meiner Kenntnisse mitzählt, und das Kapital vermehren hilft. Dagegen wüßte ich noch nichts was mir auf der ganzen Reise nur irgend eine Art von *Empfindung* gegeben hätte, sondern ich bin heute so ruhig und unbewegt als ich es jemals, bei den gewöhnlichsten Umständen und Vorfällen gewesen. Woher denn also diese scheinbare Sentimentalität, die mir um so auffallender ist, weil ich seit langer Zeit in meinem Wesen gar keine Spur, außer der poetischen Stimmung, empfunden habe. Möchte nicht also hier selbst poetische Stimmung sein? bei einem Gegenstande der nicht ganz poetisch ist, wodurch ein gewisser Mittelzustand hervorgebracht wird.

Ich habe daher die Gegenstände, die einen solchen Effekt hervorbringen, genau betrachtet und zu meiner Verwunderung bemerkt daß sie eigentlich symbolisch sind. Das heißt, wie ich kaum zu sagen brauche, es sind eminente Fälle, die, in einer charakteristischen Mannigfaltigkeit, als Repräsentanten von vielen andern dastehen, eine gewisse Totalität in sich schließen, eine gewisse Reihe fordern, ähnliches und fremdes in meinem Geiste aufregen und so von außen wie von innen an eine gewisse Einheit und Allheit Anspruch machen. Sie sind also, was ein glückliches Sujet dem *Dichter* ist, glückliche Gegenstände für den *Menschen* und weil man, indem man sie mit sich selbst rekapituliert, ihnen keine *poetische* Form geben kann, so muß man ihnen doch eine *ideale* geben, eine *menschliche* im höhern Sinn, das ⟨man⟩ auch mit einem so sehr mißbrauchten Ausdruck sentimental nannte, und Sie werden also wohl nicht lachen, sondern nur lächeln, wenn ich Ihnen hiermit zu meiner eignen Verwunderung darlege, daß ich, wenn ich irgend von meinen Reisen etwas für Freunde oder fürs Publikum aufzeichnen soll, wahrscheinlich noch in Gefahr komme *empfindsame Reisen* zu schreiben. Doch ich würde, wie Sie mich wohl kennen, kein Wort auch das verrufenste nicht fürchten, wenn die Behandlung mich rechtfertigen, ja wenn ich so glücklich sein könnte einem verrufenen Namen seine Würde wieder zu geben.

Ich berufe mich auf das, was Sie selbst so schön entwikkelt haben, auf das was zwischen uns Sprachgebrauch ist und fahre fort: Wann ist eine sentimentale Erscheinung (die wir nicht verachten dürfen wenn sie auch noch so *lästig* ist,) unerträglich? ich antworte wenn das Ideale unmittelbar mit dem gemeinen verbunden wird, es kann dies nur durch eine leere, gehalt- und formlose Manier geschehen, denn beide werden dadurch vernichtet, die Idee und der Gegenstand, jene die nur bedeutend sein und sich nur mit dem bedeutenden beschäftigen kann, und dieser, der recht wacker brav und gut sein kann ohne bedeutend zu sein.

Bis jetzt habe ich nur zwei solcher Gegenstände gefunden: den Platz auf dem ich wohne, der in Absicht seiner Lage und alles dessen was darauf vorgeht in einem jeden Momente symbolisch ist und den Raum meines großväterlichen Hauses, Hofes und Gartens, der aus dem beschränktesten patriarchalischen Zustande, in welchem ein alter Schultheiß von Frankfurth lebte, durch klug unternehmende Menschen zum nützlichsten Waren und Marktplatz verändert wurde. Die Anstalt ging durch sonderbare Zufälle bei dem Bombardement zu Grunde und ist jetzt, größtenteils als Schutthaufen, noch immer das doppelte dessen wert was vor 11 Jahren von den gegenwärtigen Besitzern an die Meinigen bezahlt worden. In so fern sich nun denken läßt daß das Ganze wieder von einem neuen Unternehmer gekauft und hergestellt werde, so sehn Sie leicht daß es, in mehr als Einem Sinne, als Symbol vieler tausend andern Fälle, in dieser gewerbreichen Stadt, besonders vor meinem Anschauen, dastehen muß.

Bei diesem Falle kommt denn freilich eine liebevolle Erinnrung dazu, wenn man aber durch diese Fälle aufmerksam gemacht, künftig bei weitern Fortschritten der Reise nicht sowohl aufs *merkwürdige* sondern aufs *bedeutende* seine Aufmerksamkeit richtete, so müßte man, für sich und andere, doch zuletzt eine schöne Ernte gewinnen. Ich will es erst noch hier versuchen was ich symbolisches bemerken kann, besonders aber an fremden Orten, die ich zum erstenmal sehe, mich üben. Gelänge das, so müßte man, ohne die Erfahrung in die Breite verfolgen zu wollen, doch, wenn man auf jedem Platz, in jedem Moment, so weit es einem vergönnt wäre, in die Tiefe ginge, noch immer genug Beute aus bekannten Ländern und Gegenden davon tragen.

Sagen Sie mir Ihre Gedanken hierüber in guter Stunde, damit ich erweitert, befestigt, bestärkt und erfreut werde die Sache ist wichtig, denn sie hebt den Widerspruch der zwischen meiner Natur und der unmittelbaren Erfahrung lag, den in früherer Zeit ich niemals lösen konnte, sogleich auf, und glücklich, denn ich gestehe Ihnen daß ich lieber gerad nach Hause zurückgekehrt wäre, um, aus meinem Innersten, Phantome jeder Art hervorzuarbeiten, als daß ich mich noch einmal, wie sonst (da mir das Aufzählen eines Einzelnen nun einmal nicht gegeben ist) mit der millionfachen Hydra der Empirie herumgeschlagen hätte; denn wer bei ihr nicht Lust oder Vorteil zu suchen hat der mag sich bei Zeiten zurückziehen.

So viel für heute ob ich gleich noch ein verwandtes wichtiges Kapitel abzuhandeln hätte, das ich nächstens vornehmen und mir auch Ihre Gedanken darüber erbitten werde. Leben Sie recht wohl, grüßen die Ihrigen und lassen von meinen Briefen, außer den Nächsten, niemand nichts wissen noch erfahren.

Frankfurth d. 17 August 1797.

G

358. Schiller

Jena 17 Aug. 97.

Die Vorstellung, welche Sie mir von Frankfurt und großen Städten überhaupt geben, ist nicht tröstlich, weder für den Poeten, noch für den Philosophen, aber ihre Wahrheit leuchtet ein, und da es einmal ein festgesetzter Punkt ist, daß man nur für sich selber philosophiert und dichtet, so ist auch nichts dagegen zu sagen; im Gegenteil, es bestärkt einen auf dem eingeschlagenen guten Weg, und schneidet jede Versuchung ab, die Poesie zu etwas äußerm zu gebrauchen.

Soviel ist auch mir bei meinen wenigen Erfahrungen klar geworden, daß man den Leuten, im Ganzen genommen, durch die Poesie nicht wohl, hingegen recht übel machen kann, und mir deucht, wo das eine nicht zu erreichen ist, da muß man das andere einschlagen. Man muß sie inkommodieren, ihnen ihre Behaglichkeit verderben, sie in Unruhe und in Erstaunen setzen. Eins von beiden, entweder als ein Genius oder als ein Gespenst muß die Poesie ihnen gegenüber stehen. Dadurch allein lernen sie an die Existenz einer Poesie glauben und bekommen Respekt vor den Poeten. Ich habe auch diesen Respekt nirgends größer gefunden als bei dieser Menschenklasse, obgleich auch nirgends so unfruchtbar und ohne Neigung. Etwas ist in allen, was für den Poeten spricht, und Sie mögen ein noch so ungläubiger Realist sein, so müssen Sie mir doch zugeben, daß dieses X der Same des Idealismus ist, und daß dieser allein noch verhindert, daß das wirkliche Leben mit seiner gemeinen Empirie nicht alle Empfänglichkeit für das poetische zerstört. Freilich ist es wahr, daß die eigentliche schöne und ästhetische Stimmung dadurch noch lange nicht befördert wird, daß sie vielmehr gar oft dadurch verhindert wird, so wie die Freiheit durch die moralische Tendenzen; aber es ist schon viel gewonnen, daß ein Ausgang aus der Empirie geöffnet ist.

Mit meinem Protegé, Herrn Schmidt, habe ich freilich wenig Ehre aufgehoben, wie ich sehe, aber ich will solange das Beste hoffen, bis ich nicht mehr kann. Ich bin einmal in dem verzweifelten Fall, daß mir daran liegen muß, ob andere Leute etwas taugen, und ob etwas aus ihnen werden kann; daher werde ich diese Hölderlin und Schmidt so spät als möglich aufgeben.

H. Schmidt, so wie er jetzt ist, ist freilich nur die entgegengesetzte Karikatur von der Frankfurter empirischen Welt, und so wie diese nicht Zeit hat, in sich hinein zu gehen, so kann dieser und seines gleichen gar nicht aus sich selbst herausgehen. Hier möchte ich sagen, sehen wir Empfindung genug aber keinen Gegenstand dazu, dort den nackten leeren Gegenstand ohne Empfindung. Und so sind überall nur die Materialien zum Menschen da, wie der Poet ihn braucht, aber sie sind zerstreut und haben sich nicht ergriffen.

Ich möchte wissen ob diese Schmidt, diese Richter diese Hölderlins absolut und unter allen Umständen so subjektivisch, so übergespannt, so einseitig geblieben wären, ob es an etwas primitivem liegt, oder ob nur der Mangel einer ästhetischen Nahrung und Einwirkung von außen und die Opposition der empirischen Welt in der sie leben gegen ihren idealischen Hang diese unglückliche Wirkung hervorgebracht hat. Ich bin sehr geneigt das letztere zu glauben, und wenn gleich ein mächtiges und glückliches Naturell über alles siegt, so deucht mir doch, daß manches brave Talent auf diese Art verloren geht.

Es ist gewiß eine sehr wahre Bemerkung, die Sie machen, daß ein gewisser Ernst und eine Innigkeit aber keine Freiheit, Ruhe und Klarheit bei denen, die aus einem gewissen Stande zu der Poesie pp kommen angetroffen wird. Ernst und Innigkeit sind die natürliche und notwendige Folge, wenn eine Neigung und Beschäftigung Widerspruch findet, wenn man isoliert und auf sich selbst reduziert ist und der Kaufmannssohn, der Gedichte macht, muß schon einer größern Innigkeit fähig sein, wenn er überall nur auf so was verfallen soll. Aber eben so natürlich ist es, daß er sich mehr zu der moralischen als ästhetischen Seite wendet, weil er mit leidenschaftlicher Heftigkeit fühlt, weil er in sich hineingetrieben wird, und weil ihn die Gegenstände eher zurückstoßen als fest halten, er also nie zu einer klaren und ruhigen Ansicht davon gelangen kann.

Umgekehrt finde ich, als Beleg Ihrer Bemerkung, daß diejenigen welche aus einem liberalen Stande zur Poesie kommen eine gewisse Freiheit, Klarheit und Leichtigkeit aber wenig Ernst und Innigkeit zeigen. Bei den ersten sticht das Charakteristische fast bis zur Karikatur, und immer mit einer gewissen Einseitigkeit und Härte hervor; bei diesen ist Charakterlosigkeit, Flachheit und fast Seichtigkeit zu fürchten. Der Form nach, möchte ich sagen, sind diese dem ästhetischen näher, jene hingegen dem Gehalte nach – – – – Bei einer Vergleichung unsrer Jenaischen und Weimarischen Dichterinnen bin ich auf diese Bemerkung geraten.

Unsre Freundin Mereau hat in der Tat eine gewisse Innigkeit und zuweilen selbst eine Würde des Empfindens und eine gewisse Tiefe kann ich ihr auch nicht absprechen. Sie hat sich bloß in einer einsamen Existenz und in einem Widerspruch mit der Welt gebildet. Hingegen Amelie Imhof ist zur Poesie nicht durch das Herz sondern nur durch die Phantasie gekommen, und wird auch ihr Lebenlang nur damit spielen. Weil aber, nach meinem Begriff, das Ästhetische Ernst und Spiel zugleich ist, wobei der Ernst im Gehalte und das Spiel in der Form gegründet ist, so muß die Mereau das Poetische immer der Form nach, die Imhof es immer dem Gehalt nach verfehlen. Mit meiner Schwägerin hat es eine eigne Bewandtnis, diese hat das Gute von beiden, aber eine zu große Willkür der Phantasie entfernt sie von dem eigentlichen Punkt, worauf es ankommt.

Ich sagte Ihnen doch einmal, daß ich Kosegarten in einem Briefe meine Meinung gesagt habe, und auf seine Antwort begierig sei. Er hat mir nun geschrieben, und sehr dankbar für meine Aufrichtigkeit. Aber wie wenig ihm zu helfen ist, sehe ich daraus, daß er mir in demselben Briefe das Anzeigeblatt seiner Gedichte beilegt, welches nur ein Verrückter geschrieben haben kann. Gewissen Menschen ist nicht zu helfen, und dem da besonders hat Gott ein ehern Band um die Stirne geschmiedet.

Endlich erhalten Sie den Ibykus. Möchten Sie damit zufrieden sein. Ich gestehe, daß ich bei näherer Besichtigung des Stoffes mehr Schwierigkeiten fand als ich anfangs erwartete, indessen deucht mir, daß ich sie größtenteils überwunden habe. Die zwei Hauptpunkte worauf es ankam schienen mir *erstlich* eine Kontinuität in die Erzählung zu bringen, welche die rohe Fabel nicht hatte und *zweitens* die Stimmung für den Effekt zu erzeugen. Die letzte Hand habe ich noch nicht daran legen können, da ich erst gestern Abend fertig geworden, und es liegt mir zuviel daran, daß Sie die Ballade bald lesen, um von Ihren Erinnerungen noch Gebrauch machen zu können. Das angenehmste wäre mir, zu hören, daß ich in wesentlichen Punkten Ihnen begegnete.

Hier auch 2 Aushängebogen vom Almanach. Ich werde meinen nächsten Brief an Sie unmittelbar an Cotta einschließen, da ich Sie gegen den Schluß des Monats nicht mehr in Frankfurt vermute.

Mit meiner Gesundheit geht es seit acht Tagen wieder besser und im Hause steht es auch gut. Meine Frau grüßt Sie herzlich. Von Humboldts habe ich seit ihrer Abreise aus Dresden noch nichts vernommen. Aus dem Gotterischen Nachlaß erhalte ich seine Oper: die Geisterinsel, die nach Shakespears Sturm bearbeitet ist; ich habe den ersten Akt gelesen, der eben sehr kraftlos ist und eine dünne Speise. Indessen danke ich dem Himmel, daß ich einige Bogen in den Horen auszufüllen ⟨habe⟩ und zwar durch einen so klassischen Schriftsteller der das Genie und Xenien-Wesen vor seinem Tode so bitter beklagt hat – Und so zwingen wir denn Gottern, der lebend nichts mit den Horen zu tun haben wollte, noch tot darin zu spuken.

Leben Sie recht wohl, lassen Sie bald wieder von sich hören

Schiller

359. Goethe

Frankfurth 22 ⟨–24.⟩ Aug. 1797.

Ihr reiches und schönes Paketchen hat mich noch zur rechten Zeit erreicht, in einigen Tagen gedenke ich wegzugehen und kann Ihnen über diese Sendung noch von hier aus einige Worte sagen.

Der Almanach nimmt sich schon recht stattlich aus, besonders wenn man weiß was noch zurück ist, die erzählenden Gedichte geben ihm einen eignen Charakter.

Die Kraniche des Ibykus finde ich sehr gut geraten, der Übergang zum Theater ist sehr schön und das Chor der Eumeniden am rechten Platze. Da diese Wendung einmal erfunden ist, so kann nun die ganze Fabel nicht ohne dieselbe bestehen, und ich würde, wenn ich an meine Bearbeitung noch denken möchte, dieses Chor gleichfalls aufnehmen müssen.

Nun auch einige Bemerkungen: 1.) der Kraniche sollten, als *Zugvögel,* ein ganzer Schwarm sein, die sowohl über den Ibykus als über das Theater wegfliegen, sie kommen als Naturphänomen und stellen sich so neben die Sonne und andere regelmäßige Erscheinungen. Auch wird das Wunderbare dadurch weggenommen, indem es nicht eben dieselben zu sein brauchen, es ist vielleicht nur eine Abteilung des großen wandernden Heeres und das Zufällige macht eigentlich, wie mich dünkt, das ahndungsvolle und sonderbare in der Geschichte. 2.) Dann würde ich nach dem 14ten Verse, wo die Erinnyen sich zurückgezogen haben, noch einen Vers einrücken, um die Gemütsstimmung des Volkes, in welche der Inhalt des Chors sie versetzt, darzustellen und von den ernsten Betrachtungen der Guten, zu der gleichgültigen Zerstreuung der Ruchlosen übergehen, und dann den Mörder zwar dumm, roh und laut, aber doch nur dem Kreise der Nachbarn vernehmlich, seine gaffende Bemerkung ausrufen lassen, daraus entständen zwischen ihm und den nächsten Zuschauern Händel, dadurch würde das Volk aufmerksam u.s.w. Auf diesem Weg, so wie durch den *Zug* der Kraniche würde alles ganz ins Natürliche gespielt und nach meiner Empfindung die Wirkung erhöht, da jetzt der 15te Vers zu laut und bedeutend anfängt und man fast etwas anders erwartet. Wenn Sie hie und da an den Reim noch einige Sorgfalt wenden, so wird das übrige leicht getan sein und ich wünsche Ihnen auch zu dieser wohlgeratnen Arbeit Glück.

Über den eigentlichen Zustand eines aufmerksamen Reisenden habe ich eigne Erfahrungen gemacht und eingesehen worin sehr oft der Fehler der Reisebeschreibungen liegt. Man mag sich stellen wie man will so sieht man auf der Reise die Sache nur von Einer Seite und übereilt sich im Urteil, dagegen sieht man aber auch die Sache von dieser Seite lebhaft und das Urteil ist im gewissen Sinne richtig. Ich habe mir daher Akten gemacht, worin ich alle Arten von öffentlichen Papieren die mir eben jetzt begegnen, Zeitungen, Wochenblätter, Predigtauszüge, Verordnungen, Komödienzettel Preiskurrante einheften lasse und sodann auch sowohl das, was ich sehe und bemerke als auch mein augenblickliches Urteil einhefte, ich spreche sodann von diesen Dingen in Gesellschaft und bringe meine Meinung vor, da ich denn bald sehe in wie fern ich gut unterrichtet bin, und in wie fern mein Urteil mit dem Urteil wohl unterrichteter Menschen übereintrifft. Ich nehme sodann die neue Erfahrung und Belehrung auch wieder zu den Akten, und so gibt es Materialien, die mir künftig als Geschichte des äußern und innern interessant genug bleiben müssen. Wenn ich bei meinen Vorkenntnissen und meiner Geistesgeübtheit Lust behalte, dieses Handwerk eine Weile fortzusetzen, so kann ich eine große Masse zusammen bringen.

Ein paar Poetische Stoffe bin ich schon gewahr worden, die ich in einem feinen Herzen aufbewahren werde, und dann kann man niemals im ersten Augenblicke wissen was sich aus der rohen Erfahrung in der Folgezeit noch als wahrer Gehalt aussondert.

Bei allem dem leugne ich nicht daß mich mehrmals eine Sehnsucht nach dem Saalgrunde wieder anwandelt und, würde ich heute dahin versetzt, so würde ich gleich, ohne irgend einen Rückblick, etwa meinen Faust oder sonst ein poetisches Werk anfangen können.

An Wallenstein denken Sie wohl gegenwärtig, da der Almanach besorgt sein will, wenig oder nicht? lassen Sie mich doch davon, wenn Sie weiter vorwärts rücken, auch etwas vernehmen.

Das hiesige Theater ist in einem gewissen Sinne nicht übel, aber viel zu schwach besetzt, es hat freilich vor einem Jahre einen gar zu harten Stoß erlitten, ich wüßte wirklich nicht was für ein Stück von Wert und Würde man jetzt hier leidlich geben könnte

Frankfurth den 23 Aug. 1797.

Zu dem was ich gestern über die Ballade gesagt muß ich noch heute etwas zu mehrerer Deutlichkeit hinzufügen: Ich wünschte, da Ihnen die Mitte so sehr gelungen, daß Sie auch noch an die Exposition einige Verse wendeten da das Gedicht ohnehin nicht lang ist. Meo voto würden die Kraniche schon von dem wandernden Ibykus erblickt, sich, als Reisenden, verglich er mit den reisenden Vögeln, sich, als Gast, mit den Gästen, zöge daraus eine gute Vorbedeutung. Und rief alsdann unter den Händen der Mörder die schon bekannten Kraniche, seine Reisegefährten, als Zeugen an. Ja wenn man es vorteilhaft fände, so könnte er diese Züge schon bei der Schiffahrt gesehen haben. Sie sehen was ich gestern schon sagte, daß es mir darum zu tun ist aus diesen Kranichen ein langes und breites Phänomen zu machen, welches sich wieder mit dem langen verstrickenden Faden der Eumeniden, nach meiner Vorstellung, gut verbinden würde. Was den Schluß betrifft habe ich gestern schon meine Meinung gesagt. Übrigens hatte ich in meiner Anlage nichts weiter was Sie in Ihrem Gedicht brauchen können.

Gestern ist auch Hölterlein bei mir gewesen, er sieht etwas gedrückt und kränklich aus, aber er ist wirklich liebenswürdig und mit Bescheidenheit, ja mit Ängstlichkeit offen. Er ging auf verschiedene Materien, auf eine Weise ein die Ihre Schule verriet, manche Hauptideen hatte er sich recht gut zu eigen gemacht, so daß er manches auch wieder leicht aufnehmen konnte. Ich habe ihm besonders geraten kleine Gedichte zu machen und sich zu jedem einen menschlich interessanten Gegenstand zu wählen. Er schien noch einige Neigung zu den mittlern Zeiten zu haben in der ich ihn nicht bestärken konnte. Hauptmann Steigendesch werde ich wohl nicht sehen, er geht hier ab und zu, meine Anfrage hat ihn einigemal verfehlt und ein Billet, das ich das letztemal für ihn zurück ließ, findet er vielleicht erst nach meiner Abreise. Grüßen Sie Ihre liebe Frau und unsere dichterische Freundinnen. Ich habe immer noch gehofft Ihnen noch etwas zum Musenalmanach zu schicken, vielleicht ist die schwäbische Luft ergiebiger. Eigentlich gehe ich von hier aus erst in die Fremde und erwarte um desto sehnlicher einen Brief von Ihnen bei Cotta. G

Frankfurth d. 24 Aug. 1797.

Ich will Ihnen doch noch von einer Arbeit sagen die ich angefangen habe und die wohl für die *Horen* sein wird. Ich habe gegen zweihundert französische satyrische Kupfer vor mir, ich habe sie gleich schematisiert und finde sie gerichtet:

I Gegen *Fremde*
  a.) England.
  b.) Den Papst.
  c.) Österreich.
II.) Gegen *Einheimische.*
  a.) Das alte Schreckensreich.
  b.) Modefratzen.

1.) In ihrer Übertriebenheit dargestellt.
2.) In Verhältnissen unter einander.
3.) In Verhältnissen zu veralteten Fratzen
4.) In Finanz oder andern politischen Verhältnissen.

c. Gegen Künstlerfeinde.

Ich fange an sie nun einzeln zu beschreiben und es geht recht gut, denn da sie meist dem Gedanken etwas sagen, witzig, simbolisch allegorisch sind, so stellen sie sich der Imagination oft eben so gut und noch besser dar als dem Auge, und wenn man eine so große Masse übersehen kann, so lassen sich über französischen Geist und Kunst, im allgemeinen, recht artige Bemerkungen machen und das Einzelne, wenn man auch nicht *lichtenbergisieren* kann noch will, läßt sich doch immer heiter und munter genug stellen, daß man es gerne lesen wird. In der Schweitz finde ich gewiß noch mehr und vielleicht auch die frühern. Es würde daraus ein ganz artiger Aufsatz entstehen, durch welchen das Oktoberstück einen ziemlichen Beitrag erhalten könnte. Im Merkur und Modejournal und anderswo sind schon einige angeführt, die ich nun ins ganze mit hereinnehme. Ich hoffe daß sich von dieser oder ähnlicher Art noch manches auf der Reise finden wird und daß ich vom Oktober an wieder mit tüchtigen Beiträgen werde dienen können. Denn eigentlich muß man sichs nur vornehmen so geht es auch. Der gegenwärtige Almanach macht mir doppelt Freude, weil wir ihn doch eigentlich durch Willen und Vorsatz zu Stande gebracht, wenn Sie Ihre dichterischen Freunde und Freundinnen nur immerfort aufmuntern und in Bewegung erhalten, so dürfen wir uns künftiges Frühjahr nur wieder 4 Wochen zusammensetzen und der nächste ist auch wieder fertig.

Leben Sie recht wohl und schreiben mir oft und viel. Mein Coffre ist nach Stuttgard fort und wenn das Wetter, das diese letzte Zeit regnicht, kalt und trüb war, sich wie es scheint, wieder aufheitert, so lasse ich gleich anspannen. Durch die Bergstraße möchte ich freilich an einem recht heitern Tag.

G

360. Schiller

Jena 30. Aug. 97.

Ich glaubte mich auf dem Wege der Besserung als ich Ihnen das letztemal schrieb, aber seit 8 Tagen leide ich an einem katarrhalfieber und einem hartnäckigen Husten, der in meinem ganzen Hause grassiert. Das Fieber läßt mich heute zwar in Ruhe, aber der Husten plagt mich noch sehr und der Kopf ist mir ganz zerbrochen. Nur dieses, mein teurer Freund, wollte ich Ihnen zur Entschuldigung meines Stillschweigens melden.

Wir erwarten mit Sehnsucht Nachricht von Ihnen, und wünschten zu wissen, wo wir Sie jetzt zu suchen haben. Neue Aushängebogen erhalten Sie hiebei.

Ihren lieben Brief den ich am 20sten erhielt, muß ich versparen zu beantworten, bis mein Kopf wieder frei ist.

Auch auf der Reise muß ich Sie plagen t⟨eurer⟩ Freund. Denken Sie doch zuweilen an die Horen, ob nicht die Reise selbst etwas dazu liefern kann. Das Bedürfnis ist groß, und jetzt um so mehr, da ich selbst zu jeder Einhülfe untauglich bin. Bei solchen Störungen werde ich Mühe haben, Stimmung und Zeit für meine Glocke zu finden, die noch nicht lange nicht gegossen ist.

Leben Sie heiter und gesund und fahren Sie fort, mich auch aus der Ferne zu beleben. Wir und alles was zu uns gehört denken Ihrer mit dem herzlichsten Anteil. Meine Frau grüßt tausendmal. Leben Sie wohl. Sch.

Vor einigen Augenblicken trifft Ihr letzter Brief ein zu unsrer unerwarteten großen Freude. Herzlichen Dank für das, was Sie mir über den Ibykus sagen, und was ich von Ihren Winken befolgen kann, geschieht gewiß. Es ist mir bei dieser Gelegenheit wieder recht fühlbar, was eine lebendige Erkenntnis und Erfahrung doch beim Erfinden so viel tut. Mir sind die Kraniche nur aus wenigen Gleichnissen zu denen sie Gelegenheit gaben, bekannt und dieser Mangel einer lebendigen Anschauung machte mich hier den schönen Gebrauch übersehen, der sich von diesem Naturphänomen machen läßt. Ich werde suchen, diesen Kranichen, die doch einmal die Schicksalshelden sind, eine größere Breite und Wichtigkeit zu geben. Wie ich den Übergang zu dem Ausrufe des Mörders anders machen soll, ist mir sogleich nicht klar, obgleich ich fühle, daß hier etwas zu tun ist. Doch bei der ersten guten Stimmung wird sichs vielleicht finden.

Noch einmal Dank für Ihren Brief. Erlaubt es mir mein Zustand so schreibe ich übermorgen gewiß.

Leben Sie recht wohl.

S.

361. Goethe

Stuttgard den 30 ⟨und 31.⟩ Aug. ⟨und 4. September⟩ 1797.

Nachdem ich Sie heute Nacht, als den Heiligen aller, am schlaflosen Zustande leidenden, Menschenkinder, öfters um Ihren Beistand angerufen, und mich auch wirklich durch Ihr Beispiel gestärkt gefühlt habe, eines der schlimmsten Wanzenabenteuer im Bauche des römischen Kaisers zu überstehen; so ist es nunmehr meinem Gelübde gemäß Ihnen sogleich eine Nachricht von meinen Zuständen zu erteilen.

Den 25ten ging ich von Frankfurt ab, und hatte eine angenehme Fahrt bei bedecktem Himmel bis Heidelberg, wo ich bei völlig heiterem Sonnenschein, die Gegend fast den ganzen andern Tag mit Entzücken betrachtete.

Den 27ten fuhr ich sehr früh ab, ruhte die heiße Zeit in Sinzheim und kam noch bald genug nach Heilbronn. Diese Stadt mit ihrer Umgebung interessierte mich sehr, ich blieb den 28ten daselbst und fuhr den 29 früh aus, daß ich schon um 9 Uhr in Ludwigsburg war, Abends um 5 Uhr erst wieder wegfuhr und mit Sonnen Untergang nach Stuttgard kam, das in seinem Kreise von Bergen sehr ernsthaft in der Abenddämmerung dalag.

Heute früh recognoscierte ich allein die Stadt; ihre Anlage, so wie besonders die Alleen gefielen mir sehr wohl; An Herrn Rapp fand ich einen sehr gefälligen Mann und schätzbaren Kunstliebhaber, er hat zur Landschaftskomposition ein recht hübsches Talent, gute Kenntnis und Übung. Wir gingen gleich zu Professor Dannecker bei dem ich einen Hector der den Paris schilt, ein etwas über Lebensgröße in Gyps ausgeführtes Modell fand, so wie auch eine ruhende, nackte, weibliche Figur im Charakter der sehnsuchtsvollen Sappho, in Gips fertig, und in Marmor angefangen, ferner eine kleine traurend sitzende Figur zu einem Zimmer Monument. Ich sah ferner bei ihm das Gipsmodell eines Kopfes vom gegenwärtigen Herzog, der besonders in Marmor sehr gut gelungen sein soll, so wie auch seine eigne Büste, die, ohne Übertreibung geistreich und lebhaft ist. Was mich aber besonders frappierte, war der Originalausguß von Ihrer Büste, der eine solche Wahrheit und Ausführlichkeit hat, daß er wirklich Erstaunen erregt. Der Ausguß, den Sie besitzen läßt diese Arbeit wirklich nicht ahnden. Der Marmor ist darnach angelegt und wenn die Ausführung so gerät, so gibt es ein sehr bedeutendes Bild. Ich sah noch kleine Modelle bei ihm, recht artig gedacht und angegeben, nur leidet er daran, woran wir modernen alle leiden: an der Wahl des Gegenstands. Diese Materie, die wir bisher so oft, und zuletzt wieder bei Gelegenheit der Abhandlung über den Laokoon besprochen haben, erscheint mir immer in ihrer höhern Wichtigkeit. Wann werden wir armen Künstler dieser letzten Zeiten uns zu diesem Hauptbegriff erheben können.

Auch sah ich bei ihm eine Vase aus graugestreiften Alabaster, von Isopi, von dem uns Wolzogen so viel erzählte. Es geht aber über alle Beschreibung und niemand kann sich ohne Anschauung einen Begriff von dieser Vollkommenheit der Arbeit machen. Der Stein, was seine Farbe betrifft ist nicht günstig, aber seiner Materie nach desto mehr. Da er sich leichter behandeln läßt als der Marmor, so werden hier Dinge möglich, wozu sich der Marmor nicht darbieten würde. Wenn Cellini, wie sich glauben läßt, seine Blätter und Zierraten in Gold und Silber gedacht und vollendet hat, so kann man ihm nicht übel nehmen, wenn er selbst mit Entzücken von seiner Arbeit spricht.

Man fängt an den Teil des Schlosses der unter Herzog Karl, eben als er geendigt war, abbrannte, wieder auszubauen und man ist eben mit den Gesimsen und Decken beschäftigt. Isopi modelliert die Teile, die alsdann von andern Stukkaturen ausgegossen und eingesetzt werden, seine Verzierungen sind sehr geistreich und geschmackvoll, er hat eine besondere Liebhaberei zu Vögeln, die er sehr gut modelliert und mit andern Zierraten angenehm zusammenstellt. Die Komposition des Ganzen hat etwas originelles und leichtes.

In Professor Scheffauers Werkstatt (ihn selbst traf ich nicht an) fand ich eine schlafende Venus mit einem Amor, der sie aufdeckt, von weißem Marmor, wohlgearbeitet und gelegt, nur wollte der Arm, den sie rückwärts unter den Kopf gebracht hatte, gerade an der Stelle der Hauptansicht keine gute Wirkung tun. Einige Basreliefs antiken Inhalts, ferner die Modelle zu dem Monument, welches die Gemahlin des jetzigen Herzogs, auf die, durch Gebete des Volks und der Familie, wieder erlangte Genesung des Fürsten aufrichten läßt. Der Obelisk steht schon auf dem Schloßplatze, mit den Gypsmodellen geziert.

In Abwesenheit des Prof. Hetsch ließ uns seine Gattin seinen Arbeitssaal sehen, Sein Familienbild in ganzen, lebensgroßen Figuren hat viel Verdienst, besonders ist seine eigne höchst wahr und natürlich. Es ist in Rom gemalt. Seine Portraite sind sehr gut und lebhaft und sollen sehr ähnlich sein. Er hat ein historisches Bild vor, aus der Messiade, da Maria sich mit Portia der Frau des Pilatus von der Glückseligkeit des ewigen Lebens unterhält und sie davon überzeugt. Was sagen Sie zu dieser Wahl überhaupt? und was kann ein schönes Gesicht ausdrücken das die Entzückung des Himmels vorausfühlen soll? Überdies hat er zu dem Kopf der Portia zwei Studien nach der Natur gemacht, das eine nach einer Römerin, einer Geist und gefühlvollen, herrlichen Brünette und das andre nach einer Blonden guten weichen Deutschen. Der Ausdruck von beiden Gesichtern ist, wie sichs versteht, nichts weniger als überirdisch, und wenn so ein Bild auch gemacht werden könnte, so dürften keine individuellen Züge darin erscheinen. Indes möchte man den Kopf der Römerin immer vor Augen haben. Es hat mich so ein erzdeutscher Einfall ganz verdrießlich gemacht. Daß doch der gute bildende Künstler mit dem Poeten wetteifern will, da er doch eigentlich durch das was er allein machen kann und zu machen hätte, den Dichter zur Verzweiflung bringen könnte.

Professor Müllern fand ich an dem Grafischen Portrait, das Graf selbst gemalt hat. Der Kopf ist ganz fürtrefflich, das künstlerische Auge hat den höchsten Glanz, nur will mir die Stellung, da er über einen Stuhlrücken sich herüber lehnet, nicht gefallen, um so weniger da dieser Rücken durchbrochen ist und das Bild also unten durchlöchert erscheint. Das Kupfer ist übrigens auf dem Wege gleichfalls fürtrefflich zu werden. Sodann ist er an *Auch einem Tod eines Generals* beschäftigt, und zwar eines amerikanischen, eines jungen Mannes, der bei Bunkershill blieb. Das Gemälde ist von einem Amerikaner Trombut und hat Vorzüge des Künstlers und Fehler des Liebhabers. Die Vorzüge sind: sehr charakteristische und vortrefflich toccierte Portraitgesichter, die Fehler: Disproportionen der Körper unter einander und ihrer Teile. Komponiert ist es, verhältnismäßig zum Gegenstande, recht gut und, für ein Bild auf dem so viel rote Uniformen erscheinen müssen ganz verständig gefärbt; doch macht es im ersten Anblick immer eine grelle Wirkung, bis man sich, mit ihm wegen seiner Verdienste versöhnt. Das Kupfer tut im ganzen sehr gut und ist in seinen Teilen fürtrefflich gestochen. Ich sah auch das bewundernswürdige Kupfer des letzten Königs in Frankreich, in einem fürtrefflichen Abdruck aufgestellt.

Gegen Abend besuchten wir Herrn Konsistorialdirektor Ruoff, welcher eine treffliche Sammlung von Zeichnungen und Kupfern besitzt, wovon ein Teil zur Freude und Bequemlichkeit der Liebhaber unter Glas aufgehängt ist. Sodann gingen wir in Herrn Rapps Garten und ich hatte abermals das Vergnügen mich an den verständigen und wohlgefühlten Urteilen dieses Mannes über manche Gegenstände der Kunst so wie über Danneckers Lebhaftigkeit zu erfreuen.

Den 31 Aug 97.

Hier haben Sie ohngefähr den Inhalt meines gestrigen Tages, den ich, wie Sie sehen, recht gut zugebracht habe. Übrigens wären noch manche Bemerkungen zu machen. Besonders traurig für die Baukunst war die Betrachtung: was Herzog Karl, bei seinem Streben nach einer gewissen Größe hätte hinstellen können, wenn ihm der wahre Sinn dieser Kunst aufgegangen und er so glücklich gewesen wäre tüchtige Künstler zu seinen Anlagen zu finden. Allein man sieht wohl er hatte nur eine gewisse vornehme Pracht-Richtung, ohne Geschmack und in seiner frühern Zeit war die Baukunst in Frankreich, woher er seine Muster nahm, selbst verfallen. Ich bin gegenwärtig voll Verlangen Hohenheim zu sehen.

Nach allen diesen, das ich niedergeschrieben habe, als wenn Ihnen nicht selbst schon ein großer Teil bekannt wäre, muß ich Ihnen sagen: daß ich unterweges auf ein poetisches Genre gefallen bin, in welchem wir künftig mehr machen müssen, und das vielleicht dem folgenden Almanach guttun wird. Es sind *Gespräche in Liedern.* Wir haben in einer gewissen ältern deutschen Zeit recht artige Sachen von dieser Art und es läßt sich in dieser Form manches sagen, man muß nur erst hineinkommen und dieser Art ihr eigentümliches abgewinnen. Ich habe so ein Gespräch zwischen einem Knaben, der in eine Müllerin verliebt ist und dem Mühlbach angefangen und hoffe es bald zu überschikken. Das poetisch-tropisch-allegorische wird durch diese Wendung lebendig, und besonders auf der Reise, wo einen so viel Gegenstände ansprechen, ist es ein recht gutes Genre.

Auch bei dieser Gelegenheit ist merkwürdig zu betrachten was für Gegenstände sich zu dieser besondern Behandlungsart bequemen. Ich kann Ihnen nicht sagen, um meine obigen Klagelieder zu wiederholen, wie sehr mich jetzt, besonders um der Bildhauer willen, die Mißgriffe im Gegenstand beunruhigen, denn diese Künstler büßen offenbar den Fehler und den Unbegriff der Zeit am schwersten. Sobald ich mit Meyern zusammenkomme und seine Überlegungen, die er mir angekündigt hat, nutzen kann, so will ich gleich mich daran machen und wenigstens die Hauptmomente zusammenschreiben. Denken Sie doch auch indes immer weiter über die poetischen Formen und Stoffe nach.

Über das theatralisch komische habe ich auch verschiedenemal zu denken Gelegenheit gehabt, das Resultat ist: daß man es nur in einer großen, mehr oder weniger rohen, Menschenmasse gewahr werden kann, und daß wir leider ein Kapital dieser Art, womit wir poetisch wuchern könnten, bei uns gar nicht finden.

Übrigens hat man vom Kriege hier viel gelitten und leidet

immer fort. Wenn die Franzosen dem Lande 5 Millionen abnehmen, so sollen die Kaiserlichen nun schon an 16 Millionen verzehrt haben. Dagegen erstaunt man denn freilich, als Fremder, über die ungeheure Fruchtbarkeit dieses Landes und begreift die Möglichkeit solche Lasten zu tragen.

Ihrer und der Ihrigen erinnert man sich mit viel Liebe und Freude ja, ich darf wohl sagen, mit Enthusiasmus. Und somit sei Ihnen heute ein Lebe wohl gesagt. Cotta hat mich freundlich eingeladen bei ihm zu logieren, ich habe es mit Dank angenommen, da ich bisher, besonders bei dem heißen Wetter, in den Wirtshäusern mehr als auf dem Wege gelitten habe.

Den 4 Sep.

Dieser Brief mag nun endlich abgehen, hoffentlich finde ich einen von Ihnen bei Cotta in Tübingen, wohin ich nun bald zu gelangen gedenke. Hier ist es mir sehr wohl ergangen und ich habe, in der Gesellschaft, in welchem mich Ihr kleines Blatt eingeführt, mich recht sehr wohl befunden, man hat mich auf alle Weise zu unterhalten, mir alles zu zeigen gesucht und mir mehrere Bekanntschaften gemacht. Wenn Meyer hier wäre könnte ich mich wohl entschließen noch länger zu bleiben, es ist natürlich daß ich in der Masse von Kunst und Wissenschaft nun erst manches gewahr werde, das ich noch wohl zu meinem Vorteile brauchen könnte, denn es ist wirklich merkwürdig, was für ein Streben unter den Menschen lebt. Was mich aber besonders erfreut und eigentlich mir einen längern Aufenthalt angenehm macht ist daß ich in der kurzen Zeit mit denen Personen, die ich öfter gesehen habe, durch Mitteilung der Ideen, wirklich weiter komme, so daß der Umgang für beide Teile fruchtbar ist. Über einige Hauptpunkte habe ich mich mit Dannecker wirklich verständigt und in einige andere scheint Rapp zu entrieren, der eine gar behagliche, heitere und liberale Existenz hat. Noch sind zwar seine Grundsätze die Grundsätze eines Liebhabers, die, wie bekannt, eine ganz eigne, der soliden Kunst nicht eben sehr günstige Tournüre haben, doch fühlt er natürlich und lebhaft und faßt die Motive eines Kunsturteiles bald, wenn es auch von dem seinigen abweicht. Ich denke übermorgen von hier wegzugehen und hoffe in Tübingen einen Brief von Ihnen zu finden.

Außerdem, daß ich das was mir begegnet so ziemlich fleißig zu den Akten nehme, habe ich verschiednes das durch Gespräch und Umstände bei mir rege wurde, aufgesetzt, wodurch nach und nach kleine Abhandlungen entstehen, die sich vielleicht zuletzt an einander schließen werden.

Leben Sie recht wohl, grüßen Sie alles und fahren Sie fort mir von Zeit zu Zeit unter Cottas Einschlag zu schreiben, der von meinem Aufenthalt immer unterrichtet sein wird.

G

362. Schiller

Jena 7. ⟨und 8.⟩ Sept. 97.

Endlich fange ich an, mich wieder zu fühlen und meine Stimmung wieder zu finden. Nach Abgang meines letzten Briefs an Sie hatte sich mein Übel noch verschlimmert, ich habe mich lange nicht so schlimm befunden, bis endlich ein Vomitiv die Sachen wieder in Ordnung brachte. Fast alle meine Beschäftigungen stockten indessen und die wenigen leidlichen Augenblicke, die ich hatte, nahm der Almanach in Anspruch. Solch eine Beschäftigung hat durch ihren ununterbrochenen und unerbittlich gleichen Rhythmus etwas wohltätiges, da sie die Willkür aufhebt und sich streng wie die Tagszeit, meldet. Man nimmt sich zusammen, weil es sein muß, und bei bestimmten Foderungen, die man an sich macht, geschieht die Sache auch nicht schlechter. Wir sind mit dem Druck des Almanachs jetzt bald im reinen, und wenn die Beiwerke, Decke, Titelkupfer und Musik, keinen Aufenthalt machen, kann das Werkchen vor Michaelis noch versendet werden. Mit dem Ibycus habe ich nach Ihrem Rat wesentliche Veränderungen vorgenommen, die Exposition ist nicht mehr so dürftig, der Held der Ballade interessiert mehr, die Kraniche füllen die Einbildungskraft auch mehr, und bemächtigen sich der Aufmerksamkeit genug, um bei ihrer letzten Erscheinung, durch das Vorhergehende, nicht in Vergessenheit gebracht zu sein.

Was aber Ihre Erinnerung in Rücksicht auf die Entwicklung betrifft, so war es mir unmöglich, hierin ganz Ihren Wunsch zu erfüllen – Lasse ich den Ausruf des Mörders nur von den nächsten Zuschauern gehört werden, und unter diesen eine Bewegung entstehen, die sich dem ganzen, nebst ihrer Veranlassung, erst mitteilt, so bürde ich mir ein Detail auf, das mich hier, bei so ungeduldig forteilender Erwartung, gar zu sehr embarrassiert, die Masse schwächt, die Aufmerksamkeit verteilt u.s.w. Meine Ausführung soll aber nicht ins Wunderbare gehen, auch schon bei dem ersten Konzept fiel mir das nicht ein, nur hatte ich es zu unbestimmt gelassen. Der bloße natürliche Zufall muß die Katastrophe erklären. Dieser Zufall führt den Kranichzug über dem Theater hin, der Mörder ist unter den Zuschauern, das Stück hat ihn zwar nicht eigentlich gerührt und zerknirscht, das ist meine Meinung nicht, aber es hat ihn an seine Tat und also auch an das, was dabei vorgekommen, *erinnert,* sein Gemüt ist davon frappiert, die Erscheinung der Kraniche muß also in diesem Augenblick ihn überraschen, er ist ein roher dummer Kerl, über den der momentane Eindruck alle Gewalt hat. Der laute Ausruf ist unter diesen Umständen natürlich.

Da ich ihn *oben* sitzend annehme, wo das gemeine Volk seinen Platz hat, so kann er *erstlich* die Kraniche früher sehen, eh sie über der Mitte des Theaters schweben, dadurch gewinne ich, daß der Ausruf der wirklichen Erscheinung der Kraniche vorhergehen kann, worauf hier viel ankommt, und daß also die wirkliche Erscheinung derselben bedeutender wird. Ich gewinne *zweitens,* daß er, wenn er oben ruft, besser gehört werden kann. Denn nun ist es gar nicht unwahrscheinlich, daß ihn das ganze Haus schreien hört, wenn gleich nicht alle seine Worte verstehen.

Dem Eindruck selbst, den seine Exklamation macht, habe ich noch eine Strophe gewidmet, aber die wirkliche Entdeckung der Tat, als Folge jenes Schreies, wollte ich mit Fleiß nicht umständlicher darstellen, denn sobald nur der *Weg* zu Auffindung des Mörders geöffnet ist (und das leistet der Ausruf, nebst dem darauf folgenden verlegenen Schrekken) so ist die Ballade aus, das andere ist nichts mehr für den Poeten.

Ich habe die Ballade, in ihrer nun veränderten Gestalt, an Bötticher gesendet, um von ihm zu erfahren, ob sich nichts darin mit altgriechischen Gebräuchen im Widerspruch befindet. Sobald ich sie zurückerhalte, lege ich die letzte Hand daran und eile dann damit in Druck. In meinem nächsten Briefe hoffe ich sie Ihnen nebst dem ganzen Rest des Almanachs abgedruckt zu senden. Auch Schlegel hat noch eine Romanze geschickt, worin Arions Geschichte mit dem Delphin behandelt ist. Der Gedanke wäre recht gut, aber die Ausführung deucht mir kalt, trocken und ohne Interesse zu sein. Er wollte auch die Sacontala als Ballade bearbeiten, ein sonderbares Unternehmen für ihn, wovor ihn sein guter Engel bewahren wolle.

Ihren vorletzten Brief vom 16 August erhielt ich viel später, da Bötticher, der ihn zu besorgen hatte, abwesend war. Das sentimentale Phänomen in Ihnen befremdet mich gar nicht, und mir dünkt, Sie selbst haben es sich hinlänglich erklärt. Es ist ein Bedürfnis poetischer Naturen, wenn man nicht überhaupt Menschlicher Gemüter sagen will, so wenig leeres als möglich um sich zu leiden, soviel Welt, als nur immer angeht, sich durch die Empfindung anzueignen, die Tiefe aller Erscheinungen zu suchen, und überall ein Ganzes der Menschheit zu fodern. Ist der Gegenstand als Individuum leer und mithin in poetischer Hinsicht Gehaltlos, so wird sich das IdeenVermögen daran versuchen und ihn von seiner symbolischen Seite fassen, und so eine Sprache für die Menschheit daraus machen. Immer aber ist das Sentimentale (in gutem Sinn) ein Effekt des poetischen Strebens, welches, sei es aus Gründen die in dem Gegenstand, oder solchen, die in dem Gemüt liegen, nicht ganz erfüllt wird. Eine solche poetische Foderung, ohne eine reine poetische Stimmung und ohne einen poetischen Gegenstand scheint Ihr Fall gewesen zu sein, und was Sie mithin an Sich erfuhren, ist nichts als die allgemeine Geschichte der sentimentalischen Empfindungsweise und bestätiget alles das, was wir darüber miteinander festgesetzt haben.

Nur eins muß ich dabei noch erinnern. Sie drücken Sich so aus, als wenn es hier sehr auf den Gegenstand ankäme, was ich nicht zugeben kann. Freilich der Gegenstand muß etwas *bedeuten,* so wie der poetische etwas *sein* muß; aber zuletzt kommt es auf das *Gemüt* an, ob ihm ein Gegenstand etwas bedeuten soll, und so deucht mir das Leere und Gehaltreiche mehr im Subjekt als im Objekt zu liegen. Das Gemüt ist es, welches hier die Grenze steckt, und das Gemeine oder Geistreiche kann ich auch hier wie überall nur in der Behandlung nicht in der Wahl des Stoffes finden. Was Ihnen die zwei angeführten Plätze gewesen sind, würde Ihnen unter andern Umständen, bei einer mehr aufgeschlossenen poetischen Stimmung jede *Straße, Brücke,* jedes *Schiff,* ein *Pflug* oder irgend ein anderes mechanisches Werkzeug vielleicht geleistet haben.

Entfernen Sie aber ja diese sentimentalen Eindrücke nicht, und geben Sie denselben einen Ausdruck so oft Sie können. Nichts, außer dem poetischen, reinigt das Gemüt so sehr von dem Leeren und Gemeinen, als diese Ansicht der Gegenstände, eine Welt wird dadurch in das einzelne gelegt, und die flachen Erscheinungen gewinnen dadurch eine unendliche Tiefe. Ist es auch nicht poetisch, so ist es, wie Sie selbst es ausdrücken, menschlich; und das menschliche ist immer der Anfang des poetischen, das nur der Gipfel davon ist.

Heute, als den 8ten, erhalte ich einen Brief von Cotta der mir sagt, daß Sie seit dem 30sten in Stuttgardt wären. Ich kann Sie mir nicht in Stuttgardt denken, ohne gleichfalls in eine sentimentale Stimmung zu geraten. Was hätte ich vor 16 Jahren darum gegeben, Ihnen auf diesem Boden zu begegnen, und wie wunderbar wird mirs, wenn ich die Zustände und Stimmungen welche dieses Local mir zurückruft, mit unserm gegenwärtigen Verhältnis zusammen denke. Ich bin sehr erwartend, wie lang Sie in dortigen Gegenden zu verweilen Neigung und Veranlassung gefunden. Hoffentlich fand Sie mein Brief vom 30 noch dort; der gegenwärtige aber trifft Sie wahrscheinlich erst in Zürich und bei unserm Freund, den ich herzlich grüße.

Schreiben Sie mir doch in Ihrem nächsten Briefe, wie es mit den, für Sie bestimmten, Exemplarien des Almanachs soll gehalten werden, wohin und an wen ich sie zu schicken habe.

Herzlich freue ich mich, daß Sie auch an die Horen

gedacht haben und mich auf den Oktober etwas dafür hoffen lassen. Bei den Anstalten, die Sie machten sich der ErfahrungsMasse um Sie herum zu bemächtigen, muß Ihnen ein unerschöpflicher Stoff zufließen.

Es war mir sehr angenehm, daß Hölderlin sich Ihnen noch präsentiert hat, er schrieb mir nichts davon, daß ers tun wollte und muß sich also auf einmal ein Herz gefaßt haben. Hier ist auch wieder ein poetisches Genie, von Schlegels Art und Weise; Sie werden ihn im Almanach finden. Er hat Schlegels Pygmalion nachgeahmt und in demselben Geschmack einen symbolischen Phaethon geliefert. Das Produkt ist närrisch genug, aber die Versifikation und einzelne gute Gedanken geben ihm doch einiges Verdienst.

Leben Sie recht wohl und fahren Sie fort wie bisher mich Ihrem Geiste folgen zu lassen. Herzliche Grüße von meiner Frau. Ihr Kleiner höre ich ist ganz wieder hergestellt.

Sch

363. Goethe

〈Tübingen, 11. oder 12. September 1797〉

Ihr Brief vom 30ten August, den ich bei meiner Ankunft in Tübingen erhalten, verspricht mir daß ein zweiter bald nachkommen solle, der aber bis jetzt ausgeblieben ist; wenn nur nicht das Übel, von dem Sie mir schreiben die Ursache von dieser Verspätung ist!

Ich freue mich daß Sie das was ich über den Ibykus geschrieben nutzen mögen, es war die Idee worauf ich eigentlich meine Ausführung bauen wollte, verbunden mit Ihrer übrigen glücklichen Behandlung, kann dadurch das Ganze Vollständigkeit und Rundung erlangen. Wenn Sie nur noch für diesen Almanach mit der Glocke zu Stande kommen! denn dieses Gedicht wird eins der vornehmsten und besonderen Zierden desselben sein.

Seit dem 4ten Sept: an dem ich meinen letzten Brief abschickte, ist es mir durchaus recht gut gegangen, ich blieb in Stuttgard noch 3 Tage, in denen ich noch manche Personen kennen lernte und manches Interessante beobachtete. Als ich bemerken konnte, daß mein Verhältnis zu Rapp und

Dannecker im wachsen war und beide manchen Grundsatz, an den mir theoretisch so viel gelegen ist, aufzufassen nicht abgeneigt waren, auch von ihrer Seite sie mir manches Angenehme, Gute und Brauchbare mitteilten, so entschloß ich mich ihnen den Herrmann vorzulesen, das ich denn auch in einen Abend vollbrachte. Ich hatte alle Ursache mich des Effekts zu erfreuen, den er hervorbrachte und es sind uns allen diese Stunden fruchtbar geworden.

Nun bin ich seit dem 7ten in Tübingen, dessen Umgebungen ich die ersten Tage, bei schönem Wetter, mit Vergnügen betrachtete und nun eine traurige Regenzeit, durch Geselligen Umgang, um ihren Einfluß betrüge. Bei Herrn Cotta habe ich ein heiteres Zimmer, und, zwischen der alten Kirche und dem akademischen Gebäude, einen freundlichen, obgleich schmalen, Ausblick ins Neckartal. Indessen bereite ich mich zur Abreise und meinen nächsten Brief erhalten Sie von Stäfa. Meyer ist sehr wohl und erwartet mich mit Verlangen. Es läßt sich gar nicht berechnen was beiden unsere Zusammenkunft sein und werden kann.

Je näher ich Herrn Cotta kennen lerne, desto besser gefällt er mir. Für einen Mann von strebender Denkart und unternehmender Handelsweise, hat er so viel mäßiges, sanftes und gefaßtes, so viel Klarheit und Beharrlichkeit, daß er mir eine seltne Erscheinung ist. Ich habe mehrere von den hiesigen Professoren kennen lernen. In ihren Fächern, Denkungsart und Lebensweise sehr schätzbare Männer, die sich alle in ihrer Lage gut zu befinden scheinen, ohne daß sie grade einer bewegten akademischen Zirkulation nötig hätten. Die großen Stiftungen scheinen den großen Gebäuden gleich, in die sie eingeschlossen sind, sie stehen wie ruhige Kolossen auf sich selbst gegründet und bringen keine lebhafte Tätigkeit hervor, die sie zu ihrer Erhaltung nicht bedürfen.

Sonderbar hat mich hier eine kleine Schrift von Kant überrascht, die Sie gewiß auch kennen werden. *Verkündigung des nahen Abschlusses eines Traktats zum ewigen Frieden in der Philosophie.* Ein sehr schatzbares Produkt seiner bekannten Denkart, das so wie alles was von ihm kommt die herrlichsten Stellen enthält; aber auch in Komposition und Styl Kantischer als kantisch. Mir macht es großes Vergnügen daß ihn die vornehmen Philosophen und die Prediger des Vorurteils so ärgern konnten, daß er sich mit aller Gewalt gegen sie stemmt, indessen tut er doch, wie mir scheint, Schlossern unrecht, daß er ihn einer Unredlichkeit, wenigstens indirekt beschuldigen will. Wenn Schlosser fehlt, so ist es wohl darin daß er seiner innern Überzeugung eine Realität nach außen zuschreibt und Kraft seines Charakters und seiner Denkweise zuschreiben muß, und wer ist in Theorie und Praxis ganz frei von dieser Anmaßung. – Zum Schlusse lasse ich Ihnen noch einen kleinen Scherz abschreiben: Machen Sie aber noch keinen Gebrauch davon, es folgen auf diese Introduktion noch drei Lieder in deutscher, französischer und spanischer Art, die zusammen einen kleinen Roman ausmachen.

Der Edelknabe und die Müllerin
nach dem altenglischen.

Edelknabe.

Wohin? wohin?
Schöne Müllerin!
Wie heißt du?

Müllerin

Lise.

Fremder.

Wohin denn wohin?
Mit dem Rechen in der Hand?

Müllerin.

Auf des Vaters Land
Auf des Vaters Wiese!

Edelknabe.

Und gehst so allein?

Müllerin.

Das Heu soll herein,
Das bedeutet der Rechen.
Und im Garten daran
Fangen die Birn zu reifen an,
Die will ich brechen.

Edelknabe.

Ist nicht eine stille Laube dabei?

Müllerin.

Sogar ihrer zwei,
An beiden Ecken.

Edelknabe.

Ich komme dir nach,
Und am heißen Mittag,
Wollen wir uns drein verstecken.
Nicht wahr im grünen vertraulichen Haus –

Müllerin.

Das gäbe Geschichten.

Edelknabe.

Ruhst du in meinen Armen aus?

Müllerin.

Mit nichten!
Denn wer die artige Müllerin küßt
Auf der Stelle verraten ist.
Euer schönes dunkles Kleid
Tät mir leid
so weiß zu färben.
Gleich und gleich! so allein ists recht!
Ich liebe mir den Müller Knecht,
An dem ist nichts zu verderben.

Ich muß nicht vergessen zu dem glücklichen Fortschritt des Almanachs und zu Ritter Toggenburg zu gratulieren.

G

364. Schiller

Jena 14. ⟨und 15.⟩ Sept. 97.

Zu meiner Freude erfahre ich aus Ihrem Stuttgardter Briefe, daß Sie sich auf meinem vaterländischen Boden gefallen, und daß die Personen, die ich Ihnen empfahl, mich nicht zum Lügner gemacht haben. Ich zweifle nicht, daß diese sieben Tage, die Sie selbst mit Vergnügen und Nutzen dort zugebracht, für Danneker und Rapp Epoche machen und sehr gute Folgen haben werden; der erste besonders ist höchst bildungsfähig, und ihm mangelte es bis jetzt nur an einer glücklichen Pflege von außen, die seinem reichen Naturell die gehörige Richtung gegeben hätte. Ich kann mir seine Fehlgriffe in der Kunst, da er diese sonst so ernstlich zu packen wußte und in einigen Hauptpunkten so entscheidend auf das wahre Wesen losgeht, nur aus einem gewissen Überfluß erklären, mir deucht daß seine poetische Imagination sich mit der artistischen, woran es ihm gar nicht mangelt, nur confondiere.

Überhaupt frage ich Sie bei dieser Gelegenheit ob die Neigung so vieler talentvoller Künstler neuerer Zeiten *zum Poetisieren in der Kunst* nicht daraus zu erklären ist, daß in einer Zeit wie die unsrige es keinen Durchgang zum Ästhetischen gibt als durch das Poetische, und daß folglich alle auf Geist Anspruch machende Künstler, eben deswegen weil sie nur durch ein poetisches Empfinden geweckt worden sind, auch in der bildenden Darstellung nur eine poetische Imagination zeigen. Das Übel wäre so groß nicht, wenn nicht unglücklicherweise der poetische Geist in unsern Zeiten auf eine, der Kunstbildung so ungünstige Art, spezifiziert wäre. Aber da auch schon die Poesie so sehr von ihrem Gattungsbegriff abgewichen ist (durch den sie allein mit den nachahmenden Künsten in Berührung steht) so ist sie freilich keine gute Führerin zur Kunst, und sie kann höchstens negativ (durch Erhebung über die gemeine Natur) aber keineswegs positiv und aktiv (durch Bestimmung des Objekts) auf den Künstler einen Einfluß äußern.

Auch diese Verirrung der bildenden Künstler, neurer Zeit, erklärt sich mir hinreichend aus unsern Ideen über realistische und idealistische Dichtung, und liefert einen neuen Beleg für die Wahrheit derselben. Ich denke mir die Sache so.

Zweierlei gehört zum Poeten und Künstler: daß er sich über das Wirkliche erhebt und daß er innerhalb des Sinnlichen stehen bleibt. Wo beides verbunden ist, da ist ästhetische Kunst. Aber in einer ungünstigen formlosen Natur verläßt er mit dem Wirklichen nur zu leicht auch das

Sinnliche und wird idealistisch und, wenn sein Verstand schwach ist, gar phantastisch: oder will er und muß er, durch seine Natur genötigt, in der Sinnlichkeit bleiben, so bleibt er gern auch bei dem Wirklichen stehen und wird, in beschränkter Bedeutung des Worts, realistisch, und wenn es ihm ganz an phantasie fehlt, knechtisch und gemein. In beiden Fällen also ist er nicht ästhetisch.

Die Reduktion empirischer Formen auf ästhetische ist die schwierige Operation, und hier wird gewöhnlich entweder der Körper oder der Geist, die Wahrheit oder die Freiheit fehlen. Die alten Muster, sowohl im poetischen als im plastischen, scheinen mir vorzüglich *den* Nutzen zu leisten, daß sie eine empirische Natur die bereits auf eine ästhetische reduziert ist, aufstellen, und daß sie, nach einem tiefen Studium, über das Geschäft jener Reduktion selbst Winke geben können.

Aus Verzweiflung, die empirische Natur, womit er umgeben ist, nicht auf eine ästhetische reduzieren zu können, verläßt der neuere Künstler von lebhafter Phantasie und Geist, sie lieber ganz, und sucht bei der Imagination Hülfe gegen die Empirie, gegen die Wirklichkeit. Er legt einen poetischen Gehalt in sein Werk, das sonst leer und dürftig wäre, weil ihm derjenige Gehalt fehlt, der aus den Tiefen des Gegenstandes geschöpft werden muß.

15. September.

Es wäre vortrefflich, wenn Sie mit Meiern Ihre Gedanken über die Wahl der Stoffe für poetische und bildende Darstellung entwickelten. Diese Materie kommuniziert mit dem Innersten der Kunst, und würde zugleich durch ihre unmittelbare und leichte Anwendung auf wirkliche Kunstwerke sehr pragmatisch und ansprechend sein. Ich für mein Teil werde darüber auch meine Begriffe deutlich zu machen suchen.

Vor der Hand scheint mir, daß man mit großem Vorteil von dem Begriff der *absoluten Bestimmtheit des Gegenstandes* ausgehen könnte. Es würde sich nämlich zeigen, daß alle, durch eine ungeschickte Wahl des Gegenstandes, verunglückte Kunstwerke an einer solchen Unbestimmtheit und daraus folgender Willkürlichkeit leiden.

So scheint mir der Begriff dessen, was man einen *prägnanten* Moment nennt sich vollkommen durch seine Qualifikation zu einer durchgängig bestimmten Darstellung zu erklären. Ich weiß in der poetischen Gattung keinen treffendern Fall als Ihren Herrmann. Hier würde sich vielleicht durch eine Art von Induktion zeigen lassen, daß bei jeder andern Wahl der Handlung etwas hätte unbestimmt bleiben müssen.

Verbindet man mit diesem Satz nun den andern, daß die Bestimmung des Gegenstandes jedesmal durch die Mittel geschehen muß, welche einer Kunstgattung eigen sind – daß sie innerhalb der besondern Grenzen einer jeden Kunstspezies absolviert werden muß, so hätte man, deucht mir, ein hinlängliches Kriterium, um in der Wahl der Gegenstände nicht irre geleitet zu werden.

Aber freilich, wenn dies auch seine Richtigkeit hätte, ist die Anwendung des Satzes schwer und möchte überall mehr Sache des Gefühls und des Ahndungsvermögens bleiben, als des deutlichen Bewußtseins.

Ich bin sehr neugierig auf das neue poetische Genre, woraus Sie mir bald etwas senden wollen. Der reiche Wechsel Ihrer Phantasie erstaunt und entzückt mich, und wenn ich Ihnen auch nicht folgen kann, so ist es schon ein Genuß und Gewinn für mich, Ihnen nachzusehen. Von diesem neuen Genre erwarte ich mir etwas sehr anmutiges, und begreife schon im Voraus, wie geschickt es dazu sein muß, ein poetisches Leben und einen geistreichen Schwung in die gemeinsten Gegenstände zu bringen.

Von unserm Freund Humboldt habe ich heute Briefe bekommen. Es gefällt ihm in Wien gar nicht mehr, die italienische Reise hat er auch so gut als aufgegeben, ist aber beinah entschlossen nach Paris zu gehen, welches er aber wahrscheinlich, nach den neuesten Ereignissen dort, nicht zur Ausführung bringen wird. Er wird Ihnen, wie er schreibt, in diesen Tagen von sich Nachricht geben.

Ich habe immer noch viel von meinem Husten zu leiden, bin aber viel freier von meinem alten Übel, wobei indes meine Stimmung und meine Tätigkeit nicht viel gewinnt; denn das neue Übel greift mir den Kopf weit mehr an als das malum domesticum, die Krämpfe zu tun pflegen. Indes hoffe ich in 8 oder 10 Tagen der Schererei des Almanachs los zu sein und wieder ernstlich an den Wallenstein gehen zu können. Das Lied von der Glocke habe ich bei meinem übeln Befinden nicht vornehmen können noch mögen. Indessen fanden sich doch noch allerlei Kleinigkeiten für den Almanach, die eine Mannichfaltigkeit in meine Beiträge bringen und meinen Anteil an demselben ziemlich beträchtlich machen.

Mit meinen Kranichen ist Böttiger sehr zufrieden gewesen, und Zeit und Local, worüber ich ihn konsulierte, hat er sehr befriedigend dargestellt gefunden. Er gestand bei dieser Gelegenheit, daß er nie recht begriffen habe, wie sich aus dem Ibycus etwas machen ließe. Dieses Geständnis hat mich sehr belustigt, da es seinen Mann so schön charakterisiert.

Sie werden von Cotta den I und K Bogen des Almanachs erhalten haben, vielleicht kann ich heute noch einen schikken. Der Almanach wird stärker als der vom vorigen Jahr, ohne daß ich in der Auswahl hätte laxer sein müssen.

In meinem Hause geht es gut, und wir haben Karls Geburtstag gestern mit vieler Freude gefeiert. Heute hatten wir Vent aus Weimar bei uns, der mir sehr wohl gefällt, sonst hat sich meine Gesellschaft um keine neue Figur vermehrt. Meine Frau denkt Ihrer mit herzlichem Anteil, auch mein Schwager und Schwägerin empfehlen sich Ihnen aufs beste.

Leben Sie recht wohl, grüßen Sie Meiern und denken Sie meiner in Ihrem Kreise. Ihre Briefe sind für uns reichbeladne Schiffe, und machen jetzt eine meiner besten Freuden aus. Leben Sie wohl.

Schiller.

Sehen Sie doch das Blatt an, worein ich packe.

365. Schiller

Jena 22. Sept. 97.

Ihr Brief nebst seinem Anhang hat uns wieder große Freude gemacht. Das Lied ist voll heiterer Laune und Natur. Mir deucht, daß diese Gattung dem Poeten schon dadurch sehr günstig sein müsse, daß sie ihn aller belästigenden Beiwerke, dergleichen die Einleitungen, Übergänge, Beschreibungen etc sind, überhebt und ihm erlaubt, immer nur das Geistreiche und Bedeutende an seinem Gegenstand mit leichter Hand oben wegzuschöpfen.

Hier wäre also schon wieder der Ansatz zu einer neuen Sammlung, der Anfang einer »unendlichen« Reihe, denn dieses Gedicht hat, wie jede gute Poesie, ein ganzes Geschlecht in sich, durch die Stimmung die es gibt, und durch die Form die es aufstellt.

Ich wäre sehr begierig gewesen, den Eindruck, den Ihr Herrmann auf meine Stuttgardter Freunde gemacht, zu beobachten. An einer gewissen Innigkeit des Empfangens hat es sicher nicht gefehlt, aber so wenige Menschen können das Nackende der menschlichen Natur ohne Störung genießen. Indessen zweifle ich gar nicht, daß Ihr Herrmann schlechterdings über alle diese Subjektivitäten triumphieren wird, und dieses durch die schönste Eigenschaft bei einem poetischen Werk, nämlich durch sein Ganzes, durch die reine Klarheit seiner Form und durch den völlig erschöpften Kreis menschlicher Gefühle.

Mein letzter Brief hat Ihnen schon gemeldet, daß ich die Glocke liegen lassen mußte. Ich gestehe daß mir dieses, da es einmal so sein mußte, nicht so ganz unlieb ist. Denn indem ich diesen Gegenstand noch ein Jahr mit mir herumtrage und warm halte, muß das Gedicht, welches wirklich keine kleine Aufgabe ist, erst seine wahre Reife erhalten. Auch ist dieses einmal das Balladenjahr, und das nächste hat schon ziemlich den Anschein das Liederjahr zu werden, zu welcher Klasse auch die Glocke gehört.

Indessen habe ich die letzten 8 Tage doch für den Almanach nicht verloren. Der Zufall führte mir noch ein recht artiges Thema zu einer Ballade zu, die auch größtenteils fertig ist und den Almanach, wie ich glaube, nicht unwürdig beschließt. Sie besteht aus 24 achtzeiligen Strophen und ist überschrieben: *Der Gang nach dem Eisenhammer*, woraus Sie sehen daß ich auch das Feuerelement mir vindiziert habe, nachdem ich Wasser und Luft bereist habe. Der nächste Posttag liefert es Ihnen, nebst dem ganzen Almanach, gedruckt.

Ich wünsche nun sehr, daß die *Kraniche* in der Gestalt,

worin Sie sie jetzt lesen, Ihnen Genüge tun mögen. Gewonnen haben sie ganz unstreitig durch die Idee, die Sie mir zu der Exposition gegeben. Auch denke ich hatte die neue Strophe, die ich den Furien noch gewidmet, zur genauen Bezeichnung derselben anfänglich noch gefehlt.

Kants kleinen Traktat habe ich auch gelesen, und obgleich der Inhalt nichts eigentlich neues liefert, mich über seine trefflichen Einfälle gefreut. Es ist in diesem alten Herrn noch etwas so wahrhaft jugendliches, das man beinah ästhetisch nennen möchte, wenn einen nicht die greuliche Form, die man einen philosophischen Kanzleistil nennen möchte, in Verlegenheit setzte. Mit Schloßern kann es sich zwar so verhalten, wie Sie meinen, indessen hat seine Stellung gegen die kritischen Philosophen so etwas bedenkliches, daß der Charakter kaum aus dem Spiele bleiben kann. Auch kann man, deucht mir, bei allen Streitigkeiten, wo der Supernaturalism von denkenden Köpfen gegen die Vernunft verteidiget wird, in die Ehrlichkeit ein Mißtrauen setzen, die Erfahrung ist gar zu alt und es läßt sich überdem auch gar wohl begreifen.

Wir genießen jetzt hier sehr schöne Herbsttage, bei Ihnen mag wohl noch ein Rest vom Sommer zu spüren sein. In meinem Garten werden schon große Anstalten gemacht, ihn für die künftigen Jahre recht zu verbessern. Übrigens hatten wir keine schlechte Obsternte, wobei Karl uns nicht wenig Spaß machte.

Wir zweifeln, bei dem zweifelhaften Ansehen des Kriegs und Friedens, noch immer an der nahen Ausführung Ihrer italienischen Reise, und geben zuweilen der Hoffnung Raum, daß wir Sie früher als wir erwarten durften, wieder bei uns sehen könnten.

Leben Sie recht wohl und Meiern sagen Sie die freundschaftlichsten Grüße von uns. Herzlich wünschen wir Ihnen Glück zu Ihrer Wieder-Vereinigung. Meine Frau grüßt Sie aufs beste.

Sch.

366. Goethe

Stäfe am 25 ⟨und 26.⟩ Sept. 1797.

Ihren erfreulichen Brief vom 7ten Sept. habe ich vorgestern hier erhalten; da er länger ausblieb als ich hoffte, so mußte ich befürchten daß Ihr Übel sich vermehrt habe, wie ich denn nun auch aus Ihrem Briefe leider erfahre. Möchten Sie doch in Ihrer Stille einer so guten Gesundheit genießen als ich bei meiner Bewegung. Ein Blatt das beiliegt, sagt Ihnen wie es mir seit Tübingen ergangen ist. Meyern, den ich nun zu unserer wechselseitigen Freude wiedergefunden habe, befindet sich so wohl als jemals und wir haben schon was ehrliches zusammen durchgeschwätzt, er kommt mit trefflichen Kunstschätzen und mit Schätzen einer sehr genauen Beobachtung wieder zurück. Wir wollen nun überlegen in was für Formen wir einen Teil brauchen und zu welchen Absichten wir den andern aufheben wollen.

Nun soll es in einigen Tagen nach dem *Vierwaldstädter See* gehen. Die großen Naturszenen, die ihn umgeben muß ich mir, da wir so nahe sind, wieder zum Anschauen bringen, denn die Rubrik dieser ungeheuern Felsen darf mir unter meinem Reise-Kapiteln nicht fehlen. Ich habe schon ein paar tüchtige Aktenfaszikel gesammelt, in die alles, was ich erfahren habe, oder was mir sonst vorgekommen ist, sich eingeschrieben oder eingeheftet befindet, bis jetzt noch der bunteste Stoff von der Welt, aus den ich auch nicht einmal, wie ich früher hoffte, etwas für die Horen herausheben könnte.

Ich hoffe diese Reisesammlung noch um vieles zu vermehren und kann mich dabei an so mancherlei Gegenständen prüfen. Man genießt doch zuletzt, wenn man fühlt, daß man so manches subsumieren kann, die Früchte der großen und anfangs unfruchtbarscheinenden Arbeiten, mit denen man sich in seinem Leben geplagt hat.

Da Italien, durch seine frühern Unruhen, und Frankreich, durch seine neusten, den Fremden mehr oder weniger versperrt ist, so werden wir wohl, vom Gipfel der Alpen, wieder zurück dem Falle des Wassers folgen und, den Rhein hinab, uns wieder gegen Norden bewegen, ehe die Schlimme Wittrung einfällt. Wahrscheinlich werden wir diesen Winter am Fuße des Fuchsturms vergnügt zusammen wohnen, ja, ich vermute sogar, daß Humboldt uns Gesellschaft leisten wird. Die sämtliche Karawane hat, wie mir sein Brief sagt, den ich in Zürch fand, die Reise nach Italien gleichfalls aufgegeben, sie werden sämtlich nach der Schweitz kommen, der jüngere hat die Absicht sich in diesem, für ihn, in mehrern Rücksichten so interessanten Lande, umzusehen und der ältere wird wahrscheinlich eine Reise nach Frankreich, die er projektiert hatte, unter den jetzigen Umstanden aufgeben müssen. Sie gehen den Ersten Oktober von Wien ab, vielleicht erwarte ich sie noch in diesen Gegenden.

Und nun wende ich mich in Gedanken zu Ihnen und Ihren Arbeiten. Der Almanach hat wirklich ein recht ordentliches Ansehen, nur wird das Publikum den Pfeffer zu den Melonen vermissen. Im allgemeinen wird nichts so sehnlich gewünscht als wieder eine Ladung Xenien und man wird betrübt sein die Bekanntschaft mit diesen Bösewichtern, auf die man so sehr gescholten hat, nicht erneuern zu können. Ich freue mich daß durch meinen Rat der Anfang Ihres *Ibykus* eine größere Breite und Ausführung gewinnt, wegen des Schlusses werden Sie denn wohl auch recht behalten. Der Künstler muß selbst am besten wissen in wie fern er sich fremder Vorschläge bedienen kann. Der *Phaeton* ist gar nicht übel gemacht und das alte Märchen des ewig unbefriedigten Strebens der edlen Menschheit, nach dem Urquell ihres allerliebsten Daseins, noch so ganz leidlich aufgestutzt. Den *Prometheus* hat Meyer nicht auslesen können, welches denn doch ein übles Zeichen ist.

Die Exemplare des Almanachs die Sie mir bestimmen, haben Sie die Güte mir aufzuheben; denn wahrscheinlich werden Sie der regierenden Herzogin eins in Ihrem eignen Namen zusenden. Mich verlangt recht dieses Werkchen beisammen zu sehen.

Aus meinen frühern Briefen werden Sie gesehen haben daß es mir in Stuttgard ganz wohl und behaglich war. Ihrer ist viel und von vielen und immer aufs beste gedacht worden. Für uns beide, glaub ich, war es ein Vorteil, daß wir später und gebildeter zusammentrafen.

Sagen Sie mir doch in dem nächsten Briefe wie Sie sich auf künftigen Winter einzurichten gedenken? ob Ihr Plan auf den Garten, das Griesbachische Haus, oder Weimar gerichtet ist. Ich wünsche Ihnen die behaglichste Stelle, damit Sie nicht bei Ihren andern Übeln auch noch mit der Wittrung zu kämpfen haben.

Wenn Sie mir nach Empfang dieses Briefes sogleich schreiben, so haben Sie die Güte den Brief unmittelbar nach *Zürch,* mit dem bloßen Beisatz *bei Herrn Rittmeister Ott zum Schwerdt* zu adressieren. Ich kann rechnen, daß gegenwärtiges 8 Tage läuft, daß eine Antwort ohngefähr eben so lange gehen kann, und ich werde ohngefähr in der Hälfte Oktobers von meiner Bergreise in Zürch anlangen.

Für die Nachricht, daß mein Kleiner wieder hergestellt ist, danke ich Ihnen um so mehr als ich keine direkte Nachricht schon seit einiger Zeit erhalten habe, und die Briefe aus meinem Hause irgendwo stocken müssen. Diese Sorge allein hat mir manchmal einen trüben Augenblick gemacht, indem sich sonst alles gut und glücklich schickte. Leben Sie recht wohl, grüßen Sie Ihre liebe Frau und erfreuen Sie sich der letzten schönen Herbsttage mit den Ihrigen, indes ich meine Wanderung in die hohen Gebürge anstelle, meine Korrespondenz wird nun eine kleine Pause machen, bis ich wieder hier angelangt bin.

G

Bald hätte ich vergessen Ihnen zu sagen daß der Vers: *es wallet und siedet und brauset und zischt* pp sich bei dem Rheinfall trefflich legitimiert hat es war mir sehr merkwürdig wie er die Hauptmomente der ungeheuern Erscheinung in sich begreift. Ich habe auf der Stelle das Phänomen in seinen Teilen und im ganzen wie es sich darstellt zu fassen gesucht und die Betrachtungen die man dabei macht so wie die Ideen die es erregt abgesondert bemerkt. Sie werden dereinst sehen, wie sich jene wenigen Dichterischen Zeilen gleichsam wie ein Faden durch dieses Labyrinth durchschlingen.

So eben erhalte ich die Bogen J. K. des Almanachs durch Cotta und hoffe nun auf meiner Rückkunft aus den Bergen und Seen wieder Briefe von Ihnen zu finden. Leben Sie recht wohl. Meyer wird selbst ein paar Worte schreiben. Ich habe die größte Freude daß er so wohl und heiter ist, möge ich doch auch dasselbe von Ihnen erfahren.

Herrliche Stoffe zu Idyllen und Elegien, und wie die verwandten Dichtarten alle heißen mögen, habe ich schon wieder aufgefunden, auch einiges schon wirklich gemacht, so wie ich überhaupt noch niemals mit solcher Bequemlichkeit die fremden Gegenstände aufgefaßt und zu gleich wieder etwas produziert habe. Leben Sie recht wohl und lassen Sie uns theoretisch und praktisch immer so fortfahren.

Stäfe den 26ten Sept. gegen Abend.

Ich hatte meinen Brief eben mit einem kleinen Nachtrag geschlossen, als Graf *Burgstall* uns besuchte, der mit seiner jungen Frauen, einer Schottländerin, die er nicht lange geheiratet hat aus England über Frankreich und die Schweitz nach Hause zurückkehrt, er läßt Ihnen das schönste und beste sagen und nimmt einen recht wahren Anteil an dem was Sie sind und tun. Mir hat sein Besuch viel Freude gemacht, da seine frühere Tendenz zur neuern Philosophie, sein Verhältnis zu Kant und Reinold, seine Neigung zu Ihnen, auch seine frühere Bekanntschaft mit mir gleich eine breite Unterhaltung eröffneten. Er brachte sehr artige Späße aus England und Frankreich mit, war gerade den 18ten Fructidor in Paris gewesen und hatte also manche ernste und komische Szene mit erlebt. Er grüßt Sie aufs allerbeste und ich will nur schließen, damit die Briefe mit dem Schiffer, der unsern Postboten macht, noch fortkommen. Haben Sie etwa Gelegenheit Wielanden von Graf Burgstall zu grüßen so tun Sie es doch.

G

⟨*Beilage:*⟩

Kurze Nachricht von meiner Reise
von Tübingen nach Stäfe.

Den 16ten Sept. fuhr ich von *Tübingen*, über *Hechingen*, *Balingen* und *Welledingen* nach *Duttlingen*. Die Tagereise ist groß, ich machte sie von 4 Uhr des Morgens bis halbneun Uhr des Abends. Anfangs gibt es noch fürs Auge angenehme Gegenden, zuletzt aber, wenn man immer höher in der Neckarregion hinaufsteigt, wird das Land kahler und weniger fruchtbar, erst in der Nacht kam ich in das Tal oder die Schlucht, die zur Donau hinunterführt, der Tag war trüb doch zum reisen sehr angenehm.

Den 17ten von *Duttlingen* auf *Schafhausen.* Bei dem schönsten Wetter, fast durchgängig, die interessanteste Gegend. Ich fuhr von Duttlingen um 7 Uhr, bei starkem Nebel aus, aber auf der Höhe fanden wir bald den reinsten Himmel, und der Nebel lag horizontal im ganzen Donautal. Indem man die Höhe befährt, welche die Rhein und Donau-Region trennt, hat man eine bedeutende Aussicht, sowohl rück- als seitwärts, indem man das Donautal bis *Doneschingen* und weiter überschaut. Besonders aber ist vorwärts der Anblick herrlich, man sieht den *Bodensee* und die Graubündner Gebürge in der Ferne, näher *Hohentwiel* und einige andere charakteristische Basaltfelsen. Man fährt durch waldige Hügel und Täler bis Engen, von wo sich südwärts eine schöne fruchtbare Fläche öffnet, darauf kommt man *Hohentwiel* und die andern Berge, die man erst von Ferne sah, vorbei und gelangt endlich in das wohlgebaute und reinliche Schweitzerland. Vor *Schafhausen* wird alles zum Garten. Ich kam Abends bei schönen Sonnenschein daselbst an.

Den 18ten widmete ich ganz dem Rheinfall, fuhr früh nach *Laufen* und stieg von dort hinunter, um sogleich der ungeheuern Überraschung zu genießen. Ich beobachtete die gewaltsame Erscheinung, indes die Gipfel der Berge und Hügel vom Nebel bedeckt waren, mit dem der Staub und Dampf des Falles sich vermischte. Die Sonne kam hervor und verherrlichte das Schauspiel, zeigte einen Teil des Regenbogens und ließ mich das ganze Naturphänomen in seinem vollen Glanze sehen. Ich setzte nach dem Schlößchen *Wörth* hinüber und betrachtete nun das ganze Bild von vorn und von weiten, dann kehrte ich zurück und fuhr von Laufen nach der Stadt. Abends fuhr ich an dem rechten Ufer wieder hinaus und genoß von allen Seiten bei untergehender Sonne, diese herrliche Erscheinung noch einmal.

Den 19ten fuhr ich, bei sehr schönem Wetter, über *Eglisau* nach *Zürch,* die große Kette der Schweitzergebürge immer vor mir, durch eine angenehme, abwechselnde und mit Sorgfalt kultivierte Gegend.

*Den 20ten* einen sehr heitern Vormittag brachte ich auf den Zürcher Spaziergängen zu. Nachmittags veränderte sich das Wetter, Professor Meyer kam, und, weil es regnete und stürmte blieben wir die Nacht in Zürch.

*Den 21ten* fuhren wir zu Schiffe, bei heiterm Wetter, den See hinaufwärts, wurden von Herrn Escher zu Mittag, auf seinem Gute bei Herrliberg, am See, sehr freundlich, bewirtet, und gelangten Abends nach Stäfe.

*Den 22ten* einen trüben Tag, brachten wir mit Betrachtung der von Herrn Meyer verfertigten und angeschafften Kunstwerke zu, so wie wir nicht unterließen uns unsere Beobachtungen und Erfahrungen aufs neue mitzuteilen. Abends machten wir noch einen großen Spaziergang den Ort hinaufwärts, welcher von der schönsten und höchsten Kultur einen reizenden und idealen Begriff gibt. Die Gebäude stehen weit auseinander, Weinberge, Felder Gärten Obstanlagen breiten sich zwischen ihnen aus und so erstreckt sich der Ort wohl eine Stunde am See hin, und eine halbe bis nach dem Hügel ostwärts, dessen ganze Seite die Kultur auch schon erobert hat. Nun bereiten wir uns zu einer kleinen Reise vor, die wir nach *Einsiedel, Schwitz* und die Gegenden um den Vierwaldstädter See vorzunehmen gedenken.

367. Schiller

Jena 2 8br. ⟨Oktober⟩ 97.

Endlich erhalten Sie den Almanach vollendet, bis auf die Musik, welche nachkommt. Ich erwarte in Ihrem nächsten Brief zu erfahren, an wen ich die übrigen Exemplarien, die für Sie bestimmt sind, abgeben soll. Oberons goldne Hochzeit finden Sie nicht in der Sammlung, aus zwei Gründen ließ ich sie weg. Erstlich dachte ich würde es gut sein, wenn wir aus diesem Almanach schlechterdings alle Stacheln wegließen und eine recht fromme Miene machten, und dann wollte ich nicht, daß die goldne Hochzeit, die noch so vielen Stoff zu einer größern Ausführung gibt, mit so wenig Strophen abgetan würde. Wir besitzen in ihr einen Schatz für das nächste Jahr, der sich noch sehr weit ausspinnen läßt.

Von dem Verfasser der Elegien, die Ihnen nicht übel gefallen werden, kann Ihnen wahrscheinlich Meyer selbst mehrere Auskunft geben. Sein Name ist Keller, er ist ein Schweitzer, aus Zürch wie ich glaube, und hält sich als Künstler in Rom auf. Mir sind diese Elegien von einem Herrn Horner aus Zürch zugesendet worden. Vielleicht haben Sie letztern indes schon selbst kennen lernen, er hat auch schon etwas zu den Horen gegeben.

Jetzt, da ich den Almanach hinter mir habe, kann ich mich endlich wieder zu dem Wallenstein wenden. Indem ich die fertig gemachten Szenen wieder ansehe, bin ich im Ganzen zwar wohl mit mir zufrieden, nur glaube ich einige Trockenheit darin zu finden, die ich mir aber ganz wohl erklären und auch wegzuräumen hoffen kann. Sie entstand aus einer gewissen Furcht, in meine ehemalige rhetorische Manier zu fallen, und aus einem zu ängstlichen Bestreben, dem Objekte recht nahe zu bleiben. Nun ist aber das Objekt schon an sich selbst etwas trocken, und bedarf mehr als irgend eines der poetischen Liberalität; es ist daher hier nötiger als irgendwo, wenn beide Abwege, das *Prosaische* und das *Rhetorische* gleich sorgfältig vermieden werden sollen, eine recht reine *poetische* Stimmung zu erwarten.

Ich sehe zwar noch eine ungeheure Arbeit vor mir, aber soviel weiß ich, daß es keine faux frais sein werden, denn das Ganze ist poetisch organisiert und ich darf wohl sagen, der Stoff ist in eine reine tragische Fabel verwandelt. Der Moment der Handlung ist so prägnant, daß alles was zur Vollständigkeit derselben gehört, natürlich ja in gewissem Sinn notwendig darin liegt, daraus hervor geht. Es bleibt nichts blindes darin, nach allen Seiten ist es geöffnet. Zugleich gelang es mir, die Handlung gleich von Anfang in eine solche Präzipitation und Neigung zu bringen, daß sie in stetiger und beschleunigter Bewegung zu ihrem Ende eilt. Da der Hauptcharakter eigentlich retardierend ist, so tun die Umstände eigentlich alles zur Krise und dies wird, wie ich denke, den tragischen Eindruck sehr erhöhen.

Ich habe mich dieser Tage viel damit beschäftigt, einen Stoff zur Tragödie aufzufinden, der von der Art des Oedipus Rex wäre und dem Dichter die nämlichen Vorteile verschaffte. Diese Vorteile sind unermeßlich, wenn ich auch nur des einzigen erwähne, daß man die zusammengesetzteste Handlung, welche der Tragischen Form ganz widerstrebt, dabei zum Grunde legen kann, indem diese Handlung ja schon geschehen ist, und mithin ganz jenseits der Tragödie fällt. Dazu kommt, daß das Geschehene, als unabänderlich, seiner Natur nach viel fürchterlicher ist, und die Furcht daß etwas *geschehen sein* möchte, das Gemüt ganz anders affiziert, als die Furcht, daß etwas geschehen möchte.

Der Oedipus ist gleichsam nur eine tragische Analysis. Alles ist schon da, und es wird nur herausgewickelt. Das kann in der einfachsten Handlung und in einem sehr kleinen Zeitmoment geschehen, wenn die Begebenheiten auch noch so kompliziert und von Umständen abhängig waren. Wie begünstiget das nicht d⟨en⟩ Poeten.

Aber ich fürchte, der Oedipus ist seine eigene Gattung und es gibt keine zweite Species davon: am allerwenigsten würde man, aus weniger fabelhaften Zeiten, ein Gegenstück dazu auffinden können. Das Orakel hat einen Anteil an der Tragödie, der schlechterdings durch nichts andres zu ersetzen ist; und wollte man das Wesentliche der Fabel selbst, bei veränderten Personen und Zeiten beibehalten, so würde lächerlich werden, was jetzt furchtbar ist.

Ich habe lange nichts von Ihnen gehört, und sehe dem nächsten Brief mit Ungeduld entgegen. Vielleicht erfahre ich daraus auch etwas näheres über Ihre Reise und Ihren künftigen Aufenthalt. Von Humboldts habe ich indessen nichts mehr gehört, doch finde ich es nicht unwahrscheinlich, daß sie sich noch nach der Schweitz wenden werden.

Wie steht es um Ihre Entwicklung antiker Bildhauerwerke, davon der Laokoon der Anfang ist? Ich habe diesen neuerdings wieder mit der höchsten Befriedigung gelesen und kann gar nicht genug sagen, auf wieviele bedeutende fruchtbare Ideen, die Organisation ästhetischer Werke betreffend, er leitet. Herrmann und Dorothea rumorieren schon im Stillen, auch Körner schreibt mir daß er das Ganze gelesen, und findet, daß es in Eine Klasse mit dem besten gehöre, was Sie geschrieben. Danks ihm der T–!

Leben Sie recht wohl, teurer Freund. Meine Frau grüßt Sie aufs beste. Meiern viele Grüße. Sch.

Die schönen Exempl. des Almanachs sind noch nicht fertig. Einstweilen schicke ich ein gewöhnliches.

368. Schiller

Jena 6. 8br. ⟨Oktober⟩ 97.

Herzlich willkommen war mir Ihr und Meiers Brief, den ich vor wenigen Stunden erhalten. Ich eile ihn, wenn nur mit ein paar Zeilen zu beantworten, um Sie bei Ihrer Rückkehr aus den Gebirgen freundlich zu begrüßen. Wir haben uns recht ungeduldig nach Nachrichten von Ihnen gesehnt, und doppelt erfreulich ist mir also Ihr heutiger Brief, der mir zu Ihrer baldigen Rückkehr Hoffnung macht. Wirklich sahe ich dem herannahenden Winter schon mit einer heimlichen Furcht entgegen, der mir nun so heiter zu werden verspricht. Mit meinem Befinden geht es nun wieder ordentlich, mein kleiner Ernst aber ist sehr hart vom Zahnen angegriffen und macht uns viele Sorge. Wir werden mit dem Abschied der guten Witterung in unsre alte Wohnung in der Stadt ziehen, und es kann sich recht wohl schicken, daß wir eine Zeitlang in Weimar leben. Alles kommt darauf an, daß ich im Wallenstein nur erst recht fest sitze, alsdann schadet mir keine Veränderung der Existenz, die mich sonst, bei meiner Unterwerfung unter die Gewohnheit, so leicht zerstreut.

Es freut mich nicht wenig, daß nach Ihrer Beobachtung meine Beschreibung des Strudels mit dem Phänomen übereinstimmt. Ich habe diese Natur nirgends als etwa bei einer Mühle studieren können, aber weil ich Homers Beschreibung von der Charybde genau studierte, so hat mich dieses vielleicht bei der Natur erhalten. Vielleicht führt Ihre Reise Sie auch an einem Eisenhammer vorbei, und Sie können mir sagen, ob ich dieses kleinere Phänomen richtig dargestellt habe.

Der Almanach ist nun, wie ich hoffe, in Ihren Händen, und Sie werden ihm nun die Nativität stellen können. Es ist mir tröstlich, daß Sie den Phaethon passieren lassen, der mir bei seinem großen Volumen schon bange machte. Unter Schlegels Beiträgen sind die Stanzen über Romeo und Julie recht hübsch, und er hat sich darin, nach meiner Meinung wirklich selbst übertroffen. Auch die *Entführten Götter* haben viel Gutes. Meier findet noch vieles artige von seiner dichterischen Freundin.

Ich sende heute den ersten Transport des Almanachs nach Leipzig und bin nicht wenig neugierig nach dem Absatz – Es mag wohl wahr sein, daß uns die wenigsten Leser die Enthaltung von Xenialischen Dingen danken, denn wer auch selbst getroffen war, freute sich doch auch, daß des Nachbars Haus brannte.

Ich muß schließen, denn die Postzeit ist da. Bemerken Sie doch in Ihrem nächsten Briefe, ob ich fortfahren kann, die Briefe über Tübingen durch Cotta gehen zu lassen. Herzlich begrüßen wir Sie und Meiern, dem ich für seinen lieben Brief schönstens danke, wie auch meine Frau.

Leben Sie recht wohl.

Sch

369. Goethe

Stäfe am 14 ⟨und 17.⟩ Oktobr. 1797.

An einem sehr regnichten Morgen bleibe ich, werter Freund, in meinem Bette liegen, um mich mit Ihnen zu unterhalten und Ihnen Nachricht von unserm Zustande zu geben, damit Sie, wie bisher uns mit Ihrem Geiste begleiten, und uns von Zeit zu Zeit mit Ihren Briefen erfreuen mögen.

Kaum hatte ich mich in Zürch mit dem guten Meyer zusammengefunden, kaum waren wir zusammen hier angelangt, kaum hatte ich mich an seinen mitgebrachten Arbeiten, an der angenehmen Gegend und ihrer Kultur erfreut, als die nahen Gebirge mir eine gewisse Unruhe gaben, und das schöne Wetter den Wunsch unterhielt mich ihnen zu nähern, ja sie zu besteigen. Der Instinkt, der mich dazu trieb war sehr zusammengesetzt und undeutlich, ich erinnerte mich des Effekts den diese Gegenstände vor zwanzig Jahren auf mich gemacht, der Eindruck war im ganzen geblieben, die Teile waren verloschen und ich fühlte ein wundersames Verlangen jene Erfahrungen zu wiederholen und zu rektifizieren. Ich war ein anderer Mensch geworden und also mußten mir die Gegenstände auch anders erscheinen; Meyers Wohlbefinden und die Überzeugung daß kleine gemeinschaftliche Abenteuer, so wie sie neue Bekanntschaften schneller knüpfen, auch den alten günstig sind, wenn sie nach einigem Zwischenraum wieder erneut werden sollen, entschieden uns völlig, und wir reisten mit dem besten Wetter ab, das uns auch auf das vorteilhafteste 11 Tage begleitete. In der Beilage bezeichne ich wenigstens den Weg den wir gemacht haben, ein vollständiges, obgleich aphoristisches Tagebuch teile ich in der Folge mit, indessen wird Ihre liebe Frau, die einen Teil der Gegenden kennt, vielleicht eins und das andere aus der Erinnerung hinzufügen.

Bei unserer Zurückkunft fand ich Ihre beiden lieben Briefe, mit den Beilagen, die sich unmittelbar an die Unterhaltung anschlossen welche wir auf dem Wege sehr eifrig geführt hatten, indem die Materie von den vorzustellenden Gegenständen, von der Behandlung derselben durch die verschiedenen Künste oft von uns, in ruhigen Stunden, vorgenommen worden. Vielleicht zeigt Ihnen eine kleine Abhandlung bald daß wir völlig Ihrer Meinung sind, am meisten aber wird michs freuen wenn Sie Meyers Beschreibungen und Beurteilungen so vieler Kunstwerke hören und lesen. Man erfährt wieder bei dieser Gelegenheit daß eine vollständige Erfahrung die Theorie in sich enthalten muß. Um desto sichrer sind wir daß wir uns in einer Mitte begegnen, da wir von so vielen Seiten auf die Sache losgehen.

Wenn ich Ihnen nun von meinem Zustande sprechen soll, so kann ich sagen daß ich bisher mit meiner Reise alle Ursache habe zufrieden zu sein, bei der Leichtigkeit die Gegenstände aufzunehmen, bin ich reich geworden ohne beladen zu sein, der Stoff inkommodiert mich nicht weil ich ihn gleich zu ordnen oder zu verarbeiten weiß, und ich fühle mehr Freiheit als jemals mannigfaltige Formen zu wählen um das Verarbeitete für mich oder andere darzustellen. Von den unfruchtbaren Gipfeln des Gotthardts bis zu den herrlichen Kunstwerken, welche Meyer mitgebracht hat, führt uns ein labyrinthischer Spazierweg durch eine verwickelte

Reihe von interessanten Gegenständen, welche dieses sonderbare Land enthält. Sich durchs unmittelbare Anschauen die naturhistorischen, geographischen, ökonomischen und politischen Verhältnisse zu vergegenwärtigen, und sich dann durch eine alte Chronik die vergangnen Zeiten näher zu bringen, auch sonst manchen Aufsatz der arbeitsamen Schweitzer zu nutzen, gibt, besonders bei der Umschriebenheit der helvetischen Existenz, eine sehr angenehme Unterhaltung und die Übersicht sowohl des Ganzen als die Einsicht ins Einzelne wird besonders dadurch sehr beschleunigt daß Meyer hier zu Hause ist, mit seinen richtigen und scharfen Blick schon so lange die Verhältnisse kennt und sie in einem treuen Gedächtnisse bewahrt. So haben wir in kurzer Zeit mehr zusammengebracht als ich mir vorstellen konnte, und es ist nur Schade, daß wir um einen Monat dem Winter zu nahe sind; noch eine Tour von 4 Wochen müßte uns mit diesem sonderbaren Lande sehr weit bekannt machen.

Was werden Sie nun aber sagen wenn ich Ihnen vertraue daß, zwischen allen diesen prosaischen Stoffen, sich auch ein poetischer hervorgetan hat, der mir viel Zutrauen einflößt. Ich bin fast überzeugt daß die Fabel vom *Tell* sich werde episch behandeln lassen, und es würde dabei, wenn es mir, wie ich vorhabe, gelingt, der sonderbare Fall eintreten daß das Märchen durch die Poesie erst zu seiner vollkommenen Wahrheit gelangte, an statt daß man sonst um etwas zu leisten die Geschichte zur Fabel machen muß. Doch darüber künftig mehr. Das beschränkte höchst bedeutende Local, worauf die Begebenheit spielt, habe ich mir wieder recht genau vergegenwartigt, so wie ich die Charaktere, Sitten und Gebrauche der Menschen in diesen Gegenden, so gut als in der kurzen Zeit möglich, beobachtet habe, und es kommt nun auf gut Glück an ob aus diesem Unternehmen etwas werden kann.

Nun aber entsteht eine Frage, die uns doch von Zeit zu Zeit zweifelhaft ist: wo wir uns hinwenden sollen? um sowohl Meyers Kollektanen als meinen eignen alten und neuen Vorrat aufs bequemste und baldigste zu verarbeiten. Leider sind hier am Orte die Quartiere nicht auf den Winter eingerichtet, sonst leugne ich nicht daß ich recht geneigt gewesen wäre hier zu bleiben, da uns denn die völlige Einsamkeit nicht wenig gefördert haben würde, dazu kommt daß es der geschickteste Platz gewesen wäre um abzuwarten ob Italien oder Frankreich aufs künftige Frühjahr den Reisenden wieder anlockt oder einläßt. In Zürch selbst kann ich mir keine Existenz denken und wir werden uns wohl nunmehr sachte wieder nach Frankfurth begeben.

Überhaupt aber bin ich auf einer Idee zu deren Ausführung mir nur noch ein wenig Gewohnheit mangelt; es würde nämlich nicht schwer werden sich so einzurichten daß man auf der Reise selbst mit Sammlung und Zufriedenheit arbeiten könnte, denn wenn sie zu gewissen Zeiten zerstreut, so führt sie uns zu andern desto schneller auf uns selbst zurück, der Mangel an äußern Verhältnissen und Verbindungen, ja die lange Weile, ist demjenigen günstig der manches zu verarbeiten hat. Die Reise gleicht einem Spiel, es ist immer Gewinn und Verlust dabei, und meist von der unerwarteten Seite, man empfängt mehr oder weniger als man hofft, man kann ungestraft eine Weile hinschlendern und dann ist man wieder genötigt sich einen Augenblick zusammenzunehmen. Für Naturen wie die meine, die sich gerne festsetzen und die Dinge festhalten, ist eine Reise unschätzbar, sie belebt, berichtigt, belehrt und bildet

Ich bin auch jetzt überzeugt daß man recht gut nach Italien gehen könnte denn alles setzt sich in der Welt nach einem Erdbeben, Brand und Überschwemmung so geschwind als möglich in seine alte Lage, und ich würde persönlich die Reise ohne Bedenken unternehmen wenn mich nicht andere Betrachtungen abhielten. Vielleicht sehen wir uns also sehr bald wieder und die Hoffnung mit Ihnen das erbeutete zu teilen und zu einer immer größern theoretischen und praktischen Vereinigung zu gelangen ist eine der schönsten, die mich nach Hause lockt. Wir wollen sehen was wir noch alles unterweges mitnehmen können. So hat Basel wegen der Nähe von Frankreich einen besondern Reiz für mich, auch sind schöne Kunstwerke sowohl ältere als ausgewanderte daselbst befindlich.

Den Schluß des Almanachs hoffe ich noch in Zürch zu erhalten, Cotta ist in seinen Speditionen sehr regelmäßig.

Den Ibykus finde ich sehr gut geraten und beim Schlusse wüßte ich nun auch nichts mehr zu erinnern. Es verlangt mich nun sehr, das ganze zu übersehen. Da meine artige Müllerin eine gute Aufnahme gefunden, so schicke ich noch ein Lied das wir ihren Reizen verdanken. Es wird recht gut sein wenn der nächste Almanach reich an Liedern wird, und die Glocke muß nur um desto besser klingen als das Erz länger in Fluß erhalten und von allen Schlacken gereinigt ist.

G

Stäfe am 17 Oktobr. 1797.

Noch habe ich nicht Zeit noch Stimmung finden können aus meinem größern Tagebuch einen Auszug zu machen, um Sie von unserer Bergreise näher zu unterrichten, ich sage also hier nur noch kürzlich: daß wir von Richterswyl auf Einsiedlen, und von da auf Schwitz und Brunnen gingen, von da fuhren wir auf dem See bis Flüele, gingen von da nach Altorf und bestiegen den Gotthart und kamen wieder zurück. In Flüele setzten wir uns abermals ein und fuhren bis Beckersrieth, im Kanton Unterwalden, gingen zu Fuß auf Stanz und Stanz-Stade, von da schifften wir über auf Küßnacht, gingen auf Immisen, schifften auf Zug, wanderten auf Horgen und schifften wieder nach Stäfe herüber.

Auf dieser kurzen Reise haben wir die mannigfältigsten Gegenstände gesehen und die verschiedensten Jahrszeiten angetroffen, wovon künftig ein mehreres.

Über die berühmte Materie, *der Gegenstände der bildenden Kunst,* ist ein kleiner Aufsatz schematisiert und einigermaßen ausgeführt, Sie werden die Stellen Ihres Briefes als Noten dabei finden. Wir sind jetzt an den *Motiven* als dem zweiten nach dem gegebenen Sujet, denn nur durch Motive kommt es zur innern Organisation, alsdann werden wir zur *Anordnung* übergehen, und so weiter fortfahren, wir werden uns bloß an der bildenden Kunst halten und sind neugierig, wie sie mit der Poesie, die wir Ihnen hiermit nochmals bestens empfohlen haben wollen, zusammen treffen wird.

Leben Sie recht wohl, grüßen Sie die Nächsten. Wenn Sie mir auf diesen Brief ein Wort sagen mögen, so schicken Sie es nur an Cotta. Seit gestern klingen die Nachrichten vom Rhein sehr kriegerisch und am Ende werden wir uns hinten herum durch Schwaben und Franken nach Hause schleichen müssen. Nochmals das beste Lebewohl.

Meyer grüßt schönstens. So eben kommt die Aldobrandinische Hochzeit, die wir lange von Rom erwarten, über Triest, Villach und Constanz an. Nun sind alle unsre Schätze beisammen und wir können nun, auch von dieser Seite beruhigt und erfreut, unsern Weg antreten.

G

Uri den 1ten Oktobr. 1797.

War doch gestern dein Haupt noch so braun wie die Locke der Lieben
Deren holdes Gebild still aus der Ferne mir winkt;
Silbergrau bezeichnet dir früh der Schnee nun die Gipfel,
Der sich in stürmender Nacht dir um den Scheitel ergoß.
Jugend, ist ach! dem Alter so nah; durchs Leben verbunden,
Wie ein beweglicher Traum gestern und heute verband.

Der Junggesell
und
der Mühlbach.
nach dem altdeutschen.

Gesell.

Wo willst du klares Bächlein hin,
So munter?
Du eilst, mit frohem leichten Sinn,
Hinunter.
Was suchst du eilig in dem Tal?
So höre doch und sprich einmal!

Bach.

Ich war ein Bächlein, Junggesell,
Sie haben
Mich so gefaßt damit ich schnell,
Im Graben,
Zur Mühle dort hinunter soll,
Und immer bin ich rasch und voll.

Gesell.

Du eilest mit gelaßnem Mut,
Zur Mühle,
Und weißt nicht was ich junges Blut
Hier fühle.
Es blickt die schöne Müllerin
Wohl freundlich manchmal nach dir hin?

Bach.

Sie öffnet früh, beim Morgenlicht,
Den Laden,
Und kommt ihr liebes Angesicht
Zu baden.
Ihr Busen ist so voll und weiß,
Es wird mir gleich zum Dampfen heiß.

Gesell.

Kann sie im Wasser Liebesglut
Entzünden;
Wie soll man Ruh mit Fleisch und Blut
Wohl finden?
Wenn man sie einmal nur gesehn,
Ach immer muß man nach ihr gehn.

Bach.

Dann stürz ich auf die Räder mich,
Mit Brausen
Und alle Schaufeln drehen sich
Im Sausen.
Seitdem das schöne Mädchen schafft,
Hat auch das Wasser beßre Kraft.

Gesell.

Du Armer fühlst du nicht den Schmerz
Wie andre?
Sie lacht dich an und sagt im Scherz:
Nun wandre!
Sie hielte dich wohl selbst zurück
Mit einem süßen Liebesblick?

Bach.

Mir wird so schwer, so schwer vom Ort
Zu fließen,
Ich krümme mich nur sachte fort,
Durch Wiesen,
Und käm es erst auf mich nur an
Der Weg wär bald zurückgetan.

Gesell.

Geselle meiner Liebesqual.
Ich scheide;
Du murmelst mir vielleicht einmal
Zur Freude.
Geh sag ihr gleich und sag ihr oft
Was still der Knabe wünscht und hofft.

370. Schiller

Jena 20. 8br. ⟨Oktober⟩ 97.

Vor einigen Tagen überschickte uns Böttiger zwei schöne Exemplare Ihres Herrmanns, womit wir sehr erfreuet wurden. Er ist also nunmehr in der Welt und wir wollen hören, wie sich die Stimme eines Homerischen Rhapsoden in dieser neuen politisch rhetorischen Welt ausnehmen wird. Ich habe das Gedicht nun wieder mit dem alten ungeschwächten Eindruck und mit neuer Bewegung gelesen, es ist schlechterdings vollkommen in seiner Gattung, es ist pathetisch mächtig und doch reizend in höchstem Grad, kurz es ist schön was man sagen kann.

Auch den Meister habe ich ganz kürzlich wieder gelesen, und es ist mir noch nie so auffallend gewesen, was die äußere Form doch bedeutet. Die Form des Meisters, wie überhaupt jede Romanform ist schlechterdings nicht poetisch, sie liegt ganz nur im Gebiete des Verstandes, steht unter allen seinen Foderungen und partizipiert auch von allen seinen Grenzen. Weil es aber ein echt poetischer Geist ist, der sich dieser Form bediente, und in dieser Form die poetischsten Zustände ausdrückte, so entsteht ein sonderbares Schwanken zwischen einer prosaischen und poetischen Stimmung, für das ich keinen rechten Namen weiß. Ich möchte sagen, es fehlt dem Meister (dem Roman nämlich) an einer gewissen poetischen Kühnheit, weil er, als Roman, es dem Verstande immer recht machen will – und es fehlt ihm wieder an einer eigentlichen Nüchternheit, (wofür er doch gewissermaßen die Foderung rege macht) weil er aus einem poetischen Geiste geflossen ist. Buchstabieren Sie das zusammen wie Sie können, ich teile Ihnen bloß meine Empfindung mit.

Da Sie auf einem solchen Punkte stehen, wo Sie das Höchste von sich fodern müssen und objektives mit subjektivem absolut in Eins zerfließen muß, so ist es durchaus nötig dafür zu sorgen, daß dasjenige was Ihr Geist in Ein Werk legen kann, immer auch die reinste Form ergreife, und nichts davon in einem unreinen Medium verloren gehe. Wer fühlt nicht alles das im Meister, was den Herrmann so bezaubernd macht! Jenem fehlt nichts, gar nichts von Ihrem Geiste, er ergreift das Herz mit allen Kräften der Dichtkunst und gewährt einen immer sich erneuenden Genuß, und doch führt mich der Herrmann (und zwar bloß durch seine rein poetische Form) in eine göttliche Dichterwelt, da mich der Meister aus der wirklichen Welt nicht ganz herausläßt.

Da ich doch einmal im Kritisieren bin, so will ich noch eine Bemerkung machen, die mir bei dem neuen Lesen sich aufdrang. Es ist offenbar zuviel von der Tragödie im Meister; ich meine das Ahndungsvolle, das Unbegreifliche, das subjektiv wunderbare, welches zwar mit der poetischen Tiefe und Dunkelheit aber nicht mit der Klarheit sich verträgt, die im Roman herrschen muß und in diesem auch so vorzüglich herrscht. Es inkommodiert, auf diese Grundlosigkeiten zu geraten, da man überall festen Boden unter sich zu fühlen glaubt, und weil sich sonst alles so schön vor dem Verstand entwirret, auf solche Rätsel zu geraten. Kurz mir deucht, Sie hätten sich hier eines Mittels bedient, zu dem der Geist des Werks Sie nicht befugte.

Übrigens kann ich Ihnen nicht genug sagen, wie mich der Meister auch bei diesem neuen Lesen bereichert, belebt, entzückt hat – es fließt mir darin eine Quelle, wo ich für jede Kraft der Seele und für diejenige besonders, welche die vereinigte Wirkung von allen ist, Nahrung schöpfen kann.

Sie werden bei Ihrer Zurückkunft aus den Gebirgen ein

Paquet Briefe von mir, nebst dem Almanach, vorgefunden haben. Von dem Schicksal des letztern im Publikum habe ich noch nichts in Erfahrung bringen können. Aber gottlob ich hab ihn auch schon vergessen und lebe nun wieder im Wallenstein.

Seit einigen Tagen sind wir wieder in die Stadt gezogen, wo der weite Raum meiner hohen Zimmer einen recht angenehmen Eindruck auf mich macht. Mein kleiner Ernst, der sehr kränklich gewesen, erholt sich wieder, und sonst geht es ganz leidlich gut mit uns allen. Von Humboldt habe ich seit Monaten keine Nachricht, und kann ihm, da ich seine Adresse nicht weiß, auch nicht schreiben. Sollten Sie ihn sehen oder ihm schreiben, so bitte ich ihm das zu sagen. Wir erwarten Sie mit Maier in wenigen Wochen hier, und mit welcher Sehnsucht brauche ich Ihnen nicht zu sagen.

Leben Sie recht wohl, grüßen Sie Meiern, meine Frau grüßt Sie beide aufs beste, und dankt recht schön für das Taschenbuch

S.

371. Goethe

Zürch den 25 Oktobr. 1797.

Ehe ich von Zürch abgehe nur einige Worte! denn ich bin sehr zerstreut und werde es wohl noch eine Weile bleiben, denn wir gedenken auf Basel, von da auf Schafhausen, Tübingen und so weiter zu gehen, wahrscheinlich treffe ich am letzten Orte wieder etwas von Ihnen an. Keinen Musenalmanach keinen Herrmann habe ich noch gesehen, alles das und mehreres wird mir denn wohl in Deutschland begegnen.

Wäre die Jahrszeit nicht so weit, so sähe ich mich wohl noch gern einen Monat in der Schweitz um, um mich von den Verhältnissen im ganzen zu unterrichten. Es ist wunderbar, wie sich alte Verfassungen, die bloß auf *sein* und *erhalten* gegründet sind, sich in Zeiten ausnehmen wo alles zum *werden* und *verändern* strebt. Ich sage heute weiter nichts als ein herzliches Lebewohl. Von Tübingen hören Sie mehr von mir.

Wir hatten kaum in diesen Tagen unser Schema über die zuläßlichen Gegenstände der bildenden Kunst, mit großem Nachdenken, entworfen, als uns eine ganz besondre Erfahrung in die Quere kam. Ihnen ist die Zudringlichkeit des Vulkans gegen Minerven bekannt, wodurch Erichtonius produziert wurde. Haben Sie Gelegenheit so lesen Sie diese Fabel ja in der altern Ausgabe des Hedrichs nach, und denken dabei: daß Raphael daher Gelegenheit zu einer der angenehmsten Kompositionen genommen hat. Was soll denn nun dem glücklichen Genie geraten oder geboten sein? Leben Sie nochmals recht wohl. G

372. Schiller

Jena 30. 8br. ⟨Oktober⟩ 97.

Gottlob, daß ich wieder Nachricht von Ihnen habe, diese 3 Wochen, da Sie in den Gebirgen, abgeschnitten von uns, umherzogen, sind mir lang geworden. Desto mehr erfreute mich Ihr lieber Brief und alles was er enthielt — Die Idee von dem Wilh⟨elm⟩ Tell ist sehr glücklich, und genau überlegt konnten Sie, nach dem Meister und nach d⟨em⟩ Herrmann nur einen solchen, völlig lokal-charakteristischen Stoff, mit der gehörigen Originalität Ihres Geistes und der Frischheit der Stimmung behandeln. Das Interesse, welches aus einer streng umschriebenen charakteristischen Lokalität und einer gewissen historischen Gebundenheit entspringt, ist vielleicht das einzige, was Sie Sich durch jene beiden vorhergegangenen Werke nicht weggenommen haben. Diese 2 Werke sind auch dem Stoff nach ästhetisch frei, und so gebunden auch in beiden das Local aussieht und ist, so ist es doch ein rein poetischer Boden und repräsentiert eine ganze Welt. Bei dem Tell wird ein ganz andrer Fall sein, aus der bedeutenden Enge des gegebenen Stoffes wird da alles geistreiche Leben hervorgehen. Es wird darin liegen, daß man, durch die Macht des Poeten, recht sehr beschränkt und in dieser Beschränkung innig und intensiv gerührt und beschäftigt wird. Zugleich öffnet sich aus diesem schönen Stoffe wieder ein Blick in eine gewisse Weite des Menschengeschlechts, wie zwischen hohen Bergen eine Durchsicht in freie Fernen sich auftut.

Wie sehr wünschte ich, auch dieses Gedichtes wegen, bald wieder mit Ihnen vereinigt zu sein. Sie würden sich vielleicht jetzt eher gewöhnen, mit mir darüber zu sprechen, da die Einheit und Reinheit Ihres Herrmanns durch Ihre Mitteilungen an mich, während der Arbeit, so gar nicht gestört worden ist. Und ich gestehe daß ich nichts auf der Welt weiß, wobei ich mehr gelernt hätte, als jene Kommunikationen, die mich recht ins Innre der Kunst hineinführten.

Das Lied vom Mühlbach ist wieder charmant und hat uns große Freude gemacht. Es ist eine ungemein gefällige Einkleidung, die der Einbildungskraft ein reizendes Spiel verschafft; das Silbenmaß ist auch recht glücklich dazu gewählt. Auch die Distichen sind sehr lieblich.

Humboldt hat endlich einmal, und zwar aus München geschrieben. Er geht jetzt auf Basel los, wo er sich bestimmen wird, ob die Pariser Reise vor sich gehen soll oder nicht. Sie wird er also schwerlich mehr finden, es sei denn daß Sie d⟨en⟩ Winter noch bei Zürich zubringen werden, wohin er sich wenden wird, wenn er nicht nach Paris geht. Ein großes Salzbergwerk bei Berchtoldsgaden, worin er gewesen, beschreibt er recht artig, die baierische Nation scheint ihm sehr zu gefallen, und einen dortigen Kriegsminister Rumdohr rühmt er sehr wegen seiner schönen und menschenfreundlichen Anstalten.

Wir sind jetzt wieder in der Stadt, wo wir uns sämtlich wohlauf befinden. Ich arbeite an d⟨em⟩ Wallenstein eifrig, wiewohl es sehr langsam geht, weil mir der viele und ungestaltbare Stoff so gar viel zu tun gibt.

Den Almanach haben Sie nun erhalten, so wie auch meinen Brief vom 2ten, 6ten und 20 8br, wie ich hoffe.

Leben Sie recht wohl mit Meiern, den wir herzlich grüßen. Möchte unser guter Genius Sie ja bald wieder zu uns führen. Meine Frau wird Ihnen selbst ein paar Zeilen schreiben. Ich las neulich d⟨en⟩ Herrmann vor einer Gesellschaft von Freunden in Einem Abend von Anfang bis zum Ende: er rührte uns wieder unbeschreiblich, und mir brachte es noch die Abende, wo Sie ihn uns vorlas⟨en⟩, so lebhaft zurück, daß ich doppelt bewegt war. Noch einmal. Leben Sie recht wohl. S.

373. Goethe

Tübingen am 30 Oktobr 1797.

Wir haben die Tour auf Basel aufgegeben und sind gerade auf Tübingen gegangen. Die Jahrszeit, Wetter und Weg sind nun nicht mehr einladend, und da wir einmal nicht in der Ferne bleiben wollen, so können wir uns nun nach Hause wenden welchen Weg wir nehmen ist noch unentschieden.

Den Almanach haben wir erst hier erhalten und uns besonders über den Eisenhammer gefreut, Sie haben kaum irgend etwas mit so glücklichen Humor gemacht und die retardierende Messe ist von dem besten Effekt auch ist das Geheimnis sehr lobenswürdig.

Es freut mich daß Herrmann in Ihren Händen ist und daß er sich hält. Was Sie von Meister sagen verstehe ich recht gut, es ist alles wahr und noch mehr. Gerade seine Unvollkommenheit hat mir am meisten Mühe gemacht. Eine reine Form hilft und trägt, da eine unreine überall hindert und zerrt. Er mag indessen sein was er ist, es wird mir nicht leicht wieder begegnen daß ich mich im Gegenstand und in der Form vergreife und wir wollen abwarten was uns der Genius im Herbste des Lebens gönnen mag.

Viel Glück zum Wallenstein! Ich wünsche daß, wenn wir kommen, ein Teil schon sichtbar sein möge. Meyer grüßt bestens. Möchten wir Sie mit den Ihrigen recht gesund finden. Von der Hälfte des Wegs, von Frankfurth oder Nürnberg hören Sie noch einmal von uns.

Humbold hat von München geschrieben und geht nach Basel. Nochmals Lebewohl und Hoffnung baldigen Wiedersehens G

374. Goethe

⟨Nürnberg, 10. November 1797⟩

Wir haben zu unsrer besondern Freude Knebeln hier angetroffen und werden daher etwas länger als wir gedachten verweilen. Die Stadt bietet mancherlei interessantes an, alte Kunstwerke, mechanische Arbeiten, so wie sich auch über politische Verhältnisse manche Betrachtungen machen lassen. Ich sage Ihnen daher nur ein Wort des Grußes und sende ein Gedicht. Es ist das vierte zu Ehren der schönen

Müllerin. Das dritte ist noch nicht fertig; es wird den Titel haben *Verrat* und die Geschichte erzählen da der junge Mann in der Mühle übel empfangen wird. Bald habe ich das Vergnügen Sie wieder zu umarmen, und über hundert Dinge Ihre Gedanken zu erfragen. Meyer grüßt.

Nürnberg d. 10ten Nov. 1797

G

Die echte poetische Begeistrung des Vossischen Liedes

»Dicht gedränget Mann und Weib
Pflegen wir mit Punsch den Leib,
Wie den Fuchs die Grube
Wärmet uns die Stube.«

hat mich äußerst erbaut.

‹*Beilage:*›

Reue.

Jüngling.

Nur fort, du braune Hexe, fort!
Aus meinem gereinigten Hause.
Daß ich dich, nach dem ernsten Wort,
Nicht zause.
Was singst du hier für Heuchelei,
Von Lieb' und stiller Mädchentreu?
Wer mag das Märchen hören!

Zigeunerin.

Ich singe von des Mädchens Reu,
Und langem heißem Sehnen;
Denn Leichtsinn wandelte sich in Treu
und Tränen.
Sie fürchtet der Mutter Drohen nicht mehr,
Sie fürchtet des Bruders Faust nicht so sehr
Als den Haß des herzlich Geliebten.

Jüngling.

Von Eigennutz sing' und von Verrat,
Von Mord und diebischem Rauben,
Man wird dir jede falsche Tat
Wohl glauben.

Wenn Sie Beute verteilt, Gewand und Gut,
Schlimmer als je ihr Zigeuner tut,
Das sind gewohnte Geschichten.

Zigeunerin.

Ach! weh! ach weh! was hab ich getan!
Was hilft mich nun das Lauschen!
Ich hör an meine Kammer heran,
Ihn rauschen.
Da klopfte mir hoch das Herz, ich dacht:
O hättest du doch die Liebesnacht
Der Mutter nicht verraten!

Jüngling.

Ach leider! trat ich auch einst hinein,
Und ging verführt im stillen:
Ach Süßchen laß mich zu dir ein,
Mit Willen.
Doch gleich entstand ein Lärm und Geschrei,
Es rannten die tollen Verwandten herbei,
Noch siedet das Blut mir im Leibe.

Zigeunerin.

Kommt nun dieselbige Stunde zurück,
Wie still michs kränket und schmerzet!
Ich habe das nahe, das einzige Glück
Verscherzet.
Ich armes Mädchen ich war zu jung,
Es war mein Bruder verrucht genung
So schlecht an dem Liebsten zu handeln.

Der Dichter.

So ging das schwarze Weib in das Haus,
In den Hof zur springenden Quelle,
Sie wusch sich heftig die Augen aus,
Und helle
Ward Aug' und Gesicht, und, weiß und klar,
Stellt sich die schöne Müllerin dar,
Dem erstaunt, erzürnten Knaben.

Müllerin.

Ich fürchte fürwahr dein erzürnt Gesicht,
Du Süßer, Schöner und Trauter!

Und Schläg' und Messerstiche nicht,
Nur lauter
Sag ich von Schmerz und Liebe dir,
Und will, zu deinen Füßen hier,
Nun leben oder auch sterben.

Jüngling.

O Neigung sage wie hast so tief
Im Herzen dich verstecket?
Wer hat dich, die verborgen schlief,
Gewecket?
Ach Liebe du wohl unsterblich bist!
Nicht kann Verrat und hämische List
Dein göttlich Leben töten.

Müllerin.

Liebst du mich noch so hoch und sehr,
Wie du mir sonst geschworen,
So ist uns beiden auch nichts mehr
Verloren.
Nimm hin das vielgeliebte Weib!
Den jungen, unberührten Leib.
Es ist nun alles dein eigen!

Jüngling.

Nun Sonne gehe hinab und hinauf,
Ihr Sterne leuchtet und dunkelt!
Es geht ein Liebesgestirn mir auf
Und funkelt.
So lange die Quelle springt und rinnt,
So lange bleiben wir gleichgesinnt,
Eins an des andern Herzen.

375. Goethe

⟨Weimar, 22. November 1797⟩

Die vier Karolin sende mit Dank zurück und erbitte mir dagegen meinen goldene⟨n⟩ Bürgen. Auch habe ich noch für den durch Cotta mir sobald übermachten Betrag des Almanachs zu danken. Das Sprichwort: Was durch die Flöte gewonnen wird geht durch die Trommel fort, habe ich in bessern Sinne erfüllt, indem ich mir dafür ein Kunstwerk angeschafft, das auch Ihnen Freude machen und unsere gemeinschaftlichen Genüsse und Kenntnisse erhöhen und beleben soll. Meyer hat Ihnen schon etwas von unsern neusten Spekulationen eröffnet und sich sehr Ihrer Teilnahme und Einwirkung gefreut. Sobald ich mich von meiner Zerstreuung erholt habe will ich unsere Thesen aufsetzen, um alsdann darüber konferieren und ein glückliches Ganze ausbilden zu können. Ich bin überzeugt daß wir diesen Winter weit kommen werden.

Ich habe gestern zum erstenmal wieder in Ihrer Loge gesessen und wünsche Sie bald wieder darin einführen zu können. Da ich ganz als Fremder der Vorstellung zusah; so habe ich mich verwundert wie weit unsere Leute wirklich sind! Auf einem gewissen ebnen Wege der Natur und Prosa machen sie ihre Sachen über die Maße gut; aber leider im Momente wo nur eine Tinktur von Poesie eintritt, wie doch bei dem gelindesten pathetischen immer geschieht sind sie gleich Null oder falsch. Wunderlich genug schien es mir daß der Verfasser des Stücks, *Ziegler*, in eben dem Falle zu sein scheint, er findet recht artige komische Motive, und weil diese immer *extemporan* wirken so behandelt er sie meist recht gut. Alle zarte, sentimentale und pathetische Situationen aber, welche vorbereitet sein und eine Folge haben wollen, weiß er nicht zu traktieren, wenn er sie auch gefaßt hat, sie überstolpern sich und tun keinen Effekt, ob sie gleich nicht unglücklich angelegt sind. Ich verspreche mir von Ihrer Gegenwart recht viel Gutes fürs Theater und für Sie selbst. Ich hoffe bis zu Ihrer Ankunft auch wieder völlig in meiner Lage zu sein.

Für die bisher übersendeten Horen danke zum schönsten und bitte nun auch um einige Exemplare des Almanachs. Beiliegender Brief ist wieder ein echtes Zeichen bornierter Deutschheit. Die Rätsel-Geschichte ist nun schon mehrere Jahre vorbei und klingt immer noch nach welch ein glückliches National-Apercü war nicht der *Reichsanzeiger*

Leben Sie recht wohl unsere Schätze werden nun nach

und nach ausgepackt und schon sind zur Aufstellung Anstalten gemacht bis Sie kommen wird alles in der schönsten Ordnung sein. Weimar am 22 Nov. 1797.

G

376. Schiller

Jena 22. Nov. 97.

Noch einmal wünsche ich Glück zur frohen Ankunft. Wie angenehm ist mirs, wieder so leicht und schnell mit Ihnen kommunizieren zu können. Was Sie an Sachen und an Ideen mitgebracht, verspricht mir einen unterhaltungsreichen unterrichtenden Winter, und doppelt froh bin ich, daß ich einen Teil desselben in Ihrer Nähe zubringen kann. Fürs Theater wollen wir ja etwas zu wirken suchen, wenn auch niemand als wir selbst bei dem Versuche was lernen sollte. Haben Sie Einsiedels Schriftstellerei darüber schon zu Gesicht bekommen? Hier ist doch Ein Mensch wenigstens mehr, der etwas darüber auszusprechen sucht, und in einem gewissen Kreise ein Interesse daran nähren wird.

Hier die Garvischen Briefe, die Ihnen auf eine andre, doch verwandte Art, als der Brief des RätselMannes die Deutsche Natur vergegenwärtigen werden.

Das Geld nebst den Almanachen wird das BotenMädchen übermorgen mit nehmen. Hätte ich gewußt, daß Sie das Gold wieder einlösen wollten, so hätte ich es gar nicht angenommen.

Leben Sie recht wohl für heute. Auf d⟨en⟩ Freitag mehr. Meiern grüße ich.

Sch.

377. Schiller

Jena 24. Nov. 97.

Ich habe noch nie so augenscheinlich mich überzeugt, als bei meinem jetzigen Geschäft, wie genau in der Poesie Stoff und Form, selbst äußere, zusammen hängen. Seitdem ich meine prosaische Sprache in eine poetische = rhythmische verwandle, befinde ich mich unter einer ganz andern Gerichtsbarkeit als vorher, selbst viele Motive, die in der prosaischen Ausführung recht gut am Platz zu stehen schienen, kann ich jetzt nicht mehr brauchen; sie waren bloß gut für den gewöhnlichen Hausverstand, dessen Organ die Prosa zu sein scheint, aber der Vers fodert schlechterdings Beziehungen auf die Einbildungskraft, und so mußte ich auch in mehreren meiner Motive poetischer werden. Man sollte wirklich alles, was sich über das gemeine erheben muß, in Versen wenigstens anfänglich konzipieren, denn das Platte kommt nirgends so ins Licht, als wenn es in gebundener Schreibart ausgesprochen wird.

Bei meinen gegenwärtigen Arbeiten hat sich mir eine Bemerkung angeboten, die Sie vielleicht auch schon gemacht haben. Es scheint, daß ein Teil des poetischen Interesse in dem Antagonism zwischen dem Inhalt und der Darstellung liegt: ist der Inhalt sehr poetisch-bedeutend, so kann eine magre Darstellung und eine bis zum Gemeinen gehende Einfalt des Ausdrucks ihm recht wohl anstehen, da im Gegenteil ein unpoetischer gemeiner Inhalt, wie er in einem größern Ganzen oft nötig wird, durch den belebten und reichen Ausdruck poetische Dignität erhält. Dies ist auch meines Erachtens der Fall, wo der Schmuck, den Aristoteles fodert, eintreten muß, denn in einem poetischen Werke soll nichts gemeines sein.

Der Rhythmus leistet bei einer dramatischen Produktion noch dieses große und bedeutende, daß er, indem er alle Charaktere und alle Situationen nach Einem Gesetz behandelt, und sie, trotz ihres innern Unterschiedes in Einer Form ausführt, er dadurch den Dichter und seinen Leser nötiget, von allem noch so charakteristisch=verschiedenem etwas Allgemeines, rein menschliches zu verlangen. Alles soll sich in dem Geschlechtsbegriff des Poetischen vereinigen, und diesem Gesetz dient der Rhythmus sowohl zum Repräsentanten als zum Werkzeug, da er alles unter Seinem Gesetze begreift. Er bildet auf diese Weise die Atmosphäre für die poetische Schöpfung, das gröbere bleibt zurück, nur das geistige kann von diesem dünnen Elemente getragen werden.

Sie erhalten hier 8 Almanache. Eigentlich waren Ihnen 6 auf Velin zugedacht, aber durch eine Konfusion bei der Besorgung geschah es, daß mein Vorrat von schönen Exempl. alle war, eh ichs wußte. Ich sende dafür 2 Exemplare mehr, und das ist Ihnen vielleicht lieber. Die Herzogin hat eins von mir erhalten, so auch Geh.rat Voigt, Herder, Böttiger.

Zelter wünscht zu wissen, wie Sie mit seinen Melodien zur Bajadere und d⟨em⟩ Lied an Mignon zufrieden sind. Er schreibt, daß unser Almanach ihm eine Wette von 6 Champagnerflaschen gewonnen habe, denn er habe gegen einen andern behauptet, er würde gewiß keine Xenien enthalten.

Leben Sie bestens wohl und sorgen Sie, daß ich bald etwas von Ihren ästhetischen Sätzen zu lesen bekomme. An Meiern viele Grüße.

S.

378. Goethe

Weimar den 24 ⟨und 25.⟩ Nov. 1797.

Ich schicke die Garvischen Briefe mit Dank zurück, und wünschte der arme alte kranke Mann schölte noch viel ärger auf uns, wenn er dadurch nur für seine übrige Lebenszeit gesund und froh werden könnte. Welch eine Litanei von jammervollen Betrachtungen läßt sich nicht bei diesen Blättern rezitieren, womit ich Sie wie billig verschone, weil sich Ihnen das alles schon aufgedrungen hat. Bemerkt man doch bei diesem so guten und wackern Manne keine Spur eines ästhetischen Gefühls! Von einer Seite sind seine Urteile grob materiell und von der andern traktiert er die Sache als Zeremonienmeister, um ja besonders den subordinierten Talenten ihr Plätzchen anzuweisen. Es ist nur gut daß Sie ihn durch drei Worte wieder versöhnt haben.

Wie natürlich es doch solche Sittenrichter finden, daß ein Autor zeit seines Lebens seine besten Bemühungen verkennen, sich retardieren, necken, hänseln und hudeln lasse, weil das nun einmal so eingeführt ist! Und dabei soll er geduldig, seiner hohen Würde eingedenk, mit übereinander geschlagnen Händen, wie ein ecce Homo dastehen, nur damit Herr Manso und seines gleichen, auch in ihrer Art, für Dichter passieren können.

Doch genug von diesen Armseligkeiten! Lassen Sie uns auf unsern Wegen immer beständig und rascher fortschreiten.

Den 25 Nov.

Für Brief und Paket, die ich so eben erhalte danke ich schönstens und sage nur noch geschwind, und aus dem Stegreife, daß ich nicht allein Ihrer Meinung bin sondern noch viel weiter gehe. Alles poetische sollte rhythmisch behandelt werden! das ist meine Überzeugung, und daß man nach und nach eine poetische Prosa einführen konnte zeigt nur daß man den Unterschied zwischen Prosa und Poesie gänzlich aus den Augen verlor. Es ist nicht besser als wenn sich jemand in seinem Park einen trocknen See bestellte und der Gartenkünstler diese Aufgabe dadurch aufzulösen suchte daß er einen Sumpf anlegte. Diese Mittelgeschlechter sind nur für Liebhaber und Pfuscher, so wie die Sümpfe für Amphibien. Indessen ist das Übel in Deutschland so groß geworden daß es kein Mensch mehr sieht, ja daß sie vielmehr, wie jenes kröpfige Volk, den gesunden Bau des Halses für eine Strafe Gottes halten. Alle dramatische Arbeiten (und vielleicht Lustspiel und Farce zuerst) sollten rhythmisch sein und man würde alsdenn eher sehen wer was machen kann. Jetzt aber bleibt dem Theaterdichter fast nichts übrig als sich zu akkommodieren, und in diesem Sinne konnte man Ihnen nicht verargen wenn Sie Ihren Wallenstein in Prosa schreiben wollten; sehen Sie ihn aber als ein selbstständiges Werk an; so muß er notwendig rhithmisch werden.

Auf alle Fälle sind wir genötigt unser Jahrhundert zu vergessen wenn wir nach unsrer Überzeugung arbeiten wollen. Denn so eine Saalbaderei in Prinzipien, wie sie im allgemeinen jetzt gelten, ist wohl noch nicht auf der Welt gewesen und was die neuere Philosophie gutes stiften wird ist noch erst abzuwarten.

Die Poesie ist doch eigentlich auf die Darstellung des empyrisch pathologischen Zustandes des Menschen gegründet, und wer gesteht denn das jetzt wohl unter unsern fürtrefflichen Kennern und sogenannten Poeten? Hat ein Mann wie Garve, der doch auch zeitlebens gedacht haben will, und für eine Art von Philosophen galt, denn nur die geringste Ahndung eines solchen Axioms? Hält er *Sie* nicht darum nur für einen würdigen Dichter, weil Sie sich den Spaß gemacht haben die Aussprüche der Vernunft mit dichterischem Munde vorzutragen, was wohl zu erlauben, aber nicht zu loben ist. Wie gerne wollte ich diesen prosaischen Naturen erlauben vor den sogenannten unsittlichen Stoffen zurück zu schaudern, wenn sie nur ein Gefühl für das höhere poetisch sittliche z. B. im Polikrates und Ibykus hätten und davon entzückt würden.

Lassen Sie uns, besonders da Meyer auch einen grimmigen Rigorism aus Italien mitgebracht hat, immer strenger in Grundsätzen und sichrer und behaglicher in der Ausführung werden! Das letzte kann nur geschehen wenn wir während der Arbeit unsere Blicke nur innerhalb des Rahmens fixieren.

Hierbei meine Elegie mit dem Wunsche einer freundlichen Aufnahme.

Zeltern bleiben wir auch sechs Bouteillen Champagner schuldig für die feste gute Meinung die er von uns gehegt hat. Seine Indische Legende ist mir sehr wert. Der Gedanke ist original und wacker, das Lied an Mignon habe ich noch nicht einmal gehört. Die Komponisten spielen nur ihre eigne Sachen und die Liebhaber haben auch nur wieder besonders begünstigte Stücke. Auf meinem ganzen Wege habe ich niemand gefunden der sich in etwas fremdes und neues hätte einstudieren mögen.

Lassen Sie mich doch einige Exemplare der Melodien zum Almanach erhalten, sie fehlen bei denen mir übersendeten durchaus.

Möchten Sie doch mit Ihrem Wallenstein recht glücklich sein damit wir Sie desto eher bei uns sehen.

Ein herzliches Lebewohl und Gruß an die Ihrigen.

G

379. Goethe

⟨Weimar, 28. November 1797⟩

In dem übersendeten Pakete habe ich die Lieder-Melodien zum Almanach, wofür ich bestens danke, gefunden aber keinen Brief der mir doch zu Ende und in der Mitte der

Woche immer so erwünscht kommt. Aber auch ich habe wenig mitzuteilen indem ich in diesen letzten Tagen nur in der Welt gelebt und nichts gedacht oder getan habe was für uns beide ein gemeinschaftlich Interesse hätte noch sind wir beschäftigt die mitgebrachten Kunstsachen aufzustellen und ich denke alles wird im besten Stand sein ehe Sie herüber kommen.

Haben Sie doch die Güte das Schauspiel das Prof. Rambach einschickte mir wieder zu senden es enthält die Verräterei aus Überzeugung.

Ich wünsche sehr zu hören wie Ihr rhithmischer Wallenstein gedeiht mir ist es jetzo so zu mute als wenn ich nie ein Gedicht gemacht hätte oder machen würde es ist das beste daß die Stimmung dazu unerwartet und ungerufen kommt.

Leben Sie recht wohl und lassen mich bald wieder etwas von Sich Ihren Zuständen und Arbeiten vernehmen. Weimar d. 28 Nov. 1797.

G

380. Schiller

Jena 28. Nov. 97.

Mit Ihrer Elegie haben Sie uns wieder große Freude gemacht. Sie gehört so recht zu der rein poetischen Gattung, da sie durch ein so simples Mittel, durch einen spielenden Gebrauch des Gegenstandes das tiefste aufregt und das höchste bedeutet.

Möchten noch viele solche Stimmungen in diesen düstern drückenden Tagen, die auch Ihnen wie ich weiß so fatal sind, Sie erheitern. Ich brauche meine ganze Elastizität um mir gegen den herunterdrückenden Himmel Luft und Raum zu machen.

Ich las in diesen Tagen die Shakespearischen Stücke, die den Krieg der zwei Rosen abhandeln, und bin nun nach Beendigung Richards III mit einem wahren Erstaunen erfüllt. Es ist dieses letzte Stück eine der erhabensten Tragödien die ich kenne, und ich wüßte in diesem Augenblick nicht ob selbst ein Shakespearisches ihm den Rang streitig machen kann. Die großen Schicksale, angesponnen in den vorhergehenden Stücken sind darin auf eine wahrhaft große

Weise geendiget, und nach der erhabensten Idee stellen sie sich nebeneinander. Daß der Stoff schon alles weichliche schmelzende, weinerliche ausschließt kommt dieser hohen Wirkung sehr zu statten, alles ist energisch darin und groß, nichts gemeinmenschliches stört die rein ästhetische Rührung, und es ist gleichsam die reine Form des tragisch furchtbaren was man genießt. Eine hohe Nemesis wandelt durch das Stück, in allen Gestalten, man kommt nicht aus dieser Empfindung heraus von Anfang bis zu Ende. Zu bewundern ists, wie der Dichter dem unbehülflichen Stoffe immer die poetische Ausbeute abzugewinnen wußte, und wie geschickt er das repräsentiert was sich nicht präsentieren läßt, ich meine die Kunst Symbole zu gebrauchen, wo die Natur nicht kann dargestellt werden. Kein Schakespearisches Stück hat mich so sehr an die Griechische Tragödie erinnert.

Der Mühe wäre es wahrhaftig wert, diese Suite von acht Stücken, mit aller Besonnenheit deren man jetzt fähig ist, für die Bühne zu behandeln. Eine Epoche könnte dadurch eingeleitet werden. Wir müssen darüber wirklich konferieren.

Leben Sie recht wohl mit unserm Freunde Meier. Mein Wallenstein gewinnt von Tag zu Tag mehr Gestalt und ich bin wohl mit mir zufrieden

S.

381. Goethe

⟨Weimar, 29. November 1797⟩

Da Sie so viel Gutes von meiner Elegie sagen, so tut es mir um so mehr leid daß sich eine ähnliche Stimmung lange Zeit bei mir nicht eingefunden hat. Jenes Gedicht ist bei meinem Eintritt in die Schweitz gemacht, seit der Zeit aber ist mein tätiges, produktives Ich, auf so manche angenehme und unangenehme Weise, beschränkt worden, daß es noch nicht wieder hat zur Fassung kommen können, diese müssen wir den⟨n⟩ jetzt wieder in aller Demut erwarten.

Ich wünsche sehr daß eine Bearbeitung der Schäkespearischen Produktionen Sie anlocken könnte. Da so viel schon vorgearbeitet ist und man nur zu reinigen, wieder aufs neue genießbar zu machen brauchte, so wäre es ein großer Vorteil. Wenn Sie nur erst einmal durch die Bearbeitung des Wallensteins sich recht in Übung gesetzt haben so müßte jenes Unternehmen Ihnen nicht schwer fallen.

Leben Sie recht wohl. Die Jahrszeit übt leider ihre Rechte wieder über mich aus, und da ich nichts heiteres für diesmal aus eignen Kräften mitteilen kann, so sende ich eine Gerningische Ode die ihren Effekt nicht verfehlen wird. Weimar am 29 Nov. 97.

382. Schiller

Jena 1 Dez. 97.

Zanken Sie nicht, daß das verlangte Lustspiel nicht mit kommt, es fiel mir erst spät Abend bei Licht ein es zu suchen, und das habe ich bald eine halbe Stunde ohne Erfolg getan. Auf den Sonntag werde ichs der fahrenden Post mitgeben.

Es ist mir fast zu arg, wie der Wallenstein mir anschwillt, besonders jetzt, da die Jamben, obgleich sie den Ausdruck verkürzen, eine poetische Gemütlichkeit unterhalten, die einen ins Breite treibt. Sie werden beurteilen ob ich kürzer sein sollte und könnte. Mein erster Akt ist so groß, daß ich die drei ersten Akte Ihrer Iphigenia hinein legen kann, ohne ihn ganz auszufüllen, freilich sind die hintern Akte viel kürzer. Die Exposition verlangt Extensität, so wie die fortschreitende Handlung von selbst auf Intensität leitet. Es kommt mir vor, als ob mich ein gewisser epischer Geist angewandelt habe, der aus der Macht Ihrer unmittelbaren Einwirkungen zu erklären sein mag, doch glaube ich nicht, daß er dem Dramatischen schadet, weil er vielleicht das einzige Mittel war, diesem prosaischen Stoff eine poetische Natur zu geben.

Da mein erster Akt mehr statistisch oder statisch ist, den Zustand welcher ist darstellt, aber ihn noch nicht eigentlich verändert, so habe ich diesen ruhigen Anfang dazu benutzt, die Welt und das Allgemeine, worauf sich die Handlung bezieht, zu meinem eigentlichen Gegenstand zu machen. So erweitert sich der Geist und das Gemüt des Zuhörers, und der Schwung, in den man dadurch gleich anfangs versetzt wird, soll wie ich hoffe die ganze Handlung in der Höhe erhalten.

Ich habe Meiern neulich gebeten, mir Ihre Zeichnung für den nächsten Almanach zu verschaffen. Wir wollen dies doch bei Zeiten tun, daß der Stich auch recht mit Muße gemacht werden kann. Auch wünschte ich von ihm eine Nemesis für meinen Wallenstein, es ist eine interessante und bedeutende Verzierung. Meier wird sich eine ausdenken, die einen tragischen Charakter hat, ich wollte sie als Vignette auf dem Titelblatt selbst haben.

Kann ich nicht bald etwas für die Horen von Ihnen hoffen. In diesen düstern Dezembertagen kann man doch nichts besseres tun als Geld verdienen, das man in schöneren ausgibt. Haben Sie den Moses nicht Lust jetzt zu vollenden oder findet sich vielleicht eine andre schneller, zu fertigende, Materie? Ich bin sehr arm und die Stunden wollen doch nicht stille stehen.

Leben Sie recht wohl und erfreuen Sie Sich mit Meiern Ihrer erbeuteten Kunstschätze, auf die ich sehr neugierig bin, und die uns zu spezifizierteren Urteilen über die Kunst, die mir so sehr Bedürfnis sind, Anlaß geben werden. Meine Frau grüßt aufs beste.

Sch.

383. Goethe

⟨Weimar, 2. Dezember 1797⟩

Es wird für uns, sowohl praktisch als theoretisch, von der größten Bedeutung sein was es noch für einen Ausgang mit Ihrem Wallenstein nimmt. Sollte Sie der Gegenstand nicht am Ende noch gar nötigen einen Zyklus von Stücken aufzustellen? Daß der Rhithmus in die Breite lockt ist ganz natürlich, denn jede poetische Stimmung mag sichs und andern gern bequem und behaglich machen, mich verlangt sehr etwas davon zu hören.

Mit Meyern will ich wegen der Kupfer zum Almanach und Wallenstein sprechen. Zu einem Portrait habe ich kein großes Zutrauen, es gehört so viel dazu um nur was leidliches hervorzubringen und noch besonders in diesem kleinen Format und die Kupferstecher traktieren alles was zu einem Buche gehört so leicht und lose. Wäre es nicht besser im allgemeinen und symbolischen zu bleiben.

Ich selbst habe seit meiner Rückkunft kaum zur Stimmung gelangen können auch nur einen erträglichen Brief zu diktieren. Die Masse von Gegenständen die ich aufgenommen habe ist sehr groß und das Interesse am aufschreiben und ausarbeiten ist zuletzt durch den Umgang mit Meyer sehr geschwächt worden. Sobald ich eine Sache einmal durchgesprochen habe, ist sie auf eine ganze Zeit für mich wie abgetan.

Ich muß nur altes und neues was mir in Sinn und Herzen liegt wieder einmal schematisieren, recht gerne schickte ich Ihnen etwas zu den Horen, es wird sich bald zeigen was ich leisten und liefern kann.

Leben Sie recht wohl und erfreuen uns bald mit Ihrer Ankunft und grüßen Sie Ihre liebe Frau recht herzlich. Weimar am 2 Dezember 1797.

G

384. Schiller

Jena 5. Dez. 97.

Nur einen Gruß kann ich Ihnen schreiben an diesem düstern Tage. Das Wetter drückt mich äußerst und macht alle meine Übel rege, daß selbst die Arbeit mich nicht erfreut.

Nach reiflich angestellten Überlegungen hab ich gefunden, daß ich besser tue, die zwei ärgsten Wintermonate noch hier zuzubringen. Der Januar und Februar sind gefährliche Monate für mich, weil ich schon zweimal von einer Lungenentzündung darin heimgesucht worden bin, die leichteste Erkältung kann mir in dieser Periode dieses Übel zuziehen, das ich jetzt nicht mehr wie sonst würde überstehen können. Bei einer solchen Disposition ist eine Veränderung der Gewohnheiten nicht zu wagen, und ans Ausgehen im Winter würde ich doch nicht denken dürfen in Weimar. Da aber das besprochene Logis äußerst eng ist, und die Kinder kaum darin unterzubringen, so wäre keine Existenz für mich. Dazu kommt, daß die nächsten 2 Monate für meine Arbeiten entscheidend sind, und also von außen mich nichts drücken darf.

Einige Monate später werde ich ein Logis, das Ihnen nah ist, aufzutreiben suchen, das Wetter ist dann gelinder, ich kann über die Gasse gehen und alles wird mir leichter werden.

Vielleicht komme ich an einem schönen Dezembertage auf einen Besuch hinüber, und nach dem Neujahr werden wir Sie und Meiern, hoffe ich, hier haben können.

Von Zumsteg in Stuttgardt habe ich dieser Tage einen Brief erhalten, der mich wirklich freute. Er schreibt darin was ihn von unsern Gedichten im Almanach am meisten erfreut, und er hat wirklich – was wir lange nicht gewohnt sind zu erfahren – das bessere herausgefunden. Auch schreibt er, daß der Almanach in seiner Gegend eine allgemeine Sensation mache.

Leben Sie recht wohl. Ich bin heute nicht im Stande was zu sagen

Sch.

385. Goethe

⟨Weimar, 6. Dezember 1797⟩

Wenn Sie überzeugt sind daß ein Winteraufenthalt in Jena Ihrer Gesundheit und Ihren Arbeiten vorteilhafter sei, so macht es mir um so mehr Freude da ich mich genötigt sehen werde nach dem neuen Jahr hinüber zu gehen, um nur einigermaßen zur Sammlung und Fassung zu kommen und wie sonderbar müßte mir Jena erscheinen wenn ich Sie drüben nicht anträfe? Ich freue mich nunmehr auf diesen Aufenthalt, da ich sonst, wenn ich Sie hüben hatte lassen müssen nur zwiespältig mit mir selbst gewesen wäre.

Halten Sie sich ja zu Ihrem Wallenstein, ich werde wohl zunächst an meinen Faust gehen, teils um diesen Tragelaphen los zu werden, teils um mich zu einer höhern und reinern Stimmung, vielleicht zum Tell, vorzubereiten. Dabei soll gelegentlich an den nächsten Almanach gedacht werden, vielleicht fällt auch etwas für die Horen ab.

Lassen Sie uns ja auf dem eingeschlagnen Wege fortfahren! Es muß uns noch manches gelingen und Meyers Mitarbeit wird uns äußerst fördern. Auch können wir der Teilnahme des Publikums gewiß sein; denn ob man gleich im

Ganzen immer darauf schilt, so enthält es doch im Einzelnen sehr gebildete Menschen, welche die redlichen und ernsten Bemühungen eines Schriftstellers zu schätzen wissen. Indessen mag der alte Wieland, laudator temporis acti, in *diesen Hefen des achtzehnten Jahrhunderts* sich betrüben (siehe das November Stück des deutschen Merkurs p. 194) so viel klaren Wein als wir brauchen wird uns die Muse schon einschenken. Die schönen Sachen von Meyer zu sehen wären wohl eine Dezember Spazierfahrt wert. Möchte Ihre Gesundheit sie Ihnen doch erlauben. Weimar am 6 Dezembr 97.

G

386. Schiller

Jena 8 Dez. 93. ⟨97.⟩

Ich bin nun mit der Notwendigkeit, die mich die nächsten Monate hier zurückhält, vollkommen ausgesöhnt, da die Reise nach Weimar nicht einmal der Weg gewesen wäre, mich mit Ihnen öfter zu vereinigen, und so wollen wir denn, kommenden Monat, das alte Leben mit Segen wieder beginnen, welches durch Meyers Anwesenheit nicht verlieren wird. Es ist wohl nicht übel, daß Sie zwischen Ihr erstes und zweites Epos den Faust einschieben. Sie schwellen dadurch den poetischen Strom, und erregen sich ein ungeduldiges Verlangen nach der neuen reinen Produktion, welches schon die halbe Stimmung ist. Der Faust, wenn Sie ihn nun durchgearbeitet, läßt Sie auch sicherlich nicht so, wie Sie zu ihm kommen, er übt und schärft irgend eine neue Kraft in Ihnen und so kommen Sie reicher und feuriger zu Ihrem neuen Werke.

An den Wallenstein werde ich mich so sehr halten als ich kann, aber das pathologische Interesse der Natur an einer solchen Dichterarbeit hat viel angreifendes für mich. Glücklicherweise alteriert meine Kränklichkeit nicht meine Stimmung, aber sie macht, daß ein lebhafter Anteil mich schneller erschöpft und in Unordnung bringt. Gewöhnlich muß ich daher Einen Tag der glücklichen Stimmung mit fünf oder sechs Tagen des Drucks und des Leidens büßen. Dies hält mich erstaunlich auf, wie Sie denken können.

Doch gebe ich die Hoffnung nicht auf, den Wallenstein noch in dem nächsten Sommer in Weimar spielen zu sehen, und im nächsten Herbst tief in meinen Malthesern zu sitzen.

Diese beschäftigen mich jetzt zuweilen, wenn ich von der Arbeit ausruhe. Es ist etwas sehr anziehendes für mich in solchen Stoffen, welche sich von selbst isolieren und eine Welt für sich ausmachen. Ich habe diesen Umstand im Wallenstein sehr benutzt, und in den Malthesern wird er mich noch mehr begünstigen. Nicht nur daß dieser Orden wirklich ein Individuum ganz sui generis ist, so ist er es im Moment der dramatischen Handlung noch mehr. Alle Kommunikation mit der übrigen Welt ist durch die Blokkade abgeschnitten, er ist bloß auf sich selbst, auf die Sorge für seine Existenz konzentriert, und nur die Eigenschaften, die ihn zu dem Orden machen der er ist, können in diesem Moment seine Erhaltung bewirken.

Dieses Stück wird eben so einfach behandelt werden müssen, als der Wallenstein kompliziert ist, und ich freue mich im voraus in dem einfachen Stoff alles zu finden was ich brauche und alles zu brauchen, was ich bedeutendes finde. Ich kann ihn ganz in der griechischen Form und nach des Aristoteles Schema, mit Chören und ohne die Akten Einteilung ausführen und werde es auch tun. Sagen Sie mir doch, woher denn die Akten Einteilung sich schreibt, im Aristoteles fanden wir nichts davon und bei sehr vielen griechischen Stücken würde sie gar nicht anzuwenden sein.

Körner schreibt mir, daß Geßler wieder in Dresden sei. Seine Italienerin soll er in der Schweitz gelassen haben, um sie dort noch zu formieren. Hoffentlich geht sie ihm unterdessen mit einem andern durch.

Von Humboldt habe ich seit 6 Wochen nichts gehört, und schließe daraus, daß er wirklich nach Paris ist, denn wenn er in der Schweiz ruhig säße, hätte ihn die bloße Langeweile zum Schreiben bringen müssen.

Leben Sie recht wohl und überstehen noch glücklich den Rest dieses Monats. Bei mir ist jetzt alles wohl. Meine Frau grüßt Sie aufs beste. Dem alten Meier freue ich mich auch etwas von dem Wallenstein zu zeigen

S.

387. Goethe

⟨Weimar, 9. Dezember 1797⟩

Die Nachricht, daß Sie diesen Winter nicht zu uns kommen würden hat unsere Schauspieler betrübt. Es scheint daß sie sich vorgesetzt hatten sich vor Ihnen Ehre zu machen, ich habe sie mit der Hoffnung getröstet daß Sie uns aufs Frühjahr wohl besuchen würden. Sehr nötig tut unserm Theater ein solcher neuer Anstoß, den ich gewissermaßen selbst nicht geben kann. Zwischen dem der zu befehlen hat und dem der einen solchen Institute eine ästhetische Leitung geben soll ist ein gar zu großer Unterschied. Dieser soll aufs Gemüt wirken und muß also auch Gemüt zeigen, jener muß sich verschließen um die politische und ökonomische Form zusammenzuhalten. Ob es möglich ist freie Wechselwirkung und mechanische Kausalität zu verbinden weiß ich nicht, mir wenigstens hat das Kunststück noch nicht gelingen wollen.

Ich kann mir den Zustand Ihres Arbeitens recht gut denken. Ohne ein lebhaftes pathologisches Interesse ist es auch mir niemals gelungen irgend eine Tragische Situation zu bearbeiten und ich habe sie daher lieber vermieden als aufgesucht. Sollte es wohl auch einer von den Vorzügen der Alten gewesen sein? daß das höchste pathetische auch nur ästhetisches Spiel bei ihnen gewesen wäre, da bei uns die Naturwahrheit mit wirken muß um ein solches Werk hervorzubringen. Ich kenne mich zwar nicht selbst genug um zu wissen ob ich eine wahre Tragödie schreiben könnte, ich erschrecke aber bloß vor dem Unternehmen und bin beinahe überzeugt daß ich mich durch den bloßen Versuch zerstören könnte.

Unser guter alter Kollege Schnaus hat sich denn endlich auch davon gemacht. Vielleicht habe ich bei Bibliotheksachen künftig einigen Einfluß, sagen Sie ob Sie die Idee vor tulich halten mit der ich mich schon lange trage: die hiesige, die Büttnerische und Akademische Bibliothek, virtualiter, in Ein Korpus zu vereinigen und über die verschiedenen Fächer, so wie über einen bestimmtern und zweckmäßigern Ankauf Abrede zu nehmen und Verordnungen zu geben. Bei der jetzigen Einrichtung gewinnt niemand nichts, manches Geld wird unnütz ausgegeben, manches Gute stockt und doch sehe ich Hindernisse genug voraus die sich finden werden, nur damit das rechte nicht auf eine andere Art geschehe als das unzweckmäßige bis her gestanden hat.

Noch habe ich vierzehn Tage zu tun um manches einzuleiten, die neuen Theaterkontrakte in Ordnung zu bringen und was andere Dinge mehr sind. Dann will ich aber auch gleich zu meiner Tages Einsamkeit des jenaischen Schlosses und zu unsern Abendgesprächen eilen.

Meyern werde ich wohl nicht mitbringen, denn ich habe die Erfahrung wieder erneuert: daß ich nur in einer absoluten Einsamkeit arbeiten kann, und daß nicht etwa nur das Gespräch, sondern sogar schon die häusliche Gegenwart geliebter und geschätzter Personen meine poetische Quellen ganzlich ableitet. Ich würde jetzt in einer Art von Verzweiflung sein, weil auch jede Spur eines produktiven Interesse bei mir verschwunden ist, wenn ich nicht gewiß wäre es in den ersten 8 Tagen in Jena wiederzufinden.

Ich lege einen Band Gedichte bei, von einem Menschen aus dem vielleicht was geworden wäre wenn er nicht in Nürnberg lebte, und die Dichtart zu finden wüßte zu der er Talent hat. Manches dünkt mich hat ein humoristisches Verdienst, obgleich manches sehr mißlungen ist. Da Sie so gern von jungen Männern etwas hoffen und mancherlei Beiträge nutzen können, so kommt es auf Sie an ob man mit ihm das Verhältnis fortsetzen und ihm einigen Mut machen soll?

Leben Sie recht wohl, grüßen Sie Ihre liebe Frau.

Geßler riskiert viel die Schöne sich selbst zu überlassen. Es verdrießt mich daß wir ihn nicht angetroffen haben. Meyer kennt die Schöne. Übrigens wandeln noch manche seltsame Kometen an dem Himmel Amors und Hymens herum, was sie deuten und bringen ist noch ungewiß.

Ich lege noch einen kleinen historischen Versuch bei sagen Sie mir doch Ihre Meinung darüber, und in wie fern man allenfalls eine kleine Sammlung ähnlicher Arbeiten einem Buchhändler empfehlen könnte?

Nochmals ein Lebewohl

W. d. 9 Dez 97. G

388. Schiller

Jena 12. Dez. 97.

Da ich in diesen Tagen die Liebesszenen im 2ten Akt des Wallensteins vor mir habe, so kann ich nicht ohne Herzensbeklemmung an die Schaubühne und an die theatralische Bestimmung des Stückes denken. Denn die Einrichtung des Ganzen erfoderte es, daß sich die Liebe nicht sowohl durch Handlung als vielmehr durch ihr ruhiges Bestehen auf sich und ihre Freiheit von allen Zwecken der übrigen Handlung, welche ein unruhiges planvolles Streben nach einem Zwecke ist, entgegensetzt und dadurch einen gewissen menschlichen Kreis vollendet. Aber in dieser Eigenschaft ist sie nicht theatralisch, wenigstens nicht in demjenigen Sinne, der bei unsern Darstellungsmitteln und bei unserm Publikum sich ausführen läßt. Ich muß also, um die poetische Freiheit zu behalten, solange jeden Gedanken an die Aufführung verbannen.

Sollte es wirklich an dem sein, daß die Tragödie, ihrer pathetischen Gewalt wegen, Ihrer Natur nicht zusagte? In allen Ihren Dichtungen finde ich die ganze tragische Gewalt und Tiefe, wie sie zu einem vollkommenen Trauerspiel hinreichen würde, im Wilh. Meister liegt, was die Empfindung betrifft mehr als Eine Tragödie; ich glaube, daß bloß die strenge gerade Linie, nach welcher der tragische Poet fortschreiten muß, Ihrer Natur nicht zusagt, die sich überall mit einer freieren Gemütlichkeit äußern will. Alsdann glaube ich auch, eine gewisse Berechnung auf den Zuschauer, von der sich der tragische Poet nicht dispensieren kann, der Hinblick auf einen Zweck, den äußern Eindruck, der bei dieser Dichtungsart nicht ganz erlassen wird, geniert Sie, und vielleicht sind Sie gerade nur deswegen weniger zum Tragödiendichter geeignet, weil Sie so ganz zum Dichter in seiner generischen Bedeutung erschaffen sind. Wenigstens finde ich ⟨in⟩ Ihnen alle *poetischen* Eigenschaften des Tragödiendichters im reichlichsten Maß, und wenn Sie wirklich dennoch keine ganz wahre Tragödie sollten schreiben können, so müßte der Grund in den nicht poetischen Erfodernissen liegen.

Haben Sie doch die Güte mir gelegentlich einige Komödienzettel, worauf das sämtliche Personale der Schauspieler ist, beizulegen.

Ihre Idee wegen Vereinigung der 3 Bibliotheken in Einem Ganzen wird gewiß jeder Vernünftige in Jena und Weimar ausgeführt wünschen. Fände man nur alsdann auch ein Subjekt, welches fähig wäre, dem ganzen vorzustehen und den Plan der Einheit und Vollständigkeit zu verfolgen. Es ist gewiß schon viel Materie da, vieles ist wohl doppelt und dreifach, womit neues kann eingetauscht werden, auch sehe ich nicht, warum man nicht noch einige neue Bäche in den Bibliothekfond leiten könnte.

Ich fürchte der neue Nürnbergische Dichter wird uns nicht viel Trost bringen. Es fehlt ihm wohl nicht ganz am Talent aber so gar sehr an Form und am Bewußtsein dessen was er will. Indessen, ich habe nur wenig hineingeschaut, vielleicht bin ich just auf das schlimmste geraten.

Den historischen Aufsatz habe ich noch nicht ganz durchlesen. Ich sende ihn, nebst meinem Urteil, auf den Freitag.

Einsiedels Schrift über das Theater enthält doch manches gut gedachte. Es ist mir unterhaltend wie diese Art von Dilettanten sich gewisse Dinge, die aus der Tiefe der Wissenschaft und der Betrachtung nur geschöpft werden können, ausspricht wie z. B. was er vom Stil und von der Manier sagt und so ferner.

Leben Sie recht wohl. Herzlich freue ich mich auf unsre Abende. Meine Frau ist sehr neugierig auf die Kometen, die an dem Himmel Amors und Hymens herum laufen. Grüßen Sie Meiern.

S.

389. Goethe

〈Weimar, 13. Dezember 1797〉

Die neuen Kunstwerke in unserm Hause ziehen uns heute früh einen Damenbesuch zu deswegen nur so viel in Eile.

Eine Schilderung der Fähigkeiten unseres Theater-Personals will ich Ihnen ehestens selbst machen, besonders bezüglich auf Ihr Stück dessen Bedürfnisse ich im allgemeinen doch kenne.

Übrigens fahren Sie nur ohne Sorge fort. Die innere Einheit die der Wallenstein haben wird muß gefühlt werden und Sie haben große Privilegia auf dem Theater. Ein ideales Ganze imponiert den Menschen, wenn sie es auch im einzelnen nicht dechiffrieren, noch den Wert der einzelnen Teile zu schätzen wissen

Durch eine sonderbare Veranlassung bin ich aufgefordert über das deutsche Theater im allgemeinen zu denken und da ich doch manchmal wider willen im Schauspiel sitzen muß, so suche ich aus dieser Aufopferung einigen Gewinn.

Leben Sie recht wohl ich freue mich daß die Zeit herannahet die mir ein gesammeltes Dasein und Ihre Nähe bescheren soll. Weimar am 13 Dez. 1797.

G

390. Schiller

Jena 15. Dez. 97.

Unsere Dichterin, Mereau, ist da und so kann ich für heut nur ein paar Worte schreiben.

Mit dem Aufsatze der hier zurückfolgt und mit andern von diesem Schlage wird nicht viel zu machen sein. Er ist gar zu trocken und zu dürftig, und trotz der unnützen Parade mit Zitaten und historischer Belesenheit enthält er nicht das geringste bedeutende Neue, was die Begebenheit aufhellen oder auch nur unterhaltender machen könnte. Soll aber bloß etwas damit verdient werden, so wird diese Absicht wohl eher durch Einrückung in Journale wie der Merkur pp als durch eine eigene Sammlung zu erreichen sein.

Ich habe schon öfters gewünscht, daß unter den vielen schriftstellerischen Spekulationen solcher Menschen, die keine andre als kompilatorische Arbeit treiben können, auch einer darauf verfallen möchte, in alten Büchern nach poetischen Stoffen auszugehen, und dabei einen gewissen Takt hätte, das Punctum saliens an einer, an sich unscheinbaren Geschichte, zu entdecken. Mir kommen solche Quellen gar nicht vor, und meine Armut an solchen Stoffen macht mich wirklich unfruchtbarer im Produzieren, als ichs ohne das sein würde. Mir deucht ein gewisser Hyginus, ein Grieche, sammelte einmal eine Anzahl tragischer Fabeln entweder *aus* oder *für* den Gebrauch der Poeten. Solch einen Freund könnte ich gut brauchen. Ein Reichtum an

Stoffen für möglichen Gebrauch vermehrt wirklich den innern Reichtum, ja er übt eine wichtige Kraft und es ist schon von großem Nutzen, einen Stoff auch nur in Gedanken zu beleben und sich daran zu versuchen.

Die Elisa von Recke hat mir ein voluminoses Schauspiel von ihrer Erfindung und Ausführung zugeschickt, mit der Plenipotenz zu streichen und zu zerstören. Ich werde sehen, ob ich es für die Horen brauchen kann, der Inhalt ist wie Sie leicht denken können, sehr moralisch und so hoffe ich soll es auch durchschlüpfen. Ich muß auf jede Art für die Horen sorgen. Und daß so moralische Personen sich uns Ketzern und Freigeistern auf Gnade und Ungnade übergeben, besonders nach dem so lauten Xenien Unfug, ist immer eine gewisse Satisfaction.

Humboldt hat wieder seit 6 Wochen nichts von sich hören lassen. Ich schließe daraus daß er nun doch nach Paris gegangen ist.

Leben Sie wohl für heute. Meine Frau grüßt aufs beste.

Sch.

391. Goethe

⟨Weimar, 16. Dezember 1797⟩

Hier überschicke ich den *Higin,* und würde zugleich raten sich die *Adagia* des Erasmus anzuschaffen, die leicht zu haben sind. Da die alten Sprichworter meist auf geographischen, historischen, nationellen und individuellen Verhältnissen ruhen, so enthalten sie einen großen Schatz von reellem Stoff. Leider wissen wir aus der Erfahrung daß dem Dichter niemand seine Gegenstände suchen kann, ja daß er sich selbst manchmal vergreift.

Freund Meyer ist fleißig und schreibt seine Gedanken über diese Materie zusammen, es kommen die wunderbarsten Dinge zur Sprache.

Die Horen haben jetzo wie es scheint ihr weibliches Zeitalter, es ist auch gut wenn sie nur dadurch ihr literarisches Leben erhalten.

Ich bin bis jetzt weder zu großen noch zu kleinen nütze und lese nur indessen, um mich im guten zu erhalten, den Herodot und Thucydides, an denen ich zum erstenmal eine ganz reine Freude habe weil ich sie nur ihrer Form und nicht ihres Inhalts wegen lese.

Mein größter Wunsch ist nunmehr bald bei Ihnen zu sein und die Annäherung der Sonne wieder zu empfinden, indessen nutze ich die trüben und bösen Tage so gut als möglich. Leben Sie recht wohl und tun Sie desgleichen. Weimar am 16 Dez. 1797.

G

392. Goethe

⟨Weimar, 20. Dezember 1797⟩

Ich wünsche und hoffe daß gegenwärtiger Brief Sie wieder in leidlichen Gesundheitsumständen finden möge, und danke für das Schreiben Ihrer lieben Frau, die mir durch Mitteilung der energischen märkischen Kunstprodukte eine besondere Freude gemacht hat.

Ihr Brief vom zweiten Oktobr ist nebst dem Almanach auch wieder zurückgekommen und fehlt also nichts mehr an unserer wechselseitigen Korrespondenz.

Oberons goldne Hochzeit haben Sie mit gutem Bedachte weggelassen, sie ist die Zeit über nur um das doppelte an Versen gewachsen und ich sollte meinen im Faust müßte sie am besten ihren Platz finden.

Seit der Erscheinung der Schlegelschen Rezension meines Herrmanns habe ich die Gesetze der Epopée und des Dramas wieder durchgedacht und glaube auf gutem Wege zu sein. Die Schwierigkeit bei diesen theoretischen Bemühungen ist immer die Dichtarten von allem zufälligen zu befreien. Nächstens erhalten Sie wohl einen kleinen Aufsatz darüber und ich mag daher nichts weiter voraussagen

Den Verfasser der Elegien im Almanach kennt Meyer recht gut und wird Ihnen dereinst selbst eine Schilderung desselben machen, er ist eigentlich Bildhauer. Nach nichts verlangt mich jetzo mehr als nach Ihrem Wallenstein

Erholen Sie sich ja bald wieder von Ihrem Übel. Möchte ich doch schon diese Tage, die sich heiter anlassen, bei Ihnen zubringen können.

Weimar am 20 Dez. 1797. G

393. Schiller

Jena 22 Dez. 97.

Mein böser Anfall von Cholera ist zwar bald und glücklich wieder vorübergegangen, aber geschwächt und verstimmt hat er mich für die ganze Woche, daß ich an etwas poetisches auch nicht denken mag. Auch das böse Wetter kommt dazu, jede Tätigkeit in mir stocken zu machen.

Zu meiner nicht geringen Satisfaction fodert mir Cotta die letzten 200 Ex⟨empl.⟩ des Almanachs pressanter weise ab, die ich mit Fleiß hier bei mir liegen ließ, um den Leipzigern nicht gleich die Stärke der Auflage zu verraten, wenn etwa ein Quantum sollte unabgesetzt bleiben. Wie Cotta schreibt, so hat sich der übrige Vorrat, der etwa 2000 Ex⟨empl.⟩ stark war, bereits vergriffen, diese 200 meint er würden wohl auch bald abgehen, da die Bestellungen noch ziemlich frisch fortdauerten, und es möchte am Ende wohl eine zweite Auflage nötig werden. Wir können in der Tat keinen glänzendern Triumph über die Neider davon tragen, die das Glück des vormjährigen Almanachs bloß den Anzüglichkeiten in den Xenien zugeschrieben haben. Es erweckte mir auch etwas mehr Vertrauen zu unserm deutschen Publikum, wenn wir sein Interesse, auch ohne Vermittlung irgend einer gemeinen Passion, durch die Gewalt der Poesie zu fesseln gewußt hätten.

Die Schlegelsche Rezension Ihres Hermanns kenne ich noch nicht und weiß überhaupt nicht, von welchem Schlegel sie ist. Sie sei aber von welchem sie wolle, so finde ich bei keinem die ganze Kompetenz dazu, denn es gehört vorzugsweise zu Würdigung dieses Gedichts das was man Gemüt heißt, und dieses fehlt beiden, ob sie sich gleich der Terminologie davon anmaßen.

Ihren, dadurch veranlaßten, Aufsatz erwarte ich mit Verlangen. Oder werden Sie ihn nicht gleich selbst bringen?

Wir wünschten sehr zu wissen, wie bald wir auf Ihre Ankunft rechnen dürfen. Es wird nun bald ein halbes Jahr, daß wir nicht zusammen gelebt haben.

Meiern bitte herzlich zu grüßen. Es tut mir recht leid, daß ich seine Arbeiten solange nicht sehe.

Leben Sie recht wohl.

S.

394. Goethe

⟨Weimar, 23. Dezember 1797⟩

In der Beilage erhalten Sie meinen Aufsatz, den ich zu beherzigen, anzuwenden, zu modifizieren und zu erweitern bitte. Ich habe mich seit einigen Tagen dieser Kriterien beim Lesen der Ilias und des Sophokles bedient, so wie bei einigen epischen und tragischen Gegenständen die ich in Gedanken zu motivieren versuchte und sie haben mir sehr brauchbar ja entscheidend geschienen.

Es ist mir dabei recht aufgefallen wie es kommt daß wir Moderne und die Genres so sehr zu vermischen geneigt sind, ja daß wir gar nicht einmal im Stand sind sie von einander zu unterscheiden. Es scheint nur daher zu kommen weil die Künstler die eigentlich die Kunstwerke innerhalb ihren reinen Bedingungen hervorbringen sollten, dem Streben der Zuschauer und Zuhörer alles völlig wahr zu finden nachgeben. Meyer hat bemerkt daß man alle Arten der bildenden Kunst hat bis zur Malerei hinantreiben wollen, indem diese durch Haltung und Farben die Nachahmung als völlig wahr darstellen kann. So sieht man auch im Gang der Poesie daß alles zum Drama, zur Darstellung des *vollkommen Gegenwärtigen* sich hindrangt. So sind die Romane in Briefen völlig dramatisch, man kann deswegen mit recht förmliche Dialoge, wie auch Richardson getan hat, einschalten; erzählende Romane mit Dialogen untermischt würden dagegen zu tadeln sein.

Sie werden hundertmal gehört haben daß man nach Lesung eines guten Romans gewünscht hat den Gegenstand auf dem Theater zu sehen, und wie viel schlechte Dramen sind daher entstanden. Eben so wollen die Menschen jede interessante Situation gleich in Kupfer gestochen sehen, damit nur ja ihrer Imagination keine Tätigkeit übrig bleibe so soll alles sinnlich wahr vollkommen gegenwärtig dramatisch sein und das dramatische selbst soll sich dem wirklich wahren völlig an die Seite stellen. Diese⟨n⟩ eigentlich kindischen, barbarischen, abgeschmackte⟨n⟩ Tendenzen sollte nun der Künstler aus allen Kräften widerstehn, Kunstwerk von Kunstwerk durch undurchdringliche Zauberkreise sondern, jedes bei seiner Eigenschaft und seinen Eigenheiten erhalten, so wie es die Alten getan haben, und dadurch eben solche Künstler wurden und waren; aber wer kann sein Schiff von den Wellen sondern auf denen es schwimmt? Gegen Strom und Wind legt man nur kleine Strecken zurück.

So war z. B. bei den Alten ein Basrelief ein wenig erhobenes Werk, eine flache, geschmackvolle Andeutung eines Gegenstands auf einer Fläche, allein dabei konnte der Mensch nicht bleiben, es wurde halb erhoben, ganz erhoben, Glieder abgesondert, Figuren abgesondert, Perspektive angebracht, Straßen, Wolken, Berge und Landschaften vorgestellt, und weil nun auch dies durch Menschen von Talent geschah, so fand das völlig unzulässige desto eher Eingang, als man es dadurch gerade dem ungebildeten Menschen desto mehr nach seinem Sinne machte. So kommt unter Meyers Abhandlung die sehr artige, hierher gehörige Geschichte vor, wie man in Florenz die Figuren aus Ton glasiert und erst einfärbig dann mehrfärbig gemalt und emailliert hat.

Um nun zu meinem Aufsatze zurückzukommen so habe ich den darin aufgestellten Maßstab an Hermann und Dorothea gehalten und bitte Sie desgleichen zu tun, wobei sich ganz interessante Bemerkungen machen lassen als z. B.

1.) Daß kein ausschließlich episches Motiv, das heißt kein retrogradierendes, sich darin befinde, sondern daß nur die vier andern, welche das epische Gedicht mit dem Drama gemein hat, darin gebraucht sind.

2.) Daß es nicht außer sich wirkende sondern nach innen geführte Menschen darstellt und sich auch dadurch von der Epopé entfernt und dem Drama nähert.

3.) Daß es sich mit Recht der Gleichnisse enthält, weil bei einem mehr sittlichen Gegenstande das Zudringen von Bildern aus der phisischen Natur nur mehr lästig gewesen wäre.

4.) Daß es aus der dritten Welt, ob gleich nicht auffallend, noch immer genug Einfluß empfangen hat, indem das große Weltschicksal teils wirklich, teils durch Personen, simbolisch, eingeflochten ist und von Ahndung, von Zusammenhang einer sichtbaren und unsichtbaren Welt doch auch leise Spuren angegeben sind, welches zusammen nach meiner Überzeugung an die Stelle der alten Götterbilder tritt, deren physischpoetische Gewalt freilich dadurch nicht ersetzt wird.

Schließlich muß ich noch von einer sonderbaren Aufgabe melden, die ich mir in diesen Rücksichten gegeben habe, nämlich zu untersuchen: ob nicht zwischen Hectors Tod und der Abfahrt der Griechen von der Trojanischen Küste, noch ein episches Gedicht inne liege? oder nicht? ich vermute fast das letzte und zwar aus folgenden Ursachen.

1.) Weil sich nichts retrogradierendes mehr findet, sondern alles unaufhaltsam vorwärts schreitet.

2.) Weil alle noch einiger maßen retardierende Vorfälle das Interesse auf mehrere Menschen zerstreuen und obgleich in einer großen Masse doch Privatschicksalen ähnlich sehn. *Der Tod des Achills* scheint mir ein herrlich tragischer Stoff, der Tod des Ajax, die Rückkehr des Philoctets, sind uns von den Alten noch übrig geblieben. Polixena und Hecuba und andere Gegenstände aus dieser Epoche waren auch behandelt. Die Eroberung von Troja selbst ist, als Erfüllungsmoment eines großen Schicksals, weder episch noch tragisch und kann bei einer echten epischen Behandlung nur immer vorwärts oder rückwärts in der Ferne gesehen werden. Virgils rhetorisch sentimentale Behandlung kann hier nicht in Betracht kommen.

So viel von dem was ich gegenwärtig einsehe, salvo meliori, denn, wenn ich mich nicht irre, so ist diese Materie, wie viele andere, eigentlich theoretisch unaussprechlich, was das Genie geleistet hat sehen wir allenfalls, wer will sagen was es leisten könnte oder sollte.

Nun da die Boten gehen nur noch ein Lebewohl für Sie und Ihre liebe Frau. Halten Sie sich ja stille bis die böse Zeit vorüber ist. Von unserm Almanach höre ich überall her manches gute; wann ich kommen kann weiß ich noch nicht die Theaterangelegenheiten halten mich fürcht ich länger als ich glaubte so lebhaft auch mein Wunsch ist Sie wiederzusehen nochmals ein Lebe Wohl. Weimar am 23 Dez. 1797.

G

395. Schiller

⟨Jena, 26. Dezember 1797⟩

Die Gegeneinanderstellung des Rhapsoden und Mimen nebst ihrem beiderseitigen Auditorium scheint mir ein sehr glücklich gewähltes Mittel, um der Verschiedenheit beider Dichtarten beizukommen. Schon diese Methode allein reichte hin, einen groben Mißgriff in der Wahl des Stoffs für die Dichtart oder der Dichtart für den Stoff unmöglich zu machen. Auch die Erfahrung bestätigt es, denn ich wüßte nicht, was einen bei einer dramatischen Ausarbeitung so streng in den Grenzen der Dichtart hielt, und wenn man daraus getreten, so sicher darein zurückführte, als eine möglichst lebhafte Vorstellung der wirklichen Repräsentation der Bretter, eines angefüllten und bunt gemischten Hauses, wodurch die affektvolle unruhige Erwartung, mithin das Gesetz des intensiven und rastlosen Fortschreitens und Bewegens so nahe gebracht wird.

Ich möchte noch ein zweites Hilfsmittel zur Anschaulichmachung dieses Unterschieds in Vorschlag bringen. Die dramatische Handlung bewegt sich vor mir, um die epische bewege ich mich selbst, und sie scheint gleichsam stille zu stehen. Nach meinem Bedünken liegt viel in diesem Unterschied. Bewegt sich die Begebenheit vor mir, so bin ich streng an die sinnliche Gegenwart gefesselt, meine Phantasie verliert alle Freiheit, es entsteht und erhält sich eine fortwährende Unruhe in mir, ich muß immer beim Objekte bleiben, alles Zurücksehen, alles Nachdenken ist mir versagt, weil ich einer fremden Gewalt folge. Beweg ich mich um die Begebenheit, die mir nicht entlaufen kann, so kann ich einen ungleichen Schritt halten, ich kann nach meinem subjektiven Bedürfnis mich länger oder kürzer verweilen, kann Rückschritte machen oder Vorgriffe tun u.s.f. Es stimmt dieses auch sehr gut mit dem Begriff des *Vergangenseins*, welches als stillstehend gedacht werden kann, und mit dem Begriff des *Erzählens*, denn der Erzähler weiß schon am Anfang und in der Mitte das Ende, und ihm ist folglich jeder Moment der Handlung gleichgeltend, und so behält er durchaus eine ruhige Freiheit.

Daß der Epiker seine Begebenheit als vollkommen vergangen, der Tragiker die seinige als vollkommen gegenwärtig zu behandeln habe, leuchtet mir sehr ein.

Ich setze noch hinzu. Es entsteht daraus ein reizender Widerstreit der Dichtung als Genus mit der Spezies derselben, der in der Natur wie in der Kunst immer sehr geistreich ist. Die Dichtkunst, als solche, macht alles sinnlich gegenwärtig und so nötigt sie auch den Epischen Dichter das Geschehene zu vergegenwärtigen, nur daß der Charakter des Vergangenseins nicht verwischt werden darf. Die Dichtkunst, als solche, macht alles gegenwärtige vergangen und entfernt alles nahe (durch Idealität) und so nötigt sie den Dramatiker, die individuell auf uns eindringende Wirklichkeit von uns entfernt zu halten und dem Gemüt eine poetische Freiheit gegen den Stoff zu verschaffen. Die Tragödie in ihrem höchsten Begriffe wird also immer zu dem epischen Charakter *hinauf*streben und wird nur dadurch zur Dichtung. Das Epische Gedicht wird eben so zu dem Drama *herunter*streben und wird nur dadurch den poetischen Gattungsbegriff ganz erfüllen; just das, was beide zu poetischen Werken macht, bringt beide einander nahe. Das Merkmal, wodurch sie spezifiziert und einander entgegen gesetzt werden, bringt immer einen von beiden Bestandteilen des poetischen Gattungsbegriffs ins Gedränge, bei der Epopee die *Sinnlichkeit,* bei der Tragödie die *Freiheit,* und es ist also natürlich, daß das Contrepoids gegen diesen Mangel immer eine Eigenschaft sein wird, welche das spezifische Merkmal der entgegengesetzten Dichtart ausmacht. Jede wird also der andern den Dienst erweisen, daß sie die *Gattung* gegen die *Art* in Schutz nimmt. Daß dieses wechselseitige Hinstreben zu einander nicht in eine Vermischung und Grenzverwirrung ausarte, das ist eben die eigentliche Aufgabe der Kunst, deren höchster Punkt überhaupt immer dieser ist, Charakter mit Schönheit, Reinheit mit Fülle, Einheit mit Allheit pp zu vereinbaren.

Ihr *Hermann* hat wirklich eine gewisse Hinneigung zur Tragödie, wenn man ihm den reinen strengen Begriff der Epopee gegenüber stellt. Das Herz ist inniger und ernstlicher beschäftigt, es ist mehr pathologisches Interesse als poetische Gleichgültigkeit darin, so ist auch die Enge des

Schauplatzes, die Sparsamkeit der Figuren, der kurze Ablauf der Handlung der Tragödie zugehörig. Umgekehrt schlägt Ihre Iphigenie offenbar in das epische Feld hinüber, sobald man ihr den strengen Begriff der Tragödie entgegenhält. Von dem Tasso will ich gar nicht reden. Für eine Tragödie ist in der Iphigenie ein zu ruhiger Gang, ein zu großer Aufenthalt, die Katastrophe nicht einmal zu rechnen, welche der Tragödie widerspricht. Jede Wirkung, die ich von diesem Stücke teils an mir selbst teils an andern erfahren, ist generisch poetisch, nicht tragisch gewesen, und so wird es immer sein wenn eine Tragödie, auf epische Art, verfehlt wird. Aber an Ihrer Iphigenia ist dieses Annähern ans epische ein Fehler, nach meinem Begriff, an Ihrem Hermann ist die Hinneigung zur Tragödie offenbar kein Fehler, wenigstens dem Effekte nach ganz und gar nicht. Kommt dieses etwa davon, weil die Tragödie zu einem *bestimmten,* das Epische Gedicht zu einem allgemeinen und freien Gebrauche da ist?

Für heute nichts mehr. Ich bin noch immer keiner ordentlichen Arbeit fähig, nur ihr Brief und Aufsatz konnten mir unterdessen Beschäftigung geben. Leben Sie recht wohl

S.

396. Goethe

⟨Weimar, 27. Dezember 1797⟩

So leid es mir tut zu hören daß Sie noch nicht ganz zur Tätigkeit hergestellt sind, ist es mir doch angenehm daß mein Brief und Aufsatz Sie einigermaßen beschäftigt hat. Ich danke für den Ihrigen der eine Sache noch weiter führt an der uns so viel gelegen sein muß. Leider werden wir Neuern wohl auch gelegentlich als Dichter geboren und wir plagen uns in der ganzen Gattung herum ohne recht zu wissen woran wir eigentlich sind, denn die spezifischen Bestimmungen sollten, wenn ich nicht irre, eigentlich von außen kommen und die Gelegenheit das Talent determinieren. Warum machen wir so selten ein Epigramm im griechischen Sinne? weil wir so wenig Dinge sehen die eins verdienen. Warum gelingt uns das Epische so selten? Weil wir keine Zuhörer haben und warum ist das Streben nach

Theatralischen Arbeiten so groß? weil bei uns das Drama die einzig sinnlich reizende Dichtart ist, von deren Ausübung man einen gewissen gegenwärtigen Genuß hoffen kann.

Ich habe diese Tage fortgefahren die Ilias zu studieren um zu überlegen ob zwischen ihr und der Odissé nicht noch eine Epopé inne liege. Ich finde aber nur eigentlich tragische Stoffe, es sei nun daß es wirklich so ist, oder daß ich nur den epischen nicht finden kann.

Das Lebensende des Achills mit seinen Umgebungen ließe eine epische Behandlung zu und forderte sie gewissermaßen, wegen der Breite des zu bearbeitenden Stoffs. Nun würde die Frage entstehen: ob man wohl tue einen tragischen Stoff allenfalls episch zu behandeln? Es läßt sich allerlei dafür und dagegen sagen. Was den Effekt betrifft so würde ein Neuer der für Neue arbeitet immer dabei in Vorteil sein, weil man ohne pathologisches Interesse wohl schwerlich sich den Beifall der Zeit erwerben wird. So viel für diesmal. Meyer arbeitet fleißig an seiner Abhandlung über die zur bildenden Kunst geeigneten Gegenstände, es kommt dabei alles zur Sprache was auch uns interessiert und es zeigt sich wie nah der bildende Künstler mit dem Dramatiker verwandt ist. Möchten Sie sich doch recht bald erholen und ich zur Freiheit gelangen Sie nächstens besuchen zu können. Weimar am 27 Dez. 1797.

G

397. Schiller

Jena 29 Dez. 97.

Unser Freund Humboldt, von dem ich Ihnen hier einen langen Brief beilege, bleibt mitten in dem neugeschaffenen Paris seiner alten Deutschheit getreu, und scheint nichts als die äußre Umgebung verändert zu haben. Es ist mit einer gewissen Art zu philosophieren und zu empfinden wie mit einer gewissen Religion; sie schneidet ab von außen und isoliert, indem sie von innen die Innigkeit vermehrt.

Ihr jetziges Geschäft, die beiden Gattungen zu sondern und zu reinigen ist freilich von der höchsten Bedeutung, aber Sie werden mit mir überzeugt sein, daß, um von einem Kunstwerk alles auszuschließen, was seiner Gattung fremd ist, man auch notwendig alles darin müsse einschließen können, was der Gattung gebührt. Und eben daran fehlt es jetzt. Weil wir einmal die Bedingungen nicht zusammen bringen können, unter welchen eine jede der beiden Gattungen steht, so sind wir genötigt, sie zu vermischen. Gäb es Rhapsoden und eine Welt für sie, so würde der epische Dichter keine Motive von dem tragischen zu entlehnen brauchen, und hätten wir die Hilfsmittel und intensiven Kräfte des griechischen Trauerspiels und dabei die Vergünstigung, unsere Zuhörer durch eine Reihe von sieben Repräsentationen hindurch zu führen, so würden wir unsre Dramen nicht über die Gebühr in die Breite zu treiben brauchen. Das Empfindungsvermögen des Zuschauers und Hörers muß einmal ausgefüllt und in allen Punkten seiner Peripherie berührt werden, der Durchmesser dieses Vermögens ist das Maß für den Poeten. Und weil die moralische Anlage die am meisten entwickelte ist, so ist sie auch die foderndste und wir mögens auf unsre Gefahr wagen, sie zu vernachlässigen.

Wenn das Drama wirklich durch einen so schlechten Hang des Zeitalters in Schutz genommen wird, wie ich nicht zweifle, so müßte man die Reforme beim Drama anfangen, und durch Verdrängung der gemeinen Naturnachahmung der Kunst Luft und Licht verschaffen. Und dies, deucht mir, möchte unter anderm am besten durch Einführung symbolischer Behelfe geschehen, die in allem dem, was nicht zu der wahren Kunstwelt des Poeten gehört, und also nicht dargestellt sondern bloß bedeutet werden soll, die Stelle des Gegenstandes verträten. Ich habe mir diesen Begriff vom Symbolischen in der Poesie noch nicht recht entwickeln können, aber es scheint mir viel darin zu liegen. Würde der Gebrauch desselben bestimmt, so müßte die natürliche Folge sein, daß die Poesie sich reinigte, ihre Welt enger und bedeutungsvoller zusammenzöge, und innerhalb derselben desto wirksamer würde.

Ich hatte immer ein gewisses Vertrauen zur Oper, daß aus ihr wie aus den Chören des alten Bacchusfestes das Trauerspiel in einer edlern Gestalt ⟨sich⟩ loswickeln sollte. In der Oper erläßt man wirklich jene servile Naturnachahmung, und obgleich nur unter dem Namen von Indulgenz könnte sich auf diesem Wege das ideale auf das Theater stehlen. Die Oper stimmt durch die Macht der Musik und durch eine freiere harmonische Reizung der Sinnlichkeit das Gemüt zu einer schönern Empfängnis, hier ist wirklich auch im Pathos selbst ein freieres Spiel weil die Musik es begleitet, und das Wunderbare, welches hier einmal geduldet wird, müßte notwendig gegen den Stoff gleichgültiger machen.

Auf Meiers Aufsatz bin ich sehr begierig, es werden sich daraus unfehlbar viele Anwendungen auf die Poesie ergeben.

Nach und nach komme ich wieder in meine Arbeit, aber bei dieser schrecklichen Witterung ist es wirklich schwer, sein Gemüt elastisch zu erhalten.

Möchten Sie nun bald frei sein und mir Tätigkeit, Mut und Leben mitbringen. Leben Sie recht wohl.

Sch.

398. Goethe

⟨Weimar, 30. Dezember 1797⟩

Da ich heute früh eine Gesellschaft erwarte um Meiers Arbeiten zu sehen, so will ich Ihnen nur für Ihren und dem Humboldtischen Brief hiermit gedankt haben.

Ich bin Ihrer Meinung daß man nur deswegen so strenge sondern müsse um sich nachher wieder etwas durch Aufnahme fremdartiger Teile etwas erlauben zu können. Ganz anders arbeitet man aus Grundsätzen als aus Instinkt, und eine Abweichung von deren Notwendigkeit man überzeugt ist, kann nicht zum Fehler werden.

Die Theoretischen Betrachtungen können mich nicht lange mehr unterhalten, es muß nun wieder an die Arbeit gehen und dazu muß ich mich auf das alte Jenaische Kanapé, wie auf einen Dreifuß, begeben; wie ich denn überhaupt mich für dieses Jahr in unserm Kreise zu halten hoffe. Leben Sie recht wohl es tat mir leid daß Ihre liebe Frau sobald wieder forteilte und nicht einmal zu unsern Kunstschätzen wallfahrten konnte. Ihre Hoffnung die Sie von der Oper hatten würden Sie neulich in Don Juan auf einen hohen Grad erfüllt gesehen haben, dafür steht aber auch dieses Stück ganz isoliert und durch Mozarts Tod ist alle Aussicht auf etwas ähnliches vereitelt. Weimar am 30 Dez. 1797.

G

1798

399. Schiller

Jena 2. Jenner. 98

Es soll mir ein gutes Omen sein, daß Sie es sind, an den ich zum erstenmal unter dem neuen Datum schreibe. Das Glück sei Ihnen in diesem Jahre eben so hold als in den 2 letzt vergangenen, ich kann Ihnen nichts bessres wünschen. Möchte auch mir die Freude in diesem Jahre beschert sein, das beste aus *meiner* Natur in einem Werke zu sublimieren, wie Sie mit der Ihrigen es getan.

Ihre eigene Art und Weise zwischen Reflexion und Produktion zu alternieren ist wirklich beneidens- und bewundernswert. Beide Geschäfte trennen sich in Ihnen ganz, und das eben macht, daß beide als Geschäfte so rein ausgeführt werden. Sie sind wirklich solang Sie arbeiten im Dunkeln und das Licht ist bloß *in* Ihnen, und wenn Sie anfangen zu reflektieren, so tritt das innere Licht von Ihnen heraus und bestrahlt die Gegenstände Ihnen und Andern. Bei mir vermischen sich beide Wirkungsarten und nicht sehr zum Vorteil der Sache.

Von Herman und Dorothea las ich kürzlich eine Rezension in der Nürnberger Zeitung, welche mir wieder bestätigt, daß die Deutschen nur fürs allgemeine, fürs verständige und fürs moralische Sinn haben. Die Beurteilung ist voll guten Willens, aber auch nicht etwas darin, was ein Gefühl des poetischen zeigte oder einen Blick in die poetische Ökonomie des Ganzen verriet. Bloß an Stellen hängte sich der gute Mann und vorzugsweise an die, welche ins Allgemeine und Breite gehen und einem etwas ans Herz legen.

Haben Sie vielleicht das seltsame Buch von Retif: Coeur humain devoilé je gesehen oder davon gehört. Ich hab es nun gelesen, soweit es da ist, und ungeachtet alles widerwärtigen, platten und revoltanten mich sehr daran ergetzt. Denn eine so heftig sinnliche Natur ist mir nicht vorgekommen und die Mannichfaltigkeit der Gestalten, besonders weiblicher, durch die man geführt wird, das Leben und die Gegenwart der Beschreibung, das Charakteristische der Sitten und die Darstellung des französischen Wesens in einer gewissen Volksklasse muß interessieren. Mir, der so wenig Gelegenheit hat, von außen zu schöpfen und die

Menschen im Leben zu studieren, hat ein solches Buch, in welche Klasse ich auch den Cellini rechne, einen unschätzbaren Wert.

Dieser Tage las ich zu meiner großen Lust im Intelligenzblatte der Lit⟨eratur⟩ Zeit⟨ung⟩ eine Erklärung von dem jüngern Schlegel, daß er mit dem Herausgeber des Lyceums nichts mehr zu schaffen habe. So hat also doch unsre Prophezeihung eingetroffen, daß dieses Band nicht lange dauren werde!

Leben Sie wohl für heute, ich erwarte nun morgen eine bestimmte Anzeige, wie bald Sie zu uns kommen. Meine Frau grüßt Sie bestens. Meiern hoffe ich doch wenigstens auf einen Tag wieder bei uns zu sehen

S.

400. Goethe

⟨Weimar, 3. Januar 1798⟩

Es ist mir dabei ganz wohl zu Mute, daß wir zum Neuenjahre einander so nahe sind, ich wünsche nur daß wir uns bald wieder sehen und einige Zeit in der Kontinuation zusammen leben. Ich möchte Ihnen manche Sachen mitteilen und vertrauen, damit eine gewisse Epoche meines Denkens und Dichtens schneller zur Reife komme.

Ich freue mich sehr darauf etwas von Ihrem Wallenstein zu sehen, weil mir auch dadurch eine neue Teilnahme an Ihrem Wesen möglich wird. Ich wünsche nichts mehr als daß Sie ihn dies Jahr vollbringen mögen.

Schon künftigen Sonntag gedachte ich zu Ihnen zu kommen, es scheint sich aber ein neues Hindernis dazwischen zu stellen, auf den Sonnabend werde ich mehr sagen können. Sie erhalten alsdann auch eine Abschrift eines alten Gesprächs zwischen einem Chinesischen Gelehrten und einem Jesuiten, in welchem jener sich als ein schaffender Idealist, dieser als ein völlig Reinholdianer zeigt. Dieser Fund hat mich unglaublich amüsiert und mir eine gute Idee von dem Scharfsinn der Chineser gegeben.

Das Buch von Retif habe ich noch nicht gesehen, ich will es zu erhalten suchen.

Wenn uns als Dichtern, wie den Taschenspielern, daran

gelegen sein müßte daß niemand die Art, wie ein Kunststückchen hervorgebracht wird einsehen dürfte; so hätten wir freilich gewonnen Spiel, so wie jeder der das Publikum zum besten haben mag, indem er mit dem Strome schwimmt, auf Glück rechnen kann. In Herrmann und Dorothea habe ich, was das Material betrifft, den Deutschen einmal ihren Willen getan und nun sind sie äußerst zufrieden. Ich überlege jetzt ob man nicht auf eben diesem Wege ein dramatisches Stück schreiben könnte? das auf allen Theatern gespielt werden müßte und das jedermann für fürtrefflich erklärte, ohne daß es der Autor selbst dafür zu halten brauchte.

Dieses und so vieles andere muß bis zu unserer Zusammenkunft verschoben bleiben. Wie sehr wünschte ich daß Sie in diesen Tagen bei uns wären, um eine der größten Unformen der organischen Natur, den Elephanten, und die anmutigste der Kunstgestalten, die Florentinische Madonna des Raphaels, in Einer Stunde und also gleichsam nebeneinander zu sehen.

Schellings Ideen zu einer Philosophie der Natur bringe ich mit es wird uns Anlaß zu mancher Unterhaltung geben.

Leben Sie recht wohl, und grüßen mir Ihre liebe Frau recht vielmals.

Friedrich Schlegel hat in ein Stück des Lyceums, da das Journal in Berlin gedruckt wird, wo er sich jetzt befindet, als es an Manuskript fehlte, ohne Reichards Vorwissen, einen tollen Aufsatz einrücken lassen, worin er auch Voß angreift und worüber sich dann die edlen Freunde brouillierten.

Weimar am 3ten Januar 1798. G

401. Schiller

Jena 5. Januar 98

Meine Hauswirte können den freundlichen Empfang den Sie bei Ihnen erfahren, und die schönen Sachen, die ihnen gezeigt worden sind, nicht genug rühmen. Wirklich wundre ich mich über den Anteil, womit der Alte über diese Kunstwerke spricht und der Künstler hat Ursache, sich seiner Wirkung auf eine solche Natur zu freuen.

Es tut mir sehr leid, daß Ihre *Anherokunft* soviele Verzögerungen findet, da ich nach einem frühern Brief von Ihnen schon vom Christtag an darauf rechnen konnte. Unterdessen habe ich einige Schritte weiter in meiner Arbeit gewonnen und bin im Stand, Ihnen viermal mehr als der Prolog beträgt, vorzulegen, obgleich noch nichts von dem III Akte dabei ist.

Jetzt da ich meine Arbeit von einer fremden Hand reinlich geschrieben vor mir habe und sie mir fremder ist, macht sie mir wirklich Freude. Ich finde augenscheinlich, daß ich über mich selbst hinausgegangen bin, welches die Frucht unsres Umgangs ist; denn nur der vielmalige kontinuierliche Verkehr mit einer, so objektiv mir entgegenstehenden, Natur, mein lebhaftes Hinstreben darnach und die vereinigte Bemühung, sie anzuschauen und zu denken konnte mich fähig machen, meine subjektiven Grenzen soweit auseinander zu rücken. Ich finde, daß mich die Klarheit und die Besonnenheit, welche die Frucht einer spätern Epoche ist, nichts von der Wärme einer frühern gekostet hat. Doch es schickte sich besser, daß ich das aus Ihrem Munde hörte, als daß Sie es von mir erfahren.

Ich werde es mir gesagt sein lassen, keine andre als historische Stoffe zu wählen, frei erfundene würden meine Klippe sein. Es ist eine ganz andere Operation das realistische zu idealisieren, als das ideale zu realisieren, und letzteres ist der eigentliche Fall bei freien Fiktionen. Es steht in meinem Vermögen, eine gegebene bestimmte und beschränkte Materie zu beleben, zu erwärmen und gleichsam aufquellen zu machen, während daß die objektive Bestimmtheit eines solchen Stoffs meine Phantasie zügelt und meiner Willkür widersteht.

Ich möchte wohl einmal, wenn es mir mit einigen Schauspielen gelungen ist, mir unser Publikum recht geneigt zu machen, etwas recht böses tun, und eine alte Idee mit Julian dem Apostaten ausführen. Hier ist nun auch eine ganz eigen bestimmte historische Welt, bei der mirs nicht leid sein sollte, eine poetische Ausbeute zu finden, und das fürchterliche Interesse das der Stoff hat, müßte die Gewalt der poetischen Darstellung desto wirksamer machen. Wenn Julians Misopogon oder seine Briefe (übersetzt nämlich) in der Weimarischen Bibliothek sein sollten, so würden Sie mir viel Vergnügen damit machen, wenn Sie sie mitbrächten.

Die Charlotte Kalb hör ich soll wirklich in Gefahr sein blind zu werden, sie wäre doch sehr zu beklagen.

Leben Sie recht wohl, ich lege hier etwas von Körnern bei, was er über Ihren Pausias schreibt. Haben Sie ⟨die⟩ Güte mir den Humboldtischen Brief, den ich auf d⟨en⟩ Montag beantworte, zurückzusenden.

S.

402. Goethe

⟨Weimar, 6. Januar 1798⟩

Ich wünsche Ihnen Glück zu Ihrer Zufriedenheit mit dem fertigen Teil Ihres Werkes. Bei der Klarheit, mit der Sie die Forderungen übersehen, die Sie an sich zu machen haben, zweifle ich nicht an der völligen Gültigkeit Ihres Zeugnisses. Das günstige Zusammentreffen unserer beiden Naturen hat uns schon manchen Vorteil verschafft und ich hoffe dieses Verhältnis wird immer gleich fortwirken. Wenn ich Ihnen zum Repräsentanten mancher Objekte diente, so haben Sie mich von der allzustrengen Beobachtung der äußern Dinge und ihrer Verhältnisse auf mich selbst zurückgeführt, Sie haben mich die Vielseitigkeit des innern Menschen mit mehr Billigkeit anzuschauen gelehrt, Sie haben mir eine zweite Jugend verschafft und mich wieder zum Dichter gemacht, welches zu sein ich so gut als aufgehört hatte.

Sehr sonderbar spüre ich noch immer den Effekt meiner Reise. Das Material, das ich darauf erbeutet, kann ich zu nichts brauchen und ich bin außer aller Stimmung gekommen irgend etwas zu tun. Ich erinnere mich aus früherer Zeit eben solcher Wirkungen und es ist mir aus manchen Fällen und Umständen recht wohl bekannt: daß Eindrücke bei mir sehr lange im Stillen wirken müssen, bis sie zum poetischen Gebrauche sich willig finden lassen. Ich habe auch deswegen ganz pausiert und erwarte nur was mir mein erster Aufenthalt in Jena bringen wird.

Die Körnersche Aufnahme des Pausias ist abermals sehr

merkwürdig. Man soll nur seine Arbeiten so gut und so mannigfaltig machen als man kann, damit sich jeder etwas auslese und auf seine Weise daran Teil nehme. Körners Bemerkung hat in sich was richtiges, die Gruppe des Gedichts ist so entschieden als wenn sie gemalt wäre, nur durch Empfindung und Erinnerung belebt, wodurch denn der Wettstreit des Dichters mit dem Maler auffallender wird.

Ich habe übrigens bei den Gedichten des letzten Musenalmanachs erst wieder recht deutlich gesehen wie die schätzbarste Teilnahme uns nichts lehren und keine Art von Tadel uns was helfen kann. So lange ein Kunstwerk nicht da ist hat niemand einen Begriff von seiner Möglichkeit, sobald es dasteht bleibt Lob und Tadel nur immer subjekiv und mancher, den man Geschmack nicht absprechen kann, wünscht doch etwas dazu und davon wodurch vielleicht die ganze Arbeit zerstört würde, so daß der eigentliche negative Wert der Kritik, welcher immer der wichtigste sein mag, uns auch nicht einmal frommen kann.

Ich wünsche in gar vielen Rücksichten daß Ihr Wallenstein bald fertig werden möge. Lassen Sie uns sowohl während der Arbeit, als auch hinterdrein die dramatischen Forderungen nochmals recht durcharbeiten. Sein Sie künftig in Absicht des Plans und der Anlage genau und vorausbestimmend, so müßte es nicht gut sein wenn Sie, bei Ihren geübten Talenten und dem innern Reichtum, nicht alle Jahr ein paar Stücke schreiben wollten. Denn das scheint mir offenbar beim dramatischen Dichter notwendig daß er oft auftrete, die Wirkung die er gemacht hat immer wieder erneuere und wenn er das Talent hat darauf fortbaue.

Unsere arme Freundin Kalb ist wirklich sehr übel. Sie ist schon des besten Gebrauchs ihres Gesichts beraubt und es wäre wirklich möglich daß sie es ganz verlöre.

An den Julian will ich denken.

Hier schicke ich die angekündigte Philosophische Unterredung. Der Chineser würde mir noch besser gefallen, wenn er die Glutpfanne ergriffen und sie seinem Gegner mit diesen Worten überreicht hätte: »Ja, ich *erschaffe sie*, da nimm sie zu deinem Gebrauch!« Ich möchte wissen was der Jesuite hierauf geantwortet hätte.

Bei Gelegenheit des Schällingischen Buches habe ich auch

wieder verschiedene Gedanken gehabt, über die wir umständlicher sprechen müssen. Ich gebe gern zu daß es nicht die Natur ist die wir erkennen, sondern daß sie nur nach gewissen Formen und Fähigkeiten unsers Geistes von uns aufgenommen wird. Von dem Appetit eines Kindes zum Apfel am Baume bis zum Falle desselben, der in Newton die Idee zu seiner Theorie erweckt haben soll, mag es freilich sehr viele Stufen des Anschauens geben und es wäre wohl zu wünschen daß man uns diese einmal recht deutlich vorlegte und zugleich begreiflich machte was man für die höchste hält. Der Transzend⟨ent⟩elle Idealist glaubt nun freilich ganz oben zu stehen; eins will mir aber nicht an ihm gefallen daß er mit den andern Vorstellungsarten streitet, denn man kann eigentlich mit keiner Vorstellungsart streiten. Wer will gewissen Menschen die Zweckmäßigkeit der organischen Naturen nach außen ausreden, da die Erfahrungen selbst täglich diese Lehre auszusprechen scheinen und man mit einer scheinbaren Erklärung der schwersten Phänomene so leicht wegkommt. Sie wissen wie sehr ich am Begriff der Zweckmäßigkeit der organischen Naturen nach innen hänge und doch läßt sich ja eine *Bestimmung von* außen und ein *Verhältnis nach* außen nicht leugnen, wodurch man mehr oder weniger sich jener Vorstellungsart wieder nähert, so wie man sie im Vortrag als Redensart nicht entbehren kann. Eben so mag sich der Idealist gegen die *Dinge an sich* wehren wie er will, er stößt doch ehe er sichs versieht an die *Dinge außer ihm,* und wie mir scheint, sie kommen ihn immer beim ersten Begegnen so in die Quere wie dem Chineser die Glutpfanne. Mir will immer dünken daß wenn die eine Partei von außen hinein den Geist niemals erreichen kann, die andere von innen heraus wohl schwerlich zu den Körpern gelangen wird und daß man also immer wohltut in den philosophischen Naturstande (Schällings Ideen pag XVI.) zu bleiben und von seiner ungetrennten Existenz den besten möglichen Gebrauch zu machen, bis die Philosophen einmal übereinkommen wie das was sie nun einmal getrennt haben wieder zu vereinigen sein möchte.

Ich bin abermals auf einige Punkte gekommen deren Bestimmung ich zu meinen nächsten Operationen brauche und worüber ich mir Ihr Gutachten mündlich erbitten werde. Leben Sie recht wohl. Ich verschiebe meine Ankunft lieber noch einige Zeit um in der Kontinuation mit Ihnen erfreuliche und fruchtbare Tage verleben zu können.

W. d. 6. Jan 98 G

403. Schiller

Jena 9. Januar 98

Inlage schickte mir Cotta für Sie und wird ferner damit kontinuieren. Er will Ihr Paquet immer an mich einschließen weil man nicht bis Weimar frankieren kann.

Heute kann ich Ihnen bloß einen guten Abend sagen. Ich habe die Nacht nicht geschlafen und werde mich gleich zu Bette legen. Wie ists Ihnen bei dem greulichen Wetter? Ich fühle es in allen Nerven. Es ist mir für Sie selbst lieb, daß Sie jetzt nicht hier sind.

Leben Sie recht wohl S.

404. Goethe

⟨Weimar, 10. Januar 1798⟩

Die letzten Tage waren wirklich von der Art daß man wohl tat so wenig als möglich von dem Dasein des Himmels und der Erde Notiz zu nehmen, wie ich mich denn auch meistens in meiner Stube gehalten habe. Indessen habe ich in diesen farb- und freudlosen Stunden die Farbenlehre wieder vorgenommen, und, um das was ich bisher getan recht zu übersehen, in meinen Papieren Ordnung gemacht. Ich hatte nämlich von Anfang an Akten geführt und dadurch sowohl meine Irrtümer als meine richtigen Schritte, besonders aber alle Versuche, Erfahrungen und Einfälle konserviert nun habe ich diese Volumina aus einander getrennt, Papiersäcke machen lassen, diese nach einem gewissen Schemate rubriziert, und alles hineingesteckt, wodurch ich denn meinen Vorrat zu einem jeden Kapitel desto besser übersehen kann, wobei ich alle unnütze Papiere zerstören kann, indem ich das Nützliche absondere und zugleich das Ganze rekapituliere. Jetzt hinterdrein sehe ich erst wie toll die Unternehmung war und werde mich wohl hüten mich jemals in etwas ähnliches wieder einzulassen. Denn selbst jetzt da ich mich so weit durchgearbeitet habe, bedarf es noch einer großen Arbeit bis ich mein Material zu einer reinen Darstellung bringe. Indessen habe ich dabei sehr an Ausbildung gewonnen, denn, ohne diese seltsame Teilnahme, wäre es meiner Natur kaum vergönnt gewesen einen Blick in diese Fächer zu tun. Ich lege einen kleinen Aufsatz bei, der ohngefähr 4 bis 5 Jahre alt sein kann, es wird Sie gewiß unterhalten zu sehen wie ich die Dinge damals nahm.

Zugleich lege ich des Herrn Bouterweks ästhetische Bemühungen bei, die ich bis zu meiner Ankunft wohl zu verwahren bitte. Nicht leicht ist mir etwas so wunderlich vorgekommen. Das Ganze scheint mir aus Alter überlieferter Ware, aus eignen unbestimmten Ansichten und aus Lappen der neuen Philosophie zu bestehen. Es müßte lustig genug sein wenn man dereinst nachgeschriebene Hefte erwischen könnte, wornach ich aufstellen will.

Cotta ist sehr artig daß er uns seine neue Weltkunde überschickt, ich werde ihn selbst danken. Das Blatt wird ein großes Publikum finden, ob ich gleich nicht leugnen will daß mir die Manier widersteht, sie erinnert mich an die Schubartische Chronik und hat weder Geschmack noch Würde doch was hat das zu bedeuten. Wenn Freund Cotta nur seine Rechnung dabei findet. Wenn ich in der Folge mit irgend einem Beitrag ihm dienen kann so werde ich es gerne tun. Das dritte Stück habe ich gestern schon unmittelbar erhalten.

Halten Sie sich so gut als möglich! ich will auch den Januar noch hier ausdauern, auf den 30ten noch eine Oper geben und dann zu Ihnen hinüber eilen, wo ich den Wallenstein auf gutem Wege zu finden hoffe, ich werde wohl indessen nichts tun können als aufräumen und ordnen. Leben Sie recht wohl Weimar am 10 Jan. 1798.

G

405. Schiller

Jena 12. Januar. 98

Ihr Aufsatz enthält eine treffliche Vorstellung und zugleich Rechenschaft Ihres naturhistorischen Verfahrens, und berührt die höchsten Angelegenheiten und Erfodernisse aller rationellen Empirie, indem er nur einem einzelnen Geschäfte die Regel zu geben sucht. Ich werde ihn noch sorgfältig durchlesen und überdenken und Ihnen dann meine Bemerkungen mitteilen. Das ist mir z. B. sehr einleuchtend, wie gefährlich es ist, einen theoretischen Satz unmittelbar durch Versuche beweisen zu wollen. Es stimmt dies wie mir deucht mit einer andern philosophischen Warnung überein, daß man seine Sätze nicht durch Beispiele beweisen solle, weil kein Satz dem Beispiel gleich ist. Die entgegengesetzte Methode verkennt den essentiellen Unterschied zwischen der Naturwelt und der Verstandeswelt ganz, ja sie hebt die ganze Natur auf indem sie bloß ihre Vorstellung uns in den Dingen und nie umgekehrt finden läßt. Überhaupt kann eine Erscheinung oder Faktum die etwas durchgängig vielfach *bestimmtes* ist, nie einer Regel die bloß *bestimmend* ist adäquat sein. Ich wollte wünschen, es gefiel Ihnen den Hauptinhalt dieses Aufsatzes auch für sich selbst und unabhängig von den Untersuchungen und Erfahrungen, denen er zur Einleitung dient, auszuführen. Sie würden auf eine strengere und reinere Scheidung des praktischen Verfahrens und des theoretischen Gebrauches bedeutende Fingerzeige geben, man würde dahin gebracht werden sich zu überzeugen, daß nur dadurch die Wissenschaft erweitert werden kann, daß man auf der einen Seite dem Phänomen ohne allen Anspruch auf eine hervorzubringende Einheit folgt, es von allen Seiten umgehet und bloß die Natur in ihrer Breite aufzufassen sucht – auf der andern Seite (und wenn jene erste nur in Sicherheit gebracht ist) die Freiheit der vorstellenden Kräfte begünstiget, das Kombinationsvermögen sich nach Lust daran versuchen läßt, mit dem Vorbehalt, daß die Vorstellende Kraft auch nur in ihrer eignen Welt und nie in dem Faktum etwas zu konstituieren suche. Denn mir deucht, es ist bisher auf zwei entgegengesetzte Arten in der Naturwissenschaft gefehlt worden, einmal hat man die Natur durch die Theorie verengt, und ein andermal die Denkkräfte durch das Objekt zu sehr einschränken wollen. Beiden muß Gerechtigkeit geschehen, wenn eine rationale Empirie möglich sein soll, und beiden kann Gerechtigkeit geschehen, wenn eine strenge kritische Polizei ihre Felder trennt. Sobald man die Freiheit der theoretischen Vermögen begünstiget, so kann es nicht fehlen, und die Erfahrung lehrt es, daß die Mannichfaltigkeit der Vorstellungsarten, wodurch sie sich wechselsweise einschränken und öfters aufheben, den Schaden gut macht, den der Despotism einer einzigen stiftet, und so wird man selbst auf dem theoretischen Wege zu dem Objekte zurückgenötigt.

Das metaphysische Gespräch des Paters mit dem Chinesen hat mich sehr unterhalten und es nimmt sich in der gotischen Sprache besonders wohl aus. Ich bin nur ungewiß, wie es in solchen Fällen manchmal geht, ob etwas recht gescheites oder etwas recht plattes hinter des Chinesen seinem Raisonnement steckt. Wo haben Sie dies schöne Morceau aufgefunden? Es wäre ein Spaß, es abdrucken zu lassen mit einer leisen Anwendung auf unsere neuesten Philosophen.

Boutterwecks ästhetischer Kramladen ist wirklich merkwürdig. Nie hab ich den flachen belletristischen Schwätzer, mit dem konfusen Kopf so gepaart gesehen, und eine so unverschämte Anmaßung auf Wissenschaft bei einem so erbärmlich rhapsodistischen Hausrat.

Daß Sie Ihre Herreise bis zum Februar verschieben verlängert mir wirklich diesen traurigen Januar, aber ich werde aus dieser Einsamkeit wenigstens den einzigen Vorteil zu ziehen suchen den sie hat, und im Wallenstein fleißig voranschreiten. Ohnehin ist es gut, wenn ich die Tragödie, ehe sie Ihnen vorgelegt wird, erst bis zu einer gewissen Hitze der Handlung geführt habe, wo diese sich dann wie von selbst bewegt, und im Herabrollen ist, denn in den zwei ersten Akten steigt sie erst bergan.

Leben Sie wohl und grüßen Sie Meiern. Meine Frau empfiehlt sich bestens.

S.

406. Goethe

⟨Weimar, 13. Januar 1798⟩

Ihr lehrreicher Brief trifft mich eben bei den Farben der aneinandergedruckten Glasplatten, dem Phänomen das Sie selbst so sehr interessierte und das ich jetzt auf seinem ersten Elemente zu verfolgen vorhabe, indem ich ein Kapitel nach dem Andern auszuarbeiten gedenke. Schreiben Sie doch ja bei Gelegenheit meines Aufsatzes was Sie denken hin, denn wir müssen jetzt einen großen Schritt tun und ich glaube wieder bei Gelegenheit des Schellingischen Buches zu bemerken daß von den neuern Philosophen wenig Hülfe zu hoffen ist. Ich habe diese Tage, beim Zertrennen und Ordnen meiner Papiere, mit Zufriedenheit gesehen wie ich, durch treues Vorschreiten, und bescheidnes Aufmerken, von einem steifen Realism und einer stockenden Objektivität dahin gekommen bin daß ich Ihren heutigen Brief als mein eignes Glaubensbekenntnis unterschreiben kann. Ich will sehen ob ich durch meine Arbeit diese meine Überzeugung praktisch darstellen kann.

Indem ich diese Woche verschiedne phisische Schriften wieder ansahe ist es mir recht aufgefallen wie die meisten Forscher die Naturphänomene als eine Gelegenheit brauchen die Kräfte ihres Individuums anzuwenden und ihr Handwerk zu üben. Es geht über alle Begriffe wie zur Unzeit *Newton* den Geometer in seiner Optik macht, es ist nicht besser als wenn man die Erscheinungen in Musik setzen oder in Verse bringen wollte, weil man Kapellmeister oder Dichter ist. Der *Mechaniker* läßt das Licht aus Kugeln bestehn, die sich einander stoßen und treiben, wie sie nun mehr oder weniger schief abprallen so müssen die verschiednen Farben entstehen; beim *Chemiker* solls der Wärmestoff und besonders in der neuern Zeit das Oxygen getan haben, ein stiller und besonders bescheidner Mann wie *Klügel* zweifelt und läßt es dahin gestellt sein, *Lichtenberg* macht Späße und neckt die Vorstellungsarten der andern; *Wünsch* bringt eine Hipothese vor die toller ist als ein Kapitel aus der Apokalipse, verschwendet Tätigkeit, Geschicklichkeit im Experimentieren, Scharfsinn im Kombinieren an dem absurdesten Einfall in der Welt, *Gren* wiederholt das alte, wie einer der ein Simbolisches Glaubensbekenntnis abbetete, und versichert es sei das rechte. Genug es ist mehr oder weniger jedem darum zu tun seinen individuellen Zustand mit der Sache zu verbinden und sich wo möglich dabei seine Konvenienz zu machen.

Wir wollen nun sehen wie wir uns vor diesen Gefahren in acht nehmen, helfen Sie mir mit aufmerken.

Ich will nächstens Ihnen ein Apercü über das Ganze schreiben, um von meiner Methode vom Zweck und Sinn der Arbeit Rechenschaft zu geben

Heute nur noch meinen Glückwunsch zum fortschreitenden Wallenstein.

Das tolle philosophische Gespräch ist aus des *Erasmus Franzisci* neupolierten Geschicht- Kunst und Sittenspiegel einem abgeschmackten Buche, das aber manchen für uns brauchbaren Stoff enthält.

Leben Sie recht wohl. Die Botenfrau steht vor der Türe.

W. d. 13. Jan. 1798 G

407. Schiller

J⟨ena⟩ 15. Jan. 98

Nur einen freundlichen Gruß für heute. Morgen Abend werde ich mit der Post schreiben. Ich hab mich in eine Hauptszene so vertieft, daß ich vom Nachtwächter gemahnt werde aufzuhören. Es geht noch immer ganz gut mit der Arbeit und obgleich der Poet sein erstes Konzept nicht gewisser schätzen kann als der Kaufmann seine Güter auf der See, so denke ich doch, meine Zeit nicht verloren zu haben.

Leben Sie recht wohl S.

408. Goethe

⟨Weimar, 17. Januar 1798⟩

Die gute Nachricht, daß Ihre Arbeit fördert ersetzt mir einen längern Brief, den ich sonst nicht gern entbehre.

Sie erhalten hierbei einen kleinen Aufsatz über einige Punkte, die ich in diesen Tagen noch lieber mündlich mit Ihnen abgehandelt hätte. Ich denke wenn wir die Sache noch einigemal recht angreifen, so muß sie sich geben. Ich habe gestern das Kapitel von der Elektrizität in Grens Naturlehre gelesen, es ist so vernünftig geschrieben als unvernünftig das von den Farben; allein wie fand er es auch durchgearbeitet und vorbereitet.

So viel ich jetzt übersehen kann wird die Farbenlehre, wenn man sie recht angreift, in Absicht auf ihren Vortrag einen Vorzug vor der elektrischen und Magnetischen haben, weil wir bei ihr mit keinen Zeichen sondern mit den Verhältnissen und Wirkungen sichtbarer Naturverschiedenheiten zu tun haben.

Zugleich erhalten Sie einen Nachtrag von Freund Hirt über seinen Laokoon.

Böttiger hat, nach seiner beliebten Art, meinen Aufsatz über diese Materie an jenen Freund verraten und dieser ist dadurch in die größte Bewegung gesetzt worden, wie der Nachtrag ausweist.

Bemerkenswert ist es daß er seine Beispiele von Basreliefen hernimmt, die als subordinierte Kunstwerke schon allenfalls weiter gehen dürfen; daß er aber von der Familie der Niobe schweigt, einem Kunstwerk auf der höchsten Stufe, das aber freilich seiner Hipothese nicht günstig ist.

Wäre nur die Gruppe selbst glücklich in Paris angelangt und wieder aufgestellt so möchten unsere Salbadereien hierüber sämtlich in Rauch aufgehen.

Man fängt in Paris schon an sich über den übeln Zustand der hingeschafften Kunstwerke zu beklagen. So wie unser Meyer versichert daß z. B. die Cecilie von Raphael gar nicht zu transportieren gewesen sei, weil der Kreidengrund sich an vielen Stellen gehoben hatte, der also durch die Erschüttrung gewiß abgefallen ist. Wie finde ich Herrn Posselt glücklich daß er sich über den Success dieses übermächtigen und übermütigen Volks bis tief in die Eingeweide freuen kann.

Leben Sie recht wohl es steht mir jetzt noch einige Wochen manches bevor, ist aber der Geburtstag vorbei, so komme ich um an Ihren Arbeiten Teil zu nehmen. Grüßen Sie Ihre liebe Frau.

Weimar am 17. Januar 1798.

G

409. Schiller

Jena 19. Januar. 98.

Es wird Ihnen interessant und belehrend sein, wenn Sie Ihre Gedanken, die in jenem ältern und in Ihrem neuesten Aufsatz aufgestellt sind, nach den *Kategorien* durchgehen. Ihr Urteil wird ganz bestätigt werden, und es wird Ihnen zugleich ein neues Vertrauen zu dem regulativen Gebrauch der Philosophie in Erfahrungssachen erwachsen. Ich will mich hier nur bei einigen Anwendungen aufhalten, und zwar gleich in Beziehung auf Ihren neuesten Aufsatz.

Die Vorstellung der Erfahrung unter den dreierlei Phänomenen ist vollkommen erschöpfend, wenn Sie sie nach d⟨en⟩ Kategorien prüfen. Der gemeine Empirism, der nicht über das empirische Phänomen hinausgeht, hat (der Quantität nach) immer nur Einen Fall, ein einziges Element der Erfahrung und mithin keine Erfahrung; der Qualität nach asseriert er immer nur eine bestimmte Existenz, ohne zu unterscheiden, von ihr auszuschließen, ihr entgegenzusetzen, mit einem Wort, zu vergleichen; der Relation nach ist er in Gefahr das Zufällige als das Substantielle aufzunehmen; der Modalität nach bleibt er bloß auf eine bestimmte Wirklichkeit eingeschränkt, ohne das Mögliche zu ahnden, oder seine Erkenntnis bis gar zu einer Notwendigkeit zu führen. Nach meinem Begriff ist der gemeine Empirism nie einem Irrtum ausgesetzt, denn der Irrtum entsteht erst in der Wissenschaft. Was er bemerkt, bemerkt er wirklich, und weil er nicht den Kitzel fühlt, aus seinen Wahrnehmungen Gesetze für das Objekt zu machen, so können seine Wahrnehmungen ohne irgend eine Gefahr immer einzeln und akzidentell sein.

b.

Erst mit dem *Rationalism* entsteht das *wissenschaftliche Phänomen* und der Irrtum. In diesem Felde nämlich fangen die Denkkräfte ihr Spiel an, und die Willkür tritt ein mit der Freiheit dieser Kräfte, die sich so gern dem Objekte substituieren.

Der Quantität nach verbindet der Rationalism immer *Mehrere* Fälle, und solang er sich bescheidet, die Pluralität nicht für Totalität auszugeben, d. h. objektive Gesetze zu machen, so ist er unschädlich, ja nützlich, da er der *Weg* zur Wahrheit ist, welche nur dadurch gefunden wird, daß man von dem einzelnen sich loszumachen weiß. In seinem Mißbrauch hingegen wird er verderblich für die Wissenschaft, weil er, wie Sie in Ihrem Aufsatz sehr einleuchtend sagen, die ungeheure Verbindungsgewalt des menschlichen Geistes auf Kosten einer gewissen republikanischen Freiheit der Fakten geltend machen will, kurz weil er in die bloße Pluralität schon seine Einheit legen will, und also eine Totalität gibt, die keine ist.

Der Qualität nach setzt der Rationalism wie billig ist, die Phänomene einander entgegen, er unterscheidet und vergleicht; welches gleichfalls (so wie der Rationalism überhaupt) löblich und gut und der einzige Weg zur Wissenschaft ist. Aber jener Despotism der Denkkräfte zeigt sich auch hier sogleich durch *Einseitigkeit*, durch *Härte* der Unterscheidung, so wie oben durch *Willkür* der Verbindung. Er kommt in Gefahr, dasjenige strenge zu sondern, was in der Natur verbunden ist, wie er oben verband, was die Natur scheidet. Er macht Einteilungen, wo keine sind u.s.w.

Der Relation nach ist es das ewige Bestreben des Rationalism nach der Kausalität der Erscheinungen zu fragen, und alles, qua Ursach und Wirkung zu verbinden. Wiederum sehr löblich und nötig zur Wissenschaft, aber durch Einseitigkeit gleichfalls höchst verderblich. Ich beziehe mich hier auf Ihren Aufsatz selbst, der vorzüglich diesen Mißbrauch, den die Kausalbestimmung der Phänomene veranlaßt, rügt. Der Rationalism scheint hier vorzüglich dadurch zu fehlen, daß er dürftigerweise bloß die *Länge* und nicht die *Breite* der Natur in Anschlag bringt.

Der Modalität nach verläßt der Rationalism die Wirklichkeit ohne die Notwendigkeit zu erreichen. Die *Möglichkeit* ist sein ungeheures Feld, daher das Grenzenlose hypothesieren. Auch diese Funktion des Verstandes ist nach meinem Urteil notwendig und Conditio sine qua non aller Wissenschaft, denn nur durch das Mögliche gibt es, nach meinem Bedünken, von dem Wirklichen einen Durchgang zu dem Notwendigen. Daher wehre ich mich so sehr ich kann für die Freiheit und Befugnis der theoretischen Kräfte im Felde der Physik.

c.

Zu dem *reinen Phänomen*, welches nach meinem Urteil eins ist mit dem objektiven Naturgesetz, kann nur der *rationelle Empirism* hindurchdringen. Aber, um es noch einmal zu wiederholen, der rationelle Empirism selbst kann nie unmittelbar von dem Empirism anfangen, sondern der Rationalism wird allemal erst dazwischen liegen. Die dritte Kategorie entsteht jederzeit aus der Verknüpfung der ersten mit der zweiten, und so finden wir auch, daß nur die vollkommene Wirksamkeit der freien Denkkräfte mit der reinsten und ausgebreitetsten Wirksamkeit der sinnlichen Wahrnehmungsvermögen zu einer wissenschaftlichen Erkenntnis führt. Der rationelle Empirism wird folglich dieses beides tun: er wird die Willkür ausschließen und die Liberalität hervorbringen: die Willkür welche entweder der Geist des Menschen gegen das Objekt, oder der blinde Zufall im Objekte und die eingeschränkte Individualität des einzelnen Phänomens gegen die Denkkraft ausübt. Mit einem Worte, er wird dem Objekt sein ganzes Recht erweisen, indem er ihm seine blinde Gewalt nimmt, und dem menschlichen Geist seine ganze (rationelle) Freiheit verschaffen, indem er ihm alle Willkür abschneidet.

Der Quantität nach muß das reine Phänomen die Allheit der Fälle begreifen, denn es ist das Konstante in allen. Es stellt also, völlig nach dem Sinn der Kategorie, die Einheit in der Mehrheit wiederum her.

Der Qualität nach *limitiert* der rationelle Empirism immer, wie auch das Beispiel aller wahren Naturkündiger lehret, die von einem absoluten Bejahen und Verneinen sich gleich entfernt halten.

Der Relation nach achtet der rationelle Empirism zugleich auf die Kausalität und auf die Unabhängigkeit der Erscheinungen, er sieht die ganze Natur in einer reziproken Wirksamkeit, alles bestimmt sich wechselsweise, und er hütet sich demnach, die Kausalität bloß nach einer einfachen dürftigen *Länge* gelten zu lassen, er nimmt immer auch die Breite mit auf.

Der Modalität nach dringt der rationelle Empirism immer zu der Notwendigkeit hindurch.

Der rationelle Empirism ist, seinem Begriffe nach, zwar

nie einem Mißbrauch ausgesetzt, so wie die zwei vorhergehenden Erkenntnisarten; aber vor einem falschen und angeblichen rationellen Empirism ist doch zu warnen. So wie nämlich eine *weise Limitation* den eigentlich⟨en⟩ Geist dieses r⟨ationellen⟩ Empirism ausmacht, so kann eine *feige* und *ängstliche Limitation* den andern hervorbringen. Die Frucht des erstern ist das *reine,* die Frucht des andern das *leere* und *hohle* Phänomen. Ich habe mehrmalen bemerkt, daß bedenkliche schwache Geister aus einem zuweit getriebenen Respekt vor den Gegenständen und deren Mannichfaltigkeit und aus zuweitgetriebener Furcht vor den Seelenkräften, ihre Assertionen und Enunciationen zuletzt so einschränken und gleichsam aushöhlen, daß das Resultat Null wird.

Es ist noch sovieles über diese Materie und über Ihre Thesen zu sprechen, daß ich Ihre Hieherkunft erwarte, um noch recht in die Sache hinein zu gehen, denn nur das *Gespräch* hilft mir eigentlich die Vorstellung des andern schnell zu fassen und fest zu halten. In dem Monolog eines Briefes bin ich stets in Gefahr, nur meine Seite zu fassen. Besonders will ich Sie selbst noch mehr über das, was Sie die *mittelbare* Anwendung der Fälle auf Regeln nennen, reden hören.

Meine poetische Arbeit stockt seit drei Tagen, ungeachtet einer ganz guten Stimmung in der ich war. Eine Verschleimung des Halses, die in unserm Haus von Mann zu Mann herumging, hat endlich auch mich ergriffen, und weil mich dies Übel gerade in einem erhöhten Zustand von Reizbarkeit überraschte, in den mich mein Geschäft versetzt hatte, so hatte ich gestern den ganzen Tag Fieber. Heute ist mir aber der Kopf schon viel freier, und ich hoffe in etlichen Tagen den bösen Gast los zu sein.

Zu dem neuen Xenion gratulier ich. Wir wollen es ja ad Acta legen.

Die tollen Sprünge, welche H. Posselt vor dem Publikum macht, werden Cotta wahrscheinlich bereichern; denn er schreibt mir, daß er jetzt beinahe schon ganz gedeckt sei.

Man frägt hier sehr, ob Sie in Weimar nicht die Gotterische Oper: die Geisterinsel geben würden.

Hätten Sie jetzt nicht Lust, da H. Hirt ihren Aufsatz über Laocoon gewissermaßen antizipiert, diesen Aufsatz in die Horen zu geben?

Leben Sie recht wohl. Meine Frau grüßt.

S.

410. Goethe

⟨Weimar, 20. Januar 1798⟩

Für die Prüfung meiner Aufsätze nach den Kategorien danke ich zum schönsten, ich werde sie bei meiner Arbeit immer vor Augen haben. Ich finde selbst an der Stimmung womit ich diese Gegenstände bearbeite daß ich bald zur edlen Freiheit des Denkens darüber gelangen werde. Ich schematisiere unabläßlich, gehe meine Kollektaneen durch und suche, aus dem Wust von unnötigem und falschem, die Phänomene in ihrer sichersten Bestimmung und die reinsten Resultate heraus. Wie froh will ich sein wenn der ganze Wust verbrannt ist und das brauchbare davon auf wenig Blättern steht. Die Arbeit war unsäglich, die doch nun schon acht Jahre dauert, da ich kein Organ zur Behandlung der Sache mitbrachte, sondern mir es immer in und zu der Erfahrung bilden mußte. Da wir nun einmal so weit sind, so wollen wir uns die letzte Arbeit nicht verdrießen lassen stehen Sie mir von der theoretischen Seite bei und so wird es gewiß geschwinder gehen.

Ich lege einen flüchtigen Entwurf zur Geschichte der Farbenlehre bei. Sie werden dabei auch schöne Bemerkungen über den Gang des menschlichen Geistes machen können, er dreht sich in einem gewissen Kreise herum, bis er ihn ausgelaufen hat. Die ganze Geschichte, wie Sie sehen werden, dreht sich um die gemeine, das Phänomen bloß aussprechende Empirie, und um den nach Ursachen haschenden Rationalism herum, wenig Versuche einer reinen Zusammenstellung der Phänomene finden sich. Also schreibt uns die Geschichte auch schon selbst vor was wir zu tun haben. Es wird sich bei der Ausführung etwas recht interessantes machen lassen. Stehen Sie mir bei weiterm Fortschreiten bei.

Die öftern Rückfälle Ihrer Gesundheit betrüben mich

sehr, sowohl um des Leidens als des Verlustes willen. Die milde Witterung verspricht uns für die nächste Zeit noch nichts gutes.

Cotta ist zu beneiden! er fühlt sich gewiß glücklich daß so ein herrliches Blatt durch ihn in die Welt geht, wobei der goldne Beifall doppelt willkommen ist. Ich habe es in Weimar sehr in Gang bringen helfen.

Die Gottersche Oper geben wir vorerst noch nicht.

Meinen Aufsatz über Laokoon will ich gelegentlich nochmals durchsehen und dann wollen wir überlegen was zu tun sei. Leben Sie recht wohl, grüßen Sie Ihre liebe Frau und haben Sie nochmals Dank für Ihren langen fördernden Brief. Weimar am 20 Jan. 1798.

G

411. Schiller

Jena 23. Jan. 98.

Ich bin meines Halsübels doch nicht so leicht los geworden, wie ichs in meinem letzten Brief glaubte versichern zu können. Noch heute plagt es mich und da das Übel gerade den Kopf einnimmt, so macht es mich ungeduldiger als sonst meine Krämpfe tun. Es ist mir in diesem Zeitpunkt doppelt lästig, da ich gerade im besten Zuge war, und vor Ihrer Ankunft noch eine gute Station zurückzulegen dachte.

Das kleine Schema zu einer Geschichte der Optik enthält viele bedeutende Grundzüge einer allgemeinen Geschichte der Wissenschaft und des menschlichen Denkens, und wenn Sie sie ausführen sollten, so müßten sich viele philosophische Bemerkungen machen lassen. Der Deutsche Geist würde aber nicht zu seinem Vorteil dabei erscheinen, wenn nicht die Entwicklung antizipiert wird. Es ist doch eigen daß sich die Lebhaftigkeit der Franzosen so bald einschüchtern und ermüden ließ. Man möchte sagen daß es doch mehr die Passion, als Liebe zur Sache war, was den Widerspruch der Franzosen nährte; sonst würden sie der Autorität nicht nachgegeben haben. Den Deutschen hält die Autorität und ein dogmatischer Irrtum lange nieder, aber endlich pflegt doch bei ihm seine natürliche Objektivität und sein Ernst an der Sache zu siegen, und gewöhnlich ist Er es doch, der für die Wissenschaft erntet.

Es ist gar keine Frage, daß Sie das Mögliche für Ihr Geschäft tun und eine so weit schon geführte Sache zu einem gewünschten Ende bringen müssen, denn daß Sie endlich durchdringen werden, ist mir keinen Augenblick zweifelhaft. Ich glaube aber, Sie tun wohl, wenn Sie jetzt, nachdem Sie vergebens auf einen Begleiter und Mitforscher gewartet haben, sich auch nach keinem mehr umsehen, und Ihr Geschäft still für sich selbst vollenden, um alsdann mit dem fertigen, soweit es auf Ihrem Wege sich bringen läßt, auf einmal hervor *zu* treten. Das erst entstehende imponiert, scheint es, den Deutschen nicht; es reizt sie vielmehr und macht sie eigensinnig, wenn man ihre Dogmata bloß erschüttert, ohne sie ganz und gar umzureißen. Ein völlig fertiges Ganzes und ein methodisch ernstlicher Angriff hingegen überwältigt den Eigensinn und bringt die natürliche und angeborne Sachliebe des Deutschen auf die Seite des Gegners. So denke ich mir die Sache, wenn Sie in 3, 4 Jahren Ihre ausführliche und methodische Darlegung vor das Publikum bringen, so wird man gewiß Folgen davon sehen. Unterdessen verläuft sich auch in etwas diese chemische Sündflut und ein neues Interesse gewinnt Platz.

Bötticher höre ich wollte über den Vandalism der Franzosen, bei Gelegenheit der so schlecht transportierten Kunstwerke einen Aufsatz schreiben. Ich wünschte er täte es und sammelte alle dahin einschlagende Züge von Roheit und Leichtsinnigkeit. Ermuntern Sie ihn doch und verschaffen mir alsdann d⟨en⟩ Aufsatz für die Horen; Cotta mag immer aus derselben Druckerpresse kalt und warm blasen.

Leben Sie recht wohl. Heute über 8 Tagen hoffe ich Sie hier zu sehen.

S.

412. Goethe

⟨Weimar, 24. Januar 1798⟩

Schon heute könnte ich ein besseres Schema einer künftigen Geschichte der Farbenlehre überschicken und es soll von Zeit zu Zeit noch besser werden. Wenn man die Reihe von geistigen Begebenheiten, woraus doch eigentlich die Geschichte der Wissenschaften besteht, so vor Augen sieht, so lacht man nicht mehr über den Einfall eine Geschichte a priori zu schreiben, denn es entwickelt sich wirklich alles aus den vor und rückschreitenden Eigenschaften des menschlichen Geistes, aus der strebenden und sich selbst wieder retardierenden Natur.

Eines einzelnen Umstands muß ich erwähnen. Sie erinnern sich des Versuches mit einem gläsernen Kubus, wodurch ich so deutlich zeigte daß die senkrechten Strahlen eben so gut verändert und das Bild aus dem Grund in die Höhe gehoben wird. Snellius, der die erste Entdeckung des Gesetzes der Brechung machte erinnerte schon eben das; allein Huygens, der jene Entdeckung eigentlich bekannt machte, geht gleich über das Phänomen hinaus, weil er es bei seiner mathematischen, übrigens ganz richtigen Behandlung der Sache nicht brauchen kann und seit der Zeit will niemand nichts davon wissen. Der perpendikulare Strahl wird freilich nicht *gebrochen* und die Berechnung kann nicht angestellt werden als bei den gebrochnen Strahlen, weil man sonst keine Vergleichung der Winkel und ihrer Sinus anstellen kann, aber ein Phänomen das nicht berechnet werden kann bleibt deswegen doch ein Phänomen, und sonderbar ist es daß man in diesem Falle grade das Grundphänomen, (denn dafür halte ichs) woraus alle die übrigen sich herleiten, bei Seite bringt.

Erst seit ich mir fest vorgenommen habe außer Ihnen und Meyern mit Niemanden mehr über die Sache zu Konferieren, seit der Zeit habe ich erst Freude und Mut, denn die so oft vereitelte Hoffnung von Teilnahme und Mitarbeit anderer setzt einen immer um einige Zeit zurück. Nun kann ich, wie es Zeit, Umstände und Neigung erlauben immer sachte fortarbeiten.

Möge das schöne Wetter und die Höhe des Barometers etwas zu Ihrem bessern Befinden mit beitragen, ich sehne mich recht aus dieser Masken und Theater-Welt zu Ihnen hinüber. An Böttiger will ich das bringen oder bringen lassen, er läßt sich seit einiger Zeit nicht sehen, seitdem er mir eine Art von tückischem Streich gespielt hat. Meyer ist fleißig und grüßt schönstens. W. d. 24. Jan 98.

G

413. Schiller

Jena 26. Jan. 98.

Eben habe ich das Todesurteil der drei Göttinnen Eunomia, Dice und Irene förmlich unterschrieben. Weihen Sie diesen edeln Toten eine fromme christliche Träne, die Kondolenz aber wird verbeten.

Cotta hatte schon voriges Jahr nur eben die Kosten wieder, und wollte sie auch noch dies Jahr so vegetieren lassen, aber ich sah wirklich keine entfernte Möglichkeit sie zu kontinuieren, weil es uns ganz und gar an Mitarbeitern fehlt, auf die man sich verlassen kann, und ich, ohne eigentlichen reellen Geldgewinn, ewige Sorge und kleinliche Geschäfte bei dieser Redaktion hatte, wovon ich mich durch einen entschlossenen Schritt befreien mußte.

Wir werden, wie sichs von selbst versteht, beim Aufhören keinen Eklat machen, und da sich die Erscheinung des 12ten Stücks 1797 ohnehin bis auf den März verzögert, so werden sie von selbst selig einschlafen. Sonst hätten wir auch in dieses 12te Stück einen tollen politisch-religiösen Aufsatz können setzen lassen, der ein Verbot der Horen veranlaßt hätte, und wenn Sie mir einen solchen wissen, so ist noch Platz dafür.

Mit meiner Gesundheit geht es zwar seit gestern wieder besser, aber die Stimmung zur Arbeit hat sich noch nicht wieder eingefunden. Unterdessen habe ich mir mit Niebuhrs und Volneys Reise nach Syrien und Egypten die Zeit vertrieben, und ich rate wirklich jedem der bei den jetzigen schlechten politischen Aspekten den Mut verliert, eine solche Lecture; denn erst so sieht man, welche Wohltat es bei alledem ist, in Europa geboren zu sein. Es ist doch wirklich unbegreiflich, daß die belebende Kraft im Menschen nur in einem so kleinen Teil der Welt wirksam ist, und jene ungeheuren Völkermassen für die menschliche Perfektibilität ganz und gar nicht zählen. Besonders merkwürdig ist es mir, daß es jenen Nationen und überhaupt allen NichtEuropäern auf der Erde nicht sowohl an moralischen als an ästhetischen Anlagen gänzlich fehlt. Der Realism, so wie auch der Idealism zeigt sich bei ihnen, aber beide Anlagen fließen niemals in eine menschlich schöne Form zusammen. Ich hielt es wirklich für absolut unmöglich den Stoff zu einem epischen oder tragischen Gedichte in diesen VölkerMassen zu finden, oder einen solchen dahin zu verlegen.

Leben Sie wohl für heute. Meine Frau grüßt Sie bestens

S.

414. Goethe

Weimar am 26 Jan. Abends. ⟨Und 27. Januar.⟩ 1798.

Da ich nicht weiß wie es morgen früh mit mir aussehen wird, so will ich heute Abend ein Blättchen in Vorrat diktieren.

Aus beiliegenden Stanzen werden Sie sich ein Traumbild von dem Aufzuge formieren können, der heute Abend statt haben soll. Sechs schöne Freundinnen belieben sich aufs beste zu putzen und wir haben, um ja keine Allegorie mehr in Marmor und wo möglich auch nicht einmal gemalt zu sehen, die bedeutensten Symbole mit Pappe, Gold- und anderm Papier, Zindel und Lahn, und was alles noch von Stoffen dieser Art zu finden ist, auf das klärste dargestellt.

Der Imagination Ihrer lieben Frau wird es einigermaßen nachhelfen wenn ich nachstehendes Personal hersetze.

Der Friede Fräul. v Wolfskeel
Die Eintracht Frau von Eglofstein und
Fräul. v. Seckendorf.
Der Überfluß Frau v. Werther
Die Kunst. Fräul. v. Beust.
Der Ackerbau Fräul. v. Seebach

Hierzu kommen noch sechs Kinder die auch nicht wenig Attribute schleppen müssen und so hoffen wir mit der größten Pfuscherei in dem gedankenleersten Raum die zerstreuten Menschen zu einer Art von Nachdenken zu nötigen.

Auf dieses Vorspiel paßt die Nachricht vollkommen die

ich Ihnen von den berühmten englischen Gedichte Darwins, *Der botanische Garten,* zu geben gedenke. Ich wünschte nur daß ich Ihnen diese englische Modeschrift wie sie hier in groß 4, in Saffian gebunden, vor mir liegt, auch vor Augen stellen könnte. Sie wiegt 5½ ℔ akkurat, wie ich mich gestern selbst überzeugt habe. Da nun unsere Taschenbücher ohngefähr eben so viel Lot an Gewicht haben, so möchten wir uns auch von dieser Seite zu den Engländern wie 1 zu 32 verhalten, wenn wir nicht allenfalls, durch 32 Taschenbücher, einen solchen englischen Moderiesen aufzuwiegen im Stande wären. Es ist auf geglättetes Papier prächtig gedruckt, mit wahnsinnig allegorischen Kupfern, von Füßli, verziert und außerdem noch mit botanischen, antiquarischen, Tags und Liebhaber Darstellungen hie und da geschmückt, hat Einleitungen, Anzeigen des Inhalts, Noten unter dem Text, Noten hinter dem Text, in welchen Naturlehre, Chemie, Naturgeschichte, Erdbeschreibung, Botanik, Fabrik und Handelswesen, besonders aber Toter und Lebender berühmte Namen, auf das beste, produziert sind, so daß, von Ebbe und Flut bis zur simpathetischen Dinte, alles wohl eingesehen und begriffen werden kann.

Bei allen diesen Sonderbarkeiten scheint mir aber doch das sonderbarste: daß in diesem botanischen Werke alles, nur keine Vegetation, zu finden ist. Wenigstens ist dies von dem ersten Teil desselben beinah buchstäblich wahr. Hier haben Sie den Inhalt des Zweiten Gesangs:

Anrede an die Gnomen. Die Erde wird durch einen Vulkan aus der Sonne geworfen, ihre Atmosphäre und Ozean, ihre Reise durch den Tierkreis. Abwechslung Tages und der Nacht, so wie der Jahrszeiten. Uranfängliche glückliche Eilande, Paradies oder goldnes Alter. Venus steigt aus der See. Die ersten großen Erdbeben, feste Länder steigen aus der See; der Mond wird von einem Vulkan ausgeworfen, hat keine Atmosphäre, und ist frostig, die Tägliche Bewegung der Erde wird aufgehalten, ihre Axe neigt sich mehr, sie dreht sich mit dem Monde um einen neuen Mittelpunkt. Entstehung des Kalksteins durch wässrige Auflösung, Kalkspat, weißer Marmor, antike Statue des Herkules der von seinen Arbeiten ruht, Antinous, Apoll von Belvedere, Venus Medicis, Lady Elisabeth Foster und Lady Melbourn von Herrn Damer. Von Morästen. woher das Salz der Erde komme? Salzminen bei Krakau. Hervorbringung des Salpeters. Mars und Venus werden durch Vulkan gefangen. Hervorbringung des Eisens. Herrn Michels Verbessrung künstlicher Magneten. Gebrauch des Stahls beim Ackerbau, Schiffahrt und Krieg. Ursprung der Säuren. Woher die Kieselsteine, der Seesand, Gips, Asbest, Fluß, Onix, Achat, Mocka, Opal, Sapphir, Rubin, Diamant. Jupiter und Europa. Neue unterirdische Feuer durch Gärung. Der Ton wird hervorgebracht. Porzellanmanufaktur in China, Italien, England, Herrn Wedgwoods Werke zu Etruria, in Stafford Shire. Kamé einen Mohrensklaven in Ketten vorstellend, die Hoffnung Vorstellend. Die Figuren auf der Portland, oder Barbarini Vase werden erklärt. Kohlen, Schwefelkies. Naphta, Obsidian und Ambra. Doktor Franklins Erfindung dem Gewitter seine Blitze zu nehmen. Freiheit Amerikas, Irrlands, Frankreichs. Alte unterirdis⟨ch⟩e Zentralfeuer. Hervorbringung des Zinns, Kupfer, Zink, Blei, Merkurius, Platina Gold und Silber. Zerstörung von Mexiko. Sklaverei von Afrika, Untergang der Heere des Cambyses, Gnomen wie Sterne an einer Himmelsmaschine. Einbrüchen der See wird Einhalt getan, Felsen werden bebaut. Die Materie zirkuliert, die Düngung ist den Pflanzen was der Milchsaft den Tieren. Pflanzen steigen aus der Erde. St. Peter wird aus dem Kerker erlöst. Wanderungen der Materie. Tod und Auferstehung des Adonis. Entfernung der Gnomen.

Hier haben Sie also das Schema eines Gedichtes! So muß ein Lehrgedicht aussehen, das nicht allein lehren sondern auch unterrichten soll. Nun können Sie sich denken was für Beschreibungen, für Allegorien, für Gleichnisse in dem Werke herumspuken und wie das ganze Material auch nicht mit einer Spur von poetischem Gefühl zusammen gebunden ist. Die Verse sind, wie mir scheint, nicht übel und manche Stellen haben eine rhetorische Tournüre die dem Silbenmaße angehört. Genug das Detail erinnert einen an so viel englische Dichter die im didaktischen und beschreibenden gearbeitet haben. Was mag die englische zerstreute Welt sich nicht an einzelnen Stellen vergnügen! wenn ihr so eine Menge Theoretisches Zeug, von dem sie schon so lange summen hörte, nun wieder im bekannten Silbenmaße vorgesungen wird. Ich habe das Buch erst seit gestern Abend im Hause und finde es wirklich unter meiner Erwartung, denn ich bin Darwin im Grunde günstig. Zwar schon seine Zoonomie

So weit war ich gestern gekommen als man mich abrief um Chorführer zu sein. Es ging alles ganz gut, nur daß auch diesmal wie bei ähnlichen Fällen zuletzt der Raum fehlte sich gehörig zu produzieren. Die Frauenzimmer hatten sich recht schön geputzt und die zwölf, teils großen teils kleinen Figuren, in einem Halbkreise, würden durch ihre verschiednen Gruppen, auf dem Theater, wo man sie ganz übersehen hätte, einen guten Effekt gemacht haben. So ward aber in dem engen Raum alles zusammengedrängt und weil jeder recht gut sehen wollte, sah fast niemand. Indessen waren sie doch auch nachher noch einzeln hübsch geputzt und gefielen sich und andern.

Daß Sie unsere Freundinnen wollen einschlafen lassen war mir nicht ganz unerwartet. Was sagen Sie aber zu dem Gedanken daß man Monatschriften nur auf ein Jahr herausgeben sollte. Man sammelte z. B. 98 und gäbe 99 zwölf Stücke, und so fort, wenn man im Gange wäre, vielleicht immer mit einer Pause. Man müßte sich zum Gesetz große Mannigfaltigkeit machen, interessante, nicht zu lange Aufsätze, in dem Einen Jahre gewiß alles ganz, und seine Sache so machen daß es am Ende noch als ein ganzes Werk verkauft werden könnte. Soll ich Böttigers Aufsatz noch für Sie besprechen?

Einsidel hat ein paar Märchen geschrieben, die artig sein sollen, ich wollte sie auch zu erhalten suchen.

Für den Almanach habe ich einen Einfall der noch toller ist als die Xenien, was sagen Sie zu dieser anmaßlich scheinenden Versichrung? Ich kommuniziere ihn aber nicht anders als unter gewissen Bedingungen, indem ich mir Redaktion dieses abermaligen Anhangs vorbehalte, Ihnen aber zuletzt wie billig die Wahl frei steht ob Sie ihn aufnehmen wollen oder nicht. Ehe man eine Sylbe davon zu drucken anfängt muß das ganze wie ein anderes Werk entschieden sein. Sie werden wenn Sie in der Welt recht herumraten es zwar schwerlich auffinden, doch vielleicht entdecken Sie etwas ähnliches zum Gebrauch künftiger Zeiten.

Leben Sie recht wohl das schöne Wetter möchte ich nun gar zu gern in Ihrer Nachbarschaft zubringen. Ich warte nur auf einen Brief von Stuttgard ob nicht Thouret, den wir zur Dekoration des Schlosses verschrieben haben, bald kommen wird.

Lassen Sie uns denn also, wenn es auch in Europa noch etwas bunter zugehen sollte, gerne in diesem Weltteile verweilen. Weimar am 27. Jan. 1798. G

415. Schiller

Jena 30. Jan. 98.

Für die schönen Neuigkeiten und Kuriositäten, die Ihr letzter Brief enthielt danken wir Ihnen sehr. Sie haben uns an dem ganzen stattlichen Aufzug teilnehmen lassen, ohne daß uns das Gedränge und der Staub inkommodiert hätte.

Die Schrift von Darwin würde wohl in Deutschland wenig Glück machen. Die Deutschen wollen Empfindungen und je platter diese sind, desto allgemeiner willkommen, aber diese Spielerei der Phantasie mit Begriffen, dieses Reich der Allegorie, diese kalte Intellektualität und in Verse gebrachte Gelehrsamkeit kann nur die Engländer in ihrer jetzigen Frostigkeit und Gleichgültigkeit anziehen. Diese Schrift zeigt indes, welche Funktion man der Poesie, bei einer großen und respektabeln Volksklasse, anzuweisen pflegt, und gibt den Philistern einen neuen glänzenden Triumph über ihre poetischen Widersacher.

Ich glaube übrigens nicht, daß der Stoff unzulässig und für die Poesie ganz ungeschickt ist; diese verunglückte Geburt schreibe ich ganz auf Rechnung des Dichters. Wenn man gleich anfangs auf alles sogenannte Unterrichten Verzicht täte, und bloß die Natur in ihrer reichen Mannichfaltigkeit, Bewegung und Zusammenwirkung der Phantasie nahe zu bringen suchte, alle natürlichen Erzeugungen mit einer gewissen Liebe und Achtung aufführte, jedem seine selbstständige Existenz respektierte und so weiter, so müßte ein lebhaftes Interesse erregt werden können. Aber aus dem

Küchenzettel, den Sie von dem Buche geben, muß ich schließen, daß der Verfasser, gerade umgekehrt, das poetische Interesse bloß in der Zutat, nicht in der Sache selbst zu erwecken gesucht, und daß es mithin das kontradiktorische Gegenteil eines guten Gedichts ist.

Den Trumpf, womit Sie selbst die Xenien stechen wollen, kann ich wirklich nicht erraten, und um auch nur möglicherweise darauf verfallen zu können, müßte ich wenigstens wissen, ob darin, so wie in den Xenien einzelne Personen herumgenommen werden sollen, oder ob der Krieg dem Ganzen gilt. In letzterm Fall würde es schwer sein, eine lebhaftere Bewegung hervorzubringen, als die Xenien erregt haben.

Ihren Bedingungen will ich mich recht gerne unterwerfen; nur einen Anteil an der Arbeit selbst würde ich vor Ende Julius, wo der Wallenstein hoffentlich fertig sein wird, nicht übernehmen können. Ich vermute aber aus Ihrem Briefe selbst, daß es keine gemeinschaftliche Unternehmung sein wird und daß Sie also allein auch alle Kosten der Ausführung haben werden.

Böttichers Aufsatz und H. v Einsiedels Erzählungen würden mir beide zum letzten Horenstücke willkommen sein; nur müßte ich beide binnen 3 Wochen erhalten, und könnte mir Einsiedel gleich jetzt etwas senden, so wäre im vorletzten Horenstück auch noch Platz.

Ihr Gedanke, eine Monatschrift Jahrweise herauszugeben, ist so übel nicht, nur würde der Verleger nicht seine Rechnung dabei finden, weil man nicht gern auf einmal soviel Geld bezahlt. Bei den Horen wäre aber die Hauptschwierigkeit immer, wo man die Aufsätze hernehmen sollte, denn es ist merkwürdig daß wir es nicht einmal durch den Reiz eines ungewöhnlich großen Honorars haben dahin bringen können, gewisse Bäche in unser Journal zu leiten, die in andern Journalen um das halbe Geld so ergiebig fließen.

Es tut mir leid, daß Ihre Hieherkunft noch nicht ganz zu bestimmen ist. Vielleicht bringt mir Ihr morgender Brief die Nachricht mit.

Meine Frau grüßt Sie bestens. Leben Sie recht wohl.

S.

Dieser Tage hat sich wieder ein neuer Poet angemeldet, der mir garnicht übel scheint, es müßte mich denn ein gewisser Widerschein Ihres Geistes bestechen, denn dieser scheint viel auf ihn gewirkt zu haben. Ich lege das Gedicht bei, sagen Sie mir doch Ihre Meinung darüber.

416. Goethe

〈Weimar, 31. Januar 1798〉

Geschäfte und Zerstreuungen bringen immer wieder neue Geburten ihrer Art hervor, so daß ich mich fast entschließen möchte nur auf einen oder ein Paar Tage zu Ihnen hinüber zu kommen, weil ich noch keine ruhige Zeitfolge vor mir sehe.

Gestern haben wir eine neue Oper gehört, Cimarosa zeigt sich in dieser Komposition als einen vollendeten Meister, der Text ist, nach Italiänischer Manier, und ich habe dabei die Bemerkung gemacht: wie es möglich wird daß das alberne ja das absurde sich mit der höchsten ästhetischen Herrlichkeit der Musik so glücklich verbindet. Es geschieht dieses allein durch den *Humor*, denn dieser, selbst ohne poetisch zu sein, ist eine Art von Poesie und erhebt uns seiner Natur nach über den Gegenstand. Dafür hat der Deutsche so selten Sinn, weil ihn seine Philisterhaftigkeit jede Albernheit nur ästimieren läßt, die einen Schein von Empfindung oder Menschenverstand vor sich trägt.

Hier schicke ich eine eigne Erscheinung, eine Ankündigung daß ein letzter Abkömmling der alten Nürnberger Meistersänger eine Auswahl seiner Gedichte herausgeben will. Ich kenne schon manches von ihm und habe leider versäumt ihn in Nürnberg selbst zu sehen. Er hat Sachen gemacht, von Humor und Natürlichkeit, die leicht ins reinere Deutsch zu übersetzen wären und deren sich niemand schämen dürfte. Wir erhalten das Buch durch Knebeln wenn es herauskommt.

Dieser Freund ist nun wieder in Ilmenau angelangt, seine Schöne wird in wenig Tagen abreisen um ihn das Joch der Ehe auf den alten steifen Nacken zu legen. Da ich ihm herzlich gut bin so wünsche ich ihm zu diesem Unterfangen das möglichste Glück.

Von allem übrigen bald auf ein oder die andere Weise mündlich. Leben Sie recht wohl und grüßen Ihre liebe Frau. Weimar am 31 Jan 1798.

G

Könnten Sie nicht gelegentlich erfahren ob Justiz Rat Boie die Sechs Bände meiner neuen Schriften erhalten hat, die ich ihm, mit Dank für Cellini, schon am 6 Juni gesendet habe, bis jetzt vernahm ich noch nichts von ihm.

417. Schiller

Jena 2 Febr. 98.

Ihre Bemerkung über die Oper hat mir die Ideen wieder zurückgerufen, worüber ich mich in meinen ästhetischen Briefen so sehr verbreitete. Es ist gewiß, daß dem ästhetischen, so wenig es auch die Leerheit vertragen kann, die Frivolität doch weit weniger widerspricht, als die Ernsthaftigkeit, und weil es dem Deutschen weit natürlicher ist, sich zu beschäftigen und zu bestimmen, als sich in Freiheit zu setzen, so hat man bei ihm immer schon etwas ästhetisches gewonnen, wenn man ihn nur von der Schwere des Stoffs befreit, denn seine Natur sorgt schon hinlänglich dafür, daß seine Freiheit nicht ganz ohne Kraft und Gehalt ist.

Mir gefallen darum die Geschäftsleute und Philister überhaupt weit besser in einer solchen spielenden Stimmung, als die müßigen Weltleute, denn bei diesen bleibt das Spiel immer kraft und Gehaltleer. Man sollte einen jeden immer nach seinem Bedürfnis bedienen können, und so würde ich den einen Teil in die Oper und den andern in die Tragödie schicken.

Ihr Nürnberger Meistersänger spricht mich wie eine Stimme aus einem ganz andern Zeitalter an, und hat mich sehr ergötzt. Wenn Sie Knebeln schreiben, so bitten Sie ihn doch, auch mich zu 1 Exemplar mit Kupfer unter den Subskribenten anzumerken. Ich halte es wirklich für nötig daß man sich bei diesem Werklein vorher meldet, weil es sonst vielleicht nicht zu Stande kommt, denn der gute Freund hat sein Zeitalter überlebt, und man wird ihm die Gerechtigkeit schwerlich erzeigen, die er verdient. Wie wärs wenn Sie nur ein paar Seiten, zu seiner Einführung ins Publikum, in den Horen sagten? Er scheint es wirklich so sehr zu brauchen als zu verdienen.

Nach allem, was von der unparteiischen Welt geurteilt wird, dauert mich unser Freund Knebel sehr, und ich fürchte, das Joch wird seinem Nacken nicht sanft aufliegen.

Mit Boie habe ich nur einmal Verkehr gehabt, aber seit fast 1½ Jahren nicht wieder. Ich weiß also nicht wie es mit dem Paquete steht; daß er es werde erhalten haben, ist wohl kein Zweifel, und daher glaube ich, daß Sie ihm zuviel Ehre antun würden, wenn Sie weiter darnach fragten. Gelegenheitlich kann mans schon an ihn bringen.

Möchten Sie nur endlich einmal herkommen. Nehmen Sie Sichs nur auf 4 oder 5 Tage vor, so werden Sie schon in dem alten Schloß die Muse finden, die Sie halten wird. Leben Sie recht wohl

S.

418. Goethe

⟨Weimar, 3. Februar 1798⟩

Ich ergebe mich in die Umstände welche mich noch hier fest halten nur in so fern, mit einiger Gemütsruhe, als ich, wenn nur erst gewisse Dinge teils bei Seite geschafft, teils in Gang gebracht sind, auf eine Anzahl guter Tage in Jena hoffen kann.

Hier schicke ich eine Arbeit von Einsiedeln, die ich wegen Kürze der Zeit nicht habe lesen können, sie steht, wenn Sie solche brauchen können, für die Horen zu Diensten. Nach der gewöhnlichen Erscheinung der Widersprüche, die der Zufall so oft in den Gang des Lebens mischt, erscheinen jetzt grade am Ende noch voluminose Beiträge und Böttigers Aufsatz über die neufränkische Behandlung der Kunstwerke wird wohl gar erst nach dem seligen Hintritt unserer drei geliebten Nymphen eintreffen.

Ich brauche die Stunden, die mir übrig bleiben, teils zum reineren schematisieren meines künftigen Aufsatzes über die Farbenlehre, teils zum Verengen und Simplifizieren meiner frühern Arbeiten, teils zum studieren der Literatur weil ich zur Geschichte derselben sehr große Lust fühle und überhaupt hoffen kann, wenn ich noch die gehörige Zeit und Mühe daran wende, etwas gutes, ja sogar, durch die Klarheit der Behandlung, etwas angenehmes zu liefern. Sie haben in einem Ihrer letzten Briefe vollkommen recht gesagt: daß ich erst jetzt auf dem rechten Flecke stehe da ich auf alle äußere Teilnehmung und Mitwirkung verzicht getan habe. In einem solchen Falle verdient nur eine vollendete Arbeit die so viele andere Menschen aller Mühe überhebt erst den Dank des Publikums und erhält ihn auch gewiß wenn sie gelingt.

Übrigens habe ich etwa ein halb Dutzend Märchen und Geschichten im Sinne, die ich, als den zweiten Teil der Unterhaltungen meiner Ausgewanderten, bearbeiten, dem Ganzen noch auf ein gewisses Fleck helfen und es alsdann in der Folge meiner Schriften herausgeben werde.

Sodann denke ich etwas ernsthafter an meinen Faust und sehe mich auf diesem Weg schon für das ganze Jahr beschäftigt, besonders da wir doch immer einen Monat auf den Almanach rechnen müssen.

Durch die Verschiedenheit dieser Vorsätze komme ich in den Stand jede Stunde zu nutzen.

Die Idylle ist wirklich wieder eine sonderbare Erscheinung. Wieder ein beinahe weibliches Talent, hübsche jugendliche Ansichten der Welt, ein freundliches, ruhiges, sittliches Gefühl. Wäre es nun den Deutschen möglich sich zu bilden und eine solche Person lernte, was doch zu lernen ist, in Absicht auf innere und äußere Form des Gedichts; so könnte daraus was recht gutes entstehen, an statt daß es jetzt bei einer gewissen gleichgültigen Anmut bewenden muß. Meo voto müßte z. B. die Mutter die Abwesenheit der Tochter merken, ihr nachgehen, Erkennung und Entwicklung müßten in der Kapelle geschehen, wodurch der langweilige Rückweg vermieden würde und der Schluß ein pathetisches und feierliches Ansehen gewinnen könnte.

Zu leugnen ist es nicht daß Herrmann und Dorothea schon auf diese Natur gewirkt hat, und es ist wirklich sonderbar wie unsere junge Naturen das was sich von einer Dichtung durchs Gemüt auffassen läßt an sich reißen, nach ihrer Art reproduzieren und dadurch zwar mitunter ganz was leidliches hervorbringen, aber auch gewöhnlich was man durch die ganze Kraft seiner Natur zum Styl zu erhöhen strebte sogleich zur Manier herabwürdigen und gerade dadurch, weil sie sich dem Publiko mehr nähern, öfters einen größern Beifall davon tragen als das Original von dessen Verdiensten sie nur teilweise etwas losgerissen haben.

Bei diesen Betrachtungen fallen mir unsere dichterische Freundinnen ein. Amelie hat wieder etwas vor. Meyer fürchtet daß das Sujet ihr große Hindernisse in den Weg legen werde. Es ist sonderbar daß die guten Seelen nicht begreifen wollen wie viel darauf ankommt ob auch der Gegenstand sich behandeln lasse. Ich habe auch diese Tage den 2ten Teil von Agnes von Lilien gelesen. Es ist recht schade daß diese Arbeit übereilt worden ist. Die summarische Manier, in der die Geschichte vorgetragen ist und die, gleichsam in einem springenden Takt, rhythmisch eintretenden Reflexionen, lassen einen nicht einen Augenblick zur Behaglichkeit kommen und man wird hastig ohne Interesse. Dies sei zum Tadel der Ausführung gesagt, da die Anlage so schöne Situationen darbietet, die, mit einiger Sodezz ausgeführt, eine unvergleichliche Wirkung tun müßten. Was das Naturell betrifft das dieses Werk überhaupt hervorgebracht, so erregt es immer noch Erstaunen wenn man auch den Einfluß *Ihres* Umgangs auf die Entstehung und *Ihrer* Feder auf die Vollbringung des Werks nicht verkennen kann. Freilich fällt die Absonderung für uns andere Leser schwer; aber ich glaube doch immer sagen zu dürfen daß eine solche Natur wenn sie einer Kunstbildung fähig gewesen wäre etwas unvergleichliches hätte hervorbringen müssen. Meyer ist voller Verwunderung, der sich sonst nicht leicht verwundert. Und ich am Ende des Blatts grüße schönstens, wünsche den besten Fortgang Ihrer Arbeiten und sehe Ihrem Wallenstein, als einem aufgehäuften Schatze entgegen.

Weimar am 3 Febr 1798. G

Darf ich um Humboldts Adresse bitten dem ich doch ehestens zu schreiben wünschte.

419. Schiller

Jena 6. Febr. 98.

Es ist mir lieb auch von Ihnen zu hören, daß mein Urteil über die Idylle und ihren Urheber mich nicht ganz getäuscht hat. Daß es eine weibliche Natur ist, ist wohl kein Zweifel und dieser ganz naturalistische und dilettantische Ursprung erklärt und entschuldigt das ungehörige in der Behandlung.

Sie scheinen mir auf das Produkt meiner Schwägerin einen größern Einfluß einzuräumen, als ich mir gerechter weise anmaßen kann. Plan und Ausführung sind völlig frei und ohne mein Zutun entstanden. Bei dem ersten Teil habe ich gar nichts zu sprechen gehabt, und er war fertig, eh ich nur seine Existenz wußte. Bloß dieses dankt er mir, daß ich ihn von den auffallenden Mängeln einer gewissen Manier in der Darstellung befreite, aber auch bloß solcher, die sich durch Wegstreichen nehmen ließen, daß ich durch Zusammenziehung des bedeutenden ihm eine gewisse Kraftlosigkeit genommen und einige weitläuftige und leere Episoden ganz herausgeworfen.

Bei dem zweiten Teil war an nichts zu denken als an das Fertigwerden, und bei diesem habe ich nicht einmal mehr auf die Sprache Einfluß gehabt. Wie also der 2te Teil geschrieben ist, so kann meine Schwägerin völlig ohne fremde Beihülfe schreiben. Es ist wirklich nicht wenig, bei so wenig solider und zweckmäßiger Kultur, und bloß vermittelst eines fast leidenden *Auf sich wirken lassens* und einer mehr hinträumenden als hellbesonnenen Existenz doch so weit zu gelangen, als sie wirklich gelangt ist.

In dem Verzeichnis Ihrer Arbeits-Pensen für dieses Jahr finde ich Ihre neue Epopee nicht, da ich doch glaubte, Sie würden schon im Spätjahr ernstlich daran gehen können, doch das können Sie ja selbst noch nicht wissen, wie die Göttin Sie führt.

Ihr längeres Ausbleiben vermehrt allerdings meinen Wallensteinischen Vorrat, und da ich diejenige Szene, welche am meisten von der äußern heitern Influenz abhängt, habe liegen lassen und zum ersten Ausflug in meinen Garten verschoben so könnte ich in etlichen Wochen den dritten Akt geendigt haben. Der Vierte und fünfte sind zusammen nicht größer als der erste, und machen sich beinahe von selbst.

Leben Sie recht wohl. Ich habe Besuch im Hause, von meiner Schwägerin, die Sie so wie auch meine Frau schönstens grüßt. S.

⟨*Beilage:*⟩
Citoyen Humboldt rue de Verneuil Faubourg St. Germain vis à vis la rue St. Marie Nro. 824.

420. Goethe

⟨Weimar, 7. Februar 1798⟩

Das was Sie mir von Ihrem wenigern Einfluß auf Agnes von Lilien schreiben vermehrt meinen Wunsch daß die Verfasserin, im Stillen, die Arbeit, besonders des zweiten Teils, nochmals vornehmen, ihn an Geschichtsdetail reicher machen und in Reflexionen mäßiger halten möge! Das Werk ist es wert, um so mehr da sie schwerlich, ihrer Natur nach, ein zweites Sujet finden wird in dem sie sich so glücklich ergehen kann. Im zweiten Bande sind mehrere sehr glückliche Situationen, die durch die Eile mit der sie vorüberrauschen ihren Effekt verfehlen. Ich wüßte nicht leicht einen Fall durch den man den Leser mehr ängstigen könnte als die Scheinheirat mit Julius, nur müßte freilich diese Stelle sehr retardierend behandelt werden.

Wenn Sie meiner Meinung sind, so suchen Sie die Verfasserin zu determinieren, um so mehr da es keine Eile hat, und man natürlich den ersten Eindruck eine Zeit lang muß walten lassen.

Da ich von aller Produktion gleichsam abgeschnitten bin, so treibe ich mich in allerlei praktischen herum, obgleich mit wenig Freude. Es wäre möglich sehr viele Ideen, in ihren ganzen Umfang, auszuführen wenn nicht die Menschen die Determination, die sie von den Umständen borgen, auch schon für Ideen hielten, woraus denn gewöhnlich die größten Pfuschereien entstehen, und bei Verwendung von weit mehr Mühe, Sorge, Geld und Zeit doch zuletzt nichts das eine gewisse Gestalt hätte hervorgebracht werden kann. Mit stiller, aber desto lebhafterer Sehnsucht sehe ich dem Tage entgegen, der mich wieder zu Ihnen bringen soll. Ich sende Ihnen Schlossers zweites Schreiben. Es wird mir interessant sein über diesen Mann und dessen abermalige Äußerungen, umständlicher, zu sprechen wenn wir zusammen kommen. Mir kommt nichts wunderbarer vor als daß er nicht merkt daß er im Grunde seinen Gott doch auch nur postuliert, denn was ist ein Bedürfnis das auf eine bestimmte Weise befriedigt werden muß anders als eine Forderung.

Leben Sie recht wohl es ist spät geworden und ich kann nur noch Sie und Ihre Frauenzimmer bestens grüßen. Weimar am 7 Febr 1798.

G

421. Schiller

Jena 9. Febr. 98

Herr Schloßer hätte besser getan, die Wahrheiten die ihm Kant, und die Impertinenzen die Frid. Schlegel ihm gesagt, in der Stille einzustecken. Mit seiner seinsollenden Apologie macht er Übel ärger, und gibt sich die unverzeihlichsten Blößen. Die Schrift hat mich angeekelt, ich kanns nicht leugnen, sie zeigt einen gegen lautere Überzeugung verstockten Sinn, eine inkorrigible Gemütsverhärtung, Blindheit wenigstens, wenn keine vorsetzliche Verblendung. Sie, der den Menschen besser kennt, erklären Sich vielleicht richtiger und natürlicher durch eine unwillkürliche Beschränktheit, was ich, der die Menschen gerne verständiger annimmt als sie sind, mir nur durch eine moralische Unart erklären kann. Deswegen indignierte mich diese Schrift mehr als sie vielleicht verdienen mag. In einen arroganten Philosophenton finde ich eine recht gemeine Salbaderei eingekleidet, überall wird an das gemeine niedrige Interesse der menschlichen Natur appelliert, und nirgends finde ich eine Spur von einem eigentlichen Interesse für Wahrheit an sich selbst.

Es läßt sich im einzelnen über die Schrift nichts sagen, weil der eigentliche Punkt, auf den alles ankam, nämlich: die Argumente des Kritizism anzugreifen und die Argumente für diesen neuen Dogmatism zu führen, gar nicht von weitem versucht worden ist. Es ist wirklich kein einziger philosophischer Gedanke da, der einen philosophischen

Streit einleiten könnte. Denn was soll man dazu sagen, wenn nach so vielen und gar nicht verlorenen Bemühungen der neuen Philosophen, den Punkt des Streits in die bestimmtesten und eigentlichsten Formeln zu bringen, wenn nun einer mit einer Allegorie anmarschiert kommt, und was man sorgfältig dem reinen Denkvermögen zubereitet hatte, wieder in ein Helldunkel hüllt, wie dieser H. Schloßer bei der Vorlegung der 4 philosophischen Sekten tut.

Es ist wirklich nicht zu verzeihen, daß ein Schriftsteller der auf eine gewisse Ehre hält, auf einem so *reinlichen* Felde als das philosophische durch Kant geworden ist, so unphilosophisch und unreinlich sich betragen darf. Sie und wir andern rechtlichen Leute wissen z. B. doch auch, daß der Mensch in seinen höchsten Funktionen immer als ein verbundenes Ganzes handelt, und daß überhaupt die Natur überall synthetisch verfährt – Deswegen aber wird uns doch niemals einfallen, die Unterscheidung und die Analysis, worauf alles Forschen beruht, in der Philosophie zu verkennen, so wenig wir dem Chemiker den Krieg darüber machen, daß er die Synthesen der Natur künstlicher weise aufhebt. Aber diese Herren Schloßer wollen sich auch durch die Metaphysik hindurch riechen und fühlen, sie wollen überall synthetisch erkennen, aber in diesem anscheinenden Reichtum verbirgt sich am Ende die ärmlichste Leerheit und Platitüde, und diese Affektation solcher Herren, den Menschen immer bei seiner Totalität zu behaupten, das physische zu vergeistigen und das geistige zu vermenschlichen, ist fürchte ich nur eine klägliche Bemühung, ihr armes Selbst in seiner behaglichen Dunkelheit glücklich durchzubringen.

Wir werden, wenn Sie kommen, über diese Materie noch vieles sprechen, aber der Schrift selbst werden wir dabei nicht viel zu danken haben. Schlosser wird übrigens seine Absicht nicht ganz verfehlen, er wird seine Partei, die Unphilosophen, bestärken, denn um die Philosophen mag es ihm überhaupt nicht zu tun sein.

Leben Sie recht wohl. Das SchmutzWetter ist meinem Fleiße nicht sehr günstig, da es die alten Übel Katarrh und Schnupfen wieder zurückgebracht hat.

Meine Frau empfiehlt sich bestens. S.

422. *Goethe*

⟨Weimar, 10. Februar 1798⟩

Nach einer Redoute, welche meine Fakultäten schlimmer von einander getrennt hat als die Philosophie nur immer tun kann, war mir Ihr lieber Brief sehr erfreulich und erquicklich. Mir war die Schlosserische Schrift nur die Äußerung einer Natur, mit der ich mich schon seit 30 Jahren im Gegensatz befinde, und da ich eben in einem wissenschaftlichen Fache in dem Falle bin über beschränkte Vorstellungsarten, Starrsinn, Selbstbetrug und Unredlichkeit zu denken so war mir diese Schrift ein merkwürdiger Beleg. Die Newtonianer sind in der Farbenlehre offenbar in demselbigen Fall, ja der Pater Castel gibt geradezu Newton selbst Unredlichkeit schuld, und gewiß geht die Art wie er aus seinen monumentis opticis die Optik zusammenschrieb in diesem Sinne über alle Begriffe. Er hat offenbar die schwache Seite seines Systems eingesehen, dort trug er seine Versuche vor wie einer der von seiner Sache überzeugt ist und in der Überzeugung mit der größten Konfidenz Blößen gibt. Hier stellt er das Scheinbarste voraus, erzwingt die Hypothese und verschweigt, oder berührt nur ganz leise, was ihm zuwider ist.

Was uns im theoretischen so auffallend ist sehen wir im praktischen alle Tage. Wie sehr der Mensch genötigt ist, um sein einzelnes einseitiges, ohnmächtiges Wesen nur zu etwas zu machen, gegen Verhältnisse die ihm widersprechen die Augen zuzuschließen und sich mit der größten Energie zu sträuben, glaubt man seiner eignen Anschauung nicht und doch liegt auch hievon der Grund in dem Tiefern, bessern der menschlichen Natur, da er praktisch immer konstitutiv sein muß und sich eigentlich um das was geschehen könnte nicht zu bekümmern hat, sondern um das was geschehen sollte. Nun ist aber das letzte immer eine Idee, und er ist konkret im konkreten Zustande; nun geht es in ewigem Selbstbetrügen fort um dem Konkreten die Ehre der Idee zu verschaffen u.s.w. einen Punkt den ich schon in einem vorigen Briefe berührte und der einen im praktischen oft selbst überrascht und uns an andern ganz zur Verzweiflung bringt.

Die Philosophie wird mir deshalb immer werter weil sie

mich täglich immer mehr lehrt mich von mir selbst zu scheiden, das ich um so mehr tun kann da meine Natur, wie getrennte Quecksilberkugeln, sich so leicht und schnell wieder vereinigt. Ihr Verfahren ist mir darin eine schöne Beihülfe und ich hoffe bald durch mein Schema der Farbenlehre uns Gelegenheit zu neuen Unterhaltungen zu geben.

Ich habe diese Tage das Werk des Robert Boyle über die Farben gelesen und kenne in diesen ganzen Felde noch keine schönere Natur. Mit einer entschiednen Neigung zu einer gewissen Erklärungs-Art, die freilich auf den chemischen Teil, den er bearbeitet, noch so leidlich paßt, erhält er sich eine schöne Liberalität, die ihn einsehen läßt daß für andere Phänomene andere Vorstellungsarten bequemer sind. Die Unvollkommenheiten seiner Arbeit erkennt er sehr klar, und seine Darstellung ist in diesem Sinne sehr honet. Er unterläßt nicht seine Meinung vorzutragen und auszuführen, aber immer wie einer der mit einem Dritten spricht, mit einem Jungen Manne, und diesen immer ermahnt alles noch besser zu untersuchen und zu überdenken. Er berührt fast alle bedeutende Fragen und beurteilt das meiste mit sehr viel Sinn. Nur die zwei ersten Abteilungen seines Werks sind eigentlich ausgearbeitet, im letzten sind die Experimente weniger methodisch zusammengestellt. Er schrieb das Werk, da er schon sehr an den Augen litt, aus einzelnen Papieren und aus dem Gedächtnis zusammen, um das was er gedacht und erfahren hatte nicht untergehen zu lassen. Er spricht mit einer erfreulichen Klarheit und Wahrheit vom Wert und Unwert seiner Bemühungen und scheint mir bis jetzt in diesem Fache der einzige der nach des Baco gutem Rat gearbeitet hat. Sein Buch kam ein Jahr früher heraus ehe Newton auf seine Hypothese fiel und mit derselben ganz antibaconisch dieses Feld tyrannisierte. Wären nur noch zwei Menschen auf Boyle gefolgt welche dieses Fach in seiner Art fortbearbeitet hätten so wäre uns nichts zu tun übrig geblieben und ich hätte meine Zeit vielleicht besser anwenden können. Doch man wendet seine Zeit immer gut auf eine Arbeit, die uns täglich einen Fortschritt in der Ausbildung abnötigt. Leben Sie recht wohl. Ich wünsche guten Success Ihrer Arbeiten.

Weimar am 10 Febr 1798. G

423. Schiller

Jena 13. Febr. 98.

Ich suchte mich über Ihr längeres Ausbleiben durch meinen Fleiß und durch die Aussicht zu trösten, Ihnen desto mehr von meiner Arbeit vorlegen zu können, aber die JahrsZeit und die unordentliche Witterung ist mir gar nicht günstig, und hindert alle meine Fortschritte, einer lebhaften Neigung und guten Stimmung zum Trotze. Der Kopf ist mir wieder seit fast 8 Tagen von einem Katarrhalischen Zufall angegriffen und das alte Übel plagt mich auch. Um mein Gemüt frisch zu erhalten, darf ich an meine gegenwärtige Arbeit nicht einmal denken, ich beschäftige mich mit dem Gedanken an eine entferntere und mit allgemeinen Ideen.

Da ich seit diesem Winter viele Reisebeschreibungen las, so habe ich mich nicht enthalten können, zu versuchen, welchen Gebrauch der Poet von einem solchen Stoffe wohl möchte machen können und bei dieser Untersuchung ist mir der Unterschied zwischen einer epischen und dramatischen Behandlung neuerdings lebhaft geworden.

Es ist keine Frage, daß ein Weltentdecker oder Weltumsegler wie Cook einen schönen Stoff zu einem epischen Gedichte entweder selbst abgeben oder doch herbeiführen könnte, denn alle Requisite eines epischen Gedichts, worüber wir übereingekommen finde ich darin, und auch das wäre dabei sehr günstig, daß das Mittel dieselbe Dignität und selbstständige Bedeutung hätte, wie der Zweck selbst, ja daß der Zweck mehr des Mittels wegen da wäre. Es ließe sich ein gewisser menschlicher Kreis darin erschöpfen, was mir bei einem Epos wesentlich deucht, und das physische würde sich mit dem moralischen zu einem schönen Ganzen verbinden lassen.

Wenn ich mir aber eben diesen Stoff als zu einem Drama bestimmt denke, so erkenne ich auf einmal die große Differenz beider Dichtungsarten. Da inkommodiert mich die sinnliche Breite eben so sehr als sie mich dort anzog, das physische erscheint nun bloß als ein Mittel, um das moralische herbeizuführen, es wird lästig durch seine Bedeutung und den Anspruch den es macht, und kurz der ganze reiche Stoff dient nun bloß zu einem Veranlassungsmittel gewisser Situationen, die den innern Menschen ins Spiel setzen.

Es nimmt mich aber wirklich Wunder, daß ein solcher Stoff Sie noch nicht in Versuchung geführt hat, denn hier finden Sie beinahe schon von selbst fertig, was so nötig und doch so schwürig ist, nämlich die persönliche und physische Wirksamkeit des natürlichen Menschen mit einem gewissen Gehalt den nur die Kunst ihm geben konnte vereinigt. Le Vaillant auf seinen afrikanischen Zügen ist wirklich ein poetischer Charakter, und ein wahrhaft mächtiger Mensch, weil er mit aller Stärke der tierischen Kräfte und allen unmittelbar aus der Natur geschöpften Hilfsmitteln die Vorteile verbindet, welche nur die Kultur gewährt.

Leben Sie wohl für heute. Ich werde eben, Nachts um 8 Uhr, zum Mittagessen gerufen. Meine Frau grüßt schön.

S.

424. Goethe

⟨Weimar, 14. Februar 1798⟩

Ich übersende, was Sie wohl nicht erwarten, die Phänomene und hypothetischen Enunciationen über die Farbenlehre, nach den Kategorien aufgestellt. So wenig eine solche Arbeit mich kleiden mag, so werden Sie doch meine Absicht löblich finden Ihnen entgegen zu arbeiten, und Sie für diese Sache noch mehr zu interessieren, da denn doch jetzt auf die klärste Darstellung des Ganzen alles ankommt. Unter Ihren Händen wird dieses Blatt gar bald eine andere Gestalt gewinnen.

Ich habe eine Erklärung der Terminologie meiner Dreifachen Einteilung vorausgeschickt und einige Bemerkungen nachgebracht. Nehmen Sie mit dem was ich gebe einstweilen vorlieb, bis ich komme und die Sache durch ein lebhaftes Gespräch geschwind ein paar Stufen überspringt. Ich suche jetzt zu erlangen daß mir kein Name in der ganzen Literargeschichte dieses Faches ein bloßer Name sei. Dann ist der sittliche Charakter von der wissenschaftlichen Wirkung ganz unzertrennlich. Dabei ist unglaublich wie sehr die Wissenschaft retardiert worden ist, weil man immer nur von einzelnen praktischen Bedürfnissen ausging, diese zu befriedigen sich im einzelnen lange bei gewissen Punkten verweilte, und sich im allgemeinen mit Hypothesen und Theorien übereilte. Doch bleibt es immer ein reizender Anblick wie, durch alle Hindernisse, der Menschenverstand seine impräscriptiblen Rechte verfolgt, und mit Gewalt zur möglichsten Übereinstimmung der Ideen und der Gegenstände losdringt. Ich hoffe ehe ich am Ende der Arbeit bin soll sich auch alle Bitterkeit gegen den Widerstand verloren haben, ich hoffe ich werde darüber so frei fühlen als denken.

Die wiederholte Nachricht von Ihrem Übelbefinden betrübt mich sehr. Es ist gerade jetzt das einzige böse das mich in meinem Verhältnisse trifft und ist mir um desto empfindlicher.

Mein längerer Aufenthalt hier am Orte bewirkt mir immer eine freiere Aussicht auf die nächste Zeit. Und in diesem Sinne freue ich mich mehr auf die bevorstehende Reise nach Jena.

Ich bin mit Ihnen völlig überzeugt daß in einer *Reise*, besonders von der Art die Sie bezeichnen, schöne epische Motive liegen, allein ich würde nie wagen einen solchen Gegenstand zu behandeln, weil mir das unmittelbare Anschauen fehlt und mir in dieser Gattung die sinnliche Identifikation mit dem Gegenstande, welche durch Beschreibungen niemals gewirkt werden kann, ganz unerläßlich scheint.

Überdies hätte man mit der Odyssee zu kämpfen, welche die interessantesten Motive schon weggenommen hat. Die Rührung eines weiblichen Gemüts durch die Ankunft eines Fremden, als das schönste Motiv, ist nach der Nausikaa gar nicht mehr zu unternehmen. Wie weit steht nicht, selbst im Altertume, Medea, Helena, Dido schon den Verhältnissen nach hinter der Tochter des Alcinous zurück. Die Narine des Vaillants, oder etwas ähnliches, würde immer nur Parodie jener herrlichen Gestalten bleiben. Dabei komme ich aber auf meinen ersten Satz zurück: daß uns die unmittelbare Erfahrung vielleicht zu Situationen Anlaß gäbe die noch Reiz genug hätten. Wie nötig aber eine unmittelbare Anschauung sei wird aus folgendem erhellen:

Uns Bewohner des Mittellandes entzückt zwar die Odysse, es ist aber nur der sittliche Teil des Gedichts der eigentlich auf uns wirkt, dem ganzen beschreibenden Teile hilft unsere Imagination nur unvollkommen und kümmerlich nach. In welchem Glanze aber dieses Gedicht vor mir erschien als ich Gesänge derselben in Neapel und Sicilien las! Es war als wenn man ein eingeschlagnes Bild mit Firnis überzieht, wodurch das Werk zugleich deutlich und in Harmonie erscheint. Ich gestehe daß es mir aufhörte ein Gedicht zu sein, es schien die Natur selbst, das auch bei jenen Alten um so notwendiger war, als ihre Werke in Gegenwart der Natur vorgetragen wurden. Wie viele von unsern Gedichten würden aushalten auf dem Markte oder sonst unter freiem Himmel gelesen zu werden.

Leben Sie recht wohl und grüßen Sie Ihre liebe Frau. Benutzen Sie jede guten Augenblicke.

Weimar am 14 Febr 1798. G

425. Schiller

Jena 16. Febr. 98

Es ist eine mißliche Unternehmung einen so vermischten empirischen Stoff nach einer Form zu behandeln, die den Anspruch auf eine erschöpfende Vollständigkeit mit sich führt. Weil die 12 Kategorien alle mögliche Hauptfragen enthalten, die an einen Gegenstand gemacht werden können, so muß wenn richtig subsumiert worden, ein Gefühl von Befriedigung erfolgen, welches ich aber gar nicht habe, sondern eher das Gegenteil. Indessen glaube ich liegt es mehr an der Materie als an Ihrer Ausführung, daß diese noch ein viel zu rhapsodistisches und daher willkürliches Ansehen hat. Es liege aber woran es will, so zweifle ich sehr, daß Sie mich auf diesem Wege Sich näher bringen werden, denn unter einer so strengen Form, die eine Foderung der Totalität unausbleiblich erregt, wird mir dieser empirische Gegenstand immer als eine unübersehbare Masse erscheinen, und ich werde gerade deswegen, weil der Verstand darüber herrschen will, meine empirische Insuffizienz empfinden.

Wenn die Kategorienprobe überhaupt statt finden und von Nutzen sein soll, so muß sie, deucht mir, mit dem allgemeinsten und einfachsten der Farbenlehre angestellt werden, ehe von den besondern Bestimmungen die Rede ist, denn diese können nur Verwirrung erregen.

Ferner scheint mir daraus eine Verwirrung entsprungen zu sein, daß Sie nicht immer bei dem nämlichen Subjekt der

Frage geblieben, sondern in der einen Kategorie das Licht, in der andern die Farbe vor Augen hatten, wie es sich am gelegensten machte, da doch das Wesen dieser ganzen Operation darauf beruht, daß die Kategorien immer nur die Prädikate hergeben, das Subjekt, von welchem präciziert wird, aber immer dasselbe bleibt.

Ich verspare es auf unsere mündliche Kommunikationen, auf die Sache genauer einzugehen, weil das Gespräch mir viel schneller forthelfen wird. Nur ein paar Anmerkungen will ich vorläufig niederschreiben.

Bei dem Moment der Qualität müßte deucht mir die wichtige Frage beantwortet werden, ob die Farbe als *positive eigene Energie* oder nur als *limitierte LichtEnergie* wirkt, und ob mithin bei der Wirkung der Farbe das eigentlich wirkende nur das *Licht*, die FarbenErscheinung selbst aber nur eine eigenmodifizierte Negation des Lichts ist. (Ohne Licht gibt es für das Aug natürlich keine Farbe, weil das Licht die Bedingung alles Sehens ist. Aber ohne Licht gibt es für das Auge auch keine Gestalt, Größe etc – und es frägt sich also, ob nicht die *Qualität* der Farbe auch unabhängig vom Licht existiert.)

Bei der Relation müßte also gefragt werden

1) Ist die Farbe nur ein *Akzidens* vom Licht, und mithin nichts Substantielles.

2) Ist die Farbe bloß *Wirkung* des Lichts?

3) Ist sie das Produkt einer Wechselwirkung zwischen dem Licht und einem von demselben verschiedenen substantiellen Agens = x? (Weil bei der Kategorie der Relation alles nur relativ genommen wird, so wird bei obiger Frage das Licht als eine Substanz gleich gesetzt, und die Frage ist also bloß: ist die Farbe durchaus nur ein Akzidens, relativ vom Licht, oder ist sie auch etwas selbstständiges?)

Sollte es nicht vielleicht zu fruchtbaren Ansichten führen, wenn die Farbe in dreifacher Beziehung betrachtet würde

1) in Beziehung auf das Licht und die Finsternis

2) in Beziehung auf das Auge

3) in Beziehung auf die Körper an denen sie erscheint.

Ihre Einteilung der Farben hat mir jetzt noch etwas nicht völlig bestimmtes, daher ich nicht gewiß weiß, ob ich bei dem was Sie z. B. *physische* Farbe nennen, gerade das rechte denke. So wie es jetzt dasteht denke ich mir darunter prismatische Farben. Unter chemischen Farben verstehe ich Pigmente.

Ich habe heute wieder versucht zu arbeiten, aber ich werde einige Zeit brauchen, um die rechte Stimmung wieder zu finden.

Leben Sie recht wohl mit Meyern. Die Idylle von der Kapelle im Walde erbitte ich mir gelegenheitlich zurück.

Meine Frau grüßt Sie herzlich. S.

426. Goethe

⟨Weimar, 17. Februar 1798⟩

So sehr ich die Unvollkommenheit jenes ersten Versuches fühlte und fühle, so ein großes Vertrauen habe ich doch auf eine bessere Ausführung, bei der Sie mir gewiß, wenn wir nur erst wieder zusammenkommen, aufs nachdrücklichste beistehen werden.

Der Hauptfehler jener Arbeit, den Sie auch mit Recht bemerken, ist daß ich nicht immer bei dem nämlichen Subjekt geblieben bin, und daß ich bald Licht bald Farbe bald das allgemeinste bald das besonderste genommen habe.

Das hat aber gar nichts zu sagen! – Wenn man statt Einer Tabelle drei macht, und sie ein halb dutzendmal umschreibt, so müssen sie schon ein ander Ansehen gewinnen.

Ich glaube zwar selbst daß die empirische Masse von Phänomenen, die, wenn man sie recht absondert und nicht mutwillig verschmilzt, eine sehr große Zahl ausmachen und eine ungeheure Breite einnehmen, sich zu einer Vernunfteinheit schwerlich bequemen werden, aber auch nur die Methode des Vortrags zu verbessern ist jede Bestrebung der Mühe wert.

Auch ist meine Einteilung diejenige die Sie verlangen.

1.) In Beziehung aufs Auge

phisiologische

2.) In Beziehung auf Licht und Finsternis.

phisische.

welche alle ohne Mäßigung und Grenze nicht bestehen und von denen die prismatischen nur eine Unterabteilung sind.

3.) Chemische die uns an Körpern erscheinen.

Wenn man diese Einteilung auch nicht weiter als zum Vortrage geben will, so kann sie doch nicht entbehrt werden und bis jetzt weiß ich keine andere zu machen.

Was mich aber eigentlich zu jenem Schema nach den Kategorien geführt hat ja was mich genötigt auf dessen Ausführung zu bestehen ist die Geschichte der Farbenlehre.

Sie teilt sich in zwei Teile in die Geschichte der Erfahrungen und in die Geschichte der Meinungen, und die letztern müssen doch alle unter den Kategorien stehen.

Eine Sonderung ist daher höchst nötig, vorzüglich weil man sonst nicht durch die neuern Aristoteliker durchkommt, welche die ganze Naturwissenschaft und besonders auch dieses Kapitel ins metaphisische, oder vielmehr ins dialektische Fach spielten. Dabei, scheint mirs, haben sie wirklich die möglichen Vorstellungsarten erschöpft, und es wäre interessant sie in einer reinen Ordnung neben einander zu sehen denn weil die Natur von so unerschöpflicher und unergründlicher Art ist daß man alle Gegensätze und Widersprüche von ihr prädizieren kann, ohne daß sie sich im mindesten dadurch rühren läßt, so haben die Forscher von je her sich dieser Erlaubnis redlich bedient, und auf eine so scharfsinnige Art die Meinungen gegen einander gestellt daß die größte Verwirrung daraus entstand, welche nur durch eine allgemeine Übersicht des Prädikabeln zu heben ist.

Ich bin überzeugt und es wird sich in der Folge dartun lassen daß das Newtonische System nach und nach sich so viele Bekenner erwarb weil ein *Emanations* oder *Emissionssystem*, wie mans nennen will doch immer nur eine Art von mystischer Eselsbrücke ist, die den Vorteil hat aus dem Lande der unruhigen Dialektik in das Land des Glaubens und der Träume hinüber zu führen.

Das erste meo voto sollte also sein: die Lehre vom Licht und von den Farben im allgemeinsten, jede besonders, nach den Kategorien aufzustellen, wobei man sich alles empirisch einzelnen enthalten müßte.

Das empirisch Einzelne ist nun schon nach den drei Einteilungen, die mit Ihren geforderten übereinstimmen, aufgestellt. Nächstens erhalten Sie wohl das Schema über das Ganze, Sie werden sich über die ungeheure Masse verwundern, wenn Sie solche nur erst im Detail sehen.

Alles rückt in übersehbare Ordnung zusammen, und ich werde mich hüten irgend einen Teil auszuarbeiten, bis ich an meinem Schema nichts mehr zu bessern weiß, dann ist aber auch die Arbeit so gut als getan. Ich bitte Sie um gefälligen Beistand, durch Einstimmung und Opposition; die letzte ist mir immer nötig niemals aber mehr als wenn ich ⟨in⟩ das Feld der Philosophie übergehe weil ich mich darin immer mit Tasten behelfen muß.

Ich habe diese Woche ein Dutzend Autoren, die in meinem Fache geschrieben haben, nur flüchtig durchgesehen, um für die Geschichte einige Hauptmomente zu finden und fühle ein Zutrauen daß sich aus derselben etwas artiglesbares wird machen lassen, weil das besondere angenehm, und das allgemeine menschlich weitgreifend ist. Indessen fürchte ich und wünsche ich daß der momentane Trieb zu dieser Materie mich bald verlassen und einem poetischen Platz machen möge. Doch kann ich immer zufrieden sein daß ich in meiner jetzigen zerstreuten Lage noch ein Interesse habe das mich durch alles durchhält. G

427. Goethe

⟨Weimar, 18. Februar 1798⟩

Herr von Brinkmann, der um Sie zu sehen nach Jena geht, wünscht einige Worte von mir mitzunehmen. Da er Ihnen durch die Musen schon empfohlen ist, und seine lebhafte Unterhaltung Ihnen gewiß angenehm sein wird, so brauche ich weiter nichts zu sagen.

Meinen gestrigen Brief konnte ich nicht einmal mit einem Gruße schließen, so ging alles bei mir durch einander. Leben Sie recht wohl und grüßen Ihre liebe Frau, wie sehr wünsche ich zu vernehmen daß Ihre Arbeit bald wieder in Gange sei.

Weimar am 18 Febr 1798.

G

428. Schiller

Jena 20. Febr. 98

Da ich eine Zeitlang »von dem Schall der menschlichen Rede« fast ganz entfernt lebte, so war mir die lebhafte Gesprächigkeit des Freundes, der mir gestern Ihren Brief überbrachte, sehr erfrischend und ergötzend. Es ist überhaupt unterhaltend, einen *Leser* zu sehen, und sich die eigenen oder fremden Ideen in irgend einer Gestalt wieder geben zu lassen. Diesem sieht man übrigens die Filiation stark an, weil er durch Humboldts in unsern Kreis gezogen worden. Eigen ist es, wie sich bei einem gewissen Zustand der Literatur ein solches Geschlecht von Parasiten oder wie Sies nennen wollen, erzeugt, die sich aus dem was von andern geleistet ist, eine gewisse Existenz bilden, und ohne das Reich der Kunst oder Wissenschaft selbst zu bereichern oder zu erweitern, doch zum Vertrieb dessen dienen was da ist, Ideen aus Büchern ins Leben bringen, und wie der Wind oder gewisse Vögel den Samen dahin und dorthin streuen. Als Zwischenläufer zwischen dem Schriftsteller und dem Publikum muß man sie wirklich sehr in Ehren halten, obgleich es gefährlich sein möchte, sie mit dem Publikum zu verwechseln. Übrigens hat dieser gegenwärtige Freund einen feinen Sinn und bei seinem raisonnierenden Hange scheint er mir eine zarte Empfindung zu besitzen; dabei eine besondre Geschmeidigkeit, sich in fremdes zu finden, ja es sich anzueignen. Gegen Humboldt gehalten scheint er mir zwar ein viel flacheres Urteil und schwankendere Begriffe aber mehr Gefühl zu haben.

Die Anwendung der Kategorien auf Ihren aufgehäuften Stoff kann für Sie nicht anders als fruchtbar sein. Indem es zugleich eine treffliche Rekapitulation ist, tut Ihnen dieses Geschäft die Dienste eines Freundes von entgegen gesetzter Natur. Es zwingt Sie, wie ich mirs vorstelle, zu strengen Bestimmungen, Grenzscheidungen, ja harten Oppositionen, wozu Sie von sich selbst nicht so geneigt sind, weil Sie der Natur Gewalt anzutun fürchten; und weil diese Härte und Strenge, so gefährlich sie auch im einzelnen aussieht, durch die Totalität des Geschäfts selbst, immer wieder gut gemacht wird, so werden Sie, durch diese Operation, immer wieder befriedigend zu Ihrer eignen Vorstellungsweise zurückgeführt. Diesen Dienst leistet Ihnen vorzugsweise der Begriff der Wechselwirkung und der Limitation: Sie werden aber auch bei dem der *Allheit* und der *Notwendigkeit* das nämliche erfahren. Da Sie bei dem Werke selbst polemisch zu sein nicht vermeiden können, so gibt Ihnen die KategorienProbe einen entschiedenen Vorteil, und wie sehr sie Ihnen zur Übersicht des historischen Teiles dient, begreife ich sehr gut.

Auf das Schema selbst bin ich jetzt mehr als jemals begierig, und wenn Sie kommen, so wollen wir uns mit rechter Lust und Ernst darüber verbreiten; ich finde es, unabhängig von der Sache selbst, die mich so sehr interessiert zu approfondieren, sehr interessant Ihnen die Stelle eines guten Lesers zu vertreten, und zu versuchen wie sich die doppelte Rücksicht auf den Gegenstand und auf das Subjektive Bedürfnis des Lesers in Einer und derselben Wendung vereinigen läßt.

Da ich so oft in meiner Arbeit gehemmt werde und deswegen das Ende noch nicht absehen kann, so ängstigen mich die Nachfragen nach dem Wallenstein, die nun anfangen von außen an mich zu geschehen. Schröder will ihn selbst spielen und scheint nicht ungeneigt, selbst in Weimar darin auftreten zu wollen. Auch Unger aus Berlin schreibt mir gestern, daß mir das BerlinerTheater jedes beliebige Honorar bezahlen wolle, wenn ich das Stück ihm noch vor dem Abdruck senden wolle. Wäre ich nur erst fertig! Die Arbeit geht jetzt wieder ein wenig, obgleich mir der Kopf noch nicht recht frei ist.

Leben Sie recht wohl. Meine Frau geht morgen hinüber, um die Zauberflöte zu hören, wird Sie aber da sie in der Nacht wieder geht, schwerlich sprechen können. Kommen Sie nur endlich einmal, wir sehnen uns nach d⟨en⟩ hübschen Abenden. Meiern recht viele Grüße!

S.

429. Goethe

⟨Weimar, 21. Februar 1798⟩

Heute früh erwartete ich vergebens einen Brief von Ihnen, wenn nur nicht das Außenbleiben desselben auf ein Übelbefinden deutet.

Brinkmann war sehr erfreut mit Ihnen einige Stunden vertraulich zugebracht zu haben. Seine lebhafte Teilnahme an so vielen verdient wirklich eine gute Aufnahme, gestern aß er mit mir und ich hatte ihn zwischen unsere zwei liebenswürdige Schriftstellerinnen plaziert, wo er sich außerordentlich gut befand. Eigentlich scheint er mir aber eine rechte Natur für ein so großes Element wie Berlin zu sein.

Sagen Sie mir doch Ihre Gedanken über die Versart in welcher der Schlegelsche Prometheus geschrieben ist. Ich habe etwas vor das mich reizt Stanzen zu machen, weil sie aber gar zu obligat und gemessen periodisch sind, so habe ich an jenes Silbenmaß gedacht es will mir aber bei näherer Ansicht nicht gefallen, weil es gar keine Ruhe hat und man wegen der fortschreitenden Räume nirgends schließen kann.

Sonst habe ich noch manches durchgedacht um die Anforderungen an die rationelle Empirie nach Ihrer Ausführung die Sie mir vor einigen Wochen zuschickten noch recht nach meiner Art durchzuarbeiten. Ich muß damit aufs reine kommen ehe ich wieder an den Baco gehe, zu dem ich abermals ein großes Zutrauen gewonnen habe. Ich lasse mich auf diesem Wege nichts verdrießen und ich sehe schon voraus daß wenn ich mein Farben-Kapitel gut durchgearbeitet haben werde, ich in manchem andern mit großer Leichtigkeit vorschreiten kann. Nächstens mehr und ich hoffe bald mündlich. Weimar am 21 Febr 1798. G

430. Schiller

Jena 23. Febr. 98

Bei der Art wie Sie jetzt Ihre Arbeiten treiben haben Sie immer den schönen doppelten Gewinn, *erstlich* die Einsicht in den Gegenstand und dann *zweitens* die Einsicht in die Operation des Geistes, gleichsam eine Philosophie des Geschäfts, und das letzte ist fast der größere Gewinn, weil eine Kenntnis der Geisteswerkzeuge und eine deutliche Erkenntnis der Methode den Menschen schon gewissermaßen zum Herrn über alle Gegenstände macht. Ich freue mich sehr darauf, wenn Sie hieher kommen, gerade über dieses allgemeine in Behandlung der Empirie recht viel zu lernen und nachzudenken. Vielleicht entschließen Sie Sich dieses Allgemeine, an der Spitze Ihres Werks, recht ausführlich abzuhandeln, und dadurch dem Werke, sogar unabhängig von seinem besondern Inhalt, einen absoluten Wert für alle diejenigen, welche über Naturgegenstände nachdenken, zu verschaffen. Baco sollte Sie billig dazu veranlassen.

Was Ihre Anfrage wegen des Sylbenmaßes betrifft, so kommt freilich das meiste auf den Gegenstand an, wozu Sie es brauchen wollen. Im Allgemeinen gefällt mir dieses Metrum auch nicht, es leiert gar zu einförmig fort, und die feierliche Stimmung scheint mir unzertrennlich davon zu sein. Eine solche Stimmung ist es wahrscheinlich nicht, was Sie bezwecken. Ich würde also die Stanzen immer vorziehen, weil die Schwierigkeiten gewiß gleich sind, und die Stanzen ungleich mehr Anmut haben.

Ich erfahre über Paris (durch Humboldt) daß Schlegels Jena verlassen und nach Dresden ziehen wollen. Haben Sie vielleicht auch davon gehört?

Nach dem, was meine Frau mir sagte, hat Brinkmann in Weimar gar großes Glück gemacht, und besonders am verwitweten Hofe. Er ist ein sehr unterhaltender Mensch in Gesellschaft und schlau genug, das Geistreiche und das Triviale an beiden Enden zusammenzuknüpfen.

Humboldt schreibt mir auch das Urteil, welches Voß über Ihren Herrmann gefällt hat: er hat es von Vieweg, der jetzt in Paris ist. »Er habe gefürchtet, sagt Voß, der Herrmann würde seine Louise in Vergessenheit bringen. Das sei nun zwar nicht der Fall, aber er enthalte doch einzelne Stellen, für die er seine ganze Louise hingeben würde. Daß Sie im Hexameter die Vergleichung mit ihm nicht aushalten könnten, sei Ihnen nicht zu verdenken, da dies einmal seine Sache sei, aber doch finde er daß Ihre neuesten Hexameter viel vollkommener seien« – Man sieht, daß er auch keine entfernte Ahndung von dem innern Geist des Gedichts und folglich auch keine von dem Geist der Poesie überhaupt haben muß, kurz keine allgemeine und freie Fähigkeit, sondern lediglich seinen Kunsttrieb, wie der Vogel zu seinem Nest und der Biber zu seinen Häusern.

Leben Sie recht wohl. Meine Frau will auch noch etwas beilegen. S.

Humboldts Brief kann ich nicht sogleich finden, ich will ihn ein andermal schicken.

431. Goethe

⟨Weimar, 24. Februar 1798⟩

Schon Mittwochs hatte ich ein Blatt an Sie diktiert und heute fing ich an etwas dazu zu fügen, dadurch wurden aber meine Äußerungen so konfus, daß ich es noch einmal redigieren muß. Es soll morgen abend mit der reutenden Post abgehen.

Von Schlegeln weiß ich so viel: daß er nach Ostern über Berlin nach Dresden gehen will, künftigen Winter wird er aber wieder in Jena sein.

Wenn ich hinüber komme werde ich den Vorschlag tun daß Sie ihn vor seiner Abreise noch ein paar mal sehen, damit er nicht etwa, aus Unmut, seine Beiträge, die ich doch nicht gern entbehren möchte, Ihrem Almanach entwende.

Leben Sie recht wohl und behalten mich lieb.

Weimar am 24 Febr 1798. G

432. Goethe

⟨Weimar, 21. und 25. Februar 1798⟩

Jedem der Mittwochs oder Sonnabends früh in mein Zimmer kommt wird auf die Finger gesehen ob er nicht einen Brief von Ihnen bringe und da ich heute dieses ersehnte Frühstück entbehren mußte so hat mir ein blaues Couvert am Abend desto mehr Freude gemacht.

Unsern Schweden den Sie trefflich geschildert haben habe ich noch morgen zu bleiben beredet. Unsere Frauen in Weimar bedürfen gar sehr solcher fremden Erscheinungen, und ich mag ihnen da sie sonst so wenig Vergnügen haben dergleichen gerne gönnen. Gewiß sind diese Naturen sehr wünschenswert weil sie zur affirmativen Seite gehören und doch immer Talente in der Welt supponieren müssen, wenn ihr Talent gelten soll.

Ich kann nicht ausdrucken wie sehr ich hoffe die Resultate Ihrer Arbeiten zu sehen und mich mit Ihnen über so vieles zu unterhalten. Hätten mich die Stuttgarder nicht ohne Antwort gelassen so daß ich über Thourets Ankunft ungewiß wäre so hätte ich schon vor einigen Tagen zu Ihnen kommen können.

Ich erinnere mich kaum was ich heute früh über den rationellen Empirism schrieb, mir scheint es aber als wenn er auf seinem höchsten Punkte auch nur kritisch werden könnte. Er muß gewisse Vorstellungsarten neben einander stehen lassen ohne daß er sich untersteht eine auszuschließen oder eine über das Gebiet der andern auszubreiten. In der ganzen Geschichte der Farbenlehre scheint mir dies der Fehler daß man die drei Einteilungen nicht machen wollte und daß man die empirischen Enunciationen, die auf eine Abteilung der Erfahrungen paßten auf die andere ausdehnen wollte da denn zuletzt nichts mehr paßte.

Eben so scheint es mir mit Ideen zu sein die man aus dem Reiche des Denkens in das Erfahrungsreich hinüberbringt sie passen auch nur auf Einen Teil der Phänomene und ich möchte sagen, die Natur ist deswegen unergründlich weil sie nicht Ein Mensch begreifen kann, obgleich die ganze Menschheit sie wohl begreifen könnte. Weil aber die liebe Menschheit niemals beisammen ist so hat die Natur gut Spiel sich vor unsern Augen zu verstecken.

In Schelings Ideen habe ich wieder etwas gelesen und es ist immer merkwürdig sich mit ihm zu unterhalten doch glaube ich zu finden daß er das was den Vorstellungsarten die er in Gang bringen möchte widerspricht, gar bedächtig verschweigt und was habe ich denn an einer Idee die mich nötigt meinen Vorrat von Phänomenen zu verkümmern.

Von der andern Seite sind die Mathematiker, welche ungeheure Vorteile haben der Natur zu Leibe zu gehen auch oft in dem Falle das interessanteste zu tuschen. Ein alter Hofgärtner pflegte zu sagen die Natur läßt sich wohl forcieren aber nicht zwingen und alles was wir theoretisch gegen sie vornehmen sind Approximationen bei denen die Bescheidenheit nicht genug zu empfehlen ist. Es war mir neulich sehr interessant Lamberts Photometrie durchzugehen der wirklich liebenswürdig erscheint indem er seinen

Gegenstand für unerreichbar erklärt und zugleich die äußerste Mühe anwendet ihm beizukommen.

Das soll nun alles besonders wenn ich meine Arbeit erst vorlegen kann zu den besten Gesprächen Anlaß geben

---

So weit war ich am Mittwoch gekommen, was ich gestern diktierte hat gar keine Gestalt. Und doch soll dies Blatt heute Abend zu Ihnen. Die Herrschaft ist nach Gotha. Diesen ganzen ruhigen Tag habe ich mit neuen Bibliotheks Einrichtungen zugebracht, wobei noch nichts gewonnen ist als was sich von selbst verstünde.

Leben Sie recht wohl und erfreuen mich Mittwoch wieder mit einem Briefe. Weimar am 25 Febr 98.

G

433. Schiller

Jena 27. Febr. 98.

Dieser Februar ist also hingegangen, ohne Sie zu mir zu bringen, und ich habe, erwartend und hoffend bald den Winter überstanden. Desto heitrer seh ich ins Frühjahr hinein, dem ich wirklich mit neuerwachtem Verlangen mich entgegen sehne. Es beschäftigt mich jetzt zuweilen auf eine angenehme Weise, in meinem Gartenhause und Garten Anstalten zur Verbesserung meines dortigen Aufenthalts zu treffen. Eine von diesen ist besonders wohltätig und wird eben so angenehm sein: ein Bad nämlich, das ich reinlich und niedlich in einer von den Gartenhütten mauern lasse. Die Hütte wird zugleich um einen Stock erhöht und soll eine freundliche Aussicht in das Tal der Leitra erhalten. Auf der entgegengesetzten Lambrechtischen Seite ist schon im vorigen Jahr an die Stelle der Hütte eine ganz massivgebaute Küche getreten. Sie werden also, wenn Sie uns im Garten besuchen allerlei nützliche Veränderungen darin finden. Möchten wir nur erst wieder dort beisammen sein!

Ich lege doch jetzt ganz unvermerkt eine Strecke nach der andern in meinem Pensum zurück und finde mich so recht in dem tiefsten Wirbel der Handlung. Besonders bin ich froh, eine Situation hinter mir zu haben, wo die Aufgabe war, das ganz gemeine moralische Urteil über das Wallensteinische Verbrechen auszusprechen und eine solche an sich triviale und unpoetische Materie poetisch und geistreich zu behandeln, ohne die Natur des moralischen zu vertilgen. Ich bin zufrieden mit der Ausführung und hoffe unserm lieben moralischen Publikum nicht weniger zu gefallen, ob ich gleich keine Predigt daraus gemacht habe. Bei dieser Gelegenheit habe ich aber recht gefühlt, wie leer das eigentliche moralische ist, und wieviel daher das Subjekt leisten mußte, um das Objekt in der poetischen Höhe zu erhalten.

In Ihrem letzten Briefe frappierte mich der Gedanke, daß die Natur, obgleich von keinem einzelnen gefaßt, von der Summe aller Individuen gefaßt werden könnte. Man kann wirklich, deucht mir, jedes Individuum als einen eigenen *Sinn* betrachten, der die Natur im Ganzen eben so eigentümlich auffaßt als ein einzelnes Sinnenorgan des Menschen und eben so wenig durch einen andern sich ersetzen läßt, als das Ohr durch das Auge und s.w. Wenn nur jede individuelle Vorstellungs- und Empfindungsweise auch einer reinen und vollkommenen Mitteilung fähig wäre, denn die Sprache hat eine, der Individualität ganz entgegengesetzte Tendenz, und solche Naturen, die sich zur allgemeinen Mitteilung ausbilden büßen gewöhnlich soviel von ihrer Individualität ein, und verlieren also sehr oft von jener sinnlichen Qualität zum Auffassen der Erscheinungen. Überhaupt ist mir das Verhältnis der allgemeinen Begriffe und der auf diesen erbauten Sprache zu den Sachen und Fällen und Intuitionen ein Abgrund, in den ich nicht ohne Schwindeln schauen kann. Das wirkliche Leben zeigt in jeder Minute die Möglichkeit einer solchen Mitteilung des Besondern und Besondersten durch ein allgemeines Medium, und der Verstand, als solcher, muß sich beinah die Unmöglichkeit beweisen.

Leben Sie recht wohl. Ich lege Humboldts letzten Brief bei, den ich mir zur Beantwortung bald zurückerbitte. Meine Frau grüßt Sie aufs beste. Meiern viele Grüße.

S.

434. *Goethe*

⟨Weimar, 28. Februar 1798⟩

Wenn die Stuttgarder Freunde artiger gewesen und mir die Zeit von Thourets Ankunft gemeldet hätten, so könnte ich vielleicht jetzt bei Ihnen sein, denn außer diesem Einen Geschäft habe ich alles übrige hinter mich gebracht. Geht Ihr Wallenstein indessen auf seinem Wege mit starken Schritten fort, so will ich das bisherige Entbehren verschmerzen, man sieht freilich, wie es auch Humboldten geht, wenn gewisse Unterhaltungen fehlen, wie nötig sie einem werden können.

Die Franzosen muß Humboldt, wenn sie ein theoretisch Gespräch anfangen, ja zu eludieren suchen wenn er sich nicht immer von neuem ärgern will. Sie begreifen gar nicht daß etwas im Menschen sei, wenn es nicht von außen in ihn hineingekommen ist. So versicherte mir Mounier neulich: das Ideal sei etwas aus verschiednen schönen Teilen zusammengesetztes! Da ich ihn denn nun fragte: woher denn der Begriff von den schönen Teilen käme? und wie denn der Mensch dazu käme ein schönes Ganze zu fordern? und ob nicht für die Operation des Genies, indem es sich der Erfahrungselemente bedient, der Ausdruck *zusammensetzen* zu niedrig sei? so hatte er für alle diese Fragen Antworten aus seiner *Sprache,* indem er versicherte daß man dem Genie schon lange une sorte de creation zugeschrieben habe.

Und so sind alle ihre Diskurse, sie gehen immer ganz entscheidend von einem Verstandsbegriff aus und wenn man die Frage in eine höhere Region spielt, so zeigen sie daß sie für dieses Verhältnis auch allenfalls ein Wort haben, ohne sich zu bekümmern ob es ihrer ersten Assertion widerspreche oder nicht.

Durch Ihre Frau Schwägerin werden Sie ja wohl erfahren haben daß auch Mounier Kantens Ruhm untergraben hat und ihn nächstens in die Luft zu sprengen denkt. Dieser moralische Franzos hat es äußerst übel genommen daß Kant die Lüge, unter allen Bedingungen, für unsittlich erklärt Böttiger hat eine Abhandlung gegen diesen Satz nach Paris geschickt, der ehestens in der Decade Philosophique wieder zu uns zurück kommen wird, worin denn zum Trost so mancher edlen Natur klar bewiesen wird daß man von Zeit zu Zeit lügen müsse. Wie sehr Freund ubique sich freuen muß wenn dieser Grundsatz in die Moral aufgenommen wird können Sie leicht denken, da er seit einiger Zeit die Bücher die man ihm geliehen hat hartnäckig abschwört, ob es gleich gar kein Geheimnis ist daß er sie im Hause hat und sich deren ganz geruhig fortbedient.

Ich habe jetzo mit dem Grafen und der Gräfin Fouquet ein Verhältnis wegen naturhistorischer Gegenstände, es sind recht artige, höfliche, dienstfertige Leute und auch mit mir recht einig und wohl zufrieden, doch merkt man immer daß es ihnen auch wie Voßen geht, der am Ende denn doch überzeugt ist daß er ganz allein Hexameter machen kann und soll.

Mein Gedicht scheint, wie ich aus diesen Nachrichten sehe ihm nicht so wohltätig als mir das seine. Ich bin mir noch recht gut des reinen Enthusiasmus bewußt mit dem ich den Pfarrer von Grünau aufnahm, als er sich zuerst im Merkur sehen ließ, wie oft ich ihn vorlas, so daß ich einen großen Teil davon noch auswendig weiß und ich habe mich sehr gut dabei befunden. Denn diese Freude ist am Ende doch produktiv bei mir geworden, sie hat mich in diese Gattung gelockt den Herrmann erzeugt und wer weiß was noch daraus entstehen kann. Daß Voß dagegen mein Gedicht nur se defendendo genießt tut mir leid für ihn, denn was ist denn an unserm ganzen Bißchen Poesie wenn es uns nicht belebt und uns für alles und jedes was getan wird empfänglich macht. Wollte Gott ich könnte wieder von vorn anfangen und alle meine Arbeiten als ausgetretne Kinderschuhe hinter mir lassen und was bessers machen.

Jetzt erheitre ich mich mit den Gedanken daß ich bei meinem nächsten Aufenthalt in Jena kleine Sachen machen will, in einer Art zu der ich den wohltätigen Einfluß des Frühlings brauche. Wie sehr freut es mich daß wir beide gewiß so fest an der Sache als an einander halten werden.

Heute Nacht haben wir nach der unvermuteten Ankunft der gothaischen fürstl⟨ichen⟩ Jugend einen Ball aus dem Stegreifen und Suppe um 2 Uhr gehabt worüber ich denn einen schönen Morgen zum größtenteil verschlief. Leben

Sie recht wohl grüßen Sie Ihre liebe Frau und bereiten sich für den Sommer im Garten ein heiteres Dasein

W. d. 28 Febr 1798 G

435. Schiller

Jena 2 März. 98.

Ich habe es in diesen schönen Tagen einmal wieder mit der frischen Luft versucht und mich recht wohl dabei befunden. Es ist wirklich Schade, daß Sie gerade jetzt nicht hier sein können, gewiß würde sich die Muse jetzt bald bei Ihnen einstellen.

Was Sie über die Franzosen, und ihren emigrierten, aber immer gleich würdigen, Repräsentanten Mounier schreiben, ist sehr wahr und so kläglich es auch an sich ist, so freut es einen, weil es so notwendig zu dem ganzen Begriff dieser Existenz gehört, und man sollte immer nur rein die Naturen auffassen, so würde man auch gleich die Systeme rein demonstriert sehen. Es ist wirklich der Bemerkung wert, daß die Schlaffheit über ästhetische Dinge immer sich mit der moralischen Schlaffheit verbunden zeigt, und daß das reine strenge Streben nach dem hohen Schönen, bei der höchsten Liberalität gegen alles was Natur ist, den Rigorism im moralischen bei sich führen wird. So deutlich scheiden sich die Reiche der Vernunft und des Verstandes und diese Scheidung behauptet sich nach allen Wegen und Richtungen, die der Mensch nur nehmen kann.

Mounier ist mir ein würdiger Pendant zu Garven, der sich auch einmal auf ähnliche Art gegen Kant prostituierte.

Gestern habe ich nun im Ernst das Französische Bürger Diplom erhalten, wovon schon vor 5 Jahren in den Zeitungen geredet wurde. Es ist damals ausgefertigt und von Roland unterschrieben worden. Weil aber der Name falsch geschrieben und nicht einmal eine Stadt oder Provinz auf der Adresse stand, so hat es freilich den Weg nicht zu mir finden können. Ich weiß nicht wie es jetzt noch in Bewegung kam, aber kurz, es wurde mir geschickt und zwar durch —— Campe in Braunschweig, der mir bei dieser Gelegenheit die schönsten Sachen sagt.

Ich halte dafür, es wird nicht ganz übel sein, wenn ich es dem Herzog notifiziere, und um diese Gefälligkeit ersuche ich Sie, wenn es Sie nicht beschwert. Ich lege deswegen die Acta bei. Daß ich als ein deutscher *Publizist* κατ εξοχην darin erscheine, wird Sie hoffentlich auch belustigen.

Leben Sie recht wohl. Ich habe einen Posttag und noch allerlei abzufertigen. Meine Frau grüßt schön.

S.

436. Goethe

⟨Weimar, 3. März 1798⟩

Zu dem Bürger Dekrete, das Ihnen aus dem Reiche der Toten zugesendet worden, kann ich nur in so fern Glück wünschen als es Sie noch unter den Lebendigen angetroffen hat, warten Sie ja noch eine Weile ehe Sie Ihre verewigten großen Mitbürger besuchen. Herr Campe scheint an der gefährlichsten aller Tollheiten, so wie noch mancher gute Deutsche, krank zu liegen. Leider ist dagegen so wenig als gegen eine andere Pest zu tun und zu sagen.

Das schöne Wetter ruft mich jeden Tag zu Ihnen und ich benutze mein Hiersein so gut ich kann. Ich habe die Insekten wieder vorgenommen und auch meine Mineralien geordnet. Wenn man so viel zusammenschleppt und nur eine Zeitlang ansteht das eingebrachte einzurangieren, so weiß man bald nicht wo man sich lassen soll.

Meyer ruckt mit seinen Arbeiten vor und es wird bald ein Bändchen zusammen sein.

Nach den neusten Begebenheiten in Italien und in der Schweitz bin ich vollkommen über unsern Rückzug getröstet, auch wird es der Sache nicht schaden wenn das was wir gesammelt fragmentarisch herauskommt. Das Publikum nimmt so was einzelnes immer besser auf, und einen methodischen Überblick kann man auf dem Wege immer auch einmal geben Die Einleitung dazu wird wohl meine erste Arbeit in Jena sein, da ich denn auch das Schema sowohl über das theoretische als über das Erfahrungsganze, das schon entworfen ist, noch besser ausarbeiten werde.

Meine Betrachtungen über organische Naturen, so wie über die Farbenlehre arbeiten jenen Kunstbetrachtungen entgegen und eine zweite Ausgabe des Cellini wird an Meyers Arbeiten über die florentinische Kunstgeschichte mit wenigen bedeutenden Noten angeschlossen.

Da ich wohl der Einleitung die Form einiger Briefe an Sie, mein wertester Freund, geben möchte, so wäre es recht hübsch wenn Sie auch bei dieser Gelegenheit ein Wort an uns sagten, um eine Aussicht zu geben daß Sie auch mit Ihren Arbeiten künftig wohl mit uns zusammentreffen möchten. Denn da uns das Jahrhundert von außen noch manche Hindernisse in den Weg zu legen scheint, so ist es desto nötiger von innen einstimmig und unverrückt zu wirken.

Leben Sie recht wohl und grüßen Sie Ihre liebe Frau. Weimar am 3 März 1798.

G

437. Schiller

Jena 6 März 98

Aus Ihren, mir neu eröffneten, Vorsätzen muß ich schließen, daß Sie noch eine gute Weile lang auf dem wissenschaftlichen Felde bleiben werden, welches mir für die poetische Ausübung leid tut, sosehr ich auch den Nutzen und die Notwendigkeit davon einsehe. Ihre vielen und reichen Erfahrungen und Reflexionen über Natur und Kunst und über das dritte Idealische was beide zuletzt zusammenknüpft müssen ausgesprochen, geordnet und festgehalten werden, es sind sonst nur Lasten die Ihnen im Wege liegen. Aber die Unternehmung wird weitläuftig werden, und aus Arbeit wird sich Arbeit erzeugen. Bis jetzt hab ich noch keinen klaren Begriff von den Grenzen, die Sie dem Werk setzen werden, unbeschadet seines Anspruchs auf eine gewisse umfassende Vollständigkeit, ein Anspruch der schon in Ihrer Natur liegt, wenn auch der Gegenstand ihn nicht machte. Ich erwarte daher Ihr Schema darüber mit großer Begierde. Dieses wird mir denn auch den Ort schon zeigen, wo ich mit meinen Ideen, auf eine mit dem Ganzen übereinstimmende Weise, eintreten kann. Mit Vergnügen werde ich den Anteil daran nehmen, den Sie mir bestimmen, und da es einmal ein gesellschaftliches Werk ist, so kann es recht gut sein, daß auch der dritte Mann spricht. Selbst der Rigorism der darin herrschen wird, gewinnt mehr Eingang, wenn eine vielfältigere Ansicht und Einkleidung dabei ist. Immer aber wird das Werk in einer bestimmten Opposition mit dem Zeitalter bleiben, und da an eine gütliche Auskunft nicht zu denken ist, so wäre die Frage, ob man den Krieg nicht lieber dezidiert erklären und durch die Schärfe des Gesetzes sowohl als der Justiz das Werk desto piquanter machen sollte. Doch darüber mündlich ein mehreres, wenn ich erst mehr von dem Plane weiß.

Ich selbst hoffe, nach meiner jetzigen ziemlich langen poetischen Praxis, die mir viele Erfahrungen verschafft hat, mit gutem Erfolg zum Raisonnement zurückzukehren.

Meine Frau spricht Sie heute, wie sie hofft, warum ich sie sehr beneide, denn ich kann wohl sagen, daß mich recht herzlich verlangt, Sie wieder von Angesicht zu sehen.

Das Reskript das mich zum Professor ordinarius macht ist endlich von Coburg angekommen, und so sehe ich mich in kurzer Zeit mit mehreren Würden bekleidet, von denen ich nur wünschte, daß sie mich wärmer hielten.

Leben Sie recht wohl, grüßen Sie Meiern und schreiben Sie mir bald, daß ich Sie erwarten darf.

S.

438. Goethe

⟨Weimar, 7. März 1798⟩

Ihre liebe Frau hat uns, ob gleich nur auf allzukurze Zeit besucht, doch hat sie wenigstens einen guten Eindruck von Meyers Arbeiten mitgenommen, wovon sie nicht wenig Genuß haben wird und es wäre sehr schön gewesen wenn Sie denselben teilen könnten. Überhaupt muß ich bei dieser Gelegenheit sagen daß Sie, da sich Ihr Herr Schwager nach und nach einrichten kann, doch auch für ein Quartier für den Winter besorgt sein sollten. Denn wenn ich auch unser Theater nur nehme wie es ist, so bleibt es doch schon ein großer Genuß fast alle acht Tage eine gute Musik zu hören, denn unsere Oper ist recht artig und die Vorstellungen derselben machen oft ein artiges Ganze. Ich könnte Ihnen einen bessern, bequemern Platz verschaffen als den im

Proscenio und an der Einsamkeit zu Hause wird es Ihnen, nach dem bekannten weimarischen Isolationssistem, nicht fehlen, und es würde gewiß für Sie von Vorteil sein wenn Sie die äußere Einwirkung nicht ganz ausschlössen. Was mich betrifft so werde ich, wie Sie wissen immer in meinem Zodiak herum genötigt und jedes Zeichen in das ich trete gibt mir neue Beschäftigung und Stimmung. Was mit mir zunächst werden wird hoffe ich Sonnabends sagen zu können.

Ich habe den Cellini wieder vorgenommen, korrigiere meine Abschrift und mache mir ein Schema zu den Noten. Dadurch setze ich mich in den Stand die kleinen Historischen Aufsätze, die hierzu nötig sind, von Zeit zu Zeit auszuarbeiten. Ich will sie hinten ans Werk schließen, und sie nach den Materien stellen, so daß man sie auch allenfalls, wie einen kleinen Aufsatz, hinter einander lesen kann. Meyers Arbeit über die florentinische Kunstgeschichte rückt indessen auch vor, und eins greift ins andere.

Eine Zeit zur Fassung und Sammlung und zur Übersicht über das mannigfaltige was wir treiben, wünsche ich mir bald in Ihrer Nähe, sie muß mir nun nächstens werden und sie soll uns in mehr als Einem Sinne Frucht bringen.

Zu dem endlich angelangten Coburger Reskript wünsche ich Glück. Eigentlich hat diese Expedition auch unser Herzog ausgewirkt. Coburg war wohl mit ein Dutzend Reskripten zurück und da keine Sollicitation bei den Geheimde Räten helfen wollte schickte endlich unser Herzog unmittelbar einen Boten auf Exekution mit freundschaftlichen Empfehlungsschreiben an den Herzog und die Herzogin, wodurch denn endlich die Expeditionen flott gemacht wurden; möchte doch auch etwas reelles für Sie dabei gewesen sein!

Humboldts Brief lege ich wieder bei, sein Urteil über das französische Theater gefällt mir recht wohl. Ich möchte diese wunderlichen Kunstprodukte wohl auch einmal mit Augen sehen.

Leben Sie wohl. Weimar am 7 März 1798.

G

439. Schiller

Jena 9. März 98.

Meine Frau hat sich sehr gefreut Sie neulich in Ihrem Hause zu sehen, und kann es noch nicht satt werden, Meiers schöne Werke zu preisen. Sie hat meine Begierde darnach aufs neue rege gemacht und wenn Sie binnen 8 Tagen nicht sollten herkommen können, so werde ich noch einen Flug nach Weimar vornehmen.

Es ist auch mein ernstlicher Wille, wie Sie mir raten, künftig das Theater in W⟨eimar⟩ besser zu benutzen. Nur an den Anstalten zur Wohnung lag es in diesem Winter, daß ich es nicht ausgeführt habe. Für die Zukunft werde ich mich aber gewiß darauf einrichten. Wenn es auch bloß um die Musik wäre, müßte mans schon tun, denn die Sinne werden ja sonst gar nicht auf eine ästhetische Weise berührt. Aber auch das Theater selbst wird gut auf mich wirken. In diesen letzten Monaten habe ich freilich alles andre meinem Geschäft nachsetzen müssen, um darin einen entscheidenden Schritt zurück zu legen. Das habe ich erreicht. Jetzt ist mein Stück im Gange, und das Schwerste ist hinter mir. Drei Viertel der ganzen Arbeit sind absolviert.

Haben Sie noch keine Neugierde gehabt die neue englische Tragödie von Walpole The mysterious Mother zu Gesicht zu bekommen. Sie wird als eine vollkommene Tragödie im Geschmack und Sinn des Oedipus Rex gerühmt, mit dem sie dem Inhalt nach, davon ich einen Auszug gelesen in einer gewissen Verwandtschaft steht. Vielleicht daß von dieser materiellen Ähnlichkeit auch das ganze Urteil herrührt. Wäre dem so, sollte man den englischen Kunstrichtern diese Leichtsinnigkeit nicht so hingehen lassen; und in jedem Falle scheint mirs nicht übel, ein solches vorübergehendes Interesse des Publikums zu ergreifen, und da einmal der *Fall* da ist, über das *Gesetz* und die Foderungen ein Wort zu sagen. Ich werde trachten das Stück zu bekommen, ob es vielleicht zu einem Raisonnement über die Gattung Anlaß geben kann.

Der Herzog, wie mir mein Schwager sagt, wünscht daß ich mein BürgerDiplom der Bibliothek schenken möchte, wozu ich sehr gerne bereit bin. Ich will es bloß abschreiben lassen, und mir im Namen der Bibliothek attestieren lassen, daß das Original bei ihr niedergelegt ist, wenn etwa einmal eins meiner Kinder sich in Frankreich niederlassen und dieses Bürgerrecht reklamieren wollte.

Leben Sie recht wohl. Vielleicht bringt mir der morgende Botentag die erwünschte Nachricht von Ihrem baldigen Kommen. Meine Frau grüßt Sie bestens

S.

440. Goethe

⟨Weimar, 10. März 1798⟩

Es fehlte nur noch daß in das zehente Haus meines Horoskops noch einige Hufen Landes eingeschoben würden, damit meine Existenz ja noch bunter werden möchte. Und doch ist es so, ich habe das Oberroßlaer Freigut endlich doch noch erstanden, nachdem mir die bisherigen Pächter, so wie auch der Hofrat Gruner, durch zwei Jahre diese Akquisition sauer gemacht haben. Indessen bin ich mit dem Besitz und mit dem Preise noch ganz zufrieden, denn es geht jetzt mit Grund und Boden wie mit den Sibyllinischen Büchern, jedermann zaudert beim steigenden Preise indem der Preis immer steigt.

Ubrigens habe ich einen ganz *reinen* Kauf getan, wie wohl selten geschieht, denn ich habe das Gut und die Gebäude bis auf den heutigen Tag nicht gesehen und werde es morgen zum erstenmal in Augenschein nehmen. Das was dabei zu bedenken und allenfalls zu tun ist wird mich kaum acht Tage aufhalten. Wenn Sie uns besuchen könnten, so wäre es recht schön, doch will ich bemerken daß in der nächsten Woche die Oper den Donnerstag ist und Sonnabends ein neues Kotzebuisches Stück, zu dem ich Sie nicht einladen will.

Wenn Sie sich neben Freund Meyern in dem grünen Stübchen behelfen wollen, so sind Sie mir auch herzlich willkommen, mehr Raum kann ich Ihnen diesmal nicht anbieten.

Von dem englischen Trauerspiel habe ich nichts vernommen, es wäre auf alle Fälle gut wenn wir es erhalten könnten.

Von Ihrem Bürgerdiplom wollen wir Ihnen eine vidimierte Abschrift, mit dem Bekenntnis daß solches auf der fürstl⟨ichen⟩ Bibliothek verwahrt sei, ausfertigen lassen. Es ist recht artig daß Sie des Herzogs Gelüst nach diesem Dokument befriedigen. Es ist schon ein ähnliches reponiert, die Nachricht, in vielen Sprachen, an alle Völker der Welt, von der herrlichen französischen Revolution

Wenn es Ihnen möglich ist, so kommen Sie ja! Denn ich wünschte sehr daß Sie die Meyerischen Arbeiten gesehen hätten, ehe wir weiter zusammen zu leben fortfahren.

Leben Sie recht wohl und grüßen Ihre liebe Frau. Weimar am 10 März 1798.

G

441. Schiller

Jena 13 März 98

Nachdem ich einmal ein vierzehn Tage erträglich wohl gewesen, und mir etwas Anstrengung zugemutet setzt sichs mir wieder in den Kopf und macht mich unlustig und unfähig zu allem. Freilich ist das Wetter auch wieder sehr rauh geworden. Dennoch hoffe ich meine Reise zu Ihnen, wiewohl nur auf Einen Tag, noch diese Woche ausführen zu können. Meine Absicht wird erreicht sein, wenn ich Sie und Meiers Arbeiten sehe und eine bestimmte Gewißheit Ihrer Hieherkunft mit zurückbringe.

Zu der Akquisition wünsche ich von Herzen Glück. Ich fühle bei meinem kleinen Besitztum, wieviel Freude es gewährt, für sich und die seinigen jetzt ein Stück Erde in Anspruch zu nehmen.

Ich habe einen braven Menschen für Mouniers Institut aufgefunden, dem ich dadurch zu einer einstweilen Existenz verhelfe während daß Mouniern mit ihm gedient sein wird.

Man sagt hier daß die Franzosen bei Murten eine Schlappe bekommen. Es sollte mich herzlich freuen, denn auch ein kleines Glück, und gerade an diesem Ort, würde am Anfang besonders sehr gute Folgen für die Schweizer haben.

Ich habe diese Tage ein altes deutsches Ritterstück, das Sie wahrscheinlich längst vergessen haben, Fust von

Stromberg wieder durchgelesen. Es läßt sich freilich sehr viel dagegen sagen, aber die Bemerkung habe ich dabei gemacht, daß der Dichter eine erstaunliche Macht über das Gemüt ausüben kann, wenn er nur recht viel Sachen und Bestimmungen in seinen Gegenstand legt. So ist dieser Fust von Stromberg zwar überladen von historischen Zügen und oft gesuchten Anspielungen, und diese Gelehrsamkeit macht das Stück schwerfällig und oft kalt, aber der Eindruck ist höchst bestimmt und nachhaltig, und der Poet erzwingt wirklich die Stimmung die er geben will. Auch ist nicht zu leugnen, daß solche Kompositionen, sobald man ihnen die poetische Wirkung erläßt, eine andre allerdings sehr schätzbare leisten, denn keine noch so gut geschriebene Geschichte könnte so lebhaft und sinnlich in jene Zeit hinein führen, als dieses Stück es tut.

Leben Sie wohl. Mein Kopf ist ganz wüste.

Meine Frau grüßt herzlich

S.

442. Goethe

〈Weimar, 14. März 1798〉

Es würde recht schön sein wenn Sie diese Woche noch herüber kommen könnten, nur wünschte ich den Tag zu wissen um mich ein wenig darauf einzurichten. Ich bin ziemlich mit allem fertig und auch meine kleine Akquisition ziemlich im klaren, so daß es meiner Gegenwart weiter nicht bedarf. Bei näherer Untersuchung findet sich daß ich noch einen ganz leidlichen Kauf getan habe, ob er gleich der bisherigen Nutzung nach zu hoch schien. Deswegen Gruner auch wohl abgegangen sein mag.

Nun habe ich aber das größte Bedürfnis wieder einmal ganz in meinem innern zu leben und hoffe bald dazu zu gelangen.

Damit Sie sehen 〈in〉 welcher unmittelbaren Connexion unser liebes Weimar mit Paris steht, übersende ich Ihnen einige französische Blätter. Mir sind dergleichen Salbaderische Gemeinplätze in der Natur zuwider. Die französische Sprache ist aber auch recht dazu gemacht um die Erscheinung der Erscheinungen auszudrücken, übrigens scheinen ihre Litteratoren so zahm als ihre Politik gewaltsam ist.

Die Schweizer werden auf alle Fälle den kürzern ziehen. Ich erwarte täglich daß sie Basel besetzen, denn sie haben von außen nichts mehr zu fürchten noch zu scheuen.

Leben Sie recht wohl und grüßen Sie Ihre liebe Frau.

Weimar am 14 März 1798.

Des Sturm von Bocksberg erinnere ich mich kaum, ich weiß nur daß mir der archivalische Aufwand drinne lästig war.

G

443. Schiller

Jena 14. März 98.

Da heute noch eine Post geht, so sende die französ⟨ischen⟩ Sachen gleich mit.

Der Discours über Herrmann und Dorothea gefällt mir doch gar nicht übel, und wenn ich wüßte daß er von einem recht leibhaften Franzosen herrührte so könnte mich diese Empfänglichkeit für das Deutsche des Stoffes und das Homerische der Form erfreuen und rühren.

Mounier erscheint in seinem Briefe, so wie ich ihn erwartete, als der ruhig beschränkte und menschliche Repräsentant des gemeinen Verstandes, mit dem man da er wirklich ohne Arges ist und das gar nicht ahndet worauf es ankommt gar nicht hadern mag. Die Instanz am Ende, daß es ein Unglück wäre, wenn ein Dorfrichter die Moral eines Kant bekennte und darnach handelte, ist auch wirklich alles, was ich, umgekehrterweise, dem Mounier zur Abfertigung sagen würde.

Leben Sie recht wohl. Ich freue mich zu hören, daß Sie mit der Ansicht Ihres Kaufs so zufrieden sind, und daß Sie die Hände nun frei haben um wieder etwas für Sich Selbst vorzunehmen.

Mein Kommen kann ich darum nicht wohl *bestimmt* annoncieren, weil alles von dem Schlaf der vorhergehenden Nacht abhängt. Leben Sie recht wohl.

S.

444. Schiller

Jena 16 März 98.

Nur ein paar Worte zum Gruße. Ich habe Posttag und der Kopf ist mir sehr eingenommen.

Bei meinem besten Willen habe ich die Reise nach W⟨eimar⟩ noch nicht wagen können, da mir nicht wohl und auch das Wetter zu rauh war. Kann ich es vor Ihrer Ankunft nicht ausführen, so werde ich es auf jeden Fall auch bei Ihrer Anwesenheit in J⟨ena⟩ noch tun, und kann es so einrichten, daß ich vor Abend wieder hier bin, denn es liegt mir selbst zuviel daran, Meiers Arbeiten selbst gesehen zu haben, so lange Sie noch hier sind.

Ich hoffe, Sie bringen viel Geschriebenes, Schemata und Ausarbeitungen mit, denn ich kann Ihnen nicht sagen, wie sehr mich nach einer lebendigen Kommunikation auch über solche Gegenstände besonders, die mit meinem Geschäft nichts gemein haben, verlangt. Auch wünschte ich von Meiers Arbeiten bald etwas zu lesen.

Leben Sie recht wohl. Vielleicht erfahre ich morgen, wann Sie kommen.

Meine Frau grüßt Sie bestens.

S.

445. Goethe

⟨Weimar, 17. März 1798⟩

Künftige Woche denke ich soll nicht verfließen ohne daß wir uns wieder zusammen befinden, alle die Geschäfte auf die ich Einfluß habe sind im Gange, und werden nun wohl ihren Weg fortschreiten es wird mir nun ein großes Bedürfnis tausend Ideen Raum und Ordnung zu verschaffen, wozu mir nur die Jenaische absolute Stille und Ihre Nähe verhelfen kann.

Ich lege ein paar wunderliche Briefe bei, die Ihnen ein Abenteuer erzählen werden, das in unsern Tagen seltsam genug klingt. Ich kenne die Leute selbst und die Blätter bürgen schon für ihre eigne Wahrheit.

Den französischen Aufsatz über Herrman habe ich nun noch einmal, und zwar mit Ihren Augen, angesehen und ihn denn auch von der Art gefunden daß man damit nicht ganz unzufrieden sein solle ja er wäre ein Wunder wenn ihn ein Franzos geschrieben hätte; es ist aber ein Deutscher wie ich wohl weiß. Übrigens wird es künftig ein wunderlich Amalgam geben, da so viele Franzosen und Engländer Deutsch lernen, so vieles übersetzt wird und unsere Literatur in verschiednen Fächern mehr Tätigkeit hat als die beiden andern.

Die armen Berner haben also eine traurige Niederlage erlitten. Meyer fürchtet daß sich nun ein Kanton so nach dem andern wird tot schlagen lassen, denn in ihrer Vorstellungsart sind sie immer noch die alten Schweitzer, aber der Patriotismus so wie ein persönlich tapfres Bestreben hat sich so gut als das Pfafftum und Aristokratismus überlebt. Wer wird der beweglichen glücklich organisierten und mit Verstand und Ernst geführten französischen Masse widerstehen. Ein Glück daß wir in der unbeweglichen nordischen Masse stecken, gegen die man sich so leicht nicht wenden wird.

Wenn es Ihnen um Zerstreuung und um allerlei fremdes an Planen, Aufsätzen und Einfällen zu tun ist, damit kann ich aufwarten, was ich mitbringe wird nicht viel unter einem Ries Papier betragen.

Nach Ihrer Herreise frage ich also nicht mehr, da Sie nur einen Tag dazu verwenden wollen, so schadet es nichts wenn ich auch schon drüben wäre. Leben Sie recht wohl, grüßen Sie Ihre liebe Frau und arbeiten Sie so fleißig als möglich sein will.

Weimar am 17 März 1798. G

446. Schiller

〈Jena, 21. März 1798〉

Da ich Sie vor Abend nicht sehe so werde ich bis dahin in meinem Vierten Akt suchen vorwärts zu kommen. Ich habe heute die Phædra des Euripides, freilich nur nach einer sehr geistleeren Übersetzung von Steinbrüchel gelesen, aber es ist mir doch unbegreiflich, wie leicht und obenhin dieser schöne Stoff behandelt worden ist.

Leben Sie recht wohl S.

447. Goethe

〈Jena, vermutlich 4. April 1798〉

Ich muß doch noch einmal wegen Schlegels anfragen, dessen ich schon in einem Briefe erwähnte. Haben Sie, auch für die Zukunft seine Verbannung fest beschlossen, so lassen wir alles ruhen und ich werde mich darnach benehmen. Möchten Sie aber vielleicht ihm einen sparsamen Zutritt gönnen, so wäre jetzt, da Tischbein Sie zu besuchen wünscht, die beste Gelegenheit, und, da S〈chlegel〉 nach Ostern fortgeht, für den Sommer keine Zudringlichkeit zu befürchten. Da ich diese Personen sehen muß und Tischbein zu besuchen nicht vermeiden kann, so wünscht ich Ihre Gesinnungen zu vernehmen, weil man von mir immer eine Mittlerschaft erwartet. Wünsche übrigens gute Fortschritte. G

448. Schiller

Jena 6. April. 98

Heute früh oder vielmehr heute Mittag als ich aufstand und mich nach Ihnen erkundigte fand ich unsre unglückselige Charlotte, die ich länger als ein Jahr nicht gesehen und nicht viel verbessert fand. Sie ist wo möglich noch materieller geworden und ihr gespanntes freudloses unerquickliches Dasein hat mir keine gute Stimmung gegeben.

Ihr Aufenthalt hier kommt mir jetzt noch kürzer vor als er war. Er ging gar schnell vorüber und für eine so lange Abwesenheit war es wirklich zu wenig.

Unterdessen will ich suchen mich wieder recht in die Arbeit zu werfen, daß ich nur erst das Gedankenbild aus mir heraus stelle, weil ich es dann heller anschauen kann. Ich freue mich, denken zu dürfen, daß Sie mit meinem W〈allenstein〉 im ganzen zufrieden sind und vorzüglich darüber, daß Sie keinen Widerspruch weder mit dem *Gegenstande* noch mit der *Kunstgattung* zu der er gehört darin rügten; denn über die theatralischen Foderungen denke ich schon noch weg zu kommen, wenn die tragisch-dramatischen nur befriedigt sind.

Leben Sie wohl für heute. Meine Frau grüßt Sie bestens und wir vermissen Sie beide sehr. S.

449. Goethe

⟨Weimar, 7. April 1798⟩

Hätten mich die kleinen häuslichen Geschäfte, welche jetzt notwendig abgetan sein wollen, nur in Ruhe gelassen, so wäre ich gewiß nicht so bald von Ihnen weggegangen, um so weniger als ich, bei Ankunft des schönen Wetters, auch eine recht gute Disposition zu meiner Arbeit fühlte. Ich habe mich nun drein ergeben und denke mich nun nach und nach hier wieder frei zu arbeiten, um desto länger das nächste mal bei Ihnen bleiben zu können.

Wir haben gewiß alle Ursache uns unsers Verhältnisses zu freuen, da wir uns nach einer so langen Entfernung nur näher fühlen und die Opposition unserer Naturen eine Wechselwirkung desto wünschenswerter macht, von der wir auch für die Zukunft das beste hoffen können.

Was Sie von der zunehmenden Materialität unserer Freundin sagen ist mir auch bei vielen andern Personen merkwürdig. Es scheint daß die meisten Naturen die kleine Portion der idealischen Ingredientien durch ein falsches Streben gar bald aufzehren und dann durch ihre eigne Schwere wieder zur Erde zurückkehren.

An Ihren Wallenstein denke ich mit Vergnügen zurück, und habe die besten Hoffnungen davon, die Anlage ist von der Art daß Sie, wenn das Ganze beisammen ist, die ideale Behandlung mit einem so ganz irdisch beschränkten Gegenstande in eine bewundernswürdige Übereinstimmung bringen werden.

Ich lege einen derben Amor, von Guttenberg, nach Meyer, bei, mit dem wir ganz wohl zufrieden sind. Ob gleich einiges z. B. das Gesicht sehr verfehlt ist.

Meyer weiß nun was und wie er arbeitet und kann sich in einer nächsten Zeichnung darnach richten. Ist es Ihnen recht, so besorgen wir gleich etwas ähnliches für den Almanach, und wie dieses mein gewöhnlicher Siegelring ist, so nehmen wir vielleicht einen andern Stein aus meiner Sammlung.

Leben Sie recht wohl und nehmen Sie mit Ihrer lieben Frau Dank für alle Vorsorge.

NB. Das Büchelchen soll nur das Kupfer unbeschädigt hin und wieder bringen. Weimar am 7ten Apr. 98.

G

450. Schiller

Jena 10 April. 98

An dem Amor, der hier zurückfolgt, erkennt man gleich die kräftige und solide Kunst unsers Meisters, wenn er sich nur nicht an der Spitze des kleinen Werkleins vor dem er zu stehen kommen soll, etwas zu streng und zu ernsthaft ausnimmt. Es wird recht gut sein, wenn Sie aus Ihrer Sammlung etwas für den Almanach wählen und Meier es zeichnet. Ich brauche nicht zu sagen, daß eine *poetische* Idee, von der Art wie diese mit dem Amor, die zweckmäßigste sein wird, und weil der Almanach seines kleinen Formats und spielenden Gebrauchs wegen auch nur kleine Dimensionen erlaubt, so schien mir ein solcher Gegenstand, wo weniger auf der Ausführung als auf dem Gedanken beruht, der passendste zu sein. Doch das ist Ihre Sache, Sie werden schon das beste erwählen.

Ich lege Ihnen hier einen Brief nebst Gedichten von einem gewissen Jacobi bei, der sich an mich um Nachrichten von Ihnen gewendet hat. Die Gedichte habe ich kaum flüchtig angesehen und weder gutes noch schlimmes daran bemerkt. Indessen wäre mirs nicht unlieb, wenn ich eins davon in das letzte Horenstück brauchen könnte, da mir gerade noch soviel daran fehlt. Haben Sie die Güte mir diese Gedichte, im Fall eins davon zu brauchen wäre, morgen durch die Botenfrau wieder zu schikken, da ich es dem nämlichen Abend noch fortbringen kann.

Wenn Sie beim Geh. Rat Voigt ein gutes Wort für unsern Niethammer sprechen wollten, so würden Sie etwas Gutes befördern. Ich habe Ursache zu glauben, daß er wenig Eifer für ihn hat, ja wirklich zu wenig, und hingegen seinen unbedeutenden Rival begünstiget. Fände sich Gelegenheit, Schellings Sache die bei Voigten zu liegen scheint, noch einmal in Bewegung zu bringen, so wäre es auch sehr gut für uns jenaische Philosophen, und selbst Ihnen würde es nicht unangenehm sein, das hiesige Personale mit einem so guten Subjekt vermehrt zu haben.

Obgleich das schöne Wetter hier noch fortdauret, so hat doch die schnelle Kälte mir wieder einen heftigen Katarrh mitgebracht und mein altes Übel erneuert. Die Arbeit rückt langsam fort, und ich stehe gerade an einem Punkt, wo die Stimmung alles tun muß.

Hier sagt man, daß Ifland am 24 dieses Monats nach Weimar kommen würde um acht Tage dort zu spielen. Da Sie bei Ihrem Hiersein noch gar nichts davon zu wissen schienen, so kann ich es kaum glauben. Wäre es aber, so zweifelte ich sehr, daß er noch den alten Empfang finden würde, und unser würdiger gestief⟨elter⟩ Kater würde in einiges Gedränge kommen.

Leben Sie recht wohl. Ich höre von meinem Schwager der heute hier war, daß Touret nun nächstens kommen wird. So ist es auch in dieser Rücksicht gut für Sie gewesen, daß Sie gerade jetzt in Weimar sind und nicht mitten in der Arbeit unterbrochen werden.

Meine Frau grüßt Sie aufs beste. Leben Sie recht wohl.

S.

451. Goethe

⟨Weimar, 11. April 1798⟩

So ungern ich von Jena abreiste, so war es doch eben die rechte Zeit. Manches was hier stockte mußte wieder in Gang gebracht werden und nun rücken sowohl allgemeine als besondere Angelegenheiten besser vorwärts.

Iffland gibt wirklich, vom 24ten an, Sechs Repräsentationen. Wenn ich nicht fehl schließe so wird der Zudrang noch lebhafter sein als das erste mal. Schon in der Stadt haben wir mehr Fremde als damals und die Liebhaberei zum Theater ist sowohl hier als in der Nähe gewachsen.

Damit mir die nächsten vier Wochen die ich doch hier zubringen werde nicht ungenutzt verstreichen, habe ich gleich den Faust vorgenommen und finde Ihre Bemerkung richtig: daß die Stimmung des Frühlings lyrisch ist, welches mir bei dem rhapsodischen Drama sehr zu Gute kommt.

Jacobi, der an Sie geschrieben hat ist der Sohn, der in Jena studierte, die Gedichte, die ich zurück schicke, konnte ich nicht durchlesen, ich bin ganz in entgegengesetzten Beschäftigungen und Stimmungen. Die nächsten 14 Tage überhaupt wird es wieder ein wenig bunt gehen. Ich setze voraus daß Sie Montag den $23^{\underline{\text{ten}}}$ bei uns eintreffen und das Theatralische Fest mit uns zelebrieren werden. Sie können neben Meyern sich recht gut einquartieren. Leben Sie recht wohl

Weimar am 11 April 1798. G

452. Schiller

Jena 24. April. 98.

Endlich bin ich wieder im Stande Ihnen selbst von meinem Befinden Nachricht zu geben. Vierzehn Tage war ich zu allem unfähig, weil sich der Rheumatism in den Kopf gesetzt hatte, und noch darf ich vor den nächsten 8 Tagen nicht hoffen, ein Geschäft vorzunehmen. Es ist recht Schade, daß ich bei dieser Unfähigkeit zum Arbeiten nicht wenigstens von den theatralischen Unterhaltungen in W⟨eimar⟩ profitieren kann, aber wenn mich auch nicht mein noch fortdaurender Husten ins Haus spräche, so fehlte es mir doch gänzlich an Stimmung für irgend einen Geistesgenuß, und ich muß mich hüten, mich an ästhetische Dinge auch nur zu erinnern.

Ich wünsche Ihnen desto mehr Vergnügen an Iflands theatralischem Besuch. Über die Wahl der Stücke haben wir uns hier gewundert, besonders aber hat mich die Wahl des *Pygmalion* befremdet. Denn wenn darunter wirklich das Monodram gemeint ist, welches deucht mir Benda komponiert hat, so werden Sie, mit Meiern, einen merkwürdigen Beleg zu den unglücklichen Wirkungen eines verfehlten Gegenstandes erleben. Es ist mir absolut unbegreiflich, wie ein Schauspieler, auch bloß von einer ganz gemeinen Praxis, den Begriff seiner Kunst so sehr aus den Augen setzen kann, um in einer so frostigen, handlungsleeren und unnatürlichen Fratze sich vor dem Publikum abzuquälen. Dazu kommt noch, daß Ifland in seinem Leben nie eine Schwärmerei oder irgend eine exaltierte Stimmung weder zu fühlen noch darzustellen vermocht hat, und als Liebhaber immer abscheulich war.

Doch Sie werden ja sehen, und vielleicht ist auch an den Pygmalion nicht gedacht worden.

Zu den Fortschritten im Faust wünsche ich Glück. Diese

theatralische Zerstreuungen sollen Sie, denk ich, eher darin fördern als stören. Leben Sie recht wohl. Meine Frau grüßt schönstens. S.

453. Goethe

⟨Weimar, 25. April 1798⟩

Ich kann Ihnen nur so viel sagen daß ich mich freue wieder einen Brief von Ihrer Hand zu sehen. Möchte sich Ihre Gesundheit doch immer zunehmend bessern.

Iffland hat seinen Essigmann fürtrefflich gespielt Naturell, Studium, Überlegung, alte und gewohnte Übung dieser Rolle, Mäßigkeit, Mannigfaltigkeit, Lieblichkeit und Kraft war an ihm zu bewundern das Stück ging im ganzen nicht fließend genug weil unsere Schauspieler es erst vor kurzem gelernt hatten und nicht einmal so gut spielten als sie fähig gewesen wären daher ihnen selbst manches verloren ging und er statt eines freien Spiels hie und da Contenance brauchte wobei er sich aber selbst meisterlich zeigte.

Heute ist der Hausvater was den Freitag gespielt wird wissen wir noch nicht.

Es ist wirklich der Pigmalion von Benda der noch gegeben wird, ich bin äußerst neugierig darauf das Stück kenn ich und habe es mehrmals gesehen es ist ein sehr sonderbares Unternehmen indessen ist doch Iffland viel zu klug als daß er etwas wählen sollte wo er nicht eines gewissen Effektes sicher wäre Sie haben nächstens wieder Nachricht von mir.
Weimar am 25 Apr. 1798.

G

454. Schiller

Jena 27. April 98

Ich sende Ihnen hier Cottas Antwort auf meine Anfrage wegen der zu verlegenden kleinen Abhandlungen p. Es ist ihm, wie Sie sehen, zuviel daran gelegen etwas von Ihnen zum Verlag zu bekommen, als daß er seine Desideria und Wünsche bei diesem Werke ganz offen hätte heraus sagen sollen. Soviel aber zeigt sich, daß er bei dem überwiegenden kunstwissenschaftlichen Inhalt ein zu eingeschränktes

Publikum fürchtet, und deswegen einen mehr allgemeinen Inhalt wünscht. Ich kann ihm darin als Buchhändler gar nicht Unrecht geben; da aber auf der andern Seite von dem Plane des Werks nichts erlassen werden kann, so wäre mein Vorschlag, Ihm die Expectanz auf Ihr nächstes poetisches Werk, etwa den Faust zu geben, oder es ihm lieber gleich zu verakkordieren. Wenn ich bei dieser Gelegenheit einen Vorschlag zu tun hätte, so würde ich für den Bogen der theoretischen Abhandlungen, ohngefähr gedruckt wie Meisters Lehrjahre, *Vier* Louisdors, und für den Bogen vom Faust *Acht* Louisdors zu fodern raten. Wenn Sie aber denken daß Unger oder Vieweg besser bezahlen, so kann Cotta es auch, und ich erwarte nur, daß Sie ein Gebot tun, so will ich es Cotta, der jetzt in Leipzig ist sogleich melden.

Wie ich höre so spielt Ifland heute Pygmalion. Daß er seinen Kalkül auf das Publikum wohl zu machen verstehe, habe ich nie gezweifelt. Er wird auch in dieser Rolle bedeutend und verständig sein, aber ich kann darum meine Meinung nicht ändern und d⟨er⟩ Erfolg wird mich nicht widerlegen.

Mit meiner Gesundheit geht es jetzt von Tag zu Tag besser, doch habe ich noch keine Stimmung zu meiner Arbeit finden können. Dafür lese ich in diesen Tagen den Homer mit einem ganz neuen Vergnügen, wozu die Winke die Sie mir darüber gegeben, nicht wenig beitragen. Man schwimmt ordentlich in einem poetischen Meere, aus dieser Stimmung fällt man auch in keinem einzigen Punkte und alles ist ideal bei der sinnlichsten Wahrheit. Übrigens muß einem, wenn man sich in einige Gesänge hineingelesen hat, der Gedanke an eine Rhapsodische Aneinanderreihung und an einen verschiedenen Ursprung notwendig barbarisch vorkommen, denn die herrliche Kontinuität und Reziprozität des Ganzen und seiner Teile ist eine seiner wirksamsten Schönheiten.

Die unterstrichene Stelle in Humboldts Briefe den ich Ihnen zurücksende, ist ihm vermutlich selbst noch nicht so recht klar gewesen, und dann scheint das Ganze mehr eine Anschauung als einen deutlichen Begriff auszusprechen. Er will, deucht mir, überhaupt nur sagen, daß das

Gemeinsame, folglich Nationelle, in den Franzosen sowohl in ihren gewöhnlichen Erscheinungen als in ihren Vorzügen und Verirrungen eine Wirksamkeit des Verstandes und seiner Adhärentien nämlich des Witzes, der Beobachtung etc sei, ohne verhältnismäßige Mitwirkung des Ideenvermögens, und daß sie mehr physisch als moralisch rührbar seien. Das ist keine Frage daß sie bessere Realisten als Idealisten sind, und ich nehme daraus ein siegendes Argument, daß der Realism keinen Poeten machen kann.

Leben Sie recht wohl für heute, und möchten Sie in dem Gewühl von Menschen, das Sie jetzt öfters umgibt, sich recht angenehm unterhalten.

Sch.

455. Goethe ⟨*Konzept*⟩

⟨Weimar, 27. April 1798⟩

Die geselligen und Theatralischen Bewegungen gehen immer ihren Schritt fort doch soll auch unsere Korrespondenz nicht unterbrochen werden drum will ich für morgen einige Worte vorausschreiben.

Gleich zu Anfang stehen mit Ihrer Erlaubnis eine Betrachtung über mein Subjekt die sich in diesen Tagen bestätigt hat ich bin nämlich als ein beschauender Mensch ein Stockrealiste so daß ich von allen den Dingen die sich mir darstellen, nichts davon und dazu zu wünschen im Stande bin und ich unter den Objekten gar keinen Unterschied kenne als den ob sie mich interessieren oder nicht dagegen bin ich bei jeder Art von Tätigkeit ich darf beinah sagen, vollkommen idealistisch ich frage nach den Gegenständen gar nicht sondern fordere daß sich alles nach meinen Vorstellungen bequemen soll. Nach dieser Konfession kann ich mich über meine gegenwärtige Lage kürzer fassen

Ifflands Spiel macht mir ein unendliches Vergnügen weil mir die Einschränkungen seines Talents, an denen sich so manche stoßen, im mindesten nicht im Wege sind, vielmehr...

456. Goethe

⟨Weimar, 28. April 1798⟩

Ich bin, um mit Lieutenant Wallen zu reden, *so zu sagen* in Verzweiflung daß Sie diesmal an unsern Theatralischen Abenteuern keinen Anteil nehmen können, sowohl weil Sie eines hohen Genusses entbehren, als auch weil alles zur Sprache kommt was uns im dramatischen Fache interessieren kann, und worüber man doch nur eigentlich mit dem sich zu unterhalten im Stande ist der das unmittelbare Anschauen davon gehabt hat.

So war gestern eine äußerst interessante Repräsentation. Pigmalion machte Anspruch an die höchste theatralische Würde und Fülle, und so wie Iffland den Wallen nimmt ist es die personifizierte Welt-Leerheit durch einen Pudelnärrischen Humor ausgestopft und ausgestattet. Was er in beiden Rollen geleistet hat wird durch keine Worte auszudrükken sein; doch müssen wir abwarten was Freund Böttiger leisten wird. Mündlich geht es eher an daß man darüber sich einigermaßen erkläre.

Montag wird Benjovsky sein, Mittwoch der taube Apotheker, was er Donnerstags zum Schlusse gibt, weiß ich noch nicht. Sobald er fort ist eile ich mein Haus zu bestellen um wieder bald bei Ihnen zu sein.

Für Cottas Erklärung danke ich, doch halte ichs für besser, ehe man sich näher bestimmt, ein paar Bände Manuskript völlig rein fertig zu haben. Was einen etwas mannigfaltigern Inhalt betrifft darüber habe ich schon selbst gedacht, es wäre eine Gelegenheit manches, wo man sonst nicht mit hin weiß, anzubringen und was dem Buchhändler nutzt, nutzt auch in jedem Sinne den Autor, wer gut bezahlt wird, wird viel gelesen und das sind zwei löbliche Aussichten.

Ebenso will ich meinen Faust auch fertig machen, der seiner nordischen Natur nach ein ungeheures nordisches Publikum finden muß. Freund Meyer wird es auch für keinen Raub achten zu dieser barbarischen Produktion Zeichnungen zu verfertigen. Wir haben den Gedanken die Umrisse auf graubraun Papier drucken zu lassen und sie alsdenn auszutuschen und mit dem Pinsel aufzuhöhen, eine Operation die vielleicht nirgends so gut und wohlfeil als hier gemacht werden könnte. Es sollen bald einige Versuche der Art zum Vorscheine kommen.

Ich will nun auch Freund Humboldt antworten und ihn besonders ersuchen mit Brinkmann einen prosodischen Kongreß über Herrmann und Dorothea zu halten, so wie ich Ihnen noch mehr dergleichen Fragen im allgemeinen vorzulegen gedenke.

Indem Sie nur der Ilias erwähnen fühle ich schon wieder ein unendliches Verlangen mich an jene Arbeit zu machen, von der wir schon so viel gesprochen haben. Hoffentlich gelingen mir dieses Jahr noch ein paar Gesänge, indessen muß man alle Chorizonten mit dem Fluche des Bischof Erulphus verfluchen, und wie die Franzosen, auf Leben und Tod, die Einheit und Unteilbarkeit des poetischen Wertes in einem feinen Herzen fest halten und verteidigen. Leben Sie recht wohl. Ich muß mich schon wieder anziehen, weil die Zeit eines musikalischen Frühstücks herannahet. Die schönen Morgen sind diesen Festen günstig, da auch der Garten von der Gesellschaft mit genossen werden kann, denn fast ist mein Haus vor den Zufluß zu klein.

Grüßen Sie Ihre liebe Frau und schicken Sie uns dieselbe wenigstens Montags.

Übrigens darf ich wohl mit einigem Triumph bemerken daß ich, als Impresar, richtig gerechnet habe. Denn ohnerachtet der erhöhten Preise ist das Haus noch immer voller als das vorigemal gewesen, so, daß wir, wenn es so fortgeht diesmal auf die sieben Vorstellungen fast so viel als auf die vorigen vierzehen einnehmen. Sollte Schröter kommen, so kann man aufs doppelte gehen und selbst wenn Iffland künftig wieder kommen sollte, steigre ich wieder, denn das Geld wird immer noch wohlfeiler werden. Leben Sie nochmals recht wohl, genießen Sie der schönen Tage in der Stille, indes ich noch acht recht unruhige auszudauern habe. Indessen wirds auch im Saaltale recht schön grün und wir beginnen unser altes Leben. Weimar am 29 Apr. 1798.

G

457. Schiller

Jena 1 Mai. 98

Da wir jetzt in den Wonnemond getreten sind, so hoffe ich auch wieder auf die Gunst der Musen und hoffe daß ich in meinem Garten finden werde, was ich schon lang entbehre. Mit Ende dieser Woche denke ich hinauszuziehen, wenn das Wetter gut bleibt.

Allerdings beklage ich sehr, daß ich diesmal von Iflands Vorstellungen gar nichts habe profitieren können, aber da ich diesen Winter und Frühling so viele Zeit verlor und auf einen bestimmten Termin fertig werden will, so muß ich mich in mich selbst zurückziehen und alles was mich sehr nach außen beschäftigt als eine gefährliche Zerstreuung fliehen. Damit tröst ich mich über diesen verlorenen Genuß, dem ich nicht würde haben widerstehen können, wenn ich gesund gewesen wäre.

Daß Ifland in seinem Pygmalion einen so großen Triumph über meine Erwartung und Vorhersagung davon getragen, ist mir noch nicht begreiflich, und es wird mir schwer selbst Ihnen etwas aufs Wort zu glauben, was mir den Glauben an meine bestimmtesten Begriffe und Überzeugungen rauben würde. Indessen ist hier nichts mehr zu sagen, da Sie meinen Beweisen a priori ein Faktum entgegensetzen können, wogegen ich, da ich selbst es nicht mit bezeugen kann, auch nichts einwenden darf. Übrigens habe ich es lediglich mit Ihrem Urteil zu tun, denn die übrige öffentliche Meinung kann hier nichts beweisen, da hier nur von objektiven Foderungen die Rede ist und die übrige Welt schon zufrieden ist, wenn sie nur interessiert wird.

Ich wünschte zu erfahren, ob es doch wahrscheinlich ist, daß Schröder diesen Herbst kommt, damit ich mit mir zu Rate gehen kann, ob der Wallenstein noch bis dahin für das Theater fertig zu machen ist. Daher bitte ich Sie, mich wissen zu lassen, ob Sie unterdessen einen Schritt getan haben. Denn wenn das nicht geschehen ist, so zweifle ich auch ob er diesen Herbst kommt.

Cotta wird vermutlich in 10 Tagen hieher kommen. Vielleicht schickt es sich, daß Sie dann schon hier sind, es wäre doch gut, wenn Sie ihn wenigstens hörten und sich Vorschläge machen ließen. Er hat den besten Willen und an

Kräften fehlt es ihm keineswegs, etwas bedeutendes zu unternehmen.

Es ist mir dieser Tage in der Odyßee eine Stelle aufgefallen, welche auf ein Gedicht das verloren gegangen schließen läßt, und dessen Thema der Ilias vorhergeht. Sie steht im achten Buch der Odyßee vom 72sten Verse an. Vielleicht wissen Sie mehreres davon.

Möchten Sie nur erst wieder in Ihrer homerischen Welt leben. Ich zweifle nicht im geringsten, daß Ihnen diesen Sommer und Herbst noch einige Gesänge gelingen werden.

Leben Sie recht wohl. Meine Frau wird auf den Donnerstag nach Weimar kommen um noch zum Schluß etwas von den Iflandischen Gaben zu genießen. Sie grüßt Sie aufs beste.

S.

458. Goethe

〈Weimar, 2. Mai 1798〉

Iffland fährt fort seine Sache trefflich zu machen und zeichnet sich als ein wahrhafter Künstler aus, an ihm zu rühmen ist die lebhafte Einbildungskraft, wodurch er alles was zu seiner Rolle gehört zu entdecken weiß, dann die Nachahmungsgabe wodurch er das gefundne und gleichsam erschaffne darzustellen weiß, und zuletzt der Humor, womit er das Ganze von Anfang bis zu Ende lebhaft durchführt. Die Absonderung der Rollen von einander, durch Kleidung, Gebärde, Sprache, die Absonderung der Situationen und die Disti〈n〉ktion desselben wieder in sensible kleinere Teile, ist fürtrefflich. Von allem übrigen was wir schon im einzelnen kennen will ich jetzt schweigen.

Indem er als ein wirkliches Natur und Kunstgebilde vor den Augen des Zuschauers lebt, so zeigen sich die übrigen, wenn sie auch ihre Sache nicht ungeschickt machen, doch nur gleichsam als *Referenten,* welche eine fremde Sache aus den Akten vortragen, man erfährt zwar was sich begibt und begeben hat, man kann aber weiter keinen Teil daran nehmen.

Sehr wichtig war mir die Bemerkung daß er die reinste und gehörichste Stimmung beinah durchaus vollkommen zu Befehl hat, welches denn freilich nur durch das Zusammentreffen von Genie, Kunst und Handwerk möglich ist.

Das Publikum ist sich in seiner Assiduität ziemlich gleich. Die Anzahl schwankte bisher zwischen 380 und 430 und es läßt sich voraussehen daß wir keine so starke und keine so geringe Vorstellung haben werden als das vorige mal. Der erhöhte Preis hat nur einen gewissen Zirkel von Zuschauern eingeschlossen. Wir können mit der Einnahme zufrieden sein und ich freue mich über den ungläubigen Hofkammerrat gesiegt zu haben

Übrigens habe ich, außer einer ziemlich allgemeinen, reinen Zufriedenheit, nichts tröstliches von einem besondern Urteil gehört. Wie wenige verhalten sich gegen den Künstler auch wieder produktiv! dagegen habe ich mitunter einige sehr alberne Negationen vernommen. Morgen erleben wir noch den *Tauben Apotheker* und dann will ich mich der eintretenden Ruhe wieder freuen, ob ich gleich nicht leugnen will daß mir sein Spiel diesmal, mehr als das vorige mal, Bedürfnis geworden ist. Er hat in jedem Sinne gut auf mich gewirkt und ich hoffe, wenn ich zu Ihnen hinüber komme, sollen der Mai und Juni gute Früchte bringen.

Ich habe heute keinen Brief von Ihnen erhalten und wünsche nur daß kein Übel Ursache an Ihrem Stillschweigen sein möge.

Freund Böttiger brütet, wie ich merke an einer Didaskalie über Pygmalion. Es wird wahrscheinlich wieder ein sauber stückchen Arbeit werden.

Eine der lustigsten Begebenheiten unseres Zeitalters kann ich vorläufig nicht verschweigen. Wielanden ist durch ein heimlich demokratisches Gericht verboten worden die Fortsetzung seiner Gespräche im Merkur drucken zu lassen, das nächste Stück wird zeigen ob der gute Alte gehorcht.

Der arme Verfasser des goldnen Spiegels und des Agathons, der zu seiner Zeit Königen und Herren die wundersamsten Wahrheiten sagte, der sich auf die Verfassungen so trefflich verstand, als es noch keine gab, der edle Vorläufer des neuen Reiches muß nun, in den Zeiten der Freiheit, da Herr Posselt täglich den bloßen Hintern zum Fenster hinaus reckt, da Herr Gentz mit der liberalsten Zudringlichkeit einem neuen Könige eine unbedingte Preßfreiheit abtrutzt, die Schoßkinder seines Alters, die Produkte einer Silberhochzeit, gleich namenlosen Liebeskindern, verheimlichen.

Vor 14 Tagen ohngefähr kam er nach Weimar, um für diese Produktionen, mit denen er sich im Stillen beschäftigt hatte, einiges Lob einzuernten, er las sie in allen Etagen unsers Geschmacks und Gesellschaftshauses vor und ward mit mäßiger Gleichgültigkeit aufgenommen, so daß er für Ungeduld bald wieder aufs Land flüchtete, indessen hielt man Rat und jetzt, hör ich, ist ihm angekündigt diese Mestizen eines aristo-demokratischen Ehebandes, in der Stille, zu erdrosseln und im Keller zu begraben, denn ausgesetzt dürfen sie nicht einmal werden

Weimar am 2 Mai 1798. G

Vorstehendes war geschrieben als ich Ihren lieben Brief erhielt. Möge das gute Wetter Sie bald in den Garten locken und Sie draußen aufs beste begünstigen.

Uber Pygmalion wollen wir methodisch zu Werke gehen, denn wenn man, bei der großen Einigkeit in Grundsätzen, einmal über Beurteilung einer Erscheinung in Opposition ist, so kommt man gewiß auf schöne Resultate, wenn man sich verständigt.

Ich glaube wir werden bald einig sein, denn man kann von diesem Monodram nur in so fern sprechen als man die Manier des Französischen Tragischen Theaters und die rhetorische Behandlung eines tragischen, oder hier eines sentimentalen Stoffs, als zulässig voraussetzt; verwirft man diese völlig, so ist Pygmalion mit verworfen, läßt man sie aber, mit ihrem Werte oder Unwerte, gelten, so kann auch hier Lob und Tadel eintreten. Man kann jeden Manieristen loben und das Verdienst das er hat auseinandersetzen, nur muß ich ihn nicht mit Natur und Styl vergleichen. Das wäre ohngefähr, wovon ich ausgehen würde. Ich werde Ihnen erzählen was ich auf die Zweimal gesehen habe, am liebsten aber wünsche ich daß Sie Meyern drüber hören, doch wird die ganze Untersuchung vor der Erscheinung der *Didaskalie* nicht geschlossen werden können.

Wegen Schröders kann ich Ihnen weiter nichts sagen. Er

hat sich in dieser Sache *kokett* betragen, ohnaufgefordert einen Antrag getan und wie man zugreifen wollte zurückgezogen. Ich nehm es ihm nicht übel, denn jedes Handwerk hat eigne Methoden, ich kann nun aber keinen Schritt weiter Tun.

Wahrscheinlich bin ich in 10 Tagen bei Ihnen, es sollte mir lieb sein Cotta wieder zu sehen

Die Stelle in der Odysse scheint sich freilich auf eine der unzähligen Rhapsodien zu beziehen, aus denen nachher die beiden überbliebenen Gedichte so glücklich zusammengestellt wurden. Wahrscheinlich sind jene eben deswegen verloren gegangen weil die Ilias und Odysse in ein ganzen c⟨o⟩alescierten. So haben wir unzählige Epigramme verloren, weil man eine Epigrammensammlung veranstaltete, so sind die Werke der alten Rechtslehre zu Grunde gegangen, weil man sie in die Pandekten digerierte u.s.w. Verzeihen Sie mir diese etwas chorizontische Äußerung, doch scheint mir täglich begreiflicher wie man aus dem ungeheuren Vorrate der rhapsodischen Genieprodukte, mit subordiniertem Talent, ja beinah bloß mit Verstand, die beiden Kunstwerke die uns übrig sind zusammen stellen konnte; ja wer hindert uns anzunehmen daß diese Kontiguität und Kontinuität schon durch die Forderung des Geists an den Rhapsoden im allerhöchsten Grade vorbereitet gewesen sogar will ich einmal annehmen daß man nicht alles in die Ilias und Odysse was wohl hineingepaßt hätte, aufgenommen habe daß man nicht dazu sondern davon getan habe.

Doch das sind Meinungen über einen Gegenstand über den alle Gewißheit auf ewig verloren ist und die Vorstellungsart die ich äußere ist mir bei meiner jetzigen Produktion günstig ich muß die Ilias und Odysse und das ungeheure Dichtungsmeer mit auflösen aus dem ich schöpfen will.

Noch ein Wort wegen Schröders: Nach meiner Überzeugung steht Ihr Wallenstein und seine Hierherkunft in solcher Korrelation, daß man eher sagen könnte: schreiben Sie ihn so wird er kommen, als: wenn er kommt, so machen Sie ihn fertig.

Und hiermit leben Sie wohl. Es geht wieder zu einem Frühstück, morgen ist das letzte bei mir, wozu Ihre liebe Frau eingeladen ist, wenn sie zeitig kommt.

Die englische Übersetzung meiner Dorothea welche Herr Melisch unternommen hat ist, wie er mir gestern sagte, fertig, er will mir die vier ersten Gesänge zeigen die er mit hat. Ich selbst kann so was gar nicht beurteilen, ich will veranlassen daß Schlegel sie zu sehen kriegt, der das Verhältnis beider Sprachen mehr studiert hat. Ich schließe, obs gleich noch viel zu sagen gibt, Weimar d. 2. Mai 1798.

G

459. Schiller

Jena 4 Mai. 98.

Meine Frau hat mir von Ihrer freundschaftlichen Aufnahme, von der bunten lebhaften Gesellschaft bei Ihnen und von Iflands lustigem Apotheker sehr viel zu erzählen und zu rühmen gewußt. In solchen närrischen Originalen ist es eigentlich wo mich Ifland immer entzückt hat, denn das Naturell tut hier soviel, alles scheint augenblicklicher Einfall und Genialität, daher ist es unbegreiflich und man wird zugleich erfreut und außer sich gesetzt. Hingegen in edeln, ernsten und empfindungsvollen Rollen bewundre ich mehr seine Geschicklichkeit, seinen Verstand, seinen Kalkül und Besonnenheit. Hier ist er mir immer *bedeutend*, planvoll, und beschäftigt und spannt die Aufmerksamkeit und das Nachdenken, aber ich kann nicht sagen, daß er mich in solchen Rollen eigentlich entzückt oder hingerissen hätte, wie von weit weniger vollkommenen Schauspielern geschehen ist. Daher würde er mir, für die Tragödie, kaum eine poetische Stimmung geben können.

Ich weiß kaum wie ich es mit Schrödern halten soll, und bin beinahe entschlossen, die ganze Idee von der Repräsentation des Wallensteins fallen zu lassen. So zeitig mit der ganzen völligen Ausführung fertig zu werden, daß er den Wallenstein im September oder Anfang Oktobers spielen kann ist nicht möglich, denn Schröder muß nach seiner eignen Erklärung gegen Bötticher mehrere Monate zum Einlernen einer solchen Rolle haben, und würde also das Stück in der Mitte des Julius spätestens haben müssen. Bis dahin könnte ich zwar zur Not eine Skizze des Ganzen, die für das Theater hinreichte fertig bringen, aber diese eilfertige und auf einen äußern Zweck gerichtete Art zu arbeiten würde mir die reine Stimmung für eine ruhige Ausführung verderben. Dazu kommt, daß selbst bei Schröders Anwesenheit einige Haupt-Rollen im Stück gar zu sehr verunglücken würden, dem ich mich lieber nicht aussetzen will. Wie Sie selbst schreiben, so sind die guten Schauspieler nur, und im glücklichsten Fall, passive Kanäle oder Referenten des Texts, und das wäre mir doch um meine zwei Piccolominis und meine Gräfin Terzky besonders leid. Ich denke daher, meinen Gang frei und ohne bestimmte Theaterrücksichten fortzusetzen und mir wo möglich die Stimmung zu bewahren. Ist der Wallenstein einmal fertig und gedruckt, so interessiert er mich nicht mehr, und alsdann kann ich auf so etwas noch eher denken.

Daß wir Sie nun bald wieder hier haben werden freut mich sehr. Es wäre wohl nicht übel, wenn wir bei Ihrem nächsten Hiersein den Homer zusammen läsen. Die schöne Stimmung nicht zu rechnen, die Ihnen das zu Ihrer Arbeit gäbe, würde es uns auch die schönste Gelegenheit zu einem IdeenWechsel darbieten, wo das wichtigste in der Poesie notwendig zur Sprache kommen müßte. So setzten wirs alsdann künftig mit den Tragikern und andern fort.

Ich bin noch in der Stadt und werde bei dem gegenwärtigen zweifelhaften Wetter erst abwarten, eh ich ausziehe. Wenn Ihr Barometer mir etwas bestimmtes prognostizieren kann, so will ich mich darnach richten.

Meine Frau grüßt Sie aufs beste.

Leben Sie recht wohl.

S.

460. Goethe

〈Weimar, 5. Mai 1798〉

Iffland hat nun gestern mit dem Amtmann in der Aussteuer geschlossen, nachdem er mir in dem Laufe seiner Vorstellungen gar manches zu denken gegeben, das im ganzen mit dem was Sie äußern übereinstimmt. Wir werden darüber manches zu sprechen haben.

Wegen des Wallensteins weiß ich Ihnen nicht zu raten, ob ich gleich selbst glaube daß, in Betracht Ihrer Art zu arbeiten, des Stücks so weit ich es kenne, und der äußern Umstände, Ihr Vorsatz den Sie mir äußern wohl der beste sein möchte. Niemand kann zwei Herren dienen, und unter allen Herren würde ich mir das Publikum das im deutschen Theater sitzt, am Wenigsten aussuchen. Ich habe es bei dieser Gelegenheit abermals näher kennen gelernt.

Ich habe fast keinen andern Gedanken als mich mit den Homerischen Gesängen, sobald ich zu Ihnen komme, näher zu befreunden, ein gemeinschaftliches Lesen wird die beste Einleitung sein.

Meinen Faust habe ich um ein gutes weiter gebracht. Das alte noch vorrätige höchst konfuse Manuskript ist abgeschrieben und die Teile sind in abgesonderten Lagen, nach den Nummern eines ausführlichen Schemas hinter einander gelegt, nun kann ich jeden Augenblick der Stimmung nutzen, um einzelne Teile weiter auszuführen und das ganze früher oder später zusammen zu stellen.

Ein sehr sonderbarer Fall erscheint dabei: Einige tragische Szenen waren in Prosa geschrieben, sie sind durch ihre Natürlichkeit und Stärke, in Verhältnis gegen das andere, ganz unerträglich. Ich suche sie deswegen gegenwärtig in Reime zu bringen, da denn die Idee, wie durch einen Flor durchscheint, die unmittelbare Wirkung des ungeheuern Stoffes aber gedämpft wird.

Leben Sie recht wohl. Von der Witterung sagen uns die guten Barometer nur immer das nächst bevorstehende, freilich sollte man glauben daß nun eine Regenzeit eintreten müsse, doch wer will das voraussagen.

Weimar am 5 Mai 1798.

Fichte hat mir den zweiten Teil seines Naturrechts geschickt, ich habe aus der Mitte heraus einiges gelesen und finde vieles auf eine Beifallswürdige Art deduziert, doch scheinen mir, praktischem Skeptiker, bei manchen Stellen die empirischen Einflüsse noch stark einzuwirken. Es geht mir hier wie ich neulich von den *Beobachtungen* sagte: nur sämtliche Menschen erkennen die Natur, nur sämtliche Menschen leben das Menschliche. Ich mag mich stellen wie ich will, so sehe ich in vielen berühmten Axiomen nur die Aussprüche einer Individualität, und grade das was am allgemeinsten als wahr anerkannt wird ist gewöhnlich nur ein Vorurteil der Masse, die unter gewissen Zeitbedingungen steht, und die man daher eben so gut als ein Individuum ansehen kann. Leben Sie wohl und lieben mein liebendes Individuum trotz allen seinen Ketzereien.

G

461. Schiller

Jena 8 Mai. 98

Ich hab es bei dem gestrigen unsichern Wetter gewagt, meinen Auszug in den Garten zu halten und es ist mir nach Wunsch gelungen. Nun sitze ich endlich wieder hier in meinem ländlichen Eigentum, die Besuche haben sich aber zufällig so gehäuft, daß ich in diesen 2 Tagen mehr Geräusch erfahren habe als den ganzen Winter. Einen darunter, einen Joseph von Retzer aus Wien haben Sie vielleicht auch gesehen, denn er ist nach Weimar gereist. Ein klägliches Subjekt, das aber durch die Erinnerung an ein bereits vergessenes Zeitalter einigermaßen merkwürdig wird. Einen Herrn Prof. Morgenstern aus Halle, der neulich hier war, haben Sie bei sich gehabt, wie mir meine Frau sagt. Dies ist eine Woltmann ähnliche Natur, auch so kokett und elegant in seinen Begriffen, und der die philosophischkritische kurrentMünze ganz gut inne hat. Ein gewisser Eschen, ein Schüler von Voß, den dieser voriges Jahr an mich empfohlen, ist seinem alten Abgott und Lehrer ganz untreu geworden, und findet jetzt sehr viel an ihm zu tadeln. Das Schlegelische Haus hat diesen jungen Herrn in die Mache genommen, und ihn Voßen entführt. Ich fürchte, daß er sich bei seiner Glaubensveränderung schlecht verbessert hat. Voß hat im Sinn, seiner Louise neue Idyllen anzureihen, er scheint diesen Stoff auch für einen Faden ohn Ende zu halten, dazu möchte aber auch eine Imagination gehören die kein Ende nimmt.

Ich gratuliere Ihnen zu dem fortgerückten Faust. Sobald Sie bei diesem Stoff nur erst bestimmt wissen, was noch daran zu tun ist, so ist er so gut als gemacht, denn mir schien immer das *unbegrenzbare* das schwürigste dabei zu sein. Ihre neuliche Bemerkung, daß die Ausführung einiger tragischen Szenen in Prosa so gewaltsam angreifend ausgefallen bestätigt eine ältere Erfahrung die Sie bei der Mariane im Meister gemacht haben, wo gleichfalls der pure Realism in einer pathetischen Situation so heftig wirkt, und einen nicht poetischen Ernst hervorbringt; denn nach meinen Begriffen gehört es zum Wesen der Poesie, daß in ihr Ernst und Spiel immer verbunden seien.

Leben Sie recht wohl. Ich freue mich nicht wenig auf Ihr Hiersein, wo hoffe ich vieles zur Sprache kommen und sich weiter entwickeln soll.

Meine Frau grüßt Sie bestens.

Sch.

462. Goethe

⟨Weimar, 9. Mai 1798⟩

Zu Ihrer Gartenwohnung wünsche ich Ihnen Glück, die Jahrszeit wie die Witterung ist außerordentlich schön und ich hoffe Sie bald auf Ihrem Grund und Boden zu besuchen.

Den Verlust der vergangnen Tage konnten mir nur die Ifflandischen Abende ersetzen, es ist übrigens für unser einen mit der Gesellschaft immer eine traurige Sache, man erfährt was aber man lernt nichts, und was wir am meisten, ja einzig brauchen: *Stimmung* wird nicht gegeben, vielmehr zerstört.

Lust zu einer Arbeit hat mir Iffland zurückgelassen. Er erfuhr daß ich an einem zweiten Teil der *Zauberflöte* gearbeitet hatte und bezeigte den Wunsch das Stück für das Berliner Theater zu besitzen, mit einiger Lebhaftigkeit, sowohl gegen mich als andere. Darüber ist mir der Gedanke wieder lebhaft geworden, ich habe die Akten wieder vorgenommen und einiges dran getan. Im Grunde ist schon so viel geschehen daß es törig wäre die Arbeit liegen zu lassen, und wäre es auch nur um des leidigen Vorteils willen, so verdient doch auch der eine schuldige Beherzigung, um so mehr als eine so leichte Komposition zu jeder Zeit und Stunde gearbeitet werden kann, und doch noch überdies eine Stimmung zu was bessern vorbereitet.

Herr Thouret bleibt noch immer aus, da wir schon hofften daß er mit Cotta kommen würde und ich wünsche mich sobald als möglich zu Ihnen hinüber zu begeben, denn die Tage fliehen ungenutzt hinweg und man weiß nicht wo sie hinkommen. Bei dem vielen Zeug das ich vorhabe würde ich verzweifeln, wenn nicht die große Ordnung, in der ich meine Papiere halte, mich in den Stand setzte zu jeder Stunde überall einzugreifen, jede Stunde in ihrer Art zu nutzen und eins nach dem andern vorwärts zu schieben.

Meyer hat seine Abhandlung über die Familie der Niobe vollendet, die sehr lobenswürdig ist, ich bringe sie mit. Er ist zufrieden daß wir seine Abhandlung über die Wahl der Gegenstände, nach unserer Überzeugung, modifizieren, und auch vielleicht in Stellung der Argumente nach unserer Art zu Werke gehen. Wir lesen sie vielleicht nochmals zusammen durch, und dann wird ihr mit wenigen geholfen sein. Er ist gegenwärtig an den Rafaelischen Werken und wird immer so weiter gehen. Ich sehe schon ein paar Bändchen in kurzen vor mir. Womit wir zum Troste des Buchhändlers diese ernsten, und, nach unserm Begriff, guten, Aufsätze würzen wollen, damit sie, wo nicht belohnt doch wenigstens *vergeben* werden, sollen Sie erfahren wenn ich komme. Für diesmal leben Sie wohl ich erwarte Herrn von Retzer und bin neugierig wie sich die K. K. Bücher Zensur in Weimar ausnehmen wird.

Leben Sie recht wohl mit Ihrer lieben Frau und den Kindern und genießen der schönen Morgen und Abende. Weimar am 9ten Mai 1798.

G

463. Schiller

Jena 11 Mai. 98

Das Wetter hält sich noch immer gut und so erwacht auch nach und nach wieder die Neigung und die Stimmung zur Arbeit bei mir. Übrigens aber ist die Heiterheit des Frühjahrs der düstern Schwere eines fünften Aktes an einem Trauerspiel nicht eben förderlich, ob sie gleich im ganzen den poetischen Geist weckt, der zu allem gut ist.

Daß Sie Sich durch die Oper nur nicht hindern lassen, an die Hauptsache recht ernstlich zu denken. Die Hauptsache ist zwar freilich immer das Geld, aber nur für den Realisten von der strikten Observanz. Ihnen aber muß ich den Spruch zu Herzen führen: Trachtet nach dem was droben ist, so wird euch das übrige alles zufallen.

Wenn Sie zu der Fortsetzung der Zauberflöte keinen recht geschickten und beliebten Komponisten haben, so setzen Sie sich, fürcht ich, in Gefahr, ein undankbares Publikum zu finden, denn bei der Repräsentation selbst rettet kein Text die Oper, wenn die Musik nicht gelungen ist, vielmehr läßt man den Poeten die verfehlte Wirkung mit entgelten.

Ich bin neugierig, womit Sie die Abhandlungen für das Publikum zu würzen gedenken.

Ob es nicht anginge, daß Sie die kleinen Aufsätze über Kunst, die Sie vor 8 Jahren in den Merkur eingerückt, dieser Sammlung einverleibten? Sie vermehren die Mannichfaltigkeit, machen die Masse etwas größer, und ich weiß, daß sie schon damals als sie im M⟨erkur⟩ erschienen, ein lebhaftes Interesse erregt haben.

Wir haben in dieser Woche auch verschiedene Divertissements, die ich zwar nur vom hörensagen kenne. Gestern gab ein junger Fränzl aus Mannheim ein Konzert auf der Violine, und heut Abend wird H. Bianchi, dessen Existenz Ihnen wohl bekannt ist, ein Intermezzo geben. Krüger, der ehemals in Weimar engagiert war, ist mit ihm assoziiert, sie machen erschrecklichen Wind, scheinen aber doch viel Geld einzunehmen. Wie ich höre, so hat der Herzog die Truppe, die jetzt in Eisenach ist, nach Weimar eingeladen, sobald die Theatergesellschaft von da weg sein wird. Ich wäre doch wirklich begierig auf die Ballette, die sehr gerühmt werden.

Wenn Sie auf den Sonntag oder Montag hier sein können, so denke ich sollen Sie Cotta noch treffen. Ich habe ihn zwar auf Morgen erwartet, aber da er nicht geschrieben, so wird er wohl später hier sein.

Zur Geisterinsel wünsche ich viel Glück. Hier sagte mir H. Bianchi, daß die Hauptstärke nicht im Gesang sondern im Accompagnement liege, welches freilich nicht zu loben wäre.

Leben Sie recht wohl. Meine Frau erwartet Sie, so wie ich, mit Verlangen. Sch.

464. *Goethe*

〈Weimar, 12. Mai 1798〉

Ihr Brief hat mich, wie Sie wünschen, bei der Ilias angetroffen, wohin ich immer lieber zurückkehre, denn man wird doch immer, gleich wie in einer Montgolfiere, über alles irdische hinaus gehoben, und befindet sich wahrhaft in dem Zwischenraume im welchem die Götter hin und her schwebten. Ich fahre im Schematisieren und Untersuchen fort, und glaube mich wieder einiger Hauptpässe zu meinem künftigen Unternehmen bemächtigt zu haben. Die Ausführung wäre ganz unmöglich wenn sie sich nicht von selbst machte, so wie man keinen Acker Weizen pflanzen könnte, da man ihn doch wohl säen kann. Ich sehe mich jetzt nach dem besten Samen um und an Bereitung des Erdreichs soll es auch nicht fehlen, das übrige mag denn auf das Glück der Witterung ankommen.

Das wichtigste bei meinem gegenwärtigem Studium ist daß ich alles subjektive und pathologische aus meiner Untersuchung entferne. Soll mir ein Gedicht gelingen, das sich an die Ilias einigermaßen anschließt; so muß ich den Alten auch darinne folgen worin sie getadelt werden, ja ich muß mir zu eigen machen was mir selbst nicht behagt; dann nur werde ich einigermaßen sicher sein Sinn und Ton nicht ganz zu verfehlen. Mit den zwei wichtigen Punkten, dem Gebrauch des göttlichen Einflusses und der Gleichnisse, glaube ich im reinen zu sein, wegen des letzten habe ich wohl schon etwas gesagt. Mein Plan erweitert sich von innen aus und wird, wie die Kenntnis wächst, auch antiker. Ich muß nur alles aufschreiben damit mir bei der Zerstreuung nichts entfallen kann.

Die nächste Zeit die ich bei Ihnen zubringe soll alles schon weiter rücken und einige Stellen von denen ich am meisten gewiß zu sein glaube will ich ausführen.

Es war nicht uninteressant mich einige Tage mit der Zauberflöte abzugeben und die Arbeit, die ich vor drei Jahren angefangen hatte, wieder aufzunehmen und durchzukneten. Da ich nur handelnd denken kann, so habe ich dabei wieder rechte artige Erfahrungen gemacht, die sich sowohl auf mein Subjekt als aufs Drama überhaupt, auf die Oper besonders und am besondersten auf das Stück beziehen. Es kann nicht schaden es endlich auch in Zeiten mittlerer Stimmung durchzuführen.

Der Herzog ist noch nicht wieder von Leipzig zurück. Thouret noch nicht hier, meine Abreise bleibt also noch einige Tage ausgesetzt, lange aber werde ich nicht verweilen, denn da ich um Johanni wieder hier sein muß und diesmal wenigstens 4 Wochen bei Ihnen zuzubringen wünsche, so darf ich nicht zaudern

Krüger ist ein entsetzlicher Windbeutel. Sein Ballet soll nicht übel sein; hier zu spielen wird er schwerlich die Erlaubnis erhalten, es sei denn nur auf einige mal.

Der Edle von Retzer war eine Erscheinung die man mit Augen gesehen haben muß wenn man sie glauben soll. Hat er Ihnen denn auch sein Gedicht an Gleimen vorgelegt?

Unger hat mir beiliegende neue Schriftprobe geschickt und verlangt daß ich ihm etwas in diesem kleinen Format zu drucken geben soll. Ich weiß jetzt gar nichts und das dringenste Bedürfnis wird immer der Almanach bleiben.

Leben Sie recht wohl und grüßen Ihre liebe Frau.

Möchten Sie doch auch Stimmung finden in Ihren Arbeiten weiter zu rücken! ich will indes suchen die reisefertigen Tage so gut als möglich zu benutzen. Weimar d. 12 Mai 1798.

G

465. Schiller

Jena 15. Mai 98

Am Himmelsfahrtstag ist Cotta hier, wenn Sie bis dahin auch hier sein könnten, wäre es recht hübsch. Schreiben Sie mir, wenn Sie nicht selbst kommen, was Sie ihm in Rücksicht auf Ihre Schrift gesagt wünschen. Am besten wär es, Sie setzten einen Preis, und er sähe dann, ob er der Mann wäre ihn zu geben.

Die Ungarische Schriftprobe deucht mir viel zu scharf. Auf diesem Wege könnte man das Publikum bald blind machen.

In den letztern Stücken des Niethamm⟨erischen⟩ Journals werden Sie einen Aufsatz von Forberg über die Deduktion der Kategorien gefunden haben, den ich Ihnen doch zu lesen empfehle. Er ist sehr gut gedacht und geschrieben.

Da Sie hoffentlich nächstens hier sind so behalte ich bis dahin eine ganz neue und unerwartete Novität zurück, die Sie sehr nahe angeht und die Ihnen viel Freude machen wird, wie ich hoffe. Vielleicht erraten Sie sie aber.

Das was Ihnen im Homer mißfällt werden Sie wohl nicht absichtlich nachahmen, aber es wird, wenn es sich in Ihre Arbeit einmischt für die Vollständigkeit der Versetzung in das Homerische Wesen und für die Echtheit Ihrer Stimmung beweisend sein. Es ist mir beim Lesen des Sophocles mehrmals eine Art der Spielerei bei den ernsthaftesten Dialogen aufgefallen, die man einem Neueren nicht hingehen ließe. Aber den Alten kleidet sie doch, wenigstens verderbt sie die Stimmung keineswegs und hilft noch einigermaßen, dem Gemüt bei pathetischen Szenen eine gewiße Aisance und Freiheit mitzuteilen. Eine Unart scheint sie mir aber doch zu sein und also nichts weniger als Nachahmung zu verdienen.

Ich freue mich auf Meiers Niobe und bin begierig sie mit Ihrer Abhandlung über Laocoon zu vergleichen. Diesen sende ich Ihnen, da Sie ihn neulich verlangten, hier zurück.

Schlegel hör ich hat Hoffnung hier eine Professur zu erhalten? Sein Athenæum erhielt ich eben, habs aber noch nicht ansehen können.

Freilich hat mir der Edle v. Retzer seine Verse auch zurückgelassen, die den ganzen Mann vollends fertig machen.

Paulus unterbricht mich eben. Leben Sie recht wohl.

S.

466. Goethe

⟨Weimar, 16. Mai 1798⟩

Ihr Brief trifft mich wieder bei der Ilias! Das Studium derselben hat mich immer in dem Kreise von Entzückung, Hoffnung, Einsicht und Verzweiflung durchgejagt.

Ich bin mehr als jemals von der Einheit und Unteilbarkeit des Gedichts überzeugt, und es lebt überhaupt kein Mensch mehr, und wird nicht wieder geboren werden, der es zu beurteilen im Stande wäre. Ich wenigstens finde mich allen Augenblick einmal wieder auf einem subjektiven Urteil. So ists andern vor uns gegangen und wird andern nach uns gehn. Indes war mein erstes Aperçü einer Achilleis richtig und wenn ich etwas von der Art machen will und soll so muß ich dabei bleiben.

Die Ilias erscheint mir so rund und fertig, man mag sagen was man will, daß nichts dazu noch davon getan werden kann. Das neue Gedicht das man unternähme müßte man gleichfalls zu isolieren suchen und wenn es auch, der Zeit nach, sich unmittelbar an die Ilias anschlösse.

Die Achilleis ist ein *tragischer Stoff* der aber wegen einer gewissen Breite eine epische Behandlung nicht verschmäht.

Er ist durchaus *sentimental* und würde sich in dieser doppelten Eigenschaft zu einer modernen Arbeit qualifizieren und eine ganz realistische Behandlung würde jene beide innern Eigenschaften ins Gleichgewicht setzen. Ferner enthält der Gegenstand ein bloßes persönliches und privat Interesse, da hingegen die Ilias das Interesse der Völker, der Weltteile, der Erde und des Himmels umschließt.

Dieses alles sei Ihnen ans Herz gelegt glauben Sie daß, nach diesen Eigenschaften, ein Gedicht von großem Umfang und mancher Arbeit zu unternehmen sei; so kann ich jede Stunde anfangen, denn über das *Wie* der Ausführung bin ich meist mit mir einig, werde aber, nach meiner alten Weise, daraus ein Geheimnis machen, bis ich die ausgeführten Stellen selbst lesen kann.

Von einer unerwartet erfreulichen Novität habe ich keine Ahndung noch Mutmaßung, doch soll sie mir ganz willkommen sein. Es ist nicht in meinem Lebensgange daß mir ein unvorbereitetes, unerharrtes und unerrungnes Gute begegne. Vor Sonntag kann ich leider nicht kommen.

Grüßen Sie Cotta schönstens und danken ihm noch für alle mir so liberal erwiesenen Gefälligkeiten. Ich bin noch wegen einigem in seiner Schuld, welches abzurechnen ja wohl bald Gelegenheit sein wird.

Übrigens gedenke ich, wegen unserer theoretisch empirischen Aufsätze, den Gang den ich neulich anzeigte zu befolgen, sobald etwa ein Alphabet, rein abgeschrieben, parat liegt wird man leicht überein kommen.

Ich will künftig so viel als möglich kein Manuskript versagen, bis es zum Abdruck fertig ist und besonders bei diesen kommt so mancherlei zusammen.

Schlegeln kann die Professur wohl nicht fehlen, der Herzog ist ihm wegen der Shakespearschen Übersetzung günstig, es ist auch schon beifällig deshalb nach Gotha kommuniziert.

Leben Sie recht wohl. Ich verlange herzlich Sie zu sehen und etwas bedeutendes zu arbeiten. Es wird nun bald ein Jahr daß ich nichts getan habe und das kommt mir gar wunderlich vor. Grüßen Sie Ihre liebe Frau und erfreuen sich des schönen Wetters unter freiem Himmel. Weimar am 16 Mai 1798.

G

467. Schiller

Jena 18 Mai. 98.

Da es wohl seine Richtigkeit hat, daß keine Ilias nach der Ilias mehr möglich ist, auch wenn es wieder einen Homer und wieder ein Griechenland gäbe, so glaube ich Ihnen nichts besseres wünschen zu können, als daß Sie Ihre Achilleis, so wie sie jetzt in Ihrer Imagination existiert, bloß mit sich selbst vergleichen, und beim Homer bloß Stimmung suchen, ohne Ihr Geschäft mit seinem eigentlich zu vergleichen. Sie werden sich ganz gewiß Ihren Stoff so bilden, wie er sich zu Ihrer Form qualifiziert und umgekehrt werden Sie die Form zu dem Stoffe nicht verfehlen. Für beides bürgt Ihnen Ihre Natur und Ihre Einsicht und Erfahrung. Die tragische und sentimentale Beschaffenheit des Stoffs werden Sie unfehlbar durch Ihren subjektiven Dichtercharakter balancieren, und sicher ist es mehr eine Tugend als ein Fehler des Stoffs, daß er den Foderungen unseres Zeitalters entgegen kommt, denn es ist eben so unmöglich als undankbar für den Dichter, wenn er seinen vaterländischen Boden ganz verlassen und sich seiner Zeit wirklich entgegensetzen soll. Ihr schöner Beruf ist, ein Zeitgenosse und Bürger beider Dichterwelten zu sein, und gerade um dieses höhern Vorzugs willen werden Sie keiner ausschließend angehören.

Übrigens werden wir bald Gelegenheit haben, noch recht viel über diese Materie miteinander zu sprechen, denn die Novität von der ich Ihnen schrieb und worüber ich Sie nicht in eine zu große Erwartung setzen will ist ein Werk über Ihren Herrmann, von Humboldt mir in Mskrpt zugeschickt. Ich nenne es ein Werk, da es ein dickes Buch geben wird, und in die Materie mit größter Ausführlichkeit und Gründlichkeit eingeht. Wir wollen es, wenn es Ihnen recht ist mit einander lesen, es wird alles zur Sprache bringen, was sich durch Raisonnement über die Gattung und die Arten der Poesie ausmachen oder ahnden läßt. Die schöne Gerechtigkeit die Ihnen darin durch einen denkenden Geist und durch ein gefühlvolles Herz erzeigt wird muß Sie freuen, so wie dieses laute und gründliche Zeugnis auch das unbestimmte Urteil unsrer deutschen Welt leiten helfen, und den Sieg Ihrer Muse über jeden Widerstand, auch auf dem Wege des Raisonnement entscheiden und beschleunigen wird.

Über das was ich mit Cotta gesprochen mündlich. Was mich aber besonders von ihm zu hören freute ist die Nachricht die er mir von der ungeheuren Ausbreitung Herrmanns und Dorotheas gab. Sie haben sehr recht gehabt, zu erwarten, daß dieser Stoff für das deutsche Publikum besonders glücklich war, denn er entzückte den deutschen Leser auf seinem eigenen Grund und Boden, in dem Kreise seiner Fähigkeit und seines Interesse, und er entzückte ihn doch wirklich, welches zeigt, daß nicht der Stoff sondern die dichterische Belebung gewirkt hat. Cotta meint, Vieweg hätte eine wohlfeile schlechte Ausgabe gleich veranstalten sollen, denn er sei sicher, daß bloß in Schwaben einige Tausende würden abgegangen sein.

Doch über alles ausführlicher wenn Sie kommen. Ich hoffe, dies wird übermorgen geschehen. Leben Sie recht wohl. Meine Frau grüßt aufs beste.

Schiller

468. Goethe und Voigt

⟨Weimar, 18. Mai 1798⟩

Herr Hofrat Schiller erhält hierbei, von Seiten fürstl. Bibliotheks Kommission, die vidimierte Abschrift der, zu Serenissimi höchster Zufriedenheit, an fürstl. Bibliothek abgegebenen Original Dokumente seiner Aufnahme zum französischen Bürger, woher Demselben, bei allenfalls eintretendem Gebrauch, solche jederzeit wieder verabfolget werden können.

Weimar am 18. Mai 1798.

J. W. Goethe C. G. Voigt.

469. Goethe

⟨Weimar, 19. Mai 1798⟩

Zu dem ersten Blatt Ihres lieben Briefes kann ich nur Amen sagen, denn es enthält die Quintessenz dessen was ich mir wohl auch zu Trost und Ermunterung zurief. Hauptsächlich entstehen diese Bedenklichkeiten aus der Furcht mich im Stoffe zu vergreifen, der entweder gar nicht, oder nicht von mir, oder nicht auf diese Weise behandelt werden sollte. Diesmal wollen wir nun alle diese Sorgen bei Seite setzen und nächstens mutiglich beginnen.

Humboldts Arbeit erwartete ich wirklich nicht und freue mich sehr darauf. Um so mehr als ich fürchtete daß uns seine Reise seinen theoretischen Beistand, wenigstens auf eine Weile, entziehen würde. Es ist kein geringer Vorteil für mich daß ich wenigstens auf der letzten Strecke meiner poetischen Laufbahn mit der Kritik in Einstimmung gerate.

Ich sage heute früh nichts weiter indem ich noch zu guter Letzt sehr zerstreut bin.

Morgen Abend bin ich bei Ihnen und hoffe schon im Voraus auf die Fruchtbarkeit der nächsten vier Wochen. Leben Sie recht wohl und grüßen Ihre liebe Frau

Weimar am 19 Mai 1798. G

470. Goethe

⟨Jena, 24. Mai 1798⟩

Ich überschicke einen kurzen Aufsatz, den wir besprechen und in Abschrift an Cotta schicken könnten, ich bereite mich indessen zu dem ersten Stücke vor. Diese Sache muß in ihren ordentlichen Geschäftsgang eingeleitet sein, ehe ich an was anders denken kann.

Zugleich erhalten Sie das Gespräch von dem ich neulich sagte, ich bin neugierig ob es Ihren Beifall erhält und ob Sie die angekündigte Fortsetzung wünschen und fordern.

Heute Mittag bin ich in Ihrer Nachbarschaft zu Gaste, alsdann komm ich um die gestrige Lectur und Unterhaltung fortzusetzen.

Leben Sie recht wohl. J. d 24 Mai.

G

471. Schiller

⟨Jena, 30. oder 31. Mai 1798⟩

Es waltet diesmal ein recht böser Geist über unsern Kommunikationen und Ihrer poetischen Muse. Wie sehr wünsche ich, daß Sie bald frei und ruhig zurückkehren möchten. August soll uns als ein Pfand Ihres baldigen Wiederkommens recht wert sein.

Leben Sie wohl und reisen glücklich. Meine Frau empfiehlt sich aufs beste.

Lassen Sie mir doch, wenns angeht, Humboldts Werk bei Trapizius zurück.

Sch.

472. Goethe

⟨Jena, 11. Juni 1798⟩

Ich bitte um das Humboldtische Werk und den eisernen Stab. Heute Abend werde ich bei Loders sein, komme wohl aber doch noch vorher auf einige Stunden.

Heute früh habe ich, beim Spaziergang, einen kursorischen Vortrag meiner Farbenlehre überdacht und habe sehr viel Lust und Mut zu dessen Ausführung. Das Schellingische Werk wird mir den großen Dienst leisten mich recht genau innerhalb meiner Sphäre zu halten.

Leben Sie recht wohl und grüßen Ihre liebe Frau wenn sie angekommen ist. Den 11 Juni 1798.

G

473. Goethe

⟨Jena, 21. Juni 1798⟩

Da ich mich doch noch entschließen muß zu fahren, so will ich zeitiger weg und sehe Sie also heute nicht.

Hierbei schicke ich das Fischersche Wörterbuch das seinen Zweck recht gut zu erfüllen scheint.

Hofrat Loder schickt Montags ein Paket nach Paris und ich will ihm meinen Brief, so wie etwa eine Abschrift der Euphrosyne mit beilegen. Es wäre recht schön, wenn Sie bis dahin auch mit Ihrem Schreiben zu Stande kämen.

Leben Sie recht wohl und grüßen Ihre liebe Frau ich bin neugierig was mir diese paar Tage bringen werden. Jena am 21 Juni 1798.

G

474. Goethe

⟨Weimar, 24. Juni 1798⟩

Sobald ich mich von Jena entferne, werde ich gleich von einer andern Polarität angezogen, die mich denn wieder eine Weile fest hält. Ich hatte mehr als Eine Veranlassung nach Weimar zurück zu kehren und bin nun hier um des Herzogs Ankunft zu erwarten, und wieder auf eine Weile verschiednes zu ordnen und einzulenken; indessen denke ich, daß ich heute über 8 Tage wieder bei Ihnen sein werde. Da ich gar nichts bei mir habe, sondern alles in Jena zurückgeblieben ist, so mußte ich mich in meine alten Papiere zurückziehen und habe allerlei gefunden das wenigstens als Stoff uns zunächst noch dienen kann.

Ich schicke die französische Romanze. Es war recht gut, daß ich sie nicht in der Nähe hatte, denn gewisse sehr artige Tournüren hätten mich abgehalten meinen eignen Weg zu gehen. In das andere beiliegende Manuskript mochte ich gar nicht hineinsehen, es mag ein Beispiel eines unglaublichen Vergreifens im Stoffe, und weiß Gott für was noch anders ein warnendes Beispiel sein. Ich bin recht neugierig was Sie diesem unglücklichen Produkte für eine Nativität stellen.

Meine Geschäfte sind in Roßla zu meiner Zufriedenheit abgelaufen, meine Assistenten haben mir Sorge und Nachdenken erspart und ich brauchte nur zuletzt über gewisse Dinge zu entscheiden die bloß vom Willen des Eigentümers abhängen.

Mittwoch oder Donnerstag wird unser Herzog wieder kommen, aber nicht lange verweilen.

Leben Sie recht wohl und empfangen mich wo möglich mit etwas lyrischen.

Das zwölfte Stück der Horen habe ich, wie es scheint, noch nicht erhalten, ich bitte darum mit den Botenfrauen. Ich habe von Anfang her noch verschiedne einzelne Stücke, vielleicht könnten wir uns wechselsweise dadurch einige Exemplare completieren, mit denen man, nach den seligen Hintritt dieser Göttinnen, noch immer jemanden einen Gefallen tut.

Grüßen Sie mir bestens Ihre liebe Frau und befinden Sich zum besten in diesen Tagen die, wenn sie gleich nicht die schönsten sind, doch die Vegetation trefflich begünstigen.

Wieland war in Oberroßla sehr munter. Das Landleben macht ihm noch immer viel Freude, doch hat ers eigentlich noch nicht angetreten. Die Vorbereitungen dazu kommen mir vor wie das Collegium der Anthropologie, das manchen ehrlichen Kerl schon in die Mühseligkeiten der Medizin gelockt hat. Mich sollen wills Gott die Wiesen, sie mögen noch so schön grün sein und die Felder, sie mögen zum Besten stehen, nicht auf dieses Meer locken.

Nochmals ein Lebe wohl. Mittwochs sage ich wieder einige Worte. Weimar am 24 Juni 1798.

G

475. Schiller

Jena 25. Junius 98

Ich kann mich noch nicht recht an Ihre längere Entfernung gewöhnen und wünsche nur, daß diese nicht länger dauren möchte, als Sie jetzt meinen.

Die Briefe an Humboldt werden nun wohl eine Verzögerung erleiden, wenigstens auf den Fall, daß wir sie zusammen absenden wollten. Ich will deswegen mit der MittwochsPost schreiben, und ihm vorläufig ein Lebenszeichen und ein Trostwort senden. In ein Detail kann ich mich diesmal nicht einlassen, besonders da ich das Mskrpt nicht habe, welches in Ihrer Verwahrung ist.

Die verlangten Gedichte folgen hier.

Auch das Drama folgt zurück, ich habe es gleich gelesen und bin in der Tat geneigt günstiger davon zu denken, als Sie zu denken scheinen. Es erinnert an eine gute Schule ob es gleich nur ein Dilettantisches Produkt ist, und kein Kunsturteil zuläßt. Es zeugt von einer sittlich gebildeten Seele, einem schönen und gemäßigten Sinn und von einer Vertrautheit mit guten Mustern. Wenn es nicht von weiblicher Hand ist, so erinnert es doch an eine gewisse Weiblichkeit der Empfindung auch insofern ein Mann diese haben kann. Wenn es von vielen Long⟨u⟩eurs und Abschweifungen, auch von einigen, zum Teil schon angestrichenen, gesuchten Redensarten befreit sein wird und wenn besonders der letzte Monolog, der einen unnatürlichen Sprung enthält verbessert sein wird, so läßt es sich gewiß mit Interesse lesen.

Wenn ich den Autor wissen darf, so wünsche ich, Sie nennten mir ihn.

Auch die Horen folgen hier. Sehen Sie doch die 2 Idyllen darin ein wenig an. Die erste haben Sie schon in Mskrpt gelesen und einige Verbesserungen darin angegeben. Diese Verbesserungen hat man darin vorgenommen und Ihr Rat ist, soweit es sich tun ließ befolgt worden.

Leben Sie recht wohl. Ich habe heute den Wall⟨enstein⟩ aus der Hand gelegt und werde nun sehen, ob der lyrische Geist mich anwandelt.

Meine Frau grüßt Sie aufs beste.

Sch.

476. Goethe

⟨Weimar, 28. Juni 1798⟩

Zufälligerweise, oder vielmehr weil ich voraussetzte Sie wüßten daß Elpenor von mir sei, sagte ich es nicht ausdrücklich im Briefe, nun ist es mir um so viel lieber, da dieses Produkt ganz rein auf Sie gewirkt hat. Es können ohngefähr 16 Jahre sein daß ich diese beiden Akte schrieb, nahm sie aber bald in Aversion und habe sie seit 10 Jahren gewiß nicht wieder angesehen. Ich freue mich über Ihre Klarheit und Gerechtigkeit, wie so oft schon, also auch in diesem Falle. Sie beschreiben recht eigentlich den Zustand in dem ich mich befinden mochte und die Ursache, warum das Produkt mir zuwider war, läßt sich nun auch denken.

Hierbei zwei kleine Gedichte von Schlegel. Er gibt zu verstehen daß sie als Manuskript anzusehen seien und allenfalls einen Platz im Almanach verdienen dürften. Vielleicht schickt es sich sie aufzunehmen, da wir noch verschiedne Gedichte an bestimmte Personen einrücken wollen.

Über die andern Gedichte, welche gleichfalls beiliegen suspendiere ich mein Urteil, sie scheinen mir dergestalt auf der Grenze zu stehen daß ich nicht weiß ob sie sich zur Realität oder Nullität hinüber neigen möchten.

Desto entschiedner ist der Brief den Sie zugleich erhalten, und ein herrliches Muster einer Tollheit außer dem Tollhause. Denn das Kriterium warum man einen solchen Menschen nicht einsperrt? möchte schwer anzugeben sein. Das einzige was vor ihn spricht möchte die Unschädlichkeit sein und das ist er nicht, sobald er uns näher kommt. Da ich ihn aber nicht einsperren kann, so soll er wenigstens ausgesperrt werden.

Heute kommt unser Herzog. Es wird sich zeigen wie lange er hier bleibt. Nach seiner Abreise bin ich gleich wieder bei Ihnen, wenn ich vorher noch einige Tage in Roßla zugebracht habe, wo ich einiges anordnen muß.

Eine Schrift, die mir gestern mitgeteilt wurde kam mir recht gelegen sie heißt:

Versuche die Gesetze magnetischer Erscheinungen aus Sätzen der Naturmetaphysik mithin a priori zu entwikkeln von C. A. Eschenmeier.

Tübingen, bei Jac. Friedr. Heerbrandt. 1798.

Ich konnte so recht in die Werkstete des Naturphilosophen und Naturforschers hineinsehen und habe mich in meiner Qualität als Naturschauer wieder aufs neue bestätigt gefunden. Ich werde die Schrift mitbringen und wir können sie beim Aufstellen der Phänomene, von welchem Ihnen der erste Versuch noch in der Hand ist, recht gut brauchen.

Leben Sie recht wohl ich hoffe auf den Augenblick in dem ich Sie wieder sehen werde.

Noch eins. Meyer der schönstens grüßt, ist mehr für den Titel Propyläen als für den Ihrigen. Er meint, man solle sich das Feld ja recht unbestimmt lassen, die Welt wolle es nun ei⟨n⟩mal so. Es wird darüber noch zu sprechen sein.

G

477. Schiller

Jena 28. Jun. 98.

Die Nachricht, daß der Elpænor von Ihnen sei, hat mich wirklich überrascht, ich weiß nicht wie es kam, daß Sie mir gar nicht dabei einfielen. Aber eben weil ich unter bekannten und wahlfähigen Namen keinen dazu wußte, so war ich sehr neugierig auf den Verfasser, denn es gehört zu denen Werken, wo man, über den Gegenstand hinweg, unmittelbar zu dem Gemüt des Hervorbringenden geführt und getrieben wird. Übrigens ist es für die Geschichte Ihres Geistes und seine Perioden ein schätzbares Dokument, das Sie ja in Ehren halten müssen.

Ich freue mich auf den Magnetischen Kursus sehr, in dem Fischerischen Wörterbuch habe ich gerade über diesen Gegenstand wenig Trost gefunden, da dieser erste Band nicht so weit reicht. Wir wollen dann auch, wenn es Sie nicht zerstreut, über Elektrizität, Galvanism und Chemische Dinge uns unterhalten und wo möglich Versuche anstellen. Ich will vorläufig dasjenige darüber lesen, was Sie mir raten und was sich bekommen läßt.

An Humboldt geht heute mein Brief ab, die Abschrift lege ich bei, soweit sie sein Werk betrifft. Da ich es nicht vor Augen hatte, und mir diese Gedankenrichtung überhaupt jetzt etwas fremd und widerstrebend ist, so habe ich nur in generalibus bleiben können. Sie werden in Ihrem Briefe für das weitere schon sorgen.

Wenn mir Schlegel noch etwas bedeutendes für den Almanach bestimmen will, so habe ich gar nichts gegen die Einrückung dieser Gelegenheitsverse. Sollen Sie aber sein einziger Beitrag sein, den er nicht einmal ausdrücklich dafür schickt, so könnte es das Ansehen haben, als wenn wir nach allem griffen, was von ihm zu haben ist, und in dieser Not sind wir nicht. Ich habe so wenig honnete Behandlung von dieser Familie erfahren, daß ich mich wirklich in Acht nehmen muß, ihnen keine Gelegenheit zu geben, sich bedeutend zu machen. Denn das wenigste was ich riskierte wäre dieses, daß Frau Schlegel jedermann versicherte, ihr Mann arbeite nicht mit an dem Almanach, aber um ihn doch zu haben, hätte ich die zwei gedruckte Gedichte aufgegriffen.

Übrigens ist das an Ifland gerichtete gar nicht übel gesagt, obgleich ich lachen mußte, daß Schlegel sich nun schon zum zweitenmal an dem Pygmalion vergreifen mußte, von dem er gar nicht loskommen kann.

Meiers Vorschlag wegen der *Propyläen* als Titel, läßt sich schon hören. Meine Gründe dagegen wissen Sie, und wenn dadurch für die Sache was kann gewonnen werden, so kommen sie in keine Betrachtung.

Leben Sie recht wohl.

S.

478. Goethe

⟨Weimar, 30. Juni 1798⟩

Ihr Schreiben an Humboldt ist zwar recht schön und gut doch wird es dem Freunde nicht ganz erquicklich sein, denn es druckt nur allzusehr aus: daß diese Arbeit nicht ganz in unsere gegenwartigen Umstände eingreifen konnte. Sie haben einen recht wichtigen Punkt berührt: die Schwierigkeit im praktischen etwas vom theoretischen zu nutzen. Ich glaube wirklich daß zwischen beiden, sobald man sie getrennt ansieht kein *Verbindungsmittel* statt finde, und daß sie nur in so fern verbunden sind als sie von Haus aus verbunden wirken, welches bei dem Genie von jeder Art statt findet.

Ich stehe gegenwärtig in eben dem Fall mit den Naturphilosophen, die von oben herunter, und mit den Naturforschern, die von unten hinauf leiten wollen. Ich wenigstens finde mein Heil nur in der Anschauung, die in der Mitte steht. Diese Tage bin ich hierüber auf eigne Gedanken gekommen die ich mitteilen will, sobald wir uns sprechen. Sie sollen, hoff ich, besonders regulativ, vorteilhaft sein und Gelegenheit geben das Feld der Phisik auf eine eigne Manier geschwind zu übersehen. Wir wollen ein Kapitel nach dem andern durchgehen.

Mich verlangt recht sehr wieder bei Ihnen zu sein und mich mit solchen Dingen zu beschäftigen die ohne mich nicht existieren würden, bisher habe ich nur getan und veranlaßt was recht gut auch ohne mich hätte werden können.

Die Kautel wegen Schlegels finde ich ganz den Verhältnissen gemäß, wir wollen nun das weitere abwarten.

Das beste was mir indessen zu Teil geworden ist möchte wohl die nähere Motivierung der ersten Gesänge des Tells sein, so wie die klärere Idee wie ich dieses Gedicht in Absicht auf Behandlung und Ton ganz von dem ersten trennen kann, wobei unser Freund Humboldt gelobt werden soll, daß er mir durch die ausführliche Darlegung der Eigenschaften des ersten das weite Feld deutlich gezeigt hat in welches hinein ich das zweite spielen kann. Ich hoffe daß Sie meine Vorsätze billigen werden.

Leben Sie recht wohl und grüßen Ihre liebe Frau. Wahrscheinlich bin ich Mittwoch Abend wieder bei Ihnen.

Weimar am 30 Juni 1798.

G

Hierbei das älteste was mir von Gedichten übrig geblieben ist. Vollig 30 Jahr alt.

479. Schiller

Jena 11. Jul. 98

Ich begleite die Magnetica, welche Geist abholt, mit einigen Zeilen um Ihnen unsre herzlichste Grüße und Wünsche zu sagen. Diese Störungen sind freilich sehr fatal, aber insofern sie die poetische Geburten bei Ihnen retardieren, so können sie vielleicht eine desto raschere und reifere Entbindung veranlassen und den Spätsommer von 96 wiederholen, der mir immer unvergeßlich bleiben wird.

Ich werde unterdessen die lyrische Stimmung in mir zu nähren und zu benutzen suchen und hoffe, wenn Sie kommen, den Anfang endlich mit einem eignen Beitrag gemacht zu haben.

Grieß schickte mir so eben ein mächtig großes Gedicht aus Dresden, das mir halb so groß noch einmal so lieb wäre.

Heute wird wahrscheinlich mein Gartenhäuschen gerichtet, welches mir den Nachmittag wohl nehmen wird, denn so etwas ist für mich eine neue Erfahrung der ich nicht widerstehen kann.

Leben Sie recht wohl, bleiben Sie so kurze Zeit weg als möglich. Meine Frau grüßt aufs schönste. S.

480. Schiller

Jena 13 Jul. 98

Seit gestern und heute bin ich durch meine Krämpfe die sich wieder geregt und mir den Schlaf geraubt haben, ganz in Untätigkeit versetzt worden, und kann Ihnen diesmal auch nur einen Gruß sagen. Dafür sende ich das Gedicht von Gries, ob Sie diesem Produkt vielleicht etwas abgewinnen können. Sonst hat sich noch ein leidlicher Mensch gemeldet, von dem ich allenfalls etwas aufnehmen kann.

Ich sehne mich sehr nach Ihrer Zurückkunft. Es ist mir und meiner Frau ganz ungewohnt, daß wir solange nichts von Ihnen hörten. Leben Sie recht wohl. Nächstens mehr

S.

481. Goethe

⟨Weimar, 14. Juli 1798⟩

Diese Tage scheinen also uns beiden nicht die günstigsten gewesen zu sein, denn seit ich von Ihnen weg bin hat mich der böse Engel der Empirie anhaltend mit Fäusten geschlagen. Doch habe ich, ihm zu Trutz und Schmach, ein Schema aufgestellt worin ich jene Naturwirkungen, die sich auf eine Dualität zu beziehen scheinen, parallelisiere und zwar in folgender Ordnung:

Magnetische,
elektrische,

galvanische,
chromatische und
sonore.

Ich werde des Geruchs und Geschmacks nach Ihrem Wunsche nicht vergessen. Die Resultate mögen sein welche sie wollen, so ist diese Methode äußerst bequem um die Fragen zu finden die man zu tun hat.

Die gegossenen eisernen Körper sind auch von Ilmenau angekommen. Die Experimente, um derenwillen ich sie gießen ließ, sind ausgefallen wie ichs dachte; aber ein paar neue Phänomene, an die ich nicht denken konnte, und die sehr merkwürdig sind, haben sich gezeigt.

Das Gedicht folgt hier wieder zurück, das eine ganz eigne Art von Nullität hat. Die jungen Herren lernen Verse machen so wie man Düten macht; wenn sie uns nur aber auch darin einiges Gewürz überreichten! Ob es für den Almanach sei weiß ich nicht. Es käme dünkt mich darauf an ob Sie Platz haben, denn das Publikum, besonders das weibliche, liebt solche hohle Gefäße um sein bißchen Herz und Geist darein spenden zu können.

Der Riß zum neuen Theater ist nun bestimmt, ja sogar auf dem Fußboden schon aufgezeichnet und nächste Woche wird wohl angefangen werden. Der Gedanke ist sehr artig und anständig und wenn das Ganze zusammen ist wird es gewiß gefallen. Es gehen etwa zweihundert Menschen mehr hinein als bisher und wird doch bei weniger zahlreichen Repräsentationen nicht leer aussehen. Ich denke auch wir wollen zur rechten Zeit noch fertig werden.

Ich will nun alles möglichst zu ordnen und einzuleiten suchen und sobald als möglich wieder zu Ihnen hinüber kommen, denn mich verlangt gar sehr auf dem Wege den wir einmal eingeschlagen haben mit Ihnen fortzuschreiten. Leben Sie recht wohl, grüßen Ihre liebe Frau und gedenken mein. Weimar am 14 Juli 1798. G

482. Goethe

〈Weimar, 15. Juli 1798〉

Ich habe endlich, obgleich in großer Zerstreuung, meinen Brief an Freund Humboldt und die Elegie kopieren lassen, und da ich eben den besten Willen habe das Paketchen fortzuschicken fehlt mir die Adresse. Haben Sie doch ja die Güte mir dieselbe bald möglichst zu überschicken.

Der Plan zur Dekoration des Theatersaals ist nun reguliert, morgen geht die Arbeit selbst los. Wenn es beisammen ist wird es recht artig aussehen und bequem sein, mich aber wird es große Aufopferungen kosten, denn das nächste Vierteljahr, wenn es mir auch nicht ganz verloren geht, wird durch dieses Unternehmen doch sehr zerstückt.

Ich will die erste Sendung des neuen Werkes an Cotta indessen hier redigieren und sie alsdenn zu Ihnen hinüberbringen, um Ihr Urteil zu hören. Da alles schon fertig ist und hier und da nur etwas zu recht gerückt werden muß, so kann ich in 14 Tagen weit kommen.

Mein Schema, wovon ich Ihnen Sonnabend schrieb, macht mir recht guten Humor, indem ich dadurch in der kurzen Zeit schon manche nähere Wege gewonnen habe. Am Ende kommts vielleicht gar aufs Alte heraus, daß wir nur wenig wissen können und daß bloß die Frage ist ob wir es gut wissen. Übrigens bin ich in einer Stimmung daß ich fürchtete die Musen niemals wieder zu sehen, wenn man nicht aus der Erfahrung wüßte daß diese gut⟨h⟩erzigen Mädchen selbst das Stündchen abpassen, um ihren Freunden mit immer gleicher Liebe zu begegnen.

Leben Sie recht wohl ich will sehen was ich jedem einzelnen Tage abstehlen kann, das mag denn Masse machen, wenn es kein Ganzes macht. Grüßen Sie mir Ihre liebe Frau und schreiben mir wenn der Mangold aufgeht, so wie ich auch zu hören wünsche ob das Gartenhäuschen glücklich gerichtet ist. Weimar am 15 Juli 98.

G

483. Schiller

Jena 16 Jul. 98

Humboldts Adresse folgt hier. Es ist ein eigener Zufall daß auch Sie dieses kritische Geschäft in einer gewissen Zerstreuung abtun müssen, nachdem ich mit dem besten Willen gleichfalls nicht die ganze Aufmerksamkeit darauf wenden konnte.

Ich bin leider mit meinen Krämpfen noch immer geplagt und die Unordnung im Schlafen verderbt mir jede Stimmung zur Arbeit. Da ich in diesen Tagen ohnehin mehrere Zerstreuungen habe, so ist der Zeitverlust weniger groß.

Ich bin begierig über Ihre mit den großen eisernen Massen und dem Magnet neu gemachten Entdeckungen. Wenn Ihnen das nächste Vierteljahr notwendig so zerstückelt werden soll, so wird das poetische freilich zu kurz kommen, dafür aber können Sie in diesen physischen Dingen desto weiter kommen, welches auch nicht schlimm ist.

Unter Ihren fünf Fächern in die Sie die dualistischen Erscheinungen ordnen, vermisse ich die chemischen, oder lassen sich diese nicht unter jenes Prinzip bringen? ——— Diese Methode wird, bei der gehörigen Wachsamkeit und Unterscheidung, am besten kund tun, ob alle Glieder derselben einander koordiniert oder eins dem andern subordiniert ist.

Zu der Verbesserung im Theater gratuliere ich. Wollte Gott wir könnten dieser äußern Reforme auch mit einer innern im dramatischen Wesen selbst entgegen kommen. Mein Schwager der gestern hier war, rühmt die Anlage auch sehr, er meinte aber, daß man über die Festigkeit nicht ganz sicher wäre.

Mein Häuschen ist gerichtet, aber jetzt sieht man erst, wieviel noch geschehen muß, eh man darin wohnen kann. Es gewährt eine recht hübsche Aussicht besonders nach dem Mühltal.

Der Mangold kommt schön hervor.

Leben Sie recht wohl. Meine Frau wie auch meine Schwiegermutter empfehlen sich Ihnen. S.

Citoyen Humboldt rue de Verneuil faubourg St. Germain vis a vis la rue St. Marie Nro 824.

484. Goethe

〈Weimar, 18. Juli 1798〉

Ich habe heute keinen Brief von Ihnen erhalten doch hoffe ich daß es kein Zeichen eines schlimmen Befindens sein soll.

Mit unserer Theateranlage geht es lebhaft fort, sie wird

gewiß artig und gewiß auch fest. Es scheint ein unverbrüchliches Naturgesetz zu sein: daß sich jeder Tätigkeit eine Negation entgegen setzt. Man wünschte so lange eine bessre Einrichtung und jetzt, da die Anstalten dazu gemacht sind werden Zweifel erregt und herumgetragen, um die Menschen, die wenigstens künftig bequem sitzen werden, durch eine Sorge für ihre Hälse zu inkommodieren. Da es aber nur ein altes Märchen ist das sich repetiert so kann man es wohl geschehen lassen.

Möchten Sie mir wohl
meine zwei Faszikel Reiseakten,
den Aufsatz über den Magneten,
den ältern Aufsatz über die Kautelen des
Beobachters, wenn Sie ihn finden können
nächsten Freitag herüber schicken. Es geht mit den Aufsätzen zur Zeitschrift ganz gut und muß besser gehen wenn sie einmal im Gange ist. Die Hauptschwierigkeit bei der Redaktion ist vom Anfang daß man die allgemeinen Zwecke immer im Auge habe und bei allen fragmentarischen Wesen auf ein Ganzes hindenke.

Indessen kommen zwischen mir und Meyer sehr interessante Punkte zur Sprache, und man wird künftig mehr Freude an einzelnen oft kurzen Aufsätzen haben, weil man sie gleich wieder brauchen und mitteilen kann, ohne an strenge Verknüpfung zu denken.

Wenn Sie es nur möglich machen können vor Ende des Jahres auch noch etwas beizutragen.

Diese Woche will ich hier noch tun was möglich ist, vielleicht kann ich die andere wieder zu Ihnen hinüber, denn ich finde hier kaum Stimmung zu ein paar leidlichen prosaischen Perioden. Leben Sie indessen recht wohl, grüßen Sie Ihre liebe Frau und schaffen daß das artige Gartenhäuschen bis zu meiner Ankunft wohnbar sei.

Weimar am 18 Juli 1798.

G

485. Schiller

Jena 20. Jul. 98

Mit dem bessern Wetter finde ich mich auch wieder besser und tätiger, und nach und nach scheint es auch zu einer lyrischen Stimmung bei mir kommen zu wollen. Ich habe bemerkt, daß diese unter allen am wenigsten dem Willen gehorcht, weil sie gleichsam körperlos ist, und wegen Ermangelung eines materiellen Anhalts nur im Gemüte sich gründet. In den vorigen Wochen habe ich eher Abneigung als Lust dazu empfunden, und bin aus Unmut auf einige Tage zum Wallenstein zurückgekehrt, der aber jetzt wieder weggelegt wird.

Würden Sie es schicklich finden einen Hymnus in Distichen zu verfertigen? oder ein, in Distichen verfertigtes Gedicht worin ein gewisser hymnischer Schwung ist, einen Hymnus zu nennen?

In Ihrem theatral⟨ischen⟩ Bauwesen werden Sie Sich durch die Bedenklichkeitskrämer nicht irre machen lassen. Ich berührte jenes Dubium auch bloß deswegen, weil mir gesagt wurde, daß Thouret selbst sich so geäußert habe.

Mein Bau geht nicht so lebhaft fort, es ist sehr schwer jetzt in der Ernte die hier schon zu Teil angefangen Arbeiter zu bekommen, welche mir zu Verfertigung eines Strohdachs und zum Ausstacken der Wände nötig sind. Heute habe ich endlich den Trost, das Häuschen unter Dach bringen zu sehen. Diese Arbeiten ziehen mich öfters als nötig ist vom Geschäft ab.

Der Almanach ist nun in die Druckerei gegeben, und Sie werden bei Ihrer Ankunft schon von Ihrer Euphrosine bewillkommt werden, welche den Reihen würdig beginnt. Ich will hoffen, daß uns Guttenberg nicht über die Gebühr aufhalten wird, denn der Almanach wird in der ersten Woche Septembers im Drucke fertig, zu welcher Zeit ich also auch Decke und Titelkupfer brauche.

Ich habe in diesen Tagen *Erzählungen* von der Madame Stael gelesen, welche diese gespannte, raisonnierende, und dabei völlig unpoetische Natur, oder vielmehr diese Verstandesreiche Unnatur sehr charakteristisch darstellen. Man wird bei dieser Lecture recht fühlbar verstimmt und es begegnete mir dabei dasselbe, was Sie beim Lesen solcher

Schriften zu erleiden pflegen, nämlich daß man ganz die Stimmung der Schriftstellerin annimmt, und sich herzlich schlecht dabei befindet. Es fehlt dieser Person an jeder schönen Weiblichkeit, dagegen sind die Fehler des Buchs vollkommen weibliche Fehler. Sie tritt aus ihrem Geschlecht ohne sich darüber zu erheben. Indessen bin ich auch in dieser kleinen Schrift auf einzelne recht hübsche Reflexionen gestoßen, woran es ihr nie fehlt, und die ihren durchdringenden Blick über das Leben verraten.

Leben Sie recht wohl. Ich werde eben durch die Ankunft von zwei Preußischen Uniformen unterbrochen, die zwei Brüder meines Schwagers die ihren Urlaub in Weimar zubringen werden.

Meine Frau und Schwiegermutter empfehlen sich bestens

Sch.

486. Goethe

〈Weimar, 21. Juli 1798〉

Es ist mein recht herzlicher Wunsch daß sich die Stimmung zu einer poetischen Arbeit recht bald wieder bei Ihnen finden möchte, leider ist Ihre Lage im Garten von einer Seite so ungünstig als sie von der andern günstig ist, besonders da Sie sich mit dem Bauen eingelassen haben. Ich kenne leider aus frühern Zeiten diese wunderbare Ableitung nur allzusehr, und habe unglaublich viel Zeit dadurch verdorben. Die mechanische Beschäftigung der Menschen, das handwerksmäßige Entstehen eines neuen Gegenstandes, unterhält uns angenehm, indem unsere Tätigkeit dabei Null wird. Es ist beinahe wie das Tabakrauchen. Eigentlich sollte man mit uns Poeten verfahren wie die Herzoge von Sachsen mit Luthern, uns auf der Straße wegnehmen und auf ein Bergschloß sperren. Ich wünschte man machte diese Operation gleich mit mir und bis Michael sollte mein Tell fertig sein.

Da das Elegische Sylbenmaß sich nach allen Seiten hinbewegen läßt, so zweifle ich gar nicht an einem glücklichen Erfolge einer lyrischen Behandlung. Ich erinnre mich schon selbst, in früherer Zeit, eine ähnliche Intention gehabt zu haben.

Aus der Beilage sehen Sie daß unser erster anaglyphischer Versuch gut genug geraten ist, der Abdruck ist nur aus freier Hand gemacht, wo das Kreuzchen steht ist er am besten geraten und Sie werden leicht sehen daß sich diese Arbeit sehr hoch treiben läßt. Der Einfall macht mir viel Spaß. Facius ist grade der Mann um so was auszuführen und unser Meyer, indem er weiß was sich in dieser beschränkten Art tun läßt, wird durch seine Zeichnung das Unternehmen heben. Wir wollen zum Almanach eine ähnliche, jedoch sehr reiche Decke besorgen, sie soll alsdann auf farbig Papier abgedruckt und mit harmonierenden Farben illuminiert werden. Das alles zusammen wird nicht teurer zu stehen kommen als eine Kupferdecke mit Stich und schwarzem Abdruck. Ich bin überzeugt daß wenn es einmal im Gange ist, so muß es, besonders da nun viele Bücher geheftet ausgegeben werden, sich als Deckenzierrat sehr weit verbreiten.

Übrigens habe ich mich diese Zeit mit Redaktion meiner eignen und der Meyerschen Aufsätze beschäftigt. In acht Tagen wird das erste Manuskript abgehen; indem ich mich daran halte so wird zugleich das nächste Stück fertig und ich sehe von dieser Seite einen weiten Raum vor mir.

Diese Tage habe ich mehrere Stunden mit Herrn van Marum zugebracht. Es ist eine gar eigne, gute und verständige Natur. Er hat sich viel mit Elektrizität abgegeben ich wünschte daß er länger hier bleiben könnte, so würde man auch mit diesem Teil geschwind zu Rande sein, er empfahl mir den dritten Teil seiner Schriften, in welchem die neusten Resultate dieses wichtigen Kapitels der Naturlehre aufgezeichnet seien.

Eins will ich nicht leugnen daß mich indessen die Redaktion der Meyerschen Arbeiten unglücklich macht. Diese reine Beschreibung und Darstellung, dieses genaue und dabei so schön empfundne Urteil fordert den Leser unwiderstehlich zum Anschauen auf. Indem ich diese Tage den Aufsatz über die Familie der Niobe durchging hätte ich mögen anspannen lassen um nach Florenz zu fahren.

Die Romane der Frau von Stael kenne ich, es sind wunderliche passioniert-gedachte Produktionen.

Ich war diese Tage mit Meyern in einer kleinen Differenz

über die wir uns noch nicht ganz ausgesprochen haben, er behauptete, daß sogar das *genialisch naive* in einem gewissen Sinne durch Schule überliefert werden könne, und er mag wohl recht haben wenn man den Ausdruck nur so modifiziert: daß die Aufmerksamkeit des Künstlers von frühen Jahren an auf den Wert desselben in der bildenden Kunst gerichtet werden könne und solle. Sonderbar scheint es freilich daß in unserer Zeit sogar die Idee davon völlig verloren gegangen ist, wie an dem neulichen Vorschlag Danneckers zu einem Basrelief erhellet und wie uns in Gesprächen mit Thouret, welcher der Repräsentant einer großen Masse ist, indem er Künstler und Publikum zugleich vorstellt, aufs neue so sehr aufgefallen ist. Sein Jahrhundert kann man nicht verändern, aber man kann sich dagegen stellen und glückliche Wirkungen vorbereiten. Einer meiner nächsten Aufsätze soll den Titel führen: über die Hindernisse, die dem modernen Künstler im Wege stehen vom gestaltlosen zur Gestalt zu gelangen. – Der Raum läßt mir nur noch ein Lebe-wohl zu. Weimar am 21 Juli 1798.

G

487. Schiller

Jena 23. Jul. 98

Ihr erster anaglyphischer Versuch läßt viel Gutes von dieser Unternehmung erwarten. Ich hatte anfangs nur den kleinen Anstand ob das Ganze nicht einen zu sehr zusammengestückelten Anblick geben wird, so wie die gedruckten Musiknoten. Vielleicht aber habe ich Ihre Idee nicht ganz gefaßt und es kann alles wie aus Einem Stück gemacht erscheinen.

Ich habe, weil der Druck des Almanachs jetzt angefangen ist, Ihr PoetenGedicht taufen müssen, und finde gerade keinen passendern Titel als: *Sängerwürde*, der die Ironie versteckt, und doch die Satyre für den Kundigen ausdrückt. Wünschen Sie oder wissen Sie gleich einen bessern, so bitte, es mir Morgen zu melden, weil ich das Gedicht bald in die Druckerei geben möchte.

In Ihrem Streit mit Meiern scheint mir dieser ganz Recht zu haben. Ob sich gleich das schöne naive in keine Formel fassen und folglich auch in keiner solchen überliefern läßt, so ist es doch seinem Wesen nach dem Menschen natürlich, da die entgegengesetzte sentimentale Stimmung ihm nicht natürlich sondern eine Unart ist. Indem also die Schule diese Unart abhält oder korrigiert und über den natürlichen Zustand wacht, welches sich recht wohl denken läßt, so muß sie den naiven Geist nähren und fortpflanzen können. Die Natur wird das Naive in jedem Individuum, der Art, wenn gleich nicht dem Gehalt nach, hervorbringen und nähren, sobald nur alles weggeräumt wird, was sie stört; ist aber Sentimentalität schon da, so wird die Schule wohl nicht viel tun können. Ich kann nicht anders glauben, als daß der naive Geist, welchen alle Kunstwerke aus einer gewissen Periode des Altertums gemeinschaftlich zeigen, die Wirkung, und folglich auch der Beweis für die Wirksamkeit, der Überlieferung durch Lehre und Muster ist.

Nun wäre aber die Frage, was sich in einer Zeit wie die unsrige von einer *Schule* für die Kunst erwarten ließe. Jene alten Schulen waren Erziehungsschulen für Zöglinge, die neuern müßten Korrektionshäuser für Züchtlinge sein, und sich dabei, wegen Armut des produktiven Genies, mehr kritisch als schöpferischbildend beweisen. Indessen ist keine Frage daß schon viel gewonnen würde, wenn sich irgendwo ein fester Punkt fände oder machte, um welchen sich das Übereinstimmende versammelte; wenn in diesem Vereinigungspunkt festgesetzt würde was für kanonisch gelten kann und was verwerflich ist, und wenn gewisse Wahrheiten, die regulativ für den Künstler sind, in runden und gediegenen Formeln ausgesprochen und überliefert würden. So entstünden gewisse symbolische Bücher für Poesie und Kunst, zu denen man sich bekennen müßte und ich sehe nicht ein, warum der Sektengeist der sich für das Schlechte sogleich zu regen pflegt, nicht auch für das Gute geweckt werden könnte. Wenigstens scheint mirs, es ließe sich eben soviel zum Vorteil einer *ästhetischen* Konfession und Gemeinheit anführen, als zum Nachteil einer philosophischen.

Ich habe heute Ritters Schrift über den Galvanism in die Hand bekommen, aber obgleich viel Gutes darin ist, so hat mich die schwerfällige Art des Vortrags doch nicht befriedigt und auf eine Unterhaltung mit Ihnen über diese Materie nur desto begieriger gemacht.

Was sagen Sie zu dem neuen Schlegelischen Athenäum, und besonders zu den Fragmenten? Mir macht diese naseweise, entscheidende, schneidende und einseitige Manier physisch wehe.

Leben Sie recht wohl und kommen bald herüber. Meine Frau und Schwiegermutter empfehlen sich Ihnen bestens.

Sch.

488. Goethe

⟨Weimar, 25. Juli 1798⟩

Mit Ihrer Ausgleichung der Differenz zwischen Meyer und mir bin ich sehr wohl zufrieden. Sie erlauben daß ich gelegentlich, wenn ich an diese Materie komme, mich Ihrer Worte bescheidentlich bediene.

Heute geht endlich der erste Transport an Cotta ab. Gern hätte ich das Manuskript Ihnen nochmals zugesendet, indessen ist es mit Meyern, als wie in Ihrer Gegenwart, nochmals durchgegangen worden. Das wenige was über plastische und architektonische Reste der Etrurier gesagt werden kann, werden Sie etwa Sonnabends erhalten. Das ganze erste Stück wird in kurzen beisammen sein und die andern werden sogleich fertig, indem das fertige einen produktiven Einfluß auf das folgende zeigt.

Des schon bearbeiteten Stoffs liegt eine große Masse bereit und der zu bearbeitende ist unendlich.

Der Titel *Sängerwürde* übertrifft an Vortrefflichkeit alle meine Hoffnungen. Möge ich das edle Werk doch bald gedruckt sehen. Ich habe niemanden weiter etwas davon gesagt.

Ritters Vortrag ist freilich dunkel und für den der sich von der Sache unterrichten will nicht angenehm. Er befindet sich gegenwärtig in Belvedere bei Scherer und ich habe nun doppelte Ursache auf den ganzen Kreis der Versuche acht zu geben, da mein Zweck dabei sein muß Sie bequemer damit bekannt zu machen.

Das Schlegelsche Ingrediens, in seiner ganzen Individualität scheint mir denn doch in der Olla potrida unsers deutschen Journalwesens nicht zu verachten. Diese allgemeine Nichtigkeit, Parteisucht fürs äußerst mittelmäßige, diese Augendienerei, diese Katzenbuckelgebärden, diese Leerheit und Lahmheit in der nur wenige gute Produkte sich verlieren, hat an einem solchen Wespenneste wie die Fragmente sind einen fürchterlichen Gegner auch ist Freund Ubique, der das erste Exemplar erhielt, schon geschäftig herumgegangen um durch einzelne vorgelesene Stellen das Ganze zu diskreditieren. Bei allem was Ihnen daran mit Recht mißfällt kann man den⟨n⟩ doch den Verfassern einen gewissen Ernst, eine gewisse Tiefe und von der andern Seite Liberalität nicht ableugnen. Ein Dutzend solcher Stücke wird zeigen wie reich und wie perfektibel sie sind.

Wilhelm schickt mir beiliegendes Gedicht für den Almanach, welches ich aber keinesweges empfehlen, ja nicht einmal verteidigen will. An der Legende selbst ist schon nicht viel. Denn daß ein Sultan ein Mädchen verschenkt will wohl eigentlich nichts heißen. Ferner sind dem Gegenstande nicht einmal die artigen Motive, die man daraus herleiten könnte abgewonnen. Der Vortrag ist nicht durchsichtig und klar und was sich sonst noch zu Ungunsten der Arbeit sagen ließ. Genau besehen ists wieder ein Pygmalion, wobei sich das falsche Streben abermals zeigt die Angelegenheiten der bildenden Kunst poetisch zu behandeln. Ich will ihm einige freundliche Einwendungen dagegen machen und ihm raten nochmals Hand daran zu legen dadurch wird wenigstens interloquiert.

Leider hat er auch ein Gedicht auf die Huldigung des Königs drucken lassen, welches keineswegs glücklich ist, mir aber doch gestern zu einem humoristischen Gespräch Gelegenheit gab, worin ich es gegen jene Partei verteidigte welche durch den gestiefelten Kater gekrallt worden.

Die anaglyphischen Versuche rücken recht schön zu. Ein Kauz auf einer Leier, der die Rückseite des Almanachs zieren soll, wird von Freund Meyer nach der Natur gezeichnet und sorgfältig nachgebildet werden um zu zeigen was man auch in diesem Fache sich von der neuen Manier versprechen könne.

Leben Sie recht wohl, empfehlen Sie mich den Ihrigen.

Alle Tage erliege ich schier der Versuchung wieder zu Ihnen zu kommen, doch der strömende Lauf unserer kleinen Unternehmungen hält mich jedes mal ab. In 14 Tagen soll das innere Gerippe unserer neuen Theatereinrichtung schon stehen, die kannelierten Säulen sind unter der Kondition verdingt daß sie den 7ten August zur Stelle geliefert werden und was der Späße mehr sind Thouret und Haidlof malten am Vorhange. Schaffen Sie uns nur jetzt noch den Wallenstein zur Stelle.

Nochmals ein Lebe wohl. Weimar am 25 Juli 1798.

G

489. Schiller

Jena 27 Jul. 98.

Mein Brief an Humboldt ist ungewöhnlich schnell gelaufen und so auch seine Antwort, die ich Ihnen hier beilege. Er ist, wie Sie finden werden, ganz wohl damit zufrieden gewesen. Freilich kommt mir die Durchsicht seines Werks, die er jetzt noch von mir erwartet, etwas ungelegen, und das Korrigieren in fremden Arbeiten ist eine ebenso undankbare als schwierige Arbeit. Neugierig bin ich, was die eigentlich kritische Welt, besonders die Schlegelsche zu diesem Humboldtischen Buche sagen wird.

Einen gewissen Ernst und ein tieferes Eindringen in die Sachen kann ich den beiden Schlegeln, und dem jüngern ins besondere nicht absprechen. Aber diese Tugend ist mit sovielen egoistischen und widerwärtigen Ingredienzien vermischt daß sie sehr viel von ihrem Wert und Nutzen verliert. Auch gestehe ich, daß ich in den ästhetischen Urteilen dieser beiden eine solche Dürre, Trockenheit und sachlose Wortstrenge finde, daß ich oft zweifelhaft bin, ob sie wirklich auch zuweilen einen Gegenstand darunter denken. Die eignen poetischen Arbeiten des ältern bestätigen mir meinen Verdacht, denn es ist mir absolut unbegreiflich, wie dasselbe Individuum, das Ihren Genius wirklich faßt und Ihren Herrmann z. B., wirklich fühlt, die ganz antipodische Natur seiner eigenen Werke, diese dürre und herzlose Kälte auch nur ertragen, ich will nicht sagen, schön finden kann. Wenn das Publikum eine glückliche Stimmung für das Gute und Rechte in der Poesie bekommen kann, so wird die Art wie diese beiden es treiben, jene Epoche eher verzögern als beschleunigen, denn diese Manier erregt weder Neigung und Vertrauen noch Respekt, wenn sie auch bei den Schwätzern und Schreiern Furcht erregt, und die Blößen, welche die Herrn sich, in ihrer einseitigen und übertreibenden Art, geben wirft auf die gute Sache selbst einen fast lächerlichen Schein.

Kant hat zwei Sendschreiben an *Nicolai* über die Buchmacherei drucken lassen, worin er ihm einige derbe Dinge sagt und ihn sehr verächtlich abfertigt. Vielleicht kann ich das Schriftchen heute noch bekommen und beilegen.

Leben Sie wohl für heute. Ich habe große Familiengesellschaft von Weimar und Rudolstadt im Hause. Meine Frau grüßt schönstens.

S.

N.S.

Den Humboldtischen Brief und das Schriftchen von Kant sind Sie wohl so gütig, der Botenfrau wieder mit zu geben.

490. Goethe

⟨Weimar, 28. Juli 1798⟩

Ihr Brief ist mir heute spät zugekommen. Schärfen Sie doch der Botenfrau ein daß sie die Briefe gleich selbst bringt. Diese Leute machen sichs manchmal bequem und geben die Sachen an kleine Knaben, die sich im herumtragen verspäten.

Kants Zurechtweisung des Salbaders ist recht artig. Es gefällt mir an dem alten Manne daß er seine Grundsätze immer wiederholen und bei jeder Gelegenheit auf denselben Fleck schlagen mag. Der jüngere, praktische Mensch tut wohl von seinen Gegnern keine Notiz zu nehmen, der ältere Theoretische muß niemanden ein ungeschicktes Wort passieren lassen. Wir wollen es künftig auch so halten.

Es freut mich herzlich daß Humboldt Ihren Brief so gut aufgenommen hat. Sein Ernst, sein Talent, sein Streben, sein guter Wille, seine Neigung, seine Freundschaft verdienen eine redliche und freundliche Erwiederung. Er wird nun auch meinen Brief mit der Euphrosyne bald erhalten. Aufrichtig aber will ich gestehen daß ich nicht sehe wie es möglich sein soll eine Revision seiner Arbeit wie er sie vorschlägt, zu veranstalten. Denn wenn Sie, nach Ihrer Vorstellung, daran zu rücken anfangen, so wird ja das Gebäude mehr geregt, als daß es in allen seinen Fugen bleiben könnte. Nach meiner Vorstellungsart ließe sich so etwas kaum durch Gegenwart und Gespräch leisten.

Was noch allenfalls zu Gunsten der Schlegel zu sagen wäre wollen wir auf eine mündliche Unterhandlung versparen. Ich wünsche die Fragmente eigents mit Ihnen durchzugehen, als Veranlassung zum interessanten Gespräch werden sie gewiß sehr dienen, selbst indem sie zum Widerspruch aufregen. Wie glücklich würde ich mich finden wenn ich schon wieder in Ihrer Nähe wäre.

An Cotta ist die erste Sendung fort, hierbei teile ich die zweite mit, und wünsche sie auf den Mittwoch wieder zu erhalten. Zeigen Sie mir ja an was Sie über den Stoff und über den Vortrag denken.

Die Einleitung vom ersten Stück wird auch nicht lange außen bleiben, sie scheint mir ein klein wenig zu *feierlich* doch ist es ja wie Freund Humboldt sagt der deutsche Charakter, und die Sache selbst ist wenn man sie näher besieht ernsthaft genug. Man muß nachher, im einzelnen wo sichs schickt desto muntrer und durchaus natürlich heiter sein.

In der Anzeige der neuen Anaglyphik gebe ich ein Beispiel wie man wohl sogar jedes mechanisch einzelne an das allgemeine der geistigen Kunst immer künftig anschließen sollte.

Ich mache auch schon das zweite Stück zurecht und hoffe bald bis ins dritte und vierte vorgearbeitet zu haben und wenigstens zum Teil die reinlichen Abschriften vor mir liegen zu sehen. Was mich freut das ist gerade hieran eine Arbeit zu finden die ich recht bequem in Weimar machen kann.

Ich wünsche bald zu hören daß Ihr Anteil zum Almanach im Wachsen ist. Vielleicht schicke ich auch noch was. Senden Sie mir doch gleich den ersten gedruckten Bogen. Weimar am 28 Jul. 1798.

G

491. Schiller

Jena 31. Jul. 98

Der Aufsatz über die Plastische Kunst der Hetrurier ist durch seine strenge und nüchterne Wahrheit zwar ein wenig mager aber das darf der Arbeit selbst nicht zum Vorwurfe gereichen. Derjenige wird immer trocken erscheinen, der ein beliebtes Vorurteil in seiner Blöße darstellt, und die Einbildungskraft in strenge Sachgrenzen zurückweist. Mich freute dieser Aufsatz weil ich einen klaren und genugtuenden Begriff von dem Gegenstand bekam, über welchem mir immer ein Dunkel gelegen hatte. Einige schwerfällige Perioden, z. B. gleich der erste, würden wohl noch verbessert werden können.

Es ist ein sehr guter Gedanke vom alten Meister gewesen die Dürftigkeit des Stoffs, bei dem zweiten Briefe, auf eine so anmutige Art, wie er getan hat zu verstecken, wodurch dieser, an Sachen viel ärmere, zweite Brief noch sogar unterhaltender als der erste wird, bei dem man viel mehr lernt. Beide sind, jeder auf seine Weise, sehr zweckmäßige Beiträge zu der Sammlung.

Vor der Feierlichkeit, die in Ihrer Einleitung herrschen wird, ist mir nicht bange, denn was Sie feierlich nennen und was es auch ist, möchte dem deutschen Publikum im Ganzen es noch nicht sein und bloß als ernstlich und gründlich erscheinen. Diese Einleitung erwarte ich mit großer Begierde.

Zum Almanach sind wieder einige nicht unbrauchbare Beiträge gekommen, aber die gehörige Zahl ist noch immer nicht beisammen, wenn ich auch gleich meinen möglichen Anteil auf etliche und zwanzig Blätter rechne. Zwar erhielt ich gestern auf einmal und von einem einzelnen Freiherrlichen Autor soviel Gedichte zugeschickt, um mehr als den halben Almanach damit zu füllen, aber, den Unwert abgerechnet, unter der tollen Bedingung daß die ganze Suite abgedruckt werden sollte, wobei gegen 50 Seiten Gelegenheits Gedichte befindlich waren.

Ich selbst bin dieser Tage in einer ganz guten Stimmung zur Arbeit gewesen. Etwas ist auch fertig geworden und ein anderes auf dem Wege, es zu werden.

Ein Korrektur Bogen des Almanachs ist noch nicht gekommen.

Bei *Scherern*, den ich gestern sprach, ist mir eine Bemerkung wieder eingefallen, die Sie mir voriges Jahr über ihn machten. Es ist eine ganz gemütlose Natur, und so glatt, daß man sie nirgends fassen kann. Bei solchen Naturellen ist es recht fühlbar, daß das Gemüt eigentlich die Menschheit in dem Menschen macht, denn man ⟨kann⟩ sich, solchen Leuten gegenüber, nur an Sachen erinnern, und das menschliche in einem selbst ganz und gar nirgends hintun. Schelling ist doch kein solcher Mensch denk ich.

Leben Sie recht wohl und machen, daß Sie Ihrer Geschäfte in W⟨eimar⟩ bald los sind. Ich empfehle Ihnen, was Sie *mir* oft vergebens raten, es zu *wollen* und frisch zu tun.

Meine Frau grüßt Sie. Seit einigen Tagen befinden wir uns wieder allein.

S.

492. Schiller

Jena 21. Aug 98.

Das Wetter allein hat mich, am Freitag und Sonnabend, von dem versprochenen Besuch abgehalten, indem ich doch auch gewünscht hätte, Ihre Besitzungen zu durchwandern, welches bei dem Regenwetter nicht wohl anging. Ich kann mich gar nicht daran gewöhnen, fast eine Woche nichts von Ihnen zu sehen und zu hören; unterdessen habe ich einige Dutzend Reime gemacht und bin eben an der Ballade, wobei ich mir die Unterhaltung verschaffe, mit einer gewissen plastischen Besonnenheit zu verfahren, welche der Anblick der Kupferstiche in mir erweckt hat.

Daß ich Ihnen die zwei letzten Akte vom W⟨allenstein⟩ vorlas, und mich von Ihrem Beifall überzeugen konnte, ist eine wahre Wohltat für mich gewesen, und wird mir den Mut geben und erhalten, den ich zur Vollendung des Stücks noch so nötig brauche.

Auf der andern Seite hingegen könnte es mich beinah traurig machen, daß ich nun nichts mehr *vor mir* habe, worauf ich mich bei dieser Arbeit so recht freuen kann; denn Ihnen das fertige Werk vorzulesen und Ihrer Zufriedenheit gewiß zu sein, war im Grund meine beste Freude, denn bei dem Publikum wird einem das wenige Vergnügen durch soviele Mißtöne verkümmert.

Humboldten habe ich vorigen Freitag geantwortet und ihm von dem Schicksal seiner Schrift Nachricht gegeben, die ihn hoffentlich ganz zufrieden stellen wird.

Eben unterbricht mich unser Prorektor Paulus. Ich schreibe Morgen Abend eine Mehrers.

Leben Sie recht wohl. Meine Frau grüßt aufs beste.

Sch.

493. Goethe

⟨Weimar, 22. August 1798⟩

Die Musen und Grazien von Oberroßla hatten Ihre Gegenwart mehr gewünscht als gehofft, das Wetter war gar zu übel und in regenlosen Momenten war doch kein Spaziergang als auf den Gänserasen möglich. Vielleicht finden wir bald wieder Gelegenheit uns dort anzutreffen. Über Wallenstein habe ich indessen vieles gedacht und mir die erstern Akte wieder ins Gedächtnis gerufen. Wenn ich wieder zu Ihnen komme dächt ich, fingen wir von vorn an, weil ich nun das Ganze weiß, besonders da es Sie an der Ausführung nicht hindert wenn jemand mitspricht. Ich wünsche je eher je lieber eine klare Übersicht darüber zu haben, noch mehr aber es vollendet zu sehen. Es wird sehr hoch stehen wenn es fertig ist, ich wünsche Ihnen zum Nachsommer noch gute Stimmung.

Wenn Sie recht klopfen, sägen, hämmern, hobeln, hören wollen so sollten Sie sich jetzt Tags ein paar Stunden ins Theater setzen, es geht sehr rasch und wird recht artig werden.

Ich habe wieder neue Grillen über das Tragische und Epische die ich Ihnen bei der nächsten Zusammenkunft mitteilen will. Bis auf den Sonnabend weiß man wohl wann Durchl. der Herzog kommen wird. Verzieht sich seine Ankunft bis in den September, so bin ich bald wieder bei Ihnen.

Der erste Bogen Laokoon ist angekommen der Druck nimmt sich ganz heiter aus, die Einleitung habe ich nochmals durchgegangen, der Inhalt ist ausgezogen auf den nächsten Brief Cottas schicke ich den überrest fort, und so wäre denn auch dies Schifflein vom Stapel gelaufen.

Meyer grüßt schönstens und hat wieder mancherlei gutes in der Arbeit. Ich freue mich über den plastischen Einfluß der zurückgelassnen Bilder mir scheint er täglich unentbehrlicher. Leben Sie recht wohl. Mich verlangt recht herzlich wieder nach der gewohnten täglichen Unterhaltung. Grüßen Sie Ihre liebe Frau aufs beste.
Weimar am 22 Aug. 1798.

G

494. Schiller

Jena 24. Aug. 98

Da unser Herzog nun wieder da ist, so scheint der Termin Ihrer Hieherkunft sich wieder zu verrücken; ich werde mich binnen der Zwischenzeit meiner Pflichten und Sorgen für den Almanach zu entledigen suchen, um wenn Sie kommen, und die Mitteilungen wieder anfangen, den letzten schwersten Schritt zum Wallenstein tun zu können. Da Sie einmal Lust haben, in die Ökonomie des Stücks hineinzugehen, so will ich gelegentlich das Schema davon in Ordnung bringen, das in meinen Papieren zerstreut liegt, indem es Ihnen, eh das Ganze selbst ausgeführt ist, die Übersicht erleichtern kann.

Ich bin verlangend Ihre neuen Ideen über das Epische und Tragische zu hören. Mitten in einer tragischen Arbeit fühlt man besonders lebhaft, wie erstaunlich weit die beiden Gattungen auseinander gehen. Ich fand dies auf eine mir selbst überraschende Weise bei der Arbeit an meinem fünften Akte, die mich von allem ruhig menschlichen völlig isolierte, weil hier ein Augenblick fixiert werden mußte, der notwendig vorübergehend sein muß. Dieser so starke Absatz, den meine Gemütsstimmung hier gegen alle übrigen freieren Menschlichen Zustände machte, erweckte mir beinahe eine Furcht, mich auf einem zu pathologischem Wege zu befinden, weil ich das meinem Individuum zuschrieb, was die Natur des Geschäfts mit sich brachte. Aber so ist es mir ein Beweis mehr, daß die Tragödie nur einzelne außerordentliche Augenblicke der Menschheit, das Epos dagegen, wobei jene Stimmung nicht wohl vorkommen kann das Beharrliche ruhig fortbestehende Ganze derselben behandelt und deswegen auch den Menschen in jeder Gemütsfassung anspricht.

Ich lasse meine Personen viel sprechen, sich mit einer gewissen Breite herauslassen; Sie haben mir darüber nichts gesagt und scheinen es nicht zu tadeln. Ja Ihr eigener Usus sowohl im Drama als im Epischen spricht mir dafür. Es ist zuverlässig, man könnte mit weniger Worten auskommen, um die tragische Handlung auf- und abzuwickeln, auch möchte es der Natur handelnder Charaktere gemäßer scheinen. Aber das Beispiel der Alten, welche es auch so gehalten haben und in demjenigen was Aristoteles die Gesinnungen und Meinungen nennt, gar nicht wortkarg gewesen sind, scheint auf ein höheres poetisches Gesetz hinzudeuten, welches eben hierin eine Abweichung von der Wirklichkeit fodert. Sobald man sich erinnert, daß alle poetische Personen symbolische Wesen sind, daß sie, als poetische Gestalten, immer das allgemeine der Menschheit darzustellen und auszusprechen haben, und sobald man ferner daran denkt, daß der Dichter so wie der Künstler überhaupt auf eine öffentliche und ehrliche Art von der Wirklichkeit sich entfernen und daran erinnern soll daß ers tut, so ist gegen diesen Gebrauch nichts zu sagen. Außerdem würde, deucht mir, eine kürzere und lakonischere Behandlungsweise nicht nur viel zu arm und trocken ausfallen, sie würde auch viel zu sehr realistisch, hart und in heftigen Situationen unausstehlich werden, dahingegen eine breitere und vollere Behandlungsweise immer eine gewiße Ruhe und Gemütlichkeit, auch in den gewaltsamsten Zuständen die man schildert, hervorbringt.

Richter war dieser Tage hier, er ließ sich aber zu einer ungeschickten Stunde bei mir melden, daß ich ihn nicht annahm. Mathisson, dem ich vor einigen Wochen etwas schönes über seine Beiträge und deren Anzahl sagte, hat mir wieder ein Gedicht geschickt, so wächst der Almanach nach und nach zu der gebührenden Größe an. Auch Gries hat einiges, an kleinen Sachen, gesendet, was sich brauchen läßt. Göpferdt ist noch nicht über den zweiten Bogen.

Leben Sie recht wohl, vielleicht komme ich nächste Woche auf einen Tag, und sehe dann vielleicht auch das theatralische Bauwesen. Wenn Sie wieder kommen finden Sie auch mein Häuschen in Ordnung, das wir morgen einweihen werden. Damit geht mir auch eine ruhigere Epoche an.

Meine Frau grüßt Sie bestens, sie hat sich gefreut, Sie neulich doch einen Augenblick zu sehen

Sch.

495. Goethe

⟨Weimar, 25. August 1798⟩

Ich habe so eben unsern Theaterbau besucht, wo alles sehr rasch geht. In der Mitte der künftigen Woche wird die Decke fertig, das leichte Gerüst herausgenommen und der größte Schmutz getilgt sein, alsdann wird man sich schon einen Begriff von der Intention machen können. Ich hoffe es soll deswegen auch recht artig werden, weil von gewissen Plätzen aus das Publikum sich wechselsweise selbst sieht auch werden sehr viel Menschen hinein gehen.

Es wäre sehr artig wenn Sie uns bald besuchten wir würden manches Kapitel durchsprechen können und der Bau würde Sie des Tags ein Paar Stunden unterhalten. Vielleicht gäb Ihnen auch der Anblick eines Theaters neue dramatische Anlässe.

Heute sage ich nicht mehr denn der gestrige Hochzeitgenuß hat nicht die beste Stimmung hinterlassen. Leben Sie recht wohl und grüßen Ihre liebe Frau.

Weimar am 25 August 1798. G

496. Goethe

⟨Weimar, 27. August 1798⟩

Da unsere Rechnung wegen des Manuskripts mit des Setzers Bedürfnissen nicht zusammentrifft, so muß ich noch ein paar Bogen nachschicken und bitte deshalb um Niobe. Was wir von der tipographischen Seite verlieren, gewinnen wir an der Stärke der Ladung, die wir auf einmal ins

Publikum werfen. Haben Sie die Güte dem Überbringer, den ich deswegen express abschicke das Manuskript der *Niobe* mitzugeben. Leben Sie recht wohl und halten Sie wo möglich Ihr Versprechen mich zu besuchen. Weimar am 27 Aug. 1798

G

497. Goethe

⟨Weimar, 27. August 1798⟩

Indem ich Ihren Boten erwarte so finde ich daß ich Sie noch einmal aufmuntern sollte herüber zu kommen wenn Sie es mit dem Almanach und dem Gange seines Drucks einigermaßen einrichten können denn

1.) ist das leidige Wetter das noch eine Zeit lang anzuhalten droht im Garten weniger genießbar als in einem vielzimmrigen Hause.
2.) Wird Sie der Theaterbau unterhalten
3.) Geht am Freitag das complete Stück der Propyläen weg zu dem Sie Ihren Segen erteilen sollten.
4.) Wird zu dem neuen Anstalt gemacht zu welchem Ihr Rat sehr erfreulich wäre
5.) Sind allerlei naturhistorische Observationen in Bewegung wovon die Resultate Sie auch gewiß erfreuen werden und was ich noch alles Sie zu verleiten sagen könnte,

beherzigen Sie übrigens Ihren Vorteil und Ihre Bequemlichkeit bringen Sie aber, wenn Sie kommen, den Wallenstein mit denn wir müssen viel auf einmal tun. Wie die Sache mit dem Theater gegenwärtig steht kann ich nicht weg. Leben Sie recht wohl und entschließen Sie sich wo möglich auf das kürzeste. In 14 Tagen stehen die Sachen so daß ich wieder nach Jena gehen kann und bis zu Ende Septembers bleibe Leben Sie recht wohl und tun Sie was möglich ist. Weimar am 27 Aug 1798.

G

498. Schiller

Jena 27. Aug. 98.

Zwei Bogen machen freilich einen starken Rechnungsfehler, der auch für die künftigen Missionen ein bedenkliches Omen gibt und mehr Vorrat an Mskrpt nötig machen dürfte. Für den Anfang ist es übrigens recht gut, daß man dem Publikum mehr geben kann. Sollten Sie aber etwas andres substituieren können als *Niobe* so wäre es wohl gut, denn außerdem daß die plastischen Artikel am wenigsten zu der Menge sprechen und am meisten bei dem Leser voraussetzen, so fürchte ich, daß Sie in den folgenden Stücken das Verhältnis nicht wohl fort beobachten können. Ob nicht vielleicht Ihr Aufsatz über die *Methode bei Naturwissenschaften* dazu genommen werden könnte?

Das sind Betrachtungen, die ich nur in der Eile anstellen kann, denn ich muß den Boten abfertigen.

Das Wetter ist seit vorgestern hier ganz unerträglich, daß wir in unserer windigen Wohnung uns beinah in ein geheiztes Zimmer einschließen müssen. Indessen geht die Arbeit ganz leidlich von statten und ich werde Ihnen ehestens etwas produzieren können.

Leben Sie recht wohl mit Meiern. Könnten Sie uns nicht die Memoires von Clery verschaffen?

Sch.

499. Schiller

Jena 28. Aug. 98.

Es war mein Vorsatz, Ihnen heute meinen Glückwunsch zum Geburtstag selbst zu überbringen, aber weil ich zu spät aufstand und mich auch nicht wohl fühlte, so mußte das gute Vorhaben für heute aufgegeben werden. Wir haben aber mit herzlicher Teilnehmung Ihrer gedacht, und uns besonders der Erinnerung an alles das Gute überlassen, was durch Sie bei uns gegründet worden ist.

Ich bin in diesen Tagen von einem Besuch überrascht worden, dessen ich mich nicht versehen hätte. Fichte war bei mir und bezeigte sich äußerst verbindlich. Da er den Anfang gemacht hat, so kann ich nun freilich nicht den spröden spielen, und ich werde suchen, dies Verhältnis, das schwerlich weder fruchtbar noch anmutig werden kann, da unsere Naturen nicht zusammenpassen, wenigstens heiter und gefällig zu erhalten.

Was Ihnen mit den griechischen Sprüchwörtern zu begegnen pflegt, dies Vergnügen verschafft mir jetzt die Fabelsammlung des Hyginus, den ich eben durchlese Es ist eine eigene Lust, durch diese Märchengestalten zu wandeln, welche der poetische Geist belebt hat, man fühlt sich auf dem heimischten Boden und von dem größten Gestaltenreichtum bewegt. Ich möchte deswegen auch an der nachlässigen Ordnung des Buchs nichts geändert haben, man muß es gerade rasch hintereinander durchlesen, wie es kommt, um die ganze Anmut und Fülle der griechischen Phantasie zu empfinden. Für den tragischen Dichter stekken noch die herrlichsten Stoffe darin, doch ragt besonders die Medea vor, aber in ihrer ganzen Geschichte und als Zyklus müßte man sie brauchen. Die Fabel von Thyest und der Pelopia ist gleichfalls ein vorzüglicher Gegenstand. Im Argonautenzug finde ich doch noch mehrere Motive, die weder in der Odyßee noch Ilias vorkommen, und es dünkt mir doch, als ob hierin noch der Keim eines epischen Gedichtes stecke.

Merkwürdig ist es, wie dieser ganze mythische Zyklus, den ich jetzt übersehe, nur ein Gewebe von Galanterien und wie sich Hyginus immer bescheiden ausdrückt, von Compressibus ist, und alle großen und furchtbaren Motive davon hergenommen sind, und darauf ruhen.

Es ist mir eingefallen, ob es nicht eine recht verdienstliche Beschäftigung wäre, die Ideen welche Hyginus im rohen und für ein anderes Zeitalter ausgeführt hat, mit Geist und mit Beziehung auf das, was die Einbildungskraft der jetzigen Generation fodert, neu auszuführen, und so ein griechisches Fabelbuch zu verfertigen, was den poetischen Sinn wecken und dem Dichter sowohl als den Leser⟨n⟩ sehr viel Nutzen bringen könnte.

Ich lege hier 2 Aushängebogen des Almanachs bei. Der dritte folgt nächstens.

Meine Frau grüßt Sie aufs beste. Leben Sie recht wohl.

S.

500. Goethe

〈Weimar, 29. August 1798〉

Herzlichen Dank für das Andenken das Sie meinem Geburtstage widmeten und schon für den Gedanken daß Sie mich hätten besuchen mögen. Der Tag ist mir zerstreut und fruchtlos hingegangen, ich hoffe mich bald in Ihrer Nähe zu sammeln. Higin hat mir auch, so oft ich ihn aufgeschlagen, Freude gemacht, es wird mir sehr lieb sein ihn einmal im Ganzen mit Ihnen durchzugehen. Auf die Argonauten hatte ich auch immer ein Zutrauen und nach der neuen Lehre, da man von der Epopé keine Einheit fordern will, wäre das Sujet seiner rhapsodischen Natur nach äußerst bequem. Es liegen herrliche Motive darin und gewiß ließen sich noch manche daraus entwickeln.

Freitags will ich nun die letzten Hefte des Manuskripts abschicken. An der Einleitung habe ich noch manches getan, das ihr hoffentlich nicht schaden soll und würde immer noch mehr daran ausputzen, wenn ich sie nicht fortschicken müßte. Nun geht aber eigentlich eine neue Ansicht der Dinge an, denn schon in den Aushängebogen hat das Wesen eine andere Gestalt als in dem Manuskripte. Ich hoffe es soll nicht fehlen gleich aus den vier ersten Stücken eine Art von harmonierender Komposition zu machen. Wenn wir nur noch etwas dazu von Ihnen erhalten könnten das weiter hinaus deutete. Der Druck zum Almanach nimmt sich recht artig aus, freilich fordert die kleine Schrift sorgfältigen Druck und glattes Papier.

Es freut mich daß die Herren Conz und Bürde ein wenig liederlich werden und sich an verbotnen Liebschaften ergötzen, wenn ich es noch von Matthison erleben könnte würde es mir noch größern Spaß machen. Es ist curiös wie sich die Leute vor gewissen An- und Nachklängen nicht retten können. So tönt der alte Hexenmeister in der alten Wundergerte doch einigermaßen nach.

Vielleicht erhalten Sie gegen das Ende doch noch etwas von mir.

Der Deckel ist fertig und man wird nun sehen wie es mit dem Aufhöhen und Aufputzen der Zierrate gehen kann. Sie sollen ehestens davon ein Pröbchen haben. Leben Sie recht wohl und fleißig, indem ich auch mich hier loszuarbeiten suche. Die erste Hälfte Septembers möchte ich gar gerne bei Ihnen zubringen.

Nutzen Sie das neue Verhältnis zu Fichten für sich so viel als möglich und lassen es auch ihm heilsam werden. An eine engere Verbindung mit ihm ist nicht zu denken, aber es ist immer sehr interessant ihn in der Nähe zu haben. Weimar am 29 Aug. 1798. G

501. Schiller

Jena 31. Aug. 98

Wenn ich es irgend einrichten kann und mein Befinden es erlaubt, so komme ich nächste Woche gewiß auf einige Tage hinüber. Freilich muß ich mit meinen Beiträgen zum Almanach im reinen sein; dazu aber kann binnen 4 Tagen Rat werden. Denn es sind zwei Balladen fertig, welche zusammen 20 Seiten, gedruckt, betragen und das Gedicht woran ich eben jetzt bin, wird auch zwischen 10 und 12 Seiten betragen, so daß ich also, mit dem schon abgedruckten Gedicht doch ein Kontingent von 36 bis 40 Seiten zusammenbringe, außerdem was vielleicht noch der Zufall binnen den nächsten 14 Tagen beschert. Ich kann dann mit weniger Sorge bei Ihnen sein und auch den Gedanken an den Wallenstein Raum geben.

Sie haben recht, daß gewisse Stimmungen die Sie erregt haben, bei diesen Herrn Conz, Matthisson u. a. nachhallen. Diese moralischen Gemüter treffen aber die Mitte selten, und wenn sie menschlich werden so wird gleich etwas Plattes daraus.

Dieser Herr Conz hat in dem kleinen Gedicht das Sie gedruckt gefunden haben eigentlich mein *Geheimnis* kopiert, obgleich er in der Rezension, die er in der Tübinger Zeitung von dem Almanach gemacht hat, von diesem Gedicht so wie von allen übrigen außer dem Ibykus ganz still geschwiegen.

Matthisson hat wieder ein Gedicht eingesendet. Es ist mir lieb, daß sein Name oft vorkommt, aber erquicken kann sich wohl niemand an seinen Sachen.

Zur nunmehrigen völligen Ausfertigung des 1sten Stücks der Propyläen wünsche ich Glück. Ich bin recht verlangend es im Druck zu lesen und mich dann mit Ruhe darüber zu machen. Auf einen Beitrag von mir für das Vierte Stück dürfen Sie sicher rechnen, denn ich brauche zur Beendigung des Wallensteins allerhöchstens noch den Rest dieses Jahrs. Die Ausarbeitung des Stücks fürs Theater, als eine bloße Verstandes Sache, kann ich schon mit einem andern besonders theoretischen Geschäft zugleich vornehmen.

Ich freue mich den Theaterbau mit anzusehen, und glaube Ihnen, daß der Anblick der Bretter allerlei wecken wird. Es ist mir neulich aufgefallen was ich in einer Zeitschrift oder Zeitung las, daß das Hamburger Publikum sich über die Wiederholung der Iflandischen Stücke beklage und sie satt sei. Wenn dies einen analogischen Schluß auf andre Städte erlaubt, so würde mein Wallenstein einen günstigen Moment treffen. Unwahrscheinlich ist es nicht, daß das Publikum sich selbst nicht mehr sehen mag, es fühlt sich in gar zu schlechter Gesellschaft. Die Begierde nach jenen Stücken scheint mir auch mehr durch einen Überdruß an den Ritterschauspielen erzeugt oder wenigstens verstärkt worden zu sein, man wollte sich von Verzerrungen erholen. Aber das lange Angaffen eines Alltagsgesichts muß endlich freilich auch ermüden.

Die ersten Bogen von d⟨en⟩ Propylæen so wie die Decke zum Almanach werde ich wohl bei Ihnen selbst in Augenschein nehmen.

Werde ich die paar Tage bei Meiern logieren können ohne ihn zu genieren?

Leben Sie recht wohl. Meine Frau grüßt Sie aufs beste.

Sch.

502. Goethe

⟨Weimar, 1. September 1798⟩

Meine heutige Botschaft sei vorzüglich der Decke des Almanachs gewidmet davon ich hier ein paar Proben übersende.

Die auf weiß Papier zeigt wie sauber sie gestochen sei, einige Tausend können abgezogen werden, ohne daß man es merklich spüren wird, denn alles ist mit dem Grabstichel gemacht. Auf gefärbtem Papier nimmt sie sich, dünkt mich, besonders gut aus, eigentlich aber ist darauf kalkuliert daß ein bißchen Farbe drauf kommen soll, wie die eine Hälfte zeigt.

Das Ries von dem Schreibpapier, wie eine Probe mitkommt, soll 3 rt: 12 gr. kosten, es würde sich gefärbt ganz gut ausnehmen und das Ries würde nicht gar 2000 Decken geben.

Das 100 mit erwärmter Platte und sehr sorgfältig zu drucken, verlangt man 16 gr.

Das Buch Papier zu färben 5 gr.

Für ein Exemplar zu malen würde man allenfalls 18 Pfennige geben müssen. Es käme darauf an wie viel gemalte Sie etwa haben wollten? Ich glaube mancher wird ein paar Groschen fürs bunte Exemplar gerne mehr geben.

Schicken Sie mir das gemalte Exemplar so wie das Papiermuster zurück und bestimmen Ihre Bestellung, so kann alles hinter einander gemacht und die Decke zur rechten Zeit fertig werden.

Wenn Sie uns besuchen, so können Sie recht gut neben Meyern logieren. Erfüllen Sie nur wo möglich Ihr Versprechen. Weimar am 1 Sept. 1798.

G

503. Schiller

Jena 2 Sept 98.

Ein schwedischer Kaufmann H. Lindahl überbringt Ihnen diesen Brief. Er ist ein sehr eifriger Freund der deutschen Literatur, hat viele Kenntnisse und scheint in Schweden mit den bedeutendsten Gelehrten viele Verbindungen zu haben. Sie werden ihn also freundlich empfangen, wie ich wünsche, denn es ist ein Mann der es zu verdienen scheint, auch wünschte ich daß er *Meiern* kennen lernte.

Die Decke nimmt sich sehr zierlich aus, wir können die 170 Exempl. auf VelinPapier vor der Hand mit bunten Decken auszieren lassen. Es ist darnach noch immer Zeit, auch noch andere aufzuhöhen. Auch ist die gewählte graugelbe Farbe sehr passend, und besonders für die bunten Exemplare. Zu den letztern kann ich vielleicht etwas besseres Papier von hier aus schicken, sonst ist das wovon Sie eine

Probe geschickt, ganz brauchbar. Den Preis von allem wird Cotta nicht zu hoch finden.

Ich sende die Decken und das Papier Morgen, weil ich dem Fremden keinen größeren Brief mitgeben will.

Das Wetter hat sich wieder sehr glücklich verändert und meinen Entschluß nach Weimar zu gehen, etwa auf den Donnerstag, sehr ernstlich bestimmt.

Leben Sie recht wohl. S.

504. Schiller

Jena 4. Sept. 98

Meinen Brief vom Sonntag wird Ihnen der Schwede überliefert haben. Hier folgen die Proben zurück.

Auch sende ich einstweilen eine von den Balladen, die andere kann ich vielleicht auch noch beilegen. Es sollte mir lieb sein, wenn ich den christlich-mönchisch-ritterlichen Geist der Handlung richtig getroffen, und die disparaten Momente derselben in einem harmonierenden Ganzen vereinigt hätte. Die Erzählung des Ritters ist zwar etwas lang ausgefallen, doch das Detail war nötig und trennen ließ sie sich nicht wohl.

Haben Sie die Güte mich zu erinnern, wenn Sie etwas anders wünschten, und mir das Mskrpt mit dem Botenmädchen zurück zu senden.

Die andere Geschichte hat mir der Hyginus zugeführt. Ich bin neugierig, ob ich alle Hauptmotive, die in dem Stoffe lagen, glücklich herausgefunden habe. Denken Sie nach ob Ihnen noch eines beifällt, es ist dies einer von den Fällen, wo man mit einer großen Deutlichkeit verfahren und beinahe nach Prinzipien erfinden kann.

Ich habe mir zwar jetzt einen starken Schnupfen zugezogen, doch denke ich, wenn nichts dazwischen kommt auf den Donnerstag zu kommen.

Herzlich freue ich mich Sie wieder zu sehen.

Leben Sie recht wohl. Meine Frau ladet Sie zum Mangold ein, der jetzt recht schön steht. S.

Meine Frau bittet Sie, ihr den versprochnen *Sternbald* zu schicken.

505. Goethe

⟨Weimar, 5. September 1798⟩

In der Hoffnung Sie morgen zu sehen schreibe ich nur wenig. Die Balladen folgen zurück, sie sind beide sehr gut geraten, bei dem christlichen Drachen finde ich nichts zu erinnern er ist sehr schön und zweckmäßig. In der Bürgschaft möchte es physiologisch nicht ganz zu passieren sein daß einer, der sich an einem regnigen Tag aus dem Strome gerettet, vor Durst umkommen will, da er noch ganz nasse Kleider haben mag. Aber auch das wahre abgerechnet und ohne an die Resorption der Haut zu denken kommt der Phantasie und der Gemütstimmung der Durst hier nicht ganz recht. Ein ander schickliches Motiv das aus dem Wandrer selbst hervorginge fällt mir freilich zum Ersatz nicht ein, die beiden andern von außen, durch eine Naturbegebenheit und Menschengewalt, sind recht gut gefunden.

Wollten Sie wohl die Güte haben beiliegenden Zettel an Prof: Lenz zu schicken und mir das Buch mitzubringen. Treten Sie ja von Ihrem guten Vorsatz nicht zurück Ihre Reise wird Ihnen gewiß wohlbekommen. Den vortrefflichen Sternbald lege ich bei es ist unglaubl⟨ich⟩ wie leer das artige Gefäß ist. Weimar d. 5 Sep 1798.

G

506. Schiller

Jena 5. Sept. 98

Weil mein Schnupfen noch heftig ist, so will ich meine Wanderung lieber noch einen Tag oder zwei verschieben. Auch kann ich morgen noch eine Korrektur abtun, und das Gedicht das ich unter Händen habe vielleicht schließen, obgleich der Schnupfen eine schlechte Stimmung gibt.

Können Sie noch etwas in den Almanach stiften, so tun Sie es ja, denn es wird hart halten, den nötigen Tribut zu liefern, obgleich der göttliche Matthisson heute abermals ein Gedicht nachgesendet hat; denn unsre Dichterinnen haben mich stecken lassen.

Die Stanzen, die Sie auf der Herzogin Geburtstag gemacht wünschte ich zu haben. Das Blatt, das Sie mir gesendet, muß unter meinen Papieren in der Stadt liegen, hier kann ichs nicht finden, vielleicht finden Sie es in Weimar.

Ein klein Liedchen lege ich hier bei. Gefällt es Ihnen so können wirs auch drucken lassen. Ich finde unter meinen Papieren allerlei angefangen, aber die Stimmung läßt sich nicht kommandieren um es zu endigen.

Leben Sie recht wohl. Ich wünsche zu hören, daß Sie mit der gestrigen Sendung zufrieden sein mögen.

Sch.

507. *Goethe*

⟨Weimar, 6. September 1798⟩

Wir haben Sie mit Sehnsucht erwartet und, was den Schnupfen betrifft, so hätten Sie ihn, nach unsers Fürsten erprobter Theorie, eben dadurch kuriert wenn Sie sich der Luft ausgesetzt hätten.

Mich hält das Theater fest, bei dessen Bau und Einrichtung alle Tage etwas zu ordnen vorkommt, sonst wäre ich schon wieder zu Ihnen hinüber gekommen.

Hiebei liegt das Gedicht an die Herzogin. Finden Sie nun aber auch einen Titel dazu!

Das kleine Lied das ich zurückschicke ist allerliebst, und hat vollkommen den Ton der *Klage.*

Ich habe in den Bogen des Almanachs, die ich besitze, drei, nicht unbedeutende, Druckfehler gefunden:

pag. 20. vorletzte Zeile gereeht statt gereiht
— 27. im Matthisonischen Gedicht zweiter Pentameter
Singt statt Siegt.

Der dritte fällt mir gegenwärtig nicht ein

Wegen des Umschlags wollten wir gerne mündlich sprechen. Haben Sie nur die Güte sobald als möglich das bessere Papier herüber zu schicken, damit wir es können färben und die Exemplare drucken und malen lassen.

Der Umschlag zu den Propyläen ist auch fertig geworden, Sie sehen einen Probedruck aus der Beilage. Was für mechanische Schwierigkeiten dabei zu überwinden waren, und noch sind, ließ sich gar nicht voraussehen. Indessen hat sie der echt deutsche Geist unsers Facius, mit aller Treue, bekämpft, und ich hoffe noch manchen Spaß davon zu erleben.

Ich habe in allen meinen Papieren herum gedacht und finde nichts womit ich Ihnen zum Almanach zu Hülfe kommen könnte. Noch zu der Voigtischen Hochzeit hatte ich ein Gedicht ganz disponiert, das leider nicht fertig ward und selbst im Almanach würde es noch immer zur rechten Zeit kommen. Aber woher die *Stimmung* nehmen!?!?

Denn da hat mir neulich Freund Richter ganz andere Lichter aufgesteckt, indem er mich versicherte (zwar freilich bescheidentlich, und in seiner Art sich auszudrücken) daß es mit der Stimmung Narrenspossen seien, *er* brauche nur Kaffee zu trinken, um, so grade von heiler Haut, Sachen zu schreiben worüber die Christenheit sich entzücke.

Dieses und seine fernere Versichrung: daß alles *körperlich* sei, lassen Sie uns künftig zu Herzen nehmen, da wir denn das Duplum und Triplum von Produktionen wohl an das Tageslicht fördern werden.

Ubrigens wird dieser edle Freund sich künftigen Winter gleichfalls in Weimar niederlassen, und hat schon ein Quartier über unserer kleinen Matizeck gemietet. Ich bin recht neugierig wie ihm dieses theatralische Hausamalgam bekommen wird.

Ubrigens habe ich noch mancherlei Curiosa aufgespart, weil ich Sie hüben oder drüben zu sehen hoffte. d. 6 Sept 98.

G

508. Schiller

Jena 7 April ⟨September⟩ 98.

Ich lege mich mit dem festen Vorsatz nieder morgen zu Ihnen hinüber zu fahren. Für den Almanach habe ich mein Geschäft geschlossen; das letzte Gedicht bringe ich mit. Jetzt muß ich eilen, den kleinen Rest der guten JahrsZeit und meines Gartenaufenthalts für d⟨en⟩ Wallenstein zu benutzen, denn wenn ich meine Liebesszenen nicht schon fertig in die Stadt bringe, so möchte mir der Winter keine Stimmung dazu geben, da ich einmal nicht so glücklich bin, meine Begeisterung im Kaffee zu finden.

Das Buch von Lenz, so wie auch das bessere Papier zu den Decken bringe ich mit. Ich hoffe diesem Brief bald zu folgen. Leben Sie recht wohl. S.

509. Schiller

Jena 9. Sept. 98

Es tut mir leid, daß ich am Samstag mein Kommen bestimmt und wieder nicht gehalten habe, aber ich bin sehr unschuldig, denn ich habe in den 4 letzten Tagen zwei Nächte ganz schlaflos zugebracht, welches mich sehr angegriffen. Ein eigenes Unglück ist es doch, daß mir dieses gerade in diesen Tagen zum erstenmal wieder begegnen mußte, nachdem ich den ganzen Sommer davon frei gewesen bin. Jetzt habe ich den Mut verloren, etwas festes über mein Kommen zu beschließen, doch wenn ich diese Nacht schlafen kann, und mich ein wenig erhole, komme ich morgen doch. Indessen sende ich den Lyonet, damit Sie in Ihren Geschäften durch mich nicht aufgehalten werden mögen. Leben Sie recht wohl.

S.

510. Schiller

Jena 18. Sept. 98

Ich habe mich gleich nach meiner Zurückkunft an den Prolog gemacht und ihn noch einmal aus der Rücksicht, daß er für sich allein stehen soll, betrachtet. Hiebei ergab sich nun, daß um ihn zu diesem Zweck geschickter zu machen zweierlei geschehen muß.

1) muß er als Charakter- und Sittengemälde noch etwas mehr Vollständigkeit und Reichtum erhalten, um auch wirklich eine gewisse Existenz zu versinnlichen, und dadurch wird auch das

2)te erreicht, daß über der Menge der Figuren und einzelner Schilderungen dem Zuschauer unmöglich gemacht wird, einen Faden zu verfolgen und sich einen Begriff von der Handlung zu bilden, die darin vorkommt. Ich sehe mich also genötigt, noch einige Figuren hinein zu setzen, und einigen die schon da sind etwas mehr Ausführung zu geben: doch werde ich unser Weimarisches Personale immer vor Augen haben. Auf den Sonnabend sollen Sie den Prolog erhalten.

Cotta schreibt mir, daß ihm der Herzog ein neues Zeitungsprivilegium gegeben, und daß er durch Verlegung des Zeitungs Comtoirs nach Stuttgardt gegen 3500 fl. erspare. Ob Poßelt auch diese neue Zeitung herausgibt, schreibt er nicht, doch zweifle ich nicht daran. Er scheint einmal sein ganzes Heil in diese Zeitungsfabrikation zu setzen.

Ich lege hier wieder einen Bogen bei. Wenn es Ihnen recht ist, so will ich Ihr Gedicht an die Herzogin bloß: *Stanzen* überschreiben.

Noch einmal meinen besten Dank für alles was Sie mir in Weimar Schönes und Gutes erwiesen. Sobald der Prolog weg ist, werde ich an nichts anders mehr denken als das Stück fürs erste in dem Theatersinn zu vollenden, und werde von Ihren Ratschlägen und Bemerkungen allen Gebrauch machen der mir möglich ist.

Meyern grüße schönstens. Zugleich bitte ich ihn, einen größern und zwei kleinere Schlüssel, die ich in meiner Kommode oder sonst irgendwo habe liegen lassen, zu suchen und mir durch die Botenfrau zu schicken.

Leben Sie recht wohl. Meine Frau empfiehlt sich aufs beste. S.

511. Goethe

〈Weimar, 21. September 1798〉

Mittwochs war ich in Roßla und fand Ihren Brief gestern bei meiner Wiederkehr. Ich wünsche daß Sie bei Ihrer Arbeit fühlen mögen welchen guten Eindruck auf uns Sie zurückgelassen. Ein Monument einer so besondern Geistestatigkeit als Ihr Wallenstein ist muß jeden in tätige Stimmung versetzen, wer derselben nur einigermaßen fähig ist. Nehmen Sie Ihr ganzes Wollen zusammen um das Werk nur erst auf unser Theater zu schieben, Sie empfangen es von dort her gewiß geschmeidiger und bildsamer als aus dem Manuskripte, das Ihnen schon zu lange vor den Augen fixiert steht. Sie sind schon so weit daß nach meiner Einsicht ein solcher Versuch nur Nutzen bringen kann.

Was Sie an dem Prolog noch tun wollen muß ich sehr billigen. Ich erwarte ihn mit Verlangen und wir wollen über die fernere Taktik alsdann zusammen konferieren.

Heute nichts weiter. Hierbei folgen die Schlüssel. Das Gedicht kann wohl unter dem allgemeinen Titel: *Stanzen* hingehen.

Leben Sie recht wohl wir grüßen Sie und Ihre liebe Frau aufs beste. Weimar am 21 Sep 1798.

G

512. Goethe

⟨Weimar, 21. September 1798⟩

In meinem Briefe habe ich vergessen zu sagen daß wir *gutes Schweizer Papier* brauchen zum Abdruck des Titelkupfers in den Almanach. Hier findet sichs nicht. *Hertel* hat gewiß welches. Wir bitten solches bald zu schicken.

W. d. 21. Sept. 98

G.

513. Schiller

Jena 21. Sept. 98

Ich habe vorgestern keinen Brief von Ihnen erhalten und hoffe, daß es nichts zu bedeuten hat. Nachdem ich eine Woche bei Ihnen zugebracht, ist es mir ganz ungewohnt solange nichts mehr von Ihnen zu hören.

Eine schlaflose Nacht, die ich heute gehabt und die mir den ganzen Tag verdorben, hat mich verhindert, den Prolog noch für heute zu expedieren: überdies hat der Abschreiber mich sitzen lassen. Ich denke, in der Gestalt, die er jetzt bekommt, soll er als ein lebhaftes Gemälde eines historischen Moments und einer gewissen soldatischen Existenz ganz gut auf sich selber stehen können. Nur weiß ich freilich nicht, ob alles was ich dem Ganzen zu lieb darin aufnehmen mußte, auch auf dem Theater wird erscheinen dürfen. So ist z. B. ein Kapuziner hinein gekommen, der den Kroaten predigt, denn gerade dieser Charakterzug der Zeit und des Platzes hatte mir noch gefehlt. Es liegt aber auch nichts dran, wenn er von dem Theater wegbleibt.

Humboldt hat geschrieben, und empfiehlt sich Ihnen. Ihren Brief nebst dem Gedicht hat er erhalten, und wird Ihnen ehestens antworten. Mit unserm Arrangement mit seinem Werk ist er wohl zufrieden, aber er hat keine rechte Zuversicht zu seinem Werke, seine natürliche Furchtsamkeit kommt noch dazu, daß er der wirklichen Erscheinung mit einer gewissen Bangigkeit entgegen sieht. Er hat auch Vieweg empfohlen nur 500 Exempl. abziehen zu lassen, worin ihm dieser hoffentlich nicht willfahren wird; denn ich zweifle nicht sowohl daran, daß man die Schrift nicht kauft, als daß man sie liest. Kaufen wird man sie schon des Gedichtes wegen.

Er schreibt noch ein paar Worte von Retif, den er persönlich kennt, aber nichts von seinen Schriften. Er vergleicht sein Benehmen und Wesen mit unserm *Richter*, die Nationaldifferenz abgerechnet, mir scheinen sie sehr verschieden.

Um auf meinen Prolog zurückzukommen, so wäre mirs lieb, wenn ein andres passendes Stück und keine Oper damit könnte verbunden werden, denn ich muß ihn mit vieler Musik begleiten lassen, er beginnt mit einem Lied und endigt mit einem, auch in der Mitte ist ein klein Liedchen, er ist also selbst klangreich genug, und ein ruhiges moralisches Drama würde ihn also wahrscheinlich am besten herausheben, da sein ganzes Verdienst bloß Lebhaftigkeit sein kann.

Leben Sie recht wohl. Ich warte mit Verlangen auf Nachricht von Ihnen. Meiern viele Grüße, er möchte sich doch des Bechers erinnern.

S.

514. Goethe

⟨Jena, 29. September 1798⟩

Durch gegenwärtigen Boten wünschte ich Ihre Geschichte des Dreißigjährigen Kriegs zu erhalten, um sie, sowohl zum Anfangsliede, als sonst zu mancherlei nutzen zu können. Heute Abend komme ich nicht, denn ich will noch bis es dunkel wird in Wallensteins Lager verweilen, und dann die modern-antiken Preußen und Sachsen auf dem Jenaischen Theater beschauen. Ich kann der Versuchung nicht widerstehen.

Morgen Mittag, wenn Sie es erlauben, bin ich Ihr Gast um noch manches durchzureden. Leben Sie recht wohl.

Am 29 Sept. 1798. G

515. Schiller

⟨Jena, 29. September 1798⟩

Ich beklage daß wir Sie heute nicht sehen sollen. Bei dem trüben Himmel ist das Gespräch noch der einzige Trost. Ich will suchen meinen Beitrag zum Prolog den ich angefangen, zu beendigen daß ich ihn Ihnen morgen Mittag vorlegen kann. Die Geschichte des 30jährigen Kriegs sollen Sie binnen einer halben Stunde erhalten.

Leben Sie recht wohl. Unterhalten Sie Sich bei dem Drama aus dem siebenjährigen Krieg so gut Sie können.

Sch.

516. Schiller

⟨Jena, erste Augusthälfte oder Ende September 1798⟩

Die zwei Brüder meines Schwagers sind auf ihrer Rückreise nach Schlesien hier und werden den Abend da bleiben. Ich schreibe es Ihnen, wenn Sie vielleicht nicht gern in dieser Gesellschaft sind. Sollten Sie nicht Lust haben, den Abend mit da zu sein, so sehe ich Sie vielleicht vorher?

S.

517. Schiller

Jena 2 Oktob. 98

Ein Besuch von unsern Weimarischen Dichterinnen Amelie Imhof und meiner Schwägerin hinderte mich, der Botenfrau das Gedicht mitzugeben, wozu nur noch ein paar Stunden nötig sind. Sie sollen es mit der ersten Post erhalten. Ich bin mit der Anlage wohl zufrieden und denke, es wird unsre Absicht erfüllen. Schreiben Sie mir mit dem rückgehenden Botenmädchen, ob Sie nichts dagegen haben, wenn ich diesen Prolog noch an den Almanach anflicke. Ich erreiche dadurch mehrere Zwecke zugleich, der Almanach gewinnt ein nicht unbedeutendes Gedicht mehr, die Zahl meiner Beiträge wird dadurch vergrößert, und der Prolog erhält mehr Verbreitung; denn Ihre Absicht, ihn dem Poßelt einzuverleiben wird dadurch keineswegs verhindert. Der Prolog kommt auch darum nicht früher ins Publikum als recht ist, weil ich vor Ende der nächsten Woche kein Exemplar davon weggebe, und auch alsdann nur diejenigen Exemplare, welche nach Leipzig bestimmt sind, folglich auch erst 3 Tage später ausgepackt werden. Fänden Sie an dem Prolog etwas zu ändern, so senden Sie mir einen Expressen, daß ich bei der Korrektur des Bogens noch davon Gebrauch machen kann. Vielleicht schicke ich ihn morgen selbst durch einen Expressen.

Um Decken und Titelkupfer zum Almanach bitte ich dringend.

Morgen mehr. Leben Sie recht wohl.

Sch.

518. Goethe

〈Weimar, 3. Oktober 1798〉

Sie werden sehr wohl tun den Prolog in den Almanach zu rücken, er mag in den Posselt und sonst wohin alsdann auch noch wandern, wir müssen uns nach und nach in die Ubiquität auch einrichten und sie soll uns nicht fehlen.

Haben Sie die Güte mir den Prolog, sobald er fertig ist, zu senden die Anlage dazu ist fürtrefflich und die Ausführung wird nicht zurück bleiben.

Noch vor Abgang dieses Briefs hoffe ich Abdrücke von der Decke und Titelkupfer zu erhalten.

Für heute nichts weiter denn die Konfusion ist gar groß um mich herum.

W. d. 3 Oktbr. 98 G

Was ich von Abdrücken habe erhalten können, sende hierbei mit es war nicht einmal Zeit sie nachzuzählen, haben Sie die Güte solches tun zu lassen und zu schreiben wie viel Sie noch überdies brauchen, damit man anstalten dazu macht denn es ist jetzt hier alles gar sehr beschäftigt. Leben Sie recht wohl.

519. Schiller

Jena, 4. 8br. ⟨Oktober⟩ 98

Hier sende ich den Prolog, möge er Ihnen Genüge leisten. Sagen Sie mir durch den rückgehenden Boten, wenn Sie noch etwas geändert wünschen. Mir deucht, daß es besser ist, das was ich in Klammern eingeschlossen, wegzulassen beim wirklichen Vortrag. Es lassen sich manche Dinge nicht sagen, die sich ganz gut lesen lassen, und die Umstände, unter welchen ein Prolog deklamiert wird, die Feierlichkeit die davon unzertrennlich ist, führen gewisse Einschränkungen mit sich, die in der Stube schwer zu berechnen sind. Da d⟨er⟩ Prolog ohnehin ziemlich groß ist, so denke ich schließen wir ihn vor dem letzten Absatz.

Haben Sie die Güte mir nur frisch weg zuschicken zu lassen was von Decken und Titelkupfern fertig ist. Unter den letztern finde ich keins mit brauner Farbe abgedruckt, wenn es keine Umstände macht, so lassen Sie doch etwa ein 500 Abdrücke in dieser Farbe machen.

Ich bin sehr begierig zu vernehmen, wie sich Ihre Schauspieler zu dem Vorspiel anlassen.

Leben Sie recht wohl. Meine Frau grüßt schönstens.

Sch.

520. Goethe

⟨Weimar, 5. Oktober 1798⟩

Der Prolog ist geraten wie er angelegt war, ich habe eine sehr große Freude daran und danke Ihnen tausendmal. Ich habe ihn nur erst einigemal durchgelesen um mich von dem Ganzen recht zu penetrieren, und noch kann ich nicht bestimmen, was vielleicht wegzulassen wäre und ob ich nicht wegen des Theater Effekts noch hie und da einen kleinen Pinselstrich aufhöhen würde.

Morgen Abend mit den Botenfrauen sollen Sie meine Edition erhalten, können Sie den Druck noch so lange aufschieben, so wird es gut sein, damit wir einerlei Lesart haben, Montag soll er gleich nach Stuttgard.

Es tut mir nur leid daß ich ihn nicht selbst sprechen kann, doch wenn sich Vohs hält wie unsere andern beim Vorspiel, so können wir zufrieden sein. Leißring, Weyrauch und

Haide deklamieren die gereimten Verse als wenn sie ihr Lebtag nichts anders getan hätten, besonders hat Haide gegen den Schluß einige Perioden deklamiert wie ichs auf dem deutschen Theater noch gar nicht gehört habe.

Nach dieser guten Nachricht muß ich aber leider anzeigen: daß es mir unmöglich war auch nur eine Zeile zu unserm Zwecke beizutragen, deswegen schicke ich einen Band des Pater Abraham, der Sie gewiß gleich zu der Kapuzinerpredigt begeistern wird. So wäre zum Ex⟨empel⟩ *Das Raben Cras* als, Schluß Formel, in Genasts Munde, vielleicht höchst erbaulich. s. die gezeichnete Seite p: 77. Es ist übrigens ein so reicher Schatz der die höchste Stimmung mit sich führt.

Das Anfangslied bring ich auch nicht zu Stande, habe aber etwas schickliches dafür zu substituieren, das kann alles bei den folgenden Repräsentationen nachgebracht werden, wie überhaupt das Stück fordert daß immer etwas neues und veränderliches darin vorkommt, damit bei folgenden Repräsentationen sich niemand orientieren könne. Leben Sie indessen recht wohl, Sie erfahren nun bald den Tag an dem ich Ihre Ankunft wünsche, bis jetzt geht es noch sehr bunt zu grüßen Sie Ihre liebe Frau. Weimar am 5ten Oktobr. 1798.

G

521. Schiller

Jena 5. 8br. ⟨Oktober⟩ 98.

Daß sie mit dem Prolog zufrieden sind und daß die drei Herren sich zum Vorspiel so glücklich anlassen, sind mir sehr willkommene Nachrichten; den Abdruck des Prologs kann ich bis Morgen Abend nicht aufhalten, doch denke ich nicht, daß eine kleine Ungleichheit des gesprochenen und gedruckten Gedichts viel zu sagen haben wird, wenn nur das Exemplar, das Sie Poßelten schicken mit dem andern im Almanach gleichlautend ist.

An die Kapuziner Predigt will ich mich also machen, und habe gute Hoffnung von dem würdigen Abraham. Noch habe ich ihn nicht lesen können, weil Schelling den ganzen Nachmittag bei mir war. Auch muß ich Sie prevenieren, daß noch einige andere Veränderungen im Werke sind, welche ich, nebst der Kapuziner Predigt auf den Montag Abend abzuschicken hoffe, denn da sie nicht durchs Ganze gehen, so können sie in einem halben Tag recht gut eingelernt werden.

Sie werden es z. B. auch billigen, daß ich den Konstabler mit einer bestimmten dramatischen Figur vertausche. An seiner Statt habe ich einen Stelzfuß eingeführt, der mir ein gutes Gegenstück zum Rekruten macht. Dieser Invalide bringt ein Zeitungsblatt, und so erfährt man unmittelbar aus der Zeitung Regenspurgs Einnahme und die neuesten passendsten Ereignisse. Es gibt Gelegenheit, dem Herzog Bernhard einige artige Komplimente zu machen u. s. f. Zu einem Subjekt für den Stelzfuß wird sich schon Rat finden hoffe ich.

Finde ich Stimmung und Zeit, so will ich das Liedlein von Magdeburg noch machen, und nach einer alten Melodie, daß dadurch kein Aufenthalt entsteht. Übrigens bin ich getröstet, wenn es an Zeit dazu fehlt, daß Sie etwas anders substituieren können.

Wenn Sie mir durch die Botenfrau mein Exemplar des Vorspiels schicken könnten, so würde es mir bei den vorhabenden Arbeiten gute Dienste tun. Wenn ich auch nur die ersten 8 oder 10 Blatt habe, denn am Ende und in der Mitte wird nichts verändert.

Schelling ist mit sehr viel Ernst und Lust zurückgekehrt, er besuchte mich gleich in der ersten Stunde seines Hierseins, und zeigt überaus viel Wärme. Über die Farbenlehre, sagt er mir, habe er in der letzten Zeit viel nachgelesen, um im Gespräch mit ihnen fortzukommen, und habe Sie um vieles zu fragen. Nach der Aufführung des Vorspiels wird er sich bei Ihnen melden, denn ich sagte ihm, daß er Sie jetzt zu beschäftigt finde. Es wäre hübsch, wenn Sie ihm vor Ihrer Hieherkunft noch Ihre Experimente zeigen könnten.

Ein sonderbares Original von einem moralischpolitischen Enthusiasten habe ich dieser Tage hier kennen lernen, den Wieland und Herder über Hals und Kopf zu der großen Nation spedieren. Es ist ein hiesiger Student aus Kempten, ein Mensch voll guten Willens, von vieler Fähigkeit und einer heftig sinnlichen Energie. Er hat mir eine ganz neue Erfahrung verschafft.

Leben Sie recht wohl. Ich denke es werden in diesen Tagen wohl noch einige Boten zwischen hier und Weimar in Bewegung gesetzt werden.

Meine Frau grüßt Sie aufs beste.

S.

Wenn Sie bei Empfang dieses Briefs mit Ihren Veränderungen im Prolog einig sind, und finden gleich einen Expressen, so haben Sie die Güte, mir das Exemplar gleich durch ihn zu senden.

N.S.

Hier lege ich noch einen KorrekturAbdruck des Prologs bei, so wie er im Almanach stehen wird, denn da ich die, Ihnen gesandte, Abschrift aus dem Gedächtnis niederschrieb, so wurde einiges darin extemporiert und es finden sich Varianten die ich mit NB bezeichnet habe. Können Sie mir nun Ihre Änderungen morgen vor Nachmittag 2 Uhr durch einen Expressen schicken, so kann ich mich im Druck noch darnach richten. Geht dies nicht an, so haben Sie die Güte dies beiliegende gedruckte Exemplar des Prologs, und nicht das geschriebene, an Posselt abzusenden, damit die 2 gedruckten Exemplare gleich lauten.

522. Goethe

⟨Weimar, 6. Oktober 1798⟩

Hier kommt der Prolog zurück, ich habe Ihre Änderungen mit Vergnügen aufgenommen, denn sie sind sehr zweckmäßig, dagegen wünschte ich daß, statt der Stelle, die ich ausgestrichen habe, die andere eingefügt werde, welche hier im Manuskript folgt. Meine Absicht war dabei

1.) daß von unsern Schauspielern etwas mehr,
2.) Von Iffland etwas weniger gesprochen würde
3.) daß irgend eine Stelle auf Schrötern gedeutet werden könne.

Haben Sie die Güte daß ich einige gedruckte Exemplare vom Prolog Montags bei Zeiten erhalte, so schicke ich gleich eins an Schrötern, mit einem artigen Wort und eins nach Stuttgard.

Allenfalls könnten Sie mir, durch diesen Expressen, den Korrekturbogen, wenn Sie ihn weiter nicht brauchen, wieder herüberschicken und mir nur anzeigen: ob Sie meine Stelle aufnehmen wollen, so lasse ich die beiden Exemplare, die abgehen sollen, gleich schreiben.

Hier kommt ein Teil des Vorspiels! arbeiten Sie ja daran fort, ob ich Ihnen gleich nicht versprechen kann schon das nächste mal die Veränderungen aufzunehmen. Alles ist jetzt schon so auf Reim und Sylbenfall eingerichtet, so auf die Stichwörter eingehetzt daß ich nichts zu ändern wage, weil unmittelbar Stockungen zu befürchten sind. Leben Sie recht wohl, es fängt nun an so bunt zu gehen, daß nur die Hoffnung: es werde bald Abend und alles vorbei sein, mich noch erhalten kann. Weimar am 6 Okt. 1798.

G

523. Schiller

Jena 6 8br. ⟨Oktober⟩ 98

Die Veränderungen im Prolog nehme ich mit Vergnügen auf, gegen die drei angeführten Gründe ist nichts einzuwenden.

Ich will etwa 6 besondere Abdrücke vom Prolog machen lassen, um die Kopisten Arbeit zu ersparen. Wenn Sie mir dann Montag früh eine Einlage an Schröder und Cotta senden wollen, so können solche mit dem gedruckten Prolog gleich von hier an die Behörden abgehen. Auf alle Fälle aber folgt hier der Prolog zurück.

Es tut mir freilich leid, wenn die kleinen Veränderungen im Vorspiel nicht gleich der ersten Vorstellung zu gute kommen können. Das Motiv mit der Zeitung wäre passend zu einer vollkommenern Exposition des Moments und der Kriegsgeschichte. Lassen Sie wenigstens bei Nro 5. den Konstabler mit einem Zeitungsblatt auftreten und anstatt des Verses:

Aber ein Eilbot ist angekommen.

setzen:

Aber das Prager Blatt ist gekommen,

Auf diese Art leiten wir doch die Zeitung ein, wenn wir sie ein andermal bringen wollen.

Auch haben Sie mich neulich wegen der *Perücke* zweifelhaft gemacht. Wenn wir statt jener Stelle lieber setzten:

Nro 3. *Wachtmeister*
Und das Gemunkel, und Gespioniere,
Und das Heimlichtun, und die vielen Kuriere –
Trompeter
Ja ja! das hat sicher was zu sagen.
Wachtmeister
Und der spanische steife Kragen
Den man etc

Der Bote eilt, ich kann für heute nichts mehr sagen. Vielleicht lassen Sie mich noch durch das Botenmädchen wissen, welcher Termin für die Vorstellung festgesetzt ist, denn freilich wünschte ich zur Kapuzinerpredigt ein paar Tage Muße.

Leben Sie recht wohl.

S.

524. Goethe

⟨Weimar, 6. Oktober 1798⟩

Mit der heutigen Abendpost will ich Ihnen nur einige Worte sagen wie wir ohngefähr stehen:

Von dem Prolog lasse ich zwei Abschriften machen gleichlautend mit Ihrem gedruckten. Der von mir veränderte Periode, den Sie aufgenommen haben, wird eingeschaltet.

Für die Rezitation hier habe ich eine andere Ausgabe veranstaltet, und die *Mimen* und *Ären* bei Seite gebracht dagegen den *Wallenstein* ein paar mal genannt, damit man nur irgend ohngefähr verstehe was wir wollen. Wie anders ist es was man mit sich und unter Freunden ins zarteste und besonderste arbeitet! und was der fremden Masse im allgemeinsten vorgetragen werden soll! Sie werden darüber noch das wunderbarste bei dieser Gelegenheit erleben und hören.

Übrigens geht noch bis jetzt alles ganz erwünscht. Der Saal sieht sehr artig aus und der größte Teil ist vergnügt und erfreut darüber, so daß die einzelnen Widersacher ein sehr böses Spiel haben.

Das Vorspiel geht recht artig. Es war heute Probe auf dem Theater. Wir müssen aber auf die geringste Verändrung Verzicht tun. Bei der Schwierigkeit eine so neue und fremde Aufgabe mit Ehren zu vollenden, klammert sich jeder so fest an seine Rolle, wie ein Schiffbrüchiger ans Brett, so daß man ihn unglücklich machte wenn mans ihm wacklig macht.

Ich arbeite nur daß alles Einzelne heraus gehoben werde und sich ins Ganze anschließe.

Das Soldatenlied liegt bei, womit das Stück anfangen soll. Die Musik wird morgen früh in Ordnung kommen und ich hoffe bald soll alles wohl im Hause stehen.

Ich will Sie nicht eher herübersprengen als nötig ist, denn es ist noch nicht einmal wahrscheinlich daß wir Mittwoch spielen. Sobald aber Prolog und Vorspiel so eingelernt sind daß Sie solche mit Vergnügen hören könnten, so schicke ich einen Expressen. Halten Sie sich daher parat um abgehen zu können.

Die Kapuzinerpredigt schicken Sie mir ja, sobald sie fertig ist. Sonst ist alles besorgt und die Abschriften von denen ich zu Anfang des Briefes sprach, gehen morgen Abend an Schröter und Posselt.

Übrigens ist eine Vorrezension der Aufführung, so wie des Effekts, den das Stück gemacht hat, schematisiert und kann in einigen guten Stunden fertig werden. Da ich mich einmal auf das Element der Unverschämtheit begeben habe, so wollen wir sehen wer es mit uns aufnimmt.

Indessen bleiben Sie ruhig bis mein Bote kommt. Sollte sichs morgen zeigen daß wir Mittwoch nicht spielen, so erfahren Sie's Dienstag durch einen Boten.

Ubrigens kann ich Sie versichern, daß der Hauptzweck erreicht wird, einige wenige, die den Prolog zugehört haben, glauben, so wie die Schauspieler selbst, daß sie doch nun so ziemlich wüßten wie es damals ausgesehen habe.

Leben Sie recht wohl und sein Sie nur so fleißig als möglich.

Wegen der Kupfer wird Meyer das seinige tun; leider liegt auf diesen Dingen der Fluch daß sie immer übereilt werden müssen. Grüßen Sie Ihre liebe Frau. Weimar am 6 Oktobr. 1798. G

525. Goethe

⟨Weimar, 7. Oktober 1798⟩

Hier kommt nun wieder ein Paket Abdrücke die folgenden von der Decke sollen recht farbig sein, sie kommen etwas teurer zu stehen, sie sehen aber auch dafür recht erfreulich aus.

Wahrscheinlich wird die Eröffnung unsers Theaters erst Freitag sein. Ich ersuche Sie also sich Donnerstags, zu guter Vormittagszeit, einzufinden, damit wir noch alles besprechen und Abends die Hauptprobe abwarten können.

Die Hauptfiguren machen ihre Sache trefflich und haben schon exzellent memoriert, mit den übrigen stockts noch ein wenig das wird sich aber alles noch in tätige Harmonien auflösen. Übrigens versteht man an allen Ecken und Enden das leiseste wohl artikulierte Wort.

Übrigens habe ich das Pensum, wie solches die neue Zeitung nunmehr bald bringen wird, bisher öfters zu repetieren Gelegenheit gehabt und ich hoffe man wird mir nun bald meine eignen Worte wieder vorsagen.

Leben Sie recht wohl ich bin vom besten Humor weil bis jetzt wirklich alles recht gut geht.

Schicken Sie mir doch ein paar Abdrücke des Prologs mit den Botenweibern und die Kapuziner Predigt je eher je lieber. Weimar am 7 Oktobr 1798.

G

526. Schiller

⟨Jena, 7. oder 8. Oktober 1798⟩

Hier erhalten sie meine Kapuzinerpredigt, so wie sie unter den Zerstreuungen dieser letzten Tage, die von Besuchen wimmelten, hat zu Stand kommen können. Da sie nur für ein paar Vorstellungen in Weimar bestimmt ist, und ich mir zu einer andern die ordentlich gelten soll, noch Zeit nehmen werde, so habe ich kein Bedenken getragen, mein würdiges Vorbild in vielen Stellen bloß zu übersetzen und in andern zu kopieren. Den Geist glaube ich so ziemlich getroffen zu haben.

Aber nun ein Hauptanliegen. Wenn Sie die Predigt gelesen haben so werden Sie selbst finden, daß sie notwendig um einige Szenen später kommen muß, wenn man durch die beiden Jäger und andre Figuren schon einen Begriff von den Soldaten durch sie selbst bekommen hat. Käme sie früher, so würden die unmittelbar folgenden Szenen dadurch geschwächt und gegen die Gradation gefehlt werden. Auch ist es gut, daß unmittelbar nach ihr eine belebte *handelnde* Szene folgte, daher ist mein Vorschlag sie unmittelbar entweder vor dem Auftritt des Rekruten oder was mir noch lieber wäre, unmittelbar vor der Ertappung des Bauren und dem Auflauf im Zelt zu bringen. Es wird an der übrigen Ökonomie dadurch gar nicht gerückt, wie Sie finden werden, es ist nur ein Stichwort zu verändern. Die paar Reden welche die Soldaten darin bekommen haben, sind in ein paar Minuten gelernt.

Daß ich den Spielman⟨n⟩ und den Tanz habe noch anbringen müssen, um die Szene beim Eintritt des Kapuziners bunt und belebt zu machen, werden Sie gleichfalls für notwendig erkennen.

Haben Sie Dank für das Anfangslied, ich finde es ganz zweckmäßig, vielleicht kann ich noch ein paar Strophen anflicken, denn es möchte um ein weniges zu kurz sein.

Ich will von Morgen an immer auf dem Sprung sein, abzureisen. Leben Sie recht wohl.

S.

527. Schiller

Jena 9. 8br. ⟨Oktober⟩ 98

Dank für die überschickten Decken und Kupfer, die wir hier recht nötig brauchten, und für die gute Nachrichten besonders, die Sie mir vom Gang unsrer Theatralien schreiben. Der Aufschub des Stücks kann mir nicht anders als lieb sein, auf den Donnerstag hoffe ich bei guter Zeit dasein zu können. Bei dieser belebten Behandlung der Sache entwikkeln sich allerlei Dinge in meinem Kopf, die dem Wallenstein noch zu statten kommen werden. Das Vorspiel denke ich noch viel mehr für das Ganze zu benutzen, und weiß auch schon viele bedeutende Striche, die es noch zu seinem Vorteil erhalten soll. Die Arbeit wird mir vergrößert und doch zugleich beschleunigt werden.

Hätte ich gedacht daß die Kapuzinerpredigt Morgen früh nicht zu spät kommen würde, so hätte sie noch besser ausfallen müssen. Im Grund macht es mir große Lust, auf diese Fratze noch etwas zu verwenden, denn dieser Pater Abraham ist ein prächtiges Original, vor dem man Respekt bekommen muß, und es ist eine interessante und keineswegs leichte Aufgabe es ihm zugleich in der Tollheit und in der Gescheidigkeit nach- oder gar zuvorzutun. Indes werde ich das möglichste versuchen.

Das Soldatenlied habe ich noch mit ein paar Versen vermehrt, die ich beilege. Es deucht mir daß es gut sein wird, dem Zuschauer Anfangs etwas Zeit zu geben, sowie auch den Statisten selbst, die Gruppe in ihrer Bewegung zu sehen, und die Anordnungen zu machen. Sie werden es wohl so einrichten, daß mehrere Stimmen sich in die Strophen teilen, und daß auch ein Chorus die letzten Zeilen immer wiederholt.

Sie haben es mit den Veränderungen, die Sie in meinem Text vorgenommen ganz gnädig gemacht. Von einigen ist mir die Ursache nicht gleich klar, doch darüber werden wir sprechen. Solche Kleinigkeiten führen oft zu den nützlichsten Bemerkungen.

Leben Sie recht wohl. Ich freue mich nur, daß Lust und Humor Sie bei dieser mechanischen Hetzerei nicht verlassen.

Meine Frau grüßt aufs beste.

S.

Sollten Sie mir morgen
mit der Botenfrau noch
etwas zu sagen haben,
so lassen Sie ihr doch
einprägen, mir den Brief zeitig
zu übergeben. Ich erhalte ihn
sonst erst Donnerstags.

528. Goethe

〈Jena, 18. Oktober 1798〉

Alles wohl in Betrachtung gezogen, und mit besonderer Zustimmung unserer geistlichen und leiblichen Müdigkeit, gedenken wir heute Abend zu Hause zu bleiben, und wünschen eine gute und geruhige Nacht.

Ist es möglich mir auf morgen früh Ihren Abschreiber zu schicken, so werde ich durch ihn besonders gefördert sein.

Den 18 Oktobr 1798. G

529. Schiller

〈Jena, 18. Oktober 1798〉

Nach dem heutigen wohl zurückgelegten Tag ist die Ruhe freilich das beste. Ich freue mich, daß alles so heiter und vergnügt von uns geschieden ist, und was mich selbst betrifft, so habe ich einen recht angenehmen Tag durchlebt.

Ich hoffe, Sie morgen desto länger zu sehen. Nach dem Abschreiber will ich mit dem frühesten schicken.

Schlafen Sie recht wohl.

Sch.

530. Goethe

〈Jena, 19. Oktober 1798〉

Das Opus hat mich länger aufgehalten als ich dachte, es ist nicht mehr Zeit es abzuschreiben wir wollen daher dieses saubere Konzept auf den Abend abschicken. Zur Bequemlichkeit des Setzers habe ich die Verse rot vorgestrichen, welche mit anderer Schrift zu drucken sind.

Gehen Sie doch den Aufsatz bedächtig durch, ob man vielleicht noch etwas einschaltete oder anhinge. Ich will heute bei Zeiten kommen und wir schicken das Paket, vom Garten aus, weg. Leben Sie recht wohl. D. 19 Oktobr 98.

G

531. Schiller

Jena 23. 8br. ⟨Oktober⟩ 98

Es ist Schade, daß Sie diese letzten schönen Tage nicht noch in Jena ausgewartet haben. Es geht uns darin ganz wohl, ob ich gleich in meiner Arbeit nicht so schnell fortrücke, als ich dachte. Die Umsetzung meines Texts in eine angemessene, deutliche und maulrechte Theatersprache ist eine sehr aufhaltende Arbeit, wobei das schlimmste noch ist, daß man über der notwendigen und lebhaften Vorstellung der Wirklichkeit, des Personals und aller übrigen Bedingungen allen poetischen Sinn abstumpft. Gott helfe mir über diese Besogne hinweg. Übrigens konnte es nicht fehlen, daß dieser deutliche Theaterzweck, auf den ich jetzt losarbeite, mich nicht auch zu einigen neuen wesentlichen Zusätzen und Veränderungen veranlaßt hätte, welche dem Ganzen zuträglich sind.

Ich habe seit Ihrer Abreise nichts vorgenommen als meine Arbeit, und nichts gesehen als meine Familie, kann Ihnen also heute nichts neues noch sonst erbauliches schreiben. Wenn Sie etwas in Erfahrung bringen, so lassen Sie michs ja wissen.

Leben Sie recht wohl. Meine Frau empfiehlt sich. An Meiern schöne Grüße.

Sch.

Beiliegenden Almanach bitte an Herdern abgeben zu lassen.

532. Schiller

Jena 26. 8br. ⟨Oktober⟩ 98.

Ein Besuch, der mir bis in den späten Abend blieb, läßt mich heute nicht viel sagen. Ich bitte Sie mir die Auslagen für den Almanach aufsetzen zu lassen und bald möglichst zu senden, daß ich diese Sache mit Cotta berichtigen kann. Auch frage ich an, ob die 24 Ldors, welche wir Ihnen für den Almanach schuldig geworden hier an Sie bezahlt oder bei Cotta berechnet werden. Wenn Sie Montags nicht selbst hier sind, so bitte ich mir bis dahin Ihre Antwort darüber aus.

Herzlich grüßen wir Sie. Ich muß mit Herrn Cottas Formel schließen:

In Eil.

Sch.

533. Goethe

〈Weimar, 27. Oktober 1798〉

Endlich ist denn auch die erste Redoute, mit männiglicher Zufriedenheit, vorüber und das Lokal zu diesem Zwecke nun auch bestimmt. Ich muß noch einige Tage verschiednen Geschäften widmen, Dienstag nach Roßla gehen, so daß ich glaube Sonntags den vierten November bei Ihnen zu sein und den übrigen Monat mit Ihnen zuzubringen. Mich verlangt es gar sehr nach einer Folge von innerer Tätigkeit, die ich leider bisher so lange nicht genossen habe. Unsere Schauspieler mögen mittlerweile einige Nova, welche, aufrichtig zu reden, von schrecklicher Art sind, lernen und vortragen. Die Rechnung wegen der Auslagen liegt bei, Professor Meyer hat sie gemacht und erwartet deren gelegentliche Wiedererstattung.

Den Betrag für den Musenalmanach, für welchen im voraus danke, wünsche hier zu erhalten, ob es gleich auf eins hinauskommt; denn Cotta hat mir früher oder später etwas zu remittieren.

Von Schrödern habe ich eine Antwort die, wenn man seine Art kennt, welche freilich unglaublich trocken und abgelebt ist, so ganz freundlich und artig klingt. Es entscheidet sich aber doch dadurch, daß er diesen Winter nicht kommt, und wahrscheinlich auch künftigen nicht u. s. w. Es ist mir nur lieb, daß man wenigstens für die erste Zeit, hierüber Gewißheit hat und seinen eignen Gang fortgehen kann. Hoffen und harren ist gar meine Sache nicht.

Leben Sie recht wohl und fahren fleißig in Ihrer Arbeit fort. Grüßen Sie Ihre liebe Frau und genießen der schönen Tage, welches mir versagt ist. Weimar am 27 Oktobr 1798.

G

534. Schiller

Jena 30. 8br. ⟨Oktober⟩ 98.

Wir sind noch immer im Garten, wo wir uns des ungewöhnlich schönen Wetters noch recht erfreuen, und vergessen daß es auf lange Zeit von uns Abschied nimmt. Mit Furcht sehe ich aber den November herankommen, wo ich soviel zu leisten, und einen so unfreundlichen Himmel zu erwarten habe. Das Geschäft rückte unterdessen weiter, aber nicht so schnell, als Sie vielleicht denken. Doch hoffe ich Ihnen, wenn Sie kommen, die 2 ersten Akte ganz fertig, und in wenigen Tagen darauf auch die zwei letzten vorzulegen.

Ich habe mit großem Vergnügen unterdessen in den Propyläen gelesen, wo ich mich aufs neu an den klar und bestimmt herausgesprochenen Wahrheiten und Kunstorakeln erbauet habe. Es ist mir, als wenn sie mir noch nie so nahe gerückt, so klar entgegen gekommen wären. Sie werden zwar wenigen zu gute kommen, aber es ist nur gut, daß Sie veranlaßt worden sind, damit herauszugehen. Es wird merkwürdig sein, wie mancher, der doch auch zu Ihrer Konfession zu gehören glaubt, diese hohen Ideen seinen kleinlichen Begriffen akkomodieren wird.

Daß Schröder sein Kommen so gar ungewiß macht und soweit hinausschiebt nimmt mich doch Wunder. Ich wäre begierig seinen Brief zu sehen, wenn Sie ihn mitteilen wollen. Indessen soll mir dieser Umstand etwas mehr Freiheit gegen ihn im Verkauf des Wallensteins verschaffen, wenn ich es nicht vielleicht gar überhoben sein kann, mit ihm selbst zu traktieren, da er die Direktion des Theaters soviel ich weiß an vier oder fünf Schauspieler verkauft hat.

Von Ifland habe noch keine Antwort.

Die Rechnungen sind an Cotta geschickt. Er hat mir auch ein gutes Exemplar der Propylæen gesendet, so daß Sie mir keins zu schicken brauchen.

Leben Sie recht wohl. Mir ist der Kopf von meinem Tagewerk nicht zum besten zugerichtet.

Meine Frau grüßt aufs schönste

Sch

535. Goethe

〈Weimar, 31. Oktober 1798〉

Hier schicke ich den Schröderischen Brief zum Zeugnis daß ich nicht übel gelesen habe. Ich habe nie sonderliche Hoffnung auf sein Kommen gehabt, indessen haben wir das unsrige getan.

Der Herzog ist nicht wohl, darüber werde ich etwas später kommen, denn ich muß doch noch einmal vorher nach Roßla. Mich verlangt gar sehr zu sehen wie weit Sie gekommen sind und fühle ein wahres Bedürfnis das Farbenwesen endlich einmal los zu werden. Die Propyläen sind für mich eine wahre Wohltat, indem sie mich endlich nötigen die Ideen und Erfahrungen, die ich mit mir so lange herum schleppe, auszusprechen. Es freut mich sehr wenn Ihnen das erste Stück recht freundlich und gemütlich entgegen gekommen ist. Leben Sie recht wohl, genießen Sie der schönen Tage ich habe jetzt nur meine großen Zimmer im Schloß und meinen neuen Ofen im Auge, und hege keinen andern Wunsch als von der Chromatik entbunden zu sein; doch wer kann wissen was über uns verhängt sei. Grüßen Sie Ihre liebe Frau und bleiben Sie fest im Bunde des Ernstes und der Liebe, alles übrige ist ein leeres und trauriges Wesen. Weimar am 31 Oktobr 1798.

G

536. Schiller

Jena 2. Nov. 98.

H. Schröders Brief send ich anbei zurück. Wir haben, wie ich sehe, ohne seinen Ehrgeiz in Bewegung zu setzen, bloß seiner Eitelkeit geschmeichelt, und unsere Artigkeiten gegen ihn werden, scheint es, bloß dazu gebraucht werden, sein Schmollen mit den Hamburgern desto pikanter zu machen. Es ist klein und armselig, daß er diese lokale Bitterkeiten gegen Menschen, von denen man in Weimar keine Notiz nimmt, in diese reine freie Kunstangelegenheit und in den Brief an Sie konnte mit einfließen lassen.

NB. Es ist dringend nötig daß noch 600 Kupfer und Umschläge vom Almanach so schnell als möglich abgedruckt werden. Haben Sie daher die Güte Meiern zu ersuchen, daß er dieses ja schleunigst besorgen möge, und daß ich spätestens auf den Mittwoch Abend 400 davon bekomme. Ich hatte es Cotta ersparen wollen, unnötig Geld für diese Sache auszugeben, aber die Gewohnheit, Exemplare auf Kommission zu versenden macht, daß eine große Zahl mehr verschickt als wirklich gekauft wird. Ich sende zu den Titelkupfern Papier, für die Umschläge kann es Meier in Weimar wohl finden, hellgelbes scheint das wohlfeilste zu sein.

Über den Almanach habe ich noch wenig vernommen. Von Körnern erwarte ich den gewöhnlichen umständlichen Brief darüber, vorläufig habe ich nur von ihm gehört, was ihm am besten gefallen. Diese Art, oder Unart, aus Werken einer bestimmten poetischen Stimmung sich *eines* auszusuchen, und ihm wie einem besserschmeckenden Apfel den Vorzug zu geben, ist mir immer fatal, obgleich es keine Frage ist, daß unter mehreren Produktionen immer eins das bessere sein kann und wird. Aber das Gefühl sollte gegen jedes besondere Werk einer besondern Stimmung gerechter sein, und gewöhnlich sind hinter solchen Urteilen doch nur Sperlingskritiken versteckt.

Ich hätte gar nicht übel Lust, sobald ich vor dem Wallenstein nur Ruhe habe, zu demjenigen Teil Ihrer Einleitung in die Propylæen und des Gesprächs, der von der unästhetischen Foderung des Naturwirklichen handelt, das Gegenstück zu machen, und die entgegengesetzte, aber damit gewöhnlich verbundene, Foderung des Moralischen und Naturmöglichen, oder vielmehr Vernunftmöglichen anzugreifen; denn wenn man von dieser Seite auch noch herankommt, so bekommt man den Feind recht in die Mitte. *Sie* konnten davon nicht wohl reden, weil diese Unart nicht sowohl die bildenden Künste und Urteile darüber, als die poetischen Werke und Kritiken derselben anzustecken pflegt.

Leben Sie recht wohl für heute. Es ist mir unangenehm, daß Ihre Hieherkunft verzögert wird. Hier heißt es, man würde morgen Wall⟨ensteins⟩ Lager wieder spielen, ich zweifle aber daran.

Leben Sie wohl. Die Frau grüßt aufs beste.

Die 600 Kupfer und Umschläge empfehle nochmals.

Schiller.

537. Schiller

Jena 6. Nov. 98

Ich schreibe Ihnen von meinem Kastell in der Stadt, wir sind heut eingezogen, und abgemattet wie ich bin kann ich Ihnen nichts als einen guten Abend sagen. Wir haben lange nichts von Ihnen gehört, es ist mir etwas ganz ungewohntes, an das ich mich auch nicht gewöhnen möchte.

Die Arbeit geht übrigens ihren Gang fort, und Sie sollen schon etwas getan finden, wenn Sie kommen.

An die Decken und Kupfer erinnre nochmals, ich werde sehr drum gemahnt.

Leben Sie recht wohl. Die Frau grüßt aufs beste.

Sch.

538. Goethe

⟨Weimar, 7. November 1798⟩

Ihren Brief, mein wertester, habe ich leider erst gestern Abend gefunden, als ich von Roßla zurück kam. Professor Meyer wird das mögliche tun Ihnen die Abdrücke bald zu schaffen.

Ich gratuliere zum Einzug in die Stadt. Die Nachbarschaft gibt denn doch, besonders den Winter, eine lebhaftere und bequemere Kommunikation.

Schröters Antwort ist, wie es scheint Ihnen sonderbarer als mir vorgekommen. Bei meinem radikalen Unglauben über die Menschen kommt mir so etwas ganz natürlich vor.

Eben so möchte ich auch wegen der Aufnahme des Almanachs sagen: wer nicht wie jener unvernünftige Säemann im Evangelio den Samen umherwerfen mag ohne zu fragen was davon und wo es aufgeht, der muß sich mit dem Publiko gar nicht abgeben.

Ich wünsche guten Fortgang des Wallensteinischen Gedichtes. Was mich betrifft so komme ich diesmal mit dem festen Vorsatz zu Ihnen mir das Farbenwesen, es koste was es wolle, vom Halse zu schaffen. Ich habe es diese letzten

Tage einmal wieder ganz überdacht und die Darstellung meiner Ansichten scheint mir immer möglicher zu werden.

Leben Sie recht wohl und grüßen Ihre liebe Frau ich werde nun nicht lange mehr außen bleiben.

Weimar am 7 Nov. 1798.

G

539. Schiller

Jena 9 Nov. 98

Ich bin seit gestern endlich an den poetisch-wichtigsten bis jetzt immer aufgesparten Teil des Wallensteins gegangen, der der Liebe gewidmet ist, und sich seiner freimenschlichen Natur nach von dem geschäftigen Wesen der übrigen Staatsaktion völlig trennt, ja demselben, dem Geist nach, entgegensetzt. Nun erst, da ich diesem letztern die mir mögliche Gestalt gegeben, kann ich mir ihn aus dem Sinne schlagen und eine ganz verschiedene Stimmung in mir aufkommen lassen, und ich werde einige Zeit damit zuzubringen haben, ihn wirklich zu vergessen. Was ich nun am meisten zu fürchten habe ist, daß das überwiegende menschliche Interesse dieser großen Episode an der schon feststehenden ausgeführten Handlung leicht etwas verrükken möchte, denn ihrer Natur nach gebührt ihr die Herrschaft und jemehr mir die Ausführung derselben gelingen sollte, desto mehr möchte die übrige Handlung dabei ins Gedränge kommen. Denn es ist weit schwerer ein Interesse für das Gefühl als eins für den Verstand aufzugeben.

Vor der Hand ist nun mein Geschäft, mich aller Motive, die im ganzen Umkreis meines Stücks für diese Episode und in ihr selbst liegen zu bemächtigen, und so, wenn es auch langsam geht, die rechte Stimmung in mir reifen zu lassen. Ich glaube mich schon auf dem eigentlichen rechten Weg zu finden und hoffe daher keine verlorene frais zu machen.

Soviel muß ich aber vorher sagen, daß der Piccolomini nicht eher aus meiner Hand in die der Schauspieler kommen kann und darf, als bis wirklich auch das dritte Stück, die letzte Hand abgerechnet, ganz aus der Feder ist. Und so wünsche ich nur, daß mir Apollo gnädig sein möchte, um in den nächsten 6 Wochen meinen Weg zurückzulegen.

Damit mir meine bisherige Arbeit aus den Augen komme, sende ich sie Ihnen gleich jetzt. Es sind nur eigentlich 2 kleine Lücken geblieben, die eine betrifft die geheime mystische Geschichte zwischen Octavio und Wallenstein, und die andre die Präsentation Questenbergs an die Generale, welche mir in der ersten Ausführung noch etwas steifes hatte, und wo mir die rechte Wendung noch nicht einfiel. Die 2 ersten und die 2 letzten Akte sind sonst fertig, wie Sie sehen, und der Anfang des dritten ist auch abgeschrieben.

Vielleicht hätte ich mirs ersparen können, Ihnen das Mskrpt nach W⟨eimar⟩ zu schicken, da ich Sie, nach Ihrem letzten Brief, jeden Tag erwarten kann.

Zu den Farben Untersuchungen wünsche ich Ihnen ernstlich Glück, denn es wird sehr viel gewonnen sein, wenn Sie diese Last sich vom Herzen gewälzt haben, und da der Winter Sie so nicht zum produktiven stimmt, so können Sie ihn nicht besser anwenden, als wenn Sie, neben der Sorge für die Propylæen, dieser Arbeit sich widmen.

Was von Decken und Kupfer fertig ist bitte mir mit der Botenfrau zu senden. Von den Kupfern brauche ich 115 weniger als bestellt sind, denn soviel fanden sich zufälligerweise noch. Ich ersuche Meiern, diese abzu⟨be⟩stellen, wenns noch Zeit ist.

Daß mir Ifland noch nicht geantwortet kommt mir bedenklich vor, denn er pressierte mich selbst so sehr, und es ist sein Interesse das Stück bald zu haben, wenn er es ernstlich will.

Leben Sie nun recht wohl. Mein Aufenthalt in der Stadt ist mir bisher ganz gut bekommen. Meine Frau grüßt.

Sch.

540. Goethe

⟨Weimar, 10. November 1798⟩

Hier schicke ich Abdrücke, so viel fertig geworden sind, ich weiß selbst nicht wie viel.

Morgen gegen Abend bin ich bei Ihnen und hoffe eine Zeitlang zu bleiben. mögen meine Wünsche nicht vergeblich sein!

Für den Wallenstein danke ich, die zwei ersten Akte habe ich heute früh mit großem Vergnügen gelesen. Den ersten, den ich nun so genau kenne halte ich fast durchaus für Theatralisch zweckmäßig. Die Familienszenen sind sehr glücklich und von der Art die mich rührt. In der Audienzszene möchten einige historische Punkte deutlicher auszusprechen sein, so wie ich in meiner Ausgabe des Prologs den Wallenstein zweimal genannt habe. Man glaubt nicht was man deutlich zu sein Ursache hat. Doch wird uns über alles dieses das Gespräch bald aufklären worauf ich mich sehr freue. Leben Sie recht wohl ich sage nichts weiter. Weimar am 10 Nov: 1798.

G

541. Schiller

⟨Jena, zwischen 11. und 29. November 1798⟩

Vier und zwanzig Ldors machen Ein und zwanzig Carolin oder 136 Rtlr, welche hier in 84 Stück Laubt. erfolgen.

542. Goethe

⟨Jena, 16. November 1798⟩

Indem ich das Schema der phisiologischen Farben überschicke empfehle ich es zur Beherzigung, als Base unserer Untersuchungen und Diszeptationen.

Knebel empfiehlt sich und schickt einen Properz.

Darf ich um Sulzers Wörterbuch bitten? es ist nun Zeit daß ich mich nach den hergebrachten Vorstellungsarten umsehe. Der ich wünsche wohl geschlafen zu haben. Am 16 Nov. 1798.

Zugleich folgt auch noch ein Exemplar Propyläen.

G

543. Schiller

⟨Jena, 21. November 1798⟩

Ich bitte mir die Piccolominis aus. Ifland, der heute geschrieben und meinen Kontrakt ratifiziert hat, treibt mich, das Stück bald zu schicken, und so muß ich denn die

Nebenstunden benutzen, ihm seine letzte Gestalt zu geben. Auch wollen wir wenn es Ihnen recht ist, in diesen Tagen über die Theaterfoderungen an das Stück übereinzukommen suchen.

S.

544. Goethe

⟨Jena, 24. November 1798⟩

Dieser viele Schnee, wenn gleich das Barometer steigt, traktiert mich nicht zum besten, ich will daher zu Hause bleiben bis der Loderische Wagen mich zum Feenpalast der Literatur hinfährt.

Mein Familiengemälde der Kunstfreunde und Sammler geht recht gut vorwärts. Dienstag Abend haben wir den Grund dazu gelegt und es wäre wirklich lustig genug wenn ich nächsten Dienstag damit aufwarten könnte.

Wie geht es mit Ihrer Arbeit? Ich wünsche gar sehr daß Sie darin vorschreiten mögen.

Wollten Sie mir nicht die Geschichte der Atlanten schikken? so eine hypothetische Lektüre ist nach Tische nicht übel. Leben Sie recht wohl und beschließen fröhlich diese Woche.

G

545. Schiller

J⟨ena⟩ 24. Nov. 98

Ich wünsche Ihnen also, da ich Sie heute nicht mehr sehe, eine reiche Ausbeute bei der heutigen Charakter Ausstellung. Ich selbst werde den Abend in stiller philosophischer Gesellschaft mit Schelling zubringen.

Der heutige Wintertag durch das Schlittengeklingel unterbrochen ist mir nicht unangenehm, und obgleich meine jetzige Arbeit nicht von der Art ist, daß sich die Fortschritte gut bemerken lassen, so bin ich doch nicht untätig.

Anbei folgen die Atlanten, die Sie doch vielleicht unterhalten, da sich der verwegen oratorische Ton an Diderots

Kunstreflexionen einigermaßen anschließt, den Geist immer ausgenommen.

Leben Sie recht wohl. Ich hoffe morgen viel von Ihnen zu hören.

Sch.

546. Schiller

Jena 30 Nov. 98.

Ich bin es diese Tage her so gewohnt worden, daß Sie in der Abendstunde kamen, und die Uhr meiner Gedanken aufzogen und stellten, daß es mir ganz ungewohnt tut, nach getaner Arbeit, mich an mich selbst verwiesen zu sehen. Besonders wünschte ich, daß es uns nicht erst am letzten Tag eingefallen wäre, den chromatischen Kursus anzufangen, denn gerade eine solche reine Sachbeschäftigung gewährte mir eine heilsame Abwechslung und Erholung von meiner jetzigen poetischen Arbeit, und ich würde gesucht haben, mir in Ihrer Abwesenheit auf meine eigene Weise darin fortzuhelfen. Soviel bemerkte ich indessen, daß ein Hauptmoment in der Methode sein wird, den rein faktischen so wie den polemischen Teil aufs strengste von dem hypothetischen unterschieden zu halten, daß die Evidenz des Falles und die des Newtonischen Falsums nicht in das problematische der Erklärung verwickelt werde, und daß es nicht scheine, als wenn jene auch so wie diese eine⟨n⟩ gewissen Glauben postuliere. Es liegt zwar schon in Ihrer Natur, die Sache und die Vorstellung wohl zu trennen, aber demunerachtet ist es kaum zu vermeiden, daß man eine gangbar gewordene Vorstellungsweise nicht zuweilen den Dingen selbst unterschiebt, und aus einem bloßen Instrument für das Denken eine Realursache zu machen geneigt ist.

Ihre lange Arbeit mit den Farben und der Ernst, den Sie darauf verwendet, muß mit einem nicht gemeinen Erfolg belohnt werden. Sie müssen, da Sie es können, ein Muster aufstellen, wie man physikalische Forschungen behandeln soll, und das Werk muß durch seine Behandlung eben so belehrend sein als durch seine Ausbeute für die Wissenschaft.

Wenn man überlegt, daß das Schicksal dichterischer Werke an das Schicksal der Sprache gebunden ist, die schwerlich auf dem jetzigen Punkte stehen bleibt, so ist ein unsterblicher Name in der Wissenschaft etwas sehr wünschenswürdiges.

Heute endlich habe ich den Wallenstein zum erstenmal in die Welt ausfliegen lassen und an Ifland abgeschickt. Die Costumes werden Sie so gütig sein, ihm bald schicken zu lassen, weil er sie bald nötig haben könnte. Ich hab ihn vorläufig davon benachrichtigt.

Meiern, den ich bestens grüße, bitte um Zurücksendung der quittierten Rechnung.

Leben Sie recht wohl in Ihren jetzigen Zerstreuungen. Wie wünschte ich, daß Sie mir Ihre Muse, die Sie jetzt gerade nicht brauchen, zu meiner jetzigen Arbeit leihen könnten.

Die Frau grüßt Sie bestens.

Leben Sie wohl. Sch.

547. Goethe

⟨Weimar, 1. Dezember 1798⟩

Wie sehr unterschieden ist der Nachklang unserer ruhigen Betrachtungen den ich aus Ihrem Briefe vernehme von dem Getöse das mich die Paar Tage meines hiesigen Aufenthaltes schon wieder umgibt. Doch war es nicht ohne Nutzen für mich den⟨n⟩ Graf Fries hat unter andern ein Dutzend alte Kupfer von Martin Schön mitgebracht an denen ich zuerst das Verdienst und Unverdienst dieses Künstlers schematisieren könnte es ist uns höchst wahrscheinlich ob gleich Freund Lerse die entgegengesetzte Hypothese hat daß die Deutschen in einer frühern Konnexion mit Italien gestanden.

Martin Schön hat nach Massaccios Tode noch vierzig Jahre gelebt sollte in dieser Zeit gar kein Hauch über die Alpen herübergekommen sein. Ich habe über diese Sache niemals nachgedacht sondern sie eben so gut sein lassen sie interessiert mich aber für die Zukunft mehr.

Die Behandlungsart, die Sie den chromatischen Arbeiten vorschreiben, bleibt freilich mein höchster Wunsch, doch fürchte ich fast, daß sie, wie jede andere Idee unerreichbar sein wird das mögliche wird durch Ihre Teilnahme hervorgebracht werden. Jedermann hält die Absonderung der

Hypothese vom Facto sehr schwer, sie ist aber noch schwerer als man gewöhnlich denkt, weil jeder Vortrag selbst, jede Methode schon hypothetisch ist.

Da Sie als ein Dritter nunmehr nach und nach meinen Vortrag anhören, so werden Sie das hypothetische vom Faktischen besser trennen als ich es nun künftig jemals vermag weil sich gewisse Vorstellungsarten doch bei mir festgesetzt, und gleichsam faktisiert haben. Ferner ist Ihnen das interessant woran ich mich schon matt und müde gedacht habe und Sie finden die Hauptpunkte, worauf das meiste ankommt eher heraus. Doch davon ist jetzt keine Zeit zu reden, ich erwarte Freunde zum Frühstück und von da wird es bis zur Zauberflöte zwar nicht feenmäßig, doch bunt und unruhig genug zugehen. Leben Sie recht wohl grüßen Ihre liebe Frau und gedenken mein wenn Sie den Braten verzehren den ich Ihnen hier überschicke. Weimar am 1 Dez 1798.

G

548. Schiller

Jena 4. Dezember. 98.

Ich muß Sie heute mit einer astrologischen Frage behelligen, und mir Ihr ästhetischkritisches Bedenken in einer verwikkelten Sache ausbitten.

Durch die größere Ausdehnung der Piccolomini bin ich nun genötigt, mich über die Wahl des astrologischen Motivs zu entscheiden, wodurch der Abfall Wallensteins eingeleitet werden und ein mutvoller Glaube an das Glück der Unternehmung in ihm erweckt werden soll. Nach dem ersten Entwurf sollte dies dadurch geschehen, daß die Konstellation glücklich befunden wird, und das Speculum astrologicum sollte in dem bewußten Zimmer vor den Augen des Zuschauers gemacht werden. Aber dies ist ohne dramatisches Interesse, ist trocken, leer und noch dazu wegen der technischen Ausdrücke dunkel für den Zuschauer. Es macht auf die Einbildungskraft keine Wirkung und würde immer nur eine lächerliche Fratze bleiben. Ich habe es daher auf eine andere Art versucht, und gleich auszuführen angefangen, wie Sie aus der Beilage ersehen.

Die Szene eröffnete den Vierten Akt der Piccolomini, nach der neuen Einteilung, und ginge dem Auftritte, worin Wallenstein Sesins Gefangennehmung erfährt und worauf der große Monolog folgt, unmittelbar vorher, und es wäre die Frage, ob man des astrologischen Zimmers nicht ganz überhoben sein könnte, da es zu keiner Operation gebraucht wird.

Ich wünschte nun zu wissen, ob Sie dafür halten, daß mein Zweck, der dahin geht, dem Wallenstein durch das Wunderbare einen augenblicklichen Schwung zu geben, auf dem Weg den ich gewählt habe, wirklich erreicht wird, und ob also die Fratze, die ich gebraucht, einen gewissen tragischen Gehalt hat, und nicht bloß als lächerlich auffällt. Der Fall ist sehr schwer, und man mag es angreifen wie man will, so wird die Mischung des Törigten und abgeschmackten mit dem Ernsthaften und Verständigen immer anstößig bleiben. Auf der andern Seite durfte ich mich von dem Charakter des Astrologischen nicht entfernen, und ⟨mußte⟩ dem Geist des Zeitalters nahe bleiben, dem das gewählte Motiv sehr entspricht.

Die Reflexionen welche Wallenstein darüber anstellt führe ich vielleicht noch weiter aus, und wenn nur der Fall selbst dem Tragischen nicht widersprechend und mit dem Ernst unvereinbar ist, so hoffe ich ihn durch jene Reflexionen schon zu erheben.

Haben Sie nun die Güte und sagen mir darüber Ihre Meinung.

Das jetzige fatale Wetter setzt mir sehr zu, und ich habe durch Krämpfe und Schlaflosigkeiten wieder einige Tage für meine Arbeit verloren.

Meine Frau empfiehlt sich aufs Beste, und für den Braten danken wir Ihnen gar schön. Er ist sehr willkommen gewesen.

Leben Sie recht wohl. Ich wünsche zu hören, daß Sie in Ihren Schematibus etwas vorrücken mögen.

Sch.

549. Goethe

⟨Weimar, 5. Dezember 1798⟩

Ihr Brief findet mich in großer Zerstreuung und in Beschäftigungen, die mit einem ästhetischen Urteil über dramatische Motive nichts gemeines haben. Ich muß also um Aufschub bitten, bis ich meine Gedanken über Ihre Anfrage sammeln kann. Dem ersten Anblick nach scheint mir die Idee sehr wohl gefunden und ich sollte denken, daß man dabei acquieszieren könnte. Denn, wie Sie auch selbst bemerken, so scheint immer ein unauflösbarer Bruch zwischen dieser Fratze und der tragischen Würde übrig zu bleiben und es kann vielleicht immer nur die Frage sein: ob sie etwas würdiges hervorbringe? und das scheint mir diesmal geleistet.

Ist doch selbst der politische Stoff nicht viel besser als der astrologische und mich dünkt man müßte den astrologischen, um ihn zu beurteilen, nicht unmittelbar gegen das tragische halten, sondern das astrologische wäre als ein Teil des historisch, politisch, barbarischen Temporären mit in der übrigen Masse gegen das Tragische zu stellen und mit ihm zu verbinden.

Den fünffachen Buchstaben, ob er mir gleich wohl gefällt, weiß ich noch nicht gegen jenes astrologische Zimmer zu bilanzieren; beides scheint etwas für sich zu haben. Und ich muß endigen wie ich anfing daß ich heute weder im Stande bin rein zu empfinden noch recht zu denken.

Nehmen Sie daher nur noch ein Lebewohl und grüßen mir Ihre liebe Frau. Weimar am 5 Dez. 1798.

G

550. Schiller

Jena 7. Dez. 98

Wir leben jetzt wieder in sehr entgegengesetzten Zuständen, Sie unter lauter Zerstreuungen, die Ihnen keine Sammlung des Gemüts erlauben, und ich in einer Abgeschiedenheit und Einförmigkeit, die mich nach Zerstreuung seufzen macht, um den Geist wieder zu erfrischen. Ich habe übrigens diese traurigen Tage, die sich erst heute wieder aufhellten nicht ganz unnütz verbracht, und einige bedeutende

Lücken in meiner Handlung ausgefüllt, wodurch sie sich immer mehr rundet und stetiger wird. Es sind verschiedene ganz neue Szenen entstanden, die dem Ganzen sehr gut tun. Auch jenen nicht ganz aufzuhebenden Bruch, von dem Sie schreiben, in Betreff des Tollen und Vernünftigen, seh ich dadurch etwas vermindert, indem alles darauf ankommt, daß jene seltsame Verbindung heterogener Elemente als beharrender Charakter erscheine, aus dem Total des Menschen hervorkomme und sich überall offenbare. Denn wenn es gelingt, sie nur recht individuell zu machen so wird sie wahr, da das individuelle zur Phantasie spricht, und man es also nicht mit dem trockenen Verstand zu tun hat.

Wenn Sie glauben, daß wir das astrologische Zimmer nicht einbüßen sollten, so ließe sich immer noch Gebrauch davon machen, auch im Fall, daß wir die andere Fratze beibehielten. Das *Mehr* schadet hier nichts, und eins hilft dem andern. Mir ist eigentlich nur darum zu tun, daß ich von Ihnen wisse, ob das neulich überschickte überall nur statthaft ist, denn es ist gar nicht nötig, daß etwas anderes dadurch ausgeschlossen wird.

Ich weiß Ihnen heute nichts zu sagen, was Sie interessieren könnte, den⟨n⟩ ich bin nicht aus meiner Arbeit gekommen, und habe auch von außen nichts in Erfahrung gebracht.

Wollten Sie mir nicht das Buch über den Caucasus verschaffen, von dem Sie mir öfters sagten. Ich habe jetzt gerade ein Bedürfnis nach einer ergötzlichen Lecture.

Leben Sie recht wohl, an Meiern viele Grüße. Meine Frau empfiehlt sich.

S.

551. Goethe

⟨Weimar, 8. Dezember 1798⟩

Wie sehr wünschte ich grade über die vorliegende Frage mit Ihnen einen Abend zu konversieren, denn sie ist doch um vieles wichtiger als jene Quästion: in welcher Ordnung die Rüstung erscheinen soll? Ich fasse mich nur kurz zusammen und gehe über alles hinaus, worüber wir einig sind.

Ich halte nach vielfältiger Überlegung das astrologische Motiv für besser als das neue.

Der *astrologische Aberglaube* ruht auf dem dunkeln Gefühl eines ungeheuren Weltganzen. Die Erfahrung spricht, daß die nächsten Gestirne einen entschiedenen Einfluß auf Witterung, Vegetation u. s. w. haben man darf nur stufenweise immer aufwärts steigen und es läßt sich nicht sagen, wo diese Wirkung aufhört. Findet doch der Astronom überall Störungen eines Gestirns durchs andere. Ist doch der Philosoph geneigt, ja genötigt eine Wirkung auf das Entfernteste anzunehmen. So darf der Mensch im Vorgefühl seiner selbst nur immer etwas weiter schreiten und diese Einrichtung aufs sittliche, auf Glück und Unglück ausdehnen. Diesen und ähnlichen Wahn möchte ich nicht einmal Aberglauben nennen, er liegt unserer Natur so nahe, ist so leidlich und läßlich als irgend ein Glaube.

Nicht allein in gewissen Jahrhunderten sondern auch in gewissen Epochen des Lebens, ja bei gewissen Naturen, tritt er öfter als man glauben kann, herein. Hat doch der verstorbne König in Preußen bloß darum auf den Wallenstein gehofft weil er erwartete daß dieses Wesen ernsthaft darin behandelt sein würde.

Der *moderne Orakel-Aberglaube* hat auch manches Poetische Gute, nur ist gerade diejenige Spezies, die Sie gewählt haben, dünkt mich, nicht die beste, sie gehört zu den Anagrammen, Chronodistichen, Teufelsversen, die man rückwärts wie vorwärts lesen kann und ist also aus einer geschmacklosen und pedantischen Verwandtschaft, an die man durch ihre incurable Trockenheit erinnert wird. Die Art wie Sie die Szene behandelt haben, hat mich wirklich im Anfang so bestochen daß ich diese Eigenschaften nicht merkte und nur erst durch Reflexion darauf kam. Übrigens mag ich nach meiner Theatererfahrung herumdenken wie ich will, so läßt sich dieses Buchstabenwesen nicht anschaulich machen. Die Lettern müssen entweder verschlungen sein wie die M des Matthias. Die F müßte man in einen Kreis stellen, die man aber, wenn man sie auch noch so groß machte, von weiten nicht erkennen würde.

Das sind meine Bedenklichkeiten, zu denen ich nichts weiter hinzu füge. Ich habe mit Meyern darüber konsultiert, welcher auch meiner Meinung ist. Nehmen Sie nun das beste heraus. Mein sehnlichster Wunsch ist, daß Ihre Arbeit fördern möge.

Meine zerstückelte Zeit bis Neujahr will ich so gut als möglich zu benutzen suchen. Das zweite Stück der Propyläen ist nun ganz abgegangen. Manuskript zum dritten ist vorrätig, wovon etwa nur noch die Hälfte zu redigieren ist ich werde mein möglichstes tun auch damit in drei Wochen fertig zu werden.

Zu dem vierten Stück habe ich einen besondern Einfall, den ich Ihnen kommunizieren will und überhaupt denke ich mich so einzurichten daß mir das Frühjahr zu einer größern Arbeit frei bleibt. Die Schemata zur Chromatik hoffe ich mit Ihrem Beistand auch bald vorwärts zu bringen.

Und so geht ein närrisch mühsames Leben immer fort, wie das Märchen der tausend und Eine Nacht, so sich immer eine Fabel in die andere einschachtelt.

Leben Sie recht wohl und grüßen Sie die liebe Frau.

Weimar am 8 Dez. 1798. G

552. Schiller

Jena den 11. Dez. 98

Es ist eine rechte Gottesgabe um einen weisen und sorgfältigen Freund, das habe ich bei dieser Gelegenheit aufs neue erfahren. Ihre Bemerkungen sind vollkommen richtig und Ihre Gründe überzeugend. Ich weiß nicht welcher böse Genius über mir gewaltet, daß ich das astrologische Motiv im Wallenstein nie recht ernsthaft anfassen wollte, da doch eigentlich meine Natur die Sachen lieber von der ernsthaften als leichten Seite nimmt. Die Eigenschaften des Stoffes müssen mich anfangs zurückgeschreckt haben. Ich sehe aber jetzt vollkommen ein, daß ich noch etwas bedeutendes für diese Materie tun muß und es wird auch wohl gehen, ob es gleich die Arbeit wieder verlängert.

Leider fällt diese für mich so dringende Epoche des Fertig werdens in eine sehr ungünstige Zeit, ich kann jetzt gewöhnlich über die andere Nacht nicht schlafen, und muß viel Kraft anwenden, mich in der nötigen Klarheit der Stimmung zu erhalten. Könnte ich nicht durch meinen

Willen etwas mehr, als andere in ähnlichen Fällen können, so würde ich jetzt ganz und gar pausieren müssen.

Indessen hoffe ich Ihnen doch die Piccolomini zum Christgeschenk noch schicken zu können.

Möchten nur auch Sie diese nächsten schlimmen Wochen heiter und froh durchleben und dann im Januar wieder munter zu uns und Ihren hiesigen Geschäften zurückkehren.

Ich bin neugierig zu erfahren, was Sie für das 4te Stück der Propylæen ausgedacht.

Leben Sie recht wohl. Ich erhalte einen Abendbesuch von meinem Hausherrn, der mich hindert mehr zu sagen.

Die Frau grüßt Sie herzlich.

Meiern viele Grüße.

S.

553. Goethe

⟨Weimar, 12. Dezember 1798⟩

Es freut mich, daß ich Ihnen etwas habe wieder erstatten können von der Art in der ich Ihnen so manches schuldig geworden bin. Ich wünschte nur daß mein guter Rat zu einer günstigen Jahrszeit hätte anlangen können, damit Sie dadurch schneller gefördert wären, denn ich muß Sie wirklich bedauern daß die Zeit der Vollendung in diese Tage fällt, die eben unsere Freunde nicht sind.

Glücklicherweise habe ich entdeckt, daß mich etwas ganz neues, das heißt, worüber ich noch nicht gedacht habe, in diesen Stunden reizen und mich gewissermaßen produktiv machen kann.

Ich schicke hier Grübels Gedichte, von denen ich schon einmal erzählte, sie werden Ihnen Spaß machen. Ich habe eine Rezension davon an Cotta zur neuen Zeitung geschickt, davon ich Ihnen eine Abschrift senden will. Ich habe die Gelegenheit ergriffen etwas über diese heitere Darstellungen, die nicht gerade immer den leidigen Schwanz moralischer Nutzanwendung hinter sich schleppen etwas zu sagen.

Übrigens halte ich mich bald an dieses bald an jenes, um nur die Zeit nicht ganz ungenutzt verstreichen zu lassen und so mögen denn diese 14 Tage noch hingehen.

Ob Ihr erstes Stück Weihnachten fertig wird oder nicht, wird meinen Januaraufenthalt entscheiden, im ersten Fall hoffe ich Sie bei mir zu sehen im zweiten denke ich Sie zu besuchen. Für heute leben Sie wohl und grüßen Ihre liebe Frau. Weimar am 12 Dez. 1798.

G

554. Schiller

Jena 14. Dez. 98.

Ich sage Ihnen heute nur einen freundlichen Gruß, denn der Schnupfen nimmt mir den Kopf so ein, daß ich ganz betört von der Arbeit aufstehe. Möchten die nächsten harten 3 Wochen nur für Sie und mich vorüber sein!

Für den Nürnberger Dichter danke ich, bis jetzt habe ich noch nicht viel in demselben lesen können. Es ist gar nicht übel, wenn Sie ein paar Worte zu seiner Empfehlung sagen, denn hier ist der Fall, wo keiner das Herz hätte, auf Risiko des eignen Geschmacks zu loben, weil man auf keine modische Formel fußen kann.

Da Ihr Hieherkommen sich nach den Piccolominis richtet, so werde ich Sie wohl zuerst in Weimar sehen, denn ich darf dieses Stück, insofern es für die Bühne bestimmt ist, nicht unvollendet in die neue Jahrzahl hinüberschleppen, auch hoffe ich in dieser Zeit noch das nötige dafür zu tun. Sobald etwas von den neuen Szenen in Ordnung und abgeschrieben ist sende ichs Ihnen.

Leben Sie wohl für heute. Die Frau grüßt schönstens.

S.

555. Goethe

⟨Weimar, 15. Dezember 1798⟩

Bei mir geht die Arbeit noch so notdürftig fort, indem ich allerlei vornehmen und daraus wählen kann was der Zeit und der Stimmung gemäß ist. Es wird mir ein rechtes Weihnachtsgeschenk sein wenn Sie mir den Piccolomini schicken.

Hier schicke ich was ich bei Gelegenheit Grübels ausgehen lassen. Es ist drauf angesehen daß es eine gewisse Partei ärgern soll. Die Materie muß in den Propyläen wieder gebracht und unter allen Formen erneuert werden, wozu mir schon ein Paar ganz närrische eingefallen sind.

Auch lege ich Gädikes Forderung bei, wegen des Drucks der Propyläen. Sie sind ja in dergleichen Berechnungen geübt, um zu überschlagen was auf diese Weise die Kosten eines ganzen Stückes sein würden.

Was ich außer dem Geschäftskreise tun konnte war die Vorbereitung des dritten Stücks, welches ich möglichst zu befördern suche, um zu Anfang des neuen Jahrs ganz frei zu sein. Und so werden denn doch die bösen drückenden Tage genutzt. Leben Sie recht wohl und suchen Sie aus dem Schlusse des Jahrs auch den möglichen Vorteil zu ziehen. Grüßen Sie Ihre liebe Frau. Weimar am 15 Dez. 1798.

G

556. Schiller

Jena 18. Dez. 98

So wenig ich Anstand nehme, alles was Sie von unserm Volksdichter gutes sagen, im einzelnen wie im allgemeinen zu unterschreiben, so kommt es mir doch immer als eine gewisse Unschicklichkeit vor, auf einer so öffentlichen Stelle, als die Allg⟨emeine⟩ Zeitung ist, die Augen auf ihn zu ziehen, für die Vorzüge der Form ist einmal kein Sinn zu erwarten, und so wird das Kleine und Gemeine in den Gegenständen den delikaten Herrn und Damen Anstoß geben und den Witzlingen eine Blöße. Das ist wenigstens mein Gefühl, wenn ich mir, bei Durchlesung Ihrer Anzeige, zugleich das Publikum vergegenwärtige, dem sie in die Hände kommt, und es deucht mir eine annehmliche Klugheitsregel, da wo es keine Überzeugungsgründe gibt, um durch die Vernunft zu siegen, das Gefühl nicht zu choquieren. Ein ganz anderes wär es, wenn eben diese Anzeige in einem literarischen Blatt stünde: hier ist man befugt und verpflichtet, alles zu würdigen, und ins Detail zu gehen. In einer politischen Zeitung kann nur das, mutmaßlich allgemein interessierende Platz finden, nicht was gefallen *sollte*, sondern wie Boufflers sagt, was gefällt.

Ich habe mit großem Vergnügen diesen Boufflers gelesen, er ist überaus schön geschrieben und enthält scharmante Bemerkungen so gut gedacht als gesagt. Freilich ist eine gewisse Enge und Dürftigkeit darin. Wenn er zuweilen, der Hospitalité wegen auch von den Deutschen Notiz nimmt, so kommt es gar lächerlich heraus, man sieht ihm an, daß es nichts weiter als ein Trinkgeld ist, und daß er nicht viel dabei denkt.

Garve hör ich soll jetzt auch gestorben sein. Wieder einer aus dem *goldnen* Weltalter der Literatur weniger, wird uns Wieland sagen.

In Chursachsen ist das Niethammerische Journal verboten worden.

Den Anschlag des Buchdrucker Gædike finde ich sehr mäßig, ich sollte denken, daß Cotta die Arbeit bei sich nicht wohlfeiler haben kann.

Es wäre mir jetzt doch lieb, wenn Sie den Francfurtern bald wollten zu wissen tun lassen, daß die 3 Wallenst⟨einischen⟩ Stücke für 60 Dukaten zu haben sind. Denn ich möchte gern bald wissen, ob die Edition fürs Reich noch nötig oder nicht, da Kotzebue noch nicht wieder geantwortet und wahrscheinlich doch im Verhafte sitzt. Der Wallenstein bleibt das ganze Jahr 1799 ungedruckt, das kann den Francfurtern auch geschrieben werden.

Wissen Sie noch nicht bestimmt, ob Sie Ihre Theatralische Mutter aus Regenspurg auf den nächsten Monat schon bekommen?

Die Arbeit ist in den letzten Tagen schlecht vorgerückt. Das Sudelwetter, das mir sonst nicht so unhold ist, hat mich doch sehr mitgenommen, und schon der traurige Anblick des Himmels und der Erde drückt die Seele nieder.

Leben Sie nur so wohl als es jetzt irgend angeht. Herzlich grüßen wir Sie beide.

S.

557. Goethe

⟨Weimar, 19. Dezember 1798⟩

Es mag mir etwas von Ihrer Meinung vorgeschwebt haben, indem ich, ehe ich den kleinen Aufsatz abschickte, bei mir zu Rate ging, ob ich ihn nicht mutatis mutandis zur Literaturzeitung geben, oder die Materie vor die Propyläen aufheben sollte. Indessen mag er zu jenem Pikenick hingehen das doch nicht auf eine Konsequenz der Schüsseln berechnet ist.

Bouffler hat mir auch, wie Ihnen, und in eben demselben Sinne, recht wohl gefallen; dagegen haben die Franzosen und Vornehmen, so viel ich hier vernehmen konnte, nicht zum besten davon sentiert, da es doch eigentlich für sie geschrieben ist. Auf welches Publikum soll denn der Schriftsteller rechnen und zählen?

Kants Anthropologie ist mir ein sehr wertes Buch und wird es künftig noch mehr sein, wenn ich es in geringern Dosen wiederholt genieße, denn im ganzen wie es da steht ist es nicht erquicklich. Von diesem Gesichtspunkte aus sieht sich der Mensch immer im pathologischen Zustande und da man, wie der alte Herr selbst versichert, vor dem 60sten Jahr nicht vernünftig werden kann, so ist es ein schlechter Spaß sich die übrige Zeit seines Lebens für einen Narren zu erklären. Doch wird, wenn man zu guter Stunde ein Paar Seiten drinne liest, die geistreiche Behandlung immer reizend sein. Übrigens ist mir alles verhaßt was mich bloß belehrt, ohne meine Tätigkeit zu vermehren oder unmittelbar zu beleben.

Meinen Zustand in diesen Tagen kann ich auch nicht rühmen. Zu einer solchen Zeit sollte man eigentlich in einer großen Stadt sein, wo man von außen gereizt würde und sich selbst vergäße.

Mechanische Arbeiten gehen nicht vom Flecke und geistige gelingen nicht. Schon diesem Briefe merke ich an daß ich meine Gedanken nicht wie sonst beisammen habe.

Wegen Wallenstein soll bei den Frankfurthern angefragt werden.

Unsere Theatralische Mutter wird in der ersten Hälfte des künftigen Monats erwartet. Leben Sie recht wohl bis auf bessere Tage ich will noch sehen mich von manchem einzelnen zu befreien damit man nach dem neuen Jahre an irgend etwas ganzes gehen kann. Weimar d. 19 Dez. 1798.

G

558. Schiller

Jena 22 ⟨21.⟩ Dez. 98

Ich bin sehr verlangend Kants Anthropologie zu lesen, die pathologische Seite die er am Menschen immer herauskehrt und die bei einer Anthropologie vielleicht am Platze sein mag, verfolgt einen fast in allem was er schreibt, und sie ists, die seiner praktischen Philosophie ein so grämliches Ansehen gibt. Daß dieser heitre und jovialische Geist seine Flügel nicht ganz von dem Lebensschmutz hat losmachen können, ja selbst gewisse düstere Eindrücke der Jugend pp nicht ganz verwunden hat ist zu verwundern und zu beklagen. Es ist immer noch etwas in ihm, was einen, wie bei Luthern, ein ein⟨en⟩ Mönch erinnert, der sich zwar sein Kloster geöffnet hat, aber die Spuren desselben nicht ganz vertilgen konnte.

Daß die Aristokraten auf eine Schrift wie Bouflerss nicht so ganz gut zu sprechen sind, will ich wohl glauben. Sie würden weit mehr Wahrheiten aus dem Mund und der Feder eines bürgerlichen Schriftstellers ertragen. Aber es ist immer so gewesen, auch in der Kirche war die Ketzerei eines Christen immer verhaßter, als der Unglaube eines Atheisten oder Heiden.

Haben Sie in diesen Tagen nichts an dem Farbenschema mehr gemacht? Ich freue mich auch in dieser Rücksicht auf mein hinüber kommen zu Ihnen, um in der Materie etwas weiter zu rücken. Schelling seh ich wöchentlich nur einmal, und, zur Schande der Philosophie sei es gesagt, meistens l'hombre mit ihm zu spielen. Mir zwar ist diese Zerstreuung, da ich jetzt absolut keine andre habe, beinah unentbehrlich worden, aber es ist freilich schlimm, daß man nichts gescheideres miteinander zu tun hat. Indessen sobald ich nur ein klein wenig den Kopf wieder über Wasser habe, will ich etwas besseres mit ihm anfangen. Er ist noch immer so wenig mitteilend und problematisch wie zuvor.

Von den abwesenden Freunden habe ich wieder lange nichts gehört. Humboldt wird, hoffe ich, nicht unter den Fremden sich befunden haben, die man in Paris arretiert hat.

Ich hatte Sie bitten wollen mir das Logis, worin Thouret gewohnt auf 3 oder 4 Wochen vom Herzog auszubitten, wenn ich nach Weimar käme. Meine Schwägerin kann meine Frau mit den Kindern jetzt nicht wohl logieren und doch möchte ich von meiner Familie nicht solang getrennt sein, auch Ihnen mit mir nicht auf so lange Überlast machen. Freilich würden unsre wechselseitigen Kommunikationen dadurch etwas gehemmt, aber es käme nur auf eine Einrichtung an, so würde es schon gehen. Ich erbitte mir darüber Ihren Rat. Etwa in 12 Tagen dächte ich hinüber zu kommen.

Ich sehe zwar kaum ein kleines Vorrücken in der Arbeit, denn bei dem Korrigieren der letztern Akte für den Theaterzweck bin ich auf weit mehr Schwierigkeiten gestoßen als ich erwartete, und diese Arbeit ist erstaunlich penibl⟨e⟩ und Zeitverderbend.

Indessen wünsche ich Ihnen zum zurückgelegten kürzesten Tag, der in Ihrer Existenz eine gewisse Epoche zu machen pflegt, Glück.

Leben Sie recht wohl, herzlich gegrüßt von uns beiden.

S.

559. Goethe

⟨Weimar, 22. Dezember 1798⟩

Die Nachricht von Ihrer baldigen Ankunft erfreut mich sehr und ist die schönste Hoffnung die mir die wieder rückkehrende Sonne bringt. Auf die Farbenlehre habe ich auch nicht einen Augenblick denken können, ich will diese nächsten Tage noch mancherlei Geschäfte schematisieren und aufs nächste Jahr einleiten, damit ich, wenn Sie herüber kommen, ganz frei bin.

Es ist so ein unendlich seltner Fall daß man sich mit und an einander bildet daß es mich nicht mehr wundert wenn eine Hoffnung, wie die auf eine nähere Kommunikation mit Schelling, auch fehl schlägt. Indessen können wir doch immer zufrieden sein daß er uns so nahe ist, indem wir doch immer gewissermaßen das was er hervorbringt, *werden* sehen auch macht sichs vielleicht mit der Zeit.

Zum l'hombre wünsche ich Glück! Sie werden in der Anthropologie selbst die Apologie des Spiels finden und ob ich gleich persönlich keine Idee habe wie man sich dabei zerstreuen oder erfreuen könne, so zeigt es mir doch die Erfahrung an so viel Menschen. Mich entschädigen in solchen Augenblicken mancherlei wissenschaftliche Spiele, wie Mineralogie und dergl. Freilich sind die Abende jetzt sehr lang und unfruchtbar.

Das Thouretische Quartier steht, so viel ich weiß, ganz leer, ist rein und dürfte nur meubliert werden, wofür ich schon sorgen will. Es sind zwei heizbare Zimmer und einige Kammern.

Gern lasse ich Sie nicht aus meiner Nähe, doch ist freilich das Quartier das ich Ihnen anbieten kann, besonders im Winter, nicht bequem. Wir müssen nur eine Einrichtung treffen, denn sonst verlieren wir Zeit und Gelegenheit.

Wegen des Thouretischen Quartiers erfahren Sie Mittwochs mehr.

Könnten Sie mir die Rolle für Wallensteins Gemahlin gleich senden, so schickte ich sie unserer neuen Aktrice nach Regensburg. Sie hätte auf der ganzen Herreise Zeit daran zu lernen und, da sie den 14ten kommt, so träfe sie noch eben zur rechten Zeit ein daß das Stück auf den 30sten gegeben werden könnte.

Leben Sie recht wohl in Hoffnung Sie bald wieder zu sehen werde ich noch manches was uns hindern oder stören könnte, wegarbeiten.

Weimar d 22 Dez. 98.

G

560. Schiller

Jena 24 Dez 98

Ich setze mich mit einem sehr erleichterten Herzen nieder um Ihnen zu schreiben, daß die Piccolomini so eben an Ifland abgegangen sind. Er hat mich in seinem Briefe so tribuliert und gequält zu eilen, daß ich heute meine ganze Willenskraft zusammen nahm, drei Kopisten zugleich anstellte, und (mit Ausschluß der einzigen Szene im astrologischen Zimmer, die ich ihm nachsende) das Werk wirklich zu Stande brachte. Eine recht glückliche Stimmung und eine wohl ausgeschlafene Nacht haben mich sekundiert, und ich hoffe sagen zu können, daß diese Eile dem Geschäft nichts geschadet hat. So ist aber auch schwerlich ein heiliger Abend auf 30 Meilen in der Runde verbracht worden, so gehetzt nämlich und qualvoll über der Angst nicht fertig zu werden. Ifland hat mir seine Not vorgestellt, wenn er in den zwei nächsten Monaten, der eigentlichen TheaterZeit nichts hätte, wodurch er die Opern, welche frei gegeben werden, balancieren könnte, da er, in seiner Rechnung auf das Stück, auf nichts anders gedacht hätte, und gab mir den Verlust bei dem versäumten Tempo auf 4000. Taler an.

Ich werde nun diese Woche anwenden, das Exemplar des Stücks für unser Weimarisches Theater in Ordnung schreiben zu lassen, die astrologische Szene überdenken, und dann auf die nächste Woche, etwa den 2ten, wenn die Witterung und mein Befinden es zu lassen, zu Ihnen kommen.

Da ich nicht weiß, ob mir eine Summe Geld, die ich erwarte, zur rechten Zeit eingeht, so will ich das nicht erst erwarten, und in Hoffnung, daß ich im Notfall bei Ihnen etwas borgen kann, wenn ichs ja brauchen sollte, mein Paquet machen.

Für Ihre Güte mir das Logis zu verschaffen, danke ich Ihnen sehr. Meubles, hölzerne, wird mein Schwager missen können, Betten aber nicht, und wenn Sie mir also davon etwas leihen wollen, so brauche ich desto weniger mit zu bringen.

Was unsre Kommunikationen betrifft, so wird sich mit einer Kutsche schon eine Einrichtung machen lassen.

Und nun für heute Lebewohl. Ich mußte mein Herz erleichtern, und Ihnen dieses neueste Evenement in meinem Hause melden.

Meine Frau läßt Sie aufs beste grüßen.

S.

561. Goethe

⟨Weimar, 25. Dezember 1798⟩

Viel Glück zu der abgenötigten Vollendung der Arbeit denn ich will Ihnen gar nicht leugnen daß mir in der letzten Zeit alle Hoffnung zu vergehen anfing. Bei der Art, wie Sie diese Jahre her den Wallenstein behandelt haben ließ sich gar keine innere Ursache mehr denken, wodurch er fertig werden konnte so wenig als das Wachs gerinnen kann so lange es in dem Feuer steht. Sie werden selbst erst finden wenn Sie diese Sache hinter sich haben was für Sie gewonnen ist. Ich sehe es als etwas unendliches an.

Ihr Quartier im Schlosse soll aufs beste besorgt werden und ich denke es soll an nichts fehlen auch was Sie sonst an den ersten und letzten Bedürfnissen nötig haben möchten soll parat sein. Lassen Sie sich ja nicht abhalten sondern resolvieren sich kurz und gut den zweiten zu kommen, denn wir haben übermäßig zu tun wenn wir bis den 30sten fertig werden wollen, wobei das schlimmste ist, daß sich der Termin nicht verschieben läßt. Leben Sie recht wohl grüßen Sie mir Ihre liebe Frau und sein Sie zum voraus schönstens willkommen.

Weimar am 25 Dez. 1798.

G

562. Goethe

〈Weimar, 29. Dezember 1798〉

Wenn Sie uns, werter Freund, bei der Bestimmung Ihrer Dekoration um Rat gefragt hätten, so hätten wir freilich einiges einzuwenden gehabt. Denn statt des Symbols die Sache zu geben, ist freilich eine schwere Aufgabe doch soll alles, was zur Verherrlichung der theatralischen Erscheinung geschehen kann mit Vergnügen besorgt werden. Freund Meyer wird die Kartone selbst zeichnen, wie denn schon der Anfang zu einem kleinen Entwurf gemacht ist.

Nun aber verzeihen Sie wenn ich auch, wie Iffland, den Direktor spiele, auf den sich zuletzt alle Schwierigkeiten der Ausführung häufen.

Morgen früh kommt ein Bote, von dem ich hoffe daß er mir gegen Abend einen Teil des Stücks und auf alle Fälle die Rolle der Herzogin bringen wird.

Werden Sie ja nicht ungeduldig! denn wenn Sie nicht bald kommen sollten, so werden noch öfters Boten erscheinen. Es wird ohnedies für uns ein sauerer Januar geben, da man am Ende desselben ein solches Stück erwartet und an den übrigen Lustbarkeiten, während desselben, doch nichts entbehren will. Montags sollen die vier bedeutendsten Soldatencostums des Vorspiels an Iffland abgehen. Ich wünsche Ihnen zur Reise einen Tag wie der heutige ist und grüße Sie herzlich, so wie Ihre liebe Frau.

Weimar am 29 Dez 1798.

G

563. Goethe und Kirms

⟨Weimar, 30. Dezember 1798⟩

Überbringer dieses stellt ein Detaschement Husaren vor, das Ordre hat sich der Piccolominis, Vater und Sohn, wie es gehen will zu bemächtigen und wenn sie derselben nicht ganz habhaft werden können, sie wenigstens stückweise zu liefern. Ew. Liebten werden ersucht diesem löblichen Vorhaben allen möglichen Vorschub zu tun. Die wir uns zu allen angenehmen Gegendiensten erbieten

Melpomenische, zum Wallensteinischen Unwesen gnädigst verordnete Kommission.

Kurz vor dem
Schluß des Jahrs G et K
1798.

564. Schiller

Jena 31. Dez. 98

Der Herzogin Rolle hab ich Ihnen gestern durch Wolzogen geschickt. Hier erhalten Sie die Piccolomini ganz, aber wie Sie sehen ganz erschrecklich gestrichen. Ich dachte schon genug davon weggeschnitten zu haben, als ich aber vorgestern zum erstenmal das Ganze hintereinander vorlas, nach der bereits verkürzten Edition, und mit dem dritten Akt schon die dritte Stunde zu Ende ging, so erschrak ich so, daß ich mich gestern nochmals hinsetzte, und noch etwa 400 Jamben aus dem ganzen herauswarf. Sehr lang wird es auch jetzt noch spielen, aber doch nicht über die vierte Stunde, und wenn man Schlag halb Sechs anfängt, so kommt das Publikum noch vor 10 Uhr nach Hause.

Haben Sie die Güte den zweiten Akt den ich Ihnen doppelt schicke in beiden Gestalten zu lesen. Er enthält die neuen Szenen der Thecla, und es würde Sie stören, wenn Sie bei diesen Szenen, die Sie zum erstenmal lesen, auch nur durch das Auge an die Verstümmelung erinnert würden und den Text auf dem Papiere mühsam zusammensuchen müßten.

An Ifland sende ich mit heutiger Post diese neuesten Verkürzungen nach, denn die große Länge des Stücks wird ihn nicht wenig in Verlegenheit setzen.

Die bedeutende Äußerung Wallensteins über Buttlern (IV. Aufz⟨ug⟩ 3 Szene) die hier weggestrichen findet im dritten Stück einen schicklichern Platz.

Bei der Rollenbesetzung habe ich darauf gerechnet, daß die *Thecla* durch die *Jagemann* gespielt wird, und ihr etwas zu singen gegeben. So bliebe freilich die Gräfin der *Slanzovsky*, es wäre denn, daß Sie die neu erwartete Mutter dazu passender fänden; denn an der Gräfin liegt freilich viel, und sie hat wie Sie sehen werden, auch in den neuen Szenen des IIten Akts bedeutende Dinge zu sagen. Da man sie noch älter annehmen darf als selbst die Herzogin (indem sie den König von Böhmen vor 16 Jahren hat machen helfen) so kann sich die andere nicht beklagen.

Beim Wrangel habe ich auf *Hunnius* gerechnet.

Und so lege ich denn das Stück in Ihre Hände. Ich habe jetzt schlechterdings kein Urteil mehr darüber, ja manchmal möchte ich an der theatralischen Tauglichkeit ganz verzweifeln. Möchte es eine solche Wirkung auf Sie tun, daß Sie mir Mut und Hoffnung geben können, denn die brauche ich.

Leben Sie recht wohl. Der Bote wird um 3 Uhr expediert.

Sch.

1799

565. Schiller

Jena 1. Jan. 99

Hier zur Unterhaltung ein paar Blätter von Körnern über den Almanach.

Mein opus ist nun in Ihren Händen, und Sie haben ihm, indem ich schreibe, schon die Nativität gestellt. Unterdessen habe ich schon angefangen, meine Gedanken auf das dritte Stück zu richten um sogleich, wenn ich in Weimar bin, daran gehen zu können. Es gibt zwar noch viel darin zu tun, aber es wird rascher gehen, weil die Handlung bestimmt ist, und lebhafte Affekte herrschen.

Ich muß morgen noch zur Ader lassen, welches ich seit meinen zwei hitzigen Brustfiebern in d⟨en⟩ Jahren 91 und 92 immer beobachtet habe. Diese operation hält mich Morgen, wenn nicht gar Übermorgen, noch hier zurück. Sonst befinde ich mich innerlich recht wohl, aber um die Plage nicht ausgehen zu lassen, habe ich mich neulich unter dem Nagel in den Finger gestochen, der sehr schmerzhaft wird, und, weil es der Mittelfinger der rechten Hand ist, mich beim Schreiben sehr inkommodiert.

Sie waren so gütig, mir durch den Kammerrat ein Verzeichnis dessen was ich in Weimar brauche abfodern zu lassen. Das habe ich meinem Schwager neulich zugestellt, und in der Voraussetzung, daß dies Ihre Absicht dabei sei, alles was ich nötig habe darunter begriffen.

Morgen hoffe ich noch von Ihnen zu erfahren, ob ich übermorgen kommen darf.

Leben Sie recht wohl Wir freuen uns beide sehr darauf, Sie wieder zu sehen.

Sch.

566. Goethe

⟨Weimar, 2. Januar 1799⟩

Da es mit dem Hauptpunkte richtig ist und ich auch überzeugt bin daß Sie nicht früher schließen konnten so muß sich das übrige alles geben.

Die zärtlichen Szenen sind sehr gut geraten und die Einleitung der Astrologie in denselben äußerst glücklich.

Bei allem andern will ich nichts sagen weil mich die Stunde drängt und weil ich Sie bald zu sehen hoffe. Säumen Sie ja nicht lange, denn es gibt hundert Dinge zu besprechen. ich hoffe Sie sollen in Ihrem Quartier alles leidlich eingerichtet finden. Grüßen Sie Ihre liebe Frau.

Weimar am 2 Januar 1799.

G

567. Goethe

⟨Weimar, 5. Januar 1799⟩

Mit vielem Vergnügen vernehm ich daß Sie angekommen sind und wünsche zu erfahren wie Sie Ihren heutigen Tag eingeteilt haben. Möchten Sie den Mittag mit mir essen so sollen Sie schönstens willkommen sein.

Ich befinde mich nicht ganz wohl so daß ich nicht ausgehen mag da wir diese Tage gute Gesundheit und Stimmung nötig haben.

Grüßen Sie Ihre liebe Frau der ich mich sehr freue Sie bald wieder zu sehen. Weimar am 5 Jan. 1799.

G

568. Schiller

⟨Weimar, 5. Januar 1799⟩

Ich erhalte mit großem Vergnügen Ihr Billet und werde, weil Sie es erlauben, heut um 1 Uhr aufwarten, und kann bis 5 Uhr zu allem, was Sie mit mir machen wollen, bereit sein.

Wir haben in dem niedlichen und bequemen Logis, das Sie uns bereitet und eingerichtet haben, recht wohl geschlafen.

Das übrige mündlich. Meine Frau begrüßt Sie aufs beste.

S.

569. Schiller

⟨Weimar,⟩ d. 10. Jenn. 99.

Ich wünsche und hoffe zu hören, daß Sie diese Nacht ausgeschlafen haben und sich heute wieder besser befinden. Gestern mußte ich mich wundern, wie Sie Sich nach einer schlecht schlafenden Nacht und unter Wolken von Tabakrauch noch so ganz gut bei Humor erhielten.

Heut um 4 Uhr werde ich mich bei Ihnen einfinden. Nach geendigter Probe werden wir uns wohl zusammen bei Geh. Rat Voigts befinden.

Meine Arbeit rückt doch immer etwas voran. Nulla dies sine linea.

Wollen Sie mir etwa die letzte Woche der Allg⟨emeinen⟩ Zeitung kommunizieren? Die meinige liegt in Jena.

S.

570. Goethe

⟨Weimar, 17. Januar 1799⟩

Da ich ungewiß bin ob ich Sie heute zu Tische sehen werde und der Herzog mich aufs Zimmer einladen läßt, wohin ich, aus mehrern Ursachen, nicht versäumen mag zu gehen; so sage ich dort zu und erwarte Sie, wertester Freund heute Abend um vier Uhr, da sich die Theatralische Welt wieder bei mir versammeln wird.

Das zweite Stück der Propyläen ist angekommen und die Zufriedenheit, die man etwa haben mag so etwas wieder hinter sich zu sehen, wird durch die böslichen Druckfehler gestört, die sich abermals in den letzten Bogen finden. Wir müssen nun aufs dritte hoffen und die Sache selbst bessern.

Übrigens kann ich auch dieses Stück nicht ansehen ohne zu wünschen bald etwas von Ihrer Arbeit in diesem Werke zu erblicken.

Worum ich Sie aber, in dem Augenblicke der völligsten Inproduktion, inständig bitte ist: mir das Aperçu über Piccolomini zu verschaffen womit ich mich in der neuen Zeitung bald möglichst produzieren könne. Wir müssen um so mehr eilen weil die Berliner gewiß, sobald das Stück gespielt ist, mit einer Sündflut von Urteilen werden angeschwollen kommen. Leben Sie recht wohl. Weimar am 17 Jan. 99.

G

571. Schiller

⟨Weimar, 19. oder 23. Januar 1799⟩

Ich packe hier zwei sehr heterogene Novitäten zusammen. Lassen Sie Sich solche zum Nachtisch willkommen sein.

Iflands Wärme für das Stück läßt mich von dem theatralischen Succeß viel Gutes augurieren.

Da er es für möglich hält, wegen der von ihm zu übernehmenden Rolle meinen Rat noch abzuwarten, so scheinen sie dort mit der Repräsentation nicht so sehr zu eilen, und die Berliner Kritiker werden uns also auch nicht viel zuvor kommen.

Leben Sie recht wohl. In der Oper hoffe ich Sie zu finden.

S.

572. Goethe

⟨Weimar, 25. Januar 1799⟩

Sagen Sie mir doch mit einigen Worten wertester Freund wie Sie geschlafen haben und wie Sie sich befinden? Vielleicht können Sie noch nicht bestimmen ob Sie in die Probe kommen werden; auf alle Fälle, wenn Sie eine Vermehrung des Übels befürchten, so halten Sie sich heute und morgen zu hause, ich will indessen, so gut es gehen will, Ihre Stelle vertreten und Ihnen morgen wie die Sache abgelaufen ist, referieren.

Mad. Teller las gestern in so weit gut daß sie nichts falsch las, aber zu matt und Leseprobenmäßig. Sie versichert: auf dem Theater würde das alles ganz anders werden. Da dieses eine fast allgemeine SchauspielerMarotte ist; so kann ich sie ihr nicht besonders zurechnen, obgleich diese Albernheit hauptsächlich Ursache ist daß keine bedeutende Rolle recht eingelernt wird und daß nachher so viel vom Zufall abhängt. Ich wünsche von Ihnen das beste zu hören.

Am 25 Jan 1799.

G

573. Goethe

⟨Weimar, 27. Januar 1799⟩

Wenn Sie den heutigen Tag nur einigermaßen leidlich zugebracht haben und etwas zu unserm nächsten Zweck ausdenken konnten so wünsche ich schon Glück und will morgen früh bei Zeiten melden was unsere Wöchner für das ratsamste halten. Man trifft nicht immer bei dem besten Willen mit der Vorstellungsart der Schauspieler zusammen und man erschwert es ihnen wenn man es ihnen bequemer machen will.

Ich habe den heutigen Tag nicht ganz unnütz zugebracht und das ist in meiner jetzigen Lage schon ein Lob für ihn.

Leben Sie recht wohl und ich hoffe, daß wir morgen um diese Zeit schon um ein gutes Teil weiter sein werden

Weimar d. 27 Jan. 1799.

G

574. Goethe

⟨Weimar, 28. Januar 1799⟩

Man wird heute früh um 10 Uhr Vorprobe von der Audienz und dem Banquet haben.

Nachmittag 5 Uhr kommen wir wieder zusammen und fangen das Schauspiel von vorne an. Wenn wir nur 3 Akte probieren so haben wir Zeit genug was nötig sein sollte zu wiederholen.

Ich wünsche Sie heute Mittage zu Tische zu sehen damit man doch auch wieder wisse daß man einander so nahe ist. Sagen Sie mir ein Wort hierüber. Am 28 Jan. 1799.

G

575. Goethe

⟨Weimar, 30. Januar 1799⟩

So ist denn endlich der große Tag angebrochen, auf dessen Abend ich neugierig und verlangend genug bin. Hier noch einige Bemerkungen:

1.) Wollten Sie Vohs nicht in den ersten Szenen im Küraß kommen lassen? in dem Kollett sieht er gar zu nüchtern aus

2.) Auch wäre das Barett für Wallenstein nicht zu vergessen, es muß so etwas wie Reiherfedern bei der Garderobe sein.

3.) Wollten Sie nicht auch Wallenstein noch einen roten Mantel geben, er sieht von hinten den andern so sehr ähnlich.

Mittags hoffe ich Sie bei mir zu sehen.

Weimar am 30 Jan: 1799.

G

576. Goethe

⟨Weimar, 3. Februar 1799⟩

Es war mir sehr angenehm zu hören daß die gestrige Aufführung um vieles besser als die erste gegangen ist es läßt sich nun überlegen was man tut um nach einer Pause die dritte noch weiter zu treiben.

Erzeigen Sie mir heute das Vergnügen Sie Mittags zu Tische bei mir zu sehen morgen sind Sie zu Durchl. dem Herzog aufs Zimmer eingeladen.

Der ich recht wohl zu leben wünsche.

Weimar am 3 Febr. 1799.

G

577. Goethe

⟨Jena, 16. Februar 1799?⟩

Dürft ich Sie wohl um ein Exemplar der Piccolomini auf kurze Zeit bitten? Mit den besten Wünschen

G

578. Goethe

⟨Jena, 17. Februar 1799⟩

Hier schicke ich die erste Lage, mit der Bitte die politische Möglichkeit sich zum König von Böhmen zu machen, kürzlich auszuführen. Man kann dieses und was sonst noch einzuschalten nötig wäre auf besondere Blätter schreiben und einlegen, ohne daß man nötig hätte das Ganze nochmals abzuschreiben. Bis 1 Uhr hoffe ich ziemlich weit vorgerückt zu sein und Sie alsdenn wieder bei mir zu sehen, wo es über Ifflands Brief manche Betrachtungen geben wird.

Jena am 17 Febr. 1799.

G

579. Schiller

Jena 1. März. 99.

Nach acht Wochen Stillstand beginnt also das Commercium durch die Botenfrau wieder. Ich glaube in eine viel ältere Zeit zu blicken, als es wirklich ist, das theatralische Wesen, der mehrere Umgang mit der Welt, unser anhaltendes Beisammensein haben meinen Zustand indessen um vieles verändert, und wenn ich erst der Wallensteinischen Massa werde los sein, so werde ich mich als einen ganz neuen Menschen fühlen.

Körner hat geschrieben, ich lege seinen Brief bei. Das Humboldtische Werk scheint auch bei ihm kein Glück zu machen, es ist wirklich nötig, daß man einen passenden Auszug daraus irgendwo vor das Publikum bringe, daß das Gute und Schätzenswerte seiner Ideen in Cours gesetzt wird. Wie gut ist es übrigens, daß Sie bei den Propyläen nicht auf Humboldt gerechnet haben, da man sieht, wie es ihm bei allem Scharfsinn und Geist nicht möglich ist, den Leser fest zu halten. Es ist doch eine sonderbare Erscheinung, daß er, indem er der Flachheit und dilettantischen Leichtigkeit, welche sonst die autores nobiles charakterisiert zu entgehen suchte, in diese trockne Manier verfallen mußte.

Ich erhielt heute einen Brief von der Schimelmann, der mir einen sehr schicklichen Anlaß gibt, die bewußte Sache anhängig zu machen. Auch erfuhr ich darin zu meinem nicht geringen Erstaunen, daß Wallensteins Lager in Coppenhagen ist, denn es ist da bei Schimmelmanns vorgelesen und sogar an seinem Geburtstag von guten Freunden aufgeführt worden. Ich wüßte keinen andern Weg als von Weimar aus, und fürchte daß ubique auch hier seine Hand wieder im Spiel habe. Haben Sie doch die Güte es zu untersuchen, und besonders bitte ich, die Piccolomini zu sich ins Haus zu nehmen, denn es wäre doch ein fataler Streich, wenn die Sachen in der Welt herum liefen. Auf

Ifland kann ich keinen Verdacht haben. Ubique hat neuerlich in Coppenhagen Mäkelei getrieben, und von seiner Indiskretion ist alles zu erwarten.

Ich kann Ihnen heute nichts mehr sagen, die Post drängt mich und ich muß auch den Ubique abfertigen. Leben Sie recht wohl, Meiern viele Grüße. Meine Frau empfiehlt sich bestens, sie hat gestern der Loderischen Komödie beigewohnt und sich ganz artig amusiert.

S.

580. Goethe

⟨Weimar, 3. März 1799⟩

Ihr Brief kam mir gestern sehr spät zu und ich antworte heute um diese Kommunikation wieder zu Stande zu bringen.

Ich freue mich daß dieser Winter überhaupt Ihnen günstig war, da er sich so schlecht gegen mich betrug. Es ist keine Frage daß wir zusammen in manchem Sinne vorwärts gekommen sind und ich hoffe die gute Jahrszeit wird uns die Stimmung geben um es auch praktisch zeigen zu können.

Körners Brief kommt mir wunderbar vor, wie überhaupt alles individuelle so wunderbar ist. Es weiß sich kein Mensch weder in sich selbst noch in andere zu finden und muß sich eben sein Spinnengewebe selbst machen aus dessen Mitte er wirkt. Das alles weist mich immer mehr auf meine poetische Natur zurück. Man befriedigt bei dichterischen Arbeiten sich selbst am meisten und hat noch dadurch den besten Zusammenhang mit andern.

Wegen Wallensteins Lager will ich eine strenge Untersuchung anstellen lassen. Ihre Vermutung scheint mir nur allzugegründet. In diesen glorreichen Zeiten, wo die Vernunft ihr erhabenes Regiment ausbreitet hat man sich täglich, von den würdigsten Männern, eine Infamie oder Absurdität zu gewärtigen.

Ich betreibe nun meine hiesigen Geschäfte und Angelegenheiten so daß ich mich dadurch auf die nächste Zeit frei mache. Übrigens bin ich vom schlimmsten Humor, der sich auch wohl nicht verbessern wird bis irgend eine Arbeit von Bedeutung wieder gelungen sein wird.

Leben Sie recht wohl, grüßen Sie Ihre liebe Frau und sein Sie recht fleißig, was mich betrifft so sehe ich schon voraus daß ich keine zufriedne Stunde haben werde bis ich mich wieder in Ihrer Nähe befinde, um auf eine erwünschte Weise tätig sein zu können. Auf den Sommer muß ich mir was erfinden es sei was es will um mir eine gewisse Heiterkeit wieder zu geben die ich in der schlimmen Jahrszeit ganz vermißte. Weimar am 3 März 1799.

G

581. Schiller

Jena 5. März. 99.

Es hat mich diesen Winter oft geschmerzt, Sie nicht so heiter und mutvoll zu finden, als sonst, und eben darum hätte ich mir selbst etwas mehr Geistesfreiheit gewünscht, um Ihnen mehr sein zu können. Die Natur hat Sie einmal bestimmt, hervorzubringen; jeder andere Zustand, wenn er eine Zeitlang anhält, streitet mit Ihrem Wesen. Eine so lange Pause, als Sie dasmal in der Poesie gemacht haben, darf nicht mehr vorkommen, und Sie müssen darin ein Machtwort aussprechen und ernstlich wollen. Schon deswegen ist mir Ihre Idee zu einem didaktischen Gedichte sehr willkommen gewesen; eine solche Beschäftigung knüpft die wissenschaftliche Arbeiten an die poetischen Kräfte an und wird Ihnen den Übergang erleichtern, an dem es jetzt allein zu fehlen scheint.

Wenn ich mir übrigens die Masse von Ideen und Gestalten denke, die Sie in den zu machenden Gedichten zu verarbeiten haben und die in Ihrer Phantasie lebendig liegen, so daß ein einziges Gespräch sie hervorrufen kann, so begreife ich gar nicht, wie Ihre Tätigkeit auch nur einen Augenblick stocken kann. Ein einziger dieser Plane würde schon das halbe Leben eines andern Menschen tätig erhalten. Aber Ihr Realism zeigt sich auch hier; wenn wir andern uns mit Ideen tragen und schon darin eine Tätigkeit finden, so sind Sie nicht eher zufrieden, als bis Ihre Ideen Existenz bekommen haben.

Das Frühjahr und der Sommer werden alles gut machen, Sie werden sich nach der langen Pause desto reicher entladen, besonders wenn Sie den Gesang aus der Achilleis gleich vornehmen, weil dadurch eine ganze Welt in Bewegung gesetzt wird. Ich kann jenes kurze Gespräch, wo Sie mir den Inhalt dieses ersten Gesangs erzählten noch immer nicht vergessen, so wenig als den Ausdruck von heiterm Feuer und aufblühendem Leben, der sich bei dieser Gelegenheit in Ihrem ganzen Wesen zeigte.

Hier wieder ein Brief von Ubique. Der Mensch kann doch nicht ruhen sich in anderer Affären zu mischen. Und seine schreckliche Salbaderei über Wallenstein und die Weiber des Stücks. Ich werde mein Stück nicht dazu hergeben, Schröders Mütlein an den Hamburger Schauspielern zu kühlen.

Opitz will die Stücke für die Leipziger Bühne haben. Seien Sie doch so gütig mir mit dem Botenmädchen die Piccolomini zu schicken, die das Theater jetzt nicht braucht: Ich muß sie abschreiben lassen.

Von Ifland habe ich noch nichts gehört, wohl aber erfuhr ich auf einem andren Weg daß Ifland die *erste* Vorstellung der Piccolomini nach dem unverkürzten Exemplar gegeben, daß sie bis halb Eilf soll gewährt haben, und daß er bei der zweiten Vorstellung gezwungen gewesen, das abgekürzte Stück zu geben und solches auch auf dem Komödienzettel anzukündigen. Es ist mir sehr verdrießlich, und da er die Länge des Stücks aus den Proben recht gut mutmaßen konnte, so ist es sehr ungeschickt von ihm gewesen. Er soll den Octavio gespielt haben wie Bötticher schreibt, Thecla sei von Mad. Fleck gespielt worden. Vom Succeß selbst habe ich noch nichts gehört, wahrscheinlich kam die Nachricht, die mir Gries mitteilte, aus dem Schlegelischen Hause.

Auf den Freitag sende ich die 2 ersten Akte des Wallenstein. An Ifland sende ich nichts bis er mir geschrieben hat.

Leben Sie recht wohl und erheitern Sie Sich trotz des widerkehrenden Winters, der hier sehr traurig aussieht. Herzlich grüßen wir Sie beide.

S.

582. Goethe

⟨Weimar, 6. März 1799⟩

Ich muß mich nur, nach Ihrem Rat, als eine Zwiebel ansehen die in der Erde unter dem Schnee liegt und auf Blätter und Blüten in den nächsten Wochen hoffe⟨n.⟩

Der Druck der Propyläen ist im Gange, und ich bringe nach meiner gewöhnlichen Art manches andere bei Seite um mir bald möglichst einige freie Wochen zu verschaffen die ich zum besten anzuwenden gedenke. Es ist sehr sonderbar daß meine Lage, die im allgemeinen genommen nicht günstiger sein könnte, mit meiner Natur so sehr im Widerstreite steht. Wir wollen sehen, wie weit wirs im *Wollen* bringen können.

Sie erhalten die Piccolomini und den Brief. Eben die Hand dieses allgegenwärtigen Freundes werden Sie in den Akten über die Veruntreuung von Wallensteins Lager antreffen. Seine ganze Existenz gründet sich auf Mäkelei und Sie werden wohl tun ihn von sich zu halten. Wer Pech knetet klebt seine eignen Hände zusammen. Es paralisiert nichts mehr als irgend ein Verhältnis zu solchen Schuften, die sich unterstehen können den Octavio einen Buben zu nennen.

In diesen Wintertagen, die sich erneuern ist Palmira ein recht erwünschtes Geschenk. Ich kann kaum erwarten bis die Oper wieder aufgeführt wird und es geht mehr Leuten so.

Leben Sie recht wohl und verzeihen Sie der abermaligen Unfruchtbarkeit dieses Briefes, der ich durch eine Portion Rüben nachzuhelfen suche.

Grüßen Sie Ihre liebe Frau und fahren Sie fort mir in guten und bösen Stunden durch die Kraft Ihres Geistes und Herzens beizustehen. Weimar am 6 März 99.

G

583. Schiller

Jena 7 März 99.

Versprochener maßen sende hier die zwei ersten Akte des Wallensteins, denen ich eine gute Aufnahme wünsche. Sagen Sie mir wo möglich gleich Morgen ein Wörtchen darüber und senden mir das Mskrpt durch die Sonntag abends Post wieder zu, da ich keine lesbare Abschrift davon habe, und meinen Kopisten auch nicht feiern lassen darf.

Zugleich lege ich Iflands Nachricht von der Vorstellung der Piccolomini bei, nebst dem Komödienzettel. Es ist gerade so ausgefallen, wie ich mutmaßte, und man kann fürs erste damit zufrieden sein. Das dritte Stück wird durchbrechen wie ich hoffe.

Ich habe es endlich glücklicher weise arrangieren können, daß es auch fünf Akte hat, und den Anstalten zu Wallensteins Ermordung ist eine größre Breite sowohl als theatralische Bedeutsamkeit gegeben worden. Zwei resolute Hauptleute die die Tat vollziehen sind handelnd und redend eingeflochten, dadurch kommt auch Buttler höher zu stehen, und die Präparatorien zu der Mordszene werden furchtbarer. Freilich hat sich dadurch auch meine Arbeit um ein ziemliches vermehrt.

Leben Sie recht wohl für heute. Meine Frau, die nicht ganz wohl war aber wieder besser ist, grüßt herzlich. Für die Rüben danken wir schön.

Sch.

584. Goethe

⟨Weimar, 9. März 1799⟩

Die zwei Akte Wallensteins sind fürtrefflich und taten beim ersten lesen auf mich eine so lebhafte Wirkung, daß sie gar keinen Zweifel zuließen.

Wenn sich der Zuschauer bei den Piccolominis aus einem gewissen künstlichen, und hie und da willkürlich scheinendem Gewebe nicht gleich herausfinden, mit sich und andern nicht völlig eins werden kann, so gehen diese neuen Akte nun schon gleichsam als naturnotwendig vor sich hin. Die Welt ist gegeben in der das alles geschieht, die Gesetze sind aufgestellt nach denen man urteilt, der Strom des Interesses, der Leidenschaft, findet sein Bette schon gegraben in dem er hinabrollen kann. Ich bin nun auf das übrige sehr verlangend, das mir nach Ihrer neuen Anlage ganz neu sein wird

Nachdem ich heute früh Ihre beiden Akte mit wahrem Anteil und inniger Rührung gelesen, kommt mir das dritte

Stück vom *Athenäum* zu, in das ich mich einlasse und worüber mir die Zeit verstreicht. Die Botenstunde schlägt und hier nur noch gute Nachricht: daß ich, durch Ihren Zuruf ermuntert, diese Tage meine Gedanken auf dem Trojanischen Felde fest gehalten habe. Ein großer Teil des Gedichts, dem es noch an innerer Gestalt fehlte, hat sich bis in seine kleinsten Zweige organisiert und weil nur das unendlich endliche mich interessieren kann, so stelle ich mir vor daß ich mit dem Ganzen, wenn ich alle meine Kräfte drauf wende, bis Ende Septembers fertig sein kann. Ich will diesen Wahn so lange als möglich bei mir zu erhalten suchen.

Wallenstein schicke ich morgen wieder zurück.

Grüßen Sie Ihre liebe Frau der ich eine bessere Gesundheit wünsche und rücken Sie dem Schlusse des Trauerspiels glücklich immer näher.

Weimar am 9 März 1799.

G

585. Goethe

⟨Weimar, 10. März 1799⟩

Nur mit ein Paar Worten und mit einem herzlichen Gruße von Meyern begleite ich diese Sendung. Es ist ihm wie mir gegangen er konnte im lesen keine Pause machen. Von dem theatralischen Effekt kann man gewiß sein. Seit einigen Tagen halte ich mich mit aller Aufmerksamkeit auf der Ebene von Troja fest. Wenn meine Vorbereitung glücklich von Statten geht, so kann die schöne Jahrszeit mir viel bringen. Verzeihen Sie mir daher wenn ich mich einige Zeit stille halte, bis ich etwas aufweisen kann. Leben Sie recht wohl und vollenden glücklich Ihr Werk.

Weimar am 10ten März 1799. G

586. Schiller

Jena 12 März 99.

Daß meine 2 ersten Akte eine so gute Aufnahme gefunden freut mich sehr; die 3 letzten, wenn ich sie auch nicht ganz so genau auszuführen Zeit habe, sollen wenigstens, dem ganzen Effekt nach, nicht hinter den ersten zurück bleiben. Die Arbeit avanciert jetzt mit beschleunigter Bewegung und wenn ich jeden Tag anwenden kann, wie diese letztern, so ist es nicht unmöglich, daß ich Ihnen den ganzen Rest des Wallensteins kommenden Montag durch einen Expressen sende, um das Mskrpt, im Fall keine Erinnerungen dagegen zu machen wären, mit der Montag Abendspost an Iffland zu expedieren.

Erwarten Sie darum in dieser Woche nicht viel von mir zu hören.

Daß das trojanische Feld sich anfängt um Sie auszubreiten höre ich mit wahrer Freude. Bleiben Sie in dieser guten Stimmung und möge das heitere Wetter Sie dabei secondieren.

Leben Sie recht wohl. Meine Frau die wieder wohl ist, grüßt Sie herzlich. Der Grieß ist angelangt von Dresden, es ist ein schwerer Kasten und wir wollen ihn, wenn Sie ihn nicht sogleich verlangen, mit einer Gelegenheit abschicken. Es ist nur für 3 rt. und einige Groschen, weil nicht mehr Vorrat da gewesen, die Mühle war wegen des Frosts still gestanden.

Leben Sie recht wohl.

S.

587. Goethe

⟨Weimar, 13. März 1799⟩

Es wird sehr erfreulich sein wenn, indem Sie Ihren Wallenstein endigen, in den Mut in mir fühle ein neues Werk zu unternehmen. Ich wünsche daß der Montag mir die drei letzten Akte bringen möge. Ich habe die beiden ersten bisher in mir walten lassen und finde noch immer daß sie sich gut darstellen. Wenn man in Piccolomini beschaut und Anteil nimmt, so wird man hier unwiderstehlich fortgerissen.

Wenn ich es möglich machen kann so bringe ich die Feiertage bei Ihnen zu, besonders wenn das Wetter schön bleibt. Lassen Sie den Kasten mit Grieß so lange bei sich stehen, bis ich ihn abhole, abholen lasse, oder Sie Gelegenheit finden.

Haben Sie die Güte mir die Quittung über die Medaillen für den Herzog zu schicken und ich will alsdann alles zusammen berichtigen.

Leben Sie recht wohl ich sage weiter nichts, denn ich müßte von meinen Göttern und Helden reden und ich mag nicht voreilig sein. Grüßen Sie Ihre liebe Frau und sagen mir nur den Sonnabend ein Wort wie es mit der Arbeit steht.

Weimar am 13 März 1799. G

588. Schiller

⟨Jena, 15. März 1799⟩

Ich schreibe nur eine Zeile, um zu bestätigen, was ich neulich versprach. Montags erhalten Sie den Wallenstein ganz. Tot ist er schon und auch parentiert, ich habe nur noch zu bessern und zu feilen.

Kommen Sie ja auf die Feiertage. Das wird mir jetzt nach dieser lastvollen Woche eine rechte Erquickung sein.

Die Frau grüßt. Leben Sie bestens wohl

Jena 15. März. 99 Sch.

589. Goethe

⟨Weimar, 16. März 1799⟩

Recht herzlich gratuliere zum Tode des theatralischen Helden! könnte ich doch meinem epischen vor eintretendem Herbste auch das Lebenslicht ausblasen. Mit Verlangen erwarte ich die Montägige Sendung und richte mich ein den grünen Donnerstag zu Ihnen zu kommen. Wenn wir alsdann auch nur acht Tage zusammen zubringen, so werden wir schon um ein gutes Teil weiter sein. Den April müssen wir auf die Vorstellung von Wallenstein und auf die Gegenwart der Madame Unzelmann rechnen. Es wäre daher gut wenn wir den Wallenstein möglichst beschleunigten, um sowohl durch diese Tragödie als durch diese artige kleine Frau eine Folge von interessanten Vorstellungen zu geben und die Fremden fest zu halten die sich allenfalls einfinden könnten. Leben Sie recht wohl. Von der Achilleis sind schon fünf gesänge motiviert und von dem ersten 180 Hexameter geschrieben. Durch eine ganz besondere Resolution und Diät habe ich es gezwungen und da es mit dem Anfange gelungen ist, so kann man für die Fortsetzung nicht bange sein. Wenn Sie uns nur bei den Propyläen beistehen so soll es dieses Jahr an mancherlei gutem nicht fehlen.

Weimar am 16 März 1799. G

590. Schiller

Jena 17. März. 99.

Hier erfolgt nun das Werk, soweit es unter den gegenwärtigen Umständen gebracht werden konnte. Es kann ihm in einzelnen Teilen noch vielleicht an bestimmter Ausführung fehlen, aber für den theatralisch-tragischen Zweck scheint es mir ausgeführt genug. Wenn Sie davon urteilen, daß es nun wirklich eine Tragödie ist, daß die Hauptfoderungen der Empfindung erfüllt, die Hauptfragen des Verstandes und der Neugierde befriedigt, die Schicksale aufgelöst und die Einheit der Haupt-Empfindung erhalten sei, so will ich höchlich zufrieden sein.

Ich will es auf Ihre Entscheidung ankommen lassen, ob der IVte Akt mit dem Monolog der Thekla schließen soll, welches mir das liebste wäre; oder ob die völlige Auflösung dieser Episode noch die zwei kleine Szenen, welche nachfolgen, notwendig macht. Haben Sie die Güte, das Mskrpt so zeitig zu expedieren, daß ich es *spätestens* Morgen, Montag, Abends um 7 Uhr wieder in Händen habe, und lassen auf das Couvert schreiben, wann der Bote expediert worden.

Alles übrige mündlich. Herzlich gratuliere ich zu den Progressen in der Achilleis, die doppelt wünschenswürdig sind, da Sie dabei zugleich die Erfahrung machten, wieviel Sie durch Ihren Vorsatz über Ihre Stimmung vermögen.

Die Frau grüßt aufs beste. Wir erwarten Sie auf die Feiertage mit großem Verlangen.

Sch.

Sonntag Abends.

591. Goethe

⟨Weimar, 18. März 1799⟩

Zu dem vollendeten Werke wünsche ich von Herzen Glück es hat mir ganz besonders genug getan ob ich es gleich an einem bösen zerstreuten Morgen nur gleichsam oben hin gekostet habe. Für den theatralischen Effekt ist es hinreichend ausgestattet die neuen Motive die ich noch nicht kannte sind sehr schön und zweckmäßig.

Können Sie künftig den Piccolominis etwas von der Masse abnehmen so sind beide Stücke ein unschätzbares Geschenk für die deutsche Bühne und man muß sie durch lange Jahre aufführen. Freilich hat das letzte Stück den großen Vorzug daß alles aufhört politisch zu sein und bloß menschlich wird ja das historische selbst ist nur ein leichter Schleier wodurch das reinmenschliche durchblickt. Die Wirkung aufs Gemüt wird nicht gehindert noch gestört.

Mit dem Monolog der Prinzessin würde ich auf alle Fälle den Akt schließen. Wie sie fortkommt bleibt immer der Phantasie überlassen. Vielleicht wär es in der Folge gut wenn der Stallmeister schon im ersten Stücke eingeführt würde.

Der Schluß des ganzen durch die Adresse des Briefs erschreckt eigentlich besonders in der weichen Stimmung in der man sich befindet. Der Fall ist auch wohl einzig daß man nachdem alles was Furcht und Mitleiden zu erregen fähig ist erschöpft war mit Schrecken schließen konnte.

Ich sage nichts weiter und freue mich nur auf den Zusammengenuß dieses Werks. Donnerstag hoffe ich noch abzugehen Mittwoch Abend erfahren Sie die Gewißheit wir wollen alsdann das Stück zusammen lesen und ich will mich in gehöriger Fassung daran erfreuen.

Leben Sie recht wohl ruhen Sie nun aus und lassen Sie uns auf die Feiertage beiderseits ein neues Leben beginnen. Grüßen Sie Ihre liebe Frau und gedenken mein.

Über die den Musen abgetrotzte Arbeit will ich noch nicht triumphieren es ist noch die große Frage ob sie etwas taugt auf alle Fälle mag sie als Vorbereitung gelten.

G

592. Schiller

Jena 19. März 99

Ich habe mich schon lange vor dem Augenblick gefürchtet, den ich so sehr wünschte, meines Werks los zu sein; und in der Tat befinde ich mich bei meiner jetzigen Freiheit schlimmer als der bisherigen Sklaverei. Die Masse, die mich bisher anzog und fest hielt, ist nun auf einmal weg, und mir dünkt als wenn ich bestimmungslos im luftleeren Raum hinge. Zugleich ist mir, als wenn es absolut unmöglich wäre, daß ich wieder etwas hervorbringen könnte; ich werde nicht eher ruhig sein, bis ich meine Gedanken wieder auf einen bestimmten Stoff mit Hoffnung und Neigung gerichtet sehe. Habe ich wieder eine Bestimmung, so werde ich dieser Unruhe los sein, die mich jetzt auch von kleineren Unternehmungen abzieht. Ich werde Ihnen, wenn Sie hier sind, einige tragische Stoffe, von freier Erfindung, vorlegen, um nicht in der ersten Instanz, in dem Gegenstande, einen Mißgriff zu tun. Neigung und Bedürfnis ziehen mich zu einem frei phantasierten, nicht historischen, und zu einem bloß leidenschaftlichen und menschlichen Stoff, denn Soldaten Helden und Herrscher habe ich vor jetzt herzlich satt.

Wie beneide ich Sie um Ihre jetzige nächste Tätigkeit. Sie stehen auf dem reinsten und höchsten poetischen Boden, in der schönsten Welt bestimmter Gestalten, wo alles gemacht ist und alles wieder zu machen ist. Sie wohnen gleichsam im Hause der Poesie, wo Sie von Göttern bedient werden. Ich habe in diesen Tagen wieder den Homer vorgehabt und den Besuch der Thetis beim Vulcan mit unendlichem Vergnügen gelesen. In der anmutigen Schilderung eines Hausbesuchs, wie man ihn alle Tage erfahren kann, in der Beschreibung eines handwerksmäßigen Geschäfts ist ein unendliches in Stoff und Form enthalten, und das naive hat den ganzen Gehalt des göttlichen.

Daß Sie schon im Herbst die Achilleis zu vollenden hoffen, es doch wenigstens für möglich halten, ist mir bei aller Überzeugung von Ihrer raschen Ausführungsweise, davon ich selbst Zeuge war, doch etwas unbegreifliches, besonders da Sie den April nicht einmal zu Ihrer Arbeit rechnen. In der Tat beklage ichs, daß Sie diesen Monat verlieren sollen; vielleicht bleiben Sie aber in der epischen

Stimmung und alsdann lassen Sie Sich ja durch die Theatersorgen nicht stören. Was ich Ihnen in Absicht auf den Wallenstein dabei an Last abnehmen kann, werde ich ohnehin mit Vergnügen tun.

Dieser Tage hat mir die Imhof die 2 letzten Gesänge ihres Gedichts geschickt, die mir sehr große Freude gemacht haben. Es ist überaus zart und rein entwickelt, mit einfachen Mitteln und ungemeiner Anmutigkeit. Wenn Sie kommen, wollen wir es zusammen besprechen.

Hier sende ich die Piccolominis zurück und bitte mir dafür Wallensteins Lager aus, das ich auch noch abschreiben lassen will und dann die 3 Stücke zusammen endlich an Körnern senden.

Der Kasten mit Grieß ist von einem H. Meiern in Ihrem Namen abgefodert und ihm überliefert worden. Sie haben ihn doch erhalten.

Leben Sie recht wohl. Meine Frau grüßt schönstens. Morgen hoffe ich zu hören, daß wir Sie Donnerstags erwarten können.

Sch.

593. Goethe

⟨Weimar, 20. März 1799⟩

Wir haben uns diese Tage noch viel vom Wallenstein unterhalten Prof. Meyer hat ihn auch gelesen und sich sehr daran ergötzt.

Wenn Sie etwas neues vornehmen und zu einem selbst erfundnen Gegenstande Lust haben, so kann ich es nicht tadeln, vielmehr lehrt die Erfahrung daß Sie sich bei einer freiern Arbeit ungleich besser befinden werden. Mich verlangt sehr zu hören wohin gegenwärtig Ihre Neigung gerichtet ist.

Von dem Imhofischen Gedicht hat mir Meyer viel Gutes gesagt. Es soll mir recht lieb sein wenn unsere Frauenzimmer, die so ein hübsches Talent haben, auch wirklich avancieren.

Morgen früh gehe ich bei Zeiten ab und bin zu Mittag schon bei Ihnen und will alle meine diätetischen Künste zusammen nehmen um diesmal etwas zu liefern. Können

Sie sich nun auch zu einer neuen Arbeit entschließen, die ganz aus Ihnen heraus kommt und so auch Ihren Neigungen wie Ihrem Talent angemessen ist, so sind wir auf den Sommer geborgen.

Das Kästchen ist glücklich angelangt. Grüßen Sie Ihre liebe Frau. Es ist mir diesmal ganz eigens wohl daß ich mit Ihnen bald wieder auf die vorbeifließende Mühllache hinaussehen soll. Weimar am 20 März 1799.

G

594. Goethe

〈Jena, 26. März 1799〉

Heute früh bin ich bis zur Rede der Minerva gelangt und weil diese eigentlich den folgenden Abschnitt eröffnet so bin ich geneigt Ihnen meine bisherige Arbeit heute vorzulegen. Ich will um halb Ein Uhr kommen noch Vor Tische lesen und Nach Tische der Botenexpedition wegen mich wieder empfehlen und frage an ob Ihnen diese Einrichtung angenehm sei.

Leben Sie recht wohl auf Wiedersehn an dem Ufer des Hellesponts

Am 26 März 1799.

G

595. Goethe

〈Jena, 2. April 1799〉

Ich schicke hier den ersten Gesang indem ich eine kleine Pause machen will um mich der Motive die nun zunächst zu bearbeiten sind spezieller zu versichern ich schicke das Manuskript, damit Sie es selbst lesen und ihm schärfer ins Auge sehen. Ich habe den besten Mut zu dieser Arbeit und ersuche Sie um fortdauernden Beistand.

Jena am 2 April 1799. G

Wallensteins Lager möchte ich heute gern nach Weimar schicken

596. Schiller

⟨Jena, 2. April 1799⟩

Ihre Sendung überrascht mich sehr angenehm, ich will den Gesang mit aller Aufmerksamkeit lesen und studieren.

Wallensteins Lager soll heut Abend verabfolgt werden. Ich hoffe Sie bald zu sehen und Ihnen meine Empfindungen über das gelesene mitzuteilen.

S.

597. Schiller

Jena 26. April. 99.

Die Zerstreuungen die ich in Weimar erfahren, klingen heute noch bei mir nach und ich kann noch zu keiner ruhigen Stimmung kommen. Indessen habe ich mich an eine Regierungsgeschichte der Königin Elisabeth gemacht und den Prozeß der Maria Stuart zu studieren angefangen. Ein paar tragische Hauptmotive haben sich mir gleich dargeboten und mir großen Glauben an diesen Stoff gegeben, der unstreitig sehr viel dankbare Seiten hat. Besonders scheint er sich zu der Euripidischen Methode, welche in der vollständigsten Darstellung des Zustandes besteht, zu qualifizieren, denn ich sehe eine Möglichkeit, den ganzen Gerichtsgang zugleich mit allem politischen auf die Seite zu bringen, und die Tragödie mit der Verurteilung anzufangen. Doch davon mündlich und bis meine Ideen bestimmter geworden sind.

Hier haben wir den Frühling nicht eben weiter vorgerückt gefunden als in Weimar, bloß die Stachelbeerhecken zeigten sich grün, die uns im Mühltal empfingen.

Wollten Sie die Güte haben und gegen beiliegende Scheine die notierten Werke aus der Bibliothek für mich holen und durch das Botenmädchen senden lassen. Camden habe ich schon mit genommen, aber den Schein vergessen zurück zu lassen. Wenn Sie mir, etwa aus der Sammlung des Herzogs den Genzischen Historischen Kalender der das Leben der Maria Stuart enthält verschaffen könnten, so wäre mirs sehr angenehm.

Verzeihen Sie daß ich Ihnen diese Mühe verursache.

Nochmals meinen herzlichen Dank für alles angenehme, was ich bei Ihnen und durch Sie in Weimar genossen habe. Versäumen Sie ja nicht am ersten Mai hier zu sein, ich habe es auch Cotta schon geschrieben.

Meine Frau grüßt Sie aufs freundlichste. Leben Sie recht wohl. An Meiern viele Grüße.

Sch

598. Goethe

⟨Weimar, 27. April 1799⟩

Ich bin gegenwärtig nur beschäftigt mich frei zu machen damit ich Mittwoch abreisen kann.

Am nächsten Propyläenstück fängt man schon an zu drucken und ich schicke die erste Hälfte des Sammlers schon unter die Presse, indem sich die zweite noch im limbo patrum befindet. Ich hoffe auch diese, wenn wir nur einmal wieder zusammen sind, bald ans Tageslicht zu fördern. Ich habe eine Tournüre ausgedacht durch die wir am leichtesten und sichersten aus dem Handel kommen. Ich freue mich über das Zutrauen das Sie zu Maria Stuart haben. Nur im Ganzen angesehen so scheint dieser Stoff viel zu enthalten was von tragischer Wirkung sein kann. Die Bücher folgen hier bei ich bin neugierig die nähere Entwicklung von Ihnen zu vernehmen.

Leben Sie recht wohl und grüßen Sie Ihre liebe Frau ich freue mich auf unser nächstes Zusammensein, in einer Zeit wo es mit Macht doch endlich Frühling werden muß. Weimar am 27 April 1799.

G

599. Goethe

⟨Jena, 11. Mai 1799⟩

Ich gratuliere zu dem schönen Tag nach dem feuchten Auszug und werde meine Glückwünsche zu dem Sommeraufenthalt heute Abend mündlich wiederholen.

Den sechsten Brief, der hier beiliegt, sende ich wie er hat werden können. Er mag als Skizze so hingehen! um ihn würdig auszuführen gehört mehr dazu als ich jetzt im

Stande bin zu leisten. Betrachten Sie ihn daher von der Seite: ob er nichts enthält was dem Zweck zuwider ist, da er den Zweck nicht ganz erfüllen kann. Am 11 Mai 1799.

G

600. Schiller

⟨Jena, 11. Mai 1799⟩

Ihr Mskrpt soll mich diese ersten ruhigen Stunden, die ich heut Nachmittag nach der Konfusion des Auszugs genießen werde, angenehm und willkommen beschäftigen. Wir waren durch das gestrige Wetter freilich nicht begünstigt und auch das heutige ist wenig erfreulich, aber ich bin dennoch froh, daß wir nun die ersten milden Augenblicke gleich im freien genießen können.

Kommen Sie diesen Abend etwas zeitig, wenn Sie nicht Lust haben, bei unsern Philosophen auszuharren.

S.

601. Goethe

⟨Jena, 12. Mai 1799⟩

Herr Leißring hat die Rolle des ersten Jägers mitgenommen, wollten Sie mir doch das Manuskript schicken damit ich sie wieder supplieren kann.

Das heutige Fest ist nicht ganz ohne Geistigen Einfluß auf mich gewesen, der achte Brief ist geschrieben und diese Sorge hätten wir hinter uns.

Sagen Sie mir wie es mit Ihnen und Ihrer lieben Frau heute steht und wie ich Sie heute Abend treffe?

Am 12 Mai 1799. G

602. Schiller

⟨Jena, 12. Mai 1799⟩

Zu der Geistigen Produktion gratuliere ich. Es ist viel gewonnen, daß Sie auch das nun hinter sich haben. Mir hat sich der Geist heut noch nicht zeigen wollen ob ich ihn gleich in allen Gängen meines Gartens suchte und aufs Erfinden ausging.

Die Frau ist ziemlich erträglich heute und läßt Sie freundlich grüßen. Wir haben heute nichts vor und erwarten Sie. Hier etwas philosophisches zum Nachtisch.

S.

603. Schiller

Jena 29 Mai 99

Ich habe in den zwei Tagen daß Sie von uns sind in meinem angefangenen Geschäft emsig fortgefahren und hoffe, daß ein beständigeres Wetter auch meinen Bemühungen förderlich sein wird. Indem ich mir von unserm letzten Zusammensein Rechenschaft gebe, finde ich daß wir uns, ohne produktiv zu sein, wieder nützlich beschäftigt haben, die Idee besonders von dem notwendigen Auseinanderhalten der Natur und Kunst wird mir immer bedeutender und fruchtbarer so oft wir auf diese Materie zurückkommen und ich rate, bei dem Aufsatz über den Dilettantism auch recht breit darüber heraus zu gehen.

Das Schema über diesen Aufsatz erwarte ich nun bald, abgeschrieben und mit neuen Bemerkungen bereichert, zurück, und hoffe daß Ihnen die Nähe von Aurora und Hesperus recht viel Licht dazu geben möge.

Ich bin gestern zufällig über ein Leben des Christian Thomasius geraten, das mich sehr unterhalten hat. Es zeigt das interessante Loswinden eines Mannes von Geist und Kraft aus der Pedanterei des Zeitalters, und obgleich die Art wie er es angreift, selbst noch pedantisch genug ist, so ist er doch, seinen Zeitgenossen gegenüber, ein philosophischer ja ein schöner Geist zu nennen. Er erwählte dasselbe Mittel, das auch Sie für das kräftigste halten, die Gegner durch immer fort und schnell wiederholte Streiche zu beunruhigen, und schrieb das erste Journal unter dem Titel Monatliche Gespräche, worin er auf satyrische Art und mit einem satyrischen Kupferstich vor jedem Stücke seinen Gegnern den Theologen und aristotelischen Philosophen tapfer zusetzt. Er wagte es, akademische Schriften zuerst auch in deutscher Sprache zu schreiben; eine davon über das Feine Betragen und das, was der Deutsche von den Franzosen nachahmen solle, wäre ich neugierig zu lesen und werde mich hier darnach umtun.

Haben Sie vielleicht etwas von der Fr. Imhof und ihrem Werke in Erfahrung gebracht, und wollen Sie ihr das, wovon Sie neulich sagten, insinuieren?

Meine Frau grüßt Sie herzlich. Wir vermissen Sie sehr, und ich kann mich kaum mehr daran gewöhnen, die Abende ohne Gespräch zuzubringen. Meyern viele Grüße.

Leben Sie recht wohl.

S.

604. Goethe

⟨Weimar, 29. Mai 1799⟩

Bei unserer Trennung die auch mir immer sehr empfindlich fällt finde ich Ursache Sie zu beneiden indem Sie in Ihrem Kreise und auf Ihrem Wege bleiben und also sichrer vorwärts gehen da das Vorschreiten in meiner Lage eine sehr problematische Sache ist. Abends weiß ich wohl daß etwas geschehen ist das aber auch wohl ohne mich und vielleicht ganz und gar anders hätte geschehen können.

Ich will nur suchen hier aufs beste meine Pflicht im allgemeinen zu tun und sorgen daß mein Aufenthalt auch für unsere besondern Zwecke nicht unnütz verstreiche

Den ersten Gesang des Gedichtes habe ich von unserer Freundin erhalten gegen den aber leider alle Gravamina die ich Ihnen schon vorerzählt gewaltig gelten. Es fehlt alle epische Retardation dadurch drängt sich alles auf und über einander und dem Gedicht fehlt, wenn man es liest durchaus Ruhe und Klarheit. In dem ganzen Gesange ist kein einziger Abschnitt angegeben und wirklich sind die Abschnitte schwer zu bezeichnen die sehr langen Perioden verwickeln die Sache mehr als daß sie durch eine gewisse Vollendung dem Vortrag eine Anmut geben. Es entstehen viel dunkle Parenthesen und Beziehungen die Worte sind oft ohne epischen Zweck umgestellt und der Gebrauch der Partizipien nicht immer glücklich. Ich will sehen das mögliche zu tun um so mehr als ich meine hiesigen Stunden nicht hoch anrechne.

Überhaupt aber werden unsere Arbeiten über den Dilettantismus uns, wie ich voraussehe in eine eigne Lage versetzen denn es ist nicht möglich die Unarten desselben deutlich einzusehen ohne ungeduldig und unfreundlich zu werden. Ob ich das Schema sehr gefördert schicken oder bringen werde ist noch eine sehr große Frage.

Was ich von Christian Thomasius kennen lernte hat mich stets interessiert. Sein heiteres und geistreiches Wesen ist sehr ansprechend. Ich will mich nach den Aufsätzen erkundigen nach denen Sie fragen.

Leben Sie recht wohl und grüßen Sie Ihre liebe Frau.

Von Meyern liegt etwas bei. Weimar am 29 Mai 1799.

G

605. Schiller

Jena 31. Mai. 99.

Ich begreife wohl, daß Ihnen das Gedicht unserer Dilettantin immer weniger Freude machen mag, je näher Sie es betrachten. Denn auch darin zeigt sich der Dilettantism besonders, daß er, weil er aus einem falschen Prinzip ausgeht, nichts hervorbringen kann, das nicht im Ganzen falsch ist, also auch keine wesentliche Hilfe zuläßt. Mein Trost ist, daß wir bei diesem Werke den dilettantischen Ursprung ja ankündigen dürfen, und daß wir, indem wir eine Toleranz dafür beweisen, bloß eine Humanität zeigen, ohne unser Urteil zu kompromittieren. Das schlimmste dabei ist die Mühe und die Unzufriedenheit, die es Ihnen macht; indessen müssen Sie die Arbeit als eine Sectionem cadaveris zum Behuf der Wissenschaft ansehen, da dieser praktische Fall bei der gegenwärtigen theoretischen Arbeit nicht ganz ungelegen kommt.

Mir haben diese Tage ganz entgegengesetzte Produkte eines Meisters in der Kunst nicht viel mehr Freude gewährt, obgleich ich, da ich nicht dafür zu repondieren habe, ganz ruhig dabei bleiben kann. Ich habe Corneillens Rodogune, Pompée und Polyecte gelesen und bin über die, wirklich enorme Fehlerhaftigkeit dieser Werke, die ich seit 20 Jahren rühmen hörte, in Erstaunen geraten. Handlung, dramatische Organisation, Charaktere, Sitten, Sprache, alles selbst die Verse bieten die höchsten Blößen an, und die Barbarei einer sich erst bildenden Kunst reicht lange nicht hin, sie zu entschuldigen. Denn der falsche Geschmack, den man so oft auch in den geistreichsten Werken findet, wenn sie in einer rohen Zeit entstanden, dieser ist es nicht allein, nicht einmal vorzugsweise, was daran widerwärtig ist. Es ist die Armut der Erfindung, die Magerkeit und Trockenheit in Behandlung der Charaktere, die Kälte in den Leidenschaften, die Lahmheit und Steifigkeit im Gang der Handlung, und der Mangel an Interesse fast durchaus. Die Weibercharaktere sind klägliche Fratzen und ich habe noch nichts als das eigentlich heroische glücklich behandelt gefunden, doch ist auch dieses, an sich nicht sehr reichhaltige Ingrediens, einförmig behandelt.

Racine ist ohne allen Vergleich dem Vortrefflichen viel näher, obgleich er alle Unarten der französischen Manier an sich trägt und im Ganzen etwas schwach ist. Nun bin ich in der Tat auf Voltaires Tragödie sehr begierig, denn aus den Kritiken, die der letztere über Corneille gemacht zu schließen, ist er über die Fehler desselben sehr klar gewesen.

Es ist freilich leichter tadeln als hervorbringen. Dabei fällt mir mein eigenes Pensum ein, das noch immer sehr ungestaltet da liegt. Wüßten es nur die allzeit fertigen Urteiler und die leicht fertigen Dilettanten, was es kostet, ein ordentliches Werk zu erzeugen.

Haben Sie doch die Güte mir mit der Botenfrau die Piccol⟨omini⟩ und d⟨en⟩ Wallenstein zu schicken. Kotzebue hat mich darum ersucht, und ich versprach es ihm, weil mich diese Gefälligkeit weniger kostet als ein Besuch bei ihm oder ein Abendessen.

Meiern viele Grüße. Seinen Brief hab ich an Böttcher abgeschickt.

Meine Frau grüßt Sie bestens.

Leben Sie wohl und heiter bei diesem erquickenden Regenwetter

Sch.

606. Goethe

⟨Weimar, 1. Juni 1799⟩

Mit dem Gedicht geht es schon besser, seitdem ich mich ernsthaft an den ersten Gesang gemacht und im einzelnen wie der Sache zu helfen sei, durchgedacht habe. Auch ist gestern Abend eine Konferenz darüber bei Frau von Wolzogen gewesen und unsere Freundinnen schienen sich vor meinen rigoristischen Forderungen nicht zu entsetzen, so daß ich Hoffnung haben kann es werde sich die Sache nach unserm Wunsche doch noch geben.

Gestern ist der Herzog für Eisenach und Kassel verreist, und ich bin so ziemlich auf meine stille Wohnung reduziert. Ich erwarte was mir die nächsten 8 Tage bescheren werden. Wenn mir auch nur einige Vorarbeiten gelingen, so bin ich schon zufrieden. Möge Ihnen aus den tieferen Quellen der Produktion etwas zufließen.

Sie erhalten hierbei die drei Wallensteine. Von mir kann ich weiter nichts sagen als daß ich eben ordnen, nachholen, anstellen und ausgleichen muß. Übrigens geht alles doch so ganz leidlich und, wenn man es nicht sehr genau nimmt, auch zweckmäßig. Leben Sie recht wohl grüßen Sie Ihre liebe Frau. Weimar am 1 Juni 1799.

G

607. Schiller

Jena 4. Jun. 99.

Hier erfolgt Körners Aufsatz über den Wallenstein. Er ist aber, so wie er ist, nicht zu gebrauchen, weil er sich die Bequemlichkeit gemacht hat, lieber den Dichter, statt seiner, sprechen zu lassen, und auf diese Weise das Werk in Fetzen zerrissen vor das Publikum bringt. Wenn das Stück schon gedruckt wäre, möchte das hingehen, so aber finde ich meine Rechnung nicht dabei. Es ist glücklicherweise nicht so pressant es abzuschicken, denn ich denke Sie werden mit mir einig sein, daß man, weil man doch solang gewartet hat, die Anzeige nach der vierten Vorstellung des Wallenstein abschickt. Bis dahin will ich die Körnerische Arbeit noch vornehmen, und darin mehr den erzählenden als den dramatischen Ton herrschen lassen, auch noch einige Aufschlüsse über das Ganze einflechten.

Ich habe mich nicht enthalten können, weil das Schema zu den ersten Akten der Maria in Ordnung, und in den letzten nur noch ein einziger Punkt unausgemacht ist, um die Zeit nicht zu verlieren, gleich zur Ausführung fortzugehen. Ehe ich an den zweiten Akt komme, muß mir in den letzten Akten alles klar sein. Und so habe ich denn heute, den 4ten Juni dieses Opus mit Lust und Freude begonnen, und hoffe in diesem Monat schon einen ziemlichen Teil der Exposition zurück zu legen.

Was Sie mir von den *Schwestern zu Lesbos* schrieben hat mir großen Trost gewährt. Auch meine Schwägerin schrieb mir von dieser Zusammenkunft und konnte mir nicht genug rühmen, wie viel sie dabei gelernt habe.

Ich lese jetzt in den Stunden, wo wir sonst zusammen kamen, Leßings Dramaturgie die in der Tat eine sehr geistreiche und belebte Unterhaltung gibt. Es ist doch gar keine Frage, daß Leßing unter allen Deutschen seiner Zeit über das was die Kunst betrifft am klarsten gewesen, am schärfsten und zugleich am liberalsten darüber gedacht und das Wesentliche worauf es ankommt am unverrücktesten ins Auge gefaßt hat. Liest man nur ihn, so möchte man wirklich glauben, daß die gute Zeit des deutschen Geschmacks schon vorbei sei, denn wie wenig Urteile die jetzt über die Kunst gefällt werden, dürfen sich an die seinige stellen.

Ist es denn wahr, daß die Königin von Preussen den Wallenstein in Berlin nicht hat wollen spielen sehen, um ihn in Weimar zuerst kennen zu lernen?

Schreiben Sie uns doch, ob die la Roche in Oßmanstedt angelangt ist? Auch meiner Frau liegt an dieser Nachricht.

Auch bitte ich mir durch Vulpius das Verzeichnis, der von mir einzusendenden Bücher zurückschicken zu lassen, nebst einem Katalog der Auktion, wenn noch einer zu haben.

Leben Sie recht wohl und genießen Sie die jetzigen angenehmen Tage.

Sch.

608. Goethe

⟨Weimar, 5. Juni 1799⟩

Ich gratuliere zum Anfang der Ausarbeitung des neuen Stücks. So wohl es getan ist seinen Plan im Ganzen gehörig zu überlegen, so hat doch die Ausführung, wenn sie mit der Erfindung gleichzeitig ist, so große Vorteile die nicht zu versäumen sind.

Körner hat sich die Sache freilich sehr leicht gemacht. Er hat statt einer Relation einen Aktenextrakt geschickt. Vielleicht denken Sie ein wenig darüber und nach der vierten Vorstellung des Wallensteins läßt man den Aufsatz abgehen.

Es ist an dem daß der König und die Königin den Wallenstein in Berlin nicht gesehen haben und wirklich, wie es scheint, um dem Herzog ein Kompliment zu machen, der sie wegen der Wahl der Stücke befragte und wegen dieses Trauerspiels ihre Zustimmung erhielt.

Was mich betrifft, so habe ich mich bloß durch gänzliche Resignation vom Unmut erretten können, da an eine zusammenhängende Arbeit nicht zu denken ist. Indessen da es manches zu tun gibt, so vergeht die Zeit und ich sehe doch auf den Juli wieder bessern Stunden entgegen.

Die Schwestern von Lesbos werden indessen leidlich gefördert. Es freut mich sehr daß die erste Konferenz sich mit Zufriedenheit beider Teile geendigt hat, es war nicht allein vorteilhaft für diesen Fall sondern auch für die nächsten Fälle.

Frau von la Roche ist noch nicht angekommen, verschiebt auch, so viel man vernimmt ihre Reise. Vielleicht verzieht sich das Gewitter, ohne daß wir nötig haben zu den Lobedaischen Ableitern unsere Zuflucht zu nehmen.

Mit welcher unglaublichen Verblendung der alte Wieland in den allzufrühen metakritischen Triumph einstimmt, werden Sie aus dem neusten Stücke des Merkurs, mit Verwunderung, und nicht ohne Unwillen, ersehen. Die Christen behaupteten doch: in der Nacht da Christus geboren worden, seien alle Orakel auf einmal verstummt, und so versichern nun auch die Apostel und Jünger des neuen philosophischen Evangelii: daß in der Geburtsstunde der Metakritik der alte zu Königsberg, auf seinem Dreifuß nicht allein paralisiert worden, sondern sogar wie Dagon herunter und auf die Nase gefallen sei. Kein einziges der ihm zu Ehren errichteten Götzenbilder stehe mehr auf seinen Füßen! und es fehlt nicht viel daß man nicht für nötig und natürlich finde sämtliche Kantsgenossen, gleich jenen widerspenstigen Baalspfaffen, zu schlachten.

Für die Sache selbst ist mir es kein gutes Anzeigen daß

man glaubt solcher heftigen und doch keineswegs auslangenden Empfehlungen zu bedürfen.

Der Humboldtische Brief kommt auch hier wieder zurück.

Mögen Sie dem Gesuch des Herrn von Fritsch, das er in beiliegendem Blättchen anbringt, wohl deferieren?

Hier schicke ich den gedruckten Catalogus. Ihre Bücher sind zwischen den zwei roten Strichen eingeschlossen.

Das Paket an Hufeland bitte besorgen zu lassen.

Heute Abend wünschte ich daß Sie die Aufführung der Theatralischen Abenteuer sehen könnten, sie wird gewiß vorzüglich gut werden, weil sie als Hauptprobe dienen soll, um die Aufführung vor den König vorzubereiten. Ich habe gestern und vorgestern die Vorproben mit Vergnügen besucht und auch dabei wieder die Bemerkung gemacht: wie sehr man mit einer Kunst in Verhältnis, Übung und Gewohnheit bleiben muß, wenn man ihre Produktionen einigermaßen genießen und etwa gar beurteilen will. Ich habe schon öfters bemerkt daß ich, nach einer langen Pause, mich erst wieder an Musik und bildende Kunst gewöhnen muß, um ihnen im Augenblick was abgewinnen zu können.

Leben Sie recht wohl und bereiten mir durch Ihren Fleiß einen schönen Empfang

W. d. 5 Jun 99. G

609. Schiller

Jena 7. Jun. 99.

Nur zwei Worte für heute, da ich hoffe Sie morgen selbst zu sehen. Wenn nichts dazwischen kommt, so habe ichs Lodern zugesagt, bei der Gesellschaft zu sein die er im Belvedere eingeladen.

Dohm hat uns hier seine authentische Nachricht von der Rastädter Geschichte zurückgelassen, die mir zu verschiedenen Bemerkungen Gelegenheit gegeben. Unter andern werden Sie den ganz sonderbaren Widerspruch bemerkt haben, der in Absicht auf den Tod des Robertjots darin vorkommt, wo zwei ganz entgegengesetzte Berichte auf die Aussage des nämlichen Kammerdieners gegründet werden. Bei einer so feierlich angekündigten Genauigkeit ist solch ein Versehen sonderbar genug, und ich weiß mirs schlechterdings nicht zu erklären.

In meiner Arbeit bin ich seit 2 Tagen nicht weiter gerückt, gestern hatte ich den ganzen Tag Besuche, und heute eine gewaltige BriefExpedition.

Das Geschrei das Wieland von Herders Buch erhebt wird wie ich fürchte eine ganz andere Wirkung tun, als er damit beabsichtet. Wir können es in aller Gelassenheit abwarten, und wollen bei dieser Komödie, die bunt und lärmend genug werden wird, als ruhige Zuschauer unsre Plätze nehmen. Unterhaltung gibt sie uns gewiß. Was auch Wieland gesagt haben mag, so wünschte ich Cotta setzte es in die allgemeine Zeitung oder Bötticher schickte es dahin, denn es kann nicht allgemein genug bekannt werden.

H. v Fritsch mag sich immerhin die Stelle die er (wahrscheinlich für irgend ein Stammbuch) zu haben wünscht, aus Grafs Rolle herausschreiben lassen. Ich habe nichts dagegen.

Leben Sie recht wohl. Ich freue mich Sie auf einige Stunden zu sehen.

Sch.

610. Schiller

Jena 11. Jun. 99.

Wir sind neulich zwar ganz gut nach Hause gekommen, aber ich machte doch die Erfahrung, daß eine achtstündige Erschütterung im Wagen und gesellschaftliche Unruhe, in den Zeitraum von einem ¾ Tag gedrängt, eine zu gewaltsame Veränderung für mich ist, denn ich brauchte 2 Tage, um mich ganz davon zu erholen. Sonst genieße ich seit etlichen Tagen bei diesem schönen Wetter eine so gute freundliche Stimmung, in meinem kleinen Gartensälchen, daß ich sie herzlich gern mit Ihnen teilen möchte. Die Arbeit geht zwar sehr langsam, weil ich den Grund zum Ganzen zu legen habe, und beim Anfang alles darauf ankommt, sich nichts zu verderben, aber ich habe gute Hoffnung, daß ich auf dem rechten Wege bin.

Wenn ich nicht zuviel Zeit verlöre, so hätte ich wohl eine Versuchung gehabt, das Stück welches morgen in Weimar gegeben wird zu sehen. Bei meinem jetzigen Geschäft könnte die Anschauung eines neuen historischen Stücks auf der Bühne, wie es auch sonst beschaffen sein möchte, nützlich auf mich wirken. Die Idee, aus diesem Stoff ein Drama zu machen, gefällt mir nicht übel. Er hat schon den wesentlichen Vorteil bei sich, daß die Handlung in einen tatvollen Moment konzentriert ist und zwischen Furcht und Hoffnung rasch zum Ende eilen muß. Auch sind vortreffliche dramatische Charaktere darin schon von der Geschichte hergegeben. Das Stück mag aber nicht viel besondres sein, da Sie mir nichts davon sagten.

Mellisch hat sich auf Morgen Mittag mit seiner Gesellschaft bei uns eingeladen, da wird auch Ihrer fleißig gedacht werden. Sehen Sie nur, daß Sie bald auf einen Tag herüber kommen.

Leben Sie recht wohl für heute, ich weiß nichts mehr zu schreiben, denn ich habe in diesen Tagen nichts erfahren und nur in meiner Arbeit gelebt.

Die Frau grüßt Sie aufs beste.

Sch.

611. Schiller

Jena 14. Jun. 99

Sie sind, wie ich höre, vor einigen Tagen in Roßel gewesen, aber wieder nach Weimar zurück, welches Sie bei dem gestrigen schlechten Wetter nicht bereut haben werden. Mellischens haben es noch eben recht getroffen und einen sehr angenehmen Tag in Jena mit genossen. Er brachte einen Fremden aus dem Walliserland mit, der mit deutschen gelehrten Sachen nicht unbekannt schien, und über die neuere Philosophie sogar, soweit sich darüber in französischer Sprache reden ließ, nicht unvernünftig sprach. Es mag indessen irgend eine geheime Bewandtnis mit ihm haben.

Ich hörte dieser Tage, daß Fichte dem Rudolstädter Fürsten das Ansinnen getan, ihm in Rudolstadt in einem herrschaftlichen Hause Wohnung zu geben, daß es ihm aber höflich refüsiert worden. Es ist doch unbegreiflich, wie bei diesem Freunde eine Unklugheit auf die andere folgt und wie incorrigibel er in seinen Schiefheiten ist. Dem Fürsten von Rudolstadt, der sich den Teufel um ihn bekümmert, zuzumuten, daß er ihm, durch Einräumung eines Quartiers öffentliche Protektion geben und umsonst und um nichts sich bei allen anders denkenden Höfen kompromittieren soll. Und was für eine armselige Erleichterung verschaffte ihm wohl ein freies Logis dort, wo er durchaus nicht an seinem Orte wäre.

Ich wünsche daß Sie fleißiger sein möchten, als ich in diesen Tagen sein konnte. Mittwochs war Mellisch und Donnerstag die Kalb bei uns, und so ist in diesen 2 Tagen wenig geschehen. Ich sitze noch immer bei meinen 3 ersten Expositionsszenen und suche einen festen Grund für das Künftige zu legen.

Es scheint wirklich, daß ich in England mit meinen Stücken etwas werde machen können. Ich habe binnen 8 Tagen zwei Anträge aus London erhalten, Stücke im Mskrpt hinzuschicken, zwar nur von Buchhändlern und von Übersetzern und noch mit keinen bestimmten Geldversprechungen begleitet, aber die Nachfrage ist so stark, daß ich Aussichten darauf gründen kann.

Haben Sie doch die Güte, mir den Aeschylus zu senden, mich verlangt wieder sehr nach einer griechisch-tragischen Unterhaltung.

Leben Sie recht wohl und sehen Sie, daß Sie bald auf einen Tag herkommen.

Die Frau grüßt bestens.

Sch.

612. Goethe

⟨Oberroßla, 15. Juni 1799⟩

Ihren Zweiten lieben Brief erhalte ich abermals in Rosla, wo ich mich verschiedner Geschäfte wegen noch einige Tage aufhalten muß. Diese will ich lieber zugeben, da ich einmal in der Sache bin und hernach eine ganze Weile nicht wieder daran zu denken brauche. Es ist mir angenehm über die Dorf und Feld Verhältnisse mehr ins Klare zu kommen und mich des Alten zu erinnern indem das Neue mich selbst angeht.

Mich verlangt Sie bald zu sehen. Mittwoch hoff ich von

Weimar aus zu schreiben. Ich habe manches zu referieren was mir durch den Kopf indessen gegangen ist.

Wäre nicht mein *Spiritus* mit abschreiben von Inventarien beschäftigt, so diktierte ich geschwind etwas, für meine Feder aber ist es zu weitläufig auch nur anzufangen denn ich muß weit ausholen. Auch sind unschreibbare Dinge drunter. Leben Sie recht wohl in Ihrer halb Einsamkeit. Rücken sachte in der Arbeit vor und grüßen Ihre liebe Frau.

Rosla d. 15 Jun. 99. G

Wir haben heute eingeheizt!

613. Schiller

Jena 18 Jun. 99.

Es war mir sehr angenehm, nach einer ungewohnlich langen Zeit die Züge Ihrer Hand wieder zu sehen. Hier hatte man uns gesagt, Sie wären nach W⟨eimar⟩ zurück, um dem Minister Haugwitz den der Herzog mitgebracht, Gesellschaft zu leisten. Desto besser für Sie, daß Sie diese Zeit nützlicher haben anwenden können. Besser Wetter hätte ich Ihnen freilich gewünscht, denn auch hier war es so rauh, daß wir zum warmen Ofen zurückkehren mußten.

Gegen meinen Fleiß verschwört sich diesen Sommer vieles. Ich erwarte in etwa 8 Tagen meine Schwester mit meinem Schwager dem Bibliothekar Reinwald aus Meinungen hier; meiner Schwester gönne ich diese Zerstreuung gern aber mit dem Schwager weiß ich nichts anzufangen, der wird mir wohl 6 Tage wie ein Klotz angebunden sein.

Unter diesen Umständen kann ich freilich nicht, wie ich gedacht, bis zum Ende meines ersten Akts vor Ihrer Hieherkunft gelangen. Aber vorwärts ging es doch bis jetzt immer, und nulla dies sine linea. Ich fange schon jetzt an, bei der Ausführung, mich von der eigentlich *tragischen* Qualität meines Stoffs immer mehr zu überzeugen und darunter gehört besonders, daß man die Katastrophe gleich in den ersten Szenen sieht, und indem die Handlung des Stücks sich davon wegzubewegen scheint, ihr immer näher und näher geführt wird. An der Furcht des Aristoteles fehlt es also nicht und das Mitleiden wird sich auch schon finden.

Meine Maria wird keine weiche Stimmung erregen, es ist meine Absicht nicht, ich will sie immer als ein physisches Wesen halten, und das pathetische muß mehr eine allgemeine tiefe Rührung, als ein persönlich und individuelles Mitgefühl sein. Sie empfindet und erregt keine Zärtlichkeit, ihr Schicksal ist nur heftige Passionen zu erfahren und zu entzünden. Bloß die Amme fühlt Zärtlichkeit für sie.

Doch ich will lieber tun und ausführen, als Ihnen viel davon vorsagen, was ich tun will.

Man sagt hier, Vohs habe einen Ruf nach Petersburg, den er anzunehmen Lust habe. Es wäre doch schade, wenn man ihn verlöre, obgleich seine Gesundheit nicht lang auf ihn zählen läßt. Es würde Mühe kosten, ihn sogleich zu ersetzen.

Leben Sie recht wohl und sagen mir morgen, daß Sie wieder in W⟨eimar⟩ sind. Meine Frau grüßt Sie schönstens.

Meiern bitte ich, bestens zu grüßen und ihm zu sagen, daß ich auf den Sonnabend antworten und die Bilder zurückschicken werde.

Leben Sie recht wohl. S.

614. Goethe

⟨Weimar, 19. Juni 1799⟩

Mir wird, ich gestehe es gern, jeder Zeitverlust immer bedenklicher und ich gehe mit wunderlichen Projekten um wenigstens noch einige Monate dieses Jahres für die Poesie zu retten, woraus denn aber wohl schwerlich was werden könnte. Verhältnisse nach außen machen unsere Existenz und rauben sie zugleich und doch muß man sehen wie man so durchkommt, denn sich, wie Wieland getan hat, gänzlich zu isolieren ist auch nicht ratsam.

Ich wünsche daß Sie an Ihrer Arbeit möglichst fortfahren. Die erste Zeit da uns selbst die Idee noch neu ist geht immer alles frischer und besser.

Ob ich vor Ende dieses Monats kommen kann? weiß ich nicht zu sagen. Der Prinz ist zu mir ins Haus gezogen und außerhalb sieht es auch ziemlich unruhig aus, da wir hier auf alles eher als auf den Empfang eines Königs eingerichtet sind.

Um nicht ganz müßig zu sein habe ich meine dunkle Kammer aufgeräumt und will einige Versuche machen und andere wiederholen und besonders sehen ob ich der sogenannten Inflexion etwas abgewinnen kann. Eine artige Entdeckung habe ich gestern, in Gesellschaft mit Meyern, gemacht. Sie wissen vielleicht daß man erzählet daß gewisse Blumen im Sommer bei Abendzeit gleichsam blitzen, oder augenblicklich Licht ausströmen. Dieses Phänomen hatte ich noch niemals gesehen; gestern Abend bemerkten wir es sehr deutlich, an dem orientalischen Mohn, der vor allen andern Blumen eine gelbrote Farbe hat. Bei genauer Untersuchung zeigte sich aber daß es ein phisiologisches Phänomen ist, und der scheinbare Blitz das Bild der Blume mit der geforderten sehr hellgrünen Farbe ist. Keine Blume die man gerad ansieht bringt diese Erscheinung hervor, wenn man aber aus dem Augenwinkel hinschielt, so entsteht diese momentane Doppelerscheinung. Es muß dämmrig sein, so daß das Auge völlig ausgeruht und empfänglich ist, doch nicht mehr als daß die rote Farbe ihre völlige Energie behält. Ich glaube man wird den Versuch mit farbigem Papier recht gut nachmachen können, ich will die Bedingungen genau merken übrigens ist das Phänomen wirklich sehr Täuschend.

Ich lege den Sam⟨m⟩ler bei und wünsche daß der Spaß indem er nun beisammen ist, Sie wieder unterhalten möge. Gedenken Sie dabei der guten Stunden in denen wir ihn erfanden.

Es ist wahr daß Vohs Miene macht wegzugehen ich berufe mich aber auf den Kontrakt, der noch zwei Jahre dauert.

Leben Sie wohl und nutzen die 14 Tage bis wir uns wieder sehen so gut als möglich. Ich will zufrieden sein wenn ich nur etwas davon bringe. Indessen habe ich angefangen Pyrmonter zu trinken. Grüßen Sie Ihre liebe Frau und empfehlen Ihr meine Julie. Weimar am 19 Juni 1799.

G

615. Schiller

Jena 20. Jun. 99.

Der Franzose der neulich mit Mellisch bei uns war und sich heut wieder einstellte hat mir die Zeit und Stimmung genommen, um Ihnen heute soviel über das Propylæenstück zu sagen als ich willens war.

Es hat mir in der Gestalt worin es jetzt ist, noch viel reicher und belebter geschienen, als je vorher beim einzelnen Lesen, und es muß als das, heiter und kunstlos ausgegossene Resultat eines langen Erfahrens und Reflektierens auf jeden irgend empfänglichen Menschen wundersam wirken. Der Gehalt ist nicht zu übersehen, eben weil so vieles wichtige nur zart, nur im Vorbeigehen angedeutet ist.

Die Aufführung der Charaktere und Kunstrepräsentanten hat dadurch noch sehr gewonnen, daß unter den Besuchfratzen keine in das Fachwerk paßt, welches nachher aufgestellt wird. Nicht zu erwähnen, daß der kleine Roman dadurch – poetisch – an Reichtum und Wahrheit gewinnt, so wird auch dadurch philosophisch der ganze Kreis vollendet, welcher in den drei Klassen des Falschen, des Unvollkommenen und des Vollkommenen enthalten ist.

Die letztern Ausführungen, die ich noch nicht kannte, sind sehr glücklich und unterhalten die geistreiche Heiterkeit bis ans Ende.

Indes zweifle ich nicht, daß dies Propylæenstück tüchtigen Lärm machen und auch wieder an die Xenien erinnern wird.

Meine Frau, die Sie herzlich grüßt, hat sich an dem fröhlichen Humor und Leben das darin herrscht sehr ergötzt und besonders hat ihr der Besuch der Fremden gefallen.

Leben Sie recht wohl für heute und genießen die schöne Witterung, der ich auch eine gute und produktive Stimmung verdanke.

Sch.

616. Goethe

⟨Weimar, 22. Juni 1799⟩

Ich freue mich daß Sie so viel Gutes von dem *Sammler* sagen mögen. Wie viel Anteil Sie an dem Inhalt und an der Gestalt desselben haben wissen Sie selbst, nur hatte ich zur Ausführung nicht die gehörige Zeit und Behaglichkeit, so daß ich fürchtete das Ganze möchte ein nicht genug gefälliges haben. Auch hätte man bei mehrerer Muse die scharfen Ingredientien mit etwas mehr Syrup einwickeln kön⟨n⟩en. Indessen tut vielleicht dem Ganzen diese skizzierte Manier nur um so viel besser. Wir selbst haben dabei viel gewonnen wir haben uns unterrichtet, wir haben uns amusiert, wir machen Lärm und das gegenwärtige Propyläenstück wird gewiß doppelt so viel gelesen als die vorigen. Der wahre Nutzen aber für uns steht noch eigentlich bevor. Das Fundament ist gut und ich bitte noch recht streng darüber zu denken. Meyer hat die Idee mit Neigung aufgefaßt und es sind sehr wichtige Resultate zu erwarten. Ich sage davon vorläufig nur so viel.

Alle neuern Künstler gehören in die Klasse des *Unvollkommenen*, und fallen also mehr oder weniger in die getrennten Rubriken. So hat Meyer erst gestern, zu seiner größten Zufriedenheit, entdeckt daß Julius Roman zu den *Skizzisten* gehört. Meyer konnte mit dem Charakter dieses Künstlers, bei großen Studien über denselben, nicht fertig werden, nunmehr glaubt er aber daß durch diese Enunciation das ganze Rätsel gelöst sei; wenn man nun den Michel Angelo zum *Phantasmisten*, den Correggio zum *Undulisten*, den Raphael zum *Charakteristiker* macht; so erhalten diese Rubriken eine ungeheure Tiefe, indem man diese außerordentlichen Menschen in ihrer Beschränktheit betrachtet und sie doch als Könige, oder hohe Repräsentanten ganzer Gattungen, aufstellet. *Nachahmer* werden wohl die Deutschen bleiben und *Nebulisten* gibt es in der ältern Kunst gar keinen; Oeser hingegen wird als ein solcher wohl aufgeführt werden. Wer hindert uns, wenn wir diese Materie noch recht durchgedacht haben, eine Fortsetzung des Sammlers auszuarbeiten. Diese Produktion wird uns immer reizen da sie das Kunsterfordernis von Ernst und Spiel selbst so redlich vereinigt.

Was aber auch dies sein und wirken mag so wird doch die Arbeit über den *Dilettantismus* eine weit größere Breite einnehmen. Sie ist von der größten Wichtigkeit und es wird von Umständen und vom Zufall abhängen auf welche Weise sie zuletzt produziert wird. Ich möchte ihr gar zu gern auch eine poetische Form geben teils um sie allgemeiner, teils um sie gefälliger wirken zu machen. Denn wie Künstler, Unternehmer, Verkäufer und Käufer und Liebhaber jeder Kunst im Dilettantism ersoffen sind, das sehe ich erst jetzt mit Schrecken, da wir die Sache so sehr durchgedacht und dem Kinde einen Namen gegeben haben. Wir wollen mit der größten Sorgfalt unsere Schemata nochmals durcharbeiten, damit wir uns des ganzen Gehaltes versichern und dann abwarten ob uns das gute Glück eine Form zuweist, in der wir ihn aufstellen. Wenn wir dereinst unsere Schleußen ziehen, so wird es die grim⟨m⟩igsten Händel setzen, denn wir überschwemmen gerade zu das ganze liebe Tal, worin sich die Pfuscherei so glücklich angesiedelt hat. Da nun der Hauptcharakter des Pfuschers die *Inkorrigibilität* ist und besonders die von unserer Zeit mit einem ganz bestialischen Dünkel behaftet sind, so werden sie schreien, daß man ihnen ihre Anlagen verdirbt und wenn das Wasser vorüber ist wie Ameisen nach dem Platzregen alles wieder in alten Stand setzen. Doch das kann nichts helfen, das Gericht muß über sie ergehen. Wir wollen unsere Teiche nur recht anschwellen lassen und dann die Dämme auf einmal durchstechen. Es soll eine gewaltige Sündflut werden.

Gestern sahen wir die neuen Blätter der chalkographischen Gesellschaft. Es ist unglaublich was auch diese zu pfuschen anfängt und der Dünkel der Unternehmer ist dem Unbegriff gleich. Die Wahl des Kunstwerks, das sie in Kupfer bringen, ist schon unglücklich, die Art wie es nun übersetzt werden soll falsch gewählt. Das wissen sie freilich beides nicht, aber, wo sie sichs nicht verbergen können, helfen sie sich dadurch daß sie sich ihrer Sparsamkeit erfreuen, weil die schlechten Originale nichts kosten.

So habe ich auch neulich einen poetischen Dilettanten bei mir gesehen, der mich zur Verzweiflung gebracht hätte, wäre ich nicht in der Stimmung gewesen ihn naturhistorisch zu betrachten, um mir einmal von dem Gezücht einen recht anschaulichen Begriff zu machen.

Damit sei es für heute genug. Es bleibt uns nun einmal nichts übrig als auf dem einmal eingeschlagnen Wege fortzugehen, dabei soll es aber auch treulich verbleiben. Ich nutze meine Tage so gut ich kann und setze wenigstens immer einige Steine im Brette vorwärts. Tun Sie das Gleiche, bis zu unsern erfreulichen Wiedersehn. Grüßen Sie Ihre liebe Frau und danken ihr für den Anteil den sie an der letzten Arbeit nimmt. Ich gehe nun dem Schicksal des übrigen Tages entgegen. Weimar am 22 Juni 1799. G

617. Schiller

Jena 25. Jun. 99.

Ich fürchte, daß Sie es diesen paar Zeilen ansehen werden, wie pénible es mir jetzt geht. Mein Schwager ist hier mit meiner Schwester, er ist ein fleißiger nicht ganz ungeschickter Philister, sechzig Jahr alt, aus einem kleinstädtischen Ort, durch Verhältnisse gedrückt und beschränkt, durch hipochondrische Kränklichkeit noch mehr danieder gebeugt; sonst in neuern Sprachen und in der deutschen Sprachforschung, auch in gewissen Literaturfächern nicht unbewandert. Sie können denken, wie wenig Konversationspunkte es da zwischen uns gibt, und wie übel mir bei den wenigen zu Mute sein mag. Das schlimmste ist, daß ich in ihm eine nicht ganz kleine und nicht einmal verächtliche Klasse von Lesern und Urteilern repräsentiert finde, denn er mag in Meinungen wo er Bibliothekar ist noch vorzüglich sein. Diese ganze imperfectible enge Vorstellungsweise könnte einen zur Verzweiflung bringen, wenn man etwas erwartete.

Übrigens raubt mir dieser Aufenthalt, der bis auf den Sonntag dauert, einen großen Teil meiner Zeit und alle gute Stimmung für den Überrest, ich muß diese Woche rein ausstreichen aus dem Leben.

Was der *Sammler* für eine Wirkung machen wird, bin ich in der Tat neugierig. Da man einmal nicht viel hoffen kann zu bauen und zu pflanzen, so ist es doch etwas, wenn man auch nur überschwemmen und niederreißen kann. Das einzige Verhältnis gegen das Publikum, das einen nicht reuen kann, ist der Krieg, und ich bin sehr dafür, daß auch der Dilettantism mit allen Waffen angegriffen wird. Eine ästhetische Einkleidung, wie etwa der Sam⟨m⟩ler, würde diesem Aufsatz freilich bei einem geistreichen Publikum den größern Eingang verschaffen, aber den Deutschen muß man die Wahrheit so derb sagen als möglich, daher ich glaube, daß man wenigstens den Ernst, auch in der äußern Einkleidung, vorherrschen lassen muß. Es fänden sich vielleicht unter Swifts Satyren Formen, die hiezu passen, oder müßte man in Herders Fußtapfen treten und den Geist des Pantagruel zitieren.

Wahrscheinlich bringe ich meine Gäste auf den Sonntag selbst auf die nächste Station nach Weimar, und bleibe dann wohl die zwei folgenden Tage dort, wo ich Sie, trotz des Getümmels doch einige Stunden zu sehen hoffe. Auch ich freue mich herzlich auf unser hiesiges Zusammensein.

Die Frau grüßt Sie bestens. Leben Sie bis dahin recht wohl.

Sch.

618. Goethe

⟨Weimar, 26. Juni 1799⟩

Ich habe heute keinen Brief von Ihnen erhalten und mich deswegen kaum überzeugen können daß es Mittwoch sei. Möge das Hindernis aus keiner unangenehmen Ursache entsprungen sein! Was mich betrifft so rege ich mich wenigstens, da ich mich nicht bewegen kann.

Ich lasse meine kleinen Gedichte zusammen schreiben, woraus ein wunderlicher Kodex entstehen wird.

Ich habe bei dieser Gelegenheit Ihren *Taucher* wieder gelesen, der mir wieder außerordentlich wohl und, wie mich sogar dünkt, besser als jemals gefallen hat.

Die Phänomene der sogenannten Inflexion waren auch heute wieder, bei dem schönen Sonnenschein, an der Tagesordnung.

Es ist bald gesagt: man solle genau beobachten! ich verdenke es keinem Menschen wenn er geschwind mit einer hypothetischen Enunciation die Erscheinungen bei Seite schafft. Ich will in gegenwärtigem Falle alles was nur an mir ist, zusammennehmen und brauchen, es ist aber auch nötig. Dagegen sehe ich wohl daß es vielleicht der letzte Knoten ist der mich noch bindet, durch dessen Auflösung wahrscheinlich die schönste Freiheit über das Ganze zu erringen ist.

Leben Sie recht wohl und fleißig W. am 26 Juni 1799.

G

619. Schiller

Jena 26. Jun. 99.

Die Fahrlässigkeit meiner Botenfrau, die meinen Brief gestern liegen lies, ist Schuld daran, daß Sie heute nichts erhielten. Eben da ich Ihren Brief erhalte, bringt man mir den meinigen zurück.

Unger hat mir heute geschrieben, aber ohne mir auf den Wink, den ich ihm wegen Ihrer Gedichtsam⟨m⟩lung neulich gab, etwas zu antworten. Vielleicht schrieb er Ihnen selbst. Aber meinen Vorschlag, eine Sam⟨m⟩lung deutscher Schauspiele heraus zu geben, und zwar so, daß des Jahrs 10 Stücke herauskämen, und über jedes eine Kritik, nimmt er mit Vergnügen an, und will 100 Carolin Honorar für diese 10 Stücke und deren Beurteilung zahlen, wenn das Werk von uns herausgegeben würde. Wir können sehr leicht zu diesem Verdienste kommen, wenn wir das kritische Geschäft Gesprächsweise unter uns abtun, in 10 bis 15 Abenden ist es abgetan und für jeden sind 300 rt. verdient.

Endlich habe ich auch nach langem Warten etwas von Berlin aus über den Wallenstein gehört. Er ist den 17 Mai zum erstenmal gespielt worden, also 4 Wochen später als in Weimar. Unger lobt die Aufführung so wie die Aufnahme des Stücks bei dem Publikum gar sehr. Auch hat sich schon ein Berliner Schmierer weitläuftig in den Annalen der Preuß. Monarchie darüber herausgelassen, das Stück zwar sehr gepriesen, aber die Stellen auch recht à la Böttiger heraus gezerrt und seinen Aufsatz damit gespickt.

Leben Sie recht wohl. Wir machen morgen einen Besuch bei Mellisch, schade, daß Sie nicht auch da sein können. Zu den optischen Beschäftigungen wünsche ich Glück. Solang Sie dafür noch etwas tun können, ist Ihre Zeit in Weimar immer wohl angewandt.

Sch.

620. Schiller

Jena 28. Jun. 99.

Ich sage Ihnen für heute bloß einen Gruß, ich habe Gesellschaft diesen Abend, auf den Sonntag sehe ich Sie vielleicht selbst. Diese Woche ist nicht viel geschehen, wiewohl sie nicht ganz ohne alle Frucht war. Die 3 nächsten Monate sollen desto ernstlicher benutzt werden, so wie sie auch, hoffe ich, Ihnen förderlich sein werden. Sind Sie nur erst wieder von Weimar hinweg, so wird der gute Geist über Sie kommen, wenn Sie sich auch in den dicksten Thüringerwald oder auf eine andere Wartburg zurückziehen müßten.

Leben Sie recht wohl. Von meiner Frau die schönsten Grüße an Sie.

Sch.

621. Goethe

⟨Weimar, 29. Juni 1799⟩

Da ich die Hoffnung habe Sie morgen zu sehen, so mag Ihnen dieses Blatt auch nur einen Gruß zurückbringen. Sollten Sie sich entschließen bei uns zu bleiben, so könnte ein Bett bald aufgestellt werden, wenn Sie bei mir einkehren und die beiden Tage der Königl. Gegenwart mit uns überstehen wollten. Ich wünsche daß der Juli unsere Wünsche und Zwecke besser befriedigen möge als der abscheidende Monat und verlange gar sehr Sie über verschiednes zu sprechen.

Leben Sie beiderseits recht wohl. Weimar am 29 Juni 1799.

G

622. Schiller

Jena 5. Jul. 99.

Ich fand bei meiner Ankunft in Jena einen Brief von Cotta, worin er mir seine Unruhe über einen Brief zu erkennen gibt, den er der Propylæen wegen an Sie geschrieben habe. Was er von dem Absatz des Journals schreibt, ist zum Erstaunen, und zeigt das Kunsttreibende und Kunstliebende Publikum in Deutschland, von einer noch viel kläglichern Seite, als man bei noch so schlechten Erwartungen je hätte denken mögen. Da man keine Ursache hat, ein Mißtraun in Cottas Redlichkeit zu setzen, so möchte freilich an keine Fortsetzung zu denken sein, denn der Absatz müßte 3mal stärker werden als er ist, wenn Cotta aus dem Verlust kommen sollte. Zwar ist zu hoffen, daß das neueste Stück mehr Käufer anlocken wird, aber bei der Kälte des Publikums für das bisherige und bei der ganz unerhörten Erbärmlichkeit desselben, die sich bei dieser Gelegenheit manifestiert hat, läßt sich nicht erwarten, daß selbst dieses Stück das Ganze wird retten können, welches übrigens abzuwarten ist. Ich darf an diese Sache gar nicht denken, wenn sie mein Blut nicht in Bewegung setzen soll, denn einen so niederträchtigen Begriff hat mir noch nichts von dem deutschen Publikum gegeben. Man sollte aber von nichts mehr überrascht werden, und wenn man ruhig nachdenkt und vergleicht, so ist leider alles sehr begreiflich.

Ich kann und mag heute von nichts anderm mehr schreiben, habe auch nicht viel zu berichten. Die Hitze ist hier unerträglich und setzt mir so zu, daß ich zu jedem guten Gedanken unfähig bin, auch habe ich zwei Nächte nicht schlafen können.

Ich vergaß neulich anzufragen, an wen ich den Zettel wegen der BücherPreise für die Auktion zu senden habe, und ersuche Sie, solchen nebst den zwei Bänden von Montesquieu die neulich zurückgeblieben, an die Behörde abgeben zu lassen. Die Preise, die ich auf dem Zettel angemerkt sind die niedrigsten, unter denen ich die Bücher nicht lasse, doch steht es dem Besorger frei, wenn er ein vorhergegangenes Buch über dem, von mir angesetzten Preis, angebracht hat, eins der folgenden alsdann auch etwas wohlfeiler zu lassen, wenn nur die Summe im Ganzen herauskommt.

Morgen hoffe ich zu erfahren, wann wir Sie erwarten können. Ich sehne mich recht nach einem längern Zusammensein. Meiern viele Grüße. Die Frau empfiehlt sich Ihnen herzlich. Leben Sie recht wohl und heiter

Sch.

623. Goethe

〈Weimar, 6. Juli 1799〉

Zwar kann ich heute noch nicht sagen wann ich kommen werde, doch habe ich mich schon so ziemlich los gemacht und hoffe nicht lange mehr zu verweilen.

Die kurzen Augenblicke unsers letzten Zusammenseins wollte ich mit der Geschichte nicht verderben, die Ihnen nun auch einen unangenehmen Eindruck gemacht hat. Unterdessen geht die Sache so natürlich zu daß man sich darüber gar nicht verwundern soll. Denn man sollte ja doch das Ganze das man nicht kennt, aus den vielen integrierenden Teilen schätzen die man kennt. Wenn wir zusammen kommen wird sich näher überlegen lassen was zu tun ist.

Die Bücher und die Liste sollen besorgt werden. Wollten Sie doch bald möglichst Wallensteins Lager und die Piccolomini an Kirms schicken. Den Wallenstein habe ich von dem Prinzen zurück erhalten. Wir wollten die Stücke gern einige mal in Lauchstädt geben. Der Souffleur hat sich ad protocollum mit seinem sämtlichen Vermögen verbürgt daß er für die Stücke stehen wolle.

Bei dieser warmen Jahrszeit ist freilich Ihr Gartenhaus den Sonnenstrahlen und der heißen Luft zu sehr ausgesetzt, ich wünsche bald Regen und angenehme Kühlung. Nichts aber so sehr als bald wieder in Ihrer Nähe zu sein. Leben Sie recht wohl und grüßen Ihre liebe Frau.

Weimar am 6 Juli 1799. G

624. Schiller

Jena 9 Jul. 99

Ohne Zweifel hat Ihnen der Hofkammerrat seine Not geklagt, und die Bedingung notifiziert, unter welcher ich ihm die Aufführung meiner Stücke zu Lauchstädt akkordieren kann. Er wird nun schwerlich mehr Lust dazu haben, aber ich mußte auf diesem Äquivalent bestehen, da die Bequemlichkeit der Hallenser und Leipziger die Stücke in Lauchstädt zu sehen meiner Negotiation mit Opitz nachteilig werden kann. Die Neugier des Publikums ist das einzige wovon was zu hoffen ist, und wenn diese abgeleitet ist, ist auf nichts mehr zu rechnen. Übrigens bestehe ich nicht gerade auf der Einnahme für die Vorstellungen mir ist jede Auskunft lieb, welche zugleich mit der Konvenienz des Theaters und der meinen bestehen kann. Ich habe noch einen Wunsch wegen Besetzung der Thecla hinzugesetzt, den Sie ohne Zweifel gut heißen werden, und die Ansprüche die etwa eine andere daran hätte machen mögen, glaube ich dadurch entfernt zu haben.

Übrigens bin ich, seit meiner Zurückkunft von Weimar, nicht viel weiter vorgerückt, die große Hitze wirkte gleich nachteilig auf meine Stimmung und meine Gesundheit, soviele Anstalten zu Gewittern auch am Himmel indes gewesen, so hat uns noch kein Regen erquickt, das Gras in meinem Garten ist ganz wie verbrannt.

Ich bin begierig zu erfahren, was Sie in Absicht auf die Propylæen beschließen werden. Alles wohl erwogen und die nötige Rücksicht auf das, von Cotta zugesetzte Geld genommen hielt ich es doch fürs beste, zu versuchen, ob man die Schrift nicht jetzt noch poussieren und dadurch die erstern Hefte zugleich flott machen kann. Bei der gehörigen Hinsicht auf dasjenige, was das Publikum vorzüglich wünscht und sucht, sollte dies deucht mir nicht fehlschlagen. Man macht fürs erste kleinere Auflagen, um die Unkosten zu vermindern, Sie lassen vielleicht von dem Preise nach, man sucht dem Journal durch Zeitungen und andere Blätter mehr Publizität zu geben. Bei der ersten Ansicht verlor ich die Hoffnung zu bald, man muß aber doch nicht zu schnell das Feld räumen. Wenn Sie etwas aus dem Faust hineinrückten, so würde es viel gute Folgen haben. Gegen Ende des Jahrs, nicht früher, erschiene das fünfte Stück, zu diesem könnte ich vielleicht auch etwas aus der Maria hergeben, wodurch der darstellende Teil, der immer am meisten Liebhaber findet, ein Übergewicht bekäme. Lassen Sie uns das wohl zusammen überlegen, ein festes Beharren gewinnt endlich vielleicht doch den Prozeß. Leben Sie recht wohl. Herzliche Grüße von meiner Frau.

S.

625. Goethe

⟨Weimar, 9. Juli 1799⟩

Leider muß ich durch dieses Blatt anzeigen daß ich noch nicht kommen kann. Durchl. der Herzog glauben daß meine Gegenwart beim Schloßbau nützlich sein könne und ich habe diesen Glauben, auch ohne eigne Überzeugung, zu verehren. Darneben gibt es denn freilich so mancherlei zu tun und zu besorgen daß die Zeit wo nicht angewendet doch wenigstens verwendet werden kann. Ich trinke meine Portion Pyrmonter Brunnen und tue übrigens was so vorkommt. Möge Ihnen die Muse günstiger sein, damit ich, wenn ich früher oder später komme, Ihre Arbeit brav vorgerückt finde. Lassen Sie mich bald von sich hören damit ich angefrischt werde mich wenigstens schriftlich mit Ihnen zu unterhalten, wozu ich heute weder Stoff noch Stimmung finde. Leben Sie recht wohl und grüßen Sie Ihre liebe Frau. Weimar am 9 Juli 1799.

G

626. Goethe

⟨Weimar, 10. Juli 1799⟩

Sie haben sehr wohl getan bei der Gelegenheit die sich zeigte einige Bedingungen zu machen, welche der sonst so ökonomische Freund sowohl als ich mit Vergnügen erfüllen wird. Man ist so gewohnt die Geschenke der Musen als Himmelsgaben anzusehen, daß man glaubt der Dichter müsse sich gegen das Publikum verhalten wie die Götter gegen ihn. Übrigens habe ich Ursache zu glauben daß Sie bei dieser Gelegenheit von einer andern Seite noch was angenehmes erfahren werden.

Wegen der Propyläen bin ich völlig Ihrer Meinung. Verfasser, Herausgeber und Verleger scheinen mir sämtlich interessiert daß die Schrift nicht *abreiße*. Verminderung der Auflage, Nachlaß am Honorar, Zaudern mit den nächsten

Stücken, scheint das erste zu sein wozu man sich zu entschließen hätte. Alsdann läßt sich das weitere überlegen und ausführen. Es ist der Fall von dem verlornen Pfeil, den man einem andern nachschießt nur freilich kann man den Verleger nicht zumuten ihn allein zu riskieren.

Ich wünsche nun gar sehr bald wieder bei Ihnen zu sein, so wie ich unserer Gegend Regen wünsche damit mein inneres wie das äußere gedeihe.

Leben Sie indessen recht wohl und grüßen Ihre liebe Frau. Weimar am 10 Juli 1799.

Goethe

627. Schiller

Jena 12 Jul. 99.

Die Vorteile, die Sie mir so freundschaftlich bewilligen kommen mir bei meiner kleinen Haushaltung so erquicklich und erwünscht, wie der Regen der seit vorgestern unser Tal erfreut und erfrischt hat. Auch die Fazilität des Hofkammerrats erfreut mich, insofern sie mir beweist, daß er mit meiner Theatralischen Gabe nicht unzufrieden war. Daß uns ein schönes Geschenk von Silberarbeit von Seiten der regierenden Herzogin erwarte, haben wir auch schon vernommen. Die Poeten sollten immer nur durch Geschenke belohnt, nicht besoldet werden; es ist eine Verwandtschaft zwischen den glücklichen Gedanken und den Gaben des Glücks, beide fallen vom Himmel.

Ich habe die Aufsätze über Akademien und Zeichenschulen nun mit Aufmerksamkeit durchlesen und große Freude daran gehabt, ja ich konnte nicht davon wegkommen bis ich am Ende war. Außerdem daß sie so richtig gedacht und so praktisch überzeugend sind, sind sie auch äußerst anziehend geschrieben und müßten notwendig, wenn man das Publikum nicht ganz und gar widerstrebend annehmen muß, für sich allein schon die Propylæen in Aufnahme bringen. Jetzt müssen wir vorerst nur an die möglichste Verbreitung und Bekanntmachung der Propylæen denken, und es würde zu diesem Zwecke nicht übel getan sein, einig⟨e⟩ Dutzend Exemplare an die rechten Plätze zu verschenken. Auch wollen wir, wenn Sie hieher kommen, zusammen ein halbes Dutzend Anzeigen des Journals für die öffentlichen Blätter aufsetzen, Cotta wird sie schon anzubringen wissen.

Mit meiner Arbeit geht es zwar nicht sehr schnell, aber doch seit einiger Zeit ohne Stillstand fort. Die nötige Exposition des Prozesses und der Gerichtsform hat, außerdem daß solche Dinge mir nicht geläufig sind, auch eine Tendenz zur Trockenheit, die ich zwar überwunden zu haben hoffe, aber doch nicht ohne viel Zeit dabei zu verlieren, und zu umgehen war sie nicht. Die englische Geschichte von Rapin Thoyras, die ich seit dieser Arbeit lese hat den guten Einfluß mir das englische Local und Wesen immer lebhaft vor der Imagination zu erhalten.

Möchten Sie nur auch bald hier sein können. Selbst mein Garten, wo die Rosen und Lilien in der Blüte stehen würde Sie reizen.

Leben Sie recht wohl und grüßen Sie Meiern. Von meiner Frau viel schöne Grüße.

Sch.

628. Goethe

〈Weimar, 13. Juli 1799〉

Heute nur ein Wort! da es überhaupt in diesen Tagen wieder nur auf Zerstreuung angelegt ist. Durch das neue Verhältnis in das wir gekommen sind, wird es nötig den Schloßbau zu betreiben – Um den ersten Anstoß zu geben und alles nach der neuen etwas eiligern Mensur einzuleiten werde ich doch noch immer 8 bis 14 Tage nötig haben und Sie also wohl vor Anfangs August nicht sehen. Auch heute sage ich nur ein flüchtiges Lebewohl um das Paket fortzubringen.

Weimar am 13 Juli 1799.

G

629. Schiller

Jena 15. Jul. 99

Es waltet ein unholder Geist über Ihren guten Vorsätzen und Hoffnungen für diesen Sommer, der sich, besonders nach der glücklichen Entledigung vom Musen Almanach, so gut anließ, und noch dazu läßt sichs gewissen Leuten nicht einmal begreiflich machen, welches das Opfer ist, das Sie bringen. Wenn Sie indessen nur gewiß in 14 Tagen loskommen und für eine längere Zeit, so ist noch immer Hoffnung, daß etwas wesentliches noch geschehen kann.

Ihre lange Abwesenheit macht, daß auch ich keine Anregung von außen erhalte und bloß in meinem Geschäft lebe. Mit den Philosophen, wie Sie wissen, kann man jetzt nur in der Karte spielen, und mit den Poeten wie ich höre nur *kegeln*. Denn man sagt, daß Kotzebue, der aber jetzt abwesend ist, dieses einzige gesellschaftliche Vergnügen hier genossen habe.

Senden Sie doch recht bald ein Exemplar der Propylæen nach *Berlin*, um dort, ehe es durch den Weg des Buchhandels dahin kommt, einen Rumor zu erregen. Man sollte wirklich suchen, Gegenschriften zu veranlassen, wenn sie nicht von selbst kommen; denn an der Schadenfreude faßt man die Menschen am sichersten. Es würde deswegen auch nicht übel sein, wenn man den Aufsatz vom Kunstsammler auch schon in der Anzeige, die man im Poßelt davon macht, als etwas Polemisches darstellte.

Haben Sie denn über den Dilettantism indessen nicht weiter nachgedacht? Ich sehnte mich nach einer solchen Anregung und würde gern meine Gedanken dazu beisteuern, wenn ich den aktiven Zustand des gesammelten Materials vor Augen hätte. Wenn es abgeschrieben ist und Sie es nicht brauchen, so senden Sie mirs doch.

Sie werden vielleicht davon gehört haben, daß der hiesige Postverwalter Becker den Botenweibern ihr Postwesen legen will, und diese jetzt keine Pakete bloß Briefe, die sich verbergen lassen, mitnehmen können. Wenn man ihnen doch ihr altes Gewerbe wieder herstellen könnte! Dieser Becker ist ein miserabler Patron, und auch außer seinen Chicanen als Postmeister ein böses Mitglied des hiesigen gemeinen Wesens, da er allen Ordensunfug und andre Liederlichkeiten hegt.

Leben Sie recht wohl und lassen Sie uns diese paar Wochen vom Juli wo möglich noch etwas vom Dilettantism in Ordnung bringen.

Die Frau grüßt aufs beste. Sch.

630. Goethe

⟨Weimar, 17. Juli 1799⟩

In dem Falle, in welchem ich mich gegenwärtig befinde, ist die Überzeugung das beste, daß das, was gegenwärtig geschehen muß, durch meine Gegenwart gefördert wird und wäre es auch nur Täuschung daß ich hier nötig bin, so ist auch schon mit dieser genug gewonnen. An alles Übrige, es sei poetisch oder literarisch, naturhistorisch oder philosophisch wird nicht gedacht, meine Hoffnung steht auf den Anfang des Augusts, wo ich Sie wieder zu sehen gedenke. Bis dahin wird auch wohl meine Roßlaer Gutssache in Ordnung sein, denn ich habe noch die Lehn zu empfangen und was dergleichen Dinge mehr sind.

Madame la Roche ist wirklich in Osmanstädt angekommen und da ich mich gegenwärtig im Stande der Erniedrigung befinde, so brauche ich den Beistand der Unglücksburgemeisterin nicht um diesem Besuch gehörig zu begegnen.

Übrigens ist, wie schon gesagt, nichts neues, erfreuliches und seelenerquickliches vorgekommen und ich bin genötigt diesen Brief abermals zu schließen ehe er noch was enthält.

Leben Sie recht halten Sie sich an Ihr Geschäft und bereiten mir dadurch einen schönen Empfang. Ihrer lieben Frauen viele Grüße.

Weimar am 17 Juli 1799.

G

631. Schiller

Jena 19. Jul. 99.

Ich habe mir vor einigen Stunden durch Schlegels Lucinde den Kopf so taumelig gemacht, daß es mir noch nachgeht. Sie müssen dieses Produkt wundershalber doch ansehen. Es charakterisiert seinen Mann, so wie alles Darstellende, besser als alles was er sonst von sich gegeben, nur daß es ihn mehr ins fratzenhafte malt. Auch hier ist das ewig formlose und fragmentarische, und eine höchst seltsame Paarung des *Nebulistischen* mit dem *Charakteristischen*, die Sie nie für möglich gehalten hätten. Da er fühlt, wie schlecht er im poetischen fortkommt, so hat er sich ein Ideal seiner selbst aus der *Liebe* und dem *Witz* zusammengesetzt. Er bildet sich ein, eine heiße unendliche Liebesfähigkeit mit einem entsetzlichen Witz zu vereinigen und nachdem er sich so konstituiert hat, erlaubt er sich alles, und die Frechheit erklärt er selbst für seine Göttin.

Das Werk ist übrigens nicht ganz durchzulesen, weil einem das hohle Geschwätz gar zu übel macht. Nach den Rodomontaden von Griechheit, und nach der Zeit, die Schlegel auf das Studium derselben gewendet, hätte ich gehofft, doch ein klein wenig an die Simplizität und Naivetät der Alten erinnert zu werden, aber diese Schrift ist der Gipfel moderner Unform und Unnatur, man glaubt ein Gemengsel aus Woldemar', aus Sternbald, und aus einem frechen französischen Roman zu lesen.

Zum Aufsatz über den Dilettantism haben die Weimarischen Herren und Damen gestern wie ich höre neuen Stoff dargereicht, da ein Privattheater dort eröffnet wurde. Man wird sich also wenig Freunde unter ihnen machen, aber die Jenenser können sich trösten, daß man eine gleiche Justiz ergehen läßt.

Von der Maria Stuart werden Sie nicht mehr als Einen Akt fertig finden; dieser Akt hat mir deswegen viel Zeit gekostet und kostet mir noch 8 Tage, weil ich den poetischen Kampf mit dem historischen Stoff darin bestehen mußte und Mühe brauchte, der Phantasie eine Freiheit über die Geschichte zu verschaffen, indem ich zugleich von allem was diese brauchbares hat, Besitz zu nehmen suchte. Die folgenden Akte sollen wie ich hoffe schneller gehen, auch sind sie beträchtlich kleiner.

Sie brauchen also das Unglück aus Lobeda nicht? Desto schlimmer hätte ich bald gesagt. Mir ist bei dieser Nähe der betagten Freundin schlecht zu Mute, da ich für alles was drückt und einengt, gerade jetzt sehr empfindlich bin.

Beiliegendes Buch bitte ich an Vulpius abgeben zu lassen.

Leben Sie aufs beste wohl.

Die Frau grüßt Sie. Den August haben wir gestern hier gehabt.

Sch.

632. Goethe

⟨Weimar, 20. Juli 1799⟩

Ich danke Ihnen daß Sie mir von der wunderlichen Schleglischen Produktion einen nähern Begriff geben, ich hörte schon viel darüber reden. Jedermann liests, jedermann schilt darauf und man erfährt nicht was eigentlich damit sei. Wenn mirs einmal in die Hände kommt will ichs auch ansehen.

Die Greuel des Dilettantismus haben wir in diesen Tagen auch wieder erlebt, die um so schrecklicher sind als die Leute mitunter recht artig pfuschen, sobald man einmal zugibt daß gepfuscht werden soll. Unglaublich ists aber wie durch diesen einzigen Versuch schon die ganze gesellschaftliche Unterhaltung, an der zwar überhaupt nichts zu verderben ist, eine hohle, flache und egoistische Tournüre nimmt, wie aller eigentliche Anteil am Kunstwerk durch diese leichtsinnige Reproduktion aufgehoben wird.

Übrigens hat mir diese Erfahrung, so wie noch andere in andern Fächern, die Überzeugung erneuert: daß wir andern nichts tun sollten als in uns selbst zu verweilen um irgend ein leidliches Werk nach dem andern hervor zu bringen. Das übrige ist alles vom Übel.

Deswegen gratuliere ich zum ersten Akt, wünsche mich bald wieder zu Ihnen und kann die Hoffnung nicht fahren lassen daß dieser Nachsommer auch für mich noch fruchtbar sein werde. Leben Sie recht wohl. August hat sich sehr gefreut Carl und auch Ernsten wieder zu sehen, von dem er viel erzählt hat. Weimar am 20 Jul 1799.

G

633. Schiller

Jena, 24. ⟨23. ?⟩ Jul 99

Ich höre, daß Sie in Roßla sind, woraus ich zu meinem großen Vergnügen schließe, daß Ihre Hieherkunft nicht mehr weit entfernt ist. Es wird auch meiner Existenz einen ganz andern Schwung geben, wenn wir wieder beisammen sind, denn Sie wissen mich immer nach außen und in die Breite zu treiben, wenn ich allein bin, versinke ich in mich selbst.

Tiek aus Berlin hat Sie besucht, ich bin begierig wie Sie mit ihm zufrieden sind, da Sie ihn länger gesprochen haben. Mir hat er gar nicht übel gefallen, sein Ausdruck ob er gleich keine große Kraft zeigt ist fein, verständig und bedeutend, auch hat er nichts kokettes noch unbescheidenes. Ich hab ihm, da er sich einmal mit dem Don Quixote eingelassen, die spanische Literatur sehr empfohlen, die ihm einen geistreichen Stoff zuführen wird, und ihm, bei seiner eigenen Neigung zum Phantastischen und Romantischen, zuzusagen scheint. So müßte dieses angenehme Talent fruchtbar und gefällig wirken, und in seiner Sphäre sein.

Mellisch hat mir von seiner Burg einige Fragmente aus den Piccolominis in der Allgemeinen Zeitung in Jamben übersetzt zugeschickt, die, wenn sie der englischen Sprache ganz gemäß sind, die Gedanken gut ausdrücken und auch das eigentümliche der Diktion gut nachahmen. Er hat Lust das Ganze zu übersetzen, wenn für ihn und mich der gehörige Vorteil dabei zu gewinnen ist und hat deswegen an Sheridan geschrieben.

Mit dem Ersten Akt der Maria hoffe ich zu Ende dieser Woche ganz im Reinen zu sein. Ich sollte freilich schon weiter vorwärts gekommen sein, aber dieser Monat war mir nicht so günstig als der Vorige. Ich bin zufrieden, wenn ich den dritten Akt mit in die Stadt bringe.

Das Ungewitter aus Oßmanstädt scheint sich zu verziehen. Wenigstens höre ich, daß Anverwandte der La Roche, die hier wohnen, dorthin seien berufen worden, um sie zu sehen.

Wenn Sie nach Weimar zurückkommen so haben Sie doch die Güte, das was von dem Gedicht der Fr. Imhof fertig ist, an Gädike zu geben und ihm den Almanach von 1797 und 1798 zur Norm vorzuschreiben, nur mit dem Unterschied, daß er auf jede Seite nur 9 Hexameter setzt, und vor jedem Gesang ein Blatt leer läßt, worauf nichts steht als der wievielte Gesang es ist. Leben Sie recht wohl, die Frau grüßt Sie aufs allerschönste

Sch.

634. Goethe

⟨Weimar, 24. Juli 1799⟩

Ich kann nun hoffen daß ich bald zu Ihnen kommen werde Sonnabend oder Sonntag wird es möglich sein von hier abzukommen. Frau von la Roche habe ich zweimal erst in Tiefurt dann in Osmanstädt gesehen und sie eben gerade wie vor zwanzig Jahren gefunden. Sie gehört zu den nivellierenden Naturen sie hebt das Gemeine herauf und zieht das Vorzügliche herunter und richtet das Ganze alsdenn mit ihrer Sauce, zu beliebigem Genuß an. übrigens möchte man sagen daß ihre Unterhaltung interessante Stellen hat.

Tiek hat mit Hartenberg und Schlegel bei mir gegessen für den ersten Anblick ist es eine recht leidliche Natur. Er sprach wenig aber gut und hat überhaupt hier ganz wohl gefallen.

Morgen habe ich ein großes Gastmahl und dann will ich mich zur Abfahrt bereiten.

Gädike soll die zwei ersten Gesänge ehe ich weggehe erhalten. Ich gehe sie nochmals durch; es ist und bleibt aber eine böse Aufgabe. Das Werk ist wie eine bronzene Statue, artig gedacht und gut modelliert, wobei aber der Guß versagt hätte. Je weiter man in der Ausführung kommt, je mehr gibts zu tun. Freilich hilfts nun nichts weiter, man muß machen daß man durchkommt. Leben Sie recht wohl ich hoffe nun nicht mehr zu schreiben und freue mich von Herzen Sie und Ihre liebe Frau wieder zu sehen. Weimar am 24 Juli 1799.

G

635. Goethe

⟨Weimar, 27. Juli 1799⟩

Ich habe heute keinen Brief von Ihnen erhalten, wahrscheinlich weil Sie glauben daß ich kommen werde; ich muß aber meine alte Litanei wieder anstimmen und melden daß ich hier noch nicht loskomme. Die Geschäfte sind polypenartig, wenn man sie in hundert Stücke zerschneidet so wird jedes einzelne wieder lebendig. Ich habe mich indessen drein ergeben und suche meine übrige Zeit so gut zu nutzen als es gehen will. Aber jede Betrachtung bestärkt mich in jenem Entschluß: bloß auf Werke, sie seien von welcher Art sie wollen, und deren Hervorbringung meinen Geist zu richten und aller theoretischen Mitteilung zu entsagen. Die neusten Erfahrungen haben mich aufs neue überzeugt: daß die Menschen statt jeder Art von echter theoretischer Einsicht nur Redensarten haben wollen, wodurch das Wesen was sie treiben zu etwas werden kann. Einige Fremde die unsere Sammlung besuchten, die Gegenwart unserer alten Freundin, und über alles das sich neu konstituierende Liebhabertheater haben mir davon schreckliche Beispiele gegeben und die Mauer, die ich schon um meine Existenz gezogen habe, soll nun noch ein Paar Schuhe höher aufgeführt werden.

Im Innern sieht es dagegen gar nicht schlimm aus. Ich bin in allen Zweigen meiner Studien und Vorsätze um etwas weniges vorgerückt, wodurch sich denn wenigstens das innere fortwirkende Leben manifestiert und Sie werden mich in gutem Humor und zur Tätigkeit gestimmt wieder sehen.

Ich dachte Sie auf einen Tag zu besuchen, dadurch ist uns aber nicht geholfen, denn wir bedürfen nun schon einiger Zeit, um uns wechselseitig zu erklären und etwas zu Stande zu bringen.

Heute drohet Ihnen wie ich höre, ein Besuch der Laroschischen Nachkommenschaft. Ich bin neugierig wie es damit abläuft. Was mich betrifft bin ich diese Tage so ziemlich in meiner Fassung geblieben; erlustigen aber wird Sie das unendliche Unglück in welches Meyer bei dieser Gelegenheit geraten ist, indem diese seltsamen und, man darf wohl sagen, unnatürlichen Erscheinungen, ganz neu und frisch auf seinen reinen Sinn wirkten.

Damit ich aber diesmal nicht ganz leer erscheine, lege ich ein Paar sonderbare Produkte bei, davon Sie das eine wahrscheinlich mehr als das andere unterhalten wird.

Leben Sie recht wohl gedenken mein und geben mir Nachricht von Ihrem Befinden und Tun. Weimar am 27 Juli 1799.

G

636. Schiller

Jena 30. Jul 99

Ich habe Sie am Sonnabend mit fester Zuversicht erwartet, und deswegen auch den Philosophenklub absagen lassen, um den ersten Abend desto ungestörter mit Ihnen zuzubringen. Desto betrübter war ich als ich aus Ihrem Brief meine Hoffnung zerrinnen und ganz ins unbestimmte wieder sich verlieren sah.

Mir bleibt nun nichts übrig, als mich, so lang es gehen will, in das Produzieren zu werfen, weil die Mitteilung mangelt. Ich bin auch schon ganz ernstlich im Zweiten Akte bei meiner königlichen Heuchlerin. Der erste ist abgeschrieben und erwartet Sie bei Ihrer Ankunft.

Sie haben wohl recht, daß man sich der theoretischen Mitteilung gegen die Menschen lieber enthalten und hervorbringen muß. Das theoretische setzt das praktische voraus und ist also schon ein höheres Glied in der Kette. Es scheint auch, daß eine selbstständigere Imagination dazu gehört, als um die wirkliche Gegenwart eines Kunstwerks zu empfinden, bei welchem der Dichter und Künstler der trägern oder schwächern Einbildungskraft des Zuhörers und Betrachters zu Hilfe kommt, und den sinnlichen Stoff liefert.

Auch ist nicht zu leugnen, daß die Empfindung der meisten Menschen richtiger ist als ihr Raisonnement. Erst mit der Reflexion fängt der Irrtum an. Ich erinnre mich auch recht gut mehrerer unsere⟨r⟩ Freunde, denen ich mich nicht schämte, durch eine Arbeit zu gefallen, und mich doch sehr hüten würde, ihnen Rechenschaft von ihrem Gefühl abzufodern.

Wenn dies auch nicht wäre, wer möchte ein Werk ausstellen mit dem er zufrieden ist? Und doch kann der Künstler und Dichter dieser Neigung nicht Herr werden.

Die zwei Damen haben mich neulich wirklich besucht und für sie zu Hause gefunden. Die kleine hat eine sehr angenehme Bildung, die selbst durch ihren Fehler am Aug nicht ganz verstellt werden konnte. Sie gaben mir den Trost, daß die Furcht vor der Schnecke die alte Großmutter wohl von der Herreise abschrecken würde. Von dem eleganten Diner bei Ihnen wußte sie viel zu erzählen. Der

Relation welche Meier von diesen Erscheinungen machen wird, seh ich mit Begierde entgegen.

Die Frau grüßt Sie aufs beste. Sie ist auch in einer Krisis, auf ihre Weise, und wird mir um einige Monate zuvorkommen. Leben Sie recht wohl und möge ein guter Geist uns bald zusammen führen.

Ich vergaß von den neulich überschickten Sachen zu schreiben. Das Jacobische Werk habe ich noch nicht recht betrachtet, aber das Gedicht ist lustig genug und hat scharmante Einfälle

Sch.

637. Goethe

⟨Weimar, 31. Juli 1799⟩

Es ist recht hübsch daß ich Ihnen, in dem Augenblick da ich die Produktionen ausschließlich preise und anempfehle, auf eine doppelte Weise dazu Glück wünschen kann. Möge in beiden Fällen alles glücklich von Statten gehen!

Ich konnte voraussehen daß *Parny* Ihnen Vergnügen machen würde. Er hat aus dem Sujet eine Menge sehr artiger und geistreicher Motive gezogen, und stellt auch recht lebhaft und hübsch dar. Nur ist er, dünkt mich, in Disposition und Gradation der Motive nicht glücklich, daher dem Ganzen die Einheit fehlt. Auch scheint mir der äußere Endzweck, die Christkatholische Religion in den Kot zu treten, offenbarer als es sich für einen Poeten schicken will. Es kam mir vor als wenn dieses Büchlein express von den Theophilanthropen bestellt sein könnte.

Allerdings passen diese und ähnliche Gegenstände besser zu komischen als zu ernsthaften Epopeen. Das verlorne Paradies, das ich diese Tage zufällig in die Hand nahm, hat mir zu wunderbaren Betrachtungen Anlaß gegeben. Auch bei diesem Gedichte, wie bei allen modernen Kunstwerken, ist es eigentlich das Individuum, das sich dadurch manifestiert, welches das Interesse hervorbringt. Der Gegenstand ist abscheulich, äußerlich scheinbar und innerlich wurmstichig und hohl. Außer den wenigen natürlichen und energischen Motiven ist eine ganze Partie Lahme und falsche, die einem wehe machen. Aber freilich ist es ein interessanter

Mann der spricht, man kann ihm Charakter, Gefühl, Verstand, Kenntnisse, dichterische und rednerische Anlagen und sonst noch mancherlei Gutes nicht absprechen. Ja der seltsame einzige Fall daß er sich, als verunglückter Revolutionär, besser in die Rolle des Teufels als des Engels zu schicken weiß, hat einen großen Einfluß auf die Zeichnung und Zusammensetzung des Gedichts, so wie der Umstand daß der Verfasser blind ist auf die Haltung und das Kolorit desselben. Das Werk wird daher immer einzig bleiben und, wie gesagt, so viel ihm auch an Kunst abgehen mag, so sehr wird die Natur dabei triumphieren.

Unter andern Betrachtungen bei diesem Werke war ich auch genötigt über den *freien Willen*, über den ich mir sonst nicht leicht den Kopf zerbreche, zu denken; er spielt in dem Gedicht, so wie in der Christlichen Religion überhaupt, eine schlechte Rolle. Denn sobald man den Menschen von Haus aus für gut annimmt, so ist der freie Wille das alberne Vermögen aus Wahl vom Guten abzuweichen und sich dadurch *schuldig* zu machen; nimmt man aber den Menschen natürlich als bös an; oder, eigentlicher zu sprechen, in dem tierischen Falle unbedingt von seinen Neigungen hingezogen zu werden; so ist alsdann der freie Wille freilich eine vornehme Person, die sich anmaßt aus Natur gegen die Natur zu handeln. Man sieht daher auch wie Kant notwendig auf ein radikales Böse kommen mußte und woher die Philosophen die den Menschen von Natur so scharmant finden in Absicht auf die Freiheit desselben so schlecht zurechte kommen und warum sie sich so sehr wehren wenn man ihnen das Gute aus Neigung nicht hoch anrechnen will. Doch mag das bis zur mündlichen Unterredung aufgehoben sein, so wie die Reinholdischen Erklärungen über den Fichtischen Atheismus.

Den Brief an Lavatern hierüber habe ich angefangen zu lesen. Reinholds Ausführung scheint mir überhaupt psychologisch sehr unterrichtend und läuft wie mir scheint am Ende auf das alte Diktum hinaus, daß sich jeder seine eigne Art von Gott macht und daß man niemand den seinigen weder nehmen kann und soll.

Um meiner von allen Seiten geräuschvollen Nachbarschaft zu entgehen habe ich mich entschlossen in den Garten zu ziehen, um dort die Ankunft des Herzogs und Geh. Rat Voigts zu erwarten, welche mich hoffentlich von meinem gegenwärtigen Posten ablösen wird.

Ob die Einsamkeit des Ilmtals zu dem Einzigen was Not ist viel helfen wird, muß die Zeit lehren.

Leben Sie recht wohl und grüßen Ihre liebe Frau. Unsere nächste Zusammenkunft wird desto erfreulicher werden je mehr sie bisher gehindert worden ist, denn wir haben indes jeder für sich doch wieder manches erfahren dessen Mitteilung interessant genug sein wird.

Weimar am 31 Juli 1799.

G

638. Schiller

Jena 2 Aug. 99.

Ich wünsche Ihnen Glück zum Auszug in den Garten, von dem ich mir gute Folgen für die Produktive Tätigkeit verspreche. Nach der langen Pause die Sie gemacht, wird es nur der Einsamkeit und ruhigen Sammlung bedürfen, um den Geist zu entbinden.

Indem Sie Miltons Gedicht vor die Hand genommen, habe ich den Zeitraum in dem es entstanden und durch den es eigentlich wurde, zu durchlaufen Gelegenheit gehabt. So schrecklich die Epoche war, so muß sie doch für das dichterische Genie erweckend gewesen sein, denn der Geschichtschreiber hat nicht unterlassen mehrere in der englischen Poesie berühmte Namen unter den handelnden Personen aufzuführen. Hierin ist jene Revolutionsepoche fruchtbarer als die französische gewesen, an die sie einen sonst oft erinnert. Die Puritaner spielen so ziemlich die Rolle der Jacobiner, die Hilfsmittel sind oft dieselben und eben so der Ausschlag des Kampfs. Solche Zeiten sind recht dazu gemacht Poesie und Kunst zu verderben, weil sie den Geist aufregen und entzünden, ohne ihm einen Gegenstand zu geben. Er empfängt dann seine Objekte von innen und die Mißgeburten der Allegorischen, der Spitzfindigen und Mystischen Darstellung entstehen.

Ich erinnre mich nicht mehr, wie Milton sich bei der Materie vom freien Willen heraushilft, aber Kants Entwicklung ist mir gar zu mönchisch, ich habe nie damit versöhnt werden können. Sein ganzer Entscheidungsgrund beruht darauf, daß der Mensch einen *positiven Antrieb* zum Guten, so wie zum sinnlichen Wohlsein habe; er brauche also auch wenn er das Böse wählt einen *positiven innern Grund* zum Bösen, weil das Positive nicht durch etwas bloß negatives aufgehoben werden könne. Hier sind aber zwei unendlich heterogene Dinge, der Trieb zum Guten und der Trieb zum sinnlichen Wohl völlig als gleiche Potenzen und Quantitäten behandelt, weil die freie Persönlichkeit ganz gleich *gegen* und *zwischen* beide Triebe gestellt wird.

Gottlob, daß wir nicht berufen sind, das Menschengeschlecht über diese Frage zu beruhigen und immer im Reich der Erscheinung bleiben dürfen. Übrigens sind diese dunkle Stellen in der Natur des Menschen für den Dichter und den tragischen ins besondre nicht leer, und noch weniger für den Redner, und in der Darstellung der Leidenschaften machen sie kein kleines Moment aus.

Sagen Sie mir doch in Ihrem nächsten Brief, wann man ohngefähr den Herzog in Weimar zurück erwartet und also Ihre eigene Hieherkunft in Jena bestimmen kann. Ich wünschte es darum zu wissen, weil eine kleine Reise davon abhängen könnte, die ich vielleicht mit meiner Frau auf ein paar Tage mache, und um derentwillen ich nicht gern einen Tag Ihres Hierseins versäumen möchte.

Die Frau dankt Ihnen herzlich für Ihren Anteil.

Leben Sie recht wohl und erfreuen Sie mich bald mit der Nachricht, daß die poetische Stunde geschlagen hat.

Sch.

639. Goethe

〈Weimar, 3. August 1799〉

Meine Einsamkeit im Garten wende ich vor allen Dingen dazu an, daß ich meine kleinen Gedichte, die Unger nunmehr zum siebenten Band verlangt hat, noch näher zusammen stelle und abschreiben lasse. Zu einer solchen Redaktion gehört Sammlung, Fassung, und eine gewisse allgemeine Stimmung. Wenn ich noch ein Paar Dutzend neue Gedichte dazu tun könnte, um gewisse Lücken auszufüllen und gewisse Rubriken, die sehr mager ausfallen, zu bereichern so könnte es ein recht interessantes Ganze geben. Doch wenn ich nicht Zeit finde das Publikum zu bedenken, so will ich wenigstens so redlich gegen mich selbst handeln, daß ich mich wenigstens von dem überzeuge was ich tun sollte, wenn ich es auch gerade jetzt nicht tun kann. Es gibt für die Zukunft leitende Fingerzeige.

Miltons verlornes Paradies, das ich Nachmittags lese, gibt mir zu vielen Betrachtungen Stoff, die ich Ihnen bald mitzuteilen wünsche. Der Hauptfehler den er begangen hat, nachdem er den Stoff einmal gewählt hatte, ist daß er seine Personen Götter, Engel, Teufel, Menschen, sämtlich gewissermaßen unbedingt einführt und sie nachher, um sie handeln zu lassen, von Zeit zu Zeit, in einzelnen Fällen, bedingen muß, wobei er sich denn, zwar auf eine geschickte, doch meistens auf eine witzige Weise zu entschuldigen sucht. Übrigens bleibts dabei daß der Dichter ein fürtrefflicher und in jedem Sinne interessanter Mann ist, dessen Geist des Erhabenen fähig ist und man kann bemerken daß der abgeschmackte Gegenstand ihn bei dieser Richtung oft mehr fördert als hindert, ja dem Gedicht bei Lesern, die nun einmal den Stoff gläubig verschlucken, ihm zum großen Vorteil gereichen muß.

Übrigens hat es noch manches gegeben wovon ich schweige weil der Brief in die Stadt soll. Wann ich kommen kann darüber will ich lieber nichts sagen, weil ich es noch nicht genau bestimmen kann. Lassen Sie sich daher von Ihrer kleinen Reise nicht abhalten. Leben Sie recht wohl und grüßen Ihre liebe Frau. Weimar am 3 August 1799.

G

640. Schiller

Jena 6. Aug. 99.

Ich habe mich heut in meiner Arbeit verspätet, und habe nur noch Zeit, Ihnen einen freundlichen Gruß zu sagen. Es freut mich zu hören, daß Sie an Ihre Gedichte gegangen sind und daß diese Sammlung nun gedruckt wird. Das Fach der Episteln und Balladen ists allein, soviel ich weiß, worin Sie noch keine Masse haben, wenn Sie nicht etwa noch die

Idyllen zu vermehren wünschen. Die Elegien, Epigramme und Lieder sind aber desto reicher besetzt. Hoffentlich bleiben Sie bei Ihrem Vorsatz, jedes Ihrer Lieder, wo es auch in größern Werken vorkommt, in die Sammlung aufzunehmen. Es wird eine reiche und erfreuliche Sammlung werden, wenn sie auch nicht nach Ihrer eignen höhern Foderung ausgeführt wird, und was jetzt nicht geschieht, kann ein andermal geschehen, da ein solches Werk ohnehin in 3 bis 4 Jahren vergriffen ist.

Ich hätte gern diesen neuen Almanach auch noch mit einigen Kleinigkeiten begabt, aber es fehlt mir an aller Stimmung dazu, weil die dramatische Arbeit jede andre ableitet. In dieser geht es bis jetzt in seiner Ordnung fort und wenn meine kleine Reise nach Rudolstadt, die ich projektiert habe, mir keine zu starke Diversion macht, so kann ich den zweiten Akt noch in diesem Monat beschließen.

Leben Sie bestens wohl in Ihrer Einsamkeit. August hat vorgestern meinen Kleinen eine recht große Freude mit seinem Besuch gemacht. Die Frau grüßt Sie schönstens. Parny folgt hier mit vielem Dank zurück.

Sch.

641. Goethe

〈Weimar, 7. August 1799〉

In meiner Garteneinsamkeit fahre ich an meiner Arbeit recht eifrig fort und die reinliche Abschrift fördert gleichfalls. Noch kann ich selbst nicht sagen wie es mit der Sammlung werden wird eins fordert das andere. Mein gegenwärtiger Aufenthalt erinnert mich an einfachere und dunklere Zeiten, die Gedichte selbst an mannigfaltige Zustände und Stimmungen. Ich will nur sachte hin immer das nächste tun und eins aus dem andern folgen lassen.

Die Epigramme sind, was das Sylbenmaß betrifft, am liederlichsten gearbeitet und lassen sich glücklicherweise am leichtesten verbessern, wobei oft Ausdruck und Sinn mit gewinnt. Aus den Römischen Elegieen habe ich manchen prosodischen Fehler und ich hoffe mit Glück weggelöscht. Bei passionierten Arbeiten wie z. B. Alexis und

Dora, ist es schon schwerer doch muß man sehen wie weit mans bringen kann und am Ende sollen Sie mein Freund die Entscheidung haben. Wenn man solche Verbesserungen auch nur Teilweise zu Stande bringt so zeigt man doch immer seine Perfektibilität, so wie auch Respekt für die Fortschritte in der Prosodie welche man Voßen und seiner Schule nicht absprechen kann.

Überhaupt müsse diese Sammlung in manchem Sinne wenn es mir gelingt, als ein Vorschritt erscheinen.

Meyer will ein halb Dutzend Zeichnungen dazu liefern, etwa nur ein Paar unmittelbaren Bezugs, oder wie man sagen möchte historischen Inhalts z. B. die Katastrophe der Braut von Corinth. Andere müßten einen entfernteren simbolischen Bezug haben.

Indem ich nun dergestalt aus dem Alten nach dem Neuen zu arbeite ist mir die Hoffnung gar erfreulich daß mich bei Ihnen etwas ganz neues erwarte, wovon ich so gut als gar keine Idee habe. Sein Sie fleißig, wenn es die Umstände erlauben wollen und vollbringen glücklich Ihre Rudolstädter Fahrt. Lassen Sie August manchmal bei sich gut aufgenommen sein; da ich nicht nach Jena entweichen konnte, so mußten die Meinigen weichen, denn dabei bleibt es nun einmal: daß ich ohne absolute Einsamkeit nicht das mindeste hervorbringen kann. Die Stille des Gartens ist mir auch daher vorzüglich schätzbar.

Nochmals ein Lebewohl und einen Gruß an Ihre liebe Frau.

Weimar am 7 August 1799.

G

642. Schiller

Jena 9 Aug. 99.

Zu den prosodischen Verbesserungen in den Gedichten gratuliere ich. Zu dem letzten Artikel in unserm Schema, zur Vollendung, gehört unstreitig auch diese Tugend und der Künstler muß hierin etwas vom Punktierer lernen. Es hat mit der Reinheit des Silbenmaßes die eigene Bewandtnis, daß sie zu einer sinnlichen Darstellung der innern Notwendigkeit des Gedankens dient, da im Gegenteil eine

Lizenz gegen das Silbenmaß eine gewisse Willkürlichkeit fühlbar macht. Aus diesem Gesichtspunkt ist sie ein großes Moment und berührt sich mit den innersten Kunstgesetzen.

In Rücksicht auf den jetzigen Zeitmoment muß es jeden, der für den guten Geschmack interessiert ist, freuen, daß Gedichte welche einen entschiednen Kunstwert haben, sich auch noch diesem Maßstab unterwerfen. So wird die Mittelmäßigkeit am besten bekämpft, denn sowohl der welcher kein Talent hat als korrekte Verse zu machen und bloß für das Ohr arbeitet, als auch der andre, welcher sich für zu original hält, um auf das Metrum den gehörigen Fleiß zu wenden, werden dadurch zum Schweigen gebracht.

Weil aber die prosodische Gesetzgebung selbst noch nicht durchaus im klaren ist, so werden immer bei dem besten Willen streitige Punkte in der Ausführung übrig bleiben und da Sie einmal über die Sache soviel nachgedacht so täten Sie vielleicht nicht übel, wenn Sie in einer Vorrede oder wo es schicklich ist, Ihre Grundsätze darüber aussprächen, daß man das für keine bloße Lizenz oder Übertretung halte, was aus Prinzipien geschieht.

Der Gedanke einige Kupfer zu dem Werk zu geben ist recht gut. Sie können gut bezahlt und folglich auch gut gemacht werden; aber ich wäre dafür, daß Sie der allgemeinen Neigung soweit nachgäben und keine andre als individuelle Darstellungen wählten. Die Katastrophe der Braut ist sehr passend, auch aus Alexis und Dora, aus den römischen Elegien und den venetianischen Epigrammen ließen sich Gegenstände wählen, wofür unser Freund Meier vorzüglich berufen wäre.

Ich bin recht verlangend zu erfahren, wie weit Sie, wenn Sie hieher kommen, in diesem Redaktions-Geschäft gelangt sind. Einzelne Streitfragen in Absicht auf das metrische werden uns angenehm und lehrreich beschäftigen.

Nicht weniger verlangend bin ich, Ihnen alsdann auch *meine* bisherigen Acta vorzulegen, worüber ich selbst noch keine gültige Stimme habe. Lebhaft aber fühle ich mit jedem Tage das Bedürfnis theatralischer Anschauungen und werde mich schlechterdings entschließen müssen, die

Wintermonate in Weimar zuzubringen. Die ökonomischen Mittel zu Realisierung dieser Sache sollen mich zunächst beschäftigen.

Leben Sie nun recht wohl in Ihrer Einsamkeit. Ob und wann ich meine kleine Reise antrete, kann ich heut noch nicht bestimmen. Die Frau grüßt Sie aufs beste.

Sch.

643. Goethe

⟨Weimar, 10. August 1799⟩

Nachdem ich diese Woche ziemlich in der Einsamkeit meines Gartens zugebracht, habe ich mich wieder auf einen Tag in die Stadt begeben und zuerst das Schloß besucht, wo es sehr lebhaft zugeht. Es sind 160 Arbeiter angestellt, und ich wünschte daß Sie einmal die mannigfaltigen Handwerker in so einem kleinen Raume beisammen arbeiten sähen. Wenn man mit einiger Reflexion zusieht, so wird es sehr interessant die verschiedensten Kunstfertigkeiten, von der gröbsten bis zur feinsten, wirken zu sehen. Jeder tut nach Grundsätzen und aus Übung das seinige. Wäre nur immer die Vorschrift, wornach gearbeitet wird, die beste, denn leider kann auf diesem Wege ein geschmackvolles Werk, so gut als eine barbarische Grille zu Stande kommen.

An den Gedichten wird immer ein wenig weiter gearbeitet und abgeschrieben.

Durch das Steinische Spiegelteleskop habe ich einen Besuch im Monde gemacht. Die Klarheit mit welcher man die Teile sieht ist unglaublich; man muß ihn im wachsen und abnehmen beobachten wodurch das Relief sehr deutlich wird. Sonst habe ich noch mancherlei gelesen und getrieben. Denn in einer so absolute⟨n⟩ Einsamkeit, wo man durch gar nichts zerstreut und auf sich selbst gestellt ist, fühlt man erst recht und lernt begreifen wie lang ein Tag sei.

Es ist keine Frage daß Sie unendlich gewinnen würden wenn Sie eine Zeitlang in der Nähe eines Theaters sein könnten. In der Einsamkeit steckt man diese Zwecke immer zu weit hinaus. Wir wollen gerne das unsrige dazu beitragen um das Vorhaben zu erleichtern. Die größte Schwierigkeit ist wegen eines Quartiers. Da Thouret wahrscheinlich erst zu Ende des Septembers kommt, so wird man ihn wohl den Winter über fest halten. Das wegen Gespenstern berüchtigte Gräfl. Wertherische Haus, das für jemanden, der das Schauspiel fleißig besuchen will bequem genug liegt, ist so viel ich weiß zu vermieten, es wäre wohl der Mühe wert das Gebäude zu entzaubern.

Lassen Sie uns der Sache weiter nachdenken. Leben Sie indessen recht wohl und grüßen Ihre liebe Frau. Weimar am 10 August 1799.

G

644. Schiller

Jena 12 August. 99

Sie hätten mich durch Ihre Beschreibung des lebhaften Baugeschäfts bald verführt, auf einen Tag hinüber zu reisen, und die Einförmigkeit meiner bisherigen Lebensweise wieder einmal durch etwas ganz heterogenes zu unterbrechen. Aber so not es mir auch vielleicht täte, mir eine Zerstreuung zu machen, so sitze ich doch jetzt zu fest in meiner Arbeit und muß mich doppelt zusammen nehmen weit darin vorwärts zu kommen, weil ich nicht weiß, wieviel Zeit und Stimmung das häusliche Evenement im Herbst mir rauben kann. Die Reise welche ich, um meiner Frau u: mir selbst eine Veränderung zu machen, nach Rudolstadt vor hatte, bleibt auch auf einige Wochen verschoben, weil das Vogelschießen dort jetzt gerade einfällt und meine Schwieger-Mutter mit dem Hofe bisher entfernt gewesen. Wenn Sie also jetzt kommen können und wollen, so finden Sie uns zu Ihrem Empfange bereit. Wir haben hier die schönen Tage recht genossen und benutzt.

Daß ich die Wintermonate künftighin in W⟨eimar⟩ zubringe, ist bei mir nun eine beschlossene Sache; die sinnliche Gegenwart des Theaters muß mir eine Menge faux frais ersparen, die mir jetzt unvermeidlich sind, weil ich die Vorstellung der lebendigen Maße nicht habe, und auch der Stoff soll mir alsdann reichlicher zufließen. Diesen Winter werde ich zwar später dazu kommen, vielleicht erst mit Ende Januars, wegen der Frau und dem Kleinen. Vor der Hand hoffe ich mit der Charlotte wegen des Logis eine

Übereinkunft treffen zu können, will mich aber doch auch wegen des Wertherischen Hauses erkundigen, weil es nicht übel für die Komödie gelegen ist. Auf dem Markte wohnte ich am liebsten, so wär ich Ihnen und meinem Schwager gleich nahe.

Der Herzog hat mir in diesem Frühjahr seinen Wunsch zu erkennen gegeben, daß ich öfters nach W⟨eimar⟩ käme und länger da bliebe. Da ich ihm nun zugleich sehr leicht begreiflich machen kann, wie sehr ich mich selbst dabei besser befinden würde, so will ich mich mit geradem Vertrauen an ihn wenden und ihn bitten, daß er mir für die dadurch zuwachsende größere Kosten etwas zulegen möchte. Das Versprechen einer Zulage habe ich ohnehin seit 5 Jahren her von ihm und er ist immer gnädig gegen mich gewesen. Könnte ich übrigens durch meine Gegenwart in Weimar dem Theater Nutzen schaffen, wozu ich mich von ganzem Herzen erbiete, so würde die Sache sich noch einfacher abtun lassen.

Ich wünschte nur ein Wort von dem Gange des Druckes, den Almanach betreffend, zu erfahren, denn die Zeit bis Michaelis geht nun schon klein zusammen. Auch ist Meier wohl so gut und läßt die Hexameter des ganzen Gedichtes zählen, daß ich bestimmt weiß, wieviel Bogen es gibt. Etwas werde ich wohl für den Almanach geben müssen, um Cotta mein Wort zu halten, wenn auch die Glocke daran müßte.

Leben Sie recht wohl. Die Frau grüßt Sie bestens und sehnt sich auf Ihre Wiederkunft so wie ich.

Sch.

645. Goethe

⟨Weimar, 14. August 1799⟩

Der erste Bogen des Almanachs ist nun unter der Presse, der Druck nimmt sich ganz artig aus. Der dritte Gesang ist nunmehr in meinen Händen und ich will auch noch mein mögliches daran tun. Freilich da ich selbst gegenwärtig an einer strengen Revision meiner eignen Arbeiten bin, so erscheinen mir die Frauenzimmerlichkeiten unserer lieben kleinen Freundin noch etwas loser und lockerer als vorher, und wir wollen sehen wie wir uns eben durchhelfen. Das Ganze soll überschlagen werden und es wird sich zeigen daß wir auf alle Fälle noch etwas dazu geben müssen. Lassen Sie sich allenfalls die Glocke nicht reuen, ich will auch mein mögliches tun einen Beitrag zu schaffen, ob ich gleich bis jetzt weder wüßte was noch wie.

Da die obwaltenden Umstände Ihren Winteraufenthalt in Weimar diesmal sehr zweifelhaft machen, wenigstens in der ersten Zeit nicht daran zu denken ist; so läßt man freilich am besten die Sache vorerst noch auf sich beruhen; denn wäre es möglich gleich mit dem Oktober hier einzutreffen, so sollte es an Moiens Ihren hiesigen Aufenthalt zu erleichtern von keiner Seite fehlen.

Der Aufenthalt im Garten wird von mir auf allerlei Weise so zweckmäßig als möglich benutzt und ich habe das Vergnügen in manchem Sinne vorwärts zu kommen wovon mich künftig die Mitteilung herzlich freuen soll.

Lassen Sie es ja an Konzentration auf Ihre angefangene Arbeit nicht fehlen. Es ist doch im Grunde nichts wünschenswerter als eine große Masse zu organisieren.

Da ich so eben in das Schloß gehen muß und nicht weiß ob ich zur rechten Zeit wieder komme, so will ich für diesmal meinen Brief schließen und Ihnen beiderseits recht wohl zu leben wünschen.

Weimar am 14 Aug. 1799.

G

646. Schiller

Jena 16 Aug. 99.

Die Schlegels haben, wie ich heute fand, ihr Athenäum mit einer Zugabe von Stacheln vermehrt und suchen durch dieses Mittel, welches nicht übel gewählt ist, ihr Fahrzeug flott zu erhalten. Die Xenien haben ein beliebtes Muster gegeben. Es sind in diesem literarischen Reichsanzeiger gute Einfälle, freilich auch mit solchen die bloß naseweise sind stark versetzt. Bei dem Artikel über Böttichern, sieht man, hat der bittre Ernst den Humor nicht aufkommen lassen. Gegen Humboldt ist der Ausfall unartig und undankbar, da dieser immer ein gutes Verhältnis mit den

Schlegeln gehabt hat, und man sieht aufs neue daraus, daß sie im Grunde doch nichts taugen.

Übrigens ist die, an Sie gerichtete, Elegie ihre große Länge abgerechnet, eine gute Arbeit, worin viel schönes ist. Ich glaubte auch eine größere Wärme darin zu finden als man von Schlegels Werken gewohnt ist und mehreres ist ganz vortrefflich gesagt. Sonst habe ich noch nichts in diesem Hefte gelesen. Ich zweifle nicht, daß es auf dem nunmehr eingeschlagenen Weg Leser genug finden wird, aber Freunde werden sich die Herausgeber eben nicht erwerben, und ich fürchte es wird bald auch der Stoff versiegen wie sie in den Aphoristischen Sätzen auch auf einmal und für immer ihre Barschaft ausgegeben haben.

Wenn es möglich wäre, daß Sie noch einiges in den Almanach stiften könnten und ich auch meinen Beitrag geben kann, so würde ich auch Matthissons, Steigenteschs und noch einige andre Beiträge darin aufnehmen und so dem Almanach seine gewöhnliche Gestalt verschaffen. Um Cottas willen wäre mirs lieb, daß ihm nicht auch hier ein Unglück begegne, wiewohl ich von den Kupferstichen das beste hoffe.

Bei Gelegenheit Ihrer Gedichtsammlung ist mir eingefallen, ob Sie nicht etwa das Fach didaktischer Gedichte, wozu die *Metamorphose der Pflanzen* gehört, noch zu bereichern hätten und vielleicht fände sich zu solchen Gedichten am schnellsten die Stimmung, da die Anregung von dem Verstande kommt. Wenn Sie hieher kommen und wir uns darüber unterhalten, so entsteht vielleicht schnell etwas, wie das Gedicht von der Metamorphose auch schnell da war. Es gäbe zugleich einen Beitrag für den Almanach.

In meiner dramatischen Arbeit geht es noch immer frisch fort und wenn nichts dazwischen kommt, so kann ich vor Ende Augusts den Zweiten Akt zurückgelegt haben. Im Brouillon liegt er schon da. Ich hoffe daß in dieser Tragödie alles theatralisch sein soll, ob ich sie gleich für den Zweck der Repräsentation etwas enger zusammen ziehe. Weil es auch *historisch* betrachtet ein reichhaltiger Stoff ist, so habe ich ihn, in historischer Hinsicht auch etwas reicher behandelt und Motive aufgenommen, die den nachdenkenden und instruierten Leser freuen können, die aber bei der Vorstellung, wo ohnehin der Gegenstand sinnlich dasteht, nicht nötig und wegen historischer Unkenntnis des großen Haufens auch ohne Interesse sind. Übrigens ist bei der Arbeit selbst schon auf alles gerechnet was für den theatralischen Gebrauch wegbleibt und es ist durchaus keine eigne Mühe dazu nötig wie beim Wallenstein.

Leben Sie wohl, und machen Sie uns bald Hoffnung Sie hier zu sehen. Die Frau grüßt Sie, sie hofft unsre Verpflanzung nach Weimar soll nicht länger als bis in die Mitte Januars aufgehalten werden. Vielleicht kann ich für meine Person früher kommen. Leben Sie recht wohl. Viele Grüße an Meiern.

Sch.

647. Goethe

〈Weimar, 17. August 1799〉

Wenn ich Ihnen künftig etwas ausführlichere Briefe schreiben will, so muß ich im voraus schreiben, denn wenn ich wie heute abermals früh in die Stadt muß, so kann ich nicht wieder leicht zur Besinnung kommen.

Ich muß Sie ersuchen den Almanach ja etwas mehr von sich auszustatten, ich will das meinige tun, welches ich so gewiß verspreche als man dergleichen versprechen kann. Auch von Steigentesch, Matthison bringen Sie ja das mögliche bei, damit der Almanach sich der alten Form nähere. Das Gedicht, je mehr man es betrachtet läßt fürchten daß es nicht in die Breite wirken werde, so angenehm es für Personen ist die einen gewissen Grad von Kultur haben. Die barbarische Sitte als Gegenstand, die zarten Gesinnungen als Stoff und das undulistische Wesen als Behandlung betrachtet, geben dem ganzen einen eignen Charakter und besondern Reiz zu dem man gemacht sein oder sich erst machen muß. Das allerschlimmste ist: daß ich wegen der Kupfer fürchte. Der Mann ist ein bloßer Punktierer und aus einem Aggregat von Punkten entsteht keine Form. Nächstens sollen Sie hören wie viel das Ganze betragen wird die zwei ersten Gesänge machen drei Bogen.

Wegen des Schlegelischen Streifzugs bin ich ganz Ihrer Meinung. Die Elegie hätte er in mehrere trennen sollen, um die Teilnahme und die Übersicht zu erleichtern.

Die übrigen Späße werden Leser genug herbei locken und an Effekt wird es auch nicht fehlen. Leider mangelt es beiden Brüdern an einem gewissen innern Halt der sie zusammenhalte und fest halte. Ein Jugendfehler ist nicht liebenswürdig als in so fern er hoffen läßt daß er nicht Fehler des Alters sein werde. Es ist wirklich Schade daß das Freund Böttigern zugedachte Blatt nicht heiterer ist. Einige Einfälle in den andern Rubriken sind wirklich sehr gut. Übrigens läßt sich auch im persönlichen Verhältnis keineswegs hoffen daß man gelegentlich ungerupft von ihnen wegkommen werde. Doch will ich es ihnen lieber verzeihen wenn sie etwas versetzen sollten als die infame Manier der Meister in der Journalistik. Böttiger hat die Canaillerie begangen der Propyläen zweimal auf dem blauen Umschlag des Merkurs zu gedenken, dafür es ihm denn wohl bekommen mag daß sie ihm die Gebrüder die Haut über die Ohren ziehen und es scheint als wenn sie Lust hätten von vorn anzufangen wenn sie ihm wieder wachsen sollte.

Die Impietät gegen Wieland hätten sie unterlassen sollen. Doch was will man darüber sagen, hat man sie unter seiner Firma doch auch schlecht traktiert.

Leben Sie wohl ich bin zerstreut und ohne Stimmung. Grüßen Sie Ihre liebe Frau. Ich wünsche uns auf irgend eine Weise bald ein längeres Zusammensein und Ihnen zur Arbeit allen Segen um mich mit Mad. Laroche auszudrukken. Weimar am 17 Aug 1799.

G

648. Schiller

Jena 20. August 1799.

Ich bin dieser Tage auf die Spur einer neuen möglichen Tragödie geraten, die zwar erst noch ganz zu erfinden ist, aber, wie mir dünkt, aus diesem Stoff erfunden werden kann. Unter der Regierung Heinrichs VII. in England stand ein Betrüger, Warbeck, auf, der sich für einen der Prinzen Eduards V. ausgab, welche Richard III. im Tower hatte ermorden lassen. Er wußte scheinbare Gründe anzuführen, wie er gerettet worden, fand eine Partei, die ihn anerkannte und auf den Thron setzen wollte; Eine Prinzessin desselben Hauses York, aus dem Eduard abstammte und welche Heinrich dem VIIten Händel erregen wollte, wußte und unterstützte den Betrug, sie war es vorzüglich welche den Warbeck auf die Bühne gestellt hatte. Nachdem er als Fürst an ihrem Hof in Burgund gelebt und seine Rolle eine Zeitlang gespielt hatte, manquierte die Unternehmung, er wurde überwunden, entlarvt und hingerichtet.

Nun ist zwar von der Geschichte selbst so gut als gar nichts zu brauchen, aber die Situation im Ganzen ist sehr fruchtbar, und die beiden Figuren des Betrügers und der Herzogin von York können zur Grundlage einer tragischen Handlung dienen, welche mit völliger Freiheit erfunden werden müßte. Überhaupt glaube ich, daß man wohl tun würde, immer nur die allgemeine Situation, die Zeit und die Personen aus der Geschichte zu nehmen und alles übrige poetisch frei zu erfinden, wodurch eine mittlere Gattung von Stoffen entstünde welche die Vorteile des historischen Dramas mit dem erdichteten vereinigte.

Was die Behandlung des erwähnten Stoffs betrifft, so müßte man deucht mir das Gegenteil von dem tun, was der Komödiendichter daraus machen würde. Dieser würde durch den Kontrast des Betrügers mit seiner großen Rolle und seine Inkompetenz zu derselben das Lächerliche hervorbringen. In der Tragödie müßte er als zu seiner Rolle geboren erscheinen und er müßte sie sich so sehr zu eigen machen, daß mit denen, die ihn zu ihrem Werkzeug gebrauchen und als ihr Geschöpf behandeln wollten, interessante Kämpfe entstünden. Es müßte ganz so aussehen, daß der Betrug ihm nur den Platz angewiesen, zu dem die Natur selbst ihn bestimmt hatte. Die Katastrophe müßte durch seine Anhänger und Beschützer, nicht durch seine Feinde, und durch Liebeshändel, durch Eifersucht u. dgl. herbeigeführt werden.

Wenn Sie diesem Stoff im Ganzen etwas Gutes absehen und ihn zur Grundlage einer tragischen Fabel brauchbar glauben, so soll er mich zuweilen beschäftigen, denn wenn ich in der Mitte eines Stücks bin, so muß ich in gewissen Stunden an ein neues denken können.

Für den Almanach geben Sie mir keine tröstlichen Aussichten. Was die Kupfer betrifft, so habe ich meine Hoffnung nicht auf die Güte des Kupferstichs gebaut, man ist ja hierin gar nicht verwöhnt und da diese Manier im Ganzen gefällt, die Zeichnung zugleich verständig entworfen ist, so werden wir uns doch damit sehen lassen dürfen. Die Bemerkung, die Sie über das Gedicht selbst machen ist mir bedenklicher, besonders da mir etwas ähnliches selbst dabei geschwant hat. Noch weiß ich nicht wie Rat geschafft werden soll, denn meine Gedanken wollen sich noch gar nicht auf etwas lyrisches wenden. Auch ist es ein schlimmer Umstand, daß wir zu den anzuhängenden kleinen Gedichten einen sehr kleinen Raum übrig behalten, der also notwendig mit bedeutenden Sachen muß ausgefüllt werden. Sobald ich meinen zweiten Akt fertig habe, werde ich ernstlich an diese Sache denken.

Leben Sie wohl, meine Frau grüßt Sie aufs beste.

Sch.

649. Goethe

⟨Weimar, 21. August 1799⟩

Mein stilles Leben im Garten trägt immer fort wo nicht viele doch gute Früchte.

Ich habe diese Zeit fleißig Winkelmanns Leben und Schriften studiert. Ich muß mir das Verdienst und die Einwirkung dieses wackern Mannes im Einzelnen deutlich zu machen suchen.

An meinen kleinen Gedichten habe ich fortgefahren zusammen zu stellen und zu korrigieren. Man sieht auch hier daß alles auf das Prinzip ankommt woraus man etwas tut. Jetzt da ich den Grundsatz eines strengeren Sylbenmaßes anerkenne, so bin ich dadurch eher gefördert als gehindert. Es bleiben freilich manche Punkte über welche man ins Klare kommen muß. Voß hätte uns schon vor 10 Jahren einen großen Dienst getan, wenn er, in seiner Einleitung zu den Georgiken, über diesen Punkt etwas weniger mystisch geschrieben hätte.

Diese Woche bin ich wider meine Gewohnheit meist bis Mitternacht aufgeblieben, um den Mond zu erwarten den ich durch das Auchische Teleskop mit vielem Interesse betrachte. Es ist eine sehr angenehme Empfindung einen so bedeutenden Gegenstand, von dem man vor kurzer Zeit so gut als gar nichts gewußt, um so viel näher und genauer kennen zu lernen. Das schöne Schröterische Werk, die Selenotopographie, ist freilich eine Anleitung durch welche der Weg sehr verkürzt wird. Die große nächtliche Stille hier außen im Garten hat auch viel Reiz, besonders da man morgens durch kein Geräusch geweckt wird und es dürfte einige Gewohnheit dazu kommen, so könnte ich verdienen in die Gesellschaft der würdigen Lucifugen aufgenommen zu werden.

So eben wird mir Ihr Brief gebracht. Der neue tragische Gegenstand, den Sie angeben, hat auf den ersten Anblick viel Gutes und ich will weiter darüber nachdenken. Es ist gar keine Frage daß wenn die Geschichte das simple Faktum, den nackten Gegenstand her gibt und der Dichter Stoff und Behandlung; so ist man besser und bequemer dran, als wenn man sich des Ausführlichern und Umständlichern der Geschichte bedienen soll; denn da wird man immer genötigt das besondere des Zustands mit aufzunehmen, man entfernt sich vom rein Menschlichen und die Poesie kommt ins Gedränge.

Von Preiszeichnungen ist erst Eine eingegangen, welche in Betrachtung kommt und Lobenswürdige Seiten hat, einige andere sind unter aller Kritik und es fällt einem der durch jenes Rätsel aufgeregte deutsche Pöbel ein.

Wegen des Almanachs müssen wir nun einen Tag nach dem andern hinleben und das mögliche tun. Der dritte Gesang, den ich mit den Frauenzimmern durchgegangen, ist nun in der Druckerei und wir wollen nun dem vierten nachzuhelfen suchen. Es ist immer keine Frage daß das Gedicht viel Anlage und viel Gutes hat, nur bleibt es in der Ausführung zu weit hinter dem zurück was es sein sollte, obgleich inzwischen daß Sie es nicht gesehen haben viel daran geschehen ist.

Frau von Kalb läßt wirklich ihre Sachen wegschaffen und das Quartier wird also leer. Freilich wird es nur an jemand gegeben werden können, der es aufs ganze Jahr mietet. Indessen müßte man einen Entschluß fassen und wir hätten von Seiten des Theaters alle Ursache Ihnen diese Expedition zu erleichtern.

Der Bergrat Scherer, der sich zu verheiraten denkt macht, höre ich, Spekulation darauf; geschähe diese Veränderung, so würde bei Wolzogen die obere Etage leer, wo Ihre Familie wohnen könnte. Ihnen gäben wir das Thouretische und würden, wenn Sie mit diesem hier zusammen träfen, für diesen schon ein ander Quartier zu finden wissen. Das muß man denn alles hin und her bedenken und bereden bis man zur Entschließung genötigt wird. Und hiermit leben Sie für heute wohl und grüßen Sie Ihre liebe Frau. Weimar am 21 August 1799.

G.

650. Schiller

Jena 24. ⟨23.⟩ Aug. 99.

Aus allen Umständen fange ich an zu schließen, daß wir vor Eintritt des Herbsts kaum auf Ihre Hieherkunft hoffen können. So geht dieser Sommer ganz anders hin als ich mir versprochen hatte, und ob ich mich gleich ernstlich zu meinem Geschäft halte und darin vorwärts komme, so fühle ich doch im Ganzen meines innern Zustands diese Beraubung sehr, und sie verstärkt mein Verlangen nicht wenig, den Winter in Weimar zuzubringen. Zwar verberge ich mir nicht, daß sich von dem Einfluß der dortigen Sozietät eben nicht viel ersprießliches erwarten läßt, aber der Umgang mit Ihnen, einige Berührungen mit Meiern, das Theater und eine gewisse Lebenswirklichkeit, welche die übrige Menschenmasse mir vor die Augen bringen muß, werden gut auf mich und meine Beschäftigungen wirken. Meine hiesige Existenz ist eine absolute Einsamkeit und das ist doch zuviel.

Ich erwarte mit jedem Tag Antwort von der Fr. v. Kalb des Quartiers wegen, das ich, wenn es zu haben, ohne Anstand gleich von Michaelis an auf ein Jahr mieten werde. Kann ich es machen, mit meiner Familie bequem zusammen zu wohnen, so werde ich das immer vorziehen; ging es nicht an, so ist mir das Anerbieten wegen des Thouretischen Logis willkommen. Wenn meine Frau mit ihren Wochen glücklich ist, so wäre ich geneigt, Ende Novembers hinüber zu gehen, anfangs allein, bis die Familie nachkommen kann. Es läge mir auch deswegen viel daran, daß ich die 2 letzten Akte meines Stücks unter dem Einfluß der theatralischen Anschauungen ausarbeiten könnte.

Wenn Sie binnen 10 Tagen nicht, wenigstens auf einige Tage hieher kommen können, so hätte ich große Lust auf einen Tag zu Ihnen hinüber zu kommen und meine 2 Akte mitzubringen. Denn jetzt wünschte ich doch Ihr Urteil darüber, daß ich mich überzeugt halten kann, ob ich auf dem rechten Wege bin.

An Ihren Mondbetrachtungen wünschte ich wohl auch Teil zu nehmen. Mir hat dieser Gegenstand immer einen gewissen Respekt abgenötigt, und mich nie ohne eine sehr ernste Stimmung entlassen. Bei einem guten Teleskop wird das *körperliche* der Oberfläche sehr deutlich, und es hatte mir immer etwas furchtbares, daß ich diesen entfernten Fremdling auch mit einem andern Sinn als dem Aug zu erfassen glaubte. Es sind auch schon einige Distichen darüber entstanden, die vielleicht das Bedürfnis für den Almanach zur Reife bringen hilft.

Gelegentlich wünscht ich doch zu wissen, ob mir von den zur Auktion geschickten Büchern viele liegen geblieben, denn es sagte neulich jemand in Weimar, daß ich soviele Bücher erstanden hätte, welches kein gutes Zeichen wäre.

Leben Sie recht wohl in Ihrer geschäftigen Einsamkeit. Ihre Genauigkeit in der Metrik wird die Herrn Humboldts und Brinkmann nicht wenig erbauen.

Die Frau grüßt Sie freundlich und hat auch ein groß Verlangen Sie wieder zu sehen.

An Meiern viele Grüße.

Sch.

651. Goethe

⟨Weimar, 24. August 1799⟩

Da es uns mit dem Sommerplane nicht nach Wunsch gegangen ist, so müssen wir hoffen daß uns der Winter das bessere bringen wird. Sobald Sie wegen Ihres Quartiers einig sind wollen wir für Holz sorgen, ein Artikel an den man in Zeiten denken muß.

Es vergeht mir kein Tag ohne einen gewissen Vorteil wenn er auch klein ist und so kommt denn doch immer eins zum andern und es gibt am Ende etwas aus, da man sich doch immer nur mit würdigen Dingen beschäftigt.

Lassen Sie uns noch acht Tage zusehen, alsdann wird sich entscheiden ob ich kommen kann und wie bald.

Leider sind von Ihren Büchern, die Sie in die Auktion gegeben haben, viele zurück geblieben. Sie war im Ganzen nicht ergiebig, ob gleich einzelne Werke Teuer genug verkauft wurden. Die Auszüge werden nunmehr gemacht und das Geld einkassiert.

Von Zeit zu Zeit werden Konferenzen wegen der Schwestern von Lesbos gehalten, die denn, wie es in solchen Fällen zu gehen pflegt, die Hoffnung bald vermindern bald beleben.

Ich freue mich auf Ihre Arbeit und auf einige ruhige Wochen in Ihrer Nähe. Heute sage ich aber nichts mehr denn ein Morgenbesuch im Schloß hat mich zerstreut und ich fühle mich nicht fähig mich auf irgend einen Gegenstand zu konzentrieren.

Leben Sie recht wohl und grüßen Sie Ihre liebe Frau.

Weimar am 24 Aug: 1799. G

652. Goethe

⟨Weimar, 27. August 1799⟩

Nach Überlegung und Berechnung aller Umstände fühle ich mich gedrungen Ihnen zu melden daß ich in den nächsten Tagen nicht kommen kann, um so mehr aber wünschte ich Sie hier zu sehen besonders wegen des Quartiers.

Es verhält sich damit folgendermaßen: Frau von Kalb scheint mit Bergrat Scherer abgeschlossen zu haben, daß er in ihre Miete treten solle. Wenigstens lassen es die Umstände vermuten. Der Hausherr aber Perückenmacher Müller braucht sich, wenn er nicht will, diese Sublokation nicht gefallen zu lassen und will auf mein Zureden Ihnen das Quartier geben, jedoch wünscht er daß Sie es auf ein Paar

Jahr nähmen, welches man gar wohl tun kann weil man immer wieder jemanden hier findet der es wieder abnimmt. Die Hauptsache wäre nun daß Sie das Quartier sähen, daß man sich bespräche und entschlösse, Sie brächten Ihr Stück mit und ich hätte von meiner Seite wohl auch etwas mitzuteilen. Ich wohne noch im Garten und Sie könnten nur gerade bei mir anfahren, Meyer wird schon für Ihr Unterkommen sorgen. Es ist das nötige deshalb bestellt, das übrige würde sich finden.

Ich schicke diesen Brief mit der Post und sage heute nichts mehr. Leben Sie recht wohl. Weimar am 27 Aug 1799.

G

653. Schiller

Jena 27. Aug. 99

Ich bin heute früh bei meinem Aufstehen durch ein schweres Paquet vom H. Hofkammerrat sehr angenehm überrascht worden und wiederhole Ihnen meinen besten Dank dafür, daß Sie diesen Geldstrom in meine Besitzungen geleitet haben. Der Geist des alten Feldherrn führt sich nun als ein würdiges Gespenst auf, er hilft Schätze heben. Auch in Rudolstadt, schreibt man mir, ist viel Zulauf zum Wallenstein gewesen. Ich wünschte zu wissen, wie sich das artige Weibchen, die Vohs, aus dem Handel gezogen hat.

Meinen zweiten Akt habe ich gestern geendigt, aber nach einem wohlgemeinten und dennoch vergeblichen Bemühen, mir eine lyrische Stimmung für den Almanach zu verschaffen, habe ich heute den dritten angefangen. Das einzige Mittel mich jetzt von der Maria weg und zu einer lyrischen Arbeit zu bringen ist, daß ich mir eine äußre Zerstreuung mache. Dazu ist die achttägige Reise nach Rudolstadt gut. Sobald ich von Ihnen bestimmt weiß, ob ich Sie hier oder in Weimar sehen kann und wann, so werde ich meinen Plan machen. Vor dem 8 September aber gehe ich nicht, weil die fremden Gäste dort nicht früher wegreisen.

Über dem vielen Nachdenken, welche neue Form von Beiträgen man zu dem Almanach brauchen könnte ist mir der Gedanke an eine neue Art Xenien, für Freunde und würdige Zeitgenossen, gekommen. Der Jahrhunderts Wechsel gäbe einen nicht unschicklichen Anlaß allen denen mit welchen man gewandelt und sich verbessert gefühlt hat und auch denen, die man nicht von Person kennt aber deren Einfluß man auf eine nützliche Art empfunden ein Denkmal zu setzen. Freilich vestigia terrent. Das Tadeln ist immer ein dankbarerer Stoff als das Loben, das wiedergefundene Paradies ist nicht so gut geraten als das verlorene, und Dantes Himmel ist auch viel langweiliger als seine Hölle. Außerdem ist der Termin gar zu kurz für einen so lobenswürdigen Vorsatz.

Leben Sie für heute wohl. Ich habe mich bei meinem Geschäfte verspätet. Die Frau grüßt Sie aufs beste – alles wartet auf Sie, auch die Kinder.

Sch.

654. Goethe

⟨Weimar, 28. August 1799⟩

Mein gestriger Brief hat Sie, hoffe ich determiniert auf einige Tage herüber zu kommen und ich diktiere daher diese Zeilen nur um Sie darin zu bestärken. Sie sollen mancherlei erfahren von den wallensteinischen Aufführungen und was dem anhängig ist.

Sie sollen auch die Preisstücke sehen und sich über die Helena in mancher Gestalt verwundern. Es sind ihrer doch nun 9 zusammen gekommen.

Wegen dem Almanach und manchen andern Dingen alsdann auch mündlich das mehrere. Leben Sie recht wohl und grüßen Ihre liebe Frau, die Sie doch auch wohl mitbringen. Weimar am 28 Aug 1799.

G.

655. Schiller

Jena 28. Aug. 99.

Charlotte Kalb hat nun auch geschrieben und erklärt, daß das Quartier zu unsrer Disposition sei, wenn wir in ihren Kontrakt treten wollten. Sie hat Scherern noch nichts zugesagt.

Leider kann ich wegen Zahnweh und geschwollnem Backen nicht sogleich hinüber kommen, dies hat indessen des Quartiers wegen nichts auf sich. Meine Frau hat das ganze Quartier schon einmal gemustert, und die vordern Zimmer des Herrn und der Dame kenn ich auch. Die Einrichtung ist ganz nach unserm Bedürfnis und ich nehme keinen Anstand gleich zuzusagen. Wollen Sie also die Gütigkeit haben und Millern sagen, daß er nur den Kontrakt aufsetzt. Wenn er nur auf 2 Jahre geht ist mirs freilich lieber als auf längere Zeit, doch ein Jahr auf oder ab macht nichts, da das Quartier immer Liebhaber finden wird. Übrigens setze ich voraus, daß die Miete bleibt wie bei der Fr. v. Kalb 122 rt. den Laubt. a 1 rt. 14 gr.

Wenn ich alsdann hinüberkomme, so werden Sie mir erlauben, Ihnen meine Wünsche und Calculs in Absicht dieser neuen Einrichtung vorzutragen.

Mein Zahnübel sollte mich nicht abhalten, gleich morgen zu kommen, wenn es nicht unglücklicherweise beim Sprechen und Lesen zunähme, denn sonst ist es wohl zu ertragen.

Ich bin recht verlangend auf das was Sie mir zu zeigen und zu sagen haben, und überhaupt sehne ich mich herzlich nach dieser so lang entbehrten Kommunikation.

Die Frau wird sich nicht abhalten lassen mit zu kommen. Ich nehme die Erlaubnis bei Ihnen zu logieren mit großem Vergnügen an, und wenn es irgend möglich komme ich auf den Sonnabend.

Leben Sie recht wohl. S.

656. Schiller

Jena 3 Sept. 99.

Ich habe keine weitere Nachricht, des Quartiers wegen, von Ihnen erhalten, und rechne nun ganz darauf, daß es für mich gemietet ist. Die Umstände nötigen mich, die Rudolst⟨äd-ter⟩ Reise 8 Tage früher anzutreten, wir gehen morgen von hier und ich denke auf den Dienstag oder Mittwoch in Weimar sein zu können. Ihr Brief fände mich also morgen nicht mehr hier. Leider werde ich also in den nächsten 8 Tagen nichts von Ihnen hören, wenn mir nicht die Theaterdepeschen von Weimar nach Rudolstadt ein paar Zeilen bringen.

Ich werde nun in meiner dramatischen Arbeit eine Zeitlang pausieren müssen, wenn noch an den Almanach gedacht werden soll. Der Abschnitt ist auch schicklich, ich habe die Handlung bis zu der Szene geführt, wo die beiden Königinnen zusammen kommen. Die Situation ist an sich selbst moralisch unmöglich, ich bin sehr verlangend, wie es mir gelungen ist, sie möglich zu machen. Die Frage geht zugleich die Poesie überhaupt an und darum bin ich doppelt begierig sie mit Ihnen zu verhandeln.

Ich fange in der Maria Stuart an mich einer größern Freiheit oder vielmehr Mannichfaltigkeit im Silbenmaß zu bedienen, wo die Gelegenheit es rechtfertigt Diese Abwechslung ist ja auch in den griechischen Stücken und man muß das Publikum an alles gewöhnen.

Sehr freue ich mich Ihnen nun, obgleich durch einen großen Umweg, mich wieder zu nähern, denn ich werde unmittelbar von Rudolstadt nach Weimar gehen.

Leben Sie recht wohl für diese 8 Tage.

Die Frau grüßt aufs beste.

Sch.

657. Goethe

⟨Weimar, 4. September 1799⟩

Da eben ein⟨e⟩ Theaterdepesche nach Rudolstadt geht, so will ich den Boten nicht ohne ein Paar Worte an Sie abfertigen.

Wegen des Hauses habe ich mit Müllern abgeschlossen, Charlotte will einiges darin lassen, woran sie ganz freundlich handelt.

Kommen Sie glücklich hierher! Der Weg nach Rudolstadt ist den Weimaranern diesmal nicht günstig gewesen.

Über Ihre Marie wird es mir eine Freude sein mit Ihnen zu verhandeln. Was die Situation betrifft so gehört sie, wenn ich nicht irre, unter die romantischen. Da wir modernen nun diesem Genius nicht entgehen können, so werden wir sie wohl passieren lassen, wenn die Wahrscheinlichkeit nur einigermaßen gerettet ist. Gewiß aber haben Sie noch mehr getan. Ich bin äußerst neugierig auf die Behandlung.

Unsere Preiszeichnungen sind nun ausgestellt, der Saal ist noch nicht eröffnet und es haben sie wenige gesehen; allein es scheint mir daß der Kreis von Urteilen schon ziemlich durchlaufen ist.

Über das *Absurde* schreit jedermann auf und freut sich etwas so tief unter sich zu sehen. Über das *Mittelmäßige* erhebt man sich mit Behaglichkeit. Den *Schein* lobt man, ohne Rückhalt und ohne Bedingung; denn der Schein ist eigentlich in der Empirie das allgemein Geltende. Das *Gute*, das aber nicht vollkommen ist, übergeht man mit Stillschweigen; denn das echte, was man am Guten bemerkt, nötigt Achtung ab, das unvollkommene das man daran fühlt, erregt Zweifel und wer den Zweifel nicht selbst heben kann mag sich in diesem Falle nicht conpromittieren, und tut auch ganz wohl daran. Das *Vollkommene*, wo es anzutreffen ist, gibt eine gründliche Befriedigung, wie der Schein eine oberflächliche und so bringen beide eine ähnliche Wirkung hervor.

Wir wollen sehen ob das Publikum sich noch mannigfaltiger beweist. Geben Sie doch auch auf Ihrer gegenwärtigen Exkursion acht, ob Sie das Schema nicht komplettieren können. Es wäre doch hübsch wenn man es dahin brächte daß man wüßte was die Leute urteilen müssen.

Leben Sie wohl und vergnügt, grüßen Ihre liebe Frau und kommen glücklich zu uns; es verlangt mich so sehr Sie wieder zu sehen als ich in meiner jetzigen Lage wünschen muß wieder eine Epoche zu erleben, da meine Zustände ein wenig zu stagnieren anfangen.

Weimar am 4 Sept. 1799.

G

658. Schiller

〈Jena, 21. oder 22. September 1799〉

Das Paquet überrascht mich nicht wenig, und ob es gleich meine alte Unentschlossenheit wieder zurückruft (denn ich habe mich heute schon ernstlich entschlossen gehabt, den Beitrag zum Almanach aufzugeben und mich deswegen schon wieder an die Maria gemacht) so belebt es doch auch wieder meinen Mut, vielleicht hat es diese Wirkung auch bei Ihnen. Leben Sie recht wohl, ich hoffe Sie heute bald zu sehen, wenn gleich das Wetter die vorgehabte Gartenpartie aufhebt.

S.

659. Schiller

Jena 15 8br. ⟨Oktober⟩ 99

Unsre kleine Caroline ist diesen Vormittag getauft und ich fange wieder an, in eine Ruhe zu kommen. Meine Frau befindet sich für die Umstände recht leidlich und mit dem Kind ist es diese 2 Tage auch recht gut gegangen.

Ich habe nun auch den Anfang gemacht den Mahomet zu durchgehen und einiges dabei anzumerken, was ich auf den Freitag schicken will. Soviel ist gewiß, wenn mit einem französischen und besonders Voltairischen Stück der Versuch gemacht werden sollte, so ist Mahomet am besten dazu gewählt worden. Durch seinen Stoff ist das Stück schon vor der Gleichgültigkeit bewahrt, und die Behandlung hat weit weniger von der französischen Manier als die übrigen Stücke, die mir einfallen. Sie selbst haben schon viel dafür getan und werden, ohne große Mühe, noch einiges bedeutende tun können. Ich zweifle daher nicht, der Erfolg wird der Mühe des Experiments wert sein. Dem ohngeachtet würde ich Bedenken tragen, ähnliche Versuche mit andern französischen Stücken vorzunehmen, denn es gibt schwerlich noch ein Zweites, das dazu tüchtig ist. Wenn man in der Übersetzung die Manier zerstört, so bleibt zu wenig poetisch menschliches übrig, und behält man die Manier bei und sucht die Vorzüge derselben auch in der Übersetzung geltend zu machen, so wird man das Publikum verscheuchen.

Die Eigenschaft des Alexandriners sich in zwei gleiche Hälften zu trennen, und die Natur des Reims, aus zwei Alexandrinern ein Couplet zu machen, bestimmen nicht bloß die ganze Sprache, sie bestimmen auch den ganzen innern Geist dieser Stücke, die Charaktere, die Gesinnungen, das Betragen der Personen. Alles stellt sich dadurch unter die Regel des Gegensatzes und wie die Geige des Musikanten die Bewegungen der Tänzer leitet, so auch die zweischenkligte Natur des Alexandriners die Bewegungen des Gemüts und die Gedanken. Der Verstand wird ununterbrochen aufgefodert, und jedes Gefühl jeder Gedanke in diese Form, wie in das Bette des Procrustes gezwängt.

Da nun in der Übersetzung, mit Aufhebung des Alexandrinischen Reims, die ganze Basis weggenommen wird, worauf diese Stücke erbaut wurden, so können nur Trümmer übrig bleiben. Man begreift die Wirkung nicht mehr, da die Ursache weggefallen ist.

Ich fürchte also, wir werden in dieser Quelle wenig Neues für unsre deutsche Bühne schöpfen können, wenn es nicht etwa die bloßen Stoffe sind.

In diesen 2 Tagen seit Ihrer Abreise habe ich noch nichts gearbeitet, hoffe aber Morgen wieder dazu zu kommen.

Haben Sie doch die Güte mir mit der Botenfrau die sämtlichen Bogen des Almanachs, oder wenn er zu haben ist einen gehefteten Almanach zu überschicken.

Meiern viele Grüße. Leben Sie recht wohl.

Sch.

660. Goethe

〈Weimar, 16. Oktober 1799〉

Ich freue mich herzlich daß die Wöchnerin und das Kleine sich nach den Umständen wohl befinden. Möge es zunehmend so fortgehen.

Ich bin wieder in die Zerstreuung meines weimarischen Lebens geraten, so daß auch keine Spur von einem Jamben in meinem Kopfe übrig geblieben ist. Ich wollte die erste Szene gestern ein wenig durchsehen, ich konnte sie aber nicht einmal lesen. Haben Sie ja die Güte mir bald etwas über das Stück zu sagen und mir meine Übersetzung zuzuschicken. Damit ich wenigstens drüber denken könne, um sobald als möglich das Ganze zusammen zu arbeiten, wozu ich mir aber wohl einen jenaischen Aufenthalt wieder wählen muß.

Hiebei schicke ich der liebwerten Frau Wöchnerin ein Glas Eau de Cologne zur Erquickung, um welches ich die

Bogen des Musenalmanachs, die Ihnen fehlen, geschlagen habe.

Leben Sie recht wohl, mit den nächsten Boten werden die Almanache folgen und es mag sich dann für diesen Winter eins aus dem andern entwickeln.

Weimar am 16 Oktober 1799.

G

661. Schiller

Jena 18. Oktobr 99.

Meine Frau fängt nun an sich von ihrer großen Schwäche wieder zu erholen und ist nach den Umständen recht leidlich, das Kleine befindet sich sehr wohl. Sie dankt Ihnen herzlich für Ihr Andenken und für die Herzstärkung die Sie ihr geschickt.

Hier folgt der Mahomet nebst einigen Bemerkungen, die ich im durchlesen gemacht. Sie betreffen größtenteils das Original selbst und nicht die Übersetzung, ich glaubte aber, daß man dem Original hierin notwendig nachhelfen müsse.

Was die Anordnung des Ganzen betrifft, so scheint es mir durchaus nötig, diesen *Ammon* handelnd einzuführen, und die Erwartung des Zuschauers immer in Atem zu erhalten, daß derselbe das Geheimnis mit den Kindern dem Sopir offenbaren werde. Er muß mehrmal an ihn zu kommen suchen, er muß ihm Winke geben u. dgl. so daß diese Sache dem Zuschauer niemals aus dem Gedächtnis kommt und daß die *Furcht* genährt wird, worauf doch alles beruht. Man muß diesen Ammon mit seiner Entdeckung bei den Haaren herbei zu ziehen wünschen, alle Hoffnung auf seine zeitige Erscheinung setzen u. s. f.

Die Szene, worin *Seide* dem Ammon den vorhabenden Mord entdeckt, und welche im Stück bloß erzählt wird sollte auf dem Theater wirklich vorkommen. Sie ist fürs Ganze zu wichtig und dabei ein großer Gewinn für den theatralischen Effekt. Ammon braucht darum nicht sogleich mit seinem Geheimnis gegen den Seide heraus zu gehen, er hat andre Mittel die Tat zu hindern, ohne sich in Gefahr zu setzen. Mahomed erführe von Omar bloß, daß dieser den Seide mit dem Ammon bei einer leidenschaftlichen Unterredung überrascht und letztern sehr konsterniert gefunden habe. Auch könnte er einen Versuch Ammons, den Sopir geheim zu sprechen, erfahren. Dies reichte hin ihn zu Hinwegschaffung des Ammon zu bewegen, dieser entdeckte dann sterbend dem Phanor alles und es erfolgte so wie es im Stück schon ist.

Meine Idee wäre ohngefähr diese. Wenn Mahomet (im II Aufzug. 4te Szene) dem Omar seine Liebe zur Palmire entdeckt hat, träte Ammon auf, Omar würde schicklich entfernt, und nun brächte Am⟨m⟩on das Anliegen vor, daß Mahomet endlich die Kinder ihrem Vater wieder geben und dadurch Friede mit Sopir und mit Mecca machen möchte. Die entdeckte Liebe beider zu einander und die Furcht vor einem Inzest könnte ein neuer Antrieb für ihn sein. Mahomed müßte ihm nicht geradezu refusieren und ihm bloß das strengste Schweigen auferlegen.

Zum zweitenmal würde ich den *Ammon* auftreten lassen am Anfang des III Akts zwischen den beiden Kindern. Sie müßten ihm ihre Liebe zu einander zeigen, er müßte einen gewissen Schauer dabei zeigen. Auch könnte ihm hier Seide schon die Entdeckung machen, daß Mahomet ihn zu einer blutigen Tat berufen. Ammon würde von Furcht erfüllt, Mahomets Eintritt müßte ihn verscheuchen.

Das drittemal würde ich den *Ammon* mit Vater und Sohn zusammen bringen, aber eh er sich erklärte trät Omar ein und entfernte den Seide. Ammon blieb mit Zopiren, ein Teil der Entdeckung, die jetzt durch des Arabers Brief gemacht wird, geschähe durch ihn selbst, Sopier erführe daß seine Kinder noch leben, aber nicht wer sie sind, weil Ammon verhindert würde seine Entdeckung zu beendigen. Er hätte bloß Zeit, ihm die nächtliche Zusammenkunft vorzuschlagen.

Unterdessen hätte Mahomet die Untreue des Ammon geargwohnt und alles erfolgte wie im Stück.

Ich muß abbrechen, man unterbricht mich. Leben Sie recht wohl, ich wünschte sehr, daß Sie in den nächsten 8 Tagen über die Veränderungen welche in dem Mahomet noch nötig sind, vollkommen sich entscheiden möchten, um hier gleich an die Ausführung zu gehen.

Von den Schwestern zu Lesbos fehlt mir der 6 und 7 Bogen. Sie haben vielleicht vergessen sie zu senden.

Leben Sie recht wohl

Sch.

662. Goethe

⟨Weimar, 19. Oktober 1799⟩

Für Ihre Bemerkungen zu meiner Übersetzung danke schönstens, Ich werde sie bei meinem Studium des Stücks, das ich mir nun zur Pflicht mache, immer vor Augen haben. Der Gedanke den Ammon dreimal auftreten zu lassen ist sehr gut, und ich will sehen daß ich eine etwas bedeutende Maske für ihn finde. Übrigens, da die Sache so weit ist, so wird es nicht schwer sein das Interesse daran bis zum Ende zu erhalten.

Diese acht Tage gehen mir noch in mancherlei Geschäften hin, dann aber werde ich mich wohl entschließen müssen Sie noch einmal zu besuchen.

Der Herzog hat mir die Geschichte des Martinuzzi zugeschickt, ich lege sein Billet bei, woraus Sie sehen werden daß er von der Idee selbst abgeht und bald ein Schema Ihrer *Maltheser* zu sehen wünscht. Möchten Sie es doch gelegentlich ausfertigen können.

Ich lege den Voßischen Almanach bei, wenn Sie ihn noch nicht gesehen haben sollten; Meyer sagt: er sähe aus als wenn niemals Poesie in der Welt gewesen wäre

Zugleich folgen auch 8 gute und 6 geringe Exemplare des Almanachs.

Leben Sie recht wohl grüßen Ihre liebe Frau. Ich freue mich daß ich, auf eine oder die andere Weise, bald Hoffnung habe Sie wieder zu sehen. Weimar am 19 Oktobr 1799.

G

663. Schiller

Jena 22 8br. ⟨Oktober⟩ 99

Es geht mit der Erholung der kleinen Frau etwas langsam, doch ist sie von übeln Zufällen verschont geblieben und das

Kleine nimmt täglich zu und zeigt sich als einen frommen ruhigen Bürger des Hauses. Unter diesen Umständen habe ich indes mein Gemüt noch nicht recht sammeln können, da ich mich nicht isolieren kann und auch zu oft abgerufen werde.

Um doch etwas zu tun, habe ich über die Disposition meiner Malthesertragödie nachgedacht, damit ich dem Herzog sogleich bei meiner Ankunft etwas bedeutendes vorzulegen habe. Es wird mit diesem Stoff recht gut gehen, das Punctum saliens ist gefunden, das Ganze ordnet sich gut zu einer einfachen großen und rührenden Handlung. An dem Stoff wird es nicht liegen, wenn keine gute Tragödie, und so wie Sie sie wünschen, daraus wird. Zwar reiche ich nicht aus mit so wenigen Figuren, als Sie wünschen, dies erlaubt der Stoff nicht, aber die Mannichfaltigkeit wird nicht zerstreuen und der Einfachheit des ganzen keinen Abbruch tun.

Die vom Herzog vorgeschlagene Geschichte des Martinuzzi liefert nichts brauchbares für die Tragödie. Sie enthält bloß Begebenheiten keine Handlung und alles ist zu politisch darin. Es ist mir recht lieb daß der Herzog selbst nicht weiter darauf besteht.

Vossens Almanach zeigt wirklich einen völligen Nachlaß seiner poetischen Natur. Er und seine Kompagnons erscheinen auf einer völlig gleichen Stufe der Platitude und in Ermanglung der Poesie waltet bei allen die Furcht Gottes.

Ich wünsche morgen von Ihnen zu hören, daß Sie dem Mahomet unterdessen etwas abgewonnen haben.

In der Erlanger Zeitung soll Herder sehr grob rezensiert worden sein.

Unser Almanach nimmt sich noch ganz gut und neben seinen Kameraden vornehm genug aus.

Ich habe in den neuen Band von Schlegels Shakespear hinein gesehen und mir deucht, daß er sich viel härter und steifer liest als die ersten Bände. Wenn Sie es auch so finden, so wärs doch gut, ihm etwas mehr Fleiß zu empfehlen.

Die Frau grüßt Sie freundlich.

Leben Sie recht wohl.

Sch.

664. Goethe

⟨Weimar, 23. Oktober 1799⟩

Ich wünsche Glück zu den fortdauernden guten Aspekten, die über die Wochenstube scheinen, vielleicht mache ich darin selbst noch einen Besuch. Mein hiesiges Wesen ist gegenwärtig so prosaisch wie der Voßische Almanach, und ich sehe auch keine Möglichkeit in meinen hiesigen Verhältnissen eine Arbeit zu fördern, die doch eigentlich eine zarte Stimmung erfordert. Gerade das was jetzt am Mahomet zu tun ist, darf am wenigsten mit dem bloßen Verstand abgetan werden.

Seitdem mir Humboldts Brief und die Bearbeitung Mahomets ein neues Licht über die französische Bühne aufgestellt haben, seitdem mag ich lieber ihre Stücke lesen und habe mich jetzt an den Crebillon begeben. Dieser ist auf eine sonderbare Weise merkwürdig. Er behandelt die Leidenschaften wie Kartenbilder die man durch einander mischen, ausspielen, wieder mischen und wieder ausspielen kann, ohne daß sie sich im geringsten verändern. Es ist keine Spur von der zarten chemischen Verwandtschaft, wodurch sie sich anziehen und abstoßen, vereinigen, neutralisieren, sich wieder scheiden und herstellen. Freilich gewinnt er auf seinem Weg Situationen, die auf jedem andern unmöglich wären. Uns würde überhaupt diese Manier unerträglich sein; allein ich habe gedacht ob man sie nicht zu subalternen Kompositionen, Opern, Ritter- und Zauberstücken mit Glück brauchen könnte und sollte. Was ich darüber gedacht wird uns Gelegenheit zu einem Gespräch und zur Überlegung geben.

Es soll mich sehr freuen wenn Sie den Plan zu den Malthesern mitbringen. Wenn ich es möglich machen kann, besonders aber wenn ich keinen Weg sehe den Mahomet hier fertig zu machen, so komme ich den ersten Novembr hinüber, bis dahin wird alles hier was sich auf mich bezieht wieder ziemlich für eine Zeit eingeleitet sein.

Von Frankfurth erhalte ich die Nachricht daß Schlosser gestorben ist. Die Franzosen und sein Garten sind die nächsten Ursachen seines Todes. Er befand sich in demselben als jene sich Frankfurth näherten, er verspätete sich und fand das nächste Tor schon verschlossen, er mußte bis zu dem folgenden eilen, das weit entfernt ist, kam in eine sehr warme Stube, wurde von da aufs Rathaus gerufen, worauf er in ein Fieber verfiel das tödlich wurde und ihn in kurzer Zeit hin raffte. Unsere botanische Korrespondenz hat sich also leider zu früh geschlossen.

Leben Sie recht wohl und lassen Sie uns die Tage gebrauchen die uns noch gegeben sind.

Weimar am 23 Okt. 1799.

G

665. Schiller

Jena 25. 8br. ⟨Oktober⟩ 99

Seit dem Abend als ich Ihnen zuletzt schrieb ist mein Zustand sehr traurig gewesen. Es hat sich noch in derselben Nacht mit meiner Frau verschlimmert und ihre Zufälle sind in ein förmliches Nervenfieber übergegangen das uns sehr in Angst setzt. Sie hat zwar für die große Erschöpfung die sie ausgestanden noch viel Kräfte, aber sie phantasiert schon seit drei Tagen, hat diese ganze Zeit über keinen Schlaf und das Fieber ist oft sehr stark. Wir schweben noch immer in großer Angst, obgleich Starke jetzt noch vielen Trost gibt. Wenn auch das Ärgste nicht erfolgt, so ist eine lange Schwächung unvermeidlich.

Ich habe in diesen Tagen sehr gelitten wie Sie wohl denken können, doch wirkte die heftige Unruhe, Sorge und Schlaflosigkeit nicht auf meine Gesundheit, wenn die Folgen nicht noch nachkommen. Meine Frau kann nie allein bleiben, und will niemand um sich leiden als mich und meine Schwiegermutter. Ihre Phantasien gehen mir durchs Herz und unterhalten eine ewige Unruhe.

Das Kleine befindet sich gottlob wohl. Ohne meine Schwiegermutter die teilnehmend ruhig und besonnen ist, wüßte ich mir kaum zu helfen.

Leben Sie recht wohl. Ich würde sehr getröstet sein, Sie bald zu sehen, ob ich Sie gleich bei so unglücklichen Umständen nicht einladen darf.

Schiller

666. Goethe

⟨Weimar, 26. Oktober 1799⟩

Ihr Brief, wertester Freund hat mich auf das unangenehmste übe⟨r⟩rascht. Unsere Zustände sind so innig verwebt daß ich das, was Ihnen begegnet, an mir selbst fühle. Möge das Übel sich bald ins bessere wenden und wir wollen die unvermeidlichen Folgen zu übertragen suchen.

Ich würde Sie gleich besuchen, wenn ich nicht gegenwärtig von so vielerlei Seiten gedrängt wäre. Ohne Ihnen hülfreich sein zu können würde ich in Jena mich nur unruhig fühlen, indem hier so manches Geschäft an meine Mitwirkung Anspruch macht.

Ich wünsche nichts sehnlicher, als bald etwas tröstliches von Ihnen zu hören. Möge nur nicht auch Ihre Gesundheit bei diesen Umständen leiden; Schreiben Sie mir doch auch zwischen den Botentagen, wenn Sie Gelegenheit finden.

Weimar am 26 Okt. 1799.

G

667. Schiller

⟨Jena,⟩ Montag Abends 28 8br. ⟨Oktober 1799⟩

Ich finde nur ein paar Augenblicke Zeit um Ihnen zu melden, daß es sich seit Gestern Abend ruhiger anläßt, daß die Nacht erträglich gewesen und die Phantasien nicht mehr so unruhig sind, obgleich die liebe gute Frau noch immer im Delirio ist. Der Friesel ist heraus und die Kräfte sind noch gut. Stark gibt gute Hoffnung und meint daß es sich auf den Donnerstag wohl anfangen werde zu bessern –

Mit meiner Gesundheit geht es noch recht gut, obgleich ich in 6 Tagen drei Nächte ganz durchwacht habe.

Leben Sie recht wohl, ich schreibe übermorgen wieder.

Sch.

668. Schiller

⟨Jena,⟩ 30. Oktobr. 99

Ich ergreife die Gelegenheit die ich eben erhalte, nach Weimar zu schreiben, Ihnen wissen zu lassen, daß nach Starkens Urteil meine Frau jetzt zwar außer Gefahr ist, das

Fieber fast ganz aufgehört hat, aber leider die Besinnung noch nicht da ist, vielmehr heftige Accesse von Verrückung des Gehirns öfters eintreten. Indessen auch darüber beruhigt uns der Arzt, aber Sie können denken, daß wir uns in einem traurigen Zustand befinden. Ich habe mich zwar bis jetzt noch erträglich gehalten, aber heute nach der Vierten Nacht, die ich binnen 7 Tagen durchwacht habe, finde ich mich doch sehr angegriffen.

Leben Sie recht wohl, und geben Sie mir auch einmal wieder Nachricht von Sich

S.

669. Goethe

⟨Niederroßla, 31. Oktober 1799⟩

Sie haben mir durch die Nachricht daß es mit Ihrer lieben Frauen wo nicht besser doch hoffnungsvoller stehe, eine besondere Beruhigung gegeben so daß ich diese paar Tage der Kirchweihe in Niederroßla mit einiger Zufriedenheit beiwohnen konnte. Heute will ich nach Buttstädt fahren, wo Pferdemarkt ist und komme abends wieder nach Hause wo ich in Ihrem Briefe von gestern gute Nachrichten zu finden hoffe.

Sobald es die Umstände einigermaßen erlauben besuche ich Sie denn ich habe mancherlei mit Ihnen abzureden und wenn Mahomet fertig werden soll, so muß ich wieder einige Zeit in Jena zubringen. Ich wünsche daß die Sachen so stehen daß Sie der Kranken meinen Gruß wieder bringen können. Möchte diese Sorge keinen Eindruck auf Ihre eigne Gesundheit machen. Niederroßla am 31 Oktobr 1799

G

670. Schiller

Jena 1 Nov. 1799.

Der 21 ste Tag der Krankheit ist jetzt vorbei, das Fieber hat sehr abgenommen und ist oft ganz weg, aber die Besinnung ist noch nicht wieder da, vielmehr scheint sich das ganze Übel in den Kopf geworfen zu haben und es kommt oft zu völlig phrenetischen Accessen. Wir sind also zwar wegen des Lebens meiner Frau nicht mehr in Sorgen, aber können uns der Furcht nicht erwehren, daß ihr Kopf leiden möchte. Indessen glaubt Starke noch immer uns hierüber ganz beruhigen zu können. An wirksamen Mitteln hat er es von Anfang an nicht fehlen lassen, und ist, nach Maßgabe der Krankheit immer damit gestiegen. Jetzt werden kalte Umschläge um den Kopf gebraucht, die nicht ohne guten Effekt zu bleiben scheinen, denn seit dem diese appliziert werden, hat meine Frau mich und ihre Mutter auf Augenblicke wieder erkannt.

Ich tue das mögliche um mich von der Qual bei Tag und Nacht auf Stunden zu erholen und kann mich bis jetzt über meine Gesundheit nicht beklagen. Aber die Sache droht langwierig zu werden und für diesen Fall weiß ich noch keinen Rat.

Leben Sie recht wohl. Ich werde abgerufen.

Sch.

671. Goethe

⟨Weimar, 2. November 1799⟩

Indem mich Ihr Brief von einer Seite beruhigt da er mir die Nachricht von der Beßrung Ihrer lieben Frauen gibt so entstehen von der andern Seite freilich wieder neue Sorgen wegen der Dauer des Übels.

Ich will suchen mich die nächste Woche los zu machen um einige Zeit mit Ihnen zuzubringen obgleich mancherlei Umstände, wie ich befürchte, mir entgegenstehen werden.

Diese Tage habe ich mehr zweckmäßig als zum Vergnügen auf dem Lande zugebracht in der Stadt komme ich über lauter Kleinigkeiten gar nicht zur Besinnung. Büry, ein alter Römischer Freund ist hier, der, nachdem er 17 Jahre in Rom zugebracht sich auch wieder nach Norden zurück ziehen müssen.

Für heute sage ich nichts mehr als ein Lebe wohl.

Weimar am 2 Nov. 1799.

G

672. Schiller

Jena 4 Nov. 99

Mit meiner Frau steht es leider noch ganz auf demselben Punkt, wie vor 3 Tagen und es ist noch gar nicht abzusehen, was daraus werden will. Seit vorgestern spricht sie keine Silbe; obgleich mehrere Umstände vermuten lassen, daß sie uns kennt und die Zeichen der Liebe erwiedert, die wir ihr geben. Sie hat in diesen 3 Tagen reichlich geschlafen aber fast nichts zu sich genommen und das wenige mit großer Mühe. Eine hartnäckige Stumpfheit, Gleichgültigkeit und Abwesenheit des Geistes ist das Symptom, das uns am meisten quält und ängstigt. Gott weiß, wohin all dies noch führen wird, ich kenne keinen ähnlichen Fall aus dem sich dieser judizieren ließ und ich fürchte, Starkens Erfindungskunst wird auch bald erschöpft sein. Opium, Moschus, Hyosciamus, China, Campher, Zinkblumen, Vesicatorien, Sinapismen, kalte Salmiakumschläge um den Kopf, starke Öle zum Einreiben sind nach und nach an der Reihe gewesen und heute soll mit der Belladonna noch ein Versuch gemacht werden.

Weil der immerwährende quälende Anblick mich ganz niederdrückt, so habe ich mich entschlossen, vielleicht auf einen halben Tag nach Weimar zu fahren und mein Gemüt zu zerstreuen. Auch meine Schwiegermutter bedarf dieser Veränderung, wir wissen meine Frau während der kurzen Abwesenheit unter den Augen der Grießbachin, die uns bisher große Dienste geleistet hat.

Haben Sie doch die Güte, von Wallensteins Lager und den beiden hier zurückkehrenden Stücken aufs allerschnellste eine Abschrift besorgen zu lassen. Ich habe hier in meinem Hause jetzt keinen Raum für die Abschreiber und aus dem Hause mag ich die Stücke hier nicht geben. Sie erweisen mir eine große Gefälligkeit, wenn Sie mir recht bald Kopien davon schaffen.

Übrigens liegen noch alle Geschäfte bei mir und liegen vielleicht noch lange.

Mögen Sie selbst indessen wohl und heiter sein. Daß ich Bury neulich nicht sehen konnte hab ich beklagt, aber es war unter den Umständen ganz unmöglich.

Ein herzliches Lebewohl.

Sch.

verte

P. S. Die 2 Stücke bringt Morgen das Botenmädchen, weil die reitende Post sie nicht annahm. Wallensteins Lager aber hat Seiffarth und dies könnte also gleich angefangen werden. Auch bitte ich um die Melodien 1) zu dem Anfangslied in Wall⟨ensteins⟩ Lager 2) dem Rekruten- 3) dem Reiter-Lied und 4) des Mädchens Klage. Loder hat die Stücke an das Theater zu Magdeburg verhandelt, wohin ich sie eilig schicken muß. Seifarth hat mir zwar Wall⟨ensteins⟩ Lager kürzlich kopieren lassen, aber ich brauche noch eine Kopie.

673. Schiller

Jena 5 Nov. 99.

Ich begleite die hier folgenden Stücke nur mit ein paar Worten zum Gruß. Meine Frau zeigt heute merklich mehr Besinnung und scheint sich überhaupt etwas besser zu befinden, als seit acht Tagen.

Vielleicht komme ich morgen nach Weimar, meine Schwiegermutter zurückzubringen, die heute mit meinem Schwager hinüber ist. Es wird mich herzlich freuen, Sie wieder zu sehen

S.

674. Schiller

Jena 8 Nov 99

Ich habe meine Frau vorgestern bei meiner Zurückkunft gefunden wie ich sie verließ, der gestrige Tag ist gut und vielversprechend gewesen, aber diese heutige Nacht kam die Unruhe unter heftigen Beängstigungen zurück und die Besserung scheint wieder weit hinaus geschoben.

Und so ist es denn auch mit mir selbst noch beim alten, ich kann mich mit nichts erfreulichem beschäftigen.

Meinem Schwager hab ich den bewußten Auftrag gegeben und hoffe bald Wirkungen davon zu sehen.

Leben Sie bestens wohl und grüßen mir den Karl. Seine kleinen Bedürfnisse bringt eine Gelegenheit morgen mit.

S.

675. Goethe

⟨Weimar, 8. November 1799⟩

Mein Wunsch Sie zu sehen wird, hoffe ich morgen erfüllt werden und wenn meine Gegenwart gleich keine Hülfe bringen kann, so ist die Ableitung der Gedanken, bei einem dauernden Übel, doch immer schon etwas.

Karl befindet sich in seinem neuen Zustand ganz leidlich, nur beim Eintritt der Nacht, tritt auch, wie es bei Kindern immer geschieht, die Sehnsucht nach dem gewohnten Zustande ein.

Ich wünsche daß Sie sich wie bisher erhalten mögen.

Ich habe vieles, worüber ich Ihre Gedanken zu vernehmen wünsche. Weimar am 8 Nov 1799.

G

676. Goethe

⟨Jena, Mitte November? 1799⟩

Sagen Sie mir doch, mein bester, wie es mit der lieben Frau steht und grüßen Sie sie herzlich von mir.

G

677. Goethe

⟨Jena, 19. November 1799⟩

Da ich heute Abend zu Loders eingeladen bin und wenn ich früher käme Sie in Ihrer Arbeit zu stören fürchte, so will ich mich schriftlich nach dem Befinden unserer lieben Kranken erkundigen.

Morgen kommt Geheimde Rat Voigt. Wenn es Ihnen nicht unangenehm wäre Eglofstein und Milkau in der Gesellschaft zu finden, so sollten Sie uns bei Tische sehr willkommen sein. Wenigstens soll ein Couvert für Sie bereit stehen.

Loder läßt anfragen ob Sie, mit dem Anerbieten der Magdeburger zufrieden, Ihre Stücke dorthin geben wollten? oder ob man den dortigen Theaterfreunden etwas mehr abfordern sollte? Leben Sie recht wohl und schicken mir den zweiten Teil der Prinzeß Conti wenn Sie ihn gelesen haben. Am 19 Nov. 1799.

G

678. Schiller

⟨Jena,⟩ Den 18. ⟨19.⟩ Nov. 99

Die Nacht ist ganz leidlich gewesen, den Tag über aber hat die arme Frau wieder viel mit ihren Einbildungen zu tun gehabt und uns oft sehr betrübt. Etwas zu tun war mir den Vormittag deswegen ganz unmöglich, ich will versuchen ob mir der Abend einige Stimmung bringt und Ihnen eine heitre Unterhaltung wünschen.

Die Magdeburger Herren sind Lumpenhunde, sagen Sie dies Lodern von meinetwegen, und daß ich diesem Herrn Rathmann Fritze an den er mich gewiesen, meine Meinung gestern geschrieben. Die Belege zu meinem Urteil will ich morgen schicken, da ich jetzt eben die Briefe nicht gleich zur Hand habe.

Hier den II Teil der Conti, den ich mir, sobald Sie damit fertig zurückerbitte. Schlafen Sie recht wohl.

Sch

679. Schiller

⟨Jena, 2. Dezember 1799⟩

Ich muß Ihnen heut einen schriftlichen guten Abend sagen, denn meine Packanstalten, und übrigen Arrangements werden mich wie ich fürchte bis um 10 Uhr beschäftigen.

Morgen nach 10 Uhr hoffe ich Sie noch einen Augenblick vor der Abreise zu sehen. Mit der Frau ist es gottlob heute gut geblieben. Ich selbst aber besinne mich kaum.

Anbei sende ich was Ihnen gehört. Beiliegende Karten bitte auf Büttners Bibliothek zu senden

Schiller

680. Schiller

Weimar 4 Dez. 99

Unsre Reise ist gut von Statten gegangen und meine Frau die bei Fr. v. Stein wohnt, hat auf die Troubles des vorigen Tags recht gut geschlafen, ohne eine Spur ihrer alten Zufälle. Der Anfang ist also glücklich gemacht und ich hoffe das beste für die Zukunft.

Übrigens habe ich von hiesigen Personen, außer meinen Anverwandten und Fr. v. Stein noch niemand zu sehen Zeit gehabt.

Leben Sie recht wohl und kommen Sie nur bald.

Schiller.

681. Goethe

⟨Jena, 6. Dezember 1799⟩

Die Paar Tage nach Ihrer Abreise habe ich in der beliebten, beinah absoluten Einsamkeit zugebracht. Ein Besuch bei Melisch, ein Abend bei Loders und eine Vorlesung der Genoveva von Tiek auf meinem Zimmer haben einige Diversion gemacht.

Dem alten englischen Theater bin ich um vieles näher. Malones Abhandlung über die wahrscheinliche Folge in welcher Schakespear seine Stücke gedichtet, Ein Trauer- und ein Lustspiel von Ben Johnson, zwei apokryphische Stücke von Schakespear und was dran hängt, haben mir manche gute Ein- und Aussichten gegeben.

Wie Eschenburg sich hat entgehen lassen seiner neuen Ausgabe diesen kritischen Wert zu geben, wäre nicht zu begreifen wenn man nicht die Menschen begriffe. Mit sehr kurzen Einleitungen in jedes Stück, teils historischen teils kritischen, wozu der Stoff schon in der letzten englischen Ausgabe von Malone bereit liegt, und die man mit einigen wenigen Apercüs hätte aufstutzen können, war der Sache ein großer Dienst geleistet und mit dieser Art Aufklärung hätte jedermann denken müssen neue Stücke zu lesen. Wahrscheinlich wird er das, und vielleicht umständlicher als nötig ist, wie schon vormals geschehen in einem eignen Bande nachbringen. Aber wie viele Menschen suchens und lesens dahinten.

Sie sehen daß ich noch der reinen Jenaischen Ruhe genieße, indem die Weimarische Sozietätswoge wahrscheinlich schon bis an Sie heran spült. Sonntag Nachmittag lasse ich anfragen wo ich Sie treffe. Leben Sie recht wohl und grüßen die Ihrigen. Jena am 6 Dez. 1799.

G

682. Schiller

Weimar 9 ⟨7.⟩ Dez. 99.

Es war mir sehr erfreulich, heute noch von Ihnen zu hören, die Pole an unserer magnetischen Stange haben sich jetzt umgekehrt und was Norden war ist jetzt Süden. Die Ortveränderung habe ich übrigens noch nicht viel empfunden, weil es in den ersten Tagen soviel teils in meinem eignen Hause zu tun gab, teils noch alte Reste von Briefen und andern Expeditionen mußten abgetan werden, damit ich die neue Existenz auch neu beginnen kann. Nur dem Herzog habe ich mich vorgestern präsentiert und eine Stunde dort zugebracht. Den Inhalt des Gesprächs mündlich.

Die Frau hat sich in diesen 5 Tagen gleichförmig wohl befunden, ohne die geringste Spur der vorigen Zustände, Gott gebe nun daß es auf dem guten Wege bleibe und die eintretenden Perioden kein Rezidiv bewirken.

Das bekannte Sonett hat hier eine böse Sensation gemacht und selbst unsern Freund Meier hat die Damenwelt verführt, es in Horreur zu nehmen. Ich habe mich vor einigen Tagen sehr lebhaft dafür wehren müssen. Mich soll es im geringsten nicht befremden, wenn ich hier auch keine andere Erfahrung mache, als die des Widerspruchs mit dem Urteil des Tages.

Den Wert, welchen Eschenburg seiner neuen Ausgabe Shakespears nicht gab, wird nun wohl Schlegel der seinigen zu geben nicht zögern. Dadurch käme gleich ein neues Leben in die Sache und die Leser, die nur aufs kuriose gehen fänden hier wieder so etwas wie bei dem Wolfischen Homer.

Fichte ist wie ich gehört nun in Jena angelangt, ich bin neugierig ob mit Ihrem Fuhrwerk.

Wenn es nicht eine große Gefälligkeit mißbrauchen heißt, so wünschte ich wohl mich der Wegbau-Pferde noch einmal bedienen zu dürfen um alle meine in Jena noch zurückgebliebene Schränke und andre Sachen noch herüber zu schaffen, denn das hiesige Lokal fodert solche, und die weibliche Regierung besonders vermißt diese Bequemlichkeiten ungern. Ist es aber auch jetzt nicht sogleich tunlich, so kann es noch einige Wochen damit anstehen.

Mit großem Verlangen erwarte ich Sie morgen.

Leben Sie recht wohl und haben die Güte mich Grießbachs und Loders freundschaftlich zu empfehlen

Sch.

683. Goethe

⟨Weimar, 9. Dezember 1799⟩

Als ich heute früh ausging hoffte ich bei Ihnen einzusprechen es war mir aber nicht möglich. Mittags bin ich bei Hofe und bitte Sie mir zu sagen wie Sie es diesen Abend halten, damit ich mich einrichten kann Sie zu sehen.

Weimar am 9 Dez. 1799.

G

684. Schiller

⟨Weimar⟩ 10. Dez. 99.

Das Stück folgt hier zurück, das beste, was zu seinem Vorteil gesagt werden kann, ist gestern gesagt worden. Je tiefer man in die Handlung hineinkommt, desto schwächer erscheint das Werk. Die Motive sind schwach, zum Teil sehr gemein und plump. Antonius ist gar zu *einfältig*, und es ergibt sich aus der Vorrede, daß der Dichter diesen Einwurf voraussah, und sonderbar genug sich durch die Zeugnisse der Geschichte entschuldigt glaubte. Cleopatra ist nur widerwärtig, ohne Größe, selbst Octavia begreift man nicht. Das Motiv mit den Kindern kommt immer wieder, in jeder Gestalt und muß die Armut an andern Mitteln ersetzen.

Es bleibt also bei unserm gestrigen Ausspruch, der rednerische Teil ist brav, der poetische und dramatische ins besondere wollen nicht viel heißen.

S.

685. Goethe

⟨Weimar, 11. Dezember 1799⟩

Ich danke für das was Sie mir über das Stück sagen wollen. Ich bin völlig damit einverstanden. Je weiter man kommt, je weniger gefällts.

Ich bin heute bei der Herzogin Mutter zur Tafel nachher laß ich bei Ihnen anfragen ob Sie zu Hause sind. Weimar am 11 Dez. 1799.

G

686. Goethe

⟨Weimar, 15. Dezember 1799⟩

Da ich Sie gestern nicht in der Komödie gesehen so wünschte ich zu wissen wie es heute mit Ihnen steht und ob Sie etwa Abends ein wenig zu mir kommen möchten.

Weimar am 15 Dez. 1799

Goethe

687. Goethe

⟨Weimar, 17. Dezember 1799⟩

Der Herzog und die Herzogin werden heute den Tee bei mir nehmen und der Vorlesung des Mahomets ein, wie ich hoffe, günstiges Ohr leihen. Mögen Sie dieser Funktion beiwohnen, so sind Sie schönstens eingeladen. Weimar am 17 Dez 1799.

G

688. Goethe

⟨Weimar, 20. Dezember 1799⟩

Wenn Sie mich heute Abend um 6 Uhr besuchen und zu Tische bei mir bleiben mögen so wird es mir sehr erfreulich sein. Am 20 Dez 1799.

G

689. Goethe

⟨Weimar, 23. Dezember 1799⟩

Gestern hoffte ich Sie gegen Abend zu sehen, welches mir aber nicht gelang. Heute kann ich nicht wohl ausgehen und diesen Abend wird Sie das prophetische Übermaß wohl von unsern Zirkeln abhalten. Schicken Sie uns indessen Ihre liebe Frau und schreiben mir ob die Musen günstig sind. Ich befinde mich in einem ganz zerstückelten Leben.

Am 23 Dez 99.

G

690. Schiller

⟨Weimar, 23. Dezember 1799⟩

Ich hatte gestern Abend den Anschlag gefaßt Sie noch zu besuchen, vertiefte mich aber zu sehr in mein Geschäft und die Stunde wurde versäumt. Weil ich morgen die 3 ersten Akte Mellischen lesen will, so war und ist noch in diesen Tagen viel zu tun, was mich zu Hause gehalten, denn nichts ist, wie Sie selbst aus Erfahrung wissen werden, zeitverderblicher als die kleinen Lücken die man in der Arbeit gelassen, auszustopfen. Sollte Ihnen aber heute Abend nach ausgestandenem Abenteuer noch Lust und Zeit zu einem Gespräch übrig bleiben, so lassen Sie michs wissen und ich komme. Leben Sie recht wohl. Die Frau wird Ihre Einladung dankbar benutzen wenn sie irgend ausgehen kann.

S.

691. Goethe

⟨Weimar, 23. Dezember 1799⟩

Ich dächte Sie entschlössen sich auf alle Fälle um halb neun Uhr zu mir zu kommen. Sie finden geheizte und erleuchtete Zimmer, wahrscheinlich einige zurückgebliebene Freunde, etwas Kaltes und ein Glas Punsch. Alles Dinge, die in diesen langen Winternächten nicht zu verachten sind.

Am 23 Dez. 1799.

G

692. Goethe

⟨Weimar, 27. Dezember 1799⟩

Sie lassen sich also heute um 2 Uhr nach Hof tragen wo wir in dem Zimmer des Herzogs zusammen treffen werden. Den Abend heute bringen Sie wohl bei mir zu.

Am 27 Dez. 1799.

G

693. Goethe

⟨Weimar, 29. Dezember 1799⟩

Ich frage an ob Sie mich heute ein wenig besuchen wollen? Sie können sich ins Haus bis an die große Treppe tragen lassen, damit Sie von der Kälte weniger leiden. Ein Gläschen Punsch soll der warmen Stube zu Hülfe kommen ein frugales Abendessen steht nachher zu befehl.

Am 29 Dez. 1799.

694. Schiller

⟨Weimar,⟩ 30. Dez. 99

Ich hoffte Sie heute entweder in der Komödie oder nach derselben zu sehen, aber die warme Stube hielt mich zu fest und bis nach 6 Uhr hatten wir Besuch, daß ich nicht abkommen konnte. Empfangen Sie also noch eine freundliche gute Nacht, und lassen sich das Schlafmachende Mittel welches Cotta schickt empfohlen sein. Meiern wenn er morgen ausgeht bitte, auf einen Augenblick bei mir einzusprechen.

Sch.

695. Goethe

⟨Weimar, 31. Dezember 1799⟩

Hier schicke ich ein Exemplar der Propyläen mit der Anfrage ob Sie wohl heute Abend mich mit Ihrer Gegenwart erfreuen wollen. Ich bin seit gestern nicht recht wohl und fast befürchte ich daß der kürzeste Tag noch Lust hat mir hinter drein Händel zu machen. Am 31 Dez. 1799.

Goethe

696. Schiller

〈Weimar,〉 31. Dez. 99

Ich beklage Ihre Unpäßlichkeit von Herzen und hoffe, Sie werden sie nicht in das neue Jahr mit hinübernehmen. Nach 6 Uhr stelle ich mich ein, zwischen jetzt und dem Abend will ich suchen einen meiner Helden noch unter die Erde zu bringen, denn die Keren des Todes nahen sich ihm schon.

Diesen Vormittag ist mir eine große Lieferung von Papier und andern Sachen zugefertigt worden, die ich Ihrer Güte zu danken habe.

S.

1800

697. Schiller

⟨Weimar, 1. Januar 1800⟩

Ich begrüße Sie zum neuen Jahr und neuen Säkulum und hoffe zu vernehmen, daß Sie es gesund angetreten haben. Werden Sie in die Oper gehen? So kann ich Sie dort vielleicht sehen, denn ich bin Willens mir heute eine Zerstreuung zu machen. Vohs und Heide waren eben bei mir, sie machen kein groß Rühmen von dem Gustav Wasa und einzelnen Details nach zu urteilen muß das Stück greuliche Motive enthalten.

Leben Sie recht wohl. Meine Frau sagt Ihnen den schönsten Gruß zum neuen Jahr.

Sch.

698. Goethe

⟨Weimar, 1. Januar 1800⟩

Ich war im Stillen herzlich erfreut gestern Abend mit Ihnen das Jahr und da wir einmal 99[ger] sind auch das Jahrhundert zu schließen. Lassen Sie den Anfang wie das Ende sein und das künftige wie das vergangene.

Ich bin heute bei Goors zu Tische, wo man spät wegkommt. Ich werde Sie aber auf alle Fälle in der Oper aufsuchen.

Leben Sie recht wohl und bringen Ihrer lieben Frauen zum neuen Jahr auch die besten Grüße und Wünsche.

Weimar am 1 Jan. 1800.

G

699. Goethe

⟨Weimar, 2. Januar 1800⟩

Gestern blieb ich zu lang bei Gors um noch in die Komödie gehen zu können.

Heute frage ich an wie Sie sich befinden und was Sie diesen Abend vor haben? Ich bin zu Hause, nicht ganz wie ich sein sollte; aber immer erfreut wenn Sie mich besuchen möchten. Am 2 Januar 1800.

G

700. Schiller

⟨Weimar, 2. Januar 1800⟩

Ich hatte diesen Abend darauf gerechnet, Sie im Club zu finden, wohin mich mein Schwager eingeladen hat. Wenn Sie aber nicht hinein gehen, so bleibe ich vielleicht auch heraus, doch will ich es auf den Augenblick ankommen lassen, und bitte, wenigstens nicht auf mich zu rechnen.

2 Jan. 1800 Sch.

701. Schiller

⟨Weimar, 3. Januar 1800⟩

Ich bin zu der Wiederholung des Kotzebuischen Stücks bei der verwit⟨weten⟩ Herzogin eingeladen, dem ich mich nicht wohl entziehen konnte, weil ich noch keine Visite dort abgestattet, bleibe aber nicht zum Souper. Wenn ich also um 8 Uhr zu Ihnen kommen darf und Sie nicht störe, so lasse ich mich gleich vom Palais dahin tragen. Gestern war ich noch auf dem Ball, blieb aber auch nicht beim Essen und hätte Sie gern noch besucht, wenn es nicht zu spät gewesen. Leben Sie recht wohl, ich bitte nur um mündliche Antwort.

Sch.

702. Goethe

⟨Weimar, 3. Januar 1800⟩

Es ist eine harte Zumutung, und wenn sie einem von Schakespear gemacht würde, daß man ein Stück, das morgen aufgeführt werden soll, heute soll vorlesen hören. Fassen Sie sich also auch in diese Gedulds- und Leidensprüfung. Sie treffen mich auf alle Fälle und machen mir um 8 Uhr, oder auch später, durch Ihre Gegenwart, viel Freude. Ich habe mich diese paar Tage im Stillen auf mehr als Eine interessante Weise beschäftigt. Meyer ist recht guten Humors und es würde uns diesen Abend um recht vergnügt zu sein nur Ihre Gegenwart fehlen

Weimar am 3 Jan 1800. G

703. Schiller

⟨Weimar,⟩ 5. Jan. 1800.

Ich wünsche daß Ihnen die gestrigen Helden und Tyrannen gut bekommen sein mögen, gern hätte ich, wenn es nicht zu spät gewesen wäre, noch etwas von Ihnen gehört. Die Schauspieler haben sich noch recht leidlich herausgezogen, und ich kann nicht leugnen, daß ich mich über die Klarheit, welche in diesem bunten Roman doch noch herrschte, gewundert habe. Die Stimme des hiesigen Publikums wird, wie ich nicht zweifle, überall bestätigt werden und Kotzebue von seinem Calcul Ehre haben.

Lassen Sie mich doch wissen, ob ich Sie heute sehen werde und wie und wann? Meine Frau empfiehlt sich Ihnen schönstens.

Sch.

704. Goethe

⟨Weimar, 6. Januar 1800⟩

Es ist schon 3 Uhr und ich habe noch keine Nachricht von Ihnen. Verzeihen Sie mir also, liebster Freund, die Anfrage: ob Sie heute wieder mit den Kranichen, gegen die Jahrszeit, nach Norden ziehen, oder sonst ein Vorhaben ausführen wollen. Auf alle Fälle bitt ich um Nachricht, damit ich mich darnach richten könne, wenn ich allenfalls in Versuchung käme Malepartus auf kurze Zeit zu verlassen

6 Jan 1800 G

705. Schiller

⟨Weimar,⟩ 6. Jan. 1800.

Ich werde mitnichten mich versuchen lassen, den vorgestrigen langen Weg noch einmal zu machen, und wenn ich heute Abend nach geendigter Arbeit zu Ihnen kommen darf, so wird es mich sehr erfreuen und erquicken. Ich habe heute angefangen auf den Prolog quæstionis zu denken und vielleicht schenkt mir der Himmel eine gute Stimmung das Gedicht heute, wo nicht zu beendigen, doch fürs erste die Anlage dazu zu machen.

Wenn Sie es nicht contramandieren, so werde ich mich heute gegen Sieben Uhr einstellen. Sch.

706. Schiller

⟨Weimar, 7. Januar 1800⟩

Das Geschäft das Sie heut übernommen ist nicht begeisternd, ob es gleich nach meiner Erfahrung etwas anziehendes für den armen Poeten hat, seine Ideen auch nur soweit versinnlicht zu sehen.

Ich habe heute Ihre Iphigenie durchgesehen und zweifle gar nicht mehr an einem guten Erfolg der Vorstellung. Es braucht nur gar weniges an dem Text zu diesem Gebrauch verändert zu werden, besonders in Hinsicht auf den Mythologischen Teil, der für das Publikum in Massa zu kalt ist. Auch ein paar Gemeinsprüche würde ich dem dramatischen Interesse aufzuopfern raten ob sie gleich ihren Platz sehr wohl verdienen. Mündlich mehr. Ich werde mich gegen 7 einstellen. Vorher muß ich Hufeland aus Jena erwarten, der sich angemeldet hat. Leben Sie recht wohl

S.

707. Schiller

⟨Weimar,⟩ 8. Jan. 1800

Ich wünsche daß Sie auf unser gestriges Quartett gut geschlafen haben. Heute denke ich mich zu Hause zu halten und den Versuch zu machen ob ich meine Stanzen fertig machen kann, damit wir das Publikum mit geladener Flinte bei dem Mahomet erwarten können. Leben Sie recht wohl. Die Frau grüßt aufs beste.

Sch.

708. Goethe

⟨Weimar, 8. Januar 1800⟩

Ich war eben im Begriff Sie einzuladen, denn es wird mir nicht erfreulich sein diesen Abend ohne Sie zuzubringen. Doch wünsch ich Segen und Gedeihen zum edeln Vorhaben. Ich stecke ein wenig in physicis. Morgen also um halb sechse assistieren Sie wohl bei der Lese Probe.

W. d. 8 Jan 1800 G

709. Goethe

⟨Weimar, 9. Januar 1800⟩

Gestern übereilte ich mich als ich Sie auf heute zur Leseprobe einlud. Sie ist erst morgen. Mögen Sie den heutigen Abend mit mir allein zubringen, so sind Sie schönstens eingeladen. Wie sieht es mit den Stanzen aus?

Wöllten Sie eine Stunde spazieren fahren, so hole ich Sie um 12 Uhr mit dem Schlitten ab. d. 9 Jan 1800.

G

710. Schiller

⟨Weimar, 9. Januar 1800⟩

Es ist mir nicht lieb, daß die Probe um einen Tag später ist, sie wird mit einem Teebesuch, den ich Morgen bei der regierenden Herzogin zu machen habe und schon zugesagt, in Kollision kommen, und doch wär ich gern dabei gewesen.

Mit den Stanzen bin ich noch nicht ganz im reinen, da ich gestern Abend nicht wie ich gewünscht hatte, allein war. Eben bin ich daran, und um mich nicht zu unterbrechen, will ich mir die vorgeschlagene Partie auf ein andermal ausbitten. Heute Abend stelle ich mich ein.

9. Jenn. S.

711. Schiller

⟨Weimar, 11. Januar 1800⟩

Ich bin neugierig zu vernehmen, wie Sie mit der gestrigen Leseprobe zufrieden sind. Da ich erst um halb 9 Uhr von dem Tee der Herzogin kam, so wollte ich Sie so spät nicht mehr inkommodieren. Wie halten Sie es mit dem heutigen Tag? Ich wollte in die Oper gehen, vielleicht sehe ich Sie dort, oder vorher, wenn Sie an meinem Hause vorbei kommen.

11. Jenn. 1800 S.

712. Goethe

⟨Weimar, 13. Januar 1800⟩

Ich komme mich nach Ihrer Gesundheit zu erkundigen und habe allerlei Vorschläge zu tun.

Möchten Sie wohl mit ins Schloß kommen? Es ist heute nicht kalt und es geht keine Luft. Ich würde Sie im Schlitten abholen und Sie würden verschiednes sehen, das Sie interessieren müßte. Wir könnten alsdann wegen des Rests des Tages uns weiter besprechen.

Heute früh war die kleine artige Palmire bei mir, die sichs wirklich recht angelegen sein läßt. Wenn es möglich wird ihre klare Natur in den Ersten Akten zu verschleiern so kann es gut werden für die letztern ist mir nicht bange.

Von Herrn von Wolzogen habe ich die Costums holen lassen, worunter sich manches brauchbare befindet.

Mündlich mehr, besonders über meine wunderliche Empfindung, da ich heute anfing die Iphigenia zu lesen. Ich bin nicht weit hinein gekommen – doch ich will nicht anfangen zu reden, weil so mancherlei zu sagen ist.

Leben Sie wohl. Ich kann Sie gleich abholen, wie Ihre Antwort zu mir zurück kehrt. Am 13 Jan. 1800.

G

713. Schiller

⟨Weimar, 13. Januar 1800⟩

Leider bin ich heut in keiner rechten Verfassung, die vorgeschlagene Partie anzunehmen. Ich habe die Nacht nicht geschlafen und bin erst seit 12 Uhr aufgestanden. Der Kopf ist mir auch sehr wüst, von der Schlaflosigkeit. Eine lebhafte Beschäftigung mit dem Macbeth dem ich gestern noch spät nachdachte, hat mich erhitzt. Wir wollen also das zu besprechende bis Morgen versparen, wo ich der Probe mit einem hellern Kopf als ich heute habe, beizuwohnen hoffe.

Leben Sie recht wohl.

S

714. Schiller

⟨Weimar,⟩ 15. Jan. 1800

Ich dachte Sie heute Mittag oben beim Herzog zu finden, wo ich eingeladen war, und sonst niemand fand. Nach der Tafel ging ich zu meinem Schwager und erfuhr bei meiner Nachhausekunft daß Sie hier gewesen. Ein wirklich einziger Fall in seiner Art, daß Sie mich *nicht* zu Hause trafen! Ich sage Ihnen heute bloß einen guten Abend, das andere morgen. Gearbeitet ist heute nicht viel worden, weil ich zu spät aufstand. Doch habe ich mich wieder mit dem Macbeth beschäftigt.

S.

715. Schiller

⟨Weimar,⟩ 19. Jan. ⟨1800⟩

Ich sage Ihnen heut nur einen Gruß, da ich im Sinn habe mich zu Hause zu halten und bei meinem Geschäfte zu bleiben, welches dieser Tage ein wenig laulicht gegangen ist. Morgen werde ich hören, ob Sie den Abend zu Hause sind. Auf den Dienstag nach der Probe habe ich die Schauspieler vom Mahomed zu mir eingeladen.

Leben Sie recht wohl

S.

716. Goethe

⟨Weimar, 19. Januar 1800⟩

Ich hatte gehofft Sie heute Abend bei mir zu sehen und war eben im Begriff Sie einzuladen. Doch in der Hoffnung daß Ihre Unterhaltung mit sich selbst auch künftig für uns erfreulich sein wird, so will ich mich drein ergeben daß ich heute auf Ihre Unterhaltung Verzicht tun muß.

Gestern suchte ich Sie in der Loge in dem ersten und zweiten Akt, und konnte nicht erfahren wo Sie hingeraten waren.

Leben Sie recht wohl   morgen hören Sie bei Zeiten was von mir.

Weimar am 19 Jan 1800.

G

717. Goethe

⟨Weimar, 20. Januar 1800⟩

Sie erhalten hiermit verschiedenes. Ein Paket Siegellack umwickelt von dem Humboldtischen Brief, ingleichen die Iphigenia zurück, welche wohl schwerlich, selbst durch die Künste des Herrn von Eckardtshausen, wie uns solche erst kürzlich durch den Reichsanzeiger offenbart worden, zu palingenesieren sein möchte.

Es ist sehr freundlich daß Sie die Schauspieler morgen nach der Probe bewirten mögen. Es kann dabei manches zweckmäßige verhandelt werden, besonders da es ihrer nicht viel sind.

Wenn Sie mich heute Abend besuchen mögen, so soll es mich sehr freuen, da ich mich nicht in den besten Umständen befinde; hoffentlich bekommt Ihnen der niedrige Barometerstand desto besser Weimar am 20 Jan 1800.

G

718. Schiller

⟨Weimar, 20. Januar 1800⟩

Ich danke schönstens für das überschickte. Sie sagen mir nicht, was Serenissimus von der Iphigenia auguriert und geurteilt hat. Diesen Abend werde ich nach 6 Uhr mich einstellen, nachdem ich die 2 ersten Aufzüge des Macbeth aus dem rohen gearbeitet.

Von den Eckardtshausischen Künsten habe ich, neulich bei der Herzogin, Herdern mit großem Vertrauen und Lob sprechen hören, des Mannes selbst nahm er sich wenigstens sehr lebhaft an.

Ich lege hier eine Szene aus Wallenstein für Vulpius bei. Ich wählte die erste Szene Gordons mit Buttlern, wo von Wallensteins Jugend Notizen vorkommen, und die sich außer dem Zusammenhange leicht lesen läßt.

Leben Sie recht wohl

S.

719. Goethe

⟨Weimar, 2. Februar 1800⟩

Wollten Sie wohl die Güte haben mir eine Flasche von dem roten Wein zu schicken, welchen Herr Zapf übersendet hat. Dabei bitte ich mich zu benachrichtigen ob ich heute Abend das Vergnügen haben werde Sie bei mir zu sehen, wie ich es wünsche. Weimar am 2 Febr 1800.

G

720. Schiller

⟨Weimar, 2. Februar 1800⟩

Es ist ein weißer und kein roter Wein von dem ich Ihnen gestern sprach.

Ich werde mich heut Abend einstellen.

Seitdem ich das Original von Shakespear mir von der F. v Stein habe geben lassen, finde ich, daß ich wirklich besser getan, mich gleich Anfangs daran zu halten, so wenig ich auch das englische verstehe, weil der Geist des Gedankens viel unmittelbarer wirkt, und ich oft unnötige Mühe hatte, durch das schwerfällige Medium meiner beiden Vorgänger mich zu dem wahren Sinn hindurch zu ringen.

Leben Sie recht wohl. S.

721. Goethe

⟨Weimar, 3. Februar 1800⟩

Ich muß Sie benachrichtigen, daß heute Abend die Lästerschule nicht gegeben wird sondern ein anderes Stück die Verschleierte das gerade nicht übel ist aber mich eben nicht ins Schauspielhaus lockt. Ich bin also zu Hause, wenn Sie mich besuchen mögen und kann diesen Abend mit etwas Schweinwildbret aufwarten. Weimar am 3 Febr. 1800.

G

722. Goethe

⟨Weimar, 5. Februar 1800⟩

Ich wünschte zu erfahren wie Sie Ihren gestrigen Abend zugebracht haben und was Ihre Absichten wegen des heutigen sind? Entschließen Sie sich ins Theater zu gehen, so erwarte ich Sie nach demselben; wollen Sie sich aber auch dispensieren, wie ich wohl sehr natürlich fände, so sollen Sie mir zu jeder Stunde herzlich willkommen sein.

Weimar am 5 Febr 1800.

G

723. Schiller

⟨Weimar, 5. Februar 1800⟩

Ich habe Hoffnung, wenn ich mich diesen Abend und Morgen Vormittag zu meiner Arbeit halte, morgen Abend damit fertig zu sein und sie Ihnen vorzutragen. Deswegen will ich den heutigen Abend mich zu Hause halten und sage Ihnen einen schriftlichen Gruß.

S.

724. Goethe

⟨Weimar, 11. Februar 1800⟩

Mögen Sie sich heute Abend wohl in dieser starken Kälte zu mir verfügen, wo wünsche ich daß Sie um 6 Uhr kommen, damit wir den Macbeth hinauslesen.

Um 7 Uhr, da der Mond aufgeht, sind Sie zu einer astronomischen Partie eingeladen, den Mond und den Saturn zu betrachten, denn es finden sich heute Abend drei Teleskope in meinem Hause.

Sollten Sie aber die warme Stube vorziehen, so wird Ihnen Freund Meyer Gesellschaft leisten, der die Mondsberge so sehr wie die Schweizerberge, und die Gestirne so sehr als die Kälte mit einem herzlichen Künstlerhaß verfolgt. W. am 11 Febr 1800.

G

725. Goethe

⟨Weimar, 12. Februar 1800⟩

Es ruckt nun die Zeit heran, daß wir die Rolle der Neubrunn in Wallenstein besetzen müssen, da sie Mad. Vohs, nach dem Theaterherkommen, nicht wohl zuzumuten ist. Ich schlage daher Dem. *Caspers* vor welche, nach dem was wir neulich von ihr gesehen haben, auch diese Rolle ganz gut geben wird, um so mehr da sie mit Dem. Jagemann in Verhältnis steht. Auch wird es gut sein sie durch diesen kleinen Versuch in die rhythmische Sprache des Trauerspiels einzuführen.

Heute Nachmittag hören Sie mehr von mir.

Am 12 Febr 1800.

G

726. Goethe

⟨Weimar, 12. Februar 1800⟩

Mögen Sie heute Abend, nach geendigtem Schauspiel, sich zu mir verfügen, so sollen Sie, nach einer kalten Viertelstunde, einen deutlichern Begriff von den Mondshöhen und Tiefen mit hinwegnehmen, so wie es mich sehr freuen wird Sie nach einer so langen Pause wieder bei mir zu sehen.

Weimar am 12 Febr 1800.

G

727. Goethe

⟨Weimar, 14. Februar 1800⟩

Mögen Sie uns heute Abend um 6 Uhr besuchen, so sollen Sie uns herzlich willkommen sein.

Ich wünschte daß Sie Meyers Wallenstein auf der jetzigen Stufe der Ausführung sähen indem man so ein Bild werden sieht so weiß man zuletzt eher was es ist.

Auch wünschte ich den Schluß Ihres Macbeths zu vernehmen und durch freundschaftliche Mitteilung an Lebenslust zu gewinnen.

Weimar am 14 Febr 1800. G

728. Goethe

⟨Weimar, 16. Februar 1800⟩

Ich freue mich sehr, daß die Aderlasse gut bekommen ist

Anbei schicke ich das englische Lexikon.

Für das übrige will ich sorgen.

Von den Piccolominis habe ich nichts bedeutendes gehört als was wir wissen, Zuschauer waren 422.

Vielleicht besuche ich Sie gegen 6 Uhr. Nach 7 Uhr muß ich mich wieder entfernen.

Weimar am 16 Febr 1800.

G

729. Goethe

⟨Weimar, 22. März 1800⟩

Ihrem Rat zu Folge habe ich noch einen Herbst zusammen gestoppelt und schicke hier die vier Jahrszeiten, zu gefälliger Durchsicht. Vielleicht fällt Ihnen etwas ein, das dem Ganzen wohltut, denn was mich betrifft so finde ich mich in gar keiner poetischen Jahrszeit.

Leider werde ich mich einige Tage zu Hause halten müssen, denn der Doktor dringt auf eine Kur, der ich schon eine ganze Weile ausgewichen bin. Es wäre recht schön wenn Sie nun wieder so weit wären daß Sie mich besuchen könnten. Leben Sie indessen recht wohl.

Am 22 Mrz 1800. G

730. Schiller

⟨Weimar, 22. März 1800⟩

Ich bedaure Ihre Unpäßlichkeit recht herzlich und hoffe, daß sie sich bald geben soll. Sobald ich mir nur irgend einigen Mut erwecken kann, aus dem Haus zu gehen, so besuche ich Sie. Vielleicht ist die Luft morgen etwas milder und die Sonne scheint, dann kann ich es vielleicht wagen.

Es hat mich gefreut die 4 Jahrszeiten nun komplett zu finden. Die Auskunft die Sie getroffen ist sehr gut, und wenn Sie allenfalls unter die, zum Herbste, zusammengestellten Distichen noch eins oder das andere einstreuen wollten, das eine leicht faßliche Beziehung auf die Jahrszeit hätte, so würde nichts mehr zu wünschen sein. Die Distichen will ich indes noch genau ansehen, und mündlich wollen wir uns dann darüber besprechen.

Leben Sie recht wohl für heute. Meine Frau wünscht Ihnen von Herzen baldige Besserung

S.

731. Goethe

⟨Weimar, 23. März 1800⟩

Da ich mich einmal entschlossen habe krank zu sein, so übt auch der Medikus, dem ich so lange zu entgehen gesucht habe, sein despotisches Recht aus. Wie sehr wünschte ich daß Sie wieder zu den Gesunden gehörten, damit ich mich bald Ihres Besuchs zu erfreuen hätte.

Ich brauche diese schlechte Zeit um die Pflanzensammlung in Ordnung zu bringen, von der ich hoffen kann daß sie Ihnen Freude machen wird. Je mehr das Einzelne verwirrt, desto angenehmer ists wenn unser Bestreben, die Gegenstände in einem gewissen Zusammenhange zu sehen, einigermaßen gefördert wird. Ich lege Ihnen den Ausfall auf das weimarische Theater mit bei. Nichtigkeit und Anmaßung kann sich wohl nicht besser bezeichnen.

Leben Sie recht wohl, und lassen mich wissen wie Sie sich befinden.

Am 23 Mrz 1800. G

732. Goethe

⟨Weimar, 24. März 1800⟩

Ihre gestrige Gegenwart war mir so erfreulich als unerwartet. Ist Ihnen der Ausgang nicht übel bekommen, so wird es mir sehr angenehm sein, wenn Sie mich heute wieder besuchen möchten.

Anbei sende ich die Theaterreden, womit ich den Band meiner Gedichte zu schließen gedenke. Sie sind freilich ein bißchen mager indessen mögen sie so hingehen.

Vielleicht entschließe ich mich noch eine zu machen zum Schluß der diesjährigen Wintervorstellungen vielleicht wär das die schicklichste Art, wie man die Oppositionspartei mit einem heitern Ernst schikanieren könnte wovon mündlich mehr.

Grüßen Sie Ihre liebe Frau und ersuchen sie heute Abend wo möglich in die Komödie zu gehen weil ich eine unparteiische Vergleichung der beiden Vorstellungen von ihr zu vernehmen wünschte. Am 24 März 1800. G

733. Schiller

⟨Weimar, 24. März 1800⟩

Die gewaltsame Wirkung der Luft auf mich hat mich gestern ein wenig erschreckt und das Treppensteigen besonders in meinem Hause bei meiner Zurückkunft hat mich sehr angegriffen. Wenn ich, wie ich hoffe, meine Furchtsamkeit überwinden kann, so besuche ich Sie gewiß. Es wird auf den Augenblick ankommen.

Die Theaterreden sind ein recht interessanter Beitrag zu den Gedichten. Sie haben alle einen eigenen und dabei durchaus so hübsch häuslichen Charakter, daß sie dadurch reizen und anziehen. Was ich gestern auf den gedruckten Bogen Neues fand, hat mich auch recht erfreut.

Da Sie, wie Sie gestern sagten, die noch ungedruckte Elegie, welche soviel persönliche Beziehung auf Sie selbst hat, mit abdrucken lassen und mit diesen geselligen und gefälligen Theaterreden schließen wollen, so möchte ich um so weniger raten, das Publikum durch die abgerissne Erscheinung des Fragments aus dem Faust, von Oberons Hochzeit, scheu und irre zu machen. Überlegen Sie es wenigstens noch einmal, ob es nicht besser ist, es bei dem gutmütigen Ton zu lassen, der in dem Ganzen der Sammlung einmal herrscht.

Meine Frau grüßt Sie bestens. Sie wird, Ihrem Wunsch gemäß, das heutige Stück noch einmal sehen. Wollen Sie mir den *Bayard* zu lesen verschaffen, so wird es mir sehr lieb sein. Meiern viele Grüße

24. März. S.

734. Goethe

⟨Weimar, 27. März 1800⟩

Ich wünsche daß Sie diesen schönen Tag mögen in freier Luft genossen haben und da ich die Hoffnung aufgeben muß Sie heute zu sehen, so schicke ich noch einiges mit Bitte um freundschaftlichen kritischen Anteil.

Am 27 März 1800.

G

735. Schiller

⟨Weimar, 27. März 1800⟩

Ich bin diesen Nachmittag mit Korrekturen Revisionen und andern Besorgungen so überhäuft worden, daß es darüber später Abend geworden ist, und zu einem Besuche zu spät sein dürfte. Leider habe ich die schöne Luft nur vom Fenster aus genossen, aber auch so mich sehr daran gelabt.

Für das Überschickte danke ich. Es soll mir heut Abend, statt des Verfassers, zu einer angenehmen Gesellschaft dienen. Schlafen Sie recht wohl.

S.

736. Goethe

⟨Weimar, 3. April 1800⟩

Hier der Schluß von Macbeth worin ich nur wenig angestrichen habe. Sehe ich Sie denn etwa heute bei mir? meine Zustände sind nicht die besten.

Am 3 Apr. 1800.

G

737. Goethe

⟨Weimar, 5. April 1800⟩

Schlegel empfiehlt sich und sendet beikommendes.

Gehen Sie ins Schauspiel, oder besuchen Sie mich vielleicht. Ihr Entschluß wird den meinen bestimmen.

Auf Morgen Mittage möcht ich Sie einladen. Geh. R. Voigt wird wohl da sein, vielleicht auch Wieland.

Leben Sie wohl und tätiger als ich sein kann. Es gelingt mir kein Periode, geschweige eine Strophe.

W. d. 5 Apr 1800

G

738. Schiller

⟨Weimar, 5. April 1800⟩

Ins Schauspiel gehe ich heute auf keinen Fall. Wenn Sie aber hineingehen so will ich vorher noch zu Ihnen kommen: zwischen 3 und 5 Uhr, wenn Sie mirs nicht absagen lassen.

Morgen Mittag werde ich mich einfinden, wenn ich mich nur irgend wohl befinde.

Ich stecke jetzt ganz in meinem Geschäft, und suche, da ich eine leidliche Stimmung habe, soweit zu kommen als möglich ist.

Leben Sie indessen wohl.

S.

739. Goethe

⟨Weimar, 10. April 1800⟩

Das Teleskop folgt hierbei. Es war eine Zeit, wo man den Mond nur empfinden wollte jetzt will man ihn sehen ich wünsche, daß es recht viel Neugierige geben möge damit wir die schönen Damen nach und nach in unser Observatorium locken.

Wenn Sie die Musik von Macbeth noch bei sich haben, so bringen Sie doch solches Nachmittag mit, so wie auch das Pförtnerlied.

Ich wünsche, daß die Wirkung der gestrigen Musik diesen Morgen noch nachklingen möge.

Weimar am 10 April 1800.

G

740. Schiller

⟨Weimar, 11. April 1800⟩

Es ist durch einen jungen Schweitzer der von Tübingen kam Nachricht von Cotta da. Er wurde wirklich nach Stuttgardt transportiert, kam aber gleich den andern Tag wider auf freien Fuß, um seine Geschäfte betreiben zu können nachdem Kaution für ihn geleistet worden. Er wird auch die Messe beziehen.

Leben Sie recht wohl für heute. Ich habe diesen Abend Besuch im Hause und kann deswegen nicht selbst kommen.

S.

741. Goethe

⟨Weimar, 11. April 1800⟩

Es wäre mir erfreulich geworden wenn Sie hätten kommen können. Es wird wieder musiziert.

Cottas Freiheit ist mir sehr angenehm. Ich habe einen Brief von ihm über *Faust,* den Sie mir wahrscheinlich zugezogen haben. Wofür ich aber danken muß. Denn wirklich habe ich auf diese Veranlassung das Werk heute vorgenommen und durchdacht. Leben Sie recht wohl.

G

742. Goethe

⟨Weimar, 16. April 1800⟩

Da sich die Weissagungen des Bakis so wunderbarer Weise bei Ihnen gefunden haben, so möchte ich fragen ob nicht auch etwa das kleine jugendliche Gesellschafts oder Schäferstück von mir bei Ihnen zu finden ist. In welchem Fall ich es mir erbitte.

Was haben Sie heute Abend vor?

Schelling ist hier, ich konnte ihn aber nicht einladen weil ich heute wegen häuslicher Umstände keine Gäste haben kann.

Morgen Abend sind Sie mit Ihrer lieben Frau zu einem kleinen Konzert eingeladen.

Der Teufel, den ich beschwöre gebärdet sich sehr wunderlich.

Am 16 Apr 1800. G

Bald hätte ich das beste vergessen.

Erzeigen Sie mir doch das Vergnügen morgen Mittag mit bei mir zu speisen.

743. Goethe

⟨Leipzig, 4. Mai 1800⟩

Nach meiner langen Einsamkeit macht mir der Gegensatz viel Vergnügen. Ich gedenke auch noch die nächste Woche hier zu bleiben.

So eine Messe ist wirklich die Welt in einer Nuß, wo man

das Gewerb der Menschen, das auf lauter mechanischen Fertigkeiten ruht, recht klar anschaut. Im ganzen ist übrigens so wenig, was man Geist nennen möchte, daß alles vielmehr einem sogenannten tierischen Kunsttrieb ähnlich sieht.

Von dem, was man eigentlich Kunst nennt findet sich, man darf dreust sagen, in dem was der Moment produziert, keine Spur.

Von Gemälden Kupfern und dergleichen findet sich manches Gute, aber aus vergangenen Zeiten.

Ein Portrait von einem Maler, der sich jetzt in Hamburg aufhält, das bei Bausen steht, ist von einem unglaublichen Effekt; aber auch gleichsam der letzte Schaum, den der scheidende Geist in den Kunststoffen erregt. Eine Wolke für eine Juno

In dem Theater wünschte ich Sie nur bei Einer Repräsentation. Der Naturalism und ein loses, unüberdachtes Betragen, im Ganzen wie im Einzelnen, kann nicht weiter gehen. Von Kunst und Anstand keine Spur. Eine Wiener Dame sagte sehr treffend: die Schauspieler täten auch nicht im geringsten als wenn Zuschauer gegenwärtig wären. Bei der Rezitation und Deklamation der meisten bemerkt man nicht die geringste Absicht verstanden zu werden. Des Rückenwendens, nach dem Grunde Sprechens ist kein Ende, so gehts mit der sogenannten Natur fort, bis sie bei bedeutenden Stellen gleich in die übertriebenste Manier fallen.

Dem Publikum hingegen muß ich in seiner Art Gerechtigkeit wiederfahren lassen, es ist äußerst aufmerksam, man findet keine Spur von Vorliebe für einen Schauspieler das aber auch schwer wäre. Man applaudiert öfters den Verfasser, oder vielmehr den Stoff, den er behandelt und der Schauspieler erhält gewöhnlich nur beim Übertriebenen lauten Beifall. Dies sind, wie Sie sehen, alles Symptome, eines zwar unverdorbenen, aber auch ungebildeten Publikums, wie es eine Messe zusammen kehrt.

Nun leben Sie wohl und gedenken mein. Mündlich noch gar manches.

Leipzig d. 4 Apr. 1800

G

744. Schiller

Weimar 5. Mai 1800.

Haben Sie Dank für Ihren lieben Brief, es war mir gar ungewohnt, solange nichts von Ihnen zu sehen und zu hören. So sehr ich Sie aber auch hier vermisse, so freut mich doch um Ihrentwillen die Zerstreuung, die Sie Sich nach dem langen Winter machen, und die Sie gewiß heiterer zurückführen wird. In Ihrer Abwesenheit habe ich mich, was das physische betrifft, recht gut gehalten, ich bin viel im freien gewesen und fange nachgerade an, mich wie einen gesunden zu betrachten.

Sonst habe ich in diesen Tagen mich damit beschäftigt, die vier ersten Akte der Maria für den Theaterzweck in Ordnung zu bringen und bin auch damit fertig, so daß ich jetzt schon den fünften Akt zu Hand genommen. Vom Macbeth sind mehrere Proben gewesen, und ich hoffe alles Gute davon. Doch wird die erste Vorstellung erst am Mittwoch über 8 Tage statt finden können.

Sie werden unterdessen Cotta schon gesprochen und sich von seinen Schicksalen unterrichtet haben.

Die Schützische Replik auf Schellings Angriff wird Ihnen gleichfalls bekannt geworden sein. Leider ist vorherzusehen, daß Schelling die Majorität nicht auf seiner Seite haben wird; es ist gar übel, wenn man Angriffsweise verfährt, sich soviele Blößen zu geben. Er ist jetzt nach Bamberg abgereist und wie ich höre, so ist ihm Madame Schlegel nachgezogen, die in Franken ein Bad besuchen will.

Man sagt mir, daß Kotzebue in einem neuen Stück, der Besuch, sich verschiedenes gegen die Propyläen herausgenommen habe. Wenn dem so ist, so hoffe ich daß Sie den jämmerlichen Menschen seine entsetzliche Sottise werden fühlen lassen.

Von Weimar weiß ich Ihnen nicht viel zu schreiben. Ich bin unterdessen einmal bei einem Tee und Souper im Palais gewesen, wo ich ¾ Stunden lang französische Verse anhören mußte.

Ob Sie Sich in Leipzig gleich nicht sehr geistreich unterhalten können, so muß Ihnen doch die Klarheit, die Sie über diese irdischen Dinge haben, auch in dieser Existenz viel

Vergnügen und Nutzen finden lassen. Die Beschreibung die Sie von dem dortigen Theater geben, zeigte eine Stadt an und ein Publikum, das wenigstens auch keinen Anspruch auf Kunst und Kunstrichterei macht und bloß amüsiert und gerührt sein will. Es ist aber traurig, daß die dramatische Kunst in so schlechten Umständen sich befindet. Ich habe Opitzen meinen Macbeth angeboten, aber noch nichts von ihm gehört.

Noch habe ich vernommen, daß zwischen Friderich Schlegel, der kürzlich hier war und Jean Paul eine große Freundschaft sich angeknüpft, und daß auch Seckendorf mit Schlegeln sich viel eingelassen und ihn bei sich bewirtet und geehrt habe. Richter ist jetzt mit Herdern abgereist um sich von diesem kopulieren zu lassen.

Meine Frau grüßt Sie aufs freundschaftlichste. Leben Sie gesund und kehren recht erheitert zu uns zurück.

Sch.

745. Schiller

Weimar 9. Mai 1800.

Ich erfahre in diesem Augenblick, daß jemand aus Ihrem Hause nach Leipzig abgeht und benutze diese Gelegenheit, Ihnen nur ein paar Worte zum Gruß zu schreiben. Ihre Abwesenheit empfinde ich sehr, und doppelt empfind ich sie, weil ich mich jetzt nicht in meiner Arbeit verlieren kann, denn die Proben vom Macbeth zerschneiden mir die Zeit gewaltig, und zum fünften Akte der Maria habe ich nicht kommen können, auch nicht wollen, weil ich dazu einer eignen Stimmung bedarf.

Wie man mir sagt, so kommen Sie erst auf den Mittwoch zurück. Wir können Sie also gleich mit dem Macbeth empfangen, denn dieser ist bis dahin verlegt worden.

Meine Gesundheit hat sich immer recht wohl gehalten, ich gehe mit Meiern viel spazieren. Meine Kleine ist seit 5 Tagen inokuliert worden und wir erwarten nun mit Furcht und Hoffnung den Ausbruch der Blattern.

Ich muß eilen, weil man im Augenblick abreist. Leben Sie recht wohl, kommen Sie gesund zurück. Leider werde ich

Sie nur Einen Tag hier sehen und dann meine poetische Einsamkeit beziehen.

Sch.

Inlage bitte an Cotta zu besorgen. Er wird mir etwas Geld schicken und ich bitte Sie, wenn es Sie nicht beschwert, es mir mitzubringen.

746. *Schiller*

⟨Weimar, 23. Mai 1800⟩

Es tut mir leid, daß Sie unsrer Leseprobe nicht beiwohnen können, ich werde Ihnen Morgen einen treuen Rapport davon erstatten.

Bei der *Abend Vorlesung der Maria* wünschte ich Sie eigentlich nicht anwesend, weil ich Ihnen die ganze zweite Hälfte des Stücks, die Sie noch nicht kennen, lieber auf einmal vorlegen möchte, und bei dem verzettelten Lesen das beste verloren geht.

Leben Sie indessen recht wohl. Ich wünsche gute Faustische Erscheinungen

S.

747. *Goethe*

⟨Weimar, 11.? oder 12. Juni 1800⟩

Der kühne Gedanke, eine Kommunion aufs Theater zu bringen, ist schon ruchtbar geworden und ich werde veranlaßt Sie zu ersuchen diese Funktion zu umgehen. Ich darf jetzt bekennen daß es mir selbst dabei nicht wohl zu Mute war, nun da man schon zum voraus dagegen protestiert, ist es in doppelter Betrachtung nicht rätlich. Mögen Sie mir vielleicht den 5ten Akt mitteilen? und mich diesen Morgen nach 10 Uhr besuchen? damit wir die Sache besprechen könnten. Vielleicht gingen Sie auch einmal das Schloß zu sehen? wozu es heute ein schöner Tag ist.

G

748. Schiller

⟨Weimar, 15. Juni 1800⟩

Ich bin sehr begierig zu vernehmen, wie Sie mit der gestrigen Vorstellung zufrieden sind und frage also an, wann ich Sie heute sehen kann. Unsre Schauspieler verdienen gewiß vieles Lob und wenn Sie auch dieser Meinung sind, so sagen Sie ihnen wohl etwas darüber.

Sch.

749. Goethe

⟨Weimar, 15. Juni 1800⟩

Man hatte alle Ursache mit der Aufführung sehr zufrieden zu sein so wie das Stück mich außerordentlich erfreut hat. Mögen Sie heute Abend um 6 Uhr mich besuchen, so werden Sie mir ein großes Vergnügen machen Diesen Mittag bin ich bei Hofe und komme schwerlich früher nach Hause. Weimar am 15 Jun 1800.

G

750. Goethe

⟨Weimar, 24. Juni 1800⟩

Indem ich bei Ihnen anfrage ob Sie etwa heute Abend mit nach Tiefurt fahren wollen ersuche ich Sie mir das Schlegelische Gedicht zurückzuschicken.

Vielleicht fragen Sie bei dieser Gelegenheit Ihre liebe Frau ob sie von meinem kleinen Stück der jüngern Zeit in Versen einige Nachricht geben kann.

Ich bin in der Stadt Sie besuchen mich ja wohl und wir fahren alsdann wie es uns beliebt

Weimar am 24 Juni 1800. G

751. Goethe

⟨Weimar, 27. Juni 1800⟩

Ich entschließe mich gleich meinen ersten Entwurf Ihnen zur Beurteilung zu übergeben. Da es nur drum zu tun ist eine Arbeit los zu werden; so scheinen mir diese Bogen, wie ich sie wieder durchlese, zu ihrem Endzweck, beinahe schon gut genug. Doch erwarte ich Ihr Urteil. Wenn ich von Hof komme und erst weiß wie es mit mir heute Abend steht so hören Sie noch von mir, vielleicht frage ich bei Ihnen an ehe ich nach Hause gehe.

Weimar am 27 Juni 1800. G

752. Schiller

⟨Weimar, 2. Hälfte Juni 1800?⟩

Ich bin von der Unruh dieser Tage, von der Hitze und einer schlechten Nacht so mitgenommen, daß ich heute das Zimmer hüten und mich recht zu erholen suchen will. Morgen Abend hoffe ich desto frischer und ausgeruhter zu Ihnen zu kommen. Leben Sie also wohl für heute, und mögen Ihnen gute Gedanken Gesellschaft leisten.

Sch

753. Goethe

⟨Weimar, 22. Juli 1800⟩

Ich habe mich kurz und gut entschlossen nach Tische hinüber nach Jena zu gehen weil ich ein für allemal hier zu keiner Art von Besinnung gelange.

Leben Sie recht wohl und rücken Sie in allem recht lebhaft vor, auf den Sonnabend hören Sie von mir.

Weimar am 22 Juli 1800. G

754. Schiller

⟨Weimar, 22. Juli 1800⟩

Ich bin ganz verwundert und erstaunt über den schnellen Entschluß den Sie gefaßt, und, ob ich gleich recht viel Gutes davon für Ihre Arbeiten hoffe, so ist mir doch Ihre Abwesenheit nicht erfreulich. Mögen Ihnen die alten Wände im Schloß viel Glück bringen und mögen Sie Sich dort der guten und bösen Tage erinnern, die wir zu Jena miteinander lebten.

Ich hoffe, bald gute Nachrichten von Ihren Successen zu erhalten und werde nicht ermangeln Sie von meinen Zuständen zu benachrichtigen. Meine Frau empfiehlt sich Ihnen auch aufs beste.

Leben Sie recht wohl

Sch.

755. Goethe

⟨Jena, 25. Juli 1800⟩

In Betrachtung der Kürze und Vergänglichkeit des menschlichen Lebens (ich fange meinen Brief wie ein Testament an) und in Ermangelung des Gefühls eigner Produktion, habe ich mich, gleich Dienstag Abends, als ich ankam, in die Büttnerische Bibliothek verfügt, einen Voltaire heraufgeholt und den *Tancred* zu übersetzen angefangen. Jeden Morgen wird etwas daran gearbeitet und der übrige Tag verschlendert.

Diese Übersetzung wird uns wieder in manchem Sinne fördern. Das Stück hat sehr viel theatralisches Verdienst und wird in seiner Art gute Wirkung tun. Ich will etwa noch 8 Tage hier bleiben und, wenn mich der Genius nicht auf etwas anders führt, so werde ich gewiß mit zwei Dritteilen fertig. Übrigens habe ich noch viele Menschen gesehen und mich einigemale ganz wohl unterhalten.

Schreiben Sie mir auch was Ihrer Tätigkeit gelungen ist und wann Sie nach Lauchstädt zu gehen gedenken?

Grüßen Sie Ihre liebe Frau und gedenken Sie mein. Jena am 25ten Juli 1800.

G

756. Schiller

Weimar 26. Juli. 1800.

Irgend ein Spiritus familiaris hat mir geoffenbart, daß Sie den Tancred übersetzen, denn ich habe es, ehe ich Ihren Brief erhielt, als bekannt angenommen. Für unsre theatralischen Zwecke ist das Unternehmen gewiß sehr förderlich, ob ich gleich herzlich wünsche, daß der Faust es verdrängen möchte.

Übrigens beneide ich Sie darum, daß Sie doch etwas wirklich entstehen sehen. In diesem Fall bin ich noch nicht, weil ich über das Schema meiner Tragödie noch immer nicht in Ordnung bin, und noch große Schwierigkeiten aus dem Weg zu räumen habe. Ob man gleich bei jedem neu zu produzierenden Werk durch eine solche Epoche hindurch muß, so gibt es doch stets das peinliche Gefühl, als ob nichts geschähe, weil am Abend eines Tages nichts kann aufgezeigt werden.

Was mich bei meinem neuen Stücke besonders inkommodiert ist, daß es sich nicht so wie ich wünsche in wenige große Massen ordnen will und daß ich es, in Absicht auf Zeit und Ort in zu viele Teile zerstückeln muß, welches, wenn auch die Handlung selbst die gehörige Stetigkeit hat, immer der Tragödie widerstrebend ist. Man muß, wie ich bei diesem Stück sehe, sich durch keinen allgemeinen Begriff fesseln, sondern es wagen, bei einem neuen Stoff die Form neu zu erfinden, und sich den Gattungsbegriff immer beweglich erhalten.

Ich lege ein neues Journal bei, das mir zugeschickt worden, woraus Sie den Einfluß Schlegelischer Ideen auf die neueste Kunsturteile zu Ihrer Verwunderung ersehen werden. Es ist nicht abzusehen, was aus diesem Wesen werden soll, aber weder für die Hervorbringung selbst, noch für das Kunstgefühl kann dieses hohle leere Fratzenwesen ersprießlich ausfallen. Sie werden erstaunen darin zu lesen, daß das wahre Hervorbringen in Künsten ganz bewußtlos sein muß, und daß man es besonders Ihrem Genius zum großen Vorzug anrechnet, ganz ohne Bewußtsein zu handeln. Sie haben also sehr unrecht, sich wie bisher rastlos dahin zu bemühen, mit der größtmöglichen Besonnenheit zu arbeiten, und sich ihren Prozeß klar zu machen. Der Naturalism ist das wahre Zeichen der Meisterschaft, und so hat Sophocles gearbeitet.

Wann ich nach Lauchstädt gehen werde, hängt von einem Brief ab, den ich noch von Körnern erwarte. Sollte das Projekt nicht zu Stande kommen, so werde ich auf einige Zeit nach Ettersburg gehen und mich dort für den Anfang meiner Arbeit zu sammeln suchen.

Mögen Ihnen die Musen günstig sein. Meine Frau grüßt Sie.

S.

757. Goethe

⟨Jena, 29. Juli 1800⟩

Meine Arbeit geht ihren Gang fort, meine Übersetzung schreibe ich des morgens so viel ich kann, mit Bleistift und diktiere sie dann in ruhigen Augenblicken, wodurch das erste Manuskript schon ziemlich rein erscheinen wird. Zu Ende dieser Woche bin ich mit den drei letzten Akten fertig und will die zwei ersten auf einen frischen Angriff verspa-ren. Ich sage nichts vom Ganzen, das uns zu unsern Zwek-ken auf alle Weise behülflich sein wird. Es ist eigentlich ein *Schau*spiel; denn alles wird darin zur Schau aufgestellt und diesen Charakter des Stücks kann ich noch mehr durchset-zen, da ich weniger geniert bin als der Franzose. Der theatral⟨ische⟩ Effekt kann nicht außen bleiben, weil alles darauf berechnet ist und berechnet werden kann. Als öf-fentliche Begebenheit und Handlung fordert das Stück notwendig Chöre, für die will ich auch sorgen und hoffe es dadurch so weit zu treiben als es seine Natur und die erste Gallische Anlage erlaubt. Es wird uns zu guten neuen Erfahrungen helfen.

Zu dieser Arbeit brauch ich ohngefähr 4 Stunden und zur Übersicht dient folgendes Schema wie mannigfaltig und mitunter lustig die übrige Zeit benutzt worden.

Kurze Übersicht derer Gaben, welche mir in dieser Sta-pelstadt des Wissens und der Wissenschaft, zur Unterhal-tung sowohl, als zur geistigen und leiblichen Nahrung mitgeteilt werden.

Loder gab

fürtreffliche Krebse, von denen ich Ihnen einen Teller zugewünscht habe.
köstliche Weine,
einen zu amputierenden Fuß,
einen Nasenpolypen,
einige anatomische und chirurgische Aufsätze,
verschiedne Anekdoten,
Ein Mikroskop und Zeitungen.

Frommann

Griesens Tasso,
Tyks Journal erstes Stück.

Fr. Schlegel

Ein eignes Gedicht,
Aushängebogen des Athenäum.

Lenz

Neue Mineralien, besonders sehr schön kristallisierte Chalcedone.

Mineralogische Gesellschaft

Einige Aufsätze hohen und tiefen Standpunkts,
Gelegenheit zu allerlei Betrachtungen.

Ilgen

Die Geschichte Tobis,
Verschiedne heitre Philologika.

Der botanische Gärtner

Viele Pflanzen, nach Ordnungen, wie sie hier im Garten stehen und zusammen blühen.

Cotta

Philiberts Botanik.

Der Zufall

Gustav Wasa von Brentano.

Die Literaturhändel

Lust Steffens kleine Schrift über Mineralogie zu lesen.

Graf Veltheim

Seine zusammengedruckten Schriften, geistreich und lustig; aber leider leichtsinnig, dilettantisch mitunter hasenfüßig und phantastisch.

Einige Geschäfte

Gelegenheit mich zu vergnügen und zu ärgern.

Zuletzt sollte ich Ihres Memnons nicht vergessen, der denn auch wie billig zu den merkwürdigen Erscheinungen und Zeichen der Zeit gerechnet werden muß.

Wenn Sie nun alle diese Gespenster durch einander spuken lassen, so können Sie denken daß ich weder auf meinem Zimmer, noch auf meinen einsamen Promenaden allein bin. Für die nächsten Tage ist mir noch die wunderlichste Mannigfaltigkeit angekündigt, wovon mit nächstem Botentag das mehrere. Zugleich werde ich auch den Tag meiner Rückkunft bestimmen können. Leben Sie recht wohl und tätig wenn Ihnen diese Barometerhöhe so gut als mir bekommt.

Jena am 29 Jul 1800. G

758. Schiller

Weimar 30 Jul. 1800.

Der heitre Ton Ihres Briefs beweist mir, daß es Ihnen in Jena ganz wohl geht, wozu ich Glück wünsche. Ich kann dasselbe von mir nicht rühmen, der Barometerstand, der Ihnen so günstig ist, regt meine Krämpfe auf und ich schlafe nicht gut. Unter diesen Umständen war mir die Nachricht von Körnern, daß er nicht reisen könne, sehr willkommen. Ich werde also nicht nach Lauchstädt gehen, und mache dadurch einen unverhofften Gewinn an Zeit und auch an Geld; denn so gern ich ihn wieder gesehen hätte, so war es mir gerade jetzt ein wenig lästig.

Ich gratuliere zum Fortschritt in Ihrer Arbeit. Die Freiheit die Sie sich mit dem französischen Original zu nehmen scheinen ist mir ein sehr gutes Zeichen Ihrer produktiven Stimmung, auch auguriere ich daraus, daß wir noch einen Schritt weiter vorwärts kommen werden als beim Mahomet. Mit Verlangen erwarte ich die Mitteilung des Werks und unsre Gespräche darüber. Wenn Sie den Gedanken mit dem Chor ausführen, so werden ihr ⟨wir⟩ auf dem Theater ein wichtiges Experiment machen.

Auch von meinem Stück hoffe ich Ihnen wenn Sie zurückkommen das fertige Schema vorzulegen und mich, ehe ich an das Ausführen gehe, Ihrer Beistimmung zu versichern. In diesen letzten Tagen hat mich der Schluß meiner Gedichtsammlung noch beschäftigt. Die Stanzen über den Mahomet habe ich auch darin abdrucken lassen. Göpferdt kann Ihnen, wenn Sie neugierig darauf sind, die Bogen R und S zusenden, sobald sie abgedruckt sind.

Kirms hat mir heute eine sehr willkomm⟨n⟩e Rolle Geld zugesendet, für die ich Ihnen bestens Dank sage.

Meine Frau grüßt Sie aufs schönste. Leben Sie recht wohl, und erfreuen sich der bunten Mannichfaltigkeit, die Sie in Jena umgibt. Mellisch ist gestern hier durchgekommen und wohnt wieder in Dornburg. Er hat mir viel von dem lustigen Leben erzählt, das in Wilhelmstal geführt wird, wo es sehr utopisch zugeht. Meine Schwägerin hatte ein großes Unglück mit dem Wagen, der entzwei ging, doch hat sie selbst keinen Schaden gelitten.

Leben Sie recht wohl. Sch.

759. Goethe

⟨Jena, 1. August 1800⟩

Tankreden habe ich gestern frühe schon bei Seite gelegt. Übersetzt, und hie und da ein wenig mehr, habe ich den Schluß vom zweiten Akt, den dritten und vierten Akt, ohne den Schluß von beiden. Dadurch habe ich mich wie ich glaube der edleren Eingeweide des Stücks versichert, denen ich nun noch einiges Belebende andichten muß, um dem Anfang und Ende etwas mehr Fülle als im Original zu geben. Die Chöre werden recht gut passen; allein dem allem ohngeachtet werde ich mich sehr nüchtern zu verhalten haben, um nicht das Ganze zu zerstören. Es kann mich indessen auf dem Wege, auf dem wir sind, niemals reuen dieses Unternehmen fortzuführen und durchzusetzen.

Gestern habe ich einiges Geschäftsähnliche besorgt und heute einen kleinen Knoten in Faust gelöst. Könnte ich von jetzt an noch 14 Tage hier bleiben, so sollte es damit ein ander Aussehen gewinnen; allein ich bilde mir leider ein in Weimar nötig zu sein und opfere dieser Einbildung meinen lebhaftesten Wunsch auf.

Auch sonst sind diese Tage an mancherlei Gutem von Außen nicht unfruchtbar gewesen. Wir haben lange auf eine *Braut in Trauer* gesonnen. Tiek in seinem poetischen Journal erinnert mich an ein altes Marionettenstück, das ich auch in meiner Jugend gesehen habe: die *Höllenbraut* genannt. Es ist ein Gegenstück zu Faust, oder vielmehr Don Juan. Ein äußerst eitles, liebloses Mädchen, das seine treuen Liebhaber zu Grunde richtet, sich aber einem wunderlichen unbekannten Bräutigam verschreibt, der sie denn zuletzt wie billig als Teufel abholt. Sollte hier nicht die Idee zur Braut in Trauer zu finden sein, wenigstens in der Gegend.

Von Baadern habe ich eine Schrift gelesen über das pythagoräische Quadrat in der Natur, oder die vier Weltgegenden. Sei es nun daß ich seit einigen Jahren mit diesen Vorstellungsarten mich mehr befreundet habe, oder daß er seine Intentionen uns näher zu bringen weiß, das Werklein hat mir wohl behaget und hat mir zu einer Einleitung in seine frühere Schrift gedient, in der ich freilich, auch noch jetzt, mit meinen Organen nicht alles zu packen weiß.

Ein Studierender, der sich auf die Anatomie der Insekten legt, hat mir einige sehr hübsch zergliedert und demonstriert, wodurch ich denn auch in diesem Fache teils in der Kenntnis, teils in der Behandlung vorwärts gegangen bin.

Wenn man so einen jungen Mann nur ein Vierteljahr zweckmäßig beschäftigen könnte; so würde sich recht viel Erfreuliches neben einander stellen lassen. Indessen, wenn ich wieder herüber kommen kann, ehe die Verpuppungszeit gewisser Raupenarten eintritt, so will ich doch seine Tätigkeit und Geschicklichkeit zu benutzen suchen. Man könnte zwar leicht diese Dinge selbst machen, wenn es einem nur nicht sogleich mit Gewalt in ein abgelegnes Feld hinüber führte.

Montag werde ich wieder bei Ihnen sein, wo ich manches sowohl schwarz auf weiß mitbringe, als zu erzählen habe. Leben Sie indessen recht wohl und fleißig und gedenken mein. Jena am 1 August 1800.

G

760. Schiller

Weimar 2 Aug. 1800.

Ich freue mich aus Ihrem Brief Ihre baldige Zurückkunft zu vernehmen und wünsche Glück, daß Sie Ihre Zeit so gut angewandt haben, auch daß an den Faust gedacht worden ist. So verliere ich die Hoffnung nicht, daß dieses Jahr noch ein großer Schritt darin geschehen wird.

Ich kann Ihnen diesmal nur einen kurzen Gruß sagen. Göpferdt sendet mir 2 Korrekturen zu, die schnell expediert sein müssen und ich bin gezwungen auf die Bibliothek zu gehen, um eine ganze Literatur zusammen zu suchen. Mein Stück führt mich in die Zeiten der Troubadours, und ich muß um in den rechten Ton zu kommen, auch mit den Minnesängern mich bekannter machen. Es ist an dem Plan zu dieser Tragödie noch gewaltig viel zu tun, aber ich habe große Freude daran, und hoffe, wenn ich mich bei dem Schema länger verweile in der Ausführung alsdann desto freier fortschreiten zu können.

Der Gedanke wegen der Höllenbraut ist nicht übel und ich werde mir ihn gesagt sein lassen.

Leben Sie also wohl bis auf Wiedersehen. Meine Frau grüßt Sie aufs beste.

Sch.

761. Goethe

⟨Weimar, 12. August 1800⟩

Wenn Sie heute mit zu LegationsRat Bertuch gehen wollen, so komme ich um 1 Uhr mit dem Wagen Sie abzuholen.

Hiebei folgt auch ein Exemplar meiner Gedichte, für Ihre liebe Frau; sie soll es aber nicht binden lassen, bis ich darüber gesprochen, denn die Runzeln im Wallenstein, welche Sie Herrn Fromman und seiner Maschine Schuld gegeben, kommen vom Binden her und lassen sich vermeiden wie ich angeben will.

Ich wünsche daß Sie sich heute besser als gestern befinden mögen obgleich das Barometer noch immer zu meinen Gunsten steht.

Weimar am 12 Aug 1800.

G

762. Schiller

⟨Oberweimar,⟩ 15. Aug. 1800.

Ich habe mich gestern Abend nach OberWeimar heraus gemacht und genieße jetzt einen recht heitern Morgen. Doch fürchte ich, daß solang die Hitze anhält, nicht viel geschehen wird, weil Geist und Körper ganz ermattet sind.

Vielleicht entschließen Sie Sich heute Abend spazieren zu fahren und bei mir vorzusprechen. Auch bin ich neugierig zu erfahren, ob neue Konkurrenz-stücke eingesandt worden. Mein Bedienter geht gegen 1 Uhr mit meinem MittagEssen zurück, wenn Sie mir etwas wollen sagen lassen

Leben Sie recht wohl

Sch.

763. Schiller

Ob⟨er⟩Wei⟨mar,⟩ 17. ⟨19.?⟩ Aug 1800

Ich habe gestern umsonst gehofft, Sie zu sehen. Ganz spät Abends war ich in der Stadt, weil meine Frau nicht wohl geworden und bin gegen 10 Uhr wieder zurückgekommen.

Der tollste Zufall von der Welt mußte mich hier einer Hochzeit, die vielleicht auf 6 Meilen die einzige in der Gegend ist, gegenüber logieren, gerade da ich aus der Stadt geflüchtet bin, um dem Geräusch zu entgehen. Ich habe die ganze Nacht nicht geschlafen, und selbst der Vormittag wurde mir verdorben, weil man unter Geschrei und Späßen die Aussteuer der Braut aufpackte. So verschwört sich alles gegen meinen Fleiß und ich werde noch einige Zeit brauchen fürchte ich um im Gange zu sein. Vielleicht fahren Sie diesen Abend bei mir an, ich werde wenigstens bereit sein. Leben Sie recht wohl

Sch.

764. Goethe

⟨Weimar, 2. September 1800⟩

Sie erhalten hiebei den Humboldtischen Aufsatz

Mögen Sie sich wohl gegen 5 Uhr parat halten ich hole Sie ab oder lasse Sie abholen um auf der Akademie die Sachen beisammen zu sehen, es sind noch wundersame Dinge angekommen.

Diesen Abend bleiben wir wieder beisammen um noch zu guter letzt die nötigsten Dinge zu verhandeln.

Weimar am 2 Sept 1800.

G

765. Schiller

Weimar 5. ⟨und 6.⟩ 7br. ⟨September⟩ 1800.

Der Humboldtische Aufsatz, den ich Ihnen hier zurückschicke, wird recht gut zu brauchen sein. Der Inhalt muß interessieren, denn er betrifft einen abgeschlossenen menschlichen Zustand, der wie der Berg auf dem er seinen Sitz hat, vereinzelt und inselförmig ist, und mithin auch den Leser aus der Welt heraus und in sich selbst hineinführt. Die Beschreibung könnte ein wenig lebhafter und unterhaltender sein, doch ist sie nicht trocken, und zuweilen läßt sich vielleicht mit einem Worte oder einem Strich nachhelfen. Es wäre zu wünschen, daß unmittelbar neben diesem Gemälde ein entgegengesetztes von dem bewegtesten Weltleben hätte angebracht werden können, so würden beide eine doppelte Wirkung tun.

Ich hoffe, Sie haben Sich in Ihrer Einsamkeit nun bald wieder gefunden, und erwarte in Ihrem morgenden Brief schon zu lesen, daß etwas produziert worden ist. Auch ich habe nun förmlich beim Anfang angefangen und hoffe noch einen Abschnitt zu erreichen, ehe ich nach Jena hinüber komme. Auf der Gemälde Galerie bin ich unterdessen einmal gewesen, und habe verschiedene Bemerkungen über das Publikum gemacht, welche ich mündlich mitteilen will.

Indes Meier unsre deutschen Künstler richtet und mustert fallen sie reciproce über ihn her und halten sich über s⟨eine⟩ Arbeiten auf. So schreibt mir Crusius mein Verleger aus Leipzig, daß die Zeichnung vor meinen Gedichten den Leipzigern gar sehr mißfalle, daß sie viel zu unbestimmt und ohne Ausdruck sei, und bittet mich deswegen, in künftigen Fällen einen andern Künstler vorzuschlagen. Nun möchte ich wissen, wo dem Herrn Schnorr das Bestimmte u: Ausdrucksvolle sitzt.

Über den Wallenstein gibt mir Cotta ganz gute Nachrichten. Von vierthalb tausend Exemplarien sind jetzt schon die meisten abgesetzt und er macht zu einer neuen Auflage Anstalt. Daß sich das Publikum auch durch einen teuren Preis nicht vom Kaufen abschrecken läßt, ist für Ihren Faust ein sehr gutes Omen; hier kann Cotta sogleich eine Auflage von 6 bis 8000 Exemplarien wagen.

Der arme Eschen, Vossens Schüler den Sie als Übersetzer des Horaz kennen ist im Chamounital verunglückt. Er glitschte im Steigen aus und fiel in einen Abgrund, wo er unter Schneelavinen begraben wurde und nimmer zum Vorschein kam. Es tut mir sehr leid um den armen Schelmen, daß er auf eine so jämmerliche Art aus der Welt gehen mußte.

d 6. 7br.

Mir ist noch kein Brief von Ihnen gebracht worden. Ich will hoffen daß recht großer Fleiß Sie abgehalten, mir zu schreiben. Leben Sie recht wohl und lassen mich bald von Ihnen hören.

Sch.

766. Goethe

⟨Jena, 12. September 1800⟩

Nach verschiedenen Abenteuern bin ich erst heute früh wieder zu der jenaischen Ruhe gelangt und habe gleich etwas versucht, aber nichts getan. Glücklicher weise konnte ich diese acht Tage die Situationen fest halten von denen Sie wissen und meine *Helena* ist wirklich aufgetreten. Nun zieht mich aber das Schöne in der Lage meiner Heldin so sehr an, daß es mich betrübt wenn ich es zunächst in eine Fratze verwandeln soll. Wirklich fühle ich nicht geringe Lust eine ernsthafte Tragödie auf das Angefangene zu gründen; allein ich werde mich hüten die Obliegenheiten zu vermehren, deren kümmerliche Erfüllung ohnehin schon die Freude des Lebens wegzehrt.

Ich wünsche daß Sie in Ihrer Unternehmung weiter gelangt sind. Wäre es möglich daß Sie, collegialiter mit Meyern, etwas für die Anzeige des Ausgestellten tun könnten, so würde es mir eine große Erleichterung sein. Sagen Sie mir etwas durch den rückkehrenden Boten und leben Sie recht wohl. Jena am 12 Sept. 1800.

G

767. Schiller

Weimar 13. 7br ⟨September⟩ 1800

Ich wünsche Ihnen Glück zu dem Schritte, den Sie in Ihrem Faust getan. Lassen Sie Sich aber ja nicht durch den Gedanken stören, wenn die schönen Gestalten und Situationen kommen, daß es Schade sei, sie zu verbarbarisieren. Der Fall könnte Ihnen im 2ten Teil des Faust noch öfters vorkommen, und es möchte einmal für allemal gut sein, Ihr poetisches Gewissen darüber zum Schweigen zu bringen.

Das Barbarische der Behandlung, das Ihnen durch den Geist des ganzen aufgelegt wird, kann den höhern Gehalt nicht zerstören und das Schöne nicht aufheben, nur es anders spezifizieren und für ein anderes Seelenvermögen zubereiten. Eben das Höhere und Vornehmere in den Motiven wird dem Werk einen eigenen Reiz geben, und Helena ist in diesem Stück ein Symbol für alle die Schönen Gestalten, die sich hinein verirren werden. Es ist ein sehr bedeutender Vorteil, von dem Reinen mit Bewußtsein ins Unreinere zu gehen, anstatt von dem Unreinen einen Aufschwung zum Reinen zu suchen wie bei uns übrigen Barbaren der Fall ist. Sie müssen also in Ihrem Faust überall Ihr *Faustrecht* behaupten.

Wegen der Kritik der ausgestellten Gemälde kann ich Ihnen nichts anders bestimmt zusagen, als den Brief, den ich für mich allein und auf meine Weise darüber aufsetzen will. Ich komme ganz aus meinem Vorteil, wenn ich meine Ideen über diese Werke mit Meiers und Ihrem zusammen zu schmelzen suche. Auch ist dasjenige, was ich durch diese Absonderung meiner Ansicht von der Ihrigen erreiche, nicht ohne Nutzen für das Publikum der Propyläen oder vielmehr für unsre Absicht mit demselben. Übrigens werde ich Meiern bei seinem Aufsatz darüber meinen Rat gern erteilen.

Mit meiner Arbeit geht es noch sehr langsam, doch geschieht kein Rückschritt. Bei der Armut an Anschauungen und Erfahrungen nach Außen, die ich habe, kostet es mir jederzeit eine eigene Methode und viel Zeitaufwand einen Stoff sinnlich zu beleben. Dieser Stoff ist keiner von den leichten und liegt mir nicht nahe.

Ich lege Ihnen einige Novitäten aus Berlin bei, die Sie belustigen werden: besonders werden Sie Sich der Protektion erfreuen, welche Woltmann Ihnen widerfahren läßt.

Leben Sie recht wohl und bleiben auf dem angefangenen Wege.

Sch.

768. Goethe

⟨Jena, 16. September 1800⟩

Der Trost, den Sie mir in Ihrem Briefe geben, daß durch die Verbindung des reinen und abenteuerlichen ein nicht ganz verwerfliches poetisches Ungeheuer entstehen könne, hat sich durch die Erfahrung schon an mir bestätigt, indem aus dieser Amalgamation seltsame Erscheinungen, an denen ich selbst einiges Gefallen habe, hervortreten. Mich verlangt zu erfahren wie es in vierzehn Tagen aussehen wird. Leider haben diese Erscheinungen eine so große Breite als Tiefe und sie würden mich eigentlich glücklich machen, wenn ich ein ruhiges halbes Jahr vor mir sehen könnte.

Mit Niethhammern gehen die philosophischen Colloquia fort und ich zweifle nicht daß ich auf diesem Wege zu einer Einsicht in die Philosophie dieser letzten Tage gelangen werde. Da man die Betrachtungen über Natur und Kunst doch einmal nicht los wird, so ist es höchst nötig sich mit dieser herrschenden und gewaltsamen Vorstellungsart bekannt zu machen.

Nun aber vor allen Dingen eine Anfrage ob ich hoffen kann Sie künftigen Sonntag hier zu sehen. Frau Griesbach hat mich schon auf Sie eingeladen. Ich wünschte gar sehr daß Sie bei dem schönen Wetter, das sich zu bestätigen scheint, den guten Vorsatz ausführten und mit Meyern herüberkämen. Sie könnten meine Kutsche nehmen wir äßen Mittag bei Griesbach, Sie blieben die Nacht bei mir im Schlosse und wenn wir unsere Konsultationen geendigt hätten, so könnten Sie Montags früh wieder fortfahren. Ich möchte nicht gern etwas über die Preise öffentlich bekannt machen, bis wir gleich die Aufgabe auf das folgende Jahr mit dazu fügen könnten. Überhaupt wäre es nötig uns auch wegen dem was in den Propyläen gesagt werden soll, nochmals zu besprechen.

Ich habe einen Brief an Humboldt geschrieben, den ich hier beilege. Es ist ein wahres Unglück daß ich seinen letzten Brief wieder verlegt habe, wo er mir nochmals seine Adresse schreibt. Da es aber noch die alte ist, so findet sie sich ja wohl bei Ihnen oder Ihrer Frau Schwägerin. Haben Sie die Güte das Nötige hinzu zu fügen und den Brief auf die Post zu geben.

Der Woltmannische Brief kommt hier zurück. Es muß in Berlin wunderlich aussehen wenn man auch nur solche Einfälle haben kann. Indessen ist es ja nicht sowohl zu tun etwas zu wirken als etwas in Bewegung zu setzen. Ich rede von dem Einfall uns dorthin zu ziehen. Der Ton der Ankündigung ist völlig fichtisch. Ich fürchte nur die Herren Idealisten und Dynamiker werden ehester Tages als Dogmatiker und Pedanten erscheinen und sich gelegentlich einander in die Haare geraten. Wenn Sie herüber kommen sollen Sie allerhand hören und sehen zu einer Kommunikation in die Ferne habe ich gar keinen Mut.

Leben Sie recht wohl. Jena am 16 Sept 1800.

G

769. Schiller

Weimar 17. Sept. 1800.

Was die Reise nach Jena betrifft, so bin ich allerdings fest entschlossen, auf den Sonntag mit Meiern hinüber zu kommen; doch darf ich mir nicht erlauben über die Nacht auszubleiben, weil eine Unterbrechung meiner Arbeit von zwei Tagen mich gleich wieder zu sehr zerstreut. Doch hoffe ich nach 9 Uhr drüben zu sein und kann auch bis Abends gegen 9 Uhr bleiben. Ihren Pferden will ich die starke Tour nicht zumuten, an einem Tage hin und her zu gehen.

Mit Vergnügen lese ich, daß Sie unterdessen bei dem Faust geblieben sind und noch ferner dabei bleiben wollen. Endlich muß sich doch etwas davon präzipitieren, da Sie noch mehrere Woche⟨n⟩ Ruhe vor sich sehen.

Das Resultat der Gespräche mit Niethammern wünsche ich einmal aus Ihrem Munde zu hören. Ich habe dieser Tage Woltmanns Schrift über die Reformation, die bis an Luthers Tod fortgeführt ist gelesen, und bin durch jene theologische Revolution an die neueste philosophische erinnert worden. In beiden war etwas sehr bedeutend reales, dort der Abfall von Kirchensatzungen und die Rückkehr zu den Quellen, Bibel und Vernunft: hier der Abfall vom Dogmatismus und der Empirie. Aber bei beiden Revolutionen sieht man die alte Unart der menschlichen Natur, sich gleich wieder zu *setzen,* zu *befangen* und dogmatisch zu werden. Wo das nicht geschieht, da fließt man wieder zu sehr auseinander, nichts bleibt fest stehen und man endigt, so wie dort, die Welt aufzulösen, und sich eine brutale Herrschaft über alles anzumaßen.

Übrigens ist Woltmanns Werk, das weitläuftig werden könnte, um nichts reifer und versprechender als seine vorhergegangene Staatengeschichten. Es kam darauf an, diesen Stoff, der seiner Natur nach, nach einem kleinlichen elenden Detail hinstrebt, und mit unendlich retardierendem Gange sich fortbewegt, in große fruchtbare Massen zu ordnen und mit wenigen Hauptstrichen ihm den Geist abzugewinnen. So aber geht der Historiker eben so umständlich und schwerfällig seinen Gang, wie die Reichsverhandlungen, er schenkt uns keinen kleinen Reichstag, kein nutzloses Kolloquium, man muß durch alles hindurch. In den Urteilen herrscht eine jugendliche schwächliche Wohlweisheit, ein gewisser Geist der Kleinigkeit und der Nebensache; in den Darstellungen Gunst und Abgunst. Bei alle dem liest sich das Buch nicht ohne Interesse.

Cottas Damen Kalender rumort hier schon ziemlich wie ich höre – Sie haben ihn nun auch in Händen und werden, wie ich, diese jämmerliche Damenschriftstellerei und Buchhändler Armseligkeit unsers Freundes aufs neu bedauert haben. Er rangiert sich hier wirklich neben die ärgsten Lumpen des Buchhandels, und auch die Königin von Preussen mußte an der Spitze stehen, damit er ja in nichts gegen Herrn Wilmans zurückbleibe.

Körner schreibt mir vor einigen Tagen, mit großem Verwundern, daß eine Nachricht da sei, die Humboldte geben sich mit Geistersehereien ab. Er hat es von Geßlern gehört. Eine gewisse Neigung hatte Humboldt wirklich nach dieser Seite gehabt, und es ist möglich, daß Paris dazu geholfen, sie zu entwickeln. Alexander soll den Geist seiner Mutter nicht loswerden können.

Ihren Brief an H⟨umboldt⟩ werde ich morgen früh auf die Post geben.

Leben Sie recht wohl, und alle Gute Geister seien mit Ihnen.

Sch.

770. Goethe

⟨Jena, 23. September 1800⟩

Ihr neulicher Besuch war mir sehr erfreulich, unser Gespräch, so wie Meyers Vorlesung, haben mir Mut gemacht die erste Expedition gleich bei Seite zu schaffen. Briefe, Geld und Anzeige sind abgegangen. An der Beurteilung wird abgeschrieben und ich sinne nun auf meinen Introitus, welchem Ihre Peroration hoffentlich bald vom Stapel helfen soll.

Meine Helena ist die Zeit auch etwas vorwärts gerückt. Die Hauptmomente des Plans sind in Ordnung und da ich in der Hauptsache Ihre Beistimmung habe, so kann ich mit desto besserm Mute an die Ausführung gehen.

Ich mag mich diesmal gern zusammenhalten und nicht in die Ferne blicken; aber das sehe ich schon daß, von diesem Gipfel aus, sich erst die rechte Aussicht über das Ganze zeigen wird.

Ich wünsche auch von Ihnen zu hören daß es vorwärts gehe.

Um mir nicht den Fluch der Ehefrauen noch mehr zuzuziehen als er schon auf mir liegt, will ich Sie nicht zu Ihrer Herreise aufmuntern. Sollte sich freilich das Wetter verändern, so haben Sie im Garten auch wenig Freude.

Grüßen Sie Meyern, an den ich heute nicht schreibe.

Die philosophischen Colloquia werden immer interessanter und ich kann hoffen, wenn ich mir nur Zeit lasse, das Ganze recht gut einzusehen. Wir wollen das möglichste tun um mit diesem *dritten Wunder* in das neue Jahrhundert einzutreten.

Leben Sie recht wohl und gedenken mein. Jena am 23 Sept. 1800.

G

771. Schiller

Weimar 23. Sept 1800.

Ihre neuliche Vorlesung hat mich mit einem großen und vornehmen Eindruck entlassen, der edle hohe Geist der alten Tragödie weht aus dem Monolog einem entgegen und macht den gehörigen Effekt, indem er ruhig mächtig das tiefste aufregt. Wenn Sie auch sonst nichts poetisches von Jena zurückbrächten, als dieses und was Sie über den fernern Gang dieser tragischen Partie schon mit sich ausgemacht haben, so wäre Ihr Aufenthalt in Jena belohnt. Gelingt Ihnen diese Synthese des Edeln mit dem Barbarischen, wie ich nicht zweifle, so wird auch der Schlüssel zu dem übrigen Teil des Ganzen gefunden sein, und es wird Ihnen alsdann nicht schwer sein, gleichsam analytisch von diesem Punkt aus den Sinn und Geist der übrigen Partien zu bestimmen und zu verteilen. Denn dieser Gipfel, wie Sie ihn selbst nennen, muß von allen Punkten des Ganzen gesehen werden und nach allen hin sehen.

Ich habe mich gestern an die Ausarbeitung meines Briefes gemacht und wenn ich Freitags, wie ich hoffe, damit fertig werde, so habe ich große Lust, sie selbst nach Jena zu bringen. Von einem einsamen Aufenthalt in meinem Garten, auch wenn das Wetter mich nicht gerade sehr begünstigen sollte, erwarte ich einen guten Einfluß. Und im Oktober ist auf einige angenehme Tage gewiß zu rechnen. Die Frau findet sich darein, und es kommt hier alles nur auf die Gewöhnung an. Wir wollen uns übrigens beide in unserm Arbeiten nicht stören, wenn Sie die absolute Einsamkeit lieber haben.

Ich habe Mellisch gestern gesprochen, und das lebhafte Interesse, das er jetzt schon an Ihrer Optik nimmt, nach allen Kräften zu unterhalten gesucht. Wenn ich hinüber kommen sollte, so würde ich auf eine Zusammenkunft mit ihm antragen, und Sie bitten, ihm noch einige entscheidende Aufschlüsse und weitere Anweisung zu geben. Er hat einen großen Begriff von der ganzen Sache, und sie scheint ihm so sehr bedeutend, daß eben sein Erstaunen ihm noch einen Zweifel erweckt – Wenn Sie ihn also von der Unhaltbarkeit der Newtonischen Lehre durch den Augenschein überführen, so wird ihm die Sache wichtig genug sein, um alles daran zu wenden.

Daß Sie die Anzeige der neuen Preisaufgaben schon abgesendet, tut Meiern und mir beinahe leid; denn wir wollten Ihnen wegen der zweiten Aufgabe noch einige Vorstellungen machen. Auch wollte ich Ihnen einen Einfall der mir gekommen ist vortragen – ob man nämlich nicht das Publikum interessieren könnte, 150 oder 200 Lose, eins für einen Dukaten, zu kaufen, und alsdann die 2 oder 3 besten Stücke an die Interessenten zu verlosen. Auf diese Art wäre es möglich für den ersten Preis 100 Dukaten auszusetzen, wobei freilich der Verfasser auf sein Werk Verzicht tun müßte – Das Publikum würde für die Unternehmung und dadurch mittelbar für die Propylæen lebhaft interessiert, und kein Künstler könnte von der Konkurrenz ausbleiben.

Auch Meier fand meine Idee praktikabel und vorteilhaft. Ich überlasse sie Ihrem weitern Nachsinnen.

Leben Sie recht wohl.

Sch.

772. Schiller

Weimar, 26. ⟨27.?⟩ Sept. 1800.

Ich hatte gehofft, Ihnen meinen versprochenen Brief heute mit der Botenfrau zu schicken, aber ich bin noch nicht ganz damit im Reinen, die letzten Tage waren mir nicht günstig, denn die böse Wetterveränderung regte meine alten Krämpfe wieder auf. Mit der morgenden Post aber sende ich das Mskrpt ab, da ich vor der Hand noch nicht ratsam finde, selbst hinüber zu kommen.

Ich hoffe daß Sie Sich wohl befinden, ob ich gleich heute nichts von Ihnen hörte. Wenn Sie mir den Herrmann von den griechischen Sylbenmaßen zu lesen verschaffen könnten, so wäre mirs sehr lieb; Ihre neuliche Vorlesung hat mich auf die Trimeters sehr aufmerksam gemacht und ich wünschte in die Sache mehr einzudringen. Auch habe ich große Lust mich in Nebenstunden etwas mit dem Griechischen zu beschäftigen, nur um so weit zu kommen, daß ich in die griechische Metrik eine Einsicht erhalte. Ich hoffe, wenn Humboldt hieher kommt, dadurch eher etwas von ihm zu profitieren. Auch wünschte ich zu wissen welche griechische Grammatik und welches Lexikon das brauchbarste sein möchte. Fr⟨iedrich⟩ Schlegel wird wohl am besten darüber Auskunft geben können.

Ich wünsche gute Fortschritte in der Tragödie; diese Woche bin ich in meiner Produktion nicht vorgerückt.

Leben Sie recht wohl. Meine Frau grüßt Sie.

Sch.

773. Goethe

⟨Jena, 28. September 1800⟩

Ich habe Vulpius geschrieben daß er Ihnen gleich aus meinen Büchern diejenigen aussucht die Sie ohngefähr zu Ihren zwecken brauchen können Sie werden sich aber wenig daran erbauen. Das Stoffartige jeder Sprache so wie die Verstandsformen stehen so weit von der Produktion ab daß man gleich, sobald man nur hineinblickt, einen so großen Umweg vor sich sieht daß man gern zufrieden ist wenn man sich wieder herausfinden kann. In meiner Arbeit gehe ich auch nur so nach allgemeinen Eindrücken. Es muß jemand wie etwa Humboldt den Weg gemacht haben um uns etwa zum Gebrauch das Nötige zu überliefern. Ich wenigstens will warten bis er kommt und hoffe auch alsdann nur wenig für meinen Zweck.

Das Wetter ist von der Art daß ich Sie kaum hier zu sehen hoffe, darum ersuche ich Sie aufs beste mir bald Ihren freundlichen Beitrag zu schicken und auch Freund Meyern zu fernerer Ausarbeitung seines Teils aufzumuntern. Mein Schema habe ich gemacht, aber ich kann es nicht reinigen und komplettieren, noch weniger ausführen, bis ich sehe was Sie zum voraus weggenommen haben. Möge es nur recht viel sein.

Meine Colloquia mit Niethhammer gehen fort und nehmen eine recht gute Wendung.

Rittern habe ich gestern bei mir gesehen, es ist eine Erscheinung zum Erstaunen, ein wahrer Wissenshimmel auf Erden.

Meine Wünsche wären jetzt sehr eingeschränkt, wenn es von mir abhänge sie zu befriedigen. Doch will ich nichts davon sagen und Ihnen ein herzliches Lebewohl wünschen.

Jena am 28 Sept. 1800.

G

774. Schiller

Weimar 29. Sept. 1800.

Hier erhalten Sie den Brief. Ich wünschte sehr, daß Ihnen dadurch etwas an eigener Arbeit erspart sein möchte, aber ich hoffe es kaum; ich war hier nicht auf meinem Felde und worauf es hier eigentlich ankommt, die *Proprietät* der Sache ist von mir nicht zu erwarten. Einige Gedanken auszusprechen, den Leser zu unterhalten, den Künstler ein wenig anzuregen und mitunter konfus zu machen, das hab ich versprochen und so ohngefähr auch geleistet. Der Aufsatz wird aber beinahe anderthalb Bogen geben; wenn er Ihnen zu groß so nehmen Sie einige Details weg und schalten überhaupt damit nach Belieben.

Die Bücher hat mir V⟨ulpius⟩ geschickt, an den Herrmann werde ich mich sogleich machen und übrigens in der Sache solange fortfahren als sie mir nicht unerträglich wird.

Leben Sie wohl für heute. Ich eile mit dem Paquet auf die Post. Sch.

775. Goethe

⟨Jena, 30. September 1800⟩

Das Wetter fährt fort von der Art zu sein, daß es Sie wohl nicht reizen kann. In diesen Tagen habe ich den Eingang zu unserer Preiserteilung geschrieben und den Schluß dazu schematisiert, ich muß nun abwarten wie er zu Ihrer und Meyers Arbeit paßt.

Wenn ich Mittwoch Abends Meyers letzte Hälfte und Ihr Ganzes erhalten könnte so wär ich freilich sehr gefördert denn ich wünschte nicht eher wegzugehen bis alles ein Ganzes ist. In Weimar gelingt mir so etwas nicht, ich weiß es schon; denn ich brauche fast mehr Sammlung zum rhetorischen als poetischen. Es fiel mir ein daß ich noch einen Aufsatz von Humbold über den Trimeter habe. Leider habe ich ihn, als er abgeschrieben war, nicht korrigiert es kommen daher einige mir wenigstens unheilbare Schreibefehler darin vor. Auch liegt ein Teil seines Agamemnons bei, beides wird einigermaßen Ihren Wünschen entgegen kommen.

Wenn ich übrigens mit Niethham⟨m⟩er und Friedrich Schlegel transzentendalen Idealism, mit Rittern höhere

Phisik spreche; so können Sie denken daß die Poesie sich beinahe verdrängt sieht; doch läßt sich hoffen daß sie wieder zurück kehren werde.

Übrigens mag ich nun nach Hause gehen wenn ich will, so habe ich meine vier Wochen nützlich zugebracht und finde mich von allen Seiten gefördert. Manches habe ich nun zu verarbeiten und wenn ich diesen Winter noch einen Monat hier zubringen kann, so wird es in mehr als Einem Sinne gut stehen. Leben Sie wohl, gedenken mein und sein Sie auf Ihre weise fleißig. Jena am 30 Sept 1800.

G

Ich lege noch vorjährige Bemerkungen über den Macbeth bei die ich zum Teil noch erst werde kommentieren müssen heben Sie solche bei sich auf oder geben sie Beckern.

Eben wollte ich meine Depesche schließen, als zu meiner größten Freude Ihr Aufsatz anlangt. Ich habe ihn geschwind gelesen und finde ihn so schön, gut und zweckmäßig, als Sie es selbst nicht wissen. Es fiel mir dabei ein: daß jede Partei in Venedig zwei Advokaten von verschiednem Charakter beim Plaidieren der Prozesse aufstellt, einen der den Vortrag macht und einen anderen der konkludiert.

Aus unsrem Dreiklang soll diesmal etwas recht artiges entstehen. Meine Peroration, die Sie mir zum Teil weggenommen haben, will ich nun zu der Einleitung schlagen und was mir ja noch übrig bliebe zu der Preisaufgabe aufs folgende Jahr, wo sich auch noch mancherlei sagen läßt. Doch das wird sich alles erst finden wenn ich Meyers Rezension habe, auf die ich morgen hoffe. Die Einheit in der Verschiedenheit der drei Töne wird sich recht gut ausnehmen. Ich danke Ihnen tausendmal für guten Beistand. Ich wollte auch die Motive klassifizieren, ich fürchtete aber, schon bei Durchsicht meines Schemas, daß ich ins Trockne fallen könnte. Bei Ihnen ist nun alles in Fluß.

Leben Sie recht wohl und schenken Sie doch auch der flüchtigen Skizze einen Blick, die ich Meyern über die verschiedene Lage der Kunst in Deutschland zuschickte.

G

⟨*Beilage:*⟩

Bemerkungen zu Macbeth

1. Versuch die Stimmen der Hexen unkenntlicher zu machen.
2. Ihre simetrische Stellung zu nüancieren.
3. Ihnen einige Bewegung zu geben.
4. Wo es nötig, längere Kleider um den Kothurn zu bedekken
5. Donalbains Schwert muß neuer aussehen.
6. Rosse und der König müssen andere Abgänge arrangieren.
7. Macbeth und Banko, wenn sie mit den Hexen sprechen, treten mehr gegen das Proszenium. Die Hexen treten näher zusammen.
8. Lady Macbeth spricht nicht rückwärts im ersten Monolog
9. Fleance muß einen andern Leuchter haben.
10. *Gebt mir mein Schwert.* Zweifel über diese Stelle des Banko.
11. *Nicht so starr.*
12. Eine tiefere Glocke ist anzuschaffen.
13. Macbeth sollte als König prächtiger erscheinen.
14. Die Tafel sollte nicht so modern besetzt sein.
15. Der Mittelaufsatz müßte verguldet sein um gegen das Gespenst besser abzustechen.
16. Die Lichter sind gerad zu stecken und müssen stärkere Lichter genommen werden.
17. Bankos Gesicht ist blässer zu machen.
18. Es ist für Stühle zu sorgen die nicht fallen.
19. Ein großer Helm ist zu machen
20. Die Kinder müssen weiter heraus aus dem Kessel sie sind zu maskieren und auffallender zu dekorieren.
    NB. Die Schatten langsamer und die Gestalten im Charakter mehr abgeändert.
21. Nach der Hexenszene sollte etwas Musik sein ehe Malkolm und Macduff eintreten
22. Fragen ob man nicht einen Monolog von Malkolm sollte vorausgehen lassen in welchem er die Sorge von Verräterei ausdruckt. Ich weiß nicht woran es lag aber der Effekt dieser Szene ging mir ganz verloren.

23. Macduffs Gebärden da er den Tod der Seinigen erfährt.
24. Eilenstein als Arzt muß nicht so gebückt sitzen und nicht so sehr in sich reden.
25. Arrangement und Wandeln in dieser Szene
26. Mannigfaltigere Motive des Gefechts.
27. Stärkere Klingen für die Hauptfechtenden.
28. Sollte man nicht die Rolle des jungen Seibarts einer andern Person zu geben suchen Dem. Caspers wird an dieser Stelle auch noch für Donalbän gehalten.

776. Schiller

Weimar 1. 8br. ⟨Oktober⟩ 1800.

Ihre historischen Resultate aus den eingeschickten Preisstücken hat mir Meier neulich gleich mitgeteilt und wir haben uns beide recht darüber erfreut. Und wäre wirklich aus dem ganzen Institut nur dieses einzige Resultat gewonnen worden, so verlohnte es schon der Mühe, daß diese 29 Künstler sich beschäftigt hätten, denn es gibt einen sehr charakteristischen und zu vielerlei Gebrauch fruchtbaren Blick über die jetzige Kunststatistik. Auch wird gerade diese Bemerkung am allgemeinsten interessieren.

Daß Sie mit meiner Arbeit zufrieden sind und sie mit Ihrem Zweck zusammen stimmend finden, muß mir doppelt lieb sein, weil ich sie wirklich mehr auf Ihren Wunsch als aus eigenem Trieb unternommen; denn Sie werden gefunden haben, daß gerade das, was mich ganz am Anfang dazu bestimmte, die Ergießung meiner Empfindungen über Nahls Zeichnung, nicht die Hauptsache darin geworden ist.

Wenn ich aus dem was Meyer getan und was ich selbst gesagt urteilen soll, was eigentlich noch vorzüglich auszusprechen wäre, so bietet sich mir besonders folgendes an:

Meyer ist ins künstlerische, ich bin ins poetische und allgemein philosophische gegangen; nun möchte noch etwas allgemeines und wenn Sie wollen *szientifisches*, über das eigentlich *künstlerische* zu sagen sein. Ich fühlte wohl die Notwendigkeit, auf meinem Wege, auch daran zu rühren, aber da es ganz außer meiner Kompetenz und Wissenschaft lag, so habe ich mich nur an den bloßen Gedanken des

Bildes gehalten. Es wäre also noch nötig über die malerische Behandlung, die *sinnliche* Anordnung, kurz über dasjenige, was alsdann zu tun ist, wenn der Gedanke gefunden und nun durch die Mittel der bildenden Kunst darzustellen ist, etwas allgemeines wissenschaftliches auszusprechen. Zwar ruhen Meyers Urteile schon darauf, aber er schränkt sich mehr aufs Urteilen ein, und da wäre also die Major zu seiner Minor noch auszusprechen.

Für Mitteilung der Humboldtischen Arbeit danke ich Ihnen sehr; ich hoffe allerlei daraus zu lernen. Es wird mir schwer mit Herrmans Buch zurecht zu kommen, und schon vorn herein finden sich Schwierigkeiten, ich bin neugierig wie es Ihnen mit diesem Buche ergangen und hoffe, daß Sie mir ein Licht darin aufstecken werden.

Die Schauspieler sind nun wieder hier u: schimpfen sehr auf Rudolstadt, wo sie schlechten Dank scheinen geerntet zu haben. Es ist lustig wie diese Herrn über Kotzebue sich moquieren als wenn sie wirklich Geschmack hätten. Indes ist nicht zu leugnen, daß sie manchen Tadel wirklich richtig meinen und begründen, nur hängt es bei ihnen nicht zusammen. Ihre Bemerkungen über Macbeth wollen wir so gut als möglich zu nutzen suchen. Da ohnehin eine andre Besetzung des Stücks notwendig wird, weil Vohs nicht den Macbeth spielen kann und Spangler abgegangen ist, so könnte man über die Besetzung der Hexen vielleicht noch etwas andres beschließen.

Cotta scheint ein Wort von Ihnen zu erwarten und ist Ihres Stillschweigens wegen in Sorgen. Die Nachdrucker machen ihm jetzt wegen des Wallenstein zu schaffen. Einer in Bamberg hat ihn schon gedruckt und versendet, ein andrer in Wien hat ein kaiserliches Privilegium darüber erhalten. So kommt uns von dort her nie etwas gutes, aber sie stören und hindern desto mehr.

Leben Sie recht wohl, und beendigen Sie bald Ihr Geschäft, um sich hier wieder einzufinden und zusammen zu ziehen, eh der Winter kommt.

Sch.

777. Goethe

⟨Jena, 3. Oktober 1800⟩

Ich habe mich entschlossen morgen als den 4ten Okt von hier abzugehen.

Ob ich gleich nicht gerade das zu Stande gebracht was ich mir vorgesetzt, so habe ich doch meine Zeit gut zugebracht und bin in manchem vorwärts gekommen.

Mögen Sie morgen Abend mich besuchen, so konsultieren wir zusammen indes die Welt sich am Bayard ergötzt. Es muß notwendig unter uns dreien noch erst ein Konsilium gehalten werden ehe ich an die Ausarbeitung meiner Schematen denken kann die ein wunderliches Ansehen genom⟨m⟩en haben, so viel ich übersehen kann werden wir die fünf noch fehlenden Bogen hinreichend füllen. Leben Sie recht wohl das übrige mündlich. Jena am 3 Oktobr 1800.

G

778. Goethe

⟨Weimar, 9. November 1800⟩

Indem ich anfrage ob Sie mir heute Abend das Vergnügen machen wollen mich zu besuchen füge ich folgende Punkte hinzu:

1. Möchten Sie wohl an die Preisaufgabe des Intriguenstücks denken, da der letzte Bogen der Propyläen endlich gefördert werden soll.
2. Wollten Sie mir wohl Alte und Neue Zeit zurückschikken, so wie
3. die paar Manuskripte unbrauchbarer Schauspiele, die Sie von mir haben, sodann gelegentlich
4. die gedruckten Schauspiele ansehen, welche ich hier übersende.

Weimar am 9 Nov 1800.

G

779. Goethe

〈Jena, 18. November 1800〉

Wohin sich die arme Poesie zuletzt noch flüchten soll weiß ich nicht hier ist sie abermals in Gefahr von Philosophen, Naturforschern und Konsorten sehr in die Enge getrieben zu werden. Zwar kann ich nicht leugnen daß ich die Herren selbst einlade und auffordere und der bösen Gewohnheit des theoretisierens aus freiem Willen nachhänge und also kann ich niemand anklagen als mich selbst. Indessen werden recht gute Dinge auf recht gute Weise in Anregung gebracht so daß ich meine Zeit vergnügt genug hinbringe.

Loder hofft Sie Donnerstags zu sehen Geheime Rat Voigt hatte, wie man sagt, auch nicht übel Lust vielleicht machten Sie zusammen eine Partie und brächten Meyern mit sagen Sie mir aber doch hierüber etwas näheres mit den Boten damit wir indessen unsere Einrichtung machen können.

Wenn Sie zu uns kommen so werden Sie viel Enthusiasmus für das Festum Saeculare finden man hat wirklich einige gute Gedanken gehabt die vielleicht ausführbar sind

Zur Helena haben sich einige gute Motive gefunden und wenn ich ein Dutzend Briefe die ich schuldig war, bei meinem hiesigen Aufenthalt loswerde, so ist auch von der Seite was gewonnen.

Ich wünsche gleiches zu allen Ihren Unternehmungen.

Jena am 18 Nov. 1800.

G

780. Schiller

Weimar 19. Nov. 1800.

Der Geh. Rat Voigt hat Geschäfte bekommen, die ihm diese Woche nicht erlauben, nach Jena zu gehen, ich werde also nur mit Meiern kommen, und auf den Freitag, weil da auch meine Schwiegermutter und Schwägerin von Rudolstadt durch Jena passieren; doch kann ich diese nicht bei Lodern einladen, weil es ungewiß ist, ob sie zu rechter Zeit eintreffen.

Vielleicht entschließen Sie Sich dann, wieder mit uns herüber zu kommen.

Ich war in diesen Tagen ziemlich bei meiner Arbeit, und habe die Szenen mit den Trimeters beendigt.

Wegen unsrer säkularischen Festlichkeiten habe ich bei Ifland und auch bei Opitz angefragt, und erwarte nun ihre Antwort – Ifland schrieb mir vor einigen Tagen wegen der Maria, die jetzt bald soll gegeben werden. Ich sehe aus seinen Äußerungen, daß er mit seiner Lage in Berlin unzufrieden ist und sich besonders auch als Schauspieler zurückgesetzt fühlt, so daß er nach einer Rolle, die ihn wieder heben kann, schmachtet. Da Fleck, wie er schreibt, in der Maria spielen wird, so muß es mit seiner Krankheit nicht so arg sein als man gemacht, und es wäre vielleicht möglich, wenn uns Ifland nicht besuchen kann, Fleck mit s⟨einer⟩ Frau hieher zu bekommen. Unsre Vorschläge wegen des Jubiläums zirkulieren jetzt hier, man wird dieser Tage den Herzog darum angehen, daß von dieser Seite kein Hindernis entsteht. Wenn ich nach Jena komme, so wollen wir unsre Ideen zusammen tragen.

Leben Sie recht wohl und genießen Ihren Aufenthalt. Lodern bitte mich schönstens zu empfehlen.

Sch.

781. Goethe

⟨Weimar, 2. Dezember 1800⟩

Wenn Sie mir heute Abend das Vergnügen machen wollen mit mir, in Gesellschaft des Prof. Gentz zu essen, so soll es mir sehr angenehm sein. Ich muß Sie aber bitten erst um acht Uhr zu kommen, weil wir vorher eine Visite bei Gores machen. Wenn Sie zusagen, so haben Sie die Güte beiliegendes Billet an den Überbringer zu geben, daß er es zu Melisch trage den ich auch einlade.

Weimar am 2 Dez. 1800

Goethe

782. Goethe

⟨Weimar, 11. Dezember 1800⟩

Ich wünschte, wie Sie wissen, morgen nach Jena zu gehen; nun ist aber Iphigenia von Gluck in Arbeit, und wenn die Repräsentation nicht mit Leben und Geschick arrangiert wird, so möchte wenig davon zu hoffen sein. Ich ersuche

Sie daher sich derselben anzunehmen. Vielleicht fahren Sie um drei Uhr mit in die Probe, um sich einen allgemeinen Begriff zu machen. Geht es gut so wäre es auch gleich eine Oper zum Säkularfest.

Dagegen soll auch alles angewendet werden die Schöpfung zu Stande zu bringen.

G.

783. Schiller

⟨Weimar, 11. Dezember 1800⟩

Ich habe wie Sie wissen in Angelegenheiten der Musik und Oper so wenig Kompetenz und Einsicht, daß ich Ihnen mit meinem besten Willen und Vermögen bei dieser Gelegenheit wenig taugen werde; besonders, da man es, in Opersachen mit sehr heiklichten Leuten zu tun hat. In den Nachmittagstunden von 3 bis 5 Uhr will ich mit Ve⟨r⟩gnügen bei den Proben gegenwärtig sein, aber mehr als die Gegenwart kann ich nicht leisten. Heute gegen 4 Uhr suche ich Sie in der Probe auf, früher kann ich nicht abkommen.

Sie wollen uns die Schöpfung von Heidn verschaffen, wie Sie schreiben, und vorhin sagte mir der Kapellmeister Cranz, von Ihrentwegen, daß *ich* sie schaffen möchte, und zwar durch den Hrn Koadjutor; man wolle sogleich einen Expressen mit dem Brief abschicken. Ich schrieb diesen Brief auf der Stelle und erwarte nun den Expressen, der ihn abholen soll.

Das weitere mündlich

S.

784. Schiller

⟨Weimar, 12. Dezember 1800⟩

Eben schreibt mir Iffland daß er 14 Tage nach Neujahr zu kommen hoffe; und fragt an, ob uns, im Fall seines Nichtkommens Flecks willkommen sein würden. Da ich ihm schnell zurückschreiben muß, so hinterlassen Sie mir oder dem H. Hofkammerrat Ihre Vollmachten, wegen Flecks.

Guten Morgen und glückliche Reise.

S.

785. Goethe

⟨Jena, 16. Dezember 1800⟩

In den ersten Tagen meines Hierseins erhielt ich, durch Kirms, die Nachricht daß Iffland meinen Tancred den 18 Januar, zur Krönungsfeier, aufführen wolle. Ich habe ihm zwei Akte geschickt und denke den Überrest nachzusenden. Hätte er früher etwas von einer solchen Absicht merken lassen, so hätte man die Chöre hinzufügen und dadurch dem Stück mehr Leben und Masse geben können.

Mag es indessen gehen wie es kann; aber da ich auf diese Weise conpromittiert bin, so muß ich wenigstens noch 8 Tage hier bleiben um das Ganze fertig zu machen, denn absetzen darf ich gar nicht. Um nur das möglich zu machen was geschehen ist, habe ich in diesen Tagen meines Hierseins die absolute Einsamkeit statuiert, keinen Philosophen noch Phisiker, kurz, außer Lodern, gar niemand gesehen. Ich habe mich in dem romantisch tragischen Kreise gehalten und das was ich mache, so wie das was ich gemacht habe, erscheint mir doch einigermaßen in einem günstigen Lichte, welches höchst nötig ist, wenn man fertig werden will.

Da an Iffland, wie mir Kirms schreibt, noch nichts gegangen ist, so wäre mein Rat man suchte ihn auf den Mai zu bestimmen; denn ich weiß überhaupt nicht wie er, oder irgend ein bedeutender berliner Schauspieler, im Januar kommen will, wenn sie den 18ten J⟨anuar⟩ auf das Krönungsfest, entweder den Tancred, oder irgend ein bedeutendes Stück geben wollen. Erlauben Sie daß der Hofkammerrat Kirms Sie deshalb spreche, ich werde ihn dazu veranlassen.

Nun muß ich Sie aber inständig ersuchen mit Meyern, den ich recht sehr zu grüßen bitte, sich der Aufführung der Iphigenia anzunehmen. Auch wird Probe und Vorstellung immer genug Interesse für Sie haben, da das Stück doch ganz als lyrische Tragödie erscheint.

Weiter weiß ich nichts zu sagen und füge nur noch ein herzliches Lebewohl hinzu.

Jena am 16 Dez. 1800. G

786. Schiller

Weimar 17. Dez. 1800.

Es ist recht günstig, daß Sie von Berlin aus diesen Sporn erhalten, den Tancred zu beschleunigen, er wird also gewiß zu rechter Zeit fertig und Sie werden damit zufrieden sein. Ohne Zweifel senden Sie ihn Aktweise fort, weil er sonst doch nicht mehr könnte eingelernt werden.

Was Meier und ich für die Iphigenia tun können, wollen wir recht gern tun, um Ihren Fleiß nicht zu unterbrechen. Wie ich aber höre, so wird Iphigenia auf den Sonnabend nicht gespielt sondern Cho si van tutti.

Iflanden will ich schreiben, daß nunmehr die Zeit des Kommens von seiner Konvenienz abhänge und daß er Ihnen und uns allen im Mai sehr willkommen sein würde – Das jetzige Delabrement unsres Theaters durch Graffs und Vohs Krankheit würde ohnehin die Wahl mancher Stücke genieren, worin man Ifland gerne gesehen hätte.

Daß Sie unterdessen mit den Musen allein leben und die Philosophen verbannt haben, hören wir mit großem Vergnügen.

Ich selbst habe meine Zeit hier auch nicht verloren, und mich ruhig zu Hause gehalten u: an mein Geschäft. Auch bin ich über einige schwere Partien, die ich hinter mir gelassen hatte, nun glücklich weg.

Leben Sie recht wohl, und erfahren bei dieser Gelegenheit, daß sich die poetische Muse im Notfall auch kommandieren läßt.

Sch.

787. Schiller

⟨Weimar, 18. Dezember 1800⟩

Der Herzog hat gegen unsre vorgeschlagene Säkularische Festlichkeiten ganz neuerdings, wie mir berichtet wird, Sein entschiedenes Mißfallen zu erkennen gegeben und unter andern dagegen angeführt, daß solche ohne Zuziehung der Theater-Direktion unternommen wären. Welche Bewandtnis es damit hat wissen Sie. Unter diesen Umständen aber kann ich keinen Antrieb mehr haben, mich mit diesen Sachen zu beschäftigen, und ich überlasse es also

Ihnen ganz, ob von seiten der Theater-Direktion mit Ifland oder Fleck etwas arrangiert werden soll. Ich selbst schreibe an Ifland, daß die projektierten Festivitäten nicht mehr statt haben und daß er meine Insinuation als eine Privatsache ansehen möge.

Zugleich bitte ich Sie, unser nach Jena gesandtes Zirkular dort von Lodern zurückzufodern und kassieren zu lassen. Das Circulare wegen der Münze behielte aber seinen Gang.

Unter diesen Umständen haben wir hier auch mit keinen Theater Arrangements zu eilen, und wir wollen in Gottes Namen uns in unsre Poesien vergraben, und von Innen zu produzieren suchen, da uns die Produktion nach außen so schlecht gelungen ist.

S.

788. Goethe

⟨Jena, 22. Dezember 1800⟩

Beiliegendes anmutige Heft wird wohl bei Ihnen schon in Cours sein, wo nicht, so halten Sie es noch einige Tage zurück, es ist nicht zu leugnen daß es brillante Partien hat.

Ich habe wenigstens noch drei Tage zu tun um mit meinen Rittern fertig zu werden. Der tragische Jammer hat mir in diesen kurzen Tagen wirklich zugesetzt, ich wäre längst fertig und wieder bei Ihnen, wenn ich mich gegen Iffland nicht engagiert hätte. Denn immer gleich alles genau zu korrigieren, abschreiben zu lassen und wieder durchzusehen, das hält mich auf. Sie wissen ja wie ein solches Geschäft aussieht. Dagegen ist es wieder gut wenn man einmal drin stickt, daß die Arbeit fertig wird, und wir brauchen sie doch auch zu Anfang des Jahrs. Eigentlich hatte ich doch zu lange gezaudert, und für Einen Anlauf, nach meiner Art, war die noch übrige Arbeit zu groß. Man glaubt nicht was für Fäden in so einem Dinge stecken, bis man sich selbst daran macht sie wieder aufzudröseln.

Das wäre nun die Confession über die vergangenen acht Tage. Ich wünsche daß Sie mir auch manches und von besserer Art zu erzählen haben mögen.

Mein einsames Leben habe ich fortgesetzt, bin nur einmal an dem schönsten Tage spazieren gegangen, Friedrich

Schlegel, Haarbauer, und Niethammer haben mich besucht.

Schelling werde ich auf den Freitag mitbringen um bei unserer SäkularEmpirie einen tüchtigen Hinterhalt zu haben.

Übrigens habe ich sehr viel gelesen um die langen Abende einiger maßen zu nutzen. Leben Sie recht wohl mich verlangt bald wieder die Abende mit Ihnen zuzubringen. Jena am 22 Dezembr 1800.

G

789. Schiller

Weimar 24 Xbr. ⟨Dezember⟩ 1800.

Ich erwarte Sie und Ihre Arbeit mit großem Verlangen, und wünsche Ihnen Glück, daß Sie diese Besogne noch im alten Jahrhundert abtun konnten. Sie haben nun doch dieses verflossene Jahr sich im dramatischen aller Art produktiv gezeigt und können mit sich zufrieden sein.

Hier erwartet Sie die Iphigenia, von der ich alles Gute hoffe; ich war bei der gestrigen Probe, es ist nur noch wenig zu tun. Die Musik ist so himmlisch, daß sie mich selbst in der Probe unter den Possen und Zerstreuungen der Sänger und Sängerinnen zu Tränen gerührt hat. Ich finde auch den dramatischen Gang des Stücks überaus verständig; übrigens bestätigt sich Ihre neuliche Bemerkung, daß der Anklang der Namen und Personen an die alte poetische Zeit unwiderstehlich ist.

Für die Ihrem Brief beigelegte Novität danke ich sehr. Sie hat mich sehr ergötzt, manche Bonmots sind trefflich, noch etwas größern Reichtum in Materie und auch in Formen hätte das Werk vertragen können; so wie es jetzt ist, übersieht man und erschöpft man es zu leicht, eine endlose unübersehbare Fülle von Witz und Bosheit sollte es enthalten. Hier habe ich noch nichts davon sprechen hören.

Borgsdorf ist hier durch gekommen und Sie haben ihn ohne Zweifel jetzt auch gesprochen und sich von unsern Freunden in Paris erzählen lassen, die erst im Mai zu kommen gedenken.

Ich habe seit Ihrer Abwesenheit meine Tragödie auch um

einige bedeutende Schritte vorwärts gebracht, doch liegt immer noch viel vor mir. Mit dem was jetzt in Ordnung gebracht ist bin ich sehr zufrieden und ich hoffe es soll Ihren Beifall haben. Das historische ist überwunden, und doch soviel ich urteilen kann, in seinem möglichsten Umfang benutzt, die Motive sind alle poetisch und größtenteils von der naiven Gattung.

Dieser Tage hab ich einen Roman der Mad. Genlis gelesen und zu meiner großen Verwunderung eine große Geistesverwandtschaft zwischen ihr und unserm *Hermes* gefunden, soweit es bei dem großen Unterschied der Nation, des Geschlechts und des Standes möglich ist.

Leben Sie recht wohl und kehren vergnügt zu uns zurück.

Sch.

790. Goethe

⟨Weimar, 30. Dezember 1800⟩

Sie erhalten den Tancred, noch feucht vom Buchbinder, haben Sie die Güte ihn mit Aufmerksamkeit durchzulesen und sich ihn gleich auf unserm Theater zu denken.

Mögen Sie heute Abend ein gewöhnlich frugales Gastmahl, in der philosophisch-artistischen Gesellschaft, einnehmen; so sollen Sie uns herzlich willkommen sein. Wir können alsdann über das Stück weiter sprechen, dessen Rollen inzwischen abgeschrieben werden. Weimar am 30 Dez. 1800.

G

1801

791. Goethe

⟨Weimar, 29. Januar 1801⟩

Mögen Sie heute Abend, nach der Probe, die doch vor 8 Uhr geendigt sein wird, mit uns eine kleine Abendmahlzeit einnehmen; so sollen Sie uns herzlich willkommen sein. Götze kann im Theater auf Ihre Befehle warten und wenn der Fünfte Akt angegangen ist, Ihnen den Wagen holen. Wollen Sie auch hineinfahren, so geben Sie ihm deshalb Ordre.

Mit mir geht es ganz leidlich ich habe heute früh die Rolle mit der Caspers durchgegangen und bin mit dem guten Kinde recht wohl zufrieden.

Leben Sie recht wohl.

Weimar am 29 Jan. 1801.

G

792. Goethe

⟨Weimar, 6. Februar 1801⟩

Ein durchreisender Schauspieler soll heute Abend nach der Probe in einigen Szenen sein Talent zeigen da man ihm keine Gastrolle zugestehen mag.

Wollten Sie wohl diesen Versuch mit ansehen so schickte ich gegen 6 Uhr meinen Wagen, der alsdann dort warten und Sie zu mir bringen kann.

Weimar am 6 Febr. 1801.

Goethe

793. Schiller

⟨Weimar, 9. Februar 1801⟩

Ich sage Ihnen schriftlich guten Abend, weil ich eines starken Schnupfens und einer schlecht zugebrachten Nacht wegen übel daran bin und mich zu Hause halten muß. Heute Nacht habe ich gefürchtet krank zu werden, weil ich Frost und Hitze spürte, bin aber doch den ganzen Tag von Fieberbewegungen frei und hoffe, daß es gar nichts auf sich hat.

Mögen Sie Sich immer mehr und mehr erholen, und das Mskrpt vom Faust auf Ihrem Tische nicht müßig liegen!

Schlafen Sie recht wohl. Ich hoffe Sie morgen zu sehen

S.

794. Goethe

⟨Weimar, 9. Februar 1801⟩

Halten Sie sich ja, daß dieser Sturm vorübergehe freilich hätte ich gehofft Sie heute Abend in meiner Einsamkeit zu sehen. Arbeiten möcht' und könnte ich wohl besonders auch Ihnen zur Freude wenn nicht mein zerrißner Zustand mir fast alle Hoffnung und zugleich den Mut benähme.

Die Motive die Sie mir gestern erzählten habe ich weiter durchgedacht und es scheint wohl daß ich sie auch nach meiner Art zu denken, sammtlich billigen werde ich wünsche nun die Anlage des Stücks auch von vorn herein zu kennen. Weimar am 9 Febr. 1801.

G

795. Schiller

⟨Weimar, 11. Februar 1801⟩

Ich habe Ihnen von meiner *Jungfrau* schon soviel einzelnes zerstreutes verraten, daß ich es fürs beste halte, Sie mit dem Ganzen in der Ordnung bekannt zu machen. Auch brauche ich jetzt einen gewissen Sporn, um mit frischer Tätigkeit bis zum Ziel zu gelangen. Drei Akte sind in Ordnung geschrieben, wenn Sie Lust haben, sie heute zu hören, so werde ich um $\frac{1}{2}$ 6 Uhr mich einfinden. Oder wollen Sie selbst Ihr Zimmer wieder einmal verlassen, so kommen Sie zu uns, und bleiben zum Abendessen. Dies würde uns viele Freude machen, und ich selbst wagte weniger, wenn ich nach der Erhitzung eines zweistündigen Lesens mich nicht der Luft auszusetzen brauchte. Wenn Sie kommen wollen, so haben Sie die Güte es *Meiern* auch zu sagen, doch daß er vor 8 Uhr nicht kommt.

S.

796. Goethe

⟨Weimar, 11. Februar 1801⟩

Ich nehme die Lektüre mit vielem Vergnügen an um so mehr als ich Sie selbst ersuchen wollte mir wenigstens den Plan von vorn herein zu erzählen. Nur kann ich heute nicht ausfahren weil Starke heute früh eine etwas schmerzliche ich hoffe aber die letzte Operation am Auge vorgenommen und mir das Ausgehen wegen der Kälte verboten hat. Ich schicke Ihnen daher um halb Sechs den Wagen und so können Sie auch nach Tische nach Hause fahren. Ich verspreche mir viel Gutes von dieser Lektüre sowohl für Ihr Fortschreiten als für eigne Produktion. Weimar am 11 Febr. 1801.

G

797. Goethe

⟨Weimar, 20. Februar 1801⟩

Heute Abend um 5 Uhr werde ich Probe vom Tancred halten, ich will Ihnen aber nicht zumuten dabei zu erscheinen. Nach derselben aber, etwa gegen 8 Uhr, komm ich, wenn es Ihnen recht ist, Sie abzuholen zu dem gewöhnlichen frugalen Abendessen.

Am 20 Febr. 1801.

G

798. Schiller

⟨Weimar, 26. Februar 1801⟩

Ich zweifle ob ich mit meinen Depeschen nach Leipzig und nach Berlin, die ich für heut Abend und morgen früh zu expedieren habe, noch zeitig genug fertig werde, um Sie heute noch zu sehen. Es ist jetzt eine fatale Zeit für mich, wo sich diese Geschäfte ganz unvernünftig zusammen häufen, ich habe schon 3 Tage nicht an meine Tragödie kommen können.

Morgen habe ich wieder für 8 Tage Rast, und hoffe Sie dann morgen auf den Abend zu sehen.

S.

799. Goethe

⟨Weimar, 28. Februar 1801⟩

Nehmen Sie es freundlich auf, wenn ich, eingedenk Ihrer gefälligen Teilnahme an den Propyläen, einen Teil, eines so eben angekommnen Weintransports zu sende. In der Hoffnung daß Sie die übrigen Sorten bei mir versuchen und genießen mögen.

W.˙d. 28 Febr. 1801

G

800. Goethe

⟨Weimar, 7. März 1801⟩

Da es schon spät ist und ich keine Hoffnung mehr habe heute von Ihnen etwas zu hören, so will ich hiermit das Neuste vermelden.

Herr Hartmann von Stuttgard ist angekommen, wenn ich ihn und sein Gemälde gesehen habe sollen Sie ein näheres vernehmen.

Über die Preisfrage habe ich wieder nachgedacht und finde vorläufig daß ihr von dem Standpunkte der empirischen Psichologie, wo wir Poeten doch eigentlich zu Hause sind, recht gut beizukommen ist. Man steht zwischen dem Philosophen und Historiker und befindet sich auf dem Gebiete des eigentlichen Gehalts, wenn jener die Form und dieser den Stoff bringt.

Der, durch alle Zeiten und Orte, durchgehende, unveränderliche Naturstand scheint mir die Base zu sein, worauf das ganze Gebäude aufgeführt werden muß, doch dies dient mehr zur Beantwortung als zur Aufstellung der Frage.

Mich verlangt sehr zu erfahren, wie Ihnen die Veränderung zuschlägt und wünsche das Beste.

Leben Sie wohl und lassen bald von sich hören.

Weimar am 7 März 1801.

G

801. Schiller

Jena 10. März 1801.

In Rücksicht auf die Preisfrage kann ich Ihnen noch nicht viel brauchbares mitteilen. Das Einzige gebe ich Ihnen zu bedenken, ob man die Frage nicht ganz aus dem Gebiet der Geschichte hinweg in das Gebiet der Anthropologie verlegen sollte, wobei man einer ungeheuren Moles los würde, die noch dazu nicht viel hilft, denn die Geschichte ist für den philosophischen Gebrauch zu unzuverlässig und empirisch. Für die Sache selbst ist es, deucht mir, ganz gleichgültig ob die Untersuchung nach der Länge oder nach der Breite angestellt wird. Denn wenn man, wie Sie selbst meinen, den Naturstand zur Basis macht, so ist man gleich gut bedient, man mag nun das Ganze der Gegenwart anthropologisch ansehen, oder die verschiedenen Erscheinungen des Menschen rückwärts in der Geschichte aufsuchen, der Mensch ist in jeder Zeit ganz zu finden.

Ich erwarte in Ihrem nächsten Brief noch bestimmter zu hören, wie ich die Frage eigentlich fassen und aussprechen soll, um mit unsern Philosophen darüber umständlicher zu konferieren.

Ich habe diese bis jetzt noch nicht viel zum Gespräch bringen können, wenn die Ferien angehen wird es hoffe ich besser damit gehen, weil sich jetzt am Ende der Kollegien die Arbeiten häufen. Schelling will eine Deduktion der verschiedenen Kunst Gattungen a priori liefern, worauf ich begierig bin.

Was mein eigenes Tun betrifft, so kann ich noch nicht viel Gutes davon sagen. Die Schwürigkeiten meines jetzigen Pensums spannen mir den Kopf noch zu sehr an, dazu kommt die Furcht, nicht zu rechter Zeit fertig zu werden, ich hetze und ängstige mich und es will nicht recht damit fort. Wenn ich diese pathologischen Einflüße nicht bald überwinde, so fürchte ich mutlos zu werden.

Vielleicht sind Sie mitten unter Ihren Weimarischen Zerstreuungen produktiver als ich in meiner Einsamkeit, welches ich Ihnen herzlich wünsche.

Die Tage sind heiter und ich genieße sie in meinem Garten.

Leben Sie recht wohl. Ich hoffe, das nächstemal Sie besser zu unterhalten.

Sch.

802. Goethe

⟨Weimar, 11. März 1801⟩

Meine Hoffnung, daß Sie, in diesen schönen Tagen, recht weit vorgerückt sein würden, benimmt mir Ihr Brief. Vielleicht kommt es auf einmal, wie es mir auch sonst, in ähnlichen Fällen, gegangen ist.

Hartmann von Stuttgard ist hier und es tut mir recht leid daß Sie ihn nicht kennen lernen. Ein großer, derber junger Mann von 28 Jahren, den man eher für einen Musikus als für einen Maler halten würde. Sein Wesen und Betragen ist naiv, in Absicht auf Kunstgesinnung ist er auf dem rechten Felde, nur nicht immer auf dem rechten Wege. Sein großes Bild ist sehenswert. Der Gegenstand nicht zu schelten aber doch nicht ganz glücklich.

Es ist recht angenehm mit ihm zu konversieren, ich habe mich an die bedeutendsten Punkte gehalten, damit man, mit so einem schönen Talent, mit so einem guten Menschen, in eine wahre Verbindung kommt und auch in der Ferne ein Verhältnis unterhalten kann. Das Beste ist, daß er nichts verliert, wenn das Wahre wahr ist, da so viele sich nur dem echten deshalb widersetzen, weil sie zu Grunde gehen würden wenn sie es anerkennten.

Mit meinem Faust geht es sachte fort. Wenn ich auch täglich nur wenig mache, so suche ich mir doch den Sinn und den Anteil daran zu erhalten.

Wegen der Preisfrage sind wir ganz einig. Man könnte verlangen

> Eine gedrängte, lichtvolle Darstellung des Bestehenden im Menschen, mit Entwicklung der Phänomene der Kultur aus demselben. Man betrachte sie nun als ein Ganzes der Gegenwart oder der Succession oder als beides zugleich

Wie Sie bin ich überzeugt daß man auf diesem Wege am ersten zum Zweck gelangen und, bei dem unendlichen Stoff, eine faßliche Darstellung erwarten könne.

In Stuttgard ist, wie ich durch Meyern höre, dem es Hartmann erzählt hat, große Bewegung und Unzufriedenheit über unsere Kunsturteile. Wenn man das Detail vernimmt, so sieht man freilich in welcher jämmerlichen Denkweise sie gefangen sind. Ihren Aufsatz haben sie für eine Arbeit von Böttiger erklärt. Wenn sie sich auf den Styl der bildenden Kunst nicht besser verstehen, als dem Styl des Schreibens, so sieht es freilich windig aus. Man macht sich immer ein Illusion über die Menschen, besonders über seine Zeit. Die Konfusion, die durch so viele Individuen entsteht, deren jeder ein anderes Interesse hat dieses oder jenes gelten zu machen, ist unendlich.

Sie erhalten zugleich ein Trauerspiel, in welchem Sie mit Schrecken abermals, wie mich dünkt, aus einem sehr hohlen Fasse, den Nachklang des Wallensteins hören werden.

Ich schließe mit dem Wunsch für schönes Wetter und produktive Stunden. Weimar am 11ten März 1801.

G

803. Schiller

Jena 13. März. 1801.

Die Schilderung die Sie von Hartmann machen, läßt mich recht bedauern, daß man ihn in die wilde Welt muß hingehen sehen, ohne sich einer so guten Akquisition für das rechte ganz versichern zu können; denn wie nahe man einander auch in einem ernstlichen Umgang von einigen Tagen oder Wochen kommen kann, so kann einen doch nur eine stetige Fort- und Wechsel-Wirkung im Einverständnis erhalten.

Schade ists, was die KunstKritik in den Propyläen betrifft, daß man die Stimme so selten erheben kann, und einen Eindruck den man gemacht, nicht so schnell wieder durch einen neuen zu sekundieren Zeit hat. Es würde sonst gewiß gelingen, die Künstler und Kunstgenossen aus ihrer faulen Ruhe zu reißen, schon der Unwille über unsre Urteile verbürgt mir dies. Daher wollen wir es ja im nächsten Fall recht viel weiter treiben, und *Meier* muß uns in den Stand setzen, den Schaden specialiter zu treffen und die falschen Maximen recht im einzelnen anzugreifen.

Von dem Stück, das Sie mir zugesendet, ist nichts gutes

zu sagen, es ist abermals ein Beleg, wie sich die hohlsten Köpfe können einfallen lassen etwas scheinbares zu produzieren wenn die Literatur auf einer gewissen Höhe ist und eine Phraseologie sich daraus ziehen läßt. Dieses Werk in specie ist doppelt miserable, weil es gegen den Gerstenbergischen Ugolino ein ungeheurer Rückschritt ist, denn diese Tragödie, welche Sie vielleicht nicht kennen hat sehr schöne Motive, viel wahres Pathos und wirklich genialisches, obgleich sie kein Werk des guten Geschmacks ist. Man könnte versucht sein, sich derselben zu bedienen, um die Idee der Tragödie daran aufzuklären, weil wirklich die höchsten Fragen darin zur Sprache kommen.

Ich habe diesen Mittag mit Ziegesar und andern bei Lodern essen müssen und bin diesen Abend zu einem Kränzchen eingeladen. Die Abende gehen meistenteils in Gesellschaft hin, und ich kann eher über zuviel Zerstreuung als über zu wenige Unterhaltung klagen.

Doch geht es mit meiner Arbeit besser, ich habe auch wieder mehr Mut und sehe etwas entstehen.

Leben Sie recht wohl. Viele Grüße an Meiern.

Sch.

804. Goethe

⟨Weimar, 14. März 1801⟩

Zuvörderst wünsche von Herzen Glück, daß die Arbeit gut von statten geht, ich habe an Faust auch einiges getan und so rückt man denn immer, obgleich langsam, weiter.

Hartmanns Aufenthalt ist vielleicht für uns nützlicher als für denselben, indem wir eine, nicht ganz ausgebildete, Denkweise eines vorzüglichen Menschen kennen lernen. Übrigens fällt es mir manchmal ein daß man auf die Kunst eigentlich eine geheime Gesellschaft fundieren sollte, wobei das Lustige wäre, daß sehr viele Künstler in die höhern Grade gar nicht kommen könnten, auch müßte man sie selbst dem Fähigsten nicht *geben* sondern wenn er endlich dahin gelangte ihn nur erklären daß er sie erreicht habe. Sprechen, schreiben, drucken wird etwas nützen aber nicht viel, indessen wollen wir uns auch dieses nicht reuen lassen.

Hartmannen haben wir gleich veranlaßt hier etwas zu

komponieren und zwar einen etwas widerstrebenden Gegenstand: den Admet wie er, ungeachtet der Leiche im Hause, den Herkules aufnimmt und ihn bewirtet. Wie wir hierauf gekommen sind sollen Sie künftig hören, zum schreiben ist es zu umständlich.

Leben Sie recht wohl, in der Einsamkeit sowohl als in der akademischen Sozietät und gedenken an uns.

Weimar am 14 März 1801. G

805. Schiller

Jena den 16. März. 1801.

Es geht mir hier noch immer ganz ordentlich und mit jedem Tag geschieht etwas. Ich denke, solange als ich über meinen Garten noch disponieren kann, welches bis Ostern sein wird, noch hier zu bleiben und in dieser Zeit die rohe Anlage des ganzen Stücks vollends hinzuwerfen, daß mir in Weimar nur noch die Rundung und Polierung übrig bleibt.

Hier hat uns die Philosophische Fakultät auf ihre Kosten Stoff zu einer lustigen Unterhaltung gegeben. Frid⟨rich⟩ Schlegel mußte disputieren, und um ihn zu drücken haben die Herrn Ulrich, Heinrich, Hennings etc ein altes ganz außer Kurs gekommenes Gesetz, ihm selbst die Opponenten zu setzen, welche seit undenklicher Zeit von den Disputierenden selbst gewählt wurden ⟨wieder hervorgezogen.⟩ Auf den guten Rat einiger Freunde hat sich Schlegel dieser chicane ohne Widerspruch unterzogen und den einen dieser offiziell gesetzten Opponenten, der sich bescheidener betrug, ganz gut behandelt; der andere aber, ein Professor Augusti, ein nach aller Urteil ganz erbärmliches Subjekt, welches von Gotha her empfohlen worden, hat den Disputierakt mit Beleidigungen und Anzüglichkeiten angefangen, und sich zugleich so unverschämt und so ungeschickt betragen, daß Schlegel ihm auch eins versetzen mußte. Ulrich der als Dekan zugegen war und alle diese groben Angriffe des Gegners passieren ließ, relevierte mit Feierlichkeiten einige Repliquen von Schlegel, dieser blieb ihm nichts schuldig, er hat die Lacher auf seiner Seite und es gab skandalöse Szenen. Nach der allgemeinen Erzählung aber soll sich Schlegel mit vieler Mäßigung und Anständigkeit betragen haben, und man vermutet, daß dieser Handel seinen, als Dozent schon sehr gesunkenen Kredit wieder heben werde.

Von Mad. Veit ist ein Roman herausgekommen, den ich Ihnen mit⟨t⟩eilen will, der Kuriosität wegen sehen Sie ihn an. Sie werden darin auch die Gespenster alter Bekannten spuken sehen. Indessen hat mir dieser Roman, der eine seltsame Fratze ist, doch eine bessere Vorstellung von der Verfasserin gegeben, und er ist ein neuer Beweis, wie weit die Dilettanterei wenigstens in dem Mechanischen und in der Hohlen Form kommen kann. Das Buch erbitte ich mir zurück, sobald Sie es gelesen.

Die Aufgabe zu einem Gemälde an Hartmann hat mich überrascht, aber sie hat auf den ersten Blick etwas recht interessantes und einladendes. Ohne sich selbst das Rätsel zu lösen, fühlt man daß es von einem geistreichen Einfall abhängt, ob der Gegenstand glücklich oder refractaire ist. Eine vollkommene Selbstständigkeit des Gemäldes ist wohl nicht zu erwarten, aber es ist schon viel, wenn es auf den bloßen Anblick ohne den Schlüssel gleich interessant und auffordernd ist, und sich, sobald man den Schlüssel erhält, rein und vollständig auflöst.

Viel Glück zu den Fortschritten im Faust, auf den die hiesigen Philosophen ganz unaussprechlich gespannt sind.

Leben Sie recht wohl, an Meiern viele Grüße.

Die Beilagen bitte gehorsamst, gleich übergeben zu lassen. Sch.

806. Goethe

⟨Weimar, 18. März 1801⟩

Obgleich Florentin als ein Erdgeborner auftritt, so ließe sich doch recht gut seine Stammtafel machen, es können durch diese Filiationen noch wunderliche Geschöpfe entstehen.

Ich habe ohngefähr hundert Seiten gelesen und konformiere mich mit Ihrem Urteil. Einige Situationen sind gut angelegt, ich bin neugierig ob sie die Verfasserin in der Folge zu nutzen weiß. Was sich aber ein Student freuen muß, wenn er einen solchen Helden gewahr wird! denn so ohngefähr möchten sie doch gern alle aussehen.

Dagegen sende ich Ihnen eine andere Erscheinung die, wie sie sagt, vom Himmel kommt; allein, wie mich dünkt, gar zu viel von dieser altfränkischen Erde an sich hat. Der Verfasser dieses Werkleins scheint mir sich wie im Fegefeuer zwischen der Empirie und der Abstraktion, in einem sehr unbehaglichen Mittelstande zu befinden, indes ist weder an Inhalt noch an Form etwas über das sonst gewohnte.

Ich wünsche daß Schlegel von diesem Kampf einigen Vorteil ziehen möge, denn freilich habe ich seine Gabe als Dozent, auch von seinen besten Freunden, nicht rühmen hören.

Ob wir gleich Ihre Abwesenheit hier sehr fühlen: so wünsche ich doch daß Sie so lange als möglich drüben bleiben. Wenigstens ist mir die letzte Zeit immer in der Einsamkeit die günstigste gewesen, welches ich Ihnen auch von Herzen wünschen will.

Keinen eigentlichen Stillstand an Faust habe ich noch nicht gemacht, aber mitunter nur schwache Fortschritte. Da die Philosophen auf diese Arbeit neugierig sind, habe ich mich freilich zusammen zu nehmen.

Hartmanns erster Entwurf von dem angezeigten Bilde hat schon vieles zur Sprache gebracht, wenn er das prosaisch reelle durch das poetisch symbolische erheben lernt, so kann es was erfreuliches werden.

Übrigens sagte ich neulich zu Meyern: wir stehen gegen die neuere Kunst wie Julian gegen das Christentum, nur daß wir ein bißchen klärer sind als wie er. Es ist recht sonderbar wie gewisse Denkweisen allgemein werden und sich lange Zeit erhalten können und so lange wirklich als ein Bestehendes der menschlichen Natur angesehen werden können. Es ist dies einer von den Hauptpunkten auf den zu reflektieren ist wenn die Preisfrage zur Sprache kommt.

Leben Sie recht wohl und genießen das akademische Wesen nach Herzenslust. Weimar am 18 März 1801.

G

807. Schiller

Jena 20. März 1801.

Die mitgeteilten Novitäten folgen hier mit meinem besten Danke zurück.

Diese Adrastea ist ein bitterböses Werk, das mir wenig Freude gemacht hat. Der Gedanke an sich war nicht übel, das verflossene Jahrhundert, in etwa einem Dutzend reich ausgestatteten Heften, vorüber zu führen, aber das hätte einen andern Führer erfodert und die Tiere mit Flügeln und Klauen die das Werk ziehen, können bloß die Flüchtigkeit der Arbeit und die Feindseligkeit der Maximen bedeuten. Herder verfällt wirklich zusehends und man möchte sich zuweilen im Ernst fragen, ob einer der sich jetzt so unendlich trivial, schwach und hohl zeigt, wirklich jemals außerordentlich gewesen sein kann. Es sind Ansichten in dem Buch, die man im Reichsanzeiger zu finden gewohnt ist, und dieses erbärmliche Hervorklauben der frühern und abgelebten Literatur, um nur die Gegenwart zu ignorieren oder hämische Vergleichungen anzustellen!

Und was sagen Sie zu der Aeonis? Haben Sie hier eine feste Gestalt gepackt? Ich gestehe, daß ich nicht recht weiß wovon die Rede ist; wovon die Rede sein soll, sieht man wohl. Indessen ist es gut, daß der Dünkel und der Widerspruchsgeist den Verfasser in die Arena herausgelockt haben, um in Nachahmung Ihres Vorbildes seine Schwäche und Ungeschicklichkeit an den Tag zu legen. Was an dem Stücke gut ist, die Aufstellung zweier Hauptfiguren als ein Gegensatz der sich auflöst und die Begleitung derselben mit allegorischen Nebenfiguren, dies ist Ihnen abgeborgt, und mit der eignen Erfindung beginnt die Pfuscherei.

Die Erzählung von Tressan hat mir in meiner Einsamkeit Vergnügen gewährt. Von den Ritterromanen, die er bearbeitet hat, ist zwar in ihn selbst wenig mehr übergegangen als eine gewisse moralische Reinheit und Delikatesse, statt der Natürlichkeit der Gefühle findet man nur den Kanzleistyl derselben, und alles ist auf einen sentimentalen Effekt berechnet, aber eine gewisse Einfachheit in der Anlage und eine Geschicklichkeit in der Anordnung befriedigt und erfreut.

Den Ugolino können Sie auf keinen Fall brauchen. Es ist

nichts damit zu tun als ihn an d⟨en⟩ H⟨errn⟩ D⟨oktor⟩ Gries aus Hamburg, der sich noch hier aufhält, so schnell als möglich zurückzugeben.

Der unaufhörliche Wind, dem ich auch bei verschlossenen Zimmern nicht entweichen kann, macht mir meinen Aufenthalt im Garten oft lästig, und hindert mich auch am Ausgehen, weil er mir die Brust angreift.

Indessen rückt doch die Arbeit immer fort, obgleich nicht mit schnellen Schritten.

Leben Sie recht wohl, Meiern viele Grüße. S.

808. Goethe

⟨Weimar, 21. März 1801⟩

Ich vermutete, daß ich Ihnen durch die Rittergeschichte einiges Vergnügen machen würde, sie ist sehr artig und unterhaltend und dabei ein rechtes Muster von modernem Auffassen und Behandeln älterer Zustände.

Mit Hartmann werden wir, ob er gleich schon zwei Zeichnungen gemacht hat, über den Admet nicht einig werden, weil er in einem Bilde, das ganz simbolisch sein müßte, die Begebenheit natürlich darstellt. Es ist hier eine Kluft befestigt, die nur durch Offenbarung zu überspringen ist. Wir glaubten uns so deutlich darüber gegen ihn ausgedruckt zu haben, allein aus seiner Produktion sieht man daß er nicht weiß was wir wollen. Es gehört freilich eine völlige Sinnesänderung dazu und wer weiß ob er bei seinem schönen Talente unter die Berufenen gehört. Prof. Meyer hat mir versprochen, wenn Hartmann fort ist, eine Zeichnung in unserm Sinne zu machen, aber nur für unsern stillen Gebrauch.

Ich denke bei gutem u⟨nd⟩ schlimmen Wetter an Sie. Hätte ich voraussehen können daß der Herzog so lange außen bleibt (er kommt erst den 27ten) so hätte ich Sie auf einige Tage besucht, mit nächsten Boten schicke ich wieder einiges zu lesen.

Den üblen Eindruck, welchen das Greifenpaar auf Sie machen würde, habe ich vorausgesehen. Das allegorische Drama habe ich diesen Morgen wieder gelesen, was mir besonders auffiel ist die Bitterkeit und die Trauer in Einem

Produkt. Ich möchte nicht in der Haut des Verfassers stecken.

Zu Ihren Arbeiten wünsche ich viel Glück und freue mich auf die Zeiten wenn wir wieder zusammen sein werden. Faust hat noch keinen völligen Stillstand erlitten.

Weimar am 21 März 1801.

G

809. Schiller

〈Jena, 24. März 1801〉

Ich schreibe Ihnen nur ein paar Zeilen um das Botenmädchen nicht leer abgehen zu lassen; denn eben da ich mich zum Schreiben niedersetze kommen meine zwei Philosophen ins Zimmer. Vorgestern hatte ich Besuch von meiner Frau mit den Kindern und meinem jungen Vetter, der Adjutant bei der holländischen französischen Armee ist. Er hat mir für einen blutjungen Militair, der viele Jahre dieses Kriegs mitgemacht hat, sehr gesittet und einfachbescheiden geschienen.

Mit der Arbeit geht es ganz ordentlich, doch fürchte ich wird mich das lange Zögern der guten JahrsZeit und der ewige Wind binnen 8 Tagen von hier weg treiben.

Der vorletzte Akt den ich hier angefangen und fertig mitzubringen hoffe, ist die Ausbeute meines Hierseins.

Leben Sie recht wohl. Viele Grüße an Meiern.

Sch.

Jena 24. März.
1801.

810. Goethe

〈Weimar, 25. März 1801〉

Eben bin ich im Begriff auf acht Tage nach Roßla zu gehen nach deren Verlauf wir uns denn wohl wieder treffen werden, worauf ich mich sehr freue.

Wenn Ihr Aufenthalt in Jena nicht ganz so fruchtbar wird wie Sie es hofften, so ist das das gewöhnliche Schicksal poetischer Vorsätze, indessen muß man auch das wenigere mit Dank empfangen.

Ich schicke Ihnen eine portugiesische Reisebeschreibung welche unterhaltend und lehrreich ist und den Wunsch dieses Land zu besuchen, wohl schwerlich rege machen wird.

Beim Nachdenken übers Beharrende im Menschen, worauf sich die Phänomene der Kultur beziehen ließen, habe ich bis jetzt nur vier Grundzustände gefunden

des Genießens
des Strebens
der Resignation
der Gewohnheit.

Überhaupt geht es bei einer solchen Betrachtung sonderbar daß nämlich die Differenzen unter den Fällen verschwinden, doch eine gewisse Einheit ist ja was man bezwecken will.

Leben Sie recht wohl. Es hat sich inzwischen manches zugetragen, was Stoff zur Unterhaltung geben wird. Weimar am 25 März 1801.

G

811. Schiller

Jena 27. März 1801.

Ich werde Jena nun bald verlassen, zwar mit keinen großen Taten und Werken beladen aber doch auch nicht ohne alle Frucht, es ist immer doch soviel geschehen, als ich in eben sovieler Zeit zu Weimar würde ausgerichtet haben. Ich habe also zwar nichts in der Lotterie gewonnen, habe aber doch im Ganzen meinen Einsatz wieder.

Auch von der hiesigen Welt habe ich, wie es mir immer geht, weniger profitiert, als ich geglaubt hatte; einige Gespräche mit Schelling und Niethammern waren alles. Erst vor einigen Tagen habe ich Schelling den Krieg gemacht wegen einer Behauptung in s⟨einer⟩ Transzendentalphilosophie, daß »in der Natur von dem Bewußtlosen angefangen werde um es zum Bewußten zu erheben, in der Kunst hingegen man vom Bewußtsein ausgehe zum Bewußtlosen.« Ihm ist zwar hier nur um den Gegensatz zwischen dem Natur- und dem Kunstprodukt zu tun, und in so fern hat er ganz recht. Ich fürchte aber, daß diese Herrn Idealisten ihrer Ideen wegen allzuwenig Notiz von der Erfahrung nehmen, und in der Erfahrung fängt auch der Dichter nur mit dem Bewußtlosen an, ja er hat sich glücklich zu schätzen, wenn er durch das klarste Bewußtsein seiner Operationen nur soweit kommt, um die erste dunkle TotalIdee seines Werks in der vollendeten Arbeit ungeschwächt wieder zu finden. Ohne eine solche dunkle aber mächtige Totalidee die allem technischen vorhergeht, kann kein poetisches Werk entstehen, und die Poesie, deucht mir, besteht eben darin, jenes Bewußtlose aussprechen und mitteilen zu können, d. h. es in ein Objekt überzutragen. Der Nichtpoet kann so gut als der Dichter von einer poetischen Idee gerührt sein, aber er kann sie in kein Objekt legen, er kann sie nicht mit einem Anspruch auf Notwendigkeit darstellen. Eben so kann der Nichtpoet so gut als der Dichter ein Produkt mit Bewußtsein und mit Notwendigkeit hervorbringen, aber ein solches Werk fängt nicht aus dem Bewußtlosen an, und endigt nicht in demselben. Es bleibt nur ein Werk der Besonnenheit. Das Bewußtlose mit dem Besonnenen vereinigt macht den poetischen Künstler aus.

Man hat in den letzten Jahren über dem Bestreben der Poesie einen höheren *Grad* zu geben, ihren Begriff verwirrt. Jeden, der im Stande ist, seinen Empfindungszustand in ein Objekt zu legen, so, daß dieses Objekt mich nötigt, in jenen Empfindungszustand überzugehen, folglich lebendig auf mich wirkt, heiße ich einen Poeten, einen Macher. Aber nicht jeder Poet ist darum dem *Grad* nach ein vortrefflicher. Der Grad seiner Vollkommenheit beruht auf dem Reichtum, dem Gehalt, den er in sich hat und folglich außer sich darstellt, und auf dem Grad von Notwendigkeit, die sein Werk ausübt. Je subjektiver sein Empfinden ist, desto zufälliger ist es; die objektive Kraft beruht auf dem ideellen. Totalität des Ausdrucks wird von jedem dichterischen Werk gefodert, denn jedes muß Charakter haben oder es ist nichts; aber der vollkommene Dichter spricht das Ganze der Menschheit aus.

Es leben jetzt mehrere so weit ausgebildete Menschen, die nur das ganz vortreffliche befriedigt, die aber nicht im Stande wären, auch nur etwas gutes hervorzubringen. Sie können nichts *machen*, ihnen ist der Weg vom Subjekt zum Objekt verschlossen; aber eben dieser Schritt macht mir den Poeten.

Eben so gab und gibt es Dichter genug, die etwas gutes und charakteristisches hervorbringen können, aber mit ihrem Produkt jene hohe Foderungen nicht erreichen, ja nicht einmal an sich selbst machen. Diesen nun sage ich, fehlt nur der *Grad*, jenen fehlt aber die *Art*, und dies meine ich wird jetzt zu wenig unterschieden. Daher ein unnützer und niemals beizulegender Streit zwischen Beiden, wobei die Kunst nichts gewinnt; denn die Ersten welche sich auf dem vagen Gebiet des Absoluten aufhalten, halten ihren Gegnern immer nur die dunkle *Idee des Höchsten* entgegen, diese hingegen haben die *Tat* für sich, die zwar beschränkt aber reell ist. Aus der Idee aber kann ohne die *Tat* gar nichts werden.

Ich weiß nicht, ob ich mich deutlich genug ausgedrückt habe, ich möchte Ihre Gedanken über diese Materie wissen, welche einem durch den jetzigen Streit in der ästhetischen Welt so nahe gelegt wird.

Von hier aus werde ich Ihnen wohl nicht mehr schreiben, denn ich denke auf den Mittwoch wieder nach W⟨eimar⟩ zu kommen; vielleicht sind Sie dann wieder dort, und unsere Mitteilungen können wieder eröffnet werden.

Ich danke für die Portugiesische Reisebeschreibung, sie ist nicht übel geschrieben, doch etwas dürftig und nicht ohne Ansprüche. Der Verfasser scheint mir zu den Verstandesmenschen zu gehören, die im Herzen feindlicher gegen Philosophie und Kunst gesinnt sind, als sie gestehen. Dies hat zwar bei dieser Reisebeschreibung nicht viel zu sagen, aber es drückt sich doch aus und wird empfunden.

Leben Sie recht wohl und genießen Sie heitere Tage.

S.

812. Goethe

⟨Oberroßla, 3. oder 4. April 1801⟩

Ich wünsche Glück zu Ihrer Zurückkunft nach Weimar und hoffe Sie bald wieder zu sehen, entweder daß Sie mich besuchen, oder daß ich mich auch wieder nach der Stadt verfüge.

Mein hiesiger Aufenthalt bekommt mir sehr gut, teils weil ich den ganzen Tag mich in freier Luft bewege, teils weil ich durch die gemeinen Gegenstände des Lebens depotentiiert werde, wodurch eine gewisse Bequemlichkeit und Gleichgültigkeit in meinen Zustand kommt, die ich lange nicht mehr kannte.

Was die Fragen betrifft die Ihr letzter Brief enthält, bin ich nicht allein Ihrer Meinung, sondern ich gehe noch weiter. Ich glaube daß alles was das Genie, als Genie, tut, unbewußt geschehe. Der Mensch von Genie kann auch verständig handeln, nach gepflogner Überlegung, aus Überzeugung; das geschieht aber alles nur so nebenher. Kein Werk des Genies kann durch Reflexion und ihre nächste Folgen verbessert, von seinen Fehlern befreit werden; aber das Genie kann sich durch Reflexion und Tat nach und nach dergestalt hinaufheben, daß es endlich musterhafte Werke hervorbringt. Jemehr das Jahrhundert selbst Genie hat, desto mehr ist das Einzelne gefördert.

Was die großen Anforderungen betrifft die man jetzt an den Dichter macht, so glaube ich auch daß sie nicht leicht einen Dichter hervorbringen werden. Die Dichtkunst verlangt, im Subjekt das sie ausüben soll, eine gewisse gutmütige, ins Reale verliebte Beschränktheit, hinter welcher das Absolute verborgen liegt. Die Forderungen von oben herein zerstören jenen unschuldigen produktiven Zustand und setzen, für lauter Poesie, an die Stelle der Poesie, etwas das nun ein für allemal nicht Poesie ist. Wie wir in unsern Tagen leider gewahr werden und so verhält es sich mit den verwandten Künsten, ja mit der Kunst im weitsten Sinne.

Dies ist mein Glaubensbekenntnis, welches übrigens keine weitere Ansprüche macht.

Von Ihrer neusten Arbeit hoffe ich sehr viel Gutes. Das Werk ist gut aufgefaßt und wenn Sie sich genug Muse geben, so wird es sich von selbst ründen. An Faust ist in der Zeit auch etwas geschehen. Ich hoffe daß bald in der großen Lücke nur der Disputationsactus fehlen soll, welcher denn freilich als ein eignes Werk anzusehen ist und aus dem Stegreife nicht entstehen wird.

Die famose Preisfrage habe ich diese Zeit auch nicht aus der Acht gelassen. Ich habe, um eine empirische Unterlage zu meinen Betrachtungen zu gewinnen, angefangen mir ein Anschauen der Europäischen Nationen zu bilden. Nach der Linkischen Reise habe ich noch manches über Portugal gelesen und werde nun nach Spanien übergehen. Wie sehr sich alles ins Enge ziehe, wenn man solche Betrachtungen recht von innen heraus nimmt, werde ich täglich mehr überzeugt.

Ritter besuchte mich einen Augenblick und hat meine Gedanken auch auf die Farbenlehre geleitet. Die neuen Entdeckungen Herschels welche durch unsern jungen Naturforscher weiter fortgesetzt und ausgedehnt worden schließen sich gar schön an jene Erfahrung an von der ich Ihnen mehrmals gesagt habe. daß die bonnonischen Leuchtsteine an der gelbroten Seite des Spektrums kein Licht empfangen, wohl aber an der blauroten. Die physischen Farben identifizieren sich hierdurch mit den chemischen. Mein Fleiß, den ich in dieser Sache nicht gespart habe, setzt mich bei Beurteilung der neuen Erfahrungen in die größte Avantage, wie ich denn auch gleich neue, die Sache weiter auszuführende Versuche ausgesonnen habe ich sehe vor mir, daß ich dieses Jahr wenigstens wieder ein Paar Kapitel der Farbenlehre schreiben werde. Ich wünsche Ihnen das neuste bald vorzutragen.

Möchten Sie mich wohl Donnerstags mit Prof. Meyer besuchen? Bereden Sie es doch mit diesem dem ich das Nähere geschrieben habe.

Leben Sie indes recht wohl.

Oberrosla d. 6. März 1800

G

813. Schiller

Weimar 3. April. 1801.

Am Mittwoch bin ich wieder hier eingetroffen und habe sehr beklagt, Sie nicht zu finden. Möge Ihnen indessen der Aufenthalt auf dem Lande nur recht günstig sein! Ich will während Ihrer Abwesenheit mein Geschäft so weit als möglich zu fördern suchen, daß ich es Ihnen bald nach Ihrer Zurückkunft geendigt vorlegen kann. In etwa 14 Tagen hoffe ich am Ziele zu sein. Von meinem letzten Akt auguriere ich viel Gutes, er erklärt den Ersten, und so beißt sich die Schlange in den Schwanz. Weil meine Heldin darin auf sich allein steht, und im Unglück, von den Göttern deseriert ist, so zeigt sich ihre Selbstständigkeit und ihr Charakter-Anspruch auf die Prophetenrolle deutlicher. Der Schluß des vorletzten Akts ist sehr theatralisch und der donnernde Deus ex machina wird seine Wirkung nicht verfehlen.

Meier hat meinen kleinen Ernst gemalt, wie Sie wissen, das Bild ist fertig und sehr schön ausgefallen, daß es Sie gewiß auch erfreuen wird. Es ist so bedeutend gefaßt und sehr angenehm behandelt; auch die Ähnlichkeit fehlt nicht, so schwer es auch hielt, den Kleinen in eine ruhige Positur zu bringen.

Es hat mir leid getan, meinen Garten gerade jetzt da das Wetter so schön geworden, zu verlassen; doch habe ich mich auch wieder nach Haus zurückgesehnt; und zum Glück bin ich hier gleich wieder in meine Arbeit herein gekommen.

Ich habe Verlangen wieder einige Zeilen von Ihnen zu sehen, denn in Roßla liegen Sie uns doch, so nah es ist, wie am Ende der Welt. Leben Sie recht wohl und alles Gute sei mit Ihnen.

Sch.

814. Schiller

⟨Weimar, 15. April 1801⟩

Ich heiße Sie herzlich willkommen in Weimar, und freue mich, nach einer so langen Abwesenheit wieder mit Ihnen vereinigt zu sein. Lassen Sie mich doch wissen, ob Sie heute Abend zu Hause bleiben oder ob ich Sie in der Komödie finde.

Ich werde heute mit meinem Stücke fertig, und dieser Tag ist mir also doppelt wert. Weil mir aber das Wetter zusetzt, und meine Arbeit mich in den letzten Tagen etwas angegriffen, so befinde ich mich nicht ganz wohl.

Meine Frau grüßt Sie aufs beste. Auch Niethammer, der diesen Morgen angekommen, empfiehlt sich Ihrem Andenken

S.

815. Goethe

〈Weimar, 15. April 1801〉

Auch ich freue mich recht sehr wieder in Ihrer Nähe zu sein und besonders an diesem Tage anzukommen der eine solche Epoche macht.

Heute Abend um 7 Uhr finden Sie mich zu Hause. Will Niethhammer zum Abendessen auch von den unsern sein, so heiße ich ihn willkommen.

Viele Grüße an Ihre liebe Frau der ich noch einen Dank für ihren freundlichen Brief schuldig bin.

Viel Glück zur Vollendung Ihres Werkes. Weimar am 15 Apr 1801.

G

816. Schiller

〈Weimar, 18. April 1801〉

Hier sende ich Ihnen das verlangte Werk, nebst dem Entwurf der Rollenbesetzung. An dem Exemplar fürs Theater sind ohngefähr 6 Blätter weniger.

Den Nathan will ich heute vornehmen und Ihnen auf den Abend in der Oper eine Definitif Antwort darüber sagen.

S.

817. Goethe

〈Weimar, 20. April 1801〉

Nehmen Sie mit Dank das Stück wieder. Es ist so brav, gut und schön daß ich ihm nichts zu vergleichen weiß.

Lassen Sie uns gegen Abend zusammen spazieren und zusammen bleiben.

Morgen geh ich wieder auf Land.

W. d. 20 Apr 1801

G

818. Goethe

〈Oberroßla, 27. April 1801〉

Indessen Sie allerlei außerordentliche theatralische Ergetzlichkeiten genießen muß ich auf dem Lande verweilen und mich mit allerlei gerichtlichen und außergerichtlichen Händeln, Besuchen in der Nachbarschaft und sonstigen realistischen Späßen unterhalten. Kann ich es möglich machen so komme ich Sonnabends. Sagen Sie mir doch ein Wort wie es mit Nathan geht, und ob die tapfere Jungfrau sich weiters produziert hat. Von mir kann ich weiter nichts sagen als daß mir der hiesige Aufenthalt phisisch nicht übel bekommt und daß ich wohl damit zufrieden sein kann, da ich von meinem rekonvaleszierenden Zustand ohnehin keine Wunder erwarten darf. Leben Sie recht wohl und erfreuen mich bald mit einigen Zeilen.

Oberroßla am 27 Apr. 1801.

G

819. Schiller

Weimar 28. April 1801

Sie verlieren doch etwas, daß Sie diese musikalische Woche versäumen, wo Tanz und Gesang sich zu unsrer Ergötzlichkeit vereinigen. Gern hat uns durch seine schöne Stimme im Sarastro viel Freude gemacht, im Tarare hat er weniger befriedigt, denn die gewaltsame brusque Person widersteht seiner weichen Sprache. Die Tänzer welche am Montag im Intermezzo sich sehen ließen haben die Weimarianer in eine zweifelhafte Verwunderung gesetzt, man ist an die seltsamen Stellungen und Bewegungen wo das Bein ganz lang nach hinten und nach der Seite ausgestreckt wird nicht gewohnt. Sie sehen unschicklich indezent und nichts weniger als schön aus. Aber die Leichtigkeit und Flüchtigkeit und das musikalische Maß hat sehr viel ergötzendes.

Cotta ist in diesen Tagen durchgereist, hat sich aber nur einige Stunden aufgehalten, und wird auf seiner Rückreise etwas länger bleiben, wo er auch Sie hier zu finden hofft. Er hat den Kupferstecher Miller aus Stuttgardt mitgebracht, den Sie auch schon von Person kennen soviel ich weiß. Es ist ein braver Mann, aber der Mann und seine Kunst erklären einander wechselweise, er hat ganz das sorgfältige, reinliche, kleinliche und delikate seines Griffels. Es sind auch 4 Zeichnungen Wächters zum Wallenstein mitgekommen die zu vielerlei Betrachtungen besonders wieder über die Wahl der Gegenstände Anlaß gaben. Aber es ist etwas recht tüchtiges, charakteristisches und kräftiges darin. Meier hat sie noch nicht gesehen, ich bin neugierig ob er den Künstler errät.

Der Nathan ist ausgeschrieben und wird Ihnen zugeschickt werden, daß Sie die Rollen austeilen. Ich will mit dem Schauspielervolk nichts mehr zu schaffen haben, denn durch Vernunft und Gefälligkeit ist nichts auszurichten, es gibt nur ein einziges Verhältnis zu ihnen, den kurzen Imperativ, den ich nicht auszuüben habe.

Die Jungfrau habe ich vor 8 Tagen dem Herzog schicken müssen und habe sie noch nicht aus seinen Händen zurück erhalten. Wie er sich aber gegen meine Frau und Schwägerin geäußert, so hat sie, bei aller Opposition in der sie zu seinem Geschmacke steht, eine unerwartete Wirkung auf ihn gemacht. Er meint aber, sie könne nicht gespielt werden und darin könnte er Recht haben. Nach langer Beratschlagung mit mir selbst, werde ich sie auch nicht aufs Theater bringen, ob mir gleich einige Vorteile dabei entgehen. Erstlich rechnet Unger, an den ich sie verkauft habe, darauf, daß er sie als eine vollkommene Novität zur Herbstmesse bringe, er hat mich gut bezahlt und ich kann ihm hierin nicht entgegen sein. Dann schreckt mich auch die schreckliche Empirie des Einlernens, des Behelfens und der Zeitverlust der Proben davon zurück, den Verlust der guten Stimmung nicht einmal gerechnet. Ich trage mich jetzt mit zwei neuen dramatischen Sujets und wenn ich sie beide durchdacht und durchgeprüft habe, so will ich zu einer neuen Arbeit übergehen. Leben Sie recht wohl und kommen ja auf den Sonnabend her. Sch.

820. Goethe

〈Oberroßla, 28. April 1801〉

Ich habe diese Tage gerade das Gegenteil von Gesang und Tanzkunst erlebt indem ich mit der rohen Natur und über das ekelhafteste Mein und Dein im Streite lag. Heute bin ich meinen alten Pachter erst los geworden und nun gibt es so manches zu besorgen und zu bedenken da der neue erst Johannis anzieht. Ich glaube daher kaum daß ich Sonnabends kommen werde. Nehmen Sie sich doch einer Leseprobe vom Nathan einstweilen an, bis ich eintreffe denn ohne Leitung würden sich die Leute gar nicht zu helfen wissen es ist ein sehr undankbares Geschäft doch kann man es nicht ganz los werden.

Einer Vorstellung Ihrer Jungfrau möchte ich nicht ganz entsagen. Sie hat zwar große Schwierigkeiten doch haben wir schon große genug überwunden, aber freilich wird durch theatralische Erfahrungen Glauben, Liebe und Hoffnung nicht vermehrt. Da Sie persönlich etwas besseres tun können als sich einer solchen Didaskali zu unterziehen bin ich selbst überzeugt es käme darauf an ob ich bei meiner jetzigen Halbtätigkeit dazu nicht am besten taugte. Doch davon wird sich reden lassen wenn wir wieder zusammen kommen.

Ich habe der Versuchung nicht widerstehen können mir einen Spaziergang hier anzulegen, da man vorher keinen Schritt im Trocknen tun konnte bei feuchtem Wetter und keinen im Schatten bei Sonnenschein. Nun hat mich das etwas weiter geführt als billig und ich muß hier bleiben bis die Anlage fertig ist, weil sie mir sonst zuletzt noch verpfuscht werden könnte. Leben Sie indessen wohl in einer bessern Welt und sinnen Sie auf neue Schöpfungen zu unserer Freude. Oberroßla am 28 Apr. 1801.

G

821. Goethe

⟨Weimar, 12. Mai 1801⟩

Mögen Sie heute halb Zwölf zu mir kommen, die bewußten Versuche sehen und sodann eine Stunde mit mir spazieren fahren so wird es mir eine Freude sein.

d. 12. Mai 1801. G

822. Goethe

⟨Göttingen, 11. Juni 1801⟩

Ehe ich von Göttingen scheide muß ich Ihnen doch ein Lebenszeichen geben. Es ist mir bisher sehr wohl gegangen ich habe die merkwürdigsten Anstalten gesehen und den größten Teil der Professoren kennen lernen, man begegnet mir mit viel Neigung und gutem Willen und ich gestehe, daß ich mich lange nicht sowohl und heiter befunden habe.

Die Anstalten sind höchst respektabel doch werden Sie darüber, so wie über die Menschen erst mündlich von mir hören leider scheinen meine Akten auf dieser Reise nicht so anzuschwellen, wie auf der letzten nach der Schweiz damals war ich freilich im Falle meine Kräfte an der Welt zu versuchen jetzt will ich zufrieden sein wenn ich sie an ihr wieder herstelle. Kann ich indessen nur zum Anschauen der Totalität des Göttingischen Zustands gelangen, so wird mir diese Reise, von außerordentlichem Nutzen sein; schon jetzt fühl ich wie sich mein Geist bei Betrachtung dieser Zustände aufheitert.

Mein Reisegefährte August, welcher Karln schönstens grüßen läßt, ist auch Schuld an meinem mindern Fleiß indem er mich zerstreut und manche Betrachtung ableitet doch ist er sehr glücklich er gewinnt in manchem Sinne und auch mein Verhältnis gegen die Menschen wird durch ihn gelinder und heiterer als es vielleicht außerdem hätte sein können. Leben Sie recht wohl, grüßen Sie Ihre liebe Frau und erfreuen Sie mich, wenn ich wieder komme mit Früchten Ihres Fleißes. Göttingen am 11ten Juni 1801.

G

823. Schiller

Weimar 28. ⟨und 29.⟩ Jun. 1801.

Wir haben mit großer Sehnsucht auf Nachrichten von Ihnen geharrt und erst vorgestern, nachdem er 15 Tage unterwegs gewesen, erhalte ich Ihren Brief aus Göttingen. Den meinigen hoffe ich durch eine Gelegenheit, die diese Woche von hier nach P⟨yrmont⟩ geht, schneller in Ihre Hände zu bringen. Das kalte Wetter vor 14 Tagen wird, wie ich fürchte, dem Anfang der Brunnenkur sehr ungünstig gewesen sein und Sie zwingen, Ihren Aufenthalt dort zu verlängern. Es hat auch meine Gesundheit angegriffen, und dem Fleiß geschadet. Für Cotta habe ich indes doch eine Ballade, *Leander und Hero*, wirklich zu Stande gebracht, nebst noch einigen kleinern Gedichten was ich Ihnen bei Ihrer Zurückkunft vorzutragen hoffe. Das Schauspiel fängt an, sich zu organisieren und in 8 Tagen denke ich an die Ausführung zu gehen. Der Plan ist einfach, die Handlung rasch, und ich darf nicht besorgen, ins Breite getrieben zu werden.

Aber auch mir droht eine lange Zerstreuung, denn mein Entschluß ist nun ernstlich gefaßt, in etwa 3 Wochen an die Ostsee zu reisen, dort das Seebad zu versuchen und dann über Berlin und Dresden zurückzugehen. Viel Vergnügen erwarte ich mir zwar nicht von dieser Reise, ja in Berlin fürchte ich peinliche Tage, aber ich muß neue Gegenstände sehen, ich muß einen entscheidenden Versuch über meine Gesundheit machen, ich wünsche einige gute Theatervorstellungen wenigstens einige vorzügliche Talente zu sehen und, da es keinen großen Umweg kostet, auch die alten Freunde wieder zu sehen. Meine Erwartungen sind so, daß sie eher übertroffen, als getäuscht werden können. Übrigens hoffe ich etwa auf den 10 Septbr wieder zurück zu sein, denn ich werde schnell reisen, und mich nur 12 Tage in Dobberan, eben so lang in Berlin und 6 Tage in Dresden verweilen. Bei meiner Zurückkunft hoffe ich Sie heiter und gesund wieder anzutreffen und vielleicht selbst an Wohlsein gewonnen zu haben.

Was seit Ihrer Abreise neues hier vorgegangen, werden Sie sonst erfahren haben. Mit den Badischen Herrschaften war eine Frau von Hack hier, eine alte Bekanntschaft von Ihnen, die sich Ihrer mit Anteil erinnerte, und Sie in dem Bilde von Buri ganz wieder erkannte. Auch Knebel hält sich seit einigen Tagen mit seiner Frau hier auf, er soll sehr heiter und im übrigen ganz noch derselbe sein.

Rochlitz aus Leipzig war hier; wie er sagt, so haben Sie ihn aufgemuntert zu den Preisstücken zu konkurrieren. Er hat wohl eine gute Intention aber die Kräfte fehlen. Aus Leipzig hat er mir die fertige Hälfte eines Lustspiels zugesendet, und will meine Meinung wissen, ob es mit einiger Hoffnung und Wahrscheinlichkeit um den Preis kämpfen kann, denn wie er schreibt, könnte er es nicht ohne Aufopferung auf den bestimmten Termin vollenden, und möchte daher, wenn er ein Übriges tun soll, auch des Erfolgs gewiß sein. Das Stück ist, soweit es fertig, allerdings spielbar es hat einige gute Theaterszenen, die ihre Wirkung nicht verfehlen werden, aber loben läßt sichs nicht, und noch weniger krönen, wenn es auch wirklich unter den Konkurrenzstücken das beste sein sollte. Es ist zu trivial, schwach und geistlos. In der Verlegenheit, worin ich bin, ihm einen leidlichen Bescheid zu geben, werde ich mich etwas streng an die Aufgabe eines *Intriguen*stücks halten, denn was die zwei Akte gutes und piquantes haben, liegt in dem Spiel zweier lustigen Charaktere und keineswegs in der Intrigue. Ich werde ihn ermuntern das Stück zu vollenden, aber es nicht eigentlich zur Konkurrenz um den Preis einzuschicken. Daß wir es spielen wollen und werden, kann ich ihm versprechen, und so steht es dann immer bei Ihnen, ob Sie es als ein Konkurrenzstück ansehen wollen oder nicht.

Seckendorf schreibt mir aus Regenspurg daß unter der dortigen schlechten Truppe sich ein brauchbarer Schauspieler, Namens Eugen, befinde, der den Tenor singt, in der Opera die Buffons und im Schauspiel die ersten Liebhaber spielt. Für die letzteren Rollen mache ihn seine, mittlere und untersetzte Figur zwar nicht besonders geschickt, aber er meint daß er es mit Kordeman und Heide wohl aufnehmen könne, ja den ersten um vieles übertreffe. Er habe dort wöchentlich 10 Gulden rheinisch, und könne von 6 Wochen zu 6 Wochen abgehen. Ich melde Ihnen dieses, weil Seckendorf doch eher zu tadeln als das Lob zu übertreiben pflegt, und an dem jungen Menschen also doch etwas sein muß, was vielleicht weiter auszubilden ist.

Weil es mit den Propyläen, wie mir Cotta versicherte, noch gar nicht fort will, und zu wenige Exemplare davon in Zirkulation kommen, wodurch also, wenn Sie auch ganz auf alle Einnahme großmütig Verzicht täten, immer der Zweck der Verbreitung leiden muß, so habe ich Meiern die Idee mitgeteilt, die Lit⟨eratur⟩ Zeitung zum Kanal zu machen, die Kunstbegriffe worauf es ankommt ins Publikum zu bringen. Sie würden z. b. alle Vierteljahr sich eine Woche von der Lit⟨eratur⟩ Z⟨eitung⟩ ausbedingen und das Kunstwesen darin vornehmen. Die Kritik der neuesten Kunstwerke und Kunstschriften wäre das Vehikel für alles was man sagen will und außer dem großen Vorteil einer allgemeinen Verbreitung gewänne man auch das, daß dem falschen Geschmack sein wichtigstes Tribunal entzogen und dieses genötigt würde, für die gute Sache zu zeugen. Meier ist auch meiner Meinung und er wird bei seiner nächsten Zusammenkunft mit Ihnen ausführlicher von der Sache reden.

Jetzt sage ich Ihnen ein herzliches Lebewohl und wünsche, daß wir recht bald erfreuliche Nachrichten von Ihnen erhalten mögen. Die schönsten Grüße von meiner Frau und Schwägerin, und von Karln an Augusten. Sch.

824. Goethe

⟨Pyrmont, 7. oder 8. und 12. Juli 1801⟩

Zu der Entschließung die Sie gefaßt haben wünsche ich von Herzen Glück, es ist recht schön daß Sie sich nach Norden bewegen, indes ich im nordwestlichen Deutschland mich umsehe, wir werden alsdann manches einander mitteilen und die Zustände vergleichen können.

Da mich die Kur zu aller Arbeit untüchtig gemacht hat, so habe ich hier wenig Zufriedenheit genossen; doch darf ich manches guten und interessanten Gesprächs nicht vergessen. Der Prediger Schütz aus Bückeburg, Bruder der Frau Griesbach, ist ein sehr unterrichteter und angenehmer Mann, besonders merkwürdig ist es wenn man im Stillen eine Vergleichung zwischen ihm und seinen Geschwistern anstellt. Von andern persönlichen Erscheinungen mündlich.

Wenn ich von einem Resultate reden soll das sich in mir zu bilden scheint, so sieht es aus als wenn ich Lust fühlte immer mehr für mich zu theoretisieren und immer weniger für andere. Die Menschen scherzen und bangen sich an den Lebensrätseln herum, wenige kümmern sich um die auflösenden Worte. Da sie nun sämtlich sehr recht daran tun; so muß man sie nicht irre machen.

Was auch diese Expedition und Kur auf Geist und Leib für eine Wirkung haben mag, so fühle ich doch daß ich alle Ursache habe mich zu beschränken und nur das nächste und notwendigste vorzunehmen, es wird mir also ganz angenehm sein irgend ein Engagement los zu werden; in ein neues hingegen möchte ich mich nicht gern einlassen; doch das wird sich alles zeigen wenn wir wieder zusammenkommen und sowohl unser erworbenes als unsere Kräfte berechnen.

Auf Hero und Leander bin ich recht neugierig, ich wünschte Sie hätten mir es mitgeschickt. Was Ihr Schauspiel betrifft, so weiß ich nicht ob Sie von den Maltheserr oder von dem untergeschobenen Prinzen sprechen und ich werde also auf doppelte Weise überrascht sein wenn Sie auch hierine vorwärts rücken.

Die Totalität des Pyrmonter Zustandes habe ich so ziemlich vor mir. Auf meiner Rückreise hoffe ich auch zu completieren was mir noch an Göttingen fehlt. Kassel werde ich mehr im allgemeinen und nur von der Kunstseite zu fassen suchen, weil die Zeit zu einem weitern nicht hinreicht.

Meine Akten sind übrigens sehr mager geblieben, die Badelisten und Komödienzettel machen den größten Teil davon aus.

Bei dem hiesigen Theater sind mehrere Subjekte die ein recht gutes äußerliches haben und perfektibel scheinen. Die Gesellschaft ist im Ganzen eher gut als schlecht doch bringt sie eigentlich nichts erfreuliches hervor, weil der Naturalismus, die Pfuscherei, die falsche Richtung der Individualitäten, entweder zum Trocknen oder zum Manierierten, und wie das Unheil alle heißen mag, hier so wie überall webt und wirkt und das Zusammenbrennen des Ganzen verhindert.

Mich verlangt sehr auf die Schilderung die Sie uns vom Berliner Theater machen werden.

Der Herzog wird morgen oder übermorgen erwartet, wenn er sich eingerichtet hat denke ich nach Göttingen zurück zu gehen. Blumenbachs Schädelsammlung hat manche alte Idee wieder aufgeregt und ich hoffe ein oder das andere Resultat sollen bei näherer Betrachtung nicht fehlen. Professor Hoffmann wird mich mit den Cryptogamischen Gewächsen näher bekannt machen und dadurch eine starke Lücke in meinen botanischen Kenntnissen ausfüllen. Was ich für meine Farbenlehre auf der Bibliothek zu suchen habe ist auch schon notiert und wird nun desto schneller zu finden sein. Ich leugne nicht daß ich wohl ein Vierteljahr in Göttingen zubringen möchte, indem daselbst gar vieles beisammen zu haben ist.

Der Herzog ist nun angekommen und ist im Falle aller Ankommenden: er hofft und amüsiert sich, ich hingegen, als ein Abgehender, finde sehr mäßigen Gewinn und die Weile will alle Tage länger werden. Ich sehe daher mit Sehnsucht meiner Erlösung entgegen, die sich wahrscheinlich Mittwochs den 15ten ereignen wird. Von Göttingen schreibe ich noch einmal, wenn ich einigermaßen etwas zu sagen habe.

Leben Sie recht wohl und reisen Sie glücklich. Grüßen Sie die Ihrigen und gedenken mein

Pyrmont d. 12 Juli 1801

G

825. Goethe

⟨Weimar, 18. Oktober 1801⟩

Unser gestriges Gastmahl war, ohngeachtet der starken Würze, auf dem Wege sehr schlecht abzulaufen. Ihr Außenbleiben machte gleich eine große Lücke in die kleine Gesellschaft, Melisch war nicht vom besten Humor und dies gab auch mir eine etwas trübe Stimmung. Wir mußten erst einige Stunden essen und trinken, bis wir uns belebt fühlten. Die Jäger, die erst gegen 5 Uhr kamen und mit gutem Appetit in die Überreste einfielen, gaben der ganzen Begebenheit eine bessere Wendung. Der ganze Verlauf der Parforcejagd ward nochmals vorgeführt und wir blieben ganz heiter bis gegen sieben Uhr beisammen.

Nun gehe ich nach Jena ohne Sie nochmals gesehen zu haben in sechs Tagen bin ich wieder hier und schicke indessen ein Paar Lustspiele zu gefälliger Einsicht.

Leben Sie recht wohl, sein Sie fleißig und gedenken mein.

Weimar am 18 Oktobr. 1801.

G

826. Goethe

⟨Weimar, 10. November 1801⟩

Da meine Ankunft noch vor den Ablauf Ihres Geburtstages trifft so säume ich nicht Ihnen noch meinen besten Glückwunsch, von dem Sie schon überzeugt sind, ausdrücklich und schriftlich zu überschicken und zugleich auf morgen, als zum zweiten Feiertag zur bekannten freundschaftlichen Zusammenkunft einzuladen. Weimar am 10ten Nov 1801.

G

827. Schiller

⟨Weimar, 10. November 1801⟩

Ich freue mich Ihrer Zurückkunft und sage Ihnen den schönsten Dank für Ihren freundschaftlichen Glückwunsch. Morgen hoffe ich von Ihnen zu hören, daß die Musen Ihnen in Jena günstiger als mir gewesen.

Ich erhielt heute von Rochlitz aus Leipzig einen kläglichen ErinnerungsBrief wegen seiner Zauberflöte. Er wartet auf eine Zeile Antwort von Ihnen, was das Schicksal dieses Werkes sei und erbittet sich das Mskrpt zurück.

Leben Sie recht wohl. Ich freue mich Sie morgen wieder zu sehen

S.

828. Goethe

⟨Weimar, 27. November 1801⟩

Da es wohl Zeit sein möchte daß wir einander wieder einmal sähen, so komme ich, wenn es Ihnen recht ist, heute Abend um sieben mit dem Wagen Sie abzuholen.

Haben Sie besondere Neigung zur Redoute, so soll Ihnen nach dem Abendessen das Fuhrwerk auch dazu bereit stehen.

Weimar am 27 Nov. 1801.

G

829. Goethe

⟨Weimar, 15. Dezember 1801⟩

Indem ich mich erkundige wie es mit den Ihrigen steht, schicke ich den Aufsatz über die Kunstausstellung, der leider zu einem großen Volum anwächst; doch macht gegenwärtiges etwa ¾ vom Ganzen aus. Das letzte Viertel das noch bevorsteht, bezieht sich auf die nächste Preisaufgabe und die künftige Einrichtung überhaupt.

Mögen Sie wohl die Gefälligkeit haben beim lesen einen Bleistift in die Hand zu nehmen und, was Ihnen beifällt, an der Seite zu notieren. Einen Teil der Handschrift habe ich, wie Sie sehen werden, noch gar nicht korrigiert und ich gehe überhaupt das Ganze noch einmal durch.

Am Ende von Langers Lucretia fehlt noch die Darstellung was man denn eigentlich auf dem Bilde sehe.

Leben Sie recht wohl und halten Sie sich gut bis das allgemeine Übel sich von Ihnen und unsern Freunden zurück zieht.

Weimar am 15 Dez. 1801.

G

830. Schiller

⟨Weimar, 17. Dezember 1801⟩

Ich glaube, daß wir jetzt auf gutem Wege sind. Das Fieber hat sich ganz gelegt und die schlimmen Zufälle sind bei meiner Frau auch verschwunden. Mit den Kindern ist alles bis jetzt gut abgelaufen. So hoffe ich also mit einer schlimmen Woche wegzukommen.

Wenn Sie für August nichts fürchten, so wäre es für meinen Carl eine große Freude, ihn zu sehen.

Haben Sie selbst keine Scheu vor der Krankheit und mögen nach Tische eine Stunde ausfahren, so machte mirs große Freude, Sie zu begleiten und einen Augenblick wieder zu sehen. Auch würde mir die frische Luft gut tun, denn ich habe nun 5 Tage bloß im Lazarett gelebt

S.

831. Schiller

⟨Weimar, 18. Dezember 1801⟩

Ich habe das Mskrpt heute mit aller Besonnenheit durchlesen und wüßte nichts davon oder dazu zu tun; wegen der kleinen Weglassung, wovon Sie gestern sprachen bin ich noch Ihrer Meinung. Sie finden an einigen Stellen Striche mit d⟨em⟩ Bleistift; sie betreffen bloß den Ausdruck, den ich wie ich schon gestern erinnerte, wo möglich von allem, was nicht die allgemeine Sprache ist, befreiet wünschte, da der Aufsatz an die eigentliche LeserMasse des ungeweihten Publikums adressiert wird.

Mit meinen Kranken bessert es sich zusehends. Ich sehe Sie vielleicht morgen wenn uns das Wetter begünstigt entweder im Freien, oder Abends in der Komödie. Leben Sie recht wohl

S.

832. Goethe

⟨Weimar, 30. oder 31. Dezember 1801⟩

Mir ist herzlich leid Sie bei dem kleinen Feste nicht zu sehen.

Auf eine oder die andre Weise sehen wir uns bald. Möchten Sie bald völlig genesen!

G

1802

833. Schiller

⟨Weimar, 1. Januar 1802⟩

Lassen Sie uns das neue Jahr mit den alten Gesinnungen und mit guter Hoffnung eröffnen.

Es tat mir sehr leid, daß ich den gestrigen Abend versäumen mußte, aber so kurz mein neulicher Anfall von Fieber und Cholera war, so hart hat er mich angegriffen, und die Schwäche die er zurückließ hat alle meine Krämpfe wieder rege gemacht. Doch geht es jetzt viel besser und ich hoffe, der morgenden Vorstellung beiwohnen zu können. Haben Sie die Güte mir den Euripides, wenn Sie ihn jetzt nicht brauchen, wenigstens den Band, welcher JON enthält, zu schicken. Er wird mir, da ich heute nichts anders unternehmen kann, eine angenehme Beschäftigung geben, und mir das morgende Stück geläufiger machen.

Sch.

834. Goethe

⟨Weimar, 1. Januar 1802⟩

Wir haben Sie gestern sehr vermißt und um so mehr Ihre Abwesenheit bedauert, da wir denken mußten, daß Sie sich nicht ganz wohl befinden.

Ich wünsche daß Sie morgen der Vorstellung beiwohnen können.

Hier schicke ich den verlangten Teil des Euripides es ist recht gut daß Sie das Original lesen ich habe es diesmal noch nicht angesehen ich hoffe die Vergleichung soll uns manche Betrachtung gewähren.

Mit Freuden werde ich Sie auch im neuen Jahre bald wieder mündlich begrüßen und die Fortdauer unseres Verhältnisses zur guten Stunde feiern.

Ich lege auch die Umrisse der Preisstücke bei, die ganz leidlich geraten sind.

Weimar am 1ten Jan 1802

G

835. Goethe

⟨Weimar, 16. Januar 1802⟩

Indem ich den Aufsatz über die Kunstausstellung einsende, den ich zu geneigter Aufnahme empfehle, frage ich an: ob Sie sich nicht einrichten wollten heute Abend nach der Komödie mit mir nach Hause zu fahren. Es gibt verschiedenes, worüber ich mir Ihren Rat erbitten möchte, vor meiner Abreise, welche auf morgen früh um 10 Uhr fest gesetzt ist. Leben Sie recht wohl.

Weimar am 16 Jan 1802.

G

836. Goethe

⟨Jena, 19. Januar 1802⟩

In Jena, in Knebels alter Stube, bin ich immer ein glücklicher Mensch, weil ich keinem Raum, auf dieser Erde, so viel produktive Momente verdanke. Es ist lustig daß ich an einen weißen Fensterpfosten alles aufgeschrieben habe was ich, seit dem 21 Nov 1798, in diesem Zimmer, von einiger Bedeutung, arbeitete. Hätte ich diese Registratur früher angefangen, so stünde gar manches darauf was unser Verhältnis aus mir heraus lockte.

Eine Schnurre über das Weimarische Theater habe ich zu diktieren angefangen und mache dabei, wie billig, ein erstaunt ernsthaft Gesicht; da wir die reelle Leistung im Rücken haben so ist es gut ein wenig dämisch auszusehen und sich auf jede Weise alle Wege frei zu halten.

Hiebei kommt die Abschrift des gräcisierenden Schauspiels. Ich bin neugierig was sie ihm abgewinnen werden. Ich habe hie und da hineingesehen, es ist ganz verteufelt human. Geht es halbweg, so wollen wir's versuchen: denn wir haben doch schon öfters gesehen daß die Wirkungen eines solchen Wagestücks für uns und das Ganze inkalkulabel sind.

Indem ich in das Büttnerische und akademische Bibliothekswesen hinein sehe, und die Idee eines virtualen Katalogs, der drei, im Lande bestehenden, Bibliotheken, auszuführen trachte, muß ich auch in die ungeheure Empirie des Literarwesens hineinschauen, wo einem denn doch, wenn man auch die Forderungen noch so hoch spannt, manches respektable Streben und Leisten entgegen kommt.

Im Geiste, der immer neuen jenaischen Jugend werden die Abende gesellig hingebracht. Gleich Sonntags bin ich bei Lodern, bis 1 Uhr in der Nacht, geblieben, wo die Gesellschaft gerade einige Kapitel historischer Kenntnisse aufrief, die bei uns nicht zur Sprache kommen. Bei einiger Reflexion über die Unterhaltung fiel mir auf was man für ein interessantes Werk zusammen schreiben könnte, wenn man das was man erlebt hat, mit der Übersicht, die einem die Jahre geben, mit gutem Humor aufzeichnete.

Die Botenstunde naht ich eile ein freundliches Lebewohl zu sagen.

Jena am 19 Jan. 1802.

G

837. Schiller

Weimar 20. Jan. 1802.

Ich werde nunmehr die Iphigenia mit der gehörigen Hinsicht auf ihre neue Bestimmung lesen, und jedes Wort vom Theater herunter, und mit dem Publikum zusammen, hören. Das, was Sie das *Humane* darin nennen, wird diese Probe besonders gut aushalten und davon, rate ich, nichts wegzunehmen. Nächsten Sonnabend hoffe ich über den Erfolg etwas berichten zu können.

Schütz hat mir nun auch eine Rezension meiner J⟨ungfrau⟩ v⟨on⟩ O⟨rleans⟩ zugeschickt, die aus einer ganz andern Feder kommt als die der Maria und von einem fähigeren Menschen herrührt; man findet darin ganz frisch die Schellingische Kunstphilosophie auf das Werk angewendet. Aber es ist mir dabei sehr fühlbar geworden, daß von der Transzendentalen Philosophie zu dem wirklichen Faktum noch eine Brücke fehlt, indem die Prinzipien der Einen gegen das Wirkliche eines gegebenen Falles sich gar sonderbar ausnehmen und ihn entweder vernichten oder dadurch vernichtet werden. In der ganzen Rezension ist von dem eigentlichen Werk nichts ausgesprochen, es war auch auf dem eingeschlagenen Weg nicht möglich, da von allgemeinen hohlen Formeln zu einem bedingten Fall kein Übergang ist. Und dies nennt man nun ein Werk kritisieren, wo ein Leser der das Werk nicht gelesen auch nicht die leiseste Anschauung davon bekommt. Man sieht aber daraus, daß die Philosophie und die Kunst sich noch gar nicht ergriffen und wechselseitig durchdrungen haben, und vermißt mehr als jemals ein Organon, wodurch beide vermittelt werden können. In den Propylæen war dieses in Absicht auf bildende Künste eingeleitet; aber die Propylæen gingen auch von der Anschauung aus, und unsere jungen Philosophen wollen von Ideen unmittelbar zur Wirklichkeit übergehen. So ist es denn nicht anders möglich, als daß das Allgemeingesagte hohl und leer und das Besondere platt und unbedeutend ausfällt.

Die Turandot denke ich etwa auf den Dienstag vom Theater herab zu hören und werde dadurch erst in den Stand gesetzt sein, zu bestimmen, was noch zu tun ist, und was der Ort und der Zeitmoment an dieser alten Erscheinung verändert. Detouches hat bereits einen Marsch dazu gesetzt und mir heute vorgespielt, der sich ganz gut ausnimmt.

Ich wünsche, daß Sie Sich in dem alten produktiven Zimmer recht gut befinden und etwas neues an dem Fensterpfosten zu notieren haben möchten.

S.

838. Goethe

⟨Jena, 22. Januar 1802⟩

Ich sage heute nur wenig, indem ich die Beilage schicke, die Ihnen gewiß Freude machen wird, wenn Sie das Gedicht nicht schon kennen. Nur Schade daß schon Jones und nun auch Dalberg (siehe pag XV) die sogenannten anstößigen Stellen unterdruckt haben, dadurch erhält das Stück einen lüsternen Charakter, da es im Original gewiß einen genußvollen ausdrückt.

Mir waren äußerst merkwürdig die mannigfaltigen Motive, durch die ein einfacher Gegenstand sich zu einem unendlichen erweitert.

Die Hauptprobe von Tourandot wird wohl Donnerstag sein. Schreiben Sie mir ob Sie ohne mein Zutun glauben fertig zu werden, so käme ich erst Freitag früh. Der schreckliche Wust des Büttnerischen Nachlasses bedrängt mich um so mehr, als ich gleich räumen soll, um dem neuen Kommandanten Platz zu machen. Ich dachte die Zimmer zuzuschließen und diesen Wirrzopf methodisch aufzukämmen, nun muß ich ihn aber rein wegschneiden und sehen wo ich die Sachen herum stecke und dabei Sorge tragen, daß ich die Verwirrung nicht vermehre. Montag Nachmittag wird erst legaliter aufgesiegelt und da habe ich zum Demenagement nur wenig Zeit. Ich muß überhaupt denken das Haus brenne und da würde das Ausräumen noch etwas konfuser ablaufen.

Die Philosophen habe ich noch nicht gesehen

J. d. 22. Jan. 1802.

G

839. Schiller

Weimar 22 Jan. 1802

Ich habe, wie Sie finden werden, weniger Verheerungen in dem Mskrpt angerichtet, als ich selbst erwartet hatte, vornehmen zu müssen; ich fand es von der Einen Seite nicht nötig und von einer andern nicht wohl tunlich. Das Stück ist an sich gar nicht zu lang, da es wenig über 2000 Verse enthält, und jetzt werden die 2000 nicht einmal voll sein, wenn Sie es zufrieden sind, daß die bemerkten Stellen wegbleiben. Aber es war auch nicht gut tunlich, weil dasjenige was den Gang des Stücks verzögern könnte, weniger in einzelnen Stellen, als in der Haltung des Ganzen liegt, die für die dramatische Foderung zu reflektierend ist. Öfters sind auch diejenigen Partien, die das Los der Ausschließung vor andern getroffen haben würde, notwendige Bindungsglieder, die sich durch andre nicht ersetzen ließen, ohne den ganzen Gang der Szene zu verändern. Ich habe da, wo ich zweifelte, einen Strich am Rande gemacht; wo meine Gründe für das Weglassen überwiegend waren, habe ich ausgestrichen, und bei dem Unterstrichenen wünschte ich den Ausdruck verändert.

Da überhaupt in der Handlung selbst zuviel moralische Kasuistik herrscht, so wird es wohl getan sein, die sittlichen

Sprüche selbst und dergleichen Wechselreden etwas einzuschränken.

Das Historische und Mythische muß unangetastet bleiben, es ist ein unentbehrliches Gegengewicht des Moralischen, und was zur Phantasie spricht, darf am wenigsten vermindert werden.

Orest selbst ist das Bedenklichste im Ganzen; ohne Furien ist kein Orest, und jetzt da die Ursache seines Zustands nicht in die Sinne fällt, da sie bloß im Gemüt ist, so ist sein Zustand eine zu lange und zu einförmige Qual, ohne Gegenstand; hier ist eine von den Grenzen des alten und neuen Trauerspiels. Möchte Ihnen etwas einfallen, diesem Mangel zu begegnen, was mir freilich bei der jetzigen Ökonomie des Stücks kaum möglich scheint; denn was ohne Götter und Geister daraus zu machen war, das ist schon geschehen. Auf jeden Fall aber empfehl ich Ihnen die Orestischen Szenen zu verkürzen.

Ferner gebe ich Ihnen zu bedenken, ob es nicht ratsam sein möchte, zur Belebung des dramatischen Interesse, sich des Thoas und seiner Taurier, die sich zwei ganze Akte durch nicht rühren, etwas früher zu erinnern und beide Aktionen, davon die eine jetzt zu lange ruht, in gleichem Feuer zu erhalten. Man hört zwar im 2ten und 3ten Akt von der Gefahr des Orest und Pylades, aber man *sieht* nichts davon, es ist nichts sinnliches vorhanden, wodurch die drangvolle Situation zur Erscheinung käme. Nach meinem Gefühle müßte in den 2 Akten, die sich jetzt nur mit Iphigenien und dem Bruder beschäftigen, noch ein Motiv ad extra eingemischt werden, damit auch die äußere Handlung stetig bliebe und die nachherige Erscheinung des Arkas mehr vorbereitet würde. Denn so wie er jetzt kommt, hat man ihn fast ganz aus den Gedanken verloren.

Es gehört nun freilich zu dem eigenen Charakter dieses Stücks, daß dasjenige, was man eigentlich Handlung nennt, hinter den Kulissen vorgeht, und das Sittliche, was im Herzen vorgeht, die Gesinnung, darin zur Handlung gemacht ist und gleichsam vor die Augen gebracht wird. Dieser Geist des Stücks muß erhalten werden, und das Sinnliche muß immer dem Sittlichen nachstehen; aber ich verlange auch nur soviel von Jenem, als nötig ist um Dieses ganz darzustellen.

Iphigenia hat mich übrigens, da ich sie jetzt wieder las, tief gerührt, wiewohl ich nicht leugnen will, daß etwas Stoffartiges dabei mit unterlaufen mochte. *Seele* möchte ich es nennen, was den eigentlichen Vorzug davon ausmacht.

Die Wirkung auf das Publikum wird das Stück nicht verfehlen, alles vorhergegangene hat zu diesem Erfolge zusammen gewirkt. Bei unsrer Kennerwelt möchte gerade das, was wir gegen dasselbe einzuwenden haben, ihm zum Verdienste gerechnet werden, und das kann man sich gefallen lassen, da man so oft wegen des wahrhaft lobenswürdigen gescholten wird.

Leben Sie recht wohl und lassen mich bald hören, daß das verfestete Produkt anfängt sich unter Ihren Händen wieder zu erweichen.

Sch.

840. Schiller

⟨Weimar, 2. Februar 1802⟩

Da mir der Kopf von einer schlechtzugebrachten Nacht verwüstet ist, so ist heute nichts mehr mit mir anzufangen und ich werde mich bald zur Ruhe begeben.

Indessen sende ich Ihnen zwei Rätsel, und wenn Sie glauben, daß sie zu brauchen sind, so wollen wir die 3 neuen gegen die alten austauschen. Vielleicht fällt mir auch noch ein besseres ein.

Das Ihrige habe ich noch nicht erbrochen, und ich würde glauben es erraten zu haben, wenn mich die zwei letzten Zeilen nicht irre machten.

Ich werde, wenn Sie beikommende Rätsel genehmigen, das Ihrige erbrechen und alsdann die nötigen Worte für Calaf aufsetzen, und den Schauspielern zusenden. Sagen Sie mir also diesen Abend noch ein Wort.

S.

841. Goethe

⟨Weimar, 2. Februar 1802⟩

Ihre beiden neuen Rätsel haben den schönen Fehler der ersten, besonders des *Auges,* daß sie entzückte Anschauungen des Gegenstandes enthalten, worauf man fast eine neue Dichtungsart gründen könnte. Das zweite habe ich aufs erste Lesen, das erste, aufs zweite Lesen erraten. Meo voto würden Sie den *Regenbogen* an die erste Stelle setzen, welcher leicht zu erraten, aber erfreulich ist; dann käme meins, welches kahl, aber nicht zu erraten ist, dann der *Blitz,* welches nicht gleich erraten wird, und, in jedem Fall, einen sehr schönen und hohen Eindruck zurückläßt.

Ich wünsche daß Sie morgen Mittag mit mir essen möchten, damit wir einmal mit Meyern wieder in einiger Behaglichkeit zusammen sitzen. Sie sollen mit absonderlichen Saucen bewirtet werden. Ich wünsche es um so mehr, als ich zu Anfang der andern Woche wieder nach Jena zu gehen gedenke.

Weimar am 2. Febr. 1802. G

Ich bemerke noch daß August Ihre beiden Rätsel schon in der Hälfte des Vorlesens geraten hat.

842. Schiller

Weimar 11. Febr. 1802.

Ich habe mich nun zum Ankauf des Hauses von Mellisch entschlossen, da er etwas davon herunterläßt. Obgleich ich noch immer nicht wohlfeil kaufe, so muß ich doch zugreifen, um einmal für allemal dieser Sorge überhoben zu sein. Unter diesen Umständen ist es mir aber nun doppelt daran gelegen, meinen kleinen Jenaischen Besitz los zu werden und ich bitte Sie daher, Goetzen diese Angelegenheit aufzutragen. Die Anzeige in das Wochenblatt lege ich bei wie auch eine kurze Notiz was für das Gartenhaus jährlich an Steuern etc erlegt wird. Der Ankauf hat mich 1150 rt. gekostet und ich habe 500 rt. darein verbaut, wie ich mit den Rechnungen dokumentieren kann. Ich möchte nun freilich nicht gern dabei verlieren und wo möglich noch etwas gewinnen. Da ich aber jetzt gern bar Geld hätte, um mein hiesiges Haus bald von aller Hypothek zu befreien, so bin ich mit 1500 rt. als dem *äußersten* Preis für Garten und Gartenhaus zufrieden.

Was Goetze mir *über* diese Summe verschaffen kann, will ich ihm hoch verinteressieren. Auch bin ichs zufrieden, wenn mir diese Summe binnen 2 oder 3 Terminen etwa ⅓ auf Ostern, ⅓ auf Johannis und der Rest auf Michaelis oder Weihnachten bezahlt wird. Kann ich alles gleich bar erhalten, ist es freilich besser.

Verzeihen Sie, daß ich Sie mit dieser Angelegenheit plage; aber da Sie einmal mit Büchertiteln und Nummern beschäftigt sind so mag auch dieses mechanische Geschäft mit den andern hingehen. Mir hat diese ökonomische Angelegenheit, so wie alle natürliche Dinge zu tun pflegen, alle freie Geistesstimmung verdorben; denn ich mußte mich mit den Mitteln beschäftigen, diesen Besitz mir zu verschaffen und, nun ich ihn als mein ansehe, wachsen mir neue Sorgen zu, wie ich ihn meinen Zuständen anpassen soll. Unter diesen Umständen hat ein kleines Gedicht, *Cassandra* das ich in einer ziemlich glücklichen Stimmung angefangen, nicht viel Fortschritte gewinnen können.

Ich erhielt dieser Tage von Stuttgardt aus d⟨en⟩ Antrag, eine hinterlassene Oper von dem guten Zumsteeg dem hiesigen Theater für 6 Carolin anzutragen. Da er seine Frau mit weniger als Nichts und mit vielen Kindern hinterlassen, so werden Sie wohl tun was möglich ist, um der Familie diesen Vorteil zuzuwenden.

Möge Ihnen Ihre herculische BücherExpedition gut von Statten gehen!

Leben Sie recht wohl

Sch.

843. Goethe

⟨Jena, 12. Februar 1802⟩

So angenehm mirs ist daß Sie sich nun in Weimar durch einen Hauskauf fixieren so gern will ich hier das nötige besorgen.

Götze wird sein möglichstes tun und ich ersuche Sie nur

mir bald die Schlüssel zu Haus und Garten zu schicken damit man die Liebhaber hineinführen kann.

Ich habe diese Tage nichts vor mich gebracht, als einen kleinen Aufsatz übers weimarische Theater, den ich schon an Bertuch abgegeben habe. Es ist ein Wurf, den ich so hintue, man muß sehen was sich weiter daran und daraus bilden läßt.

Das Bibliotheksgeschäft ist mehr ein unangenehmes als ein schweres, und hauptsächlich darum verdrießlich, weil bloß der Mangel des Raums ein zweckmäßiges deployieren hindert. Indessen habe ich auch schon meine Maßregeln genommen. Dabei ist aber abermals das fatale daß man niemand von hiesigen Menschen anstellen kann. Sie sind alle ohnehin so sehr geschäftig und ihre Zeit ist so sehr eingeteilt, welches ihnen denn freilich übrigens zum Ruhme gereicht. Ich habe eben nur diese Tage die Sache von allen Seiten überdacht um das was ich unternehme nicht mit Hoffnung, sondern mit Gewißheit des Erfolgs anzufangen. Leben Sie recht wohl und helfen Sie sich mit mir durch die irdischen Dinge durch damit wir wieder zu den überirdischen gelangen können.

J. d. 12. Febr. 1802 G

844. Schiller

Weimar 17 Febr. 1802

Da Sie heute nichts von Sich haben hören lassen, so vermute ich, Sie bald selbst wieder hier zu sehen; ohnehin werden Sie unsern Prinzen nicht ohne Abschied wegreisen lassen.

Es ist mir eingefallen, daß es doch artig wäre, sich bei dieser Gelegenheit mit etwas einzustellen, ich habe auch schon einige Verse niedergeschrieben, die wir vielleicht in unserm Kränzchen produzieren können; nur müßte es nicht später als auf den Montag sein. Ich habe auch noch zwei neue Melodien welche mir Körner zu zwei Liedern gesetzt hat.

Ich weiß nicht, ob es Ihnen ausgerichtet worden ist, daß die Schlüssel zu meinem Garten bei Hufeland zu finden sind.

Leben Sie recht wohl, und lassen uns nicht zulang auf sich warten. Sch.

845. Schiller

Weimar 18. Febr. 1802.

Wir wünschten zu wissen, ob Sie etwa Lust und Muße haben, vor der Abreise des Prinzen noch hieher zu kommen, weil wir in diesem Fall unsere *geschlossene* Gesellschaft, wenn es auch (um Ihnen die Unbequemlichkeit zu ersparen) auf dem Stadthause wäre, noch einmal halten wollten. Wenn Sie *nicht* kommen, so wird mit einem großen Club gedroht, den H. v Kozebue jetzt negotiiert und der den Montag nach der Komödie sein soll. Der Prinz wünschte sehr diesem zu entgehen und würde sich weit lieber in unserm kleinen Zirkel befinden. Lassen Sie mich doch durch H. v Pappenheim, der Ihnen dieses überbringt wissen ob Sie kommen werden oder nicht, und ob wir auf den Montag etwas arrangieren sollen. Wenn Sie uns fehlen, so können wir das Zudringen der unwillkommenen Gäste nicht wohl abhalten.

Leben Sie recht wohl. Ich sehne mich wieder ein Wort von Ihnen zu hören.

Sch.

846. Goethe

⟨Jena, 19. Februar 1802⟩

Ihrer Einladung werde ich diesmal, mein werter Freund, nicht folgen können. Den Rocken, den ich angelegt habe, muß ich auch gleich abspinnen und abweifen, sonst gibt es von neuen Unordnung und das Getane muß wiederholt werden. Unserm guten Prinzen will ich ein schriftliches Lebewohl sagen. Grüßen Sie Herrn von Wolzogen vielmals und wünschen ihm eine glückliche Fahrt.

Mein hiesiger Aufenthalt ist mir ganz erfreulich, sogar hat sich einiges Poetische gezeigt und ich habe wieder ein paar Lieder, auf bekannte Melodieen, zu Stande gebracht. Es ist recht hübsch daß Sie auch etwas der Art in die Mitte des kleinen Zirkels bringen.

Mit Schelling habe ich einen sehr guten Abend zugebracht. Die große Klarheit, bei der großen Tiefe, ist immer sehr erfreulich. Ich würde ihn öfters sehen, wenn ich nicht noch auf poetische Momente hoffte und die Philosophie zerstört bei mir die Poesie und das wohl deshalb, weil sie mich ins Objekt treibt. Indem ich mich nie rein spekulativ erhalten kann, sondern gleich zu jedem Satze eine Anschauung suchen muß und deshalb gleich in die Natur hinaus fliehe.

Mit Paulus, der mir den dritten Teil seines Kommentars über das neue Testament vorlegte, habe ich auch eine sehr angenehme Unterhaltung gehabt. Er ist in diesem Wesen so von Grund aus unterrichtet, an jenen Orten und in jenen Zeiten, so zu Hause, daß so vieles der heiligen Schriften, was man sonst in idealer Allgemeinheit anzustaunen gewohnt ist, nun in einer spezifischen und individuellen Gegenwart begreiflich scheint. Er hat einige meiner Zweifel, sehr hübsch, in der Totalität seiner Vorstellungsweise, aufgelöst, daß ich recht vergnüglich mit ihm überein stimmen konnte. Auch läßt sich über manche Maximen, die bei so einer Arbeit zum Grunde liegen, mündlich mancher befriedigende Aufschluß geben und am Ende ist ein Individuum immer willkommen, das eine solche Totalität in sich einschließt.

Das englische der Gita Govinda habe ich nun auch gelesen und muß, leider, den guten Dalberg einer pfuscherhaften Sudelei anklagen. Jones sagt in seiner Vorrede: er habe dieses Gedicht erst wörtlich übersetzt und dann ausgelassen, was ihm für seine Nation zu lüstern und zu kühn geschienen habe. Nun läßt der deutsche Übersetzer nicht allein nochmals aus, was ihm von dieser Seite bedenklich scheint, sondern er versteht auch, sehr schöne, unschuldge Stellen, gar nicht und übersetzt sie falsch. Vielleicht übersetz ich das Ende, das hauptsächlich durch diesen deutschen Mehltau verkümmert worden ist, damit der alte Dichter wenigstens in der Schöne vor ihnen erscheinen möge, wie ihn der englische Übersetzer lassen durfte.

So viel für heute! Doch füge ich noch hinzu daß von Ihrem Gartenverkauf hier und da gesprochen wird. Man zweifelt daß Sie ⟨das⟩ gewünschte dafür erhalten werden ⟨doch⟩ muß man das beste hoffen. Die Schlüssel werde ich im nötigen Falle bei Hufeland holen lassen. Ein freundliches Lebewohl

Jena d. 19. Febr 1802 G

847. Schiller

Weimar 20 Febr 1802.

Es tut uns allen und mir besonders leid, Sie noch auf längere Zeit nicht zu sehen; da Sie aber so gut beschäftigt und so zufrieden sind, so wollen wir uns der Früchte Ihrer Tätigkeit erfreuen. Vielleicht führt Sie der Bücherstaub, mit dem poetischen Geist geschwängert, auch zu dem alten gespenstischen Doktor zurück und wenn das geschieht so wollen wir Büttners Manen dafür segnen.

Ich habe dieser Tage Ihre Elegien und Idyllen wieder gelesen und kann Ihnen nicht ausdrücken wie frisch und innig und lebendig mich dieser echte poetische Genius bewegt und ergriffen hat. Ich weiß nichts darüber, selbst unter Ihren eigenen Werken; reiner und voller haben Sie Ihr Individuum und die Welt nicht ausgesprochen.

Es ist eine sehr interessante Erscheinung, wie sich Ihre anschauende Natur mit der Philosophie so gut verträgt und immer dadurch belebt und gestärkt wird; ob sich, umgekehrt, die spekulative Natur unsers Freundes eben soviel von Ihrer anschauenden aneignen wird zweifle ich und das liegt schon in der Sache. Denn Sie nehmen Sich von seinen Ideen nur das, was Ihren Anschauungen zusagt, und das übrige beunruhigt Sie nicht, da Ihnen am Ende doch das Objekt als eine festere Autorität dasteht als die Spekulation, solange diese mit jenem nicht zusammen trifft. Den Philosophen aber muß jede Anschauung, die er nicht unterbringen kann, sehr inkommodieren, weil er an seine Ideen eine absolute Foderung macht.

Was Sie von Paulus schreiben, wundert mich einigermaßen, da ich ihm nie die Einbildungskraft zugetraut habe, in die Totalität eines Zustandes, den man notwendig erst produktiv anschauen muß, sich zu versetzen. Aber freilich bringt selbst die Gelehrsamkeit und das Vielwissen nach und nach, atomistisch, die Bedingungen zusammen aus welchen sich durch einen mäßigen Effort der Phantasie, ein bestimmtes Concretum zusammen baut. So ist mir, in einer ganz andern Sphäre, in dem Schauspiel *Fust von Stromberg*, dessen Verfasser ein sehr mittelmäßiger Dichter war, eine ganze und sprechende Vorstellung des Mittelalters entgegen gekommen, welche offenbar nur der Effekt einer bloßen Gelehrsamkeit war.

Die Gita Govanda hat mich neulich auch wieder zur Sacontala zurückgeführt, ja ich habe sie auch in der Idee gelesen, ob sich nicht ein Gebrauch fürs Theater davon machen ließe; aber es scheint, daß ihr das Theater direkt entgegensteht, daß es gleichsam der einzige von allen 32 Winden ist, mit dem dieses Schiff, bei uns, nicht segeln kann. Dies liegt wahrscheinlich in der Haupteigenschaft derselben welche die *Zartheit* ist, und zugleich in einem Mangel der *Bewegung,* weil sich der Dichter gefallen hat, die Empfindungen mit einer gewissen bequemen Behaglichkeit auszuspinnen, weil selbst das Klima zur Ruhe einladet.

Sie werden von der neuen Schauspielerin viel Gutes gehört haben, denn sie hat bald die Gunst für sich erlangt; auch ist sie so recht aus dem Schoß der Sentimentalität heraufgestiegen. Ihre Stimme ist angenehm obgleich noch ohne Kraft, sie hat den Ton des Gefühls und spricht mit Sinn und Bedeutsamkeit, wobei man ihr die Schule der Unzelmann, nicht zu ihrem Nachteil, anmerkte. Nun höre ich aber, daß sie zu ihrem zweiten Debüt das Lottchen im Hausvater gewählt habe; dabei können wir sie schwerlich von einer neuen Seite kennen lernen. Es wäre besser, sie in einer scherzhaften oder lustig naiven Rolle zu sehen, um zu wissen, was von ihr zu hoffen ist. Auch würde ich Sie sehr bitten, sie ein ganzes Jahr auf kleine Rollen und besonders in der Komödie einzuschränken und so stufenweise zu größern Rollen zu führen, die das Unglück aller Schauspieler sind.

Leben Sie recht wohl. Ich hoffe bald wieder von Ihnen zu hören. Mein Schwager empfiehlt sich Ihnen aufs beste

Sch.

848. Goethe

〈Jena, 20. Februar 1802〉

Ich kann Ihren wiederholten Antrag nicht ausweichen und habe in beiliegendem, auf Montag Abends nach der Komödie, das gewöhnliche Abendessen in meinem Hause bestellt.

Ich bin überzeugt meine Hausgeister werden es möglich machen und so wird am schicklichsten dem allgemeinen Konvent ausgewichen.

In Absicht auf Gäste dächte ich, verstiege man sich eben deshalb nicht weit. Ich dächte

der Erbprinz
von Hinzenstern
von Pappenheim
die Prinzeß und
Fräul. v Knebel.

wollte man Riedeln dazu nehmen, so würde es teils wegen der alten Verhältnisse schicklich sein, teils weil er heute in Gesellschaft jener beider Männer hier gewesen.

Leben Sie recht wohl ich freue mich Sie so unverhofft wieder zu sehen.

Ich setze voraus daß Sie die Güte haben die Gesellschaft davon zu avertieren, so wie die einigen Gäste gefällig einzuladen.

G

849. Goethe

⟨Jena, 9. März 1802⟩

Es ist gegenwärtig hier gerade eine lustige und gesellige Epoche und ich bin meist Mittag, oder Abends auswärts. Dagegen kann ich noch keine produktiven Momente rühmen, die sich überhaupt immer seltner machen.

Ich bin über des Soulavie memoires historiques et politiques du regne de Louis XVI geraten, ein Werk das einen nicht los läßt und das durch seine Vielseitigkeit einnimmt, wenn gleich der Verfasser mitunter verdächtig erscheint. Im Ganzen ist es der ungeheure Anblick von Bächen und Strömen, die sich, nach Naturnotwendigkeit, von vielen Höhen und aus vielen Tälern, gegen einander stürzen und endlich das Übersteigen eines großen Flusses und eine Überschwemmung veranlassen, in der zu Grunde geht wer sie vorgesehen hat so gut als der sie nicht ahndete. Man sieht in dieser ungeheuern Empirie nichts als Natur und nichts von dem was wir Philosophen so gern Freiheit nennen möchten. Wir wollen erwarten ob uns Bonapartes Persönlichkeit noch ferner mit dieser herrlichen und herrschenden Erscheinung erfreuen wird.

Da ich in den wenigen Tagen schon vier Bände dieses Werks durchgelesen habe, so weiß ich freilich sonst nicht viel zu sagen. Das schöne Wetter hat mich einigemal hinaus in das Freie gelockt, wo es auch noch sehr feucht ist.

Leben Sie recht wohl und sagen mir gelegentlich etwas von den weimar. Zuständen und in wie fern Ihnen einige Arbeit glückt.

Jena d. 9. März 1802 G

850. Schiller

Weimar 10 März 1802

Indem Sie in Jena sich unter den Freunden wohl befinden und gar nicht Unrecht daran tun, zu leben und zu genießen, habe ich mich hier ganz zu Hause gehalten und bin nicht untätig gewesen, wiewohl ich von meinem Tun noch lange keine Rechenschaft geben kann. Ein mächtiger Interesse als der Warbek hat mich schon seit 6 Wochen beschäftigt und mit einer Kraft und Innigkeit angezogen, wie es mir lange nicht begegnet ist. Noch ist zwar bloß der Moment der Hoffnung und der dunkeln Ahndung aber er ist fruchtbar und vielversprechend, und ich weiß, daß ich mich auf dem rechten Weg befinde.

Von der hiesigen Welt kann ich Ihnen also wenig berichten, da ich niemand gesehen. Ich höre, daß Wieland sich hat bereden lassen, den JON des Euripides zu übersetzen, und daß man ganz erstaunliche Entdeckungen macht, wie viel hinter diesem griechischen JON steckt.

Der fünfte März ist mir glücklicher vorübergegangen als dem Cäsar der fünfzehente und ich höre von dieser großen Angelegenheit gar nichts mehr. Hoffentlich werden Sie bei Ihrer Zurückkunft die Gemüter besänftigt finden. Wie aber der Zufall immer naiv ist und sein mutwilliges Spiel treibt, so hat der Herzog den Bürgermeister den Morgen nach jenen Geschichten wegen seiner großen Verdienste zum *Rat* erklärt. Auch wird heute auf dem Theater *Üble Laune* von Kotzebue vorgestellt.

Meine Frau empfiehlt sich Ihnen bestens und bittet, Sich an die Histoire des Favorits zu erinnern.

Ich lese jetzt eine Geschichte der Päpste von einem Engländer, der selbst Jesuit war, und der, indem er sich von den Grundfesten des Papsttums aus den Quellen zu unterrichten suchte, auf diesem Wege, wo er sich in seinem Glauben zu befestigen meinte, das Gegenteil gefunden hat, und der nun seine Gelehrsamkeit gegen das Papsttum anwendet. Es ist, ungeachtet der flachen Behandlung, eine durch ihre Konsequenz sehr anziehende Geschichte, unendlich mannichfaltig, weil sie sich mit allem verschlingt, und doch wieder auf eine fruchtbare Art *identisch,* weil alles Individuelle selbst in der Idealen Einheit sich verliert.

Leben Sie recht wohl und fördern Ihr Geschäft, daß wir uns bald wieder Ihrer Gegenwart erfreuen.

Sch.

851. Goethe

〈Jena, 16. März 1802〉

Die Nachricht, daß Sie, mit entschiedenem Interesse, einen neuen Gegenstand bei sich herumtragen, macht mir viel Freude, sowohl für Sie als für uns. Ich wünsche guten Sukzeß.

Seitdem ich mich aus den weimarischen Stürmen gerettet, lebe ich recht zufrieden und froh und auch nicht ganz untätig, indem sich einige lyrische Kleinigkeiten eingestellt haben, mit denen ich, zwar nicht als Werken, doch aber als Symptomen, ganz wohl zufrieden bin.

Dafür daß Sie den 5ten März so glücklich überstanden, wären Sie dem Bürgermeister, als einem zweiten Aesculap, einen Hahn schuldig geworden, da er unterdessen von oben herein solchen Lohn empfangen, können Sie Ihre Dankbarkeit in petto behalten.

Bei dieser Gelegenheit dachte ich wieder: was es für ein sonderbares Ding um die Geschichte ist, wenn man von ihr die Ursachen, Anlässe und Verhältnisse der Begebenheiten, im einzelnen, fordert; ich lebe diesen letzten Ereignissen so nahe, ja ich bin mit darin verwickelt und weiß eigentlich immer noch nicht wie sie zusammen hängen. Vielleicht waren Sie glücklicher als ich.

Schelling hat ein Gespräch geschrieben: *Bruno*, oder über das göttliche und natürliche Prinzip der Dinge. Was ich davon verstehe, oder zu verstehen glaube, ist vortrefflich und trifft mit meinen innigsten Überzeugungen zusammen. Ob es uns andern aber möglich sein wird dieser Komposition, durch alle ihre Teile, zu folgen und sie sich wirklich als ein Ganzes zu denken, daran muß ich noch zweifeln.

Übrigens weiß ich nicht viel zu sagen, als daß mir Abends, wenn es 7 Uhr werden will sehr oft der Wunsch entsteht, Sie und unsern edlen Meister auf ein paar Stunden bei mir zu sehen. Daß übrigens einige Frauenzimmer hier noch singlustiger als unsere Freundinnen und dabei, glücklicherweise, musikalischer sind, wodurch denn meine innere Singlust von Zeit zu Zeit erregt wird.

Das versprochene Buch habe ich leider noch nicht wieder finden können.

852. Schiller

Weimar 17. März 1802.

Ich freue mich zu hören, daß es Ihnen in Jena wohl geht und daß mitunter auch etwas poetisches aufblüht. Sie haben unterdessen hier nichts versäumt, denn die Sozietät scheint nach den heftigen Zuckungen, die sie ausgestanden, noch ganz entkräftet und in kaltem Schweiß zu liegen. Der Herzog, den man auch zu präokkupieren suchte, hat mich vor einigen Tagen über den Vorgang quästioniert, und ich habe ihm die Sache in dem Licht vorgestellt, worin ich sie sehe.

Er hat den Regulus zu lesen gewünscht, weil ihm von Berlin geschrieben wurde, daß dieses Stück viel Verdienste habe, obgleich es bei der Aufführung nicht habe glücken wollen. Ich glaub es wohl und möchte nur wissen, wo die Verdienste stecken. Unser gnädigster Herr hat das opus gelesen und mir mit beiliegendem Billet zurückgeschickt. Sie sehen daraus, daß er es nicht ganz will fallen lassen, obgleich er es, ohne es selbst zu wissen oder zu wollen, kondemniert, denn er muß es doch zuletzt für eine langweilige Prosa erklären, und nun möchte ich wissen, was noch Gutes daran bleibt. Ich habe ihm das letzte Wort nicht gelassen und in einer kleinen Replik mir die Freiheit genommen vorzustellen, daß ich die Regelmäßigkeit der Form nur alsdann für verdienstlich halten könne, wenn sie mit poetischem Gehalt verbunden sei. Er sagte mir neulich daß Sie ihm einige Hoffnung gemacht den Radamist zu bearbeiten. Gott helfe Ihnen durch dieses traurige Geschäft.

Sie sind, mit mir, höflich eingeladen, einige Beiträge zu der Irene von Halem einzuschicken. Es ist doch eine wahre Bestialität, daß diese Herren, welche das Mögliche versuchen um uns zu annihilieren, noch verlangen können, daß wir ihre Werke selbst fördern sollen. Ich bin aber Willens, Ungern, der mir diesen Antrag getan, recht aus vollem Herzen zu antworten.

Ich habe mich dieser Tage mit dem heiligen Bernhard beschäftigt und mich sehr über diese Bekanntschaft gefreut; es möchte schwer sein, in der Geschichte einen zweiten so weltklugen geistlichen Schuft aufzutreiben, der zugleich in einem so trefflichen Elemente sich befände, um eine würdige Rolle zu spielen. Er war das Orakel seiner Zeit und beherrschte sie, ob er gleich und eben darum weil er bloß ein Privatmann blieb, und andere auf dem ersten Posten stehen ließ. Päpste waren seine Schüler und Könige seine Kreaturen. Er haßte und unterdrückte nach Vermögen alles Strebende, und beförderte die dickste Mönchsdummheit, auch war er selbst nur ein Mönchskopf und besaß nichts als Klugheit und Heuchelei; aber es ist eine Freude, ihn verherrlicht zu sehen. Wenn Sie Grießbach oder Paulus sprechen, so lassen Sie Sich doch von ihm erzählen; vielleicht können uns diese einige Schriften über ihn verschaffen.

Leben Sie recht wohl und denken Sie bald wieder auf Ihre Zurückkunft

Sch.

853. Goethe

⟨Jena, 17. oder 18. und 19. März 1802⟩

Ich werde mich wohl bald entschließen meinen hiesigen Aufenthalt abzubrechen und wieder zu Ihnen zu kommen.

Da freue ich mich denn auf unsere Abende, um so mehr als wir manches neue einander werden zu kommunizieren haben.

Wenn die dabei interessierte Gesellschaft das Abenteuer vom 5ten h. m. einiger Maßen verschmerzt hat, so wollen wir bald wieder ein Picknick geben und die neuen Lieder, die ich mitbringe, versuchen. Haben Sie denn die Ihrigen etwa Zeltern mitgegeben? da die Körnerischen Kompositionen nicht greifen wollten?

Ich wünsche Ihnen einen recht guten Humor und eine recht derbe Faust, wenn Sie auf die *irenische* Einladung antworten. Es wäre recht schön wenn Ihnen eine Epistel glückte, die auf alle das Packzeug paßte, dem ich immer größern Haß widme und gelobe.

Ich freue mich zu hören daß Sie Ihre Johanna, auch für uns, der Theatralischen Möglichkeit nähern wollen. Überhaupt müssen wir, da wir mit dieser Vorstellung so lange gezaudert uns durch irgend etwas auszuzeichnen suchen.

Mit der Iphigenie ist mir unmöglich etwas anzufangen, wenn Sie nicht die Unternehmung wagen, die paar zweideutigen Verse korrigieren und das Einstudieren dirigieren wollen so glaube ich nicht daß es gehen wird und doch wäre es in der jetzigen Lage recht gut und sie würde denn vielleicht für andere Theater verlangt, wie es ja schon mit dem Nathan gegangen ist. Radamist und Zenobie ist, bei näherer Betrachtung, ein sehr merkwürdiges Stück. Der höchste Gipfel einer manierierten Kunst wogegen die Voltairischen Stücke als reine Natur erscheinen. Das, was an diesem Stücke imponiert ist wahrscheinlich die kainische Lage des Helden und der unstete Charakter der an das Schicksal jenes ersten Brudermörders erinnert. Es übrigens aufs deutsche Theater zu heben sehe ich noch keine Handhabe.

Zu der Bekanntschaft des heil. Bernhardts gratuliere ich. Wir wollen sehen Specialiora von ihm zu erfahren.

Unsere hiesigen Theologischen Freunde sind in üblen Umständen. Griesbach leidet an seinen Füßen und Paulus mit seiner Frau. Sie ist sehr übel dran, so daß ich für ihre Existenz fürchte und die Natur kann nun wieder eine Weile operieren, bis sie ein so neckisches Wesen zum zweitenmale zusammen bringt.

Zelter hat sehr lebhafte Eindrücke zurückgelassen. Man hört überall seine Melodieen und wir haben ihm zu danken daß unsere Lieder und Balladen durch ihn von den Toten erweckt worden.

Das Bibliothekswesen klärt sich auf. Bretter und Balken schwimmen die Saale hinunter, zu dem neuen Musentempel in Lauchstädt. Lassen Sie doch auch dieses unser Unternehmen auf Sich wirken und tun Sie für Ihre ältern Sachen was Sie können. Zwar weiß ich wohl wie schwer es hält, doch müssen Sie nach und nach, durch Nachdenken und Übung, dem dramatischen Metier so viel Handgriffe abgewinnen, daß Genie und reine poetische Stimmung nicht gerade zu jeder Operation nötig sind.

Sonst habe ich einiges gelesen und getrieben. Sehr merkwürdig war mir ein Blick in das Original von *Brauns* medizinischen Elementen. Es sieht einem daraus ein ganz trefflicher Geist entgegen, der sich Worte, Ausdrücke, Wendungen schafft und sich deren mit bescheidener Konsequenz bedient, um seine Überzeugungen darzustellen. Man spürt nichts von dem heftigen terminologischen Schlendrian seiner Nachfolger. Übrigens ist das Büchlein im Zusammenhange schwer zu verstehen und ich habe es deswegen bei Seite gelegt, weil ich weder die gehörige Zeit noch Aufmerksamkeit darauf wenden kann.

Seitdem ich dieses diktiert, habe ich mich entschlossen Dienstag nach Weimar zu gehen. Da Sie denn, zum Voraus, auf den Abend schönstens eingeladen sind.

Wollten Sie sich erkundigen: ob die Freunde Mittwoch Abends bei mir zusammen kommen wollen? und in jedem Falle das Ja oder Nein in mein Haus wissen lassen.

Da ich nun so bald das Vergnügen hoffe Sie zu sehen füge ich nichts weiter hinzu.

Jena am 19 März 1802.

G

854. Schiller

Weimar 20 März 1802

Ich freue mich, daß Sie bald wieder hier sein und daß wir den Eintritt des Frühjahrs zusammen zubringen werden, der mich immer traurig zu machen pflegt, weil er ein unruhiges und gegenstandloses Sehnen hervorbringt.

Gern will ich das Mögliche tun, um die Iphigenia zur theatralischen Erscheinung zu bringen, es ist bei einem solchen Geschäft immer viel zu lernen und an dem Erfolg zweifle ich nicht, wenn unsre Leute das ihrige leisten. Es ist mir neulich sogar aus Dresden geschrieben worden, daß man die Iphigenia dort auf die Bühne bringen will, und gewiß werden noch andre Theater nachfolgen.

Mit dem Karlos bin ich auf ziemlich gutem Wege und hoffe in 8 oder 10 Tagen damit zu Stande zu sein. Es ist ein sicherer theatralischer Fond in dem Stück, und es enthält vieles, was ihm die Gunst verschaffen kann. Es war freilich nicht möglich, es zu einem befriedigenden Ganzen zu machen, schon darum weil es viel zu breit zugeschnitten ist; aber ich begnügte mich, das Einzelne nur notdürftig zusammen zu reihen, und so das Ganze bloß zum Träger des Einzelnen zu machen. Und wenn vom Publikum die Rede ist, so ist das Ganze doch das, was zuletzt in Betrachtung kommt.

Die Jungfrau v⟨on⟩ O⟨rleans⟩ wollen wir aber erst in Lauchstädt spielen lassen, ehe wir hier damit auftreten. Ich muß mir dieses aus bitten, weil sich der Herzog einmal bestimmt dagegen erklärt hat und ich auch nicht von ferne den Schein haben möchte, als wenn ich die Sache betrieben hätte. Mündlich darüber mehr. Der Zweite Grund ist, weil ich im vorigen Jahre der Jageman die Johanna zugeteilt, so würde es sonderbar aussehen, wenn ich ihr die Rolle jetzt nehmen wollte. Wird aber das Stück in Lauchstädt zuerst, und die Johanna durch die Vohs gespielt, so kann jene alsdann, auch bei der hiesigen Repräsentation keinen Anspruch mehr daran machen. Übrigens will ich das Stück in den letzten Wochen des hiesigen Theaterjahrs einlernen lassen und selbst einige Proben dirigieren, daß es gut gelernt wird, und daß man in Lauchstädt mit allen Ehren damit auftreten kann.

Für meine andern ältern Stücke kann ich dieses Jahr nichts mehr tun; auch eilt es damit nicht, denn wenn nur noch die Iphigenia zu Stande kommt, so kommt die Gesellschaft dieses Jahr reicher als niemals nach Lauchstädt. Ja es wäre kaum möglich noch mehrere Stücke einzulernen.

Noch habe ich eine neue Übersetzung der Frauenschule von Moliere in meiner Verwahrung, die ganz gewiß zu brauchen sein wird, wenn man nur erst noch einiges dafür getan hat. Außerdem ist mir noch ein anderes Stück mitgeteilt worden, das viel Gutes enthält, aber freilich, da es aus einem Roman entstanden, viele dramatische Fehler hat.

Madame Mereau sagte mir, daß sie den Cid des Corneille bearbeite; wir wollen suchen auf diese Arbeit einigen Einfluß zu gewinnen, um wo möglich eine Akquisition für das Theater dadurch zu machen.

Die Gesellschaft werde ich Ihrem Auftrage gemäß einladen, und bin voll Erwartung, ob man sich hinlänglich abgekühlt haben wird, um mit gutem Anstand zu einem freundschaftlichen Verhältnis zurück zu kehren. Zeltern gab ich meine zwei Lieder mit auf den Weg, und erwarte was er daraus machen wird. Übrigens ist die eine von den Körnerischen Melodien recht singbar, wenn unsre Damen es nur besser verständen.

Leben Sie recht wohl. Es wäre möglich, daß ich Sie auf den Montag in Jena sähe, weil meine Schwägerin durch Jena reist, um eine Freundin in der Nähe zu besuchen und wir sie vielleicht begleiten. Doch ist es noch nicht gewiß.

Sch.

855. Schiller

⟨Weimar, 16. April⟩

Ich sage Ihnen einen freundlichen Gruß zum Abschied und wünsche viel Vergnügen und schönes Wetter.

Von den Rätseln sende ich das eine, welches ich gestern niedergeschrieben. An die zwei andern will ich heute und Morgen denken, denn man kann dergleichen nur ruckweise expedieren.

Lassen Sie mir doch mündlich durch Überbringer wissen, *wann* Turandot eigentlich soll gespielt werden.

856. Goethe

⟨Weimar, 20. April 1802⟩

Da wir wahrscheinlich auf den Sonnabend Turandot geben, so ersuche ich Sie um die neuen Rätsel damit wir solche bei Zeiten an die nicht allzeit fertigen Schauspieler abgeben können.

Weimar am 20 Apr. 1802.

G

857. Goethe

⟨Weimar, 25. April 1802⟩

Hiebei übersende die verlangte Summe und die beiden ersten Hogarthischen Lieferungen, die ich eben vorfinde.

Dabei frage ich an wie Sie es heute halten wollen? wenn Sie Abends nicht gern ausgehen, so könnten Sie ja früher kommen und vor Sonnen Untergang wieder zu Hause sein. Wollen Sie mir hierüber Ihren Entschluß wissen lassen, so bestelle ich Ehlers wegen einiger musikalischen Späße. Weimar am 25 Apr. 1802.

Goethe

858. Goethe

⟨Jena, 4. Mai 1802⟩

Zuerst meinen herzlichen Wunsch daß die Veränderung des Quartiers möge glücklich abgelaufen sein! Es soll mich sehr freuen Sie in einem neuen freundlichen gegen die Sonne und das Grüne gerichteten Quartier, gesund und tätig anzutreffen.

Nun wünscht' ich aber auch von Ihnen über unsere theatralischen Angelegenheiten etwas zu vernehmen. Was augurieren Sie von Iphigenien, die sich, wie voraus zu sehen war, etwas verspätet. Was sagen Sie von Mme Bürger? deren Erscheinung ich wohl gern selbst mit abgewartet hätte.

Bei der Bibliothekseinrichtung steht mir die Art der Jenenser, die sich nahezu mit der Italiäner *göttlichen Nichtstun* vergleicht, auf eine verdrießliche Weise entgegen. Ich gebe die Bemerkung zum besten, daß das Arbeiten nach vorgeschriebener Stunde, in einer Zeitenreihe, solche Menschen hervorbringt und bildet, die auch nur das allernotdürftigste, stundenweis und stundenhaft, möchte man sagen, arbeiten. Ich werde so lange als möglich hier bleiben, weil ich überzeugt bin daß wie ich weggehe, das Ganze wieder, mehr oder weniger, stocken wird.

Was mich übrigens selbst und mein näheres betrifft, so geht mir manches von statten. Einiges lyrische hat sich wieder eingefunden und ich habe die Urquelle der nordischen Mythologie, weil ich sie eben vor mir fand, in ruhigen Abenden, durchstudiert und glaube darüber ziemlich im Klaren zu sein. Wie ich mich deshalb, wenn ich wieder komme, legitimieren werde. Es ist gut auch in einem solchen Felde nur einmal einen Pfahl zu schlagen und eine Stange aufzustellen, nach der man sich gelegentlich orientieren kann.

So spricht auch ein solches Bibliothekswesen uns andere lebhaft an, selbst wenn man nur minutenweis in die Bücher hineinsieht. Sehr günstig finde ich die Wirkung meiner physischen, geognostischen und naturhistorischen Studien. Alle Reisebeschreibungen sind mir als wenn ich in meine flache Hand sähe.

Daß die Gegend in dieser Blütenzeit außerordentlich schön sei, darf ich Ihnen nicht sagen ein Blick aus Ihrer obern Gartenstube, mit der Sie, wie ich höre, einen Philosophen beliehen haben, würde jetzt sehr erquicklich sein.

Leben Sie recht wohl und sagen mir ein Wort.

Jena d. 4 Mai 1802 G

Daß Loder seinem Schwiegervater Frau und Kind nach Warschau bringt, daß die Krankheit unserer Freundin Paulus sich in einem gesunden Knaben aufgelöst hat gehört wohl für Sie nicht unter die Neuigkeiten.

859. Schiller

⟨Weimar, 5. Mai 1802⟩

Ich komme in diesem Augenblick aus der Regierung, wo man mich länger warten lassen, als ich dachte, und kann Ihnen also, da das Botenmädchen gleich fort will, bloß das nötigste schreiben.

Iphigenie wäre auf keinen Fall auf den nächsten Sonnabend zu zwingen gewesen, weil die Hauptrolle sehr groß und schwer einzulernen ist. Es war schlechterdings nötig der Vohsin Zeit dazu zu geben. Ich hoffe übrigens das Beste für dieses Stück, es ist mir nichts vorgekommen, was die Wirkung stören könnte. Gefreut hat es mich, daß die eigentlich poetisch schönen Stellen und die lyrischen besonders auf unsere Schauspieler immer die höchste Wirkung machten. Die Erzählung von den Thyestischen Greueln und nachher der Monolog des Orests, wo er dieselben Figuren wieder in Elisium friedlich zusammen sieht, müssen als zwei sich aufeinander beziehende Stücke und als eine aufgelöste Dissonanz vorzüglich herausgehoben werden. Besonders ist alles daran zu wenden, daß der Monolog gut exekutiert werde, weil er auf der Grenze steht, und wenn er nicht die höchste Rührung erweckt, die Stimmung leicht verderben kann. Ich denke aber er soll eine sublime Wirkung machen.

Den übeln Erfolg der Ariadne wird Ihnen der HofKammerrat schon berichtet haben. Sie können ihm alles schlimme glauben, was er Ihnen davon schreiben mag, denn diese Elise ist eine armselige herz- und geistlose Komödiantin von der gemeinen Sorte, die durch ihre Ansprüche ganz unausstehlich wird. Doch Sie werden sie selbst sehen und hören, wenn Sie länger in Jena bleiben, denn sie denkt in etlichen Tagen ein DeklamationsKonzert dort zu geben.

Wir sind seit 6 Tagen eingezogen und freilich noch in größter Konfusion, doch habe ich mich in den Morgenstunden in etwas zur Arbeit sammeln können und hoffe nun bald recht in Gang zu kommen.

Zu der lyrischen Ausbeute gratuliere ich. Genießen Sie die schöne Jahrszeit aufs beste und denken unsrer.

Weimar 5. Mai Sch.
1802

860. Goethe

⟨Jena, 7. Mai 1802⟩

Mme Bürger hat uns bis jetzt noch verschont, wenn sie nicht etwa morgen noch kommt und auf eine Sonntagsdeklamation Anspruch macht. Auf alle Fälle werde ich mich in eine Ecke des Saals, nicht weit von der Türe, setzen und nach Beschaffenheit der Umstände aushalten oder auf und davon gehen.

Was Sie mir von *Iphigenie* sagen ist mir erfreulich. Könnten und möchten Sie das Werk bis zur Aufführung treiben, ohne daß ich eine Probe sähe und es Sonnabend den 15ten geben; so bliebe ich noch eine Woche hier und brächte manches vor und hinter mich.

Wie ich höre geht der Theaterbau zu Lauchstädt recht gut von Statten. Ich bin recht neugierig wie dieser Pilz aus der Erde wachsen wird.

Wenn Sie eine Leseprobe von *Alarkos* gehalten haben so sagen Sie mir doch ein Wort davon.

Es ist mir diese Tage ein anderes neues dramatisches Produkt zugeschickt worden, das mir, ich mag wohl so sagen, *Kummer* macht. Ein unverkennbares Talent, sorgfältiges Nachdenken, Studien der Alten, recht hübsche Einsicht, brauchbare Teile und im Ganzen unzulänglich, indem es weder vor- noch rückwärts Façe macht. Den zehenten Teil davon hätte man vielleicht produzieren können, aber, so wie es liegt, ist es ganz und gar unmöglich. Wie ich zurückkomme sollen Sie es sehen und werden wahrscheinlich noch größere Klagelieder anstimmen. Sagen Sie aber niemand nichts davon, auch nichts von meiner vorläufigen Anzeige; denn wir müssen es unter uns, in der Stille, zurecht legen.

Das Bibliothekswesen konstruiert sich nach und nach, ob gleich noch immer langsam genug. Ich halte meine Taktik und suche nun immer, von Epoche zu Epoche, vorzurükken.

Irgend eine poetische Stunde und sonst ein wissenschaftlicher Gewinn fällt auch mit ab.

Leben Sie recht wohl und richten sich recht behaglich ein. Jena am 7 Mai 1802.

G

861. Schiller

Weimar 8 Mai 1802

Für den Alarcos wollen wir unser möglichstes tun, aber bei einer neuen Durchsicht des Stücks sind mir bedenkliche Sorgen aufgestiegen. Leider ist es ein so seltsames Amalgam des Antiken und NeuestModernen daß es weder die Gunst noch den Respekt wird erlangen können. Ich will zufrieden sein, wenn wir nur nicht eine totale Niederlage damit erleiden, die ich fast fürchte. Und es sollte mir leid tun, wenn die elende Partei, mit der wir zu kämpfen haben, diesen Triumph erhielte. Meine Meinung ist, die Vorstellung des Stücks so vornehm und ernst als möglich ist zu halten, und alles was wir von dem Anstand des französischen Trauerspiels dabei brauchen können, anzuwenden. Können wir es nur soweit bringen, daß dem Publikum imponiert wird, daß etwas höheres und strengeres anklingt, so wird es zwar unzufrieden bleiben aber doch nicht wissen wie es daran ist. Einen Schritt zum Ziele werden wir durch diese Vorstellung nicht tun, oder ich müßte mich ganz betrügen.

Die Iphigenia soll auf den 15ten einstudiert sein. Auf nächsten Dienstag wollen wir mit dem Stück auf das Theater.

Elise Bürger wird Ihnen ihren Besuch nicht schenken. Sie ist jetzt wie ich höre noch hier, was sie hier fest hält, weiß ich nicht.

Leben Sie recht wohl. Ich freue mich auf die Produkte Ihrer Muße. Bei mir hat sich die gehörige Ruhe noch nicht ganz eingefunden. Ich erwarte heute den Cotta auf seiner MeßReise.

Sch.

862. Goethe

⟨Jena, 9. Mai 1802⟩

Ihre Sorgfalt für die *Iphigenie* danke ich Ihnen zum allerbesten, künftigen Sonnabend werde ich am Schauspielhause anfahren, wie ein anderer Jenenser auch, und hoffe Sie in Ihrer Loge zu treffen.

Über den *Alarcos* bin ich völlig Ihrer Meinung; allein

mich dünkt wir müssen alles wagen, weil am Gelingen, oder nicht Gelingen nach außen gar nichts liegt. Was wir dabei gewinnen scheint mir hauptsächlich das zu sein, daß wir diese äußerst obligaten Sylbenmaße sprechen lassen und sprechen hören. Übrigens kann man auf das stoffartige Interesse doch auch was rechnen.

Im Ganzen geht es mir hier sehr gut und es würde noch besser gehen und werden, wenn ich meinen Aufenthalt noch einige Wochen hinaus dehnen könnte.

Leben Sie recht wohl, richten Sie sich immer besser ein und gedenken unser.

Jena am 9 Mai 1802.

Ich wünsche daß beikommender Band Sie nicht von einer andern Seite her schon heimgesucht habe, damit Sie diese gereimte Tollhausproduktion zuerst als ein Curiosissimum, durch meine Hand, erhalten. So einen, auf der äußern Form des Nächstvergangenen, sich herumdrehenden Wahnsinn, habe ich doch noch nicht gesehen, doch wer will ein Wort für so eine Erscheinung finden. G

863. Goethe

⟨Jena, 11. Mai 1802⟩

Ob noch Sonnabend den 15ten Iphigenie wird sein können, hoffe ich durch Ihre Güte morgen zu erfahren, und werde alsdann eintreffen, um, an Ihrer Seite, einige der wunderbarsten Effekte zu erwarten, die ich in meinem Leben gehabt habe. Die unmittelbare Gegenwart eines, für mich, mehr als vergangenen Zustandes.

Mit meinem hiesigen Aufenthalt bin ich recht wohl zufrieden. Das Geschäft ist weiter gediehen als ich hoffte, ob gleich, wenn man strenge will, noch wenig geschehen ist. Wenn man aber denkt, daß man in solchem Falle eigentlich nur auf Execution liegt und, vom handwerksmäßigsten, bis zum literarischten Mitarbeiter, jeder bestimmt, geleitet, angestoßen, rektifiziert und wieder ermuntert sein will; so ist man zufrieden, wenn man nur einigermaßen vorrückt.

Der Bibliothekssecretair Vulpius hat sich musterhaft gezeigt, er hat, in dreizehen Tagen, 2134 Stück Zettel geschrieben. Das heißt Bücher-Titel, auf einzelne Zettel, ausgeschrieben. Überhaupt sind vier Personen etwa mit 6000 Zetteln, in dieser Zeit, fertig geworden, wo man ohngefähr sieht was zu tun ist.

Diese Büchermasse war die ungeordnete, nachgelassene, nun kommen wir auch an die schon stehende, ältere. Indessen muß das Ganze doch, oberflächlich, auf einen wirken, und es ist wie eine Art von Bad, ein schwereres Element, in dem man sich bewegt und in dem man sich leichter fühlt, weil man getragen wird.

Ich habe in dieser Zeit manches gelernt und einiges getan. Könnte ich Sie und Meyern, über den andern Abend, mit meinem neugefundnen unterhalten und dagegen wieder von dem Ihrigen einnehmen, so wüßte ich mir nichts besseres. Vielleicht wird aber für uns alle dieses dreiwöchentlich zusammen gedrängte nur desto erfreulicher.

Leben Sie recht wohl und sagen mir von sich nur wenige Worte, durch den Boten.

Jena d. 11. Mai 1802 G

864. Schiller

Weimar 12 Mai 1802.

Die Vorstellung der Iphigenia auf d⟨en⟩ Sonnabend wird keine Schwierigkeit haben, obgleich uns der *Titus* gestern und heut das Theater wegnahm. Morgen und übermorgen aber werden die TheaterProben mit Ernst vorgenommen werden, und ich hoffe, daß Sie über Ihr Werk nicht erschrecken sollen. Wohl glaube ich, daß die sinnliche Erscheinung dieses Stücks manche vergangene Zustände in Ihnen erwecken wird, sowohl in Formen und Farben Ihres eignen Gemüts, als auch der Welt mit der Sie Sich damals zusammen fühlten, und in letzterer Rücksicht wird es mehreren hiesigen Freunden und Freundinnen merkwürdig sein.

Mit dem Alarcos wollen wir es also auf jede Gefahr wagen und uns selbst wenigstens dadurch belehren. Ich will es unsern Schauspielern möglichst ans Herz legen, das Beste daran zu wenden. Der Charlotte Kalb habe ich das Stück lesen lassen, aus Neugierde wie ein solches Produkt auf einen solchen Sinn wirken würde. Aber es sind närrische Dinge dabei zum Vorschein gekommen, und ich werde mich hüten, eine solche Probe zu wiederholen. Es ist sonderbar, was für Säfte gewisse Tiere aus gewissen Pflanzen ziehen, und die Kalb gehört auch zu denen Lesern, die glauben, ein poetisches Werk, das man ihnen vorsetzt, verspeisen zu müssen anstatt es anzuschauen. Sie meint für den Verfasser der Lucinde, an der sie ein großes Wohlgefallen zu haben schien, sei dieser Alarcos ein sehr religiöses Produkt. Die passionierteste Natur in dem Stück, die Infantin, fand sie abscheulich und unmoralisch; gerade gegen meine Erwartung, aber es scheint daß die gleichnamigten Pole sich überall abstoßen müssen.

Cotta kam vorigen Sonnabend hier durch, er hofft Sie, bei seiner Zurückkunft welche nächsten Sonnabend über 14 Tagen sein wird, hier zu finden. Mir trug er auf, Sie zu bitten, daß Sie ihm erlauben möchten Mahomet und Tancred in Schwaben zu drucken. Gädike hat ihn auf eine undankbare Art sitzen lassen. Den Druck wolle er ganz nach Ihrer Vorschrift einrichten und die strengste Korrektur beobachten lassen.

Er ließ mir beigeschlossnen Aufsatz von dem Architekt Weinbrenner für Sie zurück. Der Verfasser wünschte Ihre Mitwirkung bei dem Vorschlage den er darin tut.

Die ersten Zeiten meiner hiesigen Ortsveränderung sind mir durch manches verbittert worden, besonders aber durch die Nachricht von dem schweren Krankenlager und Tod meiner Mutter in Schwaben; aus einem Brief den ich vor einigen Tagen erhielt, erfuhr ich, daß an demselben Tag wo ich mein neues Haus bezog, die Mutter starb. Man kann sich nicht erwehren, von einer solchen Verflechtung der Schicksale schmerzlich angegriffen zu werden.

Leben Sie recht wohl und freuen Sich Ihrer wohlgelungenen Geschäfte. Das Geld das Sie so gütig waren mir vorzuschießen liegt parat und ich erwarte nur Ihre Befehle darüber. Wenn es Sie nicht belästigt, so wollte ich Sie bitten, sich von Niethammern eine Note über das geben zu lassen, was ich ihm für meine und für den Herzogin Bücher, die in der Eckartischen Auktion erstanden worden, zu bezahlen habe, so wollte ich dann beide Schuldposten auf einmal tilgen und erwarte nur Ihre Anweisung darüber.

Mit dem Athenor sind Sie mir nur einen Tag zuvorgekommen, denn auch ich habe dieses schreckliche Produkt erhalten und hatte es schon für Sie bei Seit gelegt. Ich lege hier ein andres bei, das nicht viel erfreulicher ist, besonders die Vorrede.

Leben Sie recht wohl. Elise Bürgern werden Sie nun wohl selbst gehört haben?

Sch.

865. Goethe

〈Weimar, 17. Mai 1802〉

Indem ich um den Alarcos bitte sende ich zugleich einige Curiosa.

Mögen Sie heute Abend zu einem fernern Colloquio zu mir kommen; so werden Sie mir viel Vergnügen machen indem ich noch einiges vorzutragen habe.

Morgen zu Mittag wünschte ich auch Ihre Gegenwart Sie werden noch das geheime Concilium finden.

Weimar am 17 Mai 1802. G

866. Goethe

〈Jena, 8. Juni 1802〉

Die Gelegenheit der abgehenden Boten kann ich nicht versäumen und melde mit wenig Worten daß meine Arbeit bis jetzt gut von Statten geht. Ich habe das ganze Opus von vorn bis hinten durch diktiert und bin nun daran ihm mehr Gleichheit in der Ausführung zu geben. Ich muß mich durchaus an die Prosa halten ob gleich der Gegenstand durch Abwechslung der prosaischen und metrischen Formen sehr gewinnen könnte und ich hoffe mit meinem Paket Sonnabends anzulangen und Sonntags Leseprobe zu halten. Auf alle Fälle wird die Darstellung den Charakter des Inpromtu haben wobei sie nur gewinnen kann. Übrigens verfluche und verwünsche ich das ganze Geschäft in allen seinen alten u⟨nd⟩ neuen Teilen und Gliedern und werde mirs zur Ehre rechnen wenn man meiner Arbeit den bewußten und beliebten Zorn nicht ansieht. Leben Sie recht wohl tätig, vergnügt und glücklich.

Jena am 8ten Juni 1802. G

867. Schiller

W⟨eimar⟩ 9. Jun. 1802

Ich gratuliere zu der glücklichen Entbindung des Werks und freue mich auf die Mitteilung desselben. Sie sehen bei dieser Gelegenheit, wie viel die Notwendigkeit bei Ihnen vermag, und sollten dieses Mittel auch bei andern Werken anwenden, es würde sich gewiß eben so gut bewähren.

Bei mir ist in diesen Tagen nicht viel gefördert worden, ich selbst war unpäßlich und bin es noch, und meine Kinder befanden sich auch nicht wohl. Bei dem besten Willen und Trieb werde ich jetzt gar oft in meiner Tätigkeit gehindert.

Ich lege das Blatt von Zelters Aufsatz bei, das sich bei mir noch gefunden hat.

Leben Sie recht wohl und kehren Sie mit schönen Früchten zu uns zurück

Sch.

868. Goethe

⟨Jena, 11. Juni 1802⟩

Meine Arbeit hat gut gefördert, ob sie gleich viel weitläufiger geworden ist, als ich gedacht habe.

Einige Motive gegen das Ende sind noch auszuführen, übrigens ist alles schon ins reine und in die Rollen geschrieben.

Sonntag Abend hoffe ich es Ihnen vorzulesen, versagen Sie sich nicht; denn Montags muß ich Leseprobe halten. Freilich wenn man die Arbeit könnte vierzehn Tage liegen lassen; so ließ sich noch manches daran tun. Ich konnte freilich nicht alle Motive egal ausführen. Ich werde über zwanzig Auftritte bekommen, worunter freilich sehr kleine sind doch sieht man daraus wenigstens das mannigfaltige hin- und Widerrennen der Personen und auch die Mannigfaltigkeit der Motive, da sie nicht ohne Not kommen und gehen. Leben Sie recht wohl ich kann wohl sagen daß ich diese Arbeit mit desto freierm Mut unternommen habe, da Sie die Idee und die Anlage zu billigen schien⟨en⟩.

Jena am 11 Juni 1802.

G

869. Schiller

Weimar 12. Jun. 1802

Ich erhalte einen Brief von Ihnen, indem ich Sie heute ganz zuversichtlich selbst erwartete, und mir diesen Abend das Vergnügen versprach, Ihre Arbeit vorlesen zu hören. Ich werde morgen um sechs Uhr Abends nicht fehlen und freue mich in gar vielen Rücksichten des glücklich vollbrachten Werks.

Bald hätte Beckers Krankheit die nächsten ja vielleicht alle künftigen dramatischen Unternehmungen übel stören können; er ist noch jetzt sehr schlimm und wenn es noch so glücklich geht, so wird in den nächsten 8 Tagen schwerlich auf ihn zu rechnen sein. Unter andern Umständen würde seine Rolle in Ihrem Stück wohl durch Ehlers oder einen andern zu besetzen gewesen sein; da Sie aber gerade bei diesem Stück auf die Personalität des Schauspielers mit Rechnung gemacht haben, so könnte doch etwas dadurch verloren gehen, wenn ein anderer die Rolle spielt.

Ich sehne mich sehr nach einem ruhigen Aufenthalt, denn bei mir geht es jetzt sehr lärmend zu, da oben und unten gehämmert wird, und der Boden zittert, ganz buchstäblich genommen, unter meinen Füßen. Auch habe ich mich diese Woche gar nicht wohl und leider in einer recht misanthropischen Laune befunden, die aber leider zu pathologisch passiv war, um den Schwung des Ewigen Zorns zu erreichen.

Leben Sie recht wohl und kommen mit schönen Gaben zurück.

Sch.

870. Schiller

Weimar 24. Juni 1802.

Da es sich nicht hat schicken wollen, daß ich mich selbst nach Lauchstädt aufmachte, so will ich Ihnen meine besten Wünsche zu dem vorhabenden Geschäft schriftlich übersenden, den Erfolg und Verlauf hoffe ich bald möglichst von Ihnen zu erfahren. Möge mir während Ihrer Abwesenheit Apollo günstig sein, daß ich zu der neuen Theaterepoche auch etwas neues bringen kann. Es ist Zeit, daß mir auch wieder etwas gelinge, denn seit meiner Dresdner Reise hat es mir nicht glücken wollen mich zu fixieren und über einen Geist der Zerstreuung Herr zu werden, der sich meiner bemächtigt hat. Es ist zwar mancherlei gesammelt worden, aber es wartet noch auf eine glückliche Entladung.

Seien Sie tätig und heiter und lassen mich Teil nehmen an allem, was Sie angenehmes erfahren.

Sch.

871. Goethe

⟨Lauchstädt, 28. Juni 1802⟩

Den Hofkammerrat, der morgen früh abreist kann ich nicht ohne ein Wort an Sie gehen lassen. Erzählen mag er Ihnen umständlich wie die Eröffnung abgelaufen. Das Wetter begünstigte uns und das Vorspiel hat Glück gemacht. Der Schluß, ob er gleich besser sein könnte, ist mir doch verhältnis mäßig zu dem Drang der Umstände in welchen ich fertig werden mußte leidlich gelungen. Hätte ich alles voraus sehen können so hätte ich Ihnen keine Ruhe gelassen bis Sie mir das letzte Motiv ausgearbeitet hätten. Nun mags denn so hingehen.

Mit Wolf habe ich heute schon angefangen das Büchlein von den Farben durchzulesen und dadurch schon großen Vorteil und Sicherheit zur Ausarbeitung des Ganzen erlangt und ich erwarte noch manches schöne Resultat von unsern Konferenzen Nächstens mehr, wenn die Stunden ruhiger werden.

Die ganze jugendliche Welt wünscht und hofft Sie zu sehen doch gestehe ich aufrichtig daß ich keinen rechten Mut habe Sie einzuladen seitdem ich kein eigentlich Geschäft mehr habe weiß ich schon nicht recht was ich anfangen soll.

Sie werden einen Schlüssel zu meinem Garten und Gartenhaus erhalten machen Sie sich den Aufenthalt einiger maßen leidlich und genießen der Ruhe die in dem Tale herrscht. Vermutlich werde ich mich bald nach Weimar zurückziehen denn ein sonderlich Heil ist für uns nicht in der äußern Welt zu suchen, wo man überall nur gestückelt antrifft was man schon ganz besitzt. Auf die Anschauung des Hällischen Zustandes will ich auch einige Tage wenden. Leben Sie recht wohl und gedenken mein. Ich wünsche zu hören daß Ihnen gelungen ist etwas zu arbeiten.

Lauchstädt am 28ten Juni. 1802.

G

872. Goethe

⟨Lauchstädt, 5. Juli 1802⟩

Es geht mit allen Geschäften wie mit der Ehe, man denkt wunder was man zu Stande gebracht habe, wenn man kopuliert ist und nun geht der Teufel erst recht los. Das macht weil nichts in der Welt einzeln steht und irgend ein Wirksames, nicht als ein Ende, sondern als ein Anfang betrachtet werden muß.

Verzeihen Sie mir diese pragmatische Reflexion zum Anfange meines Briefs, einige mehr oder weniger bedeutende Geschäfte, die mir dieses Jahr aufliegen, nötigen mir diese Betrachtung ab. Ich glaubte sie abzutun und sehe nun erst was sich für die Zukunft daraus entwickelt.

Gestern Abend habe ich die neunte Vorstellung überstanden. 1500 rtlr. sind eingenommen und jedermann ist mit dem Hause zufrieden. Man sitzt, sieht und hört gut und findet, für sein Geld, immer noch einen Platz. Mit fünf bis sechstehalbhundert Menschen kann sich niemand über Unbequemlichkeit beschweren.

Unsere Vorstellungen waren:

Was wir bringen u⟨nd⟩ Titus	672	Personen
———————— u⟨nd⟩ d⟨ie⟩ Brüder	467	–
Wallenstein	241	–
Die Müllerin	226	–

Die beiden Klingsberge	96	–
Tancred	148	–
Wallenstein auf Verlangen	149	–
Oberon	531	–
Der Fremde	476	–

Es kommt darauf an daß eine geschickte Wahl der Stücke, bezüglich auf die Tage, getroffen werde, so kann man auch für die Zukunft gute Einnahmen hoffen. Überhaupt ist es mir nicht bange das Geld, was in der Gegend zu solchem Genuß bestimmt sein kann, ja etwas mehr, in die Kasse zu ziehen. Die Studenten sind ein närrisches Volk, dem man nicht Feind sein kann und das sich mit einigem Geschick recht gut lenken läßt. Die ersten Tage waren sie musterhaft ruhig, nachher fanden sich einige sehr verzeihliche Unarten ein, die aber, worauf ich hauptsächlich acht gebe, sich nicht wie ein Schneeball fortwälzen sondern nur momentan und, wenn man billig sein will, durch äußere Umstände gewissermaßen provoziert waren. Der gebildetere Teil, der mir alles zu Liebe tun möchte, entschuldigt sich deshalb, mit einer gewissen Ängstlichkeit und ich suche die Sache, sowohl in Worten, als in der Tat, im Ganzen läßlich zu nehmen, da mir doch überhaupt von dieser Seite nur um ein Experiment zu tun sein kann.

Auch ein eigenes Experiment mache ich auf unsere Gesellschaft selbst, indem ich mich unter so vielen Fremden auch als ein Fremder in das Schauspielhaus setze. Mich dünkt ich habe das Ganze sowohl, als das einzelne, mit seinen Vorzügen und Mängeln noch nicht so lebhaft angeschaut.

Mein alter Wunsch, in Absicht auf die poetischen Produktionen, ist mir auch hier wieder lebhaft geworden: daß es Ihnen möglich sein könnte, gleich anfangs konzentrierter zu arbeiten, damit Sie mehr Produktionen und, ich darf wohl sagen, theatralisch wirksamere lieferten. Das Epitomisieren eines poetischen Werks, das zuerst in eine große Weite und Breite angelegt war, bringt ein Schwanken zwischen Skizze und Ausführung hervor, die dem ganz befriedigenden Effekt durchaus schädlich ist. Wir andern, die wir wissen woran wir sind empfinden dabei eine gewisse Unbehaglichkeit und das Publikum kommt in eine Art von Schwanken, wodurch geringere Produktionen in Avantage gesetzt werden. Lassen Sie das, was ich hier aus dem Stegreife sage, einen Text unserer künftigen Unterredung sein.

Meyer verflucht, wie Sie aus der Beilage sehen werden, seinen hiesigen Aufenthalt, indessen wird ihm das Baden ganz wohl bekommen. Hätte er sich, statt Pyrmonter Wasser hier teuer in der Apotheke zu bezahlen, ein Kistchen Portwein, zur rechten Zeit, von Bremen verschrieben; so sollte es wohl anders mit ihm aussehen; aber es stehet geschrieben daß der freieste Mensch (also eben der Vorurteilfreieste) gerade an dem was seinen Leib betrifft, den Vorurteilen unterliegen muß. Wir wollen daher nicht groß tun, weil uns dasselbige begegnen kann.

Die Hoffnung Sie hier zu sehen, welche früher erregt worden, ist unter den jungen Leuten sehr groß; doch weiß ich nicht recht wie und ob ich Sie einladen soll. Schreiben Sie mir, mit dem rückkehrenden Boten, ob Sie einigermaßen Neigung hätten. Zu gewinnen ist freilich gar nichts für Sie und eine Zerstreuung macht es immer. Sonst sollte für ein artig Quartier und gutes Essen gesorgt sein. Und freilich wäre es hübsch wenn wir drei zusammen uns von unmittelbar angeschauten Gegenständen künftig unterhalten könnten.

Ich will diese Tage nach Halle hinüber, um es wo möglich, so wie vor dem Jahre Göttingen anzuschauen. Auch ist für mich im einzelnen daselbst viel zu gewinnen.

Mit Wolf habe ich schon das Büchlein von den Farben durchgegangen. Das Hauptresultat: daß, auch nach seinen Kriterien, das Werk echt alt und der peripatetischen Schule wert sei, hat mich, wie Sie denken können, sehr gefreut, ja er mag es lieber dem Aristoteles als einem Nachfolger zuschreiben.

Er hält, so wie ich, dieses kleine Werk für ein in sich geschloßnes Ganze, das sogar durch Abschreiber wenig gelitten hat. Meine drei Konjekturen zu Verbesserung des Textes hat er gleich angenommen, und die eine besonders, mit Vergnügen, da ich *Weiß* anstatt *Schwarz* setzen muß. Er habe, sagt er, wenn von solchen Verbesserungen die Rede gewesen, manchmal eben diesen Gegensatz, gleichsam als einen verwegnen Scherz gebraucht, und nun sei es doch äußerst lustig daß sich in der Erfahrung wirklich ein Beispiel finde wo in den Codicibus *schwarz* für *weiß* stehe.

Da es ein unschätzbarer Gewinn wäre solch einen Mann näher zu haben, so will ich wenigstens das Verhältnis, so viel als möglich, anzunähern suchen, damit man sich verstehe und sich vertraue.

Noch einen schönen Gewinst verspreche ich mir von dem Aufenthalt in Halle. Curt Sprengel, dessen Briefe über die Botanik ich, beinahe als das einzige Buch, in diesen vierzehn Tagen gelesen, ist eine eigne Natur von Verstandsmenschen wie wir sie heißen, der durch den Verstand sich dergestalt in die Ecke treibt, daß er aufrichtig gestehen muß hier könne man nun eben nicht weiter; und er dürfte nur über sich sehen so würde er empfinden wie ihm die Idee einen glücklichen Ausweg darbietet. Aber eben dieses Wirken des Verstands gegen sich selbst ist mir in Concreto noch nicht vorgekommen und es ist offenbar, daß auf diesem Wege die schönsten Versuche, Erfahrungen, Raisonnements, Scheidungen und Verknüpfungen vorkommen müssen Was mich für ihn einnimmt ist die große Redlichkeit seinen Kreis durchzuarbeiten. Ich bin sehr neugierig ihn persönlich kennen zu lernen.

Hierbei schicke ich Ihnen das Werk von Brandes über den gegenwärtigen Zustand von Göttingen. Die Nüchternheit eines offiziellen Berichtes ist freilich in diesem Werkchen sehr fühlbar mir war das Ganze sehr angenehm als Rekapitulation dessen was ich vor einem Jahre dort gewahr wurde. Aber fühlen hätte der Verfasser sollen daß man seine Arbeit mit gutem Willen lesen muß, deshalb der Ausfall besonders gegen uns nicht am rechten Flecke steht. Wenn die Göttinger in manchem genug und in keinem Falle zu viel tun; so läßt sich freilich darüber noch so ein diplomatisches Hokus Pokus machen. Wenn wir aber in vielem nicht genug und in manchem zu viel tun, so ist freilich unsere Situation keiner präsentablen Darstellung fähig; aber in wie fern sie respektabel ist und bleibt wollen wir die Herren schon gelegentlich fühlen lassen.

Ich muß schließen weil ich den *Wildfang* heute Abend

noch zu sehen habe und weil ich sonst noch ein neues Blatt anfangen müßte. Leben Sie recht wohl und sagen mir ein Wort von Ihren Zuständen.

Lauchstädt am 5ten Juli 1802. G

873. Schiller

Weimar 6 Jul. 1802

Es war zu meinem Glück, daß ich Ihnen nicht nach Lauchstädt folgte, denn ich hätte nur den Samen eines Katarrhfiebers mitgenommen, das an dem nämlichen Sonnabend, wo Sie in L⟨auchstädt⟩ zum erstenmal spielten bei mir zum Ausbruch kam. Seit dieser Zeit bis gestern habe ich ⟨mich⟩ mit meiner ganzen Familie in den schlechtesten Zuständen befunden, denn wir alle litten an einer Art von Krampfhusten, der besonders meinen kleinen Ernst sehr hart mit nahm. Dabei lebten wir entfernt von allem menschlichen Umgang, weil ich jede Gelegenheit zu sprechen sorgfältig meiden mußte. Deswegen habe ich auch den Hofkammerrat noch nicht über die Lauchstädter Ereignisse vernehmen können, und weiß weiter nichts davon, als was Ihre Briefe mir meldeten.

Sie haben also 9 Tage hintereinander gespielt, das will viel sagen und ist eine große Anstrengung von Seiten der Schauspieler; aber aus der Leere des Hauses in den Vorstellungen während der Woche sehe ich doch, daß Sie die reichliche Gabe nicht allzulang werden fortsetzen dürfen.

Auch zu Lauchstädt sind es also, wie Ihr Repertorium besagt, die Opern, die das Haus füllen. So herrscht das Stoffartige überall, und wer sich dem Theaterteufel einmal verschrieben hat, der muß sich auf dieses Organ verstehen.

Ich gebe Ihnen vollkommen recht, daß ich mich bei meinen Stücken auf das dramatischwirkende mehr konzentrieren sollte. Dieses ist überhaupt schon, ohne alle Rücksicht auf Theater und Publikum, eine poetische Foderung, aber auch nur insofern es eine solche ist, kann ich mich darum bemühen. Soll mir jemals ein gutes Theaterstück gelingen, so kann es nur auf poetischem Wege sein, denn eine Wirkung ad extra, wie sie zuweilen auch einem gemeinen Talent und einer bloßen Geschicklichkeit gelingt, kann ich mir nie zum Ziele machen, noch, wenn ich es auch wollte, erreichen. Es ist also hier nur von der höchsten Aufgabe selbst die Rede, und nur die erfüllte Kunst wird meine individuelle Tendenz ad intra überwinden können, wenn sie zu überwinden ist.

Ich glaube selbst, daß unsre Dramen nur kraftvolle und treffend gezeichnete Skizzen sein sollten, aber dazu gehörte dann freilich eine ganz andre Fülle der Erfindung, um die sinnliche Kräfte ununterbrochen zu reizen und zu beschäftigen. Mir möchte dieses Problem schwerer zu lösen sein als einem andern, denn ohne eine gewisse *Innigkeit* vermag ich nichts, und diese hält mich gewöhnlich bei meinem Gegenstande fester, als billig ist.

Ich wünschte, daß Sie von Wolf eine lateinische Übersetzung der Poetik des Aristoteles, die der verstorbene Reitz in Mskrpt zurückgelassen, sich verschaffen möchten. Auch diese Schrift würde uns ein interessantes Thema zu künftigen Konferenzen über das Drama abgeben.

In der Schrift von Brandes habe ich geblättert, aber es wird mir unmöglich durch diese lederne Manier mich hindurch zu arbeiten. Man mußte Göttingen noch frisch im Gedächtnis haben, wie Sie, um dabei aushalten zu können.

Eine Schrift gegen Kotzebue von dem H. v Masson ist dieser Tage erschienen, worin er ganz niederträchtig aber nach Würden und Verdienst behandelt wird. Sie ist für ein Werk der Indignation und für eine Parteischrift nicht schlecht geschrieben.

Leben Sie recht wohl und lassen Sichs in Halle nicht zu gut gefallen. Ich sehne mich herzlich nach Ihrer Zurückkunft, da ich vergeblich gehofft habe, mir die Zeit Ihrer Abwesenheit durch meine Tätigkeit zu verkürzen.

Meiern grüße ich herzlich und wünsche ihm Geduld zu seiner harten Prüfung. Nächsten Posttag schreibe ich ihm.

Meine Frau empfiehlt sich Ihnen beiden aufs beste.

Sch.

874. Schiller

⟨Weimar, 26. Juli 1802⟩

Herzlich heiße ich Sie hier willkommen und sehne mich Ihr Antlitz wieder zu sehen. Wenn es Ihnen recht ist, so komme ich zwischen 3 und 4. zu Ihnen. Ich muß Abends zeitig wieder zu Hause sein, weil mein Husten noch sehr leicht erregt wird und ich, nach einer Erfahrung von vorgestern die Abendluft noch nicht vertragen kann. Meine Frau begrüßt Sie aufs schönste.

Sch.

875. Goethe an Schiller und Meyer

⟨Weimar, 29. Juli 1802⟩

Herr Doktor Meyer von Bremen hat eine Ohm sehr guten Portwein angeboten welches ohngefähr 160 Bout. beträgt die Bout. soll etwa 10 gute gr. kosten Ich bin geneigt diesen Wein kommen zu lassen, wenn einige Freunde daran Teil nehmen wollen. Ich bitte hierbei die Zahl der Bouteillen zu bemerken. Wobei ich denn auf den unvorgesehenen Fall die proportionierliche Teilnahme an dem allenfallsigen Schaden voraussetze. Weimar am 29 Juli 1802.

Goethe

⟨*Darunter von Schillers Hand:*⟩

Auf 40 Bouteillen subskribiere ich Schiller

⟨*Von Meyers Hand:*⟩

Auf 20. Bouteillen. subskribiert. Meyer.

876. Goethe

⟨Jena, 10. August 1802⟩

Anfangs war ich, wie Sie wissen, nicht sehr geneigt mein Vorspiel drucken zu lassen, gegenwärtig aber wollte ich Ihnen folgendes vortragen und Ihre Gedanken darüber hören:

Gar viele Personen verlangen es zu lesen, besonders seit dem Aufsatz in der eleganten Zeitung. Nun bin ich auch bei der letzten Vorlesung wieder zu einiger Überzeugung gelangt: daß doch noch manches von der wunderlichen Erscheinung auf dem Papiere steht. Und so wäre ich nicht abgeneigt das Manuskript an Cotta zu schicken, der es denn, in klein Oktav, eben wie Mahomet und Tancred drucken möchte. Zu einer größern Ausgabe mit Kupfern wäre ich nicht geneigt, weil es immer kostbar wird und mehr als billig ist, zu tun macht, auch dadurch die Sachen in die Länge gezogen werden. Denn mir wäre vorzüglich zu tun diesen Spaß los zu werden und an etwas anders zu gehen. Was meinen Sie wegen des Honorars und was könnte man mit Billigkeit fordern? Haben Sie doch die Güte die Sache mit Meyern zu besprechen und mir Ihre Gedanken zu sagen. Geben Sie mir auch Nachricht wie es Ihnen geht. Bei mir hat sich leider kaum eine Spur von Produktion spüren lassen, indessen will ich es noch einige Zeit geduldig ansehen und von der nächsten Zeit etwas hoffen,

Leben Sie recht wohl und gedenken mein.

Jena am 10 Aug. 1802. G

877. Schiller

Weimar 11. Aug. 1802.

Sie werden dem Cotta mit dem Verlag des kleinen Werkes eine große Freude machen. Ich bin aber auch dafür daß es durch keine Kupferverzierung verteuert und aufgehalten werde. Ich dächte, man ließ es so drucken, daß es zwischen 5 und 6 Bogen betrüge und er es um 12 gr verkaufen könnte. So hätte er für jedes Exemplar netto 8 gr und könnte Ihnen 50 Carolin für das Stück geben, weil er nach verkauften 1600 Exemplaren aus den Kosten wäre. Ist er so glücklich die ganze Auflage, die ich auf 3000 ansetze zu verkaufen, so kenne ich ihn als honett genug um noch heraus zu bezahlen. Da der Druck möglichst beschleunigt werden muß, so riete ich, das Mskpt sogleich an Cotta zu schicken und seinen Konsens zu Ihren Forderungen ohne weiteres vorauszusetzen, wenn Sie auch eine größere Summe verlangen sollten. Er hat dann den Vorteil das Stück zugleich mit seinem Kalender zu versenden, der in 6 Wochen wird ausgegeben werden.

Wir haben hier in der großen Hitze nur so hinvegetiert und nicht viel geleistet: ich bedaure, daß es Ihnen nicht viel besser gegangen ist. Indessen ist doch etwas geschehen und mit der Gesundheit geht es auch wieder ordentlich, da sich der Husten weggemacht hat.

Ich wünsche Ihnen schöne Tage und günstige Stunden. Leben Sie recht wohl. Sch.

878. Goethe

⟨Jena, 17. August 1802⟩

Ob ich gleich von meinem hiesigen Aufenthalt wenig Produktives rühmen kann und sonst eigentlich nicht wüßte warum ich hier sein sollte; so will ich doch wieder von mir hören lassen und Ihnen im allgemeinen sagen, wie es mit mir aussieht.

Heute bin ich 14 Tage da und da ich auch sonst hier so viel Zeit brauchte um mich in Positur zu setzen; so will ich sehen ob von nun an die Tätigkeit gesegneter wird. Einige unangenehme äußere Vorfälle, die zufälligerweise auch auf mich stärker, als unter andern Umständen einwirkten, haben mich auch hin und wieder retardiert. Selbst daß ich morgens badete war meinen Vorsätzen nicht günstig.

Hier haben Sie also die negative Seite. Dagegen habe ich einiges erfunden das auf die Zukunft etwas verspricht, besonders auch sind gewisse Betrachtungen und Erfahrungen im naturhistorischen Fache nicht unfruchtbar geblieben. Einige Lücken in der Lehre der Metamorphose der Insekten habe ich nach Wunsch ausgefüllt. Bei dieser Arbeit ist, wie Sie wissen nur darum zu tun, daß die schon gefundnen Formeln anwendbarer werden und also gehaltvoller erscheinen und daß man gedrängt werde neue Formeln zu erfinden; oder vielmehr die alten zu potentiieren. Vielleicht kann ich bald von beiden Operationen erfreuliche Beispiele geben.

Das Vorspiel habe ich nochmals durchgesehen und es an Cotta abgeschickt. Es mag nun auch in der weiten Welt grassieren.

Wegen des Honorars habe ich es in Suspenso gelassen und nur geäußert: daß ich von meiner Seite auf Sie zu kompromittieren in jedem Falle gern gesinnt bin. Es kann ja ohnehin nur von etwas auf oder ab hier die Rede sein.

Ich bin neugierig ob Ihnen die Muse günstiger war und ob sie mir vielleicht auch in diesen letzten Tagen noch etwas bescheren mag.

Die Erscheinung von einem friedlich Besitz nehmenden Heere wird Ihnen einige Tage Unterhaltung geben. Was mich betrifft, so will ich, wo möglich, diese Expedition in der Stille abwarten und hinterdrein vernehmen wie es abgelaufen ist.

Leben Sie recht wohl. Sagen Sie mir ein Wort und trösten mich über meine lange Entfernung von Ihnen, welche nur durch eine bedeutende Fruchtbarkeit einigermaßen entschuldigt und entschädigt werden könnte.

Jena am 17 Aug. 1802 G

879. Schiller

Weimar 18 Aug 1802.

Sie können nie untätig sein, und was Sie eine unproduktive Stimmung nennen, würden sich die meisten andern als eine vollkommen ausgefüllte Zeit anrechnen. Möchte nur irgend ein subalterner Genius, einer von denen die gerade auf Universitäten wohnen und walten, die letzte Hand an Ihre wissenschaftlichen Ideen tun, um sie zu sammeln, leidlich zu redigieren und so für die Welt zu erhalten. Denn Sie selbst werden dieses Geschäft leider immer in die Ferne schieben, weil Ihnen, deucht mir, das eigentlich Didaktische gar nicht in der Natur ist. Sie sind eigentlich recht dazu geeignet, um von andern bei Lebzeiten beerbt und ausgeplündert zu werden, wie Ihnen schon mehrmal widerfahren ist, und noch mehr widerfahren würde, wenn die Leute nur ihren Vorteil besser verständen.

Hätten wir uns ein halb dutzend Jahre früher gekannt, so würde ich Zeit gehabt haben, mich Ihrer wissenschaftlichen Untersuchungen zu bemächtigen, ich würde Ihre Neigung vielleicht unterhalten haben, diesen wichtigen Gegenständen die letzte Gestalt zu geben, und in jedem Fall würde ich ein redlicher Verwalter des Ihrigen gewesen sein.

Ich habe in diesen Tagen einige Notizen über den ältern Plinius gelesen, die mich in Rücksicht auf das was der Mensch aus einer guten Anwendung seiner Zeit machen kann, in Erstaunen gesetzt haben. Gegen einen solchen Mann war selbst Haller noch ein Zeitverschwender. Aber ich fürchte, er hatte über dem ungeheuren Bücherlesen, Exzerpieren und Diktieren zum freien Nachdenken nicht recht Zeit, und er scheint alle Tätigkeit des Geistes in das Lernen gesetzt zu haben, denn er nahm es seinem Neffen einmal sehr übel, da er ihn ohne ein Buch in der Hand im Garten auf und ab gehen sah.

Ich bin in diesen letzten Tagen nicht ohne Sukzeß mit meinem Stücke beschäftigt gewesen, und ich habe noch bei keiner Arbeit soviel gelernt als bei dieser. Es ist ein Ganzes, das ich leichter übersehe und auch leichter regiere; auch ist es eine dankbarere und erfreulichere Aufgabe, einen einfachen Stoff reich und gehaltvoll zu machen, als einen zu reichen oder zu breiten Gegenstand einzuschränken.

Sonst aber zerstreut mich jetzt manches und da die politischen Dinge auch auf meinen Zustand einen Einfluß haben können, so sehe ich diesem Ziehungstag meines Loses nicht ohne Spannung entgegen. Es sind auch noch andere Dinge, die mich aus meiner alten Lage zu reißen drohen, und die mir deswegen nicht erfreulich sind.

Meine Baureparaturen und sonstige Einrichtungen werden, wie ich hoffe, mit dieser Woche zu Ende gehen und ich kann Sie bei Ihrer Zurückkunft in einem reinlichen und freundlichen Hause bewillkommen.

Leben Sie recht wohl und lassen mich bald hören, daß Sie mit einer reichen Gabe zurückkehren. Sch.

880. Goethe

⟨Weimar, 15. September 1802⟩

Zu der Teutschen Andria, lege ich das erste Buch meines Cellini, mit Bitte gelegentlich einen Blick hineinzutun. Besonders etwa von vorn herein ein halbdutzend Lagen zu lesen und zu beurteilen ob das so gehen kann?

W. d. 15 Sept. 1802

Goethe

881. Schiller (an Goethe?)

⟨Weimar, vermutlich 17. oder 18. September 1802⟩

Der Übersetzung d⟨er⟩ Irrungen fehlt es gar nicht an Geist und Laune und im einzelnen hat sie viele glückliche Stellen, aber einer großen Nachbesserung bedarf sie noch sehr, um für die Vorstellung brauchbar zu sein. Die Sprache ist noch zu steif und schwerfällig für den lebhaften Vortrag der Komödie. So bin ich auch nicht recht gewiß, ob die *gereimten* Szenen, wie gut sie auch teilweise gelungen, auf dem Theater Glück machen werden.

Wendet der Verfasser die nötige Mühe noch daran, so ist das Stück ein willkommener Beitrag fürs Theater.

Sch.

882. Goethe

⟨Weimar, 16. Oktober 1802⟩

Ich überschicke hier ein kleines Promemoria, über meine neue Ausgabe des Cellini, zu gefälliger Durchsicht. Man könnte es an Cotta kommunizieren, zu Einleitung näherer Verhandlung, auch daraus, wenn man einig wäre, gleich eine Anzeige formieren. Vielleicht mögen Sie daß ich heute Abend nach der Komödie mit Ihnen nach Hause gehe, damit man sich näher bespräche. Morgen gehe ich vielleicht wieder nach Jena um noch einiger guten Tage zu genießen.

Der ich recht wohl zu leben wünsche

Weimar am 16 Okt. 1802.

G

883. Schiller

⟨Weimar, 16. Dezember 1802⟩

Ich erfahre so eben zufällig, daß man Ihnen zu einem angenehmen Ereignis im Hause glückzuwünschen hat. Ich wünschte es von Ihnen bestätigt zu hören, denn ich habe mit herzlichem Anteil so wie auch meine Frau, darauf gewartet, und es wird uns herzlich erfreuen, wenn alles glücklich gegangen und auch für die Zukunft zu hoffen ist. Empfehlen Sie mich der Kleinen recht freundschaftlich und versichern sie meines besten Anteils. Sch.

884. Goethe

⟨Weimar, 16. Dezember 1802⟩

Herzlich danke ich für den freundschaftlichen Anteil. Ein ganz kleines Mädchen ist bei uns glücklich angekommen. Bis jetzt geht alles gut. Die Kleine wird sich Ihres Andenkens recht erfreuen.

G

885. Goethe

⟨Weimar, 19. Dezember 1802⟩

Bei uns geht es nicht gut, wie Sie mir vielleicht gestern in der Oper anmerkten. Der neue Gast wird wohl schwerlich lange verweilen und die Mutter, so gefaßt sie sonst ist, leidet an Körper und Gemüt. Sie empfiehlt sich Ihnen bestens und fühlt den Wert Ihres Anteils.

Heute Abend hoffe ich doch zu kommen um die Lücken meines Wesens durch die Gegenwart der Freunde auszufüllen.

d. 19. Dez. 1802. G

886. Goethe

⟨Weimar, 26. Dezember 1802⟩

Mögen Sie heute Mittag mit mir, in Gesellschaft von Schelling und eines Kaiserl. K. Bergrats v. Podmanitzky aus Schemnitz speisen; so sende gegen 1 Uhr den Wagen.

W. d. 26 Dez. 1802 G

887. Schiller

⟨Weimar, 26. Dezember 1802⟩

Ich bin gerade in einer leidlichen Stimmung zum Arbeiten, die ich nicht gern unterbrechen mag drum will ich mich lieber ruhig zu Hause halten. Ich hoffe Sie diesen Abend in der Komödie zu sehen, oder meld ich mich vielleicht nach Tische bei Ihnen.

Sch.

1803

888. Goethe

⟨Weimar, 6. Januar 1803⟩

Lassen Sie mich wissen wie es Ihnen geht? Mein einziger Trost ist der Numismatische Talisman, der mich, auf eine bequeme und reizende Weise, in entfernte Gegenden und Zeiten führt. Sagen Sie mir: ob Sie etwa heute Abend mich besuchen mögen? Wollen Sie aber Sich noch in der Stille verschlossen halten; so wünsche guten Erfolg.

W. d. 6. Jan 1803. G

889. Goethe

⟨Weimar, 13. Januar 1803⟩

Gestern hörte ich daß Sie die vorjährige Idee, eine Abendgesellschaft, Sonnabends, nach der Komödie, einzuleiten wieder aufgenommen. Und vergaß Sie darüber zu fragen.

Sagen Sie mir doch wie weit Sie damit gekommen sind? Ich vernehme daß Durchl⟨aucht⟩ der Herzog etwas ähnliches vorhaben und wünschte daß beide Plane sich begegneten und nicht aufhüben.

Wohl zu leben wünschend.

Weimar am 13 Jan. 1803.

G

890. Goethe

⟨Weimar, 26. Januar 1803⟩

Schon einigemal dachte ich zu fragen wie es Ihnen ginge, und tue es jetzt. Damit Sie aber Lust haben einigermaßen ausführlich zu sein; so erzähle ich folgendes von mir:

An dem Supplement zu Cellini ist es zeither, sachte, vorwärts gegangen. Ich habe manches Fördernde gelesen und gedacht.

Einige neue Kupfer sind mir zugekommen, die mir Vergnügen und Unterricht gewähren.

Einen ungeschickten Abguß des Kopfs einer Venus urania von Kassel, habe ich, mit Liebe, ausgeputzt und restauriert, damit er nur einigermaßen anzusehen sei. Ich mußte, Teilweise, das Nebulistische vorwalten lassen, das denn, bei der bestehenden köstlichen Grundform, in diesem Kollisivfalle gelten mag.

An Humboldt habe ich einen langen Brief abgelassen.

An den Münzen ist wenig geschehen; doch gibt jeder Ein- und Anblick neue Belehrung.

Doktor Chladni ist angekommen und hat seine ausgearbeitete Akustik in einem Quartbande mitgebracht. Ich habe sie schon zur Hälfte gelesen und werde Ihnen darüber mündlich, über Inhalt, Gehalt, Methode und Form manches Erfreuliche sagen können. Er gehört, wie Eckhel, unter die Glückseligen, welche auch nicht eine Ahndung haben, daß es eine Naturphilosophie gibt und die nur, mit Aufmerksamkeit, suchen die Phänomene gewahr zu werden, um sie nachher so gut zu ordnen und zu nutzen als es nur gehen will und als ihr angebornes, in der Sache und zur Sache geübtes Talent vermag.

Sie können denken, daß ich, sowohl beim Lesen des Buchs, als bei einer mehrstündigen Unterhaltung, immer nach meiner alten Direction fortgeforscht habe und ich bilde mir ein einige recht gute Merkpunkte, zu weiteren Richtungen, bezeichnet zu haben.

Überhaupt sehe ich es als ein gutes Omen an, daß er eben jetzt kommt, da wir, mit einiger Wahrscheinlichkeit, Zeltern erwarten.

Auch hatte ich eben die Farbenlehre einmal wieder durchgedacht und finde mich, durch die, in so vielem Sinn, kreuzenden Bezüge, sehr befördert.

Möchten Sie wohl Chladni eine Viertelstunde gönnen? damit Sie doch auch das Individuum kennen lernen, das, auf eine sehr entschiedene Weise, sich und seinen Wirkungskreis ausspricht. Vielleicht geben Sie ihm, da er, von Jena aus, gern Rudolstadt besuchen möchte, eine empfehlende Zeile mit.

So weit für diesmal! ob ich gleich noch einiges Plus und Minus zu vertrauen hätte, wovon denn eins das andere übertragen mag.

Leben Sie wohl! und sagen mir auch von Sich etwas ausführliches und lassen Sie uns, da wir uns beide gegen das Ausgehen sträuben, wenigstens, wie jener Verliebte, *über den Schirm,* korrespondieren. Weimar am 26 Jan. 1803.

G

891. Schiller

⟨Weimar, 26. Januar 1803⟩

Gegen die reiche Abwechslung Ihrer Beschäftigungen sticht meine auf einen einzigen Punkt gerichtete Tätigkeit sehr dürftig ab, auch kann ich Ihnen das Resultat meiner Einsamkeit nur durch die Tat beurkunden. Ich habe ein mißliches und nicht erfreuliches Geschäft, nämlich die Ausfüllung der vielen zurückgelassenen Lücken in den 4 ersten Akten nun beendigt, und sehe auf diese Weise wenigstens 5 Sechsteile des Ganzen fertig und säuberlich hinter mir, und das letzte Sechsteil, welches sonst immer das wahre Festmahl der Tragödien Dichter ist, gewinnt auch einen guten Fortgang. Es kommt dieser letzten Handlung sehr zu statten, daß ich das Begräbnis des Bruders von dem Selbstmord des andern jetzt ganz getrennt habe, daß dieser jenen Actus vorher rein beendigt als ein Geschäft, dem er vollkommen abwartet, und erst nach Endigung desselben, über dem Grabe des Bruders, geschieht die letzte Handlung, nämlich die Versuche des Chors, der Mutter, und der Schwester, den D⟨on⟩ Cesar zu erhalten, und ihr vereitelter Erfolg. So wird alle Verwirrung und vorzüglich alle bedenkliche Vermischung der theatralischen Zeremonie mit dem Ernst der Handlung vermieden.

Übrigens haben sich im Lauf meines bisherigen Geschäfts noch verschiedene bedeutende Motive hervorgetan, die dem Ganzen sehr dienen.

Schwerlich aber werde ich mich vor 14 Tagen am Ziel meiner Arbeit sehen, sogern ich gewünscht hätte, das Werk noch auf den 8ten Februar, als den Geburtstag des Archichancelier fertig zu bringen, um ihm, der sich mit einem schönen Neujahrs-Präsent eingestellt hat, meine Aufmerksamkeit zu bezeugen.

Sonst haben mich die neuesten französischen Theatralia aus der Bibliothek beschäftigt, die der Herzog wollte, daß ich sie lesen sollte. Noch habe ich nichts darunter gefunden, das mich erfreut hätte, oder das sich nur irgend zu einem Gebrauch qualifizierte. Aber eine französische Übersetzung von Alfieri habe ich zu lesen angefangen, worüber ich aber jetzt noch nichts sagen mag. Aufmerksamkeit verdient übrigens diese Erscheinung, und ich freue mich, wenn ich mich durch die 21 Stücke hindurch gelesen habe, diese Angelegenheit mit Ihnen zu verhandeln. Ein Verdienst muß ich ihm auf jeden Fall zugestehen, welches aber freilich zugleich einen Tadel enthält. Er weiß einem den Gegenstand zu einem poetischen Gebrauch zuzubringen, und erweckt die Lust, ihn zu bearbeiten; ein Beweis zwar, daß er selbst nicht befriedigt, aber doch ein Zeichen, daß er ihn aus der Prosa und Geschichte glücklich herausgewunden hat.

Wenn Sie Ihre Quarantaine zu brechen versucht werden können, so kommen Sie doch auf morgen abend zu uns und lassen mich morgen vormittag es wissen.

Den Chladni werde ich Nachmittags mit Vergnügen sehen.

Leben Sie rechtwohl

Sch.

892. Goethe

⟨Weimar, 4. Februar 1803⟩

Lassen Sie mich nun auch wieder bei Ihnen anfragen, wie es geht und ob ich auch bald von dem tragischen Schmause etwas werde zu genießen haben?

Was mich betrifft, so kann ich weder auf mich selbst, noch auf etwas Geleistetes zu Gaste bitten; doch ist ein vortrefflicher Abguß der Büste der sogenannten Venus von Arles, womit mich der Prinz durch Ihren Herrn Schwager beglückt hat, wohl einer Wallfahrt in meine Einsiedelei wert.

Mögen Sie mich heute Abend besuchen; so wird es mich sehr freuen Sie einmal wieder zu sehen. Sollte es Ihrem Herrn Schwager und den beiden Damen gleichfalls beliebig sein; so würde es an einiger Unterhaltung und an notdürftiger Nahrung nicht fehlen, worüber ich mir bei Zeiten einen Entschluß erbitte.

Indessen ein herzliches Lebe wohl wünschend. Weimar am 4 Febr. 1803.

G

893. Schiller

⟨Weimar, 4. Februar 1803⟩

Mein Stück ist fertig und da ich etwas davon in diesen Tagen verlauten ließ, so hat der Herzog v. Meinungen den Wunsch geäußert es zu hören. Weil es nun mein Dienstherr ist, dem ich eine Attention schuldig bin und es sich gerade trifft, daß ich seinen Geburtstag dadurch feiere, so werde ich es heute Abend um 5. Uhr in einer Gesellschaft von Freunden und Bekannten und Feinden vorlesen. Sie will ich nicht dazu einladen, weil Sie nicht gern ausgehen und wie ich glaube auch lieber das Stück allein lesen, oder hören. Ich habe mich in der Katastrophe viel kürzer gefaßt, als ich erst wollte, überwiegender Gründe wegen.

Ihre heutige Einladung können wir also zwar nicht annehmen, aber welchen Tag Sie uns sonst bestimmen, wollen wir erscheinen. Mich verlangt sehr die unterbrochnen Mitteilungen wieder zu erneuern.

Die Venus habe ich vorläufig bei meinem Schwager gesehen zu meinem großen Vergnügen. Auch einen andern Kopf werden Sie bei ihm finden, der von großer Schönheit ist, und im Abguß vortrefflich geraten.

Ein herzliches Lebewohl von

Ihrem

Sch.

894. Goethe

⟨Weimar, 5. Februar 1803⟩

Sagen Sie mir doch ein Wort wie die gestrige Vorlesung abgelaufen? denn ein geübter Autor weiß wahre Teilnahme von Überraschung zu unterscheiden, so wie Höflichkeit und Verstellung zu würdigen. Zunächst bitte ich um Mitteilung des Stücks, wodurch mir für diese Abende ein großes Fest bereitet würde.

Ferner ergehet Antrag und Bitte freundlichst dahin: daß Sie mit Ihrem Herrn Schwager und beiden Damen, entweder Montags statt der Komödie, oder Dienstags nach dem Chladni'schen Konzert, bei mir, einsprächen, auf alle Fälle aber ein freundschaftliches Abendessen bei mir einnähmen.

Daß ich indessen mit dem Cellinischen Anhang beinahe

fertig geworden, wird Ihnen auch erfreulich sein. Sie wissen daß es keine Verwünschtere Aufgabe gibt, als solche Resultate aufzustellen. Wie viel muß man lesen und überlegen! wenn es nicht auf eine Spiegelfechterei hinaus laufen soll. Auch bin ich mit Einsiedeln, wegen der veränderten Mohrensklavin, völlig einig, und erwarte nur die Ansicht von höhern Orten. Ich kenne zwar Ihre Plane nicht aber indessen, wenn dieses Lustspiel einstudiert wird, könnte man die Rollen Ihrer Tragödie Ausschreiben, alles überlegen und gleich zum Werke schreiten. Doch davon mündlich das nähere.

Mit lebhaften Wünschen für Ihr Wohl.

Weimar am 5 Febr. 1803.

G

895. Schiller

〈Weimar, 5. Februar 1803〉

Die gestrige Vorlesung von der ich mir eine sehr mäßige Erwartung machte, weil ich mir mein Publikum nicht dazu auswählen konnte, ist mir durch eine recht schöne Teilnahme belohnt worden und die heterogenen Bestandteile meines Publikums fanden sich wirklich in einem gemeinsamen Zustande vereinigt. Die Furcht und der Schrecken erwiesen sich in ihrer ganzen Kraft, auch die sanftere Rührung gab sich durch schöne Äußerungen kund – der Chor erfreute allgemein durch seine naiven Motive und begeisterte durch seinen lyrischen Schwung, so daß ich, bei gehöriger Anordnung, mir auch auf den Brettern eine bedeutende Wirkung von dem Chore versprechen kann.

Ich habe Beckern mit zu der gestrigen Vorlesung eingeladen, Sie können also, wenn Sie ihn sprechen, abnehmen, wie sich diese neue Erscheinung in seinem Theaterkopfe darstellt. Er war sehr hingerissen und ist von der theatralischen Wirkung des Chors überzeugt.

Das Exemplar aus welchem ich gestern vorlas muß ich, der Verhältnisse wegen, an den Herzog schicken, weil er erwarten kann, unter den Ersten zu sein, denen ich das Stück mitteile, und meine gestrige Vorlesung davon sprechen gemacht hat. Vielleicht aber kann ich Ihnen doch noch vor Abend ein anderes Exemplar verschaffen. Alsdann wollen wir wenn es Ihnen recht ist, etwa morgen Mittag zusammen kommen, und darüber konferieren, denn ich wünschte das Stück, wenn es die Bühne betreten soll, bald möglichst zu diesem Gebrauche einzurichten um es auch nach Berlin, Hamb⟨ur⟩g und Leipzig versenden zu können.

Daß Sie den Cellinischen Anhang so weit fertig gebracht, höre ich sehr gerne, es ist in dieser Art von Arbeiten so etwas endloses weil sie ihrer Natur nach atomistisch sind und sich schwer in eine Form bringen lassen.

Was Ihre freundliche Einladung betrifft, so will ich meinen Schwager erst vernehmen, welchen Abend er frei hat und Ihnen noch heute Antwort sagen.

Leben Sie recht wohl Sch.

896. Goethe

⟨Weimar, 8. Februar 1803⟩

Könnte ich bald erfahren? Ob Sie heute Abend, eingeladner maßen, zu mir kommen? Ob nach dem Konzert, oder früher?

Mögen Sie bei dem schönen Wetter Schlitten fahren; so schicke ich das Fuhrwerk gegen Mittag.

W. d. 8. Febr. 1803

G

897. Schiller

⟨Weimar, 8. Februar 1803⟩

Wir werden uns heute Abend nach dem Konzerte sämtlich bei Ihnen einstellen und uns freuen etwas schönes zu sehen und zu hören.

Der Schlitten wird mir und meiner Frau um ½ Eins recht willkommen sein. Früher habe ich, da ich spät aufgestanden, noch einige Geschäfte zu expedieren.

Der Chor hat sich bereits in einen Cajetan, Berengar, Manfred, Bohemund, Roger und Hippolyt, so wie die 2 Boten in einen Lanzelot und Olivier verwandelt so daß das Stück jetzt von Personen wimmelt.

S.

898. Goethe

⟨Weimar, 12. Februar 1803⟩

Die Mohrin wird schon heute über acht Tage können gegeben werden. Ich melde das, damit Sie etwa das Theaterexemplar des Trauerspiels gefällig beschleunigen und die Rollen in der nächsten Woche abgeschrieben werden können. Man hielte alsdann den 22ten oder 24ten Leseprobe, welches ein großer Vorsprung wäre.

Mögen Sie morgen Mittag mit mir essen? Schelling kommt wahrscheinlich herüber. Mündlich alsdann mehr.

W. d. 12 Febr. 1803 G

899. Schiller

⟨Weimar, 27.? Februar oder März 1803⟩

Die Frau würde recht gerne zugegen sein, wenn sie sich nicht seit gestern von einem heftigen Rhevmatism geplagt fühlte, weswegen sie auch gestern nicht in der Komödie war. Vielleicht sieht Mll. Jageman sie einen Augenblick, wir wollen es übrigens schon zierlich und artig einrichten, daß die Verhältnisse ihr Recht erhalten. Leben Sie recht wohl, ich werde Ihnen morgen von dem Erfolg Bericht abstatten

Sch.

900. Schiller

⟨Weimar, 28. Februar 1803⟩

Es ist gestern für eine erste Leseprobe recht ordentlich gegangen. Der Chor wird, wie ich auguriere, gut gesprochen werden und Effekt machen. Über einige Dinge, worüber ich Sie bitte gemeinschaftlich mit mir zu halten und zu wachen, mündlich.

Mein Schwager hat schon vor 3 Tagen die Reussische Familie auf Morgen zum Tee bei sich eingeladen und würde es also sehr bedauern, wenn Ihre Abendgesellschaft morgen zu Stande käme. Da auch die zweite Leseprobe der Braut bald möglichst vor sich gehen muß, so entschließen Sie Sich vielleicht, Ihre Gesellschaft 8 Tage später anzusetzen, oder auf den Donnerstag zu verlegen. Ein paar Worte bitte ich mir wegen dessen und auch wegen der Leseprobe zur Antwort aus. Diesen Abend werde ich spät fertig werden, weil ich Exemplare der Braut, die für Berlin und Hamburg abgeschickt werden, noch durchkorrigieren muß. Leben Sie recht wohl

Sch.

901. Goethe

⟨Weimar, 28. Februar 1803⟩

Ich will also meine Gesellschaft morgen aufgeben und nur etwas Musik, zur Probe machen; denn mich verlangt gar sehr den neuen Tenoristen, so wie die neue Komposition vom Reuterlied zu hören.

Über die gestrige Leseprobe hoffe ich bald mit Ihnen zu sprechen, so wie man Donnerstag oder Freitag eine bei mir halten kann, wozu ja vielleicht Ihre Frauenzimmer kämen, und man sonst noch einen Freund einlüde, damit, zugleich mit diesem Geschäft, eine gesellige Unterhaltung entstünde, an der es ohnehin mitunter bei uns gebricht.

Mögen Sie, wenn Sie heute Abend nicht gar zu spät fertig werden, noch auf ein Stündchen bei mir einsprechen; so werden Sie mir willkommen sein.

Weimar am 28 Febr. 1803.

G

902. Schiller

⟨Weimar, Anfang März 1803⟩

Vorsichts halber bitte ich Sie das Theater-Exemplar der Braut v⟨on⟩ Meßina sich ausliefern zu lassen. Ich weiß, daß hier Jagd darauf gemacht wird und die Anzeigemacher könnten desselben benötigt sein.

Ich habe meine alten Papiere über die Maltheser vorgenommen und es steigt eine große Lust in mir auf, mich gleich an dieses Thema zu machen. Das Eisen ist jetzt warm und läßt sich schmieden

S.

903. Schiller

⟨Weimar, 7.? März 1803⟩

Wenn für die nächsten Monate noch auf *Graff* kann gezählt werden und sonst keine Lücke in dem Personale entsteht, so ist das Stück möglicher weise zu besetzen. Gewinnen würde es freilich wenn die *Jageman*. sich noch zur Sorel entschließen wollte. Ich will Ihnen die Besetzung wie ich mir sie ausgedacht, heute noch zuschicken. Was das Publikum etwa an den einzelnen Leistungen vermißte, müssen wir durch ein gutes Ensemble zu ersetzen suchen

S.

904. Goethe

⟨Weimar, 8. März 1803⟩

Mögen Sie wohl beiliegende Austeilung nochmals beherzigen, und, nach gegenwärtigen Umständen, revidieren, da Schall abgeht und Zimmermann, Oels und Brandt antreten. Ob der letzte bis dahin brauchbar sein wird ist eine Frage. Einen Bauerbräutigam sollte er immer vorstellen lernen. Wie ist der Spaziergang durch Europa bekommen?

d. 8. März 1803. G

905. Schiller

⟨Weimar, 8. März 1803⟩

Wie ich gestern Nachts nach Hause kam fiel mir plötzlich ein, daß ich H. Genast neue Rätsel zur Morgenden Turandot versprochen und um doch einigermaßen Wort zu halten, setzte ich mich noch vor Schlafengehen hin ein paar Ideen dazu in Verse zu bringen; so habe ich also den werten Gast, den Sie mir in die Tasche gesteckt, erst diesen Augenblick wo ich aufgestanden, zur Hand genommen und werde diesen Abend davon Bericht abstatten können.

Die neue Figuren im Theaterpersonal will ich nützlichst in d⟨er⟩ Jungfrau unterzubringen suchen.

S.

906. Goethe

⟨Weimar, 10. März 1803⟩

Die heutige Probe ging so gut von statten daß ich gar nicht zweifle das Stück werde den 19ten gegeben werden können. Mögen Sie heute Abend zu mir kommen, so würden wir das Ganze nochmals besprechen können um so mehr, da es mir noch in frischem Andenken ist. Befehlen Sie Überbringern wann er mit der Kutsche kommen soll.

W. d. 10 März. 1803

G

907. Goethe

⟨Weimar, 15. März 1803⟩

Mögen Sie mich wohl heute Abend mit Ihrer Gegenwart erfreuen? Und mir indessen *Europa* wiederschicken, damit an dem Auszug für Humbold fortgefahren werde.

W. d. 15 März 1803

G

908. Goethe

⟨Weimar, 22. März 1803⟩

Hierbei *das gerettete Venedig* wenn Sie Zeit haben, so sehen Sie es durch und wir sprechen heute Abend davon. Mich verlangt sehr Sie zu sehen. Die verwünschte Akklamation neulich hat mir ein Paar böse Tage gemacht. Befehlen Sie die Stunde der Kutsche

W. d. 22 März 1803

G

909. Schiller

⟨Weimar, 26. April 1803⟩

Cotta wollte Ihnen um 12 Uhr aufwarten. Wenn Sie aber um diese Zeit spazierenfahren wollen, so können Sie Ihm eine Zeit bestimmen, oder er wird Ihnen nach Tische aufwarten. Er bleibt bis zum Abend. Wegen des bewußten habe ich ihn vorbereitet.

S.

910. Goethe

⟨Weimar, 13. Mai 1803⟩

So überrascht uns denn doch das jüngste Gericht!

Zugleich sende den Nepotian zu gefälliger Beurteilung.

Meine Wagen sind beide lahm, sonst würde ich heute zu einer Spazierfahrt einladen. Nach 11 Uhr aber gedenke ich Sie ein wenig zu besuchen, weil ich manches zu besprechen wünsche. Denn Morgen Nachmittag denke ich nach Jena zu gehen

W. d. 13 Mai 1803

G

911. Goethe

⟨Jena, 15. Mai 1803⟩

Hier, mein bester, die Papiere, die meine Gegenwart diesmal wohl ersetzen mögen. Grüßen Sie Cotta schönstens und hören sonst seine Entschlüsse und Beschlüsse. Ich befinde mich leidlich, doch muß ich an mehr Bewegung und Anregungen von außen denken. Wenn es so fort geht konzentriert sich meine ganze Existenz innerhalb des Sommeringischen Wassers. Mein Spiritus wird aufgewartet haben. Ich hoffe in diesen acht Tagen einen tüchtigen Ruck in die Ausarbeitung der Farbenlehre zu tun und denke das Wesen einmal derb anzugreifen; jetzt liegt es mir wie eine unabtragbare Schuld auf

Leben Sie wohl und tätig und mir gewogen. Jena d. 15 Mai 1803

G

912. Goethe

⟨Jena, 18. Mai 1803⟩

Da ich durch den Eigensinn des Genius zwischen der deutschen Zeitmessung und der Farbenlehre hin und wieder getrieben werde auch nach einem gesegneten Anfang hoffen kann einigermaßen zu prosperieren wenn ich meinen hiesigen Aufenthalt verlängere so überlege ich daß ich mit Herrn Cotta eigentlich weiter nichts zu verabreden habe und daß ich also gar wohl hier bleiben kann. Sie erhalten daher

Sonnabend früh durch die Boten einen kurzen Aufsatz über die typographischen Verhältnisse und eine Quittung über das Geld das Cotta mitzubringen gedenkt.

Es kann mich ängstigen daß der Mai schon vorüber und von keiner Seite was getan ist.

Leben Sie recht wohl und erfreuen sich Ihres neuen Dramas. Jena am 18 Mai 1803.

G

913. Goethe

⟨Jena, 20. Mai 1803⟩

Heute Abend, mit den Boten, sende ich den Aufsatz für Cotta. Indessen grüße ich Sie schönstens durch Überbringern, den ich, die chromatischen Akten zu holen, nach Weimar schicke, und durch welchen ich auch einige Nachricht von Ihnen zu erhalten hoffe.

Wie ist das neuliche Drama abgelaufen und was ist sonst merkwürdiges begegnet?

Das Farbenwesen denke ich hauptsächlich dadurch zu fördern, daß ich aus den Akten das brauchbare ausziehe, die unnötigen Papiere verbrenne, das übrig bleibende in Ein Format zusammen schreiben lasse und, nach dem Schema, in Ordnung lege. Es wird sich alsdann zeigen daß schon viel getan ist und der Mut, die Lücken auszufüllen, wird zunehmen. Leben Sie recht wohl und gedenken mein. Jena d. 20 Mai 1803.

G

914. Schiller

Weimar 20 Mai 1803

Hier sende ich Ihnen die Voßische Prosodie wieder, ich bin nicht weit darin gekommen. Man kann sich gar zu wenig allgemeines daraus nehmen, und für den empirischen Gebrauch, etwa zum Anfragen in zweifelhaften Fällen, wo sie vortreffliche Dienste tun könnte, fehlt ihr ein Register, wo man sich das Orakel bequem holen könnte. Ihr Gedanke, sie zu schematisieren ist das einzige Mittel, sie brauchbar zu machen.

Die Herrmannsschlacht habe ich gelesen, und mich zu meiner großen Betrübnis überzeugt, daß sie für unsern Zweck völlig unbrauchbar ist. Es ist ein kaltes, herzloses, ja fratzenhaftes Produkt, ohne Anschauung für den Sinn, ohne Leben und Wahrheit, und die paar rührende Situationen, die sie enthält, sind mit einer Gefühllosigkeit und Kälte behandelt, daß man indigniert wird.

Mein kleines Lustspiel hat das Publikum sehr belustigt und macht sich auch wirklich recht hübsch. Es ist mit vieler guten Laune gespielt worden, ob es gleich nicht zum besten einstudiert war, und unsere Schauspieler, wie Sie wissen, gern sudeln, wenn sie nicht durch den Vers im Respekt erhalten werden. Da Plan und Gedanke nicht mein gehörten und die Worte extemporiert wurden, so habe ich mich um die Vorstellung selbst keines Verdienstes zu rühmen.

Das zweite Picardische Stück kann hier nicht mehr einstudiert werden, weil Graff und Becker in dem Niemeierischen Stück viel zu tun haben, das man Ehrenhalber in Lauchstädt produzieren muß.

Ich wünsche Ihnen Glück, daß Sie Sich Ihr Gut mit Vorteil vom Hals geschafft haben, und jetzt wieder ein freier Mann sind.

Leben Sie recht wohl. Was Cotta uns neues mitbringt, werd ich melden und zugleich ein paar Gedichte mitschikken, die in diesen Tagen entstanden.

Sch.

Ich vergaß Ihnen von dem jungen Schauspieler Grimmer zu schreiben, den ich neulich habe lesen lassen. Ich schöpfe recht gute Hoffnung von ihm, er liest mit Sinn und weiß den Ton abzuwechseln, das leidenschaftliche trägt er mit Wärme, und die Verse mit Einsicht vor, es ist gewiß etwas von ihm zu hoffen.

Da ich nun zugleich vernehme, daß einige unserer Schauspieler ich weiß nicht warum gegen ihn wirken so gebe ich Ihnen zu bedenken, daß dies gerade einer der seltenen Fälle ist, wo man einen jungen bildungsfähigen Menschen von Anstand und Figur unter sehr mäßigen Bedingungen auf die Probe bekommen kann, und was besonders zu seinen Gunsten sein möchte, ist dieses, daß er sich fast mehr zu

Männer- als Jünglingsrollen zu qualifizieren scheint. Da wir diesen Winter nun vollends einige größere Flüge machen wollen, wozu unser Personal nicht hinreicht, da auch diesen Sommer zu Lauchstädt Partie von ihm zu ziehen ist, so kann ich mirs nicht versagen, Ihnen zum Vorteil des jungen Manns zu reden, der mir auch jetzt schon, wenigstens so viel als Cordemann wert ist, und außerdem durch sein Benehmen Achtung und Zutrauen einflößt.

915. Goethe

〈Jena, 22. Mai 1803〉

Mit ein Paar Worten muß ich Ihnen nur sagen: daß es mir diesmal, bis auf einen gewissen Grad, mit der Farbenlehre zu gelingen scheint. Ich stehe hoch genug um mein vergangenes Wesen und Treiben, historisch, als das Schicksal eines dritten, anzusehen. Die naive Unfähigkeit, Ungeschicklichkeit, die passionierte Heftigkeit, das Zutrauen, der Glaube, die Mühe, der Fleiß, das Schleppen und Schleifen und dann wieder der Sturm und Drang, das alles macht in den Papieren und Akten eine recht interessante Ansicht; aber, unbarmherzig, exzerpiere ich nur und ordne das auf meinem jetzigen Standpunkt Brauchbare, das übrige wird auf der Stelle verbrannt. Man darf die Schlacken nicht schonen, wenn man endlich das Metall heraus haben will.

Wenn ich das Papier los werde, habe ich alles gewonnen; denn das Hauptübel lag darin, daß ich, ehe ich der Sache gewachsen war, immer wieder einmal schriftlich ansetzte, sie zu behandeln und zu überliefern. Dadurch gewann ich jedesmal! nun aber liegen von Einem Kapitel manchmal drei Aufsätze da, wovon der erste die Erscheinungen und Versuche lebhaft darstellt, der zweite eine bessere Methode hat und besser geschrieben ist, der dritte, auf einem höhern Standpunkt, beides zu vereinigen sucht und doch den Nagel nicht auf den Kopf trifft. Was ist nun mit diesen Versuchen zu tun? sie auszusaugen gehört Mut und Kraft und Resolution sie zu verbrennen, denn Schade ists immer. Wenn ich fertig bin, in so fern ich fertig werden kann, so wünsche ich mir sie gewiß wieder, um mich mir selbst historisch zu vergegenwärtigen und ich komme nicht zum Ziel wenn ich sie nicht vertilge.

Und so viel von meinen Freuden und Leiden. Schreiben Sie mir auch bald was, wie es Ihnen geht.

Herrman und sein Gefolge hat sich also schlecht exhibiert. Das Goldene Zeitalter hat seine Nachkömmlinge nicht sonderlich versorgt.

Leben Sie recht wohl. Jena d. 22 Mai 1803.

G

916. Schiller

Weimar 24. Mai. 1803.

Ich wünsche Ihnen Glück, daß Sie Sich Ihres Stoffs so gut erwehren. Möchten Sie einmal alle diese Schlacken aus Ihrem reinen Sonnenelement herausschleudern, wenn auch ein Planet daraus werden sollte, der sich dann ewig um Sie herum bewegt.

Ich habe jetzt auch meine Not mit dem Stoffe anderer Art, denn da ich eben daran bin, ein Wort über den tragischen Chor zu sagen, welches an der Spitze meiner Braut von Meßina stehen soll, so drückt das ganze Theater mit samt dem ganzen Zeitalter auf mich ein, und ich weiß kaum wie ich es abfertigen soll. Übrigens interessiert mich diese Arbeit, ich will suchen etwas recht ordentliches zu sagen, und der Sache, die uns gemeinsam wichtig ist, dadurch zu dienen.

Mit Cotta ist neulich alles abgetan worden, wie Sie es wünschen. Über den Druck der Natürl⟨ichen⟩ Tochter werden Sie selbst Frommann seine Instruktionen geben. Ehlers habe ich die 10 L⟨ouis⟩dors auf Cottas Rechnung pränumeriert.

Cotta scheint wegen Cellinis bessern Mut zu haben, es sind wenigstens viele Exemplare davon auf Kommission bestellt worden, so daß das Werk doch nun von dem Strom des Handels und der Literatur ergriffen worden. Er hat mir kein Exemplar davon geben können, ich muß mir also eins von Ihnen ausbitten.

Humboldt hat wieder geschrieben und läßt Sie schönstens grüßen. Es ist ordentlich Krankheit, wie er mitten in

Rom nach dem übersinnlichen und unsinnlichen schmachtet, so daß Schellings Schriften jetzt seine heftigste Sehnsucht sind, er wird ihn nun bald selbst zu sehen bekommen und dann wahrscheinlich im Vatican die Gespräche beim Jenaischen Fuchsturm erneuren. Ich zweifle ob er es lange dort aushalten wird.

Hier schicke ich Ihnen einige poetische Fabrikate. Das Siegesfest ist die Ausführung einer Idee, die unser Kränzchen vor anderthalb Jahren mir gegeben hat, weil alle Gesellschaftlichen Lieder die nicht einen poetischen Stoff behandeln in den platten Ton der Freimäurerlieder verfallen. Ich wollte also gleich in das volle Saatenfeld der Ilias hineinfallen, und mir da holen was ich nur schleppen konnte.

Leben Sie recht wohl und bleiben Sie auch nicht zu lange. Zelter höre ich reist am 1 Juni von Dresden ab.

Sch.

917. Goethe

〈Weimar, 15. Juni 1803〉

Hier überschicke ich meine Lieder mit Bitte das Einzelne und Ganze zu beherzigen. Auch dem fünften eine Überschrift zu geben.

Heute Abend seh ich Sie ja wohl bei mir.

W. d. 15. Jun 1803. G

918. Goethe

〈Weimar, 23. Juni 1803〉

Hier das erste Konzept. Lassen Sie uns das Eisen, da es heiß ist, schmieden! Wenig wird zu brauchen sein. Zu mancherlei Betrachtungen gibt dieser erste Versuch Anlaß.

Mündlich mehr. Mögen Sie wohl heute kommen und wann?

W. d. 23 Jun
1803.

G

919. Goethe

Jena am 5 Juli 1803.

Wegen dem Druck des verschiednen Zeugs, das ich in die Welt sende, bin ich hier, um, mit Frommann, Abrede zu nehmen, der in seiner Sache gut eingerichtet ist und dem es an einem fürtrefflichen Maitre en page nicht fehlt. Daher dies Geschäft mit wenigem abgemacht ist.

Loder ist eben von Halle zurück gekehrt, wo er sich ein Haus gemietet hat. Wenn ich mit ihm über seinen neuen Zustand spreche so freut michs herzlich daß seine Würfel so gefallen sind. Welcher Lebemann möchte gern, wie wir andern Argonauten, den eignen Kahn über die Isthmen schleppen? das sind Abenteuer älterer, unfähiger Schiffahrer, worüber die neue aufgeklärte Technik lächelt. Versäumen Sie ja nicht sich in Halle umzusehen, wozu Sie so manchen Anlaß finden werden. Ob ich überhaupt komme? weiß ich nicht. Die noch drei brauchbaren Monate, nach meiner Weise, zu nutzen und das von Außen geforderte notdürftig zu leisten ist jetzt mein einziger Wunsch.

Das Altdeutsche wieder erstandene Drama bildet sich, mit einiger Bequemlichkeit um. Ich wüßte nicht zu sagen ob sichs organisiert, oder kristallisiert? welches denn doch zuletzt, nach dem Sprachgebrauch der verschiedenen Schulen, auf eins hinauslaufen könnte.

Übrigens bekömmt es uns ganz wohl daß wir mehr an Natur als an Freiheit glauben und die Freiheit, wenn sie sich ja einmal aufdringt, geschwind als Natur traktieren; denn sonst wüßten wir gar nicht mit uns selbst fertig zu werden, weil wir, sehr oft, in den Fall kommen, wie Bileam, da zu segnen wo wir fluchen sollten.

Möge Ihnen viel Freude auf Ihrer Fahrt gewährt sein; denn es ist für Sie doch immer eine große Resignation sich in das zu begeben was man Welt heißt. In das abgeschmackte, momentane Bruchstück, das recht artig wäre, wenn Sie es nicht wollten für ein Ganzes gelten lassen.

Zu der Beilage sage ich nichts, weil sie sich selbst gewaltig ausspricht. Es ist Ihnen aber vielleicht in diesem Moment doch bedeutend genug.

Nur daß Sie körperlich nicht leiden mögen, wünsche ich

und wenns möglich ist daß Sie sich in der Bewegung des Strudels behaglich finden. Ich erwarte kein Schreiben von Ihnen, nur ein freundliches Willkommen, wenn wir uns wieder sehen, da ich manche Sonderlichkeiten werde zu erzählen haben

G

920. Schiller

Lauchstädt d. 6 Jul. 1803

Ich kann die Jageman nicht abreisen lassen ohne Ihnen ein kleines Lebenszeichen zu geben. Es gefällt mir hier bis jetzt sehr wohl, der Ort und die Gelegenheiten für die Gesellschaft haben einen freundlichen Eindruck auf mich gemacht, und wenn man sich einmal frisch resolviert gar nichts zu tun, so läßt sichs unter dem Treiben einer Menge, die auch nichts zu tun hat, ganz leidlich müßig gehen. Länger freilich als 8 oder 12 Tage möchte ich einen solchen Zustand nicht aushalten.

Das Theatergebäude hat mich in dieser kurzen Zeit seine Vorzüge und auch seine Mängel erfahren lassen. Was die letztern betrifft so finde ich daß die Stimmen an Deutlichkeit verlieren, besonders aber ist das Dach wegen seiner Form und dünnen Bauart der Witterung zu sehr ausgesetzt. In der Braut v⟨on⟩ M⟨essina⟩ fiel ein Gewitter mit vielem Regen ein, welcher so heftig schallend auf die Dachung schlug, daß man ganze Viertelstunden lang auch keine einzige zusammenhängende Rede verstehen konnte, wie sehr die Schauspieler auch ihre Stimmen anstrengten. Und den Tag darauf, wo ich das leere Schauspielhaus besichtigte, sah man die häßlichen Spuren des herein gedrungenen Regens an der schön gemalten Decke.

Die natürl⟨iche⟩ Tochter hat vielen Beifall gefunden, besonders die letzte Hälfte, wie dies auch in Weimar der Fall war. Einige Bemerkungen, die ich bei dieser Gelegenheit gemacht will ich Ihnen mündlich mitteilen. Die Jageman hat sich, ohngeachtet sie heiser war und gar nicht glaubte, spielen zu können, sehr gut gehalten, und dann hat Becker auch recht gut gesprochen, und auch Heide hat Beifall gefunden.

Es führt zu nützlichen Betrachtungen zuweilen ein andres Publikum zu sehen und hier ist noch dazu ein doppeltes, weil der Sonntag ganz andre Menschen in der Komödie versammelt.

Ich werde vielleicht die Mara, die ich zu Weimar versäumen mußte, hier oder in Halle noch hören. Auf den Fall daß sie hieher kommt habe ich mich, auf Ansuchen der Badegesellschaft, bei den Wöchnern verbürgt, daß es Ihnen nicht zuwider sein werde, zu diesem Konzert das Schauspielhaus zu nehmen. Ich muß dem Genast das Zeugnis geben, daß er recht wachsam und eifrig fürs Ganze sorgt und auf den Nutzen der Cassa so wie auf die Ehre der Gesellschaft bedacht ist.

An Schmalz, der zur natürl⟨ichen⟩ Tochter hier war, habe ich eine sehr schätzbare Bekanntschaft gemacht und dieser einzige Abend hat uns einander gleich recht nahe gebracht. Es ist eine Freude mit einem so klaren, jovialen und rüstigen Geschäftsmann zu leben, der weder Pedant noch affektiert ist. Auch Niemeiers waren an jenem Abend hier und ich habe ihnen versprechen müssen, diese Woche nach Halle zu kommen. Leider werde ich Wolfen dort nicht finden, da er ins Pyrmonter Bad gereist ist. Der Herzog von Wirtemberg hat sich hier sehr angenehm betragen, und alles in gute Laune gesetzt, die ersten Zeiten meines Hierseins sind durch ihn sehr belebt und erheitert worden. Sonst ist die Gesellschaft hier ziemlich behaglich, zutraulich und fröhlich, nur muß man es mit der Ausbeute des Gesprächs nicht genau nehmen. Mit einigen jungen Männern, besonders aus Berlin, habe ich indessen doch verschiedene nicht uninteressante Unterhaltungen gehabt.

Leben Sie wohl und lassen Sie den alten Goetz nur recht vorwärts schreiten. Meiern viele Grüße.

Sch.

921. Schiller

Weimar 9 Aug 1803

Dem Überbringer dieses, H. Arnold aus Strasburg bitte ich Sie einige Augenblicke zu schenken und ihm ein freundliches Wort zu sagen. Er hängt an dem deutschen Wesen mit

Ernst und Liebe, er hat sichs sauer werden lassen, etwas zu lernen und reist mit den besten Vorsätzen zurück, um etwas würdiges zu leisten. Von Göttingen, wo er studiert, und von Strasburg, wo er die schreckliche RevolutionsZeit verlebte kann er Ihnen manches erzählen.

Sie sind mir neulich ganz unvermutet entwischt nachdem ich von Jena zurückgekommen, aber ich höre von Meiern, daß Sie übermorgen wieder hier sein werden. Ich wünsche gute Geschäfte, ich selbst stehe noch immer auf meinem alten Fleck und bewege mich um den Waldstättensee herum – die Reise nach Jena an dem heißen Tage hat mich aber so angegriffen, daß ich sie jetzt noch fühle. Was sagen Sie dazu, daß nun auch die Lit⟨eratur⟩ Zeitung aus Jena auswandert?

Leben Sie recht wohl und kommen Sie bald mit guten Früchten Ihrer Einsamkeit zurück.

Sch.

922. Schiller

⟨Weimar, August 1803?⟩

Ich bin von der Hitze und dem verwünschten Barometerstand so angegriffen, daß ich mich nicht entschließen kann vor die Türe zu gehen, auch bin ich keines ordentlichen Gedankens fähig.

Fühle ich mich erleichtert, so seh ich Sie vielleicht heut Abend nach dem Nachtessen noch ein Stündchen. Haben Sie irgend ein Novum zum Lesen so bitte ich darum

S.

923. Goethe

⟨Weimar, 6. September 1803⟩

Heute ist es das erstemal daß mir die Sache Spaß macht. Sie sollten den Wust von widersprechenden und streitenden Nachrichten sehen! ich lasse alles heften und regaliere Sie vielleicht einmal damit, wenn alles vorbei ist. Nur in einem solchen Moment kann man am Moment Interesse finden. Nach meinem Nilmesser kann die Verwirrung nur um einige Grade höher steigen, nachher setzt sich der ganze

Quark wieder nach und nach und die Landleute mögen dann säen! Ich freue mich Ihrer Teilnehmung und sehe Sie bald. Weimar d. 6 Sept. 1803.

G

924. Schiller

⟨Weimar, 12. September 1803⟩

Es kommen mir heute soviele dringende Briefexpeditionen zusammen, daß ich vor 9 Uhr nicht fertig werden und also nicht kommen kann.

Aus bei liegendem Brief ersehen Sie leider, daß unser Freund Humboldt einen harten Verlust erlitten hat. Schreiben Sie ihm, wenn Sie können, ein Wort des Anteils. Er dauert mich sehr, weil gerade dieses Kind das hoffnungsvollste war von allen.

Den Brief erbitte ich mir wieder zurück.

S.

925. Schiller

⟨Weimar, 14. September 1803⟩

Ich höre daß Sie heute eine Leseprobe von J⟨ulius⟩ Cesar haben und wünsche guten Sukzeß. Mich sperrt ein heftiger Schnupfen noch zu Hause ein und macht mir den Kopf sehr wüste.

Die zwei theatralische Rekruten habe ich gestern gesehen, sie stellen sich recht gut dar und mit dem Dialekt des einen gehts doch noch leidlicher, als ich erwartet hatte. Von ihrem guten Willen wird mehr als von ihrem Talent zu hoffen sein.

Grüner hätte großes Verlangen in der Jungfrau von Orleans als Gespenst aufzutreten. In mancher Rücksicht würde ihm diese Art der Einführung nicht ungünstig sein. Außerdem daß die Rolle klein und also sehr genau einzulernen ist, kann sie auch mit einer gewissen ernsten Monotonie gesprochen werden und verlangt wenig Bewegung. Das Seltsame wird sich darin mit dem Neuen gut verbinden, und Graff, der sich jetzt des Umziehens wegen mit dieser Rolle nur plagt, wird gern davon befreit werden.

Beckern habe ich noch nicht allein sprechen können.

Leben Sie recht wohl. Ich wünsche sehr Sie bald wieder zu sehen

S.

926. Goethe

⟨Weimar, 17. September 1803⟩

Schreiben Sie mir doch wie Sie sich befinden und ob Sie heute Abend ins Schauspiel gehen können ich sehe Sie heute auf alle Fälle. Indessen bitte ich um Ihren Rat. Indem ich daran denke Humboldten etwas freundliches zu erzeigen so fällt mir ein ihm die natürliche Tochter stückweise zu schicken. Zugleich aber auch das Bedenken daß der Verlust eines Kindes der Gegenstand ist soll man hoffen durch die nachgeahmten Schmerzen die wahren zu lindern oder soll man sich vor dem Stoffartigen Eindruck fürchten?

Ich wünsche zu hören daß Sie wieder wohl sind. Weimar am 17 Sept. 03.

927. Schiller

⟨Weimar, 17. September 1803⟩

Ich denke diesen Abend ins Schauspiel zu kommen, auf dem kurzen Weg kann ich mich schon verwahren. Übrigens plagt mich noch der Katarrh und ich muß ihm abwarten, wenn er nicht hartnäckig werden soll.

Fernow sagte mir, daß ihm Cotta bei s⟨einer⟩ Durchreise gesagt, er wolle die natürl⟨iche⟩ Tochter, wie sie fertig sei, an Humboldt schicken. Sie könnten es also dächt ich, diesem überlassen und es ihm etwa noch selbst auftragen. Das Paket kommt zu einer Zeit an, wo der Verlust nicht mehr ganz neu ist und in diesem Fall kann das Werk des Dichters eher eine gute als schlimme Wirkung tun.

Wollten Sie wohl die Güte haben und sich, da heute Botentag ist, den Katalog der schweitzer geschichte und etwa der deutschen Reichsgeschichte von Vulpius kommen lassen?

Ich freue mich, Sie heute zu sehen. Wenn Sie in die Komödie fahren oder aus derselben, so nehmen Sie mich wohl mit

S.

928. Goethe

〈Weimar, 23. September 1803〉

Möchten Sie wohl beikommendes Blatt an Fichten abgehen lassen? Leider steht die ganze Sache nicht erfreulich, Fichte steht bei seinem großen Verstande noch im Wahn, als könnte man vor Gericht auf seine eigne Weise Recht behalten da es doch daselbst hauptsächlich auf gewisse Formen ankommt. Auch ist, wie Sie aus dem Blättchen sehen werden S.en, der von Grund aus nichts taugt, abzuschaffen. Mich verlangt sehr Sie zu sehen. Möchten Sie wohl bei dem schönen Tage heute Mittag mit nach Tiefurth fahren? ich habe mich anmelden lassen und man wird Sie gewiß auch sehr gerne sehen, ich würde nach 12 Uhr kommen um Sie abzuholen. Weimar am 23 Sept. 1803. G

929. Schiller

〈Weimar, 23. September 1803〉

Weil ich diesen Sommer Wochen und Monate verschwendet, so muß ich jetzt wohl Tage und Stunden zu Rat halten. Ich kann also Ihre freundliche Einladung nach Tiefurth zu fahren, nicht annehmen. Vielleicht mögen Sie bei Ihrer Rückkunft bei mir vorsprechen, oder ich komme gegen 5 Uhr zu Ihnen, denn die späten Abendstunden sind mir zuweilen günstig zur Arbeit und müssen die Morgenstunden ersetzen, die verloren gehen. Wir könnten vielleicht eine Einrichtung treffen uns öfters zwischen 3 und 5 Uhr zu sehen und indem wir den Tag in der Mitte zerschneiden, zwei daraus zu machen.

Leben Sie recht wohl. S.

930. Goethe

⟨Weimar, 30. September 1803⟩

Mit einer sehr unerfreulichen modernen Römerin sende ich Ihnen einen interessanten Brief von Johannes Müller und frage an ob wir uns diesen Nachmittag etwa irgendwo begegnen können. Um 6 Uhr ist Hauptprobe vom Julius Cäsar.

Weimar am 30 Sept. 1803.

G

931. Schiller

⟨Weimar, 2. Oktober 1803⟩

Diesen Vormittag gehe ich nach Jena, weil meine Schwiegermutter auch diesen Weg macht, ich nehme einen großen Eindruck mit und über 8 Tage bei der zweiten Vorstellung des Cäsar werde ich Ihnen etwas darüber sagen können. Es ist keine Frage, daß der Julius Cäsar alle Eigenschaften hat, um ein ordentlicher Pfeiler des Theaters zu werden, Interesse der Handlung, Abwechslung und Reichtum, Gewalt der Leidenschaft und sinnliches Leben vis a vis des Publikums – und der Kunst gegenüber hat er alles was man wünscht und braucht. Alle Mühe die man also noch dran wendet, ist ein reiner Gewinn, und die wachsende Vollkommenheit bei der Vorstellung dieses Stücks muß zugleich die Fortschritte unsers Theaters zu bezeichnen dienen.

Für meinen Tell ist mir das Stück von unschätzbarem Wert, mein Schifflein wird auch dadurch gehoben. Es hat mich gleich gestern in die tätigste Stimmung gesetzt.

Auf den Donnerstag spätstens denke ich Sie wieder hier zu sehn. Wollen Sie die Güte haben und mir zwei Zeilen an Trapizius mitgeben wegen Ihrer Zimmer im Schloß? Ich entgehe durch diesen Ausweg der Verlegenheit bei den Freunden zu logieren, wo ich meine Freiheit und meinen Zweck verlieren würde.

Was mache ich mit den zwei Bänden Bücher Katalog? Soll ich sie in Ihrem Namen der Bibliothek zurückgeben?

Leben Sie recht wohl und mögen Ihnen diese Woche die besten Gedanken erscheinen!

Sch.

Um 10 Uhr wünschte ich wegzufahren.

932. Goethe

〈Weimar, 2. Oktober 1803〉

Ich habe mich sehr über das gestern geleistete gefreut, am meisten durch Ihre Teilnahme. Bei der nächsten Vorstellung schon hoffe ich die Erscheinung zu steigern, es ist ein großer Schritt, den wir gleich zu Anfang des Winters tun.

Ich will gern gestehn daß ich es auch in dem Sinn unternahm Ihre wichtige Arbeit zu fördern; für mein Vornehmen habe ich auch schon Vorteil daraus gezogen.

Ein Blatt an Trabitius liegt bei. Möge Ihnen das einsame Zimmer recht gute Stimmung geben.

Die zwei Bande Bücherkatalog erhält die akad〈emische〉 Bibliothek zurück, wogegen ich einen ausgestellten Zettel erhalte.

Leben Sie bestens wohl.

Weimar am 2 Okt. 1803. G

933. Goethe

〈Weimar, 29. Oktober 1803〉

Hier der Kaufmann von Venedig mit Bitte um gefällige Übernahme der Revision und der Proben. Über die Austeilung denken Sie beim Durchlesen nochmals nach und wir sprechen darüber. Vielleicht mögen Sie morgen Abend um 6 Uhr zu mir kommen es wird allerlei dramatisch-musikalische Proben geben. Hierbei ein Exemplar Taschenbuch. Am 29 Oktobr 1803.

G

934. Schiller

Weimar 9. Nov. 1803.

Da ich weder von Ihnen etwas sehe noch höre so muß ich doch nach den Zuständen fragen. Von einigen Jenaischen Freunden, die indes hier waren habe ich erfahren, daß man Sie nicht sieht, welches ein ganz gutes Zeichen ist, daß Sie einen besseren Umgang haben. Ich bin hier auch fleißig, weil ich mich durch gar nichts zerstreue und selbst keine Komödie besuche. Wenn ich in dieser Wärme bleibe, so kann ich doch gegen den März fertig werden.

Paulus hat von Wirzburg keine besondern Erwartungen, welches wohl zu glauben ist. Aber von den jenaischen Zuständen höre ich Gutes, die Zahl scheint sich noch nicht auf eine merkliche Art vermindert zu haben, da einige Auditorien ganz vollgepropft sein sollen. Die Philosophie verstummt nicht ganz und unser D⟨oktor⟩ Hegel soll viel Zuhörer bekommen haben, die selbst mit seinem Vortrag nicht unzufrieden sind. Ohne Zweifel haben Sie in Jena davon gehört, daß bei den Studenten ein großes Verlangen sich zeigt bei dem *Ritter* zu hören. Man sagte mir, daß die Studenten bei dem Herzog bittlich darum einkommen wollen, ihn zum Professor zu machen. Es möchte wohl gut sein, ihn fest zu halten, weil er doch einen Ruf hat und bei der allgemeinen Bewegung auch könnte weggeführt werden. Da Gotha sehr für ihn ist, so würde dies nicht nur keine Schwierigkeit haben, sondern vielleicht noch bei Gotha dazu dienen können, den Niethammer zur Gegengefälligkeit auch anzunehmen.

Die Herzogin Mutter wünschte garsehr den Grafen Brühl der morgen hieher kommt und nur bis auf den Dienstag bleibt mit den *Brüdern* zu regalieren, weil er ein Stück mit Masken sehen will, sie hat mir ihr Verlangen sehr nah gelegt und ich will es Ihnen also auch empfehlen. Wenn es irgend möglich so lassen Sie doch den Montag die *Brüder* spielen, es kann ja noch ein ander kleines Stück damit verbunden werden.

Herzlich grüße ich Sie und bitte, mir bald ein LebensZeichen zu geben.

S.

935. Schiller

⟨Weimar, 14. November 1803⟩

Man bittet mich, Sie darum anzugehen, daß auf den Mittwoch Wall⟨ensteins⟩ Lager möchte zu d⟨en⟩ Brüdern gespielt werden, weil Beschort eine Anschauung von diesem Stücke zu bekommen wünschte, das in Berlin jetzt auch soll gespielt werden. Auch Brühl sähe es gern und es geschähe also mehrern dadurch ein Gefallen.

Weil wir jetzt drei Schauspieler mehr haben, so riet ich an

die drei mit sprechende Statisten, nämlich den Croat, den Schwytzer und den zweiten Kürassier mit unsern drei neuen Schauspielern zu besetzen, so kann das Stück durchaus frisch weggespielt werden.

In der Komödie sehe ich Sie heute wohl?

S.

936. Goethe

⟨Jena, 27. November 1803⟩

Wenn ich nicht bei Zeiten schreibe, so unterbreche ich später noch schwerer das Stillschweigen; also will ich nur sagen, daß ich diese Paar Tage vorerst angewendet habe um Antworten und Promemorias in allerlei Geschäften los zu werden. Mancherlei auf das neue kritische Institut beziehendes, das auf eine wunderliche Weise zu florieren verspricht, hat mich auch beschäftigt. Zunächst brauche ich vielleicht acht und mehr Tage zur Redaktion des Programms, über die Kunstausstellung und das Polygnotische Wesen. Ist dieses in Druckers Händen; so will ich sehen obs nicht möglich ist irgend etwas Erfreuliches zu produzieren. Geht es nicht, so werde ich auch deshalb mich zu trösten wissen.

Recht angenehme Stunden habe ich mit Schelver, Hegel und Fernow zugebracht. Der erste arbeitet, im botanischen Fach, so schön aus was ich fürs Rechte halte, daß ich meinen eignen Ohren und Augen kaum traue, weil ich gewohnt bin, daß jedes Individuum sich, aus närrscher Sucht originaler Anmaßung, vom schlichten Weg fortschreitender Potentiierung, mit fratzenhaften Seitensprüngen, so gern entfernt.

Bei Hegeln ist mir der Gedanke gekommen: ob man ihm nicht, durch das Technische der Redekunst, einen großen Vorteil schaffen könnte. Es ist ein ganz vortrefflicher Mensch; aber es steht seinen Äußerungen gar zu viel entgegen.

Fernow ist, in seiner Art, gar brav, und hat eine so redliche und rechtliche Ansicht der Kunsterscheinungen. Wenn ich mit ihm spreche, so ist mirs immer als käme ich erst von Rom und fühle mich, zu einiger Beschämung, vornehmer als in der so viele Jahre nun geduldeten Niedertracht nordischer Umgebung, der man sich doch auch mehr oder weniger assimiliert.

⟨*Hiatus*⟩

Es ist merkwürdig, daß das Historische, das so viel ist, wenn es würdige Gegenstände behandelt, auch etwas an und für sich werden und uns etwas bedeuten kann, wenn der Gegenstand gemein, ja sogar absurd ist.

Doch das deutet von je her auf einen jämmerlichen Zustand, wenn die Form alle Kosten hergeben muß.

Die Herren sind übrigens fort und gehen fort und es fällt niemanden ein als ob dadurch etwas verloren sei. Man läutet zum Grabe des tüchtigsten Bürgers allenfalls noch die Stadt zusammen und die überbleibende Menge eilt mit dem lebhaften Gefühl nach Hause, daß das löbliche gemeine Wesen vor wie nach bestehen könne, werde und müsse.

Und somit leben Sie wohl leisten Sie das bessere in so fern es Ihnen gegönnt ist. Sagen Sie mir etwas von Zeit zu Zeit ich will mir zum Gesetz machen wenigstens alle acht Tage zu schreiben, um von meinen Zuständen Nachricht zu geben. Jena am 27 Nov. 1803.

G

937. Schiller

Weim., 30 Nov. 1803.

In meiner jetzigen Ein- und Abgeschlossenheit erfahre ich nur an dem immer kürzeren Tagesbogen, daß sich die Zeit bewegt. Durch den Mangel an aller Zerstreuung und durch ein vorsätzliches Beharren erhalte ich soviel, daß meine Arbeit wenigstens nicht still steht, obgleich meine ganze Physik unter dem Druck dieser Jahrszeit leidet.

Ihr Brief zeigt daß Sie heiter sind und mit Vergnügen sehe ich, daß Sie mit Hegeln näher bekannt werden. Was ihm fehlt, möchte ihm nun wohl schwerlich gegeben werden können, aber dieser Mangel an Darstellungsgabe ist im Ganzen der deutsche Nationalfehler und kompensiert sich, wenigstens einem deutschen Zuhörer gegenüber, durch die deutsche Tugend der Gründlichkeit und des redlichen Ernstes.

Suchen Sie doch Hegeln und Fernow einander näher zu

bringen, ich denke es müßte gehen, dem einen durch den andern zu helfen. Im Umgang mit Fernow muß Hegel auf eine Lehrmethode denken, um ihm seinen Idealismus zu verständigen, und Fernow muß aus seiner Flachheit herausgehen. Wenn Sie beide vier oder fünfmal bei Sich haben und ins Gespräch bringen, so finden sich gewiß Berührungspunkte zwischen beiden.

Prof. Rehberg ist vor 8 Tagen hier durchgekommen; Sie würden mir mehr Aufschluß über Ihn geben können, als ich selbst gefunden, da ich gar nichts von ihm wußte. Er hat eine Achtung und eine Neigung zu dem deutschen Wesen, aber ich weiß nicht, ob er ein Organ hat, die idealistische Denkweise aufzunehmen. Der nordische Magnet scheint mächtig auf alle Deutschen in Italien zu wirken, denn was wir im Norden treiben beunruhigt sie ganz gewaltig mitten im Süden.

Man sagt hier, daß die Hallenser ein Verbot der Jenaischen Zeitung im Preußischen ausgewirkt. Ich kann es kaum glauben, schreiben Sie mir doch was daran ist.

Thibaut, der neulich hier war, hat von der Jenaischen Zeitung auch ganz gute Hoffnungen. Sonst war er sehr bedenklich und wollte gar nicht daran glauben.

Sie schreiben mir nichts von Voß, grüßen Sie ihn doch wenn Sie ihn sehen und teilen mir etwas von ihm mit.

Fr⟨au⟩ v. Stael ist wirklich in Frankfurth und wir dürfen sie bald hier erwarten. Wenn sie nur deutsch versteht, so zweifle ich nicht, daß wir über sie Meister werden, aber unsre Religion in französischen Phrasen ihr vorzutragen und gegen ihre französ⟨ische⟩ Volubilität aufzukommen ist eine zu harte Aufgabe. Wir würden nicht so leicht damit fertig werden wie Schelling mit Camille Jourdain, der ihm mit Locke angezogen kam – Je meprise Locke sagte Schelling und so verstummte denn freilich der Gegner. Leben Sie recht wohl.

Sch.

938. Goethe

⟨Jena, 2. Dezember 1803⟩

Herr Regierungsrat Voigt hat mich diesen Nachmittag besucht und mich abgehalten Ihnen zu schreiben, dagegen habe ich ihn gebeten Sie bald zu sehen und Sie vom glücklichen Fortgang unserer literarischen Unternehmung zu unterrichten. Hätten Sie nicht für jetzt das bessere Teil erwählt; so würde ich Sie bitten uns bald ein Zeichen Ihrer Beistimmung zu geben.

Für mich ist dieses Wesen eine neue sonderbare Schule die denn auch gut sein mag, weil man mit den Jahren doch immer weniger produktiv wird und also sich wohl um die Zustände der andern etwas genauer erkundigen kann.

Mich beschäftigt jetzt das Programm, das in zwei Teile zerfällt, in die Beurteilung des Ausgestellten und in die Belebung der polygnotischen Reste. Jenen ersten Teil hat Meyer zwar sehr schön vorgearbeitet, indem er alles zu Beherzigende trefflich bedacht und ausgedruckt hat; doch muß ich noch einige Stellen ganz umschreiben und das ist eine schwere Aufgabe.

Für die polygnotischen Reste ist auch getan was ich konnte; doch alles zuletzt zusammen zu schreiben und zu redigieren, nimmt noch einige Morgen weg; indessen führt diese Arbeit in sehr schöne Regionen und muß künftig unserm Institut eine ganz neue Wendung geben. Nun kommt auch noch der Druck dazu so daß ich das Ganze Geschäft unter vierzehen Tagen nicht los werde. Das Programm wird diesmal ohngefähr vier Bogen.

Voß habe ich erst einmal gesehen, da ich wegen der Nässe mich kaum bis in die Bachgasse getraue. Er hat nun Burkhardt Waldis an die Reihe genommen, um dessen Worte und Redensarten ins Wörterbuch zu notieren. Ich muß mich erst wieder zu ihm und seinem Kreise gewöhnen und meine Ungeduld an seiner Sanftmut bezähmen lernen. Dürfte ich an was Poetisches denken, so läse ich mit ihm wie sonst; denn da ist man gleich in der Mitte des Interesses.

Knebel hat sich bei Hellfeld, in Ihrer ehemaligen Nachbarschaft, am Neutor, eingemietet, weit genug von Voßen um von dessen Rigorismus nicht inkommodiert zu werden. Dafür wird er auch unserm Prosodiker das Wasser nicht trübe machen; denn dieser wohnt am Einfluß er aber am Ausfluß des Baches.

Ihren Vorschlag Fernow und Hegel zusammen zu bringen habe ich ins Werk zu setzen schon angefangen. Übrigens gibt es morgen Abend bei mir einen Tee, bei dem sich die heterogensten Elemente zusammen finden werden.

Der arme Vermehren ist gestorben! Wahrscheinlich lebte er noch wenn er fortfuhr mittelmäßige Verse zu machen. Die Postexpedition ist ihm tödlich geworden, und somit für heute ein freundliches Lebewohl. Jena am 2 Dez. 1803.

G

939. Goethe

〈Jena, 13. Dezember 1803〉

Vorauszusehen war es daß man mich, wenn Mad de Stael nach Weimar käme dahin berufen würde. Ich bin mit mir zu Rate gegangen, um nicht vom Augenblick über〈r〉ascht zu werden und hatte zum Voraus beschlossen hier zu bleiben. Ich habe, besonders in diesem bösen Monat, nur gerade so viel physische Kräfte um notdürftig auszulangen, da ich zur Mitwirkung zu einem so schweren und bedenklichen Geschäft verpflichtet bin. Von der geistigsten Übersicht, bis zum mechanischen typographischen Wesen muß ich's wenigstens vor mir haben und der Druck des Programms, der, wegen der Polygnotischen Tabellen, recht viele Dornen hat, fordert meine öftere Revision. Wie viel Tage sind denn noch hin, daß das alles fertig sein und, bei einer leidenschaftlichen Opposition, mit Geschick erscheinen soll? Sie, werter Freund, sehen gewiß mit Grausen meine Lage an, in der mich Meyer trefflich soulagiert, die aber von niemand kann erkannt werden; denn alles was nur einigermaßen möglich ist, wird als etwas Gemeines angesehen. Deshalb möchte ich Sie recht sehr bitten mich zu vertreten; denn niemanden fällt bei dieser Gelegenheit der Taucher wohl ein als mir und niemand begreift mich als Sie. Leiten Sie daher alles zum besten, in so fern es möglich ist. Will Mad. de Stael mich besuchen, so soll sie wohl empfangen sein. Weiß ich es 24 Stunden voraus, so soll ein Teil des Loderischen Quartiers möbliert sein, um sie aufzunehmen, sie soll einen bürgerlichen Tisch finden, wir wollen uns wirklich sehen und sprechen, und sie soll bleiben so lange sie will. Was ich hier zu tun habe ist in einzelnen Viertelstunden getan, die übrige Zeit soll ihr gehören; aber in diesem Wetter zu fahren, zu kommen mich anzuziehen, bei Hof und in Sozietät zu sein, ist rein unmöglich, so entschieden als es jemals von Ihnen, in ähnlichen Fällen, ausgesprochen worden.

Dies alles sei Ihrer freundschaftl⟨ichen⟩ Leitung anheim gegeben, denn ich wünsche nichts mehr als diese merkwürdige, so sehr verehrte Frau wirklich zu sehen und zu kennen, und ich wünsche nichts so sehr als daß sie diese Paar Stunden Weges an mich wenden mag. Schlechtere Bewirtung, als sie hier finden wird, ist sie unterweges schon gewohnt. Leiten und behandeln Sie diese Zustände mit Ihrer zarten, freundschaftlichen Hand und schicken Sie mir gleich einen Expressen, sobald sich etwas bedeutendes ereignet.

Glück zu allem, was Ihre Einsamkeit hervorbringt, nach eignem Wünschen und Wollen! Ich rudre in fremdem Element herum, ja, ich möchte sagen daß ich nur drin patsche, mit Verlust nach außen und ohne die mindeste Befriedigung von innen oder nach innen. Da wir denn aber, wie ich nun immer deutlicher von Polygnot und Homer lerne, die Hölle eigentlich hier oben vorzustellen haben, so mag denn das auch für ein Leben gelten. Tausend Lebewohl! im himmlischen Sinne. Jena am 13 Dez. 1803.

G

940. Schiller

W⟨eimar⟩ 14 Dez. 1803

Gegen Ihre Gründe, warum Sie jetzt nicht hieher kommen wollen, läßt sich gar nichts einwenden ich habe sie dem Herzog noch möglichst geltend zu machen gesucht. Der Fr. v Stael wird und muß es auch viel angenehmer sein, Sie ohne den Train von Zerstreuungen zu sehen, und Ihnen selbst kann, bei dieser Einrichtung, diese Bekanntschaft wirklich ein Vergnügen sein, da sie sonst nur eine unerträgliche Last gewesen wäre.

Ich nehme wahren Anteil an dem Fortgang Ihrer jetzigen Geschäfte, die nun einmal eine Notwendigkeit sind, wenn sie auch nach innen nichts erbauen und begründen. Meine Geschäfte gehen auch ihren Gang fort und es fängt doch endlich an, etwas zu werden. Aber da man mich von Berlin aus drängt und treibt und mich also ewig an den Drachen erinnert, der das Werk so wie es warm aus der Feder kommt, fressen und verschlingen wird, so macht mir das auch keinen guten Mut. Das ganz niederträchtige des Berlinischen Theaters habe ich mir erst neuerdings wieder aus Cordemanns Bericht versinnlicht.

Daß Böttger nach Berlin kommt ist nun gewiß, wir wollen ihm von Herzen glückliche Reise wünschen. Möge ihm nur ein glücklicher Nachfolger werden. Ich habe an Riemern gedacht, es wäre doch sehr zu wünschen, einen solchen Menschen fest zu halten.

Leben Sie recht wohl, bleiben Sie gesund und heiter, und fahren Sie säuberlich mit der Pilgerin, die zu Ihnen wallet. So wie ich etwas näheres erfahre gebe ich Ihnen Nachricht

Sch.

verte

Der Herzog läßt mir zur Antwort sagen er würde Ihnen selbst schreiben und mit mir in der Komödie reden. Halten Sie nur fest, wenn er sich Ihnen auch nicht gleich fügen will.

941. Schiller

Weimar 21 Dez 1803

Der rasche und wirklich anstrengende Wechsel von produktiver Einsamkeit und einer ganz heterogenen Sozietäts-Zerstreuung hat mich in dieser letzten Woche so ermüdet, daß ich durchaus nicht zum Schreiben kommen konnte, und es meiner Frau überließ, Ihnen eine Anschauung von unsern Zuständen zu geben.

Frau v Stael wird Ihnen völlig so erscheinen, wie Sie sie Sich a priori schon konstruiert haben werden; es ist alles aus Einem Stück und kein fremder, falscher und pathologischer Zug in ihr. Dies macht, daß man sich trotz des immensen Abstands der Naturen und Denkweisen vollkommen wohl bei ihr befindet, daß man alles von ihr hören und ihr alles sagen mag. Die *französische* Geistesbildung stellt sie rein und in einem höchst interessanten Lichte dar. In allem was wir Philosophie nennen, folglich in allen letzten und höchsten Instanzen ist man mit mir ⟨ihr⟩ im Streit und bleibt es, trotz alles Redens. Aber ihr Naturell und Gefühl ist besser als ihre Metaphysik, und ihr schöner Verstand erhebt sich zu einem genialischen Vermögen. Sie will alles erklären, einsehen, ausmessen, sie statuiert nichts dunkles, unzugängliches, und wohin sie nicht mit ihrer Fackel leuchten kann, da ist nichts für sie vorhanden. Darum hat sie eine horrible Scheu vor der Idealphilosophie, welche nach ihrer Meinung zur Mystik, und zum Aberglauben führt, und das ist die Stickluft wo sie umkommt. Für das was wir *Poesie* nennen ist kein Sinn in ihr, sie kann sich von solchen Werken nur das leidenschaftliche, rednerische und allgemeine zueignen, aber sie wird nichts falsches schätzen, nur das rechte nicht immer erkennen. Sie ersehen aus diesen paar Worten, daß die Klarheit, Entschiedenheit und geistreiche Lebhaftigkeit ihrer Natur nicht anders als wohltätig wirken können, das einzige lästige ist die ganz ungewöhnliche Fertigkeit ihrer Zunge, man muß sich ganz in ein Gehörorgan verwandeln um ihr folgen zu können. Da sogar ich, bei meiner wenigen Fertigkeit im Französischreden ganz leidlich mit ihr fortkomme, so werden Sie bei Ihrer größeren Übung eine sehr leichte Kommunikation mit ihr haben.

Mein Vorschlag wäre, Sie kämen den Sonnabend herüber, machten erst die Bekanntschaft und gingen dann den Sonntag wieder zurück um Ihr Jenaisches Geschäft zu vollenden. Bleibt Mad. d Stael länger als bis Neujahr, so finden Sie sie hier, und reist sie früher ab, so kann sie Sie ja in Jena vorher noch besuchen. Alles kommt jetzt darauf an, daß Sie eilen, eine Anschauung von ihr zu bekommen, und sich einer gewissen Spannung zu entledigen. Können Sie früher kommen als Sonnabends, desto besser.

Leben Sie recht wohl. Meine Arbeit hat in dieser Woche freilich nicht viel zugenommen, aber doch auch nicht ganz gestockt. Es ist recht Schade daß uns diese interessante Erscheinung zu einer so ungeschickten Zeit kommt, wo dringende Geschäfte, die böse Jahrszeit, und die traurigen Ereignisse über die man sich nicht ganz erheben kann, zusammen auf uns drücken.

Sch.

942. Goethe

⟨Weimar, 31. Dezember 1803⟩

Hier mein Wertester die Aushängebogen des Programms, auf Aktenweise geheftet, bis ich Ihnen ein besseres Exemplar zuschicken kann. Möchten doch unsere Bemühungen Ihnen einigen Beifall ablocken.

Ich gehe heute Abend nicht in die Komödie, wie halten Sie es? mögen Sie mich vielleicht gegen 8 Uhr besuchen? und alsdann Wolf bei mir erwarten, welcher wohl in das Schauspiel gehen wird.

Weimar am 31 Dez. 1803. G

943. Schiller

⟨Weimar, 31. Dezember 1803⟩

Ich wollte schon bei Ihnen anfragen, wie Sie es diesen Abend halten wollten als ich Ihre Sendung erhielt, die mir sehr erfreulich war. Das Programm ist voll Gehalt und Leben, und füllt einem den ganzen Geist mit einer Welt von Ideen an. Das Polygnotische Wesen nimmt sich prächtig aus und scheint einen neuen Tag zu verkündigen. Mündlich mehr, ich werde mich gegen 8 Uhr einstellen.

Haben Sie die Güte mir eine Nota über die an Wolzogen überlassenen Zeichnungen zu schicken, so will ich sie gleich bezahlen.

Sch

1804

944. Goethe

⟨Weimar, 4. Januar 1804⟩

Beiliegendes Blättchen wollte besonders abschicken als mir die Balladen wieder in die Hände fielen, welche ich schon vor einiger Zeit erhielt sie haben etwas Gutes ohne gut zu sein ich wünsche Ihr Urteil zu hören. Weimar am 4 Jan 1804.

G

945. Schiller

⟨Weimar, 5.? Januar 1804⟩

Zu einem Geburtstagstück scheint mir der Mithridat im Notfall zu brauchen, er gibt da man nichts bessres hat, doch eine ernste und vornehme Darstellung. Ich habe deswegen das noch bei mir stagnierende Mskrpt gestern mobil gemacht, und den ersten Akt mit dem was ich dabei angestrichen an Bode gegeben, der jetzt eben daran ist, die bemerkten Stellen zu ändern. Wenn er damit zurecht kommt, welches sich binnen wenigen Tagen ausweisen muß, so könnte das Stück am Ende kommender Woche abgeschrieben und ausgeteilt sein, und es blieben dann immer noch 14 Tage zum einstudieren.

Geist sagte gestern daß das Konzert und Souper auf dem Stadthause wieder abgesagt worden. Da ich nichts offizielles darüber vernommen, so bitte ich nur um ein Wort mündlich, wie es damit steht. Meiern sende ich das Augusteum. Von Fr. v. Stael habe ich nichts gehört, ich hoffe sie ist mit H. Benjamin Constant beschäftigt. Was gäbe ich um Ruhe Freiheit und Gesundheit in den nächsten 4 Wochen, dann wollte ich weit kommen.

Sch.

946. Schiller

⟨Weimar, 12. oder 13. Januar 1804⟩

Indem ich mich erkundige wie es mit Ihrer Gesundheit steht, frage ich zugleich an, ob Sie Sich gestimmt und aufgelegt fühlen, von etwas poetischem Notiz zu nehmen.

Denn in diesem Fall wollte ich Ihnen den großen ersten Akt des Tell zuschicken, welchen ich an Iffland abzusenden gedrungen werde, und nicht gern ohne Ihr Urteil aus den Händen geben möchte. Unter allen den widerstreitenden Zuständen, die sich in diesem Monat häufen, geht doch die Arbeit leidlich vorwärts und ich habe Hoffnung, mit Ende des kommenden Monats ganz fertig zu sein.

Die Rezension, die Sie mir geschickt, ist mir ganz ungenießbar und fast unverständlich, ich fürchte, dieser böse Kasus wird Ihnen noch oft vorkommen. Von dem rezensierten Buch habe ich mir keinen Begriff daraus schöpfen können.

Die Stahl habe ich gestern bei mir gesehen, und sehe sie heut wieder bei der Herzogin Mutter – Es ist das alte mit ihr, man würde sich an das Faß der Danaiden erinnern, wenn einem nicht der Ocnos mit seinem Esel dabei einfiele.

Sch.

947. Goethe

⟨Weimar, 13. Januar 1804⟩

Das ist denn freilich kein erster Akt, sondern ein ganzes Stück und zwar ein fürtreffliches, wozu ich von Herzen Glück wünsche und bald mehr zu sehen hoffe. Meinem ersten Anblick nach ist alles so recht und darauf kommt es denn wohl bei Arbeiten, die auf gewisse Effekte berechnet sind hauptsächlich an. Zwei Stellen nur habe ich eingebogen, bei der einen wünschte ich, wo mein Strich lauft, noch einen Vers, weil die Wendung gar zu schnell ist.

Bei der andern bemerke ich so viel: der Schweitzer fühlt nicht das Heimwehe, weil er an einem andern Orte den Kuhreigen nicht hört, denn der wird, so viel ich weiß, sonst nirgends geblasen sondern eben weil er ihn nicht hört, weil seinem Ohr ein Jugendbedürfnis mangelt. Doch will ich dies nicht für ganz gewiß geben. Leben Sie recht wohl, und fahren Sie fort uns durch Ihre schöne Tätigkeit wieder ein neues Lebensinteresse zu verschaffen halten Sie sich auch wacker im Hades der Sozietät und flechten Sie Schilf und

Rohr nur fein zum derben Stricke, damit es doch auch was zu Kauen gebe.

Gruß und Heil.

G

Weimar
am 13 Jan. 1804.

948. Schiller

⟨Weimar, 13. oder 14. Januar 1804⟩

Daß Sie mit meinem Eingang in den Tell zufrieden sind, gereicht mir zu einem großen Trost, dessen ich unter der gegenwärtigen Stickluft besonders bedürftig war. Auf den Montag will ich Ihnen das *Rütli* senden, welches jetzt ins reine geschrieben wird, es läßt sich als ein Ganzes für sich lesen.

Ich bin ungeduldig verlangend, Sie wieder zu sehen, wann öffnen Sie Ihre Pforte wieder?

Heute regt sich nach 4 Wochen wieder eine Lust bei mir nach der Komödie. In dieser ganzen Zeit habe ich keinen Trieb gespürt, besonders da meistens um meine eigene Haut gespielt wurde.

M⟨adame⟩ d⟨e⟩ St⟨aël⟩ will noch 3 Wochen hier bleiben. Trotz aller Ungeduld der Franzosen wird sie fürchte ich doch an ihrem eigenen Leib die Erfahrung machen, daß wir Deutschen in Weimar auch ein veränderliches Volk sind, und daß man wissen muß zu rechter Zeit zu gehen.

Lassen Sie mich vor Schlafengehen noch ein Wort von Sich hören.

Sch.

949. Goethe

⟨Weimar, 14. Januar 1804⟩

Auf Ihre freundlichen Abendworte erwidere ich folgendes: Ich wünsche recht herzlich Sie bald zu sehen, ob ich mich gleich sehr in acht nehmen muß. Eine Unterredung mit Herrn Geh⟨eimen⟩ Rat Voigt ist mir gestern gar nicht wohl bekommen. Ich fühle jetzt erst daß ich schwach bin.

An Ihrer Exposition habe ich mich recht gelabt und indessen davon gezehrt. Es ist recht gut daß Sie den Widerspruch gegen die zudringliche Nachbarin durch eine solche gleichzeitige Tat äußern, sonst müßte der Zustand auch ganz unerträglich sein

Da ich jetzt krank und grämlich bin, so kommt es mir fast unmöglich vor jemals wieder solche Diskurse zu führen. Man begeht doch eigentlich eine Sünde wider den heiligen Geist, wenn man ihr auch nur im Mindesten nach dem Maule redt. Wäre sie bei Jean Paul in die Schule gegangen; so hielte sie sich nicht so lange in Weimar auf, sie mags auf ihre Gefahr nur noch drei Wochen probieren.

Ich bin die Zeit über immer beschäftigt gewesen und da ich nichts leisten konnte habe ich manches getan und gelernt, nur muß ich mit den Gegenständen wechseln und Pausen dazwischen machen.

Die angekommenen Hackertischen Landschaften haben mir auch einen heiteren Morgen gemacht, es sind ganz außerordentliche Werke, von denen man, wenn sich auch manches dabei erinnern läßt, doch sagen muß, daß sie kein anderer Lebender machen kann und wovon gewisse Teile niemals besser gemacht worden sind.

Leben Sie recht wohl und wenn Sie morgen nach Hofe fahren, so kommen Sie einen Augenblick vorher zu mir, mein Wagen kann Sie abholen und so lange warten.

Das Rütli wird mir große Freude machen. Ich verlange sehr das was einzeln so gut eingeführt ist nun im Ganzen beisammen zu sehen.

G

950. Schiller

⟨Weimar, 17. Januar 1804⟩

Ein Übel das ich nicht vernachlässigen darf und das mich besonders am *Gehen* hindert hält mich seit gestern zu Hause und auf dem Sofa gefesselt und ist Schuld daß ich das heutige Diner bei Madame d⟨e⟩ St⟨aël⟩ so wie auch das Konzert auf den Abend versäumen muß. Leider gewinne ich dadurch nichts für mein Geschäft, denn der Kopf ist sehr eingenommen. Da meine Frau auch eines bösen Hustens wegen nicht ausgeht, so haben Sie wohl die Güte, falls es nötig, uns bei Serenissimo, des Konzerts wegen zu entschuldigen.

Die ZeitungsBlätter habe ich mit großem Anteil gelesen. Der Anfang den die theologische Exposition macht ist vortrefflich und hätte, wenn man auch die freieste Auswahl gehabt hätte, nicht wohl bedeutender ausfallen können. Die Rezension des Sartorischen Werks ist sehr gehaltvoll und tüchtig; den Eingang muß man ihn als rednerisch und ad extra gerechnet passieren lassen, da er ihn in der Folge wieder so naiv aufhebt. Vom Cellini hätte mehr gesagt werden sollen und müssen, indessen ist diese frühzeitigere Anzeige davon, wenn sie auch nicht ganz befriedigt, der Verbreitung des Werks nützlich.

Der Bericht über die *Philosophie* in dem Intelligenzblatt hat mir große Freude gemacht und ist ein überaus glücklicher Gedanke; ich bin sehr auf die Fortsetzung begierig. Mehr solche Ausführungen, von derselben Hand, über philosophische Dinge würden eine glückliche Veränderung in der öffentlichen Meinung über Philosophie vorbereiten. Zur Schande meiner Sagazität muß ich gestehen, daß ich über den Verfasser dieses Aufsatzes noch nicht im reinen bin.

Johannes Müller ist uns sehr nahe; ein Brief den ich heute von Körnern erhalte, meldet mir daß er dort war und nächstens bei uns eintreffen wird. Körner hält die Anstellung Bött⟨igers⟩ in Dresden noch nicht ganz für entschieden, weil man in D⟨resden⟩ sein Engagement mit Berlin wisse und durchaus nicht damit kollidieren wolle.

M. d. Stael schrieb heute in einem Billet an meine Frau von einer baldigen Abreise, aber auch von einer sehr wahrscheinlichen Zurückkunft über Weimar.

Lassen Sie mich hören wie es Ihnen geht. Ich werde diesen Nachmittag eine Leseprobe des Mithridat bei mir haben, da ich doch nichts wichtigeres versäume.

S.

951. Goethe

⟨Weimar, 17. Januar 1804⟩

Daß Sie auch körperlich leiden ist nicht gut man sollte, wenn man sich nicht sonderlich befindet, die Übel seiner Freunde mittragen können, welches ich unter gegenwärtigen Umständen recht gern übernehmen wollte.

Ihr Beifall, den Sie den ersten Zeitungsblättern geben hat mich sehr beruhigt. Fast alles ist bei einem solchen Institut zufällig und doch muß es wie ein Überlegtes werden und aussehen. Die Sache ist indessen auf gutem Wege und wenn Sie einigen Anteil daran nehmen wollten, so würden Sie solche sehr fördern, es brauchten vorerst keine vorsätzliche, lange Rezensionen ex professo zu sein, sondern von Zeit zu Zeit eine geistreiche Mitteilung bei Gelegenheit eines Buchs das man ohnehin liest. Auch verdiene ich wohl daß man mich ein wenig verstärkt; denn ich habe die vergangnen vier Monate mehr als billig an diesem Alp geschleppt und geschoben.

Auch freue ich mich sehr daß Sie mit der kleinen Einleitung in die Philosophie der Nationen zufrieden sind. Wenn es glückt in andern Fächern auch dergleichen aufzustellen, ehe man das einzelne bringt, so wird es auf alle Weise unterhaltend und belehrend sein. Der Verfasser möchte schwer zu erraten sein, denn noch ist er ein namenloses Wesen. Überhaupt aber habe ich bei dieser Gelegenheit erfahren daß eine gewisse höhere Bildung in Deutschland sehr verbreitet ist, deren Inhaber sich alle nach und nach an uns heranziehen werden.

Ich danke daß Sie die Leseprobe des Mithridates übernehmen wollen; Schreiben Sie mir doch wie sie abgelaufen ist und was Sie überhaupt augurieren.

Den schönsten guten Abend

G

952. Schiller

⟨Weimar, 17. Januar 1804⟩

Kleider und lebhafter Vortrag werden bei dem Mithridat noch das Beste tun müssen. Wenn man bei diesen abgelebten Werken nicht überhaupt etwas lernte, und sich wenigstens in seinem alten Glauben immer mehr dadurch bestärkt fände, so sollte man keine Zeit und Mühe daran verschwenden. Bei einer prosaischen Leseprobe fühlt sich das leere, halbe, hölzerne dieser Manier erst recht heraus.

Sie sagten mir nichts über das Rütli. Wenn etwa dabei was

zu erinnern wäre so senden Sie mirs Morgen Vormittag, denn auf den Freitag muß ichs fortschicken.

Mögen Sie Sich bald wieder erholen!

Sch

953. Goethe

⟨Weimar, 18. Januar 1804⟩

Hier kommt auch das Rütli zurück, alles Lobes und Preises wert. Der Gedanke gleich eine Landsgemeinde zu konstituieren ist fürtrefflich, sowohl der Würde wegen, als der Breite die es gewährt. Ich verlange sehr das übrige zu sehen. Alles Gute zur Vollendung.

Weimar am 18ten Jan. 1804.

G.

954. Goethe

⟨Weimar, 23. Januar 1804⟩

Eben war ich im Begriff anzufragen, wie es Ihnen gehe, denn bei diesem langen Auseinandersein wird es einem doch zuletzt wunderlich.

Heute habe ich zum erstenmal Mad. de Stael bei mir gesehen es bleibt immer dieselbe Empfindung sie geriert sich mit aller Artigkeit noch immer grob genug als Reisende zu den Hyperboreern, deren kapitale alte Fichten und Eichen, deren Eisen und Bernstein sich noch so ganz wohl in Nutzen und Putz verwenden ließe, indessen nötigt sie einen doch die alten Teppiche als Gastgeschenk, und die verrosteten Waffen zur Verteidigung hervorzuholen.

Gestern habe ich Müller gesehen wahrscheinlich wird er heute wiederkommen. Ich werde Ihren Gruß ausrichten. Er ist über das weimarische Lazarett freilich betroffen, denn es muß recht übel aussehen, wenn der Herzog selbst auf dem Zimmer bleibt. Bei allen diesen Unbilden habe ich den Trost daß Ihre Arbeit nicht ganz unterbrochen worden denn das ist das Einzige von dem was ich übersehe das unersetzlich wäre das wenige, was ich zu tun habe, kann noch allenfalls unterbleiben. Halten Sie sich ja stille bis Sie wieder zur förmlichen Tätigkeit gelangen. Wegen Müllers hören Sie morgen bei Zeiten etwas. Das schönste Lebewohl. Weimar am 23 Jan 1804.

Auch die neue Literaturzeitung schicke vielleicht noch heute Abend.

G

955. Goethe

⟨Weimar, 23. Januar 1804⟩

Hier die neuen Zeitungen, mit Bitte sie sod⟨ann⟩ an Meyer zu schicken, besonders empfehle i⟨ch⟩ No. 13 Ist denn doch nichts Neues unter der Sonne! und hat nicht unsere vortreffliche Reisende mir heute früh, mit der größten Naivität, versichert: daß sie meine Worte, wie sie solcher habhaft werden könne, sämtlich werde drucken lassen. Diese Nachricht von Rousseaus Briefen macht wirklich der gegenwärtigen Dame bei mir ein böses Spiel: Man sieht sich selbst und das fratzenhafte französische Weiberbestreben im {diamantnen / adamantinen} Spiegel. Die besten Wünsche für Ihr Wohl.

G

956. Goethe

⟨Weimar, 24. oder 25.? Januar 1804⟩

Noch eine Abendanfrage wie Sie sich befinden? Mit mir geht es ganz leidlich. Heute Abend war Johannes v Müller bei mir und hatte große Freude an meinen Münzschubladen. Da er so unerwartet unter lauter alte Bekannte kam, so sah man recht wie er die Geschichte in seiner Gewalt hat; denn selbst die meisten untergeordneten Figuren waren ihm gegenwärtig und er wußte von ihren Umständen und Zusammenhängen. Ich wünsche zu hören daß die schweizer Helden sich gegen ihre Übel wacker gehalten haben.

G

957. Schiller

⟨Weimar, 24. oder 25. Januar 1804⟩

Dank Ihnen für den freundlichen Abendgruß. Ich habe heute bei dem besten Vorsatz nicht viel leisten können, weil ich mit meinem Schlaf zu sehr in Unordnung bin. Auch spüre ich die Folgen des langen Eingesperrtseins an einer Schwere und Dumpfheit des Gemüts. Ich muß eilen einmal wieder an die frische Luft zu kommen.

Es freut mich zu hören, daß Müller wenigstens einige Wochen bleiben wird.

Haben Sie die Hallische Lit⟨eratur⟩ Zeitung nicht gesehen? Sie fängt an mit einer Rezension der natürlichen Tochter, die mit einem vollkommen guten Willen für das Werk gemacht ist und auch nicht die entfernteste Spur einer Tücke verrät. Wahrscheinlich haben die Herrn etwas recht großes zu leisten geglaubt, daß sie diesen Effort von Gerechtigkeit ausübten, oder haben sie feurige Kohlen auf Ihr Haupt sammeln wollen. Sonst ist nicht viel in dieser Zeitung zu finden.

Leben Sie recht wohl

S.

958. Goethe

⟨Weimar, 25. oder 28. Januar 1804⟩

Indem ich frage wie Sie sich befinden? und zugleich versichre, daß es mir, unter der Bedingung daß ich zu Hause bleibe, ganz leidlich gehen kann, gebe ich Nachricht von zwei Kunstwerken, die bei mir angelangt sind.

Erstlich ein Gemälde, von einem alten Manieristen aus den 17ten Jahrhundert, vorstellend jene Weiber, die sich entblößen, um das fliehende Heer aufzuhalten und es gegen die Feinde zurück zu treiben, mit so viel Geist, Humor und Glück vorgestellt, daß es ein wahrhaftes Behagen erregt

Zweitens ein Stück von Calderon. Fernando, Prinz von Portugal, der zu Fetz in der Sklaverei stirbt, weil er Ceuta, das man als Lösepreis für ihn fordert, nicht will herausgeben lassen. Man wird, wie bei den vorigen Stücken, aus mancherlei Ursachen im Genuß des einzelnen, besonders beim ersten Lesen, gestört, wenn man aber durch ist und die Idee sich wie ein Phönix aus den Flammen vor den Augen des Geistes emporhebt; so glaubt man nichts vortrefflichers gelesen zu haben. Es verdient gewiß neben der Andacht zum Kreuze zu stehen, ja man ordnet es höher, vielleicht weil man es zuletzt gelesen hat und weil der Gegenstand so wie die Behandlung im höchsten Sinne liebenswürdig ist. Ja ich möchte sagen, wenn die Poesie ganz von der Welt verloren ginge, so könnte man sie aus diesem Stück wieder herstellen.

Fügen Sie nun zu diesen günstigen Aspekten irgend einen Akt von Tell hinzu, so kann mich in der nächsten Zeit kein Übel anwehen.

Ruhe zu Nacht und gute Stimmung bei Tage wünscht herzlich

Weimar G

am 25 Jan. 1804.

959. Schiller

⟨Weimar, 25. oder 28. Januar 1804⟩

In meiner Abgeschiedenheit worin ich jetzt den ganzen Tag zubringe, ist mir so ein freundlicher Gruß zum Abend ein rechtes Labsal, und Sie werden mich ordentlich verwöhnen. Auf die zwei Nova bin ich sehr begierig. Der Gegenstand des Gemäldes scheint mir ganz exzellent zu sein und dazu geeignet, ein Kunstwerk vom ersten Rang hervor zu bringen, weil er zwei ganz entgegengesetzte Zustände sinnlich vereinigt.

Ich habe Ihnen nichts ähnlicher Art zu berichten. Neben meinem Pensum, das langsam fort rückt und wenigstens nicht stockt, habe ich die Memoires von einem tüchtigen Seemann gelesen, die mich im mittelländischen und indischen Meer herumgeführt haben, und in ihrer Art bedeutend genug sind. Schlafen Sie recht wohl, ich hoffe, Ihnen bald wieder etwas schicken zu können

S.

960. Schiller

⟨Weimar,⟩ 26. Jänner 1804.

Mein Schwager läßt Sie schönstens grüßen. Die Verlobung ist am Neujahr Russischen Kalenders oder am 13 Januar des unsrigen gefeiert worden. Die Vermählung geht noch im Februar vor sich.

Cotta erkundigt sich sehr angelegentlich nach der Fortsetzung der natürlichen Tochter. Möchte ich ihm etwas Hoffnung geben können!

Er schreibt mir daß er mein Exemplar seiner allg⟨emeinen⟩ Zeitung, welches bisher immer über Jena gegangen, künftig dem Ihrigen beischließen werde. Vielleicht hat er schon den Anfang damit gemacht, in welchem Fall ich darum bitte.

Den Adelung erbitte mir wenn Sie ihn nicht mehr brauchen. Ich habe allerlei Fragen an dieses Orakel zu tun.

Hier lege ich eine kleine poetische Aufgabe zum Dechiffrieren bei.

Was beginnen Sie heut und morgen? Die lang projektierte französische Vorlesung der Mad. d. Stael soll wie ich höre morgen vor sich gehen. Sind Sie aber morgen Abend zu Hause und aufgelegt, so lade ich mich bei Ihnen ein, denn mich sehnt darnach, Sie zu sehen.

S.

961. Goethe

⟨Weimar, den 26. Januar 1804⟩

Frau von Stael war heute bei mir mit Müller, wozu der Herzog bald kam wodurch die Unterhaltung sehr munter wurde und der Zweck eine Übersetzung *des Fischers* durchzugehen vereitelt wurde.

Hier schicke ich meinen Adelung; Verzeihen Sie daß ich den Ihrigen wohl eingepackt an Voß geschickt habe, der dessen zu einer Rezension von Klopstocks Grammatischen Gesprächen höchst nötig bedurfte. Auch sende ich ⟨die⟩ ersten Stücke Zeitungen außer 1 und 2 und was mir sonst an dieser Sendung auch fehlt.

Ihr Gedicht ist ein recht artiger Stieg auf den Gotthardt dem man sonst noch allerlei Deutungen zufügen kann und ist ein zum Tell sehr geeignetes Lied.

Morgen Abend um 5 Uhr kommt Constants zu mir mögen Sie mich später besuchen, so soll mirs sehr angenehm sein.

Wohl zu schlafen wünschend.

Am 26 Jan. 1804.

962. Goethe

⟨Weimar, 8. Februar 1804⟩

Mit den besten Grüßen hierbei verschiedenes

Erstlich drei Stück allgem⟨eine⟩ Zeitung, wovon besonders eines, wegen einer merkwürdigen Schulchrie, wichtig ist.

2.) Einige Rollen, die noch im Macbeth zu besetzen sind, weshalb ich auch die Austeilung überschicke.

3.) Ihr schönes Berglied.

4.) Ein, ich furchte, abermals verunglückter Versuch ein griechisches Trauerspiel heranzurücken, besonders scheint mir der an den alten für uns vielleicht zu schweren Schritt des Trimeters ohne Vermittlung angeknüpfte gereimte Chor sehr unglücklich.

Mögen Sie mich heute Abend besuchen; so befehlen Sie dem Überbringer die Stunde des Wagens.

W. am 8 Febr. 1804. G

963. Schiller

⟨Weimar, 8. Februar 1804⟩

Für das überschickte danke ich allerschönstens. Mit den griechischen Dingen ist es eben eine mißliche Sache auf unserm Theater und, unbesehen des Werks, würde ich schon dagegen raten. Hat man Ihnen nicht abseiten Wielands von einer Aufführung der Helena des Euripides gesprochen, wobei aber der Chor mit der Flöte soll begleitet werden. Ich habe schon vor 5 Wochen davon reden hören und vergessen Sie zu fragen.

Da ich mich heute in einer ganz guten Arbeitslaune befinde, so werde ich wohl einen langen Abend machen und zweifle ob ich werde ausgehen können. Leider muß ich den morgenden Tag heute zu antizipieren suchen, da ich bei Mad. d⟨e⟩ St⟨aël⟩ zu Mittag essen soll. Ihren Brief an meinen Schwager habe ich gestern expediert und seinen Inhalt nachdrücklich empfohlen.

S.

964. Goethe

⟨Weimar, 16. Februar 1804⟩

Indem ich abermals Zeitungen übersende, frage ich an ob ich das Vergnügen haben kann Sie heute Abend bei mir zu sehen. Fr. v Stael und H. v. Constant werden nach 5 Uhr kommen. Ich will ein Abendessen bereit halten wenn man Lust hat da zu bleiben; es wäre sehr schön wenn Sie von der Gesellschaft sein möchten. Weimar am 16 Febr 1804

Befehlen Sie die Stunde des Wagens. G

965. Schiller

⟨Weimar, 16. Februar 1804⟩

Ich bin nun dem Ziel meiner Arbeit nahe und muß mich vor allem was mir die nötige letzte Stimmung rauben oder verkümmern kann sorgfältigst hüten, besonders aber vor allen französischen Freunden. Entschuldigen Sie mich also, mein teurer Freund, mit der evangelisch christlichen Liebe, die ich Ihnen in ähnlichen Fällen gleichermaßen bereit halten will. S.

966. Schiller

⟨Weimar, 19. Februar 1804⟩

Hier übersende mein Werk, für das ich unter gegenwärtigen Umständen nichts weiter zu tun weiß. Wenn Sie es durchlesen, bitte ich es zurückzusenden, weil der Rollenschreiber darauf wartet.

Soll es gegen Ostern gegeben werden, so müssen wir suchen es 8 Tage *vorher* zu Stande zu bringen, um noch von Zimmermanns Gegenwart und, in Rücksicht auf die Kasse, von dem aktuellen Zustand in Jena zu profitieren, der sich nach Ostern verändern kann. Dann müßte aber wegen der anzuschaffenden Kleider und der erfoderlichen Dekorationen schleunige Resolution gefaßt werden, auch müßte man den Macbeth verschieben. Das Einstudieren der Rollen macht keine Schwierigkeit, da die größte von keinem beträchtlichen Umfang ist;

Meine Idee wegen der Rollenbesetzung lege ich bei. Sie ersehen daraus, wie schwer es sein würde, Zimmermanns

Rolle zu besetzen. Muß man sich nach Ostern auch ohne ihn helfen, so geht es dann eher an als wenn gleich der erste Eindruck trüb ist.

Ich bin von diesen Besorgungen und auch von dem Wetter sehr angegriffen und muß mich noch einige Tage zu Hause halten. Wollen Sie aber mit Beckern und Genast, so wie auch mit Meiern und Heideloff sprechen, so kann die Sache doch vorwärts gehen.

S.

967. Goethe

⟨Weimar, 19. Februar 1804⟩

Eben war ich im Begriff nach Ihnen und Ihrer Arbeit zu fragen denn nichts von Ihnen zu sehen und zu hören wurde mir zuletzt doch allzulästig Der Anblick des Stücks und der Rollenausteilung hat mich sehr vergnügt. Ich sollte denken man müßte die Vorstellung vor Ostern zu Stande bringen obgleich nur knapp freilich mit dem Ausschreiben der Rollen müßte es behend gehen. Ich dächte man setzte einige Schreiber zusammen die zu gleicher Zeit schreiben müßten. Doch davon sobald ich gelesen habe. Jetzt nur recht herzlichen Dank. Weimar am 19 Febr. 1804.

G

968. Goethe

⟨Weimar, 21. Februar 1804⟩

Das Werk ist fürtrefflich geraten, und hat mir einen schönen Abend verschafft. Einige Bedenklichkeiten wegen der Aufführung vor Ostern sind mir beigegangen. Mögen Sie um 12 Uhr fahren; so komme ich Sie abzuholen.

d. 21 Febr 1804.

G

969. Schiller

⟨Weimar, 24.? Februar 1804⟩

Anbei übersende die Rollen vom Tell, mit meiner Besetzung, und bitte Sie, nun das weitere darüber zu verfügen.

Ich habe drei neue Weiber darin kreiert, um die drei noch übrigen Schauspielerinnen mit Anteil in das Stück hinein zu ziehen, weil sie nicht gerne Statisten machen. Die Müller bleibt ganz weg.

Heute Abend werden wir uns bei Madame sehen. Gestern haben wir *Sie* recht vermißt, es ist manches lustige vorgefallen, worüber wir uns noch in künftigen Tagen unter uns ergötzen wollen.

S.

970. Schiller

⟨Weimar, 5. oder 6.? März 1804⟩

Es ist mir recht zum Trost, daß Sie Sich des Tell annehmen wollen. Wenn ich mich irgend erträglich fühle komme ich gewiß, ich habe mich seitdem ich Sie bei der Leseprobe zum letztenmal gesehen gar nicht wohl befunden, denn das Wetter setzt mir gar sehr zu, auch ist mir nach der Abreise unsrer Freundin nicht anders zu Mut, als wenn ich eine große Krankheit ausgestanden.

S.

971. Goethe

⟨Weimar, 12. März 1804⟩

Mögen Sie wohl die zwei ersten Akte ansehn? Wo das weiße Papier eingeheftet ist, fehlt eine Szene zwischen Weislingen und Adelheid Wenn Sie nichts zu erinnern haben ließe ich wenigstens von vorn herein die Rollen abschreiben.

d 12. März G 1804.

972. Schiller

⟨Weimar, 15.? März 1804⟩

Haben Sie die Güte, die Stelle quaestionis nun anzusehen, ob sie so gehen kann. Eine bedeutende Änderung läßt sich jetzt freilich nicht mehr versuchen, doch hoffe ich, daß jetzt kein unerlaubter Sprung mehr dabei ist.

Wenn Sie nichts zu erinnern finden, so senden Sie mir das Blatt zurück, daß ich in den Rollen das nötige sogleich für die heutige Probe abändern kann.

S.

973. Goethe

〈Weimar, 2. April 1804〉

Sagen Sie mir doch wie es mit Ihnen und den Ihrigen steht? Ob Sie heute die Hussiten besuchen? Ob Sie mich heute Abend mit Ihrer Gegenwart erfreuen wollen? oder was Ihre Zustände sonst mit sich führen?

d. 2 Apr 1804 G

974. Schiller

〈Weimar, 3. April 1804〉

Die Rezension ist geistreich und lichtvoll, soviel Übereinstimmung in den Hauptprinzipien zu finden muß mich billig erfreuen, wenn auch über einzelne Besondernheiten noch kontroversiert wird. Auch über diese dächte ich mit einem so sinnverwandten Kunstrichter allenfalls noch einig werden zu können.

Mündlich ein weiteres. Wenn Sie nichts andres vorhaben, so will ich mich heut Abend um 7 einstellen. In mein Haus, wo noch ein Hustenlazarett ist, kann ich Sie nicht einladen.

S.

975. Goethe

〈Weimar, 16.? April 1804〉

I.

1.) Mit Mackbeth und Bancko kommen einige, damit letzter fragen könne: Wie weit ist's noch nach Foris?

II

2) *Die Glocke ruft.* Darf nicht geklingelt werden, man hört vielmehr einen Glockenschlag.

3) Der Alte sollte sich setzen, oder fortgehen. Mit einer kleinen Veranderung schlösse Mackduff den Akt.

III

4) Der Bursche der Mackbeth bedient wäre besser anzuziehen und einigermaßen als Edelknabe herauszuputzen.

5) Eilensteins Mantel ist zu enge. Es wäre noch eine Bahn einzusetzen.

6.) Bei Bankos Mord sollte man ganz Nacht machen.
7.) Die Früchte auf der Tafel sind mehr ins Rote zu malen.
8) Bankos Geist sieht mir in dem Wams zu prosaisch aus. Doch weiß ich nicht bestimmt anzugeben wie ich ihn anders wünsche.

IV.

9) Die Hexen sollten unter den Schleiern Drahtgestelle haben daß die Köpfe nicht zu glatt erscheinen. Vielleicht gäbe man ihnen Kränze die einigermaßen putzten, zur Nachahmung der Sybillen.
10) Da nach der Hexen Szene bei uns der Horizont fällt so müßte Mackbeth nicht sagen: *Komm herein du draußen* pp denn dies supponiert die Szene in der Höhle.

V.

11) Lady wäscht oder reibt eine Hand um die andre.
12) Die Schilder wären aufzumalen.
13) *Mackbeth* müßte sich doch, wenigstens zum Teil auf dem Theater rüsten; sonst hat er zuviel zu sprechen was keinen sinnlichen Bezug hat.
14) Er sollte nicht im Hermelinmantel fechten.

d. 16 Apr 1804. G.

976. Schiller

⟨Weimar, 30. Mai 1804⟩

H. D. Kohlrausch ein Hannoveraner, der aus Rom kommt und Frau v Humboldt begleitet wünscht sich Ihnen vorzustellen. Er wird Sie gewiß interessieren, und Ihnen von Humboldt und von Italienischen Sachen erzählen.

Ich habe nichts neues zu berichten, denn ich habe wenig erfahren, noch weniger getan. Die Maschine ist noch nicht im Gange.

Für die Rollen welche erledigt sind habe ich zum Teil Rat geschafft. Bei den übrigen mag es anstehen bis zu Ihrer Zurückkunft.

Heautontimorumenos ward heute gegeben aber auch beerdigt. Es hat sich keine Hand rühren wollen und das Haus war leer. Hoffentlich wird unser Freund nun den Terenz in Frieden lassen.

Leben Sie wohl und kommen bald wieder. Mein ganzes Haus grüßt Sie

30. Mai 1804 Schiller

977. Schiller

⟨Weimar, 6. Juni 1804⟩

Ich sagte Ihnen gestern Abend von dem Schritte, den ich bei unserm Herrn getan, und heute früh erhalte ich beifolgendes Billet von ihm, welches die günstigsten Gesinnungen für mich enthält. Der Ton, in welchem es abgefaßt ist, berechtigt mich zu der Hoffnung, daß es dem H⟨erzog⟩ ernst ist, mir solid zu helfen und mich in eine solche Lage zu setzen, daß ich meine rem familiarem zunehmen sehe.

Ich brauche jährlich 2000 rt. um mit Anstand hier zu leben, davon habe ich bisher über zwei Dritteile, zwischen 14- und 1500 rt., mit meinen schriftstellerischen Einnahmen bestritten. 1000 rt. will ich also gern jährlich von dem meinigen zusetzen, wenn ich nur auf 1000 rt. fixe Einnahme rechnen kann. Sollten es die Umstände nicht erlauben, meine bisherige Besoldung von 400 rt. sogleich auf 1000 zu erhöhen so hoffe ich von der gnädigen Gesinnung des Herzogs, daß er mir 800 für jetzt bewilligen, und mir die Hoffnung geben werde, in einigen Jahren das 1000 voll zu machen. Sagen Sie mir, bester Freund, der Sie meine Lage und die hiesigen Verhältnisse kennen, was Sie von der Sache denken, und ob Sie glauben, daß ich mich, ohne den Vorwurf der Unbescheidenheit, in solchen Terminis gegen den Herzog erklären kann.

S.

978. Goethe

⟨Weimar, 19. Juni 1804⟩

Möchten Sie mir sagen wie Sie Ihren Tag einrichten? Bis etwa 7 Uhr würde ich im Garten zu finden sein. Nachher im Hause.

d. 19 Jun. 1804. G

979. Schiller

⟨Weimar, zwischen 7. und 12. Juli 1804⟩

Dank für die schönen Sachen, die ich Ihnen heute Abend, wenn Sie mich haben wollen, mit bringen werde. Die Reise nach Jena wird etwa in 6 oder 7 Tagen vor sich gehen. Vorher hoffen wir, Sie auch noch einen Abend bei uns zu sehen.

Endlich eine Charlotte Corday, die ich zwar mit Zweifel und Bangigkeit in die Hand nehme, aber doch ist die Neugier groß.

S.

980. Goethe

⟨Weimar, 25. Juli 1804⟩

Schon einige Zeit ließ ich die Allgemeine Zeitung uneröffnet und da ist auch Ihr Exemplar zurückgeblieben. Hier kommen sie auf einmal und dienen wohl zur Unterhaltung.

Ich habe mich die Zeit über an den Götz gehalten und hoffe ein rein Manuskript und die ausgeschriebnen Rollen zu haben eh die Schauspieler wiederkommen; dann wollen wir es außer uns sehen und das weitre überlegen. Wenn es mit der Länge nur einigermaßen geht; so hab ich wegen des übrigen keine Sorge.

Schreiben Sie mir daß Sie tätig und daß die Ihrigen wohl sind.

Haben Sie Dank daß Sie Eichstedt gut aufgenommen, worüber er große Freude hegt.

Leben Sie wohl und gedenken mein

W. d. 25 Jul G
1804.

981. Schiller

Jena 3 Aug 1804.

Ich habe freilich einen harten Anfall ausgestanden und es hätte leicht schlimm werden können, aber die Gefahr wurde glücklich abgewendet, alles geht nun wieder besser, wenn mich nur die unerträgliche Hitze zu Kräften kommen ließe. Eine plötzliche große Nervenschwächung in solch einer

Jahrszeit ist in der Tat fast ertödend und ich spüre seit den 8 Tagen, daß mein Übel sich gelegt, kaum einen Zuwachs von Kräften obgleich der Kopf ziemlich hell und der Appetit wieder ganz hergestellt ist.

Mich freut sehr zu hören, daß Sie mit dem Götz v⟨on⟩ B⟨erlichingen⟩ schon so weit sind und daß wir also dieser theatralischen Festlichkeit mit Gewißheit entgegen sehen können.

Graf Geßler ist gegenwärtig hier und bleibt wohl noch ein acht Tage. Vielleicht kommen Sie in dieser Zeit einmal herüber.

Mit der Bodischen Rezension v⟨on⟩ Kotzebue ist es freilich eine böse Sache, aber man könnte eine A⟨llgemeine⟩ L⟨iteratur⟩ Zeitung gar nicht unternehmen wenn man es so gar genau nehmen wollte. Ich dächte also, man ließe das Werk, mutatis mutandis und besonders verkürzt, in Gottes Namen drucken, weil es doch wenigstens immer an die Hauptgriefs die man gegen Kotzebue hat, erinnert und nur unzureichend aber nicht eigentlich falsch ist.

Beiliegende Melodien zu dem Tell schickt man mir aus Berlin. Sie lassen sie wohl einmal von Detouches oder sonst jemand spielen und sehen was daran ist.

Bei mir ist alles wohl und grüßt Sie schönstens.

Leben Sie wohl.

Empfehlen Sie mich
den Freunden,
besonders der Frau
v Stein. Sch.

982. Goethe

⟨Weimar, 5. August 1804⟩

Ihre Hand wieder zu sehen war mir höchst erfreulich. Über Ihren Unfall, den ich spät erfuhr habe ich gemurrt und mich geärgert, so wie sich meine Schmerzen gewöhnlich auslassen. Sehr herzlich freue ich mich daß es besser geht. Halten Sie Sich nur ruhig in dieser heißen Zeit.

Von Zelter folgt hier ein Brief an mich und Sie. Es ist eine grundwackre und treffliche Natur, die unter Päpsten und Kardinälen, zu recht derber Zeit, hätte sollen geboren werden. Wie jämmerlich ist es ihn, auf diesem Sand, nach dem Elemente seines Ursprungs schnappen zu sehen.

Graf Geßler grüßen Sie aufs beste – wenn mir es mōglich ist komme ich in der nächsten Woche hinüber.

Die Kotzeb⟨uesche⟩ Rezension betr. trete ich gern Ihrer Meinung bei. Wollten Sie Hof⟨rat⟩ Eichstedt darnach beraten; so würde ja auch diese Ladung auslaufen können.

An dem Wohl der Ihrigen, der ältern und der neusten nehm ich aufrichtigen Anteil und wünsche uns bald wieder vereinigt zu sehen.

Fr. v. Wolzogen viel Empfehlungen.

W. d. 5. Aug 1804 G

983. Goethe

⟨Weimar, 10. September 1804⟩

Hier eine sonderbare, fast möcht ich sagen traurige Lektüre. Wenn man nicht soviele falsche Tendenzen gehabt hätte und noch hätte, mit halbem Bewußtsein; so begriffe man nicht wie die Menschen so wunderliches Zeug machen könnten. Ich hoffe Sie heut zu sehen. d. 10 Sept. 1804

G

984. Goethe

⟨Weimar, 2. Oktober 1804⟩

Hier auf Ihre gestrige Anregung ein Aufsatz! mögen Sie ihn gefallig durchdenken und mir mit Ihrem guten Rate beistehen!

d. 2 Oktbr 1804. G

985. Goethe

⟨Weimar, 28. Oktober 1804⟩

Möchten Sie mir das Rochlitzische Stück, Lor⟨enz⟩ Starck, und die beiden andern wieder zukommen lassen; so würde ich für die Zukunft einiges überlegen und einleiten. Nächstens mündl⟨ich⟩ mehr

d. 28 Oktbr 1804. Goethe

986. Goethe

⟨Weimar, 5. November 1804⟩

Ich möchte Sie nicht stören, und doch erfahren wie die Geschäfte stehen und gehen? Sagen Sie mir Ein Wort und ob man Morgen zusammen käme?

d. 5 Nov 1804. G

987. Goethe

⟨Weimar, 20. Dezember 1804⟩

Verzeihen Sie bester wenn ich noch nicht auf das bewußte antworte. In meinem Kopfe siehts noch gar wüst aus.

Nur muß ich melden daß die Minerva Velletri angekommen ist und ganz verwundert aussieht das Christfest mitfeiern zu sollen. Alles gute

d. 20 Dez. 1804 G

988. Goethe

⟨Weimar, 21. Dezember 1804⟩

Mit einer Anfrage, wie Sie sich befinden, will ich über unsere Angelegenheit nur einiges sagen, damit Sie vorläufig erfahren, wie es steht. Die Hälfte der Übersetzung glaube ich in der Mitte Januars, die andre Hälfte zu Ende abliefern zu können. Mit dem was dabei zu sagen wäre sieht es schon etwas weitschichtiger aus. Anfangs geht man ins Wasser und glaubt man wolle wohl durchwaten, bis es immer tiefer wird und man sich zum schwimmen genötigt sieht. Die Bombe dieses Gesprächs platzt gerade in der Mitte der französischen Literatur und man muß sich recht zusammennehmen um zu zeigen, wie und was sie trifft. Überdies lebt Palissot noch im 74sten Jahre, wenn er nicht vergangenes Jahr gestorben ist, um so mehr muß man sich hüten keine Blößen zu geben.

Auch ist manche kritische Bestimmung innerhalb des Dialogs schwerer als ich anfangs dachte. Das Stück, die Philosophen, erscheint darin als ein erst kurz gegebenes und es ward den 20 Mai 1760 zum erstenmal in Paris gespielt. Der alte Rameau lebte noch. Dies setzte die Epoche also wenigstens vor 1764 wo er starb. Nun wird aber der trois siecles de la Literature françoise gedacht, die erst 1772 herausgekommen sind Man müßte also annehmen, daß der Dialog früher geschrieben und nachher wieder aufgefrischt worden sei, wodurch solche Anachronismen wohl entstehen können. Bis man aber in solchen Dingen etwas ausspricht muß man sich überall umsehen. Wann also diese Zugabe fertig werden könnte, ist schwerer zu berechnen, da ich auch vor Ostern die Schilderung Winkelmanns liefern muß, die doch auch nicht aus dem Stegereif gemacht werden kann. Welches alles ich zu gefälliger Betrachtung einstweilen habe melden sollen. Übrigens befinde ich mich ganz leidlich und nicht ganz untätig. Der ich in Erwartung eines bessern ein Gleiches wünsche.

Den 21. Dezember. Goethe

989. Goethe

⟨Weimar, 23. Dezember 1804⟩

Gern hätte ich Sie heute besucht um Ihnen zu sagen daß die Arbeit frisch fort geht, wenn ich mich nur an die Luft wagen dürfte. Uber einige Bedenklichkeiten möchte ich mir Ihren Rat erbitten. Ich denke es wird sich alles machen lassen, nur dürfte vorläufig keine Anzeige ins Publikum. Wenn das Werk erscheinen soll so muß es unvorbereitet und unerwartet kommen. Doch hievon mündlich.

Leben Sie heiter und tätig

G

1805

990. Goethe

⟨Weimar, 1. Januar 1805⟩

Hier zum neuen Jahr mit den besten Wünschen, ein Pack Schauspiele. Da Sie doch solche mit gutem Humor ansehen; so werfen Sie doch ein Paar Worte aufs Papier über jedes. Am Ende gibts doch ein Resultat. Nichtwahr Oels hat keine Rolle in der Phädra. Er bat um Urlaub den ich ihm um so lieber gebe..

Erhalt ich nicht bald ein Paar Akte? Der Termin rückt nun mit jedem Tage näher ins Auge

G

991. Goethe

⟨Weimar, 9. Januar 1805⟩

Sagen Sie mir, bester Freund, ein Wort von Sich und Ihren Arbeiten. Meine Versuche mich der hohen und schönen Welt zu nähern sind mir nicht zum Besten gelungen. Wenigstens auf einige Tage bin ich wieder ins Haus zurückgedrängt. Da möcht ich denn etwas erfreuliches von Ihrer Warte her. Und zugleich fragen ob Ihre Dame wohl morgen früh den Donnerstag mit den Freundinnen bei mir feiern möchte. Wohlsein und Stimmung!

G

d. 9 Jan. 1805.

Eben höre ich daß die Hoheit uns morgen beglückt. Es wäre recht artig wenn Sie Sich entschlössen auch teil zu nehmen.

992. Schiller

⟨Weimar,⟩ 14. Jan. 1805.

Es tut mir recht leid zu hören, daß Ihr Zu hausebleiben kein freiwilliges ist. Leider gehts uns allen schlecht, und der ist noch am besten dran, der durch die Not gezwungen sich mit dem Kranksein nach und nach hat vertragen lernen. Ich bin jetzt recht froh, daß ich den Entschluß gefaßt und ausgeführt habe, mich mit einer Übersetzung zu beschäftigen. So ist doch aus diesen Tagen des Elends wenigstens etwas entsprungen, und ich habe indessen doch gelebt und gehandelt. Nun werde ich die nächsten 8 Tage dran wagen, ob ich mich zu meinem Demetrius in die gehörige Stimmung setzen kann, woran ich freilich zweifle. Gelingt es nicht, so werde ich eine neue halb mechanische Arbeit hervorsuchen müssen.

Ich schicke Ihnen hier, was abgeschrieben ist. Morgen wird mein Rudolph mit dem ganzen fertig sein.

Möchten Sie diese ersten Bogen durchsehen, hie und da mit dem Original zusammenhalten, und was Ihnen etwa darin auffällt mit dem Bleistift bemerken. Ich möchte gern bald möglichst und ehe die Rollen ausgeschrieben werden damit in Ordnung sein. Wenn Übermorgen an den Rollen angefangen wird, so kann auf den nächsten Sonntag Leseprobe sein, und von da sind es noch 10 Tage zum 30sten.

Der Herzog erlaubt mir die Memories von Marmontel zu lesen, die Sie jetzt haben. Ich bitte also darum, wenn Sie damit fertig sind.

Die Großfürstin erzählte gestern noch mit großem Interesse von Ihrer neulichen Vorlesung. Sie freut sich darauf, noch manches bei Ihnen zu sehen und auch zu hören.

Leben Sie wohl und lassen mich bald etwas hören.

Sollten Sie in keiner Stimmung sein, die Bogen zu durchlesen, so bitte sie mir retour zu schicken, daß ich Zeit zum Abschreiben lassen benutzen kann.

S.

993. Goethe

⟨Weimar, 14. oder 15. Januar 1805⟩

Ich wünsche Glück zu dem guten Gebrauch dieser gefährlichen Zeit. Die drei Akte habe ich mit vielem Anteil gelesen. Das Stück exponiert sich kurz und gut und die gehetzte Leidenschaft gibt ihm Leben. Ich habe die beste Hoffnung davon. Dazu kommt daß einige Hauptstellen, sobald man die Motive zugibt, von vortrefflicher Wirkung sein müssen. In diesen ist auch die Diktion vorzüglich gut geraten. Übrigens hatte ich angefangen hie und da einige Veränderungen einzuschreiben. Sie beziehen sich aber nur auf den mehrmals vorkommenden Fall, daß ein Hiatus entsteht oder zwei kurze (unbedeutende) Sylben statt eines Jambus stehen, beide Fälle machen den ohnehin kurzen Vers noch kürzer, und ich habe bei den Vorstellungen bemerkt, daß der Schauspieler bei solchen Stellen, besonders wenn sie pathetisch sind, gleichsam zusammenknickt und aus der Fassung kommt. Es wird Sie wenig Mühe kosten solchen Stellen nachzuhelfen. Haben Sie übrigens die Güte, das Ausschreiben der Rollen möglichst zu beschleunigen: denn das Stück will doch gelernt und geübt sein.

Das Leben des Marmontel schicke ich mit Vergnügen, es wird Sie einige Tage sehr angenehm unterhalten. Sie werden darin ein paarmal auf den Finanzmann Bouret stoßen, der uns durch Rameaus Vetter interessant geworden. Haben Sie doch die Güte mir nur die Pagina zu bemerken, ich kann die wenigen Züge sehr gut für meine Noten benutzen.

Wenn unsre junge Fürstin an dem was wir mitteilen können, Freude hat, so sind alle unsre Wünsche erfüllt. Unser einer kann ohnehin nur immer mit dem Apostel sagen: Gold und Silber habe ich nicht, aber was ich habe, gebe ich im Namen des Herrn. Denken Sie doch auch darüber, was man ihr allenfalls bei solchen Gelegenheiten vortragen kann. Es müssen kurze Sachen sein, doch von aller Art und Weise und mir fällt gewöhnlich das nächste nicht ein.

Leben Sie recht wohl und gedenken Sie mein. Sobald ich wieder wagen darf auszugehn, besuche ich Sie einen Abend. Ich habe vor Langerweile allerlei gelesen, z. B. den Amadis von Gallien. Es ist doch eine Schande, daß man so alt wird, ohne ein so vorzügliches Werk anders als aus dem Munde der Parodisten gekannt zu haben.

G

Die letzten Blätter die ich nachher las
haben mir auch sehr wohl gefallen.

994. Schiller

⟨Weimar, 15. Januar 1805?⟩

Ich hatte mich eben angezogen um zu Ihnen zu kommen, aber die Krämpfe regen sich und ich bin bange in die Luft zu gehen. Vermutlich steigt der Barometer, denn in diesen vorigen Tagen habe ich nichts gespürt. Lassen Sie mich nur mündlich durch Überbringer wissen, wie Sie Sich befinden, und beharren Sie übrigens bei Ihrem Vorsatz zu Haus zu bleiben....

S.

995. Schiller

⟨Weimar, 17. Januar 1805⟩

Die Mitschuldigen haben gestern ein allgemeines Vergnügen gemacht und werden es immer mehr, wenn die Schauspieler mit diesem Vers besser umgehen lernen. Becker hat sein bestes getan, Stellenweis hat sich auch die Silie gut gehalten, Unzelmann wollte nicht ganz in seine Rolle passen. Mit Wolf konnte man sehr zufrieden sein.

Es ist zwar hie und da etwas anstößiges gewesen, aber die gute Laune, in die das Stück versetzt, hat diese Dezenz-Rücksichten nicht aufkommen lassen. Die Großfürstin hat sich sehr ergetzt, besonders hat die sublime Stelle mit dem Stuhl ihre Wirkung nicht verfehlt.

Bei dem *Bürgergeneral* ist mir wieder die Bemerkung gekommen, daß es wohlgetan sein würde, die moralischen Stellen, besonders aus der Rolle des Edelmanns wegzulassen, soweit es möglich ist. Denn da das Interesse des Zeitmoments aufgehört hat, so liegt es gleichsam außerhalb des Stücks.

Das kleine Stück verdient, daß man es in der Gunst erhalte die ihm widerfährt und gebührt, und es wird sich recht sehr gut tun lassen, ihm einen rascheren Gang zu geben.

Ich bin gestern, wie ich Unzelmann wieder gesehen, bei mir selbst zweifelhaft geworden, ob ich ihm den Hippolyt anvertrauen kann, vorzüglich weil ihm doch noch die eigentliche Männlichkeit fehlt und der Junge noch zu sehr in ihm steckt. Sollte Oels noch zu rechter Zeit hier sein, so wäre dieser mir lieber, und zu rechter Zeit kam er noch immer, wenn er nur auf den Mittwoch gewiß hier wäre, da er gut lernt und die Rolle gar nicht groß ist.

Ich hoffe zu hören, daß Sie Sich wieder besser befinden.

S.

996. Goethe

⟨Weimar, 17. Januar 1805⟩

Ob nun nach der alten Lehre die humores peccantes im Körper herumspazieren, oder ob nach der neuen die verhältnismäßig schwächeren Teile in Désavantage sind, genug bei mir hinkt es bald hier, bald dort und sind die Unbequemlichkeiten aus den Gedärmen ans Diaphragma, von da in die Brust, ferner in den Hals und so weiter ins Auge gezogen, wo sie mir denn am allerunwillkommensten sind.

Ich danke Ihnen, daß Sie der gestrigen Vorstellung haben beiwohnen wollen. Da das Stück günstig aufgenommen worden, so läßt sich noch manches dafür tun, wie schon jetzt geschehen ist: denn es ist verschiedenes geändert. Mich dünkt die Hauptsache kommt darauf an, daß man das, was allenfalls noch zu direkt gegen die Dezenz geht mildere und vertusche, und daß man noch etwas heiteres, angenehmes, herzliches hineinretuschiere. Bei den paar Proben, die ich im Zimmer hatte, ist mir manches eingefallen. Ich schicke Ihnen gelegentlich das Theaterexemplar, wo Sie die Veränderungen, die ich in diesem Sinne gemacht, schon beurteilen können und mir Rat geben werden zu ferneren. Auch wird man die Schauspieler mehr bearbeiten können, da es doch der Mühe wert ist: denn ein Stück mehr auf dem Repertorium zu haben, ist von größerer Bedeutung als man glaubt.

Den Bürgergeneral will ich ehstens vornehmen. Ich dachte schon die dogmatische Figur des Edelmanns ganz herauszuwerfen; allein da müßte man einen glücklichen Einfall haben am Schluß die widerwärtigen Elemente durch eine Schnurre zu vereinigen, damit man den Deus ex machina nicht nötig hätte. Das müßte man denn gelegentlich bedenken.

Da Oels bis auf den 26 Urlaub hat, wo würde man wohl bei der frühern Austeilung bleiben. Ich wünsche zu hören, wie weit Sie sind und wann Sie glauben Leseprobe halten zu können.

Da ich sobald noch nicht ausgehen kann, so besuchten Sie mich vielleicht bei guter Tageszeit auf ein Stündchen, vielleicht im Mittage. Ich würde Ihnen dazu den Wagen schikken.

Ich wünsche, daß Sie wohl leben und an eigene Plane denken mögen.

G

997. Goethe

⟨Weimar, etwa 20. Januar 1805⟩

Bei unsrem Theater gibt ⟨es⟩ wie sonst, besonders aber jetzt aus mancherlei Verhältnissen, allerlei Geklätsch. und man hat ersonnen, wahrscheinlich um die *Becker* zu indisponieren, daß wir bloß mit Austeilung des Stücks solange gezaudert hätten, weil wir die Unzelmann erwartet hätten, die nun nicht komme. Wissen Sie etwas das diesem Gerede einen Schein geben könnte so teilen Sie mir es mit. Ich muß einmal Ernst machen wenn das Ding nicht schlimmer werden soll.

Sagen Sie mir doch wie Sie Sich mit den Ihrigen befinden?

Goethe

998. Schiller

⟨Weimar, nach dem 20. Januar 1805⟩

Da Sie selbst wissen, wie ich beim ersten Gedanken an diese Übersetzung auf die Becker gerechnet, so daß ich wirklich vorzugsweise um ihrentwillen die Phedra und nicht den Brittanikus gewählt, so können Sie leicht denken, wie kurios mir das herumgehende Gerede vorkommen muß. Ich wüßte schlechterdings nicht, was dazu Anlaß könnte gegeben haben, wenn es nicht dieses ist, daß ich Oelsen, wie er mich vor seiner Abreise nach Berlin um Aufträge dahin bat, sagte, ich hätte ein Stück unter der Feder, wobei eine interessante Rolle für Mad. Unzelmann wäre. Wie es aber möglich war, dieses so zu verstehen, als wenn Mad. Unzelmann diese Rolle *hier* spielen sollte, begreife ich nicht.

Mit meinen Kindern geht es gottlob ohne böse Zufälle ab, und es soll hoffe ich in wenig Tagen wieder gut stehen.

Mich hat mein Katarrh noch nicht verlassen, ob er gleich nicht mehr stark ist. Marmontels Memoires beschäftigen mich sehr, und besonders sind die Acheminements zur Revolution sehr gut geschildert. Es interessiert mich, mit Ihnen über Necker zu reden, wenn wir uns wieder sehen: denn ohne Zweifel kennen Sie ihn aus seinen eigenen Schriften und wissen, in wiefern Marmontels Bericht von ihm wahr ist.

S.

999. Goethe

⟨Weimar, 24. Januar 1805⟩

Hier, mein Bester, das Opus. Haben Sie die Güte es aufmerksam durchzulesen, am Rande etwas zu notieren und mir dann Ihre Meinung zu sagen. Darauf will ich es noch einmal durchgehen, die Notata berichtigen, einige Lücken ausfüllen, vielleicht einige zynische Stellen mildern und so mag es abfahren. Ihnen und Ihren Nächsten das vorzulesen war meine Hoffnung, die nun auch vereitelt ist. Was machen die Kleinen?

d. 24 Jan 1805. G

1000. Schiller

⟨Weimar, 24.? Januar 1805⟩

Ich schicke Ihnen einstweilen zurück, was ich von dem Rameau durchlesen, der Rest soll morgen nachfolgen. Es ist sehr wenig, was ich dabei zu notieren gefunden, und manches mag darunter sein, was auch nur Mir auffiel.

Ich habe acht gegeben ob die Übersetzung des französischen *Vous* durch das *Ihr* nicht hie und da eine Unschicklichkeit haben könnte, aber ich habe nichts der Art bemerkt. Es war auf jeden Fall besser als sich des *Sie* zu bedienen.

Im Punkt der Dezenz wüßte ich nicht viel zu erinnern. Allenfalls könnte man sich bei den unanständigen Worten mit den Anfangsbuchstaben begnügen und dadurch dem Wohlstand seine Verbeugung machen ohne die Sache aufzuopfern.

In meinem Hause sieht es noch wie im Lazarett aus, doch vertröstet uns der Doktor daß es mit dem Kleinen nichts zu bedeuten habe.

Nehmen Sie Sich vielleicht der Phädra ein wenig an? In den einzelnen Rollen meine ich, besonders möchte nötig sein, dem Hippolyt auf die rechte Spur zu helfen. Er hatte, als er neulich las, allzuviel Heftigkeit in seiner Deklamation, die er mit Kraft und Pathos verwechselt.

Leben Sie recht wohl und mögen Sie uns bald wieder als ein guter Geist erscheinen.

S.

1001. Goethe

⟨Weimar, 22. Februar 1805⟩

Wenn es Ihnen nicht zuwider ist ein Paar Worte zu schreiben; so sagen Sie mir doch wie es Ihnen geht? Wovon ich, so sehr es mich interessiert nichts eigentliches erfahren kann.

Mit mir ist es wieder zur Stille, Ruhe und Empfänglichkeit gelangt. Hervorbringen aber kann ich noch nichts; welches mich einigermaßen inkommodiert, weil ich das Winckelmannsche Wesen gern bei seite hätte.

Wie sehr wünsche ich Sie bald wieder zu sehen. Das beste hoffend

d. 22. Febr. 1805 G

1002. Schiller

⟨Weimar,⟩ 22 Febr 1805.

Es ist mir erfreulich wieder ein paar Zeilen Ihrer Hand zu sehen, und es belebt wieder meinen Glauben, daß die alten Zeiten zurückkommen können, woran ich manchmal ganz verzage. Die zwei harten Stöße die ich nun in einem Zeitraum von 7 Monaten auszustehen gehabt, haben mich bis auf die Wurzeln erschüttert und ich werde Mühe haben, mich zu erholen.

Zwar mein jetziger Anfall scheint nur die allgemeine epidemische Ursache gehabt zu haben, aber das Fieber war so stark und hat mich in einem schon so geschwächten Zustand überfallen, daß mir eben so zu Mute ist, als wenn ich aus der schwersten Krankheit erstünde und besonders habe ich Mühe eine gewisse Mutlosigkeit zu bekämpfen, die das schlimmste Übel in meinen Umständen ist.

Ich bin begierig zu erfahren, ob Sie das Mskrpt des Rameau nun abgeschickt haben? Goeschen hat mir nichts davon geschrieben, wie ich überhaupt seit 14 Tagen nichts aus der Welt vernommen.

Möge es sich täglich und stündlich mit Ihnen bessern und mit mir auch, daß wir uns bald mit Freuden wieder sehen

S.

1003. Goethe

〈Weimar, 24. Februar 1805〉

Hier sende Rameaus Neffen mit der Bitte ihn morgen mit der fahrenden Post nach Leipzig zu senden. Sie sind ja wohl so gut, noch einen derben Umschlag darum machen zu lassen, daß das Mskpt. nicht leide. Es mag so hingehen, ob man gleich, wenn es gedruckt zurück kommt, noch manches zu erinnern finden wird. Die letzten Züge in eine solche Arbeit hinein zu retuschieren ist freilich nicht die Sache der Rekonvaleszenz.

Wenn ich das Winkelmannische Wesen abgefertigt habe, will ich sehn ob noch Zeit und Mut übrig ist, die alphabetischen, literarischen Anmerkungen zum Rameau hinzuzufügen.

Ich habe einige Bemerkungen zu dem Mskrpt. gelegt, die den Drucker einigermaßen leiten können.

Die Phädra werde ich recht gern in jedem Sinne durchsehn.

Übrigens müssen wir uns in Geduld fügen und was sich tun läßt, tun, bis wir etwas besseres leisten können. Ich fahre täglich aus und setze mich mit der Welt wieder in einigen Rapport.

Ich hoffe Sie bald zu besuchen und wünsche Sie bei wachsenden Kräften zu finden.

G

Zugleich die Kupfer zum *Tell* und einige Nova von verschiedner Art.

1004. Goethe

⟨Weimar, 26. Februar 1805⟩

Da Sie in Ihrer jetzigen Lage wahrscheinl⟨ich⟩ leselustig sind; so schicke ein tüchtiges Bündel Literatur Zeitungen und unsre Winckelmanniana pp die Sie so viel ich weiß noch nicht gesehen haben. Ich habe mich wieder in die Französi⟨si⟩sche Literatur zum Behuf der bewußten Anmerkungen verlaufen und es wird immer etwas werden.

Es scheint doch mit mir vorwärts zu gehen. Wie sieht es mit Ihnen aus? Ich wünsche sehnlichst Sie wieder zu sehen.

d 26 Febr 1805. G

1005. Schiller

⟨Weimar, 27. oder 28. Februar 1805⟩

Mit wahrem Vergnügen habe ich die Reihe der ästhetischen Rezensionen gelesen, die ihren Urheber nicht verkennen lassen. Wenn Sie Sich auch nur Stoß- und Ruckweise zu einem solchen Kritischen Spaziergang entschließen können, so werden Sie dadurch die gute Sache überhaupt und das Beste der Jenaischen Zeitung ins besondere nicht wenig befördern. Gerade dieses schöpferische Konstruieren der Werke und der Köpfe und dieses treffende Hinweisen auf die Wirkungspunkte fehlt in allen Kritiken und ist doch das einzige was zu etwas führen kann. Die Rezensionen sind zugleich in einem behaglichen und heitern Ton geschrieben, der sich auf die angenehmste Art mit teilt. Möchten Sie in eben diesem Sinn und Ton Kotzebues Stücke vor nehmen; es würde Ihnen nur die Mühe des Diktierens kosten und gewiß zu nicht weniger glücklichen Saillies Anlaß geben als der Nürnb⟨erger⟩ Philister mit Bewußtsein ist.

Sonntags frühe möchte ich wohl in einer reinen und hochdeutschen Dichtersprache lesen, weil die Mundart, wenigstens beim Lesen, immer etwas störendes hat. Das Gedicht ist ganz vortrefflich und von unwiderstehlichem Reiz.

Ich danke für Winkelmanns Briefe. Diese Lecture kommt mir eben recht um meine Rekonvaleszenz zu befördern. Es geht noch immer zum Bessern und ich denke nächstens die Luft zu versuchen.

Wollten Sie mir wohl Schlözers Nestor verschaffen oder nur wissen lassen, wo ich ihn bekommen kann.

Fahren Sie fort, Sich immer mehr zu erheitern und zu stärken. Vielleicht wenn der Wind sich legt wage ich mich morgen heraus und besuche Sie

S.

Müllers akademische Vorlesung hat etwas kümmerliches und mageres und verrät den Sand auf dem sie gewachsen. Da dieser Historiograph von Preußen doch schwerlich jemals in den Fall kommen wird, eine Geschichte dieser Monarchie zu schreiben, so hätte er bei dieser ersten und letzten Gelegenheit etwas recht geistreiches und gehaltreiches sagen sollen und können; dann hätte der gute Deutsche ewig bedauert, daß man von einer so vortrefflichen Hand nicht das Ganze erhalten.

1006. Goethe

⟨Weimar, 28. Februar 1805⟩

Sie haben mir eine große Freude gemacht durch die Billigung meiner Rezensionen. Bei solchen Dingen weiß man niemals ob man nicht zu viel tut und durch das zu wenig wird es eben gar nichts.

Bei den Anmerkungen zum Rameau, die ich jetzt nach und nach diktiere, will ich mich auf ähnliche Weise gehen lassen, um so mehr als der Text von der Art ist, daß die Anmerkungen auch wohl gewürzt sein dürfen. Es läßt sich bei dieser Gelegenheit manches frei über die französische Literatur sagen, die wir bisher meistens zu steif, entweder als Muster, oder als Widersacher behandelt haben. Auch weil überall in der Welt dasselbe Märchen gespielt wird, findet sich bei recht treuer Darstellung jener Erscheinungen gerade das, was wir jetzt auch erleben.

Ich wünsche sehr Sie wiederzusehen. Wagen Sie sich aber doch nicht zu früh aus, besonders bei dieser wilden Witterung.

Neues habe ich heute nicht zu senden und wünsche also nur von Herzen baldige Besserung

Weimar den 28 Februar G
1805.

1007. Schiller

⟨Weimar,⟩ 27. ⟨25.?⟩ März 1805.

Lassen Sie mich doch hören, wie es Ihnen in diesen Tagen ergangen ist. Ich habe mich mit ganzem Ernst endlich an meine Arbeit angeklammert und denke nun nicht mehr so leicht zerstreut zu werden. Es hat schwer gehalten, nach so langen Pausen und unglücklichen Zwischenfällen, wieder posto zu fassen und ich mußte mir Gewalt antun. Jetzt aber bin ich im Zuge.

Der kalte Nordostwind wird auch Ihnen, fürchte ich, wie mir die Erholung erschweren, doch habe ich mich diesmal noch leidlicher befunden als sonst bei gleichem Barometerstand mit mir der Fall ist.

Wollten Sie mir wohl den französischen Rameau für Göschen senden? Ich will ihm aufs beste empfehlen, Ihnen die Aushängebogen, wie sie gedruckt werden, sogleich zuzuschicken.

Leben Sie wohl, ich sehne mich nach einer Zeile von Ihnen.

S.

1008. Goethe

⟨Weimar, 19. April 1805⟩

Da bei Cottas nächster wahrscheinlicher Anwesenheit von einer Herausgabe meiner Werke die Rede sein könnte; so find ich es nötig Sie mit den älteren Verhältnissen zu Göschen bekannt zu machen. Ihre Freundschaft und Einsicht in das Geschäft überhebt mich die unerfreulichen Papiere gegenwartig durchzusehen. Außerdem bemerke ich daß Göschen eine Ausgabe in 4 Bänden unter den falschen Jahrzahlen 1787 und 1791 gedruckt wovon niemals unter uns die Rede war. Alles gute!

W. d. 19 Apr. 1805. G

1009. Goethe

⟨Weimar, 20. April 1805⟩

Für die Durchsicht der Papiere danke ich Ihnen recht sehr und es freut mich, daß wir wegen jener Obliegenheiten einerlei Meinung sind. Freilich ist es ein wunderbarer Blick in so kurz vergangene und doch in manchem so unähnliche Zeiten. Lassen Sie uns die Sache gelegentlich näher besprechen und ein Arrangement, so wie die weitere Bearbeitung vorbereiten.

Die drei Skizzen zu einer Schilderung Winkelmanns sind gestern abgegangen. Ich weiß nicht welcher Maler oder Dilettant unter ein Gemälde schrieb in doloribus pinxit. Diese Unterschrift möchte zu meiner gegenwärtigen Arbeit wohl passen. Ich wünsche nur, daß der Leser nichts davon empfinden möge, wie man an den Späßen des Scarron die Gichtschmerzen nicht spürte.

Ich habe mich nun über die Noten zu Rameaus Neffen gemacht und komme da freilich in das weite und breite Feld der Musik. Ich will sehen nur einige Hauptlinien durchzuziehen und sodann so bald als möglich, aus diesem Reiche, das mir doch so ziemlich fremd ist, wieder herauszukommen.

Ich wünsche Glück zur Arbeit und freue mich bald etwas davon zu sehen.

Weimar d. 20 April, G
1805.

1010. Goethe

⟨Weimar, 23. April 1805⟩

Was gestern von Leipzig angekommen teile ich mit. Göschen scheint auf die Anmerkungen zu renunzieren, indessen ich fleißig daran fortgearbeitet habe. Sie liegen hier bei. Haben Sie die Gefälligkeit sie durchzugehen und was Sie etwa für allzu paradox, gewagt und unzulänglich finden, anzustreichen, damit wir darüber sprechen können. Ich dächte man arbeitete diese vorliegenden Blätter, welche freilich noch nicht die Hälfte der im Dialog vorkommenden Namen erschöpfen, noch möglichst durch und sendete sie ab: denn eigentlich sind die Hauptpunkte, worauf es eigentlich ankommt, darin schon abgehandelt, das übrige ist mehr zufällig und aufs Leben bezüglich, wo wir doch in dieser Entfernung der Zeit und des Orts nicht auf den Grund kommen. Die Theaternamen, wie Clairon, Preville, Dumenil sind auch schon bekannte und selbst in dem Dialog nicht von der höchsten Bedeutung. Genug ich wiederhole, haben Sie die Güte die Blätter durchzulesen, die Sache durchzudenken und mit mir diese Tage darüber zu konferieren. Das beste Lebewohl

Weimar d. 23 April, G.
1805.

1011. Schiller

⟨Weimar, 24. April 1805⟩

Die Anmerkungen lesen sich vortrefflich und auch unabhängig von dem Text, auf den sie übrigens ein sehr helles Licht verbreiten. Was über französischen Geschmack, über Autoren und Publikum überhaupt und mit einem Seitenblick auf unser Deutschland gesagt wird, ist eben so glücklich und treffend, als die Artikel von Musik und Musikern, von Palissot und andern für das kommentierte Werk passend und unterrichtend sind. Auch Voltaires Brief an Palissot und Rousseaus Stelle über Rameau machen eine gute Figur.

Ich habe weniges zu bemerken gefunden und auch dieses nur in Beziehung auf den Ausdruck, eine einzige kleine Stelle im Artikel *Geschmack* ausgenommen, die mir nicht ganz einleuchtete.

Da mir diese Anmerkungen so gut als fertig scheinen, so wäre die Frage, ob sie nicht gleich mit morgendem Posttag abgehen könnten. Ich habe 15 Artikel darin gefunden, die für sich selbst interessieren, und schon die Hälfte dieser Zahl würde die Anmerkungen gerechtfertigt haben. Auch schätz ich sie gedruckt auf wenigstens 3 Bogen, welches reichlich genug ausgestattet heißt.

Leben Sie recht wohl und immer besser! Vergessen Sie nicht mir den Elpaenor zu schicken

S.

24 April
1805.

1012. Goethe

〈Weimar, 24. oder 25. April 1805〉

Wollten Sie wohl die Gefälligkeit haben, aus dem Geschriebenen den Artikel *Le Mierre* herauszunehmen. So eben sehe ich, daß ich mich in der Person geirrt habe.

G

1013. Goethe

〈Weimar, 25.? April 1805〉

Hier endlich der Rest des Mskpts., das ich noch einmal anzusehen und sodann nach Leipzig abzuschicken bitte. Wäre nicht alles was man tut und treibt, am Ende extemporisiert; so würde ich bei den sehr extemporisierten Anmerkungen manches Bedenken haben. Mein größter Trost ist dabei, daß ich sagen kann: sine me ibis Liber! denn ich möchte nicht gerne überall gegenwärtig sein, wohin es gelangen wird.

Ich habe indes an der Geschichte der Farbenlehre zu diktieren angefangen und ein schweres Kapitel aus der Mitte heraus bald absolviert.

Übrigens geht es mir gut, solang ich täglich reite. Bei einer Pause aber meldet sich manche Unbequemlichkeit. Ich hoffe Sie bald zu sehen.

G

1014. Schiller

〈Weimar, zwischen 26. und 29. April 1805〉

Die Anmerkungen schließen mit Voltaire lustig genug, und man bekommt noch eine tüchtige Ladung auf den Weg. Indessen seh ich mich gerade bei diesem letzten Artikel in einiger Controvers mit Ihnen, sowohl was das Register der Eigenschaften zum guten Schriftsteller, als was deren Anwendung auf Voltaire betrifft.

Zwar soll das Register nur eine empirische Aufzählung der Prädikate sein, welche man bei Lesung der guten Schriftsteller auszusprechen sich veranlaßt fühlt, aber stehen diese Eigenschaften in Einer Reihe hinter einander, so fällt es auf, Genera und Species, Hauptfarben und Farbentöne neben einander aufgeführt zu sehen. Wenigstens würde ich in dieser Reihenfolge die großen vielenthaltenden Worte, Genie, Verstand, Geist, Styl etc vermieden und mich nur in den Schranken ganz partieller Stimmungen und Nüanzen gehalten haben.

Dann vermisse ich doch in der Reihe noch einige Bestimmungen wie *Charakter, Energie* und *Feuer*, welche gerade das sind, was die Gewalt sovieler Schriftsteller ausmacht und sich keines wegs unter die angeführten subsumieren läßt. Freilich wird es schwer sein dem Voltairischen Proteus einen Charakter beizulegen.

Sie haben zwar, indem Sie Voltairen die *Tiefe* absprechen, auf einen Hauptmangel desselben hingedeutet, aber ich wünschte doch, daß das was man *Gemüt* nennt und was ihm so wie im Ganzen allen Franzosen so sehr fehlt, auch wäre ausgesprochen worden. *Gemüt* und *Herz* haben Sie in der Reihe nicht mit aufgeführt; freilich sind sie teilweise schon unter andern Prädikaten enthalten, aber doch nicht in dem vollen Sinn, als man damit verbindet.

Schließlich gebe ich Ihnen zu bedenken, ob Ludwig XIV, der doch im Grund ein sehr weicher Charakter war, der nie als Held durch seine Persönlichkeit viel im Kriege geleistet, und dessen stolze RepräsentationsRegierung, wenn man billig sein will, zunächst das Werk von zwei sehr tätigen Ministerialregierungen war, die ihm vorher gingen und das Feld rein machten, ob Ludwig XIV mehr als Heinrich IV den französischen Königscharakter darstellt.

Dieser heteros logos fiel mir beim Lesen ein, und ich wollte ihn nicht vorenthalten.

S.

1015. Goethe

⟨Weimar, 26. oder 27. April 1805⟩

Beiliegende kleine Note haben Sie ja wohl die Gefälligkeit nach Leipzig zu befördern und gelegentlich den beiliegenden Versuch, die Farbengeschichte zu behandeln, durchzulesen. Lassen Sie das Manuskript bei sich liegen, bis ich den Schluß dieses Kapitels zuschicke. Voran liegt ein kurzes Schema zur Übersicht des Ganzen.

G

Johann Wolfgang Goethe
Sämtliche Werke
nach Epochen seines Schaffens
Münchner Ausgabe

Herausgegeben von Karl Richter
in Zusammenarbeit mit Herbert G. Göpfert,
Norbert Miller und Gerhard Sauder

Band 1 Der junge Goethe 1757–1775
(Zwei Teilbände)
Band 2 Erstes Weimarer Jahrzehnt 1775–1786
(Zwei Teilbände)
Band 3 Italien und Weimar 1786–1790
Band 4 Wirkungen der Französischen Revolution
1791–1797 (Zwei Teilbände)
Band 5 Wilhelm Meisters Lehrjahre
Band 6 Weimarer Klassik 1798–1806
(Zwei Teilbände)
Band 7 Leben des Benvenuto Cellini
und Diderot-Schriften
Band 8 Briefwechsel mit Schiller (Zwei Teilbände)
Band 9 Epoche der Wahlverwandtschaften 1807–1814
Band 10 Zur Farbenlehre
Band 11 Divan-Jahre 1814–1819
Band 12 Zur Naturwissenschaft überhaupt,
besonders zur Morphologie
Band 13 Die Jahre 1820–1826
Band 14 Autobiographische Schriften der frühen
Zwanzigerjahre
Band 15 Italienische Reise
Band 16 Dichtung und Wahrheit
Band 17 Wilhelm Meisters Wanderjahre
Maximen und Reflexionen
Band 18 Letzte Jahre 1827–1832
Band 19 J. P. Eckermanns Gespräche mit Goethe
Band 20 Briefwechsel mit Zelter
(Zwei Teilbände)
Band 21 Register